HARRY POTTER
E A ORDEM DA FÊNIX

J.K. ROWLING é a autora da eternamente aclamada série Harry Potter.

Depois que a ideia de Harry Potter surgiu em uma demorada viagem de trem em 1990, a autora planejou e começou a escrever os sete livros, cujo primeiro volume, *Harry Potter e a Pedra Filosofal*, foi publicado no Reino Unido em 1997. A série, que levou dez anos para ser escrita, foi concluída em 2007 com a publicação de *Harry Potter e as Relíquias da Morte*. Os livros já venderam mais de 600 milhões de exemplares em 85 idiomas, foram ouvidos em audiolivro ao longo de mais de 80 milhões de horas e transformados em oito filmes campeões de bilheteria.

Para acompanhar a série, a autora escreveu três pequenos livros: *Quadribol através dos séculos*, *Animais fantásticos e onde habitam* (em prol da Comic Relief e da Lumos) e *Os contos de Beedle, o Bardo* (em prol da Lumos). *Animais fantásticos e onde habitam* inspirou uma nova série cinematográfica protagonizada pelo magizoologista Newt Scamander.

A história de Harry Potter quando adulto foi contada na peça teatral *Harry Potter e a Criança Amaldiçoada,* que Rowling escreveu com o dramaturgo Jack Thorne e o diretor John Tiffany, e vem sendo exibida em várias cidades pelo mundo.

Rowling é autora também de uma série policial, sob o pseudônimo de Robert Galbraith, e de dois livros infantis independentes, *O Ickabog* e *Jack e o Porquinho de Natal*.

J.K. Rowling recebeu muitos prêmios e honrarias pelo seu trabalho literário, incluindo a Ordem do Império Britânico (OBE), a Companion of Honour e o distintivo de ouro Blue Peter.

Ela apoia um grande número de causas humanitárias por intermédio de seu fundo filantrópico, Volant, e é a fundadora das organizações sem fins lucrativos Lumos, que trabalha pelo fim da institucionalização infantil, e Beira's Place, um centro de apoio para mulheres vítimas de assédio sexual.

J.K. Rowling mora na Escócia com a família.

Para saber mais sobre J.K. Rowling, visite: jkrowlingstories.com

J.K. ROWLING

HARRY POTTER
E A ORDEM DA FÊNIX

ILUSTRAÇÕES DE MARY GRANDPRÉ

TRADUÇÃO DE LIA WYLER

Rocco

Título original
HARRY POTTER
and the Order of the Phoenix

Copyright do texto © 2003 by J.K. Rowling
Direitos de publicação e teatral © J.K. Rowling

Copyright das ilustrações de miolo, de Mary GrandPré © 2003 by Warner Bros.

Copyright ilustração de capa, de Kazu Kibuishi © 2013 by Scholastic Inc.
Reproduzida com autorização.

Todos os personagens e símbolos correlatos
são marcas registradas e © Warner Bros. Entertainment Inc.
Todos os direitos reservados.

Todos os personagens e acontecimentos nesta publicação, com exceção
dos claramente em domínio publico, são fictícios e qualquer semelhança
com pessoas reais, vivas ou não, é mera coincidência.

Nenhuma parte desta obra pode ser reproduzida, armazenada em sistema,
ou transmitida, sob qualquer forma ou meio, sem a autorização prévia, por escrito,
do editor, não podendo, de outro modo, circular em qualquer formato de impressão
ou capa diferente daquela que foi publicada; sem as condições similares, que inclusive,
deverão ser impostas ao comprador subsequente.

Direitos para a língua portuguesa reservados
com exclusividade para o Brasil à
EDITORA ROCCO LTDA.
Rua Evaristo da Veiga, 65 – 11º andar
Passeio Corporate – Torre 1
20031-040 – Rio de Janeiro, RJ
Tel.: (21) 3525-2000 – Fax: (21) 3525-2001
rocco@rocco.com.br / www.rocco.com.br

Printed in Brazil/Impresso no Brasil

Preparação de originais
MÔNICA MARTINS FIGUEIREDO

CIP-Brasil. Catalogação na fonte.
Sindicato Nacional dos Editores de Livros, RJ.

R778h	Rowling, J.K. (Joanne K.), 1967-
	   Harry Potter e a Ordem da Fênix / J.K. Rowling; ilustrações de Mary GrandPré; tradução de Lia Wyler. – 1ª ed. – Rio de Janeiro: Rocco, 2015.
	   il.
	
	   Tradução de: Harry Potter and the Order of the Phoenix
	   ISBN 978-85-325-2999-2
	
	   1. Literatura infantojuvenil inglesa. I. GrandPré, Mary, 1954-. II. Wyler, Lia, 1934-. III. Título.

15-22827	CDD-028.5 CDU-087.5

O texto deste livro obedece às normas
do Acordo Ortográfico da Língua Portuguesa

Impressão e Acabamento: GEOGRÁFICA

A Neil, Jessica e David,
que transformam o meu
mundo em magia

1

DUDA DEMENTADO

O dia de verão mais quente do ano estava chegando ao fim e um silêncio modorrento pairava sobre os casarões quadrados da rua dos Alfeneiros. Os carros, em geral reluzentes, estavam empoeirados nas entradas das garagens, e os gramados, que tinham sido verde-esmeralda, estavam ressequidos e amarelos – porque o uso de mangueiras fora proibido durante a estiagem. Privados das atividades de lavar carros e cortar gramados, os habitantes da rua dos Alfeneiros haviam se recolhido à sombra de suas casas frescas, as janelas escancaradas na esperança de atrair uma brisa inexistente. A única pessoa do lado de fora era um adolescente deitado de costas em um canteiro de flores à frente do número quatro.

Era um garoto magricela, de cabelos pretos, a aparência macilenta e meio doentia de alguém que cresceu muito em pouco tempo. Seu jeans estava roto e sujo, a camiseta larga e desbotada, e as solas dos tênis se soltavam da parte de cima. A aparência de Harry Potter não o recomendava aos vizinhos, que eram do tipo que achava que devia haver uma punição legal para sujeira e desleixo, mas como ele se escondera atrás de uma repolhuda hortênsia, esta noite ele estava invisível aos que passavam. De fato, a única maneira de localizá-lo era se o tio Válter ou a tia Petúnia metessem a cabeça pela janela da sala de estar e olhassem diretamente para o canteiro embaixo.

No todo, Harry achava que devia receber parabéns pela ideia de se esconder ali. Não estava, talvez, muito confortável, deitado na terra quente e dura, mas, por outro lado, ninguém estava olhando para ele, rangendo os dentes tão alto que o impedia de ouvir o noticiário, nem disparando perguntas incômodas, como acontecera todas as vezes em que tentou se sentar na sala de estar para ver televisão com os tios.

Quase como se tais pensamentos tivessem entrado pela janela aberta, repentinamente Válter Dursley, o tio de Harry, falou:

— Fico contente de ver que o garoto parou de se meter aqui. Por falar nisso, onde será que ele anda?

— Não sei — respondeu tia Petúnia, desinteressada. — Aqui em casa não está.

O tio grunhiu.

— *Assistir ao noticiário...* — comentou com severidade. — Gostaria de saber o que é que ele está realmente aprontando. Como se um garoto normal se interessasse por noticiário; Duda não tem a mínima ideia do que está acontecendo; duvido que saiba quem é o primeiro-ministro! Em todo o caso, não há nada sobre *gente da laia dele* no *nosso* noticiário...

— Válter, psiu! — alertou tia Petúnia. — A janela está aberta!

— Ah... é... desculpe, querida.

Os Dursley se calaram. Harry ouviu o anúncio de um cereal com frutas para o café da manhã enquanto observava a Sra. Figg, uma velhota gagá que adorava gatos e morava ali no bairro, na alameda das Glicínias, que ia passando vagarosamente. Ela franzia a testa e resmungava baixinho. Harry ficou muito feliz de estar escondido atrás do arbusto, porque ultimamente a velhota dera para convidá-lo para tomar chá todas as vezes que o encontrava na rua. Ela acabara de virar a esquina e desaparecer de vista quando a voz do tio Válter tornou a soar pela janela aberta.

— O Dudoca vai tomar chá fora?

— Na casa dos Polkiss — respondeu tia Petúnia com carinho. — Ele tem tantos amiguinhos, é tão popular...

Harry mal conseguiu abafar o riso. Os Dursley eram espantosamente burros quando se tratava do filho. Engoliam todas as mentiras capengas de Duda de que estava tomando chá com alguém da turma a cada noite das férias. Harry sabia perfeitamente bem que o primo não estivera tomando chá em parte alguma; ele e sua turma passavam as noites vandalizando o parque infantil, fumando nas esquinas e atirando pedras nos carros e crianças que passavam. Harry os vira durante seus passeios noturnos por Little Whinging; ele próprio passara a maioria das noites das férias perambulando pelas ruas, recolhendo jornais das lixeiras em seu trajeto.

Os primeiros acordes da música que anunciava o telejornal das sete horas chegaram aos ouvidos de Harry e seu estômago revirou. Talvez aquela noite — depois de um mês de espera — fosse a noite.

"*Um número recorde de turistas impedidos de prosseguir viagem lota os aeroportos nessa segunda semana de greve dos carregadores espanhóis...*"

— Se fosse eu, mandava essa gente dormir a sesta pelo resto da vida — rosnou tio Válter mal o locutor terminara a frase, mas não fez diferença: do lado de fora, no canteiro, o estômago do garoto pareceu se descontrair. Se tivesse acontecido alguma coisa, com certeza seria a primeira notícia; morte e destruição eram mais importantes do que turistas retidos em aeroportos.

Ele deixou escapar um longo e lento suspiro e contemplou o céu muito azul. Todos os dias deste verão tinham sido a mesma coisa: a tensão, a expectativa, o alívio temporário, e mais uma vez a tensão crescente... e sempre, a cada dia com maior insistência, a pergunta: *por que* nada acontecera ainda?

O garoto continuou a ouvir, caso houvesse um pequeno indício cujo significado os trouxas não tivessem percebido – um desaparecimento inexplicado, talvez, ou algum acidente estranho... mas, à greve dos carregadores de bagagem, seguiram-se notícias sobre a seca no Sudeste (– Espero que o vizinho esteja escutando! – berrou tio Válter. – Ele e sua mania de ligar os irrigadores do jardim às três da manhã!), depois a notícia de um helicóptero que quase se acidentara em um campo no Surrey, o divórcio de uma famosa atriz de seu famoso marido (– Como se estivéssemos interessados em seus casos sórdidos – fungou tia Petúnia, que acompanhara o caso obsessivamente em todas as revistas em que conseguiu pôr as mãos ossudas).

Harry fechou os olhos para se proteger do céu noturno, agora cintilante, enquanto o locutor continuava:

"...*e finalmente, Quito, o periquito australiano, encontrou um jeito novo de se refrescar neste verão. Quito, que mora em Five Feathers, em Barnsley, aprendeu a esquiar na água! Mary Dorkins tem outras informações.*"

Harry abriu os olhos. Se tinham chegado a periquitos que esquiam, é porque não havia mais nada que valesse a pena ouvir. Virou-se cuidadosamente de barriga e se ergueu sobre os joelhos e cotovelos, preparando-se para engatinhar para longe da janela.

Andara uns cinco centímetros quando várias coisas aconteceram em rápida sucessão.

Um estalo alto e ressonante quebrou o silêncio como um estampido; um gato saiu desabalado de baixo de um carro estacionado e desapareceu de vista; um grito, um palavrão em voz alta e o ruído de louça se espatifando ecoou na sala de estar dos Dursley, e, como se fosse o sinal que estivera aguardando, Harry se pôs de pé com um salto ao mesmo tempo que puxou uma fina varinha do cós do jeans, como se desembainhasse uma espada – mas antes que pudesse erguer completamente o corpo, bateu com o cocuruto na janela aberta dos Dursley. O barulho resultante fez tia Petúnia dar um berro ainda maior.

O garoto teve a sensação de que havia rachado a cabeça ao meio. As lágrimas escorrendo dos olhos, ele cambaleou, tentando focalizar a rua para descobrir a origem do barulho, mas mal conseguira se endireitar quando duas enormes mãos purpúreas saíram pela janela aberta e o agarraram pelo pescoço.

— Guarde... isso! — rosnou tio Válter no ouvido dele. — *Agora...! Antes... que... alguém... veja!*

— Tire... as... mãos... de... cima... de mim! — ofegou Harry. Durante alguns segundos os dois pelejaram. O garoto puxando os dedos do tio, grossos como salsichas, com a mão esquerda, enquanto mantinha a varinha erguida com a direita; então, quando a dor na cabeça de Harry deu mais um latejo particularmente forte, tio Válter soltou um grito e largou o sobrinho como se tivesse recebido um choque elétrico. Uma força invisível parecia ter emanado do garoto, tornando impossível segurá-lo.

Ofegante, Harry cambaleou por cima do pé de hortênsia, ergueu-se e olhou a toda volta. Não havia sinal do causador do forte estampido, mas havia muitos rostos espiando de várias janelas vizinhas. O garoto enfiou depressa a varinha no cós do jeans e tentou fazer uma cara inocente.

— Bela noite! — exclamou tio Válter, acenando para a senhora do número sete, defronte, que o observava atentamente por trás das cortinas. — A senhora ouviu o estouro do escape de um carro agora há pouco? Petúnia e eu levamos um grande susto.

Ele continuou a sorrir daquele seu jeito horrível e maníaco até todos os vizinhos curiosos terem desaparecido das várias janelas, então o sorriso virou um esgar de fúria e ele mandou Harry se aproximar outra vez.

O garoto deu uns passos à frente, tomando o cuidado de parar a uma distância em que as mãos estendidas do tio não pudessem recomeçar a esganá-lo.

— Que *diabos* você está pretendendo com isso, moleque? — perguntou tio Válter com a voz rouca tremendo de fúria.

— Pretendendo com isso o quê? — perguntou Harry com frieza. Não parava de olhar para a esquerda e a direita da rua, na esperança de ver quem produzira o estampido.

— Fazer um barulho desses como se fosse um tiro de partida do lado de fora da nossa...

— Não fui eu que fiz o barulho — respondeu o garoto com firmeza.

A cara magra e cavalar de tia Petúnia apareceu agora ao lado da cara larga e vermelha do tio Válter. Estava lívida.

— Por que você estava escondido embaixo da nossa janela?

— É... é, uma boa pergunta, Petúnia. *Que é que você estava fazendo embaixo da nossa janela, moleque?*

— Ouvindo o noticiário — respondeu Harry, conformado.

O tio e a tia trocaram olhares indignados.

— Ouvindo o noticiário! *De novo?*

— Bom, é que ele muda todos o dias, entende? — respondeu o garoto.

— Não se faça de engraçadinho comigo, moleque! Quero saber que é que você anda realmente tramando... e não me responda outra vez com essa história de que *estava ouvindo o noticiário!* Você sabe muito bem que gente da *sua laia*...

— Cuidado, Válter! — cochichou tia Petúnia, e o marido baixou tanto a voz que Harry mal conseguiu ouvi-lo.

— ... que gente da *sua laia* não sai no *nosso* noticiário!

— É só isso que o senhor sabe — respondeu Harry.

Os Dursley o encararam por alguns segundos, então a tia falou:

— Você é um mentirozinho sórdido. Que é que aquelas... — e aí ela também baixou a voz, e Harry precisou fazer leitura labial para entender a palavra seguinte — ... *corujas* andam fazendo que não lhe trazem notícias?

— Ah-ah! — exclamou tio Válter com um sussurro triunfante. — Agora sai dessa, moleque! Como se não soubéssemos que você recebe todas as suas notícias por aqueles bichos pestilentos!

Harry hesitou um instante. Custou-lhe algum esforço dizer a verdade desta vez, embora os tios não pudessem saber como se sentia mal em fazê-lo.

— As corujas... não estão me trazendo notícias — respondeu com a voz inexpressiva.

— Não acredito — falou tia Petúnia na mesma hora.

— Nem eu — disse o marido, enfático.

— Sabemos que você está tramando alguma coisa estranha — retorquiu tia Petúnia.

— Não somos burros, sabe — disse o tio.

— Bom, *isso* é novidade para mim — retrucou Harry, que começava a se enraivecer, e antes que os Dursley pudessem chamá-lo de volta, o garoto lhes deu as costas, atravessou a frente da casa, pulou por cima da mureta do jardim e começou a subir a rua.

Agora ele estava em apuros e sabia disso. Teria de enfrentar os tios mais tarde e pagar o preço da grosseria, mas isso não o preocupava muito no momento; tinha assuntos mais urgentes na cabeça.

Harry tinha certeza de que o estampido fora produzido por alguém aparatando ou desaparatando. Era exatamente o som que Dobby, o elfo doméstico, fazia quando desaparecia no ar. Será que Dobby andava por ali, na rua dos Alfeneiros? Será que o elfo o estava seguindo naquele instante? Quando lhe ocorreu este pensamento, ele se virou para examinar a rua, mas ela parecia completamente deserta e o garoto tinha certeza de que Dobby não era capaz de ficar invisível.

Harry continuou a andar, sem prestar muita atenção ao caminho que estava seguindo, porque nos últimos tempos batia essas ruas com tanta frequência que seus pés o levavam automaticamente aos lugares preferidos. A cada meia dúzia de passos, olhava por cima do ombro. Algum ser mágico estivera por perto quando ele estava deitado entre as begônias moribundas de tia Petúnia, tinha certeza. Por que não falara com ele, por que não fizera contato, por que estava se escondendo agora?

Então, quando sua frustração atingiu o auge, sua certeza foi se esvaindo.

Talvez não tivesse sido um ruído mágico, afinal. Talvez estivesse tão desesperado para detectar o menor sinal de contato do mundo a que pertencia que simplesmente reagia exageradamente a sons muito comuns. Será que podia ter *certeza* de que não fora o som de alguma coisa quebrando na casa do vizinho?

Harry teve a sensação surda de que seu estômago despencava e, antes que percebesse, a desesperança que o atormentara o verão inteiro tornou a se apoderar dele.

Amanhã o despertador o acordaria às cinco da madrugada para ele poder pagar à coruja que entregava o *Profeta Diário* — mas fazia sentido continuar a recebê-lo? Ultimamente Harry apenas corria os olhos pela primeira página e logo atirava o jornal para o lado; quando os idiotas que editavam o *Profeta* finalmente percebessem que Voldemort voltara dariam a notícia em grandes manchetes, e era só isso que interessava a Harry.

Se tivesse sorte, chegariam também corujas com cartas dos seus melhores amigos, Rony e Hermione, embora toda a esperança que alimentara de que essas cartas lhe trouxessem notícias havia muito tinha sido riscada do mapa.

Não podemos dizer muita coisa sobre Você-Sabe-Quem, é óbvio... Nos recomendaram para não dizer nada importante para o caso de nossas cartas se extraviarem... Estamos muito ocupados, mas não posso lhe dar detalhes... Tem muita coisa acontecendo, contaremos quando a gente se vir...

Mas quando é que iam se ver? Ninguém parecia muito preocupado em marcar datas. Hermione escrevera um *Logo iremos nos ver* no cartão que lhe mandara de aniversário, mas quando era esse logo? Pelo que deduzia das vagas insinuações nas cartas dos amigos, Hermione e Rony estavam no mesmo lugar, presumivelmente na casa dos pais de Rony. Mal conseguia suportar a ideia dos dois se divertindo n'A Toca enquanto ele ficava encalhado na rua dos Alfeneiros. De fato, ficara tão zangado com os amigos que jogara fora, sem abrir, as duas caixas de bombons da Dedosdemel que haviam lhe mandado de presente de aniversário. Arrepender-se-ia depois ao ver a salada murcha que tia Petúnia preparara para o jantar daquela noite.

E com o que Rony e Hermione estavam ocupados? Por que ele, Harry, não estava ocupado? Não se mostrara capaz de dar conta de muito mais do que os amigos? Será que tinham se esquecido do que fizera? Não fora *ele* que entrara no cemitério e vira matarem Cedrico, e depois fora amarrado a uma lápide de sepultura e quase morrera também?

Não pense nisso, Harry disse a si mesmo com severidade, pela milésima vez naquele verão. Já era bem ruim não parar de revisitar o cemitério em pesadelos, sem ficar remoendo a cena nos momentos de vigília também.

Ele virou a esquina e entrou no largo das Magnólias; no meio do caminho, passou a travessa estreita que margeava a garagem onde vira o padrinho pela primeira vez. Sirius, pelo menos, parecia compreender o que ele estava sentindo. Admitamos que as cartas do padrinho eram tão vazias de notícias interessantes quanto as de Rony e Hermione, mas ao menos continham palavras de alerta e consolo em lugar de insinuações torturantes: *sei como deve ser frustrante para você... Não se meta em confusões e tudo dará certo... Tenha cuidado e não faça nada sem pensar...*

Bom, pensou Harry, ao atravessar o largo das Magnólias para tomar a rua de mesmo nome em direção ao parque, onde já estava escurecendo, de um modo geral atendera à recomendação do padrinho. Pelo menos resistira à tentação de amarrar o malão na vassoura e partir sozinho para A Toca. Achava que se comportara muito bem considerando sua grande raiva e frustração por estar há tanto tempo encalhado na rua dos Alfeneiros, reduzido a se esconder em canteiros na esperança de ouvir alguma coisa que pudesse indicar o que Lorde Voldemort andava fazendo. Contudo, era bem exasperante ser aconselhado a não se precipitar por alguém que cumprira doze anos na prisão dos bruxos, Azkaban, fugira, tentara cometer o homicídio pelo qual fora condenado injustamente e sumira no mundo montado em um hipogrifo roubado.

Harry saltou por cima do portão fechado do parque e saiu andando pelo gramado ressequido. O lugar estava tão vazio quanto as ruas vizinhas. Quando chegou aos balanços, largou-se em um que Duda e os amigos ainda não tinham conseguido quebrar, passou o braço pela corrente e ficou olhando, desanimado, para o chão. Não poderia voltar a se esconder no canteiro dos Dursley. Amanhã, teria de inventar um novo jeito de ouvir o noticiário. Entrementes, não havia nada por que esperar, exceto mais uma noite inquieta e perturbada, porque, mesmo quando escapava dos pesadelos sobre Cedrico, tinha sonhos intranquilos sobre longos corredores escuros, todos sem saída ou terminando em portas trancadas, que ele supunha estarem ligados à mesma sensação de estar preso em uma armadilha que experimentava quando acordado. Com frequência, a velha cicatriz em sua testa formigava desconfortavelmente, mas ele não se enganava que Rony ou Hermione ou Sirius ainda achassem isso muito interessante. No passado, a dor na cicatriz o avisava de que Voldemort estava recobrando forças, mas, agora que o bruxo voltara, os três provavelmente lembrariam a ele que essa irritação rotineira era esperada... não havia com o que se preocupar... não era novidade...

A injustiça disso tudo crescia tanto em seu peito que lhe dava vontade de gritar de fúria. Se não fosse por ele, ninguém saberia que Voldemort voltara! E sua recompensa era ficar encalhado em Little Whinging quatro semanas inteiras, completamente isolado do mundo da magia, reduzido a se acocorar entre begônias secas para poder ouvir notícias de periquitos australianos que sabiam esquiar! Como Dumbledore podia tê-lo esquecido com tanta facilidade? Por que Rony e Hermione tinham se reunido sem convidá-lo? Por quanto tempo mais esperavam que ele aturasse Sirius a lhe dizer para ficar quieto e se comportar; ou resistisse à tentação de escrever para aquela droga do *Profeta Diário* informando que Voldemort voltara? Esses pensamentos indignados giravam em sua cabeça, e suas entranhas se contorciam de raiva, enquanto a noite abafada e veludosa caía à sua volta, o ar se impregnava com o cheiro quente de grama seca, e o único som que se ouvia era o ronco abafado do tráfego na rua além das grades do parque.

Ele não sabia quanto tempo ficara sentado no balanço quando o som de vozes interrompeu seus devaneios e o fez erguer os olhos. Os lampiões das ruas nos arredores projetavam uma claridade nevoenta suficientemente forte para delinear um grupo de pessoas que vinham atravessando o parque. Uma delas cantava alto uma música grosseira. Os outros riam. Ouvia-se o tequeteque suave das bicicletas caras que eles empurravam.

Harry sabia quem eram. O vulto à frente de todos era, sem dúvida, o seu primo Duda Dursley refazendo o lento caminho para casa, acompanhado por sua gangue fiel.

Duda estava mais corpulento que nunca, mas um ano de dieta rigorosa e a descoberta de um novo talento haviam produzido uma grande mudança em seu físico. Como o tio Válter comentava com quem quisesse ouvir, Duda recentemente se tornara campeão de peso-pesado júnior no Torneio de Boxe Interescolar da Região Sudeste. O "nobre esporte", como o tio costumava dizer, deixara Duda ainda mais formidável do que parecera a Harry nos tempos do ensino fundamental, quando servira de saco de pancadas para o primo. O garoto já não sentia o menor medo de Duda, mas continuava a achar que o fato de ele ter aprendido a socar com mais força e precisão não era motivo para comemorações. A criançada do bairro tinha pavor dele – um pavor ainda maior do que sentia por "aquele garoto Potter", sobre o qual haviam sido avisados de que era um delinquente da pior espécie e frequentava o Centro St. Brutus para Meninos Irrecuperáveis.

Harry observou os vultos escuros que atravessavam o gramado e ficou imaginando quem teriam andado surrando aquela noite. *Olhe para o lado*, foi o pensamento que lhe passou pela cabeça enquanto os observava. *Vamos... olhe para o lado... estou sentado aqui sozinho... venha experimentar...*

Se os amigos de Duda o vissem sentado ali, com certeza traçariam uma reta até ele, e o que faria o primo então? Não iria querer fazer papel feio na frente da gangue, mas sentiria muito medo de desafiar Harry... seria realmente divertido observar o dilema de Duda, provocá-lo, observar o primo impotente para reagir... e se um dos outros tentasse acertá-lo, estaria preparado – tinha sua varinha. Que experimentassem... adoraria extravasar um pouco de sua frustração em garotos que no passado tinham infernizado sua vida.

Mas eles não se viraram, não o viram, já estavam quase nas grades. Harry dominou o impulso de chamá-los... procurar briga não era muito inteligente... não devia usar magia... estaria se arriscando outra vez a ser expulso.

As vozes dos companheiros de Duda foram morrendo, eles tinham desaparecido de vista, em direção à rua das Magnólias.

Pronto, Sirius, pensou Harry, desanimado. *Nada de precipitações. Não me meti em encrencas. Exatamente o contrário do que você fez.*

Ele se levantou e se espreguiçou. Tia Petúnia e tio Válter pareciam pensar que a hora que Duda chegasse era a hora certa para se voltar para casa, e qualquer minuto depois disso era tarde demais. O tio ameaçara trancar Harry no barraco de ferramentas se ele tornasse a chegar depois de Duda, por isso, reprimindo um bocejo, e ainda mal-humorado, o garoto saiu em direção ao portão do parque.

A rua das Magnólias, como a dos Alfeneiros, era cheia de grandes casas quadradas com gramados perfeitamente cuidados, todas de propriedade de homens grandes e quadrados que guiavam carros muito limpos, iguais aos do tio Válter. Harry preferia o bairro de Little Whinging à noite, quando as janelas protegidas por cortinas formavam retalhos de cores vivas no escuro, e ele não corria o risco de ouvir comentários censurando sua aparência "delinquente" quando passava pelos donos das casas. Caminhou depressa, por isso, na metade da rua das Magnólias tornou a avistar a turma de Duda; estavam se despedindo na entrada do largo das Magnólias. Harry se abrigou sob a copa de um lilaseiro e esperou.

– ... guinchou feito um porco, não foi? – ia dizendo Malcolm, arrancando risos dos colegas.
– Um bom gancho de direita, Dudão – elogiou Pedro.
– Mesma hora amanhã? – perguntou Duda.
– Lá em casa, meus pais vão sair – respondeu Górdon.
– Então, até lá – concordou Duda.
– Tchau, Duda.
– A gente se vê, Dudão!

Harry esperou o resto dos garotos continuar, antes de recomeçar a andar. Quando as vozes desapareceram na distância, ele entrou de novo no largo das Magnólias e, apressando o passo, não tardou a chegar a uma distância em que o primo, que caminhava descansadamente, desafinando uma canção, pudesse ouvi-lo.

– Ei, Dudão!

Duda se virou.

– Ah – resmungou. – É você.
– Então, há quanto tempo você é o Dudão? – perguntou Harry.
– Não chateia – rosnou o primo dando-lhe as costas.
– Nome legal – comentou Harry, rindo e acompanhando o passo do primo. – Mas para mim você sempre será o Dudiquinho.
– Já falei, NÃO CHATEIA! – repetiu Duda, cujas mãos, que mais pareciam presuntos, tinham se fechado.
– Os garotos não sabem que é assim que a mamãe te chama?
– Cala essa boca.
– Você não diz a *ela* para calar a boca. Então posso usar "Fofinho" e "Duduzinho"?

Duda não respondeu. O esforço para não bater no primo pareceu exigir todo o seu autodomínio.

– Então quem é que vocês andaram espancando esta noite? – indagou Harry, parando de sorrir. – Outro garoto de dez anos? Sei que acertaram o Marco Evans anteontem...
– Ele estava pedindo – rosnou Duda.
– Ah, é?
– Ele me desacatou.

— Ah, foi? Disse que você parecia um porco que aprendeu a andar nas patas traseiras? Porque isso não é desacatar, Duda, isso é verdade.

Um músculo começou a tremer no queixo de Duda. Harry sentiu uma enorme satisfação de ver que estava enfurecendo o primo; teve a sensação de que bombeava a própria frustração para dentro do primo, a única válvula de escape que tinha.

Os dois viraram na travessa estreita onde Harry vira Sirius pela primeira vez, um atalho entre o largo das Magnólias e a alameda das Glicínias. Estava deserta e muito mais escura do que as duas ruas que ligava, porque não tinha lampiões. Os passos dos primos ficaram abafados entre as paredes de uma garagem, a um lado, e uma cerca alta, do outro.

— Você se acha um grande homem carregando essa coisa, não é? – disse Duda depois de alguns segundos.

— Que coisa?

— Essa... essa coisa que você leva escondida.

Harry tornou a rir.

— Não é que você não é tão burro quanto parece, Duda? Mas acho que se fosse não seria capaz de andar e falar ao mesmo tempo.

Harry puxou a varinha. Viu que o primo a olhava de esguelha.

— Você não tem permissão – disse Duda na mesma hora. – Sei que não tem. Seria expulso daquela escola fajuta que você frequenta.

— Como é que você sabe que as regras não mudaram, Dudão?

— Não mudaram – disse o primo, embora não parecesse totalmente seguro.

Harry riu baixinho.

— Você não tem peito para me enfrentar sem essa coisa, não é? – rosnou Duda.

— E você precisa de quatro amigos às suas costas para atacar um garoto de dez anos. Sabe aquele título de boxe que você vive exibindo? Que idade tinha o seu adversário? Sete? Oito?

— Para sua informação, ele tinha dezesseis anos e ficou desacordado vinte minutos depois que acabei com ele, e era duas vezes mais pesado do que você. Espera só eu contar ao papai que você puxou essa coisa...

— Vai correr para o papai agora, é? Será que o Dudinha campeão do papai ficou com medo da varinha do Harry malvado?

— Você não é tão valente à noite, não é? – caçoou Duda.

— Estamos de noite, Dudiquinho. É como a gente chama quando fica escuro assim.

— Estou falando quando você está deitado — vociferou Duda.

Parara de andar. Harry parou também, encarando o primo. Do pouco que conseguia ver do rosto largo de Duda, ele parecia estranhamente triunfante.

— Como assim, não sou valente quando estou deitado? — perguntou Harry inteiramente pasmo. — Do que é que você acha que tenho medo, dos travesseiros ou de outra coisa assim?

— Eu ouvi você à noite passada — disse Duda sem fôlego. — Falando durante o sono. *Gemendo.*

— Como assim? — repetiu Harry, mas com uma sensação de frio e afundamento no estômago. Tornara a visitar o cemitério em sonhos, na noite anterior.

Duda soltou uma gargalhada rouca, depois fez uma voz de falsete e lamúria.

— Não matem Cedrico! Não matem Cedrico! Quem é Cedrico... seu namorado?

— Eu... você está mentindo — contestou Harry maquinalmente. Mas sua boca secara. Sabia que o primo não estava mentindo; de que outra forma poderia saber o nome de Cedrico?

— Papai! Me ajude, papai! Ele vai me matar, papai! Buuuu!

— Cala a boca — disse Harry em voz baixa. — Cala a boca, Duda, estou te avisando!

— Vem me ajudar, papai! Mamãe, vem me ajudar! Ele matou Cedrico! Papai, me ajude! Ele vai... *Não aponta essa coisa pra mim!*

Duda recuou contra a parede da travessa. Harry estava apontando a varinha diretamente para o seu coração. Ele sentia catorze anos de ódio ao primo palpitarem em suas veias — o que não daria para atacá-lo agora, enfeitiçá-lo de tal jeito que Duda precisaria rastejar até em casa como um inseto, mudo, antenas brotando de sua cabeça...

— Nunca mais volte a falar nisso — rosnou Harry. — Está me entendendo?

— Aponte essa coisa para outro lado!

— Eu perguntei, *você me entendeu?*

— *Aponte isso para outro lado!*

— VOCÊ ME ENTENDEU?

— AFASTE ESSA COISA DE...

Duda soltou uma exclamação estranha e tremida, como se o tivessem mergulhado em água gelada.

Alguma coisa acontecera à noite. O azul anil e estrelado do céu noturno de repente ficou preto e sem luz — as estrelas, a lua, os lampiões enevoados em cada extremo da travessa haviam desaparecido. O ronco distante dos carros e o murmúrio das árvores haviam desaparecido. A tepidez da noite de repente se transformou em um frio cortante. Os garotos se viram envolvidos por uma escuridão silenciosa, impenetrável e total, como se a mão de um gigante tivesse atirado um manto gelado e espesso sobre a travessa, cegando-os.

Por uma fração de segundo Harry pensou que tivesse feito alguma mágica involuntária, apesar de estar resistindo o máximo que podia – em seguida o seu raciocínio emparelhou com os seus sentidos – ele não tinha poder para apagar as estrelas. Virou, então, a cabeça para cá e para lá, tentando ver alguma coisa, mas as trevas cobriam seus olhos como um véu sem peso.

A voz aterrorizada de Duda espocou nos ouvidos de Harry.

– Q-que é que você está f-fazendo? P-para com isso!

– Não estou fazendo nada! Cala a boca e fica parado!

– Não estou v-vendo nada! F-fiquei cego! Eu...

– Eu falei para você calar a boca!

Harry parou, imóvel, virando os olhos enceguecidos para a direita e a esquerda. O frio era tão intenso que ele tremia da cabeça aos pés; arrepios brotaram em seus braços e os pelos de sua nuca ficaram em pé – ele abriu os olhos o mais que pôde, arregalando-os para todos os lados, sem ver.

Era impossível... eles não podiam estar ali... não em Little Whinging... Harry apurou os ouvidos... pôde ouvi-los antes de vê-los.

– Vou contar ao papai! – choramingou Duda. – C-cadê você? Q-que é que você está f-fa...?

– Quer calar a boca? – sibilou Harry. – Estou tentando esc...

Mas emudeceu. Acabara de ouvir exatamente o que estivera receando.

Havia alguma coisa na travessa além deles, alguma coisa que respirava em arquejos roucos e secos. Harry sentiu um pavor terrível e instantâneo parado ali na noite gélida.

– P-para com isso. Para de fazer isso! Vou socar você, juro que vou!

– Duda, cala...

PAM.

Um punho fez contato com o lado da cabeça de Harry, erguendo-o do chão. Luzinhas brancas cintilaram diante dos seus olhos. Pela segunda vez em uma hora, ele sentiu a cabeça rachar ao meio; no momento seguinte, estatelou-se no chão e a varinha voou de sua mão.

– Seu lesado! – berrou Harry, os olhos marejando de dor, ao mesmo tempo que tentava levantar apoiado nas mãos e nos joelhos, apalpando freneticamente a escuridão. Ele ouviu Duda tentar se afastar, bater na cerca da travessa, tropeçar.

– DUDA, VOLTA AQUI! VOCÊ ESTÁ CORRENDO DIRETO PARA A COISA!

Ouviu-se um guincho horrível e os passos de Duda pararam. No mesmo instante Harry sentiu um frio paralisante às costas que só podia significar uma coisa. E havia mais de uma.

– DUDA, FIQUE DE BOCA FECHADA! FAÇA O QUE QUISER, MAS FIQUE DE BOCA FECHADA! Varinha! – murmurou Harry, nervoso, suas mãos saltando pelo chão como aranhas. – Onde está... varinha... depressa... *lumus*!

Ordenou o feitiço automaticamente, desesperado por uma luz que o ajudasse em sua procura – e, para seu alívio e descrença, a luz acendeu a centímetros de sua mão direita – a ponta da varinha acendeu. Harry agarrou-a, ficou em pé e se virou.

Seu estômago deu voltas.

Um vulto altaneiro, encapuzado, deslizava em sua direção, flutuando sobre o solo, sem pés nem rosto visíveis sob as vestes, sugando a noite à medida que se aproximava.

Cambaleando para trás, o garoto ergueu a varinha.

– *Expecto patronum*!

Um fiapo de fumaça prateada disparou da ponta da varinha e o dementador retardou o passo, mas o feitiço não funcionara direito; tropeçando nos próprios pés, Harry recuou mais, à medida que o dementador avançava para ele e o pânico anuviava seu cérebro – *concentre...*

Um par de mãos cinza, sarnentas e viscosas se estendeu para ele. Um ruído crescente invadiu seus ouvidos.

– *Expecto patronum*!

Sua voz soou abafada e distante. Outro fiapo de fumaça prateada mais tênue que o anterior saiu da varinha – não conseguiu mais do que isso, não conseguiu realizar o feitiço.

Harry ouviu uma risada em sua mente, uma risada desagradável e aguda... sentiu o cheiro podre do dementador, um frio letal encheu seus pulmões, afogando-o – *pense... alguma coisa alegre...*

Mas não havia felicidade nele... os dedos enregelados do dementador começaram a se aproximar de sua garganta – a risada aguda tornou-se cada vez mais alta e uma voz falou em sua mente:

"Curve-se para a morte, Harry... talvez ela seja indolor... eu não saberia dizer... Nunca morri..."

Ele nunca reveria Rony e Hermione...

E os rostos dos amigos surgiram com nitidez em sua mente enquanto ele lutava para respirar.

— EXPECTO PATRONUM!

Um enorme veado de prata irrompeu da ponta de sua varinha; a galhada do animal atingiu o dementador na parte do corpo em que deveria estar o coração; o dementador foi atirado para trás, imponderável como a escuridão, e quando o veado avançou ele se precipitou para longe, como um morcego, derrotado.

— POR AQUI! — gritou Harry para o veado. Dando meia-volta, ele saiu correndo pela travessa, segurando no alto a varinha acesa. — DUDA? DUDA!

Harry deu apenas uns dez passos e já os alcançou: Duda estava enroscado no chão, os braços cruzados sobre o rosto. Um segundo dementador agachava-se para ele, agarrando seus pulsos com as mãos escorregadias, forçando-as a se separarem lentamente, quase carinhosamente, aproximando a cabeça encapuzada do rosto de Duda como se fosse beijá-lo.

— PEGA ELE! — berrou Harry, e, com um ruído de força e velocidade, o veado prateado que ele conjurara passou a galope. A cara sem olhos do dementador estava a menos de três centímetros de Duda quando a galhada de prata o atingiu; ele foi atirado para o ar e, como seu companheiro, saiu voando e foi absorvido pela escuridão; o veado se dirigiu a meio galope para um extremo da travessa e se dissolveu em uma névoa argentina.

A luz, as estrelas e os lampiões recobraram vida. Uma brisa morna varreu a travessa. As árvores farfalharam pelos jardins dos arredores e o ruído abafado dos carros no largo das Magnólias encheu mais uma vez o ar.

Harry ficou muito quieto, todos os seus sentidos vibrando, procurando absorver o retorno à normalidade. Passado um instante, ele percebeu que sua camiseta estava grudada ao corpo; ele estava alagado de suor.

Não conseguia acreditar no que acabara de acontecer. Dementadores ali, em Little Whinging.

Duda continuava enroscado no chão, choramingando e tremendo. Harry se abaixou para ver se o primo estava em condições de se levantar, mas neste instante ouviu alguém correndo a suas costas. Instintivamente, ele tornou a erguer a varinha e girou nos calcanhares para enfrentar o recém-chegado.

A Sra. Figg, a velhota gagá, sua vizinha, apareceu ofegante. Seus cabelos grisalhos escapavam por baixo da rede que usava, do seu pulso pendia uma saca de compras de fio metálico e seus calcanhares sobravam para fora nas pantufas de tecido xadrez. Harry procurou esconder rapidamente a varinha, mas...

— Não guarde isso, menino idiota! — gritou ela, esganiçada. — E se houver mais deles por aqui? Ah, eu vou *matar o* Mundungo Fletcher!

2

UMA REVOADA DE CORUJAS

— Quê? — exclamou Harry sem entender.
— Ele saiu — respondeu a Sra. Figg, torcendo as mãos. — Saiu para ver alguém a propósito de uma remessa de caldeirões que caiu da garupa de uma vassoura! Eu disse que o esfolaria vivo se ele fosse, e agora veja o que aconteceu! Dementadores! Foi uma sorte eu ter posto o Sr. Tibbles no caso! Mas não temos tempo para ficar parados! Corra agora, você tem de voltar para casa! Ah, a confusão que isso vai provocar! Eu vou *matar* aquele homem!

A revelação de que sua vizinha gagá com mania de gatos sabia o que eram dementadores foi quase um choque tão grande para Harry quanto encontrar dois deles na travessa.

— A senhora é *bruxa*?
— Não consegui ser, e Mundungo sabe muito bem disso, então como é que eu ia poder ajudar a espantar os dementadores? Ele deixou você completamente descoberto e eu o *avisei*...

— Esse tal Mundungo andou me seguindo? Espere aí... foi *ele*! Desaparatou na frente da minha casa!

— Isso mesmo, mas por sorte eu tinha mandado o Sr. Tibbles ficar debaixo de um carro, só por precaução, e ele veio me avisar, mas quando cheguei você já tinha saído de casa... e agora... ah, que é que o Dumbledore vai dizer? Você! — gritou ela para Duda, ainda inerte no chão da travessa. — Levanta essa bunda gorda do chão, anda logo!

— A senhora conhece Dumbledore? — perguntou Harry olhando fixamente para a velhota.

— Claro que conheço Dumbledore, quem não conhece Dumbledore? Mas *vamos* logo. Não vou poder ajudar você se eles voltarem. Eu nunca consegui transfigurar nem um saquinho de chá.

Ela se abaixou, agarrou o braço maciço de Duda com as mãos enrugadas e puxou.

— *Levanta*, seu monte de carne inútil, *levanta*!

Mas Duda ou não podia ou não queria se mexer. Continuou no chão, trêmulo, de cara pálida, a boca hermeticamente fechada.

— Eu faço isso. — Harry agarrou Duda pelo braço e puxou. Com enorme esforço, conseguiu pô-lo de pé. Duda parecia prestes a desmaiar. Seus olhos miúdos giravam nas órbitas e o suor gotejava em seu rosto; no momento em que Harry o largou, ele balançou precariamente.

— Anda depressa! — disse a Sra. Figg, nervosa.

O garoto passou um dos braços maciços de Duda por cima dos próprios ombros e arrastou-o em direção à rua, ligeiramente curvado sob o peso. A Sra. Figg acompanhou-os com passos vacilantes, espiando, ansiosa, pela esquina.

— Mantenha a varinha preparada — recomendou a Harry ao entrarem na alameda das Glicínias. — Não se preocupe com o Estatuto de Sigilo agora, de qualquer jeito vai haver uma confusão dos diabos, e é melhor sermos enforcados por causa de um dragão do que por um ovo. E ainda falam da Restrição à Prática de Magia por Menores... era *exatamente* disso que o Dumbledore tinha medo... Que é aquilo ali no fim da rua? Ah, é só o Sr. Prentice... não guarde a sua varinha, menino, quantas vezes já lhe disse que não sirvo para nada?

Não era fácil empunhar a varinha com firmeza e ao mesmo tempo arrastar Duda. Harry deu uma cotovelada impaciente nas costelas do primo, mas ele parecia ter perdido toda a vontade de se movimentar sozinho. Estava derreado no ombro de Harry, arrastando os pés enormes pelo chão.

— Por que a senhora não me contou que era quase bruxa, Sra. Figg? — perguntou Harry, ofegando com o esforço de continuar andando. — Todas aquelas vezes que fui à sua casa... por que a senhora não falou nada?

— Ordens do Dumbledore. Era para eu ficar de olho em você, mas sem dizer nada, você era muito criança. Desculpe ter sido tão chata, Harry, mas os Dursley nunca o teriam deixado me visitar se achassem que você estava se divertindo. Não foi fácil, sabe... mas, minha nossa! — exclamou ela tragicamente, torcendo as mãos —, quando Dumbledore souber... como é que o Mundungo pôde sair, devia ter ficado de serviço até a meia-noite... *onde é que ele se meteu?* Como é que vou contar ao Dumbledore o que aconteceu? Não sei aparatar.

— Eu tenho uma coruja, posso lhe emprestar. — Harry gemeu, receando que sua coluna se partisse sob o peso do primo.

— Harry, você não entende! Dumbledore vai precisar agir o mais rápido possível, o Ministério tem meios próprios de detectar mágicas realizadas por menores, eles já sabem, pode escrever o que estou dizendo.

— Mas eu estava me livrando dos dementadores, tinha de usar magia: com certeza estariam mais preocupados se os dementadores estivessem andando pela alameda das Glicínias.

— Ah, querido, eu gostaria que fosse assim, mas receio... MUNDUNGO FLETCHER, EU VOU MATAR VOCÊ!

Ouviu-se um grande estalo, e um forte cheiro de bebida misturado ao de fumo curtido impregnou o ar quando um homem atarracado, com a barba por fazer, e vestindo um casaco esfarrapado, se materializou diante do grupo. Tinha pernas curtas e arqueadas, cabelos ruivos e desgrenhados, olhos empapuçados e vermelhos que lhe davam a aparência triste de um cão de caçar lebres. Trazia também nas mãos um embrulho prateado que Harry reconheceu na mesma hora como uma Capa da Invisibilidade.

— Alguma novidade, Figgy? — perguntou ele olhando da velhota para Harry e deste para Duda. — Que aconteceu com a sua vigilância secreta?

— Vou lhe mostrar a *vigilância secreta*! — exclamou a Sra. Figg. — Dementadores, seu ladrãozinho imprestável e golpista!

— Dementadores? — repetiu Mundungo, horrorizado. — Dementadores, aqui?

— Aqui, seu monte inútil de bosta de morcego, aqui! — gritou ela. — Dementadores atacando o garoto no seu turno de serviço!

— Pombas — praguejou Mundungo baixinho, olhando da Sra. Figg para Harry e de volta à mulher. — Pombas, eu...

— E você à solta pelo mundo comprando caldeirões roubados! Eu não lhe disse para não ir? *Não disse?*

— Eu... bem... — Mundungo parecia profundamente constrangido. — Era um ótimo negócio, entende...

A Sra. Figg ergueu o braço em que trazia pendurada uma saca metálica, deu impulso e meteu-a na cara e no pescoço do bruxo; a julgar pelo barulho que a saca fez, estava cheia de comida de gato.

— Ai... para com isso... para com isso, sua velha caduca! Alguém vai ter de contar ao Dumbledore!

— E... vai... mesmo! — berrou a Sra. Figg, batendo com a saca de comida de gato em todas as partes do corpo de Mundungo ao seu alcance. — E... é... melhor... que... seja... você... e pode contar a ele... por... que... não... estava... aqui... para... ajudar!

— Não precisa se descabelar! — disse Mundungo, erguendo os braços para proteger a cabeça e encolhendo o corpo. — Eu vou, eu vou!

E, com outro estalo forte, ele desapareceu.

— Espero que o Dumbledore *mate* ele! — exclamou a Sra. Figg, furiosa. — Agora vamos, Harry, que é que você está esperando?

Harry decidiu não gastar o fôlego que lhe restava para explicar que mal conseguia andar sob o peso de Duda. Puxou o primo semi-inconsciente mais para cima e prosseguiu cambaleando.

— Vou levar você até a porta — disse a Sra. Figg, quando entraram na rua dos Alfeneiros. — Para o caso de haver mais deles por aí... ah, minha nossa, que catástrofe... e você precisou enfrentá-los sozinho... e Dumbledore disse que tínhamos de impedi-lo de fazer mágicas a todo custo... bem, não adianta chorar a poção derramada... agora o gato está solto no meio dos diabetes.

— Então — ofegou Harry — Dumbledore... mandou... gente me seguir?

— É claro — respondeu a velhota, impaciente. — Você esperava que o deixasse andar por aí sozinho depois do que aconteceu em junho? Meu Deus, garoto, me disseram que você era inteligente... certo... agora entre em casa e não saia mais — recomendou ela, quando chegaram ao número quatro. — Imagino que não vai demorar muito para alguém entrar em contato com você.

— Que é que a senhora vai fazer? — perguntou Harry depressa.

— Vou direto para casa — respondeu a velhota, correndo o olhar pela rua e estremecendo. — Preciso aguardar mais instruções. Não saia de casa. Boa noite.

— Não vá, fique mais um pouco. Eu quero saber...

Mas a Sra. Figg já se fora, apressada, as pantufas batendo contra os calcanhares, a saca retinindo.

— Espere! — gritou o garoto. Tinha mil perguntas para fazer a quem estivesse em contato com Dumbledore; mas em segundos a velhota foi engolida pela escuridão. Contrariado, ele tornou a ajeitar Duda sobre os ombros e continuou, lenta e penosamente, em direção à entrada de casa.

A luz do hall estava acesa. Harry tornou a guardar a varinha no cós do jeans, tocou a campainha e observou a silhueta de tia Petúnia ir crescendo, estranhamente distorcida pelo vidro ondulado da porta.

— Duzinho! Até que enfim, eu já estava ficando muito... muito... *Duzinho, que é que você tem?*

Harry olhou de esguelha para Duda e saiu de baixo dele bem a tempo. O primo oscilou por um momento no mesmo lugar, o rosto verde-pálido... então abriu a boca e vomitou no capacho da entrada.

— DUZINHO! Duzinho!, que é que você tem? Válter? VÁLTER!

O tio de Harry acorreu da sala de estar, gingando o corpo pesado, bigodão de morsa sacudindo para cá e para lá como sempre fazia quando estava agitado.

Válter apressou-se a ajudar Petúnia a manobrar o filho de joelhos bambos pelo portal, ao mesmo tempo que evitava pisar na poça de vômito.

— Ele está passando mal, Válter!

— Que foi, filho? Que aconteceu? A Sra. Polkiss lhe serviu alguma coisa exótica para o chá?

— Por que é que você está todo sujo, querido? Andou deitando no chão?

— Espere aí: você não foi assaltado, foi, filho?

Tia Petúnia gritou:

— Chame a polícia, Válter! Chame a polícia! Duzinho, querido, fale com a mamãe! Que foi que fizeram com você?

Durante todo esse alvoroço, ninguém pareceu ter reparado em Harry, o que lhe convinha perfeitamente. Conseguiu deslizar pela porta pouco antes do tio Válter batê-la e, enquanto os Dursley avançavam atropeladamente pelo corredor da cozinha, Harry prosseguiu, cauteloso e em silêncio, em direção à escada.

— Quem fez isso, filho? Diga os nomes. Vamos pegá-los, não se preocupe.

— Psiu! Ele está tentando falar alguma coisa, Válter! Que foi, Duzinho? Conte pra mamãe!

O pé de Harry estava no primeiro degrau da escada quando Duda recuperou a voz.

— Ele.

Harry congelou, o pé na escada, o rosto contraído, preparando-se para a explosão.

— MOLEQUE! VENHA JÁ AQUI!

Com uma sensação em que se misturavam o medo e a raiva, Harry tirou o pé da escada e se virou para acompanhar os Dursley.

A cozinha escrupulosamente limpa tinha um brilho irreal depois da escuridão da rua. Tia Petúnia levou Duda para uma cadeira; ele continuava verde e suado. Tio Válter parou diante do escorredor de pratos e encarou Harry com seus olhos miúdos apertados.

— Que foi que você fez com o meu filho? — perguntou com um rosnado ameaçador.

— Nada — respondeu o garoto, sabendo perfeitamente bem que o tio não acreditaria.

— Que foi que ele fez com você, Duzinho? — indagou Petúnia com a voz trêmula, agora limpando o vômito da frente do blusão de couro do filho. — Foi... foi você-sabe-o-quê, querido? Ele usou... a *coisa* dele?

Lenta e tremulamente, Duda concordou com a cabeça.

— Não usei! — disse Harry com rispidez, enquanto tia Petúnia deixava escapar um guincho e o marido erguia os punhos. — Eu não fiz nada com ele, não fui eu, foi...

Mas, naquele exato momento, uma coruja-das-torres adentrou a janela da cozinha. Passando de raspão por cima da cabeça do tio Válter, a ave voou pela cozinha, largou aos pés de Harry um grande envelope de pergaminho que trazia no bico, fez uma volta graciosa, as pontas das asas apenas roçando o topo da geladeira, e, em seguida, tornou a sair para o jardim.

— CORUJAS! — urrou tio Válter, a grossa veia em sua têmpora pulsando de cólera ao bater a janela da cozinha. — CORUJAS OUTRA VEZ! NÃO VOU MAIS PERMITIR CORUJAS EM MINHA CASA!

Mas Harry já estava abrindo o envelope e puxando a carta que havia dentro, seu coração palpitava com força como se estivesse no pomo de adão.

Prezado Sr. Potter,

Chegou ao nosso conhecimento que V. Sª executou o Feitiço do Patrono às vinte e uma horas e vinte e três minutos de hoje em uma área habitada por trouxas e em presença de um deles.

A gravidade dessa violação do Decreto de Restrição à Prática de Magia por Menores acarretará sua expulsão da Escola de Magia e Bruxaria de Hogwarts. Representantes do Ministério irão procurá-lo em sua residência nos próximos dias para destruir sua varinha.

Como V. Sª já recebeu um aviso oficial por uma infração anterior à Seção 13 do Estatuto de Sigilo em Magia da Confederação Internacional de Bruxos, lamentamos informar que deverá comparecer a uma audiência disciplinar no Ministério da Magia às nove horas do dia doze de agosto.

Fazemos votos que esteja bem,
Atenciosamente,
Mafalda Hopkirk
Seção de Controle do Uso Indevido de Magia
Ministério da Magia

Harry leu a carta inteira duas vezes. Tinha apenas uma vaga consciência de que os tios continuavam falando. Em sua cabeça, tudo ficou congelado e insensível. Um único fato penetrara sua consciência como um dardo paralisante. Fora expulso de Hogwarts. Tudo terminara. Nunca mais poderia voltar.

Ele ergueu os olhos para os Dursley. O tio, de cara púrpura, gritava com os punhos ainda erguidos. A tia passara os braços em torno de Duda, que voltara a vomitar.

O cérebro temporariamente estupidificado de Harry pareceu despertar. Representantes do Ministério irão procurá-lo em sua residência nos próximos dias para destruir sua varinha. Só havia uma solução. Teria de fugir – agora. Para onde, ele não sabia, mas estava certo de uma coisa: em Hogwarts ou fora da escola, precisava da varinha. Em um estado de quase devaneio, puxou a varinha e virou-se para sair da cozinha.

– Aonde é que você pensa que vai? – berrou o tio Válter. Como o garoto não respondesse, ele avançou decidido pela cozinha para bloquear a saída para o corredor. – Ainda não terminei com você, moleque!

– Sai do meu caminho – disse Harry com a voz controlada.

– Você vai ficar aqui e explicar por que o meu filho...

– Se o senhor não sair do meu caminho vou lhe lançar um feitiço – ameaçou Harry, erguendo a varinha.

– Não pense que me engana com essa conversa – vociferou o tio. – Eu sei que você não tem permissão de usar magia fora daquele hospício que chama de escola!

– O hospício acaba de me expulsar. Por isso posso fazer o que bem entender. O senhor tem três segundos. Um... dois...

Um forte estampido ecoou na cozinha. Tia Petúnia gritou. Tio Válter berrou e se abaixou, e pela terceira vez naquela noite Harry ficou procurando a fonte de um ruído que não fizera. Localizou-a imediatamente: uma corujadas-igrejas, tonta e arrepiada, estava pousada do lado de fora do peitoril da cozinha, pois acabara de colidir com a janela fechada.

Sem se importar com o berro angustiado do tio, "CORUJAS!", Harry atravessou correndo o aposento e escancarou a janela. A ave esticou a perna, à qual estava preso um pequeno rolo de pergaminho, sacudiu as penas e levantou voo assim que Harry desprendeu a carta. As mãos trêmulas, o garoto desenrolou esta segunda mensagem, escrita apressadamente, a tinta preta meio borrada.

Harry,
Dumbledore acabou de chegar ao Ministério e está tentando resolver o problema. NÃO DEIXE A CASA DOS SEUS TIOS. NÃO FAÇA MAIS NENHUMA MÁGICA. NÃO ENTREGUE SUA VARINHA.
    Arthur Weasley

Dumbledore estava tentando resolver o problema... que significava isso? Que poder tinha Dumbledore para se sobrepor ao Ministério da Magia? Havia talvez uma chance de voltar a Hogwarts? Um brotinho de esperança começou a nascer no peito de Harry, mas quase imediatamente foi sufocado pelo pânico – como iria se negar a entregar a varinha sem usar a magia? Teria de duelar com os representantes do Ministério e, se fizesse isso, teria sorte de não acabar em Azkaban, isso sem falar na expulsão.

Seus pensamentos voavam... poderia tentar fugir e se arriscar a ser capturado pelo Ministério ou ficar parado e esperar que o encontrassem ali. Sentia-se muito mais tentado pela primeira hipótese, mas sabia que o Sr. Weasley queria o seu bem... e, afinal de contas, Dumbledore já resolvera antes problemas muito piores.

– Tudo bem – disse Harry –, mudei de ideia, vou ficar.

Largou-se então à mesa da cozinha e encarou Duda e a tia. Os Dursley pareciam surpresos com sua repentina mudança de ideia. A tia olhou desesperada para o marido. A veia na têmpora do tio Válter pulsava mais que nunca.

– De quem são todas essas corujas? – rosnou ele.

– A primeira era do Ministério da Magia, comunicando minha expulsão – explicou Harry calmamente. Apurava os ouvidos para os ruídos lá fora, tentando identificar se os representantes do Ministério estariam chegando, e era mais fácil e mais silencioso responder às perguntas do tio do que fazê-lo se enfurecer e berrar. – A segunda foi do pai do meu amigo Rony, que trabalha no Ministério.

– *Ministério da Magia?* – berrou o tio. – Gente de sua laia no *governo*? Ah, isso explica tudo, tudo mesmo, não admira que o país esteja indo para o brejo.

Como Harry não reagiu, o tio olhou-o zangado e bufou:

– E por que é que você foi expulso?

– Porque usei a magia.

– Ah-ah! – rugiu o tio, dando um murro em cima da geladeira, que se abriu; vários lanchinhos de baixa caloria de Duda caíram e se espatifaram no chão. – Então você admite! *Que foi que você fez com o Duda?*

– Nada – falou Harry um pouco menos calmo. – Não fui eu...

– *Foi* – murmurou Duda inesperadamente e, na mesma hora, os pais fizeram acenos para Harry calar a boca, curvando-se para o filho.

– Vamos, filho – disse tio Válter –, que foi que ele fez?

– Diga pra gente, querido – sussurrou tia Petúnia.

– Apontou a varinha para mim – balbuciou o garoto.

– Foi, fiz isso sim, mas não a usei... – Harry começou a dizer aborrecido, mas...

– CALE A BOCA! – berraram os tios em uníssono.

– Continue, filho – repetiu o tio Válter, sua bigodeira esvoaçando furiosamente.

— Tudo ficou escuro — disse Duda, estremecendo. — Tudo escuro. Então eu ouv-vi... *coisas*. Dentro da minha c-cabeça.

Tio Válter e tia Petúnia se entreolharam cheios de horror. Se a coisa de que menos gostavam na vida era a magia — seguida de perto por vizinhos que burlavam mais do que eles a proibição de usar mangueiras —, gente que ouvia vozes decididamente ficava entre as dez últimas. Obviamente acharam que Duda estava perdendo o juízo.

— Que tipo de coisas você ouviu, fofinho? — sussurrou tia Petúnia, o rosto muito pálido e lágrimas nos olhos.

Mas Duda parecia incapaz de responder. Estremeceu de novo e sacudiu sua enorme cabeça loura e, apesar da sensação entorpecida de pavor que se instalara em Harry desde a chegada da primeira coruja, ele sentiu uma certa curiosidade. Os dementadores faziam a pessoa reviver os piores momentos da vida. Que é que o mal-acostumado, mimado, implicante Duda fora obrigado a ouvir?

— Como foi que você caiu, filho? — perguntou tio Válter, em um tom calmo e anormal, o tom que se adotaria à cabeceira de alguém muito doente.

— T-tropecei — gaguejou Duda. — E aí...

Ele apontou para o peito maciço. Harry compreendeu que o primo estava revivendo o frio pegajoso que invadira seus pulmões quando a esperança e a felicidade foram arrancadas dele.

— Horrível — comentou com a voz rouca. — Frio. Realmente frio.

— Tudo bem — disse o pai, esforçando-se para falar com calma, enquanto sua mulher, ansiosa, levava a mão à testa de Duda para sentir sua temperatura.

— Que aconteceu então, Duda?

— Senti... senti... senti... como se... como se...

— Como se jamais fosse voltar a ser feliz — completou Harry sem emoção.

— Foi — sussurrou o primo, ainda tremendo.

— Então! — disse tio Válter, a voz recuperando seu completo e sonoro volume, endireitando-se. — Você lançou um feitiço maluco no meu filho para que ele ouvisse vozes e acreditasse que estava... condenado a ser infeliz ou outra coisa do gênero, foi isso que fez?

— Quantas vezes vou precisar repetir? — disse Harry, a voz e a raiva aumentando. — *Não fui eu!* Foram dois dementadores!

— Dois o quê?... que tolice é essa?

— De-men-ta-do-res — disse o garoto lenta e claramente. — Dois.

— E que diabo são dementadores?

— São os guardas da prisão dos bruxos, Azkaban — disse tia Petúnia.

Dois segundos de retumbante silêncio seguiram-se a essas palavras antes que tia Petúnia levasse a mão à boca como se tivesse deixado escapar um palavrão. Tio Válter arregalou os olhos para a mulher. O cérebro de Harry rodopiou. A Sra. Figg era uma coisa – mas a *tia Petúnia*?

– Como é que você sabe disso? – perguntou-lhe o marido, perplexo.

Tia Petúnia pareceu muito espantada consigo mesma. Olhou para o marido num pedido mudo de desculpas, depois baixou um pouquinho a mão mostrando seus dentes cavalares.

– Ouvi... aquele rapaz horrível... contando a *ela* sobre os guardas... há muitos anos – respondeu sem jeito.

– Se a senhora está se referindo à minha mãe e ao meu pai, por que não diz o nome deles? – protestou Harry em voz alta, mas a tia não lhe deu atenção. Parecia extremamente embaraçada.

Harry ficou aturdido. Exceto por um desabafo há muitos anos, durante o qual a tia gritara que a mãe dele era anormal, o garoto nunca a ouvira mencionar a irmã. Espantava-se que ela tivesse guardado durante tanto tempo essa pequena informação sobre o mundo da magia, quando em geral concentrava todas as suas energias em fingir que ele não existia.

Tio Válter abriu a boca, tornou a fechá-la, depois, aparentemente se esforçando para se lembrar de como falar, abriu-a uma terceira vez e disse, rouco:

– Então... então... eles... hum... eles... hum... eles realmente existem, esses... hum... esses tais de dementis ou lá o que sejam?

Tia Petúnia concordou com um aceno de cabeça.

Válter olhou da mulher para o filho e dele para o sobrinho, como se esperasse alguém gritar "Primeiro de abril!". Mas como ninguém gritou, ele tornou a abrir a boca, mas foi-lhe poupado o trabalho de encontrar palavras pela chegada da terceira coruja da noite. Ela entrou com a velocidade de um bólide emplumado pela janela ainda aberta e pousou com estardalhaço na mesa da cozinha, fazendo os três Dursley pularem de susto. Harry puxou um segundo envelope de aspecto oficial do bico da coruja e abriu-o, enquanto a ave arrancava de volta à noite.

– Chega... pombas... dessas *corujas* – resmungou o tio distraído, dirigindo-se decidido à janela e fechando-a com violência.

Prezado Sr. Potter,
Em aditamento a nossa carta enviada há aproximadamente vinte e dois minutos, o Ministério da Magia revisou a decisão de destruir a sua varinha imediatamente. V. S^a poderá conservá-la até a audiência disciplinar marcada para o dia doze de agosto, ocasião em que tomaremos uma decisão oficial.

Após discutir o assunto com o diretor da Escola de Magia e Bruxaria de Hogwarts, o Ministério concordou que a questão de sua expulsão será igualmente decidida na mesma oportunidade. V. Sª deverá, portanto, considerar-se suspenso da escola até o término das investigações.

Com os nossos melhores votos,
Atenciosamente,
Mafalda Hopkirk
Seção de Controle do Uso Indevido de Magia
Ministério da Magia

Harry leu esta carta do princípio ao fim três vezes seguidas. O aperto de infelicidade em seu peito diminuiu um pouquinho ao saber que não estava definitivamente expulso, embora os seus temores não estivessem de modo algum extintos. Tudo parecia estar dependendo dessa tal audiência do dia doze de agosto.

— E então? — perguntou o tio Válter, chamando o sobrinho de volta à cozinha. — E agora? Eles o condenaram a alguma coisa? Gente de sua laia tem sentença de morte? — perguntou esperançoso.

— Tenho de comparecer a uma audiência — respondeu Harry.

— E lá você vai receber a sentença?

— Imagino que sim.

— Então ainda tenho esperanças — comentou o tio perversamente.

— Bom, se já acabou — disse Harry se levantando. Estava doido para se isolar, pensar, talvez mandar cartas a Rony, Hermione e Sirius.

— NÃO, É CLARO QUE NÃO ACABEI, POMBAS! — berrou o tio. — SENTE-SE OUTRA VEZ!

— E *agora* é o quê? — perguntou Harry impaciente.

— DUDA! — vociferou o tio. — Quero saber exatamente o que aconteceu com o meu filho!

— ÓTIMO! — berrou Harry, e era tanta a raiva que centelhas vermelhas e douradas dispararam da ponta da varinha que ainda segurava na mão. Os três Dursley se encolheram, parecendo aterrorizados. — Duda e eu íamos pela travessa entre o largo das Magnólias e a alameda das Glicínias — contou Harry depressa, procurando não se zangar. — Duda achou que podia se fazer de engraçadinho comigo, saquei a minha varinha, mas não a usei. Então apareceram dois dementadores...

— Mas o que SÃO dementoides? — perguntou o tio, agressivo. — Que é que eles FAZEM?

— Eu já disse: chupam a felicidade que a pessoa traz dentro dela e, se têm uma chance, lhe dão um beijo...

— Dão um beijo? — repetiu o tio, com os olhos saltando ligeiramente. — Dão um beijo?

— É como se diz quando eles sugam a alma de uma pessoa pela boca.

Tia Petúnia deixou escapar um gritinho.

— A *alma* de Duda? Eles não tiraram... ele ainda tem a alma...

Ela agarrou o filho pelos ombros e sacudiu-o, como se quisesse verificar se ainda conseguia ouvir o barulho da alma chocalhando dentro dele.

— É claro que não tiraram a alma dele, a senhora veria se tivessem feito isso — disse Harry, exasperado.

— Você os afugentou, não foi, filho? — falou tio Válter muito alto, passando a impressão de alguém que lutava para trazer a conversa de volta a um plano que pudesse entender. — Meteu-lhes dois socos seguidos, não foi?

— Não se pode meter dois socos seguidos em um dementador — disse Harry cerrando os dentes.

— Então por que é que ele continua normal? — esbravejou o tio Válter. — Por que é que não ficou completamente oco?

— Porque eu usei o Patrono...

VUUUUUUM. Com um estrépito, um bater de asas e uma chuva fina de poeira, uma quarta coruja precipitou-se da chaminé da cozinha.

— PELO AMOR DE DEUS! — rugiu tio Válter, arrancando grandes chumaços de pelos do bigode, coisa que não o compeliam a fazer havia muito tempo. — NÃO QUERO CORUJAS AQUI DENTRO, NÃO VOU TOLERAR ISSO, JÁ DISSE!

Mas Harry já estava soltando um rolo de pergaminho da perna da coruja. Estava tão convencido de que a carta só podia ser de Dumbledore, explicando tudo — os dementadores, a Sra. Figg, o que o Ministério ia fazer, como ele, Dumbledore, pretendia resolver tudo — que pela primeira vez na vida ficou desapontado ao reconhecer a letra de Sirius. Ignorando o sermão do tio sobre as corujas e apertando os olhos para se proteger de uma segunda nuvem de poeira quando esta última coruja tornou a subir pela chaminé, Harry leu a mensagem do padrinho.

Arthur acabou de nos contar o que aconteceu. Faça o que quiser, mas não saia mais de casa.

Harry achou a mensagem tão insuficiente depois de tudo que acontecera aquela noite que virou o pergaminho, procurando o resto da mensagem, mas não havia mais nada.

E agora sua irritação recomeçava a crescer. Será que ninguém ia dizer "muito bem" por ele ter afugentado sozinho dois dementadores? Tanto o Sr. Weasley quanto Sirius estavam agindo como se ele tivesse se comportado mal e estavam guardando a bronca até se certificarem dos estragos que ele fizera.

— ... Uma *vorreada*, quero dizer, uma revoada de corujas entrando e saindo da minha casa. Não quero isso, moleque, não quero...

— Não posso impedir as corujas de virem — retrucou Harry com rispidez, amarrotando a carta de Sirius.

— Quero saber a verdade sobre o que aconteceu hoje à noite! — gritou o tio. — Se foram os demendores que atacaram Duda, como é então que você foi expulso? Você mesmo admitiu que fez você-sabe-o-quê!

Harry inspirou profundamente para se controlar. Sua cabeça estava começando a doer outra vez. Mais do que tudo no mundo, ele queria sair da cozinha e ficar longe dos Dursley.

— Executei o Feitiço do Patrono para me livrar dos dementadores — respondeu, fazendo força para manter a calma. — É a única coisa que funciona contra eles.

— Mas o que é que os dementoides estavam *fazendo* em Little Whinging? — perguntou tio Válter indignado.

— Não sei lhe responder — disse o menino desgostoso. — Não faço ideia.

Sua cabeça agora latejava à luz neon. Sua raiva ia desaparecendo. Sentia-se vazio, exausto. Os Dursley tinham os olhos fixos nele.

— É você — disse o tio com firmeza. — Tem alguma coisa a ver com você, moleque, eu sei que tem. Por que outra razão apareceriam aqui? Por que outra razão estariam naquela travessa? Você deve ser o único... o único... — Evidentemente ele não conseguia se forçar a dizer a palavra "bruxo". — O único *você-sabe-o-quê* em um raio de quilômetros.

— Eu não sei por que eles estavam aqui.

Mas, ao ouvir as palavras do tio, o cérebro exausto de Harry voltou lentamente a entrar em ação. Por que os dementadores *tinham* vindo a Little Whinging? Como *poderia* ser coincidência que tivessem chegado à travessa em que Harry estava? Alguém os teria mandado? O Ministério da Magia teria perdido o controle sobre os dementadores? Eles teriam abandonado Azkaban e se juntado a Voldemort, como Dumbledore previra que fariam?

— Esses demembrados guardam uma prisão de gente esquisita? — perguntou o tio Válter, seguindo penosamente o raciocínio de Harry.

— Guardam.

Se ao menos sua cabeça parasse de doer, se ao menos ele pudesse simplesmente sair da cozinha e ir para o seu quarto escuro e *pensar*...

– Ahh! Eles vieram prender você! – disse o tio, com o ar triunfante de um homem que chega a uma conclusão incontestável. – É isso, não é, moleque? Você é um fugitivo da justiça!

– Claro que não sou – respondeu Harry, sacudindo a cabeça como se quisesse espantar uma mosca, o raciocínio agora em pleno funcionamento.

– Então por quê...?

– Ele deve ter mandado os dementadores – disse o menino em voz baixa, mais para si próprio do que para o tio.

– Que foi que você disse? Quem deve ter mandado os dementadores?

– Lorde Voldemort.

Ele registrou vagamente como era estranho que os Dursley, que faziam caretas e estrilavam quando ouviam palavras como "bruxo", "magia" ou "varinha", pudessem ouvir o nome do bruxo mais diabólico de todos os tempos sem o mínimo tremor.

– Lorde... espere aí – disse tio Válter, o rosto contraído, uma expressão de lento entendimento aparecendo em seus olhinhos suínos. – Já ouvi esse nome... não foi esse que...

– Matou meus pais, foi – respondeu Harry.

– Mas ele já se foi – disse tio Válter impaciente, sem a menor indicação de que a morte dos pais de Harry pudesse ser um assunto doloroso. – Aquele gigante falou. Ele se foi.

– Ele voltou – explicou o garoto, triste.

Era estranho estar parado ali na cozinha cirurgicamente limpa da tia Petúnia, ao lado de uma geladeira de último tipo e uma enorme tela de televisão, conversando calmamente com o tio sobre Lorde Voldemort. A chegada dos dementadores a Little Whinging parecia ter rompido o grande muro invisível que separava o mundo implacavelmente não mágico da rua dos Alfeneiros e o mundo além. As duas vidas de Harry de alguma forma haviam se fundido e tudo virara de cabeça para baixo; os Dursley estavam pedindo detalhes sobre o mundo mágico, e a Sra. Figg conhecia Dumbledore; os dementadores estavam circulando por Little Whinging, e ele talvez nunca mais voltasse a Hogwarts. Sua cabeça latejou com mais força, doendo ainda mais.

– Voltou? – sussurrou tia Petúnia.

Ela olhou para Harry como nunca o fizera antes. E, de repente, pela primeira vez na vida, Harry pôde apreciar inteiramente o fato de que Petúnia era irmã de sua mãe. Ele não sabia dizer por que isto o atingia com tanta força neste momento. Só sabia que não era a única pessoa naquele aposento a suspeitar o que poderia significar a volta de Lorde Voldemort. Tia Petúnia jamais o olhara assim na vida. Seus grandes olhos claros (tão diferentes dos da irmã) não estavam apertados de contrariedade nem de raiva, estavam arregalados e cheios de medo. O fingimento inabalável que mantivera até ali – de que não havia magia e nenhum outro mundo além daquele que habitava com o marido – parecia ter ruído.

– Voltou – respondeu, dirigindo-se agora à tia. – Faz um mês que voltou. Eu o vi.

As mãos dela procuraram os ombros compactos do filho sob o blusão de couro e os apertaram.

– Espere aí – disse o tio, olhando da mulher para o sobrinho e mais uma vez para ela, aparentemente aturdido e confuso pela compreensão sem precedentes que parecia ter nascido entre eles. – Espere aí. Você está dizendo que esse tal Lord Vol das quantas voltou?

– É.

– O que matou seus pais?

– É.

– E agora está mandando dementadores atrás de você?

– É o que parece.

– Entendo – disse o tio, olhando de Petúnia para Harry e puxando as calças para cima. Parecia estar inchando, seu enorme rosto púrpura começou a dilatar diante dos olhos do sobrinho. – Então está decidido – disse, a frente da camisa se esticando à medida que ele inchava –, *pode sair desta casa, moleque!*

– Quê?! – exclamou Harry.

– Você me ouviu: SAIA! – berrou o tio, e até tia Petúnia e Duda pularam. – FORA! FORA! Eu devia ter feito isso há muito tempo! As corujas tratam esta casa como se fosse um asilo, o pudim explode, metade da sala fica destruída, Duda cria rabo, Guida balança pelo teto e tem Ford Anglia voando... FORA! FORA! Acabou para você! Você agora pertence ao passado! Não vai continuar aqui se tem um maluco caçando você, não vai pôr em perigo a vida da minha mulher e do meu filho, não vai criar problemas para nós. Se vai seguir o mesmo caminho que aqueles inúteis dos seus pais, terminamos AQUI!

Harry ficou pregado no chão. As cartas do Ministério, do Sr. Weasley e de Sirius amarrotadas em sua mão. *Faça o que quiser, mas não saia de casa outra vez. NÃO SAIA DA CASA DOS SEUS TIOS.*

– Você me ouviu! – disse tio Válter, curvando-se para o sobrinho e aproximando tanto o enorme rosto púrpura que Harry chegou a sentir gotas de saliva baterem em seu rosto. – Agora vá andando! Há meia hora você estava muito ansioso para ir embora! Pois estou bem atrás de você! Saia e nunca mais volte a pisar a soleira desta casa! Não sei por que aceitamos você, para começar. Guida tinha razão, você deveria ter ido para um orfanato. Tivemos o coração mole demais para o nosso próprio bem, pensamos que podíamos arrancar essa coisa de dentro de você, que podíamos transformá-lo em um garoto normal, mas você estava bichado desde o começo, e para mim chegou... *corujas*!

A quinta coruja entrou tão vertiginosamente pela chaminé que bateu no chão e soltou um pio forte antes de voltar ao ar. Harry ergueu a mão para agarrar a carta em um envelope vermelho, mas a ave passou por cima dele e voou até tia Petúnia, que deixou escapar um berro e se abaixou protegendo o rosto com os braços. A coruja soltou o envelope na cabeça dela, fez a curva e tornou a voar direto para a chaminé.

Harry correu para apanhar a carta, mas Petúnia chegou primeiro.

– A senhora pode abrir, se quiser, mas de qualquer maneira eu vou ouvir o que a carta diz. É um berrador.

– Largue isso, Petúnia! – rugiu o tio. – Não toque, pode ser perigoso.

– Está endereçada a mim – disse ela com a voz trêmula. – Está endereçada *a mim*, Válter, olhe! *Sra. Petúnia Dursley, rua dos Alfeneiros, Número Quatro, Cozinha...*

Ela prendeu a respiração, horrorizada. O envelope vermelho começara a fumegar.

– Abre! – apressou-a Harry. – Acaba logo com isso! O envelope vai se abrir mesmo.

– Não.

A mão de tia Petúnia tremia. Ela olhava a esmo pela cozinha como se procurasse uma saída para fugir, mas tarde demais – o envelope pegou fogo. Com um grito, tia Petúnia largou-o no chão.

Uma voz horrível saiu da carta em chamas e ecoou pelo aposento fechado.

– *Lembre-se da última, Petúnia.*

Petúnia pareceu que ia desmaiar. Afundou na cadeira ao lado de Duda, o rosto nas mãos. A carta se consumiu silenciosamente e só restaram cinzas.

– Que foi isso? – perguntou tio Válter rouco. – Quê... eu não... Petúnia?

Tia Petúnia não respondeu, Duda olhou abobado para a mãe, boquiaberto. O silêncio parecia subir em espirais. Harry observou a tia, atônito, sua cabeça latejando tanto que parecia que ia explodir.

– Petúnia, querida? – chamou tio Válter timidamente. – Petúnia?

Ela ergueu a cabeça. Ainda tremia. Engoliu em seco.

— O garoto... o garoto terá de ficar, Válter — disse ela com a voz fraca.

— Q-quê?

— Ele fica — disse Petúnia sem olhar para Harry. Pôs-se de pé.

— Ele... mas, Petúnia...

— Se nós o atirarmos na rua, os vizinhos vão falar. — Depressa ela foi recuperando os seus modos secos e meio ríspidos, embora continuasse muito pálida. — Vão fazer perguntas embaraçosas, vão querer saber que fim levou. Teremos de ficar com ele.

Tio Válter começou a murchar como um pneu velho.

— Mas, Petúnia, querida...

Petúnia não lhe deu atenção. Virou-se para Harry.

— Você vai ficar no seu quarto — disse. — Não pode sair de casa. Agora vá se deitar.

Harry não se mexeu.

— De quem era o berrador?

— Não faça perguntas — retorquiu asperamente a tia.

— A senhora tem contato com os bruxos?

— Eu disse para você ir se deitar!

— Que queria dizer o berrador? Lembre-se da última o quê?

— Vá se deitar!

— Como...?

— VOCÊ OUVIU O QUE SUA TIA FALOU, AGORA VÁ SE DEITAR!

3

A GUARDA AVANÇADA

*A*cabei de ser atacado por dementadores e poderei ser expulso de Hogwarts. Quero saber o que está acontecendo e quando vou sair daqui.

Harry copiou essas palavras em três folhas de pergaminho separadas, no instante em que chegou à escrivaninha de seu quarto às escuras. Endereçou a primeira a Sirius, a segunda a Rony e a terceira a Hermione. Sua coruja, Edwiges, estava fora caçando; a gaiola sobre a escrivaninha estava vazia. O garoto ficou andando para lá e para cá esperando a ave voltar, a cabeça latejando, o cérebro acelerado demais para adormecer, mesmo que seus olhos ardessem e coçassem de cansaço. Suas costas doíam pelo esforço de carregar Duda para casa, e os dois galos em sua cabeça, onde a janela e o primo haviam batido, estavam latejando com muita intensidade.

Ele andava para a frente e para trás, roído de raiva e frustração, rilhando os dentes e fechando os punhos, lançando olhares furiosos para o céu vazio, exceto pelas estrelas, todas as vezes que passava pela janela. Os dementadores enviados para apanhá-lo, a Sra. Figg e Mundungo Fletcher seguindo-o em segredo, depois a suspensão de Hogwarts e a audiência do Ministério da Magia — e ainda assim ninguém lhe contava o que estava acontecendo.

E o quê, *o que queria dizer aquele berrador?* Que voz horrível era aquela que ecoou, de forma tão ameaçadora, pela cozinha?

Por que ele continuava preso ali sem informações? Por que todos o estavam tratando como uma criança malcomportada? *Não faça mais mágicas, não saia de casa...*

Deu um pontapé no malão da escola ao passar, mas, em vez de aliviar a raiva, ele ficou pior, pois agora sentia uma dor aguda no dedão, para somar às outras no resto do corpo.

Ao passar mancando pela janela, Edwiges entrou farfalhando suavemente as asas, como um fantasminha.

— Já não era sem tempo! — rosnou Harry, quando a ave pousou com leveza em cima da gaiola. — Pode largar isso aí, tenho trabalho para você!

Os grandes olhos redondos e âmbar da coruja o miraram, com uma expressão de censura, por cima do sapo morto que trazia ao bico.

— Vem cá — disse-lhe o dono, apanhando os três rolinhos de pergaminho e uma correia de couro para amarrá-los à perna escamosa da ave. — Leve estas mensagens diretamente a Sirius, Rony e Hermione e não volte aqui sem respostas longas e completas. Se for preciso, não pare de dar bicadas neles até escreverem respostas de tamanho decente. Entendeu?

Edwiges soltou um pio abafado, seu bico ainda cheio de sapo.

— Então vai andando — falou Harry.

Ela partiu imediatamente. No momento em que se foi, Harry se atirou na cama sem se despir e ficou olhando para o teto. Além de todos os outros sentimentos infelizes, ele agora sentia remorso por ter sido tão rabugento com Edwiges; era a única amiga que tinha no número quatro da rua dos Alfeneiros. Mas ele a compensaria quando voltasse com respostas de Sirius, Rony e Hermione.

Seus amigos com certeza iriam responder depressa; não podiam ignorar um ataque de dementadores. Ele provavelmente acordaria no dia seguinte e encontraria três grossas cartas recheadas de solidariedade e planos para sua imediata remoção para A Toca. E com essa ideia reconfortante, o sono o venceu, sufocando outros pensamentos.

Mas Edwiges não regressou na manhã seguinte. Harry passou o dia no quarto, saindo apenas para ir ao banheiro. Três vezes naquele dia, tia Petúnia empurrou comida para dentro do quarto pela aba que tio Válter instalara três verões passados. Todas as vezes que Harry a ouvia se aproximar, tentava interrogá-la sobre o berrador, mas teria sido melhor interrogar a maçaneta, porque não obtinha resposta alguma. Afora isso, os Dursley se mantiveram bem longe do seu quarto. Harry não via sentido em impor a eles sua companhia; mais uma briga não resolveria nada, exceto, talvez, deixá-lo tão aborrecido que acabaria apelando para a magia proibida.

As coisas continuaram nesse ritmo durante três dias inteiros. Harry sentia-se invadido por uma energia excessiva que o impedia de se concentrar em qualquer coisa, momentos em que caminhava pelo quarto furioso com todo o mundo, por deixarem-no remoendo seus problemas sozinho; essa energia se alternava com uma letargia tão absoluta que era capaz de ficar deitado na cama uma hora inteira, olhando atordoado para o teto, sofrendo só de pensar, apavorado, na audiência no Ministério.

E se o condenassem? E se ele *fosse* expulso e sua varinha partida ao meio? Que iria fazer, aonde iria? Não poderia voltar a viver o tempo todo com os Dursley, não agora que conhecia o outro mundo, aquele ao qual pertencia. Será que poderia ir morar com Sirius, como o padrinho oferecera havia um ano, antes de ser forçado a fugir do Ministério? Será que dariam permissão a Harry para morar sozinho, sendo ainda menor de idade? Ou será que decidiriam por ele o local aonde ir? Será que sua infração do Estatuto Internacional de Sigilo fora suficientemente grave para mandá-lo a uma cela em Azkaban? Sempre que tal pensamento lhe ocorria, Harry invariavelmente se levantava da cama e recomeçava a caminhar.

Na quarta noite depois da partida de Edwiges, o garoto estava deitado em uma de suas fases de apatia, mirando o teto, a mente exausta e vazia, quando seu tio entrou no quarto. Harry virou lentamente a cabeça e olhou para ele. Válter estava usando seu melhor terno e tinha uma expressão de enorme presunção.

– Vamos sair – anunciou.

– Como disse?

– Nós, isto é, sua tia, Duda e eu, vamos sair.

– Ótimo – respondeu Harry inexpressivamente, voltando a mirar o teto.

– Você não deverá sair do seu quarto enquanto estivermos fora.

– O.k.

– Você não deverá ligar a televisão, nem o som, nem nada que nos pertence.

– Certo.

– Você não deverá roubar comida da geladeira.

– O.k.

– Vou trancar sua porta.

– Pode trancar.

Tio Válter encarou Harry, abertamente desconfiado dessa falta de oposição, em seguida saiu pisando forte e fechou a porta ao passar. Harry ouviu a chave girar na fechadura e os passos do tio descerem pesadamente a escada. Alguns minutos depois, ouviu as portas do carro baterem, o ruído de um motor e o som inconfundível de um carro deixando rapidamente a entrada da garagem.

Harry ficou indiferente à saída dos Dursley. Tanto fazia os tios estarem ou não em casa. Não conseguia sequer dirigir suas energias para se levantar e acender a luz. O quarto ia escurecendo depressa, mas ele continuava deitado, apurando os ouvidos para escutar os ruídos da noite pela janela que mantinha o tempo todo aberta, esperando o momento abençoado em que Edwiges voltaria.

A casa vazia rangia por inteiro. Os canos de água gargarejavam. Harry permaneceu nessa espécie de estupor, sem pensar em nada, imerso em infelicidade.

Então, com toda a clareza, ele ouviu um estrondo lá embaixo, na cozinha.

Sentou-se imediatamente, escutando com atenção. Os Dursley não poderiam ter voltado, era cedo demais, e, de todo o jeito, ele não ouvira barulho de carro.

Fez-se silêncio por alguns segundos, em seguida vozes.

Ladrões, pensou, deslizando para fora da cama e ficando em pé – mas, uma fração de segundo depois, lhe ocorreu que ladrões falariam em voz baixa, e quem estava andando pela cozinha certamente não estava preocupado com isso.

Ele apanhou a varinha sobre a mesa de cabeceira e ficou de frente para a porta do quarto, escutando com a máxima atenção. No momento seguinte, Harry se sobressaltou ao ouvir um forte estalo e ver sua porta se escancarar.

O garoto ficou parado, imóvel, olhando através da porta aberta para o patamar escuro, fazendo força para ouvir, mas não houve nenhum outro som. Ele hesitou um instante, depois saiu rápida e silenciosamente do quarto e foi até a escada.

Seu coração parecia ter disparado para a garganta. Havia gente parada no hall escuro embaixo, cujas silhuetas a luz da rua recortava ao entrar pelo vidro da porta; oito ou nove pessoas, todas, até onde Harry conseguia ver, olhando para cima.

– Baixe a varinha, garoto, antes que você arranque os olhos de alguém – disse uma voz baixa e rouca.

O coração de Harry bateu descontrolado. Reconhecia aquela voz, mas não baixou a varinha.

– Professor Moody? – perguntou hesitante.

– Não sei bem quanto a "Professor" – rosnou a voz –, nunca cheguei a ensinar muito tempo, não é mesmo? Vem até aqui, queremos ver você direito.

Harry baixou ligeiramente a varinha, mas não afrouxou a mão, nem se mexeu. Tinha muito boas razões para desconfiar. Recentemente passara nove meses em companhia de alguém que achava que era Olho-Tonto Moody e acabou descobrindo que não era ele, mas um impostor, que ainda por cima tentara matá-lo antes de ser desmascarado. Mas, antes que pudesse decidir o que fazer, uma segunda voz, ligeiramente rouca, flutuou até o alto da escada.

— Tudo bem, Harry. Viemos buscar você.

O coração do garoto deu um salto. Reconheceu aquela voz também, embora não a ouvisse havia mais de um ano.

— Professor Lupin?! — exclamou incrédulo. — É o senhor?

— Por que estamos todos parados no escuro — disse uma terceira voz completamente desconhecida, de uma mulher. — Lumus.

A ponta de uma varinha acendeu, iluminando o hall com luz mágica. Harry piscou. As pessoas embaixo estavam amontoadas ao pé da escada, olhando-o com atenção, algumas até esticando o pescoço para vê-lo melhor.

Remo Lupin era quem estava mais próximo de Harry. Embora ainda jovem, Lupin parecia cansado e bem doente; tinha mais cabelos brancos do que quando o garoto se despedira dele, e suas vestes estavam mais remendadas e gastas que nunca. Ainda assim, ele olhava para Harry com um grande sorriso, que o garoto tentou retribuir apesar do seu estado de choque.

— Ahhh, ele é igualzinho ao que eu imaginei — disse a bruxa que segurava no alto a varinha acesa. Parecia a mais jovem do grupo; tinha um rosto pálido em feitio de coração, olhos escuros e cintilantes e cabelos curtos e espetados, roxo berrante. — E aí, beleza, Harry!

— É, vejo o que quis dizer, Remo — disse um bruxo negro e careca parado no círculo mais externo do grupo; tinha uma voz grave e lenta e usava um único brinco de ouro na orelha —, ele é a cara do Tiago.

— Exceto pelos olhos — disse a voz asmática de um bruxo de cabelos prateados mais ao fundo. — São os olhos de Lílian.

Olho-Tonto Moody, que possuía longos cabelos grisalhos e um nariz a que faltava um pedaço, observava Harry, desconfiado, apertando os olhos díspares. Um era muito pequeno, escuro e arisco, o outro, grande, redondo, azul elétrico — o olho mágico que podia ver através de paredes, portas e da nuca do próprio Moody.

— Você tem certeza que é ele, Lupin? Seria uma grossa mancada se levássemos um Comensal da Morte fazendo-se passar por Harry. Devíamos perguntar a ele alguma coisa que só o verdadeiro Potter saiba. A não ser que alguém tenha trazido um pouco de soro da verdade.

— Harry... que forma assume o seu Patrono? — perguntou Lupin.

— De veado — respondeu Harry, nervoso.

— É ele mesmo, Olho-Tonto — confirmou Lupin.

Muito consciente de que todos continuavam de olhos fixos nele, Harry desceu as escadas, guardando a varinha no bolso traseiro do jeans enquanto descia.

— Não guarde a varinha aí, garoto! — berrou Moody. — E se pegar fogo? Bruxos mais sabidos que você já perderam as nádegas, sabe!

— Quem é que você ouviu dizer que perdeu a nádega? — perguntou interessada a bruxa de cabelos roxos.

— Não se preocupe com isso, e você guarde a varinha longe do bolso traseiro! — vociferou Olho-Tonto. — Medidas de segurança elementares para o uso da varinha, ninguém se preocupa mais com elas. — E saiu mancando para a cozinha. — E estou vendo você — disse, irritado, quando a mulher girou os olhos para o teto.

Lupin estendeu a mão e apertou a de Harry.

— Como é que você tem andado? — perguntou, examinando Harry atentamente.

— Ó-ótimo...

Harry mal podia acreditar que aquilo estivesse mesmo acontecendo. Quatro semanas sem nada, nem o menor indício de um plano para removê-lo da rua dos Alfeneiros e, de repente, um bando de bruxos inesperados em sua casa como se isso já estivesse combinado há séculos. O garoto correu os olhos pelas pessoas que rodeavam Lupin; todos continuavam a observá-lo com avidez. Sentia-se muito consciente de que não penteava os cabelos havia quatro dias.

— Eu... vocês estão realmente com sorte que os Dursley tenham saído... — murmurou.

— Sorte nada! — disse a mulher de cabelos roxos. — Fui eu que os tirei do caminho. Mandei uma carta pelo correio dos trouxas dizendo que estavam entre os finalistas do Concurso do Gramado Mais Bem Cuidado da Grã-Bretanha. Eles estão a caminho da festa de entrega do prêmio neste momento... ou pensam que estão.

Harry teve uma visão passageira da cara do tio Válter quando descobrisse que não havia concurso algum.

— Vamos embora, não vamos? — perguntou ele. — Logo?

— Quase imediatamente — disse Lupin —, vamos só aguardar o sinal verde.

— Aonde vamos? Para A Toca? — perguntou Harry, esperançoso.

— Não, não para A Toca — respondeu Lupin, conduzindo Harry para a cozinha; o grupinho de bruxos os acompanhou, ainda examinando o garoto, cheios de curiosidade. — Arriscado demais. Montamos o quartel-general em um lugar difícil de encontrar. Levou algum tempo...

Olho-Tonto Moody agora estava sentado à mesa da cozinha, tomando goles de um frasco de bolso, seu olho mágico girava em todas as direções, apreciando os muitos aparelhos que os Dursley usavam para poupar trabalho.

– Este é o Alastor Moody, Harry – continuou Lupin, apontando para o bruxo.

– É, eu sei – respondeu Harry pouco à vontade. Dava uma sensação esquisita ser apresentado a alguém que ele achava que conhecia havia um ano.

– E essa é Ninfadora...

– *Não me chame de Ninfadora* – pediu a jovem bruxa com um arrepio –, sou Tonks.

– Ninfadora Tonks, que prefere ser conhecida apenas pelo sobrenome – concluiu Lupin.

– Você também iria preferir se a tonta da sua mãe tivesse lhe dado o nome de *Ninfadora* – murmurou Tonks.

– E esse é Quim Shacklebolt – disse ele indicando o bruxo negro e alto, que fez uma reverência. – Elifas Doge. – O bruxo de voz asmática fez um aceno com a cabeça. – Dédalo Diggle...

– Já nos encontramos antes – esganiçou-se o animado Diggle, deixando cair a cartola roxa.

– Emelina Vance. – Uma bruxa de ar imponente acenou a cabeça coberta por um xale verde-água. – Estúrgio Podmore. – Um bruxo de queixo quadrado e chapéu cor de palha deu uma piscadela. – E Héstia Jones. – Perto da torradeira, uma bruxa, de faces coradas e cabelos pretos, deu um adeusinho.

Harry cumprimentou com um aceno de cabeça cada bruxo, à medida que foram apresentados. Desejou que olhassem para outra coisa ou pessoa que não fosse ele; era como se repentinamente o tivessem feito subir a um palco. Ficou imaginando também por que havia tantos bruxos presentes.

– Um número surpreendente de pessoas se apresentaram como voluntárias para vir buscá-lo – disse Lupin, como se tivesse lido os pensamentos de Harry; os cantos de sua boca mexeram ligeiramente.

– Ah, foi, quanto mais melhor – disse Moody sombriamente. – Somos a sua guarda, Potter.

– Estamos só esperando o sinal de que podemos partir sem perigo – disse Lupin, espiando pela janela da cozinha. – Temos uns quinze minutos.

– Muito *limpos*, não são, esses trouxas? – comentou a bruxa chamada Tonks, que corria os olhos pela cozinha com grande interesse. – Meu pai nasceu trouxa e é um velho porcalhão. Suponho que isto varie como acontece entre os bruxos?

— Hum... é — respondeu Harry. — Escute... — começou virando-se para Lupin — que é que está acontecendo, não recebi uma palavra de ninguém, que é que o Vol...?

Vários bruxos soltaram estranhos assobios; Dédalo Diggle deixou cair a cartola outra vez e Moody vociferou:

— *Cale-se.*

— Quê! — exclamou Harry.

— Não vamos falar nada aqui, é arriscado demais — disse Moody virando o olho normal para o garoto. Seu olho mágico continuava focalizando o teto. — *Pombas* — acrescentou zangado, levando uma das mãos ao olho mágico. — Não para de prender: desde que aquele desgraçado o usou.

E com um ruído grosseiro de arroto, bem parecido com o que se ouve quando se puxa um desentupidor de pia, ele tirou o olho.

— Olho-Tonto, você sabe que isso é nojento, não sabe? — falou Tonks em tom de conversa.

— Me arranje um copo d'água, por favor, Harry — pediu Moody.

O garoto foi até a lavadora de louça, apanhou um copo limpo e encheu-o de água da torneira, ainda seguido pelos olhares dos bruxos. Essa incansável observação estava começando a irritá-lo.

— Saúde — saudou Moody, quando Harry lhe entregou o copo. O bruxo pôs dentro o olho mágico e empurrou-o com o dedo para cima e para baixo; o olho girou em volta do copo, encarando os bruxos, um a um. — Quero ter uma visibilidade de trezentos e sessenta graus na viagem de volta.

— Como vamos chegar... a esse lugar a que a gente está indo? — perguntou Harry.

— Vassouras — disse Lupin. — É o único jeito. Você é jovem demais para aparatar, eles devem estar vigiando a rede de Flu e vai nos custar mais do que a nossa vida montar uma chave de portal sem autorização.

— Remo contou que você é um bom piloto — disse Quim Shacklebolt com sua voz ressonante.

— É excelente — confirmou Lupin, consultando o relógio. — Em todo o caso, é melhor você ir fazer o malão, Harry, queremos estar prontos para partir quando recebermos o sinal.

— Vou ajudá-lo — ofereceu-se Tonks, animada.

Ela acompanhou Harry de volta ao hall e subiu a escada, olhando para tudo com muita curiosidade e interesse.

— Que lugar engraçado — comentou. — É um pouco limpo *demais*, entende o que quero dizer? Um pouco estranho. Ah, agora está melhor — acrescentou quando entraram no quarto de Harry e acenderam a luz.

O quarto do garoto era certamente muito mais desarrumado que o resto da casa. Confinado nele havia quatro dias, de muito mau humor, Harry não se dera o trabalho de arrumá-lo. A maioria dos livros que possuía estavam espalhados pelo chão, onde ele tentara se distrair com cada um deles e os jogara para o lado; a gaiola de Edwiges precisava ser limpa, e estava começando a feder; e seu malão estava aberto, deixando à mostra uma mistura confusa de roupas de trouxa e vestes de bruxo que haviam transbordado por todo o chão à volta.

Harry começou a recolher os livros e a atirá-los apressadamente no malão. Tonks parou diante do armário para olhar criticamente a própria imagem no espelho do lado interno da porta.

— Sabe, acho que roxo não é bem a minha cor — comentou, pensativa, puxando uma mecha dos cabelos espetados. — Você não acha que me dá um ar meio doentio?

— Hum — começou Harry, espiando a bruxa por cima do seu livro *Os times de quadribol da Grã-Bretanha e da Irlanda.*

— É, dá — concluiu definitivamente Tonks. Ela apertou os olhos em uma expressão preocupada, como se estivesse tentando se lembrar de alguma coisa. Um segundo depois, seus cabelos tinham mudado para rosa-chiclete.

— Como é que você faz isso? — perguntou Harry, boquiaberto, quando ela reabriu os olhos.

— Sou metamorfomaga — respondeu ela, voltando a olhar para o espelho e virando a cabeça para poder ver o cabelo de todos os lados. — O que significa que posso mudar minha aparência à vontade — acrescentou ao ver a expressão intrigada de Harry no espelho às suas costas. — Nasci assim. Recebia as melhores notas em Esconderijos e Disfarces durante o treinamento para auror, sem nem precisar estudar, foi muito legal.

— Você é auror? — perguntou Harry, impressionado. Ser caçador de bruxos das trevas era a única carreira em que ele pensara seguir quando terminasse Hogwarts.

— Sou — confirmou Tonks, com orgulho. — Quim também é, mas é mais graduado que eu. Eu só me formei há um ano. Quase levei bomba em Vigilância e Rastreamento. Sou muito trapalhona, você me ouviu quebrar aquele prato quando chegamos lá embaixo?

— Pode-se aprender a ser metamorfomago? — perguntou Harry, se erguendo e esquecendo completamente que estava fazendo o malão.

Tonks deu uma risadinha abafada.

— Aposto que você até gostaria de esconder essa cicatriz, às vezes, hein? Seus olhos focalizaram a cicatriz em forma de raio na testa do garoto.

— Gostaria — murmurou Harry virando as costas. Não gostava de gente olhando para a cicatriz.

— Bom, acho que você vai ter de aprender pelo método difícil. Os metamorfomagos são realmente raros, a gente nasce com o dom, não o adquire. A maioria dos bruxos precisa de uma varinha ou de poções para mudar a aparência. Mas temos de ir andando, Harry, devíamos estar fazendo as malas — acrescentou ela, se sentindo culpada ao verificar a bagunça que havia no chão.

— Ah... é — concordou o garoto, catando mais alguns livros.

— Não seja burro, vai ser muito mais rápido se eu... *Fazer malas!* — exclamou a bruxa, agitando a varinha com um movimento longo e amplo que abarcou o chão.

Livros, roupas, telescópio e balança, tudo levantou voo e se precipitou rápida e desordenadamente para dentro do malão.

— Não ficou muito arrumado — disse Tonks, se aproximando do malão e espiando a confusão ali dentro. — Minha mãe tem um jeito para fazer as coisas entrarem arrumadinhas... e até consegue que as meias se enrolem sozinhas... mas nunca aprendi como é que ela faz... é uma espécie de sacudida rápida com a varinha. — Ela experimentou esperançosa.

Uma das meias de Harry começou a se ondular lentamente, mas tornou a se achatar em cima da montoeira existente.

— Ah, deixa pra lá — disse Tonks, fechando a tampa do malão —, pelo menos está tudo dentro. Isso aí está pedindo uma limpezinha, também. — Ela apontou para a gaiola de Edwiges. — *Limpar.* — Penas e titicas desapareceram. — Bom, agora está um pouquinho melhor — nunca peguei o jeito desses feitiços domésticos. Certo... está tudo aí? Caldeirão? Vassoura? Uau! Uma Firebolt?

Os olhos da bruxa se arregalaram ao pousar sobre a vassoura na mão direita de Harry. Era o orgulho e a alegria do garoto, um presente de Sirius, uma vassoura de categoria internacional.

— E eu ainda voo numa Comet 260 — comentou Tonks, com inveja. — Ah, deixa pra lá... a varinha continua no bolso do jeans? As duas nádegas continuam inteiras? O.k., vamos. *Locomotor malão.*

O malão de Harry ergueu-se alguns centímetros do chão. Segurando a varinha como se fosse a batuta de um maestro, Tonks fez o objeto atravessar o quarto e sair pela porta à frente deles, a gaiola de Edwiges na mão esquerda. Harry desceu a escada atrás da bruxa levando sua vassoura.

De volta à cozinha, Moody recolocara o olho, que girava tão rápido depois de limpo que Harry se sentiu enjoado só de olhar. Quim Shacklebolt e Estúrgio Podmore examinavam o micro-ondas e Héstia Jones dava risadas com um descascador de batatas que encontrara ao examinar as gavetas. Lupin estava endereçando uma carta aos Dursley.

— Excelente — exclamou ao ver Tonks e Harry entrarem. — Temos mais ou menos um minuto, acho. Talvez fosse bom irmos para o jardim e aguardarmos prontos. Harry, deixei uma carta avisando aos seus tios para não se preocuparem...

— Eles não vão se preocupar — respondeu Harry.

— ... que você não corre perigo...

— Assim eles vão ficar deprimidos.

— ... e que você os verá no próximo verão.

— Preciso?

Lupin sorriu, mas não respondeu.

— Venha aqui, garoto — disse Moody com rispidez, acenando com a varinha para Harry se aproximar. — Preciso desiludir você.

— O senhor precisa o quê? — perguntou o garoto, nervoso.

— Feitiço da Desilusão — explicou Moody erguendo a varinha. — Lupin disse que você tem uma Capa da Invisibilidade, mas ela não vai cobri-lo o tempo todo que estiver voando; o feitiço vai disfarçar você melhor. Agora...

O bruxo deu uma pancada forte no cocuruto de Harry e ele teve a curiosa sensação de que Moody acabara de quebrar um ovo ali; um filete gelado pareceu escorrer pelo seu corpo a partir do ponto em que a varinha batera.

— Bem bom, Olho-Tonto — disse Tonks em tom de admiração, olhando para a cintura de Harry.

O garoto baixou os olhos para seu corpo, ou melhor, para o que fora seu corpo, porque não parecia mais o dele. Não estava invisível; mas simplesmente assumira a cor e a textura exatas do eletrodoméstico às suas costas. Ele parecia ter se transformado em um camaleão humano.

— Vamos — disse Moody, destrancando a porta dos fundos com a varinha.

Todos saíram para o belo gramado do jardim de tio Válter.

— Noite clara — resmungou Moody, seu olho mágico esquadrinhando o céu. — Teria sido melhor se houvesse umas nuvens. Certo, você... — falou o bruxo para Harry com rispidez —, vamos voar em formação cerrada. Tonks irá à sua frente, mantenha-se colado à cauda dela. Lupin vai cobrir você por baixo. Eu vou atrás. O resto ficará circulando em volta. Não saiam da formação para nada, entenderam? Se um de nós for morto...

— E isso pode acontecer? — perguntou Harry apreensivo, mas Moody não lhe deu atenção.

— ... os outros continuarão voando, não parem, não dispersem. Se nos eliminarem e você sobreviver, Harry, há uma guarda recuada de prontidão para assumir, continue a voar para oeste e ela irá se reunir a você.

— Pare de ser tão animador, Olho-Tonto, ele vai pensar que não estamos levando isto a sério — disse Tonks, enquanto prendia o malão de Harry e a gaiola de Edwiges aos arreios que trazia pendurados à vassoura.

— Estou só contando ao garoto qual é o plano — rosnou Moody. — Nossa missão é entregá-lo ileso na sede, e se morrermos na tentativa...

— Ninguém vai morrer — disse Quim Shacklebolt com sua voz grave e calmante.

— Montem as vassouras, esse é o primeiro sinal! — comandou Lupin, apontando para o céu.

No alto, a uma grande distância, uma chuva de faíscas vermelhas brilhara entre as estrelas. Harry identificou-as imediatamente como faíscas produzidas por uma varinha. Passou a perna direita por cima da Firebolt, segurou com firmeza a empunhadura e sentiu-a vibrar muito de leve, como se estivesse tão ansiosa quanto ele para ganhar novamente os ares.

— Segundo sinal, vamos! — disse Lupin em voz alta ao ver mais faíscas, desta vez verdes, explodirem lá no alto.

Harry deu um forte impulso. O ar fresco da noite passava veloz por seus cabelos enquanto os jardins cuidados da rua dos Alfeneiros iam ficando para trás, reduzidos a uma colcha de retalhos verde-escuros e pretos, e todos os pensamentos sobre a audiência no Ministério desapareceram de sua mente como se uma lufada de vento os tivesse varrido dali. Ele teve a sensação de que seu coração ia explodir de prazer; estava voando outra vez, voando para longe da rua dos Alfeneiros, como passara imaginando o verão inteiro, estava voltando para casa... por uns poucos e gloriosos minutos, todos os seus problemas pareceram ir recuando até desaparecer, insignificantes no vasto céu estrelado.

— Tudo à esquerda, tudo à esquerda, tem um trouxa olhando para o céu! — gritou Moody às costas de Harry. Tonks deu uma guinada e o garoto a acompanhou, observando o malão balançar violentamente sob a vassoura da bruxa. — Precisamos ganhar mais altura... subam mais quatrocentos metros!

Com o frio e a velocidade da subida, os olhos de Harry se encheram de água; ele não conseguia ver nada no solo, exceto os minúsculos pontinhos de luz que eram os faróis dos carros e os lampiões. Duas luzinhas talvez pertencessem ao carro do tio Válter... neste momento, os Dursley estariam voltando para a casa vazia, enfurecidos por causa do concurso inexistente... e Harry soltou uma gargalhada só de pensar na cena, embora sua voz fosse abafada pela agitação das vestes dos bruxos, o rangido das correias que prendiam o malão e a gaiola, e o ruído do vento ao passar em grande velocidade por seus ouvidos. Ele não se sentia vivo assim fazia um mês, nem tão feliz.

— Rumar para o sul! — gritou Olho-Tonto. — Cidade à frente!

Eles viraram para a direita a fim de evitar sobrevoar a cintilante teia de luzes lá embaixo.

— Rumar para sudeste e continuar subindo, há umas nuvens baixas à frente que podem nos esconder! — gritou Moody.

— Não vamos entrar em nuvens! — gritou Tonks zangada. — Vamos nos encharcar, Olho-Tonto!

Harry ficou aliviado de ouvi-la reclamar; suas mãos estavam ficando dormentes na empunhadura da vassoura. Desejou ter se lembrado de vestir um casaco; estava começando a tremer de frio.

Eles alteravam o curso a intervalos, segundo as instruções de Olho-Tonto. Harry conservava os olhos semicerrados para se proteger do vento gelado que começava a fazer suas orelhas arderem; só se lembrava de sentir tanto frio assim montando uma vassoura uma vez, na vida, durante uma partida de quadribol contra Lufa-Lufa, no terceiro ano de escola, que se realizara debaixo de um temporal. A guarda voava ao redor dele, continuamente, como gigantescas aves de rapina. Harry perdeu a noção de tempo. Ficou imaginando quantos minutos fazia que estavam voando, parecia no mínimo uma hora.

— Dobrar para sudeste! — berrou Moody. — Queremos evitar a estrada!

Harry agora estava tão congelado que pensou, saudoso, no aconchego seco do interior dos carros que passavam lá embaixo, depois, ainda mais saudoso, numa viagem de Flu; talvez fosse desconfortável ficar rodopiando por lareiras, mas pelo menos nas chamas era quentinho... Quim rodeou-o em um mergulho, a careca e o brinco reluzindo ao luar... agora Emelina Vance apareceu à sua direita, a varinha na mão, a cabeça virando para a esquerda e a direita... depois ela também mergulhou por cima dele e foi substituída por Estúrgio Podmore...

— Devíamos retroceder um pouco, para nos certificar de que não estamos sendo seguidos! — gritou Moody.

— VOCÊ FICOU DOIDO, OLHO-TONTO? — berrou Tonks à frente. — Estamos congelados nas vassouras! Se continuarmos a nos desviar da rota, só vamos chegar na semana que vem! Além do mais, já estamos quase chegando!

— Hora de iniciar a descida! — ouviu-se a voz de Lupin. — Siga Tonks, Harry!

O garoto seguiu a bruxa em um mergulho. Estavam rumando para a maior coleção de luzes que ele já vira, uma vasta massa irregular que se entrecruzava, onde brilhavam linhas e redes entremeadas por espaços muito escuros. Continuaram voando cada vez mais baixo, até Harry poder distinguir os faróis de cada carro, os lampiões, as chaminés e as antenas de televisão. Ele queria muito chegar ao chão, embora tivesse certeza de que alguém precisaria descongelá-lo da vassoura.

— Aqui vamos nós! — avisou Tonks, e alguns segundos depois ela pousou.

Harry tocou o solo logo em seguida e desmontou em um trecho de grama alta, no centro de uma pequena praça. Tonks já estava desafivelando o malão. Tiritando de frio, o garoto olhou para os lados. Ao seu redor, as fachadas das casas cobertas de fuligem não pareciam convidativas; algumas tinham janelas quebradas que refletiam opacamente a luz dos lampiões, a pintura estava descascando em muitas das portas e havia montes de lixo na entrada das casas.

— Onde estamos? — perguntou Harry, mas Lupin disse baixinho:

— Em um instante.

Moody vasculhava sua capa, as mãos recurvadas insensíveis de frio.

— Achei — murmurou, erguendo bem no alto um objeto que parecia um isqueiro de prata e acionando-o.

A luz do lampião mais próximo apagou; ele não parou de acionar o isqueiro até todas as lâmpadas da praça estarem apagadas, restando apenas a luz de uma janela, protegida por cortinas, e a lua crescente no céu.

— Pedi-o emprestado a Dumbledore — grunhiu Moody, embolsando o apagueiro. — Isto cuidará de qualquer trouxa que esteja espiando pela janela, entende? Agora vamos logo.

Ele tomou Harry pelo braço e o conduziu para longe do gramado, atravessou a rua e subiu a calçada; Lupin e Tonks o seguiram, carregando o malão do garoto, o restante da guarda, empunhava suas varinhas, flanqueando os quatro.

De uma janela do primeiro andar próxima, vinha um som abafado de música. Um cheiro acre de podre desprendia-se de uma pilha de sacas estufadas de lixo logo à entrada do portão quebrado.

— Tome — murmurou Moody, empurrando um pedaço de pergaminho em direção à mão desiludida de Harry, e aproximou sua varinha acesa para iluminar o que estava escrito. — Leia depressa e decore.

Harry olhou para o pedaço de pergaminho. A caligrafia fina lhe era vagamente familiar. Ele leu:

A sede da Ordem da Fênix encontra-se no largo Grimmauld, número doze, Londres.

4

LARGO GRIMMAULD, NÚMERO DOZE

— Que é a Ordem da...? — começou Harry.

— Aqui não, garoto! — disse Moody com aspereza. — Espere até chegarmos lá dentro! — E, puxando o pedaço de pergaminho da mão de Harry, ateou fogo nele com a ponta da varinha. Enquanto a mensagem se crispava em chamas e flutuava lentamente até o chão, Harry tornou a examinar as casas. Estavam parados diante do número onze; ele olhou para a esquerda e viu o número dez; para a direita, no entanto, o número era treze.

— Mas onde...?

— Pense no que você acabou de ler — disse Lupin em voz baixa.

Harry pensou e, mal chegara à menção do número doze da praça, uma porta escalavrada se materializou entre os números onze e treze, e a ela se seguiram paredes sujas e janelas opacas de fuligem. Era como se uma casa extra tivesse se inflado, empurrando as suas vizinhas para os lados. Harry boquiabriu-se. A música no número onze continuava a tocar com força. Aparentemente, os trouxas que estavam ali dentro não haviam percebido nada.

— Vamos, Harry — rosnou Moody, empurrando-o pelas costas.

O garoto subiu os degraus de pedra gastos, olhando fixamente para a porta que acabara de aparecer. A tinta preta estava desbotada e cheia de arranhões. A maçaneta de prata tinha a forma de uma serpente enroscada. Não havia buraco de fechadura nem caixa de correio.

Lupin puxou a varinha e deu uma batida na porta. Harry ouviu uma sucessão de ruídos metálicos que lembravam correntes retinindo. A porta abriu rangendo.

— Entre depressa, Harry — cochichou Lupin —, mas não se afaste nem toque em nada.

O garoto cruzou a soleira da porta e mergulhou na escuridão quase absoluta do hall. Sentiu o cheiro adocicado de decomposição, poeira e umidade; o local dava a impressão de ser um prédio condenado. Ele espiou por cima do ombro e viu os outros se enfileirarem às suas costas, Lupin e Tonks trazendo o malão e a gaiola de Edwiges. Moody estava parado no último degrau, devolvendo as bolas de luz que o apagueiro roubara dos lampiões; elas voaram de volta às lâmpadas e a praça brilhou momentaneamente com uma claridade laranja, antes de Moody entrar coxeando na casa e fechar a porta da frente, de modo que a escuridão no hall se tornou completa.

— Agora...

Ele bateu a varinha com força na cabeça de Harry; o garoto desta vez teve a sensação de que uma coisa quente escorria por sua coluna e percebeu que o Feitiço da Desilusão se desmanchara.

— Agora fiquem quietos, todos, enquanto providencio um pouco de luz aqui — sussurrou Moody.

Os murmúrios dos outros estavam dando a Harry uma estranha sensação de agouro; era como se tivessem acabado de entrar na casa de um moribundo. Ele ouviu um assobio suave e em seguida candeeiros antiquados, a gás, ganharam vida ao longo das paredes, lançando uma luz tênue e bruxuleante sobre o papel descascado e o tapete puído de um corredor longo e sombrio, em cujo teto refulgia um lustre coberto de teias de aranha e, nas paredes, quadros tortos e escurecidos pelo tempo. Harry ouviu uma coisa correr pelo rodapé. O lustre e os castiçais sobre uma mesa desengonçada ali perto tinham a forma de serpentes.

Ouviram-se passos apressados e a mãe de Rony, a Sra. Weasley, surgiu por uma porta ao fundo do corredor. Exibia um grande sorriso de boas-vindas ao vir ao encontro deles, embora Harry reparasse que estava mais magra e pálida do que da última vez que a vira.

— Ah, Harry, que bom ver você! — sussurrou ela, puxando-o para um abraço de partir costelas antes de afastá-lo e examiná-lo com um olhar crítico.

— Você está parecendo meio doente; está precisando de boa alimentação, mas acho que terá de esperar um pouco pelo jantar.

Ela se voltou para o bando de bruxos atrás de Harry e cochichou pressurosa:

— Ele acabou de chegar, a reunião começou.

Os bruxos demonstraram interesse e animação e foram passando por Harry em direção à porta pela qual a Sra. Weasley acabara de sair. O garoto fez menção de acompanhar Lupin, mas ela o deteve.

— Não, Harry, a reunião é só para membros da Ordem. Rony e Hermione estão lá em cima, você pode esperar com eles até a reunião terminar, depois jantaremos. E fale baixo no corredor — acrescentou ela apressada.

— Por quê?

— Não quero despertar ninguém.

— Que é que a senhora...

— Eu explico depois, agora tenho de correr. Preciso participar da reunião... só vou lhe mostrar onde vai dormir.

Levando o dedo aos lábios, ela o conduziu pé ante pé ao longo da parede coberta por altas cortinas comidas por traças, atrás das quais Harry supôs que houvesse outra porta, e, depois de contornar um enorme porta-guarda-chuvas que parecia ter sido feito com perna de trasgo, eles começaram a subir uma escada escura em que havia cabeças encolhidas e montadas sobre placas na parede lateral. Um exame mais atento revelou ao garoto que as cabeças pertenciam a elfos domésticos. Todos tinham o mesmo narigão.

O espanto de Harry crescia a cada passo. Que é que eles estavam fazendo em uma casa que parecia pertencer ao mais tenebroso bruxo das trevas?

— Sra. Weasley, por quê...?

— Rony e Hermione lhe explicarão tudo, querido, eu realmente tenho de correr — explicou a Sra. Weasley distraída. — Chegamos... — tinham alcançado o segundo patamar — a sua é a porta da direita. Chamo você quando terminar.

E tornou a descer as escadas, apressada.

Harry atravessou o patamar encardido, girou a maçaneta em forma de cabeça de serpente e abriu a porta.

Deu uma breve olhada no quarto sombrio de teto alto em que havia duas camas; então ouviu um alvoroço seguido de um grito mais alto, e sua visão foi completamente obscurecida por uma grande quantidade de cabelos muito espessos. Hermione se atirara sobre ele em um grande abraço que quase o derrubou no chão, ao mesmo tempo que a minúscula coruja de Rony, Pichitinho, voava animada, descrevendo círculos contínuos por suas cabeças.

— HARRY! Rony, ele está aqui, Harry está aqui! Não ouvimos você chegar! Ah, como é que você vai? Está bom? Ficou furioso com a gente? Aposto que ficou, eu sei, as nossas cartas não serviam para nada... mas a gente não podia contar nada. Dumbledore nos fez jurar que não contaríamos, ah, temos tanta coisa para lhe contar e você tem coisas para nos contar: os dementadores! Quando soubemos... e aquela audiência no Ministério... é um absurdo, procurei tudo nos livros, eles não podem expulsar você, simplesmente não podem, tem uma cláusula no Decreto de Restrição à Prática de Magia por Menores prevendo situações em que há risco de vida...

— Deixa ele respirar, Mione — disse Rony, fechando a porta às costas do amigo. Ele parecia ter crescido vários centímetros durante o mês de separação, tornara-se mais alto e mais desengonçado do que nunca, embora o nariz comprido, os cabelos ruivos e as sardas continuassem iguais.

Ainda sorridente, Hermione soltou Harry, mas, antes que pudesse falar, ouviu-se um farfalhar suave e alguma coisa branca saiu voando do alto do armário escuro e pousou gentilmente no ombro de Harry.

— Edwiges!

A coruja muito branca abriu e fechou o bico e mordiscou com carinho a orelha de Harry, enquanto ele acariciava suas penas.

— Ela esteve muito nervosa — contou Rony. — Quase matou a gente de tanta bicada quando trouxe suas últimas cartas. Vê só...

E mostrou a Harry o dedo indicador direito com um corte quase cicatrizado, mas visivelmente profundo.

— Ahhhhh. Desculpe pelo corte, mas eu queria respostas, entende...

— E nós queríamos dar, cara — respondeu Rony. — Hermione estava uma fera, não parava de dizer que você ia fazer uma burrice se ficasse sozinho, sem saída e sem notícias, mas Dumbledore nos fez...

— ... jurar que não contariam — completou Harry. — É, a Mione já me disse isso.

A pequena chama que se acendera em seu peito ao ver os dois maiores amigos se apagou, e uma coisa gelada inundou a boca do seu estômago. De repente — depois de ansiar o mês inteiro para ver os dois — ele sentiu que preferia que Rony e Hermione o deixassem sozinho.

Houve um silêncio tenso em que Harry acariciou Edwiges mecanicamente, sem olhar para os amigos.

— Pelo visto ele pensou que era melhor — disse Hermione ofegante. — Dumbledore, quero dizer.

— Certo — respondeu Harry. Reparou que as mãos da amiga, também, tinham marcas do bico de Edwiges, e descobriu que não sentia a menor pena.

— Acho que ele pensou que você estava mais seguro com os trouxas — começou Rony.

— Ah, é? — retrucou Harry, erguendo as sobrancelhas. — Algum de *vocês* foi atacado por dementadores este verão?

— Bem, não... mas foi por isso que ele mandou gente da Ordem da Fênix seguir você o tempo todo...

Harry sentiu um enorme choque como se tivesse pulado um degrau, sem querer, na descida de uma escada. Então todo o mundo sabia que ele estava sendo seguido, menos ele.

— Não deu muito certo, não foi? – disse Harry, fazendo o possível para manter a voz neutra. – No final, tive de me virar sozinho, não foi?

— Ele estava muito zangado – justificou Hermione, num tom de assombro. – Dumbledore. Nós o vimos. Quando descobriu que Mundungo tinha saído antes de terminar o turno de serviço. Dava até medo.

— Muito bem, fico satisfeito que ele tenha saído – respondeu Harry com frieza. – Se não tivesse, eu não precisaria usar a magia e Dumbledore provavelmente teria me largado na rua dos Alfeneiros o verão todo.

— Você não está... não está preocupado com a audiência do Ministério da Magia? – perguntou Hermione baixinho.

— Não – mentiu Harry em tom de desafio. E afastou-se deles olhando para os lados, com Edwiges aninhada satisfeita em seu ombro, mas este quarto não ia melhorar seu humor. Era escuro e úmido. Uma tira lisa de lona em uma moldura enfeitada era a única coisa que interrompia a nudez das paredes descascadas, e, ao passar pelo objeto, Harry pensou ter ouvido alguém, que estava escondido, dar uma risadinha.

— Então por que é que Dumbledore estava tão ansioso para me deixar no escuro? – perguntou Harry, ainda tentando parecer displicente. – Vocês... se deram o trabalho de perguntar?

Ele ergueu os olhos em tempo de ver a expressão do olhar que os dois trocaram e que o fez perceber que estava reagindo exatamente do jeito que os amigos temiam. O que não melhorou em nada o seu mau humor.

— Dissemos a Dumbledore que queríamos informar você do que estava acontecendo – disse Rony. – Dissemos, cara. Mas ele anda realmente ocupado, só o vimos duas vezes desde que viemos para cá e sempre com pressa, só nos fez jurar que não contaríamos nada que tivesse importância quando lhe escrevêssemos, disse que as corujas poderiam ser interceptadas.

— Ainda assim, ele poderia me manter informado, se quisesse – disse Harry, impaciente. – Vocês não vão me dizer que ele não conhece outros meios de mandar mensagens sem corujas.

Hermione olhou para Rony e disse:

— Pensei nisso também. Mas ele não queria que você soubesse de *nada*.

— Vai ver ele acha que não mereço confiança – disse Harry, observando o rosto dos amigos.

— Não seja burro – disse Rony, parecendo muito desapontado.

— Ou que não sei cuidar de mim mesmo.

— Claro que não pensa isso! – disse Hermione, ansiosa.

— Então como é que eu tenho de ficar na casa dos Dursley, enquanto vocês dois vêm participar de tudo que está acontecendo aqui? – perguntou Harry, as palavras cascateando num atropelo, a voz se elevando a cada palavra. — Como é que permitem a vocês dois saberem de tudo que está acontecendo?

— Não sabemos! — interrompeu-o Rony. — Mamãe não deixa a gente se aproximar das reuniões, diz que somos muito crianças...

Mas antes que percebesse, Harry estava gritando.

— ENTÃO VOCÊS NÃO TÊM PARTICIPADO DAS REUNIÕES, GRANDE COISA! ESTIVERAM AQUI O TEMPO TODO, NÃO FOI? ESTIVERAM JUNTOS O TEMPO TODO! AGORA, EU, FIQUEI ENCALHADO NA RUA DOS ALFENEIROS O MÊS INTEIRO! E JÁ RESOLVI MUITO MAIS DO QUE VOCÊS JAMAIS CONSEGUIRAM E DUMBLEDORE SABE DISSO; QUEM SALVOU A PEDRA FILOSOFAL? QUEM SE LIVROU DO RIDDLE? QUEM SALVOU A PELE DE VOCÊS DOS DEMENTADORES?

Cada pensamento amargurado e cheio de rancor que Harry tivera no último mês foi saindo de dentro dele: sua frustração com a falta de notícias, a mágoa de que todos tinham estado juntos sem ele, sua fúria por estar sendo seguido e ninguém lhe informar — todos os sentimentos de que sentia uma certa vergonha extravasaram. Edwiges assustou-se com a gritaria e tornou a voar para cima do armário; Pichitinho, alarmado, soltou vários pios e voou ainda mais depressa ao redor das cabeças dos garotos.

— QUEM FOI QUE TEVE DE PASSAR POR DRAGÕES E ESFINGES E OUTRAS COISAS REPUGNANTES NO ANO PASSADO? QUEM VIU ELE VOLTAR? QUEM TEVE DE ESCAPAR DELE? EU!

Rony ficou parado ali, com o queixo meio caído, visivelmente chocado, e sem saber o que responder, enquanto Hermione parecia à beira das lágrimas.

— MAS POR QUE EU DEVERIA SABER O QUE ESTÁ ACONTECENDO? POR QUE ALGUÉM SE DARIA O TRABALHO DE ME DIZER O QUE ANDOU ACONTECENDO?

— Harry, nós queríamos lhe dizer, nós realmente queríamos — começou Hermione.

— NÃO PODEM TER QUERIDO TANTO ASSIM, PODEM, OU TERIAM ME MANDADO UMA CORUJA, MAS DUMBLEDORE FEZ VOCÊS JURAREM...

— Fez mesmo...

— DURANTE QUATRO SEMANAS EU FIQUEI ENTALADO NA RUA DOS ALFENEIROS, PESCANDO JORNAIS NAS LIXEIRAS PARA TENTAR DESCOBRIR O QUE ESTAVA ACONTECENDO...

— Nós queríamos...

— SUPONHO QUE VOCÊS TÊM SE DIVERTIDO PARA VALER, NÃO TÊM, ESCONDIDOS AQUI JUNTOS...

— Não, sinceramente...

— Harry, nós realmente sentimos muito! — disse Hermione desesperada, seus olhos agora cintilantes de lágrimas. — Você tem absoluta razão, Harry... se fosse comigo eu ficaria furiosa!

Harry amarrou a cara para os dois, ainda respirando fundo, depois tornou a dar as costas aos amigos e a andar para lá e para cá. Edwiges piou tristemente de cima do armário. Houve uma longa pausa, interrompida apenas pelo rangido fúnebre das tábuas do soalho sob os pés do garoto.

— Que lugar é esse afinal? — perguntou de repente a Rony e Hermione.

— A sede da Ordem da Fênix — respondeu Rony na hora.

— Alguém vai se dar o trabalho de me dizer o que essa Ordem...?

— É uma sociedade secreta — disse Hermione depressa. — Dumbledore é o responsável, fundou a Ordem. São as pessoas que lutaram contra Você-Sabe-Quem da última vez.

— Quem faz parte dela? — perguntou Harry, parando de repente com as mãos nos bolsos.

— Bastante gente...

— Já conhecemos umas vinte — disse Rony —, mas achamos que tem mais.

Harry olhou zangado para os amigos.

— *Então?* — indagou, olhando de um para outro.

— Hum — disse Rony. — Então o quê?

— *Voldemort!* — falou Harry furioso, e os dois contraíram as feições. — Que está acontecendo? Que é que ele está armando? Onde é que está? Que é que estamos fazendo para impedir?

— Já falamos, a Ordem não deixa a gente assistir às reuniões — respondeu Hermione, nervosa. — Por isso não sabemos os detalhes... mas temos uma idéia geral — acrescentou depressa, vendo a expressão no rosto de Harry.

— Fred e Jorge inventaram Orelhas Extensíveis, entende — contou Rony. — Realmente úteis.

— Extensíveis...?

— Orelhas, é. Só que tivemos de parar de usá-las nos últimos dias porque mamãe descobriu e ficou danada. Fred e Jorge tiveram de esconder o estoque para impedir mamãe de jogar tudo no lixo. Mas usamos bastante as orelhas antes de ela perceber o que estava rolando. Sabemos que tem gente da Ordem seguindo Comensais da Morte conhecidos, marcando eles, sabe...

— Outros estão trabalhando para recrutar mais gente para a Ordem... — acrescentou Hermione.

— E outros tantos estão montando guarda a alguém ou alguma coisa — disse Rony. — Estão sempre falando em serviço de guarda.

— Não poderia ter sido a mim, poderia? — perguntou Harry sarcasticamente.

— Ah, é! — exclamou Rony fazendo cara de quem começava a compreender.

Harry deu uma risadinha desdenhosa. E recomeçou a dar voltas no quarto, olhando para todo lado menos para Rony e Hermione.

— Então, que é que vocês dois têm feito se não podem assistir às reuniões? Vocês disseram que estiveram ocupados.

— Estivemos — respondeu Hermione depressa. — Estivemos descontaminando a casa, passou um tempão vazia e muita coisa estranha proliferando por aqui. Conseguimos limpar a cozinha, a maioria dos quartos e acho que vamos cuidar da sala de visitas ama... ARRRE!

Com dois fortes craques, Fred e Jorge, os irmãos mais velhos de Rony, se materializaram no meio do quarto. Pichitinho piou ainda mais baratinado do que nunca e disparou para se juntar a Edwiges em cima do armário.

— *Parem* com isso! — disse Hermione sem entusiasmo aos gêmeos, que eram tão intensamente ruivos quanto Rony, embora mais fortes e um pouco mais baixos.

— Olá, Harry — saudou-o Jorge, sorridente. — Pensamos ter ouvido sua voz suave.

— Não queremos que reprima sua raiva, Harry, bote tudo para fora — disse Fred, também sorrindo. — Vai ver tem alguém a cem quilômetros de distância que ainda não te ouviu.

— Então vocês dois passaram nos testes de aparatação? — perguntou Harry mal-humorado.

— Com louvor — respondeu Fred, que estava segurando alguma coisa que parecia um pedaço muito comprido de barbante cor de carne.

— Vocês teriam levado só uns trinta segundos para descer pelas escadas — disse Rony.

— Tempo é galeão, maninho — disse Fred. — Em todo o caso, Harry, você está interferindo com a recepção. Orelhas Extensíveis — acrescentou em resposta às sobrancelhas erguidas de Harry, e mostrou o barbante, deixando agora visível que o objeto se alongava em direção ao patamar. — Estamos tentando ouvir o que estão falando lá embaixo.

— Você vai precisar ter cuidado — disse Rony, olhando para a Orelha. — Se mamãe tornar a ver mais uma dessas...

— Vale o risco, é uma reunião importante — justificou Fred.

A porta se abriu e apareceu uma longa juba de cabelos ruivos.

— Ah, olá, Harry! — cumprimentou animada a irmã mais nova de Rony, Gina. — Pensei que tivesse ouvido sua voz.

Virando-se para Fred e Jorge, informou:

— Pode esquecer as Orelhas, ela lançou um Feitiço da Imperturbabilidade na porta da cozinha.

— Como é que você sabe? — indagou Jorge, desapontado.

— Tonks me ensinou como descobrir. A gente atira uma coisa contra a porta e se a coisa não bate é porque a porta foi "imperturbada". Atirei umas bombas de bosta do alto da escada e elas simplesmente voaram de volta, então não tem como as Orelhas Extensíveis entrarem por baixo.

Fred soltou um suspiro profundo.

— Que pena. Eu realmente gostaria de descobrir o que é que o Snape está fazendo.

— Snape! — exclamou Harry imediatamente. — Ele está aqui?

— Tá — confirmou Jorge, fechando cuidadosamente a porta e se sentando em uma das camas; Fred e Gina o acompanharam. — Fazendo um relatório. Ultrassecreto.

— Babaca — disse Fred, só por dizer.

— Ele agora está do nosso lado — disse Hermione, desaprovando o amigo.

Rony riu.

— Mas vai continuar sendo babaca. O jeito com que olha para a gente quando nos encontra.

— Gui também não gosta dele — disse Gina, como se isso decidisse a questão.

Harry não tinha muita certeza se sua raiva havia diminuído; mas sua sede de informações começou a suplantar o impulso de continuar gritando. Largou-se na cama em frente aos outros.

— Gui está aqui? — perguntou. — Pensei que estivesse trabalhando no Egito.

— Ele se candidatou a uma função burocrática para poder voltar para casa e trabalhar na Ordem — disse Fred. — Diz que sente falta das tumbas — deu uma risadinha —, mas tem suas compensações.

— Como assim?

— Você se lembra da Fleur Delacour? — perguntou Jorge. — Ela arranjou um emprego no Gringotes para *aperrfeiçoarr o iinglês*...

— E o Gui está dando muitas aulas particulares a ela — caçoou Fred.

— Carlinhos também entrou na Ordem — disse Jorge —, mas continua na Romênia. Dumbledore quer atrair o maior número possível de bruxos estrangeiros, por isso Carlinhos está tentando fazer contatos nos dias de folga.

— O Percy não podia fazer isso? — perguntou Harry. Na última notícia que recebera, o terceiro irmão Weasley estava trabalhando no Departamento de Cooperação Internacional em Magia, no Ministério da Magia.

Ao ouvirem as palavras de Harry, os Weasley e Hermione trocaram olhares carregados de significação.

— Diga o que quiser, mas não mencione o Percy na frente da mamãe e do papai — disse Rony com a voz tensa.

— Por que não?

— Porque todas as vezes que ouvem o nome dele, papai quebra o que estiver segurando e mamãe começa a chorar — explicou Fred.

— Tem sido horrível — comentou Gina com tristeza.

— Acho que podemos passar sem ele — disse Jorge, com uma expressão de ameaça nada característica.

— Que aconteceu? — perguntou Harry.

— Percy e papai brigaram — contou Fred. — Nunca vi papai brigar com alguém daquele jeito. Em geral é mamãe que berra.

— Foi na primeira semana de férias quando terminou o trimestre — disse Rony. — Íamos entrar para a Ordem. Percy chegou e contou que tinha sido promovido.

— Você tá brincando — admirou-se Harry.

Embora soubesse muito bem que ele era extremamente ambicioso, Harry tinha a impressão de que Percy não fizera grande sucesso em seu primeiro emprego no Ministério da Magia. Cometera o grande deslize de não perceber que o chefe estava sendo controlado por Lorde Voldemort (não que o Ministério tivesse acreditado — todos pensaram que o Sr. Crouch enlouquecera).

— Pois é, todos ficamos surpresos — continuou Jorge —, Percy tinha se metido em grandes confusões por causa de Crouch, houve até um inquérito e tudo. A conclusão foi que Percy devia ter percebido que Crouch não estava batendo bem e informado ao seu superior. Mas você conhece Percy, Crouch o tinha deixado na chefia, e ele não ia reclamar.

— Então como foi que ganhou a promoção?

— É exatamente o que nos perguntamos — disse Rony, que parecia muito ansioso para sustentar uma conversa normal, agora que Harry parara de gritar. – Percy voltou para casa realmente satisfeito com ele mesmo... ainda mais satisfeito do que o normal, se é que dá para imaginar... e disse ao papai que tinham lhe oferecido um cargo no gabinete do próprio Fudge. Um cargo realmente bom para alguém que tinha terminado Hogwarts fazia só um ano: assistente júnior do ministro. Acho que esperava que papai ficasse impressionado.

– Só que papai não ficou – disse Fred sério.

– Por que não? – indagou Harry.

– Bom, parece que Fudge tinha percorrido o Ministério enfurecido para se certificar de que os funcionários não tivessem contato com Dumbledore – disse Jorge.

– No Ministério, o nome de Dumbledore virou lixo, ultimamente, entende – esclareceu Fred. – Todos pensam que ele está só criando problemas quando diz que Você-Sabe-Quem voltou.

– Papai falou que Fudge deixou muito claro que qualquer um que estivesse mancomunado com Dumbledore podia desocupar a escrivaninha – disse Jorge.

– O problema é que Fudge suspeita de papai, sabe que é amigo de Dumbledore, e sempre achou papai meio excêntrico por causa da obsessão que ele tem pelos trouxas.

– Mas que é que isso tem a ver com o Percy? – perguntou Harry, confuso.

– Vou chegar lá. Papai desconfia que Fudge só quer Percy no gabinete, porque quer usar o mano para espionar a família... e Dumbledore.

Harry soltou um assobio.

– Aposto como Percy adorou.

Rony deu uma risada meio rouca.

– Ele perdeu completamente a cabeça. Disse... bem, uma porção de coisas horríveis. Disse que está enfrentando a péssima reputação do papai desde que entrou no Ministério e que papai não tem ambição e que é por isso que sempre fomos, sabe, sempre tivemos pouco dinheiro, quero dizer...

– Quê? – disse Harry, incrédulo, ao mesmo tempo que Gina bufava feito um gato enraivecido.

– Eu sei – disse Rony em voz baixa. – E ficou pior. Disse que papai era um idiota de andar com Dumbledore, que Dumbledore ia se meter em uma baita encrenca e papai ia cair junto, e que ele, Percy, sabia a quem devia ser leal, e era ao Ministério. E se mamãe e papai iam trair o Ministério, iria se empenhar para que todo o mundo soubesse que ele não pertencia mais à nossa família. E fez as malas na mesma noite e foi embora. Agora está morando aqui em Londres.

Harry soltou um palavrão baixinho. Dos irmãos de Rony, Percy era o que ele menos gostava, mas nunca imaginara que pudesse dizer essas coisas ao Sr. Weasley.

— Mamãe está danada da vida — disse Rony. — Sabe, chora, essas coisas. Veio a Londres para tentar falar com Percy, mas ele bateu a porta na cara dela. Não sei como ele faz quando encontra papai no trabalho: acho que finge que não vê.

— Mas Percy *deve* saber que Voldemort voltou — disse Harry lentamente. — Ele não é burro, deve saber que sua mãe e seu pai não arriscariam tudo sem provas.

— É, bom, o seu nome também entrou na briga — disse Rony, lançando a Harry um olhar furtivo. — Percy disse que a única prova que havia era a sua palavra e... não sei... ele achava que não era suficiente.

— Percy leva o *Profeta Diário* a sério — comentou Hermione, mordaz, com o que os outros concordaram.

— Do que é que vocês estão falando? — perguntou Harry, passando os olhos por todos. Eles o observavam cautelosos.

— Você não tem recebido o *Profeta Diário*? — perguntou Hermione nervosa.

— Tenho.

— Você não tem lido todas as notícias? — perguntou Hermione ainda mais ansiosa.

— Não da primeira à última página — respondeu Harry na defensiva. — Se houvesse alguma notícia sobre Voldemort sairia em manchete, não?

Os amigos se contraíram ao ouvir o nome. Hermione continuou depressa:

— Você precisaria ler da primeira à última página para perceber, mas eles, bom, eles mencionam seu nome algumas vezes por semana.

— Mas eu não vi...

— Se andou lendo só a primeira página, não iria ver — disse Hermione, sacudindo a cabeça. — Não estou falando de notícia grande. Eles incluem seu nome aqui e ali, como se você fosse a piada da vez.

— Como as...?

— Na verdade é bem maldoso — disse Hermione procurando manter a voz calma. — Estão usando só o material que a Rita publicou.

— Mas ela não está mais escrevendo para o *Profeta*, está?

— Ah, não, ela tem cumprido a promessa que fez: não que tivesse outra opção — acrescentou Hermione satisfeita. — Mas lançou as bases para o que estão tentando fazer agora.

— E que é *o quê*? — perguntou Harry, impaciente.

— O.k., você sabe que ela escreveu que você estava caindo por aí, se queixando que sua cicatriz estava doendo e tudo o mais?

— Sei — respondeu Harry, que tão cedo não iria esquecer as notícias de Rita Skeeter sobre ele.

— Bom, estão pintando você como uma pessoa fantasiosa e sedenta de atenção, que acha que é um grande herói trágico ou qualquer coisa assim — contou Hermione, muito depressa, como se fosse menos desagradável para o amigo saber desses fatos em menos tempo. — Eles não param de incluir comentários irônicos sobre você. Se aparece uma história mirabolante, escrevem mais ou menos assim: "Uma história digna de Harry Potter", e se alguém tem um acidente estranho ou coisa parecida dizem: "Vamos fazer votos para que ele não fique com uma cicatriz na testa ou vão nos pedir para venerá-lo"...

— Eu não quero que ninguém me venere... — começou Harry indignado.

— Eu sei que não — disse Hermione depressa, parecendo assustada. — *Eu sei*, Harry. Mas você percebe o que eles estão fazendo? Querem transformar você em uma pessoa em que ninguém acredita. Fudge está por trás de tudo, aposto o que você quiser. Eles querem que o bruxo da rua pense que você não passa de um garoto burro, que é meio engraçado e conta histórias ridículas porque adora ser famoso e quer continuar sendo.

— Eu não pedi... eu não quis... *Voldemort matou meus pais!* — protestou Harry, cuspindo as palavras. — Fiquei famoso porque ele assassinou minha família, mas não conseguiu me matar! Quem quer ser famoso por uma coisa dessas? Será que não pensam que eu preferia que nunca...

— Nós *sabemos*, Harry — disse Gina com sinceridade.

— E, é claro que não publicaram nem uma palavra sobre o ataque dos dementadores a você — acrescentou Hermione. — Alguém mandou abafar o caso. Teria sido uma história e tanto, dementadores escapam ao controle do governo. Nem ao menos noticiaram que você violou o Estatuto Internacional do Sigilo em Magia. Pensamos que noticiariam, porque combinava com a sua imagem de exibicionista idiota. Achamos que estão aguardando você ser expulso, então vão realmente botar pra quebrar, quero dizer, *se você for expulso*, é óbvio — apressou-se Hermione a acrescentar. — Na realidade, não deverá ser, não se o Ministério respeitar as próprias leis, não há caso contra você.

Estavam de volta à audiência e Harry não queria pensar no assunto. Fez força para mudar outra vez o rumo da conversa, mas foi poupado do esforço pelo ruído de passos que subiam a escada.

— Ah, ah.

Fred deu um puxão na Orelha Extensível; ouviu-se outro estalo forte, e ele e Jorge desapareceram. Segundos depois, a Sra. Weasley apareceu à porta do quarto.

— A reunião terminou, podem descer para jantar agora. Todo o mundo está doido para ver você, Harry. E quem foi que largou todas aquelas Bombas de Bosta na porta da cozinha?

— O Bichento — respondeu Gina sem corar. — Ele adora brincar com bombas.

— Ah — disse a Sra. Weasley —, pensei que talvez fosse o Monstro, ele está sempre fazendo essas coisas estranhas. Agora não se esqueçam de falar baixo no corredor. Gina, suas mãos estão imundas, que é que você andou fazendo? Por favor, vá lavá-las antes de jantar.

Gina fez careta para os outros e acompanhou a mãe na saída do quarto, deixando Harry sozinho com Rony e Hermione. Os dois o observaram com apreensão, como se receassem que ele fosse recomeçar a gritar agora que todos já tinham ido embora. A visão dos amigos olhando-o tão nervosos fez Harry se sentir um pouco envergonhado.

— Olhem... — murmurou, mas Rony sacudiu a cabeça e Hermione disse baixinho:

— Nós sabíamos que você ia ficar zangado, Harry, não culpamos você, sério, mas você tem de compreender, nós realmente *tentamos* convencer o Dumbledore...

— É, eu sei — respondeu o garoto, impaciente.

Ele procurou um assunto que não envolvesse o diretor da escola, porque só de pensar em Dumbledore suas entranhas recomeçavam a queimar de raiva.

— Quem é Monstro? — perguntou.

— O elfo doméstico que mora aqui — respondeu Rony. — Doido de pedra. Nunca conheci nenhum igual.

Hermione franziu a testa.

— Ele não é doido de pedra, Rony.

— A ambição da vida dele é ter a cabeça cortada e montada em uma placa como fizeram com a mãe dele — argumentou Rony irritado. — Isso é normal, Mione?

— Bem... bem, ele não tem culpa de ser um pouquinho esquisito.

Rony girou os olhos para Harry.

— Hermione ainda não desistiu do FALE.

— Não é FALE! — retrucou Hermione indignada. — É Fundo de Apoio à Liberação dos Elfos. E eu não sou a única, Dumbledore também diz que devemos tratar bem o Monstro.

— Sei, sei – disse Rony. – Vamos, estou morto de fome.

Ele foi o primeiro a sair do quarto e alcançar o patamar, mas antes que pudessem descer a escada...

— Calma aí! — sussurrou Rony, esticando um braço para impedir Harry e Hermione de continuarem. — Eles ainda estão no hall, quem sabe a gente consegue ouvir alguma coisa.

Os três espiaram com cautela por cima do balaústre. O corredor sombrio lá embaixo estava apinhado de bruxas e bruxos, inclusive os da guarda de Harry. Cochichavam animados. Bem no meio do grupo, Harry viu os cabelos escuros e oleosos e o nariz adunco do menos querido dos seus professores em Hogwarts, o Prof. Snape. O garoto estava muito interessado em saber o que Snape estava fazendo na Ordem da Fênix...

Um fio de barbante cor de carne desceu bem diante dos olhos de Harry. Erguendo a cabeça, ele viu Fred e Jorge no patamar acima, baixando cuidadosamente a Orelha Extensível em direção à aglomeração sombria de bruxos. No instante seguinte, porém, todos começaram a se encaminhar para a porta de entrada e desapareceram de vista.

— Droga — Harry ouviu Fred murmurar, recolhendo a Orelha Extensível.

Os três ouviram a porta de entrada abrir e em seguida fechar.

— Snape não come aqui nunca — informou Rony a Harry em voz baixa. — Graças a Deus. Vamos.

— E não se esqueça de falar em voz baixa no corredor, Harry — cochichou Hermione.

Ao passarem pela fileira de cabeças de elfos domésticos na parede, eles viram Lupin, a Sra. Weasley e Tonks à entrada, lacrando magicamente as muitas fechaduras e trancas da porta depois que os outros saíram.

— Vamos comer na cozinha — sussurrou a Sra. Weasley, indo ao encontro dos garotos ao pé da escada. — Harry, querido, se você atravessar em silêncio o corredor, é aquela porta ali.

TRABUM!

— Tonks! — exclamou a Sra. Weasley exasperada, virando-se para olhar às suas costas.

— Me desculpe! — lamentou Tonks, que caíra estatelada no chão. — É a droga desse porta-guarda-chuvas, é a segunda vez que tropeço nele...

Mas o fim da frase de Tonks foi abafada por um guincho medonho de furar os ouvidos e congelar o sangue.

As cortinas de veludo roídas de traças, pelas quais Harry passara mais cedo, tinham se aberto, mas não havia porta alguma atrás. Durante uma fração de segundo, o garoto pensou que estava espiando por uma janela, uma janela em que havia uma velha de touca preta que não parava de berrar como se estivesse sendo torturada – então ele compreendeu que era simplesmente um retrato em tamanho natural, dos mais realistas e dos mais incômodos que já vira na vida.

A velha estava babando, seus olhos giravam nas órbitas, a pele amarelada do rosto esticava-se inteiramente enquanto gritava; e, por toda a extensão do corredor, os demais quadros acordaram e começaram a berrar, também, a tal ponto que Harry chegou a apertar os olhos e tampar os ouvidos para não escutar.

Lupin e a Sra. Weasley correram para tentar fechar a cortina que ocultava a velha, mas não conseguiam e ela guinchava com mais vontade, brandindo as mãos em garras como se quisesse estraçalhar os rostos deles.

— Ralé! Escória! Filhos da sordidez e da maldade! Mestiços, mutantes, monstros, sumam deste lugar! Como se atrevem a macular a casa dos meus antepassados...

Tonks não parava de pedir desculpas, repondo a pesada perna de trasgo na posição original; a Sra. Weasley desistiu das tentativas para fechar as cortinas e corria de uma ponta a outra do corredor com a varinha em punho, lançando um Feitiço Estuporante em cada quadro; um homem de longos cabelos pretos saiu com violência de uma porta defronte a Harry.

— Cale a boca, sua bruxa horrorosa, CALE A BOCA! – berrou ele, agarrando a cortina que a Sra. Weasley abandonara.

A velha empalideceu.

— *Vocêêêêêê!* – urrou ela, os olhos saltando das órbitas ao ver o homem. – *Traidor do próprio sangue, abominação, vergonha da minha carne!*

— Eu... mandei... calar... a... BOCA! – rugiu o homem, e, com um estupendo esforço, ele e Lupin conseguiram fazer as cortinas fecharem.

Os guinchos da velha morreram e sobreveio um silêncio ressonante.

Um pouco ofegante e afastando dos olhos os longos cabelos pretos, o padrinho de Harry, Sirius, voltou-se para olhá-lo.

— Olá, Harry – disse muito sério. – Vejo que acabou de conhecer minha mãe.

5

A ORDEM
DA FÊNIX

— Sua...?

— É, minha velha e querida mamãe — confirmou Sirius. — Faz um mês que estamos tentando tirá-la daí, mas achamos que ela pôs um Feitiço Adesivo Permanente atrás do quadro. Vamos descer, depressa, antes que os outros acordem novamente.

— Mas o que é que um retrato de sua mãe está fazendo aqui? — perguntou Harry, espantado, quando passaram por uma porta do corredor que dava acesso a uma escada, acompanhados de perto pelos demais.

— Ninguém lhe contou? Esta era a casa dos meus pais. Mas sou o último Black vivo, por isso ela agora é minha. Eu a ofereci a Dumbledore para usar como sede: acho que foi a única coisa útil que pude fazer até o momento.

Harry, que esperara uma recepção mais calorosa, reparou que a voz de Sirius parecia dura e amargurada. Ele acompanhou o padrinho e, ao fim da escada, passaram por uma porta que se abria para a cozinha do porão.

Não era menos sombria do que o corredor acima, um aposento cavernoso com paredes de pedra bruta. Quase toda a iluminação vinha de um grande fogão ao fundo. Fumaça de cachimbo pairava no ar como a névoa escura sobre um campo de batalha, e nela avultavam as formas ameaçadoras de tachos e panelas penduradas no teto escuro. Muitas cadeiras tinham sido amontoadas no aposento para a reunião e no meio havia uma longa mesa de madeira, coalhada de rolos de pergaminho, cálices, garrafas de vinho vazias e algo que parecia uma pilha de trapos. O Sr. Weasley e seu filho mais velho, Gui, estavam conversando em voz baixa com as cabeças juntas a uma ponta da mesa.

A Sra. Weasley pigarreou. O marido, um homem magro, óculos com aros de tartaruga e cabelos ruivos que começavam a ralear, olhou para os lados e imediatamente se levantou.

— Harry! — exclamou o Sr. Weasley, apressando-se a cumprimentar o garoto, cujas mãos apertou com força. — Que bom ver você.

Por cima do ombro dele, Harry viu Gui, que ainda usava cabelos longos presos em um rabo de cavalo, enrolar as folhas de pergaminho deixadas sobre a mesa.

– Boa viagem, Harry? – perguntou Gui, tentando recolher doze pergaminhos de uma só vez. – Então Olho-Tonto não obrigou vocês a passar pela Groenlândia?

– Ele bem que tentou – respondeu Tonks, se aproximando para ajudar Gui, e, logo em seguida, virando uma vela em cima do último rolo. – Ah não... *me desculpe...*

– Aqui, querido – disse a Sra. Weasley, exasperada, consertando o pergaminho com um aceno da varinha. No lampejo de luz produzido pelo feitiço, Harry vislumbrou algo que parecia a planta de uma construção.

A Sra. Weasley o viu olhar. Recolheu com violência a planta da mesa e meteu-a nos braços sobrecarregados de Gui.

– Essas coisas deveriam ser retiradas assim que terminam as reuniões – disse com rispidez, antes de se dirigir em grandes passadas a um armário antigo de onde começou a retirar pratos de jantar.

Gui puxou a própria varinha e murmurou "*Evanesco!*", ao que os rolos desapareceram.

– Sente-se, Harry – disse Sirius. – Você já conhece Mundungo, não?

A coisa que Harry pensara ser uma pilha de trapos soltou um ronco prolongado, em seguida acordou com um estremeção.

– Alguém falou meu nome? – resmungou Mundungo sonolento. – Concordo com Sirius... – E ergueu a mão encardida no ar como se estivesse votando, as pálpebras pesadas e os olhos vermelhos fora de foco.

Gina abafou umas risadinhas.

– A reunião terminou, Dunga – avisou Sirius, enquanto todos se acomodavam ao redor da mesa. – Harry chegou.

– Hein? – disse Mundungo, espiando malignamente por entre os cabelos ruivos embaraçados. – Não é que chegou mesmo! Caramba... você está bem, Arry?

– Estou.

Mundungo apalpou os bolsos, nervoso, ainda olhando para Harry, e puxou um cachimbo preto recoberto por uma camada de sujeira. Meteu-o na boca, acendeu a ponta com a varinha e chupou-o longamente. Enormes nuvens redondas de fumaça esverdeada o envolveram em segundos.

– Estou devendo desculpas a você – grunhiu uma voz no meio da nuvem de fumaça fedorenta.

— Pela última vez, Mundungo — chamou a Sra. Weasley —, por favor, *não* fume essa coisa na cozinha, principalmente antes de comermos!

— Ah! — exclamou o bruxo. — Certo. Desculpe, Molly.

A nuvem de fumaça desapareceu no que Mundungo repôs o cachimbo no bolso, mas um cheiro acre de meias queimadas permaneceu no ar.

— E se vocês quiserem comer antes da meia-noite, vou precisar de ajuda — anunciou a Sra. Weasley a todos na cozinha. — Não, você pode ficar onde está, Harry querido, fez uma viagem muito longa.

— Em que posso ajudar, Molly? — perguntou Tonks, adiantando-se entusiasmada.

A Sra. Weasley hesitou, parecendo apreensiva.

— Hum... não, tudo bem, Tonks, você também precisa descansar, já fez o suficiente hoje.

— Não, não, quero ajudar! — insistiu a bruxa, animada, derrubando uma cadeira ao se precipitar para o armário, no qual Gina apanhava talheres.

Logo, uma coleção de facas estava cortando carne e hortaliças sozinhas, supervisadas pela Sra. Weasley, enquanto ela mexia um caldeirão pendurado sobre as chamas e os demais apanhavam, na despensa, pratos, mais cálices e comida. Harry foi deixado à mesa com Sirius e Mundungo, que ainda piscava os olhos pesarosos para o garoto.

— Viu a velha Figg depois daquele dia? — perguntou.

— Não — disse Harry —, não a vi mais.

— Entendo, eu não teria saído — disse Mundungo, curvando-se para a frente, com um tom de súplica na voz —, mas tive uma oportunidade para fazer um negócio...

Harry sentiu uma coisa roçar em seus joelhos e se assustou, mas era só o Bichento, o gato amarelo, de pernas arqueadas, de Hermione, que contornou as pernas do garoto, ronronando, e em seguida saltou para o colo de Sirius e se enroscou. O bruxo, distraído, coçou atrás das orelhas do gato, ao mesmo tempo que se virava ainda sério para o afilhado.

— As férias foram boas até agora?

— Não, uma droga — disse Harry.

Pela primeira vez, a sombra de um sorriso perpassou o rosto de Sirius.

— Eu não sei do que você está se queixando.

— Quê?! — exclamou Harry, incrédulo.

— Pessoalmente, eu teria recebido com prazer um ataque de dementadores. Uma luta mortal pela minha alma teria quebrado essa monotonia numa boa. Você acha que seu verão foi ruim, mas pelo menos você pôde sair, esticar as pernas, se meter em brigas... eu fiquei trancado aqui o mês inteiro.

— Como assim? — perguntou Harry, franzindo a testa.

— Porque o Ministério da Magia continua me caçando, e Voldemort, a esta altura, já sabe que sou um animago. Rabicho terá contado a ele, portanto o meu disfarce acabou. Não há muito que eu possa fazer pela Ordem da Fênix... ou pelo menos é o que pensa Dumbledore.

Havia alguma coisa no tom ligeiramente inexpressivo com que Sirius disse o nome de Dumbledore que deixou transparecer que ele também não estava muito feliz com o diretor. O garoto sentiu uma repentina afeição pelo padrinho.

— Pelo menos você acompanhou o que estava acontecendo — disse, à guisa de consolo.

— Ah, com certeza — respondeu Sirius sarcasticamente. — Escutando os relatórios de Snape, aturando as ironias dele de que está lá fora arriscando a vida enquanto eu estou aqui sentado no bem-bom... me perguntando como vai a limpeza...

— Que limpeza? — perguntou Harry.

— Estou procurando deixar a casa em condições de ser habitada por humanos — explicou Sirius, abarcando com um gesto a cozinha sombria. — Ninguém mora aqui há dez anos, ou pelo menos desde que minha querida mãe faleceu, a não ser que se conte o velho elfo doméstico que a servia, e que já perdeu o juízo há muito tempo: não limpa nada há anos.

— Sirius — interrompeu-o Mundungo, que não parecia ter prestado atenção alguma à conversa, mas estivera examinando um cálice vazio. — Isto é prata maciça, cara?

— É — respondeu Sirius, avaliando o cálice com aversão. — A melhor prata lavrada por duendes no século XV, gravada com o brasão da família Black.

— Mas isso sai — murmurou Mundungo, polindo o brasão com o punho do casaco.

— Fred... Jorge... NÃO, É SÓ PARA CARREGAR AS COISAS! — gritou a Sra. Weasley.

Harry, Sirius e Mundungo olharam para os lados e, em uma fração de segundo, mergulharam para longe da mesa. Fred e Jorge tinham enfeitiçado um caldeirão de ensopado, uma jarra de ferro com cerveja amanteigada e uma pesada tábua de cortar, inclusive com a faca, fazendo tudo voar pelo ar em direção à mesa. O caldeirão deslizou por toda a extensão da mesa e parou quase na ponta, deixando uma longa queimadura preta em sua superfície; a jarra caiu com estrépito, espalhando o conteúdo pela cozinha; a faca de pão escorregou da tábua e aterrissou, de ponta para baixo, agitando-se ameaçadoramente, no ponto exato em que a mão de Sirius estivera momentos antes.

— PELO AMOR DE DEUS! — bradou a Sra. Weasley. — NÃO HAVIA A MENOR NECESSIDADE... PARA MIM JÁ CHEGA... SÓ PORQUE AGORA VOCÊS TÊM PERMISSÃO PARA USAR MAGIA, NÃO PRECISAM PUXAR A VARINHA PARA TUDO!

— Só estamos tentando economizar tempo! — respondeu Fred, correndo a arrancar a faca de pão da mesa. — Desculpe, cara — disse a Sirius —, não tive...

Harry e Sirius riram; Mundungo, que caíra para trás, se levantou xingando; Bichento soltou um silvo raivoso e disparou para baixo do armário, de onde seus grandes olhos amarelos brilharam no escuro.

— Meninos — disse o Sr. Weasley, repondo o caldeirão no centro da mesa —, sua mãe tem razão, espera-se que vocês demonstrem responsabilidade, agora que são maiores de idade...

— Nenhum dos seus irmãos criou esse tipo de problema! — ralhou a Sra. Weasley com os gêmeos, batendo uma nova jarra de cerveja amanteigada na mesa com tanta força que quase derramou a mesma quantidade do líquido que os garotos. — Gui não sentia necessidade de aparatar a cada metro! Carlinhos não enfeitiçava tudo que via! Percy...

Ela parou de repente, para tomar fôlego, e lançou um olhar assustado ao marido, cuja expressão enrijecera repentinamente.

— Vamos comer — disse Gui depressa.

— Está com uma cara ótima, Molly — disse Lupin, servindo uma concha do ensopado em um prato e passando-o a ela, sentada à sua frente na mesa.

Durante alguns minutos fez-se silêncio, quebrado apenas pelo ruído dos pratos, talheres e cadeiras à medida que as pessoas se acomodavam para comer. Então a Sra. Weasley se dirigiu a Sirius.

— Estou querendo lhe falar há dias, tem alguma coisa presa na escrivaninha da sala de visitas, não para de chocalhar e vibrar. É claro que pode ser apenas um bicho-papão, mas pensei que talvez devêssemos pedir a Alastor para dar uma espiada antes de soltarmos o que quer que seja.

— Como quiser — respondeu Sirius, indiferente.

— As cortinas de lá também estão cheias de fadas mordentes — continuou a Sra. Weasley. — Pensei que a gente talvez pudesse tentar resolver o problema amanhã.

— Estou ansioso para começar — disse Sirius. Harry percebeu o sarcasmo na voz do padrinho, mas ficou em dúvida se todos o haviam percebido.

Em frente a Harry, Tonks divertia Hermione e Gina transformando o próprio nariz entre uma garfada e outra. Contraindo os olhos com a mesma expressão de dor que revelara no quarto de Harry, o nariz da bruxa inchou, formando uma espécie de protuberância alongada que lembrava o nariz do Snape, encolheu e se arredondou como um champignon e em seguida produziu uma quantidade de pelos em cada narina. Aparentemente aquilo era uma diversão rotineira à hora da refeição, porque Hermione e Gina logo estavam pedindo que fizesse os narizes de que mais gostavam.

– Faz aquele que parece um focinho de porco, Tonks.

Tonks obedeceu, e Harry, erguendo os olhos, teve a momentânea impressão de que a versão feminina de Duda estava sorrindo para ele do lado oposto da mesa.

O Sr. Weasley, Gui e Lupin mantinham uma animada discussão sobre duendes.

– Eles ainda não estão revelando nada – dizia Gui. – Não cheguei à conclusão se acreditam ou não que ele retornou. Claro que talvez prefiram não tomar partido. Ficar de fora.

– Tenho certeza de que eles nunca se aliariam a Você-Sabe-Quem – falou o Sr. Weasley, balançando a cabeça. – Eles também sofreram perdas; lembra aquela família de duendes que ele assassinou da outra vez, perto de Nottingham?

– Acho que tudo depende do que oferecerem aos duendes – comentou Lupin. – E não estou falando de ouro. Se oferecerem a liberdade que vimos negando a eles há séculos, ficarão tentados. Você ainda não teve sorte com o Ragnok, Gui?

– Ele está se sentindo muito antibruxo no momento – respondeu Gui. – Não parou de esbravejar sobre aquela história do Bagman, acha que o Ministério abafou o caso, os duendes nunca receberam o ouro prometido, sabe...

Uma onda de risadas na parte central da mesa abafou as palavras finais de Gui. Os gêmeos, Rony e Mundungo estavam rolando de rir.

– ... e então – engasgou-se Mundungo, as lágrimas escorrendo pelo rosto –, e então, se dá para acreditar, ele olha para mim, e diz: "Me diz aqui, Dunga, onde foi que você arranjou todos esses sapos? Porque um filho da mãe foi e afanou os meus." E eu digo: "Afanou os seus sapos, cara, e agora? Então você vai querer mais alguns?" E se quiserem acreditar, rapazes, o burro do gárgula tornou a comprar de mim todos os sapos que tinham sido dele por um preço muito mais alto do que pagou da primeira vez.

– Acho que não precisamos continuar ouvindo os seus negócios, Mundungo – disse a Sra. Weasley rispidamente, enquanto Rony caía debruçado sobre a mesa de tanto rir.

— Desculpe, Molly — disse Mundungo na mesma hora, enxugando as lágrimas e piscando para Harry. — Mas, sabe, para começar o Will tinha afanado os sapos do Verruga, por isso eu não estava realmente fazendo nada errado.

— Não sei onde foi que você aprendeu o que é certo e errado, Mundungo, mas pelo jeito andou perdendo algumas aulas fundamentais — disse a Sra. Weasley com frieza.

Fred e Jorge enfiaram a cara nos cálices de cerveja amanteigada; Jorge estava com soluço. Por alguma razão, a Sra. Weasley lançou um olhar muito feio a Sirius antes de se levantar para buscar um grande pudim de ruibarbo. Harry virou-se para o padrinho.

— Molly desaprova o Mundungo — murmurou Sirius.

— Então como é que ele faz parte da Ordem? — perguntou Harry no mesmo tom.

— Ele é útil — murmurou Sirius. — Conhece todos os vigaristas — bem, é claro que sim, já que é um deles. Mas é também muito leal a Dumbledore, que certa vez o ajudou a sair de um apuro. Compensa ter alguém como Dunga por perto, ele ouve coisas que não ouvimos. Mas Molly acha que convidá-lo para jantar já é ir longe demais. Não o perdoou por abandonar o serviço em vez de seguir você.

Três porções de pudim de ruibarbo depois, e a cintura do jeans de Harry começou a apertar demais (o que não era pouca coisa, pois o jeans tinha pertencido a Duda). Quando ele finalmente descansou a colher, tinha havido uma pausa na conversa geral à mesa. O Sr. Weasley se recostara na cadeira, parecendo relaxado e satisfeito; Tonks bocejava abertamente, o nariz agora no feitio normal; e Gina, que atraíra Bichento para fora do vão do armário, estava sentada no chão de pernas cruzadas, atirando rolhas de cerveja para o gato ir buscar.

— Acho que está chegando a hora de dormir — disse a Sra. Weasley bocejando.

— Ainda não, Molly — pediu Sirius, afastando o prato para olhar Harry de frente. — Sabe, estou surpreso com você. Pensei que a primeira coisa que faria ao chegar era perguntar sobre o Voldemort.

A atmosfera na sala mudou com a rapidez que Harry associava à chegada de dementadores. Se segundos antes estava sonolenta e descontraída, agora ficara alerta e até tensa. Correu um arrepio pela mesa à menção do nome de Voldemort. Lupin, que ia tomar um gole de vinho, baixou o cálice lentamente, com ar de preocupação.

— Perguntei! — exclamou Harry, indignado. — Perguntei a Rony e Hermione, mas eles disseram que não podíamos participar da Ordem, então...

— E têm toda a razão — disse a Sra. Weasley. — Vocês são muito jovens.

A bruxa se empertigou na cadeira, as mãos fechadas sobre os braços, sem o menor vestígio de sono.

— Desde quando alguém precisa pertencer à Ordem da Fênix para fazer perguntas? — indagou Sirius. — Harry ficou preso naquela casa de trouxas um mês inteiro. Tem o direito de saber o que andou acontecendo...

— Calma aí! — interrompeu-o Jorge, em voz alta.

— Por que é que o Harry recebe respostas às perguntas dele? — protestou Fred aborrecido.

— Faz um mês que tentamos tirar informações de você e não conseguimos absolutamente nada! — disse Jorge.

— *Você é jovem demais, não pertence à Ordem* — disse Fred, com uma voz esganiçada que lembrava estranhamente a da mãe. — E Harry não é nem maior de idade!

— Não tenho culpa se ninguém lhe contou nada que a Ordem tem feito — respondeu Sirius calmamente. — Isso é uma decisão dos seus pais. Por outro lado, o Harry...

— Não cabe a você decidir o que é bom para o Harry! — retrucou a Sra. Weasley com aspereza. A expressão em seu rosto, normalmente bondoso, parecia perigosa. — Suponho que ainda se lembre do que Dumbledore disse?

— Que parte? — perguntou Sirius educadamente, mas com o ar de um homem que se prepara para uma briga.

— A parte em que disse para não contar a Harry mais do que ele *precisa saber* — disse a Sra. Weasley, sublinhando as duas últimas palavras.

As cabeças de Rony, Hermione, Fred e Jorge giravam de Sirius para a Sra. Weasley como se estivessem acompanhando uma partida de tênis. Gina estava ajoelhada em meio a uma pilha de rolhas de cerveja, observando a conversa com a boca entreaberta. Os olhos de Lupin estavam pregados em Sirius.

— Não tenho intenção de contar mais do que ele *precisa saber*, Molly. Mas como foi ele quem viu Voldemort voltar — mais uma vez houve um estremecimento coletivo ao som daquele nome — tem mais direito do que a maioria de...

— Ele não pertence à Ordem da Fênix! — contrapôs a Sra. Weasley. — Tem apenas quinze anos e...

— E já teve de enfrentar tanto quanto a maioria dos participantes da Ordem e mais do que alguns.

— Ninguém está negando o que ele fez! — disse a Sra. Weasley erguendo a voz, os punhos tremendo nos braços da cadeira. — Mas ainda...

— Ele não é mais criança! — retrucou Sirius, impaciente.

— Tampouco é adulto! — disse a Sra. Weasley, a cor afluindo às suas faces. — Ele não é *Tiago*, Sirius!

— Sei perfeitamente quem ele é, obrigado, Molly — retrucou Sirius com frieza.

— Não tenho muita certeza! Às vezes, pelo jeito com que fala dele passa a impressão de que pensa ter recuperado seu melhor amigo!

— E que é que há de errado nisso? — perguntou Harry.

— O que há de errado, Harry, é que você *não* é o seu pai, por mais que se pareça com ele! — disse a Sra. Weasley, os olhos ainda fixos em Sirius. — Você ainda está na escola, e os adultos responsáveis por você não deveriam esquecer isso!

— Está dizendo que sou um padrinho irresponsável? — perguntou Sirius, alteando a voz.

— Estou querendo dizer que é conhecido por agir impulsivamente, Sirius, razão pela qual Dumbledore está sempre lembrando a você para ficar em casa e...

— Vamos deixar as instruções que recebi de Dumbledore fora da conversa, quer fazer o favor? — disse Sirius quase gritando.

— Arthur! — chamou a Sra. Weasley, zangando-se com o marido. — Arthur, venha me apoiar!

O Sr. Weasley não falou imediatamente. Tirou os óculos e limpou-os devagar nas vestes, sem olhar para a esposa. Só depois que os recolocou no rosto, começou a responder.

— Dumbledore sabe que houve uma mudança de posição, Molly. Ele aceita que Harry tenha de ser informado, até certo ponto, agora que está hospedado aqui na sede.

— Sei, mas há uma diferença entre isso e convidá-lo a perguntar o que quiser!

— Por mim — disse Lupin em voz baixa, só então afastando o olhar de Sirius, ao mesmo tempo que a Sra. Weasley se virava para ele, na esperança de ter finalmente conseguido um aliado —, acho melhor que Harry conheça, por nosso intermédio, os fatos, não todos, Molly, mas o quadro geral, em vez de ouvir uma versão truncada pela boca de... outros.

Sua expressão era suave, mas Harry teve certeza de que Lupin, pelo menos, sabia que algumas Orelhas Extensíveis haviam sobrevivido ao expurgo da Sra. Weasley.

– Bom – começou ela, dando um longo suspiro e olhando ao redor à procura de um apoio que não veio –, bom... estou vendo que vou perder. Mas vou dizer só uma coisa: Dumbledore deve ter tido suas razões para não querer que Harry soubesse demais, e falando como alguém que quer o melhor para Harry...

– Ele não é seu filho – disse Sirius em voz baixa.

– É como se fosse – respondeu ela ferozmente. – Quem mais ele tem?

– Tem a mim!

– Tem – concordou a Sra. Weasley, crispando a boca –, o problema é que foi bastante difícil para você cuidar dele enquanto esteve trancafiado em Azkaban, não foi?

Sirius começou a se erguer da cadeira.

– Molly, você não é a única pessoa nesta mesa que se importa com o Harry – disse Lupin secamente. – Sirius, *sente-se*.

O lábio inferior da Sra. Weasley estava tremendo. Sirius tornou a se sentar lentamente em sua cadeira, o rosto branco.

– Acho que devíamos deixar Harry dar a opinião dele sobre o assunto – continuou Lupin –, ele já tem idade para decidir sozinho.

– Eu quero saber o que está acontecendo – disse o garoto imediatamente.

Ele não olhou para a Sra. Weasley. Comovera-se quando a ouviu dizer que era como se fosse seu filho, mas também estava impaciente com seus mimos exagerados. Sirius tinha razão, ele *não* era criança.

– Muito bem – disse a Sra. Weasley com a voz falhando. – Gina... Rony... Hermione... Fred... Jorge... quero vocês fora desta cozinha, agora. – Houve um tumulto instantâneo.

– Somos maiores de idade! – berraram Fred e Jorge juntos.

– Se Harry pode, por que eu não posso? – gritou Rony.

– Mamãe, eu *quero* ouvir! – choramingou Gina.

– NÃO! – bradou a Sra. Weasley, pondo-se de pé, os olhos demasiado brilhantes. – Proíbo terminantemente...

– Molly, você não pode impedir Fred e Jorge – disse o Sr. Weasley, cansado. – Eles *são* maiores de idade.

– Ainda são estudantes.

– Mas agora são legalmente adultos – disse o Sr. Weasley, com a mesma voz cansada.

A Sra. Weasley ficou escarlate.

– Eu... ah, está bem, então, Fred e Jorge podem ficar, mas Rony...

— De qualquer jeito Harry vai contar a mim e a Hermione tudo que disserem! — falou o garoto, zangado. — Não vai... não vai? — acrescentou, inseguro, procurando os olhos de Harry.

Por uma fração de segundo, Harry considerou a possibilidade de responder a Rony que não lhe contaria uma única palavra, que iria fazê-lo experimentar o que é ser deixado no escuro para ver se era bom. Mas o impulso maldoso desapareceu quando se encararam.

— Claro que vou — confirmou Harry.

Rony e Hermione abriram largos sorrisos.

— Ótimo! — gritou a Sra. Weasley. — Ótimo! Gina... CAMA!

Gina não foi em silêncio. Todos a ouviram zangando e brigando com a mãe na subida das escadas e, quando alcançaram o corredor, os gritos de furar os tímpanos da Sra. Black vieram se somar ao alvoroço. Lupin correu para o quadro para restaurar a calma. Somente depois que voltou, fechou a porta da cozinha e retomou seu lugar à mesa, foi que Sirius falou.

— Muito bem, Harry... que é que você quer saber?

O garoto inspirou profundamente e fez a pergunta que o obcecara durante todo o mês anterior.

— Onde está o Voldemort? — perguntou, não fazendo caso dos renovados arrepios e caretas à menção daquele nome. — Que é que ele está fazendo? Estive tentando assistir ao noticiário dos trouxas, e não houve nada que parecesse coisa dele, nem mortes estranhas nem nada.

— É que ainda não ocorreram mortes estranhas — respondeu Sirius —, pelo menos até onde sabemos... e sabemos muita coisa.

— Pelo menos mais do que ele pensa que sabemos — acrescentou Lupin.

— Por que é que parou de matar gente? — perguntou Harry. Ele sabia que Voldemort matara mais de uma vez só no ano anterior.

— Porque não quer chamar atenção — respondeu Sirius. — Seria arriscado. O retorno não foi bem como ele esperava, entende. Ele estragou tudo.

— Ou melhor, você estragou tudo — disse Lupin, com um sorriso de satisfação.

— Como? — perguntou Harry, perplexo.

— Você não devia ter sobrevivido! — disse Sirius. — Ninguém além dos Comensais da Morte devia saber que ele havia retornado. Mas você sobreviveu para contar.

— E a última pessoa que ele queria que fosse alertada do retorno era Dumbledore — disse Lupin. — E você garantiu que ele ficasse sabendo imediatamente.

— E como foi que isso ajudou? — perguntou Harry.
— Você está brincando? — perguntou Gui incrédulo. — Dumbledore é a única pessoa de quem Você-Sabe-Quem já teve medo na vida!
— Graças a você, Dumbledore pôde reconvocar a Ordem da Fênix uma hora depois do retorno de Voldemort — disse Sirius.
— Então é isso que a Ordem esteve fazendo? — perguntou o garoto, olhando as pessoas ao seu redor.
— Trabalhando com o máximo empenho para garantir que Voldemort não possa concretizar seus planos — disse Sirius.
— Como é que vocês sabem quais são os planos dele? — perguntou Harry depressa.
— Dumbledore teve uma ideia astuciosa — disse Lupin —, e as ideias astuciosas de Dumbledore em geral se provam verdadeiras.
— Então que é que Dumbledore imagina que ele esteja planejando?
— Bom, para começar, Voldemort quer reoganizar o exército — explicou Sirius. — No passado, ele teve efetivos enormes sob seu comando: bruxas e bruxos que intimidou ou enfeitiçou para segui-lo, os fiéis Comensais da Morte, uma grande variedade de criaturas das trevas. Você o ouviu planejando recrutar os gigantes; bom, este é apenas um dos grupos que ele quer aliciar. Com certeza ele não vai tentar assumir o Ministério da Magia com meia dúzia de Comensais da Morte.
— Então vocês estão tentando impedi-lo de recrutar mais seguidores?
— Estamos nos esforçando o máximo — disse Lupin.
— Como?
— Bom, o principal é tentar convencer o maior número possível de pessoas de que Você-Sabe-Quem realmente retornou, deixá-las na defensiva — disse Gui. — Mas está sendo complicado.
— Por quê?
— Por causa da atitude do Ministério — esclareceu Tonks. — Você viu Cornélio Fudge depois que Você-Sabe-Quem retornou, Harry. Muito bem, ele não mudou de posição. Continua a se recusar a acreditar que seja verdade.
— Mas por quê? — perguntou Harry desesperado. — Por que é que ele está sendo tão burro? Se Dumbledore...
— Ah, você acabou de pôr o dedo na ferida — disse o Sr. Weasley com um sorriso entre divertido e aborrecido. — *Dumbledore*.
— Fudge tem medo dele, entende — acrescentou Tonks com tristeza.
— Medo de Dumbledore? — repetiu Harry incrédulo.

— Medo do que está pretendendo — disse o Sr. Weasley. — Fudge pensa que Dumbledore está conspirando para derrubá-lo. Acha que Dumbledore quer ser ministro da Magia.

— Mas Dumbledore não quer...

— Claro que não quer — confirmou o Sr. Weasley. — Jamais quis o cargo de ministro, ainda que muita gente quisesse que ele o assumisse quando Emília Bagnold se aposentou. Mas foi Fudge quem assumiu o poder, e ele jamais esqueceu todo o apoio do povo a Dumbledore, ainda que ele jamais tivesse se candidatado ao cargo.

— No fundo, Fudge sabe que Dumbledore é muito mais esperto que ele, um bruxo muito mais poderoso, e no início do mandato Fudge estava sempre pedindo ajuda e conselhos a Dumbledore — falou Lupin. — Mas parece que Fudge gostou do poder e se tornou muito mais confiante. Adora ser ministro da Magia e conseguiu se convencer de que é o mais inteligente e que Dumbledore está criando confusão simplesmente por criar.

— Como é que ele pode pensar uma coisa dessas? — perguntou Harry indignado. — Como pode pensar que Dumbledore vá simplesmente inventar tudo isso... que *eu vá* inventar tudo isso?

— Porque aceitar que Voldemort retornou significaria ter problemas que o Ministério não precisa enfrentar há quase catorze anos — disse Sirius amargurado. — Fudge simplesmente não quer encarar a verdade. É muito mais cômodo se convencer de que Dumbledore está mentindo para desestabilizá-lo.

— Você está entendendo o problema? — disse Lupin. — Enquanto o Ministério insistir que não há nada a temer da parte de Voldemort, é muito difícil convencer as pessoas de que ele retornou, principalmente se elas, para começar, não querem acreditar nisso. E mais, o Ministério está confiando em que o *Profeta Diário* não noticie o que chama de campanha de boatos de Dumbledore e, assim sendo, a maior parte da comunidade bruxa não tem a menor consciência de que alguma coisa tenha acontecido, e com isto se torna um alvo fácil para os Comensais da Morte, se estiverem usando a Maldição Imperius.

— Mas vocês estão contando às pessoas, não estão? — perguntou Harry, olhando para todos ao redor: o Sr. Weasley, Sirius, Gui, Mundungo, Lupin e Tonks. — Vocês estão informando a todos que ele retornou?

Todos riram amarelo.

— Bom, como todos acham que sou um louco homicida que mata por atacado, e o Ministério está oferecendo uma recompensa de dez mil galeões pela minha cabeça, não dá para eu sair à rua e começar a distribuir panfletos, dá? – comentou Sirius inquieto.

– E eu não sou um convidado muito popular na maior parte da nossa comunidade – disse Lupin. – É um risco ocupacional ser lobisomem.

– Tonks e Arthur perderiam o emprego no Ministério se começassem a dar com a língua nos dentes – disse Sirius –, e é muito importante para nós ter espiões no Ministério, porque você pode apostar que Voldemort os tem.

– Mesmo assim, conseguimos convencer algumas pessoas – disse o Sr. Weasley. – A Tonks aqui, por exemplo: era muito jovem para participar da Ordem da Fênix da outra vez, e é uma enorme vantagem contar com aurores do nosso lado; Quim Shacklebolt também tem sido realmente valioso. É o responsável pela caça ao Sirius, então tem informado ao Ministério que Sirius está no Tibet.

– Mas se nenhum de vocês está divulgando a notícia de que Voldemort retornou... – começou Harry.

– Quem disse que nenhum de nós está divulgando as notícias? – falou Sirius. – Por que é que você acha que Dumbledore está tão encrencado?

– Como assim? – perguntou Harry.

– Estão tentando desacreditá-lo – explicou Lupin. – Você não viu o *Profeta Diário* da semana passada? Noticiaram que a Confederação Internacional de Bruxos votou a dispensa dele da diretoria porque está ficando velho e incapaz, mas não é verdade; votaram a favor da dispensa dele os bruxos funcionários do Ministério depois que ele fez um discurso anunciando o retorno de Voldemort. Ele perdeu o cargo de bruxo-presidente da Suprema Corte dos Bruxos, e estão falando em cassar sua comenda de primeira classe da Ordem de Merlim.

– Mas Dumbledore diz que não se importa com o que estão fazendo, desde que não tirem o seu retrato do baralho de sapos de chocolate – disse Gui rindo.

– Não é caso para risos – censurou seu pai com rispidez. – Se continuar a desafiar o Ministério abertamente, ele pode acabar em Azkaban, e a última coisa que queremos é ver Dumbledore trancafiado. Enquanto Você-Sabe-Quem souber que Dumbledore está livre e bem informado do que ele está fazendo, agirá com cautela. Se Dumbledore estiver fora do caminho... bom, Você-Sabe-Quem terá o campo livre.

– Mas se Voldemort estiver tentando recrutar mais Comensais da Morte, logo vazará a notícia de que retornou, não é mesmo? – perguntou Harry desesperado.

— Voldemort não vai até à casa das pessoas e bate na porta, Harry — ponderou Sirius. — Ele prepara arapucas, enfeitiça e chantageia. Tem muita prática de agir em segredo. Em todo o caso, reunir seguidores é apenas uma das coisas em que está interessado. Ele também tem outros planos, planos que pode pôr em ação discretamente, e, por ora, tem se concentrado neles.

— Que é que ele está querendo conseguir além dos seguidores? — perguntou Harry depressa. Pareceu-lhe ter visto Sirius e Lupin trocarem um brevíssimo olhar antes do seu padrinho responder.

— Coisas que ele só pode obter na surdina.

Como Harry continuava a fazer cara de intrigado, Sirius explicou:

— Como armas. Uma coisa que não tinha da última vez.

— Quando era poderoso?

— É.

— Que tipo de armas? — perguntou Harry. — Coisa pior do que a Avada Kedavra...?

— Agora chega!

A Sra. Weasley falou das sombras a um lado da porta. Harry não notara sua chegada depois que fora deixar Gina no andar de cima. Tinha os braços cruzados e parecia furiosa.

— Agora vão dormir. Todos vocês — acrescentou, olhando para Fred, Jorge, Rony e Hermione.

— Você não pode mandar na gente... — começou Fred.

— Então olhe — rosnou a Sra. Weasley. Tremia ligeiramente ao encarar Sirius. — Você já deu ao Harry muita informação. Mais um pouco e será melhor convencê-lo a entrar na Ordem da Fênix de vez.

— Por que não? — perguntou Harry depressa. — Entro para a Ordem, quero entrar, quero lutar.

— Não.

Não foi a Sra. Weasley quem falou desta vez, mas Lupin.

— A Ordem é formada apenas por bruxos de maior idade — explicou ele. — Bruxos que já terminaram a escola — acrescentou, quando Fred e Jorge abriram a boca. — Há perigos em jogo de que vocês não têm a menor ideia, nenhum de vocês... Acho que Molly tem razão, Sirius. Já contamos o suficiente.

Sirius começou a sacudir os ombros, mas não discutiu. A Sra. Weasley acenou autoritariamente para os filhos e Hermione. Um a um, eles se levantaram, e Harry, reconhecendo a derrota, os acompanhou.

6

A MUI ANTIGA E NOBRE CASA DOS BLACK

A Sra. Weasley acompanhou-os ao andar de cima de cara amarrada.
— Todos direto para a cama, nada de conversas — disse quando alcançaram o primeiro patamar —, vamos ter um dia cheio amanhã. Imagino que Gina esteja dormindo — acrescentou para Hermione —, portanto, trate de não acordá-la.

— Dormindo, claro — disse Fred num murmúrio, depois que Hermione desejou a todos boa noite e eles já subiam para o segundo andar. — Quero ser verme se a Gina não estiver acordada esperando Hermione para contar tudo que foi dito lá embaixo...

— Muito bem, Rony, Harry — disse a Sra. Weasley no segundo patamar, apontando para o quarto dos garotos. — Para a cama os dois.

— Noite — disseram Harry e Rony aos gêmeos.

— Durmam bem — despediu-se Fred com uma piscadela.

A Sra. Weasley esperou Harry passar e fechou a porta com uma batida seca. O quarto parecia, se é que isto era possível, ainda mais úmido, frio, desagradável e sombrio do que parecera à primeira vista. O quadro vazio na parede agora respirava lenta e profundamente, como se seu ocupante invisível estivesse adormecido. Harry vestiu o pijama, tirou os óculos e entrou na cama gelada, enquanto Rony atirava petiscos às corujas no alto do armário para acalmar Edwiges e Píchi, que estavam fazendo um estardalhaço e sacudiam as asas, inquietas.

— Não podemos soltá-las toda noite para caçar — explicou Rony, vestindo o pijama cor de tijolo. — Dumbledore não quer muitas corujas voando pelo largo, acha que vai parecer suspeito. Ah, sim... ia me esquecendo.

Ele foi até a porta e trancou-a.

— Para que está fazendo isso?

— Monstro — respondeu Rony apagando a luz. — Na noite que cheguei, ele entrou pelo quarto às três da manhã. Confie em mim, você não vai querer acordar e dar de cara com ele andando pelo quarto. Em todo o caso... – Rony entrou na cama, ajeitou-se sob as cobertas e se virou de frente para encarar Harry no escuro; Harry via o contorno do amigo à claridade do luar que se filtrava pela janela suja – *que é que você achou?*

Harry não precisou perguntar o que o amigo Rony queria saber.

– Bom, não nos contaram muita coisa que não pudéssemos ter adivinhado sozinhos, não é mesmo? – comentou, repassando mentalmente tudo que fora discutido na cozinha. – Quero dizer, só o que realmente nos disseram foi que a Ordem está tentando impedir as pessoas de se reunirem a Vol...

Rony prendeu bruscamente a respiração.

– ... *demort* – disse Harry com firmeza. – Quando é que você vai começar a usar o nome dele? Sirius e Lupin usam.

Rony fingiu não ter ouvido o comentário.

– É, você tem razão, já sabíamos quase tudo que nos contaram, usando as Orelhas Extensíveis. A única novidade foi...

Craque.

– AI!

– Fale baixo, Rony, ou mamãe volta já, já aqui.

– Vocês dois aparataram em cima dos meus joelhos!

– Ah, bom, é que é mais difícil no escuro.

Harry percebeu os vultos de Fred e Jorge saltando da cama de Rony. As molas gemeram e o colchão de Harry afundou alguns centímetros quando Jorge se sentou nos pés da cama.

– Então, já chegaram lá? – perguntou Jorge ansioso.

– Na arma que Sirius mencionou? – disse Harry.

– Deixou escapar, é mais provável – disse Fred com prazer, agora sentado ao lado de Rony. – Não escutamos nada sobre *isso* com as Orelhas, não foi?

– Que é que vocês acham que é? – perguntou Harry.

– Pode ser qualquer coisa – respondeu Fred.

– Mas não pode haver nada pior do que a Maldição Avada Kedavra, pode? – perguntou Rony. – Que é que pode ser pior do que a morte?

– Talvez seja alguma coisa que pode matar muita gente de uma vez – sugeriu Jorge.

– Talvez seja algum modo bem doloroso de matar gente – disse Rony, assustado.

– Ele já tem a Maldição Cruciatus para causar dor – disse Harry – e não precisa de nada mais eficiente.

Fez-se uma pausa e o garoto percebeu que os outros, como ele, estavam imaginando os horrores que a tal arma poderia perpetrar.

– Então quem é que vocês acham que já tem a arma? – perguntou Jorge.

– Espero que seja o nosso lado – disse Rony, com a voz ligeiramente nervosa.

– Se for, provavelmente está sob a guarda de Dumbledore – disse Fred.

– Onde? – perguntou Rony depressa. – Hogwarts?

– Aposto que sim – arriscou Jorge. – Foi onde ele escondeu a Pedra Filosofal.

– Mas a arma vai ser bem maior que a pedra! – disse Rony.

– Não vejo por quê – retrucou Fred.

– É, tamanho não é garantia de potência – disse Jorge. – Olhe só a Gina.

– Como assim? – perguntou Harry.

– Ela nunca lançou em você a azaração que usa para rebater bicho-papão?

– Psss! – fez Fred, semierguendo-se da cama. – Ouçam!

Todos se calaram. Havia passos subindo a escada.

– Mamãe – disse Jorge e, sem mais demora, ouviu-se um forte *craque* e Harry sentiu um peso sumir dos pés de sua cama. Segundos depois, os garotos ouviram as tábuas do soalho rangerem do lado de fora da porta; sem disfarces, a Sra. Weasley estava escutando à porta para verificar se conversavam. Edwiges e Píchi piaram tristemente. As tábuas tornaram a ranger e os dois meninos a ouviram subir mais um andar, para verificar Fred e Jorge.

– Ela não confia nadinha na gente, sabe – lamentou Rony.

Harry estava certo de que não conseguiria adormecer; a noite fora tão cheia de informações sobre as quais refletir que ele não duvidava de que iria passar horas acordado tentando digeri-las. Queria continuar a conversar com Rony, mas a Sra. Weasley fez as escadas rangerem na descida, e depois dela Harry ouviu distintamente outros virem subindo... na realidade, criaturas de muitas pernas galopavam para cima e para baixo do lado externo da porta, e Hagrid, o professor de Trato das Criaturas Mágicas, ia dizendo *"Umas lindezas, não são? Este semestre vamos estudar armas..."*, e Harry viu que as criaturas tinham canhões em lugar de cabeças e estavam manobrando para enfrentá-lo... ele se abaixou...

A próxima coisa de que teve consciência foi que estava enrolado como uma bola, aquecido sob as cobertas, e a voz forte de Jorge enchia o quarto.

– Mamãe falou para vocês se levantarem, que o café da manhã está na cozinha, e que depois ela precisa de todos nós na sala de visitas, tem um número muito maior de fadas mordentes do que ela imaginou, e que encontrou um ninho de pufosos mortos embaixo do sofá.

Meia hora depois, Harry e Rony, que se vestiram e tomaram café, apressados, chegaram à sala de visitas no primeiro andar, um aposento comprido de teto alto, com paredes verde-oliva cobertas por tapeçarias sujas. O tapete soltava nuvenzinhas de poeira cada vez que alguém pisava nele, e as longas cortinas de veludo verde-musgo zumbiam como se nelas houvesse enxames de abelhas invisíveis. Gina, Fred e Jorge estavam agrupados, todos com caras estranhas, pois usavam um pano amarrado sobre o nariz e a boca. Cada um deles segurava um garrafão de líquido preto com um esguicho no bocal.

— Protejam o rosto e apanhem um borrifador — disse a Sra. Weasley a Harry e Rony no instante em que os viu, apontando para mais dois garrafões cheios de um líquido preto, em cima de uma mesa de pernas finas. — É Fadicida. Nunca vi uma infestação tão séria: que será que o elfo doméstico desta casa andou fazendo nos últimos dez anos...

O rosto de Hermione estava semioculto por uma toalha, mas Harry notou perfeitamente o olhar de censura que ela lançou à Sra. Weasley.

— O Monstro está muito velho e provavelmente não pôde...

— Você ficaria surpresa com o que o Monstro pode fazer quando quer, Hermione — disse Sirius, que acabara de entrar na sala trazendo uma saca ensanguentada que parecia conter ratos mortos. — Estive alimentando o Bicuço — acrescentou em resposta ao olhar indagador de Harry. — Guardo-o lá em cima no quarto da minha mãe. Em todo o caso... essa escrivaninha...

Ele largou a saca de ratos em uma poltrona, depois se curvou para examinar o armário trancado, o qual Harry reparava pela primeira vez que estava vibrando.

— Bom, Molly, tenho certeza de que isso é um bicho-papão — disse Sirius, espiando pelo buraco da fechadura —, mas talvez fosse bom o Olho-Tonto dar uma espiada antes que o soltemos: conhecendo minha mãe, pode ser coisa muito pior.

— Você tem razão, Sirius — disse a Sra. Weasley.

Ambos se falavam em um tom intencionalmente leve e educado, que deixou muito claro a Harry que nenhum dos dois esquecera o desentendimento da noite anterior.

Uma campainha forte e ressonante tocou no térreo, seguida imediatamente pela cacofonia de berros e guinchos que na noite anterior haviam sido provocados por Tonks ao derrubar o porta-guarda-chuvas.

— Vivo dizendo a eles para não tocarem a campainha! — exclamou Sirius exasperado e saiu correndo da sala. Ouviram-no descer com estrondo as escadas, ao mesmo tempo que os guinchos da Sra. Black ecoavam mais uma vez por toda a casa.

"Símbolos da desonra, mestiços sórdidos, traidores do próprio sangue, filhos da imundície..."

— Por favor, feche a porta, Harry — pediu a Sra. Weasley.

Harry demorou o máximo que ousou para fechar a porta da sala de visitas; queria ouvir o que estava acontecendo lá embaixo. Sirius obviamente conseguira fechar as cortinas que cobriam o retrato da mãe, porque ela parara de berrar. O garoto ouviu os passos do padrinho no corredor, depois o tinido da corrente da porta de entrada e, por fim, a voz grave que ele reconheceu pertencer a Quim Shacklebolt:

— Héstia acabou de me substituir, a capa de Moody ficou com ela, mas eu gostaria de deixar um relatório para o Dumbledore...

Sentindo o olhar da Sra. Weasley em sua nuca, Harry, penalizado, fechou cuidadosamente a porta da sala e tornou a se juntar ao grupo de limpeza.

A Sra. Weasley curvou-se para consultar a página sobre as fadas mordentes no *Guia de pragas domésticas de Gilderoy Lockhart*, aberto sobre o sofá.

— Certo, meninos, vocês precisam ter cuidado, porque as fadas mordentes mordem e os dentes delas são venenosos. Tenho um vidro de antídoto aqui, mas preferiria que ninguém precisasse usá-lo.

Ela endireitou o corpo, tomou posição bem diante das cortinas e fez sinal para os garotos avançarem.

— Quando eu mandar, comecem a borrifar imediatamente. Elas vão voar pra cima de nós, imagino, mas segundo as instruções do Fadicida, uma boa esguichada pode paralisá-las. Quando isto acontecer é só atirá-las neste balde.

A Sra. Weasley saiu cuidadosamente da linha de fogo dos garotos e ergueu o próprio garrafão.

— Muito bem... *agora!*

Harry estava borrifando havia alguns segundos quando uma fada mordente adulta saiu voando da dobra da cortina, vibrando as asas reluzentes como as de um besouro, os dentinhos afiados à mostra, o corpo coberto de espessos pelos pretos e os quatro punhos miúdos apertados com fúria. Harry acertou o Fadicida em cheio na cara da fada. Ela parou no ar e caiu sobre o tapete puído que cobria o chão, com um baque surpreendentemente forte. Harry recolheu-a e atirou-a no balde.

— Fred, que é que você está fazendo? — perguntou a Sra. Weasley com aspereza. — Borrife logo e jogue essa coisa fora.

Harry se virou para olhar. Fred segurava entre o indicador e o polegar uma fada que se debatia.

— Certo — respondeu Fred animado, borrifando depressa a cara da fada para fazê-la desmaiar, mas, no instante em que a Sra. Weasley virou as costas, ele a enfiou no bolso com uma piscadela.

— Queremos testar o veneno das fadas mordentes para o nosso kit Mata-Aula — murmurou Jorge para Harry.

Borrifando com perícia, e ao mesmo tempo, duas fadas que voavam para o seu nariz, Harry se aproximou de Jorge e cochichou pelo canto da boca:

— Que é um kit Mata-Aula?

— Um kit com docinhos para deixar o aluno doente — sussurrou Jorge, mantendo um olho preocupado nas costas da Sra. Weasley. — Não é doente para valer, entenda, só o suficiente para o cara sair da sala de aula na hora que quiser. Fred e eu estivemos fazendo experiências nessas férias. São de mastigar e têm extremidades de cores diferentes. Se o cara come a metade laranja da Vomitilha, ele vomita. Na hora em que for levado depressa para a ala hospitalar, ele engole a metade roxa...

— ... que "restaura o seu bem-estar e lhe permite curtir a atividade que escolher durante aquela hora que, do contrário, seria ocupada por um tédio inútil". Pelo menos é como estamos anunciando — cochichou Fred, que havia se aproximado para fugir da linha de visão da Sra. Weasley e agora ia varrendo algumas fadas dispersas e guardando-as no bolso. — Mas ainda é preciso um pouco de pesquisa. No momento, os nossos provadores ainda têm achado meio difícil parar de vomitar o tempo suficiente para comer a parte roxa.

— Provadores?

— Nós — explicou Fred. — Nós nos revezamos. Jorge provou as Fantasias Debilitantes, nós dois experimentamos o Nugá SangraNariz...

— Mamãe pensou que a gente tivesse andado duelando — disse Jorge.

— A Loja de Logros e Brincadeiras ainda está valendo, então? — murmurou Harry, fingindo ajustar o esguicho do borrifador.

— Bom, ainda não tivemos chance de arranjar um local — disse Fred, baixando ainda mais a voz, enquanto a Sra. Weasley enxugava a testa com a echarpe para voltar ao ataque —, por isso estamos operando na base de remessas postais, por enquanto. Pusemos anúncios no *Profeta Diário* na semana passada.

— Tudo graças a você, cara — disse Jorge. — Mas não se preocupe... mamãe não tem a menor ideia. Ela não lê mais o *Profeta Diário* porque anda contando mentiras sobre você e Dumbledore.

Harry riu. Obrigara os gêmeos Weasley a aceitarem o seu prêmio de mil galeões pela vitória no Torneio Tribruxo, para ajudá-los a realizar a ambição de abrir uma loja de logros e brincadeiras, mas continuava satisfeito que a Sra. Weasley não soubesse de sua contribuição para incentivar os planos dos gêmeos. Ela achava que dirigir uma loja de logros e brincadeiras não era uma carreira digna para os dois filhos.

A desfadização das cortinas ocupou a maior parte da manhã. Já passava de meio-dia quando a Sra. Weasley finalmente tirou a echarpe que a protegia, deixou-se cair em uma poltrona com as molas afundadas e de repente levantou-se outra vez, soltando um grito de nojo, pois se sentara em cima da saca de ratos mortos. As cortinas haviam parado de zumbir; pendiam moles e úmidas com o intenso borrifamento. No balde aos pés deles, jaziam amontoadas as fadas mordentes paralisadas, ao lado de uma bacia com seus ovos pretos; Bichento agora os farejava e Fred e Jorge lançavam olhares de cobiça.

— Acho que vamos cuidar *daqueles* depois do almoço. — A Sra. Weasley apontou para os armários de portas de vidro empoeiradas a cada lado do console da lareira. Estavam abarrotados com uma estranha variedade de objetos: uma coleção de adagas enferrujadas, garras, uma pele de cobra enrolada, algumas caixas de prata oxidada com inscrições em línguas que Harry não reconheceu e, o mais desagradável de todos, uma garrafa de cristal lapidado com uma grande opala engastada na rolha, contendo o que Harry tinha certeza que era sangue.

A campainha barulhenta da porta tornou a soar. Todos olharam para a Sra. Weasley.

— Fiquem aqui — disse ela com firmeza, agarrando a saca de ratos na hora em que recomeçavam os gritos da Sra. Black no andar de baixo. — Vou trazer uns sanduíches.

Saiu da sala, fechando cuidadosamente a porta ao passar. Na mesma hora, todos acorreram à janela para espiar a entrada. Viram o cocuruto de alguém de cabelos ruivos e malcuidados e uma pilha de caldeirões precariamente equilibrados.

— Mundungo! — exclamou Hermione. — Para que será que ele trouxe todos aqueles caldeirões?

— Provavelmente está procurando um lugar seguro para guardá-los — disse Harry. — Não era isso que estava fazendo na noite em que devia estar me seguindo? Apanhando caldeirões suspeitos?

— É, você tem razão! — disse Fred, quando a porta de entrada foi aberta; Mundungo entrou com o carregamento de caldeirões e desapareceu de vista. — Caramba, mamãe não vai gostar disso...

Ele e Jorge foram até a porta e pararam para escutar. Os berros da Sra. Black haviam parado.

— Mundungo está conversando com o Sirius e o Quim — murmurou Fred, franzindo a testa concentrado. — Não consigo ouvir direito... Vocês acham que podíamos arriscar as Orelhas Extensíveis?

— Talvez valha a pena — disse Jorge. — Eu podia ir escondido até lá em cima e apanhar um par...

Mas naquele exato momento ouviram tal explosão sonora no térreo que as Orelhas Extensíveis se tornaram dispensáveis. Todos puderam ouvir exatamente o que a Sra. Weasley estava berrando a plenos pulmões.

— NÃO ESTAMOS OPERANDO UM ESCONDERIJO PARA OBJETOS ROUBADOS!

— Adoro ouvir mamãe gritando com os outros — disse Fred, com um sorriso de satisfação no rosto, abrindo uma fresta na porta para permitir que a voz da Sra. Weasley entrasse melhor pela sala —, é muito bom para variar!

— ... COMPLETAMENTE IRRESPONSÁVEL, COMO SE NÃO TIVÉSSEMOS O BASTANTE PARA NOS PREOCUPAR SEM VOCÊ TRAZER CALDEIRÕES ROUBADOS PARA DENTRO DA CASA...

— Os idiotas estão deixando ela ganhar impulso — comentou Jorge, sacudindo a cabeça. — É preciso cortar logo o papo dela, senão vai se enchendo de vapor e não para mais. E anda doida para ter uma chance de desancar o Mundungo, desde que ele saiu escondido quando devia estar seguindo você, Harry... e lá vai a mãe do Sirius outra vez.

A voz da Sra. Weasley foi abafada pelos novos guinchos e gritos dos retratos no corredor.

Jorge fez menção de fechar a porta para abafar o barulho, mas, antes que pudesse fazê-lo, um elfo doméstico esgueirou-se para dentro.

Exceto pelo trapo imundo amarrado como uma tanga nos quadris, ele estava completamente nu. Parecia muito velho. Sua pele dava a impressão de ser maior do que o corpo e, embora fosse careca, como todos os elfos domésticos, uma boa quantidade de pelos brancos saía de suas orelhas enormes como as de um morcego. Seus olhos injetados eram de um cinzento aquoso e seu nariz, bulboso, grande e meio trombudo.

O elfo não prestou a menor atenção em Harry nem nos demais. Agindo como se não pudesse vê-los, avançou arrastando os pés, o corpo curvado, mas lenta e decididamente, para o fundo do aposento, resmungando baixinho numa voz rouca e sonora como a de uma rã-touro.

— ... cheira a esgoto e ainda por cima criminoso, mas ela não é melhor, traidora perversa do próprio sangue com esses pirralhos que emporcalham a casa da minha senhora, ah, minha pobre senhora, se ela soubesse, se soubesse a ralé que deixaram entrar em sua casa, que é que ela diria ao velho Monstro, ah, que vergonha, sangues ruins e lobisomens e traidores e ladrões, coitado do velho Monstro, que é que ele pode fazer...

— Olá, Monstro — disse Fred em voz muito alta, fechando a porta com um estalo.

O elfo doméstico ficou imóvel, parou de resmungar, e encenou um sobressalto muito forte e pouco convincente.

— Monstro não viu o jovem senhor — disse, virando-se e fazendo uma reverência para Fred. Ainda com os olhos no tapete, acrescentou, em tom perfeitamente audível: — É um pirralho desagradável e traidor do próprio sangue, sim.

— Desculpe? — disse Jorge. — Não entendi essa última parte.

— Monstro não disse nada — repetiu o elfo, com uma segunda reverência, e acrescentou em um claro murmúrio: — E aqui temos os gêmeos, ferinhas desnaturadas que são.

Harry não sabia se ria ou não. O elfo se endireitou, olhando-os malignamente e, pelo jeito, convencido de que os garotos não podiam ouvi-lo continuar a resmungar.

— ... e olhem a Sangue ruim, parada ali insolente, ah, se a minha senhora soubesse, ah, como iria chorar, e tem um garoto novo, Monstro não sabe o nome dele. Que é que ele está fazendo aqui? Monstro não sabe...

— Este é o Harry, Monstro — disse Hermione, hesitante. — Harry Potter.

Os olhos claros de Monstro se arregalaram e ele resmungou mais depressa e mais furioso que nunca.

— A Sangue ruim está falando com Monstro como se fosse minha amiga, se a senhora de Monstro o visse em tal companhia, ah, o que iria dizer...

— Não chame Hermione de Sangue ruim! — disseram ao mesmo tempo Rony e Gina, muito zangados.

— Não tem importância — sussurrou a garota —, ele não bate bem da cabeça, não sabe o que está...

— Não se engane, Hermione, ele sabe *exatamente* o que está dizendo — falou Fred, encarando Monstro com grande aversão.

Monstro continuava resmungando, com os olhos fixos em Harry.

— É verdade? Esse é o Harry Potter? Monstro está vendo a cicatriz, deve ser verdade, foi o garoto que deteve o Lorde das Trevas, Monstro queria saber como foi que ele fez...

— E não queremos todos, Monstro? — falou Fred.

— Afinal que é que você está querendo? — perguntou Jorge.

Os enormes olhos de Monstro voltaram-se depressa para Jorge.

– Monstro está limpando – respondeu, fugindo à pergunta.

– Dá mesmo para acreditar! – disse uma voz atrás de Harry.

Sirius voltara; da porta, olhava aborrecido para o elfo. O barulho no corredor diminuíra; talvez a Sra. Weasley e Mundungo tivessem transferido a discussão para a cozinha. Ao ver Sirius, Monstro mergulhou em uma reverência ridiculamente profunda que achatou o seu nariz trombudo no chão.

– Fique em pé direito – disse Sirius impaciente. – Agora, que é que você está aprontando?

– Monstro está limpando – repetiu o elfo. – Monstro vive para servir a nobre casa dos Black...

– Que está ficando cada dia mais suja, está imunda.

– Meu senhor sempre gostou de brincar – disse Monstro, curvando-se outra vez, e continuando a murmurar: – O senhor sempre foi um porco mau e ingrato que partiu o coração de sua mãe...

– Minha mãe não tinha coração, Monstro – retorquiu Sirius. – Sobrevivia de puro rancor.

Monstro tornou a se curvar e falou:

– O que o senhor disser – resmungou furiosamente. – O senhor não é digno de limpar a lama das botas de sua mãe, ah, minha pobre senhora, que diria se visse Monstro servindo esse filho, que odiava tanto, que desapontamento teve com ele...

– Perguntei o que estava aprontando – falou Sirius com a voz cortante. – Todas as vezes que você aparece fingindo que está limpando, esconde alguma coisa no seu quarto para não podermos jogá-la fora.

– Monstro nunca tiraria nada do seu lugar na casa do senhor – disse o elfo, e então murmurou depressa: – A senhora jamais perdoaria Monstro se a tapeçaria fosse jogada fora, faz sete séculos que está na família, Monstro precisa salvá-la, Monstro não vai deixar que o senhor e os traidores do próprio sangue e seus pirralhos a destruam...

– Achei que talvez fosse isso – respondeu Sirius, lançando um olhar desdenhoso à parede oposta. – Ela deve ter posto mais um Feitiço Adesivo Permanente atrás da peça, não duvido nada, mas se houver um jeito com certeza vou me livrar dela. Agora, vá embora, Monstro.

Aparentemente Monstro não ousava desobedecer a uma ordem direta, contudo o olhar que lançou ao passar por Sirius arrastando os pés era do mais profundo desprezo, e ele saiu resmungando sem parar.

– ... volta de Azkaban dando ordens a Monstro, ah, minha pobre senhora, que diria se visse a casa agora, habitada por uma ralé, tesouros atirados no lixo, minha senhora jurou que ele não era mais seu filho, mas ele voltou, dizem que também é assassino...

— Continue a resmungar e vou virar mesmo assassino! — disse Sirius irritado, batendo a porta na cara do elfo.

— Sirius, ele não está com o juízo perfeito — Hermione defendeu-o. — Acho que não tem consciência de que podemos ouvi-lo.

— Ele passou tempo demais sozinho — disse Sirius —, recebendo ordens malucas do retrato de minha mãe e sem ter com quem falar, mas sempre foi safado...

— E se você o libertasse — sugeriu Hermione esperançosa —, quem sabe...

— Não podemos libertá-lo, ele sabe demais sobre a Ordem — disse Sirius secamente. — De qualquer modo, o choque o mataria. Proponha a ele ir embora dessa casa, e veja a reação.

Sirius atravessou a sala até onde estava pendurada a tapeçaria que Monstro tentara proteger, ocupando toda a parede. Harry e os outros o seguiram.

A tapeçaria parecia imensamente velha; desbotada e, pelo aspecto, as fadas mordentes a haviam roído em alguns pontos. Mesmo assim, o fio de ouro com que fora bordada conservava brilho suficiente para mostrar uma enorme árvore genealógica que remontava (até onde Harry pôde ver) à Idade Média. Bem no alto da tapeçaria, lia-se em grandes letras:

A Mui Antiga e Nobre Casa dos Black
"Toujours pur"

— Você não está aí! — admirou-se Harry, depois de examinar a parte inferior da árvore.

— Costumava estar aqui — respondeu Sirius, apontando para um buraquinho redondo e carbonizado na tapeçaria, que lembrava uma queimadura de cigarro. — Minha meiga e querida mãe me detonou depois que fugi de casa... Monstro gosta muito de resmungar essa história.

— Você fugiu de casa?

— Quando tinha uns dezesseis anos. Já estava cheio.

— Aonde você foi? — perguntou Harry, mirando o padrinho.

— Para a casa do seu pai — respondeu Sirius. — Seus avós foram muito compreensivos; meio que me adotaram como um segundo filho. É, eu acampava na casa do seu pai durante as férias escolares, e quando fiz dezessete anos montei casa própria. Meu tio Alfardo me deixara um bom dinheiro, ele também foi removido da tapeçaria, provavelmente por essa razão, em todo o caso, a partir daí cuidei de mim mesmo. Mas eu era sempre bem-vindo na casa dos Potter para o almoço de domingo.

— Mas... por que você...?

— Saí de casa? — Sirius sorriu com amargura e passou os dedos pelos cabelos longos e maltratados. — Porque odiava todos eles: meus pais, com a mania de sangue puro, convencidos de que ser um Black tornava a pessoa praticamente régia... meu irmão idiota, frouxo suficiente para acreditar neles... olhe ele ali.

Sirius enfiou um dedo bem na base da árvore, indicando "Régulo Black". Uma data de falecimento (há uns quinze anos) seguia-se à do nascimento.

— Ele era mais novo e um filho muito melhor do que eu, meus pais não se cansavam de me lembrar.

— Mas ele morreu — disse Harry.

— Morreu. Um idiota... juntou-se aos Comensais da Morte.

— Você está brincando!

— Ora vamos, Harry, você já não viu o suficiente nesta casa para saber que tipo de bruxos era a minha família? — disse Sirius irritado.

— Eles eram... os seus pais, Comensais da Morte também?

— Não, não, mas pode acreditar, eles achavam que Voldemort estava certo, eram totalmente a favor de purificar a raça bruxa, de nos livrar dos nascidos trouxas e entregar o comando aos puros-sangues. E não estavam sozinhos, havia muita gente antes de Voldemort mostrar sua verdadeira cara que acreditava nele... se acovardaram quando viram a que extremos ele estava disposto a ir para assumir o poder. Mas aposto que meus pais achavam que Régulo era o perfeito heroizinho quando se alistou logo no começo.

— Ele foi morto por um auror? — perguntou Harry tentando adivinhar.

— Oh, não. Ele foi morto por Voldemort. Ou por ordens de Voldemort, o que é mais provável; duvido que Régulo tenha se tornado bastante importante para ser morto por Voldemort em pessoa. Pelo que descobri depois de sua morte, ele acompanhou o movimento até certo ponto, então entrou em pânico com o que lhe pediam para fazer e tentou recuar. Bem, ninguém simplesmente entrega um pedido de demissão a Voldemort. É um serviço para a vida toda.

— Almoço — anunciou a voz da Sra. Weasley. Ela vinha empunhando a varinha bem no alto, equilibrando na ponta uma enorme bandeja carregada de sanduíches e bolos. Estava com a cara muito vermelha e ainda parecia zangada. Os outros se aproximaram, ansiosos para comer, mas Harry continuou em companhia de Sirius, que se curvou para a tapeçaria.

— Faz anos que não olho isso. Veja o Fineus Nigellus, meu tetravô... o diretor menos querido que Hogwarts já teve... e Araminta Melíflua... prima de minha mãe... tentou aprovar à força uma lei ministerial que tornava legal a caça aos trouxas... e a querida tia Eladora... deu início à tradição familiar de decapitar os elfos domésticos quando ficavam velhos demais para carregar as bandejas de chá... é claro que sempre que a família gerava alguém razoavelmente decente, ele era repudiado. Estou vendo que Tonks não está aqui. Talvez seja por isso que Monstro não recebe ordens dela: a obrigação dele é atender a tudo que alguém da família pedir...

— Você e Tonks, são parentes? — perguntou Harry surpreso.

— Ah, claro, a mãe dela, Andrômeda, era minha prima favorita — disse, examinando a tapeçaria com cuidado. — Não, Andrômeda também não está aqui, olhe...

E apontou para mais uma queimadurazinha redonda entre dois nomes, Belatriz e Narcisa.

— As irmãs de Andrômeda continuam aí porque fizeram casamentos belos e respeitáveis com puros-sangues, mas Andrômeda se casou com Ted Tonks, que nasceu trouxa, então...

Sirius encenou detonar a tapeçaria com a varinha e riu amargamente. Harry, porém, não achou graça; estava ocupado demais examinando os nomes à direita da queimadura de Andrômeda. Uma linha dupla de ouro ligava o nome de Narcisa Black com Lúcio Malfoy e uma única linha vertical que saía dos seus nomes ao nome de Draco.

— Você é parente dos Malfoy!

— As famílias de sangue puro são todas entrelaçadas — declarou Sirius. — Se alguém deixar os filhos e filhas casarem apenas com puros-sangues, a escolha fica muito reduzida; sobram muito poucos. Molly e eu somos primos por casamento e Arthur parece que é um primo em segundo grau. Mas não adianta procurá-los aqui: se um dia houve uma família de traidores do próprio sangue foram os Weasley.

Mas Harry agora estava lendo o nome à esquerda da queimadura de Andrômeda: Belatriz Black, que era ligada por uma linha dupla a Rodolfo Lestrange.

— Lestrange... — disse Harry em voz alta. O nome despertara alguma coisa em sua memória; ele o conhecia de algum lugar, mas por um instante não conseguiu lembrar de onde, embora tenha tido uma sensação estranha e sorrateira no fundo do estômago.

— Estão em Azkaban — disse Sirius brevemente.

Harry mirou-o com curiosidade.

– Belatriz e o marido Rodolfo foram junto com Bartô Crouch júnior – esclareceu Sirius, no mesmo tom brusco. – O irmão de Rodolfo, Rabastan, também.

Então Harry se lembrou. Vira Belatriz na Penseira de Dumbledore, o estranho objeto em que era possível guardar pensamentos e lembranças: uma mulher alta e morena de pálpebras caídas, que se levantara no julgamento e declarara sua lealdade inabalável a Lorde Voldemort, o orgulho que sentira em procurá-lo depois de sua queda e sua convicção de que um dia seria recompensada por essa lealdade.

– Você nunca disse que ela era sua...

– Faz diferença se é minha prima? – retrucou Sirius. – No que me diz respeito, nenhum deles é minha família. E ela menos de todos. Não a vejo desde que tinha sua idade, a não ser que se conte a visão de relance quando chegou a Azkaban. Você acha que tenho orgulho de ter uma parenta como ela?

– Desculpe – disse Harry depressa. – Eu não quis... fiquei surpreso, foi só...

– Não faz mal, não precisa se desculpar – disse o padrinho num murmúrio. Afastou-se então da tapeçaria, as mãos enterradas nos bolsos. – Não gosto de ter voltado – disse olhando pela sala. – Nunca pensei que voltaria a ficar preso nesta casa.

Harry entendeu perfeitamente. Sabia como iria se sentir quando crescesse e achasse que tinha se livrado da casa dos Dursley para sempre e precisasse voltar a viver na rua dos Alfeneiros número quatro.

– Naturalmente é perfeita para uma sede – continuou Sirius. – Meu pai instalou nela todas as medidas de segurança conhecidas na bruxidade, quando morávamos aqui. Não é localizável, por isso os trouxas nunca podem aparecer para visitar, como se algum dia tivessem querido fazer isso, e agora que Dumbledore acrescentou novas medidas de proteção, seria difícil encontrar uma casa mais segura no mundo. Dumbledore é o Fiel do Segredo da Ordem, sabe, ninguém pode encontrar a sede a não ser que ele diga pessoalmente como fazer; aquele bilhete que Moody lhe mostrou, ontem à noite, era de Dumbledore... – Sirius deu uma risadinha curta. – Se meus pais vissem para que está servindo a casa deles agora... bom, o quadro da minha mãe já pode dar a vocês uma ideia...

Ele amarrou a cara por um momento, em seguida suspirou.

– Eu não me importaria se pudesse ao menos sair de vez em quando para fazer alguma coisa útil. Já perguntei a Dumbledore se posso acompanhar você à audiência, como cachorro, é claro, para poder lhe dar algum apoio moral, que é que você acha?

Harry sentiu o estômago despencar e atravessar o tapete empoeirado. Não pensava na audiência desde o jantar da noite anterior; com a animação de estar outra vez com as pessoas de quem mais gostava, de receber informações sobre tudo que estava acontecendo, a audiência fugira completamente de sua lembrança. Ao ouvir as palavras de Sirius, porém, a sensação esmagadora de pavor tornou a invadi-lo. Olhou para Hermione e os Weasley, todos devorando sanduíches, e pensou o que sentiria se voltassem a Hogwarts sem ele.

– Não se preocupe – disse Sirius. Harry levantou a cabeça e percebeu que Sirius estivera observando-o. – Tenho certeza de que vão inocentá-lo, decididamente há alguma coisa no Estatuto Internacional de Sigilo em Magia que prevê o uso da magia para salvar a própria vida.

– Mas e se eles me expulsarem? – perguntou Harry em voz baixa. – Posso voltar para cá e morar com você?

Sirius sorriu com tristeza.

– Veremos.

– Eu me sentiria muito melhor sobre a audiência se soubesse que não precisaria voltar para a casa dos Dursley – Harry pressionou o padrinho.

– Lá deve ser bem ruim para você preferir este lugar – disse o padrinho sombriamente.

– Andem logo, vocês dois, ou não vai sobrar comida – chamou a Sra. Weasley.

Sirius deu mais um grande suspiro, lançou um olhar mal-humorado à tapeçaria, então ele e Harry foram se juntar aos outros.

O garoto fez o possível para não pensar na audiência, enquanto esvaziavam os armários de portas de vidro naquela tarde. Felizmente para ele, era uma tarefa que exigia concentração, porque um grande número de objetos ali dentro parecia muito relutante em deixar as prateleiras empoeiradas. Sirius aguentou uma mordida séria de uma caixa de rapé de prata; em poucos segundos sua mão se cobrira de uma crosta desagradável que lembrava uma grossa luva marrom.

– Tudo bem – falou, examinando a mão com interesse antes de lhe dar um toque de varinha e restaurar a pele ao normal –, deve ter pó de furafrunco aí dentro.

Atirou a caixa no saco em que estavam depositando os escombros dos armários; pouco depois, Harry viu Jorge enrolar a mão com todo o cuidado e esconder a caixa no bolso, já cheio de fadas mordentes.

Eles encontraram um instrumento de prata de aparência desagradável, algo semelhante a uma pinça de muitas pernas, que subiu como uma aranha pelo braço de Harry e, quando o garoto quis apanhá-la, tentou furar sua pele. Sirius agarrou-a e a esmagou com um livro pesado intitulado *A nobreza natural: uma genealogia dos bruxos*. Havia uma caixa musical que emitiu uma toada tilintante ligeiramente sinistra quando lhe deram corda, e eles logo descobriram que estavam ficando curiosamente fracos e sonolentos, até que Gina teve o bom-senso de bater a tampa da caixa; um camafeu pesado que ninguém conseguiu abrir; vários selos antigos e, em uma caixa coberta de pó, uma Ordem de Merlim, primeira classe, que fora concedida ao avô de Sirius por "serviços prestados ao Ministério".

– O que significa que deve ter doado a eles um carregamento de ouro – disse Sirius com desprezo, atirando a medalha no saco de lixo.

Várias vezes Monstro entrou timidamente na sala e tentou contrabandear alguma coisa sob a tanga, murmurando maldições terríveis sempre que alguém o surpreendia no ato. Quando Sirius tirou à força da mão dele um grande anel de ouro com o brasão dos Black, Monstro chegou a debulhar-se num choro furioso e abandonou a sala soluçando baixinho e xingando Sirius de nomes que Harry nunca ouvira.

– Pertenceu ao meu pai – disse Sirius atirando o anel no saco. – Monstro não era *tão* dedicado a ele quanto à minha mãe, mas ainda assim eu o apanhei abraçando uma calça velha do meu pai na semana passada.

A Sra. Weasley os fez trabalhar muito pesado durante os dias seguintes. A sala de visitas levou três dias para ser descontaminada. Por fim, as únicas coisas indesejáveis que restaram foram a tapeçaria com a árvore da família Black, que resistiu a todas as tentativas de baixá-la da parede, e a escrivaninha desconjuntada. Moody ainda não aparecera na sede, para se certificarem do que havia lá dentro.

Eles passaram da sala de visitas para uma sala de jantar no andar térreo, onde encontraram aranhas do tamanho de pires escondidas no armário (Rony saiu da sala apressado para fazer uma xícara de chá e só voltou uma hora e meia depois). Sem a menor cerimônia, Sirius atirou a porcelana com o brasão e o lema dos Black no saco, e deu o mesmo destino a uma coleção de velhas fotos com molduras de prata oxidadas, cujos ocupantes soltaram guinchos agudos quando os vidros sobre as fotos se partiram.

Snape talvez se referisse ao trabalho deles como "uma limpeza", mas, na opinião de Harry, o fato é que estavam travando uma guerra com a casa que resistia bravamente, ajudada e acobertada por Monstro. O elfo doméstico não parava de aparecer quando estavam todos reunidos, seus resmungos cada vez mais ofensivos quando tentava retirar o que pudesse dos sacos de lixo. Sirius chegou até a ameaçá-lo com roupas, mas Monstro fixou-o com um olhar lacrimoso e disse: "O senhor deve fazer o que desejar", antes de se afastar resmungando muito alto, "mas o senhor não vai mandar Monstro embora, não, porque Monstro sabe o que estão tramando, ah, se sabe, ele está conspirando contra o Lorde das Trevas, ah, sim, com esses sangues ruins e traidores e gentalha..."

Ao que Sirius, não se importando com os protestos de Hermione, agarrou Monstro pela tanga e atirou-o para fora da sala.

A campainha da porta tocava várias vezes por dia, o que era a deixa para a mãe de Sirius começar a berrar, e para Harry e os outros tentarem entreouvir o que dizia o visitante, embora pouco descobrissem nos breves relances e fragmentos de conversa que conseguiam captar, antes que a Sra. Weasley os chamasse de volta ao trabalho. Snape entrava e saía da casa com mais frequência, embora, para alívio de Harry, os dois nunca se encontrassem cara a cara; o garoto também avistou a professora de Transfiguração McGonagall, com uma aparência muito estranha usando vestido e casaco de trouxa, e pelo jeito muito atarefada para se demorar. Por vezes, no entanto, os visitantes ficavam para ajudar. Tonks se reuniu aos garotos para uma tarde memorável, em que encontraram um velho vampiro homicida escondido em um banheiro do segundo andar, e Lupin, que estava morando na casa com Sirius, mas saía por longos períodos para realizar misteriosos mandados para a Ordem, ajudou-os a consertar um relógio de carrilhão que desenvolvera o desagradável hábito de atirar parafusos pesados em quem passava. Mundungo se redimiu um pouco aos olhos da Sra. Weasley ao salvar Rony de uma coleção antiga de vestes púrpura que tentaram estrangulá-lo, quando ele quis removê-las do guarda-roupa.

Embora ainda dormisse mal, e ainda tivesse sonhos com corredores e portas trancadas que faziam sua cicatriz formigar, Harry estava conseguindo se divertir pela primeira vez naquele verão. Enquanto trabalhava, estava feliz; quando a atividade diminuía, porém, e ele baixava a guarda ou se deitava exausto na cama, observando sombras difusas correrem pelo teto, o pensamento na iminente audiência no Ministério voltava a assediá-lo. O medo agulhava suas entranhas, quando se punha a imaginar o que ia acontecer com ele se fosse expulso. A ideia era tão terrível que não ousava verbalizá-la, nem mesmo para Rony e Hermione, e embora Harry os visse cochichando e lançando olhares ansiosos em sua direção, os amigos seguiam o seu exemplo e não a mencionavam. Às vezes, ele não conseguia impedir sua imaginação de produzir um funcionário do Ministério sem rosto que quebrava sua varinha e o mandava retornar à casa dos Dursley... mas ele não queria ir. Estava decidido. Voltaria ao largo Grimmauld para morar com Sirius.

Harry teve a sensação de que engolira um tijolo quando a Sra. Weasley se virou para ele durante o jantar de quarta-feira e disse em voz baixa:

– Passei as suas melhores roupas para amanhã, Harry, e quero que lave o cabelo hoje à noite também. Uma primeira impressão boa pode fazer milagres.

Rony, Hermione, Fred, Jorge e Gina, todos pararam de conversar e olharam para ele. Harry concordou com a cabeça e tentou continuar a comer a costeleta de porco, mas sua boca ficara tão seca que não conseguiu mastigar.

– Como é que eu vou até lá? – perguntou à Sra. Weasley, tentando não demonstrar preocupação.

– Arthur vai levar você para o trabalho – respondeu com gentileza a Sra. Weasley, que sorriu, procurando animar Harry defronte a ela na mesa.

– Você pode esperar na minha sala até a hora da audiência – disse o Sr. Weasley.

Harry olhou para Sirius, mas, antes que pudesse fazer a pergunta, a Sra. Weasley a respondeu.

– O Prof. Dumbledore acha que não é uma boa ideia o Sirius ir com você, e devo dizer que...

– ... acho que ele *tem toda razão* – respondeu Sirius entre os dentes.

A Sra. Weasley contraiu os lábios.

– Quando foi que Dumbledore lhe disse isso? – perguntou Harry, encarando Sirius.

– Ele veio à noite passada, quando você já estava deitado – disse a Sra. Weasley.

Sirius furou uma batata com o garfo, pensativo. Harry baixou os olhos para o próprio prato. O pensamento de que Dumbledore estivera na casa, na véspera da audiência, e não pedira para falar com ele fez com que o garoto se sentisse ainda pior, se é que isto era possível.

7

O MINISTÉRIO DA MAGIA

Harry acordou às cinco e meia na manhã seguinte tão brusca e definitivamente como se alguém tivesse gritado em seu ouvido. Por alguns instantes, continuou deitado e imóvel, enquanto a perspectiva de uma audiência disciplinar invadia cada partícula do seu cérebro, depois, incapaz de suportar, ele pulou fora da cama e pôs os óculos. A Sra. Weasley arrumara seu jeans recém-lavado e sua camiseta aos pés da cama. Harry vestiu-se depressa. O retrato vazio na parede deu uma risadinha debochada.

Rony estava esparramado na cama, com a boca escancarada, dormindo profundamente. Nem sequer se mexeu quando Harry cruzou o quarto, saiu para o patamar e fechou a porta suavemente ao passar. Tentando não pensar na próxima vez que veria Rony, quando talvez já não fossem colegas de Hogwarts, o garoto desceu silenciosamente a escada, passou pelas cabeças dos antepassados do Monstro e se dirigiu à cozinha.

Tinha esperado encontrá-la vazia, mas quando chegou à porta ouviu um ressoar suave de vozes no outro lado. Abriu-a e viu o Sr. e a Sra. Weasley, Sirius, Lupin e Tonks sentados ali, quase como se estivessem à sua espera. Todos estavam inteiramente vestidos, exceto a Sra. Weasley, que trajava um roupão de acolchoado roxo. Ela se levantou no momento em que o viu entrar.

— Café da manhã — disse ao mesmo tempo que puxava a varinha e corria para o fogão.

— B-b-dia, Harry — bocejou Tonks. Esta manhã seus cabelos estavam amarelos e crespos. — Dormiu bem?

— Dormi — disse Harry.

— P-p-passei a noite acordada — informou a bruxa, dando mais um bocejo de estremecer. — Venha se sentar...

Ela puxou uma cadeira e ao fazer isso derrubou a que estava ao lado.

— Que é que você quer, Harry? — perguntou a Sra. Weasley. — Mingau? Bolinhos? Arenque? Ovos com bacon? Torrada?

– Só... só torrada, obrigado.

Lupin olhou para Harry e em seguida perguntou a Tonks:

– Que é que você estava dizendo sobre o Scrimgeour?

– Ah... sim... bem, precisamos ter um pouco mais de cuidado, ele tem feito a Quim e a mim perguntas engraçadas...

Harry se sentiu vagamente grato por não ter de participar da conversa. Suas entranhas se contorciam. A Sra. Weasley colocou umas torradas com geleia à frente dele; tentou comer, mas era como mastigar tapete. A bruxa se sentou a seu lado e começou a mexer em sua camiseta, pôs a etiqueta para dentro e alisou os vincos nos ombros. Ele desejou que a Sra. Weasley não fizesse isso.

– ... e terei de dizer ao Dumbledore que não posso fazer o turno da noite amanhã, estou simplesmente cansada d-d-demais – concluiu Tonks dando novamente um imenso bocejo.

– Eu cubro o seu turno – ofereceu-se o Sr. Weasley. – Estou bem, de qualquer modo tenho um relatório para terminar...

Ele não estava usando vestes de bruxo, mas calças de risca de giz e um velho blusão de aviador. Virou-se de Tonks para Harry.

– Como é que você está se sentindo?

Harry encolheu os ombros.

– Vai terminar logo – disse o bruxo encorajando-o. – Dentro de algumas horas você estará inocentado.

Harry não respondeu.

– A audiência é no meu andar, na sala da Amélia Bones. É a chefe do Departamento de Execução das Leis da Magia, e é quem vai interrogá-lo.

– Amélia Bones é legal, Harry – disse Tonks, séria. – É justa, e vai escutar tudo que você tiver a dizer.

Harry concordou com a cabeça, ainda incapaz de pensar em alguma coisa para dizer.

– Não perca a calma – disse Sirius, de repente. – Seja educado e se atenha aos fatos.

Harry tornou a acenar com a cabeça.

– A lei está do seu lado – disse Lupin em voz baixa. – Até bruxos menores de idade podem usar magia em situações em que há risco de vida.

Alguma coisa muito fria escorreu pela nuca de Harry, fazendo-o pensar por um momento que alguém estivesse lançando nele um Feitiço da Desilusão. Então percebeu que a Sra. Weasley estava atacando seus cabelos com um pente molhado. Ela pressionou com força no alto da cabeça.

— Eles não baixam nunca? — perguntou desesperada.

Harry fez que não.

O Sr. Weasley verificou o relógio e olhou para o garoto.

— Acho que temos de ir agora. Estamos um pouco adiantados, mas acho que será melhor você esperar no Ministério do que aqui.

— O.k. — disse Harry automaticamente, largando a torrada e se levantando.

— Vai dar tudo certo — disse Tonks, dando-lhe uma palmadinha no braço.

— Boa sorte — desejou Lupin. — Tenho certeza de que tudo correrá bem.

— E se não correr — disse Sirius muito sério —, pode deixar que cuido da Amélia Bones para você...

Harry deu um sorrisinho. A Sra. Weasley abraçou-o.

— Estamos todos fazendo figa.

— Certo — disse o garoto. — Então, até mais tarde.

Ele acompanhou o Sr. Weasley até o térreo e ao longo do corredor, ouviu a mãe de Sirius resmungar durante o seu sono atrás das cortinas. O Sr. Weasley destrancou a porta e eles saíram para a madrugada fria e cinzenta.

— O senhor normalmente não vai para o trabalho a pé, vai? — perguntou Harry, enquanto caminhavam apressados pelo largo.

— Não, em geral aparato, mas obviamente você não pode, e acho que é melhor chegarmos de maneira inteiramente não mágica... passa uma impressão melhor, já que você está sendo disciplinado por...

O Sr. Weasley manteve a mão dentro do blusão enquanto caminhavam. Harry sabia que segurava a varinha. As ruas decadentes estavam quase desertas, mas quando chegaram à pequena e desconfortável estação do metrô já a encontraram repleta de passageiros madrugadores. Como sempre acontecia quando se via muito próximo dos trouxas em seus afazeres cotidianos, o Sr. Weasley mal conseguia controlar o seu entusiasmo.

— É simplesmente fabuloso — sussurrou, indicando as máquinas de vender bilhetes. — Fantasticamente engenhosas.

— Elas não estão funcionando — disse Harry, apontando para um cartaz.

— É, mas mesmo assim... — disse o bruxo sorrindo, carinhoso, para as máquinas.

Eles compraram os bilhetes de um guarda sonolento (Harry cuidou da transação, porque o Sr. Weasley não era muito esperto quando lidava com dinheiro dos trouxas), e cinco minutos depois estavam embarcando no trem subterrâneo que saiu sacolejando em direção ao centro de Londres. O Sr. Weasley não parava de verificar e tornar a verificar, ansioso, o mapa do metrô acima da janela.

– Mais quatro paradas, Harry... Faltam três paradas agora... Duas, Harry...

Desceram em uma estação no coração de Londres, e foram carregados do trem por uma onda de homens e mulheres, de ternos e terninhos, segurando suas maletas. Subiram a escada rolante, passaram pelos torniquetes (o Sr. Weasley ficou encantado ao ver seu bilhete ser engolido pela fenda de introdução) e saíram finalmente em uma rua larga, ladeada de edifícios imponentes, em que o tráfego já era intenso.

– Onde estamos? – perguntou o Sr. Weasley, perdido, e, por um instante em que seu coração parou, Harry pensou que tivessem descido na estação errada, apesar das contínuas consultas do bruxo ao mapa; mas um segundo depois o Sr. Weasley exclamou: – Ah, sim... por aqui, Harry. – E seguiram por uma rua lateral. – Desculpe – disse –, mas nunca venho de metrô, e tudo parece diferente quando se olha da perspectiva dos trouxas. Aliás, eu nunca usei a entrada do Ministério para visitantes antes.

Quanto mais andavam, menores e menos imponentes os edifícios se tornavam, até que finalmente chegaram a uma rua em que havia vários prédios de escritórios de mau aspecto, um bar e uma caçamba transbordando lixo. Harry esperara um local mais atraente para o Ministério da Magia.

– Chegamos – disse o Sr. Weasley animado, apontando para uma velha cabine telefônica vermelha, em que faltavam vários vidros nos caixilhos e que fora instalada em frente a uma parede toda grafitada. – Primeiro você, Harry.

O Sr. Weasley abriu a porta da cabine.

Harry entrou, imaginando o que seria aquilo. O bruxo apertou-se ao lado dele e fechou a porta. Quase não deu; Harry ficou entalado contra o aparelho de telefone que pendia torto da parede, como se algum vândalo tivesse tentado arrancá-lo. O Sr. Weasley esticou o braço à frente de Harry para apanhar o fone.

– Sr. Weasley, acho que isso também não deve estar funcionando.

– Não, não, tenho certeza de que está perfeito – respondeu, segurando o fone no alto e espiando o disco. – Vejamos... seis... – discou ele – dois... quatro... e mais um quatro... e mais um dois...

Quando o disco voltou suavemente à posição inicial, ouviu-se uma voz tranquila de mulher, dentro da cabine, não no fone que o Sr. Weasley segurava, mas uma voz alta e clara como se houvesse uma mulher invisível ali ao lado deles.

– Bem-vindos ao Ministério da Magia. Por favor, informem seus nomes e o objetivo da visita.

— Hum... — começou o Sr. Weasley, visivelmente inseguro se devia ou não falar com o fone. Decidiu-se por encostar o ouvido no bocal: — Arthur Weasley, Seção de Controle do Mau Uso dos Artefatos dos Trouxas, estou acompanhando Harry Potter, que foi convidado a comparecer a uma audiência disciplinar...

— Obrigada — disse a voz tranquila de mulher. — Visitante, por favor, apanhe o crachá e prenda-o ao peito de suas vestes. — Ouviu-se um clique e um rumorejo, e Harry viu alguma coisa sair pela ranhura de metal por onde normalmente saem as moedas excedentes. Apanhou-a: era um quadrado prateado em que se lia *Harry Potter, Audiência Disciplinar*. Prendeu-a ao peito da camiseta, e a voz feminina tornou a falar.

— Visitante ao Ministério, o senhor deve se submeter a uma revista e apresentar sua varinha, para registro, à mesa da segurança, localizada ao fundo do Átrio.

O piso da cabine telefônica estremeceu e eles começaram a afundar lentamente. Harry observou com apreensão a calçada ir subindo pelas vidraças da cabine e, por fim, a escuridão se fechar sobre suas cabeças. Então não conseguiu ver mais nada; ouviu apenas um ruído abafado de trituração, enquanto a cabine continuava a entrar pela terra. Decorrido mais ou menos um minuto, embora parecesse a Harry muito mais, uma claridade dourada banhou-lhe os pés e foi se ampliando, subindo pelo seu corpo até bater em cheio no rosto e ele precisou piscar para os olhos não lacrimejarem.

— O Ministério da Magia deseja ao senhor um dia muito agradável — disse a voz feminina.

A porta da cabine telefônica se escancarou e o Sr. Weasley saiu, acompanhado por Harry, cujo queixo caíra. Estavam parados a um extremo de um saguão muito longo e suntuoso, com um soalho de madeira escuro e extremamente polido. O teto azul-pavão era entalhado com símbolos dourados que se moviam e se alternavam como um enorme quadro celeste de avisos. As paredes de cada lado eram forradas de painéis de madeira escura e lustrosa, e nelas havia, engastadas, muitas lareiras douradas. A intervalos de segundos, bruxos e bruxas emergiam de uma das lareiras à esquerda com um suave ruído de deslocamento de ar. Na parede da direita, iam se formando diante de cada lareira pequenas filas de gente que aguardava o momento da partida.

No meio do saguão havia uma fonte. Um grupo de estátuas de ouro, maiores que o tamanho natural, estavam dispostas no centro de um espelho de água circular. A mais alta era de um bruxo de aparência aristocrática, com a varinha apontando para o ar. Agrupados a seu redor, havia uma bela bruxa, um centauro, um duende e um elfo doméstico. Os três últimos olhavam com adoração para o casal de bruxos. Das pontas de suas varinhas, saíam jorros de água cintilante, bem como da ponta da flecha do centauro, da ponta do chapéu do duende e de cada orelha do elfo doméstico, de tal modo que o silvo e o tilintar da água que caía se misturavam aos *popes* e *craques* dos bruxos aparatando e ao ressoar dos passos de centenas de outros, a maioria com a cara de poucos amigos de quem acabara de acordar, dirigindo-se a uma fileira de portões dourados no fundo do saguão.

— Por aqui — disse o Sr. Weasley.

Eles se juntaram à multidão e continuaram a caminhar entre os funcionários do Ministério, alguns dos quais carregavam pilhas instáveis de pergaminhos, outros, maletas surradas; e, outros ainda liam o *Profeta Diário* enquanto andavam. Ao passarem pela fonte, Harry viu sicles de prata e nuques de bronze brilhando no fundo da água. Um pequeno cartaz ao lado da fonte informava:

TODO O DINHEIRO RECOLHIDO NA FONTE DOS
IRMÃOS MÁGICOS SERÁ DOADO AO HOSPITAL ST. MUNGUS
PARA DOENÇAS E ACIDENTES MÁGICOS

"Se eu não for expulso de Hogwarts, vou jogar dez galeões aí", Harry se apanhou pensando com desespero.

— Aqui, Harry — disse o Sr. Weasley, e eles se separaram do fluxo de funcionários do Ministério que se encaminhavam para as portas douradas. Sentado a uma mesa à esquerda, sob a placa *Segurança*, um bruxo mal barbeado de vestes azul-pavão parou de ler o seu *Profeta Diário* e ergueu a cabeça quando os dois se aproximaram.

— Estou acompanhando um visitante — disse o Sr. Weasley, indicando o garoto.

— Venha até aqui — disse o bruxo com voz entediada.

Harry se aproximou e o bruxo ergueu uma longa vara dourada, fina e flexível como uma antena de carro, e correu-a pelo corpo do garoto, de alto a baixo, de frente e costas.

— Varinha — grunhiu o segurança para Harry, baixando o instrumento dourado e estendendo a mão.

Harry apanhou a varinha. O bruxo largou-a em cima de um estranho instrumento de latão, que lembrava uma balança de um único prato. A coisa começou a vibrar. Uma tira fina de pergaminho foi saindo instantaneamente de uma ranhura na base. O bruxo destacou-a e leu o que estava escrito.

– Vinte e oito centímetros, cerne de pena de fênix, em uso há quatro anos. Correto?

– Correto – respondeu Harry nervoso.

– Fico com ela – disse o bruxo, enfiando a tira de pergaminho em um pequeno espeto de latão. – Eu a devolvo depois – acrescentou, apontando a varinha para o garoto.

– Obrigado.

– Um momento – disse lentamente o bruxo.

Seus olhos correram do crachá prateado de visitante no peito de Harry para sua testa.

– Obrigado, Érico – disse o Sr. Weasley com firmeza e, segurando o garoto pelos ombros, afastaram-se da mesa e reingressaram na torrente de bruxos e bruxas que cruzavam o portão dourado.

Meio empurrado pela multidão, Harry acompanhou o Sr. Weasley, atravessou o portão e saiu em um saguão menor, onde havia no mínimo vinte elevadores por trás de grades douradas ornamentadas. Os dois se juntaram às pessoas paradas diante de um dos elevadores. Perto, havia um bruxo corpulento e barbudo segurando uma grande caixa de papelão que emitia um ruído de raspagem.

– Tudo bem, Arthur? – perguntou o bruxo, cumprimentando-o com um aceno de cabeça.

– Que é que você traz aí, Beto? – quis saber o Sr. Weasley olhando para a caixa.

– Não temos muita certeza – respondeu o bruxo muito sério. – Achávamos que era uma galinha-do-brejo comum até ela começar a soltar fogo pelas fossas nasais. Agora está me parecendo uma séria violação da Proibição de Criar Animais Experimentalmente.

Com uma barulheira de ferragens, um elevador desceu diante deles; a grade dourada se recolheu, Harry e o Sr. Weasley entraram no elevador com os demais, e o garoto se viu esmagado contra a parede dos fundos. Vários bruxos e bruxas o olharam com curiosidade; ele encarava os próprios pés e alisava a franja para evitar encontrar o olhar das pessoas. As grades tornaram a fechar com estrondo e o elevador subiu lentamente, as correntes se entrechocando, enquanto a mesma voz tranquila de mulher que Harry ouvira na cabine telefônica tornava a falar:

"Nível sete, Departamento de Jogos e Esportes Mágicos, que inclui a Sede das Ligas Britânica e Irlandesa de Quadribol, o Clube de Bexiga Oficial e a Seção de Patentes Absurdas."

As portas do elevador se abriram. Harry deu uma olhada rápida no corredor de aspecto sujo, onde havia vários cartazes de times de quadribol pregados tortos nas paredes. Um dos bruxos no elevador, que carregava uma braçada de vassouras, desvencilhou-se com dificuldade e desapareceu pelo corredor. As portas se fecharam, o elevador retomou sua subida acidentada e a voz feminina anunciou:

"Nível seis, Departamento de Transportes Mágicos, que inclui a Autoridade da Rede de Flu, o Controle de Aferição de Vassouras, a Seção de Chaves de Portais e o Centro de Testes de Aparatação."

Mais uma vez as portas do elevador se abriram e quatro ou cinco bruxos desembarcaram; ao mesmo tempo, vários aviõezinhos de papel entraram voando no elevador. Harry ficou olhando os aviões planarem preguiçosamente acima de sua cabeça; eram violeta-claro, e ele leu as palavras *Ministério da Magia* estampadas no bordo das asas.

– São apenas memorandos interdepartamentais – murmurou o Sr. Weasley. – Costumávamos usar corujas, mas a sujeira era inacreditável... excrementos caindo sobre as escrivaninhas...

Quando recomeçaram a subir, os memorandos ficaram flutuando em torno da lâmpada do elevador.

"Nível cinco, Departamento de Cooperação Internacional em Magia, incorporando o Organismo de Padrões de Comércio Mágico Internacional, o Escritório Internacional de Direito em Magia e a Confederação Internacional de Bruxos, sede britânica."

Quando as portas se abriram, dois memorandos saíram voando ao mesmo tempo que mais bruxos e bruxas desembarcavam, mas outros tantos memorandos entraram voando, de modo que a luz piscou e lampejou com o movimento dos aviõezinhos ao seu redor.

"Nível quatro, Departamento para Regulamentação e Controle das Criaturas Mágicas, que inclui as Divisões das Feras, Seres e Espíritos, Seção de Ligação com os Duendes, Escritório de Orientação sobre Pragas."

– Licença – pediu o bruxo que levava a galinha venta-fogo, e saiu do elevador seguido por um pequeno bando de memorandos. As portas fecharam mais uma vez com estrépito.

"Nível três, Departamento de Acidentes e Catástrofes Mágicas, incluindo o Esquadrão de Reversão de Mágicas Acidentais, Central de Obliviação e Comissão de Justificativas Dignas de Trouxas."

Todos desembarcaram do elevador nesse andar, exceto o Sr. Weasley, Harry e uma bruxa que estava lendo um pergaminho tão longo que arrastava pelo chão. Os memorandos restantes continuaram a flutuar em torno da lâmpada, e o elevador continuou sua agitada subida, então as portas abriram e a voz anunciou:

"Nível dois, Departamento de Execução das Leis da Magia, que inclui a Seção de Controle do Uso Indevido da Magia, o Quartel-General dos Aurores e os Serviços Administrativos da Suprema Corte dos Bruxos."

— É conosco, Harry — disse o Sr. Weasley, e eles acompanharam a bruxa por um corredor ladeado de portas. — Minha sala é do outro lado do andar.

— Sr. Weasley — perguntou Harry, ao passarem por uma janela pela qual entrava o sol —, nós não estamos mais embaixo da terra?

— Estamos. As janelas são encantadas. A Manutenção Mágica decide todo o dia qual é o tempo que vai fazer. Tivemos dois meses de furacões, da última vez que estivemos reivindicando um aumento de salário... É virando aqui, Harry.

Dobraram um canto, passaram por pesadas portas de carvalho e saíram em uma área aberta subdividida em cubículos, que fervilhava de conversas e risos. Os memorandos entravam e saíam dos cubículos como foguetes em miniatura. Um letreiro torto no cubículo mais próximo informava: *Quartel-General dos Aurores*.

Harry espiou disfarçadamente pela porta ao passar. Os aurores haviam coberto as paredes de seus cubículos com tudo que se pode imaginar, desde retratos de bruxos procurados e fotos de suas famílias a pôsteres dos seus times de quadribol preferidos e artigos do *Profeta Diário*. Um homem de vestes vermelhas, com um rabo de cavalo mais comprido que o do Gui, estava sentado com as botas em cima da escrivaninha, ditando um relatório para sua pena. Um pouco adiante, uma bruxa com uma venda sobre um dos olhos conversava por cima da divisória do seu cubículo com Quim Shacklebolt.

— 'Dia, Weasley — cumprimentou Quim, descontraído, quando o bruxo se aproximou. — Ando querendo falar com você, tem um segundo?

— Tenho, se realmente for um segundo — disse o Sr. Weasley. — Estou um pouco apressado.

Falavam como se mal se conhecessem, e quando Harry abriu a boca para cumprimentar Quim, o Sr. Weasley lhe deu uma piscadela. Eles acompanharam Quim até o último cubículo do corredor.

Harry teve um ligeiro choque; piscando para ele de todas as direções, havia o rosto de Sirius. Recortes de jornal e velhas fotos — até aquela em que ele aparecia como padrinho do casamento dos Potter – forravam as paredes. O único espaço em que não havia Sirius estava ocupado por um mapa-múndi em que brilhavam alfinetes vermelhos como pedras preciosas.

– Tome – disse Quim bruscamente ao Sr. Weasley, enfiando um rolo de pergaminho em sua mão. – Preciso do máximo de informação possível sobre veículos voadores dos trouxas avistados nos últimos doze meses. Recebemos informação de que Black talvez continue usando sua velha moto.

Quim deu a Harry uma enorme piscadela e acrescentou em um sussurro:

– Dê essa revista a ele, talvez ache interessante. – Então, retomando o tom normal: – E não demore muito, Weasley, o atraso no relatório sobre as *pernas de fogo* paralisou as nossas investigações por um mês.

– Se você tivesse lido o meu relatório saberia que o termo é *armas de fogo* – disse o Sr. Weasley tranquilo. – E receio que terá de esperar pelas informações sobre motocicletas; estamos ocupadíssimos no momento. – Baixou a voz: – Se você conseguir sair antes das sete, Molly está preparando almôndegas.

E, fazendo sinal a Harry, deixaram o cubículo, passaram por outras portas de carvalho, saíram em outro corredor, viraram à direita para um corredor mal iluminado e ainda assim visivelmente encardido, que terminava em uma parede-cega, mas havia uma porta entreaberta à esquerda deixando à mostra o interior de um armário de vassouras, e uma porta à direita com uma placa de latão oxidado com os dizeres: *Mau Uso dos Artefatos dos Trouxas*.

A sala escura e suja do Sr. Weasley parecia ligeiramente menor que o armário de vassouras. Duas escrivaninhas tinham sido apertadas ali e mal havia espaço para contorná-las, por causa dos arquivos abarrotados que ocupavam as paredes, com pilhas de pastas por cima. O pouco espaço de parede disponível testemunhava as obsessões do Sr. Weasley: vários pôsteres de carros, inclusive o de um motor desmontado; duas ilustrações de caixas de correio que pareciam ter sido recortadas de livros para crianças trouxas; e um diagrama mostrando como pôr fio em tomada.

Por cima de sua apinhada caixa de entrada, havia uma velha torradeira que soluçava em tom desconsolado e um par de luvas de couro que girava dois dedos vazios. Ao lado da caixa havia uma foto da família Weasley. Harry reparou que aparentemente Percy abandonara a foto.

– Não temos janela – desculpou-se o Sr. Weasley, despindo o blusão de aviador e pendurando-o no espaldar de sua cadeira. – Pedimos, mas pelo visto eles acham que não precisamos de uma. Sente-se, Harry, parece que Perkins ainda não chegou.

Harry apertou-se na cadeira ao lado da mesa de Perkins, enquanto o Sr. Weasley folheava rapidamente o maço de pergaminhos que Quim Shacklebolt lhe entregara.

— Ah — comentou sorrindo, ao puxar do meio um exemplar da revista O Pasquim —, sim... — Folheou-a. — Sim, ele tem razão, com certeza Sirius vai achar muito engraçado... Ah, meu Deus, que é isso agora?

Um memorando acabara de disparar pela porta aberta e pousar em cima da torradeira soluçante. O Sr. Weasley abriu-o e leu em voz alta:

"Recebemos informações de um terceiro vaso sanitário regurgitando em banheiro público em Bethnal Green, queira investigar imediatamente."

— Isto está ficando ridículo...

— Um vaso sanitário que regurgita?

— Brincadeiras de gaiatos antitrouxas — disse o Sr. Weasley, franzindo a testa. — Tivemos dois na semana passada, um em Wimbledon, um em Elephant and Castle. Os trouxas acionam a descarga e em vez das coisas desaparecerem... bem, você pode imaginar. Os coitados ficam chamando os... *encadores*, acho que é o nome que dão... sabe, os homens que consertam canos e coisas do gênero.

— Encanadores?

— Exatamente, mas é claro que eles não sabem como explicar. Só espero que a gente consiga pegar quem anda fazendo isso.

— Os aurores é que vão pegá-los?

— Ah, não, isto é banal demais para aurores, será uma patrulha normal para Execução das Leis da Magia... ah, Harry, esse é o Perkins.

Um velho bruxo, encurvado e tímido, de cabelos brancos e fofos, acabara de entrar na sala, ofegante.

— Ah, Arthur! — exclamou desesperado, sem olhar para Harry. — Que bom, eu não sabia o que seria melhor, se esperar ou não aqui por você. Acabei de despachar uma coruja para sua casa, mas é óbvio que você já tinha saído: chegou uma mensagem urgente há uns dez minutos...

— Já sei, do vaso sanitário que regurgita — disse o Sr. Weasley.

— Não, não é o vaso sanitário, é a audiência do menino Potter... mudaram a data e o local... agora vai começar às oito horas e vai ser no velho Décimo Tribunal...

— No velho... mas me disseram... pelas barbas de Merlim!

O Sr. Weasley consultou o relógio, deixou escapar um grito e pulou de sua cadeira.

— Depressa, Harry, devíamos ter chegado lá há cinco minutos!

Perkins se achatou contra os arquivos para deixar o Sr. Weasley sair correndo da sala com Harry em seus calcanhares.

— Por que é que eles mudaram a hora? — perguntou Harry sem fôlego, ao passarem desabalados pelas salas dos aurores; as pessoas se esticavam e paravam para olhar a correria dos dois. Harry teve a sensação de que deixara as entranhas na mesa de Perkins.

— Não faço a menor ideia, mas foi bom termos chegado aqui tão cedo, se você perdesse a audiência, teria sido uma catástrofe.

O Sr. Weasley parou derrapando diante dos elevadores e apertou com impaciência o botão de descida.

— ANDA LOGO!

O elevador apareceu sacudindo e eles entraram depressa. Todas as vezes que paravam, o Sr. Weasley xingava furiosamente e socava o botão de número nove.

— Esses tribunais não são usados há anos — disse o Sr. Weasley zangado. — Não posso imaginar por que vão fazer a audiência aqui embaixo... a não ser que... mas não...

Uma bruxa gorducha, carregando um cálice fumegante, entrou no elevador nesse momento e o Sr. Weasley se calou.

"O Átrio", disse a tranquila voz de mulher, e as grades douradas se abriram, permitindo a Harry um vislumbre distante das estátuas de ouro na fonte. A bruxa saiu e um bruxo de pele macilenta e expressão muito pesarosa a substituiu.

— 'Dia, Arthur — disse ele, em tom sepulcral, quando o elevador começou a descer. — Não é sempre que o vejo aqui embaixo.

— Negócios urgentes, Bode — respondeu o Sr. Weasley, que se balançava para a frente e para trás nos calcanhares, lançando a Harry olhares ansiosos.

— Ah, sim — disse Bode, examinando o garoto sem pestanejar. — É claro.

Não restava a Harry quase nenhuma emoção para gastar com Bode, mas aquele olhar fixo não o fez se sentir mais confortável.

"Departamento de Mistérios", disse a voz de mulher sem pressa e sem nada acrescentar.

— Anda, Harry — disse o Sr. Weasley, quando as portas do elevador se abriram com estrépito, e eles saíram apressados por um corredor que era muito diferente dos outros acima. As paredes eram nuas; não havia janelas nem portas, exceto uma preta e lisa no finzinho do corredor. Harry pensou que fossem entrar, mas em lugar disso o Sr. Weasley o agarrou pelo braço e o arrastou para a esquerda, onde havia uma abertura para uma escada.

— Aqui embaixo, aqui embaixo — ofegou ele, dando duas passadas de cada vez. — O elevador nem desce até aí... por que vão fazer a audiência aí embaixo, eu...

Chegaram ao último degrau e entraram por mais um corredor, muito semelhante ao que levava à masmorra de Snape, em Hogwarts, com paredes de pedra bruta e tochas em suportes. As portas pelas quais passavam aqui eram de madeira maciça, com trancas e fechaduras.

— Décimo... Tribunal... acho... estamos quase... sim.

O Sr. Weasley parou cambaleante em frente a uma porta escura e encardida, com uma enorme fechadura de ferro, e encostou-se à parede, comprimindo a pontada que sentia no peito.

— Continue — ofegou ele, apontando a porta com o polegar. — Entre aí.

— O senhor não... não vem com...?

— Não, não, não é permitido. Boa sorte!

O coração de Harry bateu violentamente contra o seu pomo de adão. Ele engoliu com força, girou a maçaneta de ferro da pesada porta e entrou no tribunal.

8

A AUDIÊNCIA

Harry sufocou um grito; não conseguiu se conter. A grande masmorra em que entrara parecia-lhe terrivelmente familiar. Não somente a vira antes, mas *estivera* ali antes. Era o lugar que visitara com a Penseira de Dumbledore, o lugar em que assistira aos Lestrange serem condenados à prisão perpétua em Azkaban.

As paredes eram de pedra escura, fracamente iluminadas por archotes. Havia arquibancadas vazias de cada lado dele, mas, à frente, as mais altas estavam ocupadas por muitos vultos escuros. Tinham estado conversando, mas quando a pesada porta se fechou à entrada de Harry fez-se um silêncio agourento.

Uma voz masculina cortante ecoou pelo tribunal.

– O senhor está atrasado.

– Sinto muito – disse Harry nervoso –, eu não sabia que a hora da audiência tinha sido mudada.

– Isto não é culpa da Suprema Corte dos Bruxos – disse a voz. – Despachamos uma coruja para o senhor esta manhã. Sente-se no seu lugar.

O olhar de Harry recaiu sobre a cadeira no centro da sala, cujos braços eram equipados com correntes. Vira aquelas correntes ganharem vida e prenderem quem ali sentasse. Seus passos ecoaram fortemente quando avançou pelo chão de pedra. No momento em que se sentou, pouco à vontade, na borda da cadeira, as correntes retiniram ameaçadoras, mas não o prenderam. Sentindo-se bastante mal, ele olhou para as pessoas sentadas no banco acima.

Havia umas cinquenta, até onde sua vista alcançava, usavam vestes cor de ameixa com um W bordado em fio de prata do lado esquerdo do peito, e olhavam para ele com ar de superioridade, algumas com expressões bem austeras, outras, francamente curiosas.

Bem no meio da primeira fila sentava-se Cornélio Fudge, o ministro da Magia. Era um homem corpulento que costumava usar um chapéu-coco verde-limão, embora hoje o tivesse dispensado; dispensara, também, aquele sorriso de indulgência que no passado usara ao falar com Harry. Uma bruxa de ossos largos, queixo quadrado, cabelos grisalhos muito curtos, sentava-se à esquerda de Fudge; usava um monóculo e parecia assustadora. Do lado direito do ministro, havia outra bruxa, mas estava sentada tão atrás no banco que seu rosto ficava na sombra.

– Muito bem – disse Fudge. – O acusado tendo finalmente chegado, podemos começar. – Os senhores estão prontos? – perguntou aos demais bruxos.

– Estamos, sim senhor – respondeu uma voz ansiosa que Harry conhecia. O irmão de Rony, Percy, estava sentado em uma das extremidades do banco da frente. Harry olhou para Percy, esperando algum sinal de reconhecimento, mas não recebeu nenhum. Os olhos do rapaz, por trás dos óculos de aros de tartaruga, estavam fixos em um pergaminho, e segurava uma pena à mão.

– Audiência disciplinar do dia doze de agosto – anunciou Fudge com voz ressonante, e Percy começou imediatamente a anotar – para apurar violações ao Decreto de Restrição à Prática de Magia por Menores e ao Estatuto Internacional de Sigilo cometidas por Harry Tiago Potter, residente na rua dos Alfeneiros, número quatro, Little Whinging, Surrey.

"Inquiridores: Cornélio Oswaldo Fudge, ministro da Magia; Amélia Susana Bones, chefe do Departamento de Execução das Leis da Magia; Dolores Joana Umbridge, subsecretária sênior do ministro. Escriba da corte, Percy Inácio Weasley..."

– Testemunha de defesa, Alvo Percival Wulfrico Brian Dumbledore – disse uma voz baixa atrás de Harry e ele virou a cabeça tão rápido que estalou o pescoço.

Dumbledore vinha entrando serenamente pela sala usando vestes longas azul-petróleo e exibindo uma expressão perfeitamente calma. Suas barbas longas e brancas e seus cabelos refulgiram à luz dos archotes, quando ele emparelhou com Harry e ergueu os olhos para Fudge através dos seus oclinhos de meia-lua, pousados bem no meio do nariz muito torto.

Os membros da Suprema Corte dos Bruxos murmuraram. Todos os olhares se concentraram agora em Dumbledore. Alguns pareciam aborrecidos, outros ligeiramente receosos; duas bruxas idosas no último banco, no entanto, ergueram a mão e lhe acenaram as boas-vindas.

Ao ver Dumbledore, uma intensa emoção despertou no peito de Harry, um sentimento de fortalecida esperança muito semelhante à que o canto da fênix lhe propiciara. Ele queria chamar a atenção de Dumbledore, mas o diretor não estava olhando para o seu lado; continuava com os olhos erguidos para o obviamente constrangido Fudge.

— Ah! — exclamou Fudge, que parecia completamente desconcertado. — Dumbledore. Então, você... hum... recebeu a nossa... mensagem que a hora e... o local da audiência foram mudados?

— Não chegou a tempo — respondeu Dumbledore animado. — Porém, graças a um feliz engano cheguei ao Ministério três horas mais cedo, por isso não houve prejuízo.

— Ah... bem... suponho que iremos precisar de mais uma cadeira... eu... Weasley, será que você poderia...?

— Não se preocupe, não se preocupe — disse Dumbledore gentilmente; puxou então a varinha, fez um breve aceno, e uma confortável poltrona de chintz apareceu ao lado de Harry. Dumbledore se sentou, juntou as pontas dos longos dedos e ficou olhando Fudge por cima deles com uma expressão de educado interesse. Os bruxos da corte continuaram a murmurar e a se inquietar; somente quando Fudge retomou a palavra é que eles se aquietaram.

— Sim — repetiu Fudge, folheando suas anotações. — Bom, então. Portanto. As acusações. Sim.

Ele retirou um pergaminho da pilha à sua frente, inspirou longamente e leu:

— As acusações são as seguintes:

"Que ele intencionalmente, deliberadamente e com plena consciência da ilegalidade dos seus atos, já tendo recebido anteriormente um aviso do Ministério da Magia, por escrito, por uma acusação semelhante, executou o Feitiço do Patrono em uma área habitada por trouxas, na presença de um trouxa, no dia dois de agosto às nove horas e vinte e três minutos, o que constitui uma violação ao parágrafo C do Decreto de Restrição à Prática de Magia por Menores, de 1875, e também à Seção 13 do Estatuto de Sigilo da Confederação Internacional dos Bruxos.

"O senhor é Harry Tiago Potter, da rua dos Alfeneiros, número quatro, Little Whinging, Surrey?", perguntou Fudge, lançando a Harry um olhar penetrante por cima do pergaminho.

— Sim, senhor — respondeu Harry.

— O senhor recebeu um aviso oficial do Ministério por ter feito uso ilegal de magia há três anos, não foi?

— Sim, senhor, mas...

— E ainda assim conjurou um Patrono na noite do dia dois de agosto? — perguntou Fudge.

— Sim, senhor, mas...

— Sabendo que não tem permissão para usar magia fora da escola enquanto for menor de dezessete anos?

— Sim, senhor, mas...

— Sabendo que se encontrava em uma área povoada por trouxas?

— Sim, senhor, mas...

— Inteiramente consciente de que estava muito próximo de um trouxa naquele momento?

— Sim, senhor — disse Harry zangado —, mas só usei magia porque estávamos...

A bruxa de monóculo interrompeu-o com uma voz trovejante:

— Você produziu um Patrono inteiramente desenvolvido?

— Sim, senhora, porque...

— Um Patrono corpóreo?

— Um... o quê? — perguntou Harry.

— O seu Patrono tinha uma forma claramente definida? Quero dizer, era mais do que vapor ou fumaça?

— Sim, senhora — disse Harry, sentindo-se ao mesmo tempo impaciente e levemente desesperado. — É um veado, sempre foi um veado.

— Sempre? — trovejou Madame Bones. — Você já havia produzido um Patrono antes?

— Sim, senhora. Venho fazendo isso há um ano.

— E o senhor tem quinze anos?

— Sim, senhora, e...

— O senhor aprendeu isso na escola?

— Sim, senhora, o Prof. Lupin me ensinou a produzir um Patrono no terceiro ano, por causa do...

— Impressionante — disse Madame Bones, olhando-o com altivez —, um Patrono verdadeiro na sua idade... realmente impressionante.

Alguns bruxos e bruxas ao redor dela recomeçaram a murmurar; alguns faziam sinais de concordância, outros franziam a testa e sacudiam a cabeça.

— A questão não é até que ponto a mágica é impressionante — lembrou Fudge num tom rabugento. — De fato, quanto mais impressionante for, pior é, penso eu, uma vez que o rapaz realizou o Patrono bem à vista de um trouxa!

Os que tinham franzido a testa havia pouco agora murmuravam sua concordância, mas foi a visão do virtuoso e discreto aceno de cabeça de Percy que compeliu Harry a falar.

— Fiz isso por causa dos dementadores! — disse em voz alta, antes que alguém pudesse interrompê-lo.

Harry esperava que houvesse mais murmúrios, mas o silêncio que sobreveio pareceu-lhe de alguma forma mais denso que antes.

— Dementadores? — exclamou Madame Bones passado um momento, suas espessas sobrancelhas se erguendo até o monóculo parecer que ia cair. — Que quer dizer com isso, garoto?

— Quero dizer que havia dois dementadores na travessa, e que eles atacaram a mim e ao meu primo!

— Ah — disse Fudge mais uma vez, olhando os membros da corte a toda volta com um sorriso antipático, como se os convidasse a compartir com ele o gracejo. — Sim. Sei. Pensei ter ouvido alguma coisa assim.

— Dementadores em Little Whinging? — exclamou Madame Bones extremamente surpresa. — Não estou entendendo...

— Não está, Amélia? — respondeu Fudge, ainda sorrindo. — Deixe-me explicar. O garoto andou pensando e decidiu que dementadores dariam realmente uma bela reportagem de capa. Trouxas não podem ver dementadores, não é mesmo garoto? Muito conveniente, muito conveniente... então é apenas a sua palavra e nenhuma testemunha...

— Eu não estou mentindo — disse Harry em voz alta, abafando mais um surto de murmúrios entre os membros da corte. — Havia dois, vindos de lados opostos da travessa, tudo ficou escuro e frio, e meu primo sentiu a presença deles e procurou fugir...

— Basta, basta! — disse Fudge, com uma expressão de grande superioridade no rosto. — Lamento interromper o que certamente seria uma história muito bem ensaiada...

Dumbledore pigarreou. Os membros da corte tornaram a fazer silêncio.

— Na realidade, temos uma testemunha da presença dos dementadores naquela travessa, além de Dudley Dursley, quero dizer.

A cara gorda de Fudge pareceu murchar, como se alguém a tivesse esvaziado. Ele encarou Dumbledore por alguns momentos, dando a impressão de alguém que procura se controlar, e disse:

— Receio que não tenhamos tempo para ouvir mais lorotas, Dumbledore. Quero cuidar desse caso sem delongas.

— Posso estar errado — disse Dumbledore agradavelmente —, mas tenho certeza de que, pela Carta de Direitos da Suprema Corte dos Bruxos, o acusado tem direito a apresentar testemunhas para a defesa do seu caso, não? Não é essa a diretriz do Departamento de Execução das Leis da Magia, Madame Bones? — continuou ele, dirigindo-se à bruxa de monóculo.

— É verdade. Inteiramente verdade.

— Ah, muito bem, muito bem — retrucou Fudge. — Onde está essa pessoa?

— Trouxe-a comigo — disse Dumbledore. — Está ali fora à porta. Devo...?

— Não... Weasley, vá você — disse Fudge com rispidez a Percy, que se levantou imediatamente, desceu correndo os degraus de pedra da bancada dos juízes e passou na mesma velocidade por Dumbledore e Harry sem olhar para eles.

Um momento depois, voltou acompanhado pela Sra. Figg. Ela parecia apavorada e mais caduca que nunca. Harry desejou que a velhota tivesse se lembrado de trocar as pantufas.

Dumbledore se levantou e cedeu sua poltrona à recém-chegada, conjurando outra para si mesmo.

— Nome completo? — perguntou Fudge em voz alta, depois que a Sra. Figg se encarrapitou, nervosa, na borda da poltrona.

— Arabela Dora Figg — respondeu a bruxa, com a voz trêmula.

— E quem é a senhora exatamente? — perguntou Fudge, com uma voz arrogante e cheia de tédio.

— Sou residente em Little Whinging, próximo à casa onde mora Harry Potter.

— Não temos registro de nenhuma bruxa ou bruxo residindo em Little Whinging, a não ser Harry Potter — disse Madame Bones imediatamente. — A situação ali sempre foi acompanhada com muita atenção, em vista dos... em vista dos acontecimentos passados.

— Sou uma bruxa abortada — disse a Sra. Figg. — Neste caso, a senhora não teria um registro meu, teria?

— Uma bruxa abortada, eh? — comentou Fudge, olhando-a, desconfiado. — Verificaremos isso. Deixe as informações sobre seus pais com o meu assistente Weasley. Em tempo, bruxos abortados são capazes de ver dementadores? — perguntou, olhando para os bruxos sentados de um lado e outro do banco.

— Claro que podemos! — disse a Sra. Figg indignada.

Fudge tornou a olhar a bruxa, com as sobrancelhas erguidas.

— Muito bem — disse com superioridade. — Qual é a sua história?

— Eu tinha saído para comprar comida para gatos na loja da esquina, no fim da alameda das Glicínias, por volta das nove horas, na noite de dois de agosto — tagarelou a Sra. Figg sem pestanejar, como se tivesse decorado o que estava dizendo —, então ouvi uma perturbação na travessa entre o largo das Magnólias e a alameda das Glicínias. Quando me aproximei da entrada da travessa, vi dementadores correndo...

— Correndo? — perguntou Madame Bones rispidamente. — Dementadores não correm, deslizam.

— Foi isso que quis dizer — corrigiu a Sra. Figg rapidamente, manchas rosadas surgindo em suas bochechas murchas. — Deslizando pela travessa em direção ao que me pareceram dois garotos.

— Que aparência tinham? — perguntou Madame Bones, apertando os olhos de modo que o contorno do monóculo desapareceu sob sua carne.

— Bem, um era bem grande e o outro um tanto magricela.

— Não, não — disse Madame Bones impaciente. — Os dementadores. Descreva-os.

— Ah — disse a Sra. Figg, o rubor subindo-lhe agora pelo pescoço. — Eram grandes. Grandes e usavam capas.

Harry sentiu um afundamento horrível no estômago. O que quer que a Sra. Figg pudesse dizer, passava a ele a impressão de que o máximo que ela vira fora um desenho de um dementador, e um desenho não era suficiente para transmitir a verdade sobre esses seres: o modo fantasmagórico com que se deslocavam, flutuando alguns centímetros acima do chão; ou o cheiro de podridão que exalavam; ou aquele horrível som de matraca que faziam quando sugavam o ar à sua volta...

Na segunda fila, um bruxo atarracado, com um bigodão preto, aproximou-se para cochichar ao ouvido de sua vizinha, uma bruxa de cabelos muito crespos. Ela riu e concordou com a cabeça.

— Grandes e usavam capas — repetiu Madame Bones tranquilamente, enquanto Fudge dava uma risadinha desdenhosa. — Entendo. Mais alguma coisa?

— Sim, senhora — disse a Sra. Figg. — Senti a presença deles. Tudo ficou frio e era uma noite bem quente de verão, veja bem. E senti... como se toda a felicidade tivesse desaparecido do mundo... e me lembrei... de coisas medonhas...

A voz da bruxa tremeu e emudeceu.

Os olhos de Madame Bones se arregalaram ligeiramente. Harry viu as marcas vermelhas sob a sobrancelha, onde o monóculo comprimira seu rosto.

— Que foi que os dementadores fizeram? — perguntou Madame Bones, e Harry sentiu uma infusão de esperança.

— Eles avançaram sobre os garotos — disse a Sra. Figg, a voz mais forte e confiante agora, o rubor se esvaindo do rosto. — Um deles caíra. O outro estava recuando, tentando repelir o dementador. Era Harry. Por duas vezes, ele tentou, mas só produziu um vaporzinho prateado. Na terceira tentativa, produziu um Patrono, que investiu contra o primeiro dementador e depois, encorajado por ele, afugentou o segundo de cima do primo. E isso... isso foi o que aconteceu – encerrou a Sra. Figg, de forma pouco conclusiva.

A Sra. Bones mirou a Sra. Figg em silêncio. Fudge não olhava para ela agora, mexia nos seus documentos. Finalmente, ergueu a cabeça e disse, um tanto agressivamente:

– Foi isso que a senhora viu?

– Foi isso que aconteceu – repetiu a Sra. Figg.

– Muito bem – disse Fudge. – Pode se retirar.

A Sra. Figg lançou um olhar medroso de Fudge para Dumbledore, depois se levantou e saiu arrastando as pantufas. Harry ouviu a porta fechar depois que a bruxa passou.

– Não foi uma testemunha muito convincente – disse Fudge com altivez.

– Ah, não sei – disse a Sra. Bones com sua voz de trovão. – Ela certamente descreveu os efeitos de um ataque de dementadores com muita precisão. E não posso imaginar por que diria que eles estiveram lá se não tivessem estado.

– Dementadores perambulando por um subúrbio de trouxas simplesmente encontram um bruxo *por acaso*? – caçoou Fudge. – As probabilidades disto acontecer devem ser muito, muito remotas. Nem mesmo Bagman teria apostado...

– Ah, não acho que algum de nós acredite que os dementadores estiveram lá por coincidência – disse Dumbledore em um tom de voz leve.

A bruxa sentada à direita de Fudge, com o rosto na sombra, mexeu-se ligeiramente, mas os demais ficaram muito quietos e silenciosos.

– E que é que você quer dizer com isso? – perguntou Fudge com a voz gélida.

– Quero dizer que foram mandados até lá – disse Dumbledore.

– Creio que teríamos um registro se alguém tivesse mandado dois dementadores passearem em Little Whinging! – vociferou Fudge.

– Não, se ultimamente os dementadores andarem recebendo ordens de alguém que não o ministro da Magia – disse Dumbledore calmamente. – Já lhe dei a minha opinião sobre este assunto, Cornélio.

– Já deu, sim – disse Fudge a contragosto –, e não tenho razão alguma para acreditar que sua opinião valha alguma coisa, Dumbledore. Os dementadores permanecem em seus postos em Azkaban e estão fazendo tudo que os mandamos fazer.

— Então — respondeu Dumbledore, em voz baixa, mas muito clara —, precisamos indagar por que alguém no Ministério teria mandado dois dementadores àquela travessa no dia dois de agosto.

No silêncio absoluto que recebeu suas palavras, a bruxa à direita de Fudge se inclinou para a frente de modo que Harry a viu pela primeira vez.

Achou-a igualzinha a um grande sapo claro. Era baixa e gorda, tinha uma cara larga e flácida, o pescoço era quase tão inexistente quanto o do tio Válter e a boca, frouxa. Os olhos eram enormes, redondos e ligeiramente saltados. Até mesmo o lacinho de veludo preto encarrapitado no alto de seus cabelos curtos e crespos fez o garoto imaginar um moscão que ela estivesse prestes a apanhar com sua língua comprida e pegajosa.

— O presidente reconhece Dolores Joana Umbridge, subsecretária sênior do ministro — disse Fudge.

A bruxa falou numa voz aguda, aflautada e infantil, que espantou Harry; esperara que ela coaxasse.

— Tenho certeza de que devo ter compreendido mal o que o senhor disse, Prof. Dumbledore — começou ela com um sorriso afetado que deixou frios os seus olhos enormes e redondos. — Que tolice a minha. Mas me pareceu por um átimo que o senhor estava sugerindo que o ministro da Magia tivesse ordenado o ataque contra esse garoto!

Ela deu uma risada argentina que fez os pelos na nuca de Harry ficarem em pé. Alguns membros da corte acompanharam a risada da bruxa. Não poderia ter ficado mais claro que a maioria não achou a menor graça.

— Se for verdade que os dementadores estão recebendo ordens somente do ministro da Magia, e igualmente verdade que dois dementadores atacaram Harry e seu primo há uma semana, então seria lógico concluir que alguém no Ministério pode ter ordenado os ataques — disse Dumbledore polidamente. — É claro que esses dementadores em particular poderiam estar fora do controle do Ministério.

— Não há dementadores fora do controle do Ministério! — retrucou Fudge rispidamente, ficando cor de tomate.

Dumbledore fez uma pequena reverência com a cabeça.

— Então o ministro certamente irá mandar instaurar um inquérito para determinar por que dois dementadores estavam tão longe de Azkaban e por que atacaram sem autorização.

— Não cabe a você decidir o que o Ministério da Magia faz ou deixa de fazer, Dumbledore! — retrucou Fudge, agora exibindo no rosto um tom de magenta que teria sido o orgulho do tio Válter.

— Claro que não — disse Dumbledore suavemente. — Eu estava apenas expressando a minha confiança de que este assunto não deixará de ser investigado.

E olhou para Madame Bones, que reajustou o monóculo e o encarou, franzindo ligeiramente a testa.

— Eu gostaria de lembrar a todos que o comportamento desses dementadores, se não foram realmente imaginados por este garoto, não são o tema desta audiência! — disse Fudge. — Estamos reunidos aqui para examinar as violações ao Decreto de Restrição à Prática de Magia por Menores cometidas por Harry Potter!

— Naturalmente que estamos — disse Dumbledore —, mas a presença de dementadores naquela travessa é muito relevante. A Cláusula Sete do decreto prevê que a magia pode ser usada diante de trouxas em circunstâncias excepcionais, e, na medida em que essas circunstâncias excepcionais incluem situações que ameaçam a vida dos próprios bruxos ou de quaisquer outros bruxos ou trouxas presentes na ocasião em que...

— Conhecemos a Cláusula Sete, muito obrigado! — vociferou Fudge.

— Naturalmente que conhece — disse Dumbledore cortesmente. — Então concordamos que o fato de Harry ter usado o Feitiço do Patrono se enquadra precisamente nas circunstâncias especiais que a cláusula descreve?

— Se é que havia dementadores, o que duvido.

— Você ouviu a testemunha ocular — interrompeu Dumbledore. — Se ainda duvida da veracidade do depoimento dela, torne a chamá-la, torne a interrogá-la, tenho certeza de que ela não faria objeção.

— Eu... isso... não... — atrapalhou-se Fudge, mexendo nos documentos à sua frente. — É que... quero terminar com isso hoje, Dumbledore!

— Mas naturalmente você não se importaria de ouvir muitas vezes um depoimento, se a alternativa fosse tomar uma decisão injusta — ponderou Dumbledore.

— Decisão injusta, uma ova! — disse Fudge aos berros. — Você algum dia se deu ao trabalho de contar o número de histórias fantasiosas que esse garoto inventa, Dumbledore, quando tenta encobrir seu flagrante mau uso da magia fora da escola? Suponho que tenha esquecido o Feitiço da Levitação que ele usou há três anos...

— Não fui eu, foi um elfo doméstico! — disse Harry.

— ESTÁ VENDO? — rugiu Fudge, fazendo um gesto largo em direção a Harry. — Um elfo doméstico! Numa casa de trouxas! Francamente.

— O elfo doméstico em questão está presentemente no serviço da Escola de Hogwarts — disse Dumbledore. — Posso convocá-lo aqui instantaneamente para depor, se você quiser.

— Eu... não... eu não tenho tempo para ouvir elfos domésticos! Em todo o caso, esta não foi a única... ele transformou a tia em um balão de gás, ora tenha paciência! — Fudge berrava, socando a mesa do juiz e virando um tinteiro.

— E você bondosamente não fez acusações naquela ocasião, aceitando, suponho, que mesmo os melhores bruxos nem sempre podem controlar as emoções — disse Dumbledore calmamente, enquanto Fudge tentava limpar a tinta de suas anotações.

— E nem ao menos comecei a falar do que ele apronta na escola.

— Mas como o Ministério não tem autoridade para punir os alunos de Hogwarts por faltas cometidas na escola, o comportamento de Harry naquela instituição não é relevante para esta audiência — disse Dumbledore, educadamente como sempre, mas agora com um toque de frieza em suas palavras.

— Oh-ho! — exclamou Fudge. — Não é de nossa competência o que ele faz na escola, eh? É o que você pensa.

— O Ministério não tem o poder de expulsar alunos de Hogwarts, Cornélio, como lembrei a você na noite de dois de agosto — disse Dumbledore. — Tampouco tem o direito de confiscar varinhas até que as acusações tenham sido comprovadas; tal como lembrei a você na mesma noite. Na sua admirável pressa de garantir o respeito à lei, você parece, inadvertidamente tenho certeza, ter esquecido algumas leis.

— As leis podem ser mudadas — respondeu Fudge com ferocidade.

— Claro que podem — disse Dumbledore, inclinando a cabeça. — E, sem dúvida, parece que você está fazendo muitas mudanças, Cornélio. Porque, nas poucas semanas desde que fui convidado a deixar a Suprema Corte dos Bruxos, já se tornou normal promover um julgamento criminal para tratar de um simples caso de magia praticada por menor!

Alguns bruxos sentados mais para o alto se mexeram em seus lugares, manifestando desconforto. Fudge assumiu um tom ligeiramente mais intenso de roxo. A bruxa que parecia uma sapa à sua direita, no entanto, apenas olhou para Dumbledore, seu rosto vazio de expressão.

— Até onde sei — continuou Dumbledore —, ainda não está em vigor lei alguma definindo que a tarefa desta corte é punir Harry a cada ato de magia que ele já realizou. Ele foi acusado de uma violação específica e apresentou sua defesa. Tudo o que ele e eu podemos fazer agora é aguardar o seu veredicto.

Dumbledore tornou a juntar as pontas dos dedos e se calou. Fudge encarou-o com um olhar penetrante obviamente exasperado. Harry olhou de esguelha para Dumbledore, procurando reafirmação; não tinha muita certeza se o seu diretor fizera bem em dizer à corte que já estava na hora de seus membros tomarem uma decisão. Mais uma vez, porém, Dumbledore pareceu não perceber a tentativa de Harry de chamar a sua atenção. Continuou virado para os bancos acima, onde todos os membros da corte se ocupavam em urgentes consultas em voz baixa.

Harry ficou admirando os próprios pés. Seu coração, que parecia ter inchado desmedidamente, batia com força sob as costelas. Esperara que a audiência fosse demorar mais do que aquilo. Não estava nem um pouco seguro de que tivesse causado uma boa impressão. Não dissera realmente muita coisa. Devia ter detalhado melhor a questão dos dementadores, como ele caíra, como ele e Duda quase tinham sido beijados...

Duas vezes ele olhou para Fudge e abriu a boca para falar, mas seu coração inchado agora comprimia as passagens de ar e, nas duas vezes, ele apenas inspirou profundamente e voltou a admirar os sapatos.

Então os murmúrios cessaram. Harry queria olhar para os juízes lá no alto, mas descobriu que era, realmente, muito, mas muito mais fácil continuar a estudar os cordões dos seus sapatos.

— Os que são a favor de inocentar o acusado de todas as imputações? — soou a voz trovejante de Madame Bones.

Harry ergueu a cabeça com um movimento rápido. Havia mãos erguidas, muitas... mais da metade! Respirando muito rápido, ele tentou contar, mas antes que conseguisse terminar, Madame Bones já dizia:

— E os que são a favor da condenação?

Fudge ergueu a mão; o mesmo fizeram meia dúzia de bruxos, inclusive o bruxo bigodudo, a bruxa à sua direita e a outra de cabelos muito crespos na segunda fila.

Fudge correu os olhos pela corte, com cara de que tinha alguma coisa entalada na garganta, então baixou a mão. Inspirou duas vezes profundamente e disse, com a voz distorcida pela raiva reprimida:

— Muito bem, muito bem... inocente de todas as imputações.

— Excelente — disse Dumbledore com energia, pondo-se de pé, tirando a varinha e fazendo as duas poltronas de chintz desaparecerem. — Bom, tenho de ir andando. Bom dia para todos.

E sem olhar nem uma vez para Harry, ele se retirou com rapidez e imponência da masmorra.

9

AS TRIBULAÇÕES DA SRA. WEASLEY

A inesperada partida de Dumbledore pegou Harry completamente de surpresa. O garoto continuou sentado na cadeira equipada com correntes, debatendo-se com os seus sentimentos, que mesclavam choque e alívio. Os juízes foram se levantando, conversando entre si, recolhendo seus documentos e guardando-os. Harry ficou em pé. Ninguém parecia estar lhe prestando a mínima atenção, a não ser a bruxa bufonídea à direita de Fudge, que agora passara a contemplá-lo em vez de a Dumbledore. Sem lhe fazer caso, o garoto tentou chamar a atenção de Fudge ou de Madame Bones, querendo perguntar se estava dispensado, mas Fudge parecia muito decidido a não ligar para Harry, e Madame Bones estava ocupada com sua maleta, então ele deu alguns passos hesitantes em direção à saída e, ao ver que ninguém o mandava voltar, começou a andar bem depressa.

Deu os últimos passos quase correndo, abriu a porta com violência e quase colidiu com o Sr. Weasley, que estava parado ali, com o rosto pálido e apreensivo.

— Dumbledore não disse...

— Inocente — disse Harry puxando a porta atrás de si —, de todas as acusações!

Abrindo um largo sorriso, o Sr. Weasley agarrou-o pelos ombros.

— Harry, é maravilhoso! Bom, é claro que eles não poderiam ter considerado você culpado, não com as provas que tinham, mas, mesmo assim, não posso fingir que não me senti...

Mas o Sr. Weasley parou de falar, porque a porta do tribunal se abriu. Os juízes começaram a sair.

— Pelas barbas de Merlim! — exclamou, admirado, puxando Harry de lado para deixar os juízes passarem. — Você foi julgado por um tribunal completo?

— Acho que sim — disse Harry em voz baixa.

Um ou dois bruxos cumprimentaram Harry, com a cabeça, ao passar e alguns, inclusive Madame Bones, disseram "Bom dia, Arthur", mas a maioria desviou o olhar. Cornélio Fudge e a bruxa bufonídea foram quase os últimos a deixar a masmorra. Fudge agiu como se o Sr. Weasley e Harry fizessem parte da parede, mas outra vez a bruxa, ao passar, encarou o garoto quase como se o avaliasse. O último a sair foi Percy. A exemplo de Fudge, ele ignorou completamente o pai e Harry; passou direto, sobraçando um grande rolo de pergaminho e um punhado de penas sobressalentes, as costas empertigadas e o nariz empinado. As linhas ao redor da boca do Sr. Weasley se contraíram ligeiramente, mas ele não deu nenhuma outra mostra de ter visto seu terceiro filho.

– Vou levá-lo direto para casa, assim, você pode contar aos outros as boas notícias – disse ele, fazendo sinal a Harry para prosseguirem no momento em que os calcanhares de Percy desapareceram na escada para o nível nove. – Vou acompanhá-lo, a caminho daquele banheiro público em Bethnal Green. Vamos...

– Então, que é que o senhor vai ter de fazer com relação àquele banheiro? – perguntou Harry, sorrindo. De repente tudo lhe parecia cinco vezes mais engraçado do que o normal. Começava a penetrar na sua cabeça a ideia de que fora inocentado, *ia voltar a Hogwarts*.

– Ah, é um antifeitiço bastante simples – disse o Sr. Weasley ao subirem as escadas –, mas não é tanto o problema de consertar o estrago, é mais a atitude que está por trás desse vandalismo. Alguns bruxos podem achar engraçado armar arapucas para trouxas, mas isso é uma manifestação de algo mais profundo e perverso, e na minha opinião...

O bruxo não continuou a frase. Tinham acabado de chegar ao corredor do nível nove, e Cornélio Fudge estava parado a uma pequena distância, conversando em voz baixa com um homem alto de cabelos louros e lisos, e um rosto pontudo e pálido.

O segundo homem se virou ao som dos passos dos recém-chegados. Também interrompeu o que ia dizendo, seus frios olhos cinzentos se estreitaram e se fixaram no rosto de Harry.

– Ora, ora, ora... o Potter Patrono – exclamou Lúcio Malfoy com frieza.

Harry se sentiu sem fôlego, como se tivesse acabado de penetrar em uma coisa sólida. A última vez que vira aqueles olhos cinzentos e frios fora pelas fendas do capuz de um Comensal da Morte, e a última vez que ouvira a voz daquele homem ele fazia caçoadas em um cemitério escuro enquanto Lorde Voldemort o torturava. Harry não conseguia acreditar que Lúcio Malfoy tivesse coragem de encará-lo; não conseguia acreditar que estivesse ali no Ministério da Magia, ou que Cornélio Fudge estivesse conversando com ele, pois Harry contara ao ministro havia poucas semanas que Malfoy era um Comensal da Morte.

— O ministro estava justamente me contando a sorte que você teve, Potter — disse o Sr. Malfoy com sua voz arrastada. — É surpreendente como você consegue se livrar de apertos tão extremos... na verdade, parece até um ofídio.

O Sr. Weasley apertou o ombro de Harry, alertando-o.

— É — disse Harry —, sou bom em fugas.

Lúcio Malfoy ergueu os olhos para o rosto do Sr. Weasley.

— E Arthur Weasley também! Que é que você está fazendo aqui, Arthur?

— Trabalho aqui — respondeu ele secamente.

— Não aqui, com certeza? — admirou-se o Sr. Malfoy, erguendo as sobrancelhas e olhando em direção à porta, por cima do ombro do Sr. Weasley. — Pensei que sua sala fosse no segundo andar... você não faz alguma coisa que envolve furtar artefatos de trouxas e enfeitiçá-los?

— Não — retorquiu o Sr. Weasley, os dedos agora furando o ombro de Harry.

— Mas o que é que *o senhor* está fazendo aqui, afinal? — perguntou Harry a Lúcio Malfoy.

— Acho que os meus assuntos particulares com o ministro não são da sua conta, Potter — disse Malfoy alisando a frente das vestes. Harry ouviu distintamente o tilintar suave como o de um bolso cheio de ouro. — Francamente, só porque você é o garoto favorito de Dumbledore, não deve esperar a mesma indulgência dos demais... vamos à sua sala, então, ministro?

— Certamente — respondeu Fudge, dando as costas para Harry e o Sr. Weasley. — Por aqui, Lúcio.

Eles se afastaram juntos, falando em voz baixa. O Sr. Weasley não soltou o ombro de Harry até que os bruxos tivessem entrado no elevador.

— Por que é que ele não estava esperando à porta do escritório de Fudge, se tinham negócios a resolver? — explodiu Harry furioso. — Que é que ele estava fazendo aqui embaixo?

— Tentando entrar no tribunal sem ser visto, se quer minha opinião — respondeu o Sr. Weasley, parecendo extremamente agitado e espiando por cima do ombro como se quisesse se certificar de que ninguém o ouvia. — Tentando descobrir se você tinha ou não sido expulso. Vou deixar um bilhete para Dumbledore quando passarmos em casa; ele precisa saber que Malfoy esteve conversando com Fudge outra vez.

— Que negócios particulares eles podem ter a tratar?

— Ouro, imagino — respondeu o Sr. Weasley, zangado. — Malfoy há anos faz doações generosas para todo tipo de coisa... ajuda-o a travar amizade com as pessoas certas... depois pode pedir favores... atrasar leis que não quer que sejam aprovadas... ah, ele é muito bem relacionado, esse Lúcio Malfoy.

O elevador chegou; estava vazio, exceto por um bando de memorandos que esvoaçaram em volta da cabeça do Sr. Weasley quando ele apertou o botão para o Átrio e as portas se fecharam. Afastou-os, irritado.

— Sr. Weasley — disse Harry lentamente —, se Fudge está se encontrando com Comensais da Morte como Malfoy, se está conversando com eles a sós, como vamos saber se não lançaram a Maldição Imperius sobre o ministro?

— Não pense que isso não tenha nos ocorrido, Harry — disse o Sr. Weasley em voz baixa. — Mas Dumbledore acha que, no momento, Fudge está agindo por conta própria, o que, como diz Dumbledore, não é muito consolo. É melhor não falarmos mais nisso, por enquanto.

As portas se abriram e eles desembarcaram no Átrio quase deserto. Érico, o bruxo-segurança, estava outra vez escondido atrás do *Profeta Diário*. Já haviam passado direto pela fonte de ouro quando Harry se lembrou.

— Espere... — pediu ao Sr. Weasley e, tirando a bolsa de dinheiro do bolso, voltou à fonte. Ergueu os olhos para o rosto bonito do bruxo, mas, assim de perto, Harry achou-o fraco e tolo. O sorriso da bruxa era insosso como o de uma candidata a miss, e, pelo que o garoto conhecia de duendes e centauros, era pouco provável que fossem surpreendidos olhando tão idiotamente para um ser humano. Somente a atitude de abjeto servilismo do elfo doméstico lhe pareceu convincente. Sorrindo, ao pensar no que Hermione diria se visse a estátua do elfo, Harry virou a bolsa de dinheiro de boca para baixo e despejou não apenas dez galeões, mas todo o seu conteúdo na fonte.

— Eu sabia! — berrou Rony, dando socos no ar. — Você sempre consegue se safar!

— Eles tinham de inocentar você — disse Hermione, que parecera que ia desmaiar de ansiedade quando Harry entrou na cozinha, e agora levava a mão trêmula aos olhos —, não tinham um caso contra você, nenhum.

— Mas vocês todos parecem bem aliviados, considerando que já sabiam que eu ia me livrar das acusações — disse Harry sorrindo.

A Sra. Weasley enxugou o rosto no avental, e Fred, Jorge e Gina executaram uma espécie de dança de guerra, cantando:

"Ele conseguiu, ele conseguiu, ele conseguiu..."

— Chega! Sosseguem! — gritou o Sr. Weasley, embora sorrisse. — Escute aqui, Sirius, Lúcio Malfoy estava no Ministério.

— Quê? — exclamou Sirius ríspido.

"Ele conseguiu, ele conseguiu, ele conseguiu..."

— Quietos, vocês três! Nós o vimos conversando com Fudge no nível nove, depois foram juntos para a sala de Fudge. Dumbledore precisa saber disso.

— Com certeza. Vamos contar a ele, não se preocupe.

— Bem, é melhor eu ir andando, tem um vaso sanitário vomitando em Bethnal Green à minha espera. Molly, vou chegar tarde, precisarei cobrir a ausência de Tonks, mas o Quim talvez venha jantar...

"Ele conseguiu, ele conseguiu, ele conseguiu..."

— Agora chega... Fred... Jorge... Gina — disse a Sra. Weasley, quando o marido deixou a cozinha. — Harry, querido, venha se sentar, almoce alguma coisa, você quase não comeu no café da manhã.

Rony e Hermione se sentaram à frente do amigo, parecendo mais felizes do que nos dias que sucederam à chegada dele ao largo Grimmauld, e o alívio eufórico que Harry sentira, um pouco afetado pelo encontro com Lúcio Malfoy, tornou a crescer. A casa sombria parecia de repente mais calorosa e mais hospitaleira; até Monstro pareceu menos feio quando meteu seu nariz trombudo na cozinha para investigar a razão de todo aquele barulho.

— É claro que uma vez que Dumbledore apareceu em sua defesa, não havia jeito de condenarem você — disse Rony, feliz, agora servindo enormes colheradas de purê de batatas nos pratos de todos.

— É, ele virou a corte a meu favor — disse Harry. Achou, porém, que ia parecer muita ingratidão, para não dizer infantilidade, comentar: "Mas eu gostaria que ele tivesse falado comigo. Ou pelo menos *olhado* para mim."

Ao pensar nisso, sua cicatriz ardeu com tanta intensidade que ele levou depressa a mão à testa.

— Que foi? — perguntou Hermione, assustada.

— Cicatriz — murmurou Harry. — Mas não é nada... acontece o tempo todo agora...

Nenhum dos outros reparara em nada; todos agora se serviam e se regozijavam que Harry tivesse escapado por um triz; Fred, Jorge e Gina ainda cantavam, Hermione demonstrava uma certa ansiedade, mas, antes que pudesse dizer alguma coisa, Rony falou alegremente:

— Aposto como Dumbledore vai aparecer hoje à noite para festejar com a gente, sabe?

— Não acho que ele vá poder, Rony – disse a Sra. Weasley, pousando uma enorme travessa de galinha assada à frente de Harry. – Ele está realmente muito ocupado no momento.

"ELE CONSEGUIU, ELE CONSEGUIU, ELE CONSEGUIU..."

— CALEM A BOCA! – berrou a Sra. Weasley.

Nos dias que se seguiram Harry não pôde deixar de reparar que havia uma pessoa no largo Grimmauld, número doze, que não parecia muito feliz com a sua volta a Hogwarts. Sirius encenara uma grande demonstração de felicidade logo que recebeu a notícia, apertou a mão de Harry e deu grandes sorrisos como todos os outros. Mas, não demorou muito, foi ficando mais triste e mais carrancudo do que antes, falando menos com as pessoas, até mesmo com Harry, e passando cada vez mais tempo trancado no quarto da mãe, com Bicuço.

— Pare de se sentir culpado! – disse Hermione com severidade, depois que Harry desabafou seus sentimentos com ela e Rony, enquanto faxinavam um armário mofado no terceiro andar, alguns dias mais tarde. – O seu lugar é em Hogwarts, e Sirius sabe disso. Na minha opinião, ele está sendo egoísta.

— Você está sendo um pouco dura, Hermione – disse Rony, franzindo a testa enquanto tentava retirar um pouco do mofo agarrado em seu dedo –, *você* não gostaria de ficar presa nesta casa sem ter companhia.

— Ele vai ter muita companhia! – disse Hermione. – Aqui é a sede da Ordem da Fênix, não é? Ele é que andou alimentando esperanças de que Harry viesse morar aqui.

— Não acho que seja verdade – disse Harry, torcendo o pano de limpeza. – Ele não quis me dar uma resposta direta quando perguntei se podia.

— Ele não queria era aumentar ainda mais as esperanças dele – respondeu Hermione sensatamente. – E é provável que se sentisse um pouco culpado, porque acho que em parte estava realmente desejando que você fosse expulso. Então os dois seriam marginalizados juntos.

— Ah, para com isso! – exclamaram Harry e Rony ao mesmo tempo, mas Hermione meramente encolheu os ombros.

— Como quiserem. Mas às vezes acho que a mãe de Rony está certa, e Sirius se confunde, sem saber se você é você mesmo ou seu pai, Harry.

— Então você acha que ele está meio biruta? – indagou Harry, inflamado.

— Não, só acho que passou muito tempo sozinho – respondeu Hermione com simplicidade.

Neste ponto da conversa, a Sra. Weasley entrou no quarto por trás dos meninos.

— Ainda não acabaram? — perguntou, metendo a cabeça no armário.

— Pensei que a senhora estivesse aqui para mandar a gente fazer uma pausa! — disse Rony com amargura. — Sabe quanto mofo nós limpamos desde que chegamos aqui?

— Vocês estavam tão dispostos a ajudar a Ordem — respondeu a Sra. Weasley —, que tal fazerem a sua parte, deixando a sede decente para podermos viver nela?

— Estou me sentindo um elfo doméstico — resmungou Rony.

— Bem, agora que você conhece a vida horrível que eles levam, quem sabe vai querer participar mais ativamente do FALE! — disse Hermione esperançosa, quando a Sra. Weasley saiu e os deixou continuar. — Sabe, talvez não fosse má ideia mostrar às pessoas o horror que é viver limpando as coisas, poderíamos promover o patrocínio de uma faxina da sala comunal da Grifinória, em que toda a renda revertesse para o FALE; isso ampliaria a consciência e os fundos do movimento.

— Vou patrocinar é o seu silêncio a respeito do FALE — resmungou Rony irritado, mas somente Harry pôde ouvi-lo.

Harry viu-se devaneando cada vez mais sobre Hogwarts à medida que o fim das férias se aproximava; mal podia esperar para rever Hagrid, jogar quadribol e até andar pelas hortas a caminho da estufa de Herbologia; já seria uma festa e tanto deixar essa casa poeirenta e mofada, onde metade dos armários continuava trancada e Monstro chiava desaforos, escondido nas sombras quando alguém passava, embora Harry tivesse o cuidado de não comentar nada disso onde Sirius pudesse ouvi-lo.

O fato era que morar na sede do movimento anti-Voldemort não era nem de longe interessante ou emocionante como Harry teria esperado que fosse antes de experimentar. Embora os membros da Ordem entrassem e saíssem regularmente, por vezes ficassem para comer, e outras vezes gastassem apenas uns minutinhos conversando aos cochichos, a Sra. Weasley tomava providências para que Harry e os outros estivessem bem longe para não ouvir (fosse com os ouvidos desarmados, fosse armados com as Orelhas Extensíveis) e ninguém, nem mesmo Sirius, parecia achar que Harry precisasse saber nada além do que já ouvira na noite da chegada.

No último dia de férias, Harry estava retirando a titica de Edwiges do topo do armário quando Rony entrou no quarto trazendo uns envelopes.

— Chegaram as listas de material — anunciou, atirando um dos envelopes para Harry, que estava em cima de uma cadeira.

— Já não era sem tempo, pensei que tivessem esquecido, em geral mandam as listas muito mais cedo...

Harry varreu a última titica para dentro de um saco de lixo e atirou-o, por cima da cabeça de Rony, na lixeira a um canto, que o engoliu e soltou um sonoro arroto. Abriu então sua carta. Continha duas folhas de pergaminho: uma era o aviso habitual de que o trimestre começaria em primeiro de setembro; a outra listava os livros de que iria precisar durante o ano letivo.

— Somente dois livros novos — comentou ele passando os olhos na lista. — *O livro padrão de feitiços*, 5.ª série, de Miranda Goshawk, e *Teoria da defesa em magia*, de Wilberto Slinkhard.

Craque.

Fred e Jorge aparataram bem ao seu lado. O garoto agora já estava tão acostumado com esse hábito dos gêmeos que nem ao menos caiu da cadeira.

— Estávamos justamente imaginando quem teria escolhido o livro de Slinkhard — disse Fred em tom de conversa.

— Porque isto significa que Dumbledore arranjou um novo professor de Defesa Contra as Artes das Trevas — disse Jorge.

— E já não era sem tempo — comentou Fred.

— Como assim? — perguntou Harry, saltando da cadeira para o lado deles.

— Bom, ouvimos, com as Orelhas, mamãe e papai conversando há umas semanas — explicou Fred a Harry —, e, pelo que diziam, Dumbledore estava tendo muita dificuldade de encontrar alguém para o cargo este ano.

— O que não é nenhuma surpresa, quando a gente se lembra do que aconteceu com os últimos quatro — disse Jorge.

— Um foi despedido, um morreu, um teve a memória apagada e um passou nove meses trancado em um malão — disse Harry, contando nos dedos.

— É, dá para entender o que você quer dizer.

— Que é que há com você, Rony? — indagou Fred.

Rony não respondeu. Harry virou a cabeça. Seu amigo estava muito quieto, com a boca meio aberta, olhando para a carta de Hogwarts.

— Qual é o problema? — perguntou Fred impaciente, dando a volta para espiar o pergaminho por cima do ombro do irmão.

A boca de Fred escancarou-se também.

— Monitor?! — exclamou, olhando incrédulo para a carta. — *Monitor?*

Jorge deu um pulo à frente, puxou a carta da mão de Rony e virou-a de cabeça para baixo. Harry viu uma coisa vermelha e dourada cair na palma da mão de Jorge.

— Nem pensar — disse Jorge em voz baixa.

— Houve um engano — disse Fred, arrebatando a carta da mão de Rony e segurando-a contra a luz, como se procurasse a marca-d'água. — Ninguém com o juízo perfeito nomearia Rony monitor.

As cabeças dos gêmeos se viraram ao mesmo tempo, e juntos encararam Harry.

— Achamos que só poderia ser você! — disse Fred num tom que sugeria que Harry os havia enganado.

— Achamos que Dumbledore *teria* de escolher você! — exclamou Jorge indignado.

— Depois de vencer o Tribruxo e tudo o mais — disse Fred.

— Suponho que toda essa história de loucura deve ter contado pontos contra ele — comentou Jorge para Fred.

— É — concordou Fred lentamente. — É, você criou muita confusão, cara. Bem, pelo menos um de vocês entendeu as prioridades deles corretamente.

E, aproximando-se de Harry, deu-lhe uma palmada nas costas, ao mesmo tempo que lançava a Rony um olhar fulminante.

— Monitor... Roniquinho, o Monitor.

— Ah, mamãe vai dar náuseas — gemeu Jorge, atirando o distintivo de volta a Rony como se quisesse evitar contaminação.

Rony, que ainda não dissera uma palavra, apanhou o distintivo, contemplou-o por um momento, então estendeu-o, calado, para Harry, como se pedisse uma confirmação de que era autêntico. Harry o recebeu. Havia um grande "M" sobreposto ao leão de Grifinória. Vira um distintivo exatamente igual no peito de Percy em seu primeiro dia de Hogwarts.

A porta se abriu com estrondo. Hermione entrou correndo no quarto, as bochechas vermelhas e os cabelos esvoaçando. Trazia um envelope na mão.

— Você... você recebeu...?

Ela viu o distintivo na mão de Harry e soltou um grito agudo.

— Eu sabia! — exclamou, animada, brandindo a carta na mão. — Eu também, Harry, eu também!

— Não — apressou-se Harry a dizer, devolvendo o distintivo a Rony. — Foi o Rony e não eu.

— É... o quê?

— Rony é o monitor e não eu — explicou Harry.

— Rony? — admirou-se Hermione, de queixo caído. — Mas... você tem certeza? Quero dizer...

A garota ficou muito vermelha quando Rony se virou para ela com uma expressão de desafio no rosto.

— É o meu nome que está na carta.

— Eu... — começou Hermione totalmente perplexa. — Eu... bem... uau! Parabéns, Rony. É realmente...

— Inesperado — concluiu Jorge, confirmando com a cabeça.

— Não — disse Hermione, ficando mais vermelha que nunca —, não, não é que... Rony fez montes de... ele realmente...

A porta às costas dos garotos se abriu um pouco mais e a Sra. Weasley entrou de marcha a ré no quarto, trazendo uma pilha de vestes recém-lavadas.

— Gina me disse que as listas de material afinal chegaram — disse ela, vendo todos aqueles envelopes ao se dirigir à cama onde começou a separar as vestes em duas pilhas. — Se vocês me entregarem as listas, irei até o Beco Diagonal hoje à tarde e comprarei tudo, enquanto vocês fazem as malas. Rony, terei de comprar mais pijamas para você, estes estão no mínimo quinze centímetros mais curtos do que deveriam. Não consigo acreditar como você está crescendo tão depressa... que cor você gostaria?

— Compre vermelho e dourado para combinar com o distintivo — disse Jorge, rindo.

— Combinar com o quê? — perguntou a Sra. Weasley, distraída, enrolando um par de meias castanho-avermelhadas e depositando-as na pilha de Rony.

— O *distintivo* dele — repetiu Fred, com ar de quem quer acabar depressa com a pior parte. — O novo, belo e reluzente *distintivo de monitor* dele.

A preocupação com os pijamas impediu que a Sra. Weasley entendesse imediatamente as palavras de Fred.

— Dele... mas... Rony, você não é...?

Rony mostrou o distintivo.

A Sra. Weasley soltou um grito agudo igual ao de Hermione.

— Eu não acredito! Eu não acredito! Ah, Rony, que maravilha! Monitor! Como todos na família!

— Que é que Fred e eu somos, filhos do vizinho? — perguntou Jorge indignado, enquanto a mãe o empurrava para o lado e abria os braços para apertar o filho mais novo.

— Espere só até o seu pai saber! Rony, estou tão orgulhosa de você, que notícia maravilhosa, você pode acabar monitor-chefe como Gui e Percy, esse é o primeiro passo. Ah, que coisa para acontecer no meio de toda essa preocupação, estou encantada, ah, *Roninho*...

Fred e Jorge estavam fingindo grandes ânsias de vômito às costas da mãe, mas a Sra. Weasley nem reparou: os braços apertados em torno do pescoço de Rony, ela o beijava por todo o rosto, que se tornara vermelho mais intenso do que o distintivo.

— Mamãe... não... mamãe, se controla... — murmurava ele, tentando afastá-la.

Ela o soltou, e disse ofegante:

— Bom, então o que vai ser? Demos a Percy uma coruja, mas naturalmente você já tem uma.

— Q-que é que você quer dizer? — perguntou o garoto, com cara de quem não ousa acreditar no que está ouvindo.

— Você tem de ganhar uma recompensa por isso! — disse a Sra. Weasley carinhosamente. — Que tal um belo conjunto de vestes a rigor?

— Já compramos isso para ele — disse Fred com amargura, parecendo sinceramente arrependido de sua generosidade.

— Ou um caldeirão novo, o velho caldeirão de Carlinhos está todo enferrujado, ou um rato novo, você sempre gostou do Perebas...

— Mamãe — pediu Rony esperançoso —, posso ganhar uma vassoura nova?

A Sra. Weasley pareceu ligeiramente desapontada; vassouras eram caras.

— Não precisa ser uma realmente boa! — Rony se apressou a acrescentar. — Só... só nova para variar...

A Sra. Weasley hesitou, em seguida sorriu.

— *Claro* que pode... bem, então é melhor eu ir andando se tenho de comprar uma vassoura também. Vejo vocês mais tarde... meu Roniquinho, monitor! E não se esqueça de fazer suas malas... monitor... ah, estou vibrando!

Ela deu mais um beijo na bochecha de Rony, fungou alto e saiu apressada do quarto.

Fred e Jorge se entreolharam.

— Você não se incomoda se a gente não beijar você, não é, Rony? — perguntou Fred, num tom de fingida ansiedade.

— Podemos fazer uma reverência, se você quiser — sugeriu Jorge.

— Ah, calem a boca — disse Rony, amarrando a cara para os irmãos.

— Se não? — disse Fred, com um sorriso maligno se espalhando pelo rosto. — Vai nos tascar uma detenção?

— Eu adoraria que ele tentasse — debochou Jorge.

— E ele pode, se vocês não se cuidarem! — disse Hermione aborrecida.

Os gêmeos caíram na gargalhada, e Rony murmurou:

— Deixa pra lá, Mione.

— Vamos ter de tomar cuidado com o que fizermos, Jorge — disse Fred, fingindo tremer —, com esses dois atrás da gente...

— É, parece que os nossos dias de desrespeito à lei finalmente terminaram — disse Jorge, sacudindo a cabeça.

E, com mais um barulhento *craque*, os gêmeos desaparataram.

— Esse dois — exclamou Hermione furiosa, olhando para o teto, pelo qual eles agora ouviam Fred e Jorge rir às gargalhadas no quarto de cima. — Não ligue para eles, Rony, só estão com ciúmes!

— Não acho que estejam — disse Rony em dúvida, olhando para o teto. — Eles sempre disseram que só babacas viram monitores... ainda assim — acrescentou mais alegre —, eles nunca tiveram vassouras novas! Eu gostaria de ir com mamãe escolher... ela nunca terá dinheiro para uma Nimbus, mas saiu uma Cleansweep que seria ótima... é, acho que vou dizer a ela que gostaria de ganhar uma Cleansweep, só para ela saber...

E saiu correndo do quarto, deixando Harry e Hermione sozinhos.

Por alguma razão, Harry achou que não queria olhar para a amiga. Virou-se para sua cama, apanhou a pilha de vestes limpas que a Sra. Weasley tinha deixado ali e levou-as para o outro lado do quarto onde estava o seu malão.

— Harry? — chamou Hermione hesitante.

— Parabéns, Mione — disse ele, tão efusivamente que nem parecia sua voz, e ainda sem olhar —, genial. Monitora. Legal.

— Obrigada — disse a garota. — Hum... Harry... posso pedir a Edwiges emprestada para mandar dizer à mamãe a ao papai? Eles vão ficar realmente satisfeitos... quero dizer, *monitor* é uma coisa que eles conseguem entender.

— Pode, sem problema — respondeu, ainda com aquela horrível cordialidade na voz que não era sua. — Pode levar!

Harry se inclinou para o malão, depositou as vestes no fundo e fingiu estar procurando alguma coisa, enquanto Hermione ia até o armário e pedia a Edwiges para descer. Alguns minutos se passaram; Harry ouviu a porta fechar, mas continuou curvado, escutando; os únicos sons que ouvia eram os do retrato vazio na parede dando risadinhas e a cesta de lixo no canto regurgitando a titica de coruja.

Ele se endireitou e olhou para trás. Hermione saíra e levara com ela Edwiges. Harry voltou vagarosamente até sua cama e se largou nela, fixando o olhar, sem ver, na parte inferior do armário.

Esquecera completamente que os monitores eram escolhidos no quinto ano. Estivera demasiado ansioso com a possibilidade de ser expulso para sequer pensar que os distintivos deviam estar sendo enviados para certas pessoas. Mas se ele *tivesse* lembrado... *tivesse* pensado... que teria esperado?

Não isso, disse uma vozinha sincera dentro de sua cabeça.

Harry amarrou a cara e enterrou-a nas mãos. Não podia mentir para si mesmo; se tivesse sabido que o distintivo de monitor estava a caminho, teria esperado que viesse para ele e não para Rony. Será que isto o fazia tão arrogante quanto Draco Malfoy? Será que se achava superior a todos? Será que realmente acreditava que era *melhor* do que Rony?

Não, disse a vozinha desafiando-o.

— Seria verdade? — Harry se perguntou, sondando ansiosamente os próprios sentimentos.

Sou melhor em quadribol, disse a voz. Mas não sou melhor em mais nada.

O que decididamente era verdade, pensou Harry; não era melhor que Rony nas aulas. Mas e nas aulas externas? E naquelas aventuras que ele, Rony e Hermione viviam juntos desde que entraram para Hogwarts, muitas vezes correndo riscos maiores que a expulsão?

Bom, Rony e Hermione estiveram comigo na maior parte do tempo, disse a voz na cabeça de Harry.

Mas não o tempo todo, argumentou Harry. Eles não lutaram contra Quirrell. Eles não enfrentaram o Riddle nem o basilisco. Eles não se livraram dos dementadores na noite em que Sirius fugiu. Eles não estiveram no cemitério, na noite em que Voldemort voltou...

E o mesmo sentimento de estar sendo usado, que o invadira na noite em que chegara, tornou a despertar. Decididamente eu fiz mais, pensou indignado. Fiz mais do que qualquer um deles!

Mas talvez, disse a vozinha com imparcialidade, *talvez Dumbledore não escolha os monitores porque eles vivam se metendo em situações perigosas... talvez ele os escolha por outras razões... Rony deve ter alguma coisa que você não tem...*

Harry abriu os olhos e fixou, por entre os dedos, os pés de garra do armário, lembrando-se do que Fred dissera: "Ninguém com o juízo perfeito nomearia Rony monitor..."

Harry soltou uma risada abafada. Um segundo depois sentiu nojo de si mesmo.

Rony não pedira a Dumbledore para lhe dar o distintivo de monitor. Não era culpa de Rony. Será que ele, Harry, o melhor amigo de Rony no mundo, ia ficar emburrado porque não ganhara um distintivo, ia rir com os gêmeos às costas do amigo, estragar, para Rony, este momento em que, pela primeira vez, ele levava a melhor sobre Harry em alguma coisa?

Neste ponto, ele ouviu os passos de Rony subindo a escada. Ficou em pé, ajeitou os óculos e engrenou um sorriso quando Rony embarafustou pela porta.

– Apanhei-a bem em tempo! – disse feliz. – Ela disse que vai comprar a Cleansweep, se puder.

– Legal! – exclamou Harry, e sentiu alívio ao perceber que sua voz perdera a falsa cordialidade. – Escute aqui... Rony... parabéns, cara.

O sorriso desapareceu do rosto de Rony.

– Eu nunca pensei que seria eu! – disse, sacudindo a cabeça. – Pensei que seria você!

– Não, eu criei muitos problemas – disse Harry, fazendo coro a Fred.

– É, é, suponho... bom, é melhor a gente fazer as malas, não acha?

Era estranho como os pertences dos dois pareciam ter-se espalhado desde que haviam chegado ali. Levaram quase a tarde inteira para reunir os livros e outras coisas largadas pela casa e guardá-las de volta nos malões de escola. Harry reparou que o amigo não parava de mexer no distintivo, primeiro colocou-o sobre a mesa de cabeceira, depois guardou-o no bolso do jeans, por fim tirou-o e ajeitou-o sobre as vestes dobradas, como se quisesse ver o efeito do vermelho sobre o preto. Somente quando Fred e Jorge apareceram e se ofereceram para prendê-lo à testa dele com um Feitiço Adesivo Permanente, é que ele o embrulhou carinhosamente nas meias castanhas e trancou-o no malão.

A Sra. Weasley voltou do Beco Diagonal por volta de seis horas, carregada de livros e mais um embrulho comprido, de papel pardo grosso, que Rony tirou das mãos dela com um gemido de desejo.

– Não precisa desembrulhar agora, as pessoas estão chegando para o jantar, quero todos lá embaixo – disse a mãe; mas, no instante em que ela desapareceu de vista, o garoto rasgou o papel num frenesi e examinou cada centímetro da vassoura nova, com uma expressão de êxtase no rosto.

Embaixo, no porão, a Sra. Weasley pendurou uma flâmula vermelha sobre a mesa de jantar coberta de iguarias, em que se lia:

PARABÉNS RONY E HERMIONE
OS NOVOS MONITORES

Ela parecia muito mais animada do que Harry a vira durante todo o período das férias.

– Pensei em fazer uma festinha e não um jantar à mesa – disse a Harry, Rony, Hermione, Fred, Jorge e Gina quando eles entraram no aposento. – Seu pai e Gui estão a caminho, Rony. Despachei corujas para os dois, e eles ficaram *entusiasmados* – acrescentou sorridente.

Fred girou os olhos para o teto.

Sirius, Lupin, Tonks e Quim Shacklebolt já estavam ali, e Olho-Tonto Moody chegou, batendo a perna de pau, logo depois de Harry se servir de uma cerveja amanteigada.

– Ah, Alastor, que bom que você está aqui – cumprimentou a Sra. Weasley animada, quando Olho-Tonto sacudiu do corpo a capa de viagem. – Há séculos que andamos querendo pedir a você: será que podia dar uma olhada na escrivaninha da sala de visitas e nos dizer o que é que tem lá dentro? Não quisemos abri-la, porque pode ser alguma coisa realmente ruim.

– Pode deixar comigo, Molly...

O olho azul elétrico de Moody girou para o alto e fixou-se no teto da cozinha, transpassando-o.

– Sala de visitas... – rosnou à medida que sua pupila se contraía. – Escrivaninha no canto? É, estou vendo... é, é um bicho-papão... quer que eu suba e me livre dele, Molly?

– Não, não, eu mesma farei isso mais tarde – sorriu a Sra. Weasley –, tome a sua bebida. Na verdade estamos fazendo uma pequena comemoração... – disse, indicando a flâmula vermelha. – O quarto monitor na família! – disse com carinho, arrepiando os cabelos de Rony.

– Monitor, é? – resmungou Moody, seu olho normal fixando-se em Rony e o mágico girando para olhar um lado da própria cabeça. Harry teve a sensação muito desagradável de que ele o observava, e afastou-se em direção a Sirius e Lupin. – Bem, então meus parabéns – disse Moody, ainda olhando para Rony com o olho normal –, figuras de autoridade sempre atraem problemas, mas suponho que Dumbledore o considere capaz de resistir à maioria das principais azarações, ou não o teria nomeado...

Rony pareceu bastante espantado com esta opinião, mas não foi preciso responder graças à chegada do pai e do irmão mais velho. A Sra. Weasley estava de tão bom humor que nem sequer reclamou de terem trazido Mundungo com eles; o bruxo usava um casaco longo que parecia estranhamente volumoso em lugares improváveis, e não aceitou o oferecimento de tirá-lo e guardá-lo junto à capa de viagem de Moody.

– Bom, acho que a ocasião pede um brinde – disse o Sr. Weasley, depois que todos se serviram de bebidas. Ele ergueu o cálice. – A Rony e Hermione, os novos monitores da Grifinória!

Os dois garotos sorriram enquanto todos brindavam e em seguida os aplaudiam.

— Eu nunca fui monitora — disse Tonks animada, às costas de Harry, quando os convidados se aproximaram da mesa para se servir. Seus cabelos hoje estavam vermelho-tomate e batiam na cintura; ela parecia a irmã mais velha de Gina. — A diretora da minha casa disse que me faltavam certas qualidades necessárias.

— Quais, por exemplo? — perguntou Gina, que estava escolhendo uma batata assada.

— A capacidade de me comportar — disse Tonks.

Gina riu; Hermione parecia não saber se ria ou não, e escolheu um meio-termo, servindo-se de um gole exagerado de cerveja amanteigada e se engasgando.

— E você, Sirius? — perguntou Gina, batendo nas costas de Hermione.

Sirius, que estava bem ao lado de Harry, soltou a risada de sempre, que lembrava um latido.

— Ninguém teria me nomeado monitor, eu passava tempo demais detido com Tiago. Lupin era o garoto bem-comportado, ele ganhou o distintivo.

— Acho que Dumbledore talvez tivesse esperanças de que eu fosse capaz de exercer algum controle sobre os meus melhores amigos — disse Lupin. — Não preciso dizer que falhei miseravelmente.

O estado de ânimo de Harry subitamente melhorou. Seu pai também não fora monitor. De repente, a festa pareceu muito mais divertida; encheu seu prato, sentindo gostar duas vezes mais de todos que estavam presentes.

Rony elogiava com entusiasmo as qualidades de sua vassoura nova para quem quisesse ouvi-lo.

— ... de zero a cem quilômetros em dez segundos, nada mal, hein? Quando se pensa que a Comet 290 só atingia noventa e cinco, e isso com um bom vento de cauda, segundo o *Que Vassoura?*.

Hermione estava conversando muito séria com Lupin sobre suas ideias a respeito dos direitos dos elfos.

— Quero dizer, é o mesmo tipo de absurdo que a segregação de lobisomens, não é? Tudo isso parece nascer dessa horrível maneira dos bruxos se acharem superiores aos outros seres...

A Sra. Weasley e Gui requentavam a mesma discussão de sempre sobre o cabelo do rapaz.

— ... está realmente passando dos limites, e você é tão bonito, ficaria muito melhor se os cortasse mais curtos, você não acha, Harry?

— Ah... não sei... — disse Harry, ligeiramente assustado por perguntarem sua opinião; afastou-se discretamente e foi em direção a Fred e Jorge, que estavam agrupados em um canto com Mundungo.

O bruxo parou de falar quando avistou Harry, mas Fred deu uma piscadela e fez sinal para o garoto se aproximar.

— Tudo bem — disse ele a Mundungo —, podemos confiar no Harry, é ele quem nos dá suporte financeiro.

— Olha só o que o Dunga arranjou para nós — disse Jorge, estendendo a mão para Harry. Estava cheia de alguma coisa que lembrava vagens murchas. Produziam um barulhinho abafado de chocalho, embora estivessem completamente paradas.

— Sementes de tentáculos venenosos — esclareceu Jorge. — Precisamos delas para o kit Mata-Aula, mas são substâncias não comerciáveis classe C, por isso estamos tendo dificuldade para comprá-las.

— Dez galeões a partida então, Dunga? — perguntou Fred.

— Com todo o trabalho que tive para conseguir essas? — exclamou Mundungo, seus olhos empapuçados e vermelhos se arregalando ainda mais. — Lamento, rapazes, mas não estou aceitando nem um nuque menos de vinte.

— Dunga gosta de fazer piadinhas — disse Fred a Harry.

— É, a melhor até agora foi pedir seis sicles por um saco de espinhos de ouriço — disse Jorge.

— Cuidado — alertou-os Harry em voz baixa.

— Quê? — admirou-se Fred. — Mamãe está ocupada, arrulhando em volta do monitor Rony, estamos seguros.

— Mas Moody pode estar de olho em vocês — lembrou Harry.

Mundungo espiou nervoso por cima do ombro.

— Bem lembrado — resmungou. — Tudo bem, rapazes, dez então, se levarem tudo depressa.

— Valeu, Harry! — exclamou Fred, encantado, enquanto Mundungo esvaziou os bolsos nas mãos estendidas dos gêmeos e saía rápido em direção à comida. — É melhor levarmos isso para cima...

Harry observou os garotos se afastarem, sentindo-se ligeiramente apreensivo. Acabara de lhe ocorrer que o Sr. e a Sra. Weasley iam querer saber como é que Fred e Jorge estavam financiando os artigos para sua loja quando finalmente descobrissem — o que era inevitável — que a loja já estava funcionando. Doar aos gêmeos o prêmio do Tribruxo parecera a Harry, na época, uma coisa simples, mas e se isso acabasse provocando outra briga de família e um rompimento como o de Percy? Será que a Sra. Weasley ainda consideraria Harry como um filho se descobrisse que ele possibilitara a Fred e Jorge iniciar uma carreira que ela achava inadequada?

Parado onde os gêmeos o haviam deixado, tendo por companhia apenas a culpa que lhe pesava na boca do estômago, Harry ouviu alguém dizer seu nome. A voz grave e ressonante de Quim Shacklebolt era audível mesmo no meio de toda a conversa.

— ... por que Dumbledore não promoveu Potter a monitor? — indagava Quim.

— Deve ter tido suas razões — respondeu Lupin.

— Mas teria demonstrado sua confiança nele. É o que eu teria feito — insistiu Quim —, principalmente com o *Profeta Diário* a atacá-lo com tanta frequência...

Harry não virou a cabeça; não queria que Lupin nem Quim soubessem que entreouvira. Embora não sentisse a menor fome, acompanhou Mundungo de volta à mesa. Seu prazer na festa se evaporara com a mesma velocidade com que surgiu; ele desejou estar deitado em seu quarto.

Olho-Tonto Moody cheirava uma coxa de galinha com o que lhe sobrara do nariz; evidentemente não conseguiu perceber vestígio algum de veneno, porque em seguida arrancou um naco com uma dentada.

— ... o punho é feito de carvalho americano com um verniz antiazaração e tem controle antivibração embutido — dizia Rony a Tonks.

A Sra. Weasley deu um grande bocejo.

— Bem, acho que vou dar um jeito naquele bicho-papão antes de ir dormir... Arthur, não quero esse pessoalzinho acordado até tarde, está bem? Boa noite, Harry, querido.

Ela saiu da cozinha. Harry pousou o prato e se perguntou se conseguiria segui-la sem chamar atenção.

— Você está bem, Potter? — perguntou Moody.

— Tô, ótimo — mentiu Harry.

Moody tomou um gole do frasco de bolso, seu olho azul elétrico olhando de esguelha para o garoto.

— Vem cá, tenho uma coisa que talvez lhe interesse — disse.

De um bolso interno das vestes, Moody tirou uma velha foto-bruxa muito danificada.

— A Ordem da Fênix original — rosnou. — Encontrei-a à noite passada quando estava procurando a minha Capa da Invisibilidade sobressalente e, como Podmore ainda não teve a boa educação de devolver a minha boa..., pensei que o pessoal talvez gostasse de ver isso.

Harry apanhou a foto. Um pequeno grupo de bruxos, alguns acenando para ele, outros erguendo os copos, retribuindo seu olhar.

— Aquele sou eu — disse Moody, apontando a própria imagem sem necessidade. O Moody na foto era inconfundível, embora o cabelo estivesse um pouco menos grisalho e o nariz, intacto. — E ali é Dumbledore ao meu lado,

Dédalo Diggle do outro lado... essa é Marlene McKinnon, foi morta duas semanas depois de tirarmos a foto, pegaram toda a família dela. Estes são Franco e Alice Longbottom...

O estômago de Harry, já meio embrulhado, contraiu-se ao olhar para Alice Longbottom; conhecia aquele rosto redondo e simpático muito bem, embora nunca a tivesse visto, porque era a cara do filho, Neville.

– ... coitados – resmungou Moody. – Melhor morrer do que passar pelo que passaram... e essa é Emelina Vance, você já a conheceu, e aquele é Lupin, obviamente... Beijo Fenwick, ele também sofreu muito, só encontramos pedacinhos dele... cheguem para lá – acrescentou, metendo o dedo na foto, e as pessoas fotografadas se deslocaram para o lado, para que outras, que estavam parcialmente na sombra, pudessem passar ao primeiro plano.

– Esse é Edgar Bones... irmão de Amélia Bones, pegaram ele e a família também, era um grande bruxo... Estúrgio Podmore, pombas, como está jovem... Carátaco Dearborn desapareceu seis meses depois da foto, nunca encontramos seu corpo... Hagrid, naturalmente, parece exatamente o que é... Elifas Doge, você o conheceu, tinha me esquecido que usava esse chapéu idiota... Gideão Prewett, foram precisos cinco Comensais da Morte para matá-lo e matar o irmão Fábio, lutaram como heróis... mexam-se, mexam-se...

As figurinhas na foto se misturaram, e as que estavam escondidas bem atrás apareceram à frente.

– Esse é o irmão de Dumbledore, Aberforth, a única vez que o vi, sujeito esquisito... essa é Dorcas Meadowes, Voldemort a matou pessoalmente... Sirius, quando ainda usava cabelos curtos... e... estão todos aí, achei que você se interessaria!

O coração de Harry deu uma cambalhota. Seu pai e sua mãe estavam sorrindo para ele, sentados um de cada lado de um homenzinho de olhos aguados que Harry reconheceu imediatamente como Rabicho, o que havia denunciado o paradeiro dos dois a Voldemort e com isso provocara a morte deles.

– Eh?! – exclamou Moody.

Harry ergueu os olhos para o rosto cheio de cicatrizes e marcas de Moody. Ele evidentemente tinha a impressão de que acabara de mostrar a Harry uma coisa boa.

– É – disse o garoto, mais uma vez tentando sorrir. – Hum... escute, acabei de me lembrar, ainda não guardei o meu...

Ele foi poupado do trabalho de inventar um objeto que ainda não tivesse guardado. Sirius acabara de dizer.

– Que é isso que você tem aí Olho-Tonto?

E Moody voltou sua atenção para Sirius. Harry atravessou a cozinha, saiu discretamente pela porta e subiu as escadas antes que alguém o chamasse de volta.

Não sabia dizer por que ficara tão chocado; afinal, já vira fotos dos seus pais antes e já conhecera Rabicho... mas o fato de alguém mostrá-los assim, de repente, quando menos esperava... ninguém gostaria disso, pensou enraivecido...

E ainda por cima, vê-los cercados por todas aquelas caras felizes... Beijo Fenwick, que fora encontrado em pedacinhos, e Gideão, que morrera como herói, e os Longbottom, que foram torturados até enlouquecer... todos acenando, felizes, na foto, para sempre, sem saber que estavam condenados... bom, Moody talvez achasse isso interessante... ele, Harry, achava perturbador...

O garoto subiu as escadas, pé ante pé, até o corredor, passou pelas cabeças empalhadas dos elfos, satisfeito de estar sozinho, mas, ao se aproximar do primeiro patamar, ouviu ruídos. Alguém estava soluçando na sala de visitas.

— Olá? — chamou.

Não houve resposta, mas os soluços continuaram. Harry subiu os degraus restantes, de dois em dois, cruzou o patamar e abriu a porta da sala de visitas.

Alguém estava encolhido contra a parede escura, a varinha na mão, todo o corpo sacudido por soluços. Esparramado no velho tapete empoeirado, em uma mancha de luar, visivelmente morto, encontrava-se Rony.

Todo o ar pareceu fugir dos seus pulmões; Harry teve a sensação de que estava atravessando o chão; seu cérebro congelou — Rony morto, não, não era possível...

Mas, espere um momento, *não podia ser* — Rony estava lá embaixo...

— Sra. Weasley? — chamou Harry com a voz embargada.

— R... r... riddikulus! — soluçava a bruxa, apontando a varinha, trêmula, para o corpo do filho.

Craque.

O corpo de Rony se transformou no de Gui, de barriga para cima, braços e pernas abertos, olhos abertos e vidrados. A Sra. Weasley voltou a soluçar.

Craque.

O corpo do Sr. Weasley substituiu o de Gui, seus óculos tortos, um filete de sangue escorrendo pelo rosto.

— Não! — gemia a Sra. Weasley. — Não... riddikulus! Riddikulus! RIDDIKULUS!

Craque. Gêmeos mortos. *Craque.* Percy morto. *Craque.* Harry morto...

— Sra. Weasley, saia daqui! — gritou Harry, contemplando o próprio cadáver estirado no chão. — Deixe outra pessoa...

— Que está acontecendo?

Lupin subira correndo à sala, seguido de perto por Sirius e Moody, que fechava a fila, batendo a perna de pau. Lupin olhava da Sra. Weasley para o cadáver de Harry no chão, e pareceu compreender tudo no mesmo instante. Puxando a varinha, disse, em tom muito claro e firme.

— Riddikulus!

O corpo de Harry desapareceu. Um globo de prata pairou no ar sobre o local em que estivera o cadáver. Lupin sacudiu a varinha mais uma vez e o globo desapareceu em uma baforada de fumaça.

— Ah... ah... ah! — engoliu a Sra. Weasley em seco e tornou a se desmanchar numa torrente de lágrimas com o rosto entre as mãos.

— Molly — disse Lupin desolado, aproximando-se dela. — Molly, não...

No segundo seguinte, ela soluçava de se acabar no ombro de Lupin.

— Molly, foi apenas um bicho-papão — disse ele consolando-a, dando-lhe palmadinhas na cabeça. — Apenas um bicho-papão idiota...

— Eu os vejo m–m-mortos o tempo todo! — gemeu a Sra. Weasley no ombro do bruxo. — Todo o t-t-tempo! T-t-tenho sonhos...

Sirius ficou olhando fixamente para o pedaço do tapete em que estivera deitado o bicho-papão fingindo ser Harry. Moody olhava para o garoto, que evitou seu olhar. Tinha a estranha sensação de que o olho mágico de Moody o acompanhara desde a cozinha.

— Não d-d-diga ao Arthur — pedia a Sra. Weasley, agora engolindo o choro e enxugando nervosamente os olhos com os punhos. — Não q-q-quero que ele saiba... fui boba...

Lupin lhe deu um lenço, e ela assoou o nariz.

— Harry, sinto muito. Que é que você vai pensar de mim? — perguntou trêmula. — Não consigo nem me livrar de um bicho-papão...

— Bobagem — disse Harry, tentando sorrir.

— Estou t-t-tão preocupada — disse ela, as lágrimas mais uma vez saltando-lhe dos olhos. — Metade da f-f-família está na Ordem, será uma b-b-bênção se todos sobreviverem... e P-P-Percy não está falando conosco... e se alguma coisa t-t-terrível acontecer antes de termos feito as p-p-pazes com ele? E o que vai acontecer se Arthur e eu morrermos, quem é que vai t-t-tomar conta de Rony e Gina?

— Molly, chega — disse Lupin com firmeza. — Agora não é como da última vez. A Ordem está mais bem preparada, contamos com uma dianteira, sabemos o que Voldemort pretende...

A Sra. Weasley soltou um gritinho de medo ao ouvir esse nome.

— Ah, Molly, vamos, já é tempo de você se acostumar a ouvir o nome dele... escute, não posso prometer que ninguém vai sair ferido, ninguém pode prometer isso, mas estamos muito melhor do que estávamos da última vez. Você não fazia parte da Ordem naquele tempo, por isso não compreende. Da última vez havia vinte Comensais da Morte para cada um de nós, e eles foram nos matando um a um...

Harry lembrou-se da fotografia, dos seus pais sorridentes. Sabia que Moody ainda o observava.

— Não se preocupe com Percy — disse Sirius abruptamente. — Ele vai mudar de opinião. É apenas uma questão de tempo, e Voldemort vai sair das sombras; e quando isto acontecer, o Ministério inteiro vai nos pedir perdão. E não tenho muita certeza se vamos aceitar o pedido deles — acrescentou com amargura.

— Agora, quanto a quem vai cuidar de Rony e Gina se você e Arthur morrerem — disse Lupin com um leve sorriso —, que é que você acha que vamos fazer, deixá-los morrer de fome?

A Sra. Weasley deu um sorriso trêmulo.

— Estou sendo boba — murmurou outra vez, enxugando os olhos.

Mas Harry, fechando a porta do quarto atrás de si uns dez minutos depois, não conseguiu achar que a Sra. Weasley fosse boba. Via seus pais sorrindo para ele na velha foto danificada, sem saber que suas vidas, como a de tantos outros à sua volta, estavam chegando ao fim. A imagem do bicho-papão se transformando no cadáver de cada membro da família da Sra. Weasley não parava de lampejar diante dos seus olhos.

Sem aviso, a cicatriz em sua testa queimou de dor e seu estômago revirou horrivelmente.

— Para com isso — disse com firmeza, esfregando a cicatriz à medida que a dor foi diminuindo.

— Primeiro sinal de loucura, falar com a própria cabeça — disse a voz sonsa do quadro vazio na parede.

Harry não lhe deu atenção. Sentiu-se mais velho do que jamais se sentira na vida e parecia-lhe extraordinário que há pouco menos de uma hora estivesse preocupado com uma loja de logros e com quem ganhara um distintivo de monitor.

10

LUNA LOVEGOOD

Harry teve uma noite inquieta. Seus pais entravam e saíam dos seus sonhos, sempre calados; a Sra. Weasley soluçava sobre o cadáver de Monstro, observada por Rony e Hermione, que estavam usando coroas, e mais uma vez Harry se viu descendo por um corredor que terminava em uma porta fechada. Acordou bruscamente com a cicatriz formigando e encontrou Rony já vestido e falando com ele.

— ... é melhor se apressar, mamãe está furiosa, diz que vamos perder o trem...

Havia grande confusão e barulho na casa. Pelo que ouviu enquanto se vestia rapidamente, Harry conseguiu entender que Fred e Jorge tinham enfeitiçado seus malões para voar escada abaixo, a fim de economizar o trabalho de carregá-los, e, em consequência, eles haviam colidido diretamente com Gina e feito a irmã rolar dois lances de escada até o corredor; a Sra. Black e a Sra. Weasley estavam ambas berrando a plenos pulmões.

— ... PODERIAM TÊ-LA MACHUCADO SERIAMENTE, SEUS IDIOTAS...

— MESTIÇOS IMUNDOS, EMPORCALHANDO A CASA DOS MEUS PAIS...

Hermione entrou correndo no quarto com o rosto afogueado, na hora em que Harry estava calçando os tênis. Edwiges se equilibrava no ombro da garota, que carregava Bichento a se debater em seus braços.

— Mamãe e papai acabaram de mandar Edwiges de volta. — A coruja saiu esvoaçando docilmente e foi se empoleirar no teto de sua gaiola. — Você já está pronto?

— Quase. A Gina está bem? — perguntou Harry, pondo os óculos no rosto.

— A Sra. Weasley já cuidou dela — disse Hermione. — Mas agora Olho-Tonto está protestando que não podemos sair até Estúrgio chegar, ou ficará faltando uma pessoa na guarda.

— Guarda? — perguntou Harry. — Temos de ir a King's Cross com uma guarda?

— *Você* tem de ir a King's Cross com uma guarda — corrigiu-o Hermione.

— Por quê? — perguntou Harry, irritado. — Pensei que Voldemort estivesse agindo nas sombras ou será que você está me dizendo que ele vai pular de dentro de um latão de lixo e tentar me matar?

— Eu não sei, foi o que Olho-Tonto disse — respondeu Hermione desatenta, olhando para o relógio —, mas se não sairmos logo decididamente vamos perder o trem...

— SERÁ QUE VOCÊS PODEM DESCER AQUI, AGORA, POR FAVOR! — berrou a Sra. Weasley, e Hermione deu um salto como se tivesse se escaldado, e saiu correndo do quarto. Harry agarrou Edwiges, enfiou-a sem cerimônia na gaiola e saiu atrás da amiga, arrastando seu malão.

O retrato da Sra. Black uivava de fúria, mas ninguém se preocupava em fechar as cortinas sobre seu retrato para fazê-la calar; todo aquele estardalhaço no corredor com certeza iria tornar a despertá-la.

— Harry, você vem comigo e com Tonks — gritou a Sra. Weasley, tentando abafar os repetidos guinchos de "SANGUES RUINS! RALÉ! CRIATURAS DA IMUNDÍCIE!" — Deixe o malão e a coruja, Alastor vai cuidar da bagagem... ah, pelo amor de Deus, Sirius, Dumbledore disse *não*!

Um cachorrão peludo aparecera ao lado de Harry quando ele tentava escalar os vários malões que atravancavam o hall e chegar à Sra. Weasley.

— Ah, francamente... — respondeu a Sra. Weasley, desesperada. — Bom, mas que seja por sua conta e risco!

Ela abriu com violência a porta de entrada e saiu para o dia palidamente iluminado de setembro. Harry e o cachorro a acompanharam. A porta bateu às costas deles, e os guinchos da Sra. Black cessaram instantaneamente.

— Cadê a Tonks? — perguntou Harry, olhando a toda volta, enquanto descia os degraus de pedra do número doze, que sumiram no instante em que eles pisaram a calçada.

— Está nos esperando ali adiante — respondeu a Sra. Weasley secamente, evitando olhar o cachorro preto que se sacudia ao lado de Harry.

Uma velha cumprimentou-os na esquina. Tinha cabelos grisalhos muito crespos e usava um chapéu roxo em feitio de torta de porco.

— Aí, beleza, Harry! — cumprimentou Tonks, com uma piscadela. — É melhor a gente se apressar, não acha, Molly? — acrescentou, verificando a hora.

— Eu sei, eu sei — gemeu a Sra. Weasley, apertando o passo —, mas Olho-Tonto queria esperar por Estúrgio... se ao menos Arthur tivesse nos arranjado carros do Ministério outra vez... mas Fudge ultimamente não o deixa pedir emprestado nem um tinteiro vazio... *como* é que os trouxas conseguem viajar sem magia...

Mas o cachorrão preto deu um latido alegre e correu animado ao redor deles, assustando os pombos e caçando o próprio rabo. Harry não pôde deixar de rir. Sirius ficara preso em casa por muito tempo. A Sra. Weasley contraiu os lábios de um jeito quase igual ao de tia Petúnia.

Levaram vinte minutos para chegar a King's Cross a pé, e nada mais emocionante aconteceu durante esse tempo, exceto Sirius ter espantado uns gatos para divertir Harry. Uma vez na estação, eles pararam displicentemente ao lado da barreira entre as plataformas nove e dez até não haver ninguém à vista, depois, um a um, atravessaram para a plataforma 9¾, onde o Expresso de Hogwarts aguardava, arrotando fumaça escura sobre a plataforma apinhada de alunos que iam embarcar e suas famílias. Harry aspirou aqueles cheiros familiares e sentiu seu ânimo fortalecer... ia realmente regressar...

— Espero que os outros cheguem a tempo — comentou a Sra. Weasley, ansiosa, olhando para o arco de ferro trabalhado que abarcava a plataforma e por onde chegariam os novos passageiros.

— Belo cão, Harry! — disse um rapaz alto com cachos rastafári.

— Obrigado, Lino — disse Harry sorrindo, enquanto Sirius sacudia a cauda freneticamente.

— Ah, que bom! — exclamou a Sra. Weasley, parecendo aliviada. — Aí vem Alastor com a bagagem, vejam...

Com um boné de carregador cobrindo os olhos díspares, Moody passou mancando pelo arco, atrás de um carrinho carregado com as malas dos garotos.

— Tudo bem — murmurou ele para a Sra. Weasley e Tonks —, acho que ninguém nos seguiu...

Segundos depois, o Sr. Weasley surgiu na plataforma com Rony e Hermione. Tinham praticamente descarregado o carrinho de bagagem quando Fred, Jorge e Gina apareceram com Lupin.

— Nenhum problema? — rosnou Moody.

— Nada — respondeu Lupin.

— Ainda assim, vou dar parte de Estúrgio a Dumbledore — disse Moody —, é a segunda vez em uma semana que ele não aparece. Está ficando tão irresponsável quanto Mundungo.

— Bom, cuidem-se bem — desejou Lupin, apertando a mão de todos. Despediu-se de Harry por último e lhe deu uma palmada no ombro. — Você também, Harry. Tenha cuidado.

— É, cabeça baixa e olhos alertas — disse Moody, apertando a mão do garoto também. — E não se esqueçam, todos vocês: cuidado com o que escrevem. Se tiverem dúvida sobre alguma coisa, não a mencionem em carta.

— Foi ótimo conhecer vocês — disse Tonks, abraçando Hermione e Gina.

— Logo nos reveremos, espero.

Soou um primeiro apito; os alunos, ainda na plataforma, correram para o trem.

— Depressa, depressa — disse a Sra. Weasley, distraída, abraçando-os a esmo, e segurando Harry duas vezes. — Escrevam... se comportem... se esqueceram alguma coisa nós mandaremos... agora subam no trem, depressa...

Por um breve momento, o enorme cão preto ergueu-se nas patas traseiras e apoiou as dianteiras nos ombros de Harry, mas a Sra. Weasley empurrou o garoto em direção à porta do trem.

— Pelo amor de Deus, Sirius, comporte-se mais como um cachorro! — sibilou ela.

— Até mais! — gritou Harry pela janela aberta, quando o trem começou a andar, enquanto Rony, Hermione e Gina acenavam ao seu lado. As silhuetas de Tonks, Lupin, Moody e do Sr. e da Sra. Weasley foram encolhendo rapidamente, mas o cachorro preto continuou saltando ao lado da janela, abanando o rabo; gente na plataforma agora pouco visível ria de ver o cão correndo atrás do trem, então contornaram uma curva, e Sirius desapareceu.

— Ele não devia ter vindo com a gente — comentou Hermione, manifestando preocupação na voz.

— Ah, anime-se — disse Rony —, ele não vê a luz do dia há meses, coitado.

— Bom — disse Fred, batendo palmas —, não podemos ficar aqui conversando o dia inteiro, temos negócios a discutir com o Lino. Vemos vocês mais tarde. — E ele e Jorge desapareceram pelo corredor à direita.

O trem continuou a ganhar velocidade, fazendo os garotos que continuavam em pé balançarem, e transformando as casas em imagens fugidias.

— Então, vamos arranjar uma cabine? — convidou Harry.

Rony e Hermione se entreolharam.

— Hum — falou Rony.

— Nós... bem... Rony e eu temos de ir para o carro dos monitores — disse Hermione, sem jeito.

Rony não estava olhando para Harry; parecia vivamente interessado nas unhas da mão esquerda.

— Ah — respondeu Harry. — Certo. Ótimo.

— Acho que não temos de ficar lá a viagem inteira — acrescentou Hermione depressa. — Nossas cartas dizem que vamos receber instruções dos monitores-chefes e depois patrulhar os corredores de tempos em tempos.

— Ótimo — repetiu Harry. — Bom, eu... eu talvez veja vocês mais tarde, então.

— É, com certeza – disse Rony, lançando um olhar esquivo e ansioso ao amigo. – É chato ter de ir para lá, eu preferia... mas temos de ir... quero dizer, não estou me divertindo, não sou o Percy – concluindo em tom de desafio.

— Sei que você não é – disse Harry, rindo. Mas quando Hermione e Rony arrastaram os malões, Bichento e Píchi, engaiolada, em direção à frente do trem, Harry teve uma estranha sensação de perda. Nunca viajara no Expresso de Hogwarts sem Rony.

— Anda – disse-lhe Gina –, se formos logo, poderemos guardar lugares para eles.

— Certo – concordou Harry, pegando a gaiola de Edwiges com uma das mãos e a alça do seu malão com a outra. Eles avançaram com dificuldade pelo corredor, espiando pelas vidraças das cabines e descobrindo que já estavam ocupadas. Harry não pôde deixar de notar que muitos garotos o olharam com grande interesse e que vários cutucaram os vizinhos e apontaram para ele. Depois de registrar esse comportamento em cinco carros consecutivos, ele lembrou que, durante o verão inteiro, o *Profeta Diário* andara informando aos seus leitores que ele era um mentiroso exibicionista. Perguntou-se, desolado, se as pessoas que agora o olhavam e cochichavam teriam acreditado naquelas histórias.

No último carro, eles encontraram Neville Longbottom, o garoto do quinto ano, colega de Harry na Grifinória, o rosto redondo brilhando com o esforço de arrastar o malão e segurar, com apenas uma das mãos, o seu sapo Trevo, que se debatia.

— Oi, Harry – ofegou. – Oi, Gina... está tudo cheio... não consegui encontrar um lugar!

— Do que é que você está falando? – respondeu Gina, que se espremera para passar por Neville e espiar a cabine atrás dele. – Tem lugar nesse aí, só tem a Di-lua/Luna Lovegood...

Neville murmurou alguma coisa sobre não querer incomodar ninguém.

— Não seja bobo – disse Gina dando risadas. – Ela é legal.

Gina abriu a porta e puxou seu malão para dentro. Harry e Neville a seguiram.

— Oi, Luna – cumprimentou ela –, tudo bem se a gente ocupar esses lugares?

A garota ao lado da janela ergueu os olhos. Tinha cabelos louros, sujos e mal cortados, até a cintura, sobrancelhas muito claras e olhos saltados, que lhe davam um ar de permanente surpresa. Harry entendeu na hora por que

Neville preferira procurar outra cabine. A garota emanava uma aura de nítida birutice. Talvez fosse porque guardara a varinha atrás da orelha esquerda, por medida de segurança, ou porque tivesse decidido usar um colar de rolhas de cerveja amanteigada, ou ainda porque estivesse lendo a revista de cabeça para baixo. Seus olhos estudaram Neville e se fixaram em Harry.

Ela fez que sim com a cabeça.

– Obrigada – disse Gina, sorrindo para ela.

Harry e Neville guardaram os três malões e a gaiola de Edwiges no bagageiro e se sentaram. Luna observou-os por cima da revista invertida, que se chamava O Pasquim. Aparentemente, ela não piscava com tanta frequência quanto as pessoas normais. Não parava mais de olhar para Harry, que se acomodara no assento defronte, e agora desejava não ter feito aquilo.

– Boas férias, Luna? – perguntou Gina.

– Boas – disse Luna sonhadora, sem tirar os olhos de Harry. – É, foram bem divertidas, sabe. Você é Harry Potter – acrescentou.

– Eu sei que sou – respondeu Harry.

Neville riu. Luna voltou então seus olhos claros para ele.

– Eu não sei quem você é.

– Não sou ninguém – respondeu Neville, apressado.

– Não, não é não – disse Gina com rispidez. – Neville Longbottom, Luna Lovegood. Luna está no mesmo ano que eu, mas é da Corvinal.

– *O espírito sem limites é o maior tesouro do homem* – disse Luna entoando o ditado.

E erguendo a revista o suficiente para esconder o rosto, ela se calou. Harry e Neville se entreolharam com as sobrancelhas erguidas. Gina reprimiu uma risadinha.

O trem avançou barulhento, levando-os em velocidade para o campo aberto. O dia estava estranho, meio instável; em um momento o carro se inundava de sol e no seguinte passavam sob agourentas nuvens escuras.

– Adivinhem o que ganhei de aniversário? – perguntou Neville.

– Mais um Lembrol? – perguntou Harry, lembrando-se do dispositivo em forma de bola de gude que a avó de Neville lhe mandara na tentativa de melhorar sua incrível falta de memória.

– Não – respondeu o garoto. – Até que um Lembrol viria a calhar, perdi o antigo há séculos... não, olhe só isso...

Ele enfiou na mochila a mão livre – a outra segurava Trevo firmemente – e, depois de procurar um pouco, tirou um vaso contendo algo parecido com um pequeno cacto cinzento, exceto que era recoberto de pústulas, em vez de espinhos.

— Mimbulus mimbletonia — disse orgulhoso.

Harry olhou para a coisa. Pulsava levemente, o que lhe dava a aparência sinistra de um órgão interno avariado.

— É uma escrofulária realmente rara — comentou Neville radiante. — Nem sei se na estufa de Hogwarts tem uma. Mal posso esperar para mostrar à Profª Sprout. Meu tio-avô Algie conseguiu-a para mim na Assíria. Vou ver se consigo multiplicá-la.

Harry sabia que o assunto favorito de Neville era Herbologia, mas, por mais que se esforçasse, não conseguia imaginar o que o garoto poderia querer com aquela plantinha nanica.

— Ela... hum... ela faz alguma coisa? — perguntou.

— Muita coisa! — respondeu Neville, orgulhoso. — Tem um fantástico mecanismo de defesa. Tome, segure o Trevo aqui para mim...

Ele largou o sapo no colo de Harry e tirou uma pena da mochila. Os olhos saltados de Luna Lovegood tornaram a aparecer por cima da borda da revista invertida, para espiar o que Neville estava fazendo. O garoto segurou a escrofulária próxima dos olhos, a língua entre os dentes, escolheu um ponto e espetou com força a planta.

A planta espirrou líquido de todas as pústulas; jatos verde-escuros, malcheirosos, espessos. Eles bateram no teto, nas janelas, e salpicaram a revista de Luna Lovegood; Gina, que erguera os braços para proteger o rosto bem em tempo, ficou parecendo que usava um chapéu verde pegajoso, mas Harry, cujas mãos tinham estado ocupadas com Trevo para impedir que o sapo fugisse, recebeu o jato em cheio no rosto. Cheirava a estrume rançoso.

Neville, cujo rosto e tronco também estavam encharcados, sacudiu a cabeça para limpar o excesso dos olhos.

— D-desculpem — disse gaguejando. — Eu não tinha experimentado isso antes... não pensei que seria tão... mas não se preocupem, esta escrofulária não é venenosa — acrescentou ele, nervoso, enquanto Harry cuspia um bocado de seiva no chão.

Neste exato momento, a porta da cabine se abriu.

— Ah... olá, Harry — disse uma voz agitada. — Hum... cheguei em má hora?

Harry limpou as lentes dos óculos com a mão livre. Uma garota bonita, de cabelos pretos e brilhantes, estava parada à porta sorrindo para ele: Cho Chang, apanhadora do time de quadribol de Corvinal.

— Ah... oi — disse Harry, desconcertado.

— Hum... — respondeu Cho. — Bem... pensei em dar um alô... então tchau.

Corando um pouco, a garota fechou a porta e foi embora. Harry se largou no banco e gemeu. Gostaria que Cho o encontrasse sentado com um grupo muito legal, se acabando de rir de uma piada que tivessem acabado de contar; e não ali, com Neville e Luna Lovegood, segurando um sapo e pingando escrofulária.

— Tudo bem — disse Gina, procurando consolar o garoto. — Olhe, podemos nos livrar de tudo isso facilmente. — E puxando a varinha ordenou: *Limpar!*

A escrofulária desapareceu.

— Desculpe — tornou a dizer Neville, com uma vozinha tímida.

Rony e Hermione só apareceram depois de uma hora, altura em que o carrinho de comida já passara. Harry, Gina e Neville já haviam comido as tortinhas de abóbora e se entretinham em trocar os cartões dos sapos de chocolate, quando a porta da cabine se abriu e os dois entraram acompanhados por Bichento e Píchi, que soltava pios agudos em sua gaiola.

— Estou morto de fome — disse Rony, guardando Píchi ao lado de Edwiges, passando a mão num sapo de chocolate de Harry e se atirando no lugar a seu lado. Abriu, então, a embalagem, arrancou a cabeça do sapo com uma dentada e se recostou, com os olhos fechados, como se tivesse tido uma manhã exaustiva.

— Bom, tem dois monitores do quinto ano de cada casa — disse Hermione, parecendo completamente desapontada quando se sentou. — Um garoto e uma garota.

— E adivinhem quem é o monitor da Sonserina? — disse Rony, mantendo os olhos fechados.

— Malfoy — respondeu Harry na mesma hora, certo de que seus piores receios teriam se confirmado.

— Claro — disse Rony amargurado, enfiando o resto do sapo na boca e apanhando mais um.

— E aquela completa *vaca* Pansy Parkinson — disse Hermione com ferocidade. — Como foi que chegou à monitora, sendo mais obtusa que um trasgo lesado...

— Quem são os da Lufa-Lufa? — perguntou Harry.

— Ernesto Macmillan e Ana Abbott — respondeu Rony com a voz empastada.

— E Antônio Goldstein e Padma Patil da Corvinal — continuou Hermione.

— Você foi ao Baile de Inverno com Padma Patil — disse uma voz imprecisa.

Todos se viraram para Luna Lovegood, que olhava sem piscar para Rony, por cima de *O Pasquim*. Ele engoliu o sapo de uma vez.

— É, eu sei que fui — disse ele, parecendo ligeiramente surpreso.

— Ela não gostou muito — informou-lhe Luna. — Acha que você não a tratou bem, porque não quis dançar com ela. Acho que eu não teria me importado — acrescentou pensativa. — Não gosto muito de dançar.

Luna tornou a se esconder atrás de *O Pasquim*. Rony ficou olhando para a capa da revista de boca aberta por alguns segundos, depois procurou Gina com o olhar para obter uma explicação, mas a irmã havia enterrado os nós dos dedos na boca para sufocar um acesso de riso. Rony sacudiu a cabeça, confuso, depois olhou para o relógio.

— Temos de patrulhar os corredores a intervalos — disse a Harry e Neville —, e podemos castigar os alunos que não estiverem se comportando. Mal posso esperar para apanhar Crabbe e Goyle fazendo alguma coisa...

— Você não pode abusar da sua posição, Rony! — ralhou Hermione.

— Certo, porque o Malfoy não vai abusar nem um pouquinho da dele — respondeu Rony com sarcasmo.

— Então você vai se rebaixar ao nível dele?

— Não, só vou garantir que apanho os amigos dele antes que ele apanhe os meus.

— Pelo amor de Deus, Rony...

— Vou fazer Goyle escrever cem vezes a mesma frase, ele vai morrer, odeia escrever — disse Rony alegremente. E baixando a voz para imitar os grunhidos de Goyle, contraiu o rosto fingindo dolorosa concentração e escreveu no ar. — "Eu... não... devo... ter... cara... de... bunda... de macaco."

Todos riram, mas ninguém riu mais do que Luna Lovegood. Soltou um grito de alegria que fez Edwiges acordar e bater as asas, e Bichento pular para o alto do bagageiro, sibilando. Luna riu tanto que a revista escapou-lhe das mãos, escorregou pelas pernas e foi parar no chão.

— Essa foi boa!

Seus olhos marejados de lágrimas fixavam Rony, enquanto tentava recuperar o fôlego. Completamente aparvalhado, ele olhava para os amigos, que agora riam da expressão em seu rosto e do riso absurdamente prolongado de Luna, se balançando para a frente e para trás, comprimindo os lados do corpo.

— Você está tentando me fazer de bobo? — perguntou Rony enrugando a testa.

— Bunda... de macaco! — ela engasgava, segurando as costelas.

Todos apreciavam Luna rir, exceto Harry, que, batendo os olhos na revista ainda no chão, reparou em alguma coisa que o fez abaixar-se rapidamente para apanhá-la. De cabeça para baixo, fora difícil dizer qual era a foto da capa, mas Harry agora percebia que era uma charge malfeita de Cornélio Fudge, apenas reconhecível por causa do chapéu-coco verde-limão. Uma das mãos do ministro apertava uma bolsa de ouro; a outra esganava um duende. A legenda da charge perguntava: *Até onde irá Fudge para se apoderar de Gringotes?*

Abaixo, uma chamada para os outros títulos da revista.

Corrupção na Liga de Quadribol:
Como os Tornados estão assumindo o controle
Segredos das antigas runas revelados
Sirius Black: Vítima ou Vilão?

— Posso dar uma olhada? — perguntou ele ansioso a Luna.

A garota concordou com a cabeça, ainda de olhos em Rony, ofegante de tanto rir.

Harry abriu a revista e correu os olhos pelo índice. Até aquele momento esquecera-se completamente da revista que Quim entregara ao Sr. Weasley para Sirius, mas devia ser essa mesma edição de *O Pasquim*.

Ele localizou a página e voltou sua atenção para o artigo, animado.

Era também ilustrado por uma charge bem ruinzinha; de fato, Harry nem teria percebido que representava Sirius, se não houvesse legenda. O padrinho estava em pé no alto de uma pilha de ossos humanos, empunhando a varinha. O título do artigo era:

SIRIUS — MALIGNO COMO O PINTAM?
Famoso assassino em massa ou inocente sensação musical?

Harry precisou ler a primeira linha várias vezes para se convencer de que entendera corretamente. Desde quando Sirius era uma sensação musical?

Durante catorze anos acreditou-se que Sirius Black fosse culpado do assassinato em massa de doze trouxas inocentes e um bruxo. Sua audaciosa fuga de Azkaban há dois anos desencadeou a maior caçada humana que o Ministério da Magia já conduziu. Nenhum de nós jamais questionou que ele merece ser recapturado e devolvido aos dementadores.

MAS SERÁ QUE ELE MERECE?

Recentemente vieram a público novas e surpreendentes provas de que Black pode não ter cometido os crimes pelos quais foi mandado para Azkaban. De fato, diz Dóris Purkiss, da via Acântia, 18, Little Norton, Black talvez nem tenha presenciado a matança.

"O que as pessoas não percebem é que Sirius Black é um nome falso", diz a Sra. Purkiss. "O homem que elas pensam ser Sirius Black é na realidade Toquinho Boardman, vocalista do popular conjunto Os Duendeiros, e que se retirou da vida pública depois de ser atingido na orelha, por um nabo, em um concerto, em Little Norton Church Hall, há quase quinze anos. Reconheci-o no instante em que vi sua foto no jornal. Ora, Toquinho não poderia ter cometido aqueles crimes, porque no dia em questão estava, por acaso, saboreando um jantar romântico à luz de velas em minha companhia. Já escrevi ao ministro da Magia e estou aguardando que muito breve concedam perdão total a Toquinho, ou melhor, Sirius."

Harry terminou de ler e ficou olhando a página, incrédulo. Talvez fosse uma piada, pensou, talvez a revista publicasse invencionices com frequência. Ele folheou as páginas anteriores e encontrou a notícia sobre Fudge.

Cornélio Fudge, ministro da Magia, há cinco anos quando foi eleito negou que tivesse planos para assumir a administração do banco dos bruxos, o Gringotes. Ele sempre insistiu em afirmar que quer apenas cooperar pacificamente com os guardiões do nosso ouro.
MAS SERÁ QUE QUER MESMO?

Fontes ligadas ao ministro revelaram recentemente que a mais cara ambição de Fudge é assumir o controle da reserva de ouro dos duendes e que não hesitará em usar a força se for preciso.

"E não seria a primeira vez, tampouco", declarou um funcionário bem informado. "Cornélio Fudge o Mata-Duendes é como seus amigos o chamam. Se os leitores pudessem ouvi-lo quando ele pensa que não há ninguém por perto, ah, não para de falar nos duendes que matou; mandou afogar, mandou atirar do alto de edifícios, mandou envenenar, mandou cozinhar para rechear tortas..."

Harry não quis continuar a ler. Fudge podia ter muitos defeitos, mas o garoto achava extremamente difícil imaginá-lo dando ordens para assar duendes para rechear tortas. Ele folheou o resto da revista. Parando aqui e ali, leu uma acusação de que os Tornados de Tutshill estavam vencendo o campeonato da Liga de Quadribol, combinando chantagem, envenenamento de vassouras e tortura; uma entrevista com um bruxo que dizia ter voado até a lua em uma Cleansweep 6 e trazido um saco de sapos lunares para provar o seu feito; e um artigo sobre runas antigas que ao menos explicava o motivo de Luna estar lendo *O Pasquim* de cabeça para baixo. Segundo a revista, se a pessoa observasse as runas de cabeça para baixo elas revelariam um feitiço para transformar as orelhas de um inimigo em cunquates. De fato, comparada com os demais artigos de O Pasquim, a insinuação de que Sirius pudesse realmente ser o vocalista dos Duendeiros parecia até bastante sensata.

– Alguma coisa que preste aí? – perguntou Rony, quando Harry fechou a revista.

– Claro que não – respondeu Hermione criticamente, antes que Harry pudesse responder. – O Pasquim só tem bobagens, todo o mundo sabe disso.

– Desculpe – disse Luna; sua voz perdeu momentaneamente a vagueza. – Meu pai é o editor.

– Eu... ah – disse Hermione, visivelmente constrangida. – Bem... tem coisas interessantes... quero dizer, é bem...

– Pode me devolver, obrigada – disse Luna com frieza, e, curvando-se para a frente, puxou-a das mãos de Harry. Folheando rapidamente até a página cinquenta e sete, tornou a segurá-la de cabeça para baixo, decidida, e desapareceu por trás da revista, no momento em que a porta da cabine se abriu pela terceira vez.

Harry olhou; já esperava por isso, o que não tornou mais agradável a visão de Draco Malfoy ladeado por seus dois comparsas Crabbe e Goyle.

– Que é? – disse agressivamente, antes que Malfoy pudesse abrir a boca.

– Modos, Potter, ou terei de lhe dar uma detenção – entoou Malfoy, cujos cabelos lisos e louros e o queixo pontudo eram exatamente iguais aos do pai. – Como está vendo, ao contrário de você, fui promovido a monitor, o que quer dizer que, ao contrário de você, tenho o poder de distribuir castigos.

– É – disse Harry –, mas, ao contrário de mim, você é um babaca, por isso se manda e deixa a gente em paz.

Rony, Hermione, Gina e Neville riram. Malfoy crispou o lábio.

– Vem cá, Potter, como é que você se sente perdendo a liderança para o Weasley?

– Cala a boca, Malfoy – mandou Hermione rispidamente.

– Parece que toquei num ponto sensível – disse ele, sorrindo com afetação. – Bom, trate de se cuidar, Potter, porque vou estar na sua cola como um *cão* de caça, caso você saia da linha.

– Fora daqui! – disse Hermione, ficando de pé.

Abafando o riso, Malfoy lançou um último olhar malicioso a Harry e saiu da cabine com os dois amigos pesadões em sua esteira. Hermione bateu a porta da cabine e virou-se para Harry, que percebeu imediatamente que a amiga, como ele, registrara o que Malfoy dissera e ficara igualmente abatida.

— Joga mais um sapo para nós — disse Rony, que pelo jeito nada percebera.

Harry não podia falar com franqueza na frente de Neville e Luna. Trocou mais um olhar nervoso com Hermione, depois ficou olhando para fora da janela.

Achara engraçada a ideia de Sirius tê-lo acompanhado à estação, mas de repente achou-a irresponsável, se não positivamente perigosa... Hermione estava certa... Sirius não devia ter vindo. E se o Sr. Malfoy tivesse reparado no cão preto e comentasse com Draco? E se tivesse deduzido que os Weasley, Lupin, Tonks e Moody sabiam onde Sirius estava escondido? Ou será que o fato de Malfoy ter usado a palavra "cão" fora coincidência?

O tempo permaneceu indefinido à medida que rumavam sempre para o norte. A chuva salpicou as janelas de má vontade, depois o sol fez uma pálida aparição e logo as nuvens o encobriram. Quando anoiteceu e as luzes foram acesas nos carros, Luna enrolou O *Pasquim*, guardou-o cuidadosamente na mochila e passou a encarar, um a um, os colegas de cabine.

Harry estava sentado com a testa encostada na janela do trem, tentando captar um vislumbre distante de Hogwarts, mas era uma noite sem luar e a janela riscada de chuva estava suja.

— É melhor nos trocarmos — disse Hermione. Ela e Rony prenderam no peito os distintivos de monitor. Harry viu Rony apreciando a própria imagem na janela escura.

Finalmente o trem começou a reduzir a velocidade e eles ouviram a zoeira que sempre havia quando os alunos corriam a preparar a bagagem e os animais de estimação para o desembarque. Como Rony e Hermione deviam supervisar a movimentação, eles desapareceram da cabine, deixando para Harry e os outros cuidarem de Bichento e Píchi.

— Eu levo essa coruja, se você quiser — disse Luna a Harry, estendendo a mão para Píchi, enquanto Neville guardava Trevo cuidadosamente no bolso interno das vestes.

— Ah... hum... obrigado — disse o garoto, entregando-lhe a gaiola e erguendo Edwiges com mais firmeza nos braços.

O grupo saiu lentamente da cabine, sentindo o primeiro impacto do ar noturno em seus rostos ao engrossarem a confusão de alunos no corredor. Aos poucos, foram se deslocando para as portas. Harry sentiu o cheiro dos pinheiros que ladeavam a trilha até o lago. Desceu para a plataforma e olhou ao redor, procurando ouvir a chamada familiar de "alunos do primeiro ano aqui... primeiro ano...".

Mas a chamada não veio. Em vez disso, uma voz bem diferente, uma voz feminina enérgica gritava: "Alunos do primeiro ano façam fila aqui, por favor! Todos os alunos de primeiro ano para cá!"

Uma lanterna veio balançando em direção a Harry, e, à sua luz o garoto viu o queixo proeminente e o severo corte dos cabelos da Profª Grubbly-Plank, a bruxa que assumira o Trato das Criaturas Mágicas no lugar de Hagrid, por uns tempos, no ano anterior.

— Onde está Hagrid? — perguntou ele em voz alta.

— Não sei — disse Gina —, mas é melhor a gente sair do caminho, estamos bloqueando a porta.

— Ah, é...

Harry e Gina se separaram enquanto caminhavam pela plataforma para se afastar da estação. Empurrado pela aglomeração de alunos, Harry procurou divisar, no escuro, um relance de Hagrid; ele tinha de estar ali, contara com isso — rever Hagrid era uma das coisas que mais desejara. Mas não havia sinal do amigo.

Ele não pode ter ido embora, disse Harry a si mesmo enquanto avançava lentamente pelo estreito portal da saída, para se juntar aos outros na rua. *Vai ver apanhou uma gripe ou outra coisa qualquer...*

Ele procurou Rony ou Hermione com os olhos, querendo saber o que pensavam da reaparição da Profª Grubbly-Plank, mas nenhum dos dois estava por perto. Então ele se deixou impelir para a estrada escura e lavada de chuva, à saída da Estação de Hogsmeade.

Ali se encontravam aguardando mais ou menos cem carruagens, sem cavalos, que sempre levavam os alunos mais adiantados até o castelo. Harry deu uma olhada rápida, afastou-se um pouco para vigiar a chegada dos amigos, então deu uma segunda olhada.

As carruagens não eram mais sem cavalos. Havia animais parados entre os varais dos carros. Se precisasse designá-los por algum nome, ele supunha que os teria chamado de cavalos, embora possuíssem alguma coisa reptiliana também. Eram completamente descarnados, com os couros pretos colados ao esqueleto, no qual cada osso era visível. As cabeças semelhavam a de dragões, e os olhos, sem pupilas, eram brancos e fixos. Da junção das espáduas saíam asas — imensas e pretas, coriáceas, que pareciam pertencer a morcegos gigantes. Imóveis e quietos na escuridão, os bichos eram estranhos e sinistros. Harry não conseguia entender por que as carruagens seriam puxadas por esses cavalos horrorosos quando eram perfeitamente capazes de se mover sozinhas.

— Cadê o Píchi? — indagou a voz de Rony logo atrás de Harry.

— A Luna vem trazendo ele aí — disse Harry, virando-se depressa, ansioso para consultar o amigo sobre Hagrid. — Onde é que você acha que...

— ... o Hagrid está? Não sei — disse Rony, parecendo preocupado. — Tomara que esteja bem...

A uma pequena distância, Draco Malfoy, seguido por um pequeno grupo de comparsas, inclusive Crabbe, Goyle e Pansy Parkinson, afastava do caminho alguns alunos de segundo ano, de ar tímido, para poderem apanhar uma carruagem. Segundos depois, Hermione emergiu ofegante da multidão.

— Malfoy estava agindo de maneira absolutamente revoltante com um garoto de primeiro ano lá atrás. Juro que vou dar parte dele; ele só está usando o distintivo há três minutos e já está abusando mais do que nunca das pessoas... onde está o Bichento?

— Está com a Gina — disse Harry. — Olhe ela ali...

Gina acabara de surgir do ajuntamento, segurando um Bichento que esperneava.

— Obrigada — disse Hermione, substituindo Gina na tarefa. — Vamos logo, vamos pegar uma carruagem juntos, antes que lotem todas...

— Ainda não apanhei Píchi! — disse Rony, mas Hermione já ia se adiantando em direção à carruagem desocupada mais próxima. Harry ficou para trás com Rony.

— Que é que você acha que *são* essas coisas? — perguntou Harry, indicando com a cabeça os horrendos cavalos, enquanto os outros alunos passavam por eles em bando.

— Que coisas?

— Esses cavalos...

Luna apareceu segurando a gaiola de Píchi nos braços; a corujinha pipilava animada, como de costume.

— Pronto, aqui está — disse ela. — É uma corujinha bem simpática, não?

— Hum... é... ela é legal — disse Rony com maus modos. — Bem, vamos então, vamos entrar... que é que você estava dizendo, Harry?

— Eu estava perguntando que bichos horríveis são esses que parecem cavalos? — E continuou andando com Rony e Luna para a carruagem em que Hermione e Gina já estavam sentadas.

— Que bichos que parecem cavalos?

— Esses bichos que estão puxando as carruagens! — disse Harry impaciente. Afinal, eles estavam a menos de um metro do mais próximo; e o bicho os observava com aqueles olhos brancos e fixos. Rony, no entanto, se virou para Harry com um ar perplexo.

— Do que é que você está falando?

— Estou falando daquilo... olhe!

Harry agarrou Rony pelo braço e girou seu corpo de modo a obrigá-lo a ficar cara a cara com o cavalo alado. Rony olhou direto para o cavalo durante um segundo, depois tornou a olhar para Harry.

— Para o que é que eu devo olhar?

— Para... ali, entre os varais! Atrelados à carruagem! Bem ali na frente...

Mas, como Rony continuava a parecer confuso, ocorreu a Harry um estranho pensamento.

— Você... você não está vendo nada?

— Vendo o quê?

— Você não está vendo a coisa que está puxando a carruagem?

Rony agora começou a se assustar seriamente.

— Você está bem, Harry?

— Eu... é...

Harry sentiu-se completamente desnorteado. O cavalo estava ali, diante dele, um sólido reluzente à luz que vinha da janela da estação às costas deles, o vapor saía de suas narinas no ar frio da noite. No entanto, a não ser que Rony estivesse fingindo — e se estivesse seria uma brincadeira muito sem graça —, ele não estava vendo nada.

— Vamos entrar, então? — convidou Rony hesitante, olhando para Harry como se estivesse preocupado com o amigo.

— É — disse Harry. — É, entre...

— Está tudo bem — disse uma voz sonhadora ao lado de Harry, quando Rony desapareceu no interior escuro da carruagem. — Você não está ficando maluco nem nada. Eu também vejo.

— Vê?! — exclamou desesperado, virando-se para Luna. Ele via os cavalos de asas de morcegos refletidos nos grandes olhos prateados da garota.

— Ah, vejo. Sempre os vi desde o meu primeiro dia de escola. Eles sempre puxaram as carruagens. Não se preocupe. Você é tão normal quanto eu.

Sorrindo suavemente, ela entrou no interior mofado da carruagem. Harry a acompanhou, mas nem tão tranquilo assim.

11

A NOVA CANÇÃO DO CHAPÉU SELETOR

Harry não quis contar aos outros que ele e Luna estavam tendo o mesmo tipo de alucinação, se é que era o caso, por isso não voltou a mencionar os cavalos quando se sentou na carruagem e bateu a porta. Ainda assim, ele não conseguiu evitar olhar pela vidraça as silhuetas dos animais do lado de fora.

– Todo mundo viu a tal Grubbly-Plank? – perguntou Gina. – Que é que ela está fazendo aqui de novo? Hagrid não pode ter ido embora, pode?

– Eu vou ficar bem satisfeita se ele tiver ido, ele não é um professor muito bom, é? – disse Luna.

– É, sim! – exclamaram Harry, Rony e Gina, zangados.

Harry lançou um olhar incisivo a Hermione. Ela pigarreou e disse depressa:

– Hum... é... ele é muito bom.

– Bom, lá na Corvinal achamos que ele é uma piada – respondeu Luna, sem se surpreender.

– Então vocês têm um senso de humor bem idiota – retorquiu Rony, no momento em que as rodas rangeram, entrando em movimento.

Luna não pareceu se perturbar com a grosseria de Rony; muito ao contrário, mirou-o durante algum tempo, como se ele fosse um programa de televisão levemente interessante.

Balançando com estrondo, as carruagens avançaram em comboio até a estrada. Quando cruzaram os altos pilares de pedra com os javalis alados, que ladeavam o portão para os terrenos da escola, Harry se inclinou para a frente tentando ver se havia luzes na cabana de Hagrid junto à Floresta Proibida, mas os terrenos estavam na mais completa escuridão. O castelo de Hogwarts, porém, se aproximava cada vez mais: um conjunto altaneiro de torreões, muito preto, recortado contra o céu escuro, em que resplandecia, alaranjada, aqui e ali, uma janela no alto.

As carruagens pararam, tilintando, perto da escadaria de pedra que levava às portas de carvalho, e Harry foi o primeiro a descer. Virou-se novamente para procurar janelas iluminadas na orla da floresta, mas decididamente não havia sinal de vida na cabana de Hagrid. Com relutância, porque alimentara uma esperançazinha de que tivessem desaparecido, o garoto se virou para os bichos estranhos e esqueléticos parados e quietos no ar frio da noite, em que refulgiam seus olhos brancos e vazios.

No passado, Harry já vivera a experiência de ver algo que Rony não via, mas fora uma imagem no espelho, uma coisa com muito menos substância do que cem bichos de aparência muito sólida e suficientemente fortes para puxar uma frota de carruagens. Se pudesse acreditar em Luna, os bichos sempre haviam existido, só que invisíveis.

Por que, então, de repente Harry podia vê-los e Rony não?

— Você vem com a gente ou não? — perguntou Rony ao seu lado.

— Ah, estou indo — disse Harry, depressa, e se juntou ao grande número de alunos que subiam rapidamente as escadas para entrar no castelo.

O saguão flamejava à luz dos archotes, ecoando os passos dos que atravessavam o piso de lajotas em direção às portas duplas, à direita, que davam acesso ao Salão Principal e ao banquete de abertura do ano letivo.

As quatro mesas compridas dispostas no salão foram se enchendo sob um céu escuro sem estrelas, que era exatamente igual ao céu que podia ser visto pelas altas janelas do aposento. As velas flutuavam à meia altura ao longo das mesas, iluminando os fantasmas prateados que pontilhavam o salão e os rostos dos alunos que conversavam, pressurosos, trocando notícias sobre as férias, cumprimentando os colegas das outras casas, aos gritos, observando os cortes de cabelo e as vestes uns dos outros. Mais uma vez, Harry reparou nas pessoas que juntavam as cabeças para cochichar quando ele passava; trincou os dentes e tentou agir como se não visse tampouco se importasse.

Luna se separou deles ao passarem pela mesa da Corvinal. Quando chegaram à da Grifinória, Gina foi saudada por alguns quartanistas e saiu para se sentar com eles; Harry, Rony, Hermione e Neville encontraram lugares juntos, mais ou menos no meio da mesa, entre Nick Quase Sem Cabeça, o fantasma da Grifinória, e Parvati Patil e Lilá Brown — as duas o cumprimentaram com tanta leveza e excessiva simpatia que Harry teve a certeza de que haviam acabado de falar dele uma fração de segundo antes. Mas tinha coisas mais importantes com que se preocupar; olhou por cima das cabeças dos colegas, diretamente para a mesa dos professores que ocupava a parede principal do salão.

— Ele não está lá.

Rony e Hermione também correram os olhos pela mesa, embora isso não fosse necessário; o porte de Hagrid o tornava instantaneamente óbvio em qualquer fila.

— Ele não pode ter ido embora — disse Rony, levemente ansioso.

— Claro que não — afirmou Harry.

— Vocês não acham que ele está... ferido, nem nada parecido, acham? — perguntou Hermione.

— Não — respondeu Harry, na mesma hora.

— Mas, então, onde é que ele está?

Houve uma pausa, depois Harry disse muito baixinho, para Neville, Parvati e Lilá não poderem ouvir.

— Talvez ele ainda não tenha voltado. Sabe, da missão, da coisa que esteve fazendo durante o verão para o Dumbledore.

— É... é, deve ser isso — disse Rony, parecendo mais tranquilo, mas Hermione mordeu o lábio, examinando a mesa dos professores de uma ponta à outra, como se esperasse alguma explicação conclusiva para a ausência de Hagrid.

— Quem é *aquela*? — perguntou bruscamente, apontando para o meio da mesa dos professores.

Os olhos de Harry acompanharam os da amiga. Pousaram primeiro no Prof. Dumbledore, sentado na cadeira dourada de espaldar alto ao centro da longa mesa, trajando vestes roxo-escuras pontilhadas de estrelas prateadas e um chapéu igual. A cabeça do diretor estava inclinada para a mulher sentada ao seu lado, a qual lhe falava ao ouvido. Ela parecia, pensou Harry, com a tia solteirona de alguém: atarracada, com os cabelos curtos, crespos, castanho-acinzentados, presos por uma horrível faixa rosa à Alice que combinava com o casaquinho cor-de-rosa peludo que trazia sobre as vestes. Então ela virou ligeiramente o rosto para tomar um golinho do cálice, e ele reconheceu, com grande choque, a cara de sapo pálida com bolsas sob os olhos saltados.

— É a tal da Umbridge!

— Quem? — perguntou Hermione.

— Estava na minha audiência, trabalha para o Fudge!

— Bonito casaquinho — debochou Rony.

— Ela trabalha para o Fudge! — repetiu Hermione, franzindo a testa. — Que é que ela está fazendo aqui, então?

— Não sei...

Hermione esquadrinhou a mesa dos professores, com os olhos apertados.

— Não — murmurou ela —, não, com certeza que não...

Harry não entendeu o que a amiga estava dizendo, mas não perguntou; sua atenção fora atraída pela Prof ª Grubbly-Plank, que acabara de aparecer por trás da mesa dos professores; ela foi andando até a ponta da mesa e ocupou o lugar que deveria ser de Hagrid. Isto significava que os alunos do primeiro ano já deviam ter atravessado o lago e chegado ao castelo, e, de fato, alguns segundos depois, as portas para o saguão se abriram. Uma longa fila de garotos de cara assustada entrou, encabeçada pela Prof ª McGonagall, que vinha trazendo o banquinho em que repousava o velho chapéu de bruxo, cheio de remendos e cerzidos, com um largo rasgo na copa esfiapada.

O vozerio no Salão Principal foi cessando. Os calouros se enfileiraram diante da mesa dos professores, de frente para os demais estudantes, a Prof ª McGonagall colocou cuidadosamente o banquinho diante deles, e recuou um pouco.

Os rostos dos aluninhos refulgiam palidamente à luz das velas. Um garotinho bem no meio da fila dava a impressão de estar tremendo. Harry se lembrou, por um instante, do que sentira quando estava ali, esperando o teste desconhecido que iria determinar a Casa a que pertenceria.

A escola inteira aguardava, prendendo a respiração. Então, o rasgo junto à copa do chapéu escancarou-se como uma boca, e o Chapéu Seletor prorrompeu a cantar:

Antigamente quando eu era novo
E Hogwarts apenas alvorecia
Os criadores de nossa nobre escola
Pensavam que jamais iriam se separar:
Unidos por um objetivo comum,
Acalentavam o mesmo desejo,
Ter a melhor escola de magia do mundo
E transmitir seus conhecimentos.
"Juntos construiremos e ensinaremos!"
Decidiram os quatro bons amigos
Jamais sonhando que chegasse um dia
Em que poderiam se separar,
Pois onde se encontrariam amigos iguais
A Salazar Slytherin e Godrico Gryffindor?
A não ser em outro par semelhante
Como Helga Hufflepuff e Rowena Ravenclaw?
Então como pôde malograr a ideia

E toda essa amizade fraquejar?
Ora estive presente e posso narrar
Uma história triste e deplorável.
Disse Slytherin: "Ensinaremos só
Os da mais pura ancestralidade."
Disse Ravenclaw: "Ensinaremos os
De inegável inteligência."
Disse Gryffindor: "Ensinaremos os
De nomes ilustres por grandes feitos."
Disse Hufflepuff: "Ensinarei todos,
E os tratarei com igualdade."
Diferenças que pouco pesaram
Quando no início vieram à luz,
Pois cada fundador ergueu para si
Uma casa em que podia admitir
Apenas os que quisesse, por isso
Slytherin, aceitou apenas os bruxos
De sangue puro e grande astúcia,
Que a ele pudessem vir a igualar,
E somente os de mente mais aguda
Tornaram-se alunos de Ravenclaw,
Enquanto os mais corajosos e ousados
Foram para o destemido Gryffindor.
A boa Hufflepuff recebeu os restantes
E lhes ensinou tudo que conhecia,
Assim casas e idealizadores
Mantiveram amizade firme e fiel.
Hogwarts trabalhou em paz e harmonia
Durante vários anos felizes,
Mas então a discórdia se insinuou
Nutrida por nossas falhas e medos.
As casas que, como quatro pilares,
Tinham sustentado o nosso ideal,
Voltaram-se umas contra as outras e
Divididas buscaram dominar.
Por um momento pareceu que a escola
Em breve encontraria um triste fim,
Os duelos e lutas constantes

Os embates de amigo contra amigo
E finalmente chegou uma manhã
Em que o velho Slytherin se retirou
E embora a briga tivesse cessado
Deixou-nos todos muito abatidos.
E nunca desde que reduzidos
A três seus quatro fundadores
As Casas retomaram a união
Que de início pretenderam manter.
E agora o Chapéu Seletor aqui está
E todos vocês sabem para quê:
Eu divido vocês entre as casas
Pois esta é a minha razão de ser
Mas este ano farei mais do que escolher
Ouçam atentamente a minha canção:
Embora condenado a separá-los
Preocupa-me o erro de sempre assim agir
Preciso cumprir a obrigação, sei
Preciso quarteá-los a cada ano
Mas questiono se selecionar
Não poderá trazer o fim que receio.
Ah, conheço os perigos, os sinais
Mostra-nos a história que tudo lembra,
Pois nossa Hogwarts corre perigo
Que vem de inimigos externos, mortais
E precisamos nos unir em seu seio
Ou ruiremos de dentro para fora
Avisei a todos, preveni a todos...
Daremos agora início à seleção.

O Chapéu voltou à imobilidade inicial; prorromperam aplausos, embora pontilhados, pela primeira vez na lembrança de Harry, por murmúrios e cochichos. Por todo o salão os estudantes trocavam comentários com seus vizinhos, e Harry, aplaudindo como todo o mundo, sabia exatamente o que eles estavam falando.

— Se expandiu um pouco este ano, não? — comentou Rony, com as sobrancelhas erguidas.

— Sem a menor dúvida — respondeu Harry.

O Chapéu Seletor em geral se limitava a descrever as diferentes qualidades procuradas pelas Casas de Hogwarts, e o seu próprio papel na seleção dos alunos. Harry não se lembrava jamais de tê-lo ouvido dar conselhos à escola.

— Será que ele já deu avisos no passado? — indagou Hermione, em tom ligeiramente nervoso.

— Certamente que sim — respondeu Nick Quase Sem Cabeça, transpirando experiência, debruçando-se sobre Neville para responder à garota (Neville fez uma careta; era muito desagradável ter um fantasma se debruçando por dentro da gente). — O Chapéu sente que é sua obrigação de honra alertar a escola sempre que acha...

Mas a Profª McGonagall, que estava querendo ler em voz alta a lista dos nomes dos alunos do primeiro ano, lançou aos estudantes que cochichavam aquele tipo de olhar que chamusca. Nick Quase Sem Cabeça levou um dedo transparente aos lábios e tornou a se sentar empertigado, no mesmo instante em que os murmúrios cessaram bruscamente. Com um último olhar de censura que percorreu as quatro mesas, a Profª McGonagall baixou os olhos para o longo pergaminho que segurava e chamou o primeiro nome:

— Abercrombie, Euan.

O garoto de olhar aterrorizado em que Harry reparara anteriormente avançou aos arrancos e colocou o Chapéu na cabeça; a única coisa que impediu a peça de descer direto até os seus ombros foram as suas orelhas de abano. O Chapéu refletiu um momento, depois o rasgo junto à copa tornou a se abrir e gritou:

— Grifinória!

Harry aplaudiu entusiasticamente com o restante dos alunos da casa quando Euan Abercrombie se dirigiu cambaleando à mesa deles e se sentou, dando a impressão de que gostaria muito de afundar chão adentro e nunca mais ser visto por ninguém.

Lentamente, a longa fila de calouros foi encurtando. Nas pausas entre as chamadas dos nomes e as decisões do Chapéu Seletor, Harry ouvia os roncos fortes na barriga de Rony. Finalmente, "Zeller, Rosa" foi selecionada para Lufa-Lufa, a Profª McGonagall recolheu o Chapéu e o banquinho e levou-os embora, ao mesmo tempo que o Prof. Dumbledore se levantava.

Quaisquer que tivessem sido as suas mágoas com relação ao diretor, Harry se sentiu reconfortado de ver Dumbledore em pé diante da escola. Entre a ausência de Hagrid e a presença daqueles cavalos dragontinos, sentia que seu regresso a Hogwarts, tão esperado, estava repleto de impensáveis surpresas, como notas dissonantes em uma música familiar. Mas isto agora, pelo menos, era exatamente como devia ser: o diretor se levantava para dar boas-vindas a todos antes de iniciar o banquete que abria o ano letivo.

— Aos nossos recém-chegados — começou Dumbledore com uma voz ressonante, os braços muito abertos e um enorme sorriso nos lábios —, bem-vindos! Aos nossos antigos alunos: um bom regresso! Há um momento para discursos, mas ainda não é este: atacar!

Ouviram-se risos de apreciação e uma explosão de aplausos, enquanto Dumbledore se sentava elegantemente e atirava as longas barbas por cima do ombro para mantê-las longe do prato — pois a comida aparecera do nada, e as cinco longas mesas gemiam sob o peso dos pernis e tortas e travessas de legumes, pães e molhos e jarras de suco de abóbora.

— Excelente! — exclamou Rony, com uma espécie de gemido de saudades, e passou a mão na travessa mais próxima com costeletas e começou a empilhá-las em seu prato, observado tristonhamente por Nick Quase Sem Cabeça.

— Que é que o senhor ia dizendo antes da Seleção? — perguntou Hermione ao fantasma. — Sobre os conselhos do Chapéu?

— Ah, sim — disse Nick, que pareceu satisfeito de ter uma razão para desviar o rosto de Rony, que agora comia batatas assadas com um entusiasmo quase indecente. — Sim, já ouvi o Chapéu dar conselhos várias vezes antes, sempre em momentos em que percebe grande perigo para a escola. E sempre, é claro, seu conselho é o mesmo: unam-se, fortaleçam-se por dentro.

— Comele sacascó taapigo senchpéu? — perguntou Rony.

Sua boca estava tão cheia que Harry achou que já era um feito ele conseguir produzir algum som.

— Como disse? — perguntou Nick Quase Sem Cabeça educadamente, enquanto Hermione fazia cara de indignação. Rony deu uma enorme engolida e disse:

— Como é que ele pode saber que a escola está em perigo sendo um Chapéu?

— Não faço a menor ideia — respondeu Nick Quase Sem Cabeça. — Naturalmente ele vive no escritório de Dumbledore, então imagino que perceba o que está se passando.

— E ele quer que todas as Casas sejam amigas? — perguntou Harry, olhando para a mesa da Sonserina, onde Draco Malfoy presidia a corte. — É ruim, hein?

— Bem, você não deveria tomar essa atitude — disse Nick, censurando-o. — Cooperação pacífica é a chave. Nós, fantasmas, embora pertençamos a Casas diferentes, mantemos laços de amizade. Apesar da concorrência entre Grifinória e Sonserina, eu jamais sonharia em puxar uma discussão com o Barão Sangrento.

– Porque o senhor tem pavor dele! – disse Rony.

Nick Quase Sem Cabeça pareceu extremamente ofendido.

– Pavor? Espero que eu, Sir Nicolas de Mimsy-Porpington, nunca tenha sido autor de uma covardia na vida! O nobre sangue que corre em minhas veias...

– Que sangue? – perguntou Rony. – Certamente o senhor não tem mais...?

– É uma figura de linguagem! – disse Nick Quase Sem Cabeça, agora tão aborrecido que sua cabeça tremia agourentamente no pescoço semidecapitado. – Presumo que ainda tenha o privilégio de usar as palavras que quiser, mesmo que os prazeres da mesa me sejam negados! Mas estou muito acostumado a estudantes fazerem piadas com a minha morte, posso lhe assegurar!

– Nick, ele não estava realmente caçoando de você! – disse Hermione, atirando um olhar furioso a Rony.

Infelizmente a boca de Rony estava novamente cheia a ponto de explodir, e só o que ele conseguiu dizer foi:

– Nam quis aorre cecê. – O que Nick não pareceu achar que fosse um pedido de desculpas apropriado. Erguendo-se no ar, ajeitou o chapéu emplumado e afastou-se deles, deslizando para o outro extremo da mesa, indo pousar entre os irmãos Creevey, Colin e Dênis.

– Parabéns, Rony – disse Hermione rispidamente.

– Que foi? – perguntou o garoto indignado, tendo conseguido finalmente engolir a comida que tinha na boca. – Não tenho o direito de fazer uma simples pergunta?

– Ah, esquece – disse Hermione irritada, e os dois passaram o resto da refeição num silêncio amuado.

Harry estava por demais acostumado às implicâncias entre os dois para se dar ao trabalho de reconciliá-los; achou que era melhor empregar o seu tempo a comer diligentemente sua torta de carne com rins e depois um pratarraz de torta de caramelo.

Quando todos os alunos terminaram de comer e o nível de barulho no salão recomeçou a aumentar, Dumbledore tornou a se levantar. As conversas morreram imediatamente e todos se viraram para o diretor. Harry estava se sentindo agradavelmente sonolento agora. Sua cama de dossel o esperava em algum lugar lá em cima, maravilhosamente quente e macia...

— Bem, agora que estamos todos digerindo mais um magnífico banquete, peço alguns minutos de sua atenção para os habituais avisos de início de trimestre — anunciou Dumbledore. — Os alunos do primeiro ano precisam saber que o acesso à floresta em nossa propriedade é proibido aos estudantes... e a esta altura alguns dos nossos antigos estudantes já devem ter aprendido isso também. — (Harry, Rony e Hermione trocaram sorrisinhos.)

"O Sr. Filch, o zelador, me pediu, segundo ele pela quadricentésima sexagésima segunda vez, para lembrar a todos que não é permitido praticar magia nos corredores durante os intervalos das aulas, nem fazer outras tantas coisas, que podem ser lidas na extensa lista afixada à porta da sala dele.

"Houve duas mudanças em nosso corpo docente este ano. Temos o grande prazer de dar as boas-vindas à Prof.ª Grubbly-Plank, que retomará a direção das aulas de Trato das Criaturas Mágicas; estamos também encantados em apresentar a Prof.ª Umbridge, nossa nova responsável pela Defesa Contra as Artes das Trevas."

Houve uma rodada de aplausos educados, mas pouco entusiásticos, durante a qual Harry, Rony e Hermione trocaram olhares ligeiramente alarmados; Dumbledore não dissera por quanto tempo Grubbly-Plank iria ensinar.

O diretor continuou:

— Os testes para entrar para os times de quadribol das casas serão realizados...

Ele interrompeu o que ia dizendo, com um olhar indagador à Prof.ª Umbridge. Como ela não era muito mais alta em pé do que sentada, por um momento ninguém entendeu por que Dumbledore parara de falar, mas então a professora pigarreou:

— *Hem, hem.* — E ficou claro que se levantara e pretendia falar.

Dumbledore pareceu surpreso apenas por um instante, então, sentou-se com elegância e olhou atento para a Prof.ª Umbridge, como se ouvi-la fosse a coisa que mais desejasse na vida. Os outros membros do corpo docente não foram tão competentes em esconder sua surpresa. As sobrancelhas da Prof.ª Sprout chegaram a desaparecer por baixo dos cabelos rebeldes, e Harry nunca vira a boca da Prof.ª McGonagall mais fina. Nenhum professor novo jamais interrompera Dumbledore antes. Muitos estudantes sorriam abobados; era óbvio que essa mulher não conhecia os hábitos de Hogwarts.

— Obrigada, diretor — disse a professora, sorrindo afetadamente —, pelas bondosas palavras de boas-vindas.

Sua voz era aguda, soprada e meio infantil, e, mais uma vez, Harry sentiu uma onda de aversão que não conseguia explicar; só sabia que tudo nela o enojava, desde a voz tola ao casaquinho peludo cor-de-rosa. Ela tossiu mais uma vez para clarear a voz (hem, hem), e continuou:

— Bem, devo dizer que é um prazer voltar a Hogwarts! — Ela sorriu, revelando dentes muito pontiagudos. — E ver rostinhos tão felizes voltados para mim!

Harry olhou para os lados. Nenhum dos rostinhos que viu pareciam felizes. Pelo contrário, todos pareciam meio chocados ao ouvir alguém se dirigir a eles como se tivessem cinco anos.

— Estou muito ansiosa para conhecer todos vocês, e tenho certeza de que seremos bons amigos!

Os estudantes se entreolharam ao ouvir isso; alguns mal conseguiram esconder os sorrisos.

— Serei amiga dela desde que não tenha de pedir emprestado aquele casaquinho — sussurrou Parvati para Lilá, e as duas desataram a rir em silêncio.

A Profª. Umbridge tornou a pigarrear (hem, hem), mas, quando continuou, um pouco do modo soprado de falar desaparecera de sua voz. Pareceu muito mais objetiva, e suas palavras tinham um tom monótono de discurso decorado.

— O ministro da Magia sempre considerou a educação dos jovens bruxos de vital importância. Os dons raros com que vocês nasceram talvez não frutifiquem se não forem nutridos e aprimorados por cuidadosa instrução. As habilidades antigas, um privilégio da comunidade bruxa, devem ser transmitidas às novas gerações ou se perderão para sempre. O tesouro oculto de conhecimentos mágicos acumulados pelos nossos antepassados deve ser preservado, suplementado e polido por aqueles que foram chamados à nobre missão de ensinar.

A Profª Umbridge fez uma pausa e uma reverência aos seus colegas, mas nenhum deles lhe retribuiu o cumprimento. As sobrancelhas escuras da Profª McGonagall tinham se contraído de tal modo que ela decididamente parecia um falcão, e Harry a viu trocar um olhar significativo com a Profª Sprout quando Umbridge fez mais um hem, hem, e continuou o discurso:

— Todo diretor e diretora de Hogwarts trouxe algo novo à pesada tarefa de dirigir esta escola histórica, e assim deve ser, pois sem progresso haverá estagnação e decadência. Por outro lado, o progresso pelo progresso não deve ser estimulado, pois as nossas tradições comprovadas raramente exigem remendos. Então um equilíbrio entre o velho e o novo, entre a permanência e a mudança, entre a tradição e a inovação...

Harry percebeu que sua atenção estava oscilando, como se seu cérebro estivesse entrando e saindo de sintonia. O silêncio que sempre prevalecia no salão quando Dumbledore falava ia se rompendo à medida que os alunos aproximavam as cabeças, cochichando e abafando risinhos. Na mesa da Corvinal, Cho Chang conversava animadamente com as amigas. Alguns lugares adiante de Cho, Luna Lovegood puxara o seu *Pasquim*. Entrementes, na mesa de Lufa-Lufa Ernesto Macmillan era um dos poucos que ainda olhavam para a Profª Umbridge, de olhar vidrado, e Harry tinha certeza de que estava apenas fingindo ouvir, numa tentativa de honrar o novo distintivo de monitor que reluzia em seu peito.

A Profª Umbridge não parecia notar o desassossego da plateia. Harry teve a impressão de que uma revolta de grandes proporções poderia ter estourado bem embaixo do nariz dela e a bruxa teria continuado a discursar. Os professores, porém, ainda ouviam com muita atenção, e Hermione parecia estar bebendo cada palavra que Umbridge dizia, embora, a julgar por sua expressão, a desagradasse totalmente.

– ... porque algumas mudanças serão para melhor, enquanto outras virão, na plenitude do tempo, a ser reconhecidas como erros de julgamento. Entrementes, alguns velhos hábitos serão conservados, e muito acertadamente, enquanto outros, antigos e desgastados, precisarão ser abandonados. Vamos caminhar para a frente, então, para uma nova era de abertura, eficiência e responsabilidade, visando a preservar o que deve ser preservado, aperfeiçoando o que precisa ser aperfeiçoado e cortando, sempre que encontrarmos, práticas que devem ser proibidas.

A bruxa se sentou. Dumbledore aplaudiu. O corpo docente acompanhou a sua deixa, embora Harry reparasse que vários professores bateram as mãos apenas uma ou duas vezes antes de parar. Alguns alunos secundaram os aplausos, mas a maioria foi apanhada de surpresa pelo fim do discurso, porque não ouvira mais do que umas poucas palavras do todo, e antes que eles pudessem começar a aplaudir devidamente, Dumbledore tornou a se erguer.

– Muito obrigado, Profª Umbridge, foi um discurso muito esclarecedor – disse, curvando-se para a bruxa. – Agora, como eu ia dizendo, os testes de quadribol serão realizados...

– Certamente que foi esclarecedor – disse Hermione em voz baixa.

– Você está me dizendo que gostou? – perguntou Rony baixinho, virando o rosto, perplexo, para ela. – Foi o discurso mais chato que já ouvi, e olha que *eu* fui criado com o Percy.

– Eu disse esclarecedor e não agradável. Explicou muita coisa.

– Foi? – admirou-se Harry. – Me pareceu uma grande enrolação.

– Mas havia coisas importantes no meio da enrolação – disse Hermione, séria.

– Havia? – perguntou Rony, sem entender.

– Que tal "o progresso pelo progresso não deve ser estimulado"? Ou então "cortando sempre que encontrarmos práticas que devem ser proibidas"?
– Bom, e o que é que isso significa? – perguntou Rony impaciente.
– Vou-lhe dizer o que significa – disse Hermione agourentamente. – Significa que o Ministério está interferindo em Hogwarts.

Houve um grande estardalhaço ao redor deles; obviamente Dumbledore dispensara a escola, porque todos estavam se levantando, prontos para abandonar o salão. Hermione levantou-se de um pulo, parecendo agitada.

– Rony, temos de mostrar aos alunos do primeiro ano aonde ir!
– Ah, é – disse Rony, que obviamente se esquecera. – Ei... Ei, vocês aí! Anõezinhos!
– Rony!
– Ora, eles são, são nanicos...
– Eu sei, mas você não pode chamá-los de anões!... Alunos do primeiro ano! – chamou Hermione com autoridade, correndo o olhar ao longo da mesa. – Por aqui, por favor!

Um grupo de alunos novos passou timidamente pelo vão entre as mesas da Grifinória e Lufa-Lufa, todos se esforçando o máximo para não serem os primeiros. Pareciam realmente muito pequenos; Harry tinha certeza de que não era tão jovem assim quando chegara ali. Sorriu para eles. Um garoto louro ao lado de Euan Abercrombie pareceu petrificar; cutucou o colega e cochichou alguma coisa em seu ouvido. Euan se apavorou também e lançou um olhar de horror a Harry, que sentiu o sorriso escorregar pelo seu rosto como a seiva da escrofulária.

– Vejo vocês mais tarde – disse a Rony e Hermione, e saiu do Salão Principal sozinho, fazendo o possível para ignorar novos cochichos, olhares e as pessoas que apontavam quando ele passou. Manteve os olhos em um ponto fixo à frente enquanto se deslocava pelo ajuntamento no saguão, depois subiu correndo a escadaria de mármore, tomou uns atalhos secretos e não tardou a deixar a maior parte das pessoas para trás.

Fora burro em não prever isso, pensou com raiva ao caminhar pelos corredores bem mais vazios do andar superior. Naturalmente que todos o encaravam; ele saíra do labirinto Tribruxo dois meses antes agarrado ao corpo de um colega morto dizendo que vira Lorde Voldemort voltar ao poder. Não tinha havido muito tempo no último trimestre para ele se explicar antes de todos partirem para as férias – mesmo que tivesse se sentido à altura de relatar para toda a escola detalhadamente os terríveis acontecimentos naquele cemitério.

Harry chegara ao fim do corredor que levava à sala comunal da Grifinória e parara diante do retrato da Mulher Gorda, antes de se dar conta de que não conhecia a nova senha.

— Hum... — disse sombriamente, olhando para a Mulher Gorda, que alisava as dobras do vestido de cetim rosa e retribuía seu olhar com severidade.

— Não tem senha, não entra — sentenciou ela com ar superior.

— Harry, eu sei! — Alguém vinha ofegando às suas costas e, quando ele se virou, viu Neville que se aproximava em passo de marcha. — Adivinhe qual é? Uma vez na vida eu vou ser capaz de me lembrar... — Ele acenou com o cacto anão que mostrara no trem. — *Mimbulus mimbletonia!*

— Certo — disse a Mulher Gorda, e seu retrato girou para o lado dos garotos como se fosse uma porta, deixando à mostra um buraco redondo na parede, pelo qual Harry e Neville entraram.

A sala comunal da Grifinória tinha a aparência hospitaleira de sempre, uma sala aconchegante e circular na torre da Casa, repleta de poltronas fofas e velhas mesas desconjuntadas. Um fogo muito vivo crepitava na lareira e uns poucos alunos aqueciam nele as mãos, antes de subir para os dormitórios; do outro lado da sala, Fred e Jorge Weasley estavam espetando alguma coisa no quadro de avisos. Harry acenou para eles e continuou seu caminho em direção à porta dos dormitórios dos garotos; não estava disposto a conversar naquele momento. Neville o acompanhou.

Dino Thomas e Simas Finnigan haviam chegado ao dormitório primeiro, e estavam ocupados em cobrir as paredes ao lado de suas camas com pôsteres e fotografias. Estavam conversando, quando Harry empurrou a porta, mas pararam bruscamente no instante em que o viram. Harry ficou imaginando se teriam estado conversando sobre ele, e em seguida se estaria ficando paranoico.

— Oi — disse Harry, andando em direção ao seu malão e abrindo-o.

— Oi, Harry — respondeu Dino, que estava vestindo um pijama com as cores do West Ham. — Boas férias?

— Nada más — murmurou, uma vez que um relato fiel das suas férias teria levado a maior parte da noite, e ele não estava com disposição para tanto.

— É, foi legal — riu Dino. — Pelo menos foi melhor que a de Simas, ele estava me contando.

— Ora, que foi que aconteceu, Simas? — perguntou Neville enquanto colocava seu *Mimbulus mimbletonia* carinhosamente sobre o armário à cabeceira.

Simas não respondeu imediatamente; estava demorando todo o tempo do mundo para garantir que o seu pôster do time de quadribol Francelhos de Kenmare ficasse perfeitamente enquadrado. Então falou, ainda de costas para Harry:

— Minha mãe não queria que eu voltasse.

— Quê?! — exclamou Harry, parando em meio ao gesto de despir as vestes.

— Ela não queria que eu voltasse a Hogwarts.

Simas afastou-se do pôster e apanhou o próprio pijama no malão, ainda sem encarar Harry.

— Mas... por quê? — perguntou Harry espantado. Ele sabia que a mãe de Simas era bruxa e não conseguia entender, portanto, por que teria assumido a mesma atitude dos Dursley.

Simas não respondeu até ter acabado de abotoar o pijama.

— Bom — disse medindo as palavras. — Suponho que... por sua causa.

— Que é que você quer dizer com isso? — perguntou Harry depressa.

Seu coração estava disparando. Tinha a vaga sensação de que alguma coisa estava acossando-o.

— Bom — continuou Simas, ainda evitando olhar para Harry —, ela... hum... bom não é só você, é o Dumbledore também...

— Ela acredita no *Profeta Diário*? — perguntou Harry. — Ela acha que sou um mentiroso e Dumbledore um velho caduco?

Simas ergueu os olhos para ele.

— É mais ou menos isso.

Harry não disse nada. Atirou a varinha sobre a sua mesa de cabeceira, despiu as vestes, enfiou-as com raiva no malão e vestiu o pijama. Estava farto daquilo; farto de ser a pessoa para quem todos olham e de quem falam o tempo todo. Se algum deles soubesse, se algum deles tivesse a mais pálida ideia do que era se sentir a pessoa a quem todas aquelas coisas aconteciam... A Sra. Finnigan não fazia ideia, aquela burra, pensou com ferocidade.

Ele entrou na cama e começou a fechar o cortinado à volta, mas, antes que pudesse completar o gesto, Simas disse:

— Vem cá... que foi que aconteceu realmente naquela noite em que... você sabe, em que... com Cedrico Diggory e tudo?

Simas parecia ao mesmo tempo nervoso e ansioso. Dino que estivera debruçado sobre o próprio malão, tentando encontrar um chinelo, ficou tão estranhamente imóvel que Harry percebeu que estava com os ouvidos na conversa.

— Para que é que você está me perguntando? — retrucou Harry. — Você não lê o *Profeta Diário* como a sua mãe, por que não o lê? O jornal vai lhe dizer tudo que você precisa saber.

— Não comece a atacar minha mãe — respondeu Simas com rispidez.

— Ataco qualquer um que me chame de mentiroso — disse Harry.

— Não fale assim comigo!

— Falo com você como quiser — respondeu Harry, sua irritação aumentando tão rápido que ele agarrou com violência a varinha que estava na mesa de cabeceira. — Se você tem algum problema em dividir o dormitório comigo, vá pedir à McGonagall para transferir você... assim sua mamãe vai parar de se preocupar...

— Deixe a minha mãe fora disso, Potter!

— Que é que está acontecendo?

Rony aparecera à porta. Seus olhos arregalados correram de Harry, que estava ajoelhado na cama com a varinha apontada para Simas, a este, parado ali com os punhos erguidos.

— Ele está atacando a minha mãe! — berrou Simas.

— Quê? — falou Rony. — Harry não faria isso... conhecemos sua mãe, gostamos dela...

— Isto foi antes de ela começar a acreditar em cada palavra que aquele *Profeta Diário* nojento escreve sobre mim! — gritou Harry a plenos pulmões.

— Ah — disse Rony, a compreensão se espalhando pelo seu rosto sardento. — Ah... certo.

— Você sabe do que mais? — disse Simas, com raiva, lançando a Harry um olhar venenoso. — Ele tem razão, eu não quero mais dormir no mesmo dormitório que ele, ele é doido.

— Você está errado, Simas — disse Rony, cujas orelhas estavam começando a ficar vermelhas: sempre um sinal de perigo.

— Estou errado, é? — gritou Simas, que ao contrário de Rony começava a ficar branco. — Você acredita naquela baboseira que ele contou sobre Você-Sabe-Quem, é, você acha que ele está dizendo a verdade?

— Acho sim! — respondeu Rony com raiva.

— Então você é doido também — disse Simas com repugnância.

— Ah, é? Bom, infelizmente para você, companheiro, eu também sou monitor! — disse Rony, apontando para o peito. — Portanto, a não ser que você queira receber uma detenção, é melhor ter cuidado com o que diz!

Simas ficou olhando por uns segundos, avaliando se a detenção seria um preço razoável a pagar pelo que ia em sua cabeça, mas, com uma interjeição de desprezo, deu as costas, pulou na cama e correu as cortinas com tanta violência que elas se romperam do dossel e caíram em um monte empoeirado no chão. Rony olhou aborrecido para Simas, e em seguida para Dino e Neville.

— Os pais de mais alguém têm alguma coisa contra o Harry? — perguntou com agressividade.

— Meus pais são trouxas, cara — disse Dino, sacudindo os ombros. — Não sabem nada sobre mortes em Hogwarts, porque não sou idiota de contar a eles.

— Você não conhece a minha mãe, ela extrai qualquer coisa de qualquer um! — retrucou Simas. — E, de qualquer forma, seus pais não recebem o *Profeta Diário*. Não sabem que o nosso diretor foi dispensado da Corte Suprema dos Bruxos e da Confederação Internacional dos Bruxos porque está ficando caduco...

— Minha avó diz que isso tudo é tolice — disse Neville com a sua voz aguda. — Ela diz que o *Profeta Diário* é que está em decadência, e não Dumbledore. Ela cancelou a nossa assinatura. Acreditamos em Harry — encerrou Neville. E entrou na cama, puxou as cobertas até o queixo e ficou espiando Simas por cima delas, como uma corujinha. — Minha avó sempre disse que Você-Sabe-Quem voltaria um dia. Ela diz que se Dumbledore diz que ele voltou, então ele voltou.

Harry sentiu um arroubo de gratidão por Neville. Ninguém disse mais nada. Simas apanhou a varinha, consertou as cortinas e desapareceu por trás delas. Dino entrou na cama, virou para o outro lado e se calou. Neville, que aparentemente não tinha mais nada a dizer, ficou admirando com carinho o seu cacto iluminado pelo luar.

Harry recostou-se em seus travesseiros enquanto Rony se ocupava com a cama ao lado, guardando o que era seu. Sentia-se abalado com a discussão que tivera com Simas, de quem sempre gostara muito. Quantas outras pessoas iam insinuar que ele estava mentindo ou era desequilibrado?

Será que Dumbledore sofrera assim o verão inteiro, quando primeiro a Corte dos Bruxos e depois a Confederação Internacional o excluíram de suas fileiras? Será que era raiva o que sentia de Harry, talvez, que impedira Dumbledore de se comunicar com ele durante meses? Afinal, os dois estavam nisso juntos; Dumbledore tinha acreditado em Harry, anunciado sua versão dos fatos à escola inteira e depois à comunidade bruxa. Qualquer um que achasse que Harry era mentiroso tinha de pensar que Dumbledore também o era, ou então que Dumbledore fora enganado...

No fim eles saberão que estamos certos, pensou Harry, infeliz, quando Rony entrou na cama e apagou a última vela do dormitório. Mas restou a indagação: quantos outros ataques como o de Simas ele teria de suportar até que aquele momento chegasse?

12

A PROFESSORA UMBRIDGE

Simas vestiu-se correndo na manhã seguinte e saiu do dormitório, antes que Harry tivesse sequer calçado as meias.

– Será que ele acha que vai pirar se ficar muito tempo comigo no mesmo quarto? – perguntou Harry em voz alta, quando a bainha das vestes de Simas desapareceu de vista.

– Não se preocupe, Harry – murmurou Dino, guindando a mochila aos ombros –, ele só está...

Mas aparentemente não foi capaz de dizer o que era que Simas estava, e, após uma ligeira pausa constrangida, acompanhou-o na saída do quarto.

Neville e Rony fizeram aquela cara de o problema-é-dele-e-não-nosso, para Harry, mas isto não o consolou. Quanto mais ele teria de suportar?

– Que foi que aconteceu? – perguntou Hermione cinco minutos depois, alcançando Harry e Rony, que atravessavam a sala comunal a caminho do café da manhã, como os demais. – Você está com uma cara absolutamente... Ah, pelo amor de Deus.

Ela acabara de olhar para o quadro de avisos da sala comunal, onde fora afixado um enorme aviso.

GALEÕES DE GALEÕES!
Sua mesada não está acompanhando suas saídas?
Gostaria de ganhar um extra?
Procure Fred e Jorge Weasley,
sala comunal da Grifinória,
para trabalhos simples, meio expediente e virtualmente indolores.
(Lamentamos informar que todo o trabalho será realizado por conta
e risco do candidato.)

– Eles são o fim – disse Hermione séria, retirando o aviso que Fred e Jorge haviam pregado por cima do cartaz, informando a data do primeiro fim de semana em Hogsmeade em outubro. – Vamos ter de falar com eles, Rony.

Rony pareceu decididamente assustado.

– Por quê?

– Porque somos monitores! – respondeu Hermione, enquanto saíam pelo buraco do retrato. – É nossa obrigação acabar com esse tipo de coisa!

Rony não respondeu; Harry percebeu, por sua expressão contrariada, que a perspectiva de impedir Fred e Jorge de fazer exatamente o que gostavam não era uma coisa que o amigo achasse convidativa.

– Em todo o caso, que aconteceu, Harry? – continuou Hermione, enquanto desciam a escada com a coleção de retratos de velhos bruxos e bruxas, que não lhes deram a menor atenção, absortos que estavam nas próprias conversas. – Você parece realmente zangado com alguma coisa.

– Simas acha que Harry está mentindo sobre Você-Sabe-Quem – resumiu Rony, ao ver que Harry não respondia.

Hermione, de quem Harry esperara uma reação indignada em sua defesa, suspirou.

– É, a Lilá também acha isso – comentou tristonha.

– Andou batendo um papinho agradável com ela, em que o assunto foi se Harry é ou não um idiota em busca de atenção, foi? – perguntou o garoto em voz alta.

– Não – respondeu Hermione calmamente. – Na verdade eu disse a ela para parar de ficar falando bobagens sobre você. E seria bem simpático se você parasse de reagir furiosamente com a gente, Harry, porque, caso você não tenha reparado, Rony e eu estamos do seu lado.

Fez-se uma breve pausa.

– Desculpem – disse Harry em voz baixa.

– Tudo bem – respondeu Hermione com dignidade. Balançou então a cabeça: – Você não se lembra do que o Dumbledore disse na festa de encerramento do ano passado?

Harry e Rony, os dois, olharam-na sem entender, e Hermione tornou a suspirar.

– Sobre Você-Sabe-Quem. Ele disse que "o dom que ele tem de disseminar a discórdia e a inimizade é muito grande. E só podemos combatê-lo criando laços igualmente fortes de amizade e confiança...".

– Como é que você se lembra dessas coisas? – perguntou Rony, olhando a amiga com admiração.

– Eu presto atenção – respondeu ela, com uma ligeira rispidez.

— Eu também, mas ainda assim não conseguiria repetir exatamente o que...

— A questão — continuou Hermione em voz alta — é que isto é exatamente o tipo de coisa a que Dumbledore estava se referindo. Você-Sabe-Quem só voltou há dois meses e já estamos brigando entre nós. E o alerta do Chapéu Seletor foi o mesmo: fiquem juntos, fiquem unidos...

— E Harry entendeu certo ontem à noite — retorquiu Rony. — Se isto significa que teremos de ser amiguinhos do pessoal de Sonserina... *pode esquecer*.

— Bom, acho que é uma pena que a gente não esteja procurando se unir ao pessoal das outras casas — respondeu Hermione irritada.

Os três tinham chegado ao pé da escadaria de mármore. Uma fila de quartanistas da Corvinal ia atravessando o saguão; ao avistarem Harry, agruparam-se depressa, como se tivessem medo de que ele atacasse os retardatários.

— É, devíamos realmente estar tentando fazer amizade com gente como essa — disse Harry sarcasticamente.

Eles acompanharam os alunos da Corvinal que entravam no Salão Principal, e instintivamente olharam para a mesa dos professores. A Profª Grubbly-Plank conversava com a Profª Sinistra, de Astronomia, e Hagrid mais uma vez esteve conspícuo apenas por sua ausência. O teto encantado refletia o estado de ânimo de Harry: era um cinza-chuva deprimente.

— Dumbledore nem mencionou por quanto tempo aquela Grubbly-Plank vai ficar — comentou, ao se dirigirem à mesa da Grifinória.

— Talvez... — disse Hermione pensativa.

— Quê? — perguntaram Harry e Rony ao mesmo tempo.

— Bom... talvez ele não quisesse chamar atenção para o fato de Hagrid não estar aqui.

— Que é que você quer dizer com chamar atenção? — perguntou Rony, meio rindo. — Como é possível a gente não notar?

Antes que Hermione pudesse responder, uma garota alta e negra, com longos cabelos trançados, veio diretamente até Harry.

— Oi, Angelina.

— Oi — disse ela animada —, boas férias? — E sem esperar resposta: — Escute, fui nomeada capitã da equipe de quadribol da Grifinória.

— Boa! — exclamou Harry, sorrindo para a garota; suspeitava que os papos antes dos jogos talvez não fossem mais tão longos quanto os de Olívio Wood costumavam ser, o que só poderia ser uma melhora.

— É, bem, precisamos de um novo goleiro agora que Olívio foi embora. Os testes vão ser na sexta-feira, às cinco horas, e eu gostaria que o time todo estivesse lá, está bem? Então veremos como o jogador novo vai se ajustar.

— O.k. — concordou Harry.

Angelina sorriu para ele e se afastou.

— Eu tinha esquecido que Wood se formou — disse Hermione, distraída, quando se sentou ao lado de Rony e puxou um prato de torradas para perto. — Suponho que isso vá fazer uma grande diferença para o time?

— Suponho que sim — concordou Harry, sentando no banco defronte.

— Era um bom goleiro...

— Ainda assim, não vai ser ruim receber sangue novo, vai? — perguntou Rony.

Com um forte deslocamento de ar e ruídos de batidas, centenas de corujas entraram voando pelas janelas superiores. Desceram por todo o salão, trazendo cartas e pacotes para seus donos, e deixando cair uma verdadeira chuva de pingos sobre as pessoas que tomavam café; sem a menor dúvida estava chovendo pesado lá fora. De Edwiges nem sinal, mas Harry não se surpreendeu; seu único correspondente era Sirius, e ele duvidava que o padrinho tivesse alguma novidade para lhe contar apenas vinte e quatro horas depois de se separarem. Hermione, porém, teve de afastar depressa o seu suco de laranja para abrir espaço para uma enorme coruja-de-igreja molhada, que trazia um encharcado *Profeta Diário* no bico.

— Para que é que você ainda está recebendo isso? — perguntou Harry irritado, pensando em Simas, enquanto Hermione colocava um nuque na bolsinha de couro presa à perna da coruja que em seguida levantou voo. — Eu não estou mais... é um monte de baboseiras.

— É melhor saber o que o inimigo está dizendo — respondeu Hermione sombriamente, e, desdobrando o jornal, desapareceu por trás dele, só reaparecendo quando Harry e Rony tinham terminado a refeição.

— Nada — disse simplesmente, enrolando o jornal e guardando-o ao lado do prato. — Nada sobre você nem Dumbledore nem nada.

A Profª McGonagall agora vinha passando pela mesa distribuindo os horários.

— Olhem só hoje! — gemeu Rony. — História da Magia, dois tempos de Poções, Adivinhação e dois tempos de Defesa Contra as Artes das Trevas... Binns, Snape, Trelawney e a tal Umbridge, tudo no mesmo dia! Gostaria que Fred e Jorge trabalhassem mais rápido para aprontar aqueles kits Mata-Aulas...

— Será que os meus ouvidos me enganam? — perguntou Fred, que vinha chegando com Jorge e se apertou no banco de Harry. — Com certeza os monitores de Hogwarts não desejam matar aulas!

— Olhe só o que temos hoje — disse Rony rabugento, metendo o horário embaixo do nariz de Fred. — É a pior segunda-feira que já vi na vida.

— Um argumento válido, maninho — disse Fred, examinando a coluna do dia. — Posso lhe ceder um pouco de Nugá Sangra-Nariz baratinho, se quiser.

— Por que baratinho? — perguntou Rony, desconfiado.

— Porque você não vai parar de sangrar até murchar inteiro, ainda não temos um antídoto — disse Jorge, servindo-se de um arenque.

— Obrigado — disse Rony, mal-humorado, guardando o horário no bolso —, mas acho que fico com as aulas.

— E por falar nos seus kits Mata-Aulas — disse Hermione encarando os gêmeos com um olhar penetrante —, vocês não podem pôr anúncios pedindo cobaias no quadro de avisos da Grifinória.

— Quem disse? — perguntou Jorge, espantado.

— Digo eu — respondeu Hermione. — E Rony.

— Me deixe fora disso — disse Rony na mesma hora.

Hermione olhou feio para ele. Fred e Jorge deram risadinhas debochadas.

— Você vai mudar esse seu tom muito breve, Hermione — disse Fred, enchendo de manteiga um pãozinho de minuto. — Você vai começar o quinto ano, e não vai demorar muito para nos suplicar por um kit Mata-Aula.

— E por que começar o quinto ano significa que vou querer um kit Mata-Aula? — perguntou Hermione.

— O quinto ano é o ano dos exames para obter os Níveis Ordinários em Magia — disse Jorge.

— E daí?

— E daí que os seus exames vêm aí, não é? E os professores vão esfregar o nariz de vocês com tanta força naquela pedra de amolar que ele vai ficar em carne viva — disse Fred com satisfação.

— Metade da nossa turma teve probleminhas nervosos quando estavam se aproximando os exames — disse Jorge satisfeito. — Crises de choro e chiliques... Patrícia Stimpson não parava de desmaiar...

— O Ken Towler ficou cheio de furúnculos, lembra? — perguntou Fred, recordando.

— Mas foi porque você pôs pó de fura-frunco no pijama dele — retrucou Jorge.

— Ah, foi mesmo — disse Fred, rindo. — Tinha me esquecido... às vezes é difícil lembrar de tudo, não é?

— Em todo o caso, é um ano de pesadelo, o quinto — concluiu Jorge. — Pelo menos se você costuma se preocupar com os resultados de exames. Bem ou mal, Fred e eu conseguimos manter nosso moral.

— É... vocês conseguiram, quanto foi mesmo, três N.O.M.s cada um? — disse Rony.

— Foi — respondeu Fred, despreocupadamente. — Mas achamos que o nosso futuro não será no mundo das realizações acadêmicas.

— Debatemos seriamente se íamos nos dar ao trabalho de voltar e completar o sétimo ano — disse Jorge, animado —, agora que temos...

Calou-se a um olhar de Harry, que percebera que Jorge estava a ponto de mencionar o prêmio Tribruxo que ele dera aos gêmeos.

— ... agora que conseguimos os nossos N.O.M.s — continuou Jorge, depressa. — Quero dizer, será que realmente precisamos dos N.I.E.M.s? Mas achamos que mamãe não iria aguentar ver a gente abandonando a escola cedo, não depois de Percy ter virado o maior imbecil do mundo.

— Mas não vamos desperdiçar o nosso último ano aqui — disse Fred, correndo os olhos com carinho pelo Salão Principal. — Vamos usá-lo para pesquisar um pouco o mercado, descobrir exatamente o que o aluno médio de Hogwarts precisa comprar em uma loja de logros, avaliar cuidadosamente os resultados da nossa pesquisa, e então fabricar a mercadoria exata para atender à demanda.

— Mas onde é que vocês vão arranjar o ouro para abrir uma loja de logros? — perguntou Hermione, sem acreditar. — Vocês vão precisar de muitos ingredientes e materiais... e de um local também, suponho...

Harry não olhou para os gêmeos. Sentiu o rosto quente; intencionalmente, deixou cair o garfo no chão e mergulhou embaixo da mesa para apanhá-lo. Ouviu Fred dizer lá no alto:

— Não nos faça perguntas e não diremos mentiras, Hermione. Vamos, Jorge, se chegarmos cedo, talvez a gente consiga vender umas Orelhas Extensíveis antes da aula de Herbologia.

Harry saiu de baixo da mesa e viu Fred e Jorge se afastando, cada um levando uma pilha de torradas.

— Que foi que ele quis dizer com isso? — perguntou Hermione, olhando de Harry para Rony. — "Não nos faça perguntas..." Isso quer dizer que eles já têm algum ouro para começar a loja de logros?

— Sabe, eu tenho pensado nisso — disse Rony, com a testa enrugada. — Eles me compraram um conjunto de vestes a rigor este verão e não consegui entender onde arranjaram o dinheiro.

Harry resolveu que estava na hora de mudar o rumo da conversa para águas menos perigosas.

— Vocês acham que é verdade que o ano vai ser realmente duro? Por causa dos exames?

— Ah, vai — respondeu Rony. — Com certeza, não acham? Os N.O.M.s são muito importantes, afetam os empregos a que a gente vai poder se candidatar e tudo. Recebemos orientação profissional também, mais para o fim do ano, o Gui me contou. Assim a gente pode escolher os N.I.E.M.s que vai querer fazer no ano seguinte.

— Vocês sabem o que vão querer fazer quando terminarem Hogwarts? — perguntou Harry aos outros dois, quando deixavam o Salão Principal, pouco depois, para assistir à aula de História da Magia.

— Não tenho muita certeza — disse Rony lentamente. — Exceto que... bom...

Ele pareceu ligeiramente encabulado.

— Quê? — insistiu Harry.

— Bom, seria legal ser auror — disse Rony, em tom displicente.

— Ah, isso seria — apoiou Harry, com fervor.

— Mas eles são, tipo, a elite — disse Rony. — É preciso ser realmente fera. E você, Mione?

— Não sei. Acho que gostaria de fazer alguma coisa que realmente valesse a pena.

— Ser auror vale a pena! — disse Harry.

— É, claro que vale, mas não é a única coisa que vale a pena — disse Hermione, pensativa —, quero dizer, se eu pudesse levar o FALE adiante...

Harry e Rony tomaram o cuidado de evitar se olhar.

A História da Magia era, por consenso, a disciplina mais chata que a bruxidade inventara. Binns, o professor fantasma, tinha uma voz asmática e monótona que era quase uma garantia de provocar grave sonolência em dez minutos, cinco em tempo de calor. Ele jamais variava a maneira de dar aulas, falava sem fazer uma única pausa, enquanto a turma anotava suas palavras, ou melhor, mirava sonolentamente o vazio. Harry e Rony até agora tinham conseguido passar raspando, copiando as anotações de Hermione antes dos exames; somente ela parecia capaz de resistir ao poder soporífico da voz de Binns.

Hoje, eles sofreram quarenta e cinco minutos de cantilena sobre as guerras dos gigantes. Harry ouviu o bastante em apenas dez minutos para perceber, mesmo vagamente, que nas mãos de outro professor o assunto poderia ter tido algum interesse, depois o seu cérebro se desligou, e ele passou os trinta e cinco minutos restantes jogando forca com Rony em um canto de pergaminho, enquanto Hermione lançava aos dois olhares de censura pelo canto do olho.

— E como seria — perguntou ela friamente, quando os três saíam da sala para o intervalo (Binns desaparecia através do quadro-negro) — se este ano eu me recusasse a emprestar as minhas anotações a vocês?

— Não passaríamos no N.O.M. Se você quiser ter isso pesando na sua consciência, Mione...

— Ora, seria bem merecido. Vocês nem ao menos tentam escutar o que ele diz, tentam?

— Tentamos — disse Rony. — Só que não temos o seu cérebro nem a sua memória nem a sua concentração... você é simplesmente mais inteligente do que nós... você acha bonito esfregar isso na cara da gente?

— Ah, não me venha com essa baboseira — disse Hermione, mas pareceu um pouco menos zangada quando saiu à frente deles para o pátio molhado.

Caía uma chuvinha fina e nevoenta, que fazia os contornos das pessoas paradas em grupos ao redor do pátio parecerem esfumados. Harry, Rony e Hermione escolheram um canto isolado sob uma sacada que pingava abundantemente, virando para cima as golas das vestes para se protegerem do ar gelado de setembro, enquanto conversavam sobre o dever que Snape pediria na primeira aula do ano. Tinham chegado a concordar que, muito provavelmente, seria algo de extrema dificuldade para apanhá-los desprevenidos ao fim de dois meses de férias, quando alguém entrou no pátio e veio na direção deles.

— Olá, Harry!

Era Cho Chang e, mais, vinha sozinha outra vez. Isto era muito incomum. Quase sempre Cho estava cercada por um bando de garotas risonhas; Harry se lembrou da agonia por que passara para encontrá-la sozinha e convidá-la para o Baile de Inverno.

— Oi — disse Harry, sentindo seu rosto esquentar. *Pelo menos desta vez você não está coberto de seiva de escrofulária*, disse a si mesmo. Cho parecia estar pensando mais ou menos a mesma coisa.

— Você conseguiu limpar aquela coisa, então?

— Claro — disse Harry, tentando sorrir, como se a lembrança do último encontro fosse engraçada e não mortificante. — Então, você teve... hum... as férias foram boas?

No momento em que disse isso ele desejou que não o tivesse dito — Cedrico era o namorado de Cho e a lembrança de sua morte devia ter afetado as férias dela tão fortemente quanto afetara as de Harry. Alguma coisa pareceu retesar em seu rosto, mas ela respondeu:

— Ah, foram bem, você sabe...

— Isso é um emblema dos Tornados? — perguntou Rony de repente, apontando para a frente das vestes de Cho, onde havia um emblema azul-celeste brasonado com um T duplo dourado. — Você não torce por eles, torce?

— Torço — respondeu Cho.

— Você sempre torceu por eles, ou só depois que começaram a ganhar destaque na divisão? — perguntou Rony, no que Harry considerou um tom desnecessariamente inquisitivo.

— Torço por eles desde que tinha seis anos — respondeu Cho tranquilamente. — Em todo o caso... a gente se vê, Harry.

Ela se afastou, e Hermione aguardou até Cho ter atravessado metade do pátio para brigar com Rony.

— Você não tem um pingo de sensibilidade!

— Quê? Eu só perguntei a ela se...

— Você não percebeu que ela queria falar com Harry sozinha?

— E daí? Podia ter falado, eu não estava impedindo...

— Droga, por que você estava atacando a garota por causa do time de quadribol?

— Atacando? Eu não estava atacando a Cho, estava só...

— Quem se *importa* se ela torce pelos Tornados?

— Ah, nem vem, metade das pessoas que a gente vê usando esses emblemas só os compraram na última temporada...

— E que *diferença faz*?

— Quer dizer que não são fãs de verdade, só estão aproveitando a onda...

— A sineta — disse Harry desanimado, porque Rony e Hermione estavam alterados demais para ouvi-la. Os dois não pararam de discutir durante todo o caminho para a masmorra de Snape, o que deu a Harry muito tempo para refletir que, entre Neville e Rony, ele teria muita sorte se um dia conseguisse conversar com Cho dois minutos, de que ele pudesse lembrar sem ter vontade de fugir do país.

E, no entanto, pensou, ao entrarem na fila que se formava do lado de fora da porta da sala de Snape, Cho tinha resolvido vir falar com ele, não tinha? Fora namorada de Cedrico; podia muito bem ter odiado Harry por sair vivo do labirinto do Tribruxo enquanto Cedrico morrera, ainda assim, estava falando com ele de maneira perfeitamente amigável e não como se o achasse doido, nem mentiroso nem responsável, de alguma maneira sinistra, pela morte do namorado... sim, sem a menor dúvida, ela resolvera vir falar com ele, e pela segunda vez em dois dias... e, com este pensamento, Harry começou a se animar. Até mesmo o som agourento da porta da masmorra de Snape rangendo ao abrir não estourou a bolhinha de esperança que parecia ter crescido em seu peito. Ele entrou na sala atrás de Rony e Hermione, e os acompanhou à mesa de sempre, no fundo da sala, ignorando os ruídos ríspidos e irritados que ambos produziam.

– Quietos – disse Snape friamente, fechando a porta ao passar.

Não havia real necessidade de dar essa ordem; no momento em que a turma ouviu a porta fechar, o silêncio se instalou e todo o bulício terminou. A mera presença de Snape era, em geral, suficiente para garantir o silêncio da classe.

– Antes de começarmos a aula de hoje – disse o professor, caminhando imponente até a escrivaninha e correndo os olhos pelos alunos –, acho oportuno lembrar a todos que em junho próximo prestarão um importante exame, no qual provarão o quanto aprenderam sobre a composição e o uso das poções mágicas. Por mais idiotas que sejam alguns alunos desta turma, eu espero que obtenham no mínimo um "Aceitável" no seu N.O.M., ou terão de enfrentar o meu... desagrado.

O seu olhar recaiu desta vez sobre Neville, que engoliu em seco.

– Quando terminar este ano, naturalmente, muitos de vocês deixarão de estudar comigo – continuou Snape. – Só aceito os melhores na minha turma de Poções preparatória para o N.I.E.M., o que significa que alguns de nós certamente vamos dizer adeus.

Seu olhar pousou em Harry e seu lábio se crispou. O garoto encarou-o de volta, sentindo um prazer sinistro em pensar que poderia desistir de Poções depois do quinto ano.

– Mas ainda teremos um ano antes do feliz momento das despedidas – disse Snape suavemente –, portanto, pretendam ou não tentar os exames dos N.I.E.M.s, aconselho a todos que se concentrem em obter a nota alta que sempre espero dos meus alunos de N.O.M.

"Hoje vamos aprender a misturar uma poção que sempre é pedida no exame dos Níveis Ordinários em Magia: a Poção da Paz, uma beberagem para acalmar a ansiedade e abrandar a agitação. Mas fiquem avisados: se pesarem muito a mão nos ingredientes, vão mergulhar quem a beber em um sono pesado e por vezes irreversível, por isso prestem muita atenção no que vão fazer."

À esquerda de Harry, Hermione sentou-se mais reta, com uma expressão de extrema atenção.

– Os ingredientes e o método – Snape fez um gesto rápido com a varinha – estão no quadro-negro – (eles apareceram ali) –, encontrarão tudo de que precisam – ele tornou a agitar a varinha – no armário do estoque – (a porta do armário mencionado se abriu) –, e vocês têm uma hora e meia... podem começar.

Exatamente como Harry, Rony e Hermione haviam previsto, Snape não poderia ter passado para os alunos uma poção mais difícil e demorada. Os ingredientes tinham de ser acrescentados ao caldeirão na ordem e quantidade precisas; a mistura tinha de ser mexida o número exato de vezes, primeiro no sentido horário, depois no anti-horário; o calor e as chamas em que a poção ia cozinhar tinham de ser reduzidos a um nível exato, por um número específico de minutos antes do último ingrediente ser adicionado.

– Um vapor claro e prateado deve se desprender da poção – avisou Snape – dez minutos antes de ficar pronta.

Harry, que suava profusamente, correu o olhar desesperado pela masmorra. Seu caldeirão estava liberando uma enorme quantidade de vapor cinza-escuro; o de Rony cuspia fagulhas verdes. Simas cutucava febrilmente as chamas na base do caldeirão com a ponta da varinha, pois elas pareciam estar se apagando. A superfície da poção de Hermione, no entanto, apresentava uma névoa prateada de vapor, e quando Snape passou por ela olhou do alto do seu narigão sem fazer comentários, o que significava que não conseguira encontrar nada a criticar. Junto ao caldeirão de Harry, porém, o professor parou, e olhou-o com um horrível sorriso de afetação no rosto.

– Potter, que é que você acha que isto é?

Os alunos da Sonserina sentados na frente da sala ergueram a cabeça, pressurosos: adoravam ouvir Snape implicar com Harry.

– A Poção da Paz – respondeu o garoto, tenso.

– Diga-me, Potter – perguntou Snape baixinho –, você sabe ler?

Draco Malfoy deu uma risada.

– Sei, sim senhor – disse Harry, os dedos apertando a varinha.

– Leia a terceira linha das instruções para mim, Potter.

Harry apertou os olhos para ver o quadro-negro; não era fácil ler as instruções através da névoa de vapor multicolorido que agora enchia a masmorra.

— Acrescente a pedra da lua moída, mexa três vezes no sentido anti-horário, deixe cozinhar durante sete minutos, depois junte duas gotas de xarope de heléboro.

Seu ânimo despencou. Ele não juntara o heléboro, passara direto para a quarta linha das instruções, depois de cozinhar a poção durante sete minutos.

— Você fez tudo que estava na terceira linha, Potter?

— Não, senhor — respondeu Harry baixinho.

— Como disse?

— Não — repetiu o garoto mais alto. — Esqueci o heléboro.

— Eu sei que esqueceu, Potter, o que significa que essa porcaria não serve para nada. *Evanesco!*

O conteúdo do caldeirão de Harry desapareceu; ele ficou parado como um tolo ao lado do caldeirão vazio.

— Os alunos que *conseguiram* ler as instruções encham um frasco com uma amostra de sua poção, colem uma etiqueta com o seu nome escrito com clareza e tragam-no à minha escrivaninha para verificação — disse Snape. — Dever de casa: trinta centímetros de pergaminho sobre as propriedades da pedra da lua e seus usos no preparo de poções, a ser entregue na terça-feira.

Enquanto todos a sua volta enchiam os frascos, Harry guardou o que era seu, espumando de raiva. Sua poção não estava pior do que a de Rony, que agora exalava um cheiro horrível de ovo podre; ou a de Neville, que atingira a consistência de cimento recém-misturado, e agora ele tentava extrair do caldeirão; mas era apenas ele, Harry, que iria receber zero no trabalho do dia. Ele guardou a varinha na mochila e se largou na carteira, observando os demais se dirigirem à escrivaninha de Snape com frascos cheios e arrolhados. Quando finalmente a sineta tocou, Harry foi o primeiro a sair da masmorra, e já começara a almoçar quando Rony e Hermione vieram se juntar a ele no Salão Principal. O teto se transformara em um cinza ainda mais sujo durante a manhã. A chuva fustigava as janelas.

— Foi realmente injusto — disse Hermione, consolando-o e, sentando-se ao seu lado, serviu-se do empadão de batata com carne moída. — A sua poção estava quase tão ruim quanto a de Goyle; quando ele a despejou no frasco a coisa explodiu e incendiou as vestes dele.

— É, fazer o quê — disse Harry, olhando carrancudo para o prato —, desde quando Snape foi justo comigo?

Os outros não responderam; os três sabiam que a inimizade de Snape e Harry fora absoluta desde o momento em que o amigo pusera os pés em Hogwarts.

— Eu realmente pensei que talvez ele fosse melhorar um pouquinho este ano — disse Hermione, desapontada. — Quero dizer... sabe... — ela olhou para os lados cautelosamente; havia meia dúzia de lugares vazios de cada lado deles e ninguém passava pela mesa — agora que ele está na Ordem e tudo.

— Cogumelos venenosos não mudam sua natureza — disse Rony sabiamente. — Em todo o caso, eu sempre achei Dumbledore meio matusquela por confiar em Snape. Onde está a prova de que ele realmente parou de trabalhar para Você-Sabe-Quem?

— Acho que Dumbledore provavelmente tem muitas provas, mesmo que não as revele a você — retorquiu Hermione.

— Ah, calem a boca, vocês dois — disse Harry, rudemente, quando Rony abriu a boca para responder. Hermione e Rony congelaram, demonstrando estar zangados e ofendidos. — Será que não podem dar um tempo? Sempre brigando um com o outro, estão me enlouquecendo. — E, largando o empadão pela metade, atirou a mochila às costas e deixou os dois sentados ali.

Harry subiu dois degraus de cada vez da escadaria de mármore, passando pelos numerosos estudantes que corriam para almoçar. A raiva que acabara de extravasar tão inesperadamente ainda queimava dentro dele, e a visão dos rostos chocados de Rony e Hermione lhe proporcionou uma sensação de profunda satisfação. *Bem feito para eles*, pensou, *será que não podem dar um descanso... brigam o tempo todo... é suficiente para fazer qualquer um subir pelas paredes...*

Em um dos patamares, ele passou pelo grande retrato de Sir Cadogan; o cavalheiro desembainhou a espada e brandiu-a ferozmente contra Harry, que não lhe deu atenção.

— Volte aqui seu cão pestilento! Fique parado e lute! — berrou com a voz abafada pelo visor da armadura, mas Harry simplesmente continuou o seu caminho e, quando Sir Cadogan tentou segui-lo, correndo para o retrato do lado, foi repelido por seu dono, um cachorrão de cara feroz.

Harry passou o resto do intervalo para o almoço sentado sozinho sob o alçapão, no alto da Torre Norte. Em consequência disso, foi o primeiro a subir a escada prateada que levava à sala de aula de Sibila Trelawney, quando a sineta tocou.

Depois de Poções, Adivinhação era a aula de que Harry menos gostava, principalmente por causa do hábito que tinha a Profª Trelawney de predizer sua morte prematura com frequência. Uma mulher magra, envolta em pesados xales e refulgente de colares, ela sempre lembrara a Harry uma espécie de inseto, cujos óculos ampliavam enormemente seus olhos. Estava atarefada, colocando exemplares de livros encadernados em couro, mas muito usados, sobre cada uma das mesinhas instáveis que atravancavam sua sala, quando Harry entrou. Porém, a luz refletida pelos abajures cobertos por lenços de seda e pelo fogo baixo e nauseante da lareira era tão fraca que a professora pareceu não ter notado a presença do garoto quando ele se sentou nas sombras. Os demais alunos foram chegando nos cinco minutos seguintes. Rony apareceu no alçapão, olhou atentamente a toda volta, localizou Harry e se encaminhou direto para ele, ou o mais diretamente que pôde, depois de contornar mesas, cadeiras e pufes repolhudos.

— Hermione e eu paramos de discutir — disse ele, sentando-se ao lado do amigo.

— Ótimo — resmungou Harry.

— Mas Hermione diz que acha que seria legal se você parasse de descontar sua raiva na gente.

— Eu não estou...

— Eu estou só transmitindo o recado — disse Rony, interrompendo-o. — Mas acho que ela tem razão. Não é nossa culpa o modo do Simas e do Snape tratarem você.

— Eu nunca disse isso...

— Bom dia — saudou a Profª Trelawney, com a voz difusa e sonhadora de sempre, e Harry parou de falar, sentindo-se mais uma vez chateado e ligeiramente envergonhado. — E bom retorno à Adivinhação. Eu estive naturalmente acompanhando o destino de vocês com a maior atenção durante as férias, e estou felicíssima que todos tenham voltado a Hogwarts sãos e salvos, como, aliás, eu sabia que aconteceria.

"Vocês vão encontrar nas mesas à sua frente exemplares do *Oráculo dos sonhos*, da autoria de Inigo Imago. A interpretação dos sonhos é um meio dos mais importantes para adivinhar o futuro, e que por isso pode muito provavelmente ser exigido no seu N.O.M. Não que eu acredite, é claro, que ser aprovado ou não em um exame tenha a mais remota importância, quando tratamos da arte sagrada da adivinhação. Se a pessoa tem o Olho que Vê, os certificados e as séries concluídas não vêm ao caso. Contudo, o diretor gosta que vocês prestem exames, portanto..."

A voz da professora foi baixando delicadamente, não deixando aos alunos a menor dúvida de que ela considerava a sua disciplina acima de detalhes sórdidos como exames.

— Abram, por favor, na Introdução, e leiam o que Imago tem a dizer sobre a interpretação de sonhos. Depois, quero que se dividam em pares e usem o *Oráculo dos sonhos* para interpretar os sonhos mais recentes um do outro. Comecem.

Uma coisa boa a dizer desta aula é que não durava dois tempos. Na altura em que todos terminaram de ler a introdução ao livro, restavam menos de dez minutos para a interpretação de sonhos. Na mesa ao lado da de Harry e Rony, Dino fizera par com Neville, que imediatamente embarcou em uma interminável explicação sobre um pesadelo que envolvia uma tesoura gigantesca usando o melhor chapéu de sua avó; Harry e Rony apenas se entreolharam sombriamente.

— Nunca me lembro dos meus sonhos — disse Rony. — Conta você.

— Você deve lembrar pelo menos um deles — disse Harry, impaciente.

Ele não ia dividir seus sonhos com ninguém. Sabia perfeitamente bem o que significava o pesadelo frequente com um cemitério, e não precisava de Rony nem da Profª Trelawney, nem daquele livro idiota para lhe dizer.

— Bom, uma noite dessas eu sonhei que estava jogando quadribol — disse Rony, contraindo o rosto num esforço para se lembrar. — Que é que você acha que isso significa?

— Provavelmente que você vai ser devorado por um marshmallow gigante ou outra coisa assim — disse Harry, folheando as páginas do *Oráculo dos sonhos*, sem interesse. Era um trabalho muito sem graça procurar fragmentos de sonhos no *Oráculo*, e Harry não se sentiu mais animado quando a professora mandou preparar um diário com os sonhos de um mês, como dever de casa. Quando a sineta tocou, ele e Rony foram os primeiros a descer pela escada, Rony resmungando em voz alta.

— Você já percebeu quanto dever de casa já temos? Binns mandou fazer um trabalho de quarenta e cinco centímetros sobre as guerras dos gigantes, Snape quer trinta centímetros sobre o uso das pedras da lua, e agora temos de fazer um diário de sonhos durante um mês para Trelawney! Fred e Jorge não estavam errados sobre o ano dos exames, sabe? É melhor aquela tal Umbridge não nos dar nada...

Quando os dois entraram na sala de aula de Defesa Contra as Artes das Trevas, encontraram a Profª Umbridge já sentada à escrivaninha, usando o casaquinho peludo cor-de-rosa da noite anterior e o laço de veludo preto na cabeça. Novamente Harry se lembrou, sem querer, de um moscão encarrapitado insensatamente na cabeça de um sapo ainda maior.

A turma entrou na sala em silêncio; a Prof.ª Umbridge era, até aquele momento, uma incógnita, e ninguém sabia se seria ou não adepta da disciplina rigorosa.

— Bom, boa tarde! — disse ela finalmente, quando a turma inteira acabou de sentar.

Alguns alunos murmuraram "boa tarde" em resposta.

— Tss-tss — muxoxou a professora. — *Assim* não vai dar, concordam? Eu gostaria que os senhores, por favor, respondessem: "Boa tarde, Prof.ª Umbridge." Mais uma vez, por favor. Boa tarde, classe!

— Boa tarde, Prof.ª Umbridge — entoaram os alunos monotonamente.

— Agora sim — disse a professora com meiguice. — Não foi muito difícil, foi? Guardem as varinhas e apanhem as penas.

Muitos alunos trocaram olhares sombrios; nunca antes à ordem "guardem as varinhas" se seguira uma aula que eles achassem interessante. Harry enfiou a varinha de volta na mochila e apanhou pena, tinta e pergaminho. A Prof.ª Umbridge abriu a bolsa e tirou a própria varinha, que era excepcionalmente curta, e com ela deu uma pancada forte no quadro-negro; imediatamente apareceu ali escrito:

Defesa Contra as Artes das Trevas
Um Retorno aos Princípios Básicos

— Bom, o ensino que receberam desta disciplina foi um tanto interrompido e fragmentário, não é mesmo? — afirmou a Prof.ª Umbridge, virando-se para encarar a turma, com as mãos perfeitamente cruzadas diante do corpo. — A mudança constante de professores, muitos dos quais não parecem ter seguido nenhum currículo aprovado pelo Ministério, infelizmente teve como consequência os senhores estarem muito abaixo dos padrões que esperaríamos ver no ano dos N.O.M.s.

"Os senhores ficarão satisfeitos de saber, porém, que tais problemas agora serão corrigidos. Este ano iremos seguir um curso de magia defensiva, aprovado pelo Ministério e cuidadosamente estruturado em torno da teoria. Copiem o seguinte, por favor."

Ela tornou a bater no quadro; a primeira mensagem desapareceu e foi substituída por "Objetivos do Curso".

1. *Compreender os princípios que fundamentam a magia defensiva.*
2. *Aprender a reconhecer as situações em que a magia defensiva pode legalmente ser usada.*
3. *Inserir o uso da magia defensiva em contexto de uso.*

Por alguns minutos o som de penas arranhando pergaminhos encheu a sala. Depois que todos copiaram os três objetivos do curso da Prof.ª Umbridge, ela perguntou:

— Todos têm um exemplar de *Teoria da magia defensiva* de Wilbert Slinkhard?

Ouviu-se um murmúrio baixo de concordância por toda a sala.

— Acho que vou tentar outra vez — disse ela. — Quando eu fizer uma pergunta, gostaria que os senhores respondessem: "Sim, senhora, Prof.ª Umbridge" ou "Não, senhora, Prof.ª Umbridge". Então: todos têm um exemplar de *Teoria da magia defensiva* de Wilbert Slinkhard?

— Sim, senhora, Prof.ª Umbridge — ecoou a resposta pela sala.

— Ótimo. Eu gostaria que os senhores abrissem na página cinco e lessem o Capítulo Um, "Elementos Básicos para Principiantes". Não precisarão falar.

A Prof.ª Umbridge deu as costas ao quadro e se acomodou na cadeira, à escrivaninha, observando todos os alunos, com aqueles olhos empapuçados de sapo. Harry abriu à página cinco do seu exemplar de *Teoria da magia defensiva* e começou a ler.

Era desesperadamente monótono, tão ruim quanto escutar o Prof. Binns. Sentiu sua concentração ir fugindo; logo tinha lido a mesma linha meia dúzia de vezes, sem absorver nada além das primeiras palavras. Vários minutos se passaram em silêncio. Ao seu lado, Rony virava e revirava a pena entre os dedos distraidamente, os olhos fixos no mesmo ponto da página. Harry olhou para a direita e teve uma surpresa que sacudiu o seu torpor. Hermione nem sequer abrira seu exemplar de *Teoria da magia defensiva*. Olhava fixamente a Prof.ª Umbridge com a mão levantada.

Harry não se lembrava de Hermione jamais ter deixado de ler quando a mandavam fazê-lo, ou resistir à tentação de abrir qualquer livro que passasse embaixo do seu nariz. Olhou-a, indagador, mas ela meramente balançou a cabeça, a indicar que não ia responder perguntas, e continuou a encarar a professora, que olhava com igual resolução para o outro lado.

Depois de se passarem vários minutos, porém, Harry já não era o único que olhava para Hermione. O capítulo que a professora os mandara ler era tão tedioso que um número cada vez maior de alunos estava preferindo observar a muda tentativa de Hermione de ser notada pela professora a continuar penando para ler os "Elementos Básicos para Principiantes".

Quando mais da metade da classe estava olhando para Hermione e não para os livros, a professora pareceu decidir que não podia continuar a ignorar a situação.

— Queria me perguntar alguma coisa sobre o capítulo, querida? — perguntou ela a Hermione, como se tivesse acabado de reparar nela.

— Não, não é sobre o capítulo — respondeu Hermione.

— Bem, é o que estamos lendo agora — disse a professora, mostrando seus dentinhos pontiagudos. — Se a senhorita tem outras perguntas, podemos tratar delas no final da aula.

— Tenho uma pergunta sobre os objetivos do curso — disse Hermione.

A Profª Umbridge ergueu as sobrancelhas.

— E como é o seu nome?

— Hermione Granger.

— Muito bem, Srta. Granger, acho que os objetivos do curso são perfeitamente claros se lidos com atenção — respondeu em um tom de intencional meiguice.

— Bem, eu não acho que estejam — concluiu Hermione secamente. — Não há nada escrito no quadro sobre o *uso* de feitiços defensivos.

Houve um breve silêncio em que muitos alunos da turma viraram a cabeça para reler, de testa franzida, os três objetivos do curso ainda escritos no quadro-negro.

— O *uso* de feitiços defensivos? — repetiu a Profª Umbridge, dando uma risadinha. — Ora, não consigo imaginar nenhuma situação que possa surgir nesta sala de aula que exija o uso de um feitiço defensivo, Srta. Granger. Com certeza não está esperando ser atacada durante a aula, está?

— Não vamos usar magia? — exclamou Rony, em voz alta.

— Os alunos levantam a mão quando querem falar na minha aula, Sr...?

— Weasley — respondeu Rony, erguendo a mão no ar.

A Profª Umbridge, ampliando o seu sorriso, virou as costas para ele. Harry e Hermione imediatamente ergueram as mãos também. Os olhos empapuçados da professora se detiveram por um momento em Harry, antes de se dirigir a Hermione.

— Sim, Srta. Granger? Quer me perguntar mais alguma coisa?

— Quero. Certamente a questão central na Defesa Contra as Artes das Trevas é a prática de feitiços defensivos.

— A senhorita é uma especialista educacional do Ministério da Magia, Srta. Granger?

— Não, mas...

— Bem, então, receio que não esteja qualificada para decidir qual é a "questão central" em nenhuma disciplina. Bruxos mais velhos e mais inteligentes que a senhorita prepararam o nosso novo programa de estudos.

A senhorita irá aprender a respeito dos feitiços defensivos de um modo seguro e livre de riscos...

— Para que servirá isso? — perguntou Harry, em voz alta. — Se formos atacados, não será em um...

— Mão, Sr. Potter! — entoou a Profª Umbridge.

Harry empunhou o dedo no ar. Mais uma vez, a professora prontamente lhe deu as costas, mas agora vários outros alunos tinham erguido as mãos.

— E o seu nome é? — perguntou a professora a Dino.

— Dino Thomas.

— Diga, Sr. Thomas.

— Bem, é como disse o Harry, não é? Se vamos ser atacados, então não será livre de riscos.

— Repito — disse a professora, sorrindo para Dino de modo muito irritante —, o senhor espera ser atacado durante as minhas aulas?

— Não, mas...

A Profª Umbridge interrompeu-o.

— Não quero criticar o modo como as coisas têm sido conduzidas nesta escola — disse ela, um sorriso pouco convincente distendendo sua boca rasgada —, mas os senhores foram expostos a alguns bruxos muito irresponsáveis nesta disciplina, de fato muito irresponsáveis, isto para não falar — ela deu uma risadinha desagradável — em mestiços extremamente perigosos.

— Se a senhora está se referindo ao Prof. Lupin — disse Dino, zangado, esganiçando a voz —, ele foi o melhor que já...

— Mão, Sr. Thomas! Como eu ia dizendo: os senhores foram apresentados a feitiços muito complexos, impróprios para a sua faixa etária e potencialmente letais. Alguém os amedrontou, fazendo-os acreditar na probabilidade de depararem com ataques das trevas com frequência...

— Não, isto não aconteceu — protestou Hermione —, só que...

— *Sua mão não está erguida, Srta. Granger!*

Hermione ergueu a mão. A Profª Umbridge virou-lhe as costas.

— Pelo que entendi, o meu antecessor não somente realizou maldições ilegais em sua presença, como chegou a aplicá-las nos senhores.

— Ora, no fim ficou provado que ele era um maníaco, não foi? — respondeu Dino, acalorado. — E veja bem, ainda assim aprendemos um bocado.

— *Sua mão não está erguida, Sr. Thomas!* — gorjeou a professora. — Agora o Ministério acredita que um estudo teórico será mais do que suficiente para prepará-los para enfrentar os exames, que, afinal, é para o que existe a escola. E o seu nome é? — acrescentou ela, fixando o olhar em Parvati, que acabara de erguer a mão.

— Parvati Patil, e não tem uma pequena parte prática no nosso N.O.M. de Defesa Contra as Artes das Trevas? Não temos de demonstrar que somos capazes de realizar contrafeitiços e coisas assim?

— Desde que tenham estudado a teoria com muita atenção, não há razão para não serem capazes de realizar feitiços sob condições de exame cuidadosamente controladas — respondeu a professora, encerrando o assunto.

— Sem nunca ter praticado os feitiços antes? — perguntou Parvati, incrédula. — A senhora está nos dizendo que a primeira vez que poderemos realizar feitiços será durante o exame?

— Repito, desde que tenham estudado a teoria com muita atenção...

— E para que vai servir a teoria no mundo real? — perguntou Harry em voz alta, seu punho mais uma vez no ar.

A Profª Umbridge ergueu a cabeça.

— Isto é uma escola, Sr. Potter, não é o mundo real — disse mansamente.

— Então não devemos nos preparar para o que estará nos aguardando lá fora?

— Não há nada aguardando lá fora, Sr. Potter.

— Ah, é? — A raiva de Harry, que parecia estar borbulhando sob a superfície o dia todo, agora começou a atingir o ponto de ebulição.

— Quem é que o senhor imagina que queira atacar crianças de sua idade? — perguntou a professora, num tom horrivelmente meloso.

— Humm, vejamos... — disse Harry numa voz fingidamente pensativa. — Talvez... Lorde Voldemort?

Rony ofegou. Lilá Brown soltou um gritinho. Neville escorregou pela lateral do banco. A Profª Umbridge, porém, nem sequer piscou. Estava encarando Harry com uma expressão de sinistra satisfação no rosto.

— Dez pontos perdidos para a Grifinória, Sr. Potter.

A sala ficou parada e em silêncio. Todos olhavam para Umbridge ou para Harry.

— Agora gostaria de deixar algumas coisas muito claras.

A Profª Umbridge ficou em pé e se curvou para a turma, suas mãos de dedos grossos e curtos abertas sobre a escrivaninha.

— Os senhores foram informados de que um certo bruxo das trevas retornou do além...

— Ele não estava morto — protestou Harry zangado —, mas, sim senhora, ele retornou!

— Sr. Potter-o-senhor-já-fez-sua-casa-perder-dez-pontos-não-piore-as-coisas-para-si-mesmo — disse a professora sem parar para respirar e sem olhar para ele. — Como eu ia dizendo, os senhores foram informados de que um certo bruxo das trevas está novamente solto. *Isto é mentira.*

— NÃO é mentira! — disse Harry. — Eu o vi, lutei com ele.

— Detenção, Sr. Potter! — disse a Prof² Umbridge, em tom de triunfo. — Amanhã à tarde. Cinco horas. Na minha sala. Repito, *isto é uma mentira.* O Ministério da Magia garante que não estamos ameaçados por nenhum bruxo das trevas. Se os senhores continuam preocupados, não se acanhem, venham me ver quando estiverem livres. Se alguém está alarmando os senhores com lorotas sobre bruxos das trevas renascidos, eu gostaria de ser informada. Estou aqui para ajudar. Sou sua amiga. E agora, por favor, continuem sua leitura. Página cinco. "Elementos Básicos para Principiantes".

A Prof² Umbridge sentou-se à escrivaninha. Harry, no entanto, ficou em pé. Todos o olhavam; Simas parecia meio apavorado, meio fascinado.

— Harry, não! — sussurrou Hermione, em tom de alerta, puxando-o pela manga, mas ele desvencilhou o braço da mão da amiga.

— Então, segundo a senhora, Cedrico Diggory caiu morto porque quis, foi? — perguntou Harry, com a voz tremendo.

A turma prendeu coletivamente a respiração, porque nenhum colega, exceto Rony e Hermione, jamais ouvira Harry falar do que acontecera na noite em que Cedrico morrera. Todos olhavam avidamente de Harry para a professora, que erguera os olhos e encarava o garoto sem o menor vestígio de falso sorriso no rosto.

— A morte de Cedrico Diggory foi um trágico acidente — disse ela, com frieza.

— Foi assassinato — disse Harry. Ele sentia seu corpo tremer. Pouco falara com outras pessoas sobre isso, e muito menos com trinta colegas que o escutavam ansiosos. — Voldemort o matou, e a senhora sabe disso.

O rosto da Prof² Umbridge estava inexpressivo. Por um momento, Harry pensou que fosse berrar com ele. Então ela falou, com a sua voz mais macia, mais meiga e mais infantil:

— Venha cá, Sr. Potter, querido.

Ele chutou sua cadeira para o lado, contornou Rony e Hermione e foi à escrivaninha da professora. Podia sentir o resto da classe prendendo a respiração. Estava tão furioso que não se importava com o que fosse acontecer.

A Prof² Umbridge puxou um pequeno rolo de pergaminho cor-de-rosa da bolsa, esticou-o sobre a escrivaninha, molhou a pena no tinteiro e começou a escrever, curvada sobre o pergaminho para que Harry não pudesse ver o que estava escrevendo. Ninguém falava. Passado um minuto e pouco, ela enrolou o pergaminho e lhe deu um toque com a varinha; ele se selou, sem emendas, de modo que o garoto não o pudesse abrir.

— Leve isto à Profª McGonagall, querido — disse estendendo a ele o bilhete.

Harry apanhou-o sem dizer palavra e saiu da sala, sem sequer olhar para Rony e Hermione, batendo a porta ao passar. Andou muito depressa pelo corredor, o bilhete para McGonagall apertado na mão, mas, ao virar um canto, deu de cara com Pirraça, o poltergeist, um homenzinho de boca grande que flutuava de costas no ar, fazendo malabarismos com vários tinteiros.

— Ora, é o Pirado do Potter! — gargalhou Pirraça, deixando dois tinteiros caírem no chão, onde se estilhaçaram, salpicando tinta nas paredes; Harry pulou para trás para escapar, e rosnou.

— Dá o fora, Pirraça.

— ÔÔÔÔ, o Pirado está irritado — exclamou Pirraça, perseguindo Harry pelo corredor, caçoando enquanto o sobrevoava. — Que foi desta vez, meu querido amigo Pirado? Ouvindo vozes? Tendo visões? Falando — Pirraça produziu um ruído porco com a boca — línguas?

— Eu disse, me deixa em PAZ! — berrou Harry, descendo o lance mais próximo de escadas a correr, mas Pirraça simplesmente escorregou de costas pelo corrimão da escada.

Ah, muitos acham que ele está rosnando, o pobre Pottinho,
Mas outros são mais caridosos e dizem que está só triste,
Mas Pirraça sabe das coisas e diz que é pura piração...

— CALA A BOCA!

Uma porta à sua esquerda escancarou-se e a Profª McGonagall saiu de sua sala parecendo implacável e ligeiramente estressada.

— Afinal por que é que você está gritando, Potter? — perguntou com rispidez, enquanto Pirraça dava divertidas gargalhadas e desaparecia de vista. — Por que não está em aula?

— Me mandaram ver a senhora — disse Harry formalmente.

— Mandaram? Que é que você quer dizer com *mandaram*?

Ele estendeu o bilhete da Profª Umbridge. A Profª McGonagall apanhou-o, franzindo a testa, abriu-o com um toque de varinha, desenrolou-o e começou a ler. Seus olhos correram de um lado a outro por trás dos óculos quadrados enquanto lia o que Umbridge escrevera, e a cada linha se tornavam mais apertados.

— Venha aqui, Potter.

Ele entrou atrás dela na sala. A porta se fechou automaticamente.

– Então? – perguntou-lhe a professora, zangada. – É verdade?

– É verdade o quê? – perguntou Harry, um pouco mais agressivamente do que pretendera. – Professora? – acrescentou tentando parecer mais educado.

– É verdade que você gritou com a Profª Umbridge?

– Sim, senhora.

– Chamou-a de mentirosa?

– Chamei.

– Disse a ela que Aquele-Que-Não-Deve-Ser-Nomeado retornou?

– Sim, senhora.

A Profª McGonagall sentou-se à escrivaninha, observando Harry com a testa enrugada. Então disse:

– Coma um biscoito, Harry.

– Coma... o quê?

– Coma um biscoito – repetiu ela impaciente, apontando uma lata com estampa escocesa em cima de uma das pilhas de papéis sobre sua mesa. – E sente-se.

Tinha havido uma outra ocasião em que Harry esperara levar umas bastonadas da professora, mas, em lugar disso, fora indicado por ela para a equipe de quadribol da Grifinória. Ele se deixou afundar na cadeira à frente da escrivaninha e se serviu de um tritão de gengibre, sentindo-se tão confuso e atrapalhado quanto na ocasião anterior.

A Profª McGonagall depositou o bilhete sobre a escrivaninha e olhou muito séria para Harry.

– Potter, você precisa ter cuidado.

Harry engoliu o biscoito e encarou a professora.

Seu tom de voz não se parecia com o que ele estava acostumado a ouvir; não era enérgico, seco nem severo; era baixo e ansioso e, de alguma forma, muito mais humano do que o habitual.

– O mau comportamento na classe de Dolores Umbridge poderá lhe custar muito mais do que a perda de pontos e uma detenção.

– Que é que a senhora...

– Potter, use o bom-senso – retorquiu a Profª McGonagall, com um brusco retorno à sua maneira usual. – Você sabe de onde ela vem, você deve saber a quem ela está se reportando.

A sineta tocou anunciando o fim da aula. No andar de cima e por todos os lados, ouviu-se o tropel elefantino de centenas de estudantes em marcha.

— Diz aqui que ela lhe deu uma detenção para cada noite desta semana a começar amanhã — disse McGonagall, tornando a consultar o bilhete.

— Todas as noites desta semana! — repetiu Harry horrorizado. — Mas, professora, será que a senhora não poderia...?

— Não poderia — respondeu ela taxativamente.

— Mas...

— Ela é sua professora e tem todo o direito de lhe dar detenções. Você se apresentará na sala dela amanhã às cinco horas para a primeira. Lembre-se, pise mansinho perto de Dolores Umbridge.

— Mas eu estava dizendo a verdade! — disse Harry, indignado. — Voldemort voltou, a senhora sabe que sim; o Prof. Dumbledore sabe que sim...

— Pelo amor de Deus, Potter! — exclamou a Profª McGonagall, acertando os óculos, muito zangada (contraíra horrivelmente o rosto quando ele usara o nome de Voldemort). — Você acha realmente que o que está em jogo são verdades ou mentiras? O que está em jogo é manter a sua cabeça baixa e a sua irritação sob controle!

Ela se levantou, as narinas abertas e a boca muito fina, e Harry fez o mesmo.

— Coma outro biscoito — disse, irritada, empurrando a lata para o garoto.

— Não, muito obrigado — disse Harry, com frieza.

— Não seja ridículo — ralhou McGonagall.

Ele tirou mais um.

— Obrigado — agradeceu de má vontade.

— Você não escutou com atenção o discurso de Dolores Umbridge no banquete de abertura do ano letivo, Potter?

— Escutei, sim. Eu a escutei... dizer... o progresso será proibido ou... bem, queria dizer que... o Ministério da Magia está tentando interferir em Hogwarts.

A Profª McGonagall mirou-o por um momento, depois fungou, contornou a escrivaninha e segurou a porta aberta para ele.

— Bem, fico contente que pelo menos você escute a Hermione Granger — disse, mandando-o sair com um gesto.

13

A DETENÇÃO COM DOLORES

O jantar no Salão Principal àquela noite não foi uma experiência agradável para Harry. A notícia sobre o seu torneio de gritos com Umbridge se espalhara com excepcional velocidade, mesmo para os padrões de Hogwarts. Ele ouviu cochichos a toda volta enquanto comia, sentado entre Rony e Hermione. O engraçado é que nenhum dos colegas que cochichavam parecia se importar que ele ouvisse o que diziam a seu respeito. Muito ao contrário, pareciam esperar que ele se zangasse e recomeçasse a gritar, para poder ouvir a história em primeira mão.

– Ele diz que viu Cedrico Diggory ser assassinado...
– Ele acha que enfrentou Você-Sabe-Quem...
– Ah, qual é...
– Quem é que ele acha que está enganando?
– Nem vem...
– O que não entendo – disse Harry, com a voz vacilante, descansando a faca e o garfo (suas mãos tremiam demais para segurá-los com firmeza) – é por que todos acreditaram na história há dois meses quando Dumbledore a contou...
– A questão é, Harry, que não tenho muita certeza de que acreditaram – disse Hermione muito séria. – Ah, vamos sair daqui.

Ela bateu com os próprios talheres na mesa; Rony olhou cobiçoso para a torta de maçã que ainda não terminara, mas acompanhou-os. As pessoas ficaram olhando os três saírem do salão.

– O que quis dizer com essa história de não ter certeza de que tenham acreditado em Dumbledore? – perguntou Harry a Hermione, quando chegaram ao patamar do primeiro andar.
– Olhe, você não entende como foi depois que a coisa aconteceu – explicou Hermione em voz baixa. – Você chegou no meio do gramado segurando o cadáver do Cedrico... nenhum de nós viu o que aconteceu no

labirinto... Só tínhamos a palavra do Dumbledore de que Você-Sabe-Quem tinha retornado, matado Cedrico e lutado com você.

– O que é verdade! – disse Harry em voz alta.

– Eu sei que é, Harry, por isso será que pode, *por favor*, parar de se enfurecer comigo? – pediu Hermione, cansada. – Só que antes de poderem assimilar a verdade, todos foram embora, passar as férias em casa, lendo durante dois meses que você é pirado e Dumbledore está ficando senil!

A chuva martelava as vidraças enquanto voltavam, pelos corredores vazios, à Torre da Grifinória. Harry teve a sensação de que seu primeiro dia havia durado uma semana, mas ainda restava uma montanha de deveres para fazer antes de deitar. Uma dor latejante começou a se fixar sobre seu olho direito. Ele espiou pelas janelas, lavadas de chuva, os terrenos da escola, agora escuros, antes de virar para o corredor da Mulher Gorda. A cabana de Hagrid continuava apagada.

– *Mimbulus mimbletonia* – disse Hermione, antes que a Mulher Gorda pudesse perguntar. O quadro girou, expondo o buraco que ocultava, e os três passaram.

A sala comunal estava quase vazia; a maioria dos alunos ainda jantava no salão. Bichento se desenroscou e deixou a poltrona para ir ao encontro deles, ronronando alto, e quando Harry, Rony e Hermione se acomodaram em suas cadeiras favoritas, diante da lareira, ele saltou com leveza para o colo da dona e se aconchegou ali como uma almofadinha laranja e peluda. Harry pôs-se a contemplar as chamas, sentindo-se vazio e exausto.

– *Como Dumbledore pôde ter deixado isso acontecer?!* – exclamou Hermione de repente, fazendo Harry e Rony se sobressaltarem. Bichento pulou do colo dela, parecendo ofendido. Ela socou os braços da poltrona, furiosa, fazendo pedacinhos do enchimento escaparem pelos puídos. – Como é que ele pôde deixar aquela mulher horrível dar aulas para nós? E justamente no ano em que temos de prestar os N.O.M.s?

– Bom, nunca tivemos grandes professores de Defesa Contra as Artes das Trevas, tivemos? – disse Harry. – Você sabe qual é a situação, Hagrid nos contou, ninguém quer o cargo, dizem que está azarado.

– É, mas daí a empregar alguém que se recusa a nos deixar praticar magia! *Qual é a do Dumbledore?*

– E ainda por cima está tentando convencer as pessoas a espionarem para ela – disse Rony sombriamente. – Estão lembrados de quando ela disse que queria que a gente fosse contar se ouvisse alguém dizendo que Você-Sabe-Quem voltou?

— É claro que ela está aqui para espionar, isto é óbvio, por que outra razão Fudge iria querer que ela viesse? — retorquiu Hermione.

— Não comecem a discutir outra vez — disse Harry, cansado, quando Rony abriu a boca para revidar. — Será que não podemos... vamos só fazer os deveres, tirá-los do caminho...

Eles apanharam as mochilas a um canto e tornaram a sentar nas poltronas diante da lareira. As pessoas estavam voltando do jantar agora. Harry manteve o rosto desviado do buraco do retrato, mas ainda assim sentia os olhares que estava atraindo.

— Vamos fazer o do Snape primeiro? — perguntou Rony, mergulhando a pena no tinteiro. — *"As propriedades... da pedra da lua... e seus usos... na preparação de poções"* — murmurou ele, escrevendo as palavras no topo do pergaminho, ao mesmo tempo que as enunciava. — Pronto.

Ele sublinhou o título, depois ergueu os olhos para Hermione, cheio de expectativa.

— Então, quais são as propriedades da pedra da lua e seus usos na preparação de poções?

Mas Hermione não estava ouvindo; tinha os olhos apertados, tentando ver o canto mais distante da sala, onde Fred, Jorge e Lino Jordan estavam sentados no meio de um grupinho de calouros de ar inocente, todos mastigando alguma coisa que parecia ter sido tirada de um grande saco de papel na mão de Fred.

— Não, sinto muito, mas agora eles foram longe demais — disse ela se levantando com um ar decididamente furioso. — Vamos, Rony.

— Eu... quê? — perguntou Rony, procurando visivelmente ganhar tempo. — Não... vamos, Hermione... não podemos repreender os caras por estarem distribuindo doces.

— Você sabe perfeitamente bem que são pedaços de Nugá Sangra-Nariz ou... ou Vomitilhas ou...

— Fantasias Debilitantes? — sugeriu Harry em voz baixa.

Um a um, como se uma marreta invisível tivesse acertado uma pancada na cabeça deles, os calouros começaram a desmaiar nas poltronas; alguns escorregaram direto para o chão, outros caíram por cima dos braços da poltrona, com as línguas penduradas para fora. A maioria dos colegas que observavam a cena ria; mas Hermione aprumou os ombros e marchou diretamente para onde estavam Fred e Jorge agora em pé, pranchetas na mão, observando atentamente os calouros. Rony fez um esforço parcial para se levantar da poltrona, hesitou um instante e em seguida murmurou para Harry:

– Ela está controlando a situação. – E afundou na poltrona o máximo que os seus ossos compridos permitiram.

– Já basta! – disse Hermione com autoridade a Fred e Jorge, fazendo os dois erguerem a cabeça ligeiramente surpresos.

– É, você tem razão – disse Jorge, confirmando com a cabeça –, essa dosagem parece bastante forte, não é?

– Eu disse a vocês hoje de manhã que não podiam testar suas porcarias nos estudantes!

– Nós estamos pagando a eles! – respondeu Fred, indignado.

– Não me interessa, isso pode ser perigoso!

– Bobagem – disse Fred.

– Calma aí, Hermione, eles estão bem! – tranquilizou-a Lino, enquanto ia de calouro em calouro, enfiando doces roxos em suas bocas abertas.

– Estão sim, olhe, estão recuperando os sentidos – disse Jorge.

Alguns dos calouros estavam de fato voltando a si. Vários deles pareciam tão chocados de se ver caídos no chão, ou pendurados nas poltronas, que Harry teve a certeza de que Fred e Jorge não lhes explicara o efeito dos doces.

– Está se sentindo legal? – perguntou Jorge carinhosamente a uma menininha de cabelos escuros caída aos seus pés.

– Acho... acho que estou – respondeu ela, trêmula.

– Excelente! – exclamou Fred muito feliz, mas, no segundo seguinte, Hermione arrebatara de suas mãos a prancheta e o saco de papel com Fantasias Debilitantes.

– NÃO, não é excelente!

– Claro que é, eles estão vivos, não estão? – respondeu Fred, zangado.

– Você não pode fazer isso, e se tivesse deixado os garotos realmente doentes?

– Não vamos deixar ninguém doente, já testamos os doces em nós mesmos, isto é só para verificar se todo o mundo reage igual...

– Se vocês não pararem com isso, eu vou...

– Nos dar uma detenção? – perguntou Fred, em tom de quem diz quero-ver-você-tentar.

– Mandar a gente escrever frases? – perguntou Jorge, debochando.

Todos os que acompanhavam a cena estavam rindo. Hermione se empertigou; seus olhos se estreitaram e sua cabeleira densa pareceu estalar de eletricidade.

– Não – disse, com a voz tremendo de raiva –, mas vou escrever para sua mãe.

— Você não faria isso — disse Jorge horrorizado, recuando um passo.

— Ah, faria, sim — confirmou ela, séria. — Não posso impedir vocês de comerem essas porcarias, mas vocês não vão dá-las aos calouros.

Fred e Jorge ficaram aterrados. Estava claro que, em sua opinião, a ameaça de Hermione era um golpe muito baixo. Com um último olhar de ameaça aos gêmeos, ela atirou a prancheta e o saco de Fantasias Debilitantes nos braços de Fred e voltou à sua poltrona junto à lareira.

Rony agora se enfiara tão no fundo da poltrona que seu nariz encostava nos joelhos.

— Obrigada pelo apoio, Rony — disse Hermione causticamente.

— Você resolveu a situação muito bem sozinha — murmurou ele.

Hermione olhou por alguns segundos para o pergaminho que deixara em branco, depois disse, nervosa:

— Ah, não adianta, agora não consigo mais me concentrar. Vou me deitar.

Ela abriu a mochila com violência; Harry pensou que fosse guardar os livros, mas, em lugar disso, tirou dois objetos de lã informes, colocou-os cuidadosamente sobre a mesa junto à lareira, cobriu-os com alguns pedaços de pergaminho amarrotados e uma pena quebrada e deu alguns passos atrás para admirar o efeito.

— Em nome de Merlim, que é que você está fazendo? — perguntou Rony, observando-a como se temesse que a amiga estivesse perdendo o juízo.

— São gorros para os elfos domésticos — esclareceu ela, animada, agora enfiando os livros na mochila. — Fiz durante o verão. Sou uma tricoteira bem lenta, sem magia, mas agora que estou de volta à escola vou poder fazer muitos mais.

— Você vai deixar gorros para os elfos domésticos? — perguntou Rony vagarosamente. — E vai cobri-los com lixo?

— É — respondeu Hermione em tom de desafio, atirando a mochila às costas.

— Isto não é direito — disse Rony zangado. — Você está induzindo-os a apanharem os gorros. Está liberando os elfos sem saber se eles querem ser liberados.

— Claro que eles querem ser liberados! — respondeu Hermione na mesma hora, embora seu rosto começasse a corar. — Não se atreva a tocar nesses gorros, Rony!

Ela saiu da sala. Rony esperou até Hermione desaparecer pela porta que levava ao dormitório das garotas, depois tirou o lixo de cima dos gorros de lã.

— Eles precisam ao menos ver o que estão apanhando — disse com firmeza. — Em todo o caso... — e enrolou o pergaminho em que escrevera o título do trabalho para Snape —, não tem sentido tentar terminar o dever agora, não sou capaz de fazê-lo sem a Mione. Não tenho a menor ideia do que se deve fazer com pedras da lua, e você?

Harry balançou a cabeça, reparando, ao fazer esse movimento, que a dor em sua têmpora direita piorava. Pensou no longo trabalho sobre as guerras dos gigantes e sentiu uma pontada forte. Sabendo perfeitamente que, quando amanhecesse, iria se arrepender de não ter terminado os deveres, empilhou os livros e os guardou na mochila.

— Vou me deitar também.

Passou por Simas a caminho da porta para o dormitório dos garotos, mas não o olhou. Harry teve a impressão fugaz de que o colega começara a abrir a boca para falar, mas ele apressou o passo e alcançou a paz reconfortante da escada circular sem ter de suportar mais nenhuma provocação.

O dia seguinte amanheceu tão escuro e chuvoso quanto o anterior. Hagrid continuava ausente da mesa dos professores durante o café da manhã.

— Mas, do lado positivo, hoje não teremos Snape — disse Rony para animar.

Hermione deu um enorme bocejo e se serviu de café. Parecia bem satisfeita com alguma coisa, e quando Rony lhe perguntou qual era o motivo de tanta satisfação, ela respondeu simplesmente:

— Os gorros desapareceram. Parece que os elfos domésticos afinal querem ser liberados.

— Eu não confiaria nisso — disse Rony, em tom cortante. — Talvez não contem os gorros como roupas. Eu não achei que parecessem gorros, pareciam mais bexigas de lã.

Hermione não falou mais com ele o resto da manhã.

Aos dois tempos de Feitiços, seguiram-se outros dois de Transfiguração. O Prof. Flitwick e a Profª McGonagall passaram os primeiros quinze minutos de suas aulas falando à turma sobre a importância dos N.O.M.s.

— O que vocês precisam lembrar — disse o pequeno Prof. Flitwick, com sua voz de ratinho, encarrapitado como sempre em uma pilha de livros para poder ver por cima do tampo da mesa — é que esses exames podem influenciar o seu futuro durante muitos anos! Se vocês ainda não pensaram seriamente em suas carreiras, agora é o momento de o fazerem. Entrementes, receio que iremos trabalhar com mais afinco que nunca, para garantir que vocês possam provar o que valem!

Depois dessa introdução, eles passaram mais de uma hora recordando os Feitiços Convocatórios, que, segundo o Prof. Flitwick, cairiam com certeza nos exames, e ele arrematou a aula passando a maior quantidade de deveres de Feitiços que seus alunos já haviam recebido.

Em Transfiguração, foi igual, se não pior.

– Vocês não podem passar nos exames – disse a Prof² McGonagall muito séria – sem se aplicarem seriamente ao estudo e à prática. Não vejo razão alguma para alguém nesta classe deixar de passar no N.O.M. de Transfiguração, se trabalhar como deve. – Neville fez um muxoxinho de descrença. – E você também, Longbottom. Não há nenhum problema com o seu trabalho a não ser sua falta de confiança. Então... hoje vamos começar a estudar os Feitiços de Desaparição. São mais fáceis do que os Conjuratórios, que normalmente vocês não experimentariam até os N.I.E.M.s, mas estão incluídos entre as mágicas mais difíceis que serão exigidas nos N.O.M.s.

McGonagall tinha toda razão; Harry achou os Feitiços de Desaparição dificílimos. No final do segundo tempo de aula, nem ele nem Rony tinham conseguido fazer desaparecer as lesmas com que estavam praticando, embora Rony anunciasse, esperançoso, que achava que a dele ficara um pouco mais pálida. Por outro lado, Hermione fez desaparecer, com êxito, a sua lesma, na terceira tentativa, ganhando, da professora, dez pontos para Grifinória. Foi a única pessoa que não recebeu dever de casa; todos os outros receberam ordem de praticar o feitiço e se preparar para uma nova tentativa com as lesmas na tarde seguinte.

Agora, ligeiramente em pânico com a quantidade de deveres de que precisavam dar conta, Harry e Rony passaram a hora do almoço na biblioteca, pesquisando os usos das pedras da lua no preparo de poções. Ainda zangada com a calúnia de Rony sobre seus gorros de lã, Hermione não os acompanhou. Quando chegaram à aula de Trato das Criaturas Mágicas, à tarde, a cabeça de Harry voltou a doer.

O dia se tornara frio e ventoso, e quando desciam o gramado em direção à cabana de Hagrid, na orla da Floresta Proibida, sentiram pingos de chuva no rosto. A Prof² Grubbly-Plank aguardava a turma a uns dez metros da porta de entrada de Hagrid, em pé diante de uma longa mesa de cavalete cheia de gravetos. Quando Harry e Rony chegaram mais perto, ouviram grandes gargalhadas às suas costas; ao se virarem, viram Draco Malfoy, que vinha em sua direção, cercado pela gangue de sempre de colegas da Sonserina. Obviamente, dissera algo muito engraçado, porque Crabbe, Goyle, Pansy Parkinson e os demais continuaram a rir gostosamente ao se reunirem em torno da mesa, e, a julgar pelo modo insistente de olhar para Harry, ele não teve muita dificuldade em adivinhar quem era o alvo da graça.

— Todos presentes? — perguntou em tom seco a Profª Grubbly-Plank, quando os alunos da Sonserina e Grifinória finalmente chegaram. — Vamos começar logo, então. Quem é capaz de me dizer o nome dessas coisas?

A professora indicou o montinho de gravetos sobre a mesa. A mão de Hermione se ergueu. Atrás dela, Malfoy fez uma imitação dentuça de Hermione dando pulinhos de ansiedade para responder a perguntas. Pansy teve um acesso de riso que se transformou quase num grito, quando os gravetos sobre a mesa saltaram no ar e revelaram se parecer com minúsculos diabretes de madeira, cada um com nodosos braços e pernas marrons, dois dedos de graveto na ponta das mãos e uma cara gaiata e achatada que lembrava cortiça, em que brilhavam dois olhinhos de besouro.

— Uhhhhh! — exclamaram Parvati e Lilá, irritando Harry completamente. Qualquer um pensaria que Hagrid jamais mostrara às duas outros seres impressionantes; confessadamente, os vermes foram meio sem graça, mas as salamandras e os hipogrifos tinham sido bem interessantes, e os explosivins talvez até demais.

— Por favor, falem baixo, meninas! — disse a Profª Grubbly-Plank energicamente, espalhando um punhado de algo parecido com arroz integral entre os bichos-gravetos, que imediatamente atacaram a comida. — Então... alguém sabe o nome desse bichos? Srta. Granger?

— Tronquilhos — respondeu Hermione. — São guardiões de árvores, em geral vivem em árvores próprias para varinhas.

— Cinco pontos para a Grifinória — disse a Profª Grubbly-Plank. — São tronquilhos, como disse corretamente a Srta. Granger, em geral vivem em árvores que fornecem material de qualidade para varinhas. Alguém sabe o que eles comem?

— Bichos-de-conta — respondeu prontamente Hermione, o que explicava por que aquilo que Harry pensara serem grãos de arroz integral estava se mexendo. — E também ovos de fada, quando conseguem encontrá-los.

— Muito bem, garota, fique com mais cinco pontos. Portanto, sempre que precisarem da madeira de uma árvore em que há um tronquilho alojado, é bom levar um presente de bichos-de-conta à mão para distrair ou aplacar seu guardião. Eles podem não parecer perigosos, mas, se forem irritados, tentarão arrancar os olhos da pessoa com os dedos, que, como vocês veem, são muito afiados e nem um pouco desejáveis perto dos olhos. Então, se vocês quiserem se aproximar um pouco mais, apanhem uns bichos-de-conta e um tronquilho. Tenho aqui o suficiente para dividi-los por grupos de três, vocês podem estudá-los com mais atenção. Quero que façam individualmente um esboço com todas as partes do corpo identificadas, até o final da aula.

A turma avançou para a mesa. Harry intencionalmente deu a volta por trás, de modo a terminar ao lado da Prof² Grubbly-Plank.

— Aonde foi o Hagrid? — perguntou ele, enquanto os outros escolhiam os tronquilhos.

— Não é da sua conta — respondeu a professora, reprimindo-o, a mesma atitude da última vez que Hagrid não aparecera para dar aula. Com um sorriso afetado espalhado pelo rosto pontudo, Draco Malfoy debruçou-se por cima de Harry e apanhou o maior tronquilho que havia.

— Quem sabe — disse Malfoy a meia-voz, de modo que somente Harry pudesse ouvi-lo — aquele retardadão não acabou se machucando pra valer?

— Quem sabe o que vai lhe acontecer se não calar a boca? — respondeu Harry pelo canto da boca.

— Vai ver ele anda se metendo com coisa *grande* demais para ele, se é que está me entendendo.

Malfoy se afastou rindo, por cima do ombro, para Harry, que repentinamente se sentiu mal. Será que Malfoy sabia de alguma coisa? Afinal, o pai dele era um Comensal da Morte; e se tivesse informação de que algo sucedera a Hagrid, e que ainda não chegara ao conhecimento da Ordem? Ele tornou a dar a volta à mesa depressa e foi se juntar a Rony e Hermione, que estavam acocorados na grama a alguma distância, tentando persuadir um tronquilho a parar quieto, tempo suficiente para poderem desenhá-lo. Harry puxou o pergaminho e a pena, agachou-se ao lado dos outros e contou, aos sussurros, o que Malfoy acabara de falar.

— Dumbledore saberia se alguma coisa tivesse acontecido ao Hagrid — disse Hermione na mesma hora. — Mostrar preocupação é fazer o jogo do Malfoy; é dizer a ele que não sabemos exatamente o que está acontecendo. Temos de ignorá-lo, Harry. Tome aqui, segure o tronquilho um instante, para eu poder desenhar a cara dele...

— É — ouviram a voz clara e arrastada de Malfoy no grupo mais próximo —, papai esteve conversando com o ministro há uns dois dias, sabe, e parece que o Ministério está realmente decidido a agir com rigor para acabar com o ensino de segunda classe desta escola. Por isso, *mesmo que* aquele retardado supernutrido reapareça, ele provavelmente será despedido na hora!

— AI!

Harry apertara o tronquilho com tanta força que quase o partira, e o bicho acabara de revidar, golpeando-lhe a mão com os dedos afiados, produzindo dois cortes longos e profundos. Harry largou-o no chão. Crabbe e Goyle, que já estavam dando gargalhadas com a ideia de Hagrid ser despedido, riram com mais vontade ao ver o tronquilho disparar em direção à floresta, um homenzinho de graveto, logo engolido pelas raízes das árvores. Quando a sineta tocou ao longe, ecoando pelos terrenos da escola, Harry enrolou o seu desenho manchado de sangue e foi para a aula de Herbologia, com a mão enrolada no lenço de Hermione, o riso zombeteiro de Malfoy ainda ressoando em seus ouvidos.

— Se ele chamar Hagrid de retardado mais uma vez... — disse enfurecido.

— Harry, não vá brigar com Malfoy, não se esqueça de que agora ele é monitor e poderia fazer sua vida muito difícil...

— Uau, como seria uma vida muito difícil? — perguntou Harry sarcasticamente. Rony riu, mas Hermione franziu a testa. Juntos, eles foram andando pelos canteiros de hortaliças. O céu continuava incapaz de decidir se queria ou não chover.

— Eu só gostaria que Hagrid não demorasse a voltar, nada mais — disse Harry em voz baixa, quando chegaram às estufas. — E *não* me diga que a tal Grubbly-Plank é melhor como professora! — acrescentou em tom de ameaça.

— Eu não ia dizer — respondeu Hermione calmamente.

— Porque ela nunca vai ser tão boa quanto o Hagrid — afirmou ele, muitíssimo consciente de que acabara de presenciar uma aula exemplar de Trato das Criaturas Mágicas, e estava absolutamente aborrecido com isso.

A porta da estufa mais próxima se abriu e alguns alunos do quarto ano saíram, inclusive Gina.

— Oi — disse ela, alegremente, ao passar. Alguns segundos depois, saiu Luna Lovegood, atrás do resto da turma, o nariz sujo de terra e os cabelos amarrados em um nó no alto da cabeça. Quando viu Harry, seus olhos salientes pareceram se arregalar de animação, e ela traçou uma reta até ele. Muitos colegas de Harry se viraram curiosos para olhar. Luna inspirou profundamente e anunciou, sem sequer dar um alô preliminar: — Acredito que Aquele-Que-Não-Deve-Ser-Nomeado retornou, e acredito que você lutou com ele e conseguiu fugir.

— Hum... certo — disse Harry, sem jeito. Luna estava usando brincos que pareciam rabanetes cor de laranja, algo que Parvati e Lilá pareciam ter notado, porque davam risadinhas e apontavam para as orelhas dela.

— Podem rir — disse Luna, erguendo a voz, aparentemente sob a impressão de que Parvati e Lilá estavam rindo do que ela dissera e não do que estava usando —, mas as pessoas achavam que Blibbering Humdinger e Crumple-Horned Snorkack também não existiam.

— Ora, e tinham razão, não? — perguntou Hermione, impaciente. — *Não havia* Blibbering Humdinger nem Crumple-Horned Snorkack.

Luna lançou-lhe um olhar de secar planta e foi embora, com um movimento de impaciência que fazia os rabanetes balançarem loucamente. Parvati e Lilá agora não eram as únicas a cair na gargalhada.

— Você se importa de não ofender as únicas pessoas que acreditam em mim? — pediu Harry a Hermione a caminho da aula.

— Ah, pelo amor de Deus, Harry, você pode arranjar gente melhor que *ela*. Gina me contou tudo sobre a Luna; pelo jeito, ela só acredita nas coisas quando não há provas de sua existência. Bem, eu não esperaria outra coisa de alguém cujo pai edita *O Pasquim*.

Harry pensou nos sinistros cavalos alados que vira na noite da chegada, e em Luna lhe dizendo que também era capaz de vê-los. Seu ânimo minguou ligeiramente. Será que ela mentira? Mas, antes que pudesse dedicar muito tempo ao assunto, Ernesto Macmillan se aproximara dele.

— Eu quero que você saiba, Potter — disse alto e bom som —, que não são apenas os excêntricos que apoiam você. Eu, pessoalmente, acredito em você cem por cento. Minha família sempre se manteve firme ao lado de Dumbledore, e eu também.

— Hum... muito obrigado, Ernesto — disse Harry, surpreso mas satisfeito. Ernesto podia ser pomposo em ocasiões como aquela, mas Harry estava disposto a apreciar profundamente um voto de confiança de alguém que não usava rabanetes pendurados nas orelhas. As palavras do colega sem dúvida apagaram o sorriso do rosto de Lilá Brown e, quando Harry se virou para falar com Rony e Hermione, ele vislumbrou a expressão no rosto de Simas, que parecia ao mesmo tempo confusa e desafiadora.

Não foi surpresa para ninguém que a Prof.ª Sprout começasse a aula fazendo uma preleção sobre a importância dos N.O.M.s. Harry gostaria que todos os professores parassem com aquilo; estava começando a sentir ansiedade e contorções no estômago cada vez que se lembrava da quantidade de deveres que tinha a fazer, uma sensação que piorou dramaticamente quando a Prof.ª Sprout passou para os alunos mais um trabalho no final da aula. Cansados e exalando um forte cheiro de bosta de dragão, o adubo favorito da professora, os alunos da Grifinória marcharam de volta ao castelo, sem querer muita conversa; fora mais um longo dia.

Como Harry estava faminto, e teria sua primeira detenção com Umbridge às cinco horas, rumou direto para o salão, sem deixar a mochila na Torre da Grifinória, na esperança de engolir alguma coisa antes de enfrentar o que ela lhe reservara. Mal alcançara a entrada para o Salão Principal, porém, ouviu uma voz zangada berrando:

— Ei, Potter!

— Que é agora? — murmurou, cansado, e ao se virar deu de cara com Angelina Johnson, que parecia estar barbaramente irritada.

— Vou lhe dizer o *que é agora* — disse, caminhando decidida ao seu encontro e metendo o dedo com força em seu peito. — Como foi que você arranjou uma detenção para as cinco horas na sexta-feira?

— Quê? Por que... ah, sim, os testes para goleiro!

— Ah, *agora* ele se lembra! — vociferou Angelina. — Eu não avisei que queria fazer um teste com o *time completo,* para escolher alguém que *se ajustasse com todos?* Eu não avisei que fiz reserva especial para o campo de quadribol? E agora você decidiu que não vai comparecer!

— Eu não decidi que não vou comparecer! — defendeu-se Harry, mordido com a injustiça daquelas palavras. — Recebi uma detenção daquela Umbridge, só porque disse a ela a verdade sobre Você-Sabe-Quem.

— Muito bem, pois pode ir direto a ela e pedir para dispensar você na sexta-feira — disse Angelina com ferocidade —, e não quero nem saber como vai fazer isso. Diga a ela que Você-Sabe-Quem é produto de sua imaginação, se quiser, mas *dê um jeito de estar lá!*

Angelina se afastou enfurecida.

— Sabe de uma coisa? — disse Harry a Rony e Hermione ao entrarem no Salão Principal. — Acho que é melhor a gente checar com o União de Puddlemere se o Olívio Wood por acaso morreu durante um treinamento, porque a Angelina parece que está encarnando o espírito dele.

— Você acha que tem alguma probabilidade da Umbridge liberar você na sexta-feira? — perguntou Rony, cético, quando se sentaram à mesa da Grifinória.

— Menos que zero — disse Harry deprimido, virando umas costeletas de cordeiro no prato e começando a comer. — Mas é melhor eu tentar, não é? Vou me oferecer para cumprir mais duas detenções ou outra coisa assim, não sei... — Ele engoliu a batata que enchia sua boca e acrescentou: — Espero que ela não me segure muito tempo hoje à noite. Você tem consciência de que temos de escrever três trabalhos, praticar os Feitiços de Desaparição para a McGonagall, treinar um contrafeitiço para o Flitwick, terminar o desenho do tronquilho e começar aquele diário idiota de sonhos para a Trelawney?

Rony gemeu e, por alguma razão, ergueu os olhos para o teto.

— E parece que vai chover.

— Que é que isso tem a ver com os nossos deveres de casa? — perguntou Hermione, erguendo as sobrancelhas.

— Nada — disse Rony na mesma hora, as orelhas corando.

Às cinco para as cinco, Harry despediu-se dos amigos e rumou para a sala da Umbridge, no terceiro andar. Quando bateu na porta, ouviu uma voz melosa:

— Entre. — Ele entrou cautelosamente, olhando a toda volta.

Conhecera essa sala à época dos seus três ocupantes anteriores. Quando Gilderoy Lockhart a usara, tinha as paredes cobertas de fotos dele sorridente. Quando Lupin a ocupara, parecia que a pessoa ia deparar com alguma fascinante criatura das trevas em uma gaiola ou em um tanque, se aparecesse para visitá-lo. Na época do Moody impostor, a sala se enchera de instrumentos e artefatos para a detecção de malfeitos e dissimulações.

Agora, porém, estava completamente irreconhecível. As superfícies tinham sido protegidas por capas de rendas e tecidos. Havia vários vasos de flores secas, cada um sobre um paninho, e, em uma parede, havia uma coleção de pratos decorativos, estampados com enormes gatos em tecnicolor, cada um com um laço diferente ao pescoço. Eram tão hediondos que Harry ficou mirando-os, paralisado, até a Prof.ª Umbridge tornar a falar.

— Boa noite, Sr. Potter.

Harry se assustou e olhou para os lados. A princípio não a notara, porque ela estava usando vestes de flores de tons pálidos que se fundiam perfeitamente com a toalha de mesa sobre a escrivaninha às suas costas.

— Noite, Prof.ª Umbridge — respondeu Harry formalmente.

— Muito bem, sente-se — disse ela, apontando para uma mesinha forrada com uma toalha de renda, junto a qual ela colocara uma cadeira de espaldar reto. Havia sobre a mesa uma folha de pergaminho em branco, aparentemente à sua espera.

— Hum — começou Harry sem se mexer —, Prof.ª Umbridge. Hum... antes de começarmos, eu... eu gostaria de lhe pedir um... favor.

Os olhos saltados da professora se estreitaram.

— Ah, é?

— Bem, eu sou... eu sou do time de quadribol da Grifinória. E eu devia participar dos testes para escolher um novo goleiro às cinco horas na sexta-feira e eu estava... estava pensando se poderia faltar à detenção nessa noite e cumprir... cumprir outra noite... trocar...

Ele percebeu muito antes de chegar ao fim do pedido que não ia adiantar.

— Ah, não — disse Umbridge, dando um sorriso tão grande que parecia ter acabado de engolir uma mosca particularmente suculenta. — Ah, não, não, não. Este é o seu castigo por espalhar histórias nocivas, maldosas, para atrair atenções, Sr. Potter, e com certeza os castigos não podem ser ajustados para atender à conveniência do culpado. Não, o senhor estará aqui às cinco horas amanhã, depois de amanhã, e na sexta-feira também, e cumprirá as suas detenções conforme programado. Acho muito bom o senhor estar sendo privado de alguma coisa que realmente queira fazer. Isto irá reforçar a lição que estou querendo lhe ensinar.

Harry sentiu o sangue afluir à cabeça e ouviu um tambor tocando nos ouvidos. Então ele contava histórias nocivas, maldosas, para atrair atenções, era?

A professora o observava com a cabeça ligeiramente inclinada para um lado, mantendo o largo sorriso no rosto, como se soubesse exatamente o que ele estava pensando, e esperasse para ver se ele recomeçaria a gritar. Com um esforço concentrado, Harry desviou os olhos dela, largou a mochila ao lado da cadeira de espaldar reto e se sentou.

— Pronto — disse a professora com meiguice. — Já estamos começando a controlar melhor o nosso gênio, não estamos? Agora o senhor vai escrever algumas linhas para mim, Sr. Potter. Não, não com a sua pena — acrescentou, quando Harry se curvou para abrir a mochila. — O senhor vai usar uma especial que tenho. Tome aqui.

E lhe entregou uma pena longa e preta, com a ponta excepcionalmente aguda.

— Quero que o senhor escreva: *Não devo contar mentiras* — disse a professora brandamente.

— Quantas vezes? — perguntou Harry, com uma imitação bastante crível de boa educação.

— Ah, o tempo que for preciso para a frase *penetrar* — disse Umbridge com meiguice. — Pode começar.

A professora foi para sua escrivaninha, se sentou e se debruçou sobre uma pilha de pergaminhos que pareciam deveres para corrigir. Harry ergueu a pena preta e afiada, e então percebeu o que estava faltando.

— A senhora não me deu tinta.

— Ah, você não vai precisar de tinta — disse ela, com um leve tom de riso na voz.

Harry encostou a ponta da pena no pergaminho e escreveu: *Não devo contar mentiras.*

E soltou uma exclamação de dor. As palavras apareceram no pergaminho em tinta brilhante e vermelha. Ao mesmo tempo, elas se replicaram nas costas de sua mão direita, gravadas na pele como se tivessem sido riscadas por um bisturi – contudo, mesmo enquanto observava o corte brilhante, a pele tornou a fechar, deixando o lugar um pouco mais vermelho que antes, mas, de outra forma, inteiro.

Harry virou a cabeça para olhar a Umbridge. Ela o observava, a boca rasgada e bufonídea distendida em um sorriso.

– Pois não?

– Nada – disse Harry em voz baixa.

Ele tornou a voltar sua atenção para o pergaminho, tocou-o com a pena, escreveu *Não devo contar mentiras,* e sentiu a ardência nas costas da mão pela segunda vez; e de novo as palavras cortaram sua pele; e, de novo, sararam segundos depois.

E assim a tarefa prosseguiu. Repetidamente Harry escreveu as palavras no pergaminho, não com tinta, como logo veio a perceber, mas com o próprio sangue. E sucessivamente as palavras eram gravadas nas costas de sua mão, fechavam e reapareciam da próxima vez que ele tocava o pergaminho com a pena.

A noite desceu à janela da Umbridge. Harry não perguntou quando teria permissão de parar. Nem sequer consultou seu relógio. Sabia que ela o observava à procura de sinais de fraqueza, e ele não iria manifestar nenhum, nem mesmo se tivesse de se sentar ali a noite inteira, cortando a própria mão com aquela pena...

– Venha cá – disse ela, depois do que lhe pareceram muitas horas.

Ele se levantou. Sua mão ardia dolorosamente. Quando baixou os olhos, viu que o corte fechara, mas a pele estava em carne viva.

– Mão – disse ela.

Ele a estendeu. Umbridge a segurou nas dela. Harry reprimiu um estremecimento quando ela o tocou com seus dedos grossos e curtos, que exibiam vários anéis velhos e feios.

– Tss, tss, parece que ainda não gravou fundo o bastante – disse sorrindo. – Bom, teremos de tentar outra vez amanhã à noite, não é mesmo? Pode ir.

Harry saiu da sala sem dizer uma palavra. A escola estava bem deserta; com certeza passara da meia-noite. Caminhou lentamente pelo corredor, então, ao virar um canto, e certo de que ela não o ouviria, saiu correndo.

* * *

Ele não tivera tempo de praticar os Feitiços de Desaparição, não escrevera um único sonho em seu diário e não terminara o desenho do tronquilho, tampouco fizera os trabalhos. Harry dispensou o café da manhã no dia seguinte para poder escrever uns dois sonhos que inventou para o diário da Adivinhação, a primeira aula do dia, e ficou surpreso de ver que um Rony desgrenhado lhe fazia companhia.

— Por que é que você não fez isso ontem à noite? — perguntou Harry, enquanto o amigo corria os olhos pela sala comunal, transtornado, à procura de inspiração. Rony, que estivera ferrado no sono, quando Harry voltou ao dormitório, murmurou alguma coisa como "estava fazendo outra coisa", curvou-se para o seu pergaminho e escreveu algumas palavras.

— Vai ter de servir — concluiu, fechando o diário com violência. — Disse que sonhei que estava comprando sapatos novos, ela não pode encontrar nada esquisito nisso, pode?

Os dois correram para a Torre Norte juntos.

— E como é que foi a detenção com a Umbridge? Que foi que ela mandou você fazer?

Harry hesitou por uma fração de segundo, depois respondeu:

— Escrever.

— Então não foi tão ruim, hein?

— Não.

— Ei... ia me esquecendo... ela liberou você na sexta-feira?

— Não.

Rony deu um gemido de solidariedade.

Foi mais um dia péssimo para Harry; um dos piores em Transfiguração, pois não havia praticado nenhum dos Feitiços de Desaparição. Teve de abrir mão da hora do almoço para terminar o desenho do tronquilho e, nesse meio-tempo, as professoras McGonagall e Grubbly-Plank passaram mais deveres que ele não tinha a menor perspectiva de terminar aquela noite, por causa de sua segunda detenção com a Umbridge. E, para coroar, Angelina Johnson foi procurá-lo outra vez na hora do jantar e, ao saber que não poderia participar dos testes para a escolha do goleiro na sexta-feira, disse-lhe que não estava nem um pouco impressionada com a atitude dele e que esperava que os jogadores que pretendiam continuar na equipe pusessem os treinamentos acima dos demais compromissos.

— Estou cumprindo uma detenção! — berrou Harry quando ela ia se afastando. — Você acha que eu prefiro ficar trancado em uma sala com aquela sapa velha a jogar quadribol?

— Pelo menos ela só lhe mandou escrever — disse Hermione, consolando-o, quando Harry afundou de novo no banco e olhou para o empadão de carne e rins, que já não lhe apetecia tanto. — Sinceramente, não é um castigo tão horrível.

Harry abriu a boca, tornou a fechá-la e concordou com a cabeça. Não tinha muita certeza realmente dos motivos para não contar a Rony e Hermione exatamente o que estava acontecendo na sala de Umbridge: só sabia que não queria ver os seus olhares de horror; isto faria a coisa toda parecer pior e, portanto, mais difícil de enfrentar. Sentia também, muito vagamente, que isto era entre ele e Umbridge, uma luta particular de vontades, e não ia dar à professora a satisfação de saber que se queixara do castigo.

— Não consigo acreditar na quantidade de deveres de casa que temos — comentou Rony infeliz.

— Bem, por que você não os fez ontem à noite? — perguntou-lhe Hermione. — Afinal aonde é que você foi?

— Fui... me deu vontade de caminhar — disse Rony sonsamente.

Harry teve a nítida impressão de que ele não era o único que estava omitindo informações naquele momento.

A segunda detenção foi tão ruim quanto a anterior. A pele nas costas da mão de Harry se irritou mais rapidamente, e dali a pouco estava vermelha e inflamada. Ele achou pouco provável que os cortes continuassem a sarar com tanta eficiência por muito tempo. Logo, o corte ficaria gravado em sua mão e Umbridge, talvez, se desse por satisfeita. Mas Harry não deixou escapar nenhuma exclamação de dor e, do momento em que entrou na sala ao momento em que foi dispensado, novamente após a meia-noite, ele nada disse além de "boa noite" ao entrar e ao sair.

A situação dos seus deveres, no entanto, agora estava desesperadora, e quando ele voltou à sala comunal de Grifinória, embora exausto, não foi para a cama, mas abriu os livros e começou o trabalho de Snape sobre a pedra da lua. Eram duas e meia quando terminou. Sabia que não fizera um bom trabalho, mas não havia como remediar; a não ser que entregasse alguma coisa, sofreria, a seguir, uma detenção de Snape. Então respondeu rapidamente às perguntas que a Prof² McGonagall passara para os alunos, improvisou alguma coisa sobre a forma correta de tratar os tronquilhos para a Profª Grubbly-Plank e se arrastou para a cama, onde se largou inteiramente vestido por cima das cobertas e adormeceu imediatamente.

A quinta-feira transcorreu em um atordoamento de cansaço. Rony parecia muito sonolento também, embora Harry não conseguisse imaginar o porquê. A terceira noite de detenção se passou do mesmo jeito que as duas anteriores, exceto que, depois de duas horas, as palavras *Não devo contar mentiras* não desapareceram das costas da mão de Harry, permaneceram ali, escorrendo gotículas de sangue. A pausa no ruído da pena afiada fez a Profª Umbridge erguer a cabeça.

— Ah – disse ela brandamente, dando a volta à escrivaninha para examinar a mão. – Ótimo. Isto deve lhe servir de lembrete, não? Pode ir por hoje.

— Ainda tenho de voltar amanhã? – perguntou Harry, apanhando a mochila com a mão esquerda em lugar da direita dolorida.

— Ah, claro – disse a professora, com um sorriso tão amplo quanto antes. – Acho que podemos gravar a mensagem um pouco mais fundo, com mais uma noite de trabalho.

Harry jamais considerara antes a possibilidade de que poderia haver um professor no mundo que ele odiasse mais do que Snape, mas quando voltava para a Torre da Grifinória teve de admitir que encontrara uma forte concorrente. Ela é maligna, pervertida, louca, velha...

— Rony?

Ele alcançara o alto da escada, virara à direita e quase colidira com Rony, que estava escondido atrás de uma estátua de Lachlan, o Desengonçado, agarrado à sua vassoura. Rony deu um grande salto, surpreso de ver Harry, e tentou esconder a nova Cleansweep 11 às suas costas.

— Que é que você está fazendo?

— Hum... nada. Que é que *você* está fazendo?

Harry amarrou a cara para ele.

— Anda, pode me contar! Para que você está se escondendo aqui?

— Estou me escondendo de Fred e Jorge, se é que precisa saber. Eles acabaram de passar com um bando de calouros. Aposto que estão testando coisas nos garotos outra vez. Quero dizer, eles não podem mais fazer isso na sala comunal, não é, não com a Hermione presente.

Ele falava rápido e de um modo febril.

— Mas você está carregando a vassoura, você não tem voado, tem? – perguntou Harry.

— Eu... bem... bem... tá bem, vou lhe contar mas não ria, tá? — disse defensivamente, e ficando mais vermelho a cada segundo. — Eu... eu pensei em fazer um teste para goleiro da Grifinória, agora que tenho uma vassoura decente. Pronto. Agora vai. Pode rir.

— Não estou rindo — disse Harry. Rony piscou os olhos. — É uma ideia genial! Seria realmente legal se você entrasse para a equipe! Nunca vi você jogar de goleiro, você é bom?

— Não sou ruim — respondeu Rony, imensamente aliviado com a reação de Harry. — Carlinhos, Fred e Jorge sempre me fizeram atuar de goleiro para eles, quando treinavam durante as férias.

— Então você está praticando hoje à noite?

— Toda noite, desde terça-feira... mas sozinho. Tenho tentado enfeitiçar umas goles para me atacar, mas não tem sido fácil e não sei se vai adiantar muito. — Rony parecia agitado e ansioso. — Fred e Jorge vão rir de se acabar quando eu aparecer para os testes. Ainda não pararam de curtir com a minha cara desde que fui nomeado monitor.

— Eu gostaria de estar lá — disse Harry amargurado, quando os dois saíram caminhando em direção à sala comunal.

— É, eu tam... Harry, que é isso nas costas da sua mão?

Harry, que acabara de coçar o nariz com a mão direita livre, tentou escondê-la, mas foi tão bem-sucedido quanto Rony escondendo a Cleansweep.

— É só um corte... não é nada... é...

Mas Rony agarrara o braço dele e o erguera à altura dos olhos. Houve uma pausa, durante a qual ele ficou olhando fixamente as palavras gravadas na pele, com ar de náusea, e em seguida soltou o braço de Harry.

— Pensei que você tivesse dito que ela estava só mandando você escrever!

Harry hesitou, mas afinal de contas Rony fora sincero com ele, então contou-lhe a verdade sobre as horas que estava passando na sala de Umbridge.

— A megera velha! — exclamou Rony num sussurro de revolta quando pararam diante da Mulher Gorda, que dormitava tranquilamente com a cabeça encostada na moldura do quadro. — Ela é doente! Vai procurar a McGonagall, diga alguma coisa!

— Não — disse Harry na mesma hora. — Não vou dar a ela a satisfação de saber que me atingiu.

— *Atingiu?* Você não pode deixá-la escapar impune!

— Não sei qual é o poder que McGonagall tem sobre ela — disse Harry.

— Dumbledore, então, conte ao Dumbledore!

— Não — disse Harry categoricamente.

— Por que não?

— Ele já tem muita coisa na cabeça — disse Harry, mas este não era o motivo verdadeiro. Não ia procurar Dumbledore para pedir ajuda, se desde junho o diretor não falara com ele nem uma vez.

— Bom, eu acho que você devia — começou Rony, mas foi interrompido pela Mulher Gorda, que estivera a observá-los sonolenta, e agora explodia:

— Vocês vão me dar a senha ou terei de ficar acordada a noite inteira esperando que acabem de conversar?

A sexta-feira amanheceu sombria e encharcada como o resto da semana. Embora Harry olhasse automaticamente para a mesa dos professores quando entrava no Salão Principal, foi sem muita esperança de ver Hagrid, e ele logo voltou seus pensamentos para problemas mais urgentes, como a momentânea pilha de deveres que precisava dar conta e a perspectiva de mais uma detenção com a Umbridge.

Duas coisas o sustentaram naquele dia. Uma foi o pensamento de que já era quase o fim de semana; a outra era que, por mais horrenda que certamente seria sua última detenção com a Umbridge, ele teria uma visão do campo de quadribol da janela da sala e poderia, com sorte, ver alguma coisa do treino de Rony. Eram raios muito pálidos de sol, na verdade, mas Harry era grato por qualquer coisa que pudesse atenuar sua presente escuridão; nunca tivera uma primeira semana pior em Hogwarts.

Às cinco horas daquela tarde ele bateu à porta da sala da Prof² Umbridge para o que sinceramente esperava que fosse a última vez, e ela o mandou entrar. O pergaminho estava preparado sobre a mesa com a toalha de renda, a caneta preta afiada do lado.

— O senhor sabe o que fazer, Sr. Potter — disse Umbridge, com um sorriso meigo.

Harry apanhou a pena e espiou pela janela. Se empurrasse a cadeira uns três centímetros para a direita... sob o pretexto de ficar mais próximo à mesa, ele conseguiria. Tinha agora uma vista distante da equipe de quadribol da Grifinória, voando no campo para cima e para baixo, e havia meia dúzia de vultos escuros parados junto às três altas balizas, aparentemente esperando a vez de serem testados. Era impossível dizer qual era o Rony a essa distância.

Não devo contar mentiras, escreveu Harry. O corte nas costas de sua mão direita abriu e recomeçou a sangrar.

Não devo contar mentiras. O corte ficou mais fundo, aferroando, ardendo.
Não devo contar mentiras. O sangue escorreu pelo seu pulso.

Ele arriscou mais uma espiada pela janela. Quem defendia o gol agora estava fazendo um trabalho realmente medíocre. Katie Bell marcou duas vezes nos poucos segundos que Harry se atreveu a olhar. Desejando muito que o goleiro não fosse Rony, ele voltou sua atenção para o pergaminho pontilhado de sangue.

Não devo contar mentiras.
Não devo contar mentiras.

Ele erguia a cabeça sempre que achava que podia arriscar: quando ouvia a pena de Umbridge arranhando ou uma gaveta se abrindo. O terceiro candidato foi muito bem, o quarto, terrível, o quinto se desviou de um balaço excepcionalmente bem, mas se atrapalhou com uma defesa fácil. O céu foi escurecendo e Harry duvidou de que pudesse ver o sexto e o sétimo.

Não devo contar mentiras.
Não devo contar mentiras.

O pergaminho agora brilhava com as gotas de sangue de sua mão, que queimava de dor. Quando ele tornou a erguer a cabeça, a noite caíra e o campo de quadribol já não era visível.

— Vamos ver se você já absorveu a mensagem? — disse a voz branda de Umbridge, meia hora depois.

Encaminhou-se para ele, esticando os dedos curtos e cheios de anéis para o seu braço. Então, quando ela o segurou para examinar as palavras gravadas na pele, a dor o queimou, não nas costas da mão, mas na cicatriz em sua testa. Ao mesmo tempo, Harry teve uma sensação extremamente peculiar na região do estômago.

Desvencilhou o braço das mãos da professora e ficou em pé de um salto, encarando-a. Ela o encarou de volta, um sorriso distendendo sua boca rasgada e frouxa.

— É, dói, não é? — disse baixinho.

Ele não respondeu. Seu coração batia muito forte e acelerado. Será que estava se referindo à mão dele ou sabia o que ele acabara de sentir na testa?

— Bom, acho que cheguei ao ponto que queria, Sr. Potter. O senhor pode ir.

Harry apanhou a mochila e saiu da sala o mais rápido que pôde.

Fique calmo, disse a si mesmo, ao subir correndo a escada. *Fique calmo, pode ser que não signifique necessariamente o que você pensa que significa...*

— Mimbulus mimbletonia! — ofegou para a Mulher Gorda, que mais uma vez girou para a frente.

Uma gritaria o acolheu. Rony veio correndo ao seu encontro, o rosto radiante e derramando na frente das vestes a cerveja amanteigada do cálice que segurava.

— Harry, consegui! Entrei, sou o goleiro!

— Quê? Ah... genial! — exclamou Harry, tentando sorrir naturalmente, enquanto seu coração continuava a disparar e sua mão, a latejar e doer.

— Tome uma cerveja amanteigada. — Rony empurrou uma garrafa para ele. — Nem posso acreditar... aonde foi a Hermione?

— Ali — disse Fred, que também bebia cerveja amanteigada, apontando para uma poltrona junto à lareira. Hermione estava cochilando, a bebida balançando precariamente na mão.

— Bom, ela disse que estava contente quando contei — comentou Rony, parecendo ligeiramente desapontado.

— Deixe a Hermione dormir — disse Jorge, depressa. Somente uns momentos depois é que Harry reparou que vários calouros à volta deles traziam sinais inconfundíveis de sangramentos nasais recentes.

— Venha aqui, Rony, veja se uma das vestes antigas de Olívio cabe em você — chamou-o Katie. — Podemos tirar o nome dele e colocar o seu no lugar...

Quando Rony se afastou, Angelina se aproximou de Harry.

— Desculpe se fui um pouco grossa com você hoje mais cedo, Potter — disse de chofre. — Essa coisa de administrar é muito estressante, sabe. Estou começando a pensar que fui um pouco dura com o Olívio, às vezes. — Ela estava observando Rony por cima da borda do cálice, com a testa ligeiramente franzida.

"Escute, eu sei que ele é o seu melhor amigo, mas não é fabuloso", disse, sem rodeios. "Acho que com um pouco de treinamento ele vai ficar legal. Vem de uma família de bons jogadores de quadribol. Estou apostando que tem um pouco mais de talento do que demonstrou hoje, para ser sincera. Vitória Frobisher e Godofredo Hooper voaram melhor hoje à noite, mas Hooper é um chorão, está sempre se lamentando sobre uma coisa ou outra e a Vitória faz parte de tudo que é tipo de sociedade. Ela mesma admitiu que, se os treinos coincidirem com o Clube de Feitiços, o clube viria em primeiro lugar. Em todo o caso, vamos ter um treino às duas horas, amanhã, veja se dá um jeito de aparecer desta vez. E me faça um favor, ajude o Rony o mais que puder, o.k.?"

Ele concordou com a cabeça, e Angelina voltou para a companhia de Alícia Spinnet. Harry foi se sentar ao lado de Hermione, que acordou com um sobressalto quando ele descansou a mochila.

— Ah, Harry, é você... que bom para o Rony, não é? — disse ela com o olhar turvo. — Estou tão... tão... tão cansada. — E bocejou. — Fiquei acordada até uma hora da manhã fazendo mais gorros. Estão desaparecendo que é uma loucura!

E sem a menor dúvida, agora que olhava com atenção, Harry viu que havia gorros de lã escondidos por toda a sala, onde elfos desatentos poderiam acidentalmente apanhá-los.

— Que legal! — comentou distraído; se não contasse a alguém logo, iria explodir. — Escute, Hermione, eu estava na sala da Umbridge e ela segurou o meu braço...

Ela o escutou com atenção. Quando Harry terminou, disse lentamente:

— Você está preocupado que Você-Sabe-Quem esteja controlando a Umbridge como fazia com o Quirrell?

— Bem — respondeu ele, baixando a voz —, é uma possibilidade, não?

— Suponho que sim — disse Hermione, embora não parecesse convencida. — Mas acho que não de estar *possuindo* a Umbridge do mesmo jeito que possuía Quirrell, quero dizer, ele agora está vivo de verdade, não está? Tem corpo próprio, não precisaria partilhar o de alguém. Mas suponho que pudesse ter dominado a Umbridge com a Maldição Imperius...

Harry observou Fred, Jorge e Lino fazendo malabarismos com garrafas vazias de cerveja amanteigada durante uns instantes. Então Hermione falou:

— Mas no ano passado a sua cicatriz doeu quando ninguém estava tocando você, e Dumbledore não disse que isso estava ligado ao que Você-Sabe-Quem estava sentindo naquele momento? Quero dizer, talvez isto não tenha nenhuma ligação com a Umbridge, talvez seja só uma coincidência que aconteceu na hora em que você estava com ela.

— Ela é maligna — disse Harry categoricamente. — Pervertida.

— Ela é horrorosa, concordo, mas... Harry, acho que você devia dizer a Dumbledore que sua cicatriz doeu.

Era a segunda vez em dois dias que alguém o aconselhava a procurar Dumbledore, e sua resposta a Hermione foi exatamente igual à que dera a Rony.

— Não vou incomodá-lo com isso. Como você acabou de dizer, não é nada muito importante. Tem doído intermitentemente o verão inteiro... foi um pouco pior hoje à noite, só isso...

— Harry, eu tenho certeza de que Dumbledore iria *querer* ser incomodado com isso...

— É — respondeu antes que pudesse se controlar —, é a única parte minha com que Dumbledore se importa, a minha cicatriz, não é mesmo?

— Não diga isso, não é verdade!

— Acho que vou escrever a Sirius e ver o que ele acha...

— Harry, você não pode mencionar uma coisa dessas numa carta! — disse Hermione alarmada. — Não lembra que Moody falou para termos cuidado com o que escrevemos? Não podemos garantir que as corujas não sejam mais interceptadas!

— Tudo bem, tudo bem, então não vou contar a ele, tampouco! — disse Harry irritado. E se levantou. — Vou me deitar. Por favor, avise ao Rony para mim, sim?

— Ah, não — disse Hermione, parecendo aliviada —, se você está indo, então quer dizer que também posso ir, sem ser mal-educada. Estou absolutamente exausta e quero fazer mais gorros amanhã. Escute, você pode me ajudar se quiser, é bem divertido, e estou pegando prática, já sei fazer desenhos e pompons e todo o tipo de enfeites agora.

Harry olhou bem para o rosto da amiga, que irradiava felicidade, e tentou parecer que se sentia vagamente tentado pela oferta.

— Hum... não, acho que não vou querer, obrigado. Hum... amanhã não. Tenho montes de deveres para fazer...

E dirigiu-se lentamente para a escada do dormitório dos garotos, deixando-a ligeiramente desapontada.

14

PERCY E ALMOFADINHAS

Harry foi o primeiro a acordar em seu dormitório na manhã seguinte. Continuou deitado por um momento, observando a poeira rodopiar no raio de sol que entrava pela fresta do cortinado de sua cama, e saboreou o pensamento de que era sábado. A primeira semana do trimestre parecia ter se arrastado uma eternidade, como uma gigantesca aula de História da Magia.

A julgar pelo silêncio modorrento e o frescor do raio de sol, devia ter acabado de amanhecer. Ele abriu o cortinado, levantou-se e começou a se vestir. O único som, além do pipilar distante dos passarinhos, era a respiração lenta e profunda dos seus colegas da Grifinória. Ele abriu a mochila sem fazer barulho, tirou o pergaminho e a pena, saiu do dormitório e rumou para a sala comunal.

Indo direto a sua poltrona velha e macia junto à lareira, agora apagada, Harry se acomodou confortavelmente e desenrolou o pergaminho, ao mesmo tempo que corria os olhos pela sala. Os pedaços de pergaminho amarrotados, as bexigas, as jarras vazias e as embalagens de doces, que em geral juncavam a sala ao fim de cada dia, haviam desaparecido, bem como todos os gorros que Hermione tricotara para os elfos. Imaginando vagamente quantos elfos teriam sido liberados, quisessem ou não, Harry destampou o tinteiro, mergulhou a pena e, em seguida, a manteve suspensa alguns centímetros acima da superfície amarelada e lisa, se concentrando... mas decorrido mais ou menos um minuto, ele se viu contemplando a grade da lareira vazia, sem ter a menor ideia do que iria dizer.

Pôde, então, avaliar como teria sido difícil para Rony e Hermione lhe escreverem cartas durante as férias. Como é que iria contar a Sirius tudo que acontecera na última semana, e fazer todas aquelas perguntas que estava ansioso para fazer, sem dar aos possíveis ladrões de cartas muita informação que não gostaria que obtivessem?

Sentou-se imóvel por algum tempo, mirando a lareira, então, finalmente, tomando uma decisão, mergulhou a pena no tinteiro mais uma vez e apoiou-a com firmeza no pergaminho.

Querido Snuffles,
Espero que esteja bem, a primeira semana aqui foi horrível, estou realmente feliz que o fim de semana tenha chegado.
Temos uma nova professora de Defesa Contra a Arte das Trevas, a Profª Umbridge. Ela é quase tão simpática quanto a sua mãe. Estou lhe escrevendo porque aquela coisa sobre a qual lhe escrevi no verão passado tornou a acontecer ontem à noite, quando eu estava cumprindo uma detenção com a Umbridge.
Estamos todos com saudades do nosso maior amigo, e gostaríamos que ele não demorasse a voltar.
Responda logo, por favor.
Tudo de bom,
Harry

Ele releu, então, a carta várias vezes, tentando analisá-la do ponto de vista de uma pessoa de fora. Não conseguiu ver como alguém poderia saber do que ele estava falando – ou com quem estava falando – só pela leitura de sua carta. Tinha esperança de que Sirius percebesse a insinuação sobre Hagrid, e dissesse quando ele voltaria. Harry não quis perguntar diretamente para não chamar muita atenção para o que Hagrid poderia estar fazendo, enquanto ausente de Hogwarts.

Considerando que era uma carta muito curta, levara muito tempo para ser escrita; trabalhava seu texto, enquanto o sol fora entrando até a metade da sala e ele agora ouvia, ao longe, a movimentação nos dormitórios do andar de cima. Lacrando o pergaminho com cuidado, ele passou pelo buraco do retrato e se dirigiu ao corujal.

— Eu não tomaria esse caminho se fosse você – disse Nick Quase Sem Cabeça, atravessando de maneira desconcertante uma parede um pouco além, quando Harry seguia pelo corredor. – Pirraça está planejando pregar uma peça na próxima pessoa que passar pelo busto de Paracelso, ali adiante.

— Tem a ver com Paracelso caindo na cabeça da pessoa? – perguntou Harry.

— Por mais engraçado que pareça, tem sim – respondeu Nick Quase Sem Cabeça entediado. – A sutileza nunca foi um ponto forte do Pirraça. Estou indo procurar o Barão Sangrento... talvez ele possa pôr um fim nisso... até mais, Harry...

— Ah, tchau — disse o garoto e, em lugar de virar à direita, virou à esquerda, tomando um caminho mais longo, porém mais seguro, para o corujal. Seu ânimo foi crescendo à medida que passava por janela após janela em que se via um céu muito azul; tinha treino mais tarde, finalmente ia voltar ao campo de quadribol.

Alguma coisa se esfregou em seus tornozelos. Ele olhou e viu a gata cinzenta e esquelética do zelador, Madame Nor-r-ra, se esgueirando pelo corredor. Ela fixou em Harry os olhos amarelos feito lâmpadas, por um momento, antes de desaparecer atrás de uma estátua de Vilfredo, o Melancólico.

— Não estou fazendo nada errado — gritou Harry para o bichano. Madame Nor-r-ra tinha o ar inconfundível de quem vai denunciar um aluno para o seu chefe, contudo Harry não conseguia entender o porquê; estava perfeitamente em seu direito de ir ao corujal em um sábado de manhã.

O sol já ia alto quando Harry entrou no corujal, e a falta de vidros nas janelas ofuscou sua visão; grossos raios prateados de sol cortavam em todos os sentidos o recinto circular, em que centenas de corujas se aninhavam nas traves, um tanto incomodadas com a luz matinal, algumas visivelmente recém-chegadas da caça. O chão coberto de palha produzia um ruído de trituração quando ele caminhava sobre pequenos ossos de animais, à procura de Edwiges.

— Ah, aí está você! — exclamou ao localizá-la perto do teto abobadado. — Desça, tenho uma carta para você.

Com um pio suave, ela abriu as grandes asas brancas e voou para o ombro dele.

— Muito bem, eu sei que aqui diz Snuffles por fora — disse ao entregar a carta para a coruja prender no bico e, sem saber exatamente por quê, cochichou —, mas é para Sirius, o.k.?

Edwiges piscou os olhos cor de âmbar uma vez, e ele tomou o gesto como entendimento.

— Faça um voo seguro, então — desejou-lhe Harry, e levou-a até uma das janelas; fazendo uma pressão momentânea em seu braço, Edwiges levantou voo para o céu excepcionalmente claro. Ele observou a ave até ela se transformar num pontinho preto e desaparecer, então voltou seu olhar para a cabana de Hagrid, perfeitamente visível desta janela, e perfeitamente desabitada, a chaminé sem fumaça, as cortinas cerradas.

As copas das árvores da Floresta Proibida balançavam à brisa suave, e Harry parou para contemplá-las, saboreando o ar fresco que batia em seu rosto, pensando no quadribol mais tarde... então, ele o viu. Um cavalo alado e reptiliano, igual aos que puxavam as carruagens de Hogwarts, com as asas pretas e coriáceas abertas como as de um pterodáctilo, saiu do meio das árvores como um pássaro enorme e grotesco. Fez um grande círculo no ar e tornou a mergulhar entre as árvores. A coisa toda ocorreu com tal rapidez que Harry mal pôde acreditar no que vira, exceto que seu coração estava batendo descontrolado.

A porta do corujal se abriu às suas costas. Ele pulou assustado e, virando-se depressa, viu Cho Chang segurando uma carta e um embrulho nas mãos.

– Oi – disse Harry automaticamente.

– Ah... oi – respondeu ela ofegante. – Não achei que houvesse alguém aqui em cima tão cedo... Só me lembrei há cinco minutos que é aniversário da minha mãe.

Ela mostrou o embrulho.

– Certo – comentou ele. Seu cérebro parecia ter emperrado. Queria dizer alguma coisa engraçada e interessante, mas a visão daquele horrível cavalo alado continuava fresca em sua mente. – Dia bonito – disse, fazendo um gesto abrangendo as janelas. Suas entranhas pareciam estar encolhendo de vergonha. O tempo. Ele estava falando do *tempo*...

– É – concordou Cho, procurando uma coruja adequada. – Boas condições para o quadribol. Não saí a semana toda, e você?

– Também não – disse Harry.

Cho escolheu uma das corujas-de-igreja. Induziu-a a descer e pousar em seu braço, onde a ave esticou a perna de boa vontade para ela poder prender o embrulho.

– Ah, Grifinória já tem um novo goleiro?

– Tem. É o meu amigo Rony Weasley, você o conhece?

– Aquele que odeia torcedores dos Tornados? – perguntou Cho, sem se alterar. – Ele é bom?

– É, acho que é. Mas não vi o teste dele, estava cumprindo uma detenção.

Cho ergueu a cabeça, ainda sem terminar de prender o embrulho à perna da coruja.

– Aquela tal Umbridge não presta – disse, baixando a voz. – Lhe dar uma detenção só porque você disse a verdade sobre... sobre a morte dele. Todo o mundo soube, a escola inteira comentou. Você foi realmente corajoso ao enfrentá-la daquele jeito.

As entranhas de Harry tornaram a inchar tão rapidamente que ele sentiu que seria até capaz de flutuar acima do chão sujo de titica. Quem se importava com um cavalo alado idiota? Cho achava que ele tinha sido realmente corajoso. Por um instante, refletiu se devia mostrar sem querer, propositadamente, sua mão cortada, enquanto a ajudava a atar o embrulho à coruja... mas na mesma hora que lhe ocorreu esse pensamento emocionante, a porta do corujal tornou a se abrir.

Filch, o zelador, entrou chiando no aposento. Havia marcas roxas em suas bochechas fundas e riscadas de pequenas veias, seu queixo tremia e seus cabelos grisalhos estavam despenteados; obviamente viera correndo até ali. Madame Nor-r-ra seguia-o, colada aos seus calcanhares, espiando as corujas no alto e miando com fome. Houve um esvoaçar inquieto nas traves e uma grande coruja marrom clicou o bico de forma ameaçadora.

— Ah-ah — disse Filch, dando um passo em direção a Harry, sacudindo as bochechas moles de raiva. — Tive uma dica de que você estava pretendendo despachar um grande pedido de Bombas de Bosta!

Harry cruzou os braços e encarou o zelador.

— Quem lhe disse que eu estava fazendo um pedido de Bombas de Bosta?

Cho olhou de Harry para Filch, também franzindo a testa; a coruja-de-igreja em seu braço, cansada de se equilibrar em uma perna só, deu um pio de aviso, mas a garota fingiu não ouvir.

— Tenho minhas fontes — disse Filch, com um sibilo presunçoso. — Agora me entregue o que está despachando.

Sentindo-se imensamente grato de que não tivesse demorado a despachar sua carta, Harry disse:

— Não posso, já foi.

— Foi?! — exclamou Filch, com o rosto contraído de raiva.

— Foi — disse Harry calmamente.

O zelador abriu a boca furioso, contorceu-a por alguns segundos, depois varreu com o olhar as vestes de Harry.

— Como é que posso saber que você não está com o pedido no bolso?

— Porque...

— Eu o vi despachar — disse Cho, aborrecida.

Filch virou-se para ela.

— Você o viu...?

— Isto mesmo, eu o vi — confirmou ela com ferocidade.

Houve uma pausa momentânea em que Filch encarou Cho com um olhar penetrante, e Cho o retribuiu com a mesma intensidade, então o zelador deu as costas e saiu arrastando os pés em direção à porta. Parou com a mão na maçaneta, e olhou mais uma vez para Harry.

— Se eu sentir o menor cheirinho de Bomba de Bosta...

E desceu as escadas pisando forte. Madame Nor-r-ra lançou um olhar desejoso para as corujas e seguiu o dono.

Harry e Cho se entreolharam.

— Obrigado — disse Harry.

— Não foi nada — disse ela, terminando finalmente de prender o embrulho à outra perna da coruja, corando ligeiramente. — Você *não estava* fazendo um pedido de Bombas de Bosta, estava?

— Não.

— Então, por que será que ele achou que você estava? — perguntou Cho enquanto levava a coruja até a janela.

Harry encolheu os ombros. Sentia-se tão perplexo quanto ela, embora, estranhamente, o caso não o preocupasse muito naquele momento.

Os dois deixaram o corujal, juntos. À entrada do corredor que levava para a ala oeste do castelo, Cho disse:

— Vou virar aqui. Bom, voltaremos... voltaremos a nos ver, Harry.

— É... voltaremos.

Cho sorriu para ele e foi embora. Harry continuou seu caminho, sentindo uma grande alegria interior. Conseguira manter uma conversa inteira com ela sem se atrapalhar nem uma vez... *você foi realmente corajoso ao enfrentá-la daquele jeito*... Cho o chamara de corajoso... não o odiava por estar vivo...

Naturalmente, ela preferira o Cedrico, ele sabia disso... embora se ele ao menos tivesse convidado Cho para o Baile antes do Cedrico, as coisas poderiam ter sido diferentes... ela parecera lamentar com sinceridade que precisasse recusar o seu convite...

— Dia — disse Harry, animado, para Rony e Hermione, ao se juntar a eles à mesa da Grifinória no Salão Principal.

— Por que é que você está com esse ar tão satisfeito? — perguntou Rony surpreso, observando Harry.

— Hum... quadribol mais tarde — respondeu ele, feliz, puxando para perto uma grande travessa de bacon com ovos.

— Ah... é... — disse Rony. Ele descansou no prato a torrada que estava comendo e tomou um grande gole de suco de abóbora. Depois disse:

— Escute... você toparia sair mais cedo comigo? Só para... hum... me ajudar a praticar um pouco antes do treino? Assim você poderia, sabe, me ajudar a focalizar melhor minha visão.

— Tá, o.k. — disse Harry.

— Olhe, acho que vocês não deviam — disse Hermione séria. — Os dois já estão realmente atrasados com os deveres de casa...

Mas interrompeu o que ia dizer; o correio matinal estava chegando e, como sempre, o *Profeta Diário* veio voando em sua direção no bico de uma coruja-das-torres, que pousou perigosamente próxima do açucareiro, e estendeu a perna. Hermione meteu um nuque na bolsinha de couro, apanhou o jornal e esquadrinhou a primeira página, criticamente, enquanto a coruja levantava voo.

— Alguma coisa interessante? — perguntou Rony. Harry riu, sabendo que o amigo estava interessado em impedir que Hermione continuasse a falar sobre os deveres.

— Não — suspirou ela —, só uma bobagem sobre o baixista da banda As Esquisitonas que vai casar.

Hermione abriu o jornal e desapareceu atrás de suas páginas. Harry concentrou-se em se servir de uma nova porção de ovos com bacon. Rony examinava as janelas superiores do salão, parecendo ligeiramente preocupado.

— Espere um instante — disse Hermione de repente. — Ah, não... Sirius!

— Que aconteceu? — disse Harry, puxando o jornal com tanta violência que o rasgou ao meio, ficando uma metade na mão da amiga e a outra na dele.

— *"O Ministério da Magia recebeu uma informação de fonte fidedigna que Sirius Black, notório assassino de massa... blá-blá-blá... está presentemente escondido em Londres!"* — leu Hermione em sua metade, com um sussurro angustiado.

— Lúcio Malfoy, aposto que foi — disse Harry em tom baixo e indignado. — Ele reconheceu Sirius na plataforma...

— Quê? — disse Rony, parecendo alarmado. — Você não disse...

— Psiu! — fizeram os outros dois.

— *"... o Ministério da Magia alerta a comunidade bruxa que Black é muito perigoso... matou treze pessoas... evadiu-se de Azkaban..."* as bobagens de sempre — concluiu Hermione, pousando sua metade do jornal e olhando amedrontada para Harry e Rony. — Bom, ele simplesmente não poderá sair de casa outra vez, é só — sussurrou. — Dumbledore avisou-o para não sair.

Harry baixou os olhos, deprimido, para o pedaço do *Profeta* que rasgara. A maior parte da página estava tomada por um anúncio da Madame Malkin Roupas para Todas as Ocasiões que, pelos dizeres, estava em liquidação.

— Ei! — exclamou ele, esticando o jornal na mesa para que Hermione e Rony pudessem ver: — Olhem só isso!

— Já tenho todas as vestes que quero — disse Rony.

— Não — tornou Harry. — Olhe... esse pedacinho de notícia aqui...

Rony e Hermione se curvaram para ler; a notícia não chegava a três centímetros e estava no fim de uma coluna. Seu título era:

INVASÃO NO MINISTÉRIO

Estúrgio Podmore, 38 anos, residente nos jardins Laburnum 2, Clapham, compareceu perante a Suprema Corte dos Bruxos sob a acusação de invadir o Ministério da Magia e tentar roubar o bruxo-vigia Érico Munch, que o encontrou tentando forçar uma porta de segurança máxima à uma hora da manhã. Podmore, que se recusou a se defender, foi considerado culpado das duas acusações e sentenciado a seis meses em Azkaban.

— Estúrgio Podmore? — repetiu Rony lentamente. — Ele é aquele cara que parece que tem a cabeça coberta de palha, não é? É dos que pertencem à Ord...

— Rony, psiu! — disse Hermione lançando um olhar aterrorizado em volta.

— Seis meses em Azkaban! — sussurrou Harry, chocado. — Só por tentar passar por uma porta!

— Não seja bobo, não foi só por tentar passar por uma porta. Afinal, que é que ele estava fazendo no Ministério da Magia à uma da madrugada? — murmurou Hermione.

— Você acha que ele estava fazendo alguma coisa para a Ordem? — perguntou Rony baixinho.

— Esperem um instante... — disse Harry lentamente. — Estúrgio devia ter ido nos levar ao embarque, lembram?

Os dois olharam para ele.

— É, devia fazer parte da guarda que ia nos levar a King's Cross, lembra? E Moody ficou todo aborrecido porque ele não apareceu; então será que não estaria fazendo um serviço para eles?

— Bom, talvez não esperassem que ele fosse pego — ponderou Hermione.

— Poderia ser um flagrante forjado! — exclamou Rony, animado. — Não... escutem aqui! — continuou, baixando a voz teatralmente ao ver a expressão ameaçadora no rosto de Hermione. — O Ministério suspeitava que ele fosse um dos seguidores de Dumbledore... não sei... então o *atraíram* ao Ministério, e ele não estava tentando forçar porta alguma! Talvez tenham inventado alguma coisa para apanhá-lo!

Houve uma pausa enquanto Harry e Hermione consideravam a ideia. Harry achou que parecia muito forçada. Hermione, por sua vez, pareceu bem impressionada.

— Sabem, eu não ficaria nada surpresa se isso fosse verdade.

Ela dobrou sua metade do jornal pensativa. Quando Harry descansou os talheres, ela pareceu despertar do devaneio.

— Certo, muito bem, acho que primeiro devemos encarar aquele trabalho para a Sprout sobre os arbustos autofertilizantes e, se tivermos sorte, poderemos começar o Feitiço para Conjurar a Vida antes do almoço...

Harry sentiu uma pontadinha de remorso ao pensar na pilha de deveres que o aguardava no andar de cima, mas o céu estava claro, estimulantemente azul, e ele não montava sua Firebolt havia uma semana...

— Quero dizer, podemos fazer isso hoje à noite — disse Rony, quando os dois desceram os gramados em direção ao campo de quadribol, com as vassouras aos ombros e o alerta calamitoso de Hermione de que não iriam passar nos N.O.M.s ainda ressoando em seus ouvidos. — E temos amanhã. Ela se preocupa demais com o trabalho, esse é que é o problema dela... — Rony fez uma pausa e acrescentou num tom um pouco mais ansioso: — Você acha que ela estava falando sério quando disse que não nos deixaria copiar as anotações dela?

— Acho — respondeu Harry. — Ainda assim, treinar também é importante, temos de praticar se quisermos continuar na equipe de quadribol...

— É verdade — disse Rony, num tom mais esperançoso. — E temos tempo suficiente para fazer tudo...

Ao se aproximarem do campo de quadribol, Harry olhou para sua direita, onde as árvores da Floresta Proibida balançavam sombriamente. Nada saía voando dali; o céu estava vazio, exceto por umas poucas corujas distantes esvoaçando em torno da torre do corujal. Ele tinha bastante com que se preocupar; o cavalo alado não estava lhe fazendo mal algum; tirou-o da cabeça.

Os dois apanharam bolas no armário do vestiário e foram trabalhar, Rony guardando as três altas balizas, Harry ocupando a posição de artilheiro e tentando fazer a goles passar por Rony. Harry achou que o amigo era bom; bloqueou três quartos dos gols que Harry tentou marcar, e foi jogando melhor à medida que continuavam a praticar. Depois de umas duas horas, eles voltaram ao castelo para o almoço — durante o qual Hermione deixou bem claro que achava os dois irresponsáveis —, em seguida voltaram ao campo de quadribol para o treino marcado. Todos os companheiros de equipe, exceto Angelina, já se encontravam no vestiário quando eles entraram.

— Tudo bem, Rony? — cumprimentou-o Jorge com uma piscadela.

— Tudo — respondeu Rony, que fora ficando cada vez mais quieto a caminho do campo.

— Pronto para nos fazer dar vexame, Roniquinho monitor? — disse Fred, ao emergir descabelado da abertura das vestes de quadribol, um sorriso ligeiramente malicioso no rosto.

— Cala a boca — respondeu Rony, impassível, pondo as vestes da equipe pela primeira vez. Ficaram boas nele, considerando que tinham pertencido a Olívio Wood, cujos ombros eram mais largos.

— O.k., todos — disse Angelina saindo da sala do capitão, já de uniforme. — Vamos começar; Alícia e Fred, se puderem, tragam o caixote de bolas. Ah, tem um pessoal lá fora que veio assistir, mas quero que vocês finjam que não estão vendo, tá?

Alguma coisa em seu tom pretensamente casual levou Harry a pensar que talvez soubesse quem eram os espectadores sem convite, e acertou em cheio: quando saíram do vestiário para a claridade do campo, ouviram uma tempestade de vaias e assobios da equipe de quadribol da Sonserina e de mais alguns, agrupados no meio das arquibancadas vazias; suas vozes ecoavam ruidosamente pelo estádio.

— Que é aquilo que o Weasley está montando? — berrou Malfoy, debochando com o seu jeito arrastado de falar. — Por que alguém lançaria um feitiço de voo num pedaço de pau velho e mofado como aquele?

Crabbe, Goyle e Pansy davam escandalosas gargalhadas. Rony montou sua vassoura e deu impulso do chão, e Harry o seguiu, observando as orelhas do amigo ficarem vermelhas.

— Não ligue para eles — disse acelerando para alcançar Rony —, veremos quem vai rir depois que jogarmos contra eles...

— É exatamente a atitude que quero, Harry — aprovou Angelina, voando em torno deles com a goles embaixo do braço, e desacelerando para planar diante de toda a equipe já no ar. — O.k., todos, vamos começar com alguns passes só para esquentar, o time todo, por favor...

— Ei, Johnson, afinal que penteado é esse? — esganiçou-se Pansy da arquibancada. — Por que alguém iria querer parecer que tem minhocas saindo do crânio?

Angelina afastou suas longas tranças do rosto e continuou calmamente:

— Então se espalhem e vamos ver o que conseguimos fazer.

Harry deu meia-volta e se afastou dos outros em direção à extremidade do campo. Rony recuou para o gol oposto. Angelina ergueu a goles com uma das mãos e atirou-a com força para Fred, que a passou a Jorge, que a passou a Harry, que a passou a Rony, que a deixou cair.

Os garotos da Sonserina, liderados por Malfoy, urraram de tanto rir. Rony, que mergulhara em direção ao solo para apanhar a goles antes que ela tocasse o chão, saiu mal do mergulho e escorregou pelo lado da vassoura, em seguida voltou à altura normal de jogo, corando. Harry viu Fred e Jorge se entreolharem, mas, o que não era normal, nenhum dos dois disse nada, pelo que ele se sentiu grato.

— Passe adiante, Rony — gritou Angelina, como se nada tivesse acontecido.

Rony atirou a goles para Alícia, que a passou a Harry, que a passou a Jorge...

— Ei, Potter, como está sua cicatriz? — gritou Malfoy. — Tem certeza de que não precisa se deitar um pouco? Já deve fazer, o quê, uma semana que você esteve na ala hospitalar, isso é um recorde para você, não é, não?

Jorge passou a bola para Angelina; ela inverteu o passe para Harry, pegando-o desprevenido, mas ele apanhou a bola nas pontinhas dos dedos e emendou rapidamente o passe para Rony, que mergulhou para apanhar a bola, mas perdeu-a por pouco.

— Assim não dá, Rony — disse Angelina, aborrecida, quando ele tornou a mergulhar em direção ao solo atrás da goles. — Se liga!

Seria difícil dizer o que estava mais escarlate; se a goles ou a cara de Rony, quando ele mais uma vez recuperou a altura normal. Malfoy e o resto dos colegas da Sonserina uivaram de tanto rir.

Na terceira tentativa, Rony apanhou a goles; talvez por alívio, ele a passou com tanto entusiasmo para Katie que a bola vazou pelas mãos estendidas da jogadora e bateu com força em seu rosto.

— Desculpe! — gemeu Rony, precipitando-se para a frente a ver se a machucara.

— Volte à sua posição, ela está ótima — vociferou Angelina. — Mas, quando estiver passando a bola para uma companheira de equipe, tente não derrubá-la da vassoura, tá? Deixa isso para os balaços!

O nariz de Katie estava sangrando. Lá embaixo, os garotos da Sonserina batiam os pés e caçoavam. Fred e Jorge correram para Katie.

— Aqui, tome isso — disse Fred entregando à jogadora alguma coisa pequena e roxa que tirara do bolso —, vai parar o sangramento rapidinho.

— Tudo bem — gritou Angelina. — Fred e Jorge, vão buscar seus bastões e um balaço. Rony vá para as balizas. Harry, solte o pomo quando eu mandar. Vamos visar o gol do Rony, é óbvio.

Harry disparou atrás dos gêmeos para apanhar o pomo.

— Rony está melando tudo, não tá? — murmurou Jorge, quando os três pousaram junto ao caixote das bolas e o abriram para tirar um dos balaços e o pomo.

— É só nervoso — disse Harry —, ele estava ótimo quando praticamos hoje de manhã.

— Ah, bem, espero que ele não tenha dado o melhor antes do treino — comentou Fred desalentado.

Eles voltaram ao ar. Quando Angelina apitou, Harry parou o pomo, e Fred e Jorge deixaram o balaço voar. Daquele momento em diante, Harry parou de perceber o que os outros estavam fazendo. Sua tarefa era recapturar a minúscula bola dourada de asas que valia cento e cinquenta pontos para o time do apanhador, e realizar isso exigia enorme velocidade e destreza. Ele acelerou, descrevendo círculos, indo ao encontro dos artilheiros e se desviando deles, o ar cálido do outono fustigando seu rosto, os gritos distantes da turma da Sonserina um ronco sem sentido em seus ouvidos... mas, cedo demais, o toque do apito o fez parar.

— Para... *para*... PARA! — berrou Angelina. — Rony... você não está cobrindo a baliza do meio!

Harry se virou para olhar Rony, que estava planando diante do aro da esquerda, deixando os outros dois completamente descobertos.

— Ah... desculpe...

— Você não pode ficar parado, observando os artilheiros! — disse Angelina. — Ou fica na posição central até que precise se mexer para defender um aro, ou então fica circulando os aros, não sai vagando para o lado, foi assim que você deixou passar os últimos três gols!

— Desculpe... — repetiu Rony, seu rosto vermelho brilhando como um farol contra o azul-claro do céu.

— E Katie, será que você não pode dar um jeito no sangramento desse nariz?

— Está piorando! — disse a garota com a voz embargada, tentando estancar o sangue com a manga do uniforme.

Harry olhou para Fred, que parecia ansioso, verificando os bolsos. Viu-o tirar uma coisa roxa, examiná-la por um segundo e então procurar Katie com o olhar, evidentemente horrorizado.

— Bom, vamos experimentar outra vez. — Angelina fingia não ouvir o pessoal da Sonserina, que agora inventara uma cantilena de "Grifinória é freguês", "Grifinória é freguês", mas apesar disso havia uma certa rigidez na maneira com que montava sua vassoura.

Desta vez, a equipe não chegara a completar três minutos de voo quando o apito de Angelina tornou a soar. Harry, que acabara de avistar o pomo orbitando a baliza oposta, parou sentindo-se visivelmente aborrecido.

— Que foi agora? — perguntou, impaciente, à Alícia, que estava mais próxima.

— Katie.

Harry virou-se e viu Angelina, Fred e Jorge voando a toda velocidade em direção a Katie. Harry e Alícia acorreram também. Era claro que Angelina parara o treino bem em tempo; Katie estava branco-gesso e coberta de sangue.

— Ela precisa ir para a ala hospitalar — disse Angelina.

— Nós a levaremos — disse Fred. — Ela... hum... talvez tenha engolido uma Vagem Bolha-de-Sangue por engano...

— Bem, não adianta continuar sem dois batedores e uma artilheira — anunciou Angelina, mal-humorada, quando Fred e Jorge dispararam para o castelo, amparando Katie. — Anda gente, vamos trocar de roupa.

A turma da Sonserina continuou a cantilena enquanto eles se dirigiam ao vestiário.

— Como foi o treino? — perguntou Hermione, com indiferença, meia hora mais tarde quando Harry e Rony passaram pelo buraco do retrato e entraram na sala comunal da Grifinória.

— Foi... — começou Harry.

— Uma meleca — disse Rony com a voz cava, afundando numa poltrona ao lado de Hermione. Ela ergueu os olhos para Rony, e o gelo que estivera lhe dando pareceu derreter.

— Bom, foi só o seu primeiro treino — disse em tom de consolo —, leva tempo para...

— Quem disse que fui eu que melei tudo? — retorquiu Rony.

— Ninguém — respondeu ela, espantada. — Pensei...

— Você pensou que eu só podia estragar tudo?

— Não, é claro que não! Olhe, você disse que foi uma meleca, então eu só...

— Vou começar a fazer os deveres — anunciou Rony, enfurecido, e saiu pisando forte em direção à escada para o dormitório dos garotos, e desapareceu. Hermione se virou para Harry.

— Ele foi uma meleca?

— Não — disse Harry lealmente.

Hermione ergueu as sobrancelhas.

— Bem, suponho que podia ter jogado melhor — murmurou Harry —, mas foi só o primeiro treino, como você mesmo disse...

Aparentemente, nem Harry nem Rony conseguiram adiantar muito os seus deveres naquela noite. Harry sabia que o amigo estava preocupado demais com seu péssimo desempenho no treino de quadribol, e ele próprio estava achando difícil tirar da cabeça aquela cantilena de "Grifinória é freguês".

Os garotos passaram o domingo inteiro enterrados nos livros na sala comunal, que se enchia e se esvaziava ao seu redor. Fazia mais um belo dia de sol, e a maioria dos colegas da casa passou o tempo nos terrenos da escola, aproveitando o que bem poderia ser a última aparição do sol daquele ano. Quando anoiteceu, Harry teve a impressão de que alguém andara malhando o seu cérebro contra sua caixa craniana.

— Sabe, provavelmente devíamos tentar adiantar os deveres durante a semana — murmurou Harry para Rony, quando finalmente puseram de lado o longo trabalho pedido pela Prof.ª McGonagall sobre o Feitiço para Conjurar a Vida, e se voltaram infelizes para o trabalho igualmente longo e difícil da Prof.ª Sinistra, sobre as várias luas de Júpiter.

— É — respondeu Rony, esfregando os olhos ligeiramente congestionados, e atirando a quinta folha de pergaminho que estragava na lareira ao lado. — Escuta... vamos perguntar a Mione se podemos dar uma olhada no que ela fez?

Harry olhou para a amiga, que estava sentada com Bichento ao colo; conversava alegremente com Gina, segurando à sua frente um par de agulhas de tricô que lampejava no ar, e agora tecia um par de meias informes para elfos.

— Não — respondeu deprimido —, você sabe que ela não vai deixar.

Então continuaram a estudar enquanto o céu lá fora se tornava gradualmente mais escuro. Aos poucos, o número de colegas na sala comunal recomeçou a diminuir. Às onze e meia, Hermione se aproximou deles, bocejando.

— Quase no fim?

— Não — disse Rony secamente.

— A lua maior de Júpiter é Ganimedes e não Calisto — disse ela, apontando para uma linha no trabalho de Astronomia de Rony, por cima do seu ombro —, e é Io que tem os vulcões.

— Obrigado — agradeceu ele asperamente, riscando as frases erradas.

— Desculpe, eu só...

— Eu sei, ótimo, você só veio até aqui para criticar...

— Rony...

— Não tenho tempo para ouvir sermão, tá, Hermione. Estou até o pescoço...

— Não... olhe!

Hermione estava apontando para a janela mais próxima. Harry e Rony olharam. Uma bela coruja-das-torres estava pousada no parapeito da janela, olhando para Rony dentro da sala.

— Aquela não é Hermes? — perguntou Hermione, parecendo espantada.

— Caracas, é mesmo! — respondeu Rony baixinho, largando a pena e se levantando. — Para que será que o Percy está me escrevendo?

Ele foi até a janela e a abriu; Hermes entrou, pousou sobre o trabalho de Rony e estendeu a perna em que estava presa a carta. O garoto desamarrou-a, e a coruja partiu imediatamente, deixando pegadas de tinta no desenho que Rony fizera da Lua.

— Decididamente é a letra de Percy — disse Rony, afundando de volta na poltrona e fixando as palavras no exterior do pergaminho: *Ronald Weasley, Grifinória, Hogwarts.* Ele olhou para os outros dois: — Que é que vocês acham?

— Abre! — pediu Hermione, ansiosa, e Harry concordou com a cabeça.

Rony desenrolou o pergaminho e começou a ler. À medida que seu olhar descia pelo pergaminho, mais carrancudo ele ia ficando. Quando terminou de ler, parecia absolutamente enojado. Atirou a carta para Harry e Hermione, que juntaram as cabeças e leram:

> Caro Rony:
>
> *Acabei de saber (por ninguém menos que o ministro da Magia em pessoa, que soube por sua nova professora, Profª Umbridge) que você foi nomeado monitor em Hogwarts.*
>
> *Fiquei agradavelmente surpreso quando ouvi a notícia, e primeiramente preciso lhe dar os meus parabéns. Devo admitir que sempre receei que você tomasse o que poderíamos chamar de "caminho do Fred e do Jorge", em lugar de seguir os meus passos, por isso pode imaginar o que senti quando soube que você parou de zombar da autoridade e decidiu assumir uma responsabilidade de peso.*
>
> *Mas quero lhe dar mais do que os parabéns, Rony, quero lhe dar um conselho, razão pela qual estou preferindo mandar esta carta à noite em vez de mandá-la pelo correio matinal. Esperemos que você possa lê-la longe de olhares curiosos e evitar perguntas embaraçosas.*
>
> *Por uma coisa que o ministro deixou escapar quando me contou que você agora é monitor, deduzo que você ainda esteja vendo o Harry Potter com muita frequência. Preciso lhe dizer, Rony, que nada pode torná-lo mais vulnerável de perder seu distintivo do que continuar se confraternizando com esse garoto. Tenho certeza de que você está surpreso com isso — sem dúvida você dirá que Potter sempre foi o favorito de Dumbledore —, mas me sinto na obrigação de lhe informar que Dumbledore talvez não continue por muito tempo à frente de Hogwarts, e as pessoas realmente influentes têm uma opinião diferente — e provavelmente*

mais exata — do comportamento de Potter. Não direi muito mais do que isso, mas se você ler o Profeta Diário amanhã terá uma boa ideia para que lado estão soprando os ventos — e veja se consegue reconhecer o seu caro irmão!

Seriamente, Rony, você não quer ser igualado a Potter, poderia ser muito prejudicial para os seus projetos futuros, e estou me referindo aqui à sua vida depois de terminar a escola também. Como você deve saber, uma vez que o nosso pai acompanhou Potter ao tribunal, ele compareceu a uma audiência disciplinar este verão, perante toda a Corte Suprema, e não saiu com uma boa imagem. Foi inocentado por uma mera tecnicalidade, se quer saber, e muitas pessoas com quem falei continuam convencidas de que ele é culpado.

Talvez você tenha receio de cortar seus vínculos com Potter — sei que ele pode ser desequilibrado e violento —, mas se isso o preocupar de alguma forma, ou se observou mais alguma coisa no comportamento de Potter que o possa estar incomodando, peço que vá procurar Dolores Umbridge, uma mulher realmente encantadora que estou certo que terá muito prazer em aconselhá-lo.

Isto me leva a lhe dar mais conselhos. Como já insinuei acima, o regime de Dumbledore em Hogwarts talvez esteja no fim. Sua lealdade, Rony, não deve ser a ele, mas à escola e ao ministro. Lamento muito saber que, até o momento, a Profª Umbridge está encontrando muito pouca cooperação dos professores em seu esforço para realizar as mudanças necessárias em Hogwarts que o ministro tão ardentemente deseja (embora sua tarefa deva ficar mais fácil a partir da próxima semana — leia o Profeta Diário amanhã!). Só lhe adiantarei uma coisa — um estudante que se mostrar disposto a ajudar a Profª Umbridge agora talvez fique bem colocado para se candidatar à função de monitor-chefe dentro de mais uns dois anos!

Sinto muito não ter podido vê-lo com mais frequência durante o verão. Dói-me criticar os nossos pais, mas receio que não possa continuar a viver sob o teto deles enquanto insistirem em se misturar com o grupo perigoso que cerca Dumbledore. (Se você estiver escrevendo à mamãe uma hora dessas, talvez possa lhe dizer que um tal Estúrgio Podmore, que é um grande amigo de Dumbledore, recentemente foi mandado para Azkaban por invadir o Ministério. Talvez isto abra os olhos deles para o tipo de ralé com que presentemente estão convivendo.) Considero-me uma pessoa de muita sorte por ter escapado do estigma de me associar com gente dessa laia — o ministro não poderia ter sido mais generoso comigo — e realmente espero, Rony, que você também não permita que os laços de família o ceguem para a natureza equivocada das crenças e atos dos nossos pais. Com sinceridade, espero que, em tempo, eles percebam como estavam enganados, e naturalmente estarei pronto a aceitar desculpas formais quando esse dia chegar.

Por favor, reflita com muita atenção sobre o que eu disse, particularmente quanto ao Harry Potter, e parabéns mais uma vez por ser agora monitor.

Seu irmão,
Percy

Harry ergueu os olhos para Rony.

— Então — disse, tentando dar a impressão de que achava a coisa toda uma piada. — Se você quiser... hum... como é mesmo? — Ele consultou a carta de Percy. — Ah, sim... cortar os vínculos comigo, juro que não serei violento.

— Me dá isso aqui — disse Rony, estendendo a mão. — Ele é — disse Rony gaguejando e rasgando a carta de Percy ao meio — a maior — e rasgou-a em quartos — anta — e mais uma vez em oitavos — do mundo. — E atirou os pedaços no fogo.

— Vamos, precisamos terminar esse dever antes do dia amanhecer — disse a Harry com renovada energia, tornando a puxar o trabalho da Profª Sinistra para perto.

Hermione olhava Rony com uma estranha expressão no rosto.

— Ah, me dá isso aqui — disse de repente.

— Quê? — perguntou Rony.

— Me dá esses deveres, vou dar uma lida e corrigi-los.

— Você está falando sério? Ah, Hermione, você é uma salvação — disse Rony —, que é que eu...

— O que vocês podem dizer é o seguinte: Prometemos que nunca mais deixaremos os deveres para a última hora — disse ela, estendendo as duas mãos para receber os trabalhos dos garotos, mas, ainda assim, tinha o ar de quem estava achando uma certa graça.

— Mil vezes obrigado, Hermione — disse Harry com a voz fraca, entregando o seu texto e tornando a afundar na poltrona, esfregando os olhos.

Passava agora da meia-noite e a sala comunal estava deserta, exceto pelos três garotos e Bichento. O único som era o da pena de Hermione riscando frases aqui e ali nos trabalhos, e o farfalhar das páginas dos livros de referência espalhados pela mesa em que ela conferia os vários dados. Harry estava exausto. Sentia-se também estranho, doente, com um vazio no estômago que não tinha ligação alguma com o cansaço, mas tudo a ver com a carta que agora escurecia e se encrespava em meio às chamas.

Ele sabia que metade das pessoas em Hogwarts o considerava estranho, e até doido; sabia que o *Profeta Diário* andara fazendo insinuações falsas a seu respeito durante meses, mas havia alguma coisa diferente em vê-las escritas daquele jeito, na letra de Percy, em saber que estava aconselhando Rony a terminar a amizade com ele e até a contar histórias sobre ele a Umbridge, o que tornava sua situação mais real aos seus olhos como nada antes o fizera. Conhecia Percy havia quatro anos, se hospedara em sua casa durante as férias de verão, dividira uma barraca com ele durante a Copa Mundial de Quadribol, chegara a receber dele o número de pontos totais pela segunda tarefa no Torneio Tribruxo no ano anterior, no entanto, agora, Percy o achava desequilibrado e possivelmente violento.

E, sentindo uma onda de simpatia pelo padrinho, Harry pensou que Sirius provavelmente era a única pessoa que ele conhecia que, de fato, seria capaz de compreender o que estava sentindo naquele momento, porque se encontrava na mesma situação. Quase todas as pessoas no mundo bruxo achavam que ele era um perigoso homicida e um grande seguidor de Voldemort, e ele precisara conviver com isso durante catorze anos...

Harry piscou os olhos. Acabara de ver uma coisa no fogo que não poderia estar ali. Tornara-se visível em um lampejo e desaparecera imediatamente. Não... não poderia estar ali... ele imaginara porque estivera pensando em Sirius...

– O.k., escreva aí – disse Hermione a Rony, empurrando-lhe o trabalho e uma folha escrita com sua letra –, e depois acrescente a conclusão que fiz.

– Hermione, sinceramente, você é a pessoa mais maravilhosa que eu já conheci – disse Rony com a voz fraca –, e se eu tornar a ser grosseiro com você...

– Saberei que você voltou ao normal – completou ela. – Harry, o seu está bom, exceto o pedacinho final. Acho que você deve ter entendido mal a Profª Sinistra. A lua Europa é coberta de gelo, não de grelos... Harry?

Harry escorregara da poltrona sobre os joelhos e agora estava agachado no tapete puído e chamuscado, espiando as chamas.

– Hum... Harry? – chamou Rony inseguro. – Por que é que você está aí embaixo?

– Porque acabei de ver a cabeça de Sirius no fogo – disse Harry.

Falou isso calmamente; afinal, vira a cabeça de Sirius nesse mesmo fogo no ano anterior, e falara com ele; contudo não tinha muita certeza se realmente a vira desta vez... e desaparecera tão depressa...

– A cabeça de Sirius? – repetiu Hermione. – Você quer dizer como na vez em que ele quis falar com você durante o Torneio Tribruxo? Mas ele não faria isso agora, seria... Sirius!

Ela exclamou, os olhos fixos na lareira; Rony deixou cair a pena. Ali, no meio das línguas de fogo, estava parada a cabeça de Sirius, os cabelos longos e escuros emoldurando o seu rosto sorridente.

– Eu estava começando a pensar que você iria se deitar antes de todos os outros terem desaparecido – disse ele. – Tenho verificado de hora em hora.

— Você tem aparecido no fogo de hora em hora? — perguntou Harry com um ar de riso no rosto.

— Só por uns segundos para ver se a barra estava limpa...

— Mas e se alguém o tivesse visto? — perguntou Hermione, ansiosa.

— Bom, acho que uma garota... caloura pelo jeito... talvez tenha me visto de relance mais cedo, mas não se preocupe — apressou-se Sirius a dizer, quando Hermione levou a mão à boca —, desapareci no instante em que ela me encarou, e aposto que deve ter pensado que eu era uma tora de madeira de forma esquisita ou outra coisa qualquer.

— Mas, Sirius, isto é um risco enorme — começou Hermione.

— Você está parecendo a Molly. Esta foi a única maneira que pude imaginar de responder à carta de Harry sem recorrer a um código: os códigos são decifráveis.

À menção da carta de Harry, Hermione e Rony se viraram para encarar o amigo.

— Você não contou que tinha escrito a Sirius! — disse Hermione em tom de acusação.

— Me esqueci. — O que era absolutamente verdade; seu encontro com Cho no corujal varrera todo o resto de sua cabeça. — Não me olhe assim, Hermione, não havia nenhuma maneira de alguém ter extraído informações secretas da carta, havia, Sirius?

— Não, estava muito boa — disse ele sorrindo. — Em todo o caso, é melhor nos apressarmos, caso alguém venha nos perturbar... a sua cicatriz.

— O quê...? — perguntou Rony, mas Hermione o interrompeu.

— Nós lhe falaremos depois. Continue, Sirius.

— Bom, eu sei que não tem a menor graça quando dói, mas achamos que não há realmente nada com que se preocupar. Ela doeu o tempo todo no ano passado, não foi?

— Foi, e Dumbledore disse que isso acontecia toda vez que Voldemort estava sentindo uma emoção muito intensa — confirmou Harry, ignorando, como sempre, as caretas de Rony e Hermione. — Então, talvez ele estivesse apenas, sei lá, realmente furioso ou outra coisa qualquer na noite em que cumpri aquela detenção.

— Bem, agora que ele voltou deverá doer com mais frequência — disse Sirius.

— Então você acha que não teve nenhuma ligação com o fato da Umbridge me tocar quando eu estava cumprindo a detenção? — perguntou Harry.

— Duvido. Conheço a reputação dela, e tenho certeza de que não é uma Comensal da Morte...

— Ela é maligna bastante para ser — disse Harry em tom sombrio, e Rony e Hermione concordaram vigorosamente com a cabeça.

— É, mas o mundo não está dividido entre os bons e os Comensais da Morte — disse Sirius com um sorriso enviesado. — Mas sei que ela não é flor que se cheire... você devia ouvir o que o Remo diz dela.

— Lupin a conhece? — perguntou Harry, lembrando-se dos comentários da Umbridge sobre mestiços perigosos na primeira aula.

— Não, mas ela apresentou um projeto de lei contra lobisomens há dois anos, que torna quase impossível para ele arranjar um emprego.

Harry se lembrou da aparência mais andrajosa de Lupin ultimamente, e a sua raiva da Umbridge aumentou ainda mais.

— Que é que ela tem contra lobisomens? — perguntou Hermione, indignada.

— Tem medo, imagino — disse Sirius, sorrindo da indignação da garota. — Aparentemente, ela tem aversão a semi-humanos; no ano passado também fez campanha para que os sereianos fossem arrebanhados e etiquetados. Imagine desperdiçar tempo e energia perseguindo sereianos quando há biltres como o Monstro à solta por aí.

Rony riu, mas Hermione pareceu aborrecida.

— Sirius! — disse em tom de censura. — Francamente, se você fizesse um mínimo esforço com o Monstro, tenho certeza de que ele corresponderia. Afinal de contas, você é o único membro da família dele que restou, e o Prof. Dumbledore disse...

— Então, como são as aulas da Umbridge? — interrompeu-a Sirius. — Está treinando vocês para matar mestiços?

— Não — respondeu Harry, ignorando a cara de ofendida de Hermione por ter sido interrompida em sua defesa do Monstro. — Ela não está deixando a gente usar magia.

— Só o que fazemos é ler livros-texto idiotas — disse Rony.

— Ah, bom, era de esperar. A informação que temos de dentro do Ministério é que Fudge não quer que vocês recebam treinamento de combate.

— *Treinamento de combate!* — repetiu Harry incrédulo. — Que é que ele acha que estamos fazendo aqui, formando um exército bruxo?

— É exatamente o que ele acha que vocês estão fazendo — disse Sirius —, ou melhor, é exatamente o que ele receia que Dumbledore esteja fazendo, formando seu exército particular, com o qual poderá tomar de assalto o Ministério da Magia.

Ao ouvir isso, os garotos fizeram uma pausa, depois Rony disse:

— Essa é a coisa mais idiota que eu já ouvi, mesmo levando em conta todas as que Luna Lovegood inventa.

— Então estamos sendo impedidos de aprender Defesa Contra as Artes das Trevas porque Fudge tem medo que a gente use os feitiços contra o Ministério? — perguntou Hermione, furiosa.

— É — confirmou Sirius. — Fudge acha que Dumbledore não se deterá diante de nada para tomar o poder. Está ficando cada dia mais paranoico com relação a Dumbledore. É uma questão de tempo ele mandar prendê-lo sob alguma acusação fajuta.

Isto lembrou a Harry a carta de Percy.

— Você sabe se vai sair alguma coisa sobre o Dumbledore no *Profeta Diário* amanhã? Percy, o irmão de Rony, acha que sairá...

— Não sei. Não vi ninguém da Ordem o fim de semana inteiro, estão todos ocupados. Ficamos somente o Monstro e eu...

Havia uma nítida nota de amargura na voz de Sirius.

— Então você também não teve nenhuma notícia de Hagrid?

— Ah... — disse Sirius — bom, ele já devia estar de volta, ninguém tem muita certeza do que aconteceu. — Então, notando a expressão chocada dos garotos, acrescentou depressa: — Mas Dumbledore não está preocupado, então vocês não precisam ficar nervosos. Tenho certeza de que Hagrid está ótimo.

— Mas se ele já devia estar de volta — comentou Hermione com uma vozinha ansiosa.

— Ele e Madame Maxime estavam juntos, estivemos em contato com ela e soubemos que os dois tiveram de se separar na volta... mas não há nada que sugira que ele esteja machucado ou... bem, nada que sugira que ele não esteja perfeitamente bem.

Pouco convencidos, Harry, Rony e Hermione se entreolharam preocupados.

— Escute, não saia por aí fazendo perguntas sobre a ausência de Hagrid — acrescentou Sirius. — Assim, irá atrair mais atenção para o fato de ele não ter voltado, e sei que Dumbledore não quer isso. Hagrid é durão, vai se sair bem. — E quando viu que os garotos não pareceram se animar, Sirius perguntou: — E, afinal, quando é o próximo fim de semana de vocês em Hogsmeade? Estive pensando, nos saímos muito bem com o disfarce de cachorro na estação, não foi? Achei que podia...

— NÃO! — exclamaram Harry e Hermione juntos, muito alto.

— Sirius, você não leu o *Profeta Diário*? — perguntou Hermione, nervosa.

– Ah, aquilo – comentou Sirius rindo –, sempre estão adivinhando onde estou, mas não têm realmente a menor ideia...

– É, mas acho que desta vez eles têm – disse Harry. – O Malfoy disse uma coisa no trem que nos fez pensar que ele sabia que era você, e o pai dele estava na plataforma, Sirius... você sabe, o Lúcio Malfoy... então não apareça por aqui em hipótese alguma. Se Malfoy o reconhecer de novo...

– Está bem, está bem, entendi o recado. – Ele pareceu desgostoso. – Foi só uma ideia, pensei que você talvez gostasse de se encontrar comigo.

– Gostaria, só não quero ver você atirado de volta em Azkaban!

Houve uma pausa em que Sirius olhou para Harry, uma ruga entre seus olhos fundos.

– Você parece menos com o seu pai do que eu pensei – disse finalmente, com uma inconfundível frieza na voz. – O risco teria sido a arte mais divertida para o Tiago.

– Olhe...

– Bom, é melhor eu ir andando. Estou ouvindo Monstro descer as escadas – disse Sirius, mas Harry teve certeza de que ele estava mentindo. – Vou lhe escrever dizendo quando poderei voltar ao fogo, então, está bem? Se você puder arriscar.

Ouviu-se um estalido mínimo e o ponto em que estivera a cabeça de Sirius foi retomado pelas chamas saltitantes.

15

A ALTA INQUISIDORA DE HOGWARTS

Os garotos pensaram que na manhã seguinte teriam de esquadrinhar meticulosamente o *Profeta Diário* da Hermione para encontrar o artigo que Percy mencionara em sua carta. No entanto, a coruja-entregadora mal levantara voo da jarra de leite em que pousara quando Hermione já deixava escapar uma enorme exclamação e abria o jornal todo para mostrar uma grande foto de Dolores Umbridge com um enorme sorriso, piscando lentamente para eles sob a manchete.

MINISTÉRIO QUER REFORMA NA EDUCAÇÃO
DOLORES UMBRIDGE NOMEADA
PRIMEIRA ALTA INQUISIDORA DA HISTÓRIA

— Umbridge... Alta Inquisidora?! — Foi a exclamação sombria de Harry, deixando escorregar da ponta dos dedos a torrada meio comida. — Que é que eles querem dizer com isso?

Hermione leu em voz alta:

— Ontem à noite, o Ministério da Magia surpreendeu a todos aprovando uma lei que concede ao próprio órgão um nível de controle sem precedentes sobre a Escola de Magia e Bruxaria de Hogwarts.

"Já há algum tempo, o ministro tem se mostrado apreensivo com o que acontece em Hogwarts", comentou seu assistente-júnior, Percy Weasley. "O decreto é uma resposta às preocupações expressadas por pais ansiosos que sentem que a escola está trilhando um caminho que desaprovam."

Não é a primeira vez nas últimas semanas que o ministro Cornélio Fudge tem usado novas leis para realizar aperfeiçoamentos na escola de magia. Em 30 de agosto recente, foi aprovado o Decreto de Educação n.º 22, para assegurar que, na eventualidade do atual diretor não conseguir apresentar um candidato a uma vaga de professor, o Ministério selecione uma pessoa habilitada.

"Foi assim que Dolores Umbridge acabou sendo indicada para o corpo docente de Hogwarts", disse Weasley ontem à noite. "Dumbledore não conseguiu encontrar ninguém, então o Ministério nomeou Umbridge e, naturalmente, ela alcançou imediato sucesso..."

— Ela o QUÊ?! — exclamou Harry em voz alta.
— Espere, ainda tem mais — disse Hermione séria:

— "... imediato sucesso, revolucionando inteiramente o ensino da Defesa Contra as Artes das Trevas e informando em primeira mão ao ministro o que está realmente ocorrendo em Hogwarts."

É esta função que o Ministério está formalizando agora ao aprovar o Decreto de Educação n.º 23, que cria o cargo de Alta Inquisidora de Hogwarts.

"Inicia-se assim uma nova fase no plano ministerial para enfrentar o que alguns têm chamado de queda nos padrões de Hogwarts", diz Weasley. "A Inquisidora terá poderes para inspecionar seus colegas educadores e se assegurar de que estejam satisfazendo os padrões desejados. O cargo foi oferecido à Profª Umbridge, que aceitou a nova incumbência e a irá acumular com o cargo docente que ora exerce."

As novas medidas do Ministério receberam o apoio entusiástico dos pais dos alunos de Hogwarts.

"Eu me sinto muito mais tranquilo agora que sei que Dumbledore está sujeito a avaliações justas e objetivas", declarou o Sr. Lúcio Malfoy, 41, à noite passada de sua mansão de Wiltshire. "Muitos de nós, que no fundo queremos que nossos filhos sejam felizes e bem-sucedidos, estávamos preocupados com algumas decisões excêntricas que Dumbledore andou tomando nos últimos anos, e ficamos contentes de saber que o Ministério está atento à situação."

Sem dúvida, entre as decisões excêntricas mencionadas encontram-se as nomeações controversas apontadas pelo nosso jornal, entre as quais se incluem a contratação do lobisomem Remo Lupin, do meio-gigante Rúbeo Hagrid e do ex-auror delirante Olho-Tonto Moody.

Naturalmente, correm muitos boatos de que Alvo Dumbledore, que no passado foi o Chefe Supremo da Confederação Internacional de Bruxos e Bruxo-presidente da Suprema Corte, não está mais à altura de administrar a prestigiosa Escola de Hogwarts.

"Acho que a nomeação da Inquisidora é o primeiro passo para assegurar que Hogwarts tenha um diretor em quem possamos depositar nossa confiança", declarou uma fonte do Ministério à noite passada.

Os juízes da Suprema Corte, Griselda Marchbanks e Tibério Ogden, renunciaram aos seus mandatos, em protesto à criação do cargo de Inquisidora de Hogwarts.

"Hogwarts é uma escola e não um posto avançado do gabinete de Cornélio Fudge", declarou Madame Marchbanks. "Trata-se de mais uma tentativa repugnante de desacreditar Alvo Dumbledore."

(Leiam a história completa das supostas ligações de Madame Marchbanks com grupos de duendes subversivos na p. 17.)

Hermione terminou de ler e olhou para os dois garotos sentados à sua frente.

– Então agora sabemos como foi que acabamos alunos da Umbridge! Fudge aprovou o "Decreto de Educação" e forçou a sua contratação! Agora lhe concedeu o poder de inspecionar os outros professores! – Hermione ofegava e tinha os olhos muito brilhantes. – Não consigo acreditar. É um *absurdo*!

– Sei que é – disse Harry. E olhou para sua mão direita, agarrada ao tampo da mesa, e viu o leve contorno branco das palavras que Umbridge o forçara a gravar na pele.

Mas no rosto de Rony começou a se abrir um sorriso.

– Que foi? – perguntaram Harry e Hermione juntos, olhando para ele.

– Ah, mal posso esperar para ver a McGonagall ser inspecionada – disse feliz. – A Umbridge não vai saber nem o que foi que a acertou.

– Ah, vamos – disse Hermione, levantando-se de um salto –, é melhor irmos andando, se ela estiver inspecionando a classe de Binns não vamos querer chegar atrasados...

Mas a Prof.ª Umbridge não estava inspecionando a aula de História da Magia, que foi tão desinteressante quanto a da segunda-feira anterior, tampouco estava na masmorra de Snape, quando eles chegaram para os dois tempos de Poções, em que o trabalho de Harry sobre a pedra da lua foi-lhe devolvido com um enorme e garranchoso "D" no canto superior.

– Dei a vocês as notas que teriam recebido se tivessem apresentado esses trabalhos no seu N.O.M. – disse Snape com um sorriso afetado, ao passar pelos alunos devolvendo os deveres. – Isto deverá lhes dar uma ideia realista do que esperar no exame.

Snape foi até a frente da classe e se voltou para a turma.

– O nível geral dos deveres foi abissal. A maioria de vocês não teria passado se fosse um exame real. Espero observar um esforço bem maior no trabalho desta semana sobre as variedades de antídotos para venenos ou terei de começar a distribuir detenções para os tapados que receberem "D".

O professor riu com afetação quando Malfoy deu uma risadinha e disse num sussurro ressonante:

— Teve gente que recebeu um "D"? Ha!

Harry percebeu que Hermione estava olhando de esguelha para ver que nota o garoto recebera; mas Malfoy escorregou o trabalho para dentro da mochila o mais depressa que pôde, sentindo que preferia guardar essa informação só para ele.

Decidido a não dar a Snape um pretexto para anular seu exercício, Harry leu e releu cada linha de instrução no quadro-negro pelo menos três vezes antes de segui-la. Sua Solução para Fortalecer não ficou exatamente um turquesa-claro como a da Hermione, mas, pelo menos, ficou azul e não rosa, como a de Neville, e ele depositou o seu frasco na mesa de Snape ao final da aula, com uma sensação em que se mesclaram o desafio e o alívio.

— Bom, não foi tão ruim quanto na semana passada, não é? — comentou Hermione quando subiam as escadas das masmorras para atravessar o Saguão de Entrada e ir almoçar. — E o dever de casa também não foi nada mau, não é?

Ao ver que nem Rony nem Harry respondiam, ela insistiu:

— Quero dizer, tudo bem, eu não esperava a nota máxima, não se Snape estiver corrigindo pelos padrões do N.O.M., mas um "aprovado" é bastante animador nesse estágio, não acham?

Harry produziu um som indistinto com a garganta.

— Claro, muita coisa pode acontecer entre agora e o exame, temos bastante tempo para melhorar, mas as notas que estamos recebendo são uma espécie de base, não acham? A partir delas podemos ir construindo...

Os três se sentaram à mesa da Grifinória.

— É óbvio que eu teria *vibrado* se tivesse recebido a nota máxima...

— Hermione — disse Rony com rispidez —, se você quiser saber que notas nós tiramos é só perguntar.

— Eu não... eu não tive intenção... bom, se vocês quiserem me dizer...

— Tirei um "P" — disse Rony, servindo uma concha de sopa em seu prato. — Contente?

— Ora, não tem do que se envergonhar — disse Fred, que acabara de chegar à mesa com Jorge e Lino Jordan, e estava se sentando à direita de Harry. — Não há nada de errado com um saudável "P".

— Mas — perguntou Hermione — "P" não significa...

— "Passável", isso mesmo — disse Lino. — Mas ainda é melhor do que um "D", não é? "Deplorável"?

Harry sentiu o rosto esquentar, e fingiu um pequeno acesso de tosse provocado pelo pão. Quando se recuperou do acesso, lamentou ver que Hermione continuava falando sobre as notas do N.O.M.

— Então a melhor nota é "O" de "Ótimo" — ia dizendo —, depois tem o "A".

— Não, o "E" — Jorge a corrigiu. — "E" de "Excede Expectativas". Sempre achei que Fred e eu devíamos ter recebido "E" em tudo, porque excedemos as expectativas só de comparecer para prestar os exames.

Todos riram, exceto Hermione, que insistiu.

— Então, depois do "E" tem o "A", de "Aceitável", e esta é a última nota para aprovação, não é?

— É — respondeu Fred, enfiando um pãozinho inteiro na sopa, transferindo-o para a boca e o engolindo de uma só vez.

— Aí vem o "P" de "Passável" — Rony ergueu os dois braços fingindo comemorar — e "D" de "Deplorável".

— E por fim o "T" — Jorge lembrou ao irmão.

— "T"? — perguntou Hermione, parecendo admirada. — Ainda abaixo de "D"? Que é que significa "T"?

— "Trasgo" — disse Jorge imediatamente.

Harry tornou a rir, embora não tivesse muita certeza se Jorge estaria ou não brincando. Ele imaginou tentar esconder de Hermione que recebera "Ts" em todos os seus N.O.M.s, e decidiu imediatamente se esforçar mais dali em diante.

— Vocês já tiveram uma aula inspecionada? — perguntou Fred.

— Não — respondeu Hermione na hora. — Vocês já?

— Acabamos de ter uma, antes do almoço — disse Jorge. — Feitiços.

— E como foi? — perguntaram Harry e Hermione juntos.

Fred sacudiu os ombros.

— Nada mau. Umbridge só ficou escondida em um canto, tomando notas em uma prancheta. Vocês conhecem o Flitwick, ele a tratou como convidada, e não pareceu se incomodar. Ela não disse muita coisa. Fez umas perguntas a Alícia, para saber como são normalmente as aulas, Alícia respondeu que eram realmente boas, e foi só.

— Não consigo ver o velho Flitwick recebendo nota baixa — comentou Jorge —, ele normalmente consegue fazer todo o mundo passar bem nos exames.

— Com quem vocês têm aula hoje à tarde? — perguntou Fred a Harry.

— Trelawney...

— Um "T" se é que já vi algum.

— ... e a própria Umbridge.

— Vai, seja bonzinho e fica calmo com a Umbridge hoje — disse Jorge.
— Angelina vai enlouquecer a mulher se você perder mais um treino de quadribol.

Mas Harry não precisou esperar até a Defesa Contra as Artes das Trevas para encontrar a Prof.ª Umbridge. Estava sentado em uma cadeira no fundo da sombria sala de Adivinhação, tirando da mochila o seu diário de sonhos, quando Rony lhe deu uma cotovelada nas costelas e, ao olhar para o lado, ele viu a Prof.ª Umbridge surgir pelo alçapão no piso. A turma, que estivera conversando alegre, calou-se imediatamente. A queda abrupta no nível do barulho fez a Prof.ª Trelawney, que vagava pela sala distribuindo exemplares do *Oráculo dos sonhos*, virar-se para olhar.

— Boa tarde, professora — disse a Prof.ª Umbridge com seu largo sorriso.
— Você recebeu o meu bilhete, espero? Informando a hora e a data da sua inspeção?

A Prof.ª Trelawney fez um breve aceno com a cabeça e, parecendo muito descontente, deu as costas à recém-chegada, e continuou a distribuir os livros. Ainda sorridente, a Prof.ª Umbridge agarrou o espaldar da poltrona mais próxima e puxou-a até a frente da classe, de modo a colocá-la alguns centímetros atrás da cadeira da Prof.ª Trelawney. Sentou-se, então, apanhou a prancheta na bolsa florida e ergueu a cabeça em atitude de expectativa, aguardando o início da aula.

A Prof.ª Trelawney apertou os xales em volta do corpo, com as mãos ligeiramente trêmulas, e inspecionou a turma através das enormes lentes de aumento dos seus óculos.

— Hoje continuaremos o nosso estudo dos sonhos proféticos — disse, numa corajosa tentativa de reproduzir o seu tom místico habitual, embora sua voz tremesse um pouco. — Dividam-se em pares, por favor, e interpretem as últimas visões noturnas do colega com a ajuda do *Oráculo*.

Ela fez um movimento largo para retomar o seu lugar, viu a Prof.ª Umbridge sentada bem ao lado, e imediatamente se desviou para a esquerda, em direção a Parvati e Lilá, que já discutiam absortas o sonho mais recente de Parvati.

Harry abriu o seu exemplar do *Oráculo dos sonhos*, observando Umbridge veladamente. Ela já estava tomando notas na prancheta. Decorridos alguns minutos, levantou-se e começou a andar pela sala, acompanhando Trelawney, escutando suas conversas com os alunos e fazendo perguntas aqui e ali. Harry baixou, ligeiro, a cabeça para o seu livro.

— Pense num sonho depressa — pediu a Rony —, caso a sapa velha venha para o nosso lado.

— Já fiz isso da última vez — protestou Rony —, agora é a sua vez, você me conta um.

— Ah, não sei... — disse Harry desesperado, que não conseguia se lembrar de ter sonhado coisa alguma nos últimos dias. — Vamos dizer que eu tenha sonhado que estava... afogando Snape no meu caldeirão. É, esse deve servir...

Rindo, Rony abriu o seu *Oráculo dos sonhos*.

— O.k., temos de somar a sua idade à data em que você teve o sonho, o número de letras que tem o tema do sonho... seria "afogar", "caldeirão" ou "Snape"?

— Não importa, escolha qualquer um — disse Harry, arriscando um olhar para trás. Umbridge estava agora colada ao ombro de Trelawney, tomando notas enquanto a professora de Adivinhação interrogava Neville sobre o seu diário de sonhos.

— Em que noite você tornou a sonhar com isso? — perguntou Rony imerso em cálculos.

— Não sei, à noite passada, quando você quiser — respondeu Harry, tentando escutar o que Umbridge dizia à Prof.ª Trelawney.

Agora as duas estavam apenas a uma mesa de distância. A Prof.ª Umbridge anotava mais alguma coisa na prancheta e a Prof.ª Trelawney parecia extremamente aborrecida.

— Agora — perguntou Umbridge, erguendo os olhos para Trelawney —, exatamente há quanto tempo você vem ocupando este cargo?

A Prof.ª Trelawney encarou a outra zangada, os braços cruzados e os ombros curvados para a frente, como se quisesse se proteger ao máximo da possível indignidade da inspeção. Após uma breve pausa em que parecia decidir se a pergunta não era ofensiva, se era razoável deixá-la passar, respondeu em um tom profundamente ofendido:

— Quase dezesseis anos.

— Um bom tempo — comentou a Prof.ª Umbridge, fazendo outra anotação na prancheta. — Então foi o Prof. Dumbledore que a nomeou?

— Correto — respondeu secamente.

Umbridge fez mais uma anotação.

— E você é tetraneta da famosa vidente Cassandra Trelawney?

— Sou — confirmou ela erguendo um pouco mais a cabeça.

Mais um registro na prancheta.

— Mas acho... corrija-me se eu estiver enganada... que você é a primeira em sua família desde Cassandra Trelawney a ser dotada de Segunda Visão?

— Esses dons muitas vezes saltam... hum... três gerações — disse a Profª Trelawney.

O sorriso bufonídeo da Profª Umbridge se ampliou.

— Naturalmente — disse com meiguice, fazendo mais um registro. — Bem, então será que poderia profetizar alguma coisa para mim? — E ergueu os olhos com ar indagador, ainda sorridente.

A Profª Trelawney ficou tensa, como se não conseguisse acreditar no que ouvia.

— Não estou entendendo — disse agarrando convulsivamente o xale em torno do pescoço muito magro.

— Gostaria que você fizesse uma profecia para mim — disse a Profª Umbridge muito claramente.

Harry e Rony agora não eram as únicas pessoas que observavam e escutavam furtivamente por trás dos livros. A maioria da turma observava paralisada a Profª Trelawney quando ela se empertigou toda, os colares e as pulseiras tilintando.

— O Olho Interior não vê quando recebe ordem! — disse em tom escandalizado.

— Entendo — respondeu a outra brandamente fazendo mais uma anotação.

— Eu... mas... mas... *espere*! — disse a Profª Trelawney de repente, tentando falar no seu tom habitualmente etéreo, embora o efeito místico ficasse um tanto arruinado pelo modo com que tremia de raiva. — Eu... eu acho que estou *vendo* alguma coisa... alguma coisa que diz respeito a *você*... uma coisa *sombria*... um grave perigo...

A Profª Trelawney apontou um dedo trêmulo para Umbridge que continuou a sorrir brandamente para ela, de sobrancelhas erguidas.

— Receio... receio que você esteja correndo um grave perigo! — terminou Trelawney dramaticamente.

Houve uma pausa. As sobrancelhas de Umbridge continuaram erguidas.

— Certo — disse com suavidade, anotando mais uma vez alguma coisa. — Bom, se isto é realmente o melhor que consegue fazer...

E virou as costas, deixando a Profª Trelawney pregada no chão, com o peito arfante. Harry olhou para Rony e percebeu que o amigo estava pensando exatamente o mesmo que ele: os dois sabiam que a Profª Trelawney era uma velha charlatona, mas, por outro lado, tinham tal aversão a Umbridge que se viram tomando o partido de Trelawney — isto é, até ela cair em cima deles alguns segundos depois.

— Muito bem? – disse, estalando os longos dedos embaixo do nariz de Harry, de forma estranhamente enérgica. – Deixe-me ver o progresso que vocês fizeram no diário de sonhos, por favor.

E quando terminou de interpretar os sonhos de Harry alto e bom som (os quais, até mesmo os que envolviam comer mingau de aveia, pelo visto profetizavam para ele uma morte precoce e horripilante), o garoto estava se sentindo muito menos solidário com Trelawney. Durante todo o tempo, a Prof.ª Umbridge se manteve afastada alguns passos, tomando notas na prancheta e, quando a sineta tocou, foi a primeira a descer pela corda prateada, e já os aguardava quando eles chegaram à classe de Defesa Contra as Artes das Trevas, dez minutos depois.

Ela sorria e cantarolava baixinho quando os alunos entraram. Harry e Rony contaram a Hermione, que estivera na aula de Aritmancia, exatamente o que acontecera em Adivinhação, enquanto apanhavam os seus exemplares de *Teoria da defesa em magia*, mas, antes que Hermione pudesse fazer alguma pergunta, a Prof.ª Umbridge chamara a atenção dos alunos e todos se calaram.

— Guardem as varinhas — mandou ela com um sorriso, e aqueles que esperançosamente haviam apanhado as varinhas, com tristeza as repuseram nas mochilas. — Como terminamos o capítulo um na aula passada, hoje eu gostaria que abrissem na página dezenove e começassem a ler o capítulo dois "Teorias de defesa comuns e suas derivações". Não haverá necessidade de conversar.

Ainda sorrindo, aquele sorriso amplo e presunçoso, ela se sentou à escrivaninha. A turma deu um suspiro audível quando abriu, como se fossem um só aluno, a página dezenove. Harry ficou imaginando, entediado, se haveria no livro capítulos suficientes para mantê-los lendo durante todas as aulas do ano, e ia verificar o índice quando reparou que Hermione erguera novamente a mão no ar.

A professora também reparou e, além disso, parecia ter preparado uma estratégia para essa eventualidade. Em lugar de tentar fingir que não reparara em Hermione, ela se levantou e deu a volta na primeira fila de carteiras até ficar cara a cara com a garota, então se inclinou e murmurou, de modo que o restante da classe não pudesse ouvi-la:

— O que é agora, Srta. Granger?

— Já li o capítulo dois.

— Então passe para o capítulo três.

— Já li também. Já li o livro todo.

A Prof.ª Umbridge piscou os olhos, mas recuperou sua pose quase instantaneamente.

— Bem, então, você deverá poder me dizer o que Slinkhard escreveu sobre as contra-azarações no capítulo quinze.

— Ele escreveu que a denominação contra-azarações é imprópria — respondeu Hermione imediatamente. — E que contra-azaração é apenas o nome que as pessoas dão às suas azarações quando querem fazê-las parecer mais aceitáveis.

A Profª Umbridge, ergueu as sobrancelhas, e Harry percebeu que estava impressionada, ainda que a contragosto.

— Mas eu discordo — continuou Hermione.

As sobrancelhas da professora subiram um pouco mais, e seu olhar se tornou visivelmente frio.

— A senhorita discorda?

— É, discordo — confirmou Hermione, que, ao contrário de Umbridge, não murmurava, falava em uma voz alta e clara, que a essa altura já atraíra a atenção do resto da turma. — O Sr. Slinkhard não gosta de azarações, não é? Mas acho que podem ser muito úteis quando são usadas defensivamente.

— Ah, então essa é a sua opinião? — disse a professora, se esquecendo de murmurar e endireitando o corpo. — Bom, receio que seja a opinião do Sr. Slinkhard que conte nesta sala de aula, e não a sua, Srta. Granger.

— Mas... — recomeçou Hermione.

— Agora basta — disse a professora. Voltou, então, para a frente da sala e se postou ali, mas toda a segurança que exibira no início da aula se perdera. — Srta. Granger, vou tirar cinco pontos da Grifinória.

Houve uma eclosão de murmúrios.

— Por quê? — perguntou Harry indignado.

— Não se meta! — cochichou Hermione para ele, ansiosa.

— Por perturbar minha aula com interrupções sem sentido — disse a Profª Umbridge suavemente. — Estou aqui para lhes ensinar, usando um método aprovado pelo Ministério que não inclui convidar alunos a darem suas opiniões sobre assuntos de que pouco entendem. Os professores anteriores desta disciplina podem ter permitido aos senhores maior liberdade, mas como nenhum deles... com a possível exceção do Prof. Quirrell, que pelo menos parece ter se restringido a assuntos apropriados para sua idade... teria passado em uma inspeção do Ministério...

— É, Quirrell foi um grande professor — disse Harry em voz alta —, exceto pelo pequeno problema de ter Lorde Voldemort saindo pela nuca.

Este pronunciamento foi seguido de um dos mais retumbantes silêncios que Harry já ouvira. Então...

— Acho que mais uma semana de detenção lhe faria bem, Sr. Potter — disse Umbridge com voz sedosa.

O corte nas costas da mão de Harry mal sarara e, na manhã seguinte, já voltava a sangrar. Ele não se queixou durante a detenção da noite; estava decidido a não dar a Umbridge essa satisfação; repetidamente ele escreveu *não devo contar mentiras*, e nenhum som escapou de seus lábios, embora o corte se aprofundasse a cada letra.

A pior parte desta segunda semana de detenções foi, exatamente como Jorge predisse, a reação de Angelina. Ela encostou-o contra a parede na hora em que ele chegou à mesa da Grifinória para o café da manhã de terça-feira, e gritava tão alto que a Prof.ª McGonagall se levantou da mesa dos professores e correu para os dois.

— Srta. Johnson, como *se atreve* a fazer um estardalhaço desses no Salão Principal? Cinco pontos a menos para Grifinória!

— Mas, professora, ele arranjou *outra* detenção...

— Que história é essa, Potter? — perguntou a professora rispidamente, virando-se para Harry. — Detenção? De quem?

— Da Prof.ª Umbridge — murmurou Harry, sem encarar os olhos penetrantes por trás dos óculos de aros quadrados.

— Você está me dizendo — perguntou ela, baixando a voz para que o grupo de alunos curiosos da Corvinal atrás deles não pudesse ouvir — que depois do aviso que lhe dei na segunda-feira passada você se descontrolou outra vez na aula da Prof.ª Umbridge?

— Sim, senhora — murmurou Harry, olhando para o chão.

— Potter, você precisa se controlar! Você está caminhando para uma séria encrenca! Menos cinco pontos para Grifinória outra vez!

— Mas... quê... professora, não! — exclamou Harry, indignado com a injustiça. — Já estou sendo castigado por *ela*, por que a senhora precisa nos tirar pontos também?

— Porque as detenções parecem não produzir o menor efeito em você! — respondeu a professora, azeda. — Não, nem mais uma palavra de reclamação, Potter! E quanto à Srta. Johnson, no futuro restrinja os seus gritos ao campo de quadribol ou se arriscará a perder a função de capitã do time!

A Prof.ª McGonagall voltou à mesa dos professores. Angelina lançou a Harry um olhar de profundo descontentamento e foi embora, ao que Harry se atirou no banco ao lado de Rony, espumando.

— Ela tirou cinco pontos da Grifinória porque minha mão está sendo fatiada todas as noites! Como é que isso pode ser justo, *como*?

— Eu sei, cara — disse Rony solidário, servindo bacon no prato do amigo.

— Ela está completamente baralhada.

Hermione, porém, meramente folheou as páginas do *Profeta Diário* e não fez nenhum comentário.

— Você acha que McGonagall estava com a razão, não é? — perguntou Harry, zangado, à foto de Cornélio Fudge que tampava o rosto de Hermione.

— Eu gostaria que ela não tivesse descontado pontos de você, mas acho que tem razão quando o avisa para não perder a cabeça com a Umbridge — disse a voz de Hermione, enquanto Fudge gesticulava com energia, na primeira página, obviamente fazendo um discurso.

Harry não falou com Hermione durante toda a aula de Feitiços, mas, quando entraram em Transfiguração, ele esqueceu que estava zangado com a amiga. A Prof.ª Umbridge achava-se sentada a um canto, com sua prancheta, e essa visão apagou a cena do café da manhã de sua lembrança.

— Excelente — sussurrou Rony, quando se sentaram nos lugares de sempre. — Vamos ver se a Umbridge recebe o que merece.

A Prof.ª McGonagall entrou decidida na sala, sem dar a menor indicação de que sabia que a Prof.ª Umbridge se achava presente.

— Agora chega — disse ela, e os alunos fizeram imediato silêncio. — Sr. Finnigan, tenha a bondade de vir até aqui e entregar esses deveres aos seus colegas... Srta. Brown, por favor, apanhe esta caixa de ratinhos... não seja tola, menina, eles não vão lhe fazer mal... e dê um a cada aluno...

— Hem, hem — fez a Prof.ª Umbridge, usando a mesma tossezinha boba que usara para interromper Dumbledore na primeira noite do ano letivo. A Prof.ª McGonagall fingiu não ouvir. Simas devolveu a Harry o trabalho dele, que o apanhou sem olhar para o colega e viu, para seu alívio, que conseguira um "A".

— Muito bem, ouçam todos com atenção... Dino Thomas, se fizer isto outra vez com o ratinho lhe darei uma detenção... a maioria da turma conseguiu fazer desaparecer as lesmas, e mesmo aqueles que as deixaram com vestígios do caracol entenderam o objetivo do feitiço. Hoje, vamos...

— Hem, hem — fez a Prof.ª Umbridge.

— Sim? — disse a Prof.ª McGonagall se virando, as sobrancelhas tão juntas que pareciam formar uma linha única e severa.

— Eu estava me perguntando, professora, se a senhora teria recebido o meu bilhete avisando a data e a hora da sua insp...

— Obviamente que a recebi, ou teria lhe perguntado o que está fazendo na minha sala de aula — disse ela, dando as costas com firmeza à Prof.ª Umbridge. Muitos estudantes trocaram olhares de alegria. — Como eu ia dizendo: hoje, vamos praticar o Feitiço da Desaparição em ratinhos, que é bem mais difícil. Bem, o Feitiço da Desaparição...

— Hem, hem.

— Eu me pergunto — disse a Prof.ª McGonagall numa fúria gélida, virando-se para a outra — como é que você espera avaliar os meus métodos de ensino habituais se continua a me interromper? Em geral, eu não permito que as pessoas falem quando eu estou falando, entende?

A Prof.ª Umbridge pareceu que tinha levado uma bofetada no rosto. Não falou, mas endireitou o pergaminho em sua prancheta e começou a escrever furiosamente.

Parecendo supremamente indiferente, a Prof.ª McGonagall se dirigiu mais uma vez à turma.

— Como eu ia dizendo: o Feitiço da Desaparição se torna mais difícil quanto maior a complexidade do animal a se fazer desaparecer. A lesma, como invertebrado, não apresenta grande desafio; o ratinho, como mamífero, oferece um desafio muito maior. Não é, portanto, um feitiço que se possa realizar com a cabeça no jantar. Vocês já conhecem a fórmula cabalística, então vejamos o que são capazes de fazer...

— Como é que ela pode me fazer preleção de que não devo me descontrolar com a Umbridge! — resmungou Harry para Rony, baixinho, mas estava sorrindo; sua raiva da Prof.ª McGonagall tinha praticamente evaporado.

A Prof.ª Umbridge não acompanhou McGonagall pela sala como fizera com a Trelawney; talvez tenha percebido que a colega não permitiria. Fez, no entanto, um número muito maior de anotações, sentada em seu canto, e quando McGonagall finalmente disse aos alunos para guardarem o material e sair, ela se levantou com uma expressão muito séria no rosto.

— Bom, é um começo — disse Rony, erguendo um rabo de rato comprido e retorcido e largando-o de volta na caixa que Lilá estava passando pela classe.

Quando os alunos saíram enfileirados da sala, Harry viu a Prof.ª Umbridge se aproximar da escrivaninha da McGonagall; ele cutucou Rony, que, por sua vez cutucou Hermione, e os três intencionalmente ficaram para trás para escutar.

— Há quanto tempo você está ensinando em Hogwarts? — perguntou a Prof.ª Umbridge.

— Trinta e nove anos, agora em dezembro — respondeu McGonagall bruscamente, fechando sua bolsa com um estalo.

Umbridge fez uma anotação.

— Muito bem, você receberá o resultado da inspeção dentro de dez dias.

— Mal posso esperar — respondeu McGonagall, com uma voz fria e indiferente, e se encaminhou para a porta. — Andem depressa vocês três — acrescentou, empurrando Harry, Rony e Hermione à sua frente.

Harry não pôde deixar de lhe dar um leve sorriso, e seria capaz de jurar que recebeu outro em resposta.

Ele pensou que só tornaria a ver Umbridge à noite, na detenção, mas estava muito enganado. Quando iam descendo os gramados em direção à Floresta, para assistir à aula de Trato das Criaturas Mágicas, encontraram-na, com a prancheta, ao lado da Prof.ª Grubbly-Plank.

— Normalmente não é você que ensina esta disciplina, correto? — Harry a ouviu perguntar quando se aproximaram da mesa de cavalete, onde o grupo de tronquilhos capturados se atropelava para apanhar bichos-de-conta como se fossem gravetos vivos.

— Correto — respondeu a Prof.ª Grubbly-Plank, com as mãos nas costas e o corpo balançando sobre a planta dos pés. — Sou uma professora substituta, ocupando o lugar do Prof. Hagrid.

Harry trocou olhares apreensivos com Rony e Hermione. Malfoy estava cochichando com Crabbe e Goyle; ele certamente adoraria essa oportunidade para contar histórias sobre Hagrid a uma funcionária do Ministério.

— Humm — fez a Prof.ª Umbridge, baixando a voz, embora Harry ainda pudesse ouvi-la muito claramente. — Eu estive pensando... o diretor me parece estranhamente relutante em fornecer informações: *você* poderia me dizer o que está causando a prolongada licença de afastamento do Prof. Hagrid?

Harry viu Malfoy erguer a cabeça.

— Creio que não — disse a professora em tom despreocupado. — Sei tanto quanto você. Recebi uma coruja do Dumbledore, gostaria que eu desse aulas durante umas duas semanas. Aceitei. É tudo que sei. Bom... posso começar, então?

— Claro, por favor — disse a Prof.ª Umbridge, escrevendo em sua prancheta.

Umbridge adotou uma abordagem diferente nesta aula e caminhou entre os alunos, fazendo perguntas sobre criaturas mágicas. A maioria soube responder bem, e Harry se animou um pouco; pelo menos a turma não estava deixando Hagrid mal.

— De um modo geral — perguntou a Prof.ª Umbridge, voltando para perto da Prof.ª Grubbly-Plank depois de interrogar Dino Thomas longamente —, o que é que você, como membro temporário do quadro docente, uma observadora externa, suponho que poderíamos dizer, que é que você acha de Hogwarts? Você acha que recebe apoio suficiente da diretoria da escola?

— Ah, sim, Dumbledore é excelente — disse a Prof.ª Grubbly-Plank com entusiasmo. — Estou muito feliz com o modo com que a escola é administrada, realmente muito feliz.

Com um ar de educada incredulidade, Umbridge fez uma minúscula anotação na prancheta e continuou:

— E o que é que você está planejando cobrir em suas aulas durante o ano, presumindo é claro, que o Prof. Hagrid não volte?

— Ah, repassarei com os alunos as criaturas que são pedidas com maior frequência no N.O.M. Não há muito mais a fazer: eles já estudaram os unicórnios e os pelúcios. Pensei em abordar os pocotós e os amassos, me certificar de que são capazes de reconhecer os crupes e os ouriços, entende...

— Bem, em todo o caso *você* parece saber o que está fazendo — concluiu a Prof.ª Umbridge, ticando muito enfaticamente o pergaminho na prancheta. Harry não gostou da ênfase que ela deu ao "você", e gostou menos ainda quando a professora fez a pergunta seguinte a Goyle. — Agora, ouvi dizer que tem havido alunos feridos nesta classe.

Goyle deu um sorriso idiota. Malfoy se apressou a responder:

— Foi comigo. Levei uma lambada de um hipogrifo.

— Hipogrifo? — repetiu a Prof.ª Umbridge, agora escrevendo freneticamente.

— Só porque ele foi burro demais e não deu ouvidos às instruções de Hagrid — comentou Harry, zangado.

Rony e Hermione gemeram. A Prof.ª Umbridge virou a cabeça lentamente na direção de Harry.

— Mais uma noite de detenção, creio eu — disse brandamente. — Bem, muito obrigada, Grubbly-Plank, acho que é tudo que preciso saber. Você receberá o resultado de sua inspeção dentro de dez dias.

— Que bom! — disse a Prof.ª Grubbly-Plank, e a Prof.ª Umbridge começou a subir o gramado para voltar ao castelo.

Era quase meia-noite quando Harry deixou a sala de Umbridge aquela noite, sua mão agora sangrava tanto que manchava o lenço em que ele a enfaixara. Esperava que a sala comunal estivesse vazia quando voltasse, mas Rony e

Hermione estavam acordados à sua espera. Ficou feliz em vê-los, principalmente porque Hermione estava disposta a se solidarizar com ele em vez de criticá-lo.

— Tome — disse, ansiosa, estendendo uma tigelinha com um líquido amarelo —, encharque a mão nisso, é uma solução de tentáculos de murtisco em salmoura e depois peneirados, deve ajudar.

Harry colocou a mão, que sangrava e doía, na tigela e experimentou uma maravilhosa sensação de alívio. Bichento se enrolou em suas pernas, ronronando alto, depois saltou para o seu colo e se acomodou.

— Obrigado — disse, agradecido, coçando atrás das orelhas do gato com a mão esquerda.

— Eu ainda acho que você devia reclamar — disse Rony em voz baixa.

— Não — disse Harry categoricamente.

— McGonagall ia endoidar se soubesse...

— Provavelmente ia. E quanto tempo você acha que levaria para Umbridge aprovar outro decreto dizendo que quem reclamar da Alta Inquisidora será imediatamente despedido?

Rony abriu a boca para retorquir, mas não emitiu som algum e, passado um instante, tornou a fechar a boca, derrotado.

— Ela é uma mulher horrível — disse Hermione baixinho. — *Horrível*. Sabe, eu estava dizendo ao Rony quando você entrou... temos de fazer alguma coisa a respeito dela.

— Eu sugiro veneno — disse Rony com ferocidade.

— Não... quero dizer, alguma coisa para divulgar que é uma péssima professora, e que não vamos aprender Defesa alguma com ela — explicou Hermione.

— Bom, e o que é que podemos fazer? — perguntou Rony bocejando. — Já é tarde à beça, não é não? Ela foi nomeada e veio para ficar, Fudge vai garantir isso.

— Bom — disse Hermione hesitante. — Sabe, estive pensando hoje... — Lançou um olhar nervoso a Harry, e então prosseguiu: — Estive pensando... talvez tenha chegado a hora de simplesmente... simplesmente nos virarmos sozinhos.

— Nos virarmos sozinhos fazendo o quê? — perguntou Harry, desconfiado, mantendo a mão flutuando na essência de murtisco.

— Bom... aprendendo Defesa Contra as Artes das Trevas sozinhos — concluiu Hermione.

— Ah, corta essa — gemeu Rony. — Você quer que a gente faça trabalho extra? Você tem ideia do quanto Harry e eu estamos outra vez atrasados com os nossos deveres e só estamos na segunda semana de aulas?

— Mas isto é muito mais importante do que os deveres de casa.

Harry e Rony arregalaram os olhos para ela.

— Pensei que não houvesse nada mais importante no universo do que os deveres de casa! — caçoou Rony.

— Não seja bobo, claro que há — rebateu Hermione, e Harry notou, com um mau presságio, que o rosto da amiga se tornara inesperadamente radioso, com aquele tipo de fervor que o FALE normalmente lhe inspirava. — Trata-se de nos prepararmos, como disse o Harry na primeira aula da Umbridge, para o que nos aguarda lá fora. Trata-se de garantir que realmente possamos nos defender. Se não aprendermos nada o ano inteiro...

— Não podemos fazer muita coisa sozinhos — disse Rony com um quê de derrota na voz. — Quero dizer, tudo bem, podemos ir procurar azarações na biblioteca e tentar praticá-las, suponho...

— Não, concordo, já passamos da fase em que podemos aprender apenas com livros — disse Hermione. — Precisamos de um professor, de verdade, que possa nos mostrar como usar os feitiços e nos corrigir quando errarmos.

— Se você está falando do Lupin... — começou Harry.

— Não, não, não estou falando de Lupin. Ele está ocupado demais com a Ordem e, de qualquer jeito, o máximo que poderíamos vê-lo seria nos fins de semana em Hogsmeade, e eles não acontecem com tanta frequência assim.

— Quem, então? — perguntou Harry, franzindo a testa para a amiga.

Hermione deu um suspiro muito profundo.

— Será que não está óbvio? Estou falando de *você*, Harry.

Houve um momento de silêncio. Uma leve brisa noturna sacudiu as vidraças atrás de Rony, e o fogo oscilou.

— Falando de mim, o quê? — perguntou Harry.

— Estou falando de *você* nos ensinar Defesa Contra as Artes das Trevas.

Harry encarou Hermione. Depois se virou para Rony, pronto para trocar os olhares exasperados que às vezes trocavam quando Hermione detalhava esquemas fora da realidade como o FALE, mas, para seu desânimo, Rony não parecia exasperado.

Estava com a testa ligeiramente enrugada, em aparente reflexão. Então disse:

— É uma ideia.

— O que é uma ideia? — perguntou Harry.

— Você. Nos ensinar.

— Mas...

Harry estava sorrindo agora, certo de que os dois estavam gozando com a cara dele.

— Mas eu não sou professor, não sei...

— Harry, você foi o melhor do ano em Defesa Contra as Artes das Trevas — disse Hermione.

— Eu? — Harry agora estava com um sorriso maior que nunca. — Não, não fui, você me bateu em todos os testes...

— Não é verdade — respondeu Hermione calmamente. — Você me bateu no terceiro ano: o único ano em que nós dois prestamos exames e tivemos um professor que realmente conhecia o assunto. E não estou falando de notas, Harry. Pense no que você já *fez*!

— Como assim?

— Sabe de uma coisa, não tenho certeza se quero alguém burro assim como professor — disse Rony a Hermione, com um sorriso afetado. Em seguida virou-se para Harry. — Vamos raciocinar — disse, fazendo uma cara igual à de Goyle quando se concentrava. — Uh... primeiro ano: você salvou a Pedra Filosofal de Você-Sabe-Quem.

— Mas aquilo foi sorte — retrucou Harry. — Não foi habilidade...

— Segundo ano — interrompeu-o Rony —, você matou o basilisco e destruiu Riddle.

— É, mas se Fawkes não tivesse aparecido, eu...

— Terceiro ano — disse Rony, ainda mais alto —, você enfrentou e pôs para correr uns cem Dementadores de uma vez só...

— Você sabe que aquilo foi por acaso, se o Viratempo não tivesse...

— No ano passado — continuou Rony, agora quase aos gritos —, você *tornou* a enfrentar Você-Sabe-Quem...

— Escutem aqui! — disse Harry, quase com raiva, porque agora os dois, Rony e Hermione, estavam rindo tolamente. — Querem me escutar um instante? Parece muito legal quando vocês falam, mas foi tudo sorte: metade do tempo eu nem sabia o que estava fazendo, não planejei nada, fiz apenas o que me ocorreu na hora, e quase sempre tive ajuda...

Rony e Hermione continuavam a rir tolamente, e a irritação de Harry começou a crescer; nem ele sabia por que estava ficando tão zangado.

— Não fiquem aí sentados com esse sorriso bobo como se soubessem mais do que eu, era eu quem estava lá, ou não? – perguntou, indignado. – Eu sei o que aconteceu, está bem? E não me safei de nada porque era genial em Defesa Contra as Artes das Trevas, me safei porque... porque recebi ajuda na hora certa ou porque tive um palpite certo... mas fiz tudo às cegas, não tinha a menor ideia do que estava fazendo... E PAREM DE RIR!

A tigela de essência de murtisco caiu no chão e se partiu. Harry percebeu que estava em pé, embora não conseguisse se lembrar de ter se levantado. Bichento disparou para baixo de um sofá. Os sorrisos de Rony e Hermione tinham sumido.

— *Vocês não sabem como é!* Vocês, nenhum dos dois, vocês nunca tiveram de encarar Voldemort, não é? Vocês pensam que é só decorar uma pá de feitiços e lançar contra ele, como se estivessem na sala de aula ou coisa parecida? O tempo todo você sabe que não tem nada entre você e a morte a não ser o seu... o seu cérebro ou sua garra ou o que seja... como se alguém pudesse pensar direito quando sabe que está a um nanossegundo de ser morto ou torturado, ou está vendo seus amigos morrerem... nunca nos ensinaram isso nas aulas, como é que se lida com essas coisas... e vocês dois ficam aí sentados, achando que sou um garotinho sabido por estar em pé aqui, vivo, como se Diggory fosse burro, como se tivesse feito besteira; vocês não entendem, podia muito bem ter sido eu, e teria sido se Voldemort não precisasse de mim...

— Não estávamos falando nada disso, cara – disse Rony, estupefato. – Não estávamos falando mal do Diggory, não... você entendeu tudo ao contrário...

Ele olhou desamparado para Hermione, cujo rosto exibia uma expressão de choque.

— Harry – disse ela timidamente –, você não está vendo? É por isso... por isso mesmo que precisamos de você... precisamos saber como é realmente... enfrentar ele... enfrentar o V-Voldemort.

Era a primeira vez que ela dizia o nome de Voldemort e isso, mais do que qualquer outro argumento, foi o que acalmou Harry. Ainda ofegante, ele tornou a se sentar na poltrona, percebendo, ao fazê-lo, que sua mão voltara a latejar barbaramente. Desejou não ter quebrado a tigela com a essência de murtisco.

— Bom... pense no assunto – disse Hermione baixinho. – Por favor?

Harry não conseguiu pensar em nada para responder. Já estava se sentindo envergonhado por ter explodido. Concordou com a cabeça, sem ter perfeita noção com o que estava concordando.

Hermione se levantou.

— Bom, vou me deitar — disse, no tom mais natural que pôde. — Hum... noite.

Rony se levantou também.

— Você vem? — perguntou, sem jeito, ao amigo.

— Vou. Num... num minuto. Vou limpar essa sujeira.

Ele indicou a tigela partida no chão. Rony assentiu com a cabeça e foi embora.

— *Reparo* — murmurou Harry, apontando a varinha para os cacos de porcelana. Eles se juntaram, a tigela ficou como nova, mas não havia como fazer a essência de murtisco voltar à tigela.

De repente, sentia-se tão cansado que ficou tentado a se largar na poltrona e dormir ali, mas, em vez disso, fez um esforço para se levantar e seguiu o exemplo de Rony. Sua noite inquieta foi mais uma vez pontuada por sonhos de longos corredores e portas fechadas, e ele acordou no dia seguinte com a cicatriz formigando outra vez.

16

NO CABEÇA DE JAVALI

Hermione não mencionou sua sugestão para Harry ensinar Defesa Contra as Artes das Trevas durante duas semanas inteiras. Finalmente as detenções do garoto com a Umbridge terminaram (ele duvidava de que as palavras agora gravadas nas costas de sua mão viessem a desaparecer totalmente). Rony tivera mais quatro treinos de quadribol e não levara nenhum grito nos últimos dois, e os três amigos tinham conseguido fazer desaparecer seus ratinhos em Transfiguração (aliás, Hermione já se adiantara e estava fazendo desaparecer gatinhos), quando o assunto foi novamente abordado, em uma noite de violenta tempestade, no final de setembro, quando os três estavam sentados na biblioteca procurando ingredientes de poções para um dever passado por Snape.

– Eu estive me perguntando – disse Hermione, de repente – se você já voltou a pensar na Defesa Contra as Artes das Trevas, Harry.

– Claro que pensei – disse Harry rabugento –, não consigo esquecer, e não daria mesmo, com aquela megera ensinando a gente...

– Estou falando da ideia que Rony e eu tivemos... – Rony lançou a Hermione um olhar assustado e ameaçador. Ela fechou a cara para ele. – Ah, tudo bem então, a ideia que eu tive... de você nos ensinar.

Harry não respondeu imediatamente. Fingiu estar examinando uma página de *Contravenenos asiáticos*, porque não queria dizer o que estava pensando.

Refletira bastante sobre o assunto nos últimos quinze dias. Por vezes lhe pareceu uma ideia maluca, tal como na noite em que Hermione a propusera, mas em outras ele se surpreendera pensando nos feitiços que o haviam ajudado mais em seus vários encontros com criaturas das trevas e Comensais da Morte – de fato, surpreendera-se planejando, subconscientemente as aulas...

– Bom – disse lentamente, quando não dava mais para fingir que estava achando *Contravenenos asiáticos* interessante –, é, eu... pensei um pouco.

— E? — perguntou Hermione pressurosa.

— Não sei — disse o garoto procurando ganhar tempo. E olhou para Rony.

— Achei uma boa ideia desde o começo — interveio Rony, que parecia mais interessado em entrar na conversa agora que tinha certeza de que o amigo não ia recomeçar a gritar.

Harry mexeu-se pouco à vontade na cadeira.

— Vocês prestaram atenção quando eu disse que muita coisa foi sorte?

— Prestamos, Harry — confirmou Hermione gentilmente —, mas não adianta fingir que você não é bom em Defesa Contra as Artes das Trevas, porque é. Você foi a única pessoa no ano passado que conseguiu se livrar completamente da Maldição Imperius, você é capaz de produzir um Patrono, você sabe fazer uma quantidade de coisas que bruxos adultos não conseguem, o Vítor sempre disse...

Rony se virou tão depressa para Hermione que pareceu dar um mau jeito no pescoço. Esfregando-o, falou:

— É? Que foi que o Vitinho disse?

— Ho, ho — caçoou Hermione com a voz entediada. — Disse que Harry sabia fazer coisas que nem ele sabia, e olha que estava cursando o último ano de Durmstrang.

Rony ficou olhando Hermione desconfiado.

— Você continua em contato com ele?

— E se continuar? — perguntou Hermione, calmamente, embora seu rosto estivesse um pouco corado. — Posso ter um correspondente se...

— Ele não queria ser só seu correspondente — Rony a contradisse em tom de acusação.

Hermione sacudiu a cabeça exasperada e, ignorando Rony que continuava a observá-la, dirigiu-se a Harry:

— Então, que é que você acha? Vai nos ensinar?

— Só você e Rony, está bem?

— Bom — disse Hermione, tornando a parecer um tantinho ansiosa. — Bom... agora não vai perder as estribeiras outra vez, Harry, por favor... mas acho realmente que você devia ensinar qualquer um que quisesse aprender. Quero dizer, estamos falando em nos defender de V-Voldemort. Ah, não seja patético, Rony. Não parece justo que a gente não ofereça essa oportunidade a outras pessoas.

Harry refletiu por um momento, depois disse:

— Tá, mas duvido que mais alguém além de vocês dois me queira como professor. Sou pirado, lembram?

— Bom, acho que você ficaria surpreso com o número de pessoas que estariam interessadas em ouvir o que você tem a dizer – disse Hermione séria. – Escute – ela se curvou para Harry; Rony, que continuava a observá-la de cara amarrada, curvou-se para a frente também para escutar –, você sabe que o primeiro fim de semana de outubro é o da visita a Hogsmeade? E se dissermos a quem estiver interessado para se encontrar com a gente na vila e discutir o assunto?

— Por que temos de fazer isso fora da escola? – perguntou Rony.

— Porque sim – respondeu Hermione, voltando ao diagrama do Repolho Chinês Glutão que estava copiando. – Acho que a Umbridge não ficaria muito feliz se descobrisse o que estamos tramando.

Harry aguardava com ansiedade a viagem de fim de semana a Hogsmeade, mas uma coisa o preocupava. Sirius mantivera um silêncio absoluto desde que aparecera no fogo, no começo de setembro; Harry sabia que o deixara aborrecido quando disse que não queria que ele fosse – mas ainda se preocupava, de tempos em tempos, com que Sirius pudesse jogar a cautela para o alto e aparecer. Que iriam fazer se o enorme cachorro preto aparecesse correndo pela rua em sua direção, em Hogsmeade, talvez até debaixo do nariz de Draco Malfoy?

— Bom, você não pode culpá-lo por querer passear – disse Rony, quando Harry discutiu o seu receio com eles. — Quero dizer, Sirius está foragido há mais de dois anos, não é, e sei que não deve ter sido moleza, mas pelo menos ele estava livre, não é? Agora está trancado o tempo todo com aquele elfo horrendo.

Hermione olhou feio para Rony, mas ignorou a desfeita ao Monstro.

— O problema é que – disse ela a Harry – enquanto V-Voldemort... ah, Rony, pelo amor de Deus... não sair em campo aberto, Sirius vai ter de continuar escondido, não é? Quero dizer, aquele Ministério idiota não vai reconhecer que Sirius é inocente até aceitar que Dumbledore esteve dizendo a verdade o tempo todo. E, quando os patetas recomeçarem a capturar os verdadeiros Comensais da Morte, ficará óbvio que Sirius não é um deles... Quero dizer, para começar ele nem tem a Marca.

— Acho que ele não é idiota de aparecer – disse Rony apoiando Hermione. — Dumbledore ficaria furioso se isso acontecesse, e Sirius ouve Dumbledore, mesmo que não concorde com o que ouve.

Como Harry continuava com um ar preocupado, Hermione falou:

— Escute, Rony e eu andamos sondando gente que achamos que poderia querer aprender Defesa Contra as Artes das Trevas, e uns colegas pareceram interessados. Dissemos a eles para se encontrarem com a gente em Hogsmeade.

— Certo — disse Harry, distraído, seus pensamentos ainda em Sirius.

— Não se preocupe, Harry — disse Hermione baixinho. — Você já tem um prato cheio sem o Sirius.

Naturalmente a garota estava certa, ele mal conseguia se manter em dia com os deveres, embora estivesse se saindo muito melhor agora que não passava todas as noites detido na sala de Umbridge. Rony estava mais atrasado com os deveres do que ele, porque embora ambos tivessem treinos de quadribol duas vezes por semana, Rony ainda tinha as obrigações de monitor. Mas Hermione, que estava cursando mais disciplinas do que os dois, não somente terminara todos os deveres como também encontrava tempo para tricotar mais roupas para elfos. Harry tinha de admitir que o tricô de Hermione estava melhorando; quase sempre, agora, já era possível diferençar os gorros das meias.

O dia da visita a Hogsmeade amanheceu claro, mas ventoso. Depois do café da manhã, eles se enfileiraram perante Filch, que conferiu seus nomes na longa lista de alunos que tinham permissão dos pais ou guardiões para visitar a vila. Com uma ligeira pontada de remorso, Harry se lembrou de que, se não fosse por Sirius, ele nem poderia ir.

Quando chegou a vez de Harry, Filch, o zelador, cheirou-o longamente, procurando algum cheiro diferente. Depois fez-lhe um breve aceno com a cabeça e segurou a tremedeira do queixo, e Harry foi em frente, desceu a escada de pedra e saiu para o dia frio e ensolarado.

— Hum... por que o Filch estava cheirando você? — perguntou Rony, quando ele, Harry e Hermione saíram, decididos, pela estrada que levava aos portões.

— Imagino que estivesse procurando cheiro de Bombas de Bosta — disse Harry com uma risadinha. — Esqueci de contar a vocês...

E narrou o que acontecera no dia em que fora despachar a carta para Sirius, e Filch embarafustou pelo corujal segundos depois, exigindo ver a carta. Para sua surpresa, Hermione achou a história interessantíssima, de fato, muito mais do que ele próprio.

— Ele falou que alguém lhe dera uma dica de que você estava encomendando Bombas de Bosta. Mas quem terá sido?

— Não sei — disse Harry, dando de ombros. — Talvez Malfoy, ele acharia isso uma grande piada.

Os três passaram entre os altos pilares de pedra, encimados pelos javalis alados, e viraram à esquerda, tomando a estrada para a vila, a força do vento fazendo os cabelos fustigarem seus olhos.

— Malfoy? — disse Hermione cética. — Bom... é... talvez...

E ela continuou absorta em seus pensamentos durante todo o caminho até a periferia de Hogsmeade.

— Aonde é que estamos indo, afinal? — perguntou Harry. — Ao Três Vassouras?

— Ah... não — respondeu Hermione, despertando do seu devaneio —, não, está sempre lotado e muito barulhento. Disse aos outros para nos encontrarem no Cabeça de Javali, o outro *pub*, sabe qual é, fora da estrada principal. Acho que é um pouco... sabe... *suspeito*... mas os estudantes em geral não vão lá, por isso acho que não seremos ouvidos.

Eles desceram a rua principal, passaram pela Zonko's — Logros e Brincadeiras, onde não se surpreenderam de encontrar Fred, Jorge e Lino, passaram pelo correio, de onde as corujas saíam em intervalos regulares, e viraram para uma ladeira lateral, no alto da qual havia uma pequena estalagem. Um letreiro maltratado de madeira estava pendurado sobre a porta, em um suporte enferrujado, com o desenho da cabeça decepada de um javali, pingando sangue na toalha branca que o envolvia. O letreiro rangia ao vento quando eles se aproximaram. Os três hesitaram à porta.

— Bem, vamos — disse Hermione, ligeiramente nervosa. Harry entrou à frente.

Não era nada parecido com o Três Vassouras, cujo grande bar dava a impressão de calor e reluzente limpeza. O Cabeça de Javali compreendia uma salinha mal mobiliada e muito suja, e tinha um cheiro forte, talvez de cabras. As janelas curvas eram tão incrustadas de fuligem que pouquíssima luz solar conseguia chegar à sala, iluminada com tocos de velas postos sobre mesas de madeira tosca. O chão, à primeira vista, parecia ser de terra batida, mas, quando Harry o pisou, deu para perceber que havia pedra sob o que concluiu ser uma camada secular de sujeira acumulada.

Harry lembrou-se de Hagrid ter mencionado o *pub* no seu primeiro ano de escola. "É, a gente vê muita gente esquisita no Cabeça de Javali", dissera para explicar como havia ganhado o ovo de dragão de um estranho encapuzado que encontrara ali. À época, Harry se perguntara por que Hagrid não tinha achado curioso que o forasteiro mantivesse o rosto oculto durante o encontro; agora ele via que manter o rosto oculto era uma espécie de moda no Cabeça de Javali. Havia um homem no bar que trazia a cabeça toda envolta em sujas bandagens cinzentas, embora ainda conseguisse engolir incontáveis copos de uma substância ardente e fumegante por uma fenda no lugar da boca; dois vultos encapuzados se achavam sentados a uma mesa junto a uma janela; Harry julgaria que fossem Dementadores se não estivessem conversando com um forte sotaque de Yorkshire, e em um canto sombrio junto à lareira havia uma bruxa com um véu preto e espesso que lhe caía até os pés. Só era possível ver a ponta do seu nariz porque seu volume fazia o véu levantar um pouco.

— Não sei como está se sentindo, Hermione — murmurou Harry, quando atravessaram o recinto até o bar. Ele olhava especialmente para a bruxa com o pesado véu. — Não lhe ocorreu que a Umbridge possa estar embaixo daquilo?

Hermione lançou um olhar de avaliação para a figura velada.

— A Umbridge é mais baixa do que aquela mulher — murmurou. — E, de qualquer forma, mesmo que venha aqui não há nada que possa fazer para nos impedir, Harry, porque verifiquei mais de duas vezes as regras da escola. Não estamos fora do perímetro permitido; perguntei especificamente ao Prof. Flitwick se os estudantes tinham permissão para entrar no Cabeça de Javali e ele disse que sim, mas recomendou várias vezes que trouxéssemos os nossos copos. E consultei tudo em que pude pensar sobre grupos de estudo e deveres, e decididamente estamos cobertos. Só não acho que seja uma boa ideia a gente ficar *alardeando* o que está fazendo.

— Não — disse Harry —, principalmente porque não é bem um grupo para fazer deveres que estamos organizando, não é?

O *barman* saiu de um aposento nos fundos e se aproximou deles. Era um velho de ar rabugento, com uma espessa cabeleira e barbas grisalhas. Era alto e magro, e Harry achou-o vagamente familiar.

— Quê? — resmungou ele.

— Três cervejas amanteigadas, por favor — disse Hermione.

O homem meteu a mão sob o balcão e tirou três garrafas muito empoeiradas, muito sujas, e bateu-as em cima do bar.

— Seis sicles.

— Eu pago — disse Harry, entregando-lhe, depressa, a moeda de prata. Os olhos do homem fotografaram Harry, e se detiveram uma fração de segundo em sua cicatriz. Então ele virou as costas e guardou o dinheiro numa velha registradora de madeira, cuja gaveta se abriu automaticamente para recebê-lo. Harry, Rony e Hermione se retiraram para a mesa mais afastada do bar e se sentaram, correndo o olhar ao seu redor. Então, o homem com as bandagens cinzentas e sujas bateu no balcão com os nós dos dedos e recebeu mais uma bebida fumegante do *barman*.

— Querem saber de uma coisa? — murmurou Rony, olhando para o bar entusiasmado. — Poderíamos pedir qualquer coisa que quiséssemos aqui. Aposto como aquele sujeito nos venderia qualquer coisa, não ia nem ligar. Eu sempre quis experimentar uísque de fogo...

— Você... é... *monitor* — lembrou Hermione com rispidez.

— Ah! — exclamou Rony, o sorriso sumindo do rosto. — É...

— Então, quem foi que você disse que viria encontrar a gente? — perguntou Harry, abrindo a tampa enferrujada da cerveja amanteigada e tomando um gole.

— Meia dúzia de pessoas — repetiu Hermione, verificando o relógio e olhando para a porta, ansiosa. — Pedi para chegarem por volta dessa hora, e tenho certeza de que todos sabem onde fica... ah, veja, talvez sejam elas agora.

A porta do *pub* se abrira. Uma faixa larga de poeira e luz dividiu momentaneamente o recinto, e em seguida desapareceu, bloqueada pela chegada de várias pessoas.

Primeiro entrou Neville com Dino e Lilá, seguidos de perto por Parvati e Padma Patil com (e aqui o estômago de Harry deu uma volta completa) Cho e uma de suas amigas risonhas, então (sozinha e parecendo tão sonhadora que poderia ter entrado por acaso) Luna Lovegood; depois Katie Bell, Alícia Spinnet e Angelina Johnson, Colin e Dênis Creevey, Ernesto Macmillan, Justino Finch-Fletchley, Ana Abbott, e uma garota da Lufa-Lufa, com uma longa trança descendo pelas costas, cujo nome Harry não sabia; três garotos da Corvinal que ele tinha certeza de que se chamavam Antônio Goldstein, Miguel Corner e Terêncio Boot, Gina, seguida de um garoto louro e magricela de nariz arrebitado, que Harry reconheceu vagamente como jogador do time de quadribol da Lufa-Lufa e, fechando a fila, Fred e Jorge Weasley com o amigo Lino Jordan, todos três carregando grandes sacas de papel, cheias de artigos da Zonko's.

— Meia dúzia de pessoas?! — exclamou Harry, rouco, para Hermione. — *Meia dúzia de pessoas?*

— É, bom, a ideia pareceu muito popular — respondeu Hermione, feliz. — Rony, quer puxar mais umas cadeiras para cá?

O *barman* congelara no ato de limpar mais um copo, com um trapo tão imundo que parecia nunca ter sido lavado. Possivelmente nunca vira seu bar tão cheio.

— Oi — disse Fred, chegando primeiro ao bar e contando rapidamente seus companheiros —, pode nos servir... vinte e cinco cervejas amanteigadas, por favor?

O barman o encarou por um momento, então, jogando no chão o seu trapo, irritado, como se tivesse sido interrompido no meio de alguma coisa importante, começou a passar as cervejas amanteigadas cheias de poeira de baixo para cima do balcão.

— Obrigado — disse Fred, distribuindo-as. — Pessoal, pode ir se coçando, não tenho ouro para tudo isso...

Harry observava, entorpecido, enquanto o enorme grupo apanhava as cervejas com Fred e procurava moedas nos bolsos para pagá-las. Não conseguia imaginar para que toda essa gente aparecera até lhe ocorrer o horrível pensamento de que poderiam estar esperando uma espécie de discurso, ao que ele se virou para Hermione.

— Que foi que você andou dizendo a essas pessoas? — perguntou em voz baixa. — Que é que elas estão esperando?

— Eu já falei, só querem ouvir o que você tem a dizer — disse Hermione para acalmá-lo, mas Harry continuou a olhar tão zangado que ela acrescentou depressa: — Você não tem de fazer nada por enquanto, eu vou falar com eles primeiro.

— Oi, Harry — cumprimentou Neville, sorrindo e se sentando em frente a ele.

Harry tentou retribuir o sorriso, mas não respondeu; sua boca estava excepcionalmente seca. Cho acabara de sorrir para ele e se sentara à direita de Rony. A amiga dela, que tinha cabelos louro-avermelhados e crespos, não sorriu, mas deu a Harry um olhar cheio de desconfiança, indicando que, se tivesse tido escolha, não estaria ali.

Em pares e trios, os recém-chegados se acomodaram em volta de Harry, Rony e Hermione, alguns parecendo muito animados, outros curiosos, Luna mirando sonhadoramente o espaço. Quando todos terminaram de puxar cadeiras e se sentar, a conversa morreu. Todos os olhares se concentraram em Harry.

— Hum — começou Hermione, a voz ligeiramente mais alta do que normalmente, nervosa. — Bom... hum... oi.

O grupo transferiu as atenções para ela, embora os olhares continuassem a se voltar a intervalos para Harry.

— Bom... hum... bom, vocês sabem por que estão aqui. Hum... bom, Harry, aqui, teve a ideia, quero dizer — (Harry lhe lançara um olhar cortante) – eu tive a ideia... que seria bom se as pessoas que quisessem estudar Defesa Contra as Artes das Trevas, e quero dizer realmente estudar, sabem, e não as bobagens que a Umbridge está fazendo com a gente... – (A voz de Hermione de repente se tornou mais forte e mais confiante.) – Porque ninguém pode chamar aquilo de Defesa Contra as Artes das Trevas. ("Apoiado, apoiado", disse Antônio Goldstein, e Hermione pareceu se animar.) – Bom, eu pensei que seria bom se nós, bom, nos encarregássemos de resolver o problema.

Ela parou, olhou de esguelha para Harry e continuou:

– Com isso, eu quero dizer aprender a nos defender direito, não somente em teoria, mas praticando realmente os feitiços...

– Mas acho que você também quer passar no N.O.M. de Defesa Contra as Artes das Trevas, não? – perguntou Miguel Corner.

– Claro que quero – respondeu Hermione imediatamente. – Mas, mais do que isso, quero receber treinamento em defesa adequado porque... porque... – ela tomou fôlego e concluiu – porque Lorde Voldemort retornou.

A reação foi imediata e previsível. A amiga de Cho guinchou e derramou cerveja amanteigada na roupa; Terêncio Boot teve uma contração involuntária; Padma Patil se arrepiou; e Neville deu um ganido estranho, que ele conseguiu transformar em uma tossida. Todos, porém, olharam fixamente, e até mesmo pressurosamente, para Harry.

– Bom... pelo menos este é o plano – disse Hermione. – Se vocês quiserem se juntar a nós, precisamos resolver como vamos...

– E cadê a prova de que Você-Sabe-Quem retornou? – perguntou o jogador louro da Lufa-Lufa, num tom bem agressivo.

– Bom, Dumbledore acredita que sim... – começou Hermione.

– Você quer dizer que Dumbledore acredita *nele* – interrompeu o garoto louro, indicando Harry com a cabeça.

– Quem é você? – perguntou Rony, sem muita polidez.

– Zacarias Smith, e acho que tenho o direito de saber exatamente o que faz você afirmar que Você-Sabe-Quem retornou.

– Olhe – respondeu Hermione, intervindo rapidamente –, não foi bem para tratar desse assunto que organizamos a reunião...

– Tudo bem, Hermione – disse Harry.

Acabara de lhe ocorrer por que havia tantas pessoas ali. E achou que Hermione devia ter previsto. Algumas daquelas pessoas, talvez até a maioria, aparecera na esperança de ouvir a história de Harry em primeira mão.

— O que me faz afirmar que Você-Sabe-Quem retornou? — ele repetiu a pergunta, encarando Zacarias nos olhos. — Eu o vi. Mas Dumbledore contou a toda a escola o que aconteceu no ano passado, e, se você não acreditou nele, também não vai acreditar em mim, e não vou perder a tarde tentando convencer ninguém.

O grupo inteiro pareceu ter prendido a respiração enquanto Harry falava. Ele teve a impressão de que até o *barman* estava ouvindo; continuara a limpar o mesmo copo com o trapo imundo, deixando-o cada vez mais sujo.

Zacarias falou, mudando de tom:

— Só o que Dumbledore nos contou no ano passado foi que Cedrico Diggory foi morto por Você-Sabe-Quem, e que você trouxe o cadáver de volta a Hogwarts. Ele não nos deu detalhes, não nos contou exatamente como Cedrico foi morto, acho que todos gostariam de ouvir...

— Se você veio ouvir, exatamente, como é que Voldemort mata alguém, eu não vou poder ajudá-lo. — Sua irritação, ultimamente sempre tão à flor da pele, estava mais uma vez crescendo. Não tirou os olhos do rosto agressivo de Zacarias Smith, e estava decidido a não olhar para Cho. — Não quero falar sobre Cedrico Diggory, está bem? Portanto, se é para isto que você veio, é melhor ir embora.

Ele lançou um olhar zangado em direção a Hermione. Achava que aquilo era culpa dela; resolvera pintá-lo como uma espécie de aberração, e é claro que todos tinham aparecido só para saber até que ponto chegava sua história delirante. Mas nenhum deles se levantou, nem mesmo Zacarias Smith, embora continuasse a observar Harry atentamente.

— Então — recomeçou Hermione, com a voz novamente muito esganiçada. — Então, como eu ia dizendo... se vocês quiserem aprender alguma defesa, então precisamos resolver como vamos fazer isso, com que frequência va-mos nos encontrar e aonde vamos nos...

— É verdade — interrompeu a garota, com a longa trança nas costas, olhando para Harry — que você é capaz de produzir um Patrono?

Correu um murmúrio de interesse pelo grupo quando ela disse isso.

— Sou — confirmou Harry, ligeiramente na defensiva.

— Um Patrono corpóreo?

A frase despertou uma lembrança na cabeça de Harry.

— Hum... você conhece Madame Bones? — perguntou ele.

A garota sorriu.

— É minha tia. Sou Susana Bones. Ela me contou como foi a sua audiência. Então... é verdade mesmo? Você conjura um Patrono em forma de veado?

— Conjuro.

— Caramba, Harry! — exclamou Lino, parecendo profundamente impressionado. — Eu não sabia disso!

— Mamãe disse a Rony para não espalhar — comentou Fred, sorrindo para Harry. — Disse que Harry já chamava muita atenção sem isso.

— Ela não está errada — murmurou Harry, e algumas pessoas deram risadas.

A bruxa de véu, sentada sozinha, mexeu-se ligeiramente na cadeira.

— E você matou um basilisco com aquela espada que fica na sala de Dumbledore? — perguntou Terêncio Boot. — Foi o que um dos quadros na parede me contou quando estive lá no ano passado...

— Hum... é, matei, sim.

Justino Finch-Fletchley assobiou, os irmãos Creevey se entreolharam, assombrados, e Lilá Brown exclamou baixinho: "Uau!" Harry estava se sentindo um pouco quente em volta do pescoço agora; e determinado a olhar para qualquer lugar menos para Cho.

— E no nosso primeiro ano — contou Neville ao grupo —, ele salvou a Pedra *Teosofal*...

— *Filosofal* — sibilou Hermione.

— Isso... das mãos de Você-Sabe-Quem — concluiu Neville.

Os olhos de Ana Abbott estavam redondos como dois galeões.

— E isso para não mencionar — disse Cho (Harry se virou instantaneamente para ela; Cho estava olhando para ele e sorrindo; seu estômago deu mais uma cambalhota) — todas as tarefas que ele precisou realizar no Torneio Tribruxo no ano passado: passar por dragões, sereianos e acromântulas e outros seres...

Houve um murmúrio de concordância favorável em torno da mesa. As entranhas de Harry se reviravam. Ele tentou acertar sua expressão para não parecer demasiado presunçoso. O fato de que Cho acabara de elogiá-lo tornara muitíssimo mais difícil dizer o que jurara que diria aos colegas.

— Escutem — disse ele e todos silenciaram na mesma hora —, não quero parecer que estou tentando ser modesto nem nada, mas... tive muita ajuda em tudo que fiz...

— Não, com o dragão você não teve — disse Miguel Corner imediatamente. — Aquilo foi um voo superirado...

— É... bom — concordou Harry, sentindo que seria grosseiro discordar.

— E ninguém ajudou você a se livrar dos Dementadores, agora no verão — disse Susana Bones.

— Não — concordou Harry —, não, o.k., eu sei que fiz algumas coisas sem ajuda, mas o que estou tentando dizer é que...

— Você está tentando fugir do compromisso de nos mostrar tudo isso? — perguntou Zacarias.

— Tenho uma ideia — disse Rony em voz alta, antes que Harry pudesse falar —, por que você não cala a boca?

— Ora, todos viemos para aprender com Harry, e agora ele está dizendo que, no duro, não sabe fazer nada disso.

— Não foi isso que ele disse — reagiu Fred.

— Quer que a gente limpe seus ouvidos para você? — perguntou Jorge, tirando um longo instrumento metálico de aspecto letal, de dentro de uma das sacas da Zonko's.

— Ou enfie isso em qualquer outra parte do seu corpo, para falar a verdade, não somos muito luxentos — acrescentou Fred.

— Bom — disse Hermione depressa —, continuando... a questão é: estamos de acordo que queremos tomar aulas com o Harry?

Houve um murmúrio de aprovação geral. Zacarias cruzou os braços e se manteve calado, talvez porque estivesse ocupado demais em prestar atenção ao instrumento na mão de Fred.

— Certo — disse Hermione, parecendo aliviada de que alguma coisa tivesse sido finalmente decidida. — Bom, então, a próxima questão é: com que frequência vamos ter essas aulas? Na verdade, eu acho que não adianta nada nos encontrarmos menos de uma vez por semana...

— Calma aí — disse Angelina —, precisamos ter certeza de que não vão se chocar com o nosso treino de quadribol.

— Não — disse Cho —, nem com o nosso.

— Nem com o nosso — acrescentou Zacarias.

— Tenho certeza de que vamos encontrar uma noite que sirva para todos — disse Hermione, com leve impaciência —, mas, sabem, as aulas são muito importantes, estamos falando de aprender a nos defender dos Comensais da Morte de V-Voldemort...

— Muito bem! — bradou Ernesto Macmillan, que Harry esperara que falasse muito antes disso. — Pessoalmente, eu acho que as aulas são realmente importantes, possivelmente mais importantes do que qualquer outra coisa que vamos fazer este ano, até mesmo os N.O.M.s que vêm aí!

Ernesto olhou para os lados ostensivamente, como se esperasse que os colegas fossem gritar: "Claro que não são!", mas ninguém disse nada, então ele continuou:

— Pessoalmente, não consigo entender por que o Ministério nos impingiu uma professora inútil como essa, em um período tão crítico. É óbvio que se recusam a admitir o retorno de Você-Sabe-Quem, mas daí a nos mandar uma professora que está tentando nos impedir por todos os meios de usar feitiços defensivos...

— Nós achamos que a razão por que Umbridge não quer que treinemos Defesa Contra as Artes das Trevas — disse Hermione — é que ela tem uma ideia alucinada de que Dumbledore pode usar os alunos da escola como um exército particular. Acha que ele poderia fazer uma mobilização contra o Ministério.

Quase todos pareceram perplexos com essa notícia: todos, exceto Luna, que começou a falar:

— Bom, isso faz sentido. Afinal de contas, Cornélio Fudge tem um exército particular.

— Quê?! — exclamou Harry, completamente perturbado com a inesperada informação.

— É, ele tem um exército de heliopatas — confirmou ela, solenemente.

— Não, não tem — retorquiu Hermione com rispidez.

— Tem sim.

— E o que são heliopatas? — perguntou Neville, sem entender.

— São espíritos do fogo — explicou Luna, arregalando os olhos saltados e parecendo mais maluca que nunca —, figuras altas, grandes e flamejantes que galopam pela terra queimando tudo que encontram...

— Isso não existe, Neville — disse Hermione com azedume.

— Ah, existe, existe, sim! — repetiu Luna, zangada.

— Me desculpe, mas onde está a prova de que existe? — retorquiu Hermione.

— Há muitos depoimentos de testemunhas oculares. Só porque você tem a mentalidade tão tacanha que precisa que se enfie as coisas embaixo do seu nariz...

— Hem, hem — fez Gina, numa imitação tão perfeita da Profª Umbridge que várias pessoas se viraram assustadas, mas em seguida caíram na gargalhada. — Nós não estávamos decidindo quantas vezes vamos nos encontrar para tomar aulas de defesa?

— Estávamos — disse Hermione na mesma hora —, sim, estávamos, você tem razão, Gina.

— Bom, uma vez por semana parece legal — sugeriu Lino.

— Desde que... — começou Angelina.

— Tá, tá, o treino de quadribol — disse Hermione em tom tenso. — Bom, a outra coisa é decidir onde vamos nos encontrar...

Isso já era mais difícil; o grupo todo se calou.

— Na biblioteca? — sugeriu Katie Bell, após alguns instantes.

— Não consigo imaginar Madame Pince muito satisfeita vendo a gente fazer azarações na biblioteca — disse Harry.

— Talvez uma sala fora de uso? — sugeriu Dino.

— É — concordou Rony. — Talvez a McGonagall nos ceda a sala dela, já fez isso quando Harry estava praticando para o Tribruxo.

Mas Harry tinha certeza de que, desta vez, McGonagall não seria tão cordata. Apesar de tudo que Hermione dissera sobre a legalidade de estudos e trabalhos em grupo, ele tinha a nítida impressão de que esta atividade poderia ser considerada muito mais rebelde.

— Certo, vamos tentar encontrar um lugar — disse Hermione. — Mandaremos um recado para todos quando tivermos acertado a hora e o local do primeiro encontro.

Ela vasculhou a bolsa e tirou um pergaminho e uma pena, então hesitou, como se estivesse criando coragem para dizer alguma coisa.

— Acho... acho que todos deviam escrever seus nomes para sabermos quem está presente. Mas acho também — e inspirou profundamente — que todos devemos concordar em não sair por aí anunciando o que estamos fazendo. Então, se vocês assinarem estarão concordando em não contar a Umbridge nem a mais ninguém o que pretendemos fazer.

Fred estendeu a mão para o pergaminho e o assinou com animação, mas Harry reparou na mesma hora que várias pessoas pareciam bem menos satisfeitas com a perspectiva de colocar os nomes na lista.

— Hum... — disse Zacarias lentamente, sem receber o pergaminho que Jorge tentava lhe passar —, bom... tenho certeza de que Ernesto vai me avisar quando souber da reunião.

Mas Ernesto parecia bem hesitante em assinar, também. Hermione ergueu as sobrancelhas para ele.

— Eu... bom, nós somos *monitores* — desabafou. — E se descobrirem essa lista... bom, quero dizer... você mesma disse, se a Umbridge descobrir...

— Você acabou de dizer ao grupo que era a coisa mais importante que você ia fazer este ano — lembrou-lhe Harry.

— Eu... certo — disse Ernesto —, acredito realmente nisso, só que...

— Ernesto, você realmente acha que eu deixaria essa lista largada por aí? — perguntou Hermione, irritada.

— Não. Não, claro que não — disse Ernesto, perdendo um pouco da ansiedade. — Eu... é claro, vou assinar.

Ninguém mais fez objeções depois de Ernesto, embora Harry tenha visto a amiga de Cho lançar a ela um olhar de censura, antes de acrescentar o nome à lista. Quando a última pessoa – Zacarias – assinou, Hermione recolheu o pergaminho e guardou-o com cuidado na bolsa. Havia um clima estranho no grupo agora. Era como se tivessem acabado de assinar uma espécie de contrato.

– Bom, o tempo está correndo – disse Fred com vivacidade, ficando em pé. – Jorge, Lino e eu temos uns artigos de natureza delicada para comprar, veremos vocês depois.

Novamente em trios e pares, o restante do grupo também se despediu. Cho transformou o ato de fechar a bolsa para sair em um verdadeiro ritual, seus longos cabelos pretos, balançando à frente do rosto e ocultando-o como um véu, mas a amiga permaneceu ao seu lado, de braços cruzados, estalando a língua, de modo que Cho não teve outra escolha senão sair com ela. Quando a amiga abriu a porta do *pub*, Cho olhou para trás e acenou para Harry.

– Bom, acho que tudo correu bastante bem – comentou Hermione feliz, enquanto ela, Harry e Rony saíam do Cabeça de Javali, para o dia ensolarado, alguns minutos mais tarde. Harry e Rony iam agarrados às suas garrafas de cerveja amanteigada.

– Aquele Zacarias é um chato – disse Rony, olhando de cara feia para o vulto de Smith, apenas discernível a distância.

– Também não gosto muito dele – admitiu Hermione –, mas ele me ouviu conversando com Ernesto e Ana na mesa da Lufa-Lufa, e pareceu realmente interessado em vir, e aí, que é que eu podia dizer? Mas, na verdade, quanto maior o número de pessoas melhor será, quero dizer, Miguel Corner e os amigos dele não teriam vindo se ele não estivesse saindo com a Gina...

Rony, que estava bebendo as últimas gotas da sua cerveja amanteigada, engasgou-se e cuspiu cerveja nas vestes.

– Ele está O QUÊ? – engrolou Rony, indignado, suas orelhas agora parecendo cachinhos de carne crua. – Ela está saindo com... minha irmã está saindo... que é que você quer dizer, com Miguel Corner?

– Bom, é por isso que ele e os amigos vieram, acho, bom, é claro que estão interessados em aprender defesa, mas se Gina não tivesse contado a Miguel o que estava acontecendo...

– Quando foi que isso... quando foi que ela...?

– Eles se conheceram no Baile de Inverno e se reencontraram no fim do ano passado – disse Hermione muito conciliadora. Os três tinham acabado de entrar na rua Principal, e ela parou à porta da Escriba Penas Especiais, onde havia um bonito arranjo de penas de faisão na vitrina.

— Humm... eu bem que gostaria de comprar uma pena nova. — Ela entrou na loja. Harry e Rony a acompanharam.
— Qual deles era o Miguel? — Rony exigiu saber, furioso.
— O moreno — disse Hermione.
— Não gostei dele.
— Grande novidade — resmungou Hermione baixinho.
— Mas — Rony seguiu Hermione por uma fileira de penas dispostas em potes de cobre — pensei que Gina gostasse do Harry!
Hermione olhou-o penalizada e sacudiu a cabeça.
— Gina *costumava* gostar do Harry, mas desistiu já faz meses. Não que ela não *goste* de você, claro — acrescentou gentilmente para Harry, enquanto examinava uma longa pena preta e dourada.
Harry, cuja cabeça ainda estava tomada pelo aceno de despedida de Cho, não achou o assunto tão interessante quanto Rony, que positivamente tremia de indignação, mas levou-o a perceber uma coisa que até ali não havia registrado.
— Então é por isso que ela agora fala? — perguntou a Hermione. — Ela não costumava falar na minha frente.
— Exato. Acho que vou levar esta...
Hermione foi até o balcão e pagou quinze sicles e dois nuques, com Rony bafejando em seu pescoço.
— Rony — disse ela com severidade ao se virar e sentir que pisava o pé do amigo —, é exatamente por isso que Gina não lhe disse que está se encontrando com o Miguel, ela sabia que você não ia aceitar. Então, por favor, pare de *insistir* no assunto, pelo amor de Deus.
— Que é que você quer dizer com isso? Quem é que não está aceitando alguma coisa? Não vou ficar falando de nada... — Mas continuou resmungando baixinho pelo caminho.
Hermione girou os olhos para Harry e então comentou em voz baixa, enquanto Rony continuava a murmurar imprecações contra Miguel Corner.
— E por falar em Miguel e Gina... e a Cho e você?
— Como assim? — perguntou Harry depressa.
Foi como se a água estivesse fervendo e subisse rapidamente dentro dele: uma sensação escaldante que fez seu rosto arder no frio. Será que fora assim tão óbvio?
— Bom — disse Hermione com um leve sorriso —, ela simplesmente não conseguia tirar os olhos de você.
Harry nunca apreciara antes como a vila de Hogsmeade era bonita.

17

DECRETO DA EDUCAÇÃO NÚMERO VINTE E QUATRO

Harry se sentiu mais feliz pelo resto do fim de semana do que se sentira até ali. Ele e Rony passaram a maior parte do domingo mais uma vez recuperando o atraso nos deveres, e, embora isso não pudesse ser considerado diversão, em vez de ficarem debruçados sobre as mesas da sala comunal, os dois levaram o trabalho para o jardim e se recostaram à sombra de uma frondosa faia à margem do lago, para aproveitar a despedida do sol outonal. Hermione, que naturalmente estava em dia com os deveres, levou com ela uns novelos de lã e encantou as agulhas de tricô, que clicavam e brilhavam no ar ao seu lado, produzindo mais gorros e cachecóis.

Saber que estavam fazendo alguma coisa para resistir a Umbridge e ao Ministério, e que ele era uma parte importante dessa rebeldia, dava a Harry uma sensação de imenso contentamento. Ele não parava de reviver em sua mente a reunião de sábado: toda aquela gente acorrendo ao seu encontro para aprender Defesa Contra as Artes das Trevas... e as expressões em seus rostos quando ouviram algumas das coisas que ele havia feito... e Cho elogiando o seu desempenho no Torneio Tribruxo – saber que todas aquelas pessoas não o achavam um pirado mentiroso, mas alguém que merecia admiração, inflou de tal forma o seu ego que ele continuava animado na manhã de segunda-feira, apesar da perspectiva iminente de assistir a todas as aulas de que menos gostava.

Ele e Rony desceram do dormitório, discutindo a ideia proposta por Angelina de que deviam trabalhar uma nova jogada chamada Giro da Preguiça, no treino de quadribol daquela noite, e, somente quando já estavam no meio da sala banhada de sol, eles repararam na novidade que já atraíra a atenção de um grupinho de alunos.

Um grande aviso fora afixado ao quadro da Grifinória; tão grande que cobria tudo que ali estava: as ofertas de livros de feitiço de segunda mão, os lembretes sobre o regulamento da escola pregados por Argo Filch, o horário de treinamento do time de quadribol, as propostas para trocar certos cartões de sapos de chocolate por outros, os últimos anúncios dos Weasley pedindo testadores, as datas dos fins de semana em Hogsmeade, e os avisos de achados e perdidos. O novo aviso estava impresso em grandes letras pretas e tinha um selo de aspecto muito oficial embaixo, ao lado de uma assinatura rebuscada e clara.

POR ORDEM DA ALTA INQUISIDORA DE HOGWARTS

Todas as organizações, sociedades, times, grupos e clubes estudantis estão doravante dissolvidos.

Uma organização, sociedade, um time, grupo ou clube é aqui definido como uma reunião regular de três ou mais estudantes.

A permissão para reorganizá-los deverá ser solicitada à Alta Inquisidora (Profª Umbridge).

Nenhuma organização, sociedade, nenhum time, grupo ou clube estudantil poderá existir sem o conhecimento e a aprovação da Alta Inquisidora.

O estudante que tiver organizado ou pertencer a uma organização, sociedade, um time, grupo ou clube não aprovado pela Alta Inquisidora será expulso.

O acima disposto está em conformidade com o Decreto da Educação Número Vinte e Quatro

Assinado: Dolores Joana Umbridge, Alta Inquisidora

Harry e Rony leram o aviso por cima das cabeças de alguns segundanistas ansiosos.

— Isto quer dizer que vão fechar o Clube das Bexigas? — perguntou um deles ao amigo.

— Acho que vai ficar tudo bem com as Bexigas — comentou Rony sombriamente, fazendo o garoto se sobressaltar. — Porém, acho que não teremos tanta sorte, e você? — perguntou a Harry quando os segundanistas se afastaram rapidamente.

Harry estava relendo o aviso todo. A felicidade que se apossara dele no sábado desapareceu. Suas entranhas pulsavam de raiva.

— Isto não é coincidência — disse, fechando os punhos com força. — Ela sabe.

— Não pode saber — disse Rony imediatamente.

— Havia umas pessoas escutando naquele *pub*. E, vamos encarar os fatos, não sabemos em quantos dos que apareceram podemos confiar... qualquer um poderia ter ido correndo contar a Umbridge...

E pensara que haviam acreditado nele, que até o admiravam...

— Zacarias Smith! — disse Rony na mesma hora, dando um soco na mão. — Ou... achei que aquele Miguel Corner tinha realmente um olhar maroto, também...

— Será que a Hermione já viu isso? — perguntou Harry, olhando para a porta que levava ao dormitório das garotas.

— Vamos contar pra ela — disse Rony. De um salto, ele abriu a porta e começou a subir a escada em espiral.

Estava no sexto degrau quando ouviu uma buzina alta e triste, e os degraus se fundiram formando um escorrega comprido e liso, como o de um parque de diversões. Por um breve instante, Rony tentou continuar correndo, seus braços e pernas se agitaram como as pás de um moinho, então caiu para trás e deslizou, ligeiro, pelo escorrega recém-criado, indo cair de costas aos pés de Harry.

— Hum... acho que não querem a gente no dormitório das meninas — disse Harry, ajudando Rony a se levantar e tentando não rir.

Duas garotas do quarto ano desceram a toda pelo escorrega, muito contentes.

— Ôôôôô, quem tentou subir? — riam, pulando em pé, e olhando curiosas para Harry e Rony.

— Eu — respondeu Rony, ainda bastante amarrotado. — Não tinha ideia de que isso poderia acontecer. E não é justo! — acrescentou para Harry, quando as garotas saíram em direção ao buraco do retrato, ainda rindo feito loucas. — Hermione pode ir ao nosso dormitório, como é que não podemos...?

— Bom, é uma regra antiquada — disse Hermione, que acabara de escorregar tranquilamente até eles, sentada em um tapete, e agora se levantava —, mas *Hogwarts: uma história* conta que os fundadores acharam que os meninos mereciam menos confiança do que as meninas. Em todo o caso, por que vocês estavam tentando entrar lá?

— Para falar com você... vem ver isso! — disse Rony, arrastando-a até o quadro de avisos.

Os olhos de Hermione relancearam pelo aviso. Sua expressão petrificou.

— Alguém deve ter contado a ela! — disse Rony, zangado.

— Não podem ter feito isso — contestou Hermione, em voz baixa.

— Você é tão ingênua! Acha que só porque é honrada e digna de confiança...

— Não, eles não podem ter feito isso, porque lancei um feitiço no pergaminho que todos assinamos — disse Hermione, séria. — Pode crer, se alguém foi correndo contar a Umbridge, nós saberemos exatamente quem foi, e a pessoa vai realmente se arrepender.

— Que é que vai acontecer? — perguntou Rony, ansioso.

— Bom, vamos dizer que a acne da Heloísa Midgeon vai parecer umas sardas engraçadinhas. Anda, vamos descer para tomar café e ver o que os outros acham... será que isso foi afixado em todas as casas?

Ficou imediatamente óbvio ao entrarem no Salão Principal que o aviso de Umbridge não aparecera apenas na Torre da Grifinória. Havia uma intensidade peculiar nas conversas, e uma multiplicação das idas e vindas de alunos correndo às mesas e se consultando sobre o que haviam lido. Harry, Rony e Hermione tinham acabado de sentar quando Neville, Dino, Fred, Jorge e Gina caíram em cima deles.

— Vocês viram?

— Acham que ela sabe?

— Que vamos fazer?

Todos olhavam para Harry. Ele passou os olhos pelo salão para ter certeza de que não havia professores por perto.

— Claro que vamos continuar do mesmo jeito — confirmou em voz baixa.

— Eu sabia que você ia dizer isso — disse Jorge, abrindo um grande sorriso e dando pancadinhas no braço de Harry.

— Os monitores também? — perguntou Fred, olhando curioso para Rony e Hermione.

— Claro — disse Hermione calmamente.

— Aí vêm Ernesto e Ana Abbott — disse Rony, olhando por cima do ombro. — E aqueles caras da Corvinal e Smith... e nenhum deles parece ter marcas no rosto.

Hermione teve uma reação de alarme.

— Esqueça as marcas, os idiotas não podem vir aqui agora, vai parecer realmente suspeito; vão sentar! — vociferou Hermione para Ernesto e Ana, fazendo gestos frenéticos para voltarem à mesa da Lufa-Lufa. — Mais tarde! Falaremos... com... vocês... *depois!*

— Vou dizer ao Miguel — disse Gina, impaciente, deslizando para fora do banco —, o boboca, francamente...

Ela correu para a mesa da Corvinal; Harry observou-a afastando-se. Cho estava sentada não muito longe, conversando com a amiga de cabelos crespos que levara ao Cabeça de Javali. Será que o aviso da Umbridge a faria recear novos encontros?

Mas eles só perceberam a amplitude das repercussões do aviso quando estavam saindo do Salão Principal para a aula de História da Magia.

— Harry! Rony!

Era Angelina que corria em seu encalço, com um ar absolutamente desesperado.

— Tudo bem — disse Harry baixinho, quando ela se aproximou o suficiente para ouvi-lo. — Vamos continuar...

— Você não está entendendo que ela incluiu o quadribol nisso? Teremos de procurá-la e pedir permissão para reorganizar a equipe da Grifinória!

— Quê? — disse Harry.

— Nem pensar — disse Rony, estarrecido.

— Vocês leram o aviso, ela menciona os times também! Então, escute aqui, Harry... estou dizendo isso pela última vez... por favor, *por favor*, não perca a cabeça com a Umbridge de novo ou ela pode não deixar a gente jogar mais!

— O.k., o.k. — concordou Harry, porque Angelina parecia à beira das lágrimas. — Não se preocupe. Vou me comportar...

— Aposto como a Umbridge vai estar na História da Magia — disse Rony com ferocidade, quando se encaminhavam para a aula de Binns. — Ela ainda não o inspecionou... aposto que vai estar lá.

Mas se enganou; o único professor presente quando entraram era Binns, flutuando alguns centímetros acima de sua cadeira, como sempre, preparando-se para continuar sua monótona lenga-lenga sobre a guerra dos gigantes. Harry nem sequer tentou acompanhar o que ele estava dizendo; rabiscava a esmo em seu pergaminho, fingindo não entender os olhares e cutucadas frequentes de Hermione, até que uma, particularmente dolorosa, nas costelas, o fez erguer os olhos aborrecido.

— Que foi?

Ela apontou para a janela. Harry olhou. Edwiges estava encarrapitada no estreito peitoril, olhando fixamente para ele pela grossa vidraça, uma carta amarrada à perna. Harry não entendeu; tinham acabado de tomar o café da manhã; por que ela não entregara a carta então, como sempre? Muitos dos seus colegas estavam apontando Edwiges uns para os outros também.

– Ah, eu sempre adorei essa coruja, é tão linda – Harry ouviu Lilá suspirar para Parvati.

Ele olhou para o Prof. Binns, que continuava a ler suas anotações, serenamente inconsciente de que a atenção da turma estava ainda menos concentrada nele do que o normal. Harry saiu discretamente da carteira, abaixou-se e percorreu a fila até a janela, onde soltou o trinco, e a abriu muito devagarinho.

Esperou que Edwiges esticasse a perna para ele remover a carta e depois voasse para o corujal, mas, no instante em que a janela abriu o suficiente, ela pulou para dentro, piando triste. Ele fechou a janela lançando um olhar ansioso ao Prof. Binns, tornou a se abaixar e a voltar correndo para sua carteira, com Edwiges ao ombro. Sentou-se de novo, transferiu a coruja para o colo e fez menção de remover a carta amarrada à sua perna.

Só então percebeu que as penas da coruja estavam estranhamente arrepiadas, algumas tinham sido dobradas para trás e ela mantinha as asas em um ângulo esquisito.

– Ela está ferida! – sussurrou Harry, curvando-se para a ave. Hermione e Rony se inclinaram para mais perto; Hermione chegou mesmo a descansar a pena. – Olhem... tem alguma coisa errada com a asa dela...

Edwiges estava tremendo; quando Harry fez menção de tocar sua asa, ela se assustou, eriçando as penas como se estivesse se enchendo de ar, e deu ao dono um olhar de censura.

– Prof. Binns – chamou Harry em voz alta, e todos na classe se viraram para olhá-lo. – Não estou me sentindo bem.

O professor ergueu os olhos de seus papéis, parecendo espantado, como sempre, de ver diante dele uma sala cheia de gente.

– Não está se sentindo bem? – repetiu nebulosamente.

– Nada bem – disse Harry com firmeza, levantando-se com Edwiges escondida às costas. – Acho que preciso ir à ala hospitalar.

– Sei – disse o professor, nitidamente muito constrangido. – Sei... sei, ala hospitalar... bem, vá então, Perkins...

Uma vez fora da sala, Harry repôs Edwiges no ombro e saiu apressado pelo corredor, somente se detendo para pensar quando a porta de Binns já desaparecera de vista. A primeira pessoa que ele escolheria para tratar de Edwiges teria sido Hagrid, naturalmente, mas como não fazia ideia de onde andava, a única opção que lhe restava era encontrar a Prof.ª Grubbly-Plank e esperar que ela o ajudasse.

Ele espiou os terrenos ventosos e nublados da escola pela janela. Não viu sinal da professora próximo à cabana de Hagrid; se não estava dando aulas, provavelmente estaria na sala dos professores. Ele resolveu descer com Edwiges balançando em seu ombro e piando fraco.

Duas gárgulas de pedra ladeavam a sala dos professores. Quando Harry se aproximou, uma delas crocitou:

— Você devia estar na aula, filhinho.

— É urgente — disse Harry com rispidez.

— Ôôôôô, *urgente* é? — comentou a segunda gárgula, numa voz esganiçada. — Bom, isto *nos* põe em nosso lugar, não é?

Harry bateu à porta. Ouviu passos, a porta se abriu, e deparou com a Profª McGonagall.

— Você não recebeu mais uma detenção! — exclamou ao vê-lo, seus óculos quadrados faiscando assustadoramente.

— Não, professora! — apressou-se a tranquilizá-la.

— Então, por que não está na aula?

— Pelo jeito é *urgente* — comentou a segunda gárgula em tom de crítica.

— Estou procurando a Profª Grubbly-Plank — explicou Harry. — A minha coruja está ferida.

— Coruja ferida, foi o que disse?

A Profª Grubbly-Plank apareceu ao ombro da McGonagall, fumando um cachimbo e trazendo nas mãos um exemplar do *Profeta Diário*.

— Foi — confirmou Harry, retirando Edwiges cuidadosamente do ombro —, apareceu depois das outras corujas de correio com a asa esquisita, veja...

A professora prendeu o cachimbo firmemente entre os dentes e recebeu a coruja de Harry, observada pela Profª McGonagall.

— Humm — fez a professora, o cachimbo balançando ligeiramente enquanto falava. — Parece que alguma coisa a atacou. Mas não imagino o que poderia ter sido. Os Testrálios às vezes caçam pássaros, mas Hagrid treinou os de Hogwarts muito bem para não tocarem em corujas.

Harry não sabia nem se importava com o que seriam Testrálios; só queria saber se Edwiges ia ficar boa. A Profª McGonagall, porém, olhou para o garoto com perspicácia, e perguntou:

— Você sabe que distância essa coruja viajou, Potter?

— Hum, acho que veio de Londres.

Seus olhos encontraram os dela brevemente e ele percebeu, pelo jeito com que as sobrancelhas da professora se juntaram sobre o nariz, que compreendia que Londres significava o largo Grimmauld, doze.

A Profª Grubbly-Plank tirou um monóculo de dentro das vestes e encaixou-o no olho para examinar mais atentamente a asa de Edwiges.

— Devo poder resolver isso se você deixá-la comigo, Potter, em todo o caso ela não deve voar muito longe por alguns dias.

— Hum... certo... obrigado — disse Harry, na hora em que a sineta anunciava o intervalo.

— Tudo bem — disse a Profª Grubbly-Plank, tornando a entrar na sala dos professores.

— Um momento, Guilhermina! — chamou McGonagall. — A carta de Potter!

— Ah, é! — exclamou Harry, que momentaneamente esquecera o pergaminho atado à perna de Edwiges. A Profª Grubbly-Plank entregou-a e desapareceu no interior da sala de professores, levando a coruja que olhava fixamente para Harry, como se não pudesse acreditar que o dono fosse abandoná-la assim. Sentindo um ligeiro remorso, ele se virou para sair, mas a Profª McGonagall o chamou.

— Potter!

— Sim, senhora professora.

Ela olhou para os dois lados do corredor; havia estudantes vindo de ambas as direções.

— Não se esqueça — disse depressa em voz baixa, seus olhos no pergaminho que ele segurava — de que os canais de comunicação, de e para Hogwarts, podem estar sendo vigiados, sim?

— Eu... — começou a dizer Harry, mas as ondas de estudantes que vinham pelo corredor estavam quase alcançando-os. A professora lhe fez um breve aceno com a cabeça e se retirou, deixando Harry ser empurrado para o pátio pela multidão. Ele localizou Rony e Hermione, já parados em um canto abrigado, as golas das capas viradas para cima para protegê-los do vento. Harry abriu o pergaminho, correu para os amigos e leu cinco palavras na caligrafia de Sirius.

Hoje, mesma hora, mesmo lugar.

— Edwiges está bem? — perguntou Hermione ansiosa, assim que a distância permitiu que ele a ouvisse.

— Aonde foi que você a levou? — perguntou Rony.

— Para a Grubbly-Plank. Encontrei a McGonagall... escutem...

E contou-lhes o que a professora dissera. Para sua surpresa, nenhum dos dois pareceu se abalar. Ao contrário, trocaram olhares muito significativos.

— Quê? — disse Harry, olhando de Rony para Hermione e novamente para o amigo.

— Bom, eu estava justamente dizendo ao Rony... e se alguém tivesse tentado interceptar Edwiges? Quero dizer, ela nunca se machucou em um voo antes, não é?

— Afinal, de quem é a carta? — perguntou Rony, tirando o bilhete da mão de Harry.

— Snuffles — disse Harry baixinho.

— "Mesma hora, mesmo lugar?" Ele quer dizer a lareira na sala comunal?

— É óbvio — disse Hermione, lendo também o pergaminho. Mas manifestou sua apreensão. — Só espero que ninguém mais tenha lido isso...

— Mas ainda estava lacrado e tudo — disse Harry, tentando convencer a si mesmo e a Hermione. — E ninguém ia entender o que quer dizer se não soubesse que falei com ele antes, ia?

— Não sei — disse Hermione nervosa, pendurando a mochila às costas, quando a sineta tornou a tocar —, não seria difícil tornar a lacrar um pergaminho usando magia... e se alguém estiver vigiando a Rede de Flu... mas não vejo como podemos avisá-lo para não vir sem interceptarem o aviso também!

Eles desceram a escada para as masmorras onde tinham aula de Poções, os três absortos em seus pensamentos, mas, ao chegarem ao último degrau, foram chamados à realidade pela voz de Draco Malfoy, que estava parado bem à porta da sala de Snape, sacudindo um pergaminho de aspecto oficial e falando mais alto do que necessário para que eles pudessem ouvir todas as palavras que dizia.

— É, na mesma hora a Umbridge deu à equipe da Sonserina permissão para continuar a jogar. Fui pedir a ela logo que acordei. Bom, seria automático, quero dizer, ela conhece meu pai muito bem, ele está sempre entrando e saindo do Ministério... vai ser interessante ver se a Grifinória vai ganhar permissão para continuar a jogar, não acham?

— Não aceitem provocação — cochichou Hermione, implorando a Harry e Rony, que observavam Malfoy, os rostos tensos e os punhos fechados. — É o que ele quer.

— Quero dizer — continuou Malfoy, alteando um pouco mais a voz, os olhos cinzentos brilhando malevolamente para Harry e Rony —, se é uma questão de influência com o Ministério, acho que eles não têm muita chance... pelo que diz meu pai, há anos que estão procurando uma desculpa para despedir o Arthur Weasley... e quanto a Potter... meu pai diz que é apenas uma questão de tempo, logo o Ministério vai mandar despachá-lo para o Hospital St. Mungus... parece que lá tem uma enfermaria especial para gente que teve o cérebro fundido por magia.

Malfoy fez uma careta grotesca com a boca aberta e os olhos girando nas órbitas. Crabbe e Goyle deram os seus habituais grunhidos de riso, e Pansy Parkinson guinchou de prazer.

Alguma coisa colidiu com força contra o ombro de Harry, empurrando-o para o lado. Uma fração de segundo depois, ele percebeu que Neville, às suas costas, acabara de avançar diretamente contra Malfoy.

– Neville, não!

Harry saltou para a frente e agarrou Neville pelas vestes; o garoto lutou freneticamente, os punhos sacudindo no ar, tentando desesperadamente chegar a Malfoy, que pareceu, por um instante, extremamente espantado.

– Me ajude! – gritou Harry para Rony, conseguindo passar um braço pelo pescoço de Neville e puxá-lo para trás, afastando-o dos alunos da Sonserina. Crabbe e Goyle flexionaram os braços colocando-se à frente de Malfoy, prontos para brigar. Rony agarrou os braços de Neville e juntos, ele e Harry, conseguiram arrastar o garoto para junto dos alunos da Grifinória. O rosto dele estava escarlate; a pressão que Harry fazia sobre sua garganta deixava-o ininteligível, saltavam palavras estranhas de sua boca.

– Não... graça... não... Mungus... mostre... a ele...

A porta da masmorra se abriu. Apareceu Snape. Seus olhos pretos correram pelos alunos da Grifinória até o ponto em que Harry e Rony lutavam com Neville.

– Brigando, Potter, Weasley, Longbottom? – indagou, com sua voz fria e desdenhosa. – Dez pontos a menos para a Grifinória. Solte Longbottom, Potter, ou receberá uma detenção. Para dentro todos vocês.

Harry largou Neville, que ficou ofegando, de cara amarrada para ele.

– Tive de segurar você! – exclamou Harry, apanhando sua mochila. – Crabbe e Goyle iam estraçalhar você.

Neville não disse nada, apenas agarrou a própria mochila e entrou na masmorra.

– Em nome de Merlim – perguntou Rony lentamente, ao acompanharem Neville –, o que foi *aquilo*?

Harry nada respondeu. Sabia exatamente por que o assunto de pessoas confinadas em St. Mungus, vítimas de danos ao cérebro produzidos por magia, perturbava Neville fortemente, mas jurara a Dumbledore que não contaria a ninguém o segredo de Neville. Nem mesmo Neville imaginava que ele soubesse.

Harry, Rony e Hermione ocuparam seus lugares habituais no fundo da sala, tiraram seus pergaminhos, penas e exemplares de Mil *ervas e fungos mágicos*.

À sua volta, a turma murmurava sobre o que Neville acabara de fazer, mas, quando Snape fechou a porta da masmorra com uma pancada ressonante, todos imediatamente se calaram.

— Vocês irão notar — disse Snape, com sua voz baixa e desdenhosa — que hoje temos uma convidada conosco.

Ele indicou, com um gesto, um canto sombrio da masmorra, e Harry viu a Prof² Umbridge sentada, com a prancheta sobre os joelhos. Olhou de esguelha para Rony e Hermione, as sobrancelhas erguidas. Snape e Umbridge, os dois professores que mais detestava. Ficava difícil decidir qual ele queria que vencesse qual.

— Hoje vamos continuar a nossa Solução para Fortalecer. Vocês encontrarão suas misturas como as deixaram na última aula; se forem feitas corretamente, elas deverão ter maturado a contento durante o fim de semana... as instruções... — ele acenou com a varinha — ... no quadro. Podem começar.

A Prof² Umbridge passou a primeira meia hora da aula tomando notas em seu canto. Harry estava muito interessado em ouvi-la questionar Snape; tão interessado que começou a descuidar de sua poção outra vez.

— Sangue de salamandra, Harry! — gemeu Hermione, agarrando o pulso dele para impedi-lo de adicionar o ingrediente errado pela terceira vez —, e não suco de romã!

— Certo — respondeu Harry distraído, pondo o frasco de lado e continuando a observar o canto. Umbridge acabara de se levantar. — Ah! — exclamou baixinho, quando ela passou entre duas filas de carteiras em direção a Snape, que estava curvado para o caldeirão de Dino Thomas.

— Bom, a turma parece bastante adiantada para seu nível — disse ela, animada, para as costas de Snape. — Embora eu questione se é aconselhável lhes ensinar uma poção como a Solução para Fortalecer. Acho que o Ministério preferiria que fosse retirada do programa.

Snape se endireitou, lentamente, e se virou para encarar Umbridge.

— Agora... há quanto tempo você está ensinando em Hogwarts? — perguntou ela, com a pena em posição sobre a prancheta.

— Catorze anos. — A expressão de Snape era indefinível. Com os olhos em Snape, Harry acrescentou algumas gotas à sua poção; o líquido sibilou ameaçadoramente e mudou de turquesa para laranja.

— Você se candidatou primeiro ao cargo de professor de Defesa Contra as Artes das Trevas, não foi? — perguntou a professora a Snape.

— Foi — respondeu ele em voz baixa.

— Mas não foi aceito?

O lábio de Snape se crispou.

— É óbvio.

A Profª Umbridge fez uma anotação na prancheta.

— E você tem se candidatado regularmente àquele cargo desde que foi admitido na escola?

— Sim — respondeu Snape, quase sem mover os lábios, a voz baixa. Parecia muito irritado.

— Tem alguma ideia por que Dumbledore tem se recusado consistentemente a nomeá-lo? — perguntou Umbridge.

— Sugiro que pergunte a ele — respondeu Snape aos arrancos.

— Ah, perguntarei — disse a professora com um sorriso meigo.

— Suponho que isto seja relevante? — perguntou Snape, estreitando os olhos pretos.

— Ah é, é, sim, o Ministério quer ter uma compreensão abrangente dos professores... hum... sua vida pregressa.

Ela virou as costas, saiu em direção a Pansy Parkinson e começou a interrogá-la sobre as aulas. Snape olhou para Harry, e seus olhos se encontraram por um segundo. O garoto baixou os olhos depressa para sua poção, que agora congelava abominavelmente, soltando um cheiro forte de borracha queimada.

— Então, sem nota outra vez, Potter — disse Snape maliciosamente, esvaziando o caldeirão de Harry com um aceno da varinha. — Você vai me fazer um trabalho escrito sobre a composição correta desta poção, indicando como e por que errou, para me entregar na próxima aula, entendeu?

— Sim, senhor — respondeu Harry furioso. Snape já passara dever de casa para a turma e havia um treino de quadribol à noite; isto significaria mais umas duas noites sem dormir. Parecia impossível que tivesse acordado àquela manhã se sentindo muito feliz. Só o que sentia agora era um desejo ardente de ver o fim deste dia.

— Talvez eu mate a aula de Adivinhação — disse, deprimido, quando chegaram ao pátio depois do almoço, o vento açoitando as barras das vestes e dos chapéus. — Vou fingir que estou doente e fazer o trabalho do Snape na hora da aula, então não terei de ficar acordado metade da noite.

— Você não pode matar a aula de Adivinhação — disse Hermione severamente.

— Olhem quem está falando, você abandonou Adivinhação e detesta a Trelawney! — disse Rony indignado.

— Eu não *detesto* a Trelawney — contestou Hermione, com ar superior. — Acho simplesmente que ela é uma professora apavorante e uma charlatona velha das boas. Mas Harry já faltou à História da Magia e acho que ele não devia perder mais nenhuma aula hoje!

Havia verdade demais no argumento para não escutá-lo, então, meia hora depois, Harry ocupou o seu lugar no ambiente excessivamente perfumado e quente da aula de Adivinhação, sentindo-se aborrecido com todos. A Profª Trelawney estava mais uma vez distribuindo os exemplares do *Oráculo dos sonhos*. Harry achou que seu tempo seria mais bem empregado no ensaio pedido por Snape, por castigo, do que sentado ali, tentando encontrar sentido em sonhos inventados.

Mas, pelo visto, ele não era a única pessoa em Adivinhação que estava de mau humor. A Profª Trelawney bateu com um exemplar do *Oráculo* na mesa entre Harry e Rony e se afastou majestosa, os lábios contraídos; jogou o exemplar seguinte em Simas e Dino, que passou de raspão pela cabeça de Simas, e empurrou o último exemplar no peito de Neville com tanta força que ele escorregou do pufe.

— Muito bem, podem começar! — disse a professora alto, a voz aguda e meio histérica —, vocês sabem o que fazer! Ou será que sou uma professora tão subcapacitada que vocês nunca aprenderam a abrir um livro?

A turma olhou para ela perplexa, depois se entreolhou, embora Harry soubesse qual era o problema. Quando a professora voltou num movimento brusco para sua cadeira de espaldar alto, os olhos, aumentados pelas lentes, cheios de lágrimas de raiva, ele inclinou a cabeça para Rony e murmurou:

— Acho que ela recebeu o resultado da inspeção.

— Professora? — disse Parvati Patil com a voz abafada (ela e Lilá sempre haviam admirado a Profª Trelawney). — Professora, há algum... hum... problema?

— Problema! — exclamou ela com a voz pulsante de emoção. — Certamente que não! Fui insultada, certamente... fizeram insinuações contra mim... acusações infundadas... mas, não, não há nenhum problema, certamente que não!

Ela tomou fôlego, estremecendo, e desviou o olhar de Parvati, as lágrimas de raiva vazando por baixo dos óculos.

— Nem quero falar — sua voz embargou — dos dezesseis anos de serviço dedicado... eles passaram, aparentemente, despercebidos... mas não vou admitir insultos... não, não vou admitir!

— Mas, professora, quem está insultando a senhora? — perguntou Parvati timidamente.

— A Instituição — respondeu ela numa voz grave, dramática e trêmula. — Aqueles que têm os olhos demasiado nublados pelas coisas mundanas para Ver o que Vejo, Saber o que Sei... naturalmente, nós, Videntes, sempre fomos temidos, sempre perseguidos... é, infelizmente, a nossa sina.

Ela engoliu em seco, enxugou as faces molhadas com a ponta do xale, depois puxou um lencinho bordado de dentro da manga e assoou o nariz com força, fazendo um barulho parecido com o de Pirraça soprando puns com a boca.

Rony deu uma risadinha. Lilá lançou-lhe um olhar de censura.

— Professora — disse Parvati —, a senhora está se referindo... é alguma coisa que a Profª Umbridge...?

— Não me fale nessa mulher! — exclamou Trelawney, pondo-se repentinamente de pé, suas contas tilintando e seus óculos soltando lampejos. — Faça o favor de continuar o seu trabalho!

E ela passou o resto da aula caminhando entre os alunos, as lágrimas ainda escorrendo por baixo dos óculos, resmungando baixinho palavras que pareciam ameaças.

— ... posso muito bem preferir me retirar... a indignidade da coisa... em observação... veremos... como é que ela ousa...

— Você e Umbridge têm alguma coisa em comum — disse Harry a Hermione, baixinho, quando tornaram a se encontrar em Defesa Contra as Artes das Trevas. — Ela obviamente também considera Trelawney uma charlatã velha... parece que a pôs em observação.

Umbridge entrou na sala nesse instante, usando seu laço de veludo preto e uma expressão de grande satisfação íntima.

— Boa tarde, turma.

— Boa tarde, Profª Umbridge — repetiram eles sem entusiasmo.

— Guardem as varinhas, por favor.

Mas, desta vez, não houve nenhuma agitação em resposta; ninguém se dera o trabalho de tirar a varinha da mochila.

— Por favor, abram na página trinta e quatro de *Teoria da defesa em magia*, e leiam o terceiro capítulo, intitulado "O Caso das Respostas Não Ofensivas ao Ataque Mágico". Não haverá...

— ... necessidade de conversar — disseram, baixinho, Harry, Rony e Hermione.

— *Não tem treino de quadribol* — disse Angelina em tom cavo, quando Harry, Rony e Hermione entraram na sala comunal depois do jantar daquela noite.

— Mas eu me controlei! – disse Harry, horrorizado. – Não disse nada pra ela, Angelina, juro, eu...

— Eu sei, eu sei – respondeu Angelina, infeliz. – Ela simplesmente falou que precisava de um tempo para pensar.

— Pensar o quê? – perguntou Rony zangado. – Ela deu permissão a Sonserina, por que não a nós?

Mas Harry podia imaginar o quanto Umbridge estava se deliciando em manter sobre a cabeça deles a ameaça de não haver uma equipe de quadribol da Grifinória, e podia facilmente compreender por que tão cedo ela não iria querer abrir mão dessa arma que mantinha apontada para eles.

— Bem – disse Hermione –, olhe o lado bom da coisa, pelo menos agora você vai ter tempo de fazer o trabalho do Snape!

— E isso é um lado bom, é? – retrucou Harry, enquanto Rony olhava incrédulo para Hermione. – Nada de quadribol e uma dose extra de Poções?

Harry se largou em uma cadeira, puxou com relutância o trabalho de Poções para fora da mochila e começou a trabalhar. Foi muito difícil se concentrar; mesmo sabendo que Sirius só apareceria na lareira muito mais tarde, não conseguia deixar de olhar o fogo, a intervalos de minutos, só para ter certeza. Havia ainda uma zoeira incrível na sala. Fred e Jorge, aparentemente, haviam aperfeiçoado um tipo de kit Mata-Aula, e se alternavam em demonstrá-lo para uma turma que dava vivas e gritos.

Primeiro, Fred dava uma mordida na ponta laranja de um doce, e em seguida vomitava espetacularmente em um balde que colocara à sua frente. Depois, ele se forçava a engolir a ponta roxa do doce, ao que a vontade de vomitar cessava imediatamente. Lino Jordan, que estava ajudando na demonstração, fazia desaparecer o vômito a intervalos regulares, sem pressa, com o mesmo Feitiço da Desaparição que Snape vivia usando para as poções de Harry.

Com a repetição regular dos vômitos e aplausos, e o barulho que Fred e Jorge faziam, anotando os pedidos antecipados dos colegas, Harry estava achando excepcionalmente difícil se concentrar no método correto para preparar a Solução para Fortalecer. Hermione não estava ajudando a melhorar nada; os aplausos e ruídos do vômito batendo no fundo do balde eram pontuados por seus sonoros resmungos de desaprovação, que para Harry, no mínimo, tinham o poder de desconcentrá-lo ainda mais.

— Então vai lá e faz eles pararem! – disse irritado, depois de riscar o peso da garra de grifo em pó que errara pela quarta vez.

— Não posso, *tecnicamente* eles não estão fazendo nada errado – disse Hermione trincando os dentes. – Eles têm todo o direito de comer as porcarias que quiserem, e não encontro nenhuma regra que diga que os outros idiotas não têm o direito de comprá-las, não até que fique provado que elas sejam de alguma maneira perigosas, e pelo visto não são.

Ela, Harry e Rony assistiram a Jorge projetar o vômito no balde, engolir o resto do doce e se erguer, sorrindo, com os braços abertos, para receber os prolongados aplausos.

– Sabem, eu não entendo por que Fred e Jorge só foram aprovados em três N.O.M.s cada um – disse Harry, observando como Fred, Jorge e Lino recebiam ouro dos colegas pressurosos. – Eles realmente sabem das coisas.

– Eles só sabem coisas espalhafatosas que não têm real utilidade para ninguém – disse Hermione depreciando.

– Não têm real utilidade? – disse Rony em tom tenso. – Hermione, eles já ganharam uns vinte e seis galeões!

Levou muito tempo para o ajuntamento em volta dos gêmeos Weasley se dispersar, depois Fred, Lino e Jorge ficaram acordados, ainda um bom tempo, contando o dinheiro, por isso já passava muito da meia-noite quando Harry, Rony e Hermione conseguiram ficar sozinhos na sala comunal. Finalmente, Fred fechou a porta para os dormitórios dos meninos, sacudindo sua caixa de galeões, com estardalhaço, para ver Hermione amarrar a cara. Harry, que fizera pouquíssimo progresso com o trabalho de Poções, decidiu parar por aquela noite. Ao guardar os livros, Rony, que tirava um cochilo na poltrona, deu um ronco abafado, acordou e olhou com a vista ainda turva para a lareira.

– Sirius! – exclamou.

Harry se virou depressa. O rosto e a cabeleira preta e desgrenhada de Sirius pairavam nas chamas.

– Oi – saudou-os sorridente.

– Oi – responderam Harry, Rony e Hermione em coro, e se ajoelharam no tapete diante da lareira. Bichento ronronou alto e chegou perto do fogo, tentando, apesar do calor, aproximar o focinho de Sirius.

– Como vão as coisas?

– Não muito boas – respondeu Harry, enquanto Hermione afastava Bichento, para impedi-lo de chamuscar os bigodes. – O Ministério nos impôs mais um decreto, o que significa que não podemos ter equipes de quadribol...

– Nem grupos secretos de Defesa Contra as Artes das Trevas? – perguntou Sirius.

Houve uma breve pausa.

— Como é que você soube? — indagou Harry.

— Vocês precisam escolher com mais cuidado o local onde se reúnem — disse Sirius, dando um sorriso ainda maior. — Logo o Cabeça de Javali, eu lhe pergunto?

— Bom, era melhor do que o Três Vassouras — disse Hermione defensivamente. — Está sempre lotado...

— O que significa que seria mais difícil ouvir vocês — disse Sirius. — Você tem muito que aprender, Hermione.

— Quem nos ouviu? — perguntou Harry.

— Mundungo, é claro. — E quando todos fizeram cara de espanto, ele deu uma risada. — Era a bruxa de véu.

— Aquela era Mundungo?! — exclamou Harry atordoado. — Que é que ele estava fazendo no Cabeça de Javali?

— Que é que você acha que ele estava fazendo? — perguntou Sirius impaciente. — Vigiando você, é claro.

— Eu continuo sendo seguido? — indagou Harry, aborrecido.

— Continua, sim, e ainda bem, não é, se a primeira coisa que você faz no fim de semana de folga é organizar um grupo ilegal de Defesa!

Mas ele não parecia zangado nem preocupado. Pelo contrário, olhava Harry com visível orgulho.

— Por que Dunga estava se escondendo da gente? — perguntou Rony, desapontado. — Teríamos gostado de revê-lo.

— Ele foi expulso do Cabeça de Javali há vinte anos — disse Sirius —, e o barman tem boa memória. Perdemos a Capa da Invisibilidade sobressalente de Moody quando Estúrgio foi preso, então ultimamente o Dunga tem se vestido muitas vezes de bruxa... em todo o caso... primeiro, Rony, jurei lhe passar um recado de sua mãe.

— Foi?! — exclamou Rony, apreensivo.

— Ela manda dizer que em hipótese alguma você deve tomar parte em um grupo secreto e ilegal de Defesa Contra as Artes das Trevas. Manda dizer que, sem a menor dúvida, você será expulso e o seu futuro arruinado. Ela manda dizer que mais tarde haverá muito tempo para você aprender a se defender e que ainda é muito criança para estar se preocupando com isso agora. Ela também aconselha — (os olhos de Sirius se voltaram para os outros dois) — Harry e Hermione a não continuarem com o grupo, embora reconheça que não tem autoridade alguma sobre nenhum dos dois, e simplesmente suplica que se lembrem de que ela quer o bem de ambos. Ela teria escrito tudo isso, mas, se a coruja fosse interceptada, vocês estariam realmente enrascados, e não pôde vir falar pessoalmente porque está de serviço hoje à noite.

— Como de serviço hoje à noite? — perguntou Rony depressa.

— Não se preocupe, coisas da Ordem — disse Sirius. — Por isso fiquei sendo o mensageiro, não se esqueça de dizer a ela que transmiti a mensagem completa, porque acho que ela não confia em mim.

Houve mais uma pausa em que Bichento, miando, tentou alcançar a cabeça de Sirius com a pata, e Rony brincou com um buraco no tapete.

— Então, você quer que eu diga que não vou tomar parte no grupo de Defesa? — murmurou ele finalmente.

— Eu? Com certeza que não! — exclamou Sirius fazendo uma cara surpresa. — Acho uma ideia excelente!

— Acha mesmo? — disse Harry, sentindo o peito aliviado.

— Claro que sim! Você acha que seu pai e eu teríamos baixado a cabeça e aceitado ordens de uma megera velha como a Umbridge?

— Mas... no período passado você só fez me dizer para ter cuidado e não correr riscos...

— No ano passado, todos os indícios mostravam que alguém dentro de Hogwarts estava tentando matar você, Harry! — disse Sirius impaciente. — Este ano, sabemos que tem alguém fora de Hogwarts que gostaria de matar todos nós, por isso acho que aprender a se defender corretamente é uma excelente ideia!

— E se formos expulsos? — perguntou Hermione, com uma expressão intrigada no rosto.

— Mas, Hermione, essa história toda foi ideia sua! — exclamou Harry olhando para a amiga.

— Eu sei que foi. Eu só queria saber a opinião de Sirius — disse ela sacudindo os ombros.

— Bom, é melhor ser expulso e capaz de se defender do que se sentar em segurança na escola sem ter ideia de nada.

— Apoiado, apoiado! — exclamaram Harry e Rony entusiasticamente.

— Então, como é que vocês estão organizando o grupo? Aonde vão se encontrar?

— Bom, isso é um probleminha — disse Harry. — Não sei aonde vamos poder nos encontrar.

— Que tal a Casa dos Gritos? — sugeriu Sirius.

— Ei, seria ideal! — exclamou Rony, animado, mas Hermione manifestou seu ceticismo, e os três olharam para ela, a cabeça de Sirius girando nas chamas.

— Bom, Sirius, é que vocês eram só quatro a se encontrar na Casa dos Gritos quando estavam na escola — comentou Hermione —, e todos eram capazes de se transformar em animais e suponho que pudessem se espremer embaixo de uma única Capa da Invisibilidade, se quisessem. Mas nós somos vinte e oito e nenhum é animago, por isso iríamos precisar não de uma capa, mas de um toldo da invisibilidade...

– Um bom argumento – disse Sirius, parecendo ligeiramente desapontado.

– Bom, tenho certeza que vocês vão arranjar algum lugar. Costumava haver uma passagem secreta bem espaçosa atrás daquele espelho grande no quarto andar, talvez vocês tivessem bastante espaço para praticar azarações ali.

– Fred e Jorge me disseram que foi bloqueada – disse Harry, balançando a cabeça. – Ruiu ou coisa assim.

– Ah... – disse Sirius, enrugando a testa. – Bom, terei de pensar e voltar...

Ele parou de falar. Seu rosto tornou-se de repente tenso. Virou-se de lado, parecendo olhar para a parede sólida da lareira.

– Sirius? – chamou Harry ansioso.

Mas ele desaparecera. Harry ficou olhando boquiaberto para as chamas por um instante, depois se voltou para Rony e Hermione.

– Por que será...?

Hermione soltou uma exclamação de horror e ficou em pé de um pulo, ainda fixando o fogo.

Aparecera uma mão entre as chamas, tateando como se quisesse agarrar alguma coisa: uma mão gorducha de dedos curtos, coberta de anéis feios e antiquados.

Os três saíram correndo. À porta do dormitório dos meninos, Harry olhou para trás. A mão de Umbridge ainda gesticulava entre as chamas, como se soubesse exatamente onde estivera momentos antes a cabeleira de Sirius, e continuava decidida a agarrá-la.

18

A ARMADA DE DUMBLEDORE

— Umbridge anda lendo suas cartas, Harry. Não há outra explicação
— Você acha que Umbridge atacou Edwiges? — perguntou ele, indignado.

— Tenho quase certeza — disse Hermione, séria. — Cuidado, o seu sapo está fugindo.

Harry apontou a varinha para o sapo que estava saltando, esperançoso, em direção à outra ponta da mesa:

— *Accio!* — E o bicho voou acabrunhado para a mão dele.

Feitiços era uma das melhores aulas para se bater um papinho particular; em geral, havia tanto movimento e atividade que o perigo de ser ouvido era mínimo. Hoje, com a sala cheia de sapos a coaxar e corvos a crocitar, além de um aguaceiro que bateu com força nas vidraças da sala, a conversa de Harry, Rony e Hermione, aos cochichos, sobre o quase sucesso de Umbridge em agarrar Sirius, passou despercebida.

— Ando suspeitando desde que Filch acusou você de ter encomendado Bombas de Bosta, porque achei aquilo uma mentira muito idiota — murmurou Hermione. — Quero dizer, uma vez que sua carta fosse lida, teria ficado muito claro que você *não estava* encomendando nada, então estava limpo: seria uma piada meio sem graça, não acha não? Então pensei: e se alguém quisesse apenas uma desculpa para ler suas cartas? Bom, então teria sido uma saída perfeita para a Umbridge fazer isso... dava a dica a Filch, deixava-o fazer o trabalho sujo de confiscar a carta, então, ou arranjava um jeito de roubar a carta dele ou exigia vê-la... acho que Filch não teria feito objeção. Quando foi que ele levantou a voz para defender o direito de um estudante? Harry, você está esganando seu sapo.

Harry olhou para baixo; estava de fato apertando o sapo com tanta força que os olhos do bicho saltavam das órbitas; ele o repôs imediatamente na mesa.

— Ontem à noite foi por um triz — disse Hermione. — Fico imaginando se a Umbridge sabe como chegou perto. *Silencio!*

O sapo em que ela estava praticando o Feitiço Silenciador ficou mudo no meio de uma coaxada, e lhe lançou um olhar de censura.

— Se ela tivesse apanhado o Snuffles...

Harry terminou a frase pela amiga.

— ... ele provavelmente estaria de volta a Azkaban hoje pela manhã. — E acenou a varinha sem realmente se concentrar; seu sapo inchou como um balão verde, e emitiu um silvo agudo.

— *Silencio!* — ordenou Hermione apontando depressa sua varinha para o sapo de Harry, que se esvaziou silenciosamente diante dos olhos deles. — Bom, ele não devia tentar de novo, é só isso. Só não sei é como vamos avisá-lo. Não podemos lhe mandar uma coruja.

— Acho que ele não se arriscaria outra vez — comentou Rony. — Sirius não é burro, sabe que ela quase o pegou. *Silencio!*

O enorme e feio corvo diante dele soltou um crocito debochado.

— *Silencio! SILENCIO!*

O corvo crocitou ainda mais alto.

— É o modo como você está usando sua varinha — disse Hermione, observando Rony criticamente. — Você não quer fazer um aceno, é mais uma *estocada*.

— Os corvos são mais difíceis do que os sapos — retrucou Rony, irritado.

— Ótimo, vamos trocar — disse Hermione, apanhando o corvo de Rony e substituindo-o pelo próprio sapo gordo. — *Silencio!* — O corvo continuou a abrir e fechar o bico afiado, mas não emitiu som algum.

— Muito bem, Srta. Granger! — exclamou a voz fraquinha do Prof. Flitwick, sobressaltando Harry, Rony e Hermione. — Agora, deixe-me ver o senhor experimentar, Sr. Weasley.

— Qu..? Ah... sim, senhor — disse Rony, muito atrapalhado. — Hum... *Silencio!*

Ele deu uma estocada tão forte no sapo que o espetou no olho: o sapo deu um crocito ensurdecedor e saltou fora da mesa.

Ninguém se surpreendeu que Harry e Rony tivessem recebido ordem de praticar o Feitiço Silenciador como dever de casa.

Os alunos tiveram permissão para continuar no interior da escola durante o intervalo, por força do temporal que desabava lá fora. Eles encontraram um lugar para sentar em uma sala barulhenta e cheia no primeiro andar, onde Pirraça flutuava, como se sonhasse, próximo ao lustre, soprando, a intervalos, uma pelota de tinta na cabeça de alguém. Nem bem haviam sentado quando Angelina apareceu, tentando passar pelos grupos de estudantes que conversavam, para se aproximar deles.

– Conseguimos a permissão! – anunciou. – Para reorganizar a equipe de quadribol!

– Ótimo! – disseram Rony e Harry juntos.

– Não é? – disse Angelina radiante. – Fui à McGonagall e *acho* que ela deve ter apelado para o Dumbledore. Em todo o caso, a Umbridge teve de ceder. Ah! Então, quero vocês no campo às sete horas hoje à noite, está bem? Precisamos recuperar o tempo perdido. Vocês têm consciência de que faltam só três semanas para o nosso primeiro jogo?

Angelina se afastou, se espremendo entre os colegas, escapou por um triz de uma pelota de tinta de Pirraça, que acabou atingindo um calouro próximo, e desapareceu de vista.

O sorriso de Rony esmoreceu um pouco ao espiar pela janela, que agora estava opaca tal o volume de chuva que caía.

– Espero que a chuva passe. Que é que você tem, Hermione?

Ela também estava olhando para a janela, mas não parecia que realmente a visse. Seus olhos estavam desfocados e havia rugas em sua testa.

– Estava só pensando... – respondeu, enrugando a testa para a janela lavada de chuva.

– Em Siri... Snuffles? – perguntou Harry.

– Não... não é bem nele... – disse Hermione lentamente. – Estou mais me questionando... Suponho que a gente esteja fazendo a coisa certa... acho... não está?

Harry e Rony se entreolharam.

– Bom, isso esclarece tudo – disse Rony. – Teria sido muito chato se você não tivesse se explicado com clareza.

Hermione olhou para Rony como se acabasse de perceber que ele estava presente.

– Eu estava pensando – disse com a voz mais forte agora – se estamos fazendo a coisa certa, criando esse grupo de Defesa Contra as Artes das Trevas.

– Hermione, a ideia foi sua, para começar! – lembrou Rony, indignado.

– Eu sei – disse ela, torcendo os dedos. – Mas depois de falar com Snuffles...

– Mas ele é completamente a favor – retorquiu Harry.

– Eu sei – disse Hermione, voltando a contemplar a janela. – Foi isso que me fez pensar que talvez não seja uma boa ideia...

Pirraça flutuava por cima deles de barriga para baixo, a pelota preparada; automaticamente, os três ergueram as mochilas para proteger a cabeça até ele passar.

— Vamos entender bem isso — disse Harry, aborrecido, quando repuseram as mochilas no chão. — Sirius concorda conosco, então você acha que não devemos prosseguir?

Hermione pareceu tensa e bastante infeliz. Olhando para as próprias mãos, disse:

— Sinceramente, você confia no julgamento dele?

— Confio! — respondeu Harry na mesma hora. — Ele sempre nos deu ótimos conselhos!

Uma pelota de tinta passou voando pelos três e atingiu Katie Bell em cheio na orelha. Hermione observou Katie se levantar depressa e começar a atirar coisas em Pirraça; passou-se algum tempo até Hermione recomeçar a falar, e parecia estar escolhendo as palavras com muito cuidado.

— Você não acha que ele ficou... assim meio... irresponsável... desde que ficou preso no largo Grimmauld? Você não acha que ele está... assim meio que... vivendo através da gente?

— Que é que você quer dizer com "vivendo através da gente"? — retorquiu Harry.

— Quero dizer... bom, acho que ele adoraria estar formando sociedades secretas de Defesa bem embaixo do nariz de alguém do Ministério... acho que está realmente frustrado com o pouco que pode fazer onde está... então acho que está meio que... nos instigando.

Rony parecia absolutamente perplexo.

— Sirius tem razão, você fala igualzinho à minha mãe.

Hermione mordeu o lábio e não respondeu. A sineta tocou na hora em que Pirraça mergulhou sobre Katie e despejou um tinteiro cheio na cabeça dela.

O tempo não melhorou até o fim do dia, de modo que às sete horas, àquela noite, quando Harry e Rony desceram para o treino no campo de quadribol, ficaram encharcados em poucos minutos, seus pés escorregavam na grama empapada. O céu estava um cinzento escuro e tempestuoso, e foi um alívio receber o calor e a luz dos vestiários, mesmo sabendo que a trégua seria apenas temporária. Já encontraram Fred e Jorge debatendo se deveriam usar um dos seus próprios doces Mata-Aula para fugir ao treino.

— ... mas aposto como ela saberia o que fizemos — disse Fred pelo canto da boca. — Se ao menos eu não tivesse oferecido uma Vomitilha a ela ontem.

— Poderíamos tentar o Febricolate — murmurou Jorge —, ninguém viu ainda...

— Funciona? — indagou Rony esperançoso, quando as marteladas da chuva no telhado se intensificaram e o vento uivou ao redor do prédio.

— Bom, funciona — disse Fred —, sua temperatura subiria na hora.

— Mas você também ganharia uns enormes furúnculos cheios de pus — explicou Jorge —, e ainda não descobrimos como nos livrar deles.

— Não estou vendo nenhum furúnculo — disse Rony olhando bem para os gêmeos.

— Não, bem, você não veria — disse Fred sinistramente —, eles não saem em lugares que a gente normalmente expõe ao público.

— Mas montar em uma vassoura literalmente pela o...

— Muito bem, escutem todos — disse Angelina em voz alta, saindo da sala do capitão. — Sei que o tempo não está ideal, mas há uma possibilidade de precisarmos jogar contra a Sonserina em condições muito parecidas, então é uma boa ideia descobrir como vamos enfrentá-los. Harry, você não fez alguma coisa com os seus óculos para eles não embaçarem na chuva quando jogamos contra a Lufa-Lufa naquele temporal?

— Foi a Hermione que fez — disse Harry. Ele puxou a varinha, deu um toque nos óculos e ordenou: — *Impervius!*

— Acho que devíamos experimentar isso — disse Angelina. — Se ao menos pudéssemos deixar a chuva fora do rosto, melhoraria realmente a nossa visibilidade, então todos juntos: *Impervius!* O.k. Vamos!

Todos guardaram as varinhas no bolso interno das vestes, puseram a vassoura ao ombro e seguiram Angelina para fora dos vestiários.

Eles chapinharam pela lama cada vez mais funda até o meio do campo; a visibilidade continuava muito ruim mesmo com o Feitiço para Impermeabilizar; a claridade ia desaparecendo depressa, e verdadeiras cortinas de chuva varriam os terrenos da escola.

— Muito bem, quando eu apitar — gritou Angelina.

Harry deu impulso do chão, espalhando lama em todas as direções, e disparou para o alto, com o vento a desviá-lo ligeiramente do rumo. Ele não fazia ideia de como ia ver o pomo com aquele tempo; já estava tendo bastante dificuldade em ver o único balaço com que estavam praticando; com apenas um minuto de treino, a bola quase o desmontou e ele precisou usar o Giro da Preguiça para evitá-la. Infelizmente Angelina não viu. Na verdade, ela não parecia capaz de ver nada; nenhum deles tinha a menor ideia do que o outro estava fazendo. O vento aumentava; mesmo àquela distância, Harry podia ouvir o ruído da chuva castigando a superfície do lago.

Angelina manteve o treino por quase uma hora antes de se declarar derrotada. Levou a equipe, molhada e desolada, de volta aos vestiários, insistindo que o treino não fora um desperdício de tempo, embora sem convicção na voz. Fred e Jorge estavam com um ar particularmente chateado; os dois tinham as pernas arqueadas e faziam caretas a cada movimento. Harry os ouvia reclamar, em voz baixa, enquanto enxugava o cabelo.

– Acho que alguns dos meus se romperam – disse Fred com a voz cava.

– Os meus não – disse Jorge, fazendo uma careta. – Estão latejando pra caramba... parece que incharam.

– AI! – gritou Harry.

Ele comprimiu o rosto com a toalha, seus olhos contraídos de dor. Sentira a cicatriz na testa queimar intensa e dolorosamente, como não sentia havia semanas.

– Que foi? – perguntaram várias vozes.

Harry saiu de trás da toalha; viu o vestiário borrado porque não estava usando óculos, mas, ainda assim, percebia que os rostos de todos se voltavam para ele.

– Nada – murmurou –, enfiei o dedo no olho, foi só.

Mas lançou a Rony um olhar expressivo e os dois se deixaram ficar para trás, quando os companheiros de equipe saíram, um a um, bem agasalhados em suas capas, os chapéus enterrados na cabeça para cobrir as orelhas.

– Que aconteceu? – perguntou Rony, no momento em que Alícia desapareceu pela porta. – Foi a cicatriz?

Harry concordou com a cabeça.

– Mas... – Apavorado, Rony foi até a janela e olhou para a chuva lá fora – ele... ele não pode estar perto da gente agora, pode?

– Não – murmurou Harry, afundando em um banco e esfregando a testa. – Provavelmente está a quilômetros de distância. Doeu porque ele está com raiva.

Harry não pretendera dizer aquilo, e, aos seus ouvidos, as palavras pareceram ter sido pronunciadas por um estranho – contudo, percebeu imediatamente que eram verdadeiras. Ele não sabia como sabia, mas o fato é que sabia; Voldemort, onde quer que estivesse, o que quer que estivesse fazendo, estava enfurecido.

– Você viu? – perguntou Rony, horrorizado. – Você teve uma visão, ou coisa parecida?

Harry ficou muito quieto, olhando para os pés, deixando sua mente e sua lembrança relaxarem depois da dor.

Um emaranhado confuso de formas, um clamor de vozes...

– Ele quer ver alguma coisa concluída, mas isto não está acontecendo na velocidade que ele quer.

Novamente, surpreendeu-se ao ouvir as palavras saindo-lhe da boca, mas tinha plena certeza de que eram verdadeiras.

– Mas... como é que você sabe? – perguntou Rony.

Harry sacudiu a cabeça e cobriu os olhos com as mãos, comprimindo-os com as palmas. Explodiram estrelinhas. Sentiu Rony se sentar no banco ao lado dele e percebeu que o amigo o observava.

– Foi isso que aconteceu da outra vez? – perguntou Rony num sussurro. – Quando sua cicatriz doeu na sala da Umbridge? Você-Sabe-Quem estava zangado?

Harry sacudiu a cabeça.

– Que foi então?

Harry relembrou. Estava olhando para a cara da Umbridge... sua cicatriz doera... sentira aquela coisa esquisita no estômago... uma sensação estranha e saltitante... uma sensação de *felicidade*... mas, naturalmente, ele não a reconhecera pelo que era, pois se sentira, até aquele momento, muito infeliz...

– Da última vez foi porque ele estava satisfeito. Realmente satisfeito. Pensou que... ia acontecer uma coisa boa. E na véspera de voltarmos para Hogwarts... – Harry lembrou do momento em que sua cicatriz doera barbaramente, no quarto que dividia com Rony, no largo Grimmauld – ele estava furioso...

Ele se virou para Rony, que o olhava boquiaberto.

– Você podia substituir Trelawney, cara – disse o amigo assombrado.

– Não estou fazendo profecias.

– Não, você sabe o que você está fazendo? – perguntou Rony, ao mesmo tempo temeroso e impressionado. – Harry, *você está lendo a mente de Você-Sabe-Quem!*

– Não – disse Harry, sacudindo a cabeça. – É mais o que ele está sentindo, suponho. Estou recebendo imagens dos sentimentos dele. Dumbledore falou que uma coisa assim estava acontecendo no ano passado. Disse que quando Voldemort se aproximava de mim, ou quando sentia ódio, eu sabia. Bom, agora eu estou sentindo quando ele se alegra também...

Houve uma pausa. O vento e a chuva açoitavam o prédio.
— Você tem de contar isso para alguém — disse Rony.
— Contei ao Sirius da última vez.
— Bom, então conte desta vez!
— Não posso, posso? — disse Harry deprimido. — Umbridge está vigiando as corujas e as lareiras, lembra?
— Bom, então ao Dumbledore.
— Acabei de dizer que ele já sabe — respondeu Harry com rispidez, levantando-se, apanhando a capa no cabide e se embrulhando nela. — Não adianta falar outra vez.

Rony fechou a própria capa, observando Harry, pensativo.
— Dumbledore ia gostar de saber.

Harry sacudiu os ombros.
— Anda logo... ainda temos de praticar o Feitiço Silenciador.

Eles voltaram apressados pelo terreno escuro, escorregando e tropeçando nos gramados lamacentos, em silêncio. Harry não parava de pensar. Que é que Voldemort queria que fosse feito e que não estavam fazendo com suficiente rapidez?

"*... ele tem outros planos... planos que pode executar realmente na surdina... coisas que pode obter furtivamente... como uma arma. Algo que ele não possuía da última vez.*"

Harry não pensava nessas palavras havia semanas; estivera por demais absorto no que acontecia em Hogwarts, por demais ocupado nas batalhas com a Umbridge, na injustiça de toda a interferência do Ministério... mas agora elas voltavam à sua lembrança e o faziam pensar... A cólera de Voldemort faria sentido se ele não estivesse mais perto de pôr as mãos na *arma*, qualquer que fosse. Será que a Ordem o frustrara, o impedira de obtê-la? Onde a guardavam? Na posse de quem estaria agora?

— Mimbulus mimbletonia — disse a voz de Rony, e Harry voltou à realidade bem em tempo de passar pelo buraco do retrato.

Pelo visto, Hermione fora se deitar cedo, deixando Bichento enroscado em uma poltrona próxima e uma variedade de gorros para elfos, feitos em malha com bolinhas em relevo, sobre a mesa junto à lareira. Harry ficou contente que a amiga não estivesse ali, pois não estava com muita vontade de discutir a dor na cicatriz e de ouvi-la insistir, também, que ele devia procurar Dumbledore. Rony não parava de lhe lançar olhares ansiosos, mas Harry apanhou os livros de Feitiços e se aplicou em terminar o trabalho, embora, como só estivesse fingindo se concentrar, quando Rony anunciou que ia dormir, ele ainda não escrevera muita coisa.

A meia-noite chegou e se foi enquanto Harry lia e relia o trecho sobre os usos da cocleária, ligústica e do botão-de-prata, sem entender uma única palavra.

Estas prantas son mas efficaces para enframar o cellebro e, por tanto, munto uzadas em Poçans para Confonder e Entontecer, coamdo el bruxo dezeja produzir quemtura en a cabeza e inquyetaçon...

... Hermione disse que Sirius estava se tornando irresponsável, confinado no largo Grimmauld...

... mas efficaces para enframar o cellebro e, por tanto, munto uzadas...

... o Profeta Diário acharia que seu cérebro estava inflamado se descobrisse que ele sabia o que Voldemort estava pensando...

... por tanto, munto uzadas em Poçans para Confonder e Entontecer...

... a palavra era mesmo confundir; por que ele sabia o que Voldemort estava sentindo? Que ligação esquisita era essa entre os dois, que Dumbledore nunca fora capaz de explicar satisfatoriamente?

... coamdo el bruxo dezeja...

... como Harry gostaria de dormir...

... dezeja produzir quemtura en a cabeza e inquyetaçon...

... estava quente e confortável na poltrona diante da lareira, a chuva que continuava a bater com força nas vidraças, Bichento ronronava, e as chamas estalavam...

O livro escorregou das mãos frouxas de Harry e caiu com um baque surdo no tapete da lareira. A cabeça do garoto rolou para o lado...

Ele estava mais uma vez andando por um corredor sem janelas, seus passos ecoavam no silêncio. À medida que a porta no fim do corredor ia parecendo maior, seu coração foi batendo mais forte de animação... se ele ao menos pudesse abri-la... passar para o outro lado...

Esticou a mão... as pontas dos dedos estavam apenas a centímetros...

– Harry Potter, meu senhor!

Ele acordou sobressaltado. As velas todas haviam se apagado na sala comunal, mas alguma coisa se movia ali perto.

– Quem está aí? – indagou Harry, sentando-se reto na cadeira. O fogo quase se extinguira, a sala estava muito escura.

– Dobby trouxe sua coruja, meu senhor! – disse uma voz esganiçada.

– Dobby? – perguntou Harry, com a voz engrolada, tentando enxergar, no escuro da sala, a origem da voz.

Dobby, o elfo doméstico, estava parado junto à mesa em que Hermione deixara meia dúzia dos gorros de tricô. Suas enormes orelhas pontudas espetavam para fora do que pareceu a Harry a coleção de gorros que Hermione tricotara até ali; ele usava uns sobre os outros, de modo que sua cabeça parecia ter alongado mais de meio metro, e, bem no topo do último, vinha Edwiges, piando com serenidade e obviamente curada.

– Dobby se ofereceu para devolver a coruja de Harry Potter – disse o elfo, com sua voz fina e uma expressão de inegável adoração no rosto. – A Profª Grubbly-Plank diz que está completamente curada, meu senhor. – Ele fez uma reverência tão profunda que seu nariz fino como um lápis roçou a superfície puída do tapete da lareira, e Edwiges, soltando um pio indignado, voou para o braço da poltrona de Harry.

– Obrigado, Dobby! – disse Harry, acariciando a cabeça de Edwiges e piscando com força, procurando se livrar da imagem da porta em seu sonho... fora muito vívido. Voltando sua atenção para Dobby, ele reparou que o elfo também estava usando vários cachecóis e incontáveis pares de meia, de modo que seus pés pareciam demasiado grandes para o seu corpo.

– Hum... você tem recolhido *todas* as roupas que Hermione deixa na sala?

– Ah, não, meu senhor – disse Dobby feliz. – Dobby tem levado algumas para Winky também, meu senhor.

– Sei, como vai a Winky?

As orelhas do elfo baixaram ligeiramente.

– Winky continua bebendo muito, meu senhor – disse ele triste, seus enormes olhos verdes, grandes feito bolas de tênis, baixos. – Ela continua a não ligar para roupas, Harry Potter. Os outros elfos domésticos também não. Nenhum deles quer mais limpar a Torre da Grifinória, não com os gorros e meias escondidos por toda parte, acham isso insultante, meu senhor. Dobby limpa tudo sozinho, meu senhor, mas Dobby não se importa, porque sempre tem esperança de encontrar Harry Potter e, hoje à noite, meu senhor, ele realizou este desejo! – Dobby tornou a mergulhar até o chão em nova reverência. – Mas Harry Potter não parece feliz – disse o elfo, se erguendo e olhando timidamente para o garoto. – Dobby o ouviu resmungar durante o sono. Harry Potter estava tendo pesadelos?

– Não eram realmente pesadelos – disse Harry, bocejando e esfregando os olhos. – Já tive sonhos piores.

O elfo examinou Harry com seus grandes globos. Então disse muito sério, baixando as orelhas:

– Dobby gostaria de poder ajudar Harry Potter, porque Harry Potter libertou Dobby e Dobby é muito, mas muito mais feliz agora.

Harry sorriu.

— Você não pode me ajudar, Dobby, mas obrigado pelo oferecimento.

Harry se inclinou e apanhou o livro de feitiços. Teria de tentar concluir o trabalho no dia seguinte. Ao fechar o livro, a luz das chamas iluminou as finas cicatrizes nas costas de sua mão — o resultado de suas detenções com a Umbridge...

— Espere um instante, tem uma coisa que você pode fazer por mim, Dobby — disse lentamente.

O elfo olhou ao redor, radiante.

— Diz, Harry Potter, meu senhor!

— Preciso encontrar um lugar onde vinte e oito pessoas possam praticar Defesa Contra as Artes das Trevas sem serem descobertas por nenhum dos professores. Principalmente — Harry apertou o livro que segurava de modo que as cicatrizes brilharam brancas como pérolas —, a Profª Umbridge.

Ele esperou que o sorriso do elfo fosse desaparecer, suas orelhas caírem; esperou que Dobby dissesse que era impossível, ou então que tentaria encontrar, mas não tinha grandes esperanças. O que não esperava é que o elfo fosse dar um saltinho, abanar alegremente as orelhas e bater palmas.

— Dobby conhece o lugar perfeito, meu senhor! — disse satisfeito. — Dobby ouviu os outros elfos falarem quando chegou a Hogwarts. Nós o conhecemos com o nome de Sala Vem e Vai, meu senhor, ou então a Sala Precisa.

— Por quê? — perguntou Harry, curioso.

— Porque é uma sala em que a pessoa só pode entrar — disse Dobby, sério — quando tem real necessidade dela. Às vezes existe, às vezes não, mas quando aparece está sempre equipada para atender à necessidade de quem a procura. Dobby já a usou, meu senhor — disse o elfo, baixando a voz com cara de culpa —, quando Winky estava muito bêbada; ele a escondeu na Sala Precisa e encontrou lá antídotos para cerveja amanteigada, e uma boa cama para elfos, onde deitou Winky até ela curar a bebedeira... e Dobby sabe que o Sr. Filch encontrou lá materiais de limpeza de reserva quando acabou os que tinha, meu senhor, e...

— E se você realmente precisasse de um banheiro — perguntou Harry de repente, lembrando-se de um comentário que Dumbledore fizera no Baile de Inverno no Natal anterior —, a sala se encheria de penicos?

— Dobby imagina que sim, meu senhor — disse ele, concordando vigorosamente com a cabeça. — É uma sala fantástica, meu senhor.

— Quantas pessoas sabem que ela existe? — tornou a perguntar Harry, sentando-se mais reto na poltrona.

— Muito poucas, meu senhor. A maioria tropeça nela quando precisa, mas muitas vezes nunca a encontra outra vez, porque não sabe que ela está sempre lá, esperando ser necessária, meu senhor.

— Parece genial! — exclamou Harry, com o coração disparando. — Parece perfeita, Dobby. Quando você pode me mostrar onde fica?

— Quando quiser, Harry Potter, meu senhor — disse Dobby, parecendo encantado com o entusiasmo de Harry. — Podemos ir agora, se quiser.

Por um instante o garoto se sentiu tentado a acompanhar Dobby. Já ia se levantando, pensando em correr ao dormitório para apanhar a Capa da Invisibilidade quando uma voz que já ouvira antes, muito parecida com a de Hermione, cochichou em seu ouvido: *irresponsável*. Era, afinal, muito tarde, e ele estava exausto.

— Hoje não, Dobby — disse Harry, relutante, tornando a se sentar. — Isto é realmente importante... Não quero estragar a oportunidade, vai precisar de planejamento. Escute, você pode me dizer exatamente onde fica essa tal Sala Precisa e como se chega lá?

As vestes dos garotos se enfunavam e giravam em torno do corpo enquanto eles chapinhavam pela horta inundada, a caminho da aula de Herbologia, onde mal se conseguia ouvir o que a Profª Sprout dizia, tal a chuva que batia no teto da estufa, com a força do granizo. A aula da tarde de Trato das Criaturas Mágicas ia ser transferida dos terrenos varridos pela tempestade para uma sala livre no andar térreo, e, para intenso alívio dos garotos, Angelina procurara a equipe na hora do almoço para avisar que cancelara o treino de quadribol.

— Que bom — disse Harry baixinho, ao ouvir a notícia —, porque encontramos um lugar para o nosso primeiro encontro de Defesa. Hoje à noite, oito horas, sétimo andar, em frente àquela tapeçaria do Barnabás, o Amalucado, sendo abatido a cacetadas pelos trasgos. Você pode avisar a Katie e a Alícia?

Ela pareceu ligeiramente surpresa, mas prometeu avisar as outras. Harry, esfomeado, voltou a atenção para o seu purê com salsichas. Quando ergueu os olhos para tomar um gole de suco de abóbora, viu Hermione observando-o.

— Que foi? — perguntou guturalmente.

— Bom... é que nem sempre os planos de Dobby são seguros. Não está lembrado quando ele fez você perder todos os ossos do braço?

— Essa sala não é só uma ideia maluca do Dobby; Dumbledore a conhece também, me falou nela no Baile de Inverno.

A expressão de Hermione se desanuviou.

— Dumbledore lhe falou da sala?

— De passagem.

— Ah, bom, então, tudo bem — disse imediatamente, sem fazer mais objeções.

Acompanhados por Rony, eles gastaram a maior parte do dia procurando as pessoas que tinham assinado a lista no Cabeça de Javali, para avisar onde se encontrariam àquela noite. Para um certo desapontamento de Harry, foi Gina quem conseguiu encontrar Cho Chang e a amiga primeiro; mas, até o fim do jantar, o garoto estava confiante de que a notícia fora passada a cada um dos vinte e cinco colegas que haviam aparecido no Cabeça de Javali.

Às sete e meia, Harry, Rony e Hermione deixaram a sala comunal da Grifinória, Harry segurando um certo pergaminho antigo. Os quintanistas tinham permissão para circular nos corredores até as nove horas, mas os três não paravam de olhar para o lado, nervosos, ao se dirigir ao sétimo andar.

— Guenta aí — pediu Harry, desdobrando o pergaminho no alto da última escada, batendo nele com a varinha e murmurando: — *Juro solenemente que não pretendo fazer nada de bom.*

Apareceu um mapa de Hogwarts na superfície do pergaminho em branco. Minúsculos pontos pretos se moviam nele identificados por nomes, mostrando onde estavam as várias pessoas.

— Filch está no segundo andar — disse Harry segurando o mapa perto dos olhos —, e Madame Nor-r-ra, no quarto andar.

— E a Umbridge? — perguntou Hermione ansiosa.

— Na sala dela — respondeu, apontando para o mapa. — O.k., vamos.

Os três saíram apressados pelo corredor, até o local que Dobby descrevera, um trecho de parede lisa defronte à enorme tapeçaria retratando a insensata tentativa de Barnabás, o Amalucado, ensinar balé aos trasgos.

— O.k. — disse Harry em voz baixa, enquanto um trasgo roído de traças fazia uma pausa no gesto contínuo de dar cacetadas na futura professora de balé para observá-los —, Dobby disse para passar por este trecho de parede três vezes, nos concentrando muito no que precisamos.

Os garotos assim fizeram, girando nos calcanhares ao chegar à janela pouco adiante da parede vazia, e seguindo até o vaso do tamanho de um homem na outra extremidade. Rony apertou os olhos e se concentrou; Hermione murmurou alguma coisa; os punhos de Harry estavam fechados quando fixou o olhar em frente.

Precisamos de um lugar para aprender a lutar... pensou ele. *Dê-nos um lugar para praticar... um lugar em que não possam nos encontrar...*

— Harry! — exclamou Hermione com vivacidade, ao retornarem depois da terceira passagem.

Uma porta muito lustrosa aparecera na parede. Rony ficou olhando um tanto desconfiado. Harry estendeu a mão, segurou a maçaneta de latão, abriu a porta e foi o primeiro a entrar em uma sala espaçosa, iluminada com archotes bruxuleantes como os que iluminavam as masmorras oito andares abaixo.

As paredes estavam cobertas de estantes e, em lugar de cadeiras, havia grandes almofadas de seda no chão. Um conjunto de prateleiras no fundo da sala continha uma série de instrumentos como Bisbilhoscópios, Sensores de Segredos e um grande Espelho-de-Inimigos rachado, que Harry tinha certeza de ter visto pendurado, no ano anterior, na sala do falso Moody.

— Elas vão ser ótimas quando estivermos praticando Estuporamento — comentou Rony entusiasmado, batendo em uma das almofadas com o pé.

— E olhem só esses livros! — exclamou Hermione, animada passando um dedo pelas lombadas de grandes tomos encadernados em couro. *Compêndio de feitiços comuns e seus contrafeitiços... Vencendo as artes das trevas pela astúcia... Feitiços autodefensivos...* uau... — Ela olhou para Harry, o rosto radiante, e ele viu que a presença de centenas de livros finalmente convencera Hermione de que o que estavam fazendo era certo. — Harry, que maravilha, aqui tem tudo de que precisamos!

E, sem perder tempo, ela puxou *Azarações para os azarados* da prateleira, sentou-se na almofada mais próxima e começou a ler.

Ouviram, então, uma leve batida na porta. Harry olhou para os lados. Gina, Neville, Lilá, Parvati e Dino haviam chegado.

— Opa! — exclamou Dino, correndo os olhos pela sala, impressionado. — Que lugar é esse?

Harry começou a explicar, mas, antes que terminasse, chegava mais gente, e ele precisava recomeçar a história. Quando finalmente deu oito horas, todas as almofadas estavam ocupadas. Harry foi até a porta e experimentou a chave que havia na fechadura; ela girou com um ruído convincente e todos se calaram, de olhos nele. Hermione marcou cuidadosamente a página de *Azarações para os azarados*, e pôs o livro de lado.

— Bom — disse Harry, ligeiramente nervoso. — Esta foi a sala que encontramos para as aulas práticas e vocês... hum... obviamente a acharam boa.

— É fantástica! — exclamou Cho, e várias pessoas murmuraram em concordância.

— É estranho — disse Fred, examinando-a com a testa enrugada. — Uma vez nos escondemos do Filch aqui, lembra, Jorge? Mas era só um armário de vassouras.

— Ei, Harry, que é isso? — perguntou Dino do fundo da sala, indicando os Bisbilhoscópios e o Espelho-de-Inimigos.

— Detectores de bruxaria das trevas — disse Harry passando entre as almofadas para se aproximar. — Basicamente eles mostram quando bruxos das trevas ou inimigos estão por perto, mas você não pode confiar neles totalmente porque podem ser enganados...

Ele mirou por instantes o Espelho-de-Inimigos rachado; havia vultos escuros se movendo, embora não desse para reconhecer nenhum. Deu, então, as costas ao espelho.

— Bom, estive pensando no tipo de coisa que devíamos fazer primeiro e... hum... — Ele reparou que havia uma mão erguida. — Que foi, Hermione?

— Acho que devemos eleger um líder — disse ela.

— Harry é o líder — disse Cho, olhando para Hermione como se ela tivesse enlouquecido.

O estômago de Harry deu uma cambalhota para trás.

— É, mas acho que devíamos votar isso como deve ser — respondeu Hermione sem se perturbar. — Torna a coisa formal e dá a ele autoridade. Então: todos acham que Harry deve ser o nosso líder?

Todos ergueram as mãos, até mesmo Zacarias Smith, embora o fizesse de má vontade.

— Hum... certo, obrigado — disse Harry, que sentia o rosto arder. — E... que foi Hermione?

— Acho também que devemos ter um nome — disse ela, animada, a mão ainda no ar. — Incentivaria o espírito de equipe e a união, que é que vocês acham?

— Será que podemos ser a Liga Anti-Umbridge? — perguntou Angelina, esperançosa.

— Ou o Grupo Ministério da Magia Só Tem Retardados? — sugeriu Fred.

— Eu estive pensando — disse Hermione franzindo a testa para Fred — mais em um nome que não anunciasse a todo o mundo o que pretendemos fazer, de modo que a gente possa se referir ao grupo fora das reuniões sem correr perigo.

— A Associação de Defesa? — arriscou Cho. — A AD, para que ninguém saiba do que estamos falando?

— É, a AD é bom — concordou Gina. — Só que devia significar a Armada de Dumbledore, porque o maior medo do Ministério é uma força armada de Dumbledore.

Ouviram-se vários murmúrios de agrado e gargalhadas à sugestão.

— Todos a favor da AD? — perguntou Hermione com um ar autoritário, ajoelhando-se na almofada para contar. — Há uma maioria a favor... moção aprovada!

Ela prendeu o pergaminho com as assinaturas de todos na parede e escreveu em cima, em letras garrafais:

ARMADA DE DUMBLEDORE

— Certo — disse Harry, quando voltou a se sentar —, vamos começar a praticar então? Eu estive pensando, devíamos começar pelo *Expelliarmus*, sabem, o Feitiço para Desarmar. Sei que é bem básico, mas eu o achei realmente útil...

— Ah, *corta essa* — disse Zacarias, virando os olhos para o alto e cruzando os braços. — Não acho que o *Expelliarmus* vá nos ajudar a enfrentar Você-Sabe-Quem, vocês acham?

— Usei-o contra ele — disse Harry calmamente. — Salvou minha vida em junho.

Zacarias boquiabriu-se feito bobo. O resto da sala ficou muito silenciosa.

— Mas, se você acha que não está à sua altura, pode se retirar.

O garoto não se mexeu. Nem os demais.

— O.k. — disse Harry, a boca um pouco mais seca do que o normal ao sentir todos os olhares nele. — Acho que todos deviam se dividir em pares para praticar.

Era uma sensação estranha estar dando ordens, mas não tão estranha quanto vê-las obedecidas. Todos se levantaram na mesma hora e se dividiram. Previsivelmente, Neville acabou sem par.

— Você pode praticar comigo — disse-lhe Harry. — Certo... então quando eu contar três, então... um, dois, três...

A sala se encheu repentinamente de gritos de *"Expelliarmus!"*. Varinhas voaram em todas as direções; os feitiços sem pontaria atingiram livros e prateleiras, mandando-os pelos ares. Harry era por demais rápido para Neville, cuja varinha saiu rodopiando de sua mão, bateu no teto em meio a uma chuva de faíscas e caiu com estrépito em cima de uma prateleira, de onde Harry a recuperou com um Feitiço Convocatório. Olhando à volta, ele achou que agira bem sugerindo que praticassem primeiro os feitiços básicos; havia muito feitiço malfeito; vários colegas não estavam conseguindo desarmar os oponentes, meramente os faziam pular para trás ou fazer caretas quando os feitiços passavam por cima de suas cabeças.

— *Expelliarmus!* — exclamou Neville, e Harry, apanhado de surpresa, sentiu sua varinha voar da mão. — CONSEGUI! — gritou Neville, cheio de alegria. — Eu nunca tinha feito isso antes... CONSEGUI!

— Boa! — disse Harry, encorajando-o em lugar de lembrar que, em um duelo verdadeiro, seu oponente provavelmente não estaria olhando na direção oposta com a varinha pendurada ao lado do corpo. — Escute, Neville, você pode revezar com o Rony e a Hermione por alguns minutos, para eu poder andar pela sala e ver como os outros estão se virando?

Harry foi para o meio da sala. Alguma coisa muito estranha estava acontecendo com Zacarias Smith. Toda vez que ele abria a boca para desarmar Antônio Goldstein, a varinha voava de sua mão, mas Antônio não parecia estar emitindo som algum. Harry não precisou olhar muito longe para solucionar o mistério; Fred e Jorge estavam a vários passos do garoto e se revezavam apontando as varinhas para as costas de Zacarias.

— Desculpe, Harry — apressou-se Jorge a dizer, quando seus olhos se encontraram. — Não pudemos resistir.

Harry andou em volta dos pares, tentando corrigir os que estavam realizando mal o feitiço. Gina fazia dupla com Miguel Corner; estava se saindo muito bem, enquanto o namorado ou era muito ruim ou não estava querendo enfeitiçá-la. Ernesto Macmillan acenava desnecessariamente com a varinha, dando ao parceiro tempo para se pôr em guarda; os irmãos Creevey agiam com entusiasmo, mas sem pontaria, e eram os principais responsáveis pelos livros que saltavam das prateleiras ao redor; Luna Lovegood era igualmente instável, por vezes fazia a varinha de Justino Finch-Fletchley sair rodopiando da mão, mas, em outras, fazia apenas os cabelos dele ficarem em pé.

— O.k., parar! — gritou Harry. — *Parar! PARAR!*

Preciso de um apito, pensou, e imediatamente localizou um em cima da fileira de livros mais próxima. Apanhou-o e apitou com força. Todos baixaram as varinhas.

— Não foi nada mau — disse Harry —, mas decididamente há margem para melhorar. — Zacarias amarrou a cara para ele. — Vamos experimentar outra vez.

Ele tornou a circular pela sala, parando aqui e ali para fazer sugestões. Lentamente, o desempenho geral melhorou. Harry evitou se aproximar de

Cho e da amiga por algum tempo, mas, depois de dar duas voltas pelos outros pares da sala, sentiu que não podia continuar a ignorá-las.

— Ah, não! — exclamou Cho um tanto alterada quando ele se aproximou. — *Expelliarmious!* Eu... quero dizer *Expellimellius!*, ah, desculpe, Marieta!

A manga da amiga de cabelos crespos pegara fogo; Marieta apagou-o com a própria varinha e amarrou a cara para Harry, como se tivesse sido culpa dele.

— Você me deixou nervosa, eu estava fazendo tudo direito antes! — disse Cho a Harry, se lastimando.

— Foi bastante bom — mentiu Harry, mas, quando a garota ergueu as sobrancelhas, ele acrescentou: — Bom, não, foi uma droga, mas eu sei que você sabe fazer direito, estive observando de longe.

Ela riu. A amiga Marieta olhou para os dois meio azeda e virou as costas.

— Não ligue para ela — murmurou Cho. — Na realidade, não queria estar aqui, mas eu a obriguei a vir. Os pais dela a proibiram de fazer qualquer coisa que possa aborrecer a Umbridge. Você entende... a mãe dela trabalha para o Ministério.

— E os seus pais? — perguntou Harry.

— Bom, eles me proibiram de desagradar a Umbridge, também — disse Cho, aprumando o corpo com orgulho. — Mas se eles acham que não vou combater Você-Sabe-Quem, depois do que aconteceu com o Cedrico...

Ela se calou, parecendo um tanto confusa, e seguiu-se um silêncio constrangido entre os dois; a varinha de Terêncio passou zunindo pela orelha de Harry e atingiu com força o nariz de Alícia.

— Bom, meu pai dá muito apoio a qualquer ação antiministério! — disse Luna, com orgulho, atrás de Harry; evidentemente estivera escutando a conversa, enquanto Justino tentava se desembaraçar das vestes que cobriam sua cabeça. — Ele está sempre dizendo que acreditaria em qualquer coisa sobre Fudge; quero dizer, o número de duendes que Fudge mandou assassinar! E é claro que ele usa o Departamento de Mistérios para desenvolver venenos terríveis, que secretamente dá a qualquer um que discorde dele. E depois tem o Umgubular Slashkilter...

— Não pergunte — murmurou Harry para Cho quando ela abriu a boca, parecendo intrigada. A garota riu.

— Ei, Harry — chamou Hermione do outro extremo da sala —, você viu que horas são?

Ele olhou para o relógio e se assustou ao ver que já eram nove e dez, o que significava que precisavam voltar às suas salas comunais imediatamente ou se arriscar a ser punidos por Filch por estar fora da área permitida. Ele apitou; todos pararam de gritar "Expelliarmus!", e o último par de varinhas bateu no chão.

— Bom, foi bastante bom — disse Harry —, mas passamos da hora, é melhor pararmos por aqui. Mesma hora, mesmo lugar, na semana que vem?

— Antes! — pediu Dino, ansioso, e muitos concordaram com a cabeça. Angelina, porém, apressou-se a dizer.

— A temporada de quadribol já vai começar, as equipes também precisam treinar!

— Digamos, na próxima quarta à noite, então — sugeriu Harry —, aí podemos decidir se queremos mais reuniões. Vamos, é melhor ir andando.

Ele puxou o Mapa do Maroto e examinou-o, cuidadosamente, procurando sinal de professores no sétimo andar. Deixou, então, os colegas saírem em grupos de três e quatro, observando os pontinhos, ansiosamente, a ver se voltavam em segurança aos seus dormitórios: os da Lufa-Lufa no corredor do porão que também levava às cozinhas; os da Corvinal na torre do lado oeste do castelo; e os da Grifinória no corredor do retrato da Mulher Gorda.

— Foi realmente bom, realmente bom, Harry — disse Hermione, quando finalmente restaram apenas ela, ele e Rony.

— É, foi mesmo! — disse Rony entusiasmado, quando passaram pela porta e a viram se confundir com a pedra às costas deles. — Você me viu desarmando a Hermione, Harry?

— Só uma vez — disse Hermione mordida. — Peguei você muito mais vezes do que você me pegou...

— Eu não peguei você só uma vez, foram pelo menos três...

— Bom, se você está contando a vez em que tropeçou nos pés e derrubou a varinha da minha mão...

Eles discutiram todo o caminho de volta à sala comunal, mas Harry não estava ouvindo. Tinha um olho no Mapa do Maroto, e pensava também em Cho dizendo que ele a deixava nervosa.

19

O LEÃO E A COBRA

Harry teve a sensação de que estava carregando uma espécie de talismã no peito, nas duas semanas seguintes, um segredo luminoso que o ajudou a suportar as aulas de Umbridge e até tornou-lhe possível sorrir insossamente ao encarar os olhos horríveis e saltados da professora. Ele e a AD estavam resistindo debaixo do nariz dela, fazendo exatamente o que Umbridge e o Ministério mais temiam, e sempre que devia estar lendo o livro de Wilberto Slinkhard, durante as aulas, ele se regalava com as agradáveis lembranças das reuniões mais recentes, revendo como Neville conseguira desarmar Hermione, como Colin dominara a Azaração de Impedimento depois de se esforçar três reuniões seguidas, como Parvati executara um Feitiço Redutor com tanta perfeição que reduzira a pó a mesa em que estavam os bisbilhoscópios.

Ele estava achando quase impossível fixar uma noite por semana para as reuniões da AD, porque precisavam acomodar os treinos de três equipes de quadribol diferentes, em geral remarcadas por causa das más condições do tempo; mas Harry não lamentava; sentia que provavelmente era melhor manter os horários de suas reuniões imprevisíveis. Se alguém os estivesse vigiando, ficaria difícil distinguir um padrão.

Hermione não tardou a inventar um método muito inteligente de comunicar o dia e a hora da reunião seguinte a todos os membros, caso precisassem mudá-los de um momento para o outro, porque pareceria suspeito se os alunos das diferentes Casas fossem vistos atravessando o Salão Principal para conversar uns com os outros com muita frequência. Ela deu a cada membro da AD um galeão falso (Rony ficou muito animado quando viu a cesta de moedas e convenceu-se de que Hermione estava realmente distribuindo ouro).

— Vocês estão vendo os números na borda das moedas? — explicou Hermione ao final da quarta reunião, erguendo uma para mostrar. A moeda brilhava maciça e amarela à luz dos archotes. — Nos galeões verdadeiros, este é apenas o número de série referente ao duende que cunhou a moeda. Mas, nas moedas falsas, os números vão ser trocados para informar o dia e a hora da reunião seguinte. As moedas ficarão quentes quando a data mudar, então se vocês as carregarem no bolso poderão sentir. Cada um vai levar uma, e quando Harry mudar os números na moeda *dele*, porque eu usei um Feitiço de Proteu, todas mudarão para se igualar à dele.

Um silêncio total acolheu suas palavras, e Hermione olhou desapontada os rostos que a encaravam.

– Bom... achei que era uma boa ideia – disse insegura –, quero dizer, mesmo que a Umbridge nos mande virar os bolsos pelo avesso, não há nada suspeito em carregar um galeão, há? Mas... bom, se vocês não quiserem usar as moedas...

– Você sabe fazer um Feitiço de Proteu? – admirou-se Terêncio Boot.

– Sei.

– Mas isso... isso é nível de N.I.E.M. – comentou pouco convencido.

– Ah – respondeu Hermione, tentando parecer modesta. – Ah... bom... é, suponho que seja.

– Como é que você não pertence à Corvinal? – perguntou Boot, fixando-a com um olhar próximo ao assombro. – Com uma inteligência dessa?

– Bom, o Chapéu Seletor pensou seriamente em me mandar para Corvinal – contou Hermione, animada –, mas acabou se decidindo pela Grifinória. Então, isso quer dizer que vamos usar os galeões?

Houve um murmúrio de concordância e todos se adiantaram para apanhar uma moeda na cesta. Harry olhou de esguelha para Hermione.

– Sabe o que essas moedas me lembram?

– Não, o quê?

– As cicatrizes dos Comensais da Morte. Voldemort toca em uma delas e todas ardem, e seus seguidores sabem que devem se reunir a ele.

– Bom... é – disse Hermione em voz baixa –, foi de onde copiei a ideia... mas você vai notar que decidi gravar a data em metal em vez de gravá-la na pele dos nossos colegas.

– É... prefiro do seu jeito – disse Harry, sorrindo ao enfiar a moeda no bolso. – Imagino que o único perigo é que a gente possa gastar a moeda sem querer.

– Não tem a menor chance – disse Rony, que estava examinando o seu galeão falso com tristeza –, não tenho um galeão verdadeiro para confundir com este.

Quando o primeiro jogo da temporada, Grifinória contra Sonserina, começou a se aproximar, as reuniões da AD foram suspensas porque Angelina insistiu em fazer treinos quase diários. O fato de que a Copa de Quadribol não se realizava havia tanto tempo aumentava o interesse e a animação que cercava o próximo jogo; os alunos da Corvinal e da Lufa-Lufa estavam vivamente interessados no resultado, porque eles, é claro, estariam jogando com as duas equipes no ano seguinte; e os diretores das Casas das equipes competidoras, embora tentassem disfarçar sob um falso espírito esportivo, estavam decididos a ver o seu próprio time vitorioso. Harry percebeu o quanto a Profª McGonagall queria derrotar a Sonserina quando ela se absteve de passar dever de casa na semana que antecedeu ao jogo.

– Acho que no momento já temos muito com que nos ocupar – disse com altivez. Ninguém quis acreditar no que estava ouvindo até vê-la olhando diretamente para Harry e Rony, e dizer muito séria: – Me acostumei a ver a Taça de Quadribol na minha sala, rapazes, e realmente não quero ser obrigada a entregá-la ao Prof. Snape, então usem o tempo extra para treinar, sim?

Snape não foi um partidário menos óbvio; reservou o campo de quadribol para a Sonserina com tanta frequência que a equipe da Grifinória teve dificuldade em encontrá-lo livre para treinar. Fazia-se também de surdo com relação às muitas queixas de que os alunos da Sonserina estavam tentando azarar os jogadores da Grifinória nos corredores da escola. Quando Alícia Spinnet apareceu na ala hospitalar com as sobrancelhas crescendo tão densa e rapidamente que obscureciam sua visão e tampavam sua boca, Snape insistiu que a garota devia ter experimentado nela mesma um Feitiço para Engrossar os Cabelos, e se recusou a ouvir as catorze testemunhas que confirmavam ter visto o goleiro da Sonserina, Milo Bletchley, lançar o feitiço nas costas da garota quando ela estava estudando na biblioteca.

Harry se sentia otimista quanto às chances da Grifinória; afinal de contas, jamais haviam perdido para a equipe de Malfoy. Era verdade que o desempenho de Rony ainda não chegara no nível do de Olívio, mas ele estava se esforçando o máximo para melhorar. Sua maior fraqueza era a tendência a perder a confiança quando fazia uma bobagem; se deixava passar um gol, se atrapalhava e, com isso, se tornava mais vulnerável a deixar passar vários. Em contrapartida, Harry vira Rony fazer algumas defesas espetaculares quando estava em forma; durante um treino memorável, ficara pendurado na vassoura por uma das mãos e chutara a goles com tanta força para longe do aro que ela percorrera toda a extensão do campo e atravessara o aro do meio na extremidade oposta; a equipe achara que essa defesa se comparava favoravelmente com uma outra, feita recentemente por Barry Ryan, o goleiro da seleção da Irlanda, contra o melhor artilheiro da Polônia, Ladislau

Zamojski. Até mesmo Fred dissera que Rony ainda poderia fazer com que ele e o irmão se orgulhassem dele, e que estavam pensando seriamente em admitir seu parentesco com ele, coisa que, garantiam-lhe, vinham tentando negar havia quatro anos.

A única preocupação real de Harry era que Rony estava deixando que as táticas da Sonserina o perturbassem mesmo antes de entrarem em campo. Harry, naturalmente, aturava os comentários maldosos deles havia mais de quatro anos, por isso, murmúrios como: "Oi, Potty, ouvi dizer que Warrington jurou derrubar você da vassoura no sábado", em vez de gelar seu sangue, o faziam rir. "A pretensão de Warrington é tão patética que eu ficaria mais preocupado se ele estivesse mirando na pessoa ao meu lado", retrucava ele, o que fazia Rony e Hermione rirem e apagava o sorriso presunçoso da cara de Pansy Parkinson.

Mas Rony nunca estivera sujeito a uma campanha incansável de desaforos, caçoadas e intimidações. Quando os alunos da Sonserina, alguns do sétimo ano e consideravelmente maiores que ele, murmuravam ao passar nos corredores: "Reservou seu leito na ala hospitalar, Weasley?", ele não ria, e seu rosto adquiria um delicado tom verde. Quando Draco Malfoy o imitava largando a goles (o que ele fazia sempre que os dois se avistavam), as orelhas de Rony irradiavam um fulgor vermelho e suas mãos tremiam tanto que ele seria capaz de deixar cair também o que estivesse segurando na hora.

Outubro terminou numa investida de ventos uivantes e chuvas impiedosas, e novembro chegou, frio como uma barra de ferro congelada, com espessas geadas matinais e correntes de ar cortantes que queimavam as mãos e os rostos desprotegidos. O céu e o teto do Salão Principal estavam um perolado cinza pálido, os picos das montanhas que cercavam Hogwarts, cobertos de neve, e a temperatura do castelo caíra tanto que muitos estudantes usavam grossas luvas de pele de dragão para se proteger quando saíam para os corredores no intervalo das aulas.

A manhã do jogo alvoreceu clara e fria. Quando Harry acordou, olhou para a cama de Rony e o viu sentado, muito reto, abraçando os joelhos, olhando fixamente para o espaço.

— Você está bem? — perguntou Harry.

Rony respondeu afirmativamente com a cabeça, mas não falou. Harry se lembrou sem querer da ocasião em que o amigo acidentalmente lançara nele mesmo um feitiço que o fez vomitar lesmas; estava tão pálido e suado como naquele dia, para não falar na relutância em abrir a boca.

— Você só precisa tomar café — disse Harry para animá-lo. — Vamos.

O Salão Principal estava se enchendo depressa quando eles chegaram, a conversa mais alta e o clima mais exuberante do que o normal. Quando passaram pela mesa da Sonserina, o barulho aumentou. Harry olhou e viu que, além dos habituais cachecóis e gorros verde e prata, cada um deles estava usando um distintivo prateado, que, na forma, lembrava uma coroa. Por alguma razão, muitos deles acenaram para Rony, às gargalhadas. Harry tentou ver o que estava escrito nos distintivos, mas estava tão preocupado em fazer Rony passar rápido pela mesa que não quis se deter tempo suficiente para ler.

Eles foram recebidos entusiasticamente na mesa da Grifinória, onde todos usavam vermelho e ouro, mas, em lugar de animar Rony, os vivas pareceram acabar de minar o seu moral; ele se largou no banco mais próximo, parecendo estar diante da última refeição da vida.

— Eu devia estar maluco quando fiz isso — disse num sussurro rouco. — *Maluco*.

— Não seja tapado — disse Harry com firmeza, passando-lhe uma seleção de cereais —, você vai ficar ótimo. É normal se sentir nervoso.

— Sou uma meleca — crocitou ele em resposta. — Sou um trapalhão. Não sou capaz de jogar nem para salvar a pele. Onde é que eu estava com a cabeça?

— Controle-se — disse Harry com severidade. — Olhe aquela defesa que você fez com o pé ainda outro dia, até o Fred e o Jorge disseram que foi genial.

Rony voltou um rosto torturado para Harry.

— Aquilo foi por acaso — sussurrou infeliz. — Não era minha intenção, escorreguei da vassoura quando vocês não estavam olhando e, quando tentei me endireitar, chutei acidentalmente a goles.

— Bom — disse Harry, recuperando-se rapidamente da desagradável surpresa —, mais alguns acasos iguais àquele e o jogo está no papo, não acha?

Hermione e Gina sentaram-se defronte aos dois usando cachecóis, luvas e rosetas vermelho e ouro.

— Como é que você está se sentindo? — Gina perguntou a Rony, que agora contemplava o resto de leite no fundo da tigela vazia de cereal, como se considerasse seriamente a possibilidade de se afogar ali.

— Ele está só nervoso — disse Harry.

— Bom, é um bom sinal, acho que a pessoa nunca se sai tão bem nos exames se não estiver um pouco nervosa — disse Hermione com entusiasmo.

— Alô — cumprimentou uma voz vaga e sonhadora às costas deles. Harry olhou: Luna Lovegood viera da mesa da Corvinal. Muitos estudantes a seguiam com os olhos, alguns davam gargalhadas e a apontavam sem disfarces; Luna conseguira arranjar um chapéu em forma de cabeça de leão em tamanho natural, e o colocara precariamente na cabeça. – Estou torcendo pela Grifinória – disse, apontando sem necessidade para o chapéu. – Olhe só o que ele faz...

Ela ergueu a mão e deu um toque de varinha no chapéu. O leão escancarou a boca e soltou um rugido extremamente real, que sobressaltou todos que estavam por perto.

– É ótimo, não é? – disse Luna, feliz. – Eu queria que ele estivesse mastigando uma cobra para representar a Sonserina, entendem, mas o tempo foi pouco. Em todo o caso... boa sorte, Ronald!

Ela se afastou como se flutuasse. Os garotos ainda não tinham se recuperado do choque que fora o chapéu de Luna quando Angelina se aproximou correndo, acompanhada por Katie e Alícia, cujas sobrancelhas tinham sido misericordiosamente restauradas por Madame Pomfrey.

– Quando vocês estiverem prontos – disse ela –, vamos direto para o campo, verificar as condições e trocar de roupa.

– Estaremos lá daqui a pouco – Harry a tranquilizou. – O Rony precisa comer alguma coisa.

Mas, passados dez minutos, ficou claro que Rony não conseguiria comer mais nada, e Harry achou melhor levá-lo para os vestiários. Ao se levantarem da mesa, Hermione os acompanhou, e, segurando o braço de Harry, puxou-o para um lado.

– Não deixe Rony ver o que tem naqueles distintivos do pessoal da Sonserina – cochichou pressurosa.

Harry olhou-a curioso, mas ela sacudiu a cabeça num gesto de aviso; Rony vinha em direção a eles, parecendo perdido e desesperado.

– Boa sorte, Rony – disse Hermione, ficando na ponta dos pés e lhe dando um beijo na bochecha. – E para você também, Harry...

Rony pareceu se reanimar ligeiramente quando tornaram a cruzar o Salão Principal. Ele encostou a mão no lugar em que Hermione o beijara, parecendo intrigado, como se não tivesse muita certeza do que acabara de acontecer. Parecia distraído demais para reparar nas coisas ao seu redor, mas Harry lançou um olhar curioso para os distintivos em forma de coroa quando passaram pela mesa da Sonserina, e desta vez distinguiu as palavras gravadas:

Weasley é o nosso rei

Com uma sensação desagradável de que aquilo não podia significar nada de bom, ele apressou Rony na travessia do saguão e na descida da escada de pedra, e saíram para o ar gelado.

A grama coberta de gelo produzia um ruído de trituração sob seus pés ao caminharem pelos gramados em direção ao estádio. Não havia vento algum e o céu estava um branco perolado uniforme, o que significava que a visibilidade seria boa, sem o transtorno de receber a luz do sol direto nos olhos. Harry apontou esses dados animadores para Rony, mas não tinha muita certeza de que o amigo o ouvisse.

Angelina já se trocara e estava falando com o resto da equipe quando eles entraram. Harry e Rony vestiram os uniformes (Rony tentou fazer isso de trás para a frente durante vários minutos até Alícia se apiedar dele e ajudá-lo), depois se sentaram para ouvir a preleção pré-jogo, enquanto lá fora o vozerio não parava de aumentar à medida que os espectadores saíam em um fluxo contínuo do castelo para o campo.

— O.k., acabei de descobrir a escalação final da Sonserina — disse Angelina, consultando um pedaço de pergaminho. — Os batedores do ano passado, Derrick e Bole, saíram, mas parece que o Montague os substituiu pelos gorilas de sempre, em vez de escolher alguém que saiba voar particularmente bem. São dois caras chamados Crabbe e Goyle, não sei muita coisa sobre eles...

— Nós sabemos — disseram Harry e Rony juntos.

— Bom, eles não parecem ter inteligência suficiente para diferenciar as extremidades da vassoura — continuou Angelina, embolsando o pergaminho —, mas, por outro lado, eu sempre me surpreendi que Derrick e Bole conseguissem encontrar o caminho do campo sem precisar de placas de sinalização.

— Crabbe e Goyle são iguais — garantiu-lhe Harry.

Ouviam-se centenas de passos subindo as arquibancadas do campo. Alguns espectadores cantavam, embora Harry não conseguisse entender as palavras. Estava começando a se sentir nervoso, mas sabia que as borboletas em seu estômago não eram nada se comparadas às de Rony, que apertava a barriga e olhava reto em frente outra vez, de queixo duro e a pele cinza-claro.

— Está na hora — avisou Angelina com a voz abafada, consultando o relógio. — Vamos, galera... boa sorte.

A equipe se levantou, pôs as vassouras nos ombros e saiu em fila indiana do vestiário para a claridade ofuscante do dia. Foram saudados por um grande clamor, no qual Harry continuava a ouvir um canto, embora abafado pelos aplausos e vaias.

A equipe da Sonserina já os aguardava formada. Seus jogadores também usavam os tais distintivos em forma de coroa. O novo capitão, Montague, tinha a forma física de Duda Dursley, braços maciços que lembravam presuntos peludos. Atrás dele, rondavam Crabbe e Goyle, quase tão grandes como ele, piscando idiotamente no céu, balançando os bastões novos de batedores. Malfoy estava parado de um lado, a cabeça louro-prateada refletindo o sol. Seus olhos encontraram os de Harry, e ele deu um sorriso debochado, batendo no distintivo que levava ao peito.

— Capitães, apertem as mãos — ordenou Madame Hooch, quando Angelina e Montague se aproximaram. Harry pôde ver que Montague estava tentando quebrar o dedos de Angelina, embora ela nada demonstrasse. — Montem as vassouras...

Madame Hooch levou o apito à boca e soprou.

As bolas foram soltas no ar, e os catorze jogadores dispararam para o alto. Pelo canto do olho, Harry viu Rony passar como um raio em direção às balizas. Harry continuou a subir em alta velocidade, se esquivou de um balaço, e começou a dar uma grande volta pelo campo, procurando no ar um brilho dourado; do outro lado do estádio, Draco Malfoy fazia exatamente a mesma coisa.

"E é Johnson — Johnson com a goles, que jogadora é essa garota, é o que venho dizendo há anos, mas ela continua a não querer sair comigo..."

— JORDAN! — berrou a Profª McGonagall.

"... é só uma gracinha, professora, um toque de interesse humano — e ela se livra de Warrington, passa por Montague, ela — ai — foi atingida nas costas por um balaço lançado por Crabbe... Montague apanha a goles, Montague torna a subir pelo campo e — belo balaço agora de Jorge Weasley, um balaço na cabeça de Montague, que larga a goles, quem a apanha é Katie Bell, Katie Bell da Grifinória atrasa a bola para Alícia Spinnet e Spinnet se afasta..."

Os comentários de Lino Jordan ecoavam pelo estádio, e Harry fazia esforço para escutá-los apesar do assobio do vento em seus ouvidos e do vozerio do público, que berra, vaia e canta.

"... foge de Warrington, evita um balaço — esse foi por pouco, Alícia —, e o público está adorando o jogo, ouçam, que é que eles estão cantando?"

E Lino parou para escutar, a cantoria soou alta e clara na seção verde e prata da Sonserina nas arquibancadas.

Weasley não pega nada
Não bloqueia aro algum
Ei, Ei, Ei, Ei,
Weasley é o nosso rei.

Weasley nasceu no lixo
Sempre deixa a bola entrar
A vitória já é nossa,
Weasley é o nosso rei.

"... e Alícia passa outra vez para Angelina!", gritou Lino, e quando Harry mudou de direção, suas entranhas fervendo com o que acabara de ouvir, percebeu que Lino estava tentando abafar a cantoria.

"Vai Angelina – agora ela só precisa passar pelo goleiro! – ELA CHUTA – ELA – aaah..."

Bletchley, o goleiro de Sonserina, defendeu bem; lançou a goles para Warrington, que saiu em velocidade, ziguezagueando entre Alícia e Katie; a cantoria das arquibancadas se tornava cada vez mais alta e ele foi se aproximando de Rony.

Weasley é o nosso rei,
Weasley é o nosso rei,
Sempre deixa a bola entrar
Weasley é o nosso rei.

Harry não conseguiu se conter: abandonando a busca do pomo, virou sua Firebolt para Rony, uma figura solitária na extremidade do campo, planando diante das três balizas enquanto o troncudo Warrington avançava para ele.

"Warrington tem a goles, Warrington vai em direção aos aros, está fora do alcance dos balaços e tem apenas o goleiro pela frente..."

Uma grande onda sonora se elevou das arquibancadas da Sonserina:

Weasley não pega nada
Não bloqueia aro algum...

"... é o primeiro teste do novo goleiro da Grifinória, Weasley, irmão dos batedores Fred e Jorge... é um talento que promete – vamos, garoto!"

Mas o grito de alegria veio do lado da Sonserina: Rony dera um mergulho às cegas, de braços muito abertos, e a goles passara entre eles, atravessando direto o seu aro central.

"Ponto para Sonserina! – entrou a voz de Lino entre os aplausos e vaias do público embaixo – dez a zero para Sonserina – que pouca sorte, Rony!"

Os alunos de Sonserina cantaram ainda mais alto:

WEASLEY NASCEU NO LIXO
EI, EI, EI, EI...

"... e a Grifinória retoma a posse e temos Katie Bell atravessando o campo com energia...", gritou Lino se enchendo de coragem, embora a cantoria agora estivesse tão ensurdecedora que ele mal conseguia se fazer ouvir.

A VITÓRIA JÁ É NOSSA
WEASLEY É O NOSSO REI...

– Harry, QUE É QUE VOCÊ ESTÁ FAZENDO? – berrou Angelina, sobrevoando-o para acompanhar Katie Bell. – MEXA-SE!

Harry se deu conta de que parara no ar por mais de um minuto, observando o andamento da partida sem pensar um instante onde estaria o pomo; horrorizado ele mergulhou e recomeçou a circular o campo, tentando ignorar o coro que agora atroava o estádio:

WEASLEY É O NOSSO REI,
WEASLEY É O NOSSO REI...

Não viu sinal do pomo em lugar algum; Malfoy continuava a circular o estádio como ele. Cruzaram na metade da volta pelo campo, seguindo em direções opostas e Harry ouviu Malfoy cantando em voz alta:

WEASLEY NASCEU NO LIXO...

"... e aí vem Warrington de novo", berrou Lino, "que passa para Pucey, Pucey ultrapassa Alícia, vamos Angelina, dá para pegar ele, afinal não deu, mas foi um belo balaço de Fred Weasley, quero dizer, Jorge Weasley, ah, que diferença faz, foi um dos gêmeos, e Warrington larga a goles e Katie Bell...

hum... larga também... então a goles sobra para Montague que sai voando pelo campo, vamos Grifinória, bloqueia ele agora!"

Harry contornou veloz a extremidade do campo por trás das balizas da Sonserina, fazendo força para não olhar para o que estava acontecendo na extremidade do campo defendida por Rony. Quando passou pelo goleiro da Sonserina, ouviu Bletchley acompanhando o coro do público embaixo.

WEASLEY NÃO PEGA NADA...

"... e Pucey se livra mais uma vez de Alícia e ruma diretamente para o gol, segura a bola, Rony!"

Harry não precisou olhar para saber o que acontecera: ouviu-se um gemido terrível no lado da Grifinória, acompanhado de novos gritos e aplausos dos alunos da Sonserina. Olhando para baixo, Harry viu a cara de buldogue de Pansy Parkinson bem na frente da arquibancada, de costas para o campo, regendo a torcida da Sonserina que urrava:

EI, EI, EI, EI
WEASLEY É O NOSSO REI

Mas vinte a zero não era problema, ainda havia tempo para a Grifinória igualar o placar ou capturar o pomo. Uns três gols e eles tomariam a dianteira como sempre, Harry procurou se tranquilizar, subindo, descendo e entrecruzando com os demais jogadores em busca de um brilho que vira e que, afinal, era a correia do relógio de Montague.

Mas Rony deixou entrar mais dois gols. Havia um toque de pânico no desejo que Harry sentia de encontrar o pomo imediatamente. Se conseguisse capturá-lo logo, terminaria o jogo de uma vez.

"... e Katie Bell da Grifinória escapa de Pucey, se abaixa para fugir de Montague, bela virada, Katie, e atira para Angelina, que agarra a goles, ultrapassa Warrington, está voando para o gol, vamos, é agora Angelina... E É PONTO PARA GRIFINÓRIA! Quarenta a dez, quarenta a dez para Sonserina, e Pucey tem a posse da goles..."

Harry ouviu o ridículo chapéu de leão de Luna rugir no meio dos vivas da Grifinória e se sentiu fortalecido; apenas trinta pontos de diferença, isso não era nada, podiam se recuperar facilmente. Harry evitou um balaço que Crabbe disparara em sua direção e retomou a varredura frenética do campo em busca do pomo, vigiando, caso Malfoy desse indicação de que o localizara, mas Malfoy, como ele, continuava a voar à volta do estádio, procurando sem sucesso.

"... Pucey atira para Warrington, Warrington para Montague, Montague devolve a Pucey... Johnson intercepta, Johnson toma a goles, atira para Bell, a coisa parece boa — quero dizer — ruim — Bell é atingida por um balaço de Goyle, da Sonserina, e é Pucey quem retoma a..."

> *WEASLEY NASCEU NO LIXO*
> *SEMPRE DEIXA A BOLA ENTRAR*
> *A VITÓRIA JÁ É NOSSA...*

Finalmente Harry o viu: o minúsculo pomo de ouro esvoaçava a poucos metros do chão no campo da Sonserina.

Ele mergulhou...

Em questão de segundos, Malfoy veio varando o céu à esquerda de Harry, um borrão verde e prata deitado sobre a vassoura...

O pomo contornou a base de uma das balizas e saiu para o outro lado das arquibancadas; sua mudança de direção beneficiou Malfoy, que estava mais próximo; Harry inverteu o rumo da sua Firebolt, e ele e Malfoy estavam agora emparelhados.

À curta distância do chão, Harry ergueu a mão direita da vassoura, esticou-a para o pomo... à direita, o braço estendido de Malfoy também esticou, tateou...

Tudo terminou em dois segundos desesperados, esbaforidos, vertiginosos — os dedos de Harry se fecharam sobre a bolinha minúscula e rebelde — as unhas de Malfoy tentaram agarrá-la inutilmente nas costas da mão do oponente — Harry empinou a vassoura, apertando na mão a bola que se debatia, e os espectadores da Grifinória gritaram sua aprovação ao lance...

Estavam salvos, não importava que Rony tivesse deixado entrar aqueles gols, ninguém se lembraria desde que a Grifinória tivesse ganhado...

TAPUM.

Um balaço atingiu Harry nos rins e ele foi lançado para fora da vassoura. Por sorte, estava a menos de dois metros do chão, pois mergulhara muito baixo para apanhar o pomo, mas ficou sem ar e caiu com as costas chapadas no chão congelado. Ele ouviu o apito agudo de Madame Hooch, um clamor nas arquibancadas em que se misturavam assobios, berros furiosos e vaias, um baque e, então, a voz frenética de Angelina.

— Você está bem?

— Claro que estou — respondeu Harry carrancudo, segurando sua mão e deixando que ela o ajudasse a se levantar. Madame Hooch voava velozmente em direção a um dos jogadores da Sonserina acima, embora, do ângulo em que estava, ele não conseguisse ver quem era.

— Foi aquele bandido do Crabbe — disse Angelina, furiosa —, atirou o balaço no momento em que viu que você tinha capturado o pomo... mas nós ganhamos, Harry, nós ganhamos!

Harry ouviu um bufo às costas e se virou, ainda apertando o pomo na mão: Draco Malfoy pousara ali perto. O rosto branco de fúria, ainda assim conseguia desdenhar.

— Salvou o pescoço do Weasley, não foi? Nunca vi um goleiro pior... mas também, *nasceu no lixo*... gostou da minha letra, Potter?

Harry não respondeu. Virou-se para se reunir ao resto de sua equipe que agora aterrissava, um a um, berrando e dando socos no ar; todos, exceto Rony, que desmontara da vassoura próximo às balizas e parecia estar caminhando lentamente para os vestiários, sozinho.

— Queríamos acrescentar mais uns versos! — gritou Malfoy, enquanto Katie e Alícia abraçavam Harry. — Mas não encontramos rimas para gorda e feia, queríamos cantar alguma coisa sobre a mãe dele, sabe...

— Inveja mata — disse Angelina, lançando a Malfoy um olhar enojado.

— ... também não conseguimos encaixar "*fracassado inútil*"... para o pai dele, sabe...

Fred e Jorge perceberam o que Malfoy estava dizendo. A meio caminho de apertar a mão de Harry, eles se retesaram, encarando Malfoy.

— Deixa para lá! — disse Angelina na mesma hora, segurando o braço de Fred. — Deixa para lá, Fred, deixa ele gritar, ele só está frustrado porque perdeu, o metido...

— ... mas você gosta dos Weasley, não é Potter? — continuou Malfoy, caçoando. — Passa as férias lá e tudo, não é? Não sei como você aguenta o fedor, mas suponho que para alguém criado por trouxas, até o pardieiro dos Weasley cheira bem...

Harry agarrou Jorge. Entrementes, eram necessários os esforços conjuntos de Angelina, Alícia e Katie para impedir Fred de pular em cima de Malfoy, que ria abertamente. Harry olhou para os lados procurando Madame Hooch, mas ela ainda estava brigando com Crabbe por seu ataque ilegal com o balaço.

— Ou vai ver — disse Malfoy, recuando com um sorriso debochado — você se lembra de como a casa da sua mãe fedia, Potter, e o chiqueiro dos Weasley faz lembrar dela...

Harry não percebeu que largara Jorge, só soube é que um segundo depois os dois estavam atracados com Malfoy. Esquecera-se completamente de que todos os professores estavam assistindo; tudo que queria era infligir a Malfoy o máximo de dor possível; sem tempo para puxar a varinha, ele apenas recuou, o punho fechado sobre o pomo, e enterrou-o com toda a força que pôde no estômago de Malfoy...

— Harry! HARRY! JORGE! NÃO!

Ele ouvia as garotas gritando, Malfoy berrando, Jorge xingando, um apito tocando e os urros do público, mas ele não deu atenção a nada. Até alguém próximo gritar *Impedimenta!*, e ele ser derrubado de costas no chão por força do feitiço, não desistiu da tentativa de socar cada centímetro de Malfoy ao alcance de sua mão.

— Que é que você acha que está fazendo? — berrou Madame Hooch, quando Harry se levantou de um salto. Aparentemente fora ela quem o atingira com a Azaração de Impedimento; a juíza segurava o apito em uma das mãos e a varinha na outra; largara a vassoura a alguns passos de distância. Malfoy estava dobrado no chão, choramingando e gemendo, o nariz ensanguentado; Jorge exibia um lábio inchado; Fred ainda estava sendo contido à força por três artilheiros, e Crabbe dava gargalhadas mais atrás. — Nunca vi um comportamento igual, já para o castelo, os dois, e direto para a sala da diretora de sua Casa! Vão! *Agora!*

Harry e Jorge saíram do campo, ofegantes, sem trocar palavra. Os uivos e as vaias do público foram se tornando mais fracos à medida que se aproximavam do saguão de entrada, onde não ouviam nada exceto o som dos próprios passos. Harry se deu conta de que alguma coisa ainda se debatia em sua mão direita, cujos nós ele ferira ao bater no queixo de Malfoy. Baixando os olhos, viu as asas de prata do pomo saindo por entre seus dedos, tentando se libertar.

Haviam acabado de chegar à porta da sala da Profª McGonagall quando ela apareceu marchando pelo corredor atrás deles. Usava o cachecol da Grifinória, mas arrancou-o do pescoço com as mãos trêmulas ao se aproximar, com o rosto lívido.

— Entrem! — ordenou furiosa, apontando para a porta. Harry e Jorge obedeceram. Ela deu a volta à escrivaninha e os encarou, tremendo de raiva, atirando o cachecol ao chão. — *Então?* Nunca vi uma exibição tão vergonhosa. Dois contra um! Expliquem-se!

— Malfoy nos provocou — disse Harry formalmente.

— Provocou vocês? — gritou a professora, batendo na mesa com tanta força que uma lata escorregou para um lado e se abriu, enchendo o chão de lagartos de gengibre. — Ele tinha acabado de perder, não tinha? Claro que queria provocar vocês! Mas o que pode ter dito para justificar o que vocês dois...

— Ele insultou meus pais — vociferou Jorge. — E a mãe de Harry.

— Mas em vez de deixarem Madame Hooch resolver vocês dois decidiram fazer uma exibição de duelo de trouxas, não foi? — urrou a Profª McGonagall. — Vocês têm ideia do que...

— Hem, hem.

Harry e Jorge se viraram rápido. Dolores Umbridge estava parada à porta da sala, envolta em uma capa de tweed verde que enfatizava enormemente sua semelhança com um sapo gigante, e sorria daquele jeito horrível, doentio e agourento que Harry aprendera a associar com desgraça iminente.

— Posso ajudar, Profª McGonagall? — perguntou ela com sua voz meiga mas venenosa.

O sangue afluiu ao rosto de McGonagall.

— Ajudar? — repetiu, num tom de voz controlado. — Que é que você quer dizer com *ajudar*?

A Profª Umbridge entrou na sala, ainda exibindo seu sorriso doentio.

— Ora, achei que poderia agradecer um reforço de autoridade.

Harry não teria se surpreendido de ver faíscas saltarem das narinas da Profª McGonagall.

— Pois se enganou — disse ela voltando as costas à Umbridge. — Agora, é bom os dois me ouvirem com atenção. Não sei qual foi a provocação que Malfoy fez, não quero saber se ele ofendeu cada membro das suas famílias, o seu comportamento foi vergonhoso e vou dar a cada um uma semana de detenção! Não olhe assim para mim, Potter, você mereceu! E se um dos dois voltar...

— Hem, hem.

A Profª McGonagall fechou os olhos como se rezasse pedindo paciência quando tornou a voltar o rosto para a Profª Umbridge.

— Sim?

— Acho que eles merecem muito mais do que detenções — disse Umbridge ampliando o sorriso.

Os olhos de McGonagall se abriram de repente.

— Mas, infelizmente — disse, tentando retribuir o sorriso, o que fazia parecer que estivesse acometida de tétano —, o que conta é o que eu penso, porque eles pertencem à minha Casa, Dolores.

— Bom, Minerva, *na realidade* — disse Umbridge afetando um sorriso —, acho que você vai descobrir que o que eu penso *realmente* conta. Vejamos, onde está? Cornélio acabou de me enviar... quero dizer — ela deu uma risadinha fingida enquanto remexia na bolsa — o *ministro* acabou de me enviar... ah, sim...

Puxou um pergaminho que agora começava a desdobrar, pigarreando com exagero antes de começar a lê-lo.

— Hem, hem... Decreto Educacional nº. 25.

— Mais um, não! — explodiu a Profª McGonagall.

— É, mais um — respondeu a outra ainda sorrindo. — Aliás, Minerva, foi você que me fez ver que *precisávamos* de mais uma emenda... lembra-se de como você passou por cima da minha cabeça, quando eu não quis deixar a equipe de quadribol da Grifinória se reorganizar? Como você levou o caso a Dumbledore, que insistiu que a equipe tivesse permissão de jogar? Então, agora eu não poderia permitir isso. Entrei imediatamente em contato com o ministro, e ele concordou comigo que a Alta Inquisidora precisa ter o poder de retirar privilégios de alunos, ou ela, ou seja, eu, teria menos autoridade que os professores comuns. E você está vendo agora, não está, Minerva, como eu tinha razão em tentar impedir a equipe da Grifinória de se reorganizar? Temperamentos *violentos*... em todo o caso, eu estava lendo a emenda para você... hem, hem... "Doravante a Alta Inquisidora terá autoridade suprema sobre todas as punições, sanções e cortes de privilégios referentes aos estudantes de Hogwarts, e o poder de alterar tais punições, sanções e cortes de privilégios que tiverem sido ordenados por outros membros do corpo docente. Assinado, Cornélio Fudge, ministro da Magia, Ordem de Merlim Primeira Classe etc. etc."

Ela enrolou o pergaminho e tornou a guardá-lo na bolsa, ainda sorrindo.

— Portanto... eu realmente acho que terei de proibir esses dois de voltarem a jogar quadribol para sempre — disse ela, olhando de Harry para Jorge e de volta a McGonagall.

Harry sentiu o pomo se debater enlouquecido em sua mão.

— Nos proibir? — disse ele, e sua voz lhe pareceu estranhamente distante. — De voltar a jogar... para sempre?

— É, Potter, acho que uma proibição definitiva deve funcionar — disse Umbridge, ampliando o seu sorriso ao observar o esforço do garoto para compreender o que ela acabara de dizer. — O senhor *e* o Sr. Weasley aqui. E acho que, para ficarmos seguros, o gêmeo deste rapaz também deve ser proibido, se os seus companheiros de equipe não o tivessem contido, estou certa de que teria atacado o jovem Sr. Malfoy também. Quero que suas vassouras sejam confiscadas, naturalmente. E as guardarei em segurança na minha sala para ter certeza de que não desobedecerão à minha proibição. Mas não sou injusta, Profª McGonagall – continuou ela, voltando-se para a colega, que agora olhava para ela de pé e tão imóvel que parecia esculpida em gelo. – O resto do time pode continuar jogando, não vi sinais de violência em nenhum *deles*. Bom... boa tarde para todos.

E com uma expressão satisfeitíssima, Umbridge saiu da sala, deixando atrás de si um silêncio horrorizado.

– Proibidos – ressoou a voz de Angelina, mais tarde naquela noite na sala comunal. – *Proibidos*. Sem apanhador e sem batedores... que meleca é que nós vamos fazer?

Nem parecia que haviam ganhado o jogo. Para todo o lado que Harry olhava havia rostos desolados e enfurecidos; os jogadores da equipe estavam largados em volta da lareira, todos menos Rony, que não era visto desde o final da partida.

– É tão injusto – disse Alícia, atordoada. – Quero dizer, e Crabbe e aquele balaço que ele lançou depois que o apito já tinha tocado? Ela proibiu o *Crabbe*?

– Não – respondeu Gina, infeliz; ela e Hermione estavam sentadas de cada lado de Harry. – Crabbe recebeu frases para escrever, ouvi Montague contar isso às gargalhadas na hora do jantar.

– E proibir o Fred quando ele nem fez nada! – admirou-se Alícia furiosa, batendo com o punho no joelho.

– Não é minha culpa se não fiz – disse Fred, com uma expressão feroz no rosto –, eu teria quebrado aquele merdinha todo se vocês três não estivessem me segurando.

Harry contemplava, infeliz, a vidraça escura. A neve caía. O pomo que ele apanhara mais cedo voava sem parar pela sala comunal; as pessoas acompanhavam sua trajetória como se estivessem hipnotizadas, e Bichento saltava de uma cadeira para outra, tentando apanhá-lo.

– Vou me deitar – disse Angelina, levantando-se devagar. – No final, a gente talvez descubra que tudo isso não passou de um sonho mau... talvez eu acorde amanhã e descubra que ainda não jogamos...

Logo Alícia e Katie a acompanharam. Fred e Jorge subiram algum tempo depois, fechando a cara para todos por quem passavam, e Gina não se demorou muito mais. Somente Harry e Hermione continuaram ao pé da lareira.

– Você viu Rony? – perguntou Hermione em voz baixa.

Harry balançou a cabeça.

– Acho que ele está nos evitando. Onde é que você acha que ele...

Mas, neste exato momento, ouviram um rangido, o retrato da Mulher Gorda girou e Rony atravessou o buraco do retrato. Estava de fato muito pálido e havia neve em seus cabelos. Quando viu Harry e Hermione, ele parou de chofre.

– Onde você esteve? – perguntou Hermione, ansiosa, se erguendo.

– Andando – murmurou. Ele ainda usava o uniforme de quadribol.

– Você parece enregelado – disse Hermione. – Vem sentar aqui com a gente!

Rony foi até a lareira e se largou na poltrona mais distante de Harry, sem olhá-lo. O pomo roubado sobrevoava suas cabeças.

– Sinto muito – murmurou ele, olhando para os pés.

– Pelo quê? – perguntou Harry.

– Por pensar que sabia jogar quadribol. Vou pedir demissão logo de manhã.

– Se você pedir demissão – disse Harry irritado –, só sobrarão três jogadores na equipe. – E quando Rony o olhou intrigado, ele informou: – Fui proibido de jogar definitivamente. Fred e Jorge também.

– Quê? – gritou Rony.

Hermione contou-lhe a história toda. Harry não suportaria repeti-la. Quando terminou, Rony pareceu mais agoniado que nunca.

– Tudo isso foi minha culpa...

– Você não me *fez* bater em Malfoy – respondeu Harry, zangado.

– ... se eu não fosse tão ruim em quadribol...

– Não tem nada a ver.

– ... foi aquela música que me deixou nervoso...

– ... teria deixado qualquer um nervoso.

Hermione se levantou e foi até a janela, para se afastar da discussão, olhar os flocos de neve caírem em rodopios contra a vidraça.

– Olha aqui, para com isso, tá! – explodiu Harry. – Já tá bem ruim sem você se culpar por tudo!

Rony se calou, mas ficou sentado olhando infeliz para a barra molhada das vestes. Passado algum tempo, disse, sem graça:

– Nunca me senti tão mal na vida.

– Entre para o nosso clube – respondeu Harry com amargura.

– Bom – disse Hermione, a voz ligeiramente trêmula: – Sei de uma coisa que pode animar os dois.

– Ah, é? – disse Harry, incrédulo.

– É – respondeu ela se afastando da janela escuríssima, salpicada de flocos, um grande sorriso a iluminar seu rosto: – Hagrid voltou.

20

A HISTÓRIA DE HAGRID

Harry correu ao dormitório dos meninos para apanhar a Capa da Invisibilidade e o Mapa do Maroto em seu malão; foi tão rápido, que ele e Rony se aprontaram para sair pelo menos cinco minutos antes de Hermione voltar apressada do dormitório das meninas, usando cachecol, luvas e um dos gorros que fizera para os elfos.

— Ora, está frio lá fora! — defendeu-se, quando Rony deu um muxoxo de impaciência.

Passaram sorrateiros pelo buraco do retrato, e se cobriram depressa com a capa — Rony crescera tanto que agora precisava se encolher para impedir que os pés aparecessem —, então, andando devagar e cautelosamente, eles desceram as várias escadas, parando a intervalos para verificar no mapa sinais de Filch ou de Madame Nor-r-ra. Tiveram sorte; não viram ninguém exceto Nick Quase Sem Cabeça, que flutuava distraído, cantarolando de boca fechada algo que lembrava horrivelmente "Weasley é nosso rei". Eles se esquivaram pelo saguão de entrada e daí para os terrenos nevados e silenciosos da escola. Com o coração batendo forte, Harry viu quadradinhos de luz dourados à frente e fumaça saindo em espirais pela chaminé de Hagrid. Saiu em passo acelerado, os outros dois se acotovelando e dando encontrões para acompanhá-lo. Animados, esmagavam ao caminhar a neve que se adensava, e finalmente chegaram à porta de madeira da cabana. Quando Harry levantou o punho e bateu três vezes, um cachorro começou a latir animado dentro da casa.

— Hagrid, somos nós! — disse Harry pelo buraco da fechadura.

— Eu devia saber! — exclamou uma voz rouca.

Os garotos sorriram um para o outro sob a capa; podiam adivinhar pela voz de Hagrid que ele estava satisfeito.

— Cheguei há três minutos... sai da frente, Canino... *sai da frente*, cachorro burro...

A tranca foi retirada, a porta se abriu com um rangido e a cabeça de Hagrid apareceu na fresta.

Hermione gritou.

– Pelas barbas de Merlim, fale baixo! – disse Hagrid depressa, olhando assustado por cima da cabeça dos garotos. – Debaixo da capa, é? Vamos, entrem, entrem!

– Desculpe! – exclamou Hermione, enquanto os três se espremiam para entrar na casa de Hagrid e puxavam a capa para ele poder vê-los. – Eu só... ah, Hagrid!

– Não foi nada, não foi nada! – apressou-se Hagrid a dizer, fechando a porta e correndo para fechar todas as cortinas, mas Hermione continuava a contemplá-lo horrorizada.

Os cabelos dele estavam empastados de sangue e o olho esquerdo fora reduzido a uma fenda inchada, no meio de uma massa roxa e preta. Havia muitos cortes em seu rosto e em suas mãos, alguns ainda sangrando, e ele andava desengonçado, fazendo Harry suspeitar de que tivesse quebrado algumas costelas. Era óbvio que acabara de chegar; uma grossa capa de viagem estava jogada por cima de uma cadeira e uma mochila suficientemente grande para caber várias criancinhas estava apoiada na parede ao lado da porta. Hagrid, duas vezes o tamanho de um homem normal, agora mancava até a lareira para pendurar nela uma chaleira de cobre.

– Que foi que aconteceu com você? – quis saber Harry, enquanto Canino dançava em volta dos três, tentando lamber seus rostos.

– Já disse, nada – respondeu Hagrid com firmeza. – Quer uma xícara?

– Para com isso – disse Rony –, você está todo arrebentado.

– Estou dizendo, estou bem – insistiu Hagrid, se erguendo e tentando sorrir para os garotos, mas fazendo caretas. – Caramba, como é bom ver vocês três de novo, foram boas as férias, eh?

– Hagrid você foi atacado! – comentou Rony.

– Pela última vez, não foi nada! – repetiu Hagrid.

– Você diria que não foi nada se um de nós aparecesse com um quilo de carne moída no lugar da cara? – perguntou Rony.

– Você devia procurar Madame Pomfrey – disse Hermione com ansiedade na voz –, alguns desses cortes estão bem feios.

– Vou cuidar deles, está bem? – retrucou ele, desencorajando perguntas.

Hagrid foi até a enorme mesa de madeira que ficava no centro da cabana e puxou para o lado uma toalha de chá que a cobria. Embaixo, havia um pedaço de carne crua, sangrenta e levemente esverdeada, um pouco maior que um pneu normal.

— Você não vai comer isso, vai, Hagrid? — perguntou Rony se aproximando da carne para ver melhor. — Parece envenenada.

— É assim que deve parecer, é carne de dragão. E não a trouxe para comer.

Ele apanhou a carne e chapou-a do lado esquerdo do rosto. Sangue esverdeado escorreu para sua barba, e ele deu um gemido de satisfação.

— Assim está melhor. Alivia a dor, sabem.

— Então, vai nos contar o que aconteceu com você? — perguntou Harry.

— Não posso, Harry. Ultraconfidencial. Vai custar mais do que o meu emprego se eu lhe contar.

— Foram os gigantes que o espancaram, Hagrid? — perguntou Hermione baixinho.

Os dedos de Hagrid afrouxaram sobre a carne de dragão, e ela escorregou sumarenta para o seu peito.

— Gigantes?! — exclamou ele, segurando o enorme bife antes que chegasse ao cinto e repondo-o no rosto. — Quem foi que falou em gigantes? Com quem vocês andaram conversando? Quem disse a vocês que eu estive... quem disse que eu estive... eh?

— Adivinhamos — disse Hermione em tom de quem se desculpa.

— Ah, foi é, foi é? — tornou Hagrid, fixando-a severamente com o olho que não estava tapado pela carne.

— Foi meio... óbvio — disse Rony. Harry confirmou com a cabeça.

Hagrid arregalou os olhos para eles, em seguida bufou, atirou a carne de volta à mesa e foi ver a chaleira, que agora assobiava.

— Nunca vi garotos para saber mais do que devem como vocês — murmurou, derramando água fervendo em três dos seus canecões em forma de balde. — E isso não é um elogio, não. Abelhudos, é como chamam. Intrometidos.

Mas sua barba tremeu.

— Então você foi procurar os gigantes? — disse Harry, sorridente, sentando-se à mesa.

Hagrid pôs o chá diante de cada um, sentou-se, tornou a apanhar a carne e a chapá-la no rosto.

— Está bem — resmungou. — Fui.

— E encontrou-os? — perguntou Hermione, abafando a voz.

— Bom, eles não são difíceis de encontrar, para ser sincero — disse Hagrid. — Bem grandinhos, sabem.

— Onde é que eles ficam? — perguntou Rony.

– Nas montanhas – disse Hagrid de má vontade.
– Então por que os trouxas não...?
– Encontram, sim – disse Hagrid sombriamente. – Só que as mortes deles sempre são divulgadas como acidentes de montanhismo, não é mesmo?

Ele ajeitou melhor a carne de modo a fazê-la cobrir a parte mais machucada.

– Vamos, Hagrid, conte pra gente o que você andou fazendo! – disse Rony. – Conte pra gente como foi atacado pelos gigantes e Harry pode lhe contar como foi atacado pelos Dementadores...

Hagrid engasgou dentro da caneca e largou a carne, tudo ao mesmo tempo: uma grande quantidade de cuspe, chá e sangue de dragão salpicou a mesa, enquanto o gigante tossia e tentava falar e a carne escorregava devagarinho e batia com suavidade no chão.

– Como assim, atacado por Dementadores? – rosnou Hagrid.
– Você não soube? – perguntou-lhe Hermione, arregalando os olhos.
– Não sei nada do que andou acontecendo desde que viajei. Estive em uma missão secreta, e não queria corujas me seguindo por toda parte. Dementadores desgraçados! Você não está falando sério!
– Estou, sim, apareceram em Little Whinging e atacaram a mim e meu primo, e então o Ministério da Magia me expulsou...
– QUÊ?
– ... e tive de comparecer a uma audiência e tudo, mas conte à gente sobre os gigantes, primeiro.
– Você foi *expulso*?
– Conte as suas férias de verão e lhe contarei as minhas.

Hagrid lhe deu um olhar penetrante com o único olho aberto. Harry sustentou esse olhar, com uma expressão de inocente determinação no rosto.

– Ah, tá bem – conformou-se Hagrid.

Ele se abaixou e arrancou a carne de dragão da boca de Canino.

– Ah, Hagrid, não faz isso, não é higiê... – começou Hermione, mas Hagrid já tacara a carne no olho inchado.

Tomou outro gole restaurador de chá, depois contou:

– Bom, viajamos assim que o ano letivo terminou...
– Madame Maxime foi com você, então? – interrompeu Hermione.
– É, foi – confirmou Hagrid, e uma expressão branda apareceu nos poucos centímetros de rosto que não estavam sombreados pela barba ou pela carne verde. – É, fomos só nós dois. E vou dizer uma coisa, ela não tem medo de dureza, a Olímpia. Sabem, é uma mulher fina e bem-vestida, e, sabendo

aonde íamos, fiquei imaginando como iria se sentir escalando montanhas e dormindo em grutas e tudo, mas ela não reclamou nem uma vez.

— Você sabia aonde estavam indo? — perguntou Harry. — Sabia onde os gigantes estavam?

— Bom, Dumbledore sabia e nos disse.

— Eles ficam escondidos? — perguntou Rony. — É segredo onde eles moram?

— Não, não é — respondeu Hagrid, sacudindo a cabeça peluda. — É só que a maioria dos bruxos não tem interesse em saber, desde que estejam bem longe. Mas o lugar em que eles moram é bem difícil de se alcançar, pelo menos para os humanos, então precisávamos das instruções de Dumbledore. Levamos um mês para chegar lá...

— Um mês?! — exclamou Rony, como se nunca tivesse ouvido falar em uma viagem que durasse um tempo tão ridiculamente longo. — Mas por que você não podia simplesmente pegar uma Chave de Portal ou outro transporte qualquer?

Passou uma expressão curiosa pelo olho destampado de Hagrid ao fitar Rony; era quase um olhar de pena.

— Estávamos sendo vigiados, Rony — respondeu rouco.

— Como assim?

— Você não entende. O Ministério está de olho em Dumbledore e em todo o mundo que acha que é partidário dele, e...

— Nós sabemos disso — Harry apressou-se a dizer, interessado em ouvir o resto da história —, nós sabemos que o Ministério está vigiando Dumbledore.

— Por isso você não podia usar magia para chegar lá? — perguntou Rony, perplexo. — Vocês tiveram de agir como trouxas *o caminho todo*?

— Bom, não foi bem o caminho todo — explicou Hagrid com ar astuto. — Só precisamos ter cuidado, porque Olímpia e eu damos um pouco na vista...

Rony fez um ruído entre um bufo e uma fungada, e tomou depressa um gole de chá.

— ... então não somos difíceis de seguir. Fingimos que estávamos tirando umas férias juntos, então chegamos à França e agimos como se estivéssemos indo para o lugar onde fica a escola de Olímpia, porque sabíamos que estávamos sendo seguidos por alguém do Ministério. Tivemos de viajar devagar, porque não tenho permissão de usar magia, e sabíamos que o Ministério estava procurando uma desculpa para nos prender. Mas conseguimos enganar a anta que estava nos seguindo nos arredores de Di-Jão...

— Aaaah, Dijon?! — exclamou Hermione, animada. — Estive lá nas férias. Você viu...?

Calou-se ao ver a cara de Rony.

— Depois disso, nos arriscamos a usar um pouco de magia e não foi uma viagem ruim. Demos de cara com uns trasgos malucos na fronteira com a Polônia e tive uma ligeira discordância com um vampiro em um *pub* de Minsk, mas, fora isso, não poderia ter sido mais tranquila.

"Então, chegamos ao lugar e começamos a subir as montanhas procurando sinais deles..."

"Tivemos de abandonar a magia quando nos aproximamos mais. Em parte, porque eles não gostam de bruxos e não queríamos deixá-los irritados muito cedo e, em parte, porque Dumbledore nos prevenira que Você-Sabe-Quem devia estar atrás dos gigantes e tudo. Disse que era quase certo que já tivesse despachado um mensageiro. Disse que tivéssemos muito cuidado para não chamar atenção quando nos aproximássemos, para o caso de haver Comensais da Morte por perto."

Hagrid fez uma pausa para tomar um grande gole de chá.

— Continua! — pediu Harry pressuroso.

— Encontrei eles — disse Hagrid, resumindo. — Passamos por uma crista de montanha uma noite e lá estavam eles, acampados do outro lado. Pequenas fogueiras acesas embaixo e enormes sombras... parecia que estávamos vendo partes da montanha se mexendo.

— Que tamanho eles têm? — perguntou Rony com a voz abafada.

— Uns seis metros — disse Hagrid com displicência. — Alguns dos maiores talvez tivessem uns sete metros.

— E quantos havia? — perguntou Harry.

— Calculo que uns setenta ou oitenta.

— Só? — admirou-se Hermione.

— É — respondeu Hagrid com tristeza —, restam oitenta e havia muitos mais, devia ter umas cem tribos diferentes em todo o mundo. Mas já faz muito tempo que estão morrendo. Os bruxos mataram alguns, é claro, mas principalmente os gigantes se mataram uns aos outros e agora estão morrendo mais rápido que nunca. Não foram feitos para viver agrupados. Dumbledore diz que a culpa é nossa, foram os bruxos que os forçaram a morar bem longe, e que eles não tiveram escolha senão ficar juntos para a própria proteção.

— Então, você os viu e aí?

— Bom, esperamos até amanhecer, não queríamos nos aproximar no escuro, escondidos, para nossa própria segurança — disse Hagrid. — Lá pelas três horas da manhã, eles dormiram onde estavam sentados mesmo. Não tivemos coragem de dormir. Primeiro porque queríamos ter certeza de que nenhum deles ia acordar e subir até onde estávamos, e segundo porque os roncos eram incríveis. Provocaram uma avalanche pouco antes do dia clarear.

"Em todo o caso, quando clareou descemos para falar com eles."

— Assim? — perguntou Rony, parecendo assombrado. — Vocês simplesmente entraram em um acampamento de gigantes?

— Bom, Dumbledore disse à gente como fazer. Dar presentes ao Gurgue, apresentar os respeitos, vocês sabem.

— Dar presentes ao *quê*?

— Ah, ao Gurgue, quer dizer, chefe.

— Como é que você sabia qual era o Gurgue? — perguntou Rony.

Harry achou graça.

— Sem problema. Era o maior, o mais feio e o mais preguiçoso. Sentado ali, esperando que os outros lhe levassem comida. Cabras mortas e coisas do gênero. O nome era Karkus, calculo que tivesse uns vinte e dois, vinte e três anos, e o peso de um elefante macho adulto. A pele feito couro de rinoceronte e tudo.

— E você simplesmente foi até ele? — perguntou Hermione, ofegante.

— Bom... *desci* até ele, até onde estava deitado no vale. Os gigantes acamparam nessa depressão entre quatro montanhas bastante altas, entendem, à margem de um lago, e Karkus estava deitado ali, bradando para os outros alimentarem ele e a mulher. Olímpia e eu descemos a encosta da montanha...

— Mas eles não tentaram matar vocês quando os viram? — perguntou Rony incrédulo.

— Com certeza era o que estava na cabeça de alguns — disse Hagrid, encolhendo os ombros —, mas fizemos o que Dumbledore nos tinha dito para fazer, erguer o presente bem alto, manter os olhos no Gurgue e não dar atenção aos outros. Então, foi o que fizemos. E eles ficaram quietos, observando a gente passar, chegamos até os pés de Karkus, nos curvamos e colocamos o nosso presente na frente dele.

— Que é que se dá a um gigante? — perguntou Rony curioso. — Comida?

— Nam, ele não tem problema para arranjar comida. Levamos uma coisa mágica. Gigantes gostam de magia, só não gostam quando a usamos contra eles. Em todo o caso, naquele primeiro dia demos um ramo de fogo gubraiciano.

Hermione exclamou baixinho:

— Uau! — Mas Harry e Rony enrugaram a testa intrigados.

– Um ramo de...?

– Fogo perpétuo – disse Hermione, irritada. – Vocês já deviam conhecer. O Prof. Flitwick já mencionou esse tal fogo no mínimo duas vezes em aula.

– Bom, em todo o caso – disse Hagrid depressa, intervindo antes que Rony pudesse responder. – Dumbledore enfeitiçou o ramo para arder para sempre, o que não é coisa que qualquer bruxo possa fazer, então eu o depositei na neve aos pés de Karkus e disse: Um presente para o Gurgue dos gigantes de Alvo Dumbledore, que lhe envia respeitosos cumprimentos.

– E que foi que Karkus disse? – perguntou Harry, ansioso.

– Nada. Não falava inglês.

– Tá brincando!

– Não fez diferença – continuou Hagrid, imperturbável. – Dumbledore tinha avisado que isso podia acontecer. Karkus sabia o suficiente para dar um berro e chamar uns gigantes que sabiam a nossa língua, e eles traduziram para nós.

– E ele gostou do presente? – perguntou Rony.

– Ah, sim, fizeram um alvoroço quando entenderam o que era – disse Hagrid, virando o pedaço de carne para pôr o lado mais frio sobre o olho inchado. – Ficou muito satisfeito. Então eu disse: "Alvo Dumbledore pede ao Gurgue para falar com o seu mensageiro quando ele voltar amanhã com outro presente."

– Por que você não podia falar naquele dia mesmo? – perguntou Hermione.

– Dumbledore queria que a gente fosse muito devagar. Deixasse eles verem que cumprimos nossas promessas. *Voltaremos amanhã com outro presente*, e então voltar com outro presente, dá uma boa impressão, entende? E dá tempo a eles para experimentarem o primeiro presente e descobrir que é bom, e fazer eles quererem mais. Em todo o caso, gigantes como Karkus... se a gente dá informações demais, nos matam só para simplificar as coisas. Então, recuamos com uma reverência e fomos embora, arranjamos uma pequena gruta para passar a noite e, na manhã seguinte, voltamos e desta vez encontramos Karkus sentado esperando por nós e demonstrando ansiedade.

– E você falou com ele?

– Ah, sim. Primeiro lhe demos de presente um bonito elmo de guerra, indestrutível, feito por duendes, sabem, e então sentamos e conversamos.

– Que foi que ele disse?

– Não falou muito. Ouviu a maior parte do tempo. Mas fez sinais positivos. Ele já ouvira falar de Dumbledore, ouvira que ele fora contra matar os últimos gigantes na Inglaterra. Karkus pareceu estar muito interessado no que Dumbledore tinha a dizer. E alguns dos outros, principalmente os que sabiam algum inglês, se reuniram a nossa volta e também escutaram. Estávamos muito esperançosos quando nos despedimos naquele dia. Prometemos voltar no dia seguinte com outro presente.

"Mas naquela noite tudo desandou."

— Como assim? — perguntou Rony depressa.

— Bom, como eu disse, eles não nasceram para viver juntos, os gigantes — disse Hagrid tristemente. — Não em grupos grandes como aquele. Não conseguem se refrear, quase se matam uns aos outros a intervalos de semanas. Os homens lutam entre eles e as mulheres lutam entre elas; os que sobram das antigas tribos lutam entre si, e isso sem falar nas disputas por comida e melhores fogueiras e lugares para dormir. Seria de se esperar, já que a raça toda está quase desaparecendo, que parassem com isso, mas...

Hagrid deu um profundo suspiro.

— Naquela noite houve uma briga, assistimos da entrada da nossa caverna, de onde se via o vale. Durou horas, você não acreditaria no barulho. E, quando o sol nasceu, a neve estava vermelha e a cabeça dele no fundo do lago.

— A cabeça de quem?! — exclamou Hermione.

— De Karkus — disse Hagrid, pesaroso. — Havia um novo Gurgue, Golgomate. — Ele tornou a suspirar. — Bom, não tínhamos contado com um novo Gurgue dois dias depois de fazer contato amigável com o primeiro, e tínhamos a estranha impressão de que Golgomate não estaria tão interessado em nos escutar, mas precisávamos tentar.

— Vocês foram falar com ele? — perguntou Rony, incrédulo. — Depois de terem visto ele arrancar a cabeça de outro gigante?

— Claro que fomos — disse Hagrid —, não tínhamos viajado tão longe para desistir em dois dias! Descemos com o presente que pretendíamos dar a Karkus.

"Percebi que não ia adiantar antes mesmo de abrir a boca. Ele estava sentado lá com o elmo de Karkus na cabeça, rindo da gente, quando nos aproximamos. Ele é vigoroso, um dos maiores do grupo. Cabelos pretos e dentes da mesma cor e um colar de ossos. Alguns dos ossos me pareceram humanos. Bom, resolvi tentar, entreguei a ele um enorme rolo de couro de dragão, e disse: 'Um presente para o Gurgue dos gigantes.' No instante seguinte eu estava pendurado no ar de cabeça para baixo, agarrado por dois companheiros dele."

Hermione levou as duas mãos à boca.

— E como foi que você saiu *dessa*? — perguntou Harry.

— Não teria saído se Olímpia não estivesse lá — disse Hagrid. — Ela puxou a varinha e executou feitiços com a maior velocidade que já vi alguém executar. Fantástico. Atingiu os dois que estavam me segurando bem no olho, com Feitiços Conjunctivitus, e eles me largaram na mesma hora no chão, mas aí entramos em uma roubada porque tínhamos usado magia contra eles, e isso é o que os gigantes odeiam nos bruxos. Tivemos de dar no pé e sabíamos que depois disso não poderíamos voltar ao acampamento deles.

— Caramba, Hagrid! — exclamou Rony baixinho.

— Então como é que você levou tanto tempo para voltar pra casa se só passou três dias lá? — admirou-se Hermione.

— Não partimos três dias depois! — disse Hagrid, indignado. — Dumbledore estava confiando na gente!

— Mas você acabou de dizer que não poderiam voltar lá!

— Não de dia, não poderíamos, não. Tivemos de repensar a coisa toda. Passamos uns dois dias escondidos em uma gruta, observando. E o que vimos não foi nada bom.

— Eles arrancaram mais cabeças? — perguntou Hermione com repugnância.

— Não. Gostaria que sim.

— Como assim?

— Não tardamos a descobrir que ele não fazia objeções a todos os bruxos: só a nós.

— Comensais da Morte? — indagou Harry depressa.

— É — disse Hagrid sombriamente. — Uns dois apareciam para visitá-lo todos os dias, levando presentes para o Gurgue, e ele não pendurava essas visitas pelos pés.

— Como é que você sabe que eram Comensais da Morte? — perguntou Rony.

— Porque reconheci um deles — respondeu em voz baixa e zangada. — Macnair, se lembram? O cara que mandaram vir sacrificar o Bicuço? É tarado, ele. Gosta de matar tanto quanto o Golgomate; não admira que estejam se dando tão bem.

— Então Macnair convenceu os gigantes a se unirem a Você-Sabe-Quem? — perguntou Hermione, desesperada.

— Calma aí, ainda não terminei minha história! — exclamou Hagrid, indignado, e, considerando que não queria contar nada aos garotos, agora parecia estar gostando. – Eu e Olímpia discutimos o problema e concordamos que só porque o Gurgue parecia estar favorecendo Você-Sabe-Quem não significava que todos iriam segui-lo. Tínhamos de tentar convencer alguns dos outros, os que não tinham querido Golgomate para Gurgue.

– Como é que vocês iam saber quem eram? – perguntou Rony.

– Ora, eram os que estavam sendo espancados, ou não? – disse Hagrid paciente. – Os que tinham juízo estavam saindo do caminho de Golgomate, se escondendo nas grutas em torno da ravina exatamente como nós. Então, resolvemos explorar as grutas à noite, e ver se não conseguiríamos convencer alguns.

– Vocês saíram explorando as grutas à procura de gigantes? – disse Rony, com assombro na voz.

– Bom, não eram os gigantes que nos preocupavam mais. Estávamos mais preocupados com os Comensais da Morte. Dumbledore nos recomendara que não nos metêssemos com eles se pudéssemos evitar, e o problema era que sabiam que andávamos por perto, imagino que Golgomate tenha contado. À noite, quando os gigantes estavam dormindo e queríamos sair rondando as grutas, Macnair e o outro estavam explorando as montanhas à nossa procura. Foi difícil impedir Olímpia de saltar em cima deles – disse Hagrid, os cantos da boca repuxando para cima sua barba desgrenhada –, ela estava doida para atacá-los... tem uma coisa quando se encrespa, a Olímpia... impetuosa, sabem, imagino que seja o sangue francês dela...

Hagrid contemplou o fogo com os olhos embaçados. Harry lhe permitiu trinta segundos de reminiscências antes de pigarrear alto.

– Então, que foi que aconteceu? Você chegou a se aproximar de algum dos outros gigantes?

– Quê? Ah... ah, claro que sim. Na terceira noite depois que mataram Karkus, nos esgueiramos para fora da gruta em que estávamos escondidos e voltamos à ravina, mantendo os olhos muito abertos para os Comensais da Morte. Entramos em algumas grutas, mas nada, então, lá pela sexta gruta, encontramos três gigantes escondidos.

– A gruta devia estar apertada – comentou Rony.

– Não tinha lugar nem para um amasso – disse Hagrid.

– Eles não atacaram vocês quando os viram? – perguntou Hermione.

– Provavelmente teriam atacado se tivessem condições, mas estavam muito feridos, os três; o bando de Golgomate deixou-os desacordados de tanta pancada; eles tinham recuperado a consciência e se arrastado até o abrigo mais próximo que encontraram. Em todo o caso, um deles sabia um pouquinho de inglês e traduziu para os outros, e o que tínhamos a dizer parece que não caiu muito mal. Então voltamos várias vezes para visitar os feridos... calculo que em um determinado momento tínhamos convencido uns seis ou sete.

— Seis ou sete?! — exclamou Rony ansioso. — Não é nada mal, eles vêm ajudar a gente a lutar contra Você-Sabe-Quem?

Mas Hermione perguntou:

— O que você quis dizer com "em um determinado momento", Hagrid?

Hagrid olhou-a entristecido.

— O grupo de Golgomate tomou a gruta de assalto. Depois disso, os que sobreviveram não quiseram mais nada conosco.

— Então não virá gigante nenhum? — perguntou Rony, parecendo desapontado.

— Não — confirmou Hagrid, soltando um grande suspiro e tornando a virar o pedaço de carne para aplicar o lado mais frio no rosto —, mas cumprimos o que fomos fazer, levamos a mensagem de Dumbledore, e alguns a ouviram, e espero que um dia se lembrem. Talvez, os que não quiserem ficar perto de Golgomate se mudem das montanhas e é até possível que se lembrem que Dumbledore é a favor deles... talvez eles venham então.

A neve agora cobria a janela. Harry percebeu que os joelhos de suas vestes estavam encharcados. Canino estava babando em seu colo.

— Hagrid? — disse Hermione, baixinho, passado algum tempo.

— Humm?

— Você ouviu... viu algum sinal de... descobriu alguma coisa sobre su... sua... mãe enquanto esteve lá?

O olho destampado de Hagrid se fixou nela, e Hermione sentiu medo.

— Desculpe... eu... esquece...

— Morta. Há anos. Eles me contaram.

— Ah... eu... realmente lamento — disse Hermione, com a voz fraquinha.

Hagrid encolheu os ombros enormes.

— Não precisa — disse brusco. — Não me lembro muito dela. Não foi uma boa mãe.

Eles ficaram em silêncio. Hermione olhou nervosa para Harry e Rony, claramente querendo que dissessem alguma coisa.

— Mas você ainda não nos explicou como foi que ficou nesse estado, Hagrid — disse Rony, indicando o rosto manchado de sangue de Hagrid.

— Ou por que demorou tanto a voltar — acrescentou Harry. — Sirius falou que Madame Maxime voltou há séculos...

— Quem atacou você? — perguntou Rony.

— Não fui atacado! — respondeu Hagrid enfaticamente. — Eu...

Mas o restante de sua frase foi abafada por uma sucessão de batidas na porta. Hermione prendeu a respiração; sua caneca escorregou por entre os dedos e se espatifou no chão; Canino latiu. Os quatro se voltaram para a janela ao lado da porta. A sombra de um vulto pequeno e atarracado se mexeu por trás da cortina fina.

— É *ela*! — sussurrou Rony.

— Entrem aqui embaixo! — disse Harry depressa; agarrando a Capa da Invisibilidade, ele a rodou no ar para cobrir Hermione e ele, enquanto Rony dava a volta na mesa e mergulhava sob a capa também. Agarrados, os três recuaram para um canto. Canino latia nervoso para a porta. Hagrid parecia completamente confuso.

— Hagrid, esconda nossas canecas!

Hagrid apanhou as canecas de Harry e Rony e escondeu-as sob a almofada da cesta de Canino, que agora saltava contra a porta; Hagrid empurrou-o para o lado com o pé e a abriu.

A Prof.ª Umbridge estava parada ali, trajando o seu casaco de *tweed* verde e o gorro combinando, com abas sobre as orelhas. Os lábios contraídos, ela recuou para olhar o rosto de Hagrid; mal chegava ao seu umbigo.

— Então — disse ela devagar e em voz alta, como se estivesse falando com alguém surdo. — Você é o Hagrid, não é?

Sem esperar pela resposta, ela entrou na sala, os olhos saltados girando em todas as direções.

— Sai para lá! — exclamou ela com rispidez, sacudindo a bolsa contra Canino, que saltara em cima dela e tentava lamber seu rosto.

— Hum... não quero ser mal-educado — disse Hagrid, encarando-a —, mas, diabos, quem é a senhora?

— Meu nome é Dolores Umbridge.

Seus olhos esquadrinhavam a cabana. Duas vezes, olhou diretamente para o canto em que Harry estava, espremido entre Rony e Hermione.

— Dolores Umbridge?! — exclamou Hagrid, parecendo inteiramente confuso. — Pensei que a senhora fosse do Ministério, a senhora não trabalha com Fudge?

— Eu era subsecretária sênior do ministro — confirmou ela, agora andando pela cabana e absorvendo cada mínimo detalhe, desde a mochila de viagem encostada à parede até a capa de viagem largada sobre a cadeira. — Agora sou professora de Defesa Contra as Artes das Trevas...

— Tem muita coragem — disse Hagrid. — Não tem mais muita gente que queira aceitar esse cargo.

— ... e Alta Inquisidora de Hogwarts — continuou ela, não demonstrando que o ouvira.

— E o que é isso? — perguntou Hagrid, franzindo a testa.

— É exatamente o que eu ia perguntar — disse Umbridge, apontando para os cacos de louça no chão que restavam da caneca de Hermione.

— Ah — disse Hagrid, com um olhar contrariado para o canto em que Harry, Rony e Hermione estavam escondidos —, ah, isso foi... foi o Canino. Ele quebrou a caneca. Então tive de usar esta outra.

Hagrid apontou para a caneca da qual estava bebendo, uma das mãos ainda comprimindo a carne de dragão sobre o olho. Umbridge estava de frente para ele agora, examinando cada detalhe de sua aparência, como fizera com a cabana.

— Ouvi vozes — disse ela em voz baixa.

— Eu estava conversando com o Canino — respondeu Hagrid corajosamente.

— E ele estava conversando com você?

— Bom... de certa maneira — respondeu Hagrid, parecendo pouco à vontade. — Às vezes digo que Canino é quase humano...

— Há três pares de pegadas na neve que vêm do castelo à sua cabana — disse Umbridge com astúcia.

Hermione ofegou; Harry tampou a boca da amiga com a mão. Por sorte, Canino estava farejando alto em volta da barra da saia da Profª Umbridge, e ela não pareceu ter ouvido.

— Bom, eu acabei de voltar — explicou Hagrid, indicando com sua manzorra a mochila. — Talvez alguém tenha vindo me visitar mais cedo e não tenha me encontrado.

— Não há pegadas saindo de sua cabana.

— Bom, eu... eu não sei por que seria... — respondeu Hagrid, puxando nervosamente a barba e tornando a olhar para o canto em que estavam os garotos, como se pedisse ajuda. — Hum...

Umbridge se virou e andou pela cabana estudando tudo atentamente. Abaixou-se para espiar embaixo da cama. Abriu os armários de Hagrid. Passou a cinco centímetros de onde Harry, Rony e Hermione estavam colados contra a parede; Harry chegou a encolher a barriga quando ela passou. Depois de espiar dentro do enorme caldeirão que Hagrid usava para cozinhar, ela se virou e disse:

— Que foi que aconteceu com você? Como foi que se feriu dessa maneira?

Hagrid retirou depressa a carne de dragão do rosto, o que na opinião de Harry foi um erro, porque o hematoma preto e roxo em volta do seu olho agora estava claramente visível, sem falar no sangue recente que congelara em seu rosto.

— Ah... tive um pequeno acidente — disse pouco convincente.
— Que tipo de acidente?
— Aaa... tropecei.
— Tropeçou — repetiu ela calmamente.
— É, foi. Na... na vassoura de um amigo. Eu não voo. Bom, olhe bem o meu tamanho, acho que não haveria vassoura que aguentasse comigo. Um amigo meu cria cavalos abraxanos. Não sei se a senhora já viu algum, bichos enormes, alados, sabe, eu tinha dado uma volta em um deles e estava...
— Onde é que você esteve? — perguntou Umbridge interrompendo calmamente a tagarelice de Hagrid.
— Onde é que eu...?
— Esteve, isso mesmo. O trimestre começou há dois meses. Outra professora precisou cobrir suas aulas. Nenhum dos seus colegas soube me dar informação alguma sobre o seu paradeiro. Você não deixou endereço. Onde esteve?

Houve uma pausa em que Hagrid encarou Umbridge com o olho que acabara de destampar. Dava quase para Harry ouvir seu cérebro trabalhando furiosamente.

— Estive... estive fora tratando da saúde.
— Tratando da saúde — repetiu a Profª Umbridge. Seus olhos perpassaram o rosto descolorido e inchado de Hagrid; o sangue de dragão pingava lenta e silenciosamente em seu colete. — Entendo.
— É — continuou Hagrid —, um pouco de ar fresco, a senhora entende...
— Entendo, como guarda-caça deve ser difícil encontrar ar fresco — disse Umbridge meigamente. A pequena área do rosto de Hagrid, que não estava preta ou roxa, corou.
— Bom... mudança de cenário, a senhora sabe...
— Cenário de montanhas? — tornou Umbridge rápida.

Ela sabe, pensou Harry desesperado.

— Montanhas? — repetiu Hagrid, claramente pensando rápido. — Não, preferi o sul da França. Um pouco de sol e... e mar.
— Verdade? Você não parece ter se bronzeado muito.

— Não... bom... pele sensível — respondeu Hagrid, tentando sorrir insinuante. Harry reparou que ele havia perdido dois dentes. Umbridge olhou-o com frieza; o sorriso dele vacilou. Então ela ergueu a bolsa para abraçá-la contra o corpo e disse:

— Naturalmente, vou informar ao ministro o seu atraso em voltar.

— Certo — respondeu Hagrid, confirmando com um aceno de cabeça.

— Você precisa saber também que, como Alta Inquisidora, tenho o dever espinhoso mas necessário de inspecionar os meus colegas. Portanto, é provável que muito breve nos vejamos de novo.

Ela se virou bruscamente e se dirigiu à porta.

— A senhora está nos inspecionando? — repetiu Hagrid sem entender, olhando para as costas da bruxa.

— Ah, sim — respondeu Umbridge mansamente, virando-se para olhá-lo, a mão na maçaneta. — O Ministério está resolvido a extirpar os professores incompetentes, Hagrid. Boa noite.

Ela saiu, fechando a porta com um estalo. Harry fez menção de tirar a Capa da Invisibilidade, mas Hermione agarrou seu pulso.

— Ainda não — cochichou em seu ouvido. — Talvez ela ainda não tenha ido embora.

Hagrid parecia estar pensando a mesma coisa; atravessou a sala mancando e abriu uma fresta na cortina.

— Está voltando para o castelo — disse em voz baixa. — Caramba... inspecionando as pessoas, é-é?

— É — confirmou Harry retirando a capa. — Trelawney já está em observação...

— Hum... que tipo de coisa você está planejando fazer com a gente em aula, Hagrid? — perguntou Hermione.

— Ah, não se preocupe, tenho um monte de aulas preparadas — disse Hagrid entusiasmado, recolhendo a carne de dragão da mesa e chapando-a novamente em cima do olho. Tenho uns dois bichos que andei criando para o ano do N.O.M.; esperem para ver, são realmente especiais.

— Hum... especiais de que maneira? — perguntou Hermione sondando.

— Não vou dizer — respondeu ele, feliz. — Não quero estragar a surpresa.

— Escute, Hagrid — disse Hermione com urgência, deixando de lado todo o fingimento —, a Profª Umbridge não vai ficar nada satisfeita se você trouxer para a aula alguma coisa que seja perigosa demais.

— Perigosa? — disse Hagrid jovialmente, sem entender. — Não seja boba, eu não traria para vocês nada que fosse perigoso! Quero dizer, tudo bem, eles sabem se defender...

— Hagrid, você precisa passar na inspeção da Umbridge, e para conseguir isso seria realmente melhor que ela o visse nos ensinando a cuidar de pocotós, como diferenciar ouriços de porcos-espinhos, coisas desse gênero — disse Hermione, séria.

— Mas isso não é muito interessante, Mione — replicou Hagrid. — O que eu tenho é muito mais impressionante. Venho criando eles há anos. Calculo que eu tenha o único rebanho domesticado da Grã-Bretanha.

— Hagrid... por favor... — pediu Hermione, com uma nota de verdadeiro desespero na voz. — Umbridge está procurando qualquer desculpa para se livrar de professores que ela acha que são muito próximos de Dumbledore. Por favor, Hagrid, ensine a gente alguma coisa sem graça que vai ser pedida no nosso exame.

Mas Hagrid meramente deu um enorme bocejo e lançou um olhar ansioso de um único olho para a vasta cama a um canto.

— Escute, foi um dia comprido e está tarde — disse ele, dando uma palmadinha carinhosa no ombro de Hermione, que fez os joelhos da garota dobrarem e bater no chão com um ruído surdo. — Ah... desculpe... — E puxou-a para cima pela gola das vestes. — Olhe, pare de se preocupar comigo, juro que tenho material realmente bom programado para as aulas, agora que voltei... é melhor vocês voltarem para o castelo e não se esqueçam de apagar as pegadas por onde vão passar, eh?

— Não sei se Hagrid conseguiu entender o seu recado — comentou Rony um pouco mais tarde quando, depois de verificarem que a barra estava limpa, voltaram para o castelo pela neve que se acumulava, sem deixar vestígios, graças ao Feitiço que Hermione lançava ao passarem.

— Então voltarei amanhã — disse Hermione, decidida. — Vou planejar as aulas para ele, se for preciso. Não me importo que mande a Trelawney embora, mas ela não vai se livrar de Hagrid, não!

21

O OLHO
DA COBRA

Hermione voltou à cabana de Hagrid no domingo pela manhã, avançando com dificuldade pela neve de meio metro de altura. Harry e Rony queriam acompanhá-la, mas a montanha de deveres de casa tornara a atingir uma altura alarmante, por isso, contrariados, eles ficaram na sala comunal, tentando ignorar os gritos alegres que chegavam lá de fora, onde os estudantes se divertiam patinando no lago gelado, andando de tobogã e, o que era pior, enfeitiçando bolas de neve para voar até a Torre da Grifinória e bater com força nas janelas.

— Oi! — berrou Rony, finalmente perdendo a paciência e metendo a cabeça para fora da janela: — Sou monitor, e se mais uma bola de neve bater nesta janela... AI!

Ele recuou com um movimento brusco, o rosto coberto de neve.

— É o Fred e o Jorge — comentou com amargura, batendo a janela. — Babacas...

Hermione voltou da casa de Hagrid pouco antes do almoço, tremendo um pouco de frio, as vestes úmidas até os joelhos.

— Então? — perguntou Rony, erguendo a cabeça quando ela entrou. — Conseguiu planejar todas as aulas com ele?

— Bom, eu tentei — respondeu ela desanimada, afundando na poltrona ao lado de Harry. Puxou, então, a varinha e, com um floreio, fez sair ar quente da ponta; em seguida apontou-a para as vestes, que começaram a desprender vapor à medida que foram secando. — Ele nem estava lá quando cheguei, bati no mínimo meia hora. E quando saiu mancando da Floresta...

Harry gemeu. A Floresta Proibida estava apinhada com o tipo de animais com maior probabilidade de causar a demissão de Hagrid.

— Que é que ele está criando lá? Ele disse?

— Não — respondeu Hermione, infeliz. — Disse que quer fazer surpresa. Tentei explicar o papel da Umbridge, mas ele simplesmente não entende.

Repetiu o tempo todo que ninguém com o juízo perfeito iria preferir estudar ouriços em vez de quimeras... ah, não acho que ele *tenha* uma quimera — acrescentou ao ver a expressão de espanto nos rostos de Harry e Rony. — Mas não é por falta de tentar, pelo comentário que fez sobre a dificuldade de obter ovos. Não sei quantas vezes eu repeti que ele faria melhor se seguisse o programa da Grubbly-Plank, sinceramente acho que não ouviu nem metade do que eu disse. E está meio estranho, sabe? Continua sem querer dizer onde arranjou aqueles ferimentos.

O reaparecimento de Hagrid à mesa dos professores na manhã do dia seguinte não foi recebido com entusiasmo por todos os alunos. Alguns, como Fred, Jorge e Lino, gritaram de alegria e saíram correndo pelo corredor entre as mesas da Grifinória e Lufa-Lufa para apertar sua mão enorme; outros, como Parvati e Lilá, trocaram olhares sombrios e balançaram a cabeça. Harry sabia que muitos preferiam as aulas da Prof ª Grubbly-Plank, e o pior é que uma pequena parte dele, imparcial, sabia que os colegas tinham boas razões: para Grubbly-Plank uma aula interessante era aquela em que ninguém corria o risco de ter a cabeça arrancada.

Foi com uma certa apreensão que os três amigos se encaminharam para a aula de Hagrid na terça-feira, bem agasalhados contra o frio. Harry estava preocupado, não somente com o que Hagrid decidira ensiná-los, mas também com o comportamento do restante da turma, particularmente o de Malfoy e seus comparsas, se Umbridge estivesse observando.

No entanto, a Alta Inquisidora não estava visível enquanto venciam com dificuldade a neve em direção a Hagrid, que os esperava na orla da Floresta. Sua aparência não tranquilizava; os hematomas que estavam roxos no sábado à noite agora estavam matizados de verde e amarelo, e alguns dos seus cortes ainda pareciam sangrar. Harry não conseguia entender: será que Hagrid fora atacado por alguma criatura cujo veneno impedia os ferimentos de sararem? E, como para completar sua figura sinistra, Hagrid carregava por cima do ombro uma coisa que parecia a metade de uma vaca morta.

— Vamos trabalhar aqui hoje! — anunciou alegremente aos estudantes que se aproximavam, indicando com a cabeça as árvores escuras às suas costas. — Um pouco mais protegidos! De qualquer maneira, eles preferem o escuro.

— Que é que prefere o escuro? — Harry ouviu Malfoy perguntar rispidamente a Crabbe e Goyle, com um indício de pânico na voz. — Que foi que ele disse que prefere o escuro: vocês ouviram?

Harry lembrou-se da única outra ocasião em que Malfoy entrara na Floresta; tampouco fora muito corajoso então. Ele sorriu por dentro; depois do jogo de quadribol achava ótimo qualquer coisa que causasse mal-estar a Malfoy.

— Prontos? — perguntou Hagrid animado, olhando para os alunos. — Bom, então, estive guardando uma viagem à Floresta para o seu quinto ano. Pensei em irmos ver os bichos em seu hábitat natural. Agora, o que vamos estudar hoje é bem raro. Calculo que eu seja a única pessoa na Grã-Bretanha que conseguiu domesticá-los.

— Você tem mesmo certeza de que eles estão domesticados? — disse Malfoy, o pânico em sua voz era ainda mais pronunciado. — Não seria a primeira vez que você traz bichos selvagens para a aula, não é?

Os alunos da Sonserina murmuravam concordando, e alguns da Grifinória também pareciam achar que Malfoy tinha uma certa razão.

— Claro que estão domesticados — garantiu Hagrid, fechando a cara e erguendo um pouco a vaca morta para ajeitá-la no ombro.

— Então, que foi que aconteceu com o seu rosto? — quis saber Malfoy.

— Cuide da sua vida! — disse Hagrid, zangado. — Agora, se acabaram de fazer perguntas bobas, me sigam!

Ele se virou e entrou na Floresta Proibida. Ninguém parecia muito disposto a segui-lo. Harry olhou para Rony e Hermione, que suspiraram, mas concordaram com a cabeça, e os três entraram atrás de Hagrid, liderando o resto da turma.

Caminharam uns dez minutos até chegar a um ponto em que as árvores cresciam tão juntas que era sombrio como ao anoitecer, e não havia neve no chão. Com um gemido, Hagrid depositou a metade da vaca no chão, recuou e se virou para olhar os alunos, a maioria dos quais se esgueirava de árvore em árvore em sua direção, espiando para os lados nervosamente como se esperassem ser atacados a qualquer momento.

— Cheguem mais, cheguem mais — encorajou-os Hagrid. — Agora eles vão ser atraídos pelo cheiro da carne, mas de qualquer maneira vou chamá-los, porque vão gostar de saber que sou eu.

Ele se virou, sacudiu a cabeça desgrenhada para tirar os cabelos do rosto e soltou um grito estranho e agudo que ecoou por entre as árvores escuras como o chamado de uma ave monstruosa. Ninguém riu: a maioria estava apavorada demais para emitir qualquer som.

Hagrid deu novo grito agudo. Passou-se um minuto em que a turma continuou a espiar nervosamente sobre os ombros e por trás das árvores para avistar o que quer que estivesse a caminho. Então, quando Hagrid jogou os cabelos para trás mais uma vez e encheu o enorme peito, Harry cutucou Rony e apontou para o espaço vazio entre dois teixos nodosos.

Dois olhos vidrados, brancos, brilhantes, foram crescendo na penumbra, depois surgiram a cara draconina, o pescoço e, em seguida, o corpo esquelético de um enorme cavalo alado preto emergiu da escuridão. O animal correu os olhos pela turma por alguns segundos, balançando a longa cauda preta, então começou a arrancar pedaços da vaca morta com seus caninos pontiagudos.

Harry foi invadido por uma grande onda de alívio. Ali, finalmente, estava a prova de que não imaginara esses bichos, de que eram reais: Hagrid conhecia a existência deles também. Olhou animado para Rony, mas o amigo continuava a espiar entre as árvores e, passados alguns segundos, cochichou:

— Por que é que Hagrid não chama outra vez?

A maioria dos outros alunos expressava no rosto uma ansiedade confusa e nervosa, como a de Rony, e continuava a olhar para todos os lados, exceto para o cavalo, a pouco mais de um metro deles. Havia apenas mais duas pessoas que pareciam capazes de vê-los: um garoto magricela da Sonserina, parado logo atrás de Goyle, que observava o cavalo comer com uma cara de intenso nojo; e Neville, cujo olhar acompanhava o balanço da longa cauda preta.

— Ah, e aí vem mais um! — anunciou Hagrid orgulhoso, quando viu aparecer do meio das árvores escuras um segundo cavalo, que fechou as asas contra o corpo e mergulhou a cabeça para devorar a carne.

— Agora... levantem as mãos... quem consegue vê-los?

Imensamente satisfeito de que finalmente fosse entender o mistério desses cavalos, Harry ergueu a mão. Hagrid fez um aceno para ele.

— Sim... sim, eu sabia que você seria capaz de vê-los — disse sério. — E você também, Neville, eh? E...

— Com licença — perguntou Malfoy com a voz desdenhosa —, mas que é exatamente que eu devia estar vendo?

Em resposta, Hagrid apontou para a carcaça da vaca no chão. A turma inteira contemplou-a com espanto por alguns segundos, então várias pessoas exclamaram, e Parvati soltou um grito agudo. Harry entendeu por quê: os pedaços de carne se soltando dos ossos e desaparecendo no ar deviam parecer realmente estranhos.

— Que é que está fazendo isso? — perguntou Parvati, aterrorizada, recuando para trás da árvore mais próxima. — Que é que está comendo a vaca?

— Testrálios — disse Hagrid, orgulhoso, e Hermione soltou em voz baixa um "Ah!" de compreensão ao ombro de Harry. — Hogwarts tem um rebanho deles aqui na Floresta. Agora, quem sabe...?

— Mas eles realmente trazem má sorte! — interrompeu Parvati, parecendo assustada. — Dizem que dão todo o tipo de azar às pessoas que os veem. A Profª Trelawney me contou uma vez...

— Não, não, não — contestou Hagrid rindo —, isso é pura superstição, isto é, eles são muito inteligentes e úteis! É claro que esses daqui não trabalham muito, só puxam as carruagens da escola, a não ser que Dumbledore vá fazer uma viagem longa e não queira aparatar... e aí vêm mais dois, olhem...

Mais dois cavalos saíram silenciosamente de trás das árvores, um deles passou muito perto de Parvati, que estremeceu e se encostou mais perto da árvore, dizendo:

— Senti alguma coisa, acho que está perto de mim!

— Não se preocupe, ele não vai machucar você — disse Hagrid paciente. — Certo, agora, quem é capaz de me dizer por que alguns de vocês veem os Testrálios e outros não?

Hermione ergueu a mão.

— Diga, então — pediu Hagrid, sorrindo para a garota.

— Só podem ver os Testrálios — respondeu ela — as pessoas que já viram a morte.

— Exatamente — disse Hagrid, muito solene —, dez pontos para a Grifinória. Agora, os Testrálios...

— Hem, hem.

A Profª Umbridge chegara. Estava a alguns passos de Harry, usando novamente a capa e o chapéu verdes, a prancheta à mão. Hagrid, que nunca ouvira o pigarro fingido da Umbridge, olhou com certa preocupação para o Testrálio mais próximo, evidentemente pensando que ele produzira o som.

— Hem, hem.

— Ah, olá! — disse Hagrid sorrindo, ao localizar a origem do ruído.

— Você recebeu o bilhete que mandei à sua cabana hoje pela manhã? — perguntou Umbridge, no mesmo tom alto e pausado que usara com ele anteriormente, como se estivesse se dirigindo a alguém ao mesmo tempo estrangeiro e retardado. — Avisando que eu viria inspecionar sua aula?

— Ah, sim — respondeu Hagrid, animado. — Fico satisfeito que tenha encontrado o local sem dificuldade! Bom, como pode ver ou, não sei, será que a senhora pode? Hoje estamos estudando Testrálios...

— Desculpe? — disse a Profª Umbridge em voz alta, levando a mão em concha à orelha e franzindo a testa: — Que foi que você disse?

Hagrid pareceu um pouco confuso.

— Ah... *Testrálios!* — disse, elevando a voz. — Cavalos alados... hum... grandes, sabe!

Ele agitou os braços gigantescos, esperançoso. A Profª Umbridge ergueu as sobrancelhas para ele e resmungou alguma coisa enquanto anotava na prancheta: *Tem... de... recorrer... a... grosseira... gesticulação.*

– Bom... em todo o caso... – disse Hagrid voltando-se para a turma e parecendo ligeiramente atrapalhado – hum... que é que eu ia dizendo?

– *Parece... esquecer... o... que... estava dizendo* – murmurou Umbridge, suficientemente alto para todos ouvirem. Draco Malfoy parecia sentir que o Natal chegara um mês antes; Hermione, por outro lado, ficara escarlate de fúria reprimida.

– Ah, sim – disse Hagrid, lançando um olhar preocupado à prancheta de Umbridge, mas prosseguindo valorosamente. – Eu ia contar a vocês como foi que formamos um rebanho. Então, começamos com um macho e cinco fêmeas. Este – ele deu uma palmadinha carinhosa no primeiro cavalo que aparecera –, de nome Tenebrus, treva, o meu grande favorito, foi o primeiro a nascer na Floresta...

– Você tem ciência – disse Umbridge em voz alta, interrompendo-o – que o Ministério da Magia classificou os Testrálios como "perigosos"?

O ânimo de Harry afundou como uma pedra, mas Hagrid meramente deu uma risadinha.

– Os Testrálios não são perigosos! Tudo bem, são capazes de tirar um pedaço de alguém que realmente os importunar...

– *Manifesta... prazer... à... ideia... de... violência* – murmurou Umbridge, registrando em sua prancheta.

– Ora... vamos! – exclamou Hagrid, parecendo um pouco ansioso agora. – Quero dizer, um cão morde se a pessoa o açula, não?... mas os Testrálios somente ganharam má reputação por causa dessa história de morte... as pessoas costumavam pensar que traziam mau agouro, não é mesmo? Simplesmente não entendiam, não é?

Umbridge não respondeu; terminou de fazer a última anotação, então olhou para Hagrid e disse, mais uma vez alteando a voz e enunciando as palavras devagar:

– Por favor, continue sua aula como sempre, eu vou andar um pouco – ela imitou uma pessoa andando (Malfoy e Pansy Parkinson tiveram acessos silenciosos de riso) entre os alunos (ela apontou cada integrante da turma) – e fazer perguntas. – Ela apontou para a boca indicando o ato de falar.

Hagrid arregalou os olhos para ela, visivelmente incapaz de compreender por que estava agindo como se não soubesse inglês normal. Hermione agora tinha lágrimas de fúria nos olhos.

— Sua megera, sua megera maligna! — sussurrou ela, enquanto Umbridge andava em direção a Pansy Parkinson. — Eu sei o que você está fazendo, sua bruxa horrível, pervertida, malévola...

— Hum... em todo o caso — disse Hagrid, tentando nitidamente recuperar o fio de sua aula —, então... os Testrálios. Sim. Bom, há muitas coisas boas sobre eles...

— Você acha — perguntou a Profª Umbridge a Pansy com voz ressonante — que é capaz de entender o Prof. Hagrid quando ele fala?

Tal como Hermione, Pansy tinha lágrimas nos olhos, mas eram lágrimas de riso, na verdade, e sua resposta foi quase incoerente na tentativa de conter o riso.

— Não... porque... bom... muitas vezes... parecem grunhidos.

Umbridge registrou a resposta em sua prancheta. As poucas partes sãs do rosto de Hagrid coraram, mas ele tentou agir como se não tivesse ouvido a resposta da aluna.

— Hum... sim... coisas boas sobre os Testrálios. Uma vez que sejam domesticados, como este rebanho, as pessoas nunca mais se perderão. Eles têm um espantoso senso de direção, é só dizer aonde se quer ir...

— Supondo que eles consigam entender você, naturalmente — disse Malfoy alto, e Pansy desatou em um novo acesso de riso. A Profª Umbridge sorriu indulgentemente para os dois e se dirigiu a Neville.

— Você consegue ver os Testrálios, Longbottom, verdade?

Neville assentiu com a cabeça.

— Quem foi que você viu morrer? — perguntou ela, seu tom indiferente.

— Meu... meu avô — disse Neville.

— E o que acha deles? — perguntou a professora, indicando com a mão curta e grossa os cavalos, que a essa altura tinham limpado uma boa parte da carcaça até os ossos.

— Hum — disse Neville, nervoso, lançando um olhar a Hagrid. — Bom... eles... aah... tudo bem.

— *Os... alunos... se... sentem... demasiado... intimidados... para... admitir... que... têm... medo* — murmurou Umbridge, fazendo mais uma anotação na prancheta.

— Não! — protestou Neville, parecendo aborrecido. — Não, não tenho medo deles!

— Está tudo bem — disse Umbridge, lhe dando palmadinhas no ombro, com o que ela pretendia que fosse um sorriso de compreensão, embora parecesse a Harry mais um esgar maldoso. — Bom, Hagrid — Umbridge tornou a olhar para ele, falando mais uma vez alta e lentamente: — Acho que tenho o suficiente para trabalhar. Você receberá (ela imitou o gesto de apanhar alguma coisa a sua frente) os resultados de sua inspeção (ela apontou para a prancheta) dentro de dez dias. – Ergueu os dez dedos curtos das mãos, e, com o sorriso mais largo e bufonídeo que já dera sob aquele gorro verde, ela saiu apressada, deixando Malfoy e Pansy Parkinson tendo acessos de risos, Hermione tremendo de fúria e Neville parecendo confuso e aborrecido.

– Aquela gárgula velha, nojenta, mentirosa, deturpadora! – explodiu Hermione meia hora depois, quando voltavam ao castelo pelo caminho que haviam aberto na neve mais cedo. – Vocês estão vendo o que ela está tramando? É aquele preconceito contra mestiços outra vez: está tentando pintar Hagrid como uma espécie de trasgo retardado, só porque a mãe dele era giganta, e, ah, não é justo, na realidade nem foi uma aula ruim, quero dizer, tudo bem, se tivessem sido explosivins, mas os Testrálios são bem aceitáveis: de fato, tratando-se de Hagrid, são realmente ótimos!

– A Umbridge disse que eles são perigosos – lembrou Rony.

– Bom, é como disse o Hagrid, eles sabem se cuidar sozinhos – retrucou Hermione, impaciente –, e suponho que uma professora como a Grubbly--Plank normalmente não nos apresentaria a eles antes dos N.I.E.M.s, mas, bom, eles *são* muito interessantes, não acharam? Como tem gente que pode vê-los e gente que não pode! Eu gostaria de poder.

– Gostaria? – perguntou Harry calmamente.

De repente ela fez uma cara de horror.

– Ah, Harry... desculpe... não, claro que não... foi realmente uma burrice dizer isso.

– Tudo bem – disse ele depressa –, não se preocupe.

– É de surpreender que tanta gente *pudesse* vê-los – comentou Rony. – Três em uma turma...

– É, Weasley, nós estávamos mesmo imaginando – comentou uma voz maliciosa. Sem que fossem pressentidos, Malfoy, Crabbe e Goyle vinham logo atrás, o ruído dos seus passos abafado pela neve. – Você acha que se visse alguém sentindo o cheiro deles você conseguiria ver melhor a goles?

Ele, Crabbe e Goyle deram grandes gargalhadas ao ultrapassá-los a caminho do castelo, depois começaram a cantar "Weasley é o nosso rei". As orelhas de Rony ficaram vermelho vivo.

– Não ligue para eles, não ligue – disse Hermione, puxando a varinha e executando o feitiço para produzir ar quente e assim poder abrir mais facilmente um caminho pela neve intacta entre eles e as estufas.

* * *

Dezembro chegou, trazendo mais neve e uma decidida avalanche de deveres de casa para os quintanistas. As tarefas de monitor de Rony e Hermione também se tornaram mais pesadas com a aproximação do Natal. Eles foram chamados para supervisar a decoração do castelo ("Tenta pendurar festões com o Pirraça segurando a outra ponta e tentando estrangular você com ela", disse Rony), tomar conta dos alunos de primeiro e segundo anos que passam os intervalos das aulas dentro do castelo por causa do frio cortante ("E eles são uns melequentos atrevidos, sabe, decididamente não éramos mal-educados assim quando frequentávamos o primeiro ano", comentou Rony), e patrulhar os corredores dividindo turnos com Argo Filch, que suspeitava que o espírito natalino pudesse se manifestar numa eclosão de duelos de bruxos ("Ele tem bosta nos miolos", disse Rony, furioso). Enfim, andavam tão ocupados que Hermione precisou parar de tricotar gorros para elfos e ficou preocupada que só lhe sobrassem três.

— Todos esses elfos, coitados, que eu não pude liberar ainda, terei de passar o Natal aqui porque não há gorros suficientes!

Harry, que não tivera coragem de contar a ela que Dobby estava levando tudo, curvou-se ainda mais para o seu dever de História da Magia. Em todo o caso, ele não queria pensar no Natal. Pela primeira vez em sua carreira escolar, queria muito passar as festas longe de Hogwarts. Entre a proibição de jogar quadribol e a preocupação se Hagrid seria ou não posto em observação, ele sentia muita raiva da escola naquele momento. A única coisa que antegozava eram os encontros da AD, e estes teriam de ser interrompidos durante as festas, porque quase toda a turma iria passar as férias com a família. Hermione ia esquiar com os pais, uma coisa que Rony achava muito engraçado, pois nunca ouvira falar de trouxas que atavam pranchas finas de madeira aos pés para deslizar montanha abaixo. Rony ia para A Toca. Harry amargara muitos dias de inveja até Rony dizer em resposta à sua pergunta como iria para casa passar o Natal: "Mas você também vai! Eu não falei? Já faz semanas que mamãe me escreveu dizendo para convidar você!"

Hermione ergueu os olhos para o teto, mas o ânimo de Harry foi ao céu: achava que o Natal n'A Toca era realmente maravilhoso, embora ligeiramente prejudicado pelo remorso de que não fosse poder passar as festas com Sirius. Pôs-se a imaginar se não seria possível convencer a Sra. Weasley a convidar seu padrinho para passá-las juntos. Ainda que duvidasse de que Dumbledore fosse permitir que Sirius deixasse o largo Grimmauld, ele não podia deixar de pensar que a Sra. Weasley talvez não o quisesse; os dois viviam se desentendendo. Sirius não entrara em contato com Harry desde sua última aparição no fogo, e, embora o garoto soubesse que com a Umbridge em constante vigilância seria insensato tentar se comunicar, não lhe agradava imaginar Sirius sozinho na antiga casa da mãe, talvez estourando um solitário saquinho surpresa com o Monstro.

Harry chegou cedo à Sala Precisa para a última reunião antes das festas, e ficou contente de ter feito isso, porque quando os archotes se acenderam ele viu que Dobby se encarregara de decorar a sala para o Natal. Sabia que fora o elfo, porque ninguém mais penduraria cem bolas douradas no teto, todas com o rosto de Harry Potter e a legenda "HARRY CHRISTMAS!".

Harry tinha acabado de baixar a última delas quando a porta se entreabriu e Luna Lovegood entrou, com a cara de sonhadora de sempre.

– Olá – disse distante, olhando para o que restara das decorações. – Estão bonitas, foi você quem as pendurou?

– Não, foi Dobby o elfo doméstico.

– Visgo – disse ela sonhadoramente, apontando para um cacho de frutinhos brancos pendurados quase em cima da cabeça de Harry. Ele saltou para longe dos frutos. – Bem pensado – disse Luna, muito séria. – Muitas vezes está infestado de Narguilés.

Harry foi salvo da necessidade de perguntar o que eram Narguilés pela chegada de Angelina, Katie e Alícia. As três estavam sem fôlego e pareciam sentir muito frio.

– Bom – disse Angelina maquinalmente, tirando a capa e atirando-a a um canto –, finalmente conseguimos substituir você.

– Me substituir? – perguntou Harry sem entender.

– Você, Fred e Jorge – disse ela, impaciente. – Temos um novo apanhador.

– Quem? – perguntou Harry depressa.

– Gina Weasley – informou Katie.

Harry boquiabriu-se.

– É, eu sei – disse Angelina, puxando a varinha e flexionando o braço –, mas ela é realmente boa. Não se compara a você, é claro – acrescentou amarrando a cara –, mas como não podemos ter você...

Harry engoliu a resposta que gostaria de dar; será que ela imaginava por um segundo sequer que ele não lamentava sua expulsão da equipe cem vezes mais do que ela?

– E os batedores? – perguntou, tentando manter a voz calma.

— André Kirke — respondeu Alícia, sem entusiasmo — e Juca Sloper. Nenhum dos dois é genial, mas comparados aos outros que apareceram...

A chegada de Rony, Hermione e Neville encerrou essa conversa deprimente, e cinco minutos depois a sala estava bastante cheia para impedir que Harry visse os eloquentes olhares de censura de Angelina.

— O.k. — disse ele, chamando todos à ordem. — Achei que hoje deveríamos repassar o que já fizemos até agora, porque é a última reunião antes das férias e não tem sentido começar nada novo antes de uma pausa de três semanas...

— Não vamos fazer nada novo?! — exclamou Zacarias, resmungando, insatisfeito, suficientemente alto para ser ouvido por toda a sala. — Se eu soubesse nem teria vindo.

— Então todos lamentamos muito que Harry não tenha lhe avisado — retrucou Fred em voz alta.

Várias pessoas abafaram risinhos. Harry viu Cho rindo, e teve a sensação já conhecida de que seu estômago estava despencando, como se tivesse pulado sem querer um degrau de escada.

— ... podemos praticar aos pares — continuou Harry. — Vamos começar com a Azaração de Impedimento durante dez minutos, então podemos apanhar as almofadas e experimentar o Feitiço Estuporante mais uma vez.

Todos se dividiram obedientemente, Harry fez par com Neville como sempre. Logo a sala se encheu de gritos intermitentes de *Impedimenta!*. As pessoas ficavam paralisadas por mais ou menos um minuto, enquanto o parceiro olhava a esmo pela sala, observando o trabalho dos outros pares, depois recuperava os movimentos e era sua vez de azarar.

Neville estava irreconhecível, tal o seu progresso. Depois de ter se recuperado três vezes seguidas, Harry mandou Neville se reunir a Rony e Hermione para poder andar pela sala e observar os outros. Quando passou, Cho deu-lhe um grande sorriso; ele resistiu à tentação de passar mais vezes por ela.

Transcorridos os dez minutos da Azaração de Impedimento, eles espalharam as almofadas pelo chão e começaram a praticar mais uma vez o Estuporante. O espaço era realmente muito limitado para permitir que todos trabalhassem ao mesmo tempo; metade do grupo observava a outra metade por alguns minutos, depois se revezavam.

Harry sentiu-se decididamente orgulhoso ao observar o grupo. É verdade que Neville estuporou Padma Patil em vez de Dino, a quem estava visando, mas errou por muito menos do que antes, e todos os outros tinham feito enormes progressos.

Ao final de uma hora, Harry anunciou um intervalo.

– Vocês estão ficando ótimos – disse sorrindo. – Quando voltarmos das férias, poderemos começar com os feitiços mais importantes, talvez até com o Patrono.

Ouviram-se murmúrios de animação. A sala começou a se esvaziar, como sempre aos pares e trios; a maioria desejou a Harry um "Feliz Natal" ao sair. Sentindo-se animado, ele recolheu as almofadas com Rony e Hermione, e empilhou-as em ordem. Os dois saíram antes; ele se demorou mais um pouco, porque Cho ainda não saíra, e tinha esperança de ouvir dela votos de boas-festas.

– Não, pode ir andando – ouviu-a dizer à amiga Marieta, e seu coração deu um salto que pareceu empurrá-lo para a região do pomo de adão.

Ele fingiu estar arrumando a pilha de almofadas. Tinha certeza de que estavam completamente a sós agora, e esperava que ela falasse. Em vez disso, ouviu uma fungada sentida.

Ele se virou e viu Cho parada no meio da sala, as lágrimas escorrendo pelo rosto.

– Qu...?

Não soube o que fazer. Ela simplesmente estava parada ali, chorando em silêncio.

– Que foi? – perguntou com a voz fraca.

Cho balançou a cabeça e enxugou os olhos na manga.

– Desculpe... – disse com a voz pastosa. – Imagino que... é só que... aprendendo tudo isso... me deixa... pensando que se... se ele soubesse tudo isso... talvez ainda estivesse vivo.

O coração de Harry afundou, saiu da posição normal e foi se alojar em algum ponto próximo ao umbigo. Devia ter imaginado. Ela queria conversar sobre Cedrico.

– Ele sabia tudo isso – disse Harry, pesaroso. – Era realmente bom, ou jamais teria chegado à metade daquele labirinto. Mas se Voldemort de fato quer matar uma pessoa, ela não tem a menor chance.

Cho soluçou ao ouvir o nome de Voldemort, mas encarou Harry sem piscar.

– *Você* sobreviveu quando era só um bebê – disse baixinho.

– Foi – disse Harry, preocupado, encaminhando-se para a porta. – Eu não sei por quê, nem ninguém sabe, então não é nada de que eu possa me orgulhar.

– Ah, não comece! – disse Cho, voltando a chorar. – Realmente me desculpe por me comover assim... eu não tive intenção...

E tornou a soluçar. Era muito bonita até quando os olhos estavam vermelhos e inchados. Harry se sentiu completamente infeliz. Teria ficado muito contente com um simples "Feliz Natal".

– Sei que deve ser horrível para você – disse, enxugando os olhos na manga. – Mencionar o Cedrico, quando você o viu morrer... Suponho que queira esquecer tudo.

Harry não respondeu; era verdade, mas se sentiria desalmado se dissesse isso.

– Você é um professor realmente bom, sabe – disse Cho, com um sorriso lacrimoso. – Nunca consegui estuporar ninguém antes.

– Obrigado – disse Harry sem jeito.

Eles se olharam por um longo momento. Harry sentiu um desejo ardente de correr pela sala e, ao mesmo tempo, uma completa incapacidade de mover os pés.

– Azevinho – disse Cho em voz baixa, apontando para o teto acima da cabeça dele.

– É – disse Harry. Sua boca estava muito seca. – Mas provavelmente deve estar cheio de Narguilés.

– Que são Narguilés?

– Não faço a menor ideia – disse Harry. Ela foi chegando mais perto. Seu cérebro parecia ter sido estuporado. – Você teria de perguntar a Di-lua. A Luna, quero dizer.

Cho fez um som engraçado entre um soluço e uma risada. Estava mais perto agora. Ele poderia ter contado as sardas no nariz dela.

– Eu gosto de você de verdade, Harry.

Ele não conseguia pensar. Um formigamento se espalhava pelo seu corpo, paralisando seus braços, pernas e cérebro.

Estava próxima demais. Ele podia ver cada lágrima pendurada em suas pestanas...

Harry voltou à sala comunal meia hora depois, e encontrou Hermione e Rony ocupando as melhores poltronas diante da lareira; quase todos os colegas já tinham ido dormir. Hermione estava escrevendo uma longa carta. Já enchera metade de um pergaminho, que caía pela borda da mesa. Rony estava deitado no tapete da lareira, tentando terminar um dever de Transfiguração.

– Por que demorou? – perguntou o amigo, quando Harry afundou na cadeira ao lado de Hermione.

Harry não respondeu. Estava em estado de choque. Metade dele queria contar a Rony e Hermione o que acontecera, mas a outra metade queria levar o segredo para o túmulo.

— Você está se sentindo bem, Harry? — perguntou Hermione examinando-o por cima da ponta da pena.

Harry encolheu os ombros indiferente. Na verdade, ele não sabia se estava ou não se sentindo bem.

— Que foi? — perguntou Rony se erguendo nos cotovelos para olhar melhor o amigo. — Que aconteceu?

Harry não sabia muito bem como começar a contar, e continuava a não saber se queria contar. Quando acabara de decidir que não ia dizer nada, Hermione decidiu por ele.

— Foi a Cho? — perguntou muito objetivamente. — Ela encostou você na parede depois da reunião?

Abobalhado, Harry confirmou com a cabeça. Rony deu risadinhas, só parando quando seu olhar encontrou o de Hermione.

— Então... ah... que é que ela queria? — perguntou ele fingindo displicência.

— Ela... — começou Harry, meio rouco; pigarreou e tentou novamente. — Ela... ah...

— Vocês se beijaram? — perguntou Hermione sem rodeios.

Rony se sentou tão depressa que arremessou o tinteiro pelo tapete. Inteiramente alheio ao que fizera, olhou para Harry com grande interesse.

— Então? — quis saber.

Harry olhou de Rony, cujo rosto expressava um misto de curiosidade e hilaridade, para a testa levemente enrugada de Hermione, e confirmou com a cabeça.

— HA!

Rony fez um gesto de vitória com o punho e desatou a rir tão estridentemente que sobressaltou vários segundanistas tímidos sentados junto à janela. Um sorriso relutante se espalhou pelo rosto de Harry ao ver Rony rolar pelo tapete. Hermione lançou a Rony um olhar de profundo desgosto, e voltou a sua carta.

— E aí? — perguntou Rony finalmente, encarando Harry. — Como foi?

Harry refletiu por um momento.

— Úmido — disse com sinceridade.

Rony emitiu um som que poderia indicar alegria ou nojo, era difícil dizer.

— Porque ela estava chorando — continuou Harry, pesaroso.

— Ah! — exclamou Rony, o sorriso se atenuando em seu rosto. — Você é ruim assim de beijo?

— Não sei — respondeu Harry, que não havia pensado na possibilidade, e se sentiu imediatamente preocupado. — Vai ver sou.

— Claro que não é — disse Hermione, distraída, ainda escrevendo a carta.

— Como é que você sabe? — perguntou Rony rispidamente.

— Porque ultimamente Cho passa metade do tempo chorando — respondeu distraidamente. — Chora na hora da comida, no banheiro, por toda parte.

— Mas era de esperar que uns beijinhos a animassem — disse Rony sorrindo.

— Rony — disse Hermione em tom muito solene, molhando a ponta da pena no tinteiro —, você é o legume mais insensível que já tive a infelicidade de conhecer.

— Que é que você quer dizer com isso? — perguntou Rony, indignado. — Que tipo de pessoa chora quando está sendo beijada?

— É — disse Harry sentindo um ligeiro desespero —, que tipo?

Hermione olhou para os dois com uma expressão no rosto que beirava a piedade.

— Vocês não compreendem como a Cho está se sentindo neste momento?

— Não! — responderam Harry e Rony juntos.

Hermione suspirou e descansou a pena.

— Bom, obviamente ela está se sentindo muito triste, porque Cedrico morreu. Depois, imagino que esteja se sentindo confusa porque gostava do Cedrico e agora gosta do Harry, e não consegue entender de qual dos dois gosta mais. Depois, está se sentindo culpada, achando que é um insulto à memória do Cedrico beijar o Harry, e deve estar preocupada com o que as outras pessoas vão dizer quando começar a sair com ele. E provavelmente não consegue entender seus sentimentos com relação a Harry, porque era ele quem estava junto quando Cedrico morreu, então tudo isso é muito confuso e doloroso. Ah, e está com medo de ser expulsa do time de quadribol da Corvinal porque está voando muito mal.

O fim de sua fala foi recebido com um silêncio de breve aturdimento, então Rony falou:

— Uma pessoa não pode sentir tudo isso ao mesmo tempo, explodiria.

— Só porque você tem a amplitude emocional de uma colher de chá isto não significa que sejamos todos iguais — disse Hermione maldosamente, retomando sua pena.

— Foi ela quem começou — disse Harry. — Eu não teria... ela meio que me procurou... e no momento seguinte estava derramando lágrimas em cima de mim... eu não sabia o que fazer...

— Não é sua culpa, cara — disse Rony, parecendo assustado só de pensar.

— Você tinha de ser legal com ela — disse Hermione, erguendo os olhos ansiosa. — Você foi, não?

— Bom — respondeu Harry, um calor desagradável subindo pelo rosto —, eu meio que dei umas palmadinhas nas costas dela.

Hermione parecia estar se controlando com extrema dificuldade para não olhar para o teto.

— Bom, suponho que poderia ter sido pior. Vai voltar a vê-la?

— Terei, não é? Temos os encontros da AD, não temos?

— Você me entendeu — disse Hermione, impaciente.

Harry não respondeu. As palavras da amiga descortinavam um cenário de possibilidades assustadoras. Tentou se imaginar indo a algum lugar com Cho — Hogsmeade, talvez — e passando muitas horas sozinho com ela. Claro, ela estaria esperando que ele a convidasse depois do que acabara de acontecer... o pensamento provocou-lhe um aperto doloroso no estômago.

— Ah, bom — disse Hermione distante, absorta outra vez em sua carta —, você terá muitas oportunidades para convidá-la.

— E se ele não quiser? — indagou Rony, que estivera observando Harry com uma expressão incomumente perspicaz.

— Não seja bobo — disse Hermione distraída. — Harry gosta dela há séculos, não é, Harry?

Ele não respondeu. Verdade, gostava de Cho há séculos, mas sempre que imaginava uma cena envolvendo os dois era uma Cho se divertindo e não uma Cho soluçando desconsolada em seu ombro.

— Afinal para quem é que você está escrevendo, Hermione? — perguntou Rony, tentando ler o pergaminho que agora arrastava pelo chão. Hermione puxou-o para longe dele.

— Vítor.

— Krum?

— Quantos Vítor nós conhecemos?

Rony não respondeu, mas pareceu aborrecido. Os três ficaram em silêncio os vinte minutos seguintes, Rony terminando o trabalho de Transfiguração dando bufos de impaciência e riscando as frases; Hermione escrevendo sem parar até o fim do pergaminho, enrolando-o e lacrando-o; e Harry contemplando o fogo, desejando mais do que nunca que a cabeça de Sirius aparecesse ali para lhe dar uns conselhos sobre garotas. Mas as chamas foram gradualmente baixando até só restarem brasas que se desfizeram em cinzas e, olhando ao seu redor, Harry viu que eram, mais uma vez, os últimos a se retirarem da sala comunal.

— Boa noite — disse Hermione, dando um enorme bocejo a caminho da escada do dormitório das meninas.

— Que é que ela vê no Krum? — perguntou Rony, quando ele e Harry subiam a escada do dormitório dos meninos.

— Bom — disse Harry, considerando a pergunta. — Acho que ele é mais velho, não é... e é um jogador internacional de quadribol...

— É, mas tirando isso — disse Rony, em tom irritado. — Quero dizer, ele é um babaca rabugento, não é?

— É um pouquinho rabugento — disse Harry, cujos pensamentos continuavam em Cho.

Eles despiram as vestes e puseram os pijamas em silêncio. Dino, Simas e Neville já estavam dormindo. Harry guardou os óculos sobre a mesinha de cabeceira e se meteu na cama, mas não fechou o cortinado; em vez disso, ficou contemplando o pedaço estrelado de céu que via pela janela junto à cama de Neville. Se soubesse, na noite anterior, que em vinte e quatro horas iria beijar Cho Chang...

— Noite — resmungou Rony, de algum ponto à direita.

— Noite — respondeu Harry.

Talvez da próxima vez... se houver uma próxima vez... ela esteja um pouquinho mais feliz. Devia ter convidado Cho a sair; provavelmente ela esperasse por isso e agora estava realmente zangada com ele... ou será que estava deitada na cama, ainda chorando por Cedrico? Não sabia o que pensar. As explicações de Hermione tinham feito tudo parecer mais complicado em lugar de mais fácil de compreender.

Isso é o que eles deviam nos ensinar aqui, pensou, virando-se para o outro lado, *como funciona o cérebro das garotas... pelo menos seria mais útil do que Adivinhação...*

Neville fungou dormindo. Uma coruja piou lá fora na noite.

Harry sonhou que estava de novo na sala da AD. Cho o acusava de tê-la atraído ali sob falsos pretextos; disse que ele lhe prometera cento e cinquenta cartões de Sapos de Chocolate se ela aparecesse. Harry protestou... Cho gritava: *"Cedrico me dava montes de cartões de Sapos de Chocolate, olhe aqui!"* E ela tirava de dentro das vestes a mão cheia de cartões e os atirava no ar. Então, Cho se transformou em Hermione, que disse: *"Você prometeu, sim, Harry... acho que é melhor dar outra coisa a ela... que tal a sua Firebolt?"* E Harry protestava que não podia dar a Cho a Firebolt, porque Umbridge a confiscara, e, afinal de contas, aquilo tudo era ridículo, ele só viera à sala da AD para pendurar algumas bolas de Natal com o formato da cabeça de Dobby...

O sonho mudou...

Ele sentiu seu corpo liso, forte e flexível. Estava deslizando entre barras de metal brilhante, pela pedra fria e escura... colado no chão, deslizando de barriga... estava escuro, contudo podia ver objetos à sua volta que refulgiam em cores estranhas e vibrantes... ele estava virando a cabeça... ao primeiro relance via um corredor vazio... mas não... havia um homem sentado no chão mais adiante, o queixo caído sobre o peito, seu contorno brilhando no escuro...

Harry estirou a língua... provou o cheiro do homem no ar... estava vivo mas atordoado... sentado à porta no fim do corredor...

Harry sentia vontade de morder o homem... mas precisava controlar o impulso... tinha coisa mais importante a fazer...

O homem estava se mexendo... uma capa prateada caiu de suas pernas quando ele se pôs em pé; e Harry viu seu contorno vibrante e difuso elevar-se acima de sua cabeça, viu-o tirar uma varinha do cinto... não teve escolha... recuou ganhando altura do chão e atacou-o uma vez, duas, três, enterrando suas presas na carne do homem, sentindo as costelas se partirem sob suas mandíbulas, sentindo o sangue jorrar quente...

O homem gritou de dor... depois se calou... tombou de costas contra a parede... o sangue manchou o chão...

Sua cicatriz doía horrivelmente... parecia que ia se romper...

— Harry! HARRY!

Ele abriu os olhos. Cada centímetro do seu corpo estava coberto de suor gelado; sua roupa de cama se enrolara nele como uma camisa de força; tinha a sensação de que um ferro em brasa estava marcando sua testa.

— *Harry!*

Rony estava parado junto dele, parecia extremamente assustado. Havia mais vultos ao pé da cama de Harry. Ele apertou a cabeça com as mãos; a dor o cegava... ele se virou e vomitou no chão.

— Ele está passando mal de verdade — disse uma voz cheia de pavor. — Não devíamos chamar alguém?

— Harry! *Harry!*

Ele precisava contar a Rony, era muito importante contar a ele... respirando o ar em grandes sorvos, Harry se levantou da cama, fazendo força para não vomitar outra vez, a dor embaçando sua visão.

— Seu pai — ofegou, seu peito subia e descia. — Seu pai... foi atacado...

— Quê?! — exclamou Rony sem compreender.

— Seu pai! Foi mordido, é grave, tinha sangue por toda parte...

— Vou buscar ajuda — disse a mesma voz apavorada, e Harry ouviu alguém sair correndo do dormitório.

— Harry, cara — disse Rony inseguro —, você... foi só um sonho...

— Não! — protestou Harry enfurecido; era fundamental que Rony entendesse.

— Não foi um sonho... não foi um sonho comum... eu estava lá, vi acontecer... fui eu que o *ataquei*...

Ele ouvia Simas e Dino resmungando, mas não se importou. A dor em sua testa diminuiu um pouco, embora ele ainda suasse e tremesse febrilmente. Ele tornou a vomitar, e Rony deu um salto para trás para sair do caminho.

— Harry, você não está bem — disse com a voz hesitante. — Neville foi buscar ajuda.

— Eu estou ótimo! — engasgou-se Harry, limpando a boca no pijama e tremendo descontrolado. — Não tem nada errado comigo, é com o seu pai que você tem de se preocupar... precisamos descobrir onde é que ele está... está sangrando feito louco... eu era... foi uma cobra enorme.

Ele tentou sair da cama, mas Rony o empurrou de volta. Dino e Simas continuavam a cochichar ali perto. Harry não sabia se passara um minuto ou dez; simplesmente ficou sentado tremendo, sentindo a dor na cicatriz diminuir muito lentamente... então ouviu passos apressados subindo as escadas e tornou a ouvir a voz de Neville.

— Aqui, professora.

A Profª McGonagall entrou correndo no dormitório, trajando o seu roupão escocês, os óculos tortos na ponte do nariz ossudo.

— Que foi, Potter? Onde está doendo?

Ele nunca sentira tanto prazer em vê-la; era de um membro da Ordem da Fênix que estava precisando, e não de alguém que cuidasse dele e receitasse poções inúteis.

— É o pai de Rony — disse ele, tornando a se sentar. — Foi atacado por uma cobra e é grave, eu vi acontecer.

— Como assim, você viu acontecer? — perguntou a professora, contraindo as sobrancelhas escuras.

— Não sei... eu estava dormindo e então estava lá...

— Você quer dizer que sonhou com isso?

– Não! – disse Harry zangado; será que ninguém entendia? – Primeiro eu estava sonhando uma coisa completamente diferente, uma coisa boba... então o sonho foi interrompido. Foi real, eu não imaginei nada. O Sr. Weasley estava adormecido no chão e foi atacado por uma cobra gigantesca, tinha muito sangue, ele desmaiou, alguém tem de descobrir onde é que ele está...

A Profª McGonagall olhava para ele através dos óculos tortos, como se horrorizada com o que via.

– Eu não estou mentindo e não estou enlouquecendo – disse Harry, alteando a voz até gritar. – Estou dizendo que vi acontecer!

– Eu acredito em você, Potter – disse McGonagall brevemente. – Vista o seu roupão: vamos ver o diretor.

22

O HOSPITAL ST. MUNGUS PARA DOENÇAS E ACIDENTES MÁGICOS

Harry ficou tão aliviado que ela o tivesse levado a sério que nem hesitou, saltou da cama imediatamente, vestiu o roupão e repôs os óculos no nariz.

– Weasley, venha você também – disse a Profª McGonagall.

Eles passaram com a professora pelas figuras silenciosas de Neville, Dino e Simas, saíram do dormitório, desceram a escada em espiral até a sala comunal, atravessaram o buraco do retrato e foram pelo corredor da Mulher Gorda iluminado pelo luar. Harry sentiu que o pânico em seu estômago extravasaria a qualquer momento; queria correr, gritar por Dumbledore; o Sr. Weasley estava sangrando enquanto eles percorriam calmamente o corredor, e se aquelas presas (Harry fez força para não pensar em "minhas presas") contivessem veneno? Passaram por Madame Nor-r-ra, que virou seus olhos de holofote para eles e bufou levemente, mas a Profª McGonagall disse "Xô", e a gata se enfurnou nas sombras, e poucos minutos depois chegavam à gárgula de pedra que guardava a entrada dos aposentos de Dumbledore.

– Delícia Gasosa – disse a professora.

A gárgula ganhou vida e saltou para o lado; a parede atrás se dividiu em duas e revelou uma escada de pedra que se movia continuamente para o alto, como uma escada rolante em espiral. Os três subiram; a porta se fechou com um baque surdo e eles subiram em círculos fechados até alcançar uma porta de carvalho excepcionalmente lustrosa com uma maçaneta de latão em forma de grifo.

Embora passasse muito da meia-noite, ouviam-se vozes no interior da sala, uma verdadeira babel. Parecia que Dumbledore estava recebendo no mínimo umas doze pessoas.

A Profª McGonagall bateu três vezes com a aldrava em forma de grifo e as vozes cessaram abruptamente como se alguém as tivesse desligado. A porta se abriu sozinha e a professora entrou com Harry e Rony.

A sala estava mergulhada em sombras; os estranhos instrumentos sobre as mesas estavam silenciosos e imóveis em vez de zumbir e expelir baforadas de fumaça como habitualmente faziam; os antigos diretores e diretoras nos retratos que cobriam as paredes dormiam contidos em suas molduras. Atrás da porta, um magnífico pássaro vermelho e dourado do tamanho de um cisne cochilava no poleiro com a cabeça sob uma das asas.

– Ah, é a senhora, Profª McGonagall... e... ah.

Dumbledore estava sentado em uma cadeira de espaldar alto, à escrivaninha; inclinou-se para o círculo de luz das velas que iluminavam os papéis à sua frente. Usava um magnífico roupão bordado em púrpura e dourado sobre uma camisa de dormir muito branca, mas parecia bem acordado, seus penetrantes olhos azuis fixavam atentamente a professora.

– Prof. Dumbledore, Potter teve um... bom, um pesadelo – começou McGonagall. – Ele diz que...

– Não foi um pesadelo – completou Harry depressa.

A professora olhou para Harry, franzindo ligeiramente a testa.

– Muito bem, então, Potter, conte ao Prof. Dumbledore.

– Eu... bom, eu *estava* dormindo... – disse Harry e, mesmo em seu desespero de fazer Dumbledore compreender, sentia-se levemente irritado que o diretor não olhasse para ele, mas examinasse os próprios dedos entrelaçados. – Mas não foi um sonho comum... foi real... eu vi acontecer... – Harry tomou fôlego. – O pai de Rony, o Sr. Weasley, foi atacado por uma cobra gigantesca.

As palavras pareceram ecoar depois que ele as pronunciou, soando ligeiramente ridículas, até cômicas. Fez-se uma pausa em que Dumbledore se recostou e contemplou o teto, meditativo. Rony olhava de Harry para Dumbledore, o rosto pálido e chocado.

– Como foi que você viu isso? – perguntou Dumbledore calmamente, ainda sem olhar para Harry.

– Bom... não sei – disse Harry, meio zangado; que diferença fazia? – Na minha cabeça, suponho...

– Você não me entendeu – disse Dumbledore, mantendo a voz calma. – Quero dizer... você se lembra... ah... em que posição você estava enquanto assistia a esse ataque? Você estava talvez parado ao lado da vítima, ou contemplava a cena do alto?

A pergunta era tão curiosa que Harry boquiabriu-se com Dumbledore; era quase como se ele soubesse...

– Eu era a cobra. Vi tudo do ponto de vista da cobra.

Ninguém falou por um momento, então Dumbledore, agora olhando para Rony, que continuava cor de coalhada, perguntou em um novo tom mais enérgico:

– Arthur ficou gravemente ferido?

– Ficou – respondeu Harry enfaticamente, por que eram tão lentos para compreender, será que não sabiam como uma pessoa sangrava quando presas daquele tamanho furavam o corpo dela? E por que Dumbledore não podia fazer a gentileza de encará-lo?

Mas o diretor se ergueu tão depressa que deu um susto em Harry, e se dirigiu a um dos antigos retratos pendurados muito próximo do teto:

– Everardo? – chamou repentinamente em voz alta. – E você também Dilys!

Um bruxo de cara pálida, com uma franja preta curta, e uma bruxa idosa, com longos cachos prateados, no quadro ao lado, ambos parecendo profundamente adormecidos, abriram os olhos imediatamente.

– Vocês estavam escutando? – perguntou Dumbledore.

O bruxo assentiu e a bruxa respondeu:

– Naturalmente.

– O homem tem cabelos ruivos e usa óculos – disse Dumbledore. – Everardo, você precisa dar o alarme, providencie para que ele seja encontrado pelas pessoas certas...

Os dois confirmaram com a cabeça e se deslocaram lateralmente de seus quadros, mas, em vez de surgirem nos quadros vizinhos (como normalmente acontecia em Hogwarts), nenhum dos dois reapareceu. Um quadro agora exibia apenas um pano de fundo escuro, o outro, uma bela poltrona de couro. Harry reparou que vários dos outros diretores e diretoras nas paredes, embora roncassem e babassem convincentemente, não paravam de espiá-lo por baixo das pálpebras fechadas, e de repente ele entendeu quem estava falando quando bateram na porta.

– Everardo e Dilys foram dois dos diretores mais famosos de Hogwarts – explicou Dumbledore, agora contornando Harry, Rony e a Profª McGonagall para se aproximar do magnífico pássaro adormecido no poleiro ao lado da porta. – A fama deles foi tão grande que ambos têm retratos pendurados em outras importantes instituições bruxas vizinhas. Como têm liberdade de se deslocar entre os próprios retratos, podem nos contar o que pode estar acontecendo em outros lugares...

– Mas o Sr. Weasley poderia estar em qualquer lugar! – exclamou Harry.

— Por favor, sentem-se, os três — pediu Dumbledore, como se Harry não tivesse falado. — Everardo e Dilys talvez demorem a voltar. Prof³ McGonagall, se puder providenciar mais umas cadeiras.

McGonagall puxou a varinha do bolso do roupão e acenou; do nada, apareceram três cadeiras, de madeira e espaldar reto, muito diferentes das confortáveis poltronas de chintz que Dumbledore conjurara na audiência de Harry. O garoto se sentou, espiando o diretor por cima do ombro. O diretor agora acariciava com o dedo a cabeça dourada de Fawkes. A fênix acordou imediatamente. Esticou a bela cabeça para o alto, e ficou observando Dumbledore com seus olhos brilhantes e escuros.

— Vamos precisar — disse ele à ave em voz baixa — de um aviso.

Uma labareda lampejou no ar e a fênix desapareceu.

Em seguida, Dumbledore se encaminhou para um dos frágeis instrumentos de prata cuja função Harry não conhecia, levou-o para a escrivaninha, sentou-se em frente e tocou o instrumento com a ponta da varinha.

O instrumento ganhou vida, imediatamente, produzindo tinidos rítmicos. Pequeninas baforadas de fumaça verde pálido saíram de um minúsculo tubo de prata em cima. Dumbledore mirou a fumaça com atenção, a testa profundamente vincada. Passados alguns segundos, a fumacinha se transformou em um jorro constante de fumaça que espiralou pelo ar... e surgiu na ponta uma cabeça de cobra, com a boca muito aberta. Harry ficou se perguntando se o instrumento estaria confirmando sua história: olhou pressuroso para Dumbledore, buscando um sinal de que estava certo, mas o diretor não ergueu a cabeça.

— Naturalmente, naturalmente — murmurou Dumbledore, ainda observando a fumaça, sem manifestar o menor sinal de surpresa. — Mas dividida na essência?

Para Harry, aquela pergunta não tinha pé nem cabeça. A cobra de fumaça, porém, se dividiu instantaneamente em duas cobras, que se enroscaram e ondearam no aposento mal iluminado. Com uma expressão de penosa satisfação, Dumbledore deu mais um leve toque com a varinha no instrumento; o tinido foi se tornando mais lento até morrer, e as cobras de fumaça empalideceram, viraram uma névoa difusa e desapareceram.

Dumbledore repôs o instrumento na mesinha frágil em que estava. Harry viu muitos dos diretores nos retratos acompanharem seus gestos com os olhos, então, percebendo que Harry os observava, depressa fingiram que estavam dormindo como antes. Harry queria perguntar para que servia aquele curioso instrumento, mas, antes que pudesse fazê-lo, ouviram um grito vindo do alto da parede à direita; o bruxo chamado Everardo reaparecera em seu quadro, ligeiramente ofegante.

– Dumbledore!

– Quais são as notícias? – indagou o diretor imediatamente.

– Gritei até alguém aparecer – disse o bruxo, que enxugava a testa com a cortina ao fundo –, falei que tinha ouvido alguma coisa andando no andar de baixo; eles não sabiam se deviam acreditar em mim, mas desceram para verificar; você sabe, não há quadros lá embaixo de onde se possa espiar. Seja como for, eles o trouxeram para cima alguns minutos depois. Não parecia nada bem, estava coberto de sangue; corri para o retrato de Elfrida Cragg para poder ver melhor quando saíram.

– Bom – disse Dumbledore ao mesmo tempo que Rony fazia um movimento convulsivo. – Suponho que Dilys o tenha visto chegar, então...

E, momentos depois, a bruxa de cachos prateados reapareceu em seu quadro, também; tossindo, ela afundou na poltrona e disse:

– Eles o levaram para o St. Mungus, Dumbledore... passaram pelo meu retrato carregando-o... ele me pareceu mal...

– Obrigado. – Dumbledore olhou para a Profª McGonagall. – Minerva, preciso que você vá acordar os outros garotos Weasley.

– É claro...

A professora se levantou e se dirigiu apressada à porta. Harry lançou um olhar de esguelha para Rony, que parecia aterrorizado.

– Dumbledore... e a Molly? – perguntou McGonagall, parando à porta.

– Será uma tarefa para Fawkes quando ela terminar de vigiar se há alguém se aproximando – disse Dumbledore. – Mas Molly talvez já saiba... aquele relógio maravilhoso que tem...

Harry sabia que o diretor estava se referindo ao relógio que informava não as horas, mas o paradeiro e a condição dos vários membros da família Weasley, e, com uma pontada, lembrou que o ponteiro correspondente ao Sr. Weasley devia, ainda agora, estar apontando para *perigo mortal*. Mas era muito tarde. A Sra. Weasley provavelmente estava dormindo e não olhando para o relógio. Harry sentiu um frio ao lembrar do bicho-papão que se transformara no corpo sem vida do Sr. Weasley, seus óculos tortos, o sangue escorrendo pelo seu rosto... mas ele não ia morrer... não podia...

Dumbledore agora remexia em um armário às costas de Harry e Rony. Voltou carregando uma velha chaleira escurecida, que colocou cuidadosamente sobre a escrivaninha. Ergueu a varinha e murmurou: "*Portus!*" Por um momento, a chaleira estremeceu, emitindo uma estranha luz azul; em seguida deu um último estremeção e parou, escura como antes.

Dumbledore se dirigiu a outro retrato, desta vez o de um bruxo de cara inteligente e barba em ponta, que fora pintado usando as cores verde e prata da Sonserina, e, pelo jeito, dormia tão profundamente que não ouvira a voz do diretor tentando acordá-lo.

— Fineus. *Fineus*.

Os retratados que cobriam as paredes do aposento já não fingiam estar dormindo; mexiam-se em suas molduras para ver melhor o que estava acontecendo. Quando o bruxo inteligente continuou a fingir que dormia, alguns deles gritaram o seu nome também.

— *Fineus! Fineus!* FINEUS!

Ele não pôde mais fingir; estremeceu teatralmente e arregalou os olhos.

— Alguém me chamou?

— Preciso que você visite outra vez o seu outro quadro, Fineus — disse Dumbledore. — Tenho outra mensagem.

— Visitar meu outro quadro?! — exclamou Fineus com voz aguda, fingindo um longo bocejo (seu olhar correu pelo aposento e se fixou em Harry). — Ah, não, Dumbledore, estou cansado demais esta noite.

Alguma coisa na voz de Fineus pareceu familiar a Harry; onde a ouvira? Mas, antes que pudesse se lembrar, os retratos nas paredes à volta prorromperam em protestos.

— Insubordinação, senhor! — bradou um corpulento bruxo de nariz vermelho, erguendo os punhos. — Negligência para com o dever!

— Temos o compromisso de honra de prestar serviços ao atual diretor de Hogwarts! — exclamou um bruxo velho de aparência frágil em quem Harry reconheceu o antecessor de Dumbledore, Armando Dippet. — Que vergonha, Fineus!

— Devo persuadi-lo, Dumbledore? — perguntou uma bruxa de olhos de verruma, erguendo uma varinha incomumente grossa que lembrava um bastão de vidoeiro.

— Ah, muito *bem* — concordou o bruxo chamado Fineus, espiando a varinha com uma ligeira apreensão —, embora, a essa altura, ele talvez já tenha destruído o meu retrato, já se desfez da maioria da minha família...

— Sirius não sabe destruir o seu retrato — disse Dumbledore, e Harry percebeu imediatamente onde ouvira a voz de Fineus antes: saía da moldura aparentemente vazia em seu quarto no largo Grimmauld. — Dê a ele o recado de que Arthur Weasley foi gravemente ferido e que a esposa dele, filhos e Harry Potter chegarão a sua casa daqui a pouco. Entendeu?

— Arthur Weasley, ferido, mulher, filhos e Harry Potter se hospedarão — recitou Fineus, entediado. — Sim, sim... muito bem.

Ele tornou a entrar na moldura do retrato e desapareceu de vista no mesmo instante em que a porta do aposento se abriu. Fred, Jorge e Gina vieram acompanhados pela Profª McGonagall, os três parecendo amarfanhados e em estado de choque, ainda vestindo as roupas de dormir.

– Harry... que é que está acontecendo? – perguntou Gina, que parecia amedrontada. – A Profª McGonagall disse que você viu papai ser ferido...

– Seu pai foi ferido durante um serviço para a Ordem da Fênix – informou Dumbledore antes que Harry pudesse falar. – Foi levado para o Hospital St. Mungus para Doenças e Acidentes Mágicos. Vou mandar vocês para a casa de Sirius, que é muito mais próxima do hospital do que A Toca. Vocês vão se encontrar com sua mãe lá.

– Como é que nós vamos? – perguntou Fred, abalado. – Pó de Flu?

– Não. No momento o Pó de Flu não é seguro, a rede está sendo vigiada. Vocês vão usar uma Chave de Portal. – Ele indicou a velha chaleira que descansava inocentemente sobre a escrivaninha. – Estamos apenas aguardando as informações de Fineus Nigellus... quero ter certeza de que não há perigo para despachar vocês...

Apareceu uma labareda bem no meio do aposento, depois uma única pena dourada que flutuou suavemente até o chão.

– É o aviso de Fawkes – disse Dumbledore, recolhendo a pena quando caiu. – A Profª Umbridge já deve saber que vocês estão fora de suas camas... Minerva, vá distraí-la, conte-lhe qualquer história...

A Profª McGonagall saiu num ruge-ruge de tecido escocês.

– Ele diz que ficará encantado – disse uma voz cheia de tédio atrás de Dumbledore; o bruxo chamado Fineus reaparecera diante de sua bandeira da Sonserina. – Meu trineto sempre teve um gosto esquisito em termos de hóspedes.

– Venham aqui, então – falou Dumbledore a Harry e aos Weasley. – E depressa, antes que mais alguém apareça.

Harry e os outros se agruparam em torno da escrivaninha de Dumbledore.

– Vocês já usaram uma Chave de Portal antes? – perguntou ele, e os garotos confirmaram com a cabeça, cada um esticando a mão para tocar em alguma parte da chaleira escurecida. – Ótimo. Quando eu contar três, então... um... dois...

Aconteceu em uma fração de segundo: na pausa infinitesimal antes de Dumbledore dizer "três", Harry olhou para ele, estavam todos muito juntos, e os olhos azul-claros do diretor passaram da Chave do Portal para o rosto do garoto.

Na mesma hora, a cicatriz de Harry queimou como se fosse tocada por um ferro em brasa, como se a velha cicatriz tivesse se rompido — e involuntário, indesejado, mas apavorantemente forte, nasceu em Harry um ódio tão poderoso que o fez sentir naquele instante que só queria atacar — morder — enterrar as presas no homem à frente dele...

— ... três.

Harry sentiu um forte puxão atrás do umbigo, o chão sumiu sob seus pés, sua mão colada à chaleira; colidiu com os outros enquanto avançavam velozmente em uma voragem de cores e uma lufada de vento, a chaleira puxando-os para diante... até que seus pés bateram no chão com tanta força que seus joelhos dobraram, a chaleira caiu no chão com estrépito, e em algum lugar ali perto alguém falou:

— De volta, os pirralhos do traidor do sangue. É verdade que o pai deles está morrendo?

— FORA! — vociferou uma segunda voz.

Harry se levantou depressa e olhou à volta; tinham chegado à sombria cozinha do porão do largo Grimmauld, doze. As únicas fontes de luz eram o fogão e uma vela derretida, que iluminavam os restos de um jantar solitário. Monstro ia desaparecendo pela porta do corredor, lançando-lhes olhares malévolos ao mesmo tempo que repuxava a tanga; Sirius veio correndo ao seu encontro, parecendo ansioso. Estava barbado e com as roupas que usara durante o dia; havia nele também um ligeiro bafo de bebida que lembrava Mundungo.

— Que é que está acontecendo? — perguntou, estendendo a mão para ajudar Gina a se levantar. — Fineus Nigellus falou que Arthur está gravemente ferido...

— Pergunte ao Harry — respondeu Fred.

— É, quero ouvir isso com os meus próprios ouvidos — disse Jorge.

Os gêmeos e Gina olhavam fixamente para o amigo. Os passos de Monstro haviam parado na escada.

— Foi — começou Harry, isso era pior do que contar a McGonagall e a Dumbledore. — Tive uma... uma espécie de... visão...

E contou a todos o que vira, embora alterasse a história para parecer que assistira dos bastidores quando a cobra atacou, e não através dos olhos da própria cobra. Rony, que continuava muito pálido, lançou a Harry um olhar fugaz, mas não fez comentários. Quando Harry terminou, Fred, Jorge e Gina continuaram de olhos nele. Harry não sabia se estava ou não imaginando, mas achou que havia um quê de acusação no olhar dos garotos. Bom, se iam culpá-lo só por ver o ataque, estava contente de não ter contado que na hora ele estava dentro da cobra.

— Mamãe já chegou? — perguntou Fred, virando-se para Sirius.

— Provavelmente ela ainda nem sabe o que aconteceu — disse Sirius. — O importante era vocês virem antes que a Umbridge pudesse interferir. Espero que Dumbledore esteja avisando a Molly agora.

— Temos de ir ao St. Mungus — disse Gina em tom urgente. E olhou para os irmãos; eles, é claro, ainda estavam de pijama. — Sirius, você pode nos emprestar capas ou outra coisa qualquer para vestir?

— Esperem, vocês não podem sair correndo para o St. Mungus! — falou Sirius.

— Claro que podemos ir ao St. Mungus se quisermos — disse Fred, com uma expressão obstinada. — Ele é nosso pai!

— E como é que vocês vão explicar como souberam que Arthur foi atacado antes mesmo de o hospital avisar a mulher dele?

— Que diferença faz? — perguntou Jorge, exaltado.

— Faz diferença, porque não queremos chamar atenção para o fato de que Harry está tendo visões de coisas que acontecem a quilômetros de distância! — disse Sirius aborrecido. — Vocês têm idéia do que o Ministério faria com essa informação?

Fred e Jorge fizeram cara de quem não se importava nem um pouco com o que o Ministério pudesse fazer com coisa alguma. Rony continuava extremamente pálido e silencioso.

Gina disse:

— Alguém poderia ter nos contado... poderíamos ter sabido o que aconteceu por outra pessoa que não o Harry.

— Quem, por exemplo? — perguntou Sirius, impaciente. — Escutem, seu pai foi ferido a serviço da Ordem da Fênix e as circunstâncias já são bastante suspeitas sem os filhos dele saberem o que aconteceu segundos depois, vocês poderiam prejudicar seriamente a Ordem...

— Não estamos interessados nessa Ordem idiota! — gritou Fred.

— Estamos falando do nosso pai, que está morrendo! — berrou Jorge.

— Seu pai sabia no que estava se metendo e não vai agradecer a vocês por estragarem as coisas para a Ordem! — retorquiu ele, igualmente zangado. — É assim que é, e é por isso que vocês não pertencem à Ordem, vocês não entendem, há coisas pelas quais vale a pena morrer!

— É fácil para você falar, preso aqui! — urrou Fred. — Não vejo você arriscando o seu pescoço!

O pouco colorido que restava no rosto de Sirius desapareceu. Por um momento, pareceu que sua vontade era bater em Fred, mas quando voltou a falar, foi em um tom deliberadamente calmo.

— Sei que é difícil, mas todos temos de agir como se ainda não soubéssemos de nada. Temos de ficar quietos, pelo menos até sua mãe dar notícias, está bem?

Fred e Jorge continuavam rebelados. Gina, porém, foi até a cadeira mais próxima e se afundou nela. Harry olhou para Rony, que fez um movimento engraçado entre um aceno de cabeça e uma sacudidela de ombros, e sentaram-se também. Os gêmeos continuaram a olhar feio para Sirius por mais um minuto, então se acomodaram um de cada lado de Gina

— Muito bem — disse Sirius animando-os —, andem, vamos todos tomar alguma coisa enquanto esperamos. *Accio cerveja amanteigada!*

Ele ergueu a varinha, e meia dúzia de garrafas vieram voando da despensa em direção a eles, espalhando os restos da refeição de Sirius e parando em ordem diante de cada um dos seis. Todos beberam e por algum tempo os únicos sons foram a crepitação das chamas no fogão da cozinha e as batidas surdas das garrafas na mesa.

Harry só estava bebendo para ocupar as mãos com alguma coisa. Seu estômago estava cheio de remorsos que ferviam e borbulhavam. Não estariam aqui se não fosse ele; todos ainda estariam dormindo em suas camas. E não adiantava dizer a si mesmo que ao dar o alarme permitira que encontrassem o Sr. Weasley, porque havia ainda a questão inevitável de ter sido ele quem atacara o Sr. Weasley, para começar.

Não seja idiota, você não tem presas, disse mentalmente, tentando se acalmar, embora a mão que segurava a garrafa de cerveja tremesse, *você estava deitado na cama, não estava atacando ninguém...*

Mas, então, que foi que aconteceu na sala de Dumbledore?, perguntou-se. *Senti vontade de atacá-lo também...*

Repôs a garrafa na mesa, com um pouco mais de força do que pretendia, e derramou-a. Ninguém lhe prestou atenção. Então uma erupção de chamas no ar iluminou os pratos sujos diante deles e, enquanto gritavam assustados, um pergaminho caiu com um baque surdo na mesa, acompanhado por uma única pena da cauda da fênix.

— Fawkes! — exclamou Sirius na mesma hora, apanhando o pergaminho. — Não é a letra de Dumbledore: deve ser uma mensagem de sua mãe, tome...

Ele entregou a carta na mão de Jorge, que rompeu o lacre e leu em voz alta: "*Papai ainda está vivo. Estou indo para o St. Mungus agora. Fiquem onde estão. Mandarei notícias assim que puder. Mamãe.*"

Jorge olhou para todos.

– Ainda está vivo... – disse lentamente. – Mas dá a impressão que...

Ele não precisou terminar a frase. Harry também teve a impressão de que o Sr. Weasley estava entre a vida e a morte. Ainda excepcionalmente pálido, Rony ficou olhando para o verso da carta da mãe como se o pergaminho pudesse dizer alguma coisa que o consolasse. Fred puxou-o da mão de Jorge e leu, depois olhou para Harry, que sentindo novamente a mão tremer na garrafa de cerveja amanteigada, apertou-a com mais força para parar o tremor.

Não se lembrava de ter jamais feito uma vigília noturna mais longa. Sirius sugeriu uma vez, sem muita convicção, que fossem todos dormir, mas os olhares de desagrado dos Weasley foram resposta suficiente. A maior parte do tempo ficaram em silêncio ao redor da mesa, observando o pavio da vela minguar aos poucos até desaparecer na cera líquida, levando ocasionalmente uma garrafa à boca, falando apenas para saber as horas, perguntar em voz alta o que estaria acontecendo, e tranquilizar um ao outro que se houvesse más notícias eles as saberiam na hora, porque a Sra. Weasley já devia ter chegado havia muito tempo no St. Mungus.

Fred cochilou, a cabeça balançando frouxamente sobre o pescoço. Gina se enroscou como um gato na cadeira, mas mantinha os olhos abertos; Harry os via refletir as chamas do fogão. Rony deitara-se com a cabeça nas mãos, era impossível dizer se acordado ou adormecido. Harry e Sirius se entreolhavam de vez em quando, intrusos no pesar da família, esperando... esperando...

Às cinco e dez da manhã, pelo relógio de Rony, a porta da cozinha abriu e a Sra. Weasley entrou. Estava muito pálida, mas quando todos se viraram e Fred, Rony e Harry fizeram menção de se levantar das cadeiras, ela deu um sorriso abatido.

– Ele vai ficar bom – disse com a voz enfraquecida pelo cansaço. – Agora está dormindo. Podemos ir vê-lo mais tarde. Gui está lhe fazendo companhia no momento; vai tirar a manhã de folga.

Fred tornou a se sentar com as mãos no rosto. Jorge e Gina se levantaram, correram a abraçar a mãe. Rony deu uma risada muito trêmula e virou o resto de sua cerveja amanteigada de uma vez.

– Café da manhã! – anunciou Sirius em voz alta e feliz, levantando-se de um salto. – Onde anda aquele maldito elfo doméstico? Monstro! MONSTRO!

Mas Monstro não atendeu ao seu chamado.

— Ah, esquece — resmungou Sirius, contando as pessoas presentes. — Então, é café da manhã para... vejamos... sete... bacon e ovos, acho, chá e torradas...

Harry se levantou depressa e foi para o fogão ajudar. Não queria se intrometer na alegria dos Weasley e temia o momento em que a Sra. Weasley iria lhe pedir para contar sua visão. Porém, mal acabara de apanhar os pratos no armário e ela já os tirava de sua mão e o puxava para um abraço.

— Não sei o que teria acontecido se não fosse você, Harry — disse Molly com a voz abafada. — Não teriam encontrado Arthur tão cedo, e então seria tarde demais, mas graças a você ele está vivo e Dumbledore pôde pensar em uma boa desculpa para Arthur estar onde estava, senão você nem faz ideia da encrenca em que ele se meteria, veja o que aconteceu com o coitado do Estúrgio...

Harry mal conseguia suportar essa gratidão, mas felizmente ela o soltou e se virou para Sirius para lhe agradecer ter tomado conta dos seus filhos a noite inteira. Sirius disse que se alegrava de poder ajudar, e esperava que todos ficassem ali até o Sr. Weasley sair do hospital.

— Ah, Sirius, fico tão agradecida... acham que ele vai ficar hospitalizado durante algum tempo, e seria maravilhoso estar mais perto... naturalmente isto talvez signifique passar o Natal aqui.

— Quanto mais melhor! — disse Sirius, com uma sinceridade tão óbvia que a Sra. Weasley sorriu para ele radiante, vestiu um avental e começou a ajudá-lo a fazer o café da manhã.

— Sirius — murmurou Harry, incapaz de aguentar nem mais um minuto sequer. — Posso dar uma palavrinha? Ah... *agora*?

Ele entrou na despensa escura e Sirius o seguiu. Sem preâmbulo, contou ao padrinho cada detalhe da visão que tivera, inclusive o fato de que ele próprio fora a cobra que atacara o Sr. Weasley.

Quando parou para tomar fôlego, Sirius perguntou:

— Você contou isso a Dumbledore?

— Contei — disse Harry, impaciente —, mas ele não me disse o que significava. Bom, ele não me diz mais nada.

— Tenho certeza de que teria dito se fosse caso para se preocupar — disse Sirius com firmeza.

— Mas não é só isso — disse Harry, num tom só um pouquinho acima de um sussurro. — Sirius, acho... acho que estou ficando doido. Na sala de Dumbledore, pouco antes de embarcarmos na Chave de Portal... por uns dois segundos pensei que era uma cobra, me *senti* como uma cobra, minha cicatriz doeu muito quando eu olhei para Dumbledore, Sirius, tive vontade de atacá-lo!

Ele só conseguia enxergar uma nesga do rosto de Sirius; o resto estava escuro.

– Isso deve ter sido consequência da visão, nada mais – disse Sirius. – Você ainda estava pensando no sonho ou qualquer coisa assim...

– Não foi isso, não – replicou Harry balançando a cabeça –, foi como se uma coisa despertasse dentro de mim, como se houvesse uma *cobra* dentro de mim.

– Você precisa dormir – falou Sirius com firmeza. – Você vai tomar café e subir para dormir, depois do almoço poderá ir ver o Arthur com os outros. Você está em estado de choque, Harry; está se culpando por uma coisa que apenas presenciou, e foi uma sorte ter presenciado ou Arthur teria morrido. Pare de se preocupar.

Ele deu uma palmada no ombro de Harry e saiu da despensa, deixando o afilhado sozinho no escuro.

Todos menos Harry passaram o resto da manhã dormindo. Ele subiu para o quarto que dividira com Rony nas últimas semanas de férias, mas enquanto seu amigo se enfiou na cama e adormeceu em poucos minutos, ele se sentou completamente vestido, encostou-se nas frias barras metálicas da cama, intencionalmente sem conforto, decidido a não cochilar, aterrorizado com a perspectiva de se transformar em cobra durante o sono e quando acordasse descobrir que atacara Rony, ou então de sair rastejando pela casa em busca de mais alguém...

Quando Rony acordou, Harry fingiu ter dado um cochilo restaurador também. Os malões dos garotos chegaram de Hogwarts enquanto estavam almoçando, para poderem se vestir de trouxas e ir ao hospital. Todos menos Harry estavam desmedidamente felizes e tagarelas quando trocaram as vestes por jeans e camisetas. Quando Tonks e Olho-Tonto chegaram para acompanhá-los a Londres, os garotos os receberam com alegria, achando graça no chapéu-coco que Olho-Tonto usava, desabado para o lado para esconder o olho mágico, e lhe garantiram que Tonks, cujos cabelos estavam curtos e rosa vivo outra vez, atrairia muito menos atenção do que ele na viagem de metrô.

Tonks estava muito interessada na visão que Harry tivera do ataque ao Sr. Weasley, assunto que ele não estava nem remotamente interessado em discutir.

— Não há sangue de *Vidente* em sua família, há? — perguntou ela curiosa, quando se sentaram lado a lado no trem que sacudia em direção ao centro da cidade.

— Não — respondeu Harry, pensando na Prof.ª Trelawney e se sentindo insultado.

— Não — disse Tonks pensativa —, não, suponho que não seja realmente profecia o que você está fazendo, não é? Quero dizer, você não está vendo o futuro, está vendo o presente... é esquisito, não é, não? Mas é útil...

Harry não respondeu; felizmente eles desembarcaram na estação seguinte, uma estação bem no centro de Londres, e, na afobação de descerem do trem, ele conseguiu deixar Fred e Jorge se colocarem entre ele e Tonks, que ia à frente do grupo. Todos a seguiram na subida da escada rolante, Moody mancando atrás, o chapéu-coco inclinado e uma das mãos nodosas enfiada entre os botões do casaco, apertando a varinha. Harry pensou sentir o olho tampado fixo nele. Tentando evitar mais perguntas sobre seu sonho, perguntou a Olho-Tonto onde ficava escondido o St. Mungus.

— Não é muito longe, não — resmungou Moody, quando saíam para o ar gélido de inverno em uma rua larga, cheia de lojas apinhadas de gente que fazia compras de Natal. Ele empurrou Harry para sua frente, e se colocou imediatamente atrás do garoto; Harry sabia que o olho estava girando em todas as direções sob a aba inclinada do chapéu. — Não foi fácil encontrar um bom local para um hospital. Não havia nenhum bastante grande no Beco Diagonal e não podíamos construí-lo embaixo da terra como fizemos com o Ministério: não seria saudável. Por fim, conseguiram encontrar um edifício à superfície. Em teoria, os bruxos doentes poderiam ir e vir e se misturar com a multidão.

Ele segurou o ombro de Harry para impedir que fossem separados por um grupo animado que fazia compras e tinha a visível intenção de chegar a uma loja de material elétrico próxima.

— Aqui vamos nós — disse Moody logo depois.

Haviam chegado a uma loja de departamentos, grande, antiquada, em um edifício de tijolos aparentes, chamada Purga & Sonda Ltda. O lugar tinha um aspecto malcuidado, miserável; as vitrines exibiam meia dúzia de manequins lascados com as perucas tortas, dispostos aleatoriamente, vestindo roupas de pelo menos dez anos atrás. Grandes letreiros em todas as portas empoeiradas avisavam: "Fechado para Reforma." Harry ouviu uma mulher corpulenta carregada de sacas plásticas comentar com a amiga ao passar: "Esse lugar não abre *nunca*..."

— Muito bem — disse Tonks, chamando-os para uma vitrine onde não havia nada, exceto um manequim feminino particularmente feio. Suas pestanas estavam soltando e ela vestia uma bata de náilon verde: — Todos preparados?

Todos assentiram, agrupando-se em torno dela. Moody deu mais um empurrão nas costas de Harry para ele ficar mais à frente, e Tonks se encostou no vidro, olhando para o manequim horroroso, sua respiração embaçando o vidro:

— E aí, beleza! — cumprimentou. — Estamos aqui para visitar Arthur Weasley.

Harry achou um absurdo Tonks esperar que o manequim a ouvisse falando tão baixo através do vidro, com ônibus rodando às suas costas e a poeira de uma rua cheia de gente. Então lembrou que, de qualquer modo, manequins não ouviam. No momento seguinte sua boca se abriu de espanto quando o manequim fez um leve aceno com a cabeça e um sinal com o indicador, e Tonks segurou Gina e a Sra. Weasley pelos cotovelos, atravessou o vidro e desapareceu.

Fred, Rony e Jorge entraram em seguida. Harry deu uma olhada na multidão que se acotovelava ao seu redor; aparentemente nenhum transeunte se dava o trabalho de olhar para vitrines feias como as do Purga & Sonda Ltda., nem reparavam em seis pessoas que tinham acabado de se dissolver à sua frente.

— Vamos — rosnou Moody, dando mais uma cutucada nas costas de Harry, e juntos atravessaram algo que lhes lembrou uma cortina de água fria, embora emergissem secos e aquecidos do outro lado.

Não havia sinal do feio manequim ou do espaço que ocupara. Encontravam-se em uma recepção movimentada, em que havia filas de bruxos e bruxas sentados em instáveis cadeiras de madeira, alguns pareciam perfeitamente normais e folheavam exemplares antigos do *Semanário das Bruxas*, outros exibiam medonhas deformações como trombas de elefante ou mãos sobressalentes saindo do peito. A sala não era menos barulhenta do que a rua lá fora, porque vários pacientes faziam ruídos muito estranhos: uma bruxa de rosto suado no meio da primeira fila, que se abanava energicamente com um exemplar do *Profeta Diário*, não parava de soltar um silvo agudo e vapor pela boca, um bruxo com cara encardida a um canto badalava como um sino toda a vez que se mexia e, a cada badalada, sua cabeça vibrava horrivelmente e ele precisava levar a mão às orelhas para fazê-las parar.

Bruxos e bruxas de vestes verde-claras iam e vinham pelas filas fazendo perguntas e anotações em pranchetas como a da Umbridge. Harry reparou que usavam um emblema bordado no peito: uma varinha e um osso cruzados.

— Eles são médicos? — perguntou a Rony, com ar de espanto.

— Médicos? Aqueles trouxas doidos que cortam o corpo das pessoas? Nam, são Curandeiros.

— Aqui! — chamou a Sra. Weasley, tentando se sobrepor às renovadas badaladas do bruxo no canto, e eles a acompanharam até a fila que se formara diante de uma bruxa gordinha e loura, a uma mesa marcada *Informações*. Na parede atrás dela, havia uma quantidade de avisos e cartazes do tipo: UM CALDEIRÃO LIMPO IMPEDE QUE AS POÇÕES VIREM VENENO e NÃO SE DEVEM USAR ANTÍDOTOS A NÃO SER APROVADOS POR UM CURANDEIRO QUALIFICADO. Havia ainda um grande retrato de uma bruxa com longos cachos prateados com uma placa:

> *Dilys Derwent*
> *Curandeira do St. Mungus 1722-1741*
> *Diretora da Escola de Magia e Bruxaria*
> *de Hogwarts 1741-1768*

Dilys examinava o grupo dos Weasley como se os contasse; quando seu olhar encontrou o de Harry, a bruxa lhe deu uma piscadela, deslocou-se para o quadro ao lado e desapareceu.

Entrementes, na fila à frente, um jovem bruxo executava um estranho improviso de jiga e tentava, entre ganidos de dor, explicar sua situação à bruxa da recepção.

— São esses... ui... sapatos que meu irmão me deu... ai... estão comendo os meus... UI... pés... olhe só para eles, devem ter algum tipo de... ARRRRE... azaração neles e não consigo ARRRRRE... tirá-los. — Ele pulava de um pé para o outro como se dançasse sobre carvões em brasa.

— Os sapatos não o impedem de ler, ou impedem? — disse a bruxa loura, apontando irritada para um quadro à esquerda de sua mesa. — Você precisa ir a Danos Causados por Feitiços, no quarto andar. Exatamente como está listado no quadro dos andares. Próximo!

Quando o bruxo saiu dançando e mancando de lado, os Weasley avançaram alguns passos e Harry leu o quadro:

ACIDENTES COM ARTEFATOS .... Térreo
Explosão de caldeirão, retroversão de
feitiço, acidentes com vassouras etc.

FERIMENTOS CAUSADOS POR BICHOS .... 1º andar
Mordidas, picadas, queimaduras,
espinhas encravadas etc.

VÍRUS MÁGICOS .... 2º andar
Doenças contagiosas, tais como
varíola dragonina, doenças
evanescentes, escrofúngulos etc.

ENVENENAMENTO POR PLANTAS E POÇÕES .... 3º andar
Urticárias, regurgitação, acessos
contínuos de riso etc.

DANOS CAUSADOS POR FEITIÇOS .... 4º andar
Azarações e feitiços irreversíveis,
feitiços malfeitos etc.

SALÃO DE CHÁ DOS VISITANTES/
LOJA DO HOSPITAL .... 5º andar

SE NÃO TIVER CERTEZA AONDE SE DIRIGIR, NÃO
CONSEGUIR FALAR NORMALMENTE OU NÃO SE
LEMBRAR DE QUEM É, A NOSSA BRUXA-RECEPCIONISTA
TERÁ PRAZER EM ORIENTÁ-LO.

Um bruxo muito velho e curvado com uma trompa para surdos arrastara-se até o primeiro lugar da fila.
— Estou aqui para visitar Broderico Bode — disse num sussurro asmático.
— Enfermaria quarenta e nove, mas receio que esteja perdendo o seu tempo — respondeu ela, dispensando-o. — Está completamente confuso, entende, ainda acha que é uma chaleira. Próximo.
Um bruxo atarantado segurava pelo tornozelo a filhinha, que se agitava em volta de sua cabeça usando imensas asas de penas que saíam das costas da roupa.

— Quarto andar — disse a bruxa com a voz entediada sem perguntar nada, e o homem desapareceu pelas portas duplas ao lado da mesa, segurando a filha como se fosse um balão de formato extravagante. — Próximo!

A Sra. Weasley se aproximou da mesa.

— Olá, meu marido, Arthur Weasley, deveria ter sido transferido para outra enfermaria hoje pela manhã, pode nos dizer...?

— Arthur Weasley? — repetiu a bruxa, correndo o dedo por uma longa lista à sua frente. — Foi, primeiro andar, segunda porta à direita, Enfermaria Dai Llewellyn.

— Obrigada. Vamos gente.

Eles a seguiram pelas portas duplas e pelo corredor longo e estreito enfeitado com mais retratos de bruxos famosos, iluminados por bolhas de cristal cheias de velas que flutuavam junto ao teto e lembravam gigantescas bolhas de sabão. Mais bruxas e bruxos de vestes verde-claras entravam e saíam pelas portas por onde passavam; um gás amarelo e malcheiroso invadiu o corredor quando emparelharam com uma das portas, e de vez em quando eles ouviam gritos distantes. Subiram um lance de escadas e chegaram ao corredor de Ferimentos Causados por Bichos, onde a segunda porta à direita estava sinalizada com o letreiro: *Enfermaria Dai Llewellyn para Acidentes "Perigosos": Mordidas Graves*. Logo abaixo, havia um cartão em uma moldura de latão no qual alguém escrevera: *Curandeiro Responsável: Hipócrates Smethwyck. Curandeiro Estagiário: Augusto Pye.*

— Vamos aguardar aqui fora, Molly — disse Tonks. — Arthur não vai gostar de receber tantas visitas ao mesmo tempo... primeiro entra a família.

Olho-Tonto resmungou sua aprovação à ideia e se postou à porta com as costas apoiadas na parede do corredor, o olho mágico girando em todas as direções. Harry se afastou também, mas a Sra. Weasley esticou o braço e puxou-o pela porta, dizendo:

— Não seja tolo, Harry, Arthur quer lhe agradecer.

A enfermaria era pequena e um tanto escura, porque a única janela era estreita e ficava no alto da parede oposta à porta. A maior parte da iluminação vinha de mais bolhas de cristal agrupadas no meio do teto. As paredes eram forradas de painéis de carvalho, e havia na parede um retrato de um bruxo de cara maligna em cuja placa se lia *Urquhart Rackharrow, 1612-1697, Inventor do Feitiço para Expelir Tripas.*

Só havia três pacientes. O Sr. Weasley ocupava a cama ao fundo da enfermaria ao lado da janelinha. Harry ficou satisfeito e aliviado ao ver que ele estava recostado em vários travesseiros lendo o *Profeta Diário*, à luz do solitário raio de sol que incidia sobre sua cama. Arthur ergueu os olhos quando o grupo se encaminhou para ele e, vendo quem eram, abriu um grande sorriso.

— Olá! — falou, pondo o *Profeta* de lado. — Gui acabou de sair, Molly, precisou voltar ao trabalho, mas diz que passa para vê-la mais tarde.

— Como é que você está, Arthur? — perguntou a Sra. Weasley, curvando-se para lhe dar um beijo na bochecha, e examinando com ansiedade o seu rosto. — Você ainda está bem abatido.

— Estou me sentindo perfeitamente bem — respondeu o marido animado, esticando o braço ileso para abraçar Gina. — Se pudessem retirar as bandagens, eu estaria pronto para ir para casa.

— Por que é que não podem retirá-las, papai? — perguntou Fred.

— Bom, começo a sangrar como louco todas as vezes que tentam — explicou o Sr. Weasley animado, apanhando a varinha sobre o armário ao lado da cama e acenando para conjurar seis cadeiras do lado de sua cama, e acomodar todos. — Parece que havia um veneno incomum nas presas daquela cobra que mantém as feridas abertas. Mas eles têm certeza de que encontrarão um antídoto, dizem que já tiveram casos piores do que o meu, nesse meio-tempo só preciso beber uma Poção para Repor o Sangue de hora em hora. Já aquele sujeito ali — disse baixando a voz e indicando com a cabeça a cama do lado oposto, na qual um homem de aspecto verdoso e doentio olhava fixamente para o teto. — Foi mordido por um *lobisomem*, coitado. Não tem cura.

— Lobisomem? — sussurrou a Sra. Weasley, fazendo uma cara assustada. — Não tem perigo ele ficar em uma enfermaria coletiva? Não devia estar num quarto particular?

— Faltam duas semanas para a lua cheia — lembrou-lhe o Sr. Weasley, calmo. — Estiveram conversando com ele hoje de manhã, os Curandeiros, sabem, tentando convencê-lo de que poderá levar uma vida quase normal. Eu disse a ele, não mencionei nomes, é claro, mas disse que conhecia pessoalmente um lobisomem, um sujeito muito bom, que acha fácil administrar esse problema.

— E que foi que ele respondeu? — perguntou Jorge.

— Que me daria mais uma mordida se eu não calasse a boca — disse o Sr. Weasley tristemente. — E aquela mulher lá adiante — ele indicou a outra cama ocupada ao lado da porta — não quis contar aos Curandeiros o que foi que a mordeu, o que faz a gente pensar que devia estar mexendo com alguma coisa ilegal. Mas, fosse o que fosse, arrancou-lhe um pedaço da perna, o cheiro é muito ruim quando removem os curativos.

— Então, o senhor vai nos contar o que aconteceu, papai? — perguntou Fred, aproximando a cadeira da cama.

— Bom, vocês já sabem, não? — disse o Sr. Weasley, dando um sorriso expressivo para Harry. — É muito simples, eu tive um dia muito longo, cochilei, fui apanhado e mordido.

— Saiu no *Profeta* que você foi atacado? — perguntou Fred apontando para o jornal que o pai pusera de lado.

— Não, é claro que não — respondeu o Sr. Weasley com um sorriso amargurado —, o Ministério não iria querer que todos soubessem que uma enorme cobra me...

— Arthur! — alertou-o a Sra. Weasley.

— ... me... ah... mordeu — completou ele apressadamente, embora Harry não tivesse muita certeza de que era aquilo que ele pretendia dizer.

— Então onde é que você estava quando isso aconteceu, papai? — perguntou Jorge.

— Isso é só da minha conta — respondeu o pai, embora dando um sorrisinho. E apanhando o jornal, sacudiu-o para abrir as páginas e disse: — Eu estava lendo sobre a prisão de Willy Widdershins quando vocês chegaram. Sabem que descobriram que era ele quem estava por trás daqueles banheiros que regurgitaram no verão? Uma das azarações saiu pela culatra, o vaso sanitário explodiu e ele foi encontrado, inconsciente, nos destroços que o cobriram dos pés à cabeça em...

— Quando você diz que estava "em serviço" — interrompeu-o Fred em voz baixa —, que é que você estava fazendo?

— Você ouviu o que seu pai disse — sussurrou a Sra. Weasley. — Não vamos discutir isto aqui! Continue a história do Willy Widdershins, Arthur.

— Bom, não me pergunte como, mas o fato é que ele se livrou da acusação do banheiro — comentou o Sr. Weasley, carrancudo. — Só posso supor que correu ouro...

— Você estava guardando ela, não era? — perguntou Jorge em voz baixa. — A arma? A coisa que Você-Sabe-Quem está procurando?

— Jorge, cale a boca! — repreendeu-o a Sra. Weasley.

— Em todo o caso — disse o Sr. Weasley alteando a voz — agora Willy foi apanhado vendendo a trouxas maçanetas que mordem, e acho que desta vez ele não vai conseguir se livrar tão fácil porque, segundo o jornal, dois trouxas perderam os dedos e agora estão no St. Mungus para recuperar os ossos e apagar a memória. Imagine só, trouxas no St. Mungus! Em que enfermaria será que estão?

E ele olhou a toda volta, como se esperasse ver um letreiro.

— Você não disse que Você-Sabe-Quem tem uma cobra, Harry? — perguntou Fred, com os olhos no pai para observar sua reação. — Uma cobra enorme? Você a viu na noite em que ele voltou, não foi?

— Já chega — disse a Sra. Weasley, aborrecida. — Olho-Tonto e Tonks estão no corredor, Arthur, querem entrar para vê-lo. E vocês podem esperar lá fora — acrescentou ela para os filhos e Harry. — Podem vir se despedir depois. Vão andando.

Os garotos saíram em fila para o corredor. Olho-Tonto e Tonks entraram e fecharam a porta da enfermaria ao passar. Fred ergueu as sobrancelhas.

— Ótimo — disse calmamente, vasculhando os bolsos —, que assim seja. Não nos contem nada.

— Está procurando isso? — indagou Jorge, mostrando um emaranhado de fios cor de carne.

— Você leu meus pensamentos — disse Fred, sorrindo. — Vamos ver se o St. Mungus põe Feitiços de Imperturbabilidade nas portas das enfermarias?

Ele e Jorge desembaraçaram os fios, separaram cinco Orelhas Extensíveis e as distribuíram entre todos. Harry hesitou em apanhar a sua.

— Vamos, Harry, apanhe uma! Você salvou a vida de papai. Se alguém tem o direito de escutar atrás da porta é você.

Sorrindo contrafeito, Harry apanhou uma ponta do fio e inseriu-a no ouvido, como haviam feito os gêmeos.

— O.k., agora! — sussurrou Fred.

Os fios cor de carne se agitaram como longos fiapos de vermes e deslizaram por baixo da porta. A princípio, Harry não ouviu nada, em seguida se assustou quando escutou Tonks sussurrando claramente como se estivesse ao seu lado.

— ... eles vasculharam a área toda, mas não conseguiram encontrar a cobra em lugar algum. Parece ter desaparecido depois de atacar você, Arthur... mas Você-Sabe-Quem não poderia ter esperado que uma cobra entrasse, poderia?

— Calculo que a tenha mandado para vigiar — rosnou Moody —, porque até agora ele não teve sorte, não é? Imagino que esteja tentando formar um quadro mais claro do que precisa enfrentar, e, se Arthur não estivesse lá, a fera teria tido muito mais tempo para espionar. Então, Potter diz que viu tudo acontecer?

— É — respondeu a Sra. Weasley. Parecia bastante inquieta. — Sabe, Dumbledore chegou a me dar a impressão de que estava aguardando que Harry visse uma coisa dessas.

— Ah, bom — disse Moody —, tem alguma coisa estranha no menino Potter, todos sabemos.

— Dumbledore se mostrou preocupado com Harry quando falei com ele hoje de manhã — cochichou a Sra. Weasley.

— Claro que está preocupado — engrolou Moody. — O garoto está vendo coisas de dentro da cobra de Você-Sabe-Quem. Obviamente, Potter não compreende o que isso significa, mas se Você-Sabe-Quem estiver possuindo ele...

Harry arrancou a Orelha Extensível do ouvido, o coração martelando disparado e o calor afluindo ao seu rosto. Ele olhou para os outros. Todos o encaravam, os fios ainda pendurados nas orelhas, os rostos repentinamente amedrontados.

23

NATAL NA ENFERMARIA FECHADA

Era por isso que Dumbledore não queria mais olhar Harry nos olhos? Será que esperava ver Voldemort olhando através deles, receoso talvez que o verde vivo de repente pudesse virar vermelho, com pupilas estreitas e verticais como as de um gato? Harry se lembrava de como o rosto ofídico de Voldemort uma vez irrompera da nuca do Prof. Quirrell e passara os dedos pela própria cabeça, e se perguntava agora como seria se Voldemort irrompesse do seu crânio.

Sentiu-se sujo, contaminado como se fosse portador de um vírus letal, indigno de se sentar na viagem de volta ao lado de gente inocente e limpa, cujos corpos e mentes não estavam maculados por Voldemort... ele não apenas vira a cobra, ele fora a cobra, sabia disso agora...

Ocorreu-lhe então um pensamento, uma lembrança que emergira em sua mente, e que fazia suas entranhas se contorcerem como cobras.

Que é que ele queria, além de seguidores?

Uma coisa que só poderia obter escondido... como uma arma. Algo que não possuía da última vez.

"Eu sou a arma", pensou Harry, era como se estivessem injetando veneno em suas veias, enregelando-o, fazendo-o suar no balanço do trem ao atravessar o túnel escuro. "Sou eu que Voldemort está tentando usar, é por isso que existem guardas à minha volta aonde vou, não é para me proteger, é para proteger as outras pessoas, só que não está funcionando, não podem pôr gente me guardando o tempo todo em Hogwarts... Eu ataquei o Sr. Weasley ontem à noite, fui eu. Voldemort me levou a fazer isso e pode estar dentro de mim neste instante, escutando os meus pensamentos..."

— Você está bem, Harry, querido? — cochichou a Sra. Weasley, inclinando-se por cima de Gina para falar com ele, enquanto o trem sacudia túnel afora. — Você não está me parecendo muito bem. Está enjoado?

Todos olharam para ele. Harry balançou a cabeça violentamente e ergueu a cabeça para ler um anúncio de seguro de casas.

— Harry, querido, você tem *certeza* de que está bem? — a Sra. Weasley repetiu a pergunta preocupada, quando contornavam a relva malcuidada no centro do largo Grimmauld. — Você está ficando cada vez mais pálido... tem certeza de que dormiu hoje de manhã? Suba logo para o seu quarto e durma umas duas horas antes do jantar, está bem?

Ele concordou com a cabeça; ali estava uma desculpa de bandeja para não conversar com ninguém, que era exatamente o que ele queria, então, quando abriram a porta, ele passou correndo pelo porta-guarda-chuvas de perna de trasgo, subiu as escadas e entrou no quarto que dividia com Rony.

Ali, começou a andar de um lado para outro, passando pelas camas e a moldura vazia do retrato de Fineus Nigellus, seu cérebro borbulhante de perguntas e ideias sempre mais assustadoras.

Como foi que ele virara cobra? Talvez fosse um animago... não, não podia ser, ele saberia... talvez *Voldemort* fosse um animago... é, pensou Harry, isto encaixaria, ele naturalmente se transformaria em cobra... e quando está me possuindo, então nós dois... mas isso ainda não explica como fui a Londres e voltei para a minha cama num espaço de cinco minutos... mas, por outro lado, Voldemort é o bruxo mais poderoso do mundo, excluindo Dumbledore, provavelmente não seria problema para ele transportar alguém nessa velocidade.

E então, com uma horrível pontada de pânico, pensou: *mas isto é uma insanidade — se Voldemort está me possuindo, eu estou dando a ele uma visão nítida da sede da Ordem da Fênix neste momento! Ele saberá quem pertence à Ordem e onde Sirius está... e ouvi um monte de coisas que não deveria ter ouvido, tudo que Sirius me contou na noite em que cheguei...*

Só havia uma coisa a fazer: teria de abandonar o largo Grimmauld neste instante. Passaria o Natal em Hogwarts sem os outros, o que pelo menos os manteria sãos e salvos durante as festas... mas não, não adiantaria, ainda havia muita gente em Hogwarts para ele aleijar e ferir... E se fosse Simas, Dino ou Neville da próxima vez? Ele interrompeu a caminhada e parou, olhando para a moldura vazia de Fineus Nigellus. Uma sensação de peso estava assentando no fundo do seu estômago. Não tinha alternativa, teria de voltar para a rua dos Alfeneiros, cortar completamente seus vínculos com outros bruxos.

Bom, se tinha de fazer isso, pensou, não adiantava continuar ali. Esforçando-se ao máximo para não pensar como os Dursley iriam reagir quando o encontrassem à porta de entrada seis meses antes do esperado, ele se encaminhou para o seu malão, bateu a tampa e trancou-o à chave, depois automaticamente correu os olhos pelo quarto à procura de Edwiges antes de lembrar que ela ficara em Hogwarts — bom, a gaiola seria uma coisa a menos a carregar –, passou então a mão em uma extremidade do malão e já o arrastara metade do caminho até a porta quando uma voz debochada perguntou:

– Está fugindo, é?

Ele se virou. Fineus Nigellus apareceu na tela do seu quadro, apoiado na moldura, e olhava Harry com uma expressão divertida no rosto.

– Não, não estou fugindo – respondeu Harry secamente, arrastando o malão mais alguns passos pelo quarto.

– Pensei – disse Fineus Nigellus, acariciando a barba em ponta – que para pertencer à Grifinória a pessoa precisava ser *corajosa*. Está me parecendo que você teria se dado melhor na minha casa. Nós da Sonserina somos corajosos, sim, mas não somos burros. Por exemplo, se nos derem opção, sempre escolheremos salvar a pele.

– Não é a minha pele que estou salvando – disse Harry tenso, puxando o malão por um trecho do tapete roído de traças particularmente irregular em frente à porta.

– Ah, estou *entendendo* – disse o bruxo, ainda acariciando a barba –, isso não é uma fuga covarde, você está sendo *nobre*.

Harry ignorou-o. Sua mão já estava na maçaneta quando Fineus Nigellus disse indolentemente:

– Tenho um recado de Alvo Dumbledore para você.

Harry se virou totalmente.

– Qual é?

– Fique onde está.

– Eu não me mexi! – exclamou Harry, a mão ainda na maçaneta. – Então, qual é o recado?

– Eu acabei de lhe dar, bobalhão – disse Fineus Nigellus serenamente. – Dumbledore manda dizer: *Fique onde está*.

– Por quê? – perguntou Harry, ansioso, deixando cair o malão. – Por que ele quer que eu fique? Que mais ele disse?

– Só isso – respondeu Fineus, erguendo uma sobrancelha fina e preta, como se achasse Harry impertinente.

A irritação de Harry veio à tona como uma cobra emergindo da relva alta. Estava exausto, estava confuso além da conta, experimentara terror, alívio, e novamente terror nas últimas doze horas, e ainda assim Dumbledore não queria falar com ele!

– Então é só isso? – disse em voz alta. – *Fique onde está*. Foi só o que me disseram também quando fui atacado por aqueles Dementadores! Fique parado enquanto os adultos resolvem o problema, Harry! Mas não vamos nos dar ao trabalho de lhe dizer nada, porque o seu pequeno cérebro talvez não possa entender!

— Sabe — disse Fineus Nigellus, em tom ainda mais alto do que Harry —, era exatamente por isso que eu *detestava* ser professor! Os jovens são tão infernalmente convencidos de que têm absoluta razão em tudo. Será que ainda não lhe ocorreu, meu pobre presunçoso empolado, que pode haver uma excelente razão para o diretor de Hogwarts não confiar a você cada pequeno detalhe dos planos dele? Você nunca parou, ao se sentir desprezado, a observar que a obediência às ordens de Dumbledore nunca o colocou em perigo? Não. Não, como todos os jovens, você tem certeza de que só você sente e pensa, só você reconhece o perigo, só você é bastante inteligente para perceber o que o Lorde das Trevas está planejando...

— Então ele está planejando alguma coisa com relação a mim? — perguntou Harry depressa.

— Foi isso que eu disse? — retorquiu Fineus Nigellus, examinando indolentemente suas luvas de seda. — Agora, se me dá licença, tenho mais a fazer do que escutar as agonias de um adolescente... um bom dia para você.

E ele deslizou para a borda da moldura e desapareceu de vista.

— Ótimo, então vá! — berrou Harry para a moldura vazia. — E diga ao Dumbledore que eu agradeço por nada!

A tela vazia continuou silenciosa. Espumando, Harry arrastou o malão de volta aos pés da cama, e se atirou de cara para baixo nas cobertas roídas de traças, de olhos fechados, seu corpo pesado e dolorido.

Tinha a sensação de ter viajado quilômetros sem fim... parecia impossível que havia menos de vinte e quatro horas Cho Chang se aproximara dele sob o ramo de visgo... ele estava tão cansado... tinha medo de adormecer... mas não sabia quanto tempo resistiria ao sono... Dumbledore lhe dissera para ficar... isto devia significar que podia dormir... mas tinha medo... e se acontecesse outra vez?

Ele foi afundando nas sombras...

Parecia que havia um filme em sua cabeça esperando para começar. Ele se viu andando por um corredor deserto em direção a uma porta preta e simples, passando por paredes de pedra tosca, archotes, e um portal aberto para um lance de escada de pedra que descia à esquerda...

Chegou à porta fechada, mas não conseguiu abri-la... ficou parado olhando, desesperado para entrar... alguma coisa que ele desejava de todo o coração estava atrás da porta... um prêmio que superava todos os seus sonhos... se ao menos sua cicatriz parasse de formigar... então ele seria capaz de pensar com maior clareza...

— Harry — disse a voz de Rony muito, muito distante: — Mamãe mandou dizer que o jantar está pronto, mas que guarda alguma coisa se você quiser continuar deitado.

Harry abriu os olhos, mas Rony já saíra do quarto.

Ele não quer ficar sozinho comigo, pensou Harry. *Não depois do que ouviu Moody dizer.* Supunha que nenhum deles quisesse que ele continuasse ali, agora que sabiam o que havia dentro dele.

Não desceria para jantar, não iria impor sua companhia a ninguém. Virou-se para o outro lado, e uns minutos depois voltou a adormecer. Acordou muito mais tarde, nas primeiras horas da manhã, suas entranhas doendo de fome, e Rony roncando na cama ao lado. Apertando os olhos para enxergar, ele viu o contorno escuro de Fineus Nigellus outra vez no quadro e lhe ocorreu que Dumbledore provavelmente mandara o bruxo para vigiá-lo, caso atacasse alguém.

A sensação de estar sujo se intensificou. Quase desejou não ter obedecido a Dumbledore... se era assim que ia ser sua vida no largo Grimmauld, talvez ele estivesse melhor na rua dos Alfeneiros.

Todos os outros passaram a manhã seguinte pendurando decorações de Natal. Harry não se lembrava de jamais ter visto Sirius tão bem-humorado; estava até cantando músicas natalinas, aparentemente satisfeito porque iria ter companhia para o Natal. Harry ouvia a voz do padrinho ecoando através do soalho na fria sala de visitas onde se sentara sozinho, observando pelas janelas o céu empalidecer cada vez mais, ameaçando nevar, sentindo o tempo todo um prazer selvagem de estar dando aos outros a oportunidade de continuarem a falar dele, como deviam estar fazendo. Quando ouviu a Sra. Weasley chamar seu nome baixinho ao pé da escada, por volta da hora do almoço, ele se retirou para mais longe no andar de cima e ignorou o seu chamado.

Por volta das seis horas, a campainha tocou e a Sra. Black recomeçou a gritar. Supondo que Mundungo ou outro membro da Ordem estivesse à porta, Harry simplesmente se acomodou mais confortavelmente contra a parede do quarto de Bicuço onde se escondera, tentando não ligar para a fome que sentia enquanto dava ratos mortos ao hipogrifo. Levou um certo susto quando alguém bateu com força na porta alguns minutos depois.

— Sei que você está aí. — Ouviu a voz de Hermione. — Quer fazer o favor de sair? Quero falar com você.

— Que é que *você* está fazendo aqui? — perguntou Harry, abrindo a porta enquanto Bicuço recomeçava a arranhar o chão coberto de palha à procura de pedacinhos de rato que pudesse ter deixado cair. — Pensei que estivesse esquiando com seus pais.

— Bom, para dizer a verdade, esquiar não é *bem* a minha praia — respondeu Hermione. — Então vim passar o Natal aqui. — Havia neve em seus cabelos e seu rosto estava corado de frio. — Mas não conte ao Rony. Eu disse que esquiar era muito bom porque ele ficou rindo muito. Meus pais estão um pouco desapontados, mas eu falei que todos os alunos que estão levando os exames a sério ficaram em Hogwarts para estudar. Eles querem que eu me dê bem, vão compreender. Em todo o caso — disse com energia —, vamos para o seu quarto, a mãe de Rony acendeu a lareira de lá e mandou sanduíches.

Harry acompanhou-a de volta ao segundo andar. Quando entrou no quarto ficou muito surpreso de ver Rony e Gina à sua espera, sentados na cama de Rony.

— Vim no Nôitibus Andante — disse Hermione despreocupada, tirando o casaco antes que Harry tivesse tempo de falar. — Dumbledore me contou o que aconteceu ontem de manhã, mas precisei esperar o encerramento oficial do trimestre para viajar. A Umbridge já está lívida de raiva porque vocês desapareceram bem debaixo do nariz dela, embora Dumbledore tenha lhe explicado que o Sr. Weasley estava no St. Mungus, e dera a todos vocês permissão para visitá-lo. Então...

Ela se sentou ao lado de Gina, e as duas e Rony olharam para Harry.

— Como é que você está se sentindo? — perguntou Hermione.

— Ótimo — disse Harry, rígido.

— Ah, não mente, Harry — disse ela com impaciência. — Rony e Gina contaram que você está se escondendo de todo o mundo desde que voltaram do hospital.

— Disseram, foi? — comentou Harry olhando feio para Rony e Gina. Rony olhou para os pés, mas Gina continuou impassível.

— E está mesmo! E não quer olhar para nenhum de nós!

— Vocês é que não querem olhar para mim! — respondeu Harry, zangado.

— Quem sabe vocês estão se revezando para olhar e por isso se desencontram — arriscou Hermione, os cantos da boca tremendo.

— Muito engraçado — retorquiu Harry, virando as costas.

— Ah, pare de se sentir incompreendido — disse Hermione com rispidez. — Olha, os outros me contaram o que você ouviu ontem à noite com as Orelhas Extensíveis...

— É? — rosnou Harry, as mãos enfiadas nos bolsos olhando a neve cair em densos flocos lá fora. — Todos ficaram falando de mim, é? Muito bem, estou me acostumando.

— Nós queríamos falar com você — disse Gina —, mas você ficou se escondendo desde que voltamos...

— Eu não queria que ninguém falasse comigo — respondeu Harry, sentindo-se cada vez mais exasperado.

— Pois foi burrice sua — disse Gina, zangada —, uma vez que não conhece ninguém que tenha sido possuído por Você-Sabe-Quem além de mim, e eu posso lhe dizer como é que a pessoa se sente.

Harry ficou muito quieto quando o impacto dessas palavras o atingiu. Então girou nos calcanhares para encarar Gina.

— Eu me esqueci.

— Sorte sua — disse Gina calmamente.

— Me desculpe — pediu ele, e estava sendo sincero. — Então... então, você acha que eu não estou possuído?

— Bom, você consegue se lembrar de tudo que faz? Você tem longos períodos de ausência em que não é capaz de dizer o que andou fazendo?

Harry tentou se lembrar.

— Não.

— Então Você-Sabe-Quem nunca possuiu você — disse Gina com simplicidade. — Quando ele fez isso comigo, eu não conseguia me lembrar onde tinha estado durante horas. Dava por mim em algum lugar, e não sabia como tinha ido parar lá.

Harry nem ousava acreditar, sentiu diminuir o peso em seu peito independentemente de sua vontade.

— Mas o sonho que tive sobre seu pai e a cobra...

— Harry, você já teve esses sonhos antes — disse Hermione. — Você teve visões do que Voldemort estava tramando no ano passado.

— Esta foi diferente — contestou ele balançando a cabeça. — Eu estava *dentro* daquela cobra. Era como se eu *fosse* a cobra... e se Voldemort tiver me transportado para Londres?

— Um dia — disse Hermione muito exasperada — você vai ler *Hogwarts: uma história*, e talvez se lembre de que não é possível aparatar nem desaparatar na escola. Nem mesmo Voldemort poderia fazer você sair voando do seu dormitório, Harry.

— Você não saiu de sua cama, cara — disse Rony. — Eu vi você se debatendo no sono pelo menos um minuto antes de conseguirmos acordá-lo.

Harry recomeçou a andar de um lado para outro do quarto, refletindo. O que estavam lhe dizendo não consolava apenas, fazia sentido... sem pensar, ele tirou um sanduíche do prato em cima da cama e estufou-o vorazmente na boca.

Então eu não sou uma arma, pensou Harry. Seu peito inchou de felicidade e alívio e ele teve vontade de fazer coro a Sirius quando o ouviram passar pela porta do quarto em direção ao de Bicuço, cantando: "Deus lhes dê a paz, alegres hipogrifos", a plenos pulmões.

Como é que ele poderia ter sonhado em voltar à rua dos Alfeneiros para passar o Natal? O prazer de Sirius em ter de novo a casa cheia, e principalmente em ter Harry de volta, foi contagioso. Deixara de ser o anfitrião carrancudo do verão; agora parecia resolvido que todos deviam se alegrar tanto quanto ele, se não mais do que teriam se alegrado em Hogwarts, enquanto trabalhava sem descanso nos preparativos para o Dia de Natal, limpando e decorando a casa com a ajuda dos garotos, de modo que, quando finalmente todos foram se deitar na véspera do Natal, a casa estava quase irreconhecível. Os lustres oxidados não tinham mais teias de aranha, mas guirlandas de azevinho e serpentinas douradas e prateadas; neve mágica brilhava em montes sobre os tapetes gastos; uma grande árvore de Natal obtida por Mundungo, e decorada com fadinhas vivas, ocultava a árvore genealógica da família de Sirius, e até as cabeças empalhadas de elfos na parede do corredor usavam gorros e barbas de Papai Noel.

Harry acordou na manhã de Natal e encontrou uma pilha de presentes ao pé da cama, Rony já estava abrindo a segunda metade de uma pilha bem maior.

— Boa safra este ano — informou a Harry, através de uma nuvem de papel. — Obrigado pela Bússola para Vassouras, é excelente; melhor que o presente da Hermione: ela me deu uma *agenda para anotar deveres*...

Harry procurou entre os seus presentes e encontrou um com a caligrafia de Hermione. A amiga lhe dera também um livro que parecia um diário, exceto que todas as vezes que ele abria uma página ouvia coisas do tipo: *Faça hoje ou pague o preço!*

Sirius e Lupin haviam presenteado Harry com uma coleção de excelentes livros, *A magia defensiva na prática e seu uso contra as artes das trevas*, contendo esplêndidas e comoventes ilustrações coloridas de todos as contra-azarações e os feitiços descritos. Harry folheou o primeiro volume, curioso; dava para ver que seria extremamente útil nos seus planos para a AD. Hagrid lhe mandara uma carteira de pele marrom que tinha presas, que ele supunha fosse um Feitiço Antiladrão, mas que infelizmente o impediu de usá-la para guardar dinheiro sem perder os dedos. O presente de Tonks foi um pequeno modelo de Firebolt, que ele fez voar pelo quarto desejando ainda ter a sua versão em tamanho natural; Rony lhe dera uma enorme caixa de Feijõezinhos de Todos os Sabores, o Sr. e a Sra. Weasley, o costumeiro suéter tricotado à mão e algumas tortas de frutas secas e especiarias, e Dobby um quadro realmente horrendo que Harry suspeitava ter sido pintado pelo próprio elfo. Acabara de virá-lo para ver se ficava melhor de cabeça para baixo quando ouviram um *craque*, e Fred e Jorge aparataram aos pés de sua cama.

– Feliz Natal – desejou-lhe Jorge. – Não desça agora.

– Por que não? – perguntou Rony.

– Mamãe está chorando outra vez – comentou Fred, pesaroso. – Percy devolveu o pulôver de Natal.

– Sem nem um bilhete – acrescentou Jorge. – Não perguntou como vai o papai nem o visitou nem nada.

– Tentamos consolá-la – disse Fred, contornando a cama para espiar o quadro de Harry. – Eu disse a ela que Percy não passa de um monte de bosta de rato metido a besta.

– Não adiantou – comentou Jorge, se servindo de um Sapo de Chocolate. – Então Lupin nos substituiu. Acho que é melhor deixar que ele a console antes de descermos para o café.

– Afinal, que é que isso pretende retratar? – perguntou Fred apertando os olhos para entender o quadro de Dobby. – Parece um gibão com dois olhos pretos.

– É o Harry! – exclamou Jorge, apontando para as costas do quadro. – É o que diz aqui!

– Está bem parecido – comentou Fred rindo. Harry atirou nele a nova agenda de deveres; ela bateu na parede oposta e caiu no chão dizendo alegremente: *Se você pôs os pingos nos is e cortou os tês então pode fazer o que quiser!*

Eles se levantaram e se vestiram. Ouviam os vários moradores da casa desejando "Feliz Natal" uns aos outros. Na descida, encontraram Hermione.

– Obrigada pelo livro, Harry – disse ela feliz. – Há séculos que eu andava querendo essa *Nova teoria de numerologia*! E aquele perfume é realmente diferente, Rony.

– Nem por isso – disse Rony. – Para quem é esse aí? – perguntou, indicando com a cabeça o presente muito bem embrulhado que Hermione carregava.

— Monstro — disse ela animada.

— É melhor não ser roupa! — preveniu-a Rony. — Você lembra o que o Sirius disse: o Monstro sabe demais, não pode ser libertado.

— Não é roupa — respondeu Hermione —, embora, se eu pudesse, certamente lhe daria outra coisa para usar em vez daquele trapo imundo. Não, é uma colcha de retalhos, achei que poderia alegrar o quarto dele.

— Que quarto? — perguntou Harry, baixando a voz para cochichar pois estavam passando pelo retrato da mãe de Sirius.

— Bom, o Sirius diz que não é bem um quarto, é mais uma *toca* — explicou Hermione. — Pelo que sei, ele dorme embaixo do aquecedor naquele armário junto à cozinha.

A Sra. Weasley era a única pessoa no porão quando eles chegaram. Estava parada ao lado do fogão e parecia ter tido uma forte gripe quando lhes desejou "Feliz Natal", e todos desviaram o olhar.

— Ah, então esse é o quarto do Monstro? — disse Rony, indo até uma porta encardida no canto oposto à despensa. Harry nunca a vira aberta.

— É — disse Hermione, agora um pouco nervosa. — Hum... acho que é melhor batermos.

Rony bateu na porta com os nós dos dedos, mas não houve resposta.

— Deve andar bisbilhotando lá em cima — disse ele, e, sem maior hesitação, escancarou a porta. — *Irra!*

Harry espiou para dentro. A maior parte do armário estava ocupada por um enorme aquecedor antigo, mas no espacinho embaixo da tubulação Monstro arrumara para ele um lugar que se assemelhava a um ninho. Um emaranhado de trapos variados e cobertores velhos malcheirosos em que Monstro se aconchegava para dormir toda noite. Aqui e ali, entre as roupas, havia pão dormido e farelos embolorados de queijo. Em um canto, brilhavam pequenos objetos e moedas que Harry imaginava que o elfo tivesse salvo, como uma pega, do expurgo que Sirius estava fazendo na casa, e também conseguira salvar as fotografias de família que Sirius jogara fora durante o verão. Os vidros podiam estar partidos, mas as pessoas em preto e branco olhavam-no com arrogância, inclusive — ele sentiu um solavanco no estômago — a mulher de cabelos pretos e pálpebras caídas a cujo julgamento ele assistira na Penseira de Dumbledore: Belatriz Lestrange. Pelo jeito, a fotografia dela era a favorita de Monstro; ele a colocara à frente das demais e colara o vidro inabilmente com fita adesiva.

— Acho que vou deixar o presente dele aí — disse Hermione, colocando o embrulho bem-feito no côncavo dos trapos e cobertas, e fechando silenciosamente a porta. — Ele o encontrará mais tarde, isto resolverá.

— Pensando bem — disse Sirius saindo da despensa com um enorme peru na hora em que eles fechavam a porta do armário —, alguém tem visto o Monstro ultimamente?

— Não o vejo desde a noite em que voltamos — respondeu Harry. — Você estava expulsando o Monstro da cozinha.

— É... — disse Sirius franzindo a testa. — Sabe, acho que essa foi a última vez que o vi também... deve estar escondido em algum lugar lá fora.

— Ele não poderia ter ido embora? — perguntou Harry. — Quero dizer, quando você disse "fora", será que ele não pensou que você queria dizer fora da casa?

— Não, não, elfos domésticos não podem ir embora a não ser que ganhem roupas. Estão presos à casa da família.

— Eles podem sair de casa se realmente quiserem — contrapôs Harry. — Dobby saiu da casa dos Malfoy para me dar avisos há três anos. Tinha de se castigar depois, mas ainda assim saía.

Sirius pareceu ligeiramente desconcertado por um momento, então disse:

— Vou procurá-lo depois, imagino que o encontre lá em cima, se acabando de chorar em cima dos calções velhos da minha mãe ou coisa parecida. Naturalmente pode ter se escondido no armário de ventilação e morrido... mas não devo alimentar esperanças.

Fred, Jorge e Rony riram; Hermione, porém, pareceu censurá-lo.

Depois do almoço natalino, os Weasley, Harry e Hermione estavam programando visitar mais uma vez o Sr. Weasley, acompanhados por Olho-Tonto e Lupin. Mundungo apareceu em tempo de provar o pudim de Natal e a sobremesa, tendo conseguido pedir um carro "emprestado" para a ocasião, pois o metrô não funcionava no dia de Natal. O carro, que Harry duvidava muito que tivesse sido obtido com o consentimento do dono, fora ampliado por dentro com um feitiço, como o do velho Ford Anglia da família Weasley. Embora externamente tivesse tamanho normal, dez pessoas, afora Mundungo no lugar do motorista, podiam se acomodar com conforto dentro dele. A Sra. Weasley hesitou antes de entrar — Harry sabia que sua desaprovação a Mundungo conflitava com o seu desagrado em viajar sem auxílio da magia —, mas, finalmente, o frio que fazia na rua e as súplicas dos filhos venceram, e ela se sentou de boa vontade no banco traseiro, entre Fred e Gui.

A viagem até o St. Mungus foi muito rápida porque quase não havia tráfego nas ruas. Um punhadinho de bruxas e bruxos andava furtivamente pela rua, de outro modo deserta, a caminho do hospital. Harry e os outros desceram do carro, e Mundungo virou a esquina para aguardá-los. Eles foram displicentemente até a vitrine onde havia o manequim vestido de náilon verde, então, um a um, atravessaram o vidro.

A recepção assumira um ar agradavelmente festivo: os globos de cristal que iluminavam o St. Mungus haviam sido coloridos de vermelho e dourado, transformando-se em gigantescas bolas natalinas iluminadas; ramos de azevinho emolduravam todas as portas; e árvores de Natal brancas cintilavam em todos os cantos, cobertas de neve mágica e pingentes de gelo, e no alto uma estrela dourada. O local estava menos cheio do que da última vez, embora, a meio caminho do quarto, Harry se visse empurrado para o lado por uma bruxa com uma laranjinha entalada na narina esquerda.

– Briga de família, eh? – disse a bruxa da recepção dando um sorriso pretensioso. – A senhora é a terceira que vejo hoje... Danos Causados por Feitiços, quarto andar.

Encontraram o Sr. Weasley recostado na cama com os restos do almoço de Natal em uma bandeja sobre o colo e uma expressão acanhada no rosto.

– Tudo bem, Arthur? – perguntou a Sra. Weasley, depois que todos o cumprimentaram e entregaram os presentes.

– Ótimo, ótimo – respondeu ele, um pouco animado demais. – Você... hum... não viu o Curandeiro Smethwyck, viu?

– Não – respondeu sua mulher, desconfiada –, por quê?

– Nada, nada – tornou ele aereamente, começando a desembrulhar a pilha de presentes. – Bom, todos passaram um bom dia? Que foi que vocês ganharam de Natal? Ah, *Harry*... isto é absolutamente *maravilhoso*! – Acabara de abrir o presente de chaves de parafuso e fio de solda que o garoto lhe dera.

A Sra. Weasley não parecia inteiramente satisfeita com a resposta do marido. Quando ele se inclinou para apertar a mão de Harry, ela deu uma espiada nas ataduras sob sua camisa.

– Arthur, trocaram suas ataduras! Por que trocaram suas ataduras um dia antes, Arthur? Me disseram que não precisariam trocá-las até amanhã.

– Quê?! – exclamou o Sr. Weasley, parecendo um tanto assustado e puxando as cobertas para cobrir o peito. – Não, não... não é nada... é... eu...

Ele pareceu esvaziar como um balão sob o olhar penetrante da Sra. Weasley.

– Bom... não se aborreça, Molly, mas Augusto Pye teve uma ideia... ele é o Curandeiro Estagiário, sabe, um rapaz ótimo e muito interessado em... hum... medicina complementar... quero dizer, alguns remédios tradicionais dos trouxas... eles chamam de *pontos*, Molly, e dão muito certo nos... nos ferimentos dos trouxas...

A Sra. Weasley deixou escapar um grito agourento, algo entre um grito e um rosnado. Lupin se afastou da cama em direção ao lobisomem, que não tinha visitas e observava tristemente o grupo que rodeava o Sr. Weasley; Gui resmungou alguma coisa, pretextando ir apanhar uma xícara de chá, e Fred e Jorge se levantaram de um pulo para acompanhá-lo, sorrindo.

— Você está querendo me dizer — ela elevava a voz a cada palavra, aparentemente sem se dar conta de que seus acompanhantes estavam procurando um lugar para sumir — que anda se metendo com remédios de trouxas?

— Me metendo não, Molly, querida — disse ele em tom de súplica —, foi só... só uma coisa que Pye e eu quisemos experimentar... só que, infelizmente... bom, nesses tipos de ferimentos... não parece funcionar tão bem quanto esperávamos...

— O que significa...?

— Bom... bom, não sei se você sabe o que... o que são pontos.

— Parece que você andou tentando costurar a sua pele — disse a Sra. Weasley com uma risada seca —, mas nem você, Arthur, poderia ser *tão* burro...

— Acho que também vou querer uma xícara de chá — disse Harry ficando em pé.

Hermione, Rony e Gina quase correram para a porta com Harry. Quando a porta se fechou, eles ouviram a Sra. Weasley gritar: "COMO ASSIM, ESSA É A IDEIA GERAL?"

— É típico do papai — disse Gina balançando a cabeça quando seguiam pelo corredor. — Pontos... é mole...

— Bem, sabe, eles funcionam com ferimentos não mágicos — disse Hermione, querendo ser justa. — Suponho que alguma coisa no veneno daquela cobra os dissolve ou coisa parecida. Onde será que fica o salão de chá?

— Quinto andar — disse Harry, lembrando-se do letreiro atrás da bruxa na recepção.

Eles foram andando pelo corredor, passaram por portas duplas e descobriram uma escada desconjuntada ladeada de mais retratos de Curandeiros de cara cruel. Quando subiam, os vários Curandeiros chamaram os garotos, diagnosticando males estranhos e sugerindo remédios horríveis. Rony ficou seriamente ofendido quando um bruxo medieval gritou que ele tinha um caso grave de sarapintose.

— E o que é isso? — perguntou ele, zangado, enquanto o Curandeiro o perseguia por mais seis quadros, empurrando os ocupantes para o lado.

— É uma doença gravíssima da pele, jovem senhor, que vai deixá-lo marcado de bexigas e ainda mais horrendo do que já é...

— Olha só quem está falando! — exclamou Rony com as orelhas ficando vermelhas.

— ... o único remédio é tirar o fígado de um sapo, atá-lo firmemente ao seu pescoço, e na lua cheia o jovem senhor fica nu em uma barrica de olhos de enguia...

— Eu não tenho sarapintose!

— Mas as feias marcas em seu rosto, jovem senhor...

— São sardas! — disse Rony, furioso. — Agora volte para o seu quadro e me deixe em paz! — Ele se virou para os outros, que estavam decididos a se manter impassíveis.

— Que andar é esse?

— Acho que é o quinto — disse Hermione.

— Nam, é o quarto — contestou Harry —, mais um...

Mas, ao chegar ao patamar, ele parou de chofre, arregalando os olhos para uma pequena janela recortada nas portas duplas que marcavam o início de um corredor com o letreiro DANOS CAUSADOS POR FEITIÇOS. Um homem os espiava com o nariz colado no vidro. Tinha cabelos louros ondulados, olhos azul-vivos e um grande sorriso fixo que revelava dentes ofuscantemente brancos.

— Caracas! — exclamou Rony, olhando também para o homem.

— Ah, minha nossa! — exclamou Hermione de repente, parecendo ofegar.

— Prof. Lockhart!

O antigo professor de Defesa Contra as Artes das Trevas abriu as portas e se encaminhou para eles, usando um longo roupão lilás.

— Ora, alô, vocês aí! — chamou. — Imagino que queiram o meu autógrafo, não é?

— Ele não mudou nadinha! — murmurou Harry para Gina, que sorriu.

— Hum... como vai, professor? — falou Rony, se sentindo um pouco culpado. Fora sua varinha defeituosa que afetara assim a memória de Lockhart, e ele fora parar no St. Mungus, mas como, na hora do acidente, o bruxo estava tentando apagar permanentemente as memórias dos garotos, a pena que Harry sentia era limitada.

— Estou muito bem, obrigado — respondeu o professor exuberante puxando do bolso uma pena de pavão já muito amassada. — Então, quantos autógrafos vocês querem? Agora aprendi a fazer escrita simultânea, sabem!

— Hum... no momento não queremos nenhum, obrigado — disse Rony, erguendo as sobrancelhas para Harry, que perguntou:

— Professor, o senhor pode ficar passeando pelos corredores? Não devia estar na enfermaria?

O sorriso desapareceu gradualmente do rosto de Lockhart. Por alguns momentos, ele mirou atentamente o rosto de Harry, depois disse:

— Nós já nos encontramos antes, não?

— Ah... encontramos. O senhor costumava ensinar Defesa Contra as Artes das Trevas em Hogwarts, lembra?

— Ensinar? — repetiu ele, parecendo ligeiramente perturbado. — Eu? Ensinando?

Então o sorriso reapareceu em seu rosto tão inesperadamente que assustou.

— Ensinei tudo que você sabe, espero, não? Bom, que tal aqueles autógrafos, então? Vamos dizer uma dúzia, para vocês poderem distribuir aos amiguinhos, e ninguém ser esquecido?

Mas nesse instante apareceu uma cabeça à porta no fim do corredor e uma voz chamou:

— Gilderoy, seu garoto travesso, onde é que você anda?

Uma Curandeira de aspecto maternal, usando uma guirlanda de pingentes de Natal nos cabelos, saiu depressa pelo corredor, sorrindo calorosamente para Harry e os outros.

— Ah, Gilderoy, você tem visitas! Que *beleza*, e no dia de Natal! Sabem, ele *nunca* recebe visitas, coitadinho, e não consigo imaginar por quê, ele é tão gracinha, não é?

— Estou dando autógrafos! — disse Gilderoy à Curandeira, com outro sorriso cintilante. — Eles querem muitos, e não aceitam não como resposta! Só espero que tenhamos fotografias suficientes!

— Escutem só ele — falou a Curandeira, segurando o braço de Lockhart e sorrindo carinhosamente para o bruxo como se ele fosse uma criança precoce de dois anos. — Ele era muito conhecido há alguns anos; temos esperanças de que esse gosto pelos autógrafos seja um sinal de que sua memória esteja voltando. Querem vir por aqui? Ele está em uma enfermaria fechada, sabem, deve ter escapulido enquanto eu entrava com os presentes de Natal, normalmente a porta fica trancada... não que ele seja perigoso! Mas — e ela baixou a voz e sussurrou: — é um perigo para ele mesmo, Deus o abençoe... não sabe quem é, entendem, sai por aí e não consegue se lembrar como voltar... que bom vocês terem vindo vê-lo.

— Ah — fez Rony, apontando inutilmente para o andar de cima —, na verdade, estávamos... ah...

Mas a Curandeira sorria para eles ansiosa, e o murmúrio com que Rony disse "tomar uma xícara de chá" se perdeu. Os garotos se entreolharam impotentes e acompanharam Lockhart e a Curandeira pelo corredor.

— Não vamos nos demorar — disse Rony em voz baixa.

A Curandeira apontou a varinha para a porta da Enfermaria Jano Thickey e murmurou: "*Alohomora*." A porta se abriu e ela entrou à frente, segurando com firmeza o braço de Gilderoy, e o acomodou em uma poltrona ao lado da cama.

— Esta é a nossa enfermaria para doenças prolongadas — informou a Harry, Hermione e Gina em voz baixa. — Para danos permanentes causados por feitiços. É claro que com tratamento intensivo, com poções e feitiços e um pouco de sorte, podemos obter alguma melhora. Gilderoy parece estar recuperando alguma consciência; e conseguimos uma melhora sensível no Sr. Bode, parece estar recuperando a capacidade de falar bastante bem, embora ainda não fale uma língua reconhecível. Bem, preciso terminar de entregar os presentes de Natal, vou deixar vocês conversarem.

Harry olhou ao seu redor. A enfermaria apresentava sinais inconfundíveis de ser uma casa permanente para seus pacientes. Havia um número maior de pertences pessoais perto das camas do que na enfermaria do Sr. Weasley; a parede em torno da cabeceira da cama de Gilderoy, por exemplo, estava empapelada com fotos dele, todas sorrindo com dentes à mostra, acenando para os recém-chegados. Ele autografara várias delas em uma caligrafia infantil e desajeitada. No momento em que a Curandeira o deixou na poltrona, Gilderoy puxou para perto uma pilha de fotos, apanhou uma pena e começou a assiná-las febrilmente.

— Você pode colocá-las no envelope — disse Gilderoy atirando no colo de Gina, uma a uma, as fotos autografadas, à medida que as assinava. — Não estou esquecido, sabe, não, ainda recebo muitas cartas de fãs... Gladis Gudgeon escreve semanalmente... eu só queria saber por quê. — Ele se calou, parecendo ligeiramente intrigado, em seguida sorriu e voltou a assinar as fotos com renovado vigor. — Suspeito que seja apenas pela minha beleza...

Um bruxo de rosto macilento e ar triste estava deitado na cama oposta contemplando fixamente o teto; resmungava sozinho e parecia inconsciente de tudo o mais. Duas camas adiante havia uma mulher com a cabeça inteira coberta de pelos; Harry lembrou-se de uma coisa parecida que acontecera a Hermione no segundo ano de escola, embora, felizmente em seu caso, o dano não tivesse sido permanente. A um extremo da enfermaria, tinham corrido cortinas floridas em torno de duas camas para proporcionar aos ocupantes e suas visitas um pouco de privacidade.

— Tome, Agnes — disse a Curandeira animada à mulher de cara peluda, entregando-lhe uma pequena pilha de presentes de Natal. — Está vendo, você não foi esquecida. E seu filho mandou uma coruja avisando que vem visitá-la hoje à noite, então, é uma coisa boa, não é?

Agnes soltou vários latidos fortes.

— E, olhe só, Broderico, mandaram-lhe um vaso de planta e um lindo calendário com um hipogrifo diferente para cada mês; isso vai alegrar as coisas, não acha? — disse a Curandeira, e se aproximando do homem que resmungava, colocou uma planta muito feia, com longos tentáculos, sobre o seu armário de cabeceira, e pregou o calendário na parede com a varinha. — E... ah, Sra. Longbottom, a senhora já está indo embora?

Harry virou a cabeça depressa. As cortinas em torno das duas camas no extremo da enfermaria tinham sido abertas e dois visitantes vinham pelo corredor que dividia as camas; uma velha bruxa de aparência formidável, usando um longo vestido verde, uma pele de raposa comida de traças e um chapéu cônico enfeitado com o que era, sem erro, um urubu empalhado, e, acompanhando-a com uma expressão totalmente deprimida... Neville.

Com um clarão de instantânea compreensão, Harry percebeu quem deviam ser as pessoas nas camas do fim da enfermaria. Olhou para todos os lados aflito procurando uma maneira de distrair os outros para que Neville pudesse sair da enfermaria sem que o vissem nem lhe perguntassem nada, mas Rony também erguera a cabeça ao ouvir o nome "Longbottom", e, antes que Harry pudesse impedi-lo, chamou:

— Neville!

Neville se assustou e se encolheu como se uma bala tivesse acabado de passar por ele de raspão.

— Somos nós, Neville! — disse Rony, animado, levantando-se. — Você viu...? O Lockhart está aqui! Quem é que você estava visitando?

— Seus amigos, Neville, querido? — perguntou gentilmente a avó do garoto, examinando os três.

Neville pareceu desejar que estivesse em qualquer outro lugar do mundo, menos ali. Um colorido vermelho-arroxeado foi subindo pelo seu rosto gorducho, e ele tentou evitar fazer contato visual com qualquer um deles.

— Ah, sim — disse a avó, fitando Harry e estendendo a mão enrugada que lembrava uma garra para ele apertá-la. — Sim, sim, eu sei quem você é, é claro, Neville fala muito bem de você.

— Hum... obrigado — disse Harry apertando a mão estendida. Neville não ergueu os olhos, fixava os próprios pés, o rubor em seu rosto aumentando sem parar.

— E vocês dois são obviamente os Weasley — continuou a Sra. Longbottom, oferecendo regiamente a mão a Rony e depois à Gina. — Eu conheço seus pais... não muito bem, é claro... são boa gente, boa gente... e você deve ser Hermione Granger?

Hermione parecia muito surpresa que a Sra. Longbottom soubesse seu nome, mas apertou-lhe a mão assim mesmo.

— Neville me contou tudo sobre você. Ajudou-o a sair de alguns apuros, não foi? Ele é um bom menino — disse lançando ao neto um olhar de severa apreciação do alto do nariz —, mas receio dizer que não tem o talento do pai. — E ela indicou com um aceno brusco de cabeça as duas camas no fim da enfermaria, fazendo o urubu empalhado no chapéu tremer assustadoramente.

— Quê?! — exclamou Rony, parecendo admirado. (Harry queria pisar o pé do amigo, mas isso é muito mais difícil de fazer sem ninguém notar quando se está usando jeans em vez de vestes.) — É o seu *pai* que está ali, Neville?

— Que é isso! — exclamou a Sra. Longbottom com severidade. — Você não contou aos seus amigos o que aconteceu com seus pais, Neville?

Neville deu um suspiro profundo, olhou para o teto e balançou a cabeça. Harry não se lembrava de ter sentido mais pena de alguém, mas não conseguia pensar em algum jeito para ajudar Neville a sair daquela situação.

— Ora, não é nenhuma vergonha! — disse a Sra. Longbottom, zangada. — Você devia sentir orgulho, Neville, orgulho! Eles não deram a saúde e a sanidade para seu único filho ter vergonha deles, entende!

— Eu não sinto vergonha — explicou Neville com a voz fraquinha, ainda olhando para qualquer lado menos para Harry e os outros. Rony agora estava nas pontas dos pés para espiar os pacientes nas duas camas.

— Bom, você tem uma maneira engraçada de demonstrar! — disse a Sra. Longbottom. — Meu filho e a mulher — continuou ela virando-se com arrogância para Harry, Rony, Hermione e Gina — foram torturados até a insanidade pelos seguidores de Você-Sabe-Quem.

Hermione e Gina levaram as mãos à boca. Rony parou de esticar o pescoço para dar uma espiada nos pais de Neville, e pareceu mortificado.

— Eles eram aurores, sabem, e muito respeitados na comunidade bruxa. Excepcionalmente talentosos, os dois. Eu... sim, Alice, querida, que foi?

A mãe de Neville viera andando lentamente pela enfermaria de camisola. Já não tinha o rosto cheio e feliz que Harry vira na velha fotografia de Moody com os participantes da Ordem da Fênix inicial. Seu rosto estava fino e cansado agora, os olhos pareciam grandes demais e seus cabelos tinham ficado brancos, ralos e sem vida. Ela não parecia querer falar, ou talvez não fosse capaz, mas fez gestos tímidos em direção a Neville, segurando alguma coisa na mão estendida.

— Outra vez? — disse a Sra. Longbottom, parecendo um tantinho cansada. — Muito bem, Alice querida, muito bem... Neville, apanhe, o que quer que seja.

Mas Neville já esticara a mão, em que a mãe deixou cair uma embalagem de Chicles de Baba e Bola.

— Muito bem, querida — tornou a avó de Neville num tom falsamente animado, dando palmadinhas no ombro da mãe do garoto.

Mas Neville disse baixinho:

— Obrigado, mamãe.

A mãe voltou vacilante para o fundo da enfermaria, cantarolando para si mesma. Neville olhou para os outros, uma expressão de rebeldia no rosto, como se os desafiasse a rir, mas Harry achava que nunca vira nada menos engraçado na vida.

— Bom, é melhor irmos andando — suspirou a Sra. Longbottom, calçando longas luvas verdes. — Foi um prazer conhecer vocês. Neville, ponha a embalagem na cesta, a esta altura ela já deve ter-lhe dado o suficiente para empapelar o seu quarto.

Mas, quando saíram, Harry tinha certeza de ter visto Neville guardar a embalagem do chicle no bolso.

A porta se fechou.

— Eu nunca soube — disse Hermione com cara de choro.

— Nem eu — disse Rony com a voz meio rouca.

— Nem eu — sussurrou Gina.

Todos olharam para Harry.

— Eu sabia — confirmou ele, abatido. — Dumbledore me contou, mas eu prometi não repetir para ninguém... foi por isso que Belatriz Lestrange foi mandada para Azkaban, por usar a Maldição Cruciatus nos pais de Neville até eles enlouquecerem.

— Belatriz Lestrange fez isso? — sussurrou Hermione, horrorizada. — Aquela mulher de quem o Monstro guarda a fotografia na toca?

Fez-se um longo silêncio, interrompido pela voz zangada de Lockhart.

— Olhem, eu não aprendi escrita simultânea à toa, sabem!

24

OCLUMÊNCIA

Monstro, acabou-se sabendo, andara escondido no sótão. Sirius contou que o encontrara lá em cima, coberto de pó, sem dúvida procurando mais relíquias da família Black para esconder em seu armário. Embora Sirius parecesse satisfeito com essa história, Harry se sentiu inquieto. Monstro parecia estar mais bem-humorado quando reapareceu, seus resmungos azedos tinham diminuído bastante e passara a obedecer às ordens mais docilmente do que de costume, embora uma ou duas vezes Harry o tivesse surpreendido encarando-o com avidez, mas sempre desviando rapidamente o olhar quando via que o garoto percebera.

Harry não mencionou suas vagas suspeitas a Sirius, cuja alegria começara a evaporar muito rapidamente agora que passara o Natal. À medida que se aproximava o dia da partida dos garotos a Hogwarts, ele foi se tornando mais inclinado ao que a Sra. Weasley chamava de "macambuzice", quando ficava taciturno e resmungão e muitas vezes se retirava para o quarto de Bicuço durante horas. Sua tristeza infiltrava-se na casa, por baixo das portas, como um gás venenoso, e infectando a todos.

Harry não queria deixar Sirius outra vez apenas em companhia de Monstro; de fato, pela primeira vez na vida, não estava contando os dias que faltavam para regressar a Hogwarts. Voltar à escola significava colocar-se mais uma vez sob a tirania de Dolores Umbridge, que, sem dúvida, conseguira passar à força mais uma dúzia de decretos na ausência dos garotos; não havia partidas de quadribol pelas quais ansiar, agora que fora expulso; havia toda a probabilidade de que a carga de deveres de casa aumentasse à medida que os exames se aproximavam; e Dumbledore continuava distante como sempre. De fato, se não fosse pela AD, Harry achava que teria suplicado a Sirius para deixá-lo abandonar Hogwarts e continuar no largo Grimmauld.

Então, no último dia de férias, aconteceu uma coisa que fez Harry positivamente temer o regresso à escola.

— Harry, querido — disse a Sra. Weasley, metendo a cabeça no quarto que ele ocupava com Rony, onde os dois estavam jogando xadrez de bruxo observados por Hermione, Gina e Bichento —, pode vir à cozinha? O Prof. Snape quer dar uma palavrinha com você.

Harry não registrou imediatamente o que ouvira; uma de suas torres estava travando uma violenta batalha com um peão de Rony, e ele o incentivava com entusiasmo.

— Achata ele... *achata ele*, é só um peão, seu idiota. Desculpe, Sra. Weasley, que foi que a senhora disse?

— O Prof. Snape, querido. Na cozinha. Gostaria de lhe falar.

O queixo de Harry caiu de terror. Olhou para Rony, Hermione e Gina, todos igualmente boquiabertos para ele. Bichento, a quem Hermione vinha contendo com dificuldade nos últimos quinze minutos, saltou alegremente sobre o tabuleiro fazendo as peças correrem a se proteger, guinchando a plenos pulmões.

— Snape? — repetiu Harry sem entender.

— *Professor* Snape, querido — corrigiu a Sra. Weasley. — Vamos logo, depressa, ele diz que não pode se demorar.

— Que é que ele quer com você? — indagou Rony, parecendo nervoso quando a Sra. Weasley se retirou do quarto. — Você não fez nada, fez?

— Não! — retrucou Harry indignado, vasculhando os miolos para tentar lembrar o que poderia ter feito que levasse Snape a segui-lo até o largo Grimmauld. Será que o seu último dever merecera um "T"?

Um minuto e pouco depois, ele empurrou a porta da cozinha e encontrou Sirius e Snape sentados à longa mesa do aposento, olhando em direções opostas. O silêncio entre os dois estava carregado de mútua intolerância. Havia uma carta aberta sobre a mesa diante de Sirius.

— Hã — fez Harry para anunciar sua presença.

Snape se virou para olhá-lo, o rosto emoldurado por cortinas de cabelos oleosos.

— Sente-se, Potter.

— Sabe — disse Sirius em voz alta, se recostando e se apoiando nas pernas traseiras da cadeira, e falando para o teto —, acho que eu preferia que você não desse ordens aqui. É a minha casa, sabe.

Um rubor ameaçador afluiu ao rosto pálido de Snape. Harry sentou-se na cadeira ao lado de Sirius e defronte do professor.

— Eu devia vê-lo sozinho, Potter — disse Snape, o riso desdenhoso crispando sua boca —, mas Black...

— Sou o padrinho dele — disse Sirius, ainda mais alto.

— Estou aqui por ordem de Dumbledore — continuou Snape, cuja voz, em contraposição, ficava cada vez mais baixa e sibilante —, mas, sem dúvida, fique, Black, eu sei que você gosta de se sentir... participante.

— Que é que você quer dizer com isso? — retorquiu Sirius, deixando a cadeira recair nos quatro pés com um forte baque.

— Simplesmente que tenho certeza de que você deve se sentir... ah... frustrado pelo fato de não poder fazer nada de útil — Snape enfatizou delicadamente a frase — "pela Ordem".

Foi a vez de Sirius corar. A boca de Snape se crispou em triunfo ao se dirigir a Harry.

— O diretor me mandou dizer, Potter, que quer que você estude Oclumência neste trimestre.

— Estude o quê? — perguntou Harry sem entender.

O desdém de Snape se tornou mais pronunciado.

— Oclumência, Potter. A defesa mágica da mente contra penetração externa. Um ramo obscuro da magia, mas extremamente útil.

O coração de Harry começou a bater realmente forte. Defesa contra penetração externa? Mas ele não estava sendo possuído, todos tinham concordado com isso...

— Por que tenho de estudar essa Oclu...? — deixou escapar.

— Porque o diretor acha que é uma boa ideia — disse Snape suavemente. — Você receberá aulas particulares uma vez por semana, mas não contará a ninguém o que está fazendo, muito menos a Dolores Umbridge. Entendeu?

— Sim, senhor — disse Harry. — E quem é que vai me ensinar?

Snape ergueu uma sobrancelha.

— Eu — respondeu.

Harry teve a terrível sensação de que suas entranhas estavam derretendo. Aulas extras com Snape: que é que ele fizera para merecer isso? Olhou rápido para Sirius buscando apoio.

— Por que Dumbledore não pode ensinar ao Harry? — perguntou Sirius agressivamente. — Por que você?

— Porque suponho que seja uma prerrogativa do diretor delegar as tarefas menos agradáveis — disse Snape suavemente. — Posso lhe garantir que não pedi esse encargo. — Levantou-se. — Espero você às seis horas da tarde na segunda-feira, Potter. Minha sala. Se alguém lhe perguntar, diga que está tomando aulas particulares de Poções. Ninguém que tenha visto você em minhas aulas poderia negar que precisa de reforço.

Ele se virou para ir embora, a capa preta de viagem se enfunando como uma cauda.

— Espere um momento — pediu Sirius, sentando-se mais reto na cadeira.

Snape se virou para encarar os dois, desdenhoso.

— Estou com muita pressa, Black. Ao contrário de você, tenho um tempo limitado de lazer.

— Irei direto ao assunto, então — falou Sirius ficando em pé. Era bem mais alto do que Snape, que, Harry reparou, fechou um punho no bolso da capa, segurando, sem dúvida, o punho da varinha. — Se eu souber que você está usando essas aulas de Oclumência para infernizar a vida de Harry, terá de acertar contas comigo.

— Que comovente! — debochou Snape. — Mas você com certeza já notou que Potter se parece muito com o pai dele, não é?

— Já — respondeu Sirius com orgulho.

— Bom, então sabe que ele é tão arrogante que as críticas simplesmente resvalam nele — disse Snape com voz de seda.

Sirius empurrou a cadeira bruscamente para o lado e contornou a mesa em direção ao outro, ao mesmo tempo que puxava a varinha. Snape puxou a dele. Pararam se medindo, Sirius furioso, Snape calculista, seus olhos correndo da ponta da varinha para o rosto do oponente.

— Sirius! — chamou Harry, mas o padrinho não pareceu ouvi-lo.

— Eu lhe avisei, *Ranhoso* — disse Sirius, seu rosto a menos de meio metro do de Snape —, não me interessa se Dumbledore acha que você se regenerou, eu sei que não...

— Ah, então por que não diz isso a ele? — sussurrou Snape. — Ou tem medo de que ele não leve a sério o conselho de um homem que está há seis meses se escondendo na casa da mãe?

— Me diga, como anda Lúcio Malfoy ultimamente? Imagino que encantado com o fato do seu cachorrinho de estimação estar trabalhando em Hogwarts, não?

— Por falar em cachorros — disse Snape mansamente —, você sabia que Lúcio Malfoy o reconheceu da última vez que arriscou uma escapulida? Ideia brilhante, Black, deixar que o vissem em uma segura plataforma de trem... arranjou uma desculpa irrefutável para nunca mais deixar o buraco em que se esconde, não?

Sirius ergueu a varinha.

— NÃO! — berrou Harry, pulando por cima da mesa para se interpor aos dois. — Sirius, não!

— Você está me chamando de covarde? — berrou Sirius, tentando tirar Harry da frente, mas o garoto não se mexeu.

— Ora, suponho que sim.

— Harry... saia... da... frente! — vociferou Sirius, empurrando-o para o lado com a mão livre.

A porta da cozinha se abriu e toda a família Weasley mais Hermione entraram, todos parecendo muito felizes, trazendo um orgulhoso Sr. Weasley vestindo um pijama e por cima uma capa de chuva.

— Curado! — anunciou animadamente para todos na cozinha. — Completamente curado!

Ele e os outros Weasley ficaram paralisados à porta, contemplando a cena na cozinha, também suspensa, em que Sirius e Snape olhavam para a porta com as varinhas apontadas uma para a cara do outro e Harry, imóvel entre os dois, tentando separá-los.

— Pelas barbas de Merlim! — exclamou o Sr. Weasley, o sorriso desaparecendo do rosto. — Que é que está acontecendo aqui?

Sirius e Snape baixaram as varinhas. Harry olhou de um para outro. Ambos tinham no rosto uma expressão de extremo desprezo, contudo a entrada repentina de tantas testemunhas pareceu tê-los chamado à razão. Snape embolsou a varinha e atravessou a cozinha, passando pelos Weasley sem fazer comentário. À porta, olhou para trás.

— Seis horas da tarde, segunda-feira, Potter.

E foi-se embora. Sirius seguiu-o com um olhar mal-humorado, a varinha segura ao lado do corpo.

— Que é que estava acontecendo? — tornou a indagar o Sr. Weasley.

— Nada, Arthur — respondeu Sirius, ofegante como se tivesse acabado de correr uma longa distância. — Só uma conversa amigável entre dois velhos amigos de escola. — Aparentemente com imenso esforço, ele sorriu. — Então... está curado? Ótima notícia, realmente ótima.

— Não é? — disse a Sra. Weasley, conduzindo o marido até uma cadeira. — Enfim o Curandeiro Smethwyck fez sua mágica, encontrou um antídoto para o que quer que fosse que a cobra tinha nas presas, e Arthur aprendeu a lição de não se meter com medicina de trouxas, *não foi, querido?* — acrescentou ela um tanto ameaçadoramente.

— Foi, Molly, querida — disse o Sr. Weasley, com humildade.

A refeição daquela noite deveria ter sido muito alegre, com a volta do Sr. Weasley. Harry via que Sirius procurava fazer com que assim fosse, mas o padrinho não se esforçava para dar gargalhadas com as piadas de Fred e Jorge nem oferecia aos outros mais comida; seu rosto se fechara numa expressão melancólica e reflexiva. Harry acabou separado dele por Mundungo e Olho-Tonto, que tinham passado para dar os parabéns ao Sr. Weasley. Ele queria dizer a Sirius que não devia dar ouvidos a nada que Snape dissera, que o colega estava instigando-o deliberadamente e que os outros não pensavam que o padrinho fosse um covarde por obedecer a Dumbledore e ficar quieto no largo Grimmauld. Mas não teve oportunidade e, vendo a expressão fechada no rosto de Sirius, Harry chegou a duvidar se teria se atrevido a dizer alguma coisa mesmo se tivesse tido oportunidade. Em vez disso, cochichou para Rony e Hermione sobre a ordem que recebera de tomar aulas de Oclumência com Snape.

— Dumbledore quer evitar que você tenha aqueles sonhos com Voldemort — disse Hermione imediatamente. — Bom, você não vai lamentar se não os tiver, vai?

— Aulas particulares com Snape?! — exclamou Rony, perplexo. — Eu preferia ter os pesadelos!

Os garotos deveriam regressar a Hogwarts de Nôitibus no dia seguinte, acompanhados mais uma vez por Tonks e Lupin, que já se achavam tomando café da manhã na cozinha quando Harry, Rony e Hermione desceram. Os adultos pareciam estar cochichando quando Harry abriu a porta; todos olharam depressa e se calaram.

Depois de um café da manhã apressado, eles vestiram os casacos e cachecóis para se proteger da gélida manhã de janeiro. Harry sentiu um aperto desagradável no peito; não queria dizer adeus a Sirius. Teve uma sensação ruim com relação a essa despedida; não sabia quando voltariam a se ver e se sentiu na obrigação de dizer alguma coisa ao padrinho para impedi-lo de fazer alguma tolice — Harry se preocupava que a acusação de covardia que Snape fizera a Sirius o tivesse ferido tão seriamente que ele pudesse mesmo agora estar planejando alguma saída insensata do largo Grimmauld. Mas antes que conseguisse pensar no que dizer Sirius o chamou para junto dele.

— Quero que você leve isto — disse baixinho, empurrando para Harry um embrulho malfeito com o tamanho aproximado de um livro.

— Que é? — perguntou Harry.

— Um modo de me avisar se Snape estiver infernizando sua vida. Não, não abra aqui! — disse Sirius, lançando um olhar preocupado à Sra. Weasley, que tentava persuadir os gêmeos a calçar luvas de tricô. — Duvido que Molly aprove, mas quero que você o use se precisar de mim, está bem?

– O.k. – disse o garoto, guardando o embrulho no bolso interno do casaco, mas sabia que jamais usaria o que quer que fosse. Não seria ele, Harry, quem iria tirar Sirius do lugar em que estava seguro, por pior que Snape o tratasse nas futuras aulas de Oclumência.

– Vamos, então – disse Sirius, dando uma palmada no ombro do afilhado e sorrindo triste, e antes que Harry pudesse dizer mais alguma coisa, já haviam subido e parado à porta da frente, cheia de trancas, cercados pelos Weasley.

– Adeus, Harry, cuide-se – disse a Sra. Weasley abraçando-o.

– Até outro dia, Harry, e fique de olho nas cobras para mim! – falou o Sr. Weasley, cordialmente apertando sua mão.

– Certo... – respondeu Harry, distraído; era sua última chance de dizer a Sirius para ter cuidado; ele se virou, encarou o padrinho e abriu a boca para falar, mas, antes que o fizesse, Sirius estava lhe dando um breve abraço e dizendo com a voz rouca:

– Cuide-se bem, Harry. – No momento seguinte, o garoto se viu conduzido para o inverno gélido lá fora, com Tonks (hoje disfarçada de mulher alta e magra da aristocracia rural, com cabelos grisalhos) apressando-o a descer os degraus.

A porta do número doze bateu às costas do último a sair. Eles acompanharam Lupin. Quando chegaram à calçada, Harry olhou para os lados. O número doze foi encolhendo rapidamente ao mesmo tempo que as casas laterais se ampliavam para o seu lado, fazendo-o desaparecer de vista. Uma piscadela de olhos depois, já não existia.

– Vamos, quanto mais depressa entrarmos no ônibus melhor – disse Tonks, e Harry achou que havia nervosismo no olhar que ela lançou pela praça. Lupin esticou o braço direito.

BANG.

Um ônibus violentamente roxo de três andares materializou-se, tirando um fino do poste de iluminação mais próximo, que saltou para trás para sair do caminho.

Um rapaz magro, de orelhas de abano e espinhas, trajando um uniforme roxo, saltou para a calçada e disse:

– Bem-vindos ao...

– Sei, sei, já sabemos – disse Tonks brevemente. – Subam, subam, subam...

E ela empurrou Harry em direção aos degraus, para além do motorista, que arregalou os olhos quando o garoto passou.

— É... é Arry...!

— Se gritar o nome dele faço você perder a memória — murmurou Tonks, ameaçando-o, e empurrando Gina e Hermione para dentro.

— Eu sempre quis andar nesse ônibus — disse Rony, alegre, juntando-se a Harry e examinando tudo.

Fora de noite a última vez que Harry viajara de Nôitibus, e os três andares estavam ocupados por camas de metal. Agora, de manhã cedo, estava mobiliado com uma variedade de cadeiras desparelhadas e dispostas a esmo em torno das janelas. Algumas pareciam ter tombado quando o ônibus parou abruptamente no largo Grimmauld; uns poucos bruxos e bruxas ainda estavam se levantando, resmungando, e a saca de compras de alguém deslizara por toda a extensão do veículo: uma mistura de ovas de sapo, baratas e cremes de ovos espalhara-se pelo chão.

— Parece que vamos ter de nos separar — disse Tonks brevemente, procurando poltronas vazias. — Fred, Jorge e Gina, vão para aquelas poltronas lá no fundo... Remo pode ficar com vocês.

Ela, Harry, Rony e Hermione subiram para o último andar, onde havia duas poltronas vazias bem na frente e duas no fundo. Lalau Shunpike, o condutor, acompanhou pressurosamente os dois garotos até o fundo. As cabeças se voltaram quando Harry passou, mas, ao se sentar, viu todos os rostos tornarem a virar para a frente.

Quando Harry e Rony estavam pagando a Lalau onze sicles cada, o ônibus tornou a partir, balançando sinistramente. Contornou ruidosamente o largo Grimmauld, subindo e descendo pelas calçadas, depois, com outro BANG estrondoso, os passageiros foram atirados para trás; a poltrona de Rony virou, e Píchi, que estava em seu colo, saiu da gaiola voando espavorida para a frente do ônibus onde preferiu pousar no ombro de Hermione. Harry, que escapara de cair agarrando-se a uma arandela, espiou pela janela: o ônibus agora corria pelo que lhe pareceu ser uma rodovia.

— Estamos na periferia de Birmingham — informou Lalau alegremente, em resposta à pergunta muda de Harry, enquanto Rony tentava se erguer do chão. — Você está bem, então, Arry? Vi o seu nome um monte de vezes no jornal durante o verão, mas nunca não era nada de bom. Eu disse ao Ernesto, disse mesmo, ele não parecia pirado quando o conhecemos, o que é uma prova, não é?

Ele entregou os bilhetes aos garotos e continuou a contemplar Harry, fascinado. Pelo jeito, Lalau não se importava que alguém fosse pirado, desde que fosse famoso bastante para aparecer no jornal. O Nôitibus balançava assustadoramente, ultrapassando os carros pelo lado de dentro. Quando olhou para a frente do veículo, Harry viu Hermione cobrir os olhos com as mãos, e Píchi se equilibrar alegremente em seu ombro.

BANG.

As poltronas tornaram a correr para trás quando o Nôitibus saltou da estrada de Birmingham para uma tranquila estradinha campestre cheia de curvas fechadas. As cercas vivas que ladeavam a via saltaram para longe quando o ônibus avançou sobre as cercaduras. Dali, entraram na rua principal de uma cidade movimentada, depois subiram um viaduto cercado por altas montanhas, desceram para uma estrada assolada pelo vento entre altos prédios de apartamentos, produzindo um estrondo a cada mudança de rumo.

– Mudei de ideia – murmurou Rony, levantando-se do chão pela sexta vez. – Nunca mais quero viajar nessa coisa.

– Escutem, a próxima parada é Ogwarts – anunciou Lalau, animado, cambaleando em direção aos garotos. – A mulher mandona lá na frente que subiu com vocês deu uma gorjeta à gente para passar vocês para o começo da fila. Só vamos deixar Madame Marsh descer primeiro... – eles ouviram alguém vomitando no andar de baixo, e em seguida um horrível barulho de líquido batendo no chão –, ela não está se sentindo muito bem.

Alguns minutos depois, o Nôitibus parou cantando pneus à frente de um pequeno bar, que se espremeu para sair do caminho e evitar uma colisão. Eles ouviram Lalau ajudando a pobre Madame Marsh a desembarcar do ônibus e os murmúrios de alívio dos companheiros de viagem no segundo andar. O ônibus tornou a partir, ganhando velocidade até...

BANG.

E estavam rodando por uma Hogsmeade coberta de neve. Harry viu de relance o Cabeça de Javali na rua lateral, o letreiro com a cabeça cortada rangendo ao vento invernoso. Flocos de neve batiam na enorme janela dianteira do ônibus. E finalmente pararam nos portões de Hogwarts.

Lupin e Tonks ajudaram os garotos a desembarcar com a bagagem, e então desceram também para se despedir. Harry ergueu os olhos para os três andares do Nôitibus e viu todos os passageiros espiando-os com o nariz colado às janelas.

– Vocês estarão seguros quando entrarem – disse Tonks, lançando um olhar cauteloso para a estrada deserta. – Um bom trimestre, o.k.?

– Cuidem-se bem – recomendou-lhes Lupin, apertando as mãos de todos e chegando a Harry por último. – E escute... – ele baixou a voz enquanto os demais trocavam adeuses de último minuto com Tonks – Harry, eu sei que você não gosta de Snape, mas ele é um magnífico Oclumente, e todos nós, inclusive Sirius, queremos que você aprenda a se proteger, então estude para valer, está bem?

— É, tá — disse Harry a custo, olhando para o rosto prematuramente enrugado de Lupin. — Até mais, então.

Os seis subiram penosamente a estrada escorregadia até o castelo, arrastando os malões. Hermione já estava falando em tricotar uns gorros para elfos antes de dormir. Harry olhou para trás quando chegaram às portas de carvalho da entrada; o Nôitibus já partira e ele chegou a desejar, à vista do que o esperava na noite seguinte, que ainda estivesse a bordo.

Harry passou a maior parte do dia seguinte com medo do anoitecer. Os dois tempos de Poções pela manhã nada fizeram para dissipar sua agitação, pois Snape foi desagradável como sempre. Seu desânimo se acentuou porque os membros da AD o procuraram constantemente pelos corredores durante os intervalos das aulas, perguntando, esperançosos, se haveria reunião àquela noite.

— Avisarei a vocês como de costume quando marcar a próxima — repetiu Harry várias vezes —, mas não pode ser hoje à noite, tenho que ir... hum... a uma aula de reforço de Poções.

— Você tem *aula de reforço em Poções?* — perguntou Zacarias com ar de superioridade, abordando-o no Saguão de Entrada, depois do almoço. — Puxa vida, você deve ser péssimo. Snape não costuma dar aulas particulares, ou costuma?

Quando Zacarias se afastou com irritante vivacidade, Rony acompanhou-o de cara feia.

— Devo azará-lo?, ainda dá para acertar daqui — disse, erguendo a varinha e mirando entre as espáduas de Zacarias.

— Deixa pra lá — disse Harry, deprimido. — É o que todos vão pensar, não é? Que sou realmente bur...

— Oi, Harry — disse uma voz a suas costas. Ele se virou e deparou com Cho.

— Ah! — exclamou, seu estômago dando um salto desconfortável. — Oi.

— Vamos estar na biblioteca, Harry — disse Hermione com firmeza, agarrando Rony acima do cotovelo e arrastando-o em direção à escadaria de mármore.

— Teve um bom Natal? — perguntou Cho.

— Nada mau.

— O meu foi muito tranquilo. — Por alguma razão, ela parecia um pouco encabulada. — Aah... tem outro passeio a Hogsmeade no mês que vem, você viu o aviso?

— Quê? Ah, não, ainda não dei uma olhada no quadro de avisos desde que cheguei.

— Tem, no Dia dos Namorados...

— Certo — respondeu Harry, se perguntando por que ela estava dizendo isso. — Bom, suponho que você queira...

— Só se você quiser — disse ela, ansiosa.

Harry arregalou os olhos. Estivera a ponto de dizer: "Suponho que você queira saber quando é a próxima reunião da AD?", mas a resposta dela não parecia se encaixar.

— Eu... aah...

— Ah, tudo bem se você não quiser — retrucou ela, parecendo mortificada. — Não se preocupe. Eu... vejo você por aí.

Ela se afastou. Harry ficou parado olhando, seu cérebro trabalhando freneticamente. Então a ficha caiu.

— Cho! Ei... CHO!

Correu atrás da garota, alcançando-a na subida da escadaria de mármore.

— Aah... você quer ir comigo a Hogsmeade no Dia dos Namorados?

— Ahhh, quero! — respondeu ela, corando e sorrindo.

— Certo... bom... então está combinado — disse Harry, e sentindo que, enfim, o dia não seria uma perda total, ele virtualmente saiu aos pulos até a biblioteca para apanhar Rony e Hermione antes das aulas da tarde.

Às seis da tarde, no entanto, nem o clarão de ter conseguido convidar Cho Chang para sair foi suficiente para desanuviar a sensação agourenta que se intensificava a cada passo que Harry dava em direção à sala de Snape.

Parou à porta ao chegar, desejando estar em qualquer outro lugar, então, tomando fôlego, bateu e entrou.

A sala sombria estava forrada de estantes ocupadas por centenas de frascos de vidro em que flutuavam pedaços viscosos de plantas e bichos, em várias poções coloridas. A um canto, havia um armário cheio de ingredientes, o qual Snape certa vez acusara Harry — com razão — de assaltar. Mas a atenção do garoto foi atraída para a escrivaninha, onde uma bacia rasa, de pedra gravada com runas e símbolos, estava iluminada por um círculo de luz projetado por velas. Harry reconheceu-a na mesma hora — era a Penseira de Dumbledore. Perguntando-se o que estaria tal objeto fazendo ali, ele se sobressaltou ao ouvir a voz fria de Snape saindo das sombras.

— Feche a porta, Potter.

Harry obedeceu, com a horrível sensação de estar se fechando em uma prisão. Quando se virou, Snape se deslocara para a luz e apontava silenciosamente para a cadeira diante de sua escrivaninha. Harry se sentou e o professor também, seus olhos frios e pretos fixando-se no aluno sem piscar, a antipatia gravada em cada linha do seu rosto...

— Muito bem, Potter, você sabe por que está aqui. O diretor me pediu para lhe ensinar Oclumência. Só espero que você se mostre mais competente nisso do que em Poções.

— Certo — concordou Harry brevemente.

— Esta aula talvez seja diferente, Potter — disse Snape, seus olhos se estreitando malevolamente —, mas continuo sendo seu professor e, portanto, você me chamará sempre de "senhor" ou de "professor".

— Sim... *senhor*.

— Vamos à Oclumência. Como eu lhe disse na cozinha do seu querido padrinho, este ramo da magia fecha a mente à intrusão e à influência mágicas.

— E por que o Prof. Dumbledore acha que eu preciso aprendê-la, professor? — perguntou Harry, encarando Snape diretamente nos olhos e imaginando se receberia uma resposta.

Snape mirou-o por um momento e em seguida disse com a voz carregada de desprezo:

— Certamente até você poderia ter chegado à resposta sozinho, não, Potter? O Lorde das Trevas é excepcionalmente competente em Legilimência...

— Que é isso? Professor?

— É a capacidade de extrair sentimentos e lembranças da memória de outras pessoas...

— Ele é capaz de ler pensamentos? — perguntou depressa, seus piores receios se confirmando.

— Você não tem sutileza, Potter — comentou Snape, seus olhos pretos cintilando. — Você não entende distinções pouco perceptíveis. É um dos defeitos que o torna um lamentável preparador de poções.

Snape fez uma pausa, aparentemente para saborear o prazer de insultar Harry, antes de continuar:

— Somente os trouxas falam de "ler mentes". A mente não é um livro que se abre quando se quer e se examina ao bel-prazer. Os pensamentos não estão gravados no interior do crânio, para serem examinados por qualquer invasor. A mente é algo complexo e multiestratificado, Potter, ou pelo menos a maioria das mentes é. – Deu um sorrisinho. – Mas é verdade que aqueles que dominam a Legilimência são capazes, sob determinadas condições, de penetrar as mentes de suas vítimas e interpretar suas conclusões corretamente. O Lorde das Trevas, por exemplo, quase sempre sabe quando alguém está mentindo para ele. Somente os peritos em Oclumência podem ocultar os sentimentos e lembranças que contradiriam a mentira, e conseguem dizer falsidades em sua presença sem serem apanhados.

Snape podia dizer o que quisesse, mas, para Harry, Legilimência parecia leitura da mente, e a ideia não lhe agradava nem um pouco.

– Então ele poderia saber o que estamos pensando neste momento, professor?

– O Lorde das Trevas se encontra a uma considerável distância, e as paredes e terrenos de Hogwarts são guardados por muitos feitiços e encantamentos antigos, para garantir a segurança física e mental dos que vivem aqui. O tempo e o espaço contam na magia, Potter. O contato visual é muitas vezes essencial à Legilimência.

– Bom, então, por que é que eu tenho de aprender Oclumência?

Snape encarou Harry, ao mesmo tempo que passava um dedo fino nos lábios.

– As regras normais não parecem se aplicar a você, Potter. A maldição que não conseguiu matá-lo parece ter forjado algum tipo de ligação entre você e o Lorde das Trevas. As evidências sugerem que por vezes, quando sua mente está mais relaxada e vulnerável, quando você está dormindo, por exemplo, você compartilha os pensamentos e as emoções do Lorde das Trevas. O diretor acha que é desaconselhável que isto continue a acontecer. E quer que eu lhe ensine como fechar a mente ao Lorde das Trevas.

O coração de Harry batia acelerado agora. Nada disso fazia sentido.

– Mas por que o Prof. Dumbledore quer fazer isto parar? – perguntou inesperadamente. – Não gosto muito, mas tem sido útil, não? Quero dizer... eu vi a cobra atacar o Sr. Weasley e, se não tivesse visto, o Prof. Dumbledore não poderia ter salvado a vida dele, poderia? Professor?

Snape encarou Harry durante uns minutos, ainda passando o dedo nos lábios. Quando tornou a falar, foi devagar e decididamente, como se pesasse cada palavra.

– Pelo que parece o Lorde das Trevas não tinha tomado consciência dessa ligação entre você e ele até muito recentemente. Parece que você sentia as emoções dele e partilhava seus pensamentos, sem ele saber. Contudo, a visão que você teve pouco antes do Natal...

— A da cobra com o Sr. Weasley?

— Não me interrompa, Potter — disse Snape em tom ameaçador. — Como eu ia dizendo, a visão que você teve pouco antes do Natal representou uma incursão tão poderosa nos pensamentos do Lorde das Trevas...

— Eu vi de dentro da cabeça da cobra, e não da dele!

— Acho que acabei de lhe dizer para não me interromper, não foi, Potter?

Mas Harry não se importou que Snape estivesse aborrecido, pelo menos parecia estar chegando ao fundo dessa história; sentara mais para a frente na cadeira de modo que, sem perceber, estava encarrapitado na borda, tenso como se estivesse prestes a voar.

— Como é possível eu ter visto através dos olhos da cobra se são os pensamentos de Voldemort que estou partilhando?

— *Não pronuncie o nome do Lorde das Trevas!* — ralhou Snape.

Fez-se um silêncio desagradável. Os dois se encararam por cima da Penseira.

— O Prof. Dumbledore diz o nome dele — contestou Harry calmamente.

— Dumbledore é um bruxo extremamente poderoso — murmurou Snape. — Embora *ele* possa se sentir seguro em usar o nome... os demais... — Ele esfregou o braço esquerdo, aparentemente sem perceber, no lugar em que Harry sabia que a Marca Negra estava gravada a fogo em sua pele.

— Eu só queria saber — recomeçou Harry, se esforçando para falar com polidez — por que...

— Você parece ter visitado a mente da cobra porque era onde o Lorde das Trevas estava naquele determinado momento — vociferou Snape. — Estava possuindo a cobra na hora, então você sonhou que estava dentro dela, também.

— E Vol... ele... percebeu que eu estava ali?

— Parece que sim — respondeu Snape, tranquilo.

— Como é que sabe? — perguntou o garoto pressuroso. — Essa é a suposição do Prof. Dumbledore ou...?

— Já lhe pedi — disse Snape, empertigado na cadeira, os olhos apertados — para me chamar de "senhor".

— Sim, senhor — disse Harry impaciente —, mas como é que o senhor sabe...?

— É suficiente que nós saibamos — disse Snape cortando a conversa. — O importante é que o Lorde das Trevas agora tem consciência de que você está conseguindo ter acesso aos seus pensamentos e emoções. Ele também deduziu que o processo provavelmente pode ser invertido; ou seja, percebeu que talvez possa acessar os seus pensamentos e emoções...

— E ele poderia tentar me levar a fazer coisas? — perguntou Harry. — *Professor?* — acrescentou precipitadamente.

— Poderia — respondeu Snape, em tom aparentemente frio e desinteressado. — O que nos traz de volta à Oclumência.

Snape puxou a varinha do bolso interno das vestes e Harry se enrijeceu na cadeira, mas o professor meramente a ergueu e apontou para a raiz dos seus cabelos oleosos. Quando a retirou, escorreu uma substância prateada da têmpora à varinha como um grosso fio de teia de aranha, que se partiu quando ele a afastou, e caiu graciosamente na Penseira, onde girou branco-prateada, nem gasosa nem líquida. Mais duas vezes, Snape levou a varinha à têmpora e depositou a substância prateada na bacia de pedra, depois, sem oferecer nenhuma explicação para os seus gestos, apanhou a Penseira com cuidado, removeu-a para uma prateleira fora do caminho e voltou a encarar Harry com a varinha em posição.

— Levante-se e apanhe sua varinha, Potter.

Harry obedeceu se sentindo nervoso. Os dois se encararam por cima da escrivaninha.

— Você pode usar sua varinha para tentar me desarmar, ou para se defender de qualquer outra maneira que consiga pensar.

— E o que é que o senhor vai fazer? — perguntou Harry, acompanhando a varinha de Snape com os olhos, apreensivo.

— Vou tentar penetrar sua mente — disse Snape mansamente. — Vamos ver até que ponto você resiste. Me disseram que você já demonstrou aptidão para resistir à Maldição Imperius. Você vai descobrir que precisará de poderes semelhantes para resistir... em guarda, agora: *Legilimens!*

Snape atacara antes de Harry se aprontar, antes mesmo que tivesse começado a recorrer a qualquer força para resistir. A sala flutuou diante dos seus olhos e desapareceu; imagem após imagem perpassou sua mente em alta velocidade como um filme de cinema mudo, tão vívido que o cegava para o ambiente ao redor.

Tinha cinco anos, e observava Duda andar na nova bicicleta vermelha, e seu peito explodia de inveja... tinha nove anos, e Estripador, o buldogue, acuava-o em uma árvore, e os Dursley riam muito embaixo, no jardim... estava sentado e tinha na cabeça o Chapéu Seletor, que lhe dizia que poderia ter êxito na Sonserina... Hermione estava deitada na ala hospitalar, o rosto coberto por grossos pelos pretos... cem Dementadores avançavam contra ele à margem do lago escuro... Cho Chang se aproximava dele embaixo do ramo de visgo...

Não, disse uma voz na cabeça de Harry quando a lembrança de Cho se tornou mais nítida, *você não está assistindo a isto, é uma lembrança íntima*...

Sentiu uma dor aguda no joelho, a sala de Snape reaparecera e ele se viu caído no chão; um dos joelhos batera dolorosamente na perna da escrivaninha do professor. Ele ergueu os olhos para Snape, que baixara a varinha e esfregava o punho. Havia um feio vergão ali, como uma marca de queimadura.

— Você teve intenção de produzir uma Azaração Ferreteante? — perguntou Snape calmamente.

— Não — respondeu Harry com rancor, erguendo-se do chão.

— Achei que não — retorquiu Snape com desprezo. — Você me deixou penetrar longe demais. Perdeu o controle.

— O senhor viu tudo que eu vi? — perguntou Harry, inseguro se queria ouvir a resposta.

— Vislumbres — disse Snape, crispando os lábios. — A quem pertencia o cachorro?

— À minha tia Guida — murmurou Harry, odiando Snape.

— Bom, para uma primeira tentativa não foi tão ruim quanto poderia ter sido — disse o professor erguendo novamente a varinha. — Você conseguiu finalmente me paralisar, embora tenha desperdiçado tempo e energia gritando. Precisa se manter concentrado. Me repila com o seu cérebro e não precisará recorrer à varinha.

— Estou tentando — disse Harry, zangado —, mas o senhor não está me dizendo como fazer!

— Tenha modos, Potter — disse Snape, ameaçador. — Agora, quero que feche os olhos.

O garoto lançou-lhe um olhar zangado antes de obedecer. Não lhe agradava a ideia de ficar parado ali, de olhos fechados, enquanto Snape o encarava, segurando uma varinha.

— Esvazie sua mente, Potter — disse a voz fria de Snape. — Ponha de lado toda emoção...

Mas a raiva de Harry contra Snape continuava a pulsar em suas veias como veneno. Ponha de lado toda emoção? Era mais fácil pôr de lado as pernas...

— Você não está obedecendo, Potter... vai precisar de mais disciplina... concentre-se, agora...

Harry tentou esvaziar a mente, tentou não pensar, nem lembrar, nem sentir...

— Vamos outra vez... quando eu contar três... um... dois... três... *Legilimens*!

Um enorme dragão preto se empinou diante dele... seu pai e sua mãe lhe acenaram do espelho encantado... Cedrico Diggory caíra no chão de olhos vidrados olhando para ele...

— NÃÃÃÃÃÃÃO!

Harry estava mais uma vez de joelhos, o rosto nas mãos, o cérebro doendo como se alguém estivesse tentando arrancá-lo do crânio.

— Levante-se! — mandou Snape com rispidez. — Levante-se! Você não está tentando, não está fazendo esforço algum. Está me deixando acessar lembranças de que tem medo, está me dando armas!

Harry tornou a se levantar, seu coração batendo descontrolado como se tivesse realmente acabado de ver Cedrico morto no cemitério. Snape estava mais pálido do que o normal, e mais zangado, embora não tão zangado quanto Harry.

— Eu... estou... me... esforçando — disse entre os dentes.

— Eu o mandei se esvaziar de emoções!

— É? Bom, estou achando difícil neste momento — vociferou Harry.

— Então vai descobrir que será uma presa fácil para o Lorde das Trevas! — disse Snape com selvageria. — Tolos que têm orgulho em mostrar seus sentimentos, que não sabem controlar suas emoções, que chafurdam em lembranças tristes e se deixam provocar com tanta facilidade... em outras palavras, gente fraca... não têm a menor chance contra os poderes dele! Ele penetrará sua mente com uma facilidade absurda, Potter!

— Eu não sou fraco — disse Harry em voz baixa, a fúria agora perpassando-o de tal modo que achou que poderia atacar Snape dali a pouco.

— Então prove! Domine-se! — falou Snape com violência. — Controle sua raiva, discipline sua mente! Vamos tentar outra vez! Preparar, agora! *Legilimens*!

Ele observava o tio Válter pregar a fenda que havia na porta para cartas... cem Dementadores atravessavam o lago da escola em sua direção... ele estava correndo por uma passagem sem janelas com o Sr. Weasley... se aproximaram da porta preta e simples no fim do corredor... Harry esperava que entrassem... mas o Sr. Weasley o desviou para a esquerda, desceram um lance de escadas de pedra...

— EU SEI! EU SEI!

Estava novamente de quatro no chão da sala de Snape, a cicatriz formigando incomodamente, mas a voz que saíra de sua boca era triunfante. Ele se levantou e deparou com Snape encarando-o, de varinha levantada. Parecia que, desta vez, Snape suspendera o feitiço antes mesmo de Harry sequer tentar repeli-lo.

– Que aconteceu então, Potter? – perguntou, observando o garoto atentamente.

– Eu vi... me lembrei – ofegou Harry. – Acabei de perceber...

– Perceber o quê? – perguntou Snape asperamente.

Harry não respondeu imediatamente; ainda estava saboreando o momento da ofuscante percepção enquanto esfregava a testa...

Andava sonhando havia meses com um corredor sem janelas que terminava em uma porta trancada, sem se dar conta de que era um lugar real. Agora, revivendo a lembrança, entendeu que o tempo todo estivera sonhando com o corredor pelo qual correra com o Sr. Weasley no dia doze de agosto, quando se dirigiam apressados para os tribunais no Ministério; era o corredor que levava ao Departamento de Mistérios, e era onde o Sr. Weasley estivera na noite em que a cobra de Voldemort o atacara.

Ele ergueu a cabeça para Snape.

– Que é que tem no Departamento de Mistérios?

– Que foi que você disse? – perguntou Snape em voz baixa e Harry viu, com profunda satisfação, que Snape ficara assustado.

– Eu perguntei o que é que tem no Departamento de Mistérios, *professor?* – repetiu Harry.

– E por que – perguntou Snape lentamente – você perguntaria isso?

– Porque – disse Harry observando-o atentamente para ver sua reação – aquele corredor que acabei de ver... com que estou sonhando há meses... eu acabei de reconhecê-lo: leva ao Departamento de Mistérios... e acho que Voldemort quer alguma coisa de...

– *Já lhe disse para não pronunciar o nome do Lorde das Trevas!*

Os dois se encararam. A cicatriz de Harry tornou a queimar, mas ele não ligou. Snape parecia agitado, mas quando falou foi como se estivesse tentando aparentar calma e indiferença.

– Há muitas coisas no Departamento de Mistérios, Potter, poucas das quais você entenderia e nenhuma das quais é da sua conta. Estou sendo claro?

– Está – respondeu Harry, ainda esfregando a cicatriz que doía cada vez mais.

— Quero você aqui à mesma hora na quarta-feira. Continuaremos a trabalhar então.

— Ótimo — disse Harry. Ele estava desesperado para sair da sala de Snape e se reunir a Rony e Hermione.

— Você deve esvaziar sua mente de toda emoção antes de dormir; esvazie-a, deixe-a limpa e calma, compreendeu?

— Sim — assentiu Harry, pouco atento.

— E fique avisado, Potter... eu saberei se você não praticou...

— Certo — murmurou. E apanhando a mochila, atirou-a sobre o ombro e correu para a porta da sala. Ao abri-la, virou-se para olhar Snape, que estava de costas e retirava os pensamentos da Penseira com a ponta da varinha, repondo-os cuidadosamente na própria cabeça. Harry saiu sem dizer nada, fechando a porta cuidadosamente ao passar, a cicatriz ainda latejando dolorosamente.

Harry encontrou Rony e Hermione na biblioteca, onde preparavam uma verdadeira resma de dever que Umbridge passara recentemente. Outros alunos, quase todos do quinto ano, estavam sentados às mesas próximas, iluminadas por abajures, com o nariz grudado nos livros, as penas arranhando o papel febrilmente, enquanto o céu emoldurado pelas janelas de caixilhos escurecia sempre mais. O único outro som que havia era o ligeiro rangido dos sapatos de Madame Pince, que percorria os corredores entre as estantes ameaçadoramente, bufando no pescoço dos que tocavam seus preciosos livros.

Harry sentia arrepios; sua cicatriz ainda doía, sentia-se quase febril. Quando se sentou defronte a Rony e a Hermione, viu seu reflexo na janela; estava muito branco e a cicatriz parecia mais visível do que o normal.

— Como foi? — sussurrou Hermione, e então com o ar preocupado: — Você está bem, Harry?

— Tô... ótimo... não sei — respondeu impaciente, fazendo careta quando tornou a sentir uma pontada na cicatriz. — Escutem... acabei de compreender uma coisa...

E contou aos dois o que acabara de ver e deduzir.

— Então... então você está dizendo... — sussurrou Rony, quando Madame Pince passava, rangendo os sapatos — que a arma, a coisa que Você-Sabe-Quem está procurando... está no Ministério da Magia?

— No Departamento de Mistérios, tem de estar — cochichou Harry. — Vi a porta quando o seu pai me levou à audiência nos tribunais, e decididamente é a mesma que ele estava guardando quando a cobra o mordeu.

Hermione deixou escapar um suspiro longo e lento.

— Claro — sussurrou.

— Claro o quê? — perguntou Rony, meio impaciente.

— Rony, pare e pense... Estúrgio Podmore estava tentando passar por uma porta no Ministério da Magia... deve ter sido a mesma, seria coincidência demais!

— Como é que o Estúrgio estava tentando arrombar a porta se ele está do nosso lado? — perguntou Rony.

— Bom, não sei — admitiu Hermione. — É meio estranho...

— Então o que é que tem no Departamento de Mistérios? — perguntou Harry a Rony. — Seu pai alguma vez disse alguma coisa?

— Eu sei que eles chamam as pessoas que trabalham lá de "Inomináveis" — disse Rony, franzindo a testa. — Porque ninguém parece saber realmente o que elas fazem, um lugar esquisito para guardar uma arma.

— Não é nada esquisito, faz absoluto sentido — retrucou Hermione. — Deverá ser alguma coisa ultrassecreta que o Ministério está desenvolvendo, imagino... Harry, você tem certeza de que está se sentindo bem?

Harry acabara de correr as duas mãos com força pela testa, como se estivesse tentando passá-la a ferro.

— Tô... ótimo... — respondeu, baixando as mãos, que tremiam. — Só estou me sentindo um pouco... não gosto muito dessa tal Oclumência.

— Acho que qualquer um se sentiria abalado se tivesse a mente atacada tantas vezes seguidas — consolou-o Hermione. — Olhe, vamos voltar à sala comunal, ficaremos um pouco mais confortáveis lá.

Mas encontraram a sala comunal lotada, cheia de gritos, risos e agitação; Fred e Jorge estavam demonstrando sua última invenção para a loja de logros e brincadeiras.

— Chapéus sem Cabeças! — anunciava Jorge, enquanto Fred apontava para um chapéu cônico decorado com uma pluma cor-de-rosa para os colegas que assistiam a ele. — Dois galeões cada, olhem só o Fred, agora!

Fred levou o chapéu à cabeça com um gesto largo, sorrindo. Por um segundo, ele pareceu realmente idiota; então ambos, chapéu e cabeça, desapareceram.

Várias meninas soltaram gritinhos, mas todos os outros deram gostosas gargalhadas.

— Tire o chapéu! — gritou Jorge, e a mão de Fred apalpou por um momento o que parecia ser apenas vento sobre o seu ombro; então a cabeça reapareceu quando, com um novo gesto largo, ele tirou o chapéu emplumado.

— Qual é a mágica desses chapéus, então? — perguntou Hermione, distraindo-se do dever que estava fazendo para apreciar Fred e Jorge. — Quero dizer, obviamente usaram algum tipo de Feitiço da Invisibilidade, mas é muito criativo ampliar o campo da invisibilidade para além dos limites do objeto enfeitiçado... Mas imagino que o feitiço não dure muito tempo.

Harry não respondeu; estava se sentindo mal.

— Vou ter de fazer isso amanhã — murmurou, tornando a enfiar na mochila os livros que acabara de tirar.

— Bom, anote na sua agenda de deveres então! — disse Hermione animando-o. — Para não esquecer.

Harry e Rony se entreolharam quando ele meteu a mão na mochila, tirou a agenda e abriu-a hesitante.

"Não deixe o dever para mais tarde, seu grande preguiçoso!", ralhou o livro enquanto Harry anotava o dever da Umbridge. Hermione sorriu.

— Acho que vou me deitar — disse Harry, guardando a agenda na mochila e registrando mentalmente a intenção de jogá-la na lareira na primeira oportunidade que tivesse.

Atravessou então a sala comunal, fugindo de Jorge, que tentava colocar nele o Chapéu sem Cabeça, e alcançou a paz e o frescor da escada de pedra para o dormitório dos meninos. Sentiu-se novamente mal, como no dia em que tivera a visão da cobra, mas achou que se pudesse deitar um pouco melhoraria.

Abriu a porta do dormitório e dera apenas um passo para dentro quando sentiu uma dor tão forte que parecia que alguém cortara fora o topo de sua cabeça. Não sabia onde estava, se em pé ou deitado, nem sequer sabia o próprio nome.

Uma gargalhada maníaca ecoava em seus ouvidos... fazia muito tempo que ele não se sentia tão feliz... jubiloso, extático, triunfante... uma coisa muito maravilhosa acontecera...

— Harry? HARRY!

Alguém lhe dava tapas no rosto. A gargalhada insana foi pontuada com um grito de dor. A felicidade estava se esvaindo, mas a gargalhada continuava...

Ele abriu os olhos e, ao fazê-lo, tomou consciência de que a gargalhada alucinada saía de sua própria boca. No instante em que percebeu isso, ela cessou; Harry estava caído no chão, arquejante, olhando para o teto, sua cicatriz latejando barbaramente. Rony se curvava para ele, parecendo muito preocupado.

— Que aconteceu? — perguntou.

— Eu... não sei... — ofegou Harry, sentando-se. — Ele está realmente feliz... realmente feliz...

— Você-Sabe-Quem?

— Alguma coisa boa aconteceu — balbuciou Harry. E tremia tanto quanto depois de ver a cobra atacar o Sr. Weasley, além de sentir-se muito enjoado. — Alguma coisa que ele esperava que acontecesse.

As palavras foram saindo de sua boca, exatamente como acontecera no vestiário da Grifinória, como se um estranho falasse através dele, contudo Harry sabia que eram verdadeiras. Ele inspirou profundamente várias vezes, desejando não vomitar em cima de Rony. Ficou satisfeito que desta vez Dino e Simas não estivessem ali para presenciar.

— Hermione me mandou vir ver como você estava — disse Rony em voz baixa, ajudando o amigo a se levantar. — Diz que suas defesas deviam estar muito baixas neste momento, depois do Snape ter mexido com a sua mente... ainda assim, suponho que vá ser útil a longo prazo, não?

Ele olhou para Harry com ar de dúvida enquanto o ajudava a alcançar a cama. Harry concordou com um aceno de cabeça, sem convicção, e se largou sobre os travesseiros, o corpo doendo por ter caído tantas vezes naquela noite, sua cicatriz ainda formigando dolorosamente. Não pôde deixar de sentir que a sua primeira incursão em Oclumência enfraquecera a resistência de sua mente, ao invés de fortalecê-la, e se perguntou, extremamente agitado, o que deixara Lorde Voldemort na maior felicidade dos últimos catorze anos.

25

O BESOURO ACOSSADO

A pergunta de Harry foi respondida logo na manhã seguinte. Quando chegou o *Profeta Diário* de Hermione, ela o abriu, deu uma espiada na primeira página e soltou um gritinho que fez com que todos ao seu redor a olhassem.

– Quê? – perguntaram Harry e Rony juntos.

Em resposta, ela abriu o jornal na mesa diante dos garotos e apontou para dez fotografias em preto e branco que ocupavam toda a primeira página, nove caras de bruxos e, a décima, de uma bruxa. Alguns deles zombavam em silêncio; outros tamborilavam os dedos nas molduras dos retratos, com insolência. Cada foto trazia uma legenda com um nome e o crime pelo qual a pessoa fora mandada para Azkaban.

Antônio Dolohov, informava a legenda sob o bruxo com o rosto pálido e torto que sorria troçando para Harry, *condenado pelo brutal homicídio de Gideão e Fábio Prewett.*

Augusto Rookwood, lia-se sob a foto do homem com o rosto marcado por bexigas e os cabelos oleosos, que se apoiava na borda da foto com ar de tédio, *condenado por passar Àquele-Que-Não-Deve-Ser-Nomeado segredos do Ministério da Magia.*

Mas o olhar de Harry foi atraído para a foto da bruxa. Seu rosto se destacara no momento em que ele vira a página. Tinha longos cabelos escuros que pareciam malcuidados e desgrenhados, embora ele os tivesse visto sedosos, espessos e brilhantes. Ela o encarou sob as pesadas pálpebras, um sorriso arrogante e desdenhoso brincando em seus lábios. Como Sirius, ela conservava feições atraentes, mas alguma coisa – talvez Azkaban – levara a maior parte da sua beleza.

Belatriz Lestrange, *condenada pela tortura e incapacitação permanente de Franco e Alice Longbottom.*

Hermione cutucou Harry e apontou para a manchete no alto das fotos, que ele, concentrado em Belatriz, ainda não lera.

FUGA EM MASSA DE AZKABAN
MINISTÉRIO TEME QUE BLACK SEJA O "PONTO DE REUNIÃO"
PARA ANTIGOS COMENSAIS DA MORTE

— Black?! — exclamou Harry em voz alta. — Não...?

— Psiu! — sussurrou Hermione desesperada. — Não fale tão alto... só leia!

O Ministério da Magia anunciou à noite passada que houve uma fuga em massa em Azkaban.

Em entrevista aos repórteres em seu gabinete, Cornélio Fudge, ministro da Magia, confirmou que dez prisioneiros de segurança máxima escaparam no início da noite de ontem, e que ele já informou ao primeiro-ministro dos trouxas a natureza perigosa dos fugitivos.

"Nós nos encontramos, infelizmente, na mesma posição de dois anos e meio atrás quando o assassino Sirius Black fugiu", comentou Fudge. "E achamos que as duas fugas estão relacionadas. Uma fuga nessa escala aponta para ajuda externa, e devemos nos lembrar que Black, a primeira pessoa a escapar de Azkaban, estaria em posição ideal para ajudar outros a seguirem seus passos. Cremos que muito provavelmente esses indivíduos, entre os quais se inclui a prima de Black, Belatriz Lestrange, se agruparam em torno de Black como seu líder. Estamos, no entanto, envidando todos os esforços para capturar os criminosos, e pedimos à comunidade bruxa que se mantenha alerta e cautelosa. Em nenhuma circunstância devem se aproximar desses indivíduos."

— Está tudo aí, Harry — disse Rony, assombrado. — É por isso que ele estava tão feliz ontem à noite.

— Não acredito — vociferou Harry. — Fudge está culpando Sirius pela fuga?

— Que outra opção ele tem? — disse Hermione, amargurada. — Não vai poder dizer: "Desculpe, pessoal, Dumbledore me avisou que isto poderia acontecer, os guardas de Azkaban se uniram a Voldemort", pare de choramingar, Rony, "e agora seus piores seguidores também fugiram." Quero dizer, ele passou uns seis meses anunciando para todo o mundo que você e Dumbledore eram mentirosos, não?

Hermione abriu com violência o jornal e começou a ler a notícia nas páginas internas enquanto Harry corria os olhos pelo Salão Principal. Não conseguia entender por que seus colegas não estavam apavorados nem sequer discutiam a terrível notícia na primeira página, mas poucos tinham assinatura diária do jornal como Hermione. Estavam todos conversando sobre os deveres e o quadribol – e quem sabe que outras tolices –, quando fora dos muros da escola mais dez Comensais da Morte haviam engrossado as fileiras de Voldemort.

Ele ergueu os olhos para a mesa dos professores. Ali, a situação era diferente: Dumbledore e a Prof ª McGonagall conversavam absortos, ambos parecendo extremamente sérios. A Prof ª Sprout apoiara o *Profeta Diário* em um vidro de ketchup e lia a primeira página com tal concentração que nem reparava nos pingos de gema de ovo que caíam em seu colo da colher que segurava no ar. Entrementes, na extremidade da mesa, a Prof ª Umbridge comia com entusiasmo sua tigela de mingau de aveia. Uma vez na vida seus empapuçados olhos de sapo não estavam varrendo o Salão Principal à procura de alunos malcomportados. Engolia o mingau com ar aborrecido, e de vez em quando lançava um olhar malévolo para o lado da mesa em que Dumbledore e McGonagall conversavam tão concentrados.

– Nossa! – exclamou Hermione com ar de dúvida, continuando a ler o jornal.

– Que foi agora? – perguntou Harry depressa; estava assustado...

– É... *horrível* – disse, abalada. Ela dobrou a página dez do jornal e passou-o a Harry e Rony.

MORTE TRÁGICA DE FUNCIONÁRIO DO MINISTÉRIO DA MAGIA

O Hospital St. Mungus prometeu um inquérito rigoroso sobre a morte do funcionário do Ministério da Magia, Broderico Bode, 49 anos, encontrado em sua cama, estrangulado por uma planta envasada. Os Curandeiros chamados não conseguiram reanimar o Sr. Bode, que fora ferido em um acidente de trabalho algumas semanas antes.

A Curandeira Miriam Strout, que se encontrava de serviço na enfermaria do Sr. Bode na hora do incidente, foi suspensa de suas funções, sem perda de remuneração, e não foi encontrada ontem para comentar a notícia, mas um porta-voz do hospital declarou:

"O Hospital St. Mungus lamenta profundamente a morte do Sr. Bode, que estava em plena recuperação antes deste trágico acidente. Temos diretrizes rigorosas para as decorações permitidas em nossas enfermarias, mas, aparentemente, a Curandeira Strout, muito atarefada durante o período natalino, não percebeu o perigo da planta à cabeceira do Sr. Bode. À medida que sua fala e mobilidade melhoravam, a Curandeira Strout encorajou o Sr. Bode a cuidar sozinho da planta, sem saber que não era uma inocente diafanina, mas uma muda de visgo-do-diabo que, ao ser tocada pelo convalescente Sr. Bode, estrangulou-o instantaneamente."

O St. Mungus ainda não soube explicar a presença da planta, e pede a quem tiver alguma informação para se apresentar.

— Bode — repetiu Rony. — *Bode*. Me lembra alguma coisa...

— Nós o vimos — cochichou Hermione. — No St. Mungus, lembra? Estava na cama defronte a Lockhart, deitado, olhando para o teto. E vimos o visgo-do-diabo chegar. Ela, a Curandeira, disse que era presente de Natal!

Harry foi se lembrando da história. Uma sensação de horror começou a subir como bile à sua boca.

— Como foi que não reconhecemos o visgo? Nós já o vimos antes... poderíamos ter impedido isso de acontecer.

— Quem espera que um visgo-do-diabo apareça em um hospital disfarçado de plantinha ornamental? — perguntou Rony asperamente. — Não é nossa culpa, quem a mandou para o cara é que é culpado! Deve ter sido uma perfeita anta, por que não verificou o que estava comprando?

— Ah, Rony, nem vem! — disse Hermione, trêmula. — Não acho que alguém envasasse o visgo sem saber que tentaria matar quem o tocasse! Isso foi homicídio... e um homicídio engenhoso... se a planta foi enviada anonimamente, como é que alguém vai descobrir quem a mandou?

Harry não estava pensando no visgo-do-diabo. Estava se lembrando de um homem de rosto macilento que entrara no nível do Átrio, quando tomaram o elevador para o nível nove do Ministério no dia de sua audiência.

— Eu conheci Bode — disse lentamente. — Eu o vi no Ministério quando fui com o seu pai.

O queixo de Rony caiu.

— Eu ouvi papai falar dele em casa! Era um Inominável: trabalhava no Departamento de Mistérios!

Os garotos se entreolharam por um momento, então Hermione tornou a puxar o jornal para ela, estudou por um momento as fotos dos dez Comensais da Morte fugitivos na primeira página e então ficou em pé de repente.

— Aonde é que você vai? — perguntou Rony, surpreso.

— Enviar uma carta — disse Hermione, atirando a mochila por cima do ombro. — Bom, não sei se... mas vale a pena tentar... eu sou a única que pode.

— *Detesto* quando ela faz isso — resmungou Rony ao se levantar com Harry para saírem sem pressa do Salão Principal. — Será que ia morrer se nos dissesse o que pretende fazer ao menos uma vez? Só levaria mais dez segundos... eh, Hagrid!

Hagrid estava parado à porta do Salão Principal, esperando uma turma de alunos da Corvinal passar. Continuava tão machucado quanto no dia em que voltara de sua missão aos gigantes, e havia um novo corte na ponta do seu nariz.

– Tudo bem, vocês dois? – disse, fazendo um esforço para sorrir, mas só conseguindo produzir uma careta de dor.

– Você está o.k., Hagrid? – perguntou Harry, acompanhando-o nas esteiras dos alunos da Corvinal.

– Ótimo, ótimo – respondeu Hagrid, assumindo sem sucesso um tom displicente; acenou e por pouco não bateu na assustada Profª Vector que ia passando. – Ocupado, você sabe, o de sempre, aulas para preparar, umas salamandras tiveram podridão nas escamas, e estou em observação – murmurou.

– Está *em observação?* – repetiu Rony em voz alta, de modo que vários alunos próximos olharam curiosos. – Desculpe... quero dizer... você está em observação? – sussurrou.

– Eu não esperava outra coisa, para falar a verdade. Vocês talvez não tenham percebido, mas a inspeção não correu muito bem, entendem... em todo o caso. – Ele deu um profundo suspiro. – Melhor eu ir esfregar mais um pouco de pimenta nas salamandras ou os rabos delas vão cair. Até mais, Harry... Rony...

Ele saiu pesadamente pela porta da frente e desceu a escada em direção aos terrenos molhados. Harry ficou observando-o se afastar, imaginando quantas más notícias ele poderia suportar.

O fato de Hagrid estar em observação tornou-se conhecido em toda a escola nos dias seguintes, mas, para indignação de Harry, quase ninguém pareceu se incomodar; na verdade, algumas pessoas, entre as quais se destacava Draco Malfoy, pareciam decididamente felizes. Quanto à morte estranha de um obscuro funcionário do Ministério da Magia no St. Mungus, Harry, Rony e Hermione pareciam ser as únicas pessoas que sabiam ou se importavam. Havia apenas um tópico de conversa nos corredores agora: os dez Comensais da Morte fugitivos, cuja história finalmente se filtrara pela escola através dos poucos que liam jornais. Voavam boatos de que alguns dos condenados tinham sido vistos em Hogsmeade, que deviam estar escondidos na Casa dos Gritos e que iam invadir Hogwarts, tal como haviam dito sobre Sirius um dia.

Os que pertenciam a famílias bruxas tinham sido criados ouvindo os nomes dos Comensais da Morte com quase tanto medo quanto o de Voldemort; os crimes que haviam cometido durante o reinado de terror do Lorde das Trevas eram lendários. Havia parentes das vítimas entre os alunos de Hogwarts, que agora se viam transformados em involuntários objetos de uma fama indireta e sinistra quando passavam pelos corredores: Susana

Bones, cujos tio, tia e primos tinham morrido pela mão de um dos dez, comentou, infeliz, durante uma aula de Herbologia que agora tinha uma boa ideia de como Harry se sentia.

– E não sei como você suporta: é horrível – disse ela sem rodeios, despejando estrume demais em sua bandeja de mudinhas de bocas-de-guincho, fazendo-as se torcerem e estrilarem incomodadas.

É verdade que Harry ultimamente voltara a ser comentado aos sussurros e apontado nos corredores, contudo achava ter percebido uma ligeira diferença no tom dos colegas. Agora pareciam curiosos em vez de hostis, e uma ou duas vezes teve certeza de ouvir fragmentos de conversas que sugeriam que as pessoas não estavam satisfeitas com a versão do *Profeta* de como e por que dez Comensais da Morte tinham conseguido escapar da fortaleza de Azkaban. Em sua confusão e medo, os que duvidavam estavam se voltando para a única explicação que conheciam: a que Harry e Dumbledore vinham apresentando desde o ano anterior.

Não era apenas a atitude dos estudantes que havia mudado. Agora era bem comum deparar com dois ou três professores conversando em sussurros urgentes nos corredores, interrompendo a conversa no momento em que viam alunos se aproximarem.

– Obviamente eles não podem mais conversar na sala de professores – comentou Hermione em voz baixa, quando ela, Harry e Rony passaram um dia por McGonagall, Flitwick e Sprout agrupados à porta da sala de Feitiços. – Não com a Umbridge por lá.

– Você acha que eles sabem de alguma novidade? – perguntou Rony, espiando por cima do ombro para os três professores.

– Se souberem, não vamos saber, não é? – falou Harry, irritado. – Não depois do decreto... em que número estamos agora? – Pois havia aparecido um novo aviso nos quadros das Casas na manhã seguinte à fuga de Azkaban:

POR ORDEM DA ALTA INQUISIDORA DE HOGWARTS

Doravante, os professores estão proibidos de passar informações aos estudantes que não estejam estritamente relacionadas com as disciplinas que são pagos para ensinar.

A ordem acima está de acordo com o
Decreto Educacional Número Vinte e Seis

Assinado: Dolores Joana Umbridge, Alta Inquisidora

Este último decreto fora tema de um grande número de piadas entre os alunos. Lino Jordan havia lembrado a Umbridge que, pelos termos da nova lei, ela não podia ralhar com Fred e Jorge por brincarem com Snap Explosivo no fundo da sala.

— Snap Explosivo não tem relação alguma com Defesa Contra as Artes das Trevas, professora! Não é uma informação pertinente à sua disciplina!

Da vez seguinte que Harry encontrou Lino, as costas de uma das mãos do amigo sangravam muito. Recomendou-lhe essência de murtisco.

Harry achara que a fuga de Azkaban pudesse deixar Umbridge mais humilde, que ela fosse se envergonhar do desastre que ocorrera bem debaixo do nariz do seu querido Fudge. Parecia, porém, que a fuga apenas intensificara o seu desejo furioso de submeter cada aspecto da vida de Hogwarts ao seu controle pessoal. Parecia decidida a obter pelo menos uma demissão sem muita demora, a única dúvida era quem iria primeiro, se a Profª Trelawney ou Hagrid.

Cada aula de Adivinhação e Trato das Criaturas Mágicas era dada em presença de Umbridge e sua prancheta. Ela rondava a lareira na sala da torre intensamente perfumada, interrompendo as aulas cada vez mais histéricas da Profª Trelawney com perguntas difíceis sobre ornitomancia e heptomologia, insistindo que ela previsse as respostas dos alunos antes de recebê-las e exigindo que ela demonstrasse sua perícia com a bola de cristal, as folhas de chá e as runas, uma a uma. Harry achou que em breve Trelawney sucumbiria sob tanta pressão. Várias vezes ele passou pela professora nos corredores – o que era em si uma ocorrência incomum, pois em geral ela permanecia na sala da torre – murmurando tresloucada, torcendo as mãos e lançando olhares aterrorizados por cima do ombro, exalando o tempo todo um forte cheiro de xerez ordinário. Se não estivesse tão preocupado com Hagrid, teria sentido pena dela, mas se alguém ia perder o emprego, só poderia haver uma opção para Harry quanto a quem devia continuar.

Infelizmente, Harry não conseguia imaginar Hagrid dando um espetáculo melhor do que Trelawney. E embora ele parecesse estar seguindo o conselho de Hermione e não tivesse mostrado aos alunos mais nada assustador do que um Crupe – um bicho que pouco diferia de um cão terrier exceto pela cauda bifurcada –, desde antes do Natal, Hagrid também parecia ter se acovardado. Estava curiosamente distraído e nervoso durante as aulas, perdia o fio do que estava ensinando à turma, respondia errado às perguntas, e todo o tempo olhava ansioso para Umbridge. Estava também mais distante de Harry, Rony e Hermione do que jamais estivera, e os proibira expressamente de visitá-lo depois do escurecer.

— Se ela pegar vocês, os nossos pescoços serão cortados — disse sem rodeios. E como os garotos não quisessem fazer nada que pudesse pôr em risco o emprego do amigo, os três se abstiveram de ir até sua cabana à noite.

Parecia a Harry que Umbridge estava constantemente privando-o de tudo que fazia sua vida em Hogwarts valer a pena: as visitas à casa de Hagrid, as cartas de Sirius, sua Firebolt e o quadribol. Ele se vingou da única maneira que sabia — redobrando seus esforços na AD.

Harry ficou satisfeito de constatar que todos, até mesmo Zacarias, tinham se sentido incentivados a trabalhar com mais vigor que nunca ao saberem que mais dez Comensais da Morte estavam agora soltos. Mas em ninguém essa melhoria foi mais pronunciada do que em Neville. A notícia da fuga dos atacantes dos seus pais produzira nele uma alteração estranha e até ligeiramente assustadora. Nunca mencionara o seu encontro com Harry, Rony e Hermione na enfermaria fechada do St. Mungus e, seguindo sua deixa, os garotos tinham se calado também. Tampouco comentara a fuga de Belatriz e dos colegas torturadores. De fato, Neville quase não falava mais durante as reuniões da AD, trabalhava sem descanso em cada nova azaração e contra-azaração que Harry ensinava, seu rosto gorducho contorcido de concentração, aparentemente insensível aos ferimentos ou acidentes, se esforçando mais do que qualquer outro na sala. Estava melhorando tão depressa que chegava a assustar, e quando Harry lhes ensinou o Feitiço Escudo — um meio de desviar pequenos feitiços e fazê-los ricochetear contra o atacante — somente Hermione dominou o feitiço mais depressa do que Neville.

Harry teria dado o céu para fazer tanto progresso em Oclumência quanto Neville nas reuniões da AD. As sessões de Harry com Snape, que tinham começado bastante mal, não melhoraram. Pelo contrário, Harry sentia que estava piorando a cada aula.

Antes de começar a estudar Oclumência, sua cicatriz formigava ocasionalmente durante a noite, ou então em seguida a um dos estranhos vislumbres dos pensamentos ou emoções de Voldemort que captava de vez em quando. Agora, no entanto, sua cicatriz quase nunca parava de formigar, e muitas vezes ele sentia súbitos assomos de irritação ou alegria, alheios ao que estava lhe acontecendo no momento, que eram sempre acompanhados por uma ferroada particularmente dolorosa na cicatriz. Ele tinha a terrível impressão de que estava se transformando aos poucos em uma espécie de antena alinhada com as mínimas flutuações do humor de Voldemort, e tinha certeza de poder remontar esse aumento de sensibilidade à primeira aula com Snape. Além do mais, agora estava sonhando quase toda a noite que caminhava pelo corredor em direção à entrada do Departamento de Mistérios, sonhos esses que sempre culminavam com ele parado cobiçoso diante da porta preta sem enfeites.

— Talvez seja como uma doença — disse Hermione, parecendo preocupada, quando ele confidenciou seus pensamentos aos dois amigos. — Uma febre ou coisa assim. Tem de piorar antes de melhorar.

— As aulas com Snape estão fazendo piorar — afirmou Harry. — Estou cansado de sentir minha cicatriz doer e farto de andar pelo mesmo corredor toda noite. — Ele esfregou a testa com raiva. — Gostaria que a porta se abrisse, estou cheio de ficar parado olhando para ela...

— Isso não tem graça — disse Hermione com aspereza. — Dumbledore não quer que você tenha sonhos com aquele corredor, ou não teria pedido ao Snape que lhe ensinasse Oclumência. Você vai ter é que se esforçar mais nas suas aulas.

— Estou trabalhando! — respondeu Harry, exasperado. — Experimente você uma vez... Snape tentando entrar na sua cabeça... não dá para gargalhar, sabe!

— Talvez... — começou Rony lentamente.

— Talvez o quê? — perguntou Hermione cortando-o.

— Talvez não seja culpa de Harry que ele não consiga fechar a mente — arriscou Rony sombriamente.

— Que é que você está querendo dizer? — perguntou Hermione.

— Bom, talvez Snape não esteja realmente querendo ajudar Harry...

Harry e Hermione o encararam. Rony olhou um e outro com uma expressão misteriosa e assustadora.

— Talvez — repetiu baixando mais a voz — ele esteja, na verdade, tentando abrir mais a mente de Harry... facilitar a entrada de Você-Sabe...

— Cala a boca, Rony — disse Hermione, zangada. — Quantas vezes você suspeitou de Snape, e quando foi que teve razão? Dumbledore confia nele, ele trabalha para a Ordem, isso deveria ser suficiente.

— Ele costumava ser um Comensal da Morte — teimou Rony. — E nunca vimos prova de que tenha *realmente* trocado de lado.

— Dumbledore confia nele — repetiu Hermione. — E se não pudermos confiar em Dumbledore, então não poderemos confiar em mais ninguém.

Com tanto com que se preocupar e tanto para fazer — uma assustadora quantidade de deveres que frequentemente mantinham os quintanistas trabalhando até depois da meia-noite, as reuniões secretas da AD e as aulas regulares de Snape —, o mês de janeiro parecia estar passando com alarmante rapidez.

Antes que Harry desse por isso, fevereiro chegara, trazendo um tempo mais úmido e mais quente e a perspectiva da segunda visita do ano a Hogsmeade. Harry tivera muito pouco tempo para gastar em conversas com Cho desde que haviam concordado em visitar a vila juntos, mas de repente viu-se diante da perspectiva de passar o Dia dos Namorados todo em sua companhia.

Na manhã do dia 14 de fevereiro vestiu-se com especial cuidado. Ele e Rony chegaram ao salão para tomar café na hora em que pousavam as corujas trazendo o correio. Edwiges não apareceu – não que Harry a esperasse –, mas Hermione ia puxando uma carta do bico de uma coruja castanha desconhecida, quando eles se sentaram.

– E já não era sem tempo! Se não tivesse vindo hoje... – comentou ela ansiosa, abrindo o envelope de onde tirou um pequeno pergaminho. Seus olhos correram da esquerda para a direita quando leu a mensagem, e uma expressão de sinistra satisfação se espalhou pelo seu rosto.

– Escute, Harry – disse ela erguendo os olhos –, isto é realmente importante. Você acha que pode se encontrar comigo no Três Vassouras por volta do meio-dia?

– Bom... não sei – disse Harry em dúvida. – Cho talvez esteja esperando que eu passe o dia com ela. Não combinamos o que íamos fazer.

– Bom, se precisar leve ela junto – disse Hermione com urgência. – Mas você vai?

– Bom... tudo bem, mas por quê?

– Agora não tenho tempo de lhe contar, tenho de responder logo essa mensagem.

E saiu correndo do Salão Principal, a carta apertada em uma das mãos e um pedaço de torrada na outra.

– Você vai? – Harry perguntou a Rony, que sacudiu a cabeça, com um ar deprimido.

– Nem posso ir a Hogsmeade; Angelina quer que a gente treine o dia todo. Como se isso fosse ajudar; somos o pior time que já vi. Você devia ver o Sloper e o Kirke, são patéticos, piores que eu. – Ele deu um profundo suspiro. – Não sei por que a Angelina não me deixa pedir demissão de uma vez.

– Porque você é bom quando está em forma, só por isso – retrucou Harry, irritado.

Tinha muita dificuldade em manifestar simpatia pela situação de Rony, quando ele próprio teria dado quase tudo para participar do próximo jogo contra a Lufa-Lufa. Rony pareceu perceber o tom do amigo, porque não tornou a mencionar a partida durante o café, e houve uma certa frieza na maneira como se despediram pouco depois. Rony saiu para o campo de quadribol e Harry, depois de tentar assentar os cabelos, mirando-se no côncavo da colher, rumou sozinho para o Saguão de Entrada para se encontrar com Cho, sentindo-se muito apreensivo e se perguntando sobre o que iriam conversar.

Ela o aguardava ao lado da porta de carvalho, muito bonita com os cabelos presos atrás em um belo rabo de cavalo. Os pés de Harry lhe pareceram grandes demais para o seu corpo enquanto caminhava ao encontro dela, e de repente tomou consciência dos seus braços e como deviam parecer idiotas balançando dos lados.

– Oi – disse Cho ligeiramente sem ar.
– Oi – disse Harry.
Eles se olharam por um momento e Harry então falou:
– Bom... ah... então vamos?
– Ah... claro...

Os dois entraram na fila de alunos a serem liberados por Filch, seus olhos se encontrando ocasionalmente, dando sorrisos esquivos, mas não conversaram. Harry sentiu alívio quando chegaram lá fora, achando mais fácil caminharem em silêncio do que ficar parados constrangidos. Era um dia fresco, do tipo em que sopra uma brisa, e, ao passarem pelo estádio de quadribol, Harry viu de relance Rony e Gina sobrevoando as arquibancadas e sentiu uma terrível angústia por não estar lá no alto com eles.

– Você realmente sente falta, não é? – perguntou Cho.
Harry virou-se e notou que ela o observava.
– Sinto – suspirou Harry. – Sinto mesmo.
– Lembra da primeira vez que jogamos como adversários no terceiro ano?
– Lembro – disse Harry sorrindo. – Você me bloqueou o tempo todo.
– E Olívio disse para você parar de bancar o cavalheiro e me derrubar da vassoura se precisasse – disse Cho, sorrindo com a lembrança. – Ouvi dizer que ele foi contratado pelo Orgulho de Portree, é verdade?
– Não, foi pelo União de Puddlemere; eu o vi jogando na Copa do Mundial no ano passado.
– Ah, também vi você lá, lembra? Estávamos no mesmo acampamento. Foi realmente bom, não achou?

O assunto Copa Mundial de Quadribol levou-os pela estrada da escola e além das grades. Harry mal conseguia acreditar como era fácil conversar com ela – de fato, não era mais difícil do que conversar com Rony e Hermione – e estava começando a se sentir confiante e feliz quando uma enorme turma de garotas da Sonserina passou por eles, inclusive Pansy Parkinson.

– Potter e Chang! – guinchou Pansy, que puxou um coro de risinhos de deboche. – Eca, Chang, que mau gosto... pelo menos o Diggory era bonito!

As garotas aceleraram o passo, falando e dando gritinhos críticos, lançando olhares exagerados para Harry e Cho atrás, e deixando ao passar um silêncio constrangido. Harry não conseguia pensar em mais nada para dizer sobre quadribol, e Cho, levemente corada, olhava para os pés.

– Então... aonde é que você quer ir? – perguntou Harry quando entraram em Hogsmeade. A rua Principal estava cheia de estudantes que caminhavam olhando vitrines e tumultuando as calçadas.

– Ah... não faz diferença – disse Cho encolhendo os ombros. – Hum... vamos dar uma olhada nas vitrines ou outra coisa qualquer?

Eles foram andando em direção à Dervixes & Bangues. Um grande cartaz fora afixado à vitrine, e alguns moradores de Hogsmeade o liam. Eles se afastaram para um lado quando Harry e Cho se aproximaram, e o garoto se viu, mais uma vez, diante das fotos dos dez Comensais da Morte fugitivos. O cartaz, "Por Ordem do Ministério da Magia", oferecia uma recompensa de mil galeões a qualquer bruxo ou bruxa com informações que possibilitassem a recaptura dos condenados retratados.

– É engraçado, não é – comentou Cho em voz baixa, olhando as fotos dos Comensais da Morte –, lembra quando Sirius Black fugiu e havia Dementadores por toda Hogsmeade à procura dele? E agora dez Comensais da Morte estão soltos e não há Dementadores em lugar nenhum...

– É – concordou Harry, desviando os olhos do rosto de Belatriz Lestrange para os dois lados da rua Principal. – É, é bem esquisito.

Ele não lamentava que não houvesse Dementadores por ali, mas agora, pensando bem, a ausência deles era extremamente significativa. Não somente haviam deixado os Comensais da Morte escapar, como nem estavam se dando o trabalho de procurá-los... parecia que agora haviam realmente escapado ao controle do Ministério.

Os dez fugitivos estavam em todas as vitrines pelas quais eles passaram. Na altura da Loja de Penas Escriba, começou a chover; pingos grossos e frios batiam no rosto e na nuca de Harry.

– Ah... quer tomar um café? – perguntou Cho hesitante, quando a chuva começou a cair com mais intensidade.

– Ah, vamos – disse Harry olhando ao redor. – Aonde?

– Ah, tem um lugar realmente gostoso ali adiante; você nunca esteve no Madame Puddifoot? – perguntou ela, animada, conduzindo-o, por uma rua lateral, a uma pequena casa de chá em que Harry nunca reparara antes. Era um lugarzinho apertado e cheio de vapor, onde tudo parecia ter sido decorado com laços e babadinhos. Lembrou a Harry desagradavelmente a sala da Umbridge.

"Bonitinho, não é?", perguntou Cho alegre.

– Ah... é – respondeu Harry sem sinceridade.

– Olhe, ela preparou uma decoração para o Dia dos Namorados! – disse Cho, apontando para os querubins dourados que pairavam sobre as mesinhas circulares, e que a intervalos deixavam cair confetes sobre os fregueses.

– Aaah...

Os dois se sentaram à última mesa que restava, ao lado da janela embaçada. Rogério Davies, capitão do time da Corvinal, estava sentado a menos de meio metro com uma lourinha bonita. De mãos dadas. A cena fez Harry se sentir pouco à vontade, particularmente quando, ao correr os olhos pela loja, viu que só havia casais, todos de mãos dadas. Talvez Cho esperasse que ele segurasse a mão *dela*.

– Que posso servir a vocês, queridos? – perguntou Madame Puddifoot, uma mulher muito corpulenta com um coque preto e brilhante, espremendo-se entre a mesa deles e a de Rogério com grande dificuldade.

– Dois cafés, por favor – pediu Cho.

No intervalo que levou para os cafés chegarem, Rogério Davies e a namorada começaram a se beijar por cima do açucareiro. Harry gostaria que não o tivessem feito; sentia que Davies estava estabelecendo um padrão com o qual Cho logo iria querer que ele competisse. Sentiu seu rosto começar a esquentar e tentou olhar pela janela, mas estava tão embaçada que não dava para ver a rua lá fora. Para adiar o momento em que teria de olhar para Cho, Harry ergueu os olhos como se estivesse examinando a pintura e recebeu um punhado de confete no rosto, lançado pelos querubins.

Passados mais alguns minutos penosos, Cho mencionou Umbridge. Harry aproveitou a oportunidade com alívio, e passaram alguns momentos divertidos xingando-a, mas, como o assunto já fora examinado tão plenamente durante as reuniões da AD, não durou muito tempo. O silêncio tornou a cair. Harry estava muito consciente dos barulhos de mastigar e engolir da mesa ao lado, e procurou desesperadamente mais alguma coisa para falar.

– Ah... escute aqui, você quer ir comigo ao Três Vassouras na hora do almoço? Preciso me encontrar com Hermione Granger lá.

Cho ergueu as sobrancelhas.

– Você precisa se encontrar com Hermione Granger? Hoje?

— É. Bom, ela me pediu, então achei que tudo bem. Você quer ir comigo? Ela disse que tudo bem se você fosse.

— Ah... bom... que simpática!

Mas Cho não parecia ter achado nada simpático. Pelo contrário, seu tom foi frio e, de repente, ela assumiu um ar hostil.

Mais alguns minutos se passaram em total silêncio, Harry tomando seu café tão depressa que logo precisaria de outro. Ao lado, Rogério e a namorada pareciam estar colados pelos lábios.

A mão de Cho estava em cima da mesa, ao lado do seu café, e Harry começou a sentir um impulso crescente de segurá-la. *Então segure-a*, disse a si mesmo, enquanto uma fonte de pânico e animação jorrava em seu peito, *estique a mão e segure-a*. Surpreendente, como era muito mais difícil esticar o braço trinta centímetros e tocar a mão dela do que capturar um pomo passando veloz no ar...

Mas, na hora em que estendeu a mão, Cho retirou a dela da mesa. Estava agora observando Rogério beijar a namorada com uma expressão levemente interessada.

— Ele me convidou para sair, sabe — disse em voz baixa. — Há umas duas semanas, o Rogério. Mas eu não aceitei.

Harry, que agarrara o açucareiro para justificar o seu gesto repentino, não conseguiu entender por que Cho estava lhe dizendo aquilo. Se queria estar sentada na mesa ao lado, sendo calorosamente beijada por Rogério Davies, então por que concordara em vir com ele?

Continuou calado. O querubim sobre a mesa atirou mais um punhado de confetes neles; alguns caíram no restinho frio de café na xícara que Harry ia beber.

— Vim aqui com Cedrico no ano passado — disse Cho.

No segundo, ou pouco mais, que Harry levou para entender o que Cho dissera, suas entranhas congelaram. Não conseguia acreditar que quisesse falar de Cedrico neste momento, com casais se beijando ao seu redor e querubins sobrevoando suas cabeças.

A voz de Cho estava bem mais alta quando tornou a falar.

— Há um tempão que estou querendo perguntar a você... o Cedrico... ele f-f-falou em mim antes de morrer?

Este era o último assunto no mundo que Harry queria discutir, e menos ainda com Cho.

— Bom... não... — disse calmamente. — Não... não houve tempo para ele dizer nada. Hum... então... você... assiste a muitas partidas de quadribol durante as férias? Você torce pelos Tornados, certo?

Sua voz parecia falsamente animada e feliz. Para seu horror, os olhos dela estavam mais uma vez marejados de lágrimas, como depois da última reunião da AD antes do Natal.

— Olhe — disse ele, desesperado, curvando-se para ninguém mais ouvir —, não vamos falar de Cedrico agora... vamos falar de outra coisa...

Mas, aparentemente, dissera a coisa errada.

— Pensei — disse Cho com as lágrimas salpicando a mesa. — Pensei que *você* en-en-entenderia! *Preciso* falar nisso! Com certeza você também p-precisa falar! Quero dizer, você viu acontecer, não v-viu?

Tudo estava saindo errado como em um pesadelo; a namorada de Rogério até descolara dele para apreciar.

— Bom... eu falei nisso — disse Harry num sussurro — com Rony e Hermione, mas...

— Ah, você fala com Hermione Granger! — disse Cho com voz aguda, o rosto agora brilhante de lágrimas. Outros tantos casais que se beijavam pararam para olhar. — Mas não quer falar comigo! T-talvez fosse melhor se a gente simplesmente p-pagasse a conta e você fosse se encontrar com Hermione G-Granger, como é óbvio que quer fazer!

Harry encarou-a, absolutamente perplexo, enquanto ela apanhava o guardanapo de babadinhos e secava o rosto.

— Cho! — disse ele com a voz fraquinha, desejando que Rogério agarrasse a namorada e recomeçasse a beijá-la para impedi-la de ficar encarando os dois.

— Vá embora, então! — disse ela, agora chorando no guardanapo. — Não sei por que você me convidou para sair, para começar, se combinou se encontrar com outras garotas depois de mim... quantas mais você vai encontrar depois da Hermione?

— Não é nada disso! — disse Harry, e estava tão aliviado de finalmente compreender o motivo do aborrecimento de Cho que riu, o que percebeu, uma fração de segundo depois, tarde demais, que também fora um erro.

Cho se levantou. A sala estava silenciosa e todos os observavam.

— A gente se vê por aí, Harry — disse ela teatralmente, e, soluçando um pouco, precipitou-se para a porta, abriu-a com violência e saiu para a chuva intensa.

— Cho! — Harry chamou, mas a porta já se fechara com um tilintar musical.

Fez-se absoluto silêncio na casa de chá. Todos os olhares convergiram para Harry. Ele atirou um galeão na mesa, sacudiu o confete dos cabelos e saiu atrás de Cho.

Chovia pesado e ela não estava à vista. Harry simplesmente não entendia o que acontecera; há meia hora eles estavam se entendendo bem.

— Mulheres! — resmungou com raiva, chapinhando pela rua lavada de chuva com as mãos nos bolsos. — Afinal, para que é que ela queria falar do Cedrico? Por que está sempre querendo puxar um assunto que a faz agir como se fosse uma mangueira humana?

Ele virou à direita e saiu correndo, espadanando água, e alguns minutos depois chegava à porta do Três Vassouras. Sabia que era cedo demais para se encontrar com Hermione, mas achou que provavelmente haveria alguém lá com quem ele pudesse passar o tempo. Sacudiu os cabelos molhados para afastá-los e relanceou o olhar pela sala. Hagrid estava sentado sozinho em um canto, parecendo infeliz.

— Oi, Hagrid! — chamou Harry, espremendo-se entre as mesas cheias e puxando uma cadeira para sentar ao lado do amigo.

Hagrid deu um pulo e olhou para baixo como se mal o reconhecesse. O garoto notou que havia dois novos cortes e vários hematomas em seu rosto.

— Ah, é você, Harry. Você está bom?

— Estou ótimo — mentiu Harry; mas ao lado do maltratado e tristonho Hagrid sentiu que não tinha muito do que se queixar. — Ah... você está o.k.?

— Eu? Ah, estou ótimo, Harry, ótimo.

Ele olhou para o fundo do caneco de estanho, do tamanho de um balde, e suspirou. Harry não sabia o que dizer. Ficaram lado a lado em silêncio por um momento. Então Hagrid disse abruptamente.

— No mesmo barco, você e eu, não estamos, Arry?

— Ah...

— É... já disse isso antes... os dois forasteiros, por assim dizer — comentou Hagrid acenando a cabeça sensatamente. — E os dois órfãos. É... os dois órfãos.

Ele tomou um longo gole.

— Faz diferença ter uma família decente. Meu pai era decente. E seu pai e sua mãe eram decentes. Se tivessem vivido, a vida teria sido diferente, hein?

— É... suponho que sim — concordou Harry com cautela. Hagrid parecia estar num estado de ânimo muito estranho.

— Família — disse sombriamente. — Podem dizer o que quiserem, o sangue é importante...

E enxugou um fio de lágrima que escorria do olho.

— Hagrid — perguntou Harry, incapaz de se conter —, onde é que você está arranjando todos esses ferimentos?

— Eh?! — exclamou Hagrid parecendo assustado. — Que ferimentos?

— Todos esses aí! — disse Harry apontando para o seu rosto.

— Ah... são só pancadas e arranhões normais — disse ele desencorajando perguntas —; é um trabalho espinhoso.

Ele esvaziou o caneco, descansou-o na mesa e se levantou.

— A gente se vê, Harry... cuide-se bem.

Ele saiu pesadamente do bar com um ar deprimido, e desapareceu na chuva torrencial. Harry acompanhou-o com o olhar, sentindo-se no fundo do poço. Hagrid estava infeliz e escondia alguma coisa, mas parecia decidido a não aceitar ajuda. Que estaria acontecendo? Antes que Harry pudesse continuar a refletir, ouviu alguém chamando-o.

— Harry! Harry, aqui!

Hermione acenava para ele do outro lado da sala. Ele se levantou e atravessou o *pub* cheio. Ainda estava a algumas mesas de distância quando percebeu que a amiga não estava sozinha. Estava sentada à mesa com os companheiros de copos mais improváveis que ele poderia imaginar: Luna Lovegood e ninguém menos que Rita Skeeter, ex-jornalista do *Profeta Diário* e uma das pessoas de quem Hermione menos gostava no mundo.

— Você chegou cedo! — disse Hermione puxando a cadeira para abrir espaço para ele sentar. — Pensei que estivesse com a Cho, só esperava você daqui a uma hora!

— Cho?! — exclamou Rita na mesma hora, se virando na cadeira para encarar Harry com avidez. — Uma *garota*?

Ela agarrou a bolsa de couro de crocodilo e procurou alguma coisa dentro.

— Não é da *sua* conta se Harry estava com cem garotas — disse Hermione a Rita calmamente. — Então pode guardar isso agora mesmo.

Rita já ia tirando uma pena verde ácido da bolsa. Fazendo cara de quem fora obrigada a engolir Palha-fede, ela tornou a fechar a bolsa com um estalo.

— Que é que vocês estão tramando? — perguntou Harry, sentando-se e olhando de Rita para Luna e desta para Hermione.

— A Srta. Perfeição ia me dizer quando você chegou — disse Rita tomando um grande gole de sua bebida. — Imagino que eu tenha permissão de *falar* com ele, não? — disparou contra Hermione.

— Imagino que sim — respondeu a outra com frieza.

O desemprego não fazia bem a Rita. Seus cabelos, que antigamente eram penteados com cachos caprichosos, agora caíam lisos e malcuidados em torno do rosto. A tinta escarlate nas garras de cinco centímetros estava lascada e faltavam umas pedrinhas nos seus óculos de asas. Ela tomou outro grande gole e perguntou a Harry pelo canto da boca:

— É uma garota bonita, Harry?

— Mais uma palavra sobre a vida amorosa de Harry e o trato está desfeito, eu juro — disse Hermione, irritada.

— Que trato? — perguntou Rita, enxugando a boca com as costas da mão.

— Você ainda não tinha falado em trato, Srta. Certinha, só me disse para aparecer. Ah, um dia desses... — Ela inspirou profundamente estremecendo.

— Sei, sei, um dia desses você vai escrever mais histórias horrorosas sobre Harry e mim — retorquiu Hermione com indiferença. — Procure alguém que se interesse, por que não faz isso?

— Publicaram muitas histórias horrorosas sobre Harry este ano sem a minha ajuda — retrucou Rita, olhando-o enviesado por cima dos óculos e acrescentando num sussurro rouco. — Como foi que você se sentiu, Harry? Traído? Incompreendido?

— Harry sente raiva, é claro — respondeu Hermione com a voz dura e clara. — Porque ele disse a verdade ao ministro da Magia e o ministro é idiota demais para acreditar.

— Então você na realidade continua a afirmar que Aquele-Que-Não-Deve-Ser-Nomeado retornou? — perguntou Rita, baixando o copo e submetendo Harry a um olhar penetrante, enquanto seu dedo procurava ansiosamente o fecho da bolsa de crocodilo. — Você sustenta todas as bobagens que Dumbledore tem dito sobre Você-Sabe-Quem ter retornado e você ser a única testemunha?

— Eu não fui a única testemunha — vociferou Harry. — Havia mais de uma dúzia de Comensais da Morte presentes. Quer saber o nome deles?

— Adoraria saber — sussurrou Rita, agora tornando a mexer na bolsa, sem tirar os olhos de Harry como se o garoto fosse a coisa mais bonita que ela já vira. Uma enorme manchete: "*Potter acusa...*" Um subtítulo "*Harry Potter cita os nomes dos Comensais da Morte entre nós*". E embaixo uma bela fotografia "*Adolescente perturbado que sobreviveu a um ataque de Você-Sabe-Quem, Harry Potter, 15 anos, provocou indignação ontem ao acusar membros respeitáveis e destacados da comunidade bruxa de serem Comensais da Morte...*"

A Pena de Repetição Rápida já estava na mão da repórter e a meio caminho da boca, quando a expressão arrebatada em seu rosto se desfez.

— Mas, naturalmente — disse baixando a pena e fuzilando Hermione com o olhar —, a Srta. Perfeição não iria querer ver essa história divulgada, não?

— Na verdade — disse Hermione com meiguice —, é exatamente o que a Srta. *Perfeição* deseja.

Rita arregalou os olhos para Hermione. E Harry também. Luna, por outro lado, cantarolou baixinho como se sonhasse "Weasley é nosso rei", e mexeu sua bebida com uma cebola de coquetel na ponta de um palito.

— Você quer que eu noticie o que ele diz a respeito de Aquele-Que-Não-Deve-Ser-Nomeado? — perguntou Rita a Hermione em tom abafado.

— Quero. A história verdadeira. Todos os fatos. Exatamente como Harry os conta. Ele lhe dará todos os detalhes, lhe dirá os nomes dos Comensais da Morte não conhecidos do público que ele viu lá, lhe dirá que aparência tem Voldemort agora; ah, controle-se — acrescentou com desdém, atirando o guardanapo sobre a mesa, pois, ao som do nome de Voldemort, Rita se assustara tanto que derramara metade do copo de uísque de fogo na roupa.

Rita enxugou a frente da capa de chuva encardida, ainda encarando Hermione. Então disse capengamente:

— O *Profeta* não publicaria isso. Caso você não tenha notado, ninguém acredita nessa conversa fiada. Todos acham que ele é delirante. Agora, se você me deixar escrever a notícia daquele ângulo...

— Não precisamos de outra notícia contando como foi que Harry ficou biruta! — exclamou Hermione, zangada. — Já lemos muitas dessas, muito obrigada! Quero que ele tenha a oportunidade de contar a verdade!

— Não há mercado para uma notícia dessas — respondeu Rita com frieza.

— Você quer dizer que o *Profeta* não publicará porque Fudge não vai deixar — disse Hermione, irritada.

Rita lançou a Hermione um olhar longo e duro. Então, curvando-se sobre a mesa se dirigiu à garota em tom objetivo.

— Muito bem, Fudge está ameaçando o *Profeta*, o que dá no mesmo. O jornal não vai publicar uma reportagem favorável a Harry. Ninguém quer lê-la. É contra o sentimento público. Essa última fuga de Azkaban já deixou as pessoas bem preocupadas. Ninguém quer acreditar que Você-Sabe-Quem retornou.

— Então o *Profeta Diário* existe para dizer às pessoas o que elas querem ouvir, é isso? — perguntou Hermione criticamente.

Rita tornou a se endireitar, as sobrancelhas erguidas, e virou seu copo de Uísque de Fogo.

— O *Profeta* existe para vender exemplares, sua tolinha — disse com frieza.

— Meu pai acha que é um péssimo jornal — comentou Luna, entrando inesperadamente na conversa. Chupando a cebolinha do seu coquetel, ela fixou em Rita seus olhos enormes, protuberantes, ligeiramente alucinados.

— Meu pai divulga notícias importantes que acha que o público quer ler. Não está interessado em ganhar dinheiro.

Rita olhou depreciativamente para Luna.

— Dá para adivinhar que seu pai publica um jornaleco idiota de interior, não é? Provavelmente *Vinte e Cinco Maneiras de se Misturar com os Trouxas* e as datas dos próximos bazares.

— Não — respondeu Luna, tornando a mergulhar a cebolinha na água de gilly —, ele é o editor do *Pasquim*.

Rita soltou um bufo tão alto que as pessoas nas mesas próximas olharam assustadas.

— Notícias importantes que ele acha que o público deve saber, hein? — fulminou. — Eu poderia estrumar o meu jardim com o conteúdo daquele trapo.

— Bom, então esta é a sua chance de melhorar o conteúdo da revista, não? — sugeriu Hermione com gentileza. — Luna diz que o pai dela ficaria muito contente em fazer uma entrevista com Harry. Ele é quem irá publicá-la.

Rita encarou as garotas por um momento, então soltou gargalhadas.

— O *Pasquim*! — exclamou com um cacarejo. — Vocês acham que as pessoas vão levar Harry a sério se ele aparecer no *Pasquim*!

— Algumas pessoas não — disse Hermione com a voz controlada. — Mas a versão que o *Profeta* publicou da fuga de Azkaban tinha furos enormes. Acho que muita gente deverá estar se perguntando se não há uma explicação melhor para o que aconteceu, e se há uma história alternativa, mesmo que seja publicada por um... — olhou para Luna de esguelha — em um... bom, uma revista *incomum*... acho que essa gente poderia gostar de lê-la.

Rita ficou em silêncio por algum tempo, mas mirou Hermione astutamente, a cabeça um pouco inclinada para um lado.

— Tudo bem, vamos dizer por um momento que eu aceite — disse subitamente. — Que tipo de remuneração vou receber?

— Acho que papai não chega exatamente a pagar as pessoas para escreverem para a revista — disse Luna, sonhadora. — Escrevem porque é uma honra e, naturalmente, para ver o nome delas em letra de imprensa.

A cara de Rita Skeeter ao se virar para Hermione era de quem achou outra vez forte o gosto do Palha-fede na boca.

— É para eu fazer isso *de graça*?

— Bom, é — disse Hermione calmamente, tomando um golinho da bebida. — Do contrário, como você já sabe, informarei às autoridades que você nunca se registrou como animago. Naturalmente, o *Profeta Diário* talvez lhe pague um bom cachê por uma reportagem em primeira mão da vida em Azkaban.

Pela reação pareceu que nada daria mais prazer a Rita do que agarrar a sombrinha de papel que saía da bebida de Hermione e enfiá-la pelo nariz da garota adentro.

– Suponho que não tenha outra opção, não é? – disse com a voz ligeiramente trêmula. Abriu, então, a bolsa de crocodilo mais uma vez, apanhou um pergaminho e ergueu a Pena de Repetição Rápida.

– Papai vai ficar satisfeito – disse Luna, animada. Um músculo tremeu no queixo de Rita.

– O.k., Harry? – perguntou Hermione, virando-se para o garoto. – Pronto para contar a verdade ao público?

– Suponho que sim – disse Harry observando Rita pôr em posição a Pena de Repetição Rápida sobre o pergaminho que os separava.

– Então, pode começar, Rita – disse Hermione serenamente, pescando uma cereja do fundo do copo.

26

VISTO E IMPREVISTO

Luna disse vagamente que não sabia quando a entrevista de Harry com Rita apareceria no *Pasquim*, pois seu pai estava esperando um longo e interessante artigo sobre as recentes aparições de Bufadores de Chifre Enrugado, e, naturalmente, seria uma história muito importante, então a entrevista de Harry talvez tivesse de aguardar o próximo número.

Harry não achou uma experiência fácil falar sobre a noite em que Voldemort retornara. Rita extraiu dele cada mínimo detalhe e ele lhe passou tudo que lembrava, sabendo que era uma grande oportunidade de contar a verdade para o mundo. Perguntava-se como as pessoas reagiriam. Imaginou que a história confirmaria para muita gente a visão de que ele era completamente doido, especialmente porque apareceria ao lado de uma absoluta tolice sobre Bufadores de Chifre Enrugado. Mas a fuga de Belatriz Lestrange e seus companheiros Comensais da Morte tinha dado a Harry um desejo ardente de fazer *alguma coisa*, produzisse ou não resultados...

— Mal posso esperar para ver o que a Umbridge pensa de você falar publicamente — comentou Dino, parecendo assombrado no jantar de segunda-feira à noite. Simas despejava goela abaixo grandes garfadas de torta de frango com presunto, sentado do outro lado de Dino, mas Harry sabia que ele estava escutando.

— É o certo, Harry — disse Neville, sentado defronte. Estava muito pálido, mas continuou em voz baixa. — Deve ter sido... dureza... falar disso... não foi?

— Foi — balbuciou Harry —, mas as pessoas precisam saber do que Voldemort é capaz, não?

— Com certeza — disse Neville concordando com a cabeça —, e os Comensais da Morte também... as pessoas precisam saber...

Neville deixou a frase no ar e voltou a atenção para sua batata assada. Simas ergueu a cabeça, mas quando seu olhar encontrou o de Harry ele tornou a baixá-lo depressa para o prato. Transcorrido algum tempo, Dino, Simas e Neville saíram para a sala comunal, deixando Harry e Hermione à mesa esperando por Rony, que ainda não viera jantar por causa do treino de quadribol.

Cho Chang entrou no salão com a amiga Marieta. O estômago de Harry deu uma sacudida desagradável, mas a garota não olhou para a mesa da Grifinória, e se sentou de costas para ele.

— Ah, me esqueci de perguntar — disse Hermione, animada, dando uma olhada rápida na mesa da Corvinal —, que aconteceu no seu encontro com Cho? Por que você voltou tão cedo?

— Aah... bom, foi... — começou Harry puxando um prato de doce de ruibarbo para perto e se servindo mais uma vez — um completo fiasco, já que você está perguntando.

E contou a ela o que acontecera na casa de chá de Madame Puddifoot.

— ... então — concluiu alguns minutos depois, quando o último bocadinho de doce desapareceu —, ela se levanta de repente, certo, e diz: A gente se vê por aí, Harry... e sai correndo da loja! — Ele descansou a colher e olhou para Hermione. — Quero dizer, por que foi tudo isso? Que é que aconteceu?

Hermione olhou para a nuca de Cho e suspirou.

— Ah, Harry — disse tristonha. — Bom, sinto muito, mas você não teve muito tato.

— Eu não tive tato?! — exclamou Harry indignado. — Em um momento estávamos nos dando bem, e no momento seguinte ela estava me dizendo que Rogério Davies a convidou para sair e como costumava ir à droga daquela casa de chá para ficar beijando o Cedrico: como é que você acha que eu devia reagir?

— Bom, sabe — disse Hermione com o ar paciente de alguém que explica a uma criança temperamental que um mais um é igual a dois —, você não devia ter dito a ela que queria se encontrar comigo no meio do namoro.

— Mas, mas — tartamudeou Harry — ... você me pediu para encontrá-la ao meio-dia e até levar Cho junto, como é que eu ia fazer isso sem dizer a ela?

— Você devia ter dito de maneira diferente — explicou Hermione, ainda com aquele exasperante ar de paciência. — Devia ter dito que era uma chatice, mas que eu tinha *feito* você prometer ir ao Três Vassouras, e que você na verdade não queria ir, que preferia passar o dia inteiro com ela, mas infelizmente achava que era importante se encontrar comigo e se ela, por favor, por um grande favor, pudesse ir com você e, assim, quem sabe, daria para você sair mais depressa. E também teria sido uma boa ideia mencionar que você me acha feia — acrescentou Hermione refletindo.

— Mas eu não acho você feia! — exclamou Harry, confuso.

Hermione deu uma risada.

— Harry, você é pior do que o Rony... bom, não, não é não — suspirou, na hora em que Rony entrava no salão sujo de lama e parecendo mal-humorado. — Você aborreceu a Cho quando disse que ia se encontrar comigo, então ela tentou fazer ciúmes. Foi uma maneira de tentar descobrir se você gostava dela.

— Era isso que ela estava fazendo? — admirou-se Harry, enquanto Rony se sentava no banco defronte, e puxava para perto todos os pratos que conseguiu alcançar. — Bom, não teria sido mais fácil se me perguntasse se eu gostava mais dela ou de você?

— As garotas muitas vezes não fazem perguntas desse tipo.

— Pois deviam! — disse Harry com veemência. — Então eu podia ter simplesmente respondido que gosto mais dela, e ela não precisaria ficar outra vez nervosa com a morte do Cedrico!

— Eu não estou dizendo que Cho foi sensata — disse Hermione quando Gina se reuniu a eles, tão enlameada quanto Rony e igualmente chateada. — Estou só tentando mostrar como ela estava se sentindo naquele momento.

— Você devia escrever um livro — sugeriu Rony a Hermione enquanto cortava as batatas em seu prato —, traduzindo as maluquices que as garotas fazem para os garotos poderem entendê-las.

— É — apoiou Harry com sinceridade e fervor, olhando para a mesa da Corvinal, onde Cho se levantara, e, ainda sem olhar para ele, saiu do salão. Sentindo-se meio deprimido, voltou-se para Rony e Gina: — Então, como foi o treino de quadribol?

— Um pesadelo — respondeu Rony, mal-humorado.

— Ah, qual é? — disse Hermione, olhando para Gina. — Tenho certeza de que não foi tão...

— Foi, sim — confirmou Gina. — Foi um espanto. Angelina quase se desmanchou em lágrimas mais para o final.

Rony e Gina saíram para tomar banho depois do jantar; Harry e Hermione voltaram para a movimentada sala comunal da Grifinória e a montanha habitual de deveres de casa. Harry estava havia meia hora às voltas com uma nova carta estelar para Astronomia quando Fred e Jorge apareceram.

— Rony e Gina não estão aqui? — perguntou Fred, correndo os olhos pela sala ao mesmo tempo que puxava uma cadeira, e quando Harry sacudiu negativamente a cabeça, falou: — Que bom. Estivemos assistindo ao treino deles. Vão ser massacrados. A equipe ficou um lixo sem a gente.

— Ah, peraí, Gina não é ruim — disse Jorge querendo ser justo, sentando-se ao lado do irmão. — Aliás, nem sei como conseguiu ser tão boa, já que a gente nunca a deixou jogar conosco.

— Ela arrombava o barraco em que vocês guardam vassouras no jardim desde os seis anos e tirava ora uma vassoura ora outra quando vocês não estavam por perto — disse Hermione de trás de sua pilha instável de livros de Runas Antigas.

— Ah! — exclamou Jorge levemente impressionado. — Bom: isso explica.

— Rony já defendeu algum gol? — perguntou Hermione, espiando por cima de *Hieróglifos e logogramas mágicos*.

— Bom, ele é capaz de defender quando acha que não tem ninguém observando — disse Fred olhando para o teto. — Então no sábado só o que a gente precisa fazer é pedir aos espectadores para virarem as costas e baterem um papo todas as vezes que a goles for arremessada para o lado dele.

Ele tornou a se levantar inquieto e foi até a janela espiar os terrenos escuros da escola.

— Sabe, o quadribol era quase a única coisa que fazia este lugar valer a pena.

Hermione lançou-lhe um olhar sério.

— Seus exames estão chegando.

— Já lhe disse antes, não estamos preocupados com os N.I.E.M.s — retorquiu Fred. — Os kits Mata-Aula estão prontos para o lançamento, descobrimos como nos livrar daqueles furúnculos, basta umas gotas de essência de murtisco para resolver o problema. Foi Lino quem nos sugeriu.

Jorge deu um grande bocejo e olhou desconsolado para o céu nublado da noite.

— Nem sei se quero assistir a esse jogo. Se Zacarias Smith nos derrotar, terei de me matar.

— Ou, mais provavelmente, matar ele — disse Fred com firmeza.

— Esse é o problema do quadribol — disse Hermione distraidamente, mais uma vez debruçada sobre sua tradução das Runas —; cria essa animosidade e tensão entre as Casas.

Ela ergueu a cabeça para procurar o exemplar do *Silabário de Spellman* e surpreendeu Fred, Jorge e Harry, os três olhando-a com expressões nos rostos em que se mesclavam a aversão e a incredulidade.

— E é mesmo! — exclamou ela com impaciência. — É só um jogo ou não é?

— Hermione — disse Harry, sacudindo a cabeça —, você é boa em sentimentos e outras coisas, mas simplesmente não entende de quadribol.

— Talvez não — disse ela, ameaçadora, voltando à tradução —, mas pelo menos a minha felicidade não depende da habilidade de Rony defender gols.

E embora Harry preferisse ter de se atirar da Torre de Astronomia a admitir isso para a amiga, depois de assistir ao jogo no sábado seguinte ele teria dado os galeões que lhe pedissem para não gostar de quadribol.

A melhor coisa que se poderia dizer sobre a partida é que foi curta; os espectadores da Grifinória só precisaram suportar vinte e dois minutos de agonia. Era difícil dizer o que foi pior: Harry achou o páreo duro entre o décimo quarto frango de Rony, Sloper acertar a boca de Angelina em vez do balaço e Kirke gritar e cair para trás, quando Zacarias Smith passou veloz por ele carregando a goles. O milagre foi que a Grifinória só perdeu por dez pontos: Gina conseguiu capturar o pomo bem embaixo do nariz do apanhador da Lufa-Lufa, Summerby, de modo que o placar final foi duzentos e quarenta a duzentos e trinta.

— Boa captura — disse Harry a Gina já na sala comunal, onde a atmosfera lembrava a de um enterro particularmente desanimado.

— Tive sorte — disse encolhendo os ombros. — Não era um pomo muito veloz e Summerby está gripado, espirrou e fechou os olhos exatamente na hora errada. Em todo o caso, quando você tiver voltado à equipe...

— Gina, fui proibido de jogar para *sempre*.

— Você foi proibido enquanto Umbridge estiver na escola — corrigiu a garota. — Faz diferença. De qualquer maneira, quando você tiver voltado, acho que vou me candidatar a artilheira. Angelina e Alícia vão sair no ano que vem, e eu prefiro marcar gols a apanhar o pomo.

Harry olhou para Rony, que estava encolhido a um canto, contemplando os próprios joelhos, uma garrafa de cerveja amanteigada na mão.

— Angelina continua a não querer que ele se demita — disse Gina, como se lesse os pensamentos de Harry. — Diz que sabe que ele tem jeito para a coisa.

Harry gostava de Angelina pela fé que demonstrava ter em Rony, mas, ao mesmo tempo, achava que seria realmente mais caridoso permitir que ele saísse da equipe. Rony deixara o campo sob outro coro atroador de "Weasley é nosso rei", cantado com o maior gosto pelos alunos da Sonserina, casa que agora era a favorita para a Copa de Quadribol.

Fred e Jorge se aproximaram.

— Não tenho nem coragem de curtir com a cara dele — disse Fred, olhando para o irmão encolhido. — Veja bem... quando ele perdeu o décimo quarto...

E fez gestos desencontrados como se fosse um cachorrinho nadando.

— ... bom, vou guardar para as festinhas, eh?

Rony arrastou-se para a cama depois disso. Por respeito aos seus sentimentos, Harry aguardou um pouco antes de subir para o dormitório, para que o amigo pudesse fingir que estava dormindo, se quisesse. Dito e feito, quando finalmente entrou no quarto Rony estava roncando um pouquinho alto demais para ser inteiramente plausível.

Harry se deitou pensando no jogo. Fora imensamente frustrante assistir a ele da lateral do campo. Estava muito impressionado com o desempenho de Gina, mas sabia que se estivesse jogando teria capturado o pomo antes... tinha havido um momento em que a bolinha esvoaçara perto do tornozelo de Kirke; se Gina não tivesse hesitado, poderia ter conquistado a vitória para a Grifinória.

Umbridge assistia sentada alguns níveis abaixo de Harry e Hermione. Uma ou duas vezes virara-se para espiá-lo, sua boca larga de sapo distendida no que ele imaginara ser um sorriso de triunfo. Só de lembrar, sentia-se quente de raiva deitado ali no escuro. Depois de alguns minutos, porém, lembrou-se de que devia esvaziar a mente de toda emoção antes de dormir, conforme Snape não parava de recomendar ao fim de cada aula de Oclumência.

Harry tentou por uns momentos, mas pensar em Snape, depois de se lembrar da Umbridge, meramente aumentava sua sensação de surdo rancor, e, em vez disso, viu-se focalizando o quanto detestava os dois. Aos poucos, os roncos de Rony foram se perdendo na distância e sendo substituídos pelo som de uma respiração lenta e profunda. Harry levou muito mais tempo para adormecer; sentia o corpo cansado, mas seu cérebro demorou a se fechar.

Sonhou que Neville e a Profª Sprout estavam valsando na Sala Precisa ao som de uma gaita de foles que a Profª McGonagall tocava. Ele os observou por uns momentos, então resolveu ir procurar os outros membros da AD.

Mas, quando saiu da sala deparou, não com a tapeçaria de Barnabás, o Amalucado, mas com um archote ardendo em seu suporte na parede de pedra. Ele virou a cabeça lentamente para a esquerda. Lá, na extremidade do corredor sem janelas, havia uma porta comum preta.

Caminhou em sua direção com uma crescente animação. Teve a estranha sensação de que desta vez ia finalmente ter sorte e descobrir o jeito de abri-la... já bem próximo, viu, com um súbito aumento nessa animação, que havia uma réstia de claridade azul para o lado direito... a porta estava entreaberta... ele esticou a mão para abri-la e...

Rony soltou um ronco autêntico, forte e rascante, e Harry acordou de repente com a mão direita estendida à sua frente no escuro, querendo abrir uma porta a centenas de quilômetros de distância. Ele a deixou cair sentindo ao mesmo tempo desapontamento e culpa. Sabia que não deveria ter visto a porta, mas ao mesmo tempo se sentia tão devorado pela curiosidade de saber o que havia por trás dela que não pôde deixar de se sentir aborrecido com Rony... se ele ao menos pudesse ter segurado aquele ronco por mais um minuto.

Os dois entraram no Salão Principal para tomar o café da manhã exatamente na hora em que as corujas chegavam com o correio na segunda-feira. Hermione não era a única pessoa que esperava ansiosa pelo *Profeta Diário*: quase todos ansiavam por ler mais notícias sobre os Comensais da Morte fugitivos, que, apesar de avistados várias vezes, ainda não tinham sido recapturados. Ela pagou à coruja o nuque da entrega e desdobrou o jornal depressa enquanto Harry se servia de suco de laranja; como ele recebera apenas um bilhete o ano inteiro, teve certeza, quando a primeira coruja pousou com um baque à sua frente, de que era engano.

— Quem é que você está procurando? — perguntou ele, puxando languidamente o seu suco debaixo do bico da ave e se curvando para verificar o nome e o endereço do destinatário:

Harry Potter
Salão Principal
Escola de Hogwarts

Enrugando a testa, ele fez menção de tirar a carta da coruja, mas, antes que o fizesse, mais três, quatro, cinco corujas pousaram ao lado da primeira e procuraram uma posição, pisando na manteiga, derrubando o saleiro, tentando entregar a carta antes das outras.

— Que é que está acontecendo? — indagou Rony espantado, quando a mesa da Grifinória inteira se inclinou para olhar, e outras sete corujas pousaram entre as primeiras, berrando, piando e batendo as asas.

— Harry! — disse Hermione sem fôlego, enfiando as mãos naquele ajuntamento de penas e retirando uma coruja-das-torres que trazia um embrulho comprido e cilíndrico. — Acho que sei o que significa isso: abra este aqui primeiro!

Harry abriu o embrulho pardo. Dele rolou um exemplar compactamente dobrado da edição de março do *Pasquim*. Ele o desenrolou e viu o próprio rosto sorrindo acanhado para ele na capa da revista. Enormes letras vermelhas atravessadas na foto anunciavam:

HARRY POTTER ENFIM REVELA:
A VERDADE SOBRE AQUELE-QUE-NÃO-DEVE-SER-NOMEADO
E A NOITE EM QUE VIU O SEU RETORNO

— Parece bom, não? — comentou Luna, que vagara até a mesa da Grifinória e agora se apertava no banco entre Fred e Rony. — Saiu ontem, pedi ao papai para lhe mandar um exemplar de cortesia. Imagino que tudo isso — ela acenou abarcando as corujas que se empurravam sobre a mesa diante de Harry — sejam cartas dos leitores.

— Foi o que pensei — disse Hermione, ansiosa. — Harry você se importa se a gente...?

— Sirvam-se — respondeu ele, parecendo um pouco confuso.

Rony e Hermione começaram a abrir os envelopes.

— Esta é de um cara que acha que você pirou — disse Rony correndo os olhos pela carta. — Ah, bom...

— Esta mulher aqui recomenda que você experimente uma série de Feitiços de Choque no St. Mungus — disse Hermione, parecendo desapontada e amassando uma segunda.

— Mas esta aqui parece o.k. — disse Harry lentamente, lendo uma longa carta de uma bruxa em Paisley. — Ei, ela diz que acredita em mim!

— Este aqui está dividido — disse Fred, que se juntara com entusiasmo à tarefa de abrir as cartas. — Diz que você não passa a impressão de ser maluco, mas que ele realmente não acredita que Você-Sabe-Quem tenha retornado, então, agora não sabe o que pensar. Caracas, que desperdício de pergaminho.

— Tem um aqui que você convenceu, Harry! — disse Hermione, animada. — *Tendo lido a sua versão da história, sou forçado a concluir que o Profeta Diário tem sido injusto com você... por menos que eu queira pensar que Aquele-Que-Não-Deve-Ser-Nomeado retornou, sou forçado a aceitar que você está falando a verdade...* Ah, é maravilhoso!

— Outra acha que você está só ladrando — disse Rony atirando a carta que amassara por cima do ombro — ...mas esta outra diz que você a converteu e ela agora acha que você é um verdadeiro herói: e manda junto uma foto, uau!

— Que é que está acontecendo aqui? — perguntou uma voz falsamente meiga e infantil.

Harry ergueu a cabeça com as mãos cheias de envelopes. A Profª Umbridge estava em pé atrás de Fred e Luna, seus olhos de sapo esbugalhados esquadrinhando a confusão de corujas e cartas em cima da mesa diante de Harry. Às suas costas, ele viu muitos alunos observando-os com avidez.

— Por que recebeu todas essas cartas, Sr. Potter? — perguntou ela lentamente.

— Isso agora é crime?! — exclamou Fred em voz alta. — Receber cartas?

— Cuidado, Sr. Weasley, ou será que terei de lhe dar uma detenção? — disse Umbridge. — Então, Sr. Potter?

Harry hesitou, mas não via como poderia abafar o que fizera; agora era apenas uma questão de tempo até um exemplar do *Pasquim* chegar à atenção de Umbridge.

— As pessoas estão me escrevendo porque dei uma entrevista. Sobre o que me aconteceu em junho passado.

Por alguma razão ele olhou para a mesa dos professores ao dizer isso. Harry tinha a estranhíssima impressão de que Dumbledore estivera observando-o um segundo antes, mas, quando se virou, o diretor parecia absorto em conversa com o Prof. Flitwick.

— Uma entrevista? — repetiu Umbridge, sua voz mais fina e aguda que nunca. — Como assim?

— Uma repórter me fez perguntas e eu respondi — disse Harry. — Aqui...

E atirou à professora o exemplar do *Pasquim*. Ela o apanhou e arregalou os olhos para a capa. Seu rosto, cor de massa de pão, ficou malhado de violeta.

— Quando foi que você fez isso? — perguntou ela, sua voz ligeiramente trêmula.

— No último fim de semana em Hogsmeade.

Ela o encarou, incandescente de fúria, a revista tremendo em seus dedos curtos e grossos.

— Não haverá mais passeios a Hogsmeade para o senhor, Sr. Potter — sussurrou ela. — Como se atreveu... como pôde... — Ela tomou fôlego. — Tenho tentado repetidamente ensinar você a não contar mentiras. A mensagem, pelo visto, ainda não entrou em sua cabeça. Cinquenta pontos a menos para a Grifinória e mais uma semana de detenções.

Ela se afastou, apertando o exemplar do *Pasquim* contra o peito, seguida pelos olhares de muitos alunos.

No meio da manhã, enormes avisos haviam sido afixados por toda a escola, não apenas nos quadros das Casas, mas nos corredores e salas de aula também.

> POR ORDEM DA ALTA INQUISIDORA DE HOGWARTS
>
> O estudante que for encontrado de posse da revista
> O Pasquim será expulso.
> A ordem acima está de acordo com o Decreto
> Educacional Número Vinte e Sete.
> Assinado: Dolores Joana Umbridge,
> Alta Inquisidora

Por alguma razão, toda as vezes que Hermione avistava um desses avisos seu rosto se iluminava de prazer.

— Com que é, exatamente, que você está tão satisfeita? – perguntou-lhe Harry.

— Ah, Harry, você não está vendo? – sussurrou Hermione. – Se ela quisesse fazer uma única coisa para garantir que todo aluno da escola lesse a sua entrevista, era exatamente proibir sua leitura!

E parece que Hermione tinha toda a razão. Até o fim do dia, embora Harry não tivesse visto nem um pedacinho do *Pasquim* em lugar algum da escola, todos pareciam estar citando a entrevista uns para os outros. Harry os ouviu cochichando nas filas às portas das salas de aulas, discutindo-a no almoço e no fundo das salas, e Hermione chegou a contar que as meninas que estavam usando os boxes nos banheiros falavam nisso quando ela passou por lá antes da aula de Runas Antigas.

— Então elas me viram, e obviamente sabem que sei, então me bombardearam com perguntas – contou Hermione a Harry, com os olhos brilhando –, e Harry, acho que elas acreditam em você, realmente, acho que enfim você as convenceu!

Entrementes, a Profª Umbridge rondava a escola, parando alunos a esmo e mandando-os mostrar os livros e os bolsos. Harry sabia que a professora procurava exemplares do *Pasquim*, mas os estudantes estavam muito à frente dela. As páginas que continham a entrevista de Harry tinham sido reformatadas por meio de feitiços para parecer cópias de livros-texto se mais alguém as lesse, ou apagadas por magia até que seus donos quisessem tornar a lê-las. Logo pareceu que todo o mundo na escola vira a entrevista.

Os professores obviamente tinham sido proibidos de mencionar a entrevista pelo Decreto Educacional Número Vinte e Seis, mas assim mesmo encontraram maneiras de expressar suas opiniões. A Profª Sprout concedeu à Grifinória vinte pontos quando Harry lhe passou o regador de água; um sorridente Prof. Flitwick deu a Harry uma caixa de ratinhos de açúcar que guinchavam, ao fim da aula de Feitiços, fazendo: "Psiu!", e se afastando depressa; e a Profª Trelawney irrompeu em soluços nervosos durante a aula de Adivinhação e anunciou à turma surpresa, e a uma Umbridge extremamente desaprovadora, que Harry *não* ia morrer cedo, viveria até uma velhice madura, seria ministro da Magia e teria doze filhos.

Mas o que deixou Harry mais feliz foi Cho alcançá-lo quando ia correndo para a aula de Transfiguração no dia seguinte. Antes que ele entendesse o que estava acontecendo, suas mãos se uniram e ela sussurrou em seu ouvido: "Lamento muito, muito mesmo. Aquela entrevista foi tão corajosa... me fez chorar."

Ele ficou triste ao saber que a entrevista a fizera derramar outras tantas lágrimas, mas muito alegre por voltarem a se falar, e ainda mais satisfeito quando Cho lhe deu um beijinho no rosto e se afastou correndo. E, o inacreditável, assim que chegou à porta da sala de Transfiguração, aconteceu outra coisa igualmente boa. Simas saiu da fila para lhe falar.

— Eu só queria dizer — murmurou, fixando com os olhos apertados o joelho esquerdo de Harry — que acredito em você. E mandei um exemplar da revista para minha mãe.

E se ainda fosse preciso mais alguma coisa para completar sua felicidade, vieram as reações de Malfoy, Crabbe e Goyle. Harry os viu de cabeças juntas na biblioteca mais para o fim da tarde; estavam em companhia de um garoto franzino que Hermione murmurou se chamar Teodoro Nott. Os quatro se viraram para olhar Harry, que procurava nas prateleiras um livro sobre Sumiço Parcial: Goyle estalou as juntas dos dedos ameaçadoramente e Malfoy cochichou alguma coisa sem dúvida ruim para Crabbe. Harry sabia muito bem por que estavam agindo assim: ele citara os pais deles como Comensais da Morte.

— E o melhor — sussurrou Hermione alegremente quando saíram da biblioteca — é que eles não podem contradizer você, porque não podem admitir que leram o artigo!

E, para coroar, Luna lhe disse ao jantar que nunca uma tiragem do *Pasquim* se esgotara tão rápido.

— Papai vai fazer uma segunda tiragem! — contou ela a Harry, com os olhos arregalados de animação. — Ele nem consegue acreditar, diz que as pessoas parecem ainda mais interessadas na entrevista do que nos Bufadores de Chifre Enrugado!

Harry foi herói na sala comunal da Grifinória àquela noite. Atrevidos, Fred e Jorge tinham lançado um Feitiço Ampliador na capa do *Pasquim* e a penduraram na parede, para que a cabeça gigantesca de Harry contemplasse os colegas do alto e ocasionalmente dissesse frases do tipo: O MINISTÉRIO É RETARDADO e COMA BOSTA, UMBRIDGE em voz ressonante. Hermione não achou isso muito divertido; disse que interferia com sua concentração e acabou indo se deitar cedo, irritada. Harry teve de admitir que o cartaz perdeu a graça uma ou duas horas depois, principalmente quando o Feitiço da Fala começou a se desgastar e se ouviam apenas palavras desconexas como "BOSTA" e "UMBRIDGE", a intervalos sempre mais frequentes, em um tom progressivamente mais alto. De fato, começou a lhe dar dor de cabeça, e sua cicatriz recomeçou a formigar incomodamente. Para os gemidos de desapontamento dos muitos colegas que estavam sentados ao seu redor, lhe pedindo que recontasse a entrevista pela milésima vez, ele também anunciou que precisava dormir cedo.

O dormitório estava vazio quando chegou lá. Por um momento ele descansou a testa no vidro frio da janela ao lado de sua cama; o gesto pareceu aliviar a queimação na cicatriz. Então ele se despiu e se deitou, desejando que a dor de cabeça passasse. Sentia-se também um pouco enjoado. Virou-se de lado, fechou os olhos e adormeceu quase instantaneamente.

Estava parado em uma sala escura com cortinas, iluminada por um único candelabro. Suas mãos apertavam o encosto de uma poltrona à frente. Eram mãos de dedos finos e brancos como se não vissem sol havia anos, e lembravam aranhas grandes e descoradas contra o veludo escuro da poltrona.

Mais além, em um círculo de luz projetado no chão pelo candelabro, achava-se ajoelhado um homem de vestes pretas.

— Fui mal aconselhado, pelo que parece — disse Harry num tom de voz agudo e frio que vibrava de raiva.

— Senhor, peço o seu perdão — disse rouco o homem ajoelhado no chão. A parte de trás de sua cabeça refulgia à luz das velas. Ele parecia tremer.

— Não estou culpando você, Rookwood — disse Harry naquela voz fria e cruel.

Largou então a poltrona e contornou-a, aproximando-se do homem encolhido no chão, e parou diretamente sobre ele, ainda na sombra, olhando de uma altura muito maior do que a normal.

— Você tem certeza de suas informações, Rookwood? — perguntou Harry.

— Tenho sim, milorde... afinal... afinal eu costumava trabalhar no departamento.

— Avery me disse que Bode poderia retirá-la.

— Bode jamais poderia ter feito isso, milorde... Bode sabia que não poderia... sem dúvida foi essa a razão por que lutou tanto contra a Maldição Imperius lançada por Malfoy.

— Levante-se, Rookwood — sussurrou Harry.

O homem ajoelhado quase tropeçou na pressa de obedecer. Seu rosto era bexiguento; as marcas se destacavam à luz das velas. Ele continuou um pouco curvado, mesmo em pé, como em uma meia reverência, e lançava olhares aterrorizados ao rosto de Harry.

— Você fez bem em me informar — disse Harry. — Muito bem... Pelo visto, desperdicei meses em planos infrutíferos... mas não importa... recomeçaremos a partir de agora. Você tem a gratidão de Lorde Voldemort, Rookwood...

— Milorde... sim, milorde... — exclamou Rookwood, sua voz rouca de alívio.

— Precisarei de sua ajuda. Precisarei de todas as informações que puder me dar.

— Naturalmente, milorde, naturalmente... o que precisar.

— Muito bem... pode se retirar. Mande Avery falar comigo.

Rookwood recuou apressado, de costas, se curvando, e desapareceu pela porta.

Deixado só no aposento escuro, Harry se virou para a parede. Havia um espelho rachado e manchado pelo tempo na parede sombreada. Harry encaminhou-se para ele. Sua imagem se tornou maior e mais clara no escuro... um rosto mais branco do que uma caveira... os olhos vermelhos com fendas em lugar de pupilas.

— NÃÃÃÃÃÃÃÃO!

— Quê! — berrou uma voz próxima.

Harry se debateu como um louco, se enrolou nas cortinas e caiu da cama. Por alguns segundos não soube onde estava; convencido de que iria rever o rosto branco e escaveirado assomando das sombras, então muito perto dele falou a voz de Rony.

— Quer parar de agir feito um maníaco para eu poder tirar você daqui?

Rony puxou as cortinas e, à claridade do luar, Harry arregalou os olhos para ele, deitado de costas, a cicatriz queimando de dor. Pelo jeito, Rony estava se preparando para deitar; tinha um braço fora do roupão.

— Alguém foi atacado outra vez? — perguntou, erguendo Harry, com esforço, do chão. — Foi o papai? Foi aquela cobra?

— Não... estão todos bem... — ofegou Harry, cuja testa parecia em fogo. — Bom... Avery não está... está enrascado... passou para ele informações erradas... Voldemort está furioso...

Harry gemeu e afundou na cama, tremendo, esfregando a cicatriz.

— Mas Rookwood vai ajudá-lo agora... ele está outra vez no caminho certo...

— Do que é que você está falando? — perguntou Rony, amedrontado.

— Você está dizendo... você acabou de ver Você-Sabe-Quem?

— Eu *era* Você-Sabe-Quem — disse Harry, esticando as mãos no escuro e erguendo-as diante do rosto, para ver se continuavam mortalmente pálidas e com os dedos longos. — Ele estava com Rookwood, um dos fugitivos de Azkaban, lembra? Rookwood acabou de contar a ele que Bode não poderia ter feito.

— Feito o quê?

— Retirado alguma coisa... disse que Bode sabia que não poderia... Bode estava sob a influência da Maldição Imperius... acho que ele disse que foi o pai de Malfoy quem a lançou.

— Bode foi enfeitiçado para retirar alguma coisa? — confirmou Rony. — Mas, Harry, tem de ser...

— A arma. — Harry terminou a frase por ele. — Eu sei.

A porta do dormitório se abriu; Dino e Simas entraram. Harry puxou as pernas para cima da cama. Não queria dar a impressão de que acabara de acontecer algo estranho, pois Simas só recentemente parara de achar que ele era pirado.

— Você disse — murmurou Rony, aproximando a cabeça de Harry a pretexto de ajudá-lo a se servir da água da jarra sobre a mesa de cabeceira — que *era* o Você-Sabe-Quem?

— Disse — confirmou Harry baixinho.

Rony tomou um gole de água exagerado e desnecessário; Harry viu a água escorrer do queixo para o peito do amigo.

— Harry — disse ele, enquanto Dino e Simas andavam pelo quarto fazendo barulho, tirando os roupões e conversando —, você tem de contar...

— Não tenho de contar a ninguém — cortou-o Harry. — Não teria visto nada se soubesse usar a Oclumência. Já devia ter aprendido a fechar minha mente a tudo isso. É o que eles querem.

Por eles, Harry se referia a Dumbledore. Tornou a se meter embaixo das cobertas e a se virar para o lado, dando as costas a Rony, e pouco depois ouviu o colchão do amigo ranger, quando ele também se deitou. A cicatriz de Harry recomeçou a queimar; ele mordeu o travesseiro para não fazer barulho. Em algum lugar, sentia, Avery estava sendo castigado.

* * *

Harry e Rony esperaram até de manhã para contar a Hermione exatamente o que acontecera; queriam ter absoluta certeza de que ninguém os ouviria. Parados no canto habitual do pátio frio e ventoso, Harry lhe contou cada detalhe do sonho de que pôde se lembrar. Quando terminou, ela continuou calada por um momento, mas fixou com uma intensidade penosa Fred e Jorge, que estavam sem cabeça vendendo seus chapéus mágicos por baixo das capas, do outro lado do pátio.

— Então foi por isso que o mataram — concluiu em voz baixa, desviando finalmente o olhar de Fred e Jorge. — Quando Bode tentou roubar a arma, lhe aconteceu alguma coisa estranha. Acho que deve haver feitiços defensivos na arma, ou em volta dela, para impedir que as pessoas a peguem. Era por isso que ele estava no St. Mungus, com o cérebro destrambelhado, sem conseguir falar. Mas lembram do que a Curandeira nos disse? Bode estava se recuperando. E não podiam arriscar que ele melhorasse, não é? Quero dizer, o choque do que aconteceu quando ele tocou naquela arma provavelmente desfez a Maldição Imperius. Quando recuperasse a voz, ele explicaria o que estivera fazendo, não é? Então saberiam que ele fora enviado para roubar a arma. Naturalmente, teria sido fácil para Lúcio Malfoy lançar a maldição sobre Bode. Nunca sai do Ministério, não é?

— E ele andava por lá no dia da minha audiência — disse Harry. — No... calma aí... — disse lentamente. — Estava no corredor do Departamento de Mistérios naquele dia! Seu pai comentou que ele provavelmente estava querendo bisbilhotar e descobrir o que tinha acontecido na minha audiência, mas e se...

— Estúrgio! — exclamou Hermione, estupefata.

— Como disse? — perguntou Rony, parecendo confuso.

— Estúrgio Podmore — disse Hermione sem fôlego. — Preso por tentar passar por uma porta! Lúcio Malfoy deve ter pego ele também! Aposto que fez isso no dia em que você o viu lá, Harry. Estúrgio estava usando a Capa da Invisibilidade de Moody, certo? Então, e se ele estivesse guardando a porta, invisível, e Malfoy o ouvisse mexer, ou adivinhasse que tinha alguém ali, ou simplesmente tivesse lançado a Maldição Imperius contando que houvesse alguém guardando a sala? Portanto, quando Estúrgio teve oportunidade, quando foi novamente sua vez de tirar serviço, ele tentou entrar no Departamento de Mistérios para roubar a arma para Voldemort, Rony, fique quieto, mas foi apanhado e mandado para Azkaban...

Ela olhou para Harry.

— E agora Rookwood disse a Voldemort como conseguir a arma?

— Eu não ouvi a conversa toda, mas foi o que me pareceu – disse Harry.

— Rookwood costumava trabalhar lá... quem sabe Voldemort vai mandar o Rookwood fazer o serviço?

Hermione acenou a cabeça, aparentemente com os pensamentos ainda longe. Então, de repente, falou:

— Mas você não devia ter visto isso, Harry, de jeito nenhum.

— Quê?! – exclamou ele, surpreso.

— Você devia estar aprendendo a fechar a mente a esse tipo de coisa – disse Hermione, com inesperada severidade.

— Sei que devia – disse Harry. – Mas...

— Bom, acho que você devia tentar esquecer o que viu – falou com firmeza. – E de agora em diante se esforçar mais para aprender sua Oclumência.

A semana não melhorou com o passar dos dias. Harry recebeu outros dois "D" em Poções; e continuou aflito com a perspectiva de Hagrid ser demitido; e não conseguiu parar de pensar no sonho em que fora Voldemort, embora não tornasse a mencioná-lo para Rony e Hermione; não queria receber outro passa-fora da amiga. Desejou muito conversar com Sirius, mas isso estava fora de questão, então tentou afastar o assunto para o fundo da cabeça.

Infelizmente o fundo de sua cabeça já não era o lugar seguro que fora no passado.

— Levante-se, Potter.

Umas duas semanas depois do sonho com Rookwood, Harry se veria, mais uma vez, ajoelhado no chão da sala de Snape, tentando esvaziar a mente. Acabara de ser forçado, mais uma vez, a aliviar um fluxo de lembranças infantis que nem sequer sabia que ainda guardava, a maior parte ligada a humilhações que Duda e sua turma lhe haviam infligido no ensino fundamental.

— A última lembrança – disse Snape. – Qual foi?

— Não sei – respondeu Harry, levantando-se cansado. Estava encontrando uma dificuldade crescente em separar lembranças distintas do fluxo de imagens e sons que Snape não parava de suscitar. – O senhor se refere àquela em que meu primo tentou me fazer ficar em pé no vaso sanitário?

— Não – disse Snape suavemente. – Me refiro à do homem ajoelhado no meio de um aposento mal iluminado...

— Não é... nada.

Os olhos escuros de Snape perfuraram os de Harry. Lembrando-se do que o professor dissera sobre a extrema importância do contato visual para a Legilimência, Harry piscou e desviou os olhos.

— Como é que aquele homem e aquele aposento foram parar em sua mente, Potter? — perguntou Snape.

— Foi... — respondeu Harry, olhando para todo lado menos para Snape — foi só... só um sonho que eu tive.

— Um sonho?

Houve uma pausa em que Harry se fixou em um enorme sapo morto dentro de um frasco de líquido roxo.

— Você sabe para que estamos aqui, não sabe, Potter? — disse o professor em um tom baixo e perigoso. — Você sabe para que estou cedendo as minhas noites e ocupando-as com essa tarefa monótona?

— Sei — disse Harry formalmente.

— Então lembre-me por que estamos aqui, Potter.

— Para eu aprender Oclumência — disse Harry, agora olhando para uma enguia morta.

— Correto, Potter. E por mais obtuso que você seja — Harry olhou para Snape odiando-o —, seria de esperar que após dois meses de aulas você tivesse feito algum progresso. Quantos outros sonhos você teve com o Lorde das Trevas?

— Somente este — mentiu Harry.

— Talvez — disse Snape, apertando ligeiramente seus olhos escuros e frios —, talvez você sinta prazer em ter essas visões e sonhos, Potter. Talvez eles o façam se sentir especial... importante?

— Não, não fazem — respondeu Harry de queixo duro e com os dedos apertando o punho da varinha.

— Ainda bem, Potter — disse Snape friamente —, porque você não é especial nem importante, e não cabe a você descobrir o que o Lorde das Trevas está dizendo aos seus Comensais da Morte.

— Não... essa é a sua tarefa, não é? — disparou Harry.

Não tivera intenção de dizer isso; escapara de sua boca com a raiva. Durante muito tempo os dois se encararam, Harry convencido de que fora longe demais. Mas surgira uma expressão curiosa, quase satisfeita no rosto de Snape quando ele respondeu.

— É, Potter — disse ele com os olhos brilhando. — É a minha tarefa. Agora, se estiver pronto, recomeçaremos.

Ele ergueu a varinha:

— Um... dois... três... *Legilimens!*

Cem Dementadores precipitavam-se sobre o lago em direção a Harry... ele fez uma careta de concentração... estavam se aproximando... via os buracos escuros sob os capuzes... contudo. Via também Snape à sua frente, os olhos fixos em seu rosto, resmungando... e por alguma razão Snape foi se tornando mais nítido e os Dementadores mais difusos...

Harry ergueu a própria varinha.

— *Protego!*

Snape cambaleou — sua varinha voou para longe de Harry — e de repente a mente do garoto estava apinhada de lembranças que não eram dele: um homem de nariz adunco gritava com uma mulher encolhida, enquanto um garotinho de cabelos escuros chorava a um canto... um adolescente de cabelos oleosos estava sentado sozinho em um quarto escuro apontando a varinha para o teto, abatendo moscas... uma garota estava rindo das tentativas de um menino magricela que tentava montar uma vassoura corcoveante...

— CHEGA!

Harry teve a sensação de que levara um empurrão no peito; cambaleou vários passos para trás, bateu em algumas prateleiras que cobriam as paredes de Snape e ouviu alguma coisa se partir. Snape tremia ligeiramente e tinha o rosto muito pálido.

As costas das vestes de Harry estavam úmidas. Um dos frascos às suas costas quebrara na colisão; a coisa viscosa em conserva que havia dentro girava no restinho da poção derramada.

— *Reparo* — sibilou Snape, e o frasco tornou a se fechar imediatamente. — Bom, Potter... sem dúvida isto foi um progresso... — Um pouco ofegante, Snape endireitou a Penseira em que ele mais uma vez guardara os pensamentos antes de começar a aula, quase como se ainda estivesse verificando se continuavam ali. — Não me lembro de ter-lhe dito para usar um Feitiço Escudo... mas sem dúvida foi eficiente...

Harry não falou; sentiu que dizer qualquer coisa poderia ser perigoso. Tinha certeza de que acabara de invadir as lembranças de Snape, que acabara de ver cenas da infância do professor. Era assustador pensar que o garotinho que chorava ao assistir a uma briga dos pais agora estava diante dele revelando tanto desprezo no olhar.

— Vamos tentar outra vez? — disse Snape.

Harry sentiu um temor; estava prestes a pagar pelo que acabara de acontecer, com certeza. Eles voltaram à posição em que a mesa se interpunha aos dois, Harry achando que desta vez ia ter muito mais dificuldade para esvaziar a mente.

— Quando eu contar três, então — disse Snape erguendo a varinha. — Um... dois...

Harry não tinha tido tempo de se dominar e tentar esvaziar a mente e Snape já gritava: "*Legilimens!*"

Ele estava correndo pelo corredor do Departamento de Mistérios, deixando para trás as paredes vazias, os archotes – a porta preta e simples ia crescendo; estava correndo tão depressa que ia colidir com a porta, estava a um metro dela e mais uma vez via a réstia de luz azulada...

A porta se abrira! Ele a atravessou finalmente, e entrou em uma sala circular de piso e paredes pretas, iluminada por velas de chamas azuis, e havia outras portas a toda volta – ele precisava prosseguir –, mas que porta deveria escolher...?

– POTTER!

Harry abriu os olhos. Estava caído de costas outra vez, sem lembrança de ter chegado à sala; ofegava como se tivesse corrido toda a extensão do corredor do Departamento de Mistérios, realmente varado a porta preta e encontrado a sala circular.

– Explique-se! – disse Snape, que estava em pé ao lado dele, parecendo furioso.

– Não sei o que aconteceu – disse Harry com sinceridade, levantando-se. Havia um galo na parte de trás de sua cabeça no ponto em que batera no chão e ele se sentia febril. – Nunca vi isso antes, quero dizer, eu lhe disse, sonhei com a porta... mas nunca esteve aberta antes...

– Você não está se esforçando bastante!

Por alguma razão, Snape estava ainda mais furioso do que há dois minutos, quando Harry vira suas lembranças.

– Você é preguiçoso e desleixado, Potter, é de admirar que o Lorde das Trevas...

– Será que *o senhor* pode me dizer uma coisa? – disse, disparando mais uma vez. – Por que chama Voldemort de Lorde das Trevas? Até hoje só ouvi Comensais da Morte o chamarem assim.

Snape abriu a boca em um esgar – uma mulher gritou em algum lugar fora da sala.

O professor virou a cabeça abruptamente para o alto e ficou observando o teto.

– Que d...? – resmungou.

Harry ouviu uma agitação abafada no Saguão de Entrada. Snape olhou para os lados, franzindo a testa.

– Você viu alguma coisa anormal quando veio, Potter?

Harry sacudiu a cabeça negativamente. Em algum lugar acima a mulher tornou a gritar. Snape se dirigiu a passos largos para a porta, a varinha em riste, e desapareceu de vista. Harry hesitou um momento, então seguiu-o.

Os gritos vinham de fato do Saguão de Entrada; tornaram-se mais fortes à medida que Harry corria em direção aos degraus de pedra das masmorras. Quando chegou ao alto, encontrou o saguão cheio; os alunos tinham acorrido em massa do Salão Principal, onde o jantar ainda estava sendo servido, para ver o que estava acontecendo; outros lotavam a escadaria de mármore. Harry abriu caminho por um grupo compacto de alunos altos da Sonserina, e viu que os espectadores haviam formado um grande círculo, uns pareciam chocados, outros até temerosos. A Profª McGonagall estava defronte a Harry do outro lado do saguão; dava a impressão de estar se sentindo ligeiramente nauseada com o que via.

A Profª Trelawney encontrava-se no meio do Saguão de Entrada com a varinha em uma das mãos e uma garrafa vazia de xerez na outra, parecendo completamente tresloucada. Seus cabelos estavam em pé, os óculos de tal maneira tortos que um olho estava mais aumentado do que o outro; seus inúmeros xales e cachecóis caíam desalinhados dos ombros, dando a impressão de que ela própria estava se rompendo. Havia dois malões no chão aos seus pés, um deles de tampa para baixo; dava a impressão de que fora atirado atrás dela. A Profª Trelawney olhava fixamente, cheia de terror, para alguma coisa que Harry não podia ver, mas que parecia estar parada ao pé da escadaria.

— Não! — gritava ela. — NÃO! Isto não pode estar acontecendo... não posso... me recuso a aceitar!

— Você não viu que isso ia acontecer? — perguntou uma voz infantil e aguda, parecendo insensivelmente risonha, e Harry deslocando-se ligeiramente para a direita, constatou que a visão aterrorizante de Trelawney era nada mais que a Profª Umbridge. — Incapaz como você é de prever até o tempo que vai fazer amanhã, certamente deve ter percebido que o seu lamentável desempenho durante as minhas inspeções, e a ausência de melhoria, tornaria inevitável a sua demissão?

— Você não p-pode! — berrou a Profª Trelawney, as lágrimas escorrendo pelo rosto por baixo das lentes enormes. — Você não pode me demitir! Est-tou aqui há dezesseis anos! H-Hogwarts é a minha c...c-casa!

— Era sua casa... — disse a Profª Umbridge, e Harry sentiu revolta de ver o prazer que distendia a cara de sapo da Umbridge enquanto apreciava a Trelawney afundar, soluçando descontrolada, sobre um dos malões — ... até uma hora atrás, quando o ministro da Magia contra-assinou a ordem para sua demissão. Agora, tenha a bondade de se retirar do saguão. Você está nos constrangendo.

Mas ela continuou contemplando, com uma expressão de prazer triunfante, a Profª Trelawney tremer e gemer, balançando-se para a frente e para trás em seu malão, tomada de paroxismos de pesar. Harry ouviu um soluço abafado à sua esquerda e se virou. Lilá e Parvati choravam baixinho, abraçadas. Ouviu então passos. A Profª McGonagall se destacava dos espectadores, marchara direto para Trelawney e estava lhe dando palmadinhas firmes nas costas, ao mesmo tempo que puxava um enorme lenço de dentro das vestes.

– Pronto, pronto, Sibila... se acalme... assoe o nariz no lenço... não é tão ruim quanto você está pensando, agora... você não vai precisar sair de Hogwarts...

– Ah, sério, Profª McGonagall?! – exclamou Umbridge em tom letal, dando alguns passos à frente. – E a sua autoridade para afirmar isso é...?

– A minha – disse uma voz grave.

As portas de carvalho da entrada tinham se aberto. Os estudantes de ambos os lados se afastaram depressa, e Dumbledore apareceu na entrada. O que ele andara fazendo lá fora Harry nem podia imaginar, mas havia algo impressionante naquela visão recortada contra a noite estranhamente brumosa. Deixando as portas escancaradas, ele atravessou o círculo de espectadores em direção à trêmula Profª Trelawney, sentada no malão com o rosto manchado de lágrimas, e à Profª McGonagall ao seu lado.

– Sua, Prof. Dumbledore? – disse Umbridge com uma risadinha particularmente desagradável. – Receio que o senhor não esteja entendendo a situação. Tenho aqui... – ela puxou um pergaminho de dentro das vestes – uma ordem de demissão assinada por mim e pelo ministro da Magia. De acordo com o Decreto Educacional Número Vinte e Três, a Alta Inquisidora de Hogwarts tem o poder de inspecionar, colocar sob observação e demitir qualquer professor que ela, isto é, eu, ache que não está desempenhando suas funções conforme exige o Ministério da Magia. Eu decidi que a Profª Trelawney está abaixo do padrão esperado. Eu a demiti.

Para grande surpresa de Harry, Dumbledore continuou a sorrir. Ele baixou os olhos para a Profª Trelawney, que continuava a soluçar e a engasgar em cima do malão, e disse:

– A senhora está certa, é claro, Profª Umbridge. Como Alta Inquisidora, a senhora tem todo o direito de despedir meus professores. No entanto, não tem autoridade para expulsá-los do castelo. Receio – continuou ele com uma leve reverência – que o poder de fazer isto ainda pertença ao diretor, e é meu desejo que a Profª Trelawney continue a residir em Hogwarts.

Ao ouvir isso, Trelawney deu uma risadinha tresloucada que mal escondia um soluço.

— Não... não, eu v-vou, Dumbledore! V-vou embora de Hogwarts p-procurar minha fortuna algures...

— Não — afirmou Dumbledore com severidade. — É meu desejo que você permaneça, Sibila.

Ele se virou então para a Prof.ª McGonagall.

— Será que posso lhe pedir para acompanhar Sibila de volta aos aposentos dela?

— É claro — disse McGonagall. — Vamos, levante-se, Sibila...

A Prof.ª Sprout saiu correndo da aglomeração e segurou o outro braço de Trelawney. Juntas, elas passaram por Umbridge e subiram a escadaria de mármore. O Prof. Flitwick se apressou em segui-las, empunhando a varinha à frente; disse com a vozinha esganiçada: "*Locomotor malas!*", e a bagagem da Prof.ª Trelawney se ergueu no ar e subiu as escadas atrás dela, o Prof. Flitwick fechou o cortejo.

A Prof.ª Umbridge estava paralisada, encarando Dumbledore, que continuava a sorrir bondosamente.

— E o que — perguntou ela com um sussurro que ecoou pelo saguão — você vai fazer com Sibila quando eu nomear uma nova professora de Adivinhação e precisar dos aposentos dela?

— Ah, isso não será problema — disse Dumbledore em tom agradável. — Sabe, já encontrei um novo professor de Adivinhação, e ele prefere ficar no andar térreo.

— Você encontrou...?! — exclamou Umbridge estridentemente. — *Você encontrou?* Permita-me lembrar-lhe, Dumbledore, que, de acordo com o Decreto Educacional Número Vinte e Dois...

— O ministro tem o direito de indicar um candidato adequado se, e apenas se, o diretor não puder encontrar um — citou Dumbledore. — Tenho o prazer de lhe informar que desta vez o encontrei. Posso apresentá-lo a você?

E se virou para as portas abertas, pelas quais agora entrava a névoa noturna. Harry ouviu o ruído de cascos. Correu um murmúrio de espanto pelo saguão e os que estavam mais próximos das portas rapidamente recuaram mais, alguns tropeçando na pressa de abrir caminho para o recém-chegado.

Em meio à névoa surgiu um rosto que Harry já vira em uma noite escura e tempestuosa na Floresta Proibida: cabelos louro-prateados e surpreendentes olhos azuis; a cabeça e o tronco de um homem se completavam com o corpo de um cavalo baio.

— Este é Firenze — disse Dumbledore, feliz, a uma assombrada Umbridge. — Creio que você o aprovará.

27

O CENTAURO
E O DEDO-DURO

— Agora, aposto como você gostaria de não ter desistido de Adivinhação, não é, Hermione? — perguntou Parvati, sorrindo presunçosa.

Era a hora do café da manhã, dois dias depois da demissão da Profª Trelawney, e Parvati estava enrolando os cílios na varinha e examinando o efeito nas costas de uma colher. Iam ter a primeira aula com Firenze naquela manhã.

— Nem tanto — disse Hermione com indiferença, lendo o *Profeta Diário*. — Jamais gostei realmente de cavalos.

Ela virou a página do jornal e passou os olhos pelas colunas.

— Ele não é cavalo, é centauro! — disse Lilá, chocada.

— Um *lindo* centauro... — suspirou Parvati.

— Ainda assim, continua a ter quatro patas — replicou Hermione calmamente. — Seja como for, pensei que vocês duas estivessem muito chateadas por Trelawney ter ido embora.

— Estamos! — confirmou Lilá. — Fomos à sala dela visitá-la; levamos uns narcisos: não daqueles que grasnam como os da Sprout, dos bonitos.

— Como é que ela está? — perguntou Harry.

— Nada bem, coitadinha — disse Lilá, penalizada. — Estava chorando e dizendo que preferia deixar o castelo para sempre a continuar no mesmo lugar que a Umbridge, e não a culpo, a Umbridge foi horrível com ela, não foi?

— Tenho um pressentimento de que a Umbridge só está começando a ser horrível — comentou Hermione sombriamente.

— Impossível — disse Rony devorando seu pratarraz de ovos com bacon. — Ela não pode ficar pior do que é.

— Pois escreva o que estou dizendo, ela vai querer se vingar do Dumbledore por nomear um novo professor sem consultá-la — disse Hermione fechando o jornal. — Principalmente um semi-humano. Você viu a cara que ela fez quando viu o Firenze.

Depois do café, Hermione foi para a aula de Aritmancia enquanto Harry e Rony seguiam com Parvati e Lilá para o Saguão de Entrada, caminho para a aula de Adivinhação.

— Não vamos para a Torre Norte? — perguntou Rony, intrigado ao ver Parvati passar pela escadaria de mármore sem subir.

Parvati lhe lançou um olhar de desdém por cima do ombro.

— Como é que você espera que Firenze suba aquela escada? Estamos na sala onze agora, não viu no quadro de avisos ontem?

A sala onze era no térreo, no corredor que saía do saguão para o lado oposto ao Salão Principal. Harry sabia que era uma daquelas salas que não eram usadas com regularidade, e por isso dava uma impressão de abandono como o de um armário ou quarto de guardados. Quando ele entrou logo atrás de Rony e se viu no meio de uma clareira florestal, ficou momentaneamente atordoado.

— Que di...?

O piso da sala se revestira de um musgo primaveril no qual se erguiam árvores; seus ramos folhosos balançavam no teto e nas janelas, fazendo com que a sala se enchesse de raios de uma luz verde suave e malhada. Os alunos que já haviam chegado se acomodaram no piso terroso, com as costas apoiadas nos troncos das árvores e pedregulhos, e abraçavam as pernas dobradas ou cruzadas com força sobre o peito, todos parecendo muito nervosos. No meio da clareira, onde não havia árvores, estava Firenze.

— Harry Potter — disse ele, estendendo a mão quando o garoto entrou.

— Aah... oi — cumprimentou Harry, apertando a mão do centauro, que o examinou sem piscar com aqueles olhos espantosamente azuis, mas não sorriu. — Aah... que bom ver você.

— E você — disse o centauro, inclinando a cabeça louro-prateada. — Estava escrito que tornaríamos a nos encontrar.

Harry reparou que havia no peito de Firenze a sombra de um hematoma em forma de casco. Quando se virou para se reunir ao resto da turma sentada no chão, viu que todos o olhavam assombrados, aparentemente muito impressionados que ele falasse com Firenze, que eles acharam assustador.

Quando a porta foi fechada e o último aluno se sentou em um toco de árvore ao lado da cesta de papéis, Firenze fez um gesto englobando a sala toda.

— O Prof. Dumbledore teve a bondade de providenciar esta sala de aula para nós — disse o centauro, quando todos se calaram —, imitando o meu hábitat natural. Eu teria preferido ensinar a vocês na Floresta Proibida, que foi, até segunda-feira, a minha morada... mas isto já não é possível.

— Por favor... aah... professor... – disse Parvati, ofegante, erguendo a mão – por que não? Já estivemos lá com Hagrid, não temos medo!

— O problema não é a sua coragem – disse Firenze –, mas a minha situação. Não posso voltar à Floresta Proibida. O meu rebanho me baniu.

— Rebanho?! – exclamou Lilá confusa, e Harry percebeu que ela estava pensando em vacas. – Quê... ah!

A compreensão se espalhou em seu rosto.

— Há *outros iguais* ao senhor? – perguntou atordoada.

— Hagrid o criou, como fez com os Testrálios? – perguntou Dino, curioso.

Firenze virou lentamente a cabeça para encarar Dino, que pareceu perceber na hora que acabara de dizer uma coisa muito ofensiva.

— Não... quis dizer... me desculpe – terminou o garoto com a voz abafada.

— Os centauros não são servidores nem brinquedos dos humanos – disse Firenze com calma.

Fez-se uma pausa, então Parvati tornou a erguer a mão.

— Por favor, professor... por que os outros centauros o baniram?

— Porque eu concordei em trabalhar para o Prof. Dumbledore. E eles encaram isso como uma traição à nossa espécie.

Harry se lembrou de que, havia quase quatro anos, o centauro Agouro ralhara com Firenze por permitir que Harry o cavalgasse até um lugar seguro; chamara-o de "mula". Ficou imaginando se teria sido Agouro quem escoiceara o peito de Firenze.

— Vamos começar – disse o centauro. Ele balançou a longa cauda baia, ergueu a mão para o dossel de folhas no alto, então baixou-a lentamente e, ao fazer isso, a claridade da sala diminuiu; agora pareciam que estavam sentados em uma clareira ao crepúsculo, e surgiram estrelas no teto. Ouviram-se exclamações e gritos sufocados, e Rony exclamou audivelmente: "Caracas!"

— Deitem-se no chão – disse Firenze calmamente – e observem o céu. Ali está escrito, para os que sabem ler, o destino das nossas raças.

Harry se deitou e olhou para o céu. Uma estrela vermelha piscou para ele lá do alto.

— Sei que vocês aprenderam os nomes dos planetas e de suas luas em Astronomia, e que já mapearam o curso das estrelas no céu. Os centauros foram desvendando os mistérios desses movimentos durante séculos. Nossas descobertas nos ensinam que o futuro pode ser vislumbrado no céu que nos cobre...

— A Profª Trelawney estudou Astrologia conosco! – disse Parvati, animada erguendo a mão à frente do corpo para que o professor a visse no ar, uma vez que estava deitada de costas. – Marte causa acidentes e queimaduras e outros problemas, e quando faz ângulo com Saturno, como agora – ela desenhou um ângulo reto no ar –, significa que as pessoas precisam ter extremo cuidado ao lidar com coisas quentes...

– Isso – disse Firenze, calmo – são tolices humanas.

A mão de Parvati caiu frouxamente ao lado do corpo.

– Ferimentos banais, pequeninos acidentes humanos – tornou Firenze, pateando o chão coberto de musgo. – No universo, eles não têm maior significação do que formigas correndo, e não são afetados pelos movimentos dos planetas.

– A Profª Trelawney... – começou Parvati em tom ofendido e indignado.

– É um ser humano – disse Firenze com simplicidade. – E, portanto, tem os olhos toldados e as mãos tolhidas pelas limitações de sua espécie.

Harry virou muito ligeiramente a cabeça para olhar Parvati que parecia muito ofendida, assim como vários colegas que a rodeavam.

– Sibila Trelawney pode ter visto, eu não sei – continuou Firenze, e Harry tornou a ouvir sua cauda balançando enquanto caminhava diante da turma –, mas desperdiça seu tempo, principalmente, com a vaidade tola a que os humanos chamam adivinhar o futuro. Eu estou aqui para explicar a sabedoria dos centauros, que é impessoal e imparcial. Contemplamos o céu à procura das grandes ondas de maldade ou de mudança, que por vezes estão ali assinaladas. Pode levar dez anos para termos certeza do que estamos contemplando.

Firenze apontou para a estrela vermelha diretamente acima de Harry.

– Na última década, as estrelas têm indicado que a bruxidade está vivendo apenas uma breve calmaria entre duas guerras. Marte, anunciador de conflitos, brilha intensamente sobre nós, sugerindo que a luta não tardará a recomeçar. Quando ocorrerá, os centauros podem tentar adivinhar por meio da queima de certas ervas e folhas, pela observação de fumaça e chamas...

Foi a aula mais incomum a que Harry já assistira. É verdade que eles queimaram artemísia e malva no chão da sala, e Firenze mandou-os procurar certas formas e símbolos na fumaça acre, mas não pareceu nada preocupado que nenhum dos alunos visse os sinais que ele descrevera, comentando que os humanos em geral não eram muito bons nisso e que levara anos para os centauros se tornarem competentes; e concluiu dizendo que, de todo modo, era uma tolice acreditar demais nessas coisas, porque até os centauros por vezes as interpretavam erroneamente. Ele não lembrava nenhum professor humano que Harry já tivesse tido. Sua prioridade não parecia ser ensinar o que sabia, mas infundir nos alunos a ideia de que nada, nem mesmo o conhecimento dos centauros, era à prova de erro.

— Ele não é muito afirmativo sobre nada, não é? — comentou Rony baixinho, quando apagavam o fogo da malva. — Quero dizer, eu gostaria de saber mais detalhes sobre a tal guerra que estamos em vésperas de travar, você não?

A sineta tocou do lado de fora da sala e todos se assustaram; Harry esquecera completamente que continuava dentro do castelo, convencido de que estava realmente na Floresta. Os alunos saíram em fila, com o ar um tanto perplexo.

Harry já ia segui-los com Rony quando Firenze o chamou:

— Harry Potter, uma palavrinha, por favor.

O garoto se virou. O centauro se adiantou para ele. Rony hesitou.

— Pode ficar. Mas feche a porta, por favor.

Rony se apressou a obedecer.

— Harry Potter, você é amigo de Hagrid, não é? — perguntou o centauro.

— Sou — disse Harry.

— Então dê-lhe um aviso meu. A tentativa dele não está dando certo. Seria melhor que a abandonasse.

— A tentativa dele não está dando certo? — repetiu Harry sem entender.

— E seria melhor que a abandonasse — repetiu Firenze confirmando com a cabeça. — Eu próprio avisaria a ele, mas fui banido, não seria prudente me aproximar da Floresta agora, Hagrid já tem problemas suficientes sem uma "guerra de centauros".

— Mas... que é que Hagrid está tentando fazer? — perguntou Harry nervoso.

Firenze olhou-o impassível.

— Hagrid recentemente me prestou um grande serviço e há muito tempo conquistou o meu respeito pelo cuidado que demonstra com todos os seres vivos. Não trairei o seu segredo. Mas ele precisa ouvir a voz da razão. A tentativa não está dando certo. Diga isso a ele, Harry Potter. Um bom dia para vocês.

A felicidade que Harry sentira na esteira da entrevista ao *Pasquim* havia muito tempo se evaporara. Quando um março monótono passou despercebido para um abril tempestuoso, sua vida pareceu ter se transformado mais uma vez em uma sucessão de preocupações e problemas.

Umbridge continuara a assistir a todas as aulas de Trato das Criaturas Mágicas, tornando muito difícil passar o aviso de Firenze a Hagrid. Finalmente, Harry conseguiu, fingindo que perdera seu exemplar de *Animais fantásticos & onde habitam*, e voltando depois da aula. Quando transmitiu a mensagem de Firenze, Hagrid fixou nele seus olhos inchados e roxos por um momento, aparentemente espantado. Então pareceu se controlar.

– Cara legal, o Firenze – disse rouco –, mas não sei do que ele está falando. A tentativa está dando certo.

– Hagrid, que é que você está aprontando? – perguntou Harry, sério.

– Porque você precisa ter cuidado, a Umbridge já demitiu Trelawney e, se você quer saber, ela continua prestigiada no Ministério. Se estiver fazendo alguma coisa que não deve, você vai...

– Tem coisas mais importantes do que manter o emprego – comentou Hagrid, embora suas mãos tremessem levemente ao dizer isso, fazendo uma bacia cheia de excrementos de ouriços cair no chão. – Não se preocupe comigo, Harry, agora vamos andando, seja um bom menino.

Harry não teve escolha senão deixar Hagrid limpando a bosta do chão, mas se sentiu totalmente desanimado ao se arrastar de volta ao castelo.

Entrementes, tal como os professores e Hermione insistiam em lembrar, os N.O.M.s estavam cada dia mais próximos. Todos os quintanistas se sentiam de alguma forma estressados, mas Ana Abbott foi a primeira a receber uma Poção Calmante de Madame Pomfrey depois de cair no choro durante uma aula de Herbologia e soluçar, dizendo que era burra demais para prestar os exames e que queria deixar a escola naquele instante.

Se não fosse pelas sessões na AD, Harry tinha a impressão de que estaria profundamente infeliz. Às vezes tinha o sentimento de que vivia para as horas que passava na Sala Precisa, onde se esforçava muito, mas ao mesmo tempo se divertia imensamente, inchando de orgulho ao contemplar os companheiros da AD e constatar seu progresso. De fato, Harry às vezes se perguntava como é que Umbridge iria reagir quando visse todos os participantes da AD receberem "Excelente" no N.O.M. de Defesa Contra as Artes das Trevas.

Eles tinham finalmente começado a trabalhar o Patrono, que todos queriam muito praticar, embora Harry não parasse de lembrar a todos que produzir um Patrono no meio de uma sala de aula iluminada quando ninguém os ameaçava era muito diferente de produzi-lo quando estivessem enfrentando, por exemplo, um Dementador.

– Ah, não seja desmancha-prazeres! – exclamou Cho, animada, apreciando o seu Patrono em forma de cisne prateado voar pela Sala Precisa durante a última aula antes da Páscoa. – Eles são tão bonitos!

— Eles não têm de ser bonitos, têm é que proteger você — disse Harry, paciente. — O que realmente precisamos é de um bicho-papão ou coisa parecida; foi assim que aprendi, tinha de conjurar o Patrono enquanto o bicho-papão fingia ser um Dementador...

— Mas isso seria realmente apavorante! — exclamou Lilá, que soltava baforadas de vapor prateado pela ponta da varinha. — E ainda não... consigo... fazer! — completou ela com raiva.

Neville estava encontrando dificuldade também. Seu rosto se contraía ao se concentrar, mas apenas tênues fiapinhos de fumaça prateada saíam da ponta de sua varinha.

— Você tem de pensar em alguma coisa feliz — Harry lembrava ao garoto.

— Estou tentando — disse Neville, infeliz, cujo empenho era tanto que seu rosto redondo chegava a brilhar de suor.

— Harry, acho que estou conseguindo! — berrou Simas, que fora trazido por Dino à sua primeira reunião da AD. — Olha... ah... desapareceu... mas era decididamente alguma coisa peluda, Harry!

O Patrono de Hermione, uma reluzente lontra prateada, brincava à sua volta.

— Eles são bonitinhos, não são? — comentou ela, olhando-o com carinho.

A porta da Sala Precisa se abriu e fechou. Harry se virou para ver quem entrara, mas não parecia haver ninguém. Passou-se um momento até ele perceber que as pessoas próximas à porta haviam se calado. No instante seguinte, alguma coisa puxava suas vestes na altura do joelho. Ele olhou e viu, para seu grande espanto, Dobby, o elfo doméstico, mirando-o por baixo dos seus oito gorros de lã habituais.

— Oi, Dobby! Que é que você... Que aconteceu?

Os olhos do elfo se arregalavam de terror e ele tremia. Os participantes da AD mais próximos de Harry tinham se calado; todos observavam Dobby. Os poucos Patronos que as pessoas tinham conseguido conjurar desapareceram em fumaça prateada, deixando a sala bem mais escura do que antes.

— Harry Potter, meu senhor... — esganiçou-se o elfo, tremendo da cabeça aos pés. — Harry Potter, meu senhor... Dobby veio avisar... mas os elfos foram avisados para não contar...

Ele correu a bater a cabeça na parede. Harry, que tinha alguma experiência com os hábitos de se castigar de Dobby, fez menção de agarrá-lo, mas o elfo meramente quicou na pedra graças aos seus oito gorros. Hermione e algumas outras garotas soltaram gritinhos de medo e pena.

— Que aconteceu, Dobby? — perguntou Harry, agarrando o bracinho do elfo e mantendo-o afastado de qualquer coisa que ele pudesse encontrar para se machucar.

— Harry Potter... ela... ela...

Dobby deu um forte soco no nariz com o punho livre. Harry agarrou-o também.

— Quem é "ela", Dobby?

Mas ele achava que sabia; certamente só havia uma "ela" capaz de induzir tal pavor em Dobby. O elfo ergueu os olhos, ligeiramente vesgo, e pronunciou silenciosamente.

— Umbridge? — perguntou Harry, horrorizado.

Dobby confirmou, e em seguida tentou bater a cabeça nos joelhos de Harry. O garoto o segurou à distância dos braços.

— Que tem a Umbridge? Dobby... ela não descobriu isso... nós... a AD?

Ele leu a resposta no rosto aflito do elfo. Com as mãos presas por Harry, ele tentou se chutar e caiu de joelhos.

— Ela está vindo? — perguntou Harry calmamente.

Dobby deixou escapar um uivo.

— Está, Harry Potter, está!

Harry se endireitou e olhou para os colegas, imóveis e aterrorizados, que contemplavam o elfo a se debater.

— QUE É QUE VOCÊS ESTÃO ESPERANDO! — berrou Harry. — CORRAM!

Todos se arremessaram para a saída na mesma hora, embolando na porta, então passaram num ímpeto. Harry ouviu-os correndo pelos corredores e desejou que tivessem o bom-senso de não tentar ir direto para os dormitórios. Eram apenas dez para as nove; se ao menos se refugiassem na biblioteca ou no corujal, que eram mais próximos...

— Harry, anda logo! — gritou Hermione em meio ao bolo de gente que se empurrava para sair.

Ele pegou Dobby, que continuava tentando se machucar seriamente, e correu com o elfo nos braços para o fim da fila.

— Dobby, isto é uma ordem, volte para a cozinha com os outros elfos e, se ela perguntar se você me avisou, minta e diga que não! E proíbo você de se machucar! — acrescentou, largando o elfo no chão quando finalmente cruzou o portal e bateu a porta.

— Obrigado, Harry Potter — disse Dobby com a sua vozinha esganiçada, e afastou-se desabalado. Harry olhou para a esquerda e a direita, os outros andavam tão depressa que ele viu apenas vislumbre dos calcanhares que voavam em cada ponta do corredor antes de desaparecer; ele começou a correr para a direita; havia um banheiro de meninos um pouco adiante, poderia fingir que estivera ali o tempo todo se conseguisse chegar lá...

— AAARRR!

Alguma coisa o apanhou pelos tornozelos e ele caiu espetacularmente, deslizando quase dois metros pelo chão antes de parar. Alguém atrás dele gargalhou. Ele se virou de frente e viu Malfoy escondido em um nicho atrás de um feio vaso em forma de dragão.

— Azaração do Tropeço, Potter! Eh, Professora... PROFESSORA! Peguei um!

Umbridge surgiu depressa em uma extremidade, ofegante, mas sorrindo satisfeita.

— É ele! — exclamou jubilante ao ver Harry no chão. — Excelente, Draco, excelente, ah, muito bom: cinquenta pontos para Sonserina! Eu me encarrego dele a partir daqui... levante-se, Potter!

Harry se pôs de pé, olhando para os dois. Nunca vira Umbridge com um ar tão feliz. Ela imobilizou seu braço e se virou, toda sorrisos, para Malfoy.

— Vá andando e veja se consegue apanhar mais algum, Draco. Diga aos outros para procurar na biblioteca alguém que esteja ofegando, verifiquem os banheiros. A Srta. Parkinson pode examinar os banheiros das meninas, vamos, vá andando, e você — acrescentou ela com a voz mais suave e mais perigosa, enquanto Malfoy se afastava —, você vai comigo à sala do diretor, Potter!

Chegaram à gárgula de pedra em minutos. Harry ficou imaginando quantos dos outros teriam sido apanhados. Pensou em Rony, a Sra. Weasley o mataria, e como se sentiria Hermione se fosse expulsa antes de prestar os N.O.M.s. E fora a primeira reunião do Simas... e Neville estava progredindo tanto...

— Delícia Gasosa — entoou Umbridge; a gárgula de pedra saltou para o lado, a parede se abriu em duas metades e eles subiram a escada rolante de pedra. Chegaram à porta polida com a aldrava de grifo, mas Umbridge não se deu ao trabalho de bater, entrou direto, ainda segurando Harry com firmeza.

A sala estava cheia de gente. Dumbledore encontrava-se à escrivaninha, a expressão serena, as pontas dos longos dedos juntas. A Profª McGonagall empertigada ao seu lado, o rosto extremamente tenso. Cornélio Fudge, ministro da Magia, se balançava para a frente e para trás sem sair do lugar, ao lado da lareira, pelo visto imensamente satisfeito com a situação; Quim Shacklebolt e um bruxo com uma carranca e cabelos muito curtos e crespos, que Harry não reconheceu, estavam postados de cada lado da porta como guardas, e a figura de sardas e óculos de Percy Weasley pairava animada junto à parede, uma pena e um pesado rolo de pergaminho nas mãos, aparentemente preparado para tomar notas.

Os retratos dos velhos diretores e diretoras não estavam fingindo dormir esta noite. Estavam atentos e sérios, observando o que acontecia embaixo. Quando Harry entrou, alguns fugiram para quadros vizinhos e cochicharam com urgência aos ouvidos dos colegas.

Harry se desvencilhou do aperto de Umbridge quando a porta se fechou. Cornélio Fudge o olhou com uma espécie de maligna satisfação no rosto.

– Ora! – exclamou. – Ora, ora, ora...

Harry respondeu com o olhar mais sujo que conseguiu dar. Seu coração batia descontrolado no peito, mas o cérebro estava estranhamente claro e tranquilo.

– Ele estava voltando à Torre da Grifinória – disse Umbridge. Havia uma animação obscena em sua voz, o mesmo prazer perverso que Harry ouvira quando a Profª Trelawney se desintegrava de infelicidade no Saguão de Entrada. – O menino Malfoy o encurralou.

– Foi mesmo, foi mesmo?! – exclamou Fudge, admirado. – Preciso me lembrar de contar ao Lúcio. Muito bem, Potter... espero que saiba por que está aqui.

Harry tinha toda a intenção de responder com um atrevido "sim": sua boca abrira e a palavra começara a se formar quando ele percebeu a expressão de Dumbledore. O diretor não olhava diretamente para ele – tinha os olhos fixos em um ponto por cima do seu ombro –, mas, quando Harry o encarou, mexeu a cabeça uma fração de segundo para cada lado.

Harry mudou de ideia no meio da palavra.

– É... não.

– Como disse? – perguntou Fudge.

– Não – repetiu Harry com firmeza.

– Você não sabe por que está aqui?

– Não, senhor, não sei.

Fudge olhou incrédulo de Harry para a Profª Umbridge. O garoto se aproveitou da desatenção momentânea para lançar outro olhar rápido a Dumbledore, que deu um aceno mínimo e a sombra de uma piscadela para o tapete.

– Então você não faz ideia – disse o ministro com a voz positivamente pesada de sarcasmo – por que a Profª Umbridge o trouxe a esta sala? Você não sabe que infringiu o regulamento da escola?

– Regulamento da escola? Não.

– Nem os decretos do Ministério? – acrescentou Fudge, irritado.

– Não que eu tenha consciência – respondeu Harry brandamente.

Seu coração continuava a bater acelerado. Quase valia a pena dizer mentiras para ver a pressão sanguínea de Fudge subir, mas não conseguia ver como iria dizê-las impunemente; se alguém informara a Umbridge sobre a AD, então ele, o líder, poderia começar a arrumar as malas agora mesmo.

– Então, é novidade para você – disse Fudge, sua voz agora pastosa de raiva – que foi descoberta uma organização estudantil ilegal nesta escola?

– É, sim senhor – disse Harry, exibindo um olhar de inocência e de surpresa pouco convincente.

– Acho, ministro – disse Umbridge atrás do garoto com a voz sedosa –, que faríamos maior progresso se eu trouxesse a nossa informante.

– É, faça isso – disse Fudge com um aceno, e olhou maliciosamente para Dumbledore quando Umbridge saiu. – Nada como uma boa testemunha, não é, Dumbledore?

– Nada mesmo, Cornélio – concordou Dumbledore gravemente, inclinando a cabeça.

Houve uma espera de vários minutos, em que ninguém se entreolhou, então Harry ouviu a porta se abrir às suas costas. Umbridge entrou e passou por ele segurando pelo ombro a amiga de cabelos crespos de Cho, Marieta, que escondia o rosto nas mãos.

– Não se apavore, querida, não tema – disse a Profª Umbridge com suavidade, dando-lhe palmadinhas nas costas –, está tudo bem agora. Você agiu certo. O ministro está muito satisfeito com você. Dirá à sua mãe que boa menina você foi. A mãe de Marieta, ministro – acrescentou, erguendo os olhos para Fudge –, é Madame Edgecombe, do Departamento de Transportes Mágicos, seção da Rede de Flu, tem nos ajudado a policiar as lareiras de Hogwarts, sabe.

– Muito bom, muito bom! – disse Fudge cordialmente. – Tal mãe, tal filha, eh? Bom, vamos então, querida, erga a cabeça, não seja tímida, vamos ver o que você tem a... gárgulas galopantes!

Quando Marieta ergueu a cabeça, Fudge deu um salto para trás chocado, quase se estatelando na lareira. Em seguida praguejou e sapateou na bainha da capa que começara a fumegar. Marieta deu um guincho e puxou o decote das vestes até os olhos, mas não antes de todos verem que seu rosto estava terrivelmente desfigurado por uma quantidade de pústulas roxas muito juntas que cobriam seu nariz e suas faces formando a palavra "DEDO-DURO".

— Não se incomode com as marcas agora, querida — disse Umbridge, impaciente —, tire as vestes de cima da boca e conte ao ministro.

Mas Marieta soltou outro guincho abafado e sacudiu a cabeça freneticamente.

— Ah, muito bem, sua tolinha, *eu* contarei — disse Umbridge com rispidez. Tornando a refazer o sorriso doentio no rosto, disse: — Bom, ministro, a Srta. Edgecombe aqui veio à minha sala pouco depois do jantar hoje à noite e me disse que queria me contar uma coisa. Contou que se eu fosse a uma sala secreta no sétimo andar, às vezes conhecida como Sala Precisa, eu descobriria algo que me interessaria. Fiz-lhe mais algumas perguntas, e ela admitiu que haveria uma reunião ali. Infelizmente, naquela altura, a azaração — ela acenou impaciente para o rosto escondido de Marieta — produziu efeito, e, ao ver seu rosto no meu espelho, a menina ficou aflita demais para me fornecer maiores detalhes.

— Bom, agora — disse Fudge, fixando Marieta com o que evidentemente imaginava que fosse um olhar paternal —, é muita coragem sua, querida, ir contar à Profª Umbridge. Você agiu certo. Agora, pode me dizer o que aconteceu na reunião? Qual era a finalidade? Quem mais estava presente?

Mas Marieta não quis falar; meramente tornou a sacudir a cabeça, os olhos muito abertos e receosos.

— Você não tem uma contra-azaração para isso? — perguntou Fudge a Umbridge, impaciente, indicando o rosto de Marieta. — Para ela poder falar livremente?

— Ainda não consegui descobrir uma — admitiu Umbridge a contragosto, e Harry sentiu um assomo de orgulho pelas habilidades de Hermione em azaração. — Mas não faz diferença se ela não quiser falar, eu posso continuar a história a partir deste ponto. O senhor deve se lembrar, ministro, que lhe enviei um relatório em outubro informando que Potter se encontrara com vários colegas no Cabeça de Javali, em Hogsmeade...

— E qual é a sua prova disso? — interrompeu-a a Profª McGonagall.

— Tenho o testemunho de Willy Widdershins, Minerva, que por acaso estava no bar naquela ocasião. Usava muitas bandagens, é verdade, mas sua audição estava perfeita — disse Umbridge cheia de si. — Ele ouviu cada palavra que Potter disse e veio direto à escola me relatar...

— Ah, então foi *por isso* que ele não foi processado por ter feito todos aqueles vasos sanitários regurgitarem! — exclamou a Profª McGonagall, erguendo as sobrancelhas. — Que visão interessante do nosso sistema judiciário!

— Corrupção descarada! — bradou o retrato de um corpulento bruxo de nariz vermelho na parede atrás da escrivaninha de Dumbledore. — No meu tempo o Ministério não negociava com criminosos baratos, não, senhor, não negociava!

— Obrigado, Fortescue, já chega — disse Dumbledore suavemente.

— A finalidade do encontro de Potter com esses estudantes — continuou a Umbridge — era persuadi-los a formar uma sociedade ilegal, com o fito de aprender feitiços e maldições que o Ministério declarou inadequados para a idade escolar...

— Acho que você vai descobrir que está enganada, Dolores — disse Dumbledore calmamente, espiando por cima dos oclinhos de meia-lua encarrapitados no meio do nariz adunco.

Harry olhou para o diretor. Não entendia como é que Dumbledore ia livrá-lo dessa; se Willy Widdershins tivesse de fato ouvido tudo que ele dissera no Cabeça de Javali, simplesmente não haveria escapatória.

— Oho! — exclamou Fudge, recomeçando a se balançar sobre os pés. — Sim, vamos ouvir a última lorota inventada para tirar Potter de uma confusão! Vamos, então, Dumbledore, vamos... Willy Widdershins estava mentindo, é isso? Ou era o gêmeo idêntico de Potter que estava no Cabeça de Javali naquele dia? Ou a explicação costumeira que envolve a reversão do tempo, um morto que retorna à vida e uns Dementadores invisíveis?

Percy Weasley deixou escapar uma gostosa gargalhada.

— Ah, essa é muito boa, ministro, muito boa!

Harry poderia ter dado um chute nele. Então viu, para seu espanto, que Dumbledore também sorria gentilmente.

— Cornélio, eu não nego, e tenho certeza de que Harry também não, que ele estivesse no Cabeça de Javali naquele dia, nem que estivesse procurando recrutar estudantes para um grupo de Defesa Contra as Artes das Trevas. Estou apenas dizendo que Dolores está muito enganada de que tal grupo fosse, à época, ilegal. Se você se lembra, o Decreto Educacional que proibiu todas as associações de estudantes só entrou em vigor dois dias depois da reunião de Harry em Hogsmeade, portanto ele não estava infringindo regulamento algum no Cabeça de Javali.

Percy parecia ter sido atingido no rosto por alguma coisa muito pesada. Fudge se imobilizou no meio do seu balanço, boquiaberto.

Umbridge se recuperou primeiro.

– Tudo isso está muito bem, diretor – disse sorrindo meigamente –, mas agora já faz seis meses que o Decreto Número Vinte e Quatro entrou em vigor. Se o primeiro encontro não foi ilegal, todos os que ocorreram depois certamente o são.

– Bom – replicou Dumbledore, estudando-a com educado interesse por cima dos dedos entrelaçados –, eles certamente *seriam*, se *tivessem* continuado depois que o decreto entrou em vigor. Você tem alguma prova de que os encontros continuaram?

Enquanto Dumbledore falava, Harry ouviu um rumorejo atrás, e achou que Quim cochichara alguma coisa. Podia jurar, também, que sentira alguma coisa roçar o lado do seu corpo, alguma coisa suave como um sopro ou as asas de um pássaro, mas olhando para baixo não viu nada.

– Prova? – repetiu Umbridge, abrindo aquele sorriso bufonídeo. – Você não esteve prestando atenção, Dumbledore? Por que acha que a Srta. Edgecombe está aqui?

– Ah, e ela pode nos falar dos seis meses de encontros? – perguntou Dumbledore, erguendo as sobrancelhas. – Tive a impressão de que ela estava meramente relatando uma reunião hoje à noite.

– Srta. Edgecombe – disse imediatamente –, conte-nos há quanto tempo essas reuniões vêm acontecendo, querida. Você pode simplesmente acenar ou balançar a cabeça, tenho certeza de que isso não vai piorar as manchas. Elas têm se realizado regularmente nos últimos seis meses?

Harry sentiu seu estômago despencar. Era o fim, tinham chegado a uma muralha de provas inegáveis que nem mesmo Dumbledore seria capaz de remover.

– Só precisa acenar ou balançar a cabeça, querida – disse Umbridge, tentando persuadir Marieta. – Vamos, agora, isso não vai reativar a azaração.

Todos na sala olharam para o topo da cabeça da garota. Apenas seus olhos estavam visíveis entre as vestes repuxadas e a franja crespa. Talvez fosse um efeito das chamas, mas seus olhos pareciam estranhamente vidrados. Então, para absoluto assombro de Harry, Marieta balançou negativamente a cabeça.

Umbridge olhou depressa para Fudge, e de novo para Marieta.

– Acho que você não entendeu a pergunta, entendeu, querida? Estou perguntando se você tem ido a essas reuniões nos últimos seis meses? Você tem, não tem?

Mais uma vez, Marieta balançou a cabeça.

– Que é que você quer dizer balançando a cabeça, querida? – perguntou Umbridge impaciente.

– Eu diria que o significado do gesto da menina foi muito claro – disse a Prof.ª McGonagall com aspereza. – Não houve reuniões secretas nos últimos seis meses. Estou certa, Srta. Edgecombe?

Marieta acenou a cabeça afirmativamente.

– Mas houve uma reunião hoje à noite! – exclamou Umbridge, furiosa.

– Houve uma reunião, Srta. Edgecombe, a senhorita me falou nela, na Sala Precisa! E Potter era o líder, não era, Potter a organizou, Potter... *por que você está balançando a cabeça, menina?*

– Bom, normalmente quando uma pessoa balança a cabeça – disse McGonagall friamente – ela quer dizer "não". Então, a não ser que a Srta. Edgecombe esteja usando uma linguagem de sinais ainda desconhecida dos seres humanos...

A Prof.ª Umbridge agarrou Marieta, virou-a de frente e começou a sacudi-la violentamente. Uma fração de segundo depois, Dumbledore estava em pé, a varinha erguida; Quim se adiantou e Umbridge se afastou de Marieta, sacudindo a mão no ar como se tivesse se queimado.

– Não posso permitir que você brutalize os meus estudantes, Dolores – disse Dumbledore e, pela primeira vez, pareceu aborrecido.

– Queira se acalmar, Madame Umbridge – disse Quim com sua voz profunda e lenta. – A senhora não quer se envolver em confusões.

– Não – disse Umbridge, ofegante, erguendo os olhos para a figura imponente de Quim. – Quero dizer, sim, você tem razão, Shacklebolt... eu... eu... perdi a cabeça.

Marieta estava parada exatamente onde Umbridge a largara. Não parecia nem perturbada pelo inesperado ataque da professora nem aliviada por ter sido solta; continuava a segurar as vestes na altura dos olhos vidrados e fixos em algum ponto à sua frente.

Uma repentina suspeita, ligada ao cochicho de Quim e à coisa que sentira passar por ele, nasceu na mente de Harry.

– Dolores – disse Fudge, com ar de quem tentava determinar algo de uma vez por todas –, a reunião de hoje à noite... a que sabemos que decididamente se realizou...

– Sim – disse Umbridge, recuperando-se –, sim... bom, a Srta. Edgecombe me informou e eu imediatamente me dirigi ao sétimo andar, acompanhada por certos estudantes *dignos de confiança*, para apanhar em flagrante os participantes da reunião. Parece, no entanto, que eles foram avisados, porque quando chegamos ao sétimo andar corriam em todas as direções. Mas não faz diferença. Tenho todos os nomes aqui, a Srta. Parkinson entrou na Sala Precisa a meu pedido para ver se haviam esquecido alguma coisa ao sair. Precisávamos de provas e a sala nos forneceu.

E, para horror de Harry, ela puxou do bolso a lista de nomes que Hermione havia prendido na parede da Sala Precisa e entregou-o a Fudge.

— No instante em que vi o nome de Potter na lista, percebi o que tínhamos nas mãos.

— Excelente — disse Fudge, um sorriso se espalhando pelo rosto. — Excelente, Dolores. E... pelo trovão...

Ele ergueu os olhos para Dumbledore, que continuava parado ao lado de Marieta, segurando a varinha frouxamente na mão.

— Está vendo o nome que escolheram para o grupo? — disse Fudge calmo. — *Armada de Dumbledore*.

Dumbledore estendeu a mão e apanhou o pergaminho que Fudge segurava. Olhou para o cabeçalho escrito por Hermione meses antes, e por um momento pareceu incapaz de falar. Então, ergueu a cabeça e sorriu.

— Bom, o plano fracassou — disse com simplicidade. — Quer que eu escreva uma confissão, Cornélio, ou basta uma declaração diante dessas testemunhas?

Harry viu McGonagall e Quim se entreolharem. Havia medo nos rostos de ambos. Ele não entendia o que estava acontecendo e, pelo visto, Fudge também não.

— Declaração? — perguntou o ministro lentamente. — Que... eu não...?

— A Armada de Dumbledore, Cornélio — disse Dumbledore, ainda sorrindo ao agitar a lista de nomes diante dos olhos de Fudge. — Não é a Armada de Potter. É a *Armada de Dumbledore*.

— Mas... mas...

A compreensão iluminou subitamente o rosto de Fudge. Ele recuou um passo, horrorizado, soltou um ganido e pulou outra vez para longe da lareira.

— Você? — sussurrou, sapateando na capa em chamas.

— Isso mesmo — confirmou Dumbledore em tom agradável.

— Você organizou isso?

— Organizei.

— Você recrutou esses estudantes para... para uma armada?

— Hoje à noite seria a primeira reunião — disse Dumbledore, acenando com a cabeça. — Somente para saber se eles estariam interessados em se unir a mim. Vejo agora que obviamente foi um erro convidar a Srta. Edgecombe.

Marieta confirmou com a cabeça. Fudge olhou da garota para Dumbledore, seu peito inchando.

– Então você *tem* conspirado contra mim! – berrou.

– Isto mesmo – respondeu Dumbledore alegremente.

– NÃO! – gritou Harry.

Quim lançou um olhar de advertência a ele, McGonagall arregalou os olhos ameaçadoramente, mas Harry compreendera de repente o que Dumbledore ia fazer, e não podia deixar isso acontecer.

– Não... Prof. Dumbledore...!

– Fique quieto, Harry, ou receio que terá de sair da minha sala – disse Dumbledore calmamente.

– É, cale-se, Potter! – vociferou Fudge, que continuava a devorar Dumbledore com os olhos com uma espécie de prazer horrorizado. – Ora, ora, ora... vim aqui esta noite esperando expulsar Potter e em vez disso...

– Em vez disso consegue me prender – concluiu Dumbledore, sorridente. – É como perder um nuque e encontrar um galeão, não é mesmo?

– Weasley! – chamou Fudge, agora positivamente tremendo de prazer. – Weasley, você anotou tudo, tudo que ele disse, a confissão, está tudo aí?

– Sim, senhor, penso que sim! – respondeu Percy pressuroso, com o nariz sujo de tinta tal a velocidade com que fizera suas anotações.

– A parte em que diz que está tentando organizar uma armada contra o Ministério, que está trabalhando para me desestabilizar?

– Sim, senhor, anotei, sim, senhor – respondeu Percy verificando as anotações exultante.

– Muito bem, então – disse o ministro, agora irradiando felicidade – reproduza suas notas, Weasley, e mande uma cópia para o *Profeta Diário* imediatamente. Se despacharmos uma coruja veloz chegará em tempo para a edição matutina! – Percy saiu correndo da sala, batendo a porta ao passar, e Fudge voltou sua atenção para Dumbledore. – Você será agora escoltado ao Ministério, onde será formalmente acusado, e escoltado a Azkaban para aguardar julgamento!

– Ah – disse Dumbledore educadamente –, sim. Sim, achei que chegaríamos a este pequeno transtorno.

– Transtorno?! – exclamou Fudge, a voz vibrando de felicidade. – Não vejo nenhum transtorno, Dumbledore!

– Bom – replicou Dumbledore desculpando-se –, receio dizer que vejo.

– Ah, verdade?

– Bom... parece que você tem a ilusão de que irei... como é mesmo a expressão? Que irei *sem fazer barulho*. Receio dizer que não vou sem fazer barulho, Cornélio. Não tenho absolutamente a intenção de ser mandado para Azkaban. Eu poderia fugir, é claro, mas que perda de tempo, e francamente, posso pensar em inúmeras coisas que prefiro fazer.

O rosto de Umbridge corava sem parar; parecia que ela estava sendo enchida com água fervendo. Fudge olhou para Dumbledore com uma expressão muito tola no rosto, como se estivesse aturdido por um golpe repentino e não conseguisse acreditar no que estava acontecendo. Teve um pequeno engasgo, depois olhou para Quim e o homem de cabelos curtos e grisalhos, o único na sala que permanecera totalmente em silêncio até então. Este deu a Fudge um aceno de confirmação e se adiantou uns passos, afastando-se da parede. Harry viu sua mão deslizar, quase displicentemente, em direção ao bolso.

— Não seja bobo, Dawlish — disse Dumbledore em tom bondoso. — Estou certo de que você é um excelente auror, tenho a impressão de que obteve "Excepcional" em todos os seus N.I.E.M.s, mas se tentar... ah... *me levar à força* terei de machucá-lo.

O homem chamado Dawlish piscou meio abobado. Tornou a olhar para Fudge, mas desta vez parecia esperar uma dica sobre o que fazer a seguir.

— Então — caçoou Fudge recuperando-se —, você pretende enfrentar Dawlish, Shacklebolt, Dolores e a mim sozinho, é, Dumbledore?

— Pelas barbas de Merlim, não! — disse Dumbledore sorrindo. — Não, a não ser que vocês sejam suficientemente insensatos de me obrigar a isso.

— Ele não estará sozinho! — exclamou a Profª McGonagall em voz alta, metendo a mão nas vestes.

— Ah, estará sim, Minerva — tornou Dumbledore rápido. — Hogwarts precisa de você!

— Chega de disparates! — disse Fudge, puxando a própria varinha. — Dawlish! Shacklebolt! *Prendam-no!*

Um raio prateado lampejou pela sala; ouviu-se um estrondo como o de um tiro e o chão tremeu; uma mão agarrou Harry pelo cangote e forçou-o a se deitar no chão quando o segundo raio disparou; vários retratos berraram, Fawkes guinchou e uma nuvem de fumaça encheu o ar. Tossindo por causa da poeira, Harry viu um vulto escuro desabar com estrépito no chão na frente dele; ouviu-se um grito agudo e um baque e alguém exclamando: "Não!"; seguiu-se o ruído de vidro quebrando, de pés se arrastando freneticamente, um gemido... e silêncio.

Harry tentou virar para os lados a ver quem o estrangulava, e viu a Profª McGonagall encolhida ao seu lado; ela o livrara e a Marieta, afastando-os do perigo. A poeira ainda caía devagarinho do alto em cima deles. Ligeiramente ofegante, Harry viu uma figura alta vindo em sua direção.

– Vocês estão bem? – perguntou Dumbledore.

– Estamos! – respondeu a Profª McGonagall, erguendo-se e arrastando com ela Harry e Marieta.

A poeira foi se dissipando. A destruição no escritório tornou-se visível: a escrivaninha de Dumbledore fora virada, todas as mesinhas de pernas finas tinham tombado no chão, os instrumentos de prata estavam partidos. Fudge, Umbridge, Quim e Dawlish estavam imóveis, caídos no chão. Fawkes, a fênix, sobrevoava-os em círculos amplos, cantando baixinho.

– Infelizmente, tive de azarar Quim também ou teria parecido muito suspeito – disse o diretor em voz baixa. – Ele entendeu extraordinariamente rápido, modificando a memória da Srta. Edgecombe quando os outros não estavam olhando; agradeça a ele por mim, por favor, Minerva.

"Agora, eles não tardarão a acordar e será melhor que não saibam que tivemos tempo de nos comunicar; vocês devem agir como se o tempo não tivesse passado, como se eles tivessem apenas sido derrubados, eles não se lembrarão..."

– Aonde é que você vai, Dumbledore? – sussurrou McGonagall. – Largo Grimmauld?

– Ah, não – respondeu com um sorriso triste. – Não vou sair para me esconder. Fudge logo irá desejar nunca ter me tirado de Hogwarts, prometo.

– Prof. Dumbledore... – começou Harry.

Não sabia o que dizer primeiro: que sentia muito ter começado a AD e causado toda essa confusão, ou como se sentia mal que Dumbledore estivesse partindo para salvá-lo da expulsão? Mas o diretor interrompeu-o antes que pudesse continuar.

– Escute, Harry – disse com urgência. – Você precisa estudar Oclumência o máximo que puder, está me entendendo? Faça tudo que o Prof. Snape mandar e pratique particularmente toda noite antes de dormir para poder fechar sua mente aos pesadelos: você vai entender a razão muito em breve, mas precisa me prometer...

O homem chamado Dawlish começou a se mexer. Dumbledore agarrou o pulso de Harry.

– Lembre-se... feche sua mente...

Mas quando os dedos de Dumbledore se fecharam sobre sua pele, Harry sentiu novamente aquele terrível desejo ofídico de atacar o diretor, de mordê-lo, de feri-lo...

— ... você vai compreender — sussurrou Dumbledore.

Fawkes deu uma volta na sala e mergulhou em direção ao diretor. Dumbledore soltou Harry, ergueu a mão e segurou a longa cauda dourada da fênix. Houve uma labareda e os dois desapareceram.

— Aonde é que ele foi? — bradou Fudge, levantando-se do chão. — *Aonde é que ele foi?*

— Não sei! — berrou Quim, também se pondo de pé.

— Ora, ele não pode ter desaparatado! — exclamou Umbridge. — Não se pode fazer isso aqui na escola...

— As escadas! — gritou Dawlish, e precipitou-se para a porta, escancarou-a e desapareceu, seguido de perto por Quim e Umbridge. Fudge hesitou, então ficou em pé lentamente, espanando a poeira da frente das vestes. Houve um longo e penoso silêncio.

— Bom, Minerva — disse Fudge desagradavelmente, endireitando a manga rasgada. — Receio dizer que este é o fim do seu amigo Dumbledore.

— Você acha mesmo? — desdenhou a professora.

Fudge pareceu não ouvi-la. Corria os olhos pela sala destruída. Alguns retratos o vaiaram; um ou dois até fizeram gestos obscenos com as mãos.

— É melhor você levar esses dois para a cama — disse Fudge, tornando a olhar para McGonagall com um aceno de dispensa em direção a Harry e Marieta.

A Profª McGonagall não respondeu, mas se encaminhou com os garotos para a porta. Quando ela se fechou, Harry ouviu a voz de Fineus Nigellus:

— Sabe, ministro, discordo de Dumbledore em muita coisa... mas não se pode negar que ele tem classe...

28

A PIOR
LEMBRANÇA
DE SNAPE

POR ORDEM DO MINISTÉRIO DA MAGIA
Dolores Joana Umbridge (Alta Inquisidora) substituiu
Alvo Dumbledore na diretoria da
Escola de Magia e Bruxaria de Hogwarts.

*A ordem acima está de acordo com o
Decreto Educacional Número Vinte e Oito*

*Assinado: Cornélio Oswaldo Fudge,
ministro da Magia*

Os avisos foram afixados por toda a escola da noite para o dia, mas não explicavam como é que todas as pessoas que ali viviam pareciam saber que Dumbledore dominara dois aurores, a Alta Inquisidora, o ministro da Magia e seu assistente júnior para fugir. Por onde quer que Harry andasse no castelo, o único tema das conversas era a fuga de Dumbledore e, embora alguns detalhes tivessem sido alterados nas repetições (Harry ouviu uma segundanista garantir a outra que Fudge estaria agora acamado no St. Mungus com uma abóbora no lugar da cabeça), era surpreendente como o restante da informação era exata. Todos sabiam, por exemplo, que Harry e Marieta eram os estudantes que haviam presenciado a cena na sala de Dumbledore e, como agora Marieta se achava na ala hospitalar, Harry se viu assediado com pedidos para contar a história em primeira mão.

— Dumbledore não vai demorar a voltar — disse Ernesto Macmillan, confiante, ao sair da aula de Herbologia, depois de ouvir com atenção a história de Harry. — Eles não puderam mantê-lo afastado no nosso segundo ano e também não vão poder agora. O Frei Gorducho me disse — e aqui ele baixou a voz conspirativamente, obrigando Harry, Rony e Hermione a se inclinarem para ouvir — que aquela Umbridge tentou voltar à sala de Dumbledore na noite passada depois de terem vasculhado o castelo e a propriedade à procura dele. Não conseguiu passar pela gárgula. A sala do diretor se lacrou para impedir sua entrada. — Riu Ernesto. — Pelo que contam, ela teve um bom acesso de raiva.

— Ah, tenho certeza de que ela realmente se imaginou sentada lá em cima na sala do diretor — disse Hermione maldosamente, quando subiam a escada para o Saguão de Entrada. — Reinando sobre todos os professores, aquela velha burra, presunçosa e ávida de poder que é...

— Ora, você *realmente* quer terminar essa frase, Granger?

Draco Malfoy saíra de trás de uma porta, seguido por Crabbe e Goyle. Seu rosto pálido e fino iluminava-se de malícia.

— Receio que vou ter de cortar alguns pontos da Grifinória e da Lufa-Lufa — falou do seu jeito arrastado.

— Só os professores podem tirar pontos das Casas, Malfoy — replicou Ernesto na hora.

— Eu sei que *monitores* não podem tirar pontos uns dos outros — retrucou Malfoy. Crabbe e Goyle deram risadinhas. — Mas os membros da Brigada Inquisitorial...

— Os o quê? — perguntou Hermione com rispidez.

— Brigada Inquisitorial, Granger — disse Malfoy apontando para um minúsculo "I" no peito, logo abaixo do distintivo de monitor. — Um grupo seleto de estudantes que apoia o Ministério da Magia, escolhidos a dedo pela Profª Umbridge. Em todo caso, os membros da Brigada Inquisitorial *têm* o poder de tirar pontos... então, Granger, vou tirar de você cinco por ter sido grosseira com a nossa nova diretora. Do Macmillan, cinco por me contradizer. E cinco porque não gosto de você, Potter. Weasley, a sua camisa está para fora, por isso vou ter de tirar mais cinco. Ah, é, me esqueci, e você é uma Sangue ruim, Granger, então menos dez por isso.

Rony puxou a varinha, mas Hermione afastou-a, sussurrando:
— Não!

— Muito sensato, Granger — murmurou Malfoy. — Nova diretora, novos tempos... agora comporte-se, Potter Pirado... Rei Banana...

Dando boas gargalhadas, Malfoy se afastou com Crabbe e Goyle.

— Ele estava blefando — comentou Ernesto estarrecido. — Não pode ter o direito de descontar pontos... isso seria ridículo... subverteria completamente o sistema monitório.

Mas Harry, Rony e Hermione tinham se virado automaticamente para as gigantescas ampulhetas, dispostas em nichos na parede às costas deles, que registravam o número de pontos das Casas. Naquela manhã, Grifinória e Corvinal estavam disputando a liderança quase empatadas. Enquanto olhavam, subiram algumas pedrinhas, reduzindo seu total nas bolhas inferiores. De fato, a única que parecia inalterada era a ampulheta cheia de esmeraldas da Sonserina.

— Já reparou? — perguntou a voz de Fred.

Ele e Jorge tinham acabado de descer a escadaria de mármore e se reuniram a Harry, Rony, Hermione e Ernesto diante das ampulhetas.

— Malfoy acabou de nos descontar uns cinquenta pontos — disse Harry, furioso; enquanto observavam, viram mais pedrinhas subirem na ampulheta da Grifinória.

— É, o Montague tentou nos prejudicar durante o intervalo — contou Jorge.

— Como assim "tentou"? — perguntou Rony na mesma hora.

— Ele não chegou a enunciar todas as palavras — disse Fred —, nós o empurramos de cabeça no Armário Sumidouro do primeiro andar.

Hermione pareceu muito chocada.

— Mas vocês vão se meter numa confusão horrível!

— Não até o Montague reaparecer, e isso pode levar semanas, não sei aonde o mandamos — disse Fred, descontraído. — Em todo o caso... decidimos que não vamos mais ligar se nos metemos ou não em confusão.

— E algum dia vocês ligaram? — indagou Hermione.

— Mas é claro — protestou Jorge. — Nunca fomos expulsos, não é?

— Sempre soubemos onde parar — acrescentou Fred.

— Às vezes ultrapassávamos um dedinho — disse Jorge.

— Mas sempre paramos em tempo de evitar um caos total — completou Fred.

— Mas e agora? — perguntou Rony hesitante.

— Bom, agora... — começou Jorge.

— ... com a partida de Dumbledore — continuou Fred.

— ... concluímos que um certo caos... — disse Jorge.

— ... é exatamente o que a nossa querida diretora merece — disse Fred.

— Pois não deviam! — sussurrou Hermione. — Realmente não deviam! Ela adoraria ter uma razão para expulsar vocês!

— Você não está entendendo, Hermione, não é? — perguntou Fred, sorrindo para ela. — Não fazemos mais questão de ficar. Sairíamos agora se não estivéssemos decididos a fazer alguma coisa por Dumbledore primeiro. Então, assim sendo – ele consultou o relógio –, a fase um está prestes a começar. Eu iria para o Salão Principal almoçar, se fosse vocês, para os professores verem que não têm nada a ver com a coisa.

– Nada a ver com o quê? – indagou Hermione, ansiosa.

– Vocês verão – respondeu Jorge. – Agora, vão andando.

Fred e Jorge desapareceram na massa crescente de alunos que descia a escadaria para almoçar. Com o ar muito desconcertado, Ernesto murmurou alguma coisa sobre terminar um dever de Transfiguração, e saiu apressado.

– Acho que *devíamos* sair daqui, sabe – disse Hermione, nervosa. – Só por precaução...

– É, vamos – concordou Rony, e os três se dirigiram às portas do Salão Principal, mas Harry mal avistara o céu do dia, com nuvens brancas sopradas pelo vento, quando alguém lhe bateu no ombro e, ao se virar, ele deparou quase nariz com nariz com Filch, o zelador. O garoto recuou vários passos; Filch era melhor visto de longe.

– A diretora quer ver você, Potter – disse malicioso.

– Não fui eu – disse Harry tolamente, pensando no que Fred e Jorge estavam planejando. As bochechas caídas de Filch sacudiram de riso inarticulado.

– Consciência pesada, eh?! – exclamou asmático. – Venha comigo.

Harry olhou para Rony e Hermione, que pareciam preocupados. Ele sacudiu os ombros, e acompanhou Filch de volta ao Saguão de Entrada, na direção contrária à maré de estudantes esfomeados.

O zelador parecia estar de excelente humor; cantarolava desafinado em voz baixa enquanto subiam a escadaria de mármore. Quando chegaram ao primeiro andar, disse:

– As coisas estão mudando por aqui, Potter.

– Já reparei – respondeu o garoto com frieza.

– Veja... faz anos que digo a Dumbledore que ele é muito frouxo com vocês – disse Filch, com uma risadinha maldosa. – Suas ferinhas nojentas, vocês nunca soltariam Bombas de Bosta se soubessem que eu tinha poder para arrancar o couro de vocês a chicotadas, não é mesmo? Ninguém teria pensado em jogar Frisbees-dentados nos corredores se eu pudesse pendurar vocês pelos tornozelos na minha sala, não é? Mas, quando chegar o Decreto Educacional Número Vinte e Nove, Potter, vou poder fazer tudo isso... e *ela* pediu ao ministro para assinar uma ordem expulsando o Pirraça... ah, as coisas vão ser diferentes aqui com *ela* na diretoria...

Era óbvio que Umbridge se esmerara em conquistar Filch, pensou Harry, e o pior era que ele provaria ser uma arma importante; seu conhecimento das passagens secretas e esconderijos provavelmente só perdia para o dos gêmeos Weasley.

– Chegamos – disse ele, olhando de esguelha para Harry enquanto batia três vezes na porta da Profª Umbridge antes de abri-la. – O garoto Potter para vê-la, Madame.

A sala de Umbridge, tão conhecida de Harry por suas muitas detenções, não mudara, exceto por um grande bloco de madeira na escrivaninha em que dizeres dourados informavam: DIRETORA. E também por sua Firebolt e as Cleansweeps de Fred e Jorge que, ele reparou com uma pontada de dor, estavam presas por correntes e cadeados a um grosso gancho de ferro na parede atrás dela.

Umbridge se encontrava sentada à escrivaninha, escrevendo diligentemente em um pergaminho cor-de-rosa, mas ergueu a cabeça e abriu um sorriso ao vê-los entrar.

– Muito obrigada, Argo – disse ela com meiguice.

– Nem por isso, Madame, nem por isso – respondeu ele, curvando-se até onde seu reumatismo permitia, e saindo de costas.

– Sente-se – disse Umbridge secamente, apontando uma cadeira. Harry obedeceu, e ela continuou a escrever mais algum tempo. Ele ficou observando os horríveis gatos que brincavam ao redor dos pratos por cima da cabeça da diretora, imaginando que novo horror estaria preparando para ele.

"Muito bem", disse Umbridge finalmente, pousando a pena e fazendo uma cara de sapo prestes a engolir uma mosca particularmente suculenta. "Que é que você gostaria de beber?"

– Quê?! – exclamou Harry, certo de que não ouvira direito.

– Beber, Sr. Potter – disse ela, abrindo mais o sorriso. – Chá? Café? Suco de abóbora?

À medida que oferecia cada bebida, fazia um breve aceno com a varinha e um copo cheio aparecia sobre a escrivaninha.

– Nada, muito obrigado.

– Eu gostaria que você bebesse alguma coisa comigo – disse ela, sua voz assumindo um tom perigosamente meigo. – Escolha uma.

– Ótimo... chá, então – disse o garoto encolhendo os ombros.

Ela se levantou e fez uma grande cena para acrescentar o leite, de costas para Harry. Depois, apressou-se a lhe levar a bebida, sorrindo de maneira sinistramente meiga.

– Pronto! – exclamou, entregando-a a ele. – Beba antes que esfrie, sim? Bom, Sr. Potter... achei que devíamos ter uma conversinha, depois dos acontecimentos angustiantes de ontem à noite.

Harry continuou calado. Ela se acomodou na cadeira e aguardou. Passado um longo momento de silêncio, falou alegremente:

– Você não está bebendo?

Ele levou a xícara à boca e então, igualmente depressa, tornou a baixá-la. Um dos horríveis gatos pintados atrás da diretora tinha olhos grandes, redondos e azuis como o olho mágico de Olho-Tonto Moody, e acabara de lhe ocorrer o que o bruxo diria se soubesse que ele bebera alguma coisa oferecida por uma inimiga declarada.

– Que foi? – perguntou a nova diretora, que ainda o observava. – Você quer açúcar?

– Não.

Ele tornou a levar a xícara à boca e fingiu tomar um gole, embora mantendo a boca bem fechada. O sorriso de Umbridge se ampliou.

– Muito bem – sussurrou. – Muito bom. Então agora... – Ela se curvou um pouco para a frente. – *Onde está Alvo Dumbledore?*

– Não faço a menor ideia – respondeu Harry prontamente.

– Beba, beba – incentivou ela ainda sorrindo. – Agora, Sr. Potter, não vamos fazer joguinhos infantis. Sei que o senhor sabe aonde ele foi. O senhor e Dumbledore sempre estiveram metidos nisso juntos desde o começo. Reflita sobre a sua posição, Sr. Potter...

– Não sei onde ele está.

Harry fingiu beber mais um pouco.

– Muito bem – disse ela parecendo descontente. – Neste caso... queira ter a bondade de me dizer o paradeiro de Sirius Black.

O estômago de Harry deu uma volta completa e a mão que segurava a xícara tremeu tanto que a fez vibrar no pires. Ele virou a xícara na boca com os lábios comprimidos, de modo que um pouco do líquido quente escorreu para suas vestes.

– Não sei – respondeu depressa demais.

– Sr. Potter – disse Umbridge –, deixe-me lembrar-lhe de que fui eu que quase agarrei o criminoso Black na lareira da Grifinória em outubro. Sei perfeitamente bem que era com o senhor que ele estava se encontrando, e se eu tivesse a menor prova disso nenhum dos dois estaria à solta hoje, juro. Vou repetir, Sr. Potter... onde está Sirius Black?

– Não faço ideia – disse Harry em voz alta. – Não tenho a menor pista.

Os dois se encararam por tanto tempo que Harry sentiu seus olhos lacrimejarem. Então, Umbridge se levantou.

— Muito bem, Potter, desta vez vou aceitar sua palavra, mas esteja avisado: o poder do Ministério está comigo. Todos os canais de comunicação que entram na escola ou saem dela estão sendo monitorados. Um controlador da Rede de Flu está vigiando cada lareira de Hogwarts, exceto a minha, é claro. Minha Brigada Inquisitorial está abrindo e lendo toda a correspondência que entra no castelo e dele sai por via coruja. E o Sr. Filch está observando todas as passagens secretas de entrada e saída para o castelo. Se eu encontrar um fiapo de evidência...

BUUM!

O próprio piso da sala sacudiu. Umbridge escorregou para um lado e se agarrou à escrivaninha para não cair, fazendo cara de espanto.

— Que foi...?

Ela ficou olhando a porta. Harry aproveitou a oportunidade para esvaziar a xícara de chá quase cheia no vaso de flores secas mais próximo. Ouvia gente correndo e gritando vários andares abaixo.

— Volte para o seu almoço, Potter! — ordenou Umbridge, empunhando a varinha e saindo apressada da sala. Harry deu-lhe alguns segundos de dianteira e, então, correu atrás dela para ver a origem de todo aquele estardalhaço.

Não foi difícil saber. Um andar abaixo, reinava um pandemônio. Alguém (e Harry tinha uma boa ideia de quem) aparentemente tocara fogo em uma enorme caixa de fogos mágicos.

Dragões formados inteiramente por faíscas verdes e douradas voavam para cima e para baixo nos corredores, produzindo explosões e labaredas pelo caminho; rodas rosa-choque de mais de um metro de diâmetro zumbiam letalmente pelo ar como discos voadores; foguetes com longas caudas de estrelas de prata cintilantes ricocheteavam pelas paredes; centelhas escreviam palavrões no ar sem ninguém acioná-las; rojões explodiam como minas para todo lado que Harry olhava e, em vez de se queimarem e desaparecerem de vista ou pararem crepitando, quanto mais ele olhava essas maravilhas pirotécnicas mais elas pareciam aumentar em energia e ímpeto.

Filch e Umbridge estavam parados no meio da escada, parecendo pregados no chão. Enquanto Harry assistia, uma das rodas maiores pareceu decidir que precisava de mais espaço para manobrar: saiu rodando em direção a Umbridge e Filch com um ruído sinistro. Os dois berraram de susto e se abaixaram, e a roda voou direto pela janela às costas deles e atravessou os terrenos da escola. Entrementes, vários dragões e um grande morcego roxo que fumegava agourentamente aproveitaram a porta aberta no fim do corredor e escaparam para o segundo andar.

— Depressa, Filch, depressa! — gritou Umbridge. — Eles vão se espalhar pela escola toda se não fizermos alguma coisa: *Estupefaça!*

Um jorro de luz vermelha projetou-se da ponta de sua varinha e bateu em um dos foguetes. Em vez de se imobilizar no ar, o artefato explodiu com tal força que fez um furo no retrato de uma bruxa piegas no meio de um relvado; ela fugiu bem a tempo, e reapareceu segundos depois no quadro vizinho, onde dois bruxos que jogavam cartas se levantaram rapidamente e abriram espaço para acomodá-la.

— Não os estupore, Filch! — bradou Umbridge furiosa, como se ele fosse o responsável pelo feitiço.

— Pode deixar, diretora! — chiou Filch, que, sendo um aborto, não poderia ter estuporado os fogos nem tampouco os engolido. Ele correu para um armário próximo, tirou uma vassoura e começou a bater nos fogos que voavam; em poucos segundos a vassoura estava em chamas.

Harry já vira o suficiente; abaixou-se e correu para uma porta que ele sabia existir atrás de uma tapeçaria mais à frente no corredor, e ao entrar deu de cara com Fred e Jorge que estavam ali escondidos, ouvindo os gritos de Umbridge e Filch, sacudindo de riso reprimido.

— Impressionante — cochichou Harry sorrindo. — Impressionante... vocês levariam o Dr. Filibusteiro à falência, podem crer...

— Falou — sussurrou Jorge, enxugando as lágrimas de riso do rosto. — Ah, espero que ela experimente agora fazê-los desaparecer... eles se multiplicam por dez todas as vezes que alguém tenta.

Os fogos continuaram a queimar e a se espalhar pela escola toda durante a tarde. Embora causassem muitos estragos, particularmente os rojões, os outros professores não pareceram se importar muito com isso.

— Ai, ai! — exclamou a Prof^a McGonagall ironicamente, quando um dos dragões entrou voando em sua sala, emitindo fortes ruídos e soltando chamas. — Srta. Brown, se importa de procurar a diretora para informá-la que temos um dragão errante em nossa sala?

O resultado de tudo isso foi que a Profª Umbridge passou sua primeira tarde como diretora correndo pela escola para atender aos chamados dos professores, que não pareciam capazes de livrar suas salas dos fogos sem a sua ajuda. Quando a última sineta tocou e todos iam voltando à Torre da Grifinória com suas mochilas, Harry viu, com imensa satisfação, uma Umbridge desarrumada e suja de fuligem saindo com passos vacilantes e o rosto suado da sala do Prof. Flitwick.

– Muito obrigado, professora! – disse Flitwick na sua vozinha esganiçada. – Eu poderia ter me livrado dos fogos, é claro, mas não estava muito seguro se teria *autoridade* para tanto.

Sorrindo, ele fechou a porta da sala na cara da Umbridge, que parecia prestes a rosnar.

Fred e Jorge foram heróis naquela noite na sala comunal da Grifinória. Até Hermione se esforçou para atravessar a aglomeração de colegas animados e dar parabéns aos gêmeos.

– Foram fogos maravilhosos – disse com admiração.

– Obrigado – agradeceu Jorge, ao mesmo tempo surpreso e contente. – Fogos Espontâneos Weasley. O único problema é que gastamos todo o nosso estoque; agora vamos ter de recomeçar do zero.

– Mas valeu a pena – disse Fred, que anotava os pedidos dos colegas aos berros. – Se quiser acrescentar o seu nome à lista de espera, Hermione, custa cinco galeões uma caixa de Fogos Básicos e vinte uma Deflagração de Luxo...

Hermione voltou à mesa em que Harry e Rony estavam sentados, contemplando as mochilas como se esperassem que os deveres de casa fossem saltar de dentro delas e começar a se fazer sozinhos.

– Ah, por que não tiramos a noite de folga? – perguntou a garota, animada, quando um rojão Weasley de cauda prateada coriscou pela janela. – Afinal, as férias da Páscoa começam na sexta-feira, e teremos muito tempo então.

– Você está se sentindo bem? – perguntou Rony, encarando a amiga sem acreditar no que ouvia.

– Por falar nisso – continuou Hermione alegremente –, sabem... acho que estou me sentindo um pouquinho... *rebelde*.

Harry ainda ouvia os estampidos distantes das bombas fugitivas quando ele e Rony foram se deitar uma hora mais tarde; e enquanto se despiam passaram umas estrelinhas pela torre, ainda formando insistentemente a palavra "COCÔ".

Ele se enfiou na cama, bocejando. Sem óculos, os fogos que passavam de raro em raro pela janela se tornaram borrados, lembrando nuvens cintilantes, belas e misteriosas contra o fundo escuro do céu. Ele se virou para o lado, imaginando como a Umbridge estaria se sentindo em seu primeiro dia no lugar de Dumbledore, e como Fudge reagiria quando soubesse que a escola passara a maior parte do dia num estado de avançada desintegração. Sorrindo com seus botões, Harry fechou os olhos...

Os zunidos e estampidos dos fogos que escaparam para os terrenos da escola pareciam se distanciar... ou, talvez, ele estivesse apenas se afastando dos fogos em alta velocidade...

Caíra exatamente no corredor que levava ao Departamento de Mistérios. Precipitava-se agora em direção à porta preta e simples... *tomara que abra... tomara que abra...*

Abriu. Ele se viu na sala circular com muitas portas... atravessou-a, pôs a mão em outra porta igual, que abriu para dentro...

Agora se encontrava em uma sala retangular muito comprida, cheia de ruídos mecânicos. Partículas de luz dançavam nas paredes, mas ele não parou para investigar... precisava prosseguir...

Havia uma porta ao fundo... que também se abriu quando ele a tocou...

E agora estava em uma sala mal iluminada alta e larga como uma igreja, em que não havia nada exceto prateleiras e mais prateleiras nas paredes, cada uma delas carregada de pequenas esferas empoeiradas de vidro repuxado... o coração de Harry batia rápido de animação... ele sabia aonde ir... avançou correndo, mas seus passos não ecoavam na enorme sala deserta...

Havia alguma coisa na sala que ele queria muito, muito mesmo...

Algo que ele queria... ou mais alguém queria...

Sua cicatriz estava doendo...

BANGUE!

Harry acordou instantaneamente, confuso e zangado. O som de risadas enchia o dormitório escuro.

— Irado! — exclamou Simas, cuja silhueta se recortava contra a janela. — Acho que uma daquelas rodas bateu em um rojão, e os dois cruzaram, vem cá ver!

Harry ouviu Rony e Dino se levantarem da cama depressa para ver melhor. Ele continuou quieto e em silêncio enquanto a dor em sua cicatriz diminuía e o desapontamento o invadia. Era como se algo muito bom lhe tivesse sido arrebatado no último instante... desta vez chegara muito perto.

Porquinhos alados e brilhantes cor-de-rosa e prata passavam voando pelas janelas da Torre da Grifinória. Harry permaneceu deitado, ouvindo os gritos de alegria dos colegas da Grifinória nos dormitórios abaixo. Seu estômago deu uma sacudidela nauseante ao se lembrar de que teria Oclumência na noite seguinte.

* * *

Harry passou todo o dia com medo do que Snape iria dizer se descobrisse até onde Harry penetrara no Departamento de Mistérios no último sonho. Com um assomo de culpa, deu-se conta de que não praticara Oclumência nem uma vez desde a última aula: acontecera tanta coisa desde que Dumbledore partira; decerto não teria conseguido esvaziar a mente mesmo que tentasse. Duvidava, porém, que Snape aceitasse tal desculpa.

Ele tentou fazer um treino de última hora durante as aulas do dia, mas não adiantou. Hermione não parava de lhe perguntar qual era o problema sempre que ele tentava esvaziar a mente de todos os pensamentos e emoções e, afinal, o melhor momento para isso não era enquanto os professores disparavam perguntas de revisão para os alunos.

Conformado com o pior, ele se dirigiu à sala de Snape depois do jantar. No meio do saguão, porém, Cho veio correndo ao seu encontro.

– Estou aqui – disse Harry, satisfeito de ter uma razão para adiar o seu encontro com Snape, acenando para ela do lado oposto do saguão onde ficavam as ampulhetas. A da Grifinória agora estava quase vazia. – Você está bem? Umbridge não andou lhe perguntando sobre a AD, andou?

– Ah, não – respondeu Cho, apressada. – Não, foi só que... bom, eu queria dizer... Harry, eu nunca sonhei que a Marieta fosse contar...

– Ah, bom – respondeu Harry, mal-humorado. Ele realmente achava que Cho podia ter escolhido uma amiga com um pouco mais de cuidado; não era muito consolo saber que a Marieta continuava na ala hospitalar e Madame Pomfrey não conseguira obter a mínima melhora com suas espinhas.

– Mas na verdade ela é uma boa pessoa. Só cometeu um erro...

Harry encarou-a com incredulidade.

– *Uma boa pessoa que cometeu um erro?* Ela nos delatou, inclusive a você!

– Bom... nós todos escapamos, não foi? – disse Cho em tom de súplica. – Você sabe, a mãe dela trabalha no Ministério, é realmente difícil para...

– O pai de Rony trabalha no Ministério também! – disse Harry, furioso. – E caso você não tenha reparado, ele não tem *dedo-duro* escrito na cara...

– Isso foi realmente um truque horrível da Hermione Granger – comentou Cho impulsivamente. – Ela devia ter nos avisado que azarou aquela lista...

– Acho que foi uma ideia brilhante – respondeu ele com frieza. Cho corou e seus olhos ficaram mais brilhantes.

– Ah, sim, me esqueci, é claro, foi ideia da sua querida Hermione...

— E não comece a chorar outra vez — preveniu-a Harry.

— Eu não ia chorar! — gritou a garota.

— Então... ótimo. Já tenho muito que aguentar no momento.

— Então que aguente! — concluiu Cho furiosa, dando as costas e indo embora.

Espumando, Harry desceu as escadas para a masmorra de Snape e, embora soubesse, por experiência, que seria muito mais fácil para Snape penetrar em sua mente se ele chegasse cheio de raiva e rancor, não conseguiu fazer nada exceto pensar em mais umas coisinhas que deveria ter dito a Cho sobre Marieta antes de chegar à porta da sala.

— Você está atrasado, Potter — disse o professor friamente, quando o garoto fechou a porta ao passar.

Snape estava em pé de costas para Harry, removendo, como sempre, certos pensamentos e colocando-os cuidadosamente na Penseira de Dumbledore. Deixou cair o último fio prateado na bacia de pedra e se virou para encarar o garoto.

— Então. Praticou?

— Sim, senhor — mentiu Harry, olhando atentamente para uma das pernas da escrivaninha de Snape.

— Bom, logo saberemos, não é? — disse ele suavemente. — Varinha na mão, Potter.

Harry tomou sua posição habitual, de frente para Snape, com a escrivaninha entre os dois. Seu coração estava pulsando acelerado com raiva de Cho e ansiedade quanto ao que o professor estava prestes a extrair de sua mente.

— Quando eu contar três então — disse Snape sem pressa. — Um... dois...

A porta da sala se abriu com força e Draco Malfoy entrou depressa.

— Prof. Snape, senhor... ah... me desculpe...

Malfoy olhava Snape e Harry meio surpreso.

— Tudo bem, Draco — disse Snape, baixando a varinha. — Potter está aqui para fazer uma aula de reforço em Poções.

Harry não via Malfoy tão alegre desde que Umbridge aparecera para inspecionar Hagrid.

— Eu não sabia — disse ele, olhando envieso para Harry, que sentia o rosto arder. Teria dado muita coisa para poder gritar a verdade para Malfoy, ou, ainda melhor, para atacá-lo com um bom feitiço.

— Bom, Draco, que foi? — perguntou Snape.

— É a Prof.ª Umbridge, professor, está precisando da sua ajuda. Encontraram Montague, professor, apareceu entalado em um vaso sanitário no quarto andar.

— Como foi que ele se entalou?

— Não sei não, senhor, está um pouco atordoado.

— Muito bem, muito bem. Potter, retomaremos a aula amanhã à noite.

Ele se virou e saiu da sala. Malfoy falou silenciosamente para Harry pelas costas de Snape, antes de acompanhá-lo: "Reforço em Poções?"

Fervendo de raiva, Harry guardou a varinha no bolso das vestes e fez menção de sair da sala. Tinha no mínimo mais vinte e quatro horas para praticar; sabia que devia se sentir grato por ter escapado por um triz, embora fosse duro isto ter acontecido às custas de ouvir Malfoy contar para toda a escola que ele precisava de aulas de reforço em Poções.

Estava à porta da sala quando viu uma réstia de luz trêmula dançando no portal. Parou e ficou olhando, aquilo lhe lembrava alguma coisa... então a lembrança lhe ocorreu: parecia um pouco como as luzinhas que vira em sonho na noite anterior, as luzes na segunda sala que atravessara no Departamento de Mistérios.

Ele se virou. A luz vinha da Penseira em cima da escrivaninha de Snape. Seu conteúdo branco-prateado fluía e girava. Os pensamentos de Snape... coisas que ele não queria que Harry visse, se por acaso penetrasse suas defesas...

Harry olhou para a Penseira, a curiosidade crescendo... Que era que Snape queria tanto esconder?

As luzes prateadas tremulavam na parede... Harry deu dois passos em direção à escrivaninha, refletindo. Poderiam ser informações sobre o Departamento de Mistérios que Snape estivesse decidido a ocultar dele?

Harry espiou por cima do ombro, seu coração agora batia mais forte e mais depressa que nunca. Quanto tempo levaria para Snape tirar Montague do vaso? Voltaria depois diretamente para a sala ou acompanharia o garoto à ala hospitalar? Com certeza, a segunda possibilidade... Montague era capitão da equipe da Sonserina, o professor ia querer verificar se ele estava bem.

Harry venceu os poucos passos até a Penseira e parou diante dela, contemplando suas profundezas. Hesitou, apurando o ouvido, então, tornou a tirar a varinha. A sala e o corredor além estavam completamente silenciosos. Ele deu uma batidinha no conteúdo da Penseira com a ponta da varinha.

O líquido prateado começou a girar velozmente. Harry se inclinou para a bacia e viu que o líquido se tornara transparente. Estava, mais uma vez, contemplando uma sala de uma janela circular no teto... de fato, a não ser que estivesse muito enganado, estava vendo o Saguão de Entrada.

Sua respiração embaçava a superfície dos pensamentos de Snape... seu cérebro parecia estar em um estado de indefinição... seria loucura fazer o que se sentia tão tentado a fazer... ele tremia... Snape poderia voltar a qualquer momento... mas Harry pensou na raiva de Cho, na cara debochada de Malfoy, e uma ousadia imprudente o dominou.

Ele inspirou um grande sorvo de ar e mergulhou o rosto na superfície dos pensamentos de Snape. Na mesma hora, o chão da sala sacudiu, empurrando Harry de cabeça para dentro da Penseira...

Ele começou a cair por uma escuridão fria, rodopiando vertiginosamente e então...

Encontrou-se parado no meio do Salão Principal, mas as mesas das quatro Casas haviam desaparecido. Em seu lugar, havia mais de cem mesinhas, todas dispostas da mesma maneira, e a cada uma delas se sentava um estudante, de cabeça baixa, escrevendo em um rolo de pergaminho. O único som era o arranhar das penas e o rumorejar ocasional de alguém ajeitando o pergaminho. Era visivelmente uma cena de exame.

O sol entrava pelas janelas altas e incidia sobre as cabeças inclinadas, refletindo tons castanhos, acobreados e dourados na luz ambiente. Harry olhou atentamente a toda volta. Snape devia estar por ali em algum lugar... era a lembrança *dele*...

E lá estava ele, a uma mesa bem atrás de Harry. O garoto se admirou. Snape adolescente tinha um ar pálido e estiolado, como uma planta mantida no escuro. Seus cabelos eram moles e oleosos e pendiam sobre a mesa, seu nariz aquilino a menos de cinco centímetros do pergaminho enquanto ele escrevia. Harry se deslocou para as costas de Snape e leu o cabeçalho da prova: DEFESA CONTRA AS ARTES DAS TREVAS – NÍVEL ORDINÁRIO EM MAGIA.

Portanto Snape devia ter uns quinze ou dezesseis anos, aproximadamente a idade de Harry. Sua mão voava sobre o pergaminho; já escrevera pelo menos mais trinta centímetros do que os vizinhos mais próximos, e sua caligrafia era minúscula e apertada.

– Mais cinco minutos!

A voz sobressaltou Harry. Virando-se, ele viu o cocuruto do Prof. Flitwick movendo-se entre as mesas a uma pequena distância. O professor passava agora por um garoto com cabelos pretos e despenteados... muito despenteados...

Harry se movia tão depressa que, se fosse sólido, teria atirado as mesas pelo ar. Em vez disso, parecia deslizar, como em sonho, atravessar dois corredores e entrar em um terceiro. A nuca do garoto de cabelos pretos se aproximou cada vez mais... e ele ia se endireitando agora, descansando a pena, puxando o rolo de pergaminho para perto para poder ler o que escrevera...

Harry parou diante da carteira e contemplou o seu pai com quinze anos.

A animação explodiu no fundo do seu estômago: era como se estivesse olhando para si mesmo, mas com erros intencionais. Os olhos de Tiago eram castanho-esverdeados, seu nariz era mais comprido do que o de Harry e não havia cicatriz em sua testa, mas ambos tinham o mesmo rosto magro, a mesma boca, as mesmas sobrancelhas; os cabelos de Tiago levantavam atrás exatamente como os do filho, suas mãos poderiam ser as dele e Harry não saberia a diferença; quando o pai se levantasse, os dois teriam quase a mesma altura.

Tiago deu um enorme bocejo e arrepiou os cabelos, deixando-os mais despenteados do que antes. Então, olhando para o Prof. Flitwick, virou-se e sorriu para outro menino sentado quatro mesas atrás.

Com um novo choque de animação, Harry viu Sirius erguer o polegar para Tiago. Sirius sentava-se descontraído na cadeira, inclinando-a sobre as pernas traseiras. Era muito bonito; seus cabelos pretos caíam sobre os olhos com uma espécie de elegância displicente que nem Tiago nem Harry jamais poderiam ter tido, e uma garota sentada atrás dele o mirava esperançosa, embora ele não parecesse ter notado. E duas mesas para o lado – o estômago de Harry se virou gostosamente – encontrava-se Remo Lupin. Parecia muito pálido e doente (a lua cheia estaria se aproximando?), e absorto no exame: ao reler suas respostas, coçara o queixo com a ponta da pena, franzindo ligeiramente a testa.

Isto significava que Rabicho devia estar por ali também... e, sem erro, Harry localizou-o em segundos: um garoto franzino, os cabelos cor de pelo de rato e um nariz arrebitado. Rabicho parecia ansioso: roía as unhas, olhava fixamente para a prova, arranhando o chão com os dedos dos pés. De vez em quando espiava esperançoso para a prova do vizinho. Harry observou Rabicho por um momento, depois o próprio pai, que agora brincava com um pedacinho de pergaminho. Desenhara um pomo e agora acrescentava as letras "L.E.". Que significariam?

– Descansem as penas, por favor! – esganiçou-se o Prof. Flitwick. – Você também, Stebbins! Por favor, continuem sentados enquanto recolho os pergaminhos. *Accio!*

Mais de cem rolos de pergaminho voaram para os braços estendidos do Prof. Flitwick, derrubando-o para trás. Várias pessoas riram. Uns dois estudantes nas primeiras mesas se levantaram, seguraram o professor pelos cotovelos e o levantaram.

— Obrigado... obrigado — ofegou ele. — Muito bem, todos podem sair!

Harry olhou para o pai, que riscou depressa as letras que estava desenhando, levantou-se de um salto e enfiou a pena e as perguntas do exame na mochila, atirou-a sobre as costas, e ficou parado esperando Sirius.

Harry olhou para os lados e viu de relance, a uma pequena distância, Snape, que caminhava entre as mesas em direção à porta para o Saguão de Entrada, ainda absorto no próprio exame. De ombros curvos mas angulosos, andava de um jeito retorcido, que lembrava uma aranha, e seus cabelos oleosos sacudiam pelo rosto.

Uma turma de garotas separou Snape de Tiago, Sirius e Lupin e, plantando-se entre elas, Harry conseguiu ficar de olho em Snape enquanto apurava os ouvidos para captar as vozes de Tiago e seus amigos.

— Você gostou da décima pergunta, Aluado? — perguntou Sirius quando saíram no saguão.

— Adorei — respondeu Lupin imediatamente. "*Cite cinco sinais que identifiquem um lobisomem.*" Uma excelente pergunta.

— Você acha que conseguiu citar todos os sinais? — perguntou Tiago, caçoando com fingida preocupação.

— Acho que sim — respondeu Lupin, sério, quando se reuniram aos alunos aglomerados às portas de entrada para chegar ao jardim ensolarado. — Primeiro: ele está sentado na minha cadeira. Dois: ele está usando minhas roupas. Três: o nome dele é Remo Lupin.

Rabicho foi o único que não riu.

— Eu citei a forma do focinho, as pupilas dos olhos e o rabo peludo — disse ansioso —, mas não consegui pensar em mais nada...

— Como pode ser tão obtuso, Rabicho?! — exclamou Tiago, impaciente. — Você anda com um lobisomem uma vez por mês...

— Fale baixo — implorou Lupin.

Harry tornou a olhar para trás ansioso. Snape continuava próximo, ainda absorto nas perguntas do exame — mas esta era a lembrança de Snape, e Harry tinha certeza de que se Snape decidisse sair andando em outra direção quando chegasse lá fora, ele, Harry, não poderia continuar a seguir o pai. Para seu profundo alívio, porém, quando Tiago e os três amigos começaram a descer os gramados na direção do lago, Snape os seguiu, ainda verificando as questões da prova e aparentemente sem ideia fixa aonde ia. Mantendo-se um pouco à frente, Harry conseguia vigiar Tiago e os outros.

— Bom, achei que o exame foi moleza — ouviu Sirius comentar. — Vai ser uma surpresa se eu não tirar no mínimo um "Excepcional".

— Eu também — disse Tiago. Enfiou a mão no bolso e tirou um pomo de ouro que se debatia.

— Onde você conseguiu isso?

— Afanei — disse Tiago, displicente. E começou a brincar com o pomo, deixando-o voar uns trinta centímetros e recapturando-o em seguida; seus reflexos eram excelentes. Rabicho o observava assombrado.

Os amigos pararam à sombra da mesmíssima faia à beira do lago, onde Harry, Rony e Hermione haviam passado um domingo terminando os deveres, e se atiraram na grama. Harry tornou a espiar por cima do ombro e viu, para sua alegria, que Snape se acomodara na grama à sombra densa de um grupo de arbustos. Estava profundamente absorto em seu exame como antes, o que deixou Harry livre para se sentar na grama entre a faia e os arbustos, e observar os quatro sob a árvore. O sol ofuscava na superfície lisa do lago, à margem do qual o grupo de garotas risonhas que acabara de deixar o Salão Principal se sentara, sem sapatos nem meias, refrescando os pés na água.

Lupin apanhara um livro e estava lendo. Sirius passava os olhos pelos estudantes que andavam pelo gramado, parecendo um tanto arrogante e entediado, mas ainda assim bonitão. Tiago continuava a brincar com o pomo, deixando-o voar cada vez mais longe, quase fugir, mas sempre recapturando-o no último segundo. Rabicho o observava boquiaberto. Todas as vezes que Tiago fazia uma captura particularmente difícil, Rabicho exclamava e aplaudia. Passados cinco minutos de repetições desta cena, Harry se perguntou por que o pai não mandava Rabicho se controlar, mas Tiago parecia estar gostando da atenção. Harry reparou que o pai tinha o hábito de assanhar os cabelos, como se quisesse impedi-los de ficar muito arrumados, e que também não parava de olhar para as garotas junto à água.

— Quer guardar isso? — disse Sirius finalmente, quando Tiago fez uma boa captura e Rabicho deixou escapar um viva —, antes que Rabicho molhe as calças de animação?

Rabicho corou ligeiramente, mas Tiago riu.

— Se estou incomodando — retrucou e guardou o pomo no bolso. Harry teve a nítida impressão de que Sirius era o único para quem Tiago teria parado de se exibir.

— Estou chateado. Gostaria que já fosse lua cheia.

— Você gostaria — disse Lupin, sombrio, por trás do livro que lia. — Ainda temos Transfiguração, se está chateado poderia me testar. Pegue aqui... — E estendeu o livro.

Mas Sirius deu uma risada abafada.

— Não preciso olhar para essas bobagens, já sei tudo.

— Isso vai animar você um pouco, Almofadinhas — comentou Tiago em voz baixa. — Olhem quem é que...

Sirius virou a cabeça. Ficou muito quieto, como um cão que farejou um coelho.

— Excelente — disse baixinho. — *Ranhoso*.

Harry se virou para ver o que Sirius estava olhando.

Snape estava novamente em pé, e guardava as perguntas do exame na mochila. Quando deixou a sombra dos arbustos e começou a atravessar o gramado, Sirius e Tiago se levantaram.

Lupin e Rabicho continuaram sentados: Lupin lendo o livro, embora seus olhos não estivessem se movendo e uma ligeira ruga tivesse aparecido entre suas sobrancelhas; Rabicho olhava de Sirius e Tiago para Snape, com uma expressão de ávido antegozo no rosto.

— Tudo certo, Ranhoso? — falou Tiago em voz alta.

Snape reagiu tão rápido que parecia estar esperando um ataque: deixou cair a mochila, meteu a mão dentro das vestes e sua varinha já estava metade para fora quando Tiago gritou:

— *Expelliarmus!*

A varinha de Snape voou quase quatro metros de altura e caiu com um pequeno baque no gramado às suas costas. Sirius soltou uma gargalhada.

— *Impedimenta!* — disse, apontando a varinha para Snape, que foi atirado no chão ao mergulhar para recuperar a varinha caída.

Os estudantes ao redor se viraram para assistir. Alguns haviam se levantado e foram se aproximando. Outros pareciam apreensivos, ainda outros, divertidos.

Snape estava no chão, ofegante. Tiago e Sirius avançaram empunhando as varinhas, Tiago, ao mesmo tempo espiando por cima do ombro as garotas à beira do lago. Rabicho se levantara assistindo à cena avidamente, contornando Lupin para ter uma perspectiva melhor.

— Como foi o exame, Ranhoso? — perguntou Tiago.

— Eu vi, o nariz dele estava quase encostando no pergaminho — disse Sirius maldosamente. — Vai ter manchas enormes de gordura no exame todo, não vão poder ler nem uma palavra.

Várias pessoas que acompanhavam a cena riram; Snape era claramente impopular. Rabicho soltava risadinhas agudas. Snape tentava se erguer, mas a azaração ainda o imobilizava; ele lutava como se estivesse amarrado por cordas invisíveis.

— Espere... para ver — arquejava, encarando Tiago com uma expressão de mais pura aversão —, espere... para ver!

— Espere para ver o quê? — retrucou Sirius calmamente. — Que é que você vai fazer, Ranhoso, limpar o seu nariz em nós?

Snape despejou um jorro de palavrões e azarações, mas com a varinha a três metros de distância nada aconteceu.

— Lave sua boca — disse Tiago friamente. — *Limpar!*

Bolhas de sabão cor-de-rosa escorreram da boca de Snape na hora; a espuma cobriu seus lábios, fazendo-o engasgar, sufocar...

— Deixem ele em PAZ!

Tiago e Sirius se viraram. Tiago levou a mão livre imediatamente aos cabelos.

Era uma das garotas à beira do lago. Tinha cabelos espessos e ruivos que lhe caíam pelos ombros e olhos amendoados sensacionalmente verdes — os olhos de Harry.

A mãe de Harry.

— Tudo bem, Evans? — disse Tiago, e o seu tom de voz se tornou imediatamente agradável, mais grave e mais maduro.

— Deixem ele em paz — repetiu Lílian. Ela olhava para Tiago com todos os sinais de intenso desagrado. — Que foi que ele lhe fez?

— Bom — explicou Tiago, parecendo pesar a pergunta —, é mais pelo fato de existir, se você me entende...

Muitos estudantes que os rodeavam riram, Sirius e Rabicho inclusive, mas Lupin, ainda aparentemente absorto em seu livro, não riu, nem Lílian tampouco.

— Você se acha engraçado — disse ela com frieza. — Mas você não passa de um cafajeste, tirano e arrogante, Potter. Deixe ele em *paz*.

— Deixo se você quiser sair comigo, Evans — respondeu Tiago depressa. — Anda... sai comigo e eu nunca mais encostarei uma varinha no Ranhoso.

Às costas dele, a Azaração de Impedimento ia perdendo efeito. Snape estava começando a se arrastar pouco a pouco em direção à sua varinha caída, cuspindo espuma enquanto se deslocava.

— Eu não sairia com você nem que tivesse de escolher entre você e a lula-gigante — replicou Lílian.

— Mau jeito, Pontas — disse Sirius, animado, e se voltou para Snape. — OI!

Mas tarde demais; Snape tinha apontado a varinha diretamente para Tiago; houve um lampejo e um corte apareceu em sua face, salpicando suas vestes de sangue. Ele girou: um segundo lampejo depois, Snape estava pendurado no ar de cabeça para baixo, as vestes pelo avesso revelando pernas muito magras e brancas e cuecas encardidas.

Muita gente na pequena aglomeração aplaudiu: Sirius, Tiago e Rabicho davam gargalhadas.

Lílian, cuja expressão se alterara por um instante como se fosse sorrir, disse:

— Ponha ele no chão!

— Perfeitamente. — E Tiago acenou com a varinha para o alto; Snape caiu embolado no chão. Desvencilhou-se das vestes e se levantou depressa, com a varinha na mão, mas Sirius disse: "*Petrificus Totalus*", e Snape emborcou outra vez, duro como uma tábua.

— DEIXE ELE EM PAZ! — berrou Lílian. Puxara a própria varinha agora. Tiago e Sirius a olharam preocupados.

— Ah, Evans, não me obrigue a azarar você — pediu Tiago, sério.

— Então desfaça o feitiço nele!

Tiago suspirou profundamente, então se virou para Snape e murmurou um contrafeitiço.

— Pronto — disse, enquanto Snape procurava se levantar. — Você tem sorte de que Evans esteja aqui, Ranhoso...

— Não preciso da ajuda de uma Sangue ruim imunda como ela!

Lílian pestanejou.

— Ótimo — respondeu calmamente. — No futuro, não me incomodarei. E eu lavaria as cuecas se fosse você, *Ranhoso*.

— Peça desculpa a Evans! — berrou Tiago para Snape, apontando-lhe a varinha ameaçadoramente.

— Não quero que *você* o obrigue a se desculpar — gritou Lílian, voltando-se contra Tiago. — Você é tão ruim quanto ele.

— Quê? Eu NUNCA chamaria você de... você sabe o quê!

— Despenteando os cabelos só porque acha que é legal parecer que acabou de desmontar da vassoura, se exibindo com esse pomo idiota, andando pelos corredores e azarando qualquer um que o aborreça só porque é capaz... até surpreende que a sua vassoura consiga sair do chão com o peso dessa cabeça cheia de titica. Você me dá NÁUSEAS.

E, virando as costas, ela se afastou depressa.

— Evans! — gritou Tiago. — Ei, EVANS!

Mas Lílian não olhou para trás.

— Qual é o problema dela? — perguntou Tiago, tentando, mas não conseguindo fazer parecer que fosse apenas uma pergunta sem real importância para ele.

— Lendo nas entrelinhas, eu diria que ela acha você metido, cara — disse Sirius.

— Certo — respondeu Tiago, que parecia furioso agora —, certo...

Houve outro lampejo, e Snape, mais uma vez, ficou pendurado no ar de cabeça para baixo.

— Quem quer ver eu tirar as cuecas do Ranhoso?

Mas se Tiago realmente as tirou, Harry nunca chegou a saber. Uma mão agarrou-o com força pelo braço, fechando-se como uma tenaz. Fazendo uma careta de dor, Harry se virou para ver quem o agarrava e deparou, com uma sensação de horror, com um Snape totalmente crescido, um Snape adulto, parado bem ao lado dele, lívido de raiva.

— Está se divertindo?

Harry se sentiu erguido no ar; o dia de verão se evaporou à sua volta; flutuou por uma escuridão gelada, a mão de Snape ainda apertando seu braço. Então, com uma sensação de desmaio, como se tivesse dado uma cambalhota no ar, seus pés bateram no piso de pedra da masmorra de Snape, e ele se viu mais uma vez ao lado da Penseira sobre a escrivaninha do bruxo, no escritório atual e sombrio do professor de Poções.

— Então — disse Snape apertando tanto o braço de Harry que a mão do garoto estava começando a ficar dormente. — *Então*... andou se divertindo, Potter?

— N-não — respondeu Harry, tentando soltar seu braço.

Era apavorante: os lábios de Snape tremiam, seu rosto estava branco, seus dentes arreganhados.

— Um homem divertido, o seu pai, não era? — perguntou Snape, sacudindo-o tanto que seus óculos escorregaram pelo nariz.

— Eu... não...

Snape atirou Harry para longe com toda a força. O garoto caiu pesadamente no piso da masmorra.

— Você não vai contar a ninguém o que viu! — berrou Snape.

— Não — disse Harry, pondo-se em pé o mais longe do professor que pôde. — Não, claro que...

— Fora daqui, fora daqui, nunca mais quero ver você na minha sala!

E quando Harry se precipitava em direção à porta, um frasco de baratas mortas estourou por cima de sua cabeça. Ele puxou a porta com força e voou pelo corredor afora, parando apenas quando já estava a três andares de distância de Snape. Ali encostou-se na parede, arquejando e esfregando o braço machucado.

Não tinha o menor desejo de voltar à Torre da Grifinória tão cedo, nem de contar a Rony e Hermione o que acabara de ver. O que o fazia sentir-se horrorizado e infeliz não era Snape ter gritado nem atirado frascos; mas saber o que era ser humilhado em público, saber exatamente como Snape se sentira quando seu pai o atormentara, e a julgar pelo que acabara de presenciar, seu pai fora tão arrogante quanto Snape sempre o acusara de ser.

29

ORIENTAÇÃO VOCACIONAL

— Mas por que você não tem mais aulas de Oclumência? – perguntou Hermione, enrugando a testa.

— Eu já *falei* – resmungou Harry. – Snape acha que posso continuar sozinho, agora que já aprendi o básico.

— Quer dizer que você parou de ter sonhos esquisitos? – perguntou Hermione, incrédula.

— Quase – respondeu Harry, sem olhar para ela.

— Bom, acho que Snape não devia parar até você ter certeza absoluta de que é capaz de controlá-los! – disse Hermione, indignada. – Harry, acho que você devia voltar lá e pedir...

— Não – disse Harry enfaticamente. – Esquece, Hermione, o.k.?

Era o primeiro dia dos feriados de Páscoa e Hermione, como era seu hábito, passara uma grande parte do dia preparando horários de revisão para os três. Harry e Rony a deixaram preparar; era mais fácil do que discutir com a amiga e, em todo o caso, poderiam ser úteis.

Rony se assustara ao descobrir que só faltavam seis semanas para os exames.

— Como isso pode ser surpresa para você? – perguntou Hermione enquanto coloria cada quadradinho do horário de Rony com um toque de varinha de acordo com a disciplina.

— Não sei – comentou Rony –, tem acontecido muita coisa.

— Bom, terminei – disse ela, entregando-lhe o horário. – Se seguir o que está aí vai se dar bem.

Rony examinou o pergaminho deprimido, mas logo se animou.

— Você me deu uma noite de folga por semana!

— Para o treino de quadribol.

O sorriso desapareceu do seu rosto.

— De que adianta? – disse desanimado. – A nossa chance de ganhar a Copa de Quadribol este ano é a mesma de papai virar ministro da Magia.

Hermione não respondeu, observava Harry, que fixava imóvel a parede oposta da sala comunal enquanto Bichento dava patadinhas em sua mão pedindo para o garoto lhe coçar as orelhas.

— Que foi, Harry?

— Quê? — disse depressa. — Nada.

Ele apanhou seu exemplar de *Teoria da defesa em magia* e fingiu estar procurando alguma coisa no índice. Bichento considerou-o um mau negócio, e foi se esconder embaixo da poltrona de Hermione.

— Vi Cho hoje cedo — disse Hermione sondando. — Parecia muito infeliz, também... vocês brigaram outra vez?

— Qu... ah, foi, brigamos — disse Harry, agarrando a desculpa, agradecido.

— Por quê?

— Aquela dedo-duro amiga dela, a Marieta.

— É, bom, eu faria o mesmo! — disse Rony zangado, baixando o horário de revisões. — Se não fosse ela...

Rony saiu desfiando reclamações sobre Marieta Edgecombe, que Harry achou útil; só precisava amarrar a cara, confirmar com a cabeça e dizer: "É" e "Certo", sempre que Rony parava para tomar fôlego, deixando a mente livre para refletir, sempre mais infeliz, no que vira na Penseira.

Sentia que a lembrança daquelas cenas o devorava por dentro. Tivera tanta certeza de que seus pais eram pessoas maravilhosas que nunca hesitara em descrer das acusações que Snape fazia sobre o caráter do seu pai. Gente como Hagrid e Sirius não havia lhe dito que seu pai fora maravilhoso? (*É, veja como era o próprio Sirius à época*, disse uma voz insistente na cabeça de Harry... *ele era tão ruim quanto o outro, não era?*) Verdade, escutara uma vez a Profª McGonagall comentar que o pai dele e Sirius tinham sido criadores de casos na escola, mas os descrevera como precursores dos gêmeos Weasley, e Harry não conseguia imaginar Fred e Jorge pendurando alguém de cabeça para baixo só para se divertirem... a não ser que realmente o detestassem... talvez Malfoy, ou alguém que realmente merecesse...

Harry tentara argumentar que Snape talvez tivesse merecido o que sofrera nas mãos de Tiago, mas Lílian perguntara: "Que foi que ele lhe fez?" E seu pai respondera: "É mais pelo fato de *existir*, se você me entende." Tiago não começara tudo simplesmente porque Sirius dissera que estava chateado? Harry se lembrava de Lupin ter comentado no largo Grimmauld que Dumbledore o nomeara monitor na esperança de que pudesse exercer algum controle sobre Tiago e Sirius... mas, na Penseira, ele ficara sentado ali e deixara tudo acontecer...

Harry não parava de se recordar de que Lílian interferira: sua mãe fora decente. Contudo, a lembrança da expressão em seu rosto quando ela gritara com Tiago o perturbara mais que qualquer outra coisa; era visível que ela o detestava, e Harry simplesmente não conseguia entender como é que tinham acabado se casando. Uma ou duas vezes chegara a se perguntar se Tiago a teria forçado...

Durante quase cinco anos pensar em seu pai havia sido uma fonte de consolo, de inspiração. Sempre que alguém dizia que ele era igual ao pai, ele se iluminava intimamente de orgulho. E agora... agora sentia frieza e infelicidade ao pensar nele.

O tempo se tornou mais ventoso, claro e quente com a passagem das férias da Páscoa, mas Harry e os demais alunos do quinto e do sétimo ano estavam prisioneiros, revisando as matérias, indo e voltando da biblioteca. Harry fingia que seu mau humor não tinha outra causa senão a proximidade dos exames, e, como seus colegas da Grifinória também estavam fartos de estudar, sua desculpa não era questionada.

— Harry, estou falando com você, está me ouvindo?

— Hum?

Ele olhou. Gina Weasley, parecendo ter saído de um vendaval, tinha se juntado a ele na mesa da biblioteca em que se encontrava sozinho. Era domingo, tarde da noite, Hermione voltara à Torre da Grifinória para revisar Runas Antigas, e Rony tinha treino de quadribol.

— Ah, oi — disse Harry, puxando os livros para perto. — Por que você não está no treino?

— Já acabou. Rony teve de levar Juca Sloper à ala hospitalar.

— Por quê?

— Bom, não temos muita certeza, mas *achamos* que ele se derrubou com o próprio bastão. — Ela soltou um pesado suspiro. — Em todo o caso... chegou uma encomenda, e acabou de passar pelo novo processo de verificação da Umbridge.

Ela levantou um embrulho de papel pardo e o colocou sobre a mesa; fora claramente desembrulhado e descuidadamente reembrulhado. Trazia uma anotação em tinta vermelha com os dizeres: *Inspecionado e Aprovado pela Alta Inquisidora de Hogwarts.*

— São ovos de Páscoa mandados pela mamãe. Tem um para você... pegue.

Gina lhe entregou um belo ovo de chocolate enfeitado com pequeninos pomos de glacê e, segundo dizia na embalagem, continha um saquinho de

Delícias Gasosas. Harry contemplou o presente por um momento, então, para seu horror, sentiu um nó na garganta.

— Você está o.k., Harry? — perguntou a garota, calma.

— Tô, tô ótimo — disse Harry, rouco. O nó em sua garganta doía. Ele não entendeu por que um ovo de Páscoa o teria feito se sentir assim.

— Você parece realmente deprimido esses dias — insistiu Gina. — Sabe, tenho certeza de que se você *falasse* com a Cho...

— Não é com a Cho que quero falar — respondeu ele bruscamente.

— Com quem é então? — perguntou Gina.

— Eu...

Harry olhou para os lados para verificar se havia alguém ouvindo. Madame Pince estava a várias estantes de distância, carimbando a saída de uma pilha de livros para uma nervosa Ana Abbott.

— Gostaria de poder falar com o Sirius — murmurou. — Mas sei que não posso.

Mais para se ocupar com alguma coisa do que porque estivesse com vontade, Harry abriu seu ovo de Páscoa, partiu um bom pedaço e enfiou-o na boca.

— Bom — disse Gina lentamente, servindo-se de um pedacinho também —, se você quer mesmo falar com Sirius, imagino que poderíamos pensar em um jeito.

— Nem vem — disse Harry, sem esperanças. — Com a Umbridge policiando as lareiras e lendo toda a nossa correspondência?

— O bom de ser criada com Fred e Jorge — disse a garota, pensativa — é que a gente meio que começa a achar que tudo é possível desde que se tenha coragem.

Harry olhou para a garota. Talvez fosse o efeito do chocolate — Lupin sempre recomendara comer chocolate depois de enfrentar Dementadores — ou simplesmente porque ele enfim expressara em voz alta o desejo que ardia em seu íntimo havia uma semana, mas ele se sentiu mais esperançoso.

— QUE É QUE VOCÊS ACHAM QUE ESTÃO FAZENDO?

— Que droga — sussurrou Gina ficando em pé imediatamente. — Me esqueci...

Madame Pince veio em direção aos garotos, seu rosto enrugado contorcido de fúria.

— *Chocolate na biblioteca!* — berrou. — Fora... fora... FORA!

E, puxando a varinha, fez os livros, a mochila e o tinteiro de Harry expulsarem os dois da biblioteca, batendo na cabeça deles enquanto corriam.

* * *

Como se quisessem enfatizar a importância dos exames, agora próximos, um pacote de panfletos, folhetos e avisos, abordando as várias carreiras para bruxos, apareceu nas mesas da Torre da Grifinória pouco antes do término das férias, ao mesmo tempo que um aviso no quadro dizia o seguinte:

ORIENTAÇÃO VOCACIONAL

Todos os quintanistas deverão ter uma breve reunião com a diretora de sua Casa durante a primeira semana do trimestre de verão para discutir suas futuras carreiras. Os horários das consultas individuais estão listados abaixo.

Harry correu os olhos pela lista e descobriu que era esperado na sala da Profª McGonagall às duas e meia da tarde de segunda-feira, o que significaria perder a maior parte da aula de Adivinhação. Ele e outros quintanistas passaram uma boa parte do último fim de semana das férias de Páscoa lendo todas as informações sobre carreiras que haviam sido deixadas em sua Casa.

— Bom, não estou interessado em ser Curandeiro — declarou Rony na última noite das férias. Lia concentrado um folheto que tinha na capa um osso e uma varinha cruzados, o emblema do St. Mungus. — Diz aqui que preciso no mínimo de um "E" nos N.O.M.s de Poções, Herbologia, Transfiguração, Feitiços e Defesa Contra as Artes das Trevas. Quero dizer... caracas... não estão querendo nada, não é?

— Bom, é uma profissão de muita responsabilidade, não acha? — falou Hermione, distraída. Ela examinava atentamente um folheto rosa e laranja intitulado: "ENTÃO VOCÊ ACHA QUE GOSTARIA DE TRABALHAR EM RELAÇÕES COM OS TROUXAS?" — Parece que não é preciso muita qualificação para fazer a ligação com trouxas; só pedem um N.O.M. em Estudos dos Trouxas: *Muito mais importante é o seu entusiasmo, paciência e um bom-senso de humor!*

— Você precisaria muito mais do que um bom-senso de humor para fazer a ligação com o meu tio — comentou Harry sombriamente. — Bom-senso para saber a hora de se proteger, o que é mais provável. — Ele estava na metade de um panfleto sobre o sistema bancário bruxo. — Escutem só isso: *Você está procurando uma carreira estimulante que oferece viagens, aventuras e substanciais abonos do tesouro para compensar os riscos? Então pense em trabalhar para o Banco Bruxo Gringotes, que no momento está recrutando desfazedores de feitiços para emocionantes cargos no exterior...* Mas exigem Aritmancia: você poderia se candidatar, Hermione!

— Não gosto muito de bancos — respondeu ela vagamente, agora absorta na leitura de: "VOCÊ TEM AS QUALIDADES NECESSÁRIAS PARA TREINAR TRASGOS DE SEGURANÇA?"

— Ei — chamou uma voz ao ouvido de Harry. O garoto se virou: Fred e Jorge tinham vindo se reunir a eles. — Gina nos deu uma palavrinha sobre você — disse Fred, esticando as pernas na mesa em frente e fazendo vários livretos sobre carreiras no Ministério da Magia escorregarem para o chão. — Ela diz que você precisa falar com Sirius?

— Quê? — disse Hermione na hora, parando no ar a mão que estendia para apanhar "ESTOURE NO DEPARTAMENTO DE ACIDENTES E CATÁSTROFES MÁGICAS".

— É... — disse Harry tentando parecer displicente —, é, achei que gostaria...

— Não seja ridículo — disse Hermione se levantando e encarando-o como se não conseguisse acreditar no que ouvia. — Com a Umbridge metendo a mão nas lareiras e revistando as corujas?

— Bom, achamos que podemos contornar isso — disse Jorge, se espreguiçando sorridente. — Basta simplesmente promover uma distração. Ora, você talvez tenha notado que andamos muito quietos no front do caos nas férias de Páscoa?

— De que adiantava, nós nos perguntamos, estragar a temporada de lazer? — continuou Fred. — De nada, respondemos. E, naturalmente, estaríamos também atrapalhando as revisões dos colegas, o que seria a última coisa que íamos querer fazer.

Fred sacudiu a cabeça fazendo cara de santo para Hermione. Ela ficou bastante surpresa com a sua consideração.

— Mas amanhã recomeçamos vida normal — continuou ele animado. — E se vamos causar um certo tumulto, por que não fazer isso de modo que Harry possa bater um papo com o Sirius?

— Sei, mas *ainda* assim — falou Hermione, com ar de quem explica uma coisa muito simples a alguém muito obtuso —, mesmo que vocês promovam uma distração, como é que Harry vai falar com o padrinho?

— Na sala da Umbridge — disse Harry baixinho.

Andava pensando nisso havia quinze dias e não encontrara nenhuma alternativa. A própria Umbridge lhe dissera que a única lareira que não estava sendo vigiada era a dela.

— Você... enlouqueceu?! — exclamou Hermione num sussurro.

Rony baixara o folheto sobre carreiras no Comércio de Fungos Cultivados, e observava a conversa desconfiado.

— Acho que não — respondeu Harry sacudindo os ombros.
— E como é que você vai chegar lá, para começar?
Harry estava preparado para a pergunta.
— O canivete de Sirius.
— Como?
— No Natal do ano retrasado Sirius me deu um canivete que abre qualquer fechadura — explicou Harry. — Então, mesmo que a Umbridge tenha enfeitiçado a porta com um *Alohomora*, o que aposto que fez, não vai adiantar...
— Que é que você acha? — perguntou Hermione a Rony, e Harry se lembrou irresistivelmente da Sra. Weasley apelando para o marido durante o primeiro jantar de Harry no largo Grimmauld.
— Não sei — disse Rony, assustado que alguém lhe pedisse para dar uma opinião. — Se é o que Harry quer fazer, ele é quem decide, não é?
— Você falou como um verdadeiro amigo e um autêntico Weasley — disse Fred, dando um forte tapa nas costas do irmão. — Certo, então. Estamos pensando em fazer isso amanhã, logo depois das aulas, porque causará maior impacto se todos estiverem nos corredores; Harry, vamos começar em algum ponto da ala leste para tirar a Umbridge imediatamente da sala; imagino que poderemos lhe garantir, o quê, uns vinte minutos? — perguntou olhando para Jorge.
— Fácil.
— Que tipo de distração vai ser? — perguntou Rony.
— Você verá, maninho — disse Fred enquanto se levantava com Jorge. — Ou pelo menos verá se estiver andando pelo corredor do Gregório o Lambe-botas amanhã por volta das cinco da tarde.

Harry acordou muito cedo no dia seguinte, sentindo-se quase tão ansioso quanto na manhã da audiência disciplinar no Ministério da Magia. Não era apenas a perspectiva de arrombar a sala de Umbridge e usar a lareira para falar com Sirius que o deixava nervoso, embora isso já fosse bastante ruim; hoje também seria a primeira vez que Harry chegaria perto de Snape desde que o bruxo o expulsara de sua sala.

Depois de continuar na cama por um tempinho, pensando no dia que o esperava, Harry se levantou sem fazer barulho, foi até a janela ao lado da cama de Neville e contemplou a manhã realmente gloriosa. O céu estava azul-claro, enevoado, opalescente. Bem em frente, Harry viu a faia altaneira embaixo da qual seu pai um dia atormentara Snape. Não tinha muita certeza se Sirius iria dizer alguma coisa que pudesse neutralizar o que ele vira na Penseira, mas estava desesperado para ouvir a versão do padrinho sobre a cena, conhecer as atenuantes que houvesse, qualquer desculpa para o comportamento do pai...

Uma coisa chamou a atenção de Harry: um movimento na orla da Floresta Proibida. Harry apertou os olhos contra a claridade do sol e viu Hagrid saindo de entre as árvores. Parecia mancar. Enquanto Harry observava, ele cambaleou até a porta da cabana e desapareceu em seu interior. O garoto continuou a observar a cabana durante vários minutos. Hagrid não reapareceu, mas saiu uma espiral de fumaça de sua chaminé, o que indicava que não poderia estar tão machucado que não fosse capaz de acender o fogão.

Harry se afastou da janela, voltou-se para o seu malão e começou a se vestir.

Ante a perspectiva de forçar a porta da sala de Umbridge para entrar, Harry não esperara que o dia fosse tranquilo, mas não levara em conta as quase contínuas tentativas de Hermione de dissuadi-lo do que pretendia fazer às cinco horas. Pela primeira vez na vida, ela estava, no mínimo, tão desatenta ao que o Prof. Binns dizia em História da Magia quanto Harry e Rony, não parando de cochichar recomendações que ele fez grande esforço para ignorar.

– ... e se ela apanhar você lá dentro, além de expulsá-lo, poderá concluir que você andou falando com Snuffles, e, desta vez, imagino que o forçará a beber a Poção da Verdade e a responder às perguntas dela...

– Hermione – disse Rony em voz baixa e indignada –, você vai parar de brigar com o Harry e escutar o que o Binns diz ou vou ter de fazer minhas próprias anotações?

– Faça você as anotações para variar, não vai morrer por isso!

Na altura em que chegaram às masmorras, nem Harry nem Rony estavam falando com Hermione. Sem se importar, ela se aproveitou do silêncio dos amigos para manter um fluxo ininterrupto de sérios alertas, falando em voz baixa e sibilando com veemência, o que levou Simas a perder cinco minutos inteiros procurando furos em seu caldeirão.

Entrementes, Snape parecia resolvido a agir como se Harry fosse invisível. O garoto estava, naturalmente, habituado a essa tática, porque era uma das preferidas do seu tio Válter, e, de um modo geral, se sentiu grato por não ter de sofrer nada pior. Aliás, comparado ao que normalmente precisava aturar de Snape em matéria de ironias e indiretas, achou a nova atitude um progresso, e ficou contente ao descobrir que, quando era deixado em paz, conseguia preparar uma Poção Revigorante sem problemas. No fim da aula, ele recolheu um pouco da poção em um frasco, arrolhou-o e o levou à mesa de Snape para nota, sentindo que talvez tirasse finalmente um "E".

Acabara de se virar quando ouviu o barulho de alguma coisa quebrando. Malfoy deu um grito de alegria. Harry se virou. A amostra de sua poção estava em pedaços no chão e Snape o observava com uma expressão de triunfante satisfação.

— Upa — disse suavemente. — Mais um zero, então, Potter.

Harry se sentiu indignado demais para falar. Voltou ao seu caldeirão, com a intenção de encher outro frasco e forçar Snape a lhe dar nota, mas, para seu horror, a sobra desaparecera.

— Sinto muito! — disse Hermione, levando as mãos à boca. — Sinto muito mesmo, Harry. Pensei que você tivesse terminado, então limpei o caldeirão.

Harry não conseguiu responder. Quando a sineta tocou, saiu correndo da masmorra, sem olhar para trás, e fez questão de arranjar um lugar entre Neville e Simas para almoçar, para evitar que Hermione recomeçasse a atormentá-lo por causa do uso da sala da Umbridge.

Seu mau humor era tanto quando chegou à Adivinhação que se esquecera da orientação vocacional com a Profª McGonagall, só lembrando quando Rony lhe perguntou por que não estava na sala dela. Tornou a subir desabalado, e chegou sem fôlego alguns minutos depois.

— Desculpe, professora — arquejou, fechando a porta. — Me esqueci.

— Não tem importância, Potter. — Mas, quando falou, alguém fungou a um canto. Harry olhou.

A Profª Umbridge se achava sentada ali, com a prancheta sobre os joelhos, um babadinho exagerado em torno do pescoço e um sorrisinho medonho no rosto.

— Sente-se, Potter — disse a Profª McGonagall secamente. Suas mãos tremiam um pouco enquanto rearrumava os muitos panfletos que se amontoavam em sua mesa.

Harry se sentou de costas para a Umbridge e fez o possível para fingir que não a ouvia arranhando a pena na prancheta.

— Bom, Potter, esta reunião é para discutirmos as ideias sobre carreiras que você já tenha, e ajudá-lo a decidir que disciplinas você deve fazer no sexto e sétimo anos — começou McGonagall. — Você já pensou no que gostaria de fazer quando terminasse Hogwarts?

— Ah...

Ele estava achando aquele ruído da pena arranhando o papel muito incômodo.

— Sim? — incentivou a professora.

— Bom, pensei, talvez, em ser auror — murmurou Harry.

— Você precisaria de notas excelentes para isso — disse a Prof^a McGonagall, puxando uma folhinha escura de baixo dos papéis em sua mesa e abrindo-a. — Exige-se um mínimo de cinco N.I.E.M.s, e nenhuma nota abaixo de "Excepcional", pelo que vejo. Depois você teria de passar por uma série de testes rigorosos de caráter e aptidão, na Seção de Aurores. É uma carreira difícil, Potter, em que somente se aceitam os melhores. De fato, não me lembro de terem aceitado ninguém nos últimos três anos.

Neste momento, a Profª Umbridge deu um pigarrinho, como se estivesse experimentando para ver se era possível dá-lo bem baixo. McGonagall ignorou-a.

— Suponho que queira saber que disciplinas precisará estudar, não? — continuou a professora elevando um pouco a voz.

— Quero. Suponho que Defesa Contra as Artes das Trevas, não?

— Naturalmente — disse a Prof^a McGonagall com vivacidade. — Eu também aconselharia...

A Profª Umbridge tossiu outra vez, mais audivelmente agora. McGonagall fechou os olhos um instante, reabriu-os e continuou como se nada tivesse acontecido.

— Eu também aconselharia Transfiguração, porque os aurores muitas vezes precisam se transfigurar e destransfigurar em seu trabalho. E devo preveni-lo, Potter, que não aceito alunos nas minhas turmas de N.I.E.M que não tenham obtido "Excede as Expectativas" ou notas mais altas no N.O.M. Eu diria que sua média é "Aceitável" no momento, então irá precisar se esforçar muito antes dos exames para ter uma chance de prosseguir. Depois, terá de estudar Feitiços, sempre útil, e Poções — acrescentou, com um sorriso quase imperceptível. — Venenos e antídotos são disciplinas essenciais para os aurores. E devo lhe dizer que o Prof. Snape absolutamente se recusa a aceitar alunos que não tenham obtido "Excepcional" nos N.O.M.s, portanto...

A Profª Umbridge deu a tossida mais forte até aquele momento.

— Posso lhe oferecer uma pastilha para tosse, Dolores? — perguntou McGonagall, secamente, sem olhá-la.

— Ah, não, muito obrigada — disse Umbridge com aquele sorrisinho afetado que Harry tanto odiava. — Estive pensando, será que posso fazer uma mínima interrupçãozinha, Minerva?

— Acho que você vai descobrir que pode — disse a Prof^a McGonagall por entre os dentes cerrados.

— Eu estava me perguntando se o Sr. Potter tem o temperamento certo para ser auror — disse meigamente.

— Estava é? — disse a Profª McGonagall, insolente. — Bom, Potter — continuou, como se não tivesse havido interrupção —, se a sua ambição é séria, eu o aconselharia a se preparar em Transfiguração e Poções à altura das exigências. Vejo que o Prof. Flitwick tem lhe dado "Aceitável" e "Excede as Expectativas" nos últimos dois anos, então parece que em Feitiços o seu preparo é satisfatório. Quanto à Defesa Contra as Artes das Trevas, suas notas têm sido em geral altas, o Prof. Lupin particularmente achou você... *tem certeza de que não gostaria de uma pastilha para tosse, Dolores?*

— Ah, não precisa, muito obrigada, Minerva — disse sorrindo afetadamente a Profª Umbridge, que acabara de tossir ainda mais alto que das últimas vezes. — Estava preocupada que você talvez não tivesse as notas mais recentes de Harry em Defesa Contra as Artes das Trevas. Tenho quase certeza de que incluí um bilhete.

— O quê, essa coisa? — perguntou McGonagall num tom de repugnância, puxando uma folha de pergaminho cor-de-rosa da pasta de Harry. Ela a leu, as sobrancelhas ligeiramente erguidas, e em seguida tornou a guardá-la na pasta, sem fazer comentários.

— Bom, como eu ia dizendo, Potter, o Prof. Lupin achou que você demonstrava uma acentuada aptidão para a disciplina e, obviamente, para ser auror...

— Você entendeu o meu bilhete, Minerva? — perguntou Umbridge docemente, esquecendo de tossir.

— Claro que entendi — respondeu McGonagall, com os dentes tão cerrados que as palavras saíram um pouco abafadas.

— Bom, então, estou confusa... Receio não entender como é que você pode dar ao Sr. Potter a falsa esperança de que...

— Falsa esperança? — repetiu a Profª McGonagall, ainda se recusando a olhar para a outra. — Ele obteve notas altas em todos os exames de Defesa Contra as Artes das Trevas...

— Sinto muito ter de contradizê-la, Minerva, mas, como pode ver no meu bilhete, Harry tem obtido resultados muito fracos nas minhas aulas...

— Eu devia ter falado com mais clareza — retrucou a Profª McGonagall, finalmente se virando para encarar Umbridge nos olhos. — Ele obteve notas altas em todos os exames de Defesa Contra as Artes das Trevas aplicados por um professor competente.

O sorriso de Umbridge desapareceu com a mesma rapidez de uma lâmpada queimando. Ela se recostou na cadeira, virou uma folha na prancheta e começou a escrever realmente muito depressa, seus olhos saltados correndo de um lado para outro. A Prof² McGonagall tornou a se voltar para Harry, suas narinas estreitas arreganhadas, seus olhos em chamas.

— Alguma pergunta, Potter?

— Sim. Que tipo de testes de caráter e aptidão o Ministério aplica no candidato, se ele tiver N.O.M.s suficientes?

— Bom, você precisará demonstrar capacidade de reagir bem às pressões, perseverança e dedicação, porque o treinamento para auror leva mais três anos, para não falar na habilidade excepcional em defesa prática. Significará muito estudo mesmo depois de ter terminado a escola, por isso a não ser que você esteja disposto a...

— Acho que você também descobrirá — disse Umbridge, a voz muito fria agora — que o Ministério examina a ficha dos que se candidatam a auror. A ficha policial.

— ... a fazer outros tantos exames depois de Hogwarts, você deveria realmente considerar outra...

— O que significa que este garoto tem tanta chance de se tornar auror quanto Dumbledore de algum dia voltar a esta escola.

— Então, é uma ótima chance.

— Potter tem ficha policial — disse Umbridge alto.

— Potter foi absolvido de todas as acusações — disse McGonagall ainda mais alto.

A Prof² Umbridge se levantou. Era tão baixa que isso não fazia muita diferença, mas sua atitude meticulosa e afetada cedera lugar a uma fúria implacável que fazia seu rosto largo e flácido parecer estranhamente sinistro.

— Potter não tem a menor chance de se tornar auror!

A Prof² McGonagall se levantou também, e, no seu caso, o movimento foi muito mais impressionante; era bem mais alta que a outra.

— Potter — disse em tom retumbante —, eu o ajudarei a se tornar auror nem que seja a última coisa que eu faça na vida! Nem que eu tenha de lhe dar aulas todas as noites, garantirei que você obtenha as notas exigidas!

— O ministro da Magia jamais empregará Harry Potter! — exclamou Umbridge, sua voz se elevando furiosa.

— Poderá muito bem haver um novo ministro da Magia até Potter estar pronto para se candidatar! — gritou a Prof² McGonagall.

— Aha! — berrou a Prof² Umbridge apontando o dedo curto e grosso para a colega. — Ééééé! Com certeza! Isso é o que você quer, não é, Minerva

McGonagall? Você quer ver Cornélio Fudge substituído por Alvo Dumbledore! Você pensa que chegará aonde estou, não é: subsecretária sênior do ministro e diretora também!

— Você está delirando — respondeu McGonagall, soberbamente desdenhosa. — Potter, terminamos a nossa orientação vocacional.

Harry jogou a mochila sobre o ombro e se precipitou para fora da sala, sem se atrever a olhar para a Prof.ª Umbridge. Ouviu as duas continuarem a gritar uma com a outra por todo o corredor.

A Prof.ª Umbridge ainda estava respirando como se tivesse participado de uma corrida, quando entrou na aula de Defesa Contra as Artes das Trevas naquela tarde.

— Espero que você tenha pensado duas vezes sobre o que está planejando fazer, Harry — sussurrou Hermione, no momento em que abriram os livros no capítulo trinta e quatro, "Não retaliação e negociação". — Umbridge parece que já está bastante mal-humorada...

De vez em quando Umbridge lançava olhares incandescentes a Harry, que mantinha a cabeça baixa e os olhos desfocados na *Teoria da defesa em magia*, pensando...

Podia bem imaginar a reação da Prof.ª McGonagall se ele fosse apanhado invadindo a sala da Umbridge, poucas horas depois de ter se empenhado por ele... não havia nada que o impedisse de voltar simplesmente à Torre da Grifinória e esperar que um dia, nas próximas férias de verão, tivesse a chance de questionar Sirius sobre a cena que presenciara na Penseira... nada, exceto que a ideia de tomar essa atitude sensata lhe dava a sensação de que caíra um peso de chumbo em seu estômago... e ainda havia o problema de Fred e Jorge, cuja distração já estava planejada, para não falar do canivete que Sirius lhe dera, no momento guardado em sua mochila com a velha Capa da Invisibilidade de seu pai.

Mas permanecia o fato de que se fosse apanhado...

— Dumbledore se sacrificou para mantê-lo na escola, Harry! — sussurrou Hermione, erguendo o livro para esconder o rosto da Umbridge. — E se você for expulso hoje, ele terá se sacrificado em vão!

Harry poderia abandonar o plano e simplesmente aprender a conviver com a lembrança do que seu pai fizera num dia de verão há mais de vinte anos...

E então se lembrou de Sirius na lareira da sala comunal da Grifinória...

Você parece menos com o seu pai do que eu pensei... O risco teria sido a diversão para o Tiago...

Mas será que ele ainda queria ser igual ao pai?

— Harry, não faça isso, por favor não faça! — disse Hermione em tom aflito quando a sineta tocou ao fim da aula.

Ele não respondeu, não sabia o que fazer.

Rony parecia decidido a não dar opinião nem conselho; não queria olhar para o amigo, embora, quando Hermione abriu a boca para retomar a tentativa de dissuadir Harry, ele tenha dito em voz baixa.

— Dá um tempo, o.k.? Ele sabe decidir sozinho.

O coração de Harry batia acelerado quando saiu da sala de aula. Estava na metade do corredor quando ouviu o inconfundível barulho da distração começando ao longe. Havia gritos e berros ecoando em algum lugar acima; gente que saía das salas ao redor de Harry parava de chofre e olhava para o teto com medo...

Umbridge precipitou-se da sala de aula o mais rápido que suas pernas curtas podiam levá-la. Puxando a varinha, correu na direção contrária: era agora ou nunca.

— Harry... por favor! — pediu Hermione sem ânimo.

Mas ele se decidira; prendendo a mochila com mais firmeza no ombro, saiu correndo, desviando-se dos estudantes que agora corriam em direção oposta para ver qual era a confusão na ala leste.

Harry chegou ao corredor da sala de Umbridge e encontrou-o deserto. Escondendo-se depressa atrás de uma grande armadura, cujo elmo se entreabriu com um rangido para observá-lo, ele abriu a mochila, apanhou o canivete de Sirius e cobriu-se com a Capa da Invisibilidade. Saiu, então, sorrateira e cautelosamente de trás da armadura, e retomou o corredor até a porta da Umbridge.

Inseriu a lâmina do canivete mágico na fresta de contorno da porta e deslizou-a para cima e para baixo com delicadeza, em seguida puxou-a para fora. Ouviu um estalido mínimo, e a porta se abriu. Ele entrou na sala, fechou a porta e olhou à volta.

Nada se movia exceto os horrorosos gatinhos que continuavam a brincar nos pratos de parede acima das vassouras confiscadas.

Harry tirou a capa e, dirigindo-se à lareira, encontrou em segundos o que procurava: uma caixinha contendo Pó de Flu.

Agachou-se, então, diante da grade vazia da lareira, as mãos tremendo. Nunca fizera isso antes, embora achasse que sabia como funcionava. Metendo a cabeça dentro da lareira, apanhou uma boa pitada do pó e deixou-a cair nas achas cuidadosamente empilhadas atrás dele. Na mesma hora elas espocaram em chamas verde-esmeralda.

— Largo Grimmauld doze! — ordenou alto e bom som.

Foi uma das sensações mais curiosas que já experimentara. Já viajara usando Pó de Flu antes, é claro, mas então todo o seu corpo girara muitas vezes nas chamas atravessando a rede de lareiras bruxas que cobria o país. Desta vez, seus joelhos continuaram firmes na sala da Umbridge, e somente sua cabeça se arremessou pelo fogo esmeraldino...

Então, tão abruptamente quanto se iniciara, a rotação cessou. Sentindo-se bastante enjoado como se estivesse usando um abafador excepcionalmente quente na cabeça, Harry abriu os olhos e se viu olhando para fora da lareira da cozinha e para a comprida mesa de madeira, onde um homem estudava um pergaminho.

— Sirius?

O homem se sobressaltou e olhou para os lados. Não era Sirius, mas Lupin.

— Harry! — exclamou muito chocado. — Que é que você... que aconteceu, está tudo bem?

— Está. Pensei... quero dizer, tive vontade... de bater um papo com o Sirius.

— Vou chamá-lo — disse Lupin se levantando, ainda perplexo —, ele foi lá em cima procurar o Monstro, parece que anda se escondendo no sótão outra vez...

E Harry viu Lupin sair correndo da cozinha. Agora não tinha nada para olhar exceto as pernas das cadeiras e da mesa. Ficou imaginando por que Sirius jamais mencionara como era desconfortável falar entre as chamas; seus joelhos já estavam protestando dolorosamente contra o contato prolongado com o duro chão de pedra da sala da Umbridge.

Lupin voltou com Sirius em seu encalço momentos depois.

— Que foi? — perguntou Sirius com urgência, tirando os cabelos compridos e escuros dos olhos e se ajoelhando diante da lareira, de modo a ficar no mesmo nível que Harry. Lupin também se ajoelhou, parecendo muito preocupado. — Você está bem? Precisa de ajuda?

— Não — disse Harry —, não é nada disso... eu só queria falar... sobre o meu pai.

Eles se entreolharam com grande surpresa, mas Harry não tinha tempo para se sentir sem jeito ou envergonhado; seus joelhos doíam mais a cada segundo, e ele calculava que já haviam passado cinco minutos desde o início da distração; Jorge lhe garantira apenas vinte. Portanto, mergulhou imediatamente na história que presenciara na Penseira.

Quando terminou, nem Sirius nem Lupin falaram por um momento. Então Lupin disse em voz baixa:

— Eu não gostaria que você julgasse o seu pai pelo que viu, Harry. Ele só tinha quinze anos...

— Eu tenho quinze anos! – disse Harry com veemência.

— Olhe, Harry – disse Sirius querendo conciliar –, Tiago e Snape se odiaram desde o primeiro momento em que se viram, foi uma dessas coisas, dá para você entender, não dá? Acho que Tiago era tudo que Snape queria ser, era popular, era bom em quadribol, bom em quase tudo. E Snape era apenas uma figurinha difícil, metido até o nariz nas Artes das Trevas enquanto Tiago, com todos os defeitos que você pode ter visto, Harry, sempre odiou as Artes das Trevas.

— É, mas ele atacou Snape sem a menor razão, só porque, bom só porque você disse que estava chateado – terminou com um ligeiro tom de pedido de desculpas na voz.

— Não me orgulho disso – apressou-se Sirius a dizer.

Lupin olhou de lado para Sirius, então falou:

— Olhe, Harry, o que você tem de entender é que seu pai e Sirius eram os melhores alunos da escola em tudo que faziam, todos achavam os dois o máximo, se por vezes eles se deixavam levar...

— Se por vezes bancávamos uns idiotas arrogantes, você quer dizer – completou Sirius.

Lupin sorriu.

— Ele não parava de despentear os cabelos – disse Harry, constrangido.

Sirius e Lupin riram.

— Eu tinha me esquecido de que ele costumava fazer isso – disse Sirius carinhosamente.

— Ele estava brincando com o pomo? – perguntou Lupin, ansioso.

— Estava – respondeu Harry, vendo Sirius e Lupin sorrirem saudosos. – Bom... achei que ele era meio idiota.

— Claro que ele era meio idiota! – disse Sirius na defensiva. – Éramos todos idiotas! Bom, Aluado não era tanto – disse ele honestamente, olhando para o amigo.

Mas Lupin balançou a cabeça.

— Algum dia eu disse a vocês para não atormentarem o Snape? Algum dia eu tive coragem de dizer a vocês que estavam agindo mal?

— Bom – disse Sirius –, às vezes você fazia a gente se sentir envergonhado... já era alguma coisa...

— E — disse Harry, insistente, decidido a dizer tudo que estava pensando já que estava ali — ele não parava de olhar as garotas na beira do lago, na esperança de que estivessem olhando para ele!

— Ah, bom, ele sempre fazia papel ridículo quando Lílian estava por perto — disse Sirius encolhendo os ombros —, não conseguia parar de se exibir sempre que se aproximava dela.

— E por que ela casou com ele? — perguntou Harry, infeliz. — Odiava ele!

— Não, não odiava — disse Sirius.

— Ela começou a sair com ele no sétimo ano — explicou Lupin.

— Depois que Tiago murchou um pouco a bola — tornou Sirius.

— E parou de azarar as pessoas só para se divertir — completou Lupin.

— Até o Snape?

— Bom — disse Lupin lentamente —, Snape era um caso especial. Quero dizer, ele nunca perdia uma oportunidade de azarar Tiago, então você não podia esperar que ele aguentasse calado, não é?

— E minha mãe não se importava com isso?

— Ela não ficava sabendo, para falar a verdade — disse Sirius. — Quero dizer, Tiago não levava Snape quando ia se encontrar com ela nem o azarava na frente de Lílian, não é mesmo?

Sirius enrugou a testa para Harry, que ainda não parecia convencido.

— Olhe, seu pai foi o melhor amigo que tive e era uma boa pessoa. Muita gente é idiota aos quinze anos. Ele amadureceu.

— É, o.k. — disse Harry, pesaroso. — Só que nunca pensei que sentiria pena de Snape.

— Agora que você está falando — perguntou Lupin com uma ligeira ruga entre as sobrancelhas —, como foi que Snape reagiu quando descobriu que você tinha visto tudo isso?

— Disse que nunca mais me ensinaria Oclumência — disse Harry com indiferença —, como se isso fosse um grande desapon...

— Ele O QUÊ? — gritou Sirius, fazendo Harry se sobressaltar e engolir um bocado de cinzas.

— Você está falando sério, Harry? — perguntou Lupin depressa. — Ele parou de lhe dar aulas?

— Parou — respondeu Harry, surpreso com o que considerou uma reação exagerada. — Mas tudo bem, não faz mal, é até um alívio para dizer a...

— Vou até lá dar uma palavrinha com o Snape! — disse Sirius vigorosamente, e chegou a fazer menção de se levantar, mas Lupin puxou-o de volta.

— Se alguém vai dizer alguma coisa a Snape sou eu! — disse com firmeza.

— Mas, Harry, primeiro, você vai procurar o Snape e dizer que em hipótese alguma ele deve parar de lhe dar aulas... quando Dumbledore souber...

— Não posso dizer isso, ele me mataria! — disse Harry, indignado. — Você não viu a cara dele quando saímos da Penseira.

— Harry, não há nada mais importante no mundo do que você aprender Oclumência! — disse Lupin com severidade. — Você está me entendendo? Nada!

— O.k., o.k. — respondeu o garoto, completamente desconsolado, para não dizer aborrecido. — Vou tentar... vou tentar dizer alguma coisa a ele... mas não vai ser...

Calou-se. Ouvia passos a distância.

— É o Monstro descendo?

— Não — respondeu Sirius, olhando para trás. — Deve ser alguém do seu lado.

O coração de Harry parou vários segundos.

— É melhor eu ir embora! — disse apressado, e recuou a cabeça para sair da lareira do largo Grimmauld. Por um momento sua cabeça pareceu estar girando sobre os ombros, no momento seguinte ele estava ajoelhado diante da lareira da Umbridge, com a cabeça assentada firmemente observando as chamas esmeraldinas piscarem e morrer.

— Rápido, rápido! — Ele ouviu uma voz asmática do lado de fora da porta da sala. — Ah, ela a deixou aberta...

Harry mergulhou para apanhar a Capa da Invisibilidade e conseguiu se cobrir bem na hora em que Filch adentrava a sala. Ele parecia absolutamente encantado com alguma coisa, e murmurava febril ao atravessar a sala, abriu uma gaveta na escrivaninha de Umbridge e começou a mexer nos papéis ali dentro.

— Aprovação para Açoitar... Aprovação para Açoitar... finalmente vou poder... faz anos que eles estão pedindo para ser açoitados...

Ele puxou um pergaminho, beijou-o, depois saiu depressa arrastando os pés e apertando-o contra o peito.

Harry ficou em pé depressa e, verificando se a Capa da Invisibilidade cobria completamente tanto ele quanto a mochila, abriu a porta e saiu correndo da sala atrás de Filch, que mancava mais depressa do que Harry jamais o vira fazer.

Um andar abaixo da sala de Umbridge, Harry achou que seria seguro voltar a ficar visível. Tirou a capa, enfiou-a na mochila e continuou depressa o seu caminho. Havia muita gritaria e movimentação vindo do Saguão de Entrada. Ele desceu correndo pela escadaria de mármore e encontrou reunida ali o que lhe pareceu a maior parte da escola.

Era igual à noite em que Trelawney fora demitida. Os estudantes estavam parados junto às paredes formando um grande círculo (alguns deles, Harry reparou, cobertos de uma substância que parecia palha-fede); professores e fantasmas também faziam parte da multidão. Destacavam-se entre eles os membros da Brigada Inquisitorial, todos parecendo excepcionalmente satisfeitos, e Pirraça, que flutuava no alto, observava Fred e Jorge no meio do saguão com o ar inconfundível de pessoas que acabavam de ser encurraladas.

— Então! — disse Umbridge triunfalmente. Harry se deu conta de que a diretora estava parada a poucos degraus à frente dele, contemplando do alto suas presas. — Então... vocês acham divertido transformar o corredor da escola em um pântano?

— Achei bastante divertido — respondeu Fred, encarando-a sem o menor sinal de medo.

Filch abriu caminho para se aproximar de Umbridge, quase chorando de felicidade.

— Apanhei o documento, diretora — disse rouco, acenando o pergaminho que Harry acabara de vê-lo retirar da escrivaninha. — Tenho o documento e tenho as chibatas prontas... ah... me deixe fazer isso agora...

— Muito bem, Argo. Vocês dois — continuou ela, olhando para Fred e Jorge —, vocês vão aprender o que acontece com malfeitores na minha escola.

— A senhora sabe de uma coisa? — disse Fred. — Acho que não vamos não.

Ele se virou para o irmão.

— Jorge, acho que já passamos da idade de receber educação em tempo integral.

— É, tenho sentido isso também — comentou Jorge alegremente.

— Está na hora de testarmos os nossos talentos no mundo real, você não acha?

— Decididamente.

E, antes que Umbridge dissesse uma palavra, eles ergueram as varinhas e falaram juntos:

— *Accio vassouras!*

Harry ouviu um estrondo ao longe. Olhando para a esquerda, abaixou-se bem em tempo. As vassouras de Fred e Jorge, uma delas ainda arrastando a pesada corrente e o gancho de ferro com que Umbridge as pregara na parede, voaram velozes ao encontro dos seus donos; viraram à esquerda e pararam bruscamente diante dos gêmeos, a corrente batendo com estrépito no chão lajeado.

— Não a veremos mais — disse Fred à Prof.ª Umbridge, passando a perna por cima da vassoura.

— É, e não precisa mandar notícias — disse Jorge, montando a própria vassoura.

Fred correu o olhar pelos estudantes reunidos, para a multidão que assistia silenciosa à cena.

— Se alguém tiver vontade de comprar um Pântano Portátil, conforme demonstramos lá em cima, pode nos procurar no Beco Diagonal, número noventa e três: Gemialidades Weasley — disse em voz alta. — Nossas novas instalações.

— Descontos especiais para os alunos de Hogwarts que jurarem que vão usar os nossos produtos para se livrar dessa morcega velha — acrescentou Jorge, apontando para a Prof.ª Umbridge.

— IMPEÇA-OS! — gritou Umbridge, mas tarde demais. Quando a Brigada Inquisitorial se aproximou, Fred e Jorge deram impulso no chão e se projetaram quase cinco metros no ar, o gancho de ferro balançando perigosamente embaixo. Fred olhou para o poltergeist que flutuava do outro lado do saguão no mesmo nível que os gêmeos acima da multidão.

— Infernize ela por nós, Pirraça.

E Pirraça, que Harry nunca vira obedecer ordem de nenhum estudante antes, tirou o chapéu em forma de sino que usava e saudou os garotos, ao mesmo tempo que Fred e Jorge faziam a volta sob os aplausos dos estudantes e saíam em alta velocidade pelas portas de entrada abertas para um glorioso pôr de sol.

30

O GIGANTE GROPE

A história da fuga de Fred e Jorge para a liberdade foi narrada tantas vezes nos dias que se seguiram que Harry pôde prever que logo se tornaria um episódio da história de Hogwarts: ao fim de uma semana, até os que haviam presenciado a cena estavam meio convencidos de ter visto os gêmeos mergulharem com as vassouras sobre Umbridge e a bombardearem com Bombas de Bosta antes de atravessar velozmente as portas. Em decorrência de sua partida, houve uma grande vontade de imitá-los. Harry com frequência ouvia estudantes dizerem coisas do tipo: "Francamente, tem dias que simplesmente tenho vontade de montar minha vassoura e ir embora deste lugar", ou então: "Mais uma aula dessas e vou querer dar uma de Weasley."

Fred e Jorge tomaram providências para ninguém esquecê-los cedo demais. Primeiro, porque não haviam deixado instruções sobre o modo de remover o pântano que ainda enchia o corredor do quinto andar na ala leste. Umbridge e Filch tinham sido vistos experimentando diferentes métodos para removê-lo, mas sem sucesso. Com o tempo, a área foi fechada e Filch, rilhando os dentes furiosamente, recebeu a tarefa de carregar, através do pântano, os estudantes às suas salas de aula. Harry tinha certeza de que professores como McGonagall e Flitwick poderiam ter removido o pântano em um instante, mas, tal como no caso dos Fogos Espontâneos, eles preferiam assistir a Umbridge se descabelar.

Depois, havia os dois grandes rombos em forma da vassoura na porta da sala da Umbridge, que as Cleansweeps de Fred e Jorge haviam feito ao sair para se reunir aos seus donos. Filch substituíra a porta e levara a Firebolt de Harry para as masmorras onde, comentava-se, Umbridge postara um trasgo de segurança armado para guardá-la. Mas os problemas da diretora estavam longe de terminar.

Inspirados no exemplo dos gêmeos, muitos estudantes agora competiam pelos lugares de chefes dos Criadores de Caso que eles haviam deixado vagos. Apesar da nova porta, alguém conseguira escorregar para dentro da sala de Umbridge um pelúcio de nariz peludo, que imediatamente destruiu o local à procura de objetos brilhantes, saltou sobre a diretora quando ela entrou e tentou arrancar, a dentadas, os anéis em seus dedos curtos e grossos. Bombas de Bosta e Chumbinhos Fedorentos eram atirados com tanta frequência nos corredores que se tornou moda os estudantes se protegerem com Feitiços Cabeça-de-Bolha antes de sair das salas de aula, o que lhes garantia um suprimento de ar fresco, ainda que lhes desse a aparência esquisita de estarem usando aquários invertidos na cabeça.

Filch patrulhava os corredores com um açoite nas mãos, desesperado para apanhar vilões, mas o problema é que agora havia tantos deles que ele nunca sabia para que lado se virar. A Brigada Inquisitorial tentava ajudá-lo, mas não paravam de acontecer coisas estranhas aos seus membros. Warrington, da equipe de quadribol da Sonserina, procurou a ala hospitalar com um terrível problema na pele, que parecia ter sido coberta de cornflakes; Pansy Parkinson, para alegria de Hermione, faltou a todas as aulas do dia seguinte porque havia lhe crescido uma galhada na cabeça.

Entrementes, tornou-se conhecido o número de kits Mata-Aula que Fred e Jorge tinham conseguido vender antes de deixar Hogwarts. Umbridge só precisava entrar na sala de aula para os estudantes ali reunidos começarem a desmaiar, vomitar, sentir febres perigosas ou, então, deitar sangue pelas narinas. Gritando de raiva e frustração, ela procurou descobrir a origem dos misteriosos sintomas, mas os alunos teimavam em lhe dizer que estavam sofrendo de "Umbridgetite". Depois de pôr em detenção quatro turmas sucessivas, ela, incapaz de descobrir o segredo, foi forçada a desistir e deixar os estudantes que sangravam, desmaiavam, vomitavam e suavam abandonarem sua sala em bandos.

Mas nem os usuários dos kits conseguiam competir com o senhor do caos, Pirraça, que parecia ter levado profundamente a sério as palavras de despedida de Fred. Gargalhando alucinado, ele voava pela escola, virando mesas, irrompendo de quadros-negros, derrubando estátuas e vasos; duas vezes ele prendeu Madame Nor-r-ra dentro de uma armadura, de onde foi resgatada, miando alto, pelo furioso zelador. Pirraça quebrou lanternas e apagou velas, fez malabarismos com archotes acesos por cima das cabeças de estudantes aos berros, fez pilhas bem-arrumadas de pergaminho caírem dentro das lareiras ou fora das janelas; inundou o segundo andar, arrancando todas as torneiras dos banheiros, deixou cair um saco de tarântulas no meio do Salão Principal durante o café da manhã e, sempre que lhe dava na telha fazer uma pausa, passava horas seguidas flutuando atrás de Umbridge, imitando o ruído de puns com a boca todas as vezes que ela falava.

Nenhum funcionário de Hogwarts, exceto Filch, parecia estar se mexendo para ajudá-la. Na verdade, uma semana depois de Fred e Jorge partirem, Harry viu a Profª McGonagall passar por Pirraça, que estava decidido a soltar um lustre de cristal, e ele poderia jurar que a ouviu dizer ao poltergeist pelo canto da boca: "Desenrosca para o outro lado."

Para completar, Montague ainda não se recuperara da temporada no vaso sanitário; continuava confuso e desorientado, e seus pais foram vistos em uma manhã de terça-feira subindo a estrada da escola extremamente zangados.

— Será que devíamos dizer alguma coisa? — arriscou Hermione, preocupada, comprimindo o rosto contra a janela da sala de Feitiços, o que lhe permitiu ver o casal Montague entrar. — Sobre o que aconteceu com ele? Caso ajude Madame Pomfrey a curá-lo?

— Claro que não, ele se recuperará — disse Rony, indiferente.

— Em todo o caso, mais problemas para a Umbridge, não é? — disse Harry em tom satisfeito.

Ele e Rony bateram de leve com a varinha nas xícaras que deveriam enfeitiçar. A de Harry ganhou quatro pernas curtas que não conseguiam alcançar a escrivaninha e se sacudiam em vão no ar. A de Rony ganhou quatro perninhas finas que ergueram a xícara com grande dificuldade, tremeram por alguns segundos, então se dobraram, fazendo a xícara se partir em dois.

— *Reparo* — disse Hermione depressa, consertando a xícara de Rony com um aceno da varinha. — Tudo está muito bem, mas e se o Montague ficar permanentemente lesado?

— Quem se importa?! — exclamou Rony, irritado, enquanto sua xícara se erguia como bêbada, os joelhos tremendo violentamente. — Montague não devia ter tentado tirar todos aqueles pontos da Grifinória, não é? Se você quiser se preocupar com alguém, Hermione, se preocupe comigo!

— Com você? — admirou-se ela, apanhando a xícara que fugia precipitadamente pela mesa com as quatro perninhas robustas com textura de salgueiro, e recolocando-a à sua frente. — Por que eu deveria me preocupar com você?

— Quando a próxima carta da mamãe acabar de passar pelo processo de censura da Umbridge — disse Rony, amargurado, agora segurando sua xícara, cujas perninhas tentavam suportar o próprio peso —, vou estar bem enrolado. Não ficarei surpreso se ela me mandar outro Berrador.

— Mas...

— Vai me culpar por Fred e Jorge terem ido embora, espere só — disse sombriamente. — Vai dizer que eu devia ter impedido os gêmeos de ir, devia ter agarrado as vassouras deles pelas pontas... é, vai ser minha culpa.

— Bom, se ela realmente disser isso, vai ser uma baita injustiça, você não poderia ter feito nada! Mas tenho certeza de que ela não fará isso, quero dizer, se é verdade que eles arranjaram uma loja no Beco Diagonal, devem estar planejando isso há séculos.

— É, mas isto é outra coisa, como foi que eles arranjaram uma loja? — disse Rony, batendo a varinha com tanta força na xícara que as pernas dela tornaram a ceder e ficaram se torcendo à sua frente. — É meio suspeito, não é não? Precisarão de uma montanha de galeões para alugar uma loja em um lugar como o Beco Diagonal. Ela vai querer saber o que andaram fazendo para pôr as mãos em tanto ouro.

— Bom, é, isso também me ocorreu — comentou Hermione, deixando sua xícara correr em círculos precisos em torno da de Harry, cujas pernas curtas continuavam incapazes de alcançar o tampo da mesa. — Estive me perguntando se Mundungo teria convencido os gêmeos a vender mercadoria roubada ou qualquer outra coisa horrível.

— Ele não fez isso — disse Harry brevemente.

— Como é que você sabe? — perguntaram Rony e Hermione juntos.

— Porque... — Harry hesitou, mas o momento de confessar parecia ter finalmente chegado. Não havia nada a ganhar em continuar calado, se isto levasse as pessoas a suspeitarem que Fred e Jorge eram criminosos. — Porque receberam o dinheiro de mim. Entreguei a eles o meu prêmio no Torneio Tribruxo em junho passado.

Houve um silêncio de perplexidade, em seguida a xícara de Hermione saiu correndo pela borda da mesa e se espatifou no chão.

— Ah, Harry, você *não fez* isso! — exclamou ela.

— Fiz, sim — respondeu ele com rebeldia. — E não me arrependo, tampouco. Eu não precisava do ouro, e eles serão um sucesso com uma loja de logros.

— Mas que ótimo! — exclamou Rony, vibrando. — Então a culpa é toda sua, Harry, mamãe não pode me culpar de nada! Posso contar para ela?

— Pode, acho que é melhor — respondeu desanimado —, principalmente se ela pensar que eles estão recebendo caldeirões roubados ou coisas do gênero.

Hermione não falou mais nada até o fim da aula, mas Harry suspeitou com perspicácia que o controle dela não fosse resistir por muito tempo.

E acertou, quando deixaram o castelo no intervalo e pararam sob o fraco sol de maio, ela fixou em Harry um olhar penetrante e abriu a boca com um ar decidido.

Harry interrompeu-a antes que chegasse a falar.

– Não adianta ralhar comigo, está feito – disse com firmeza. – Fred e Jorge têm o ouro, já gastaram um bocado, pelo que parece, e não posso pedi-lo de volta nem quero fazer isso. Portanto, poupe o seu fôlego, Hermione.

– Eu não ia falar nada sobre Fred e Jorge! – disse ela, sentida.

Rony reprimiu uma risadinha, incrédulo, e Hermione lhe lançou um olhar feio.

– Não, não ia não! – protestou zangada. – Na verdade, ia perguntar a Harry quando é que ele vai procurar o Snape e pedir mais aulas de Oclumência!

Harry se sentiu deprimido. Uma vez esgotado o assunto da partida dramática de Fred e Jorge, que sem dúvida rendera muitas horas, Rony e Hermione quiseram saber notícias de Sirius. Como Harry não lhes contara por que queria falar com o padrinho, ficara difícil pensar no que responder; acabou dizendo, sinceramente, que Sirius queria que ele retomasse as aulas de Oclumência. Arrependia-se desde então; Hermione não deixava o assunto morrer, e o retomava quando Harry menos esperava.

– Você não vai me dizer que parou de ter sonhos esquisitos, porque Rony me contou que você estava outra vez resmungando durante o sono ontem à noite.

Harry lançou a Rony um olhar furioso. Rony teve o decoro de parecer envergonhado.

– Você só estava resmungando um pouquinho – murmurou ele em tom de desculpa. – Algo como "só um pouquinho mais".

– Sonhei que estava assistindo a vocês jogarem quadribol – mentiu Harry descaradamente. – Eu estava tentando fazer você se esticar mais um pouquinho para agarrar a goles.

As orelhas de Rony ficaram vermelhas. Harry sentiu um certo prazer vingativo; é claro que não sonhara com nada parecido.

À noite passada, ele percorrera mais uma vez o corredor do Departamento de Mistérios. Atravessara a sala circular, depois a sala com os estalidos e a luz tremulante, até se encontrar novamente na sala cavernosa, cheia de estantes, em que se alinhavam as esferas de vidro empoeiradas.

Correra diretamente para a estante número noventa e sete, virara à esquerda e continuara a correr ao longo dela... fora provavelmente então que falara alto... *só um pouquinho mais*... porque sentira o seu eu consciente lutando para acordar... e, antes que tivesse chegado ao fim da estante, vira-se novamente deitado, olhando para o dossel da sua cama de pilares.

– Você está *tentando* bloquear sua mente, não está? – perguntou Hermione, lançando um olhar penetrante a Harry. – Você está continuando a praticar Oclumência?

– Claro que estou – respondeu Harry, tentando demonstrar que a pergunta era ofensiva, mas sem encarar Hermione nos olhos. A verdade é que sentia uma curiosidade tão intensa sobre o que estava escondido na sala cheia de globos empoeirados que queria muito que os sonhos continuassem.

O problema era que, faltando apenas um mês para a realização dos exames, e com todos os momentos livres dedicados às revisões, sua mente parecia tão saturada de informação que quando ia se deitar tinha dificuldade até para dormir; e, quando dormia, seu cérebro esgotado o presenteava na maioria das noites com sonhos bobos sobre os exames. Ele suspeitava também que parte de sua mente, a parte que sempre falava com a voz da Hermione, agora se sentia culpada nas noites em que andava pelo corredor da porta preta, e procurava acordá-lo antes que chegasse ao fim da jornada.

– Sabe – falou Rony, cujas orelhas ainda estavam vermelhíssimas –, se Montague não se recuperar antes da Sonserina jogar contra a Lufa-Lufa, poderíamos ter chance de ganhar a copa.

– É, imagino que sim – disse Harry, contente com a mudança de assunto.

– Quero dizer, ganhamos uma, perdemos uma... se a Sonserina perder para a Lufa-Lufa no próximo sábado...

– É, verdade – disse Harry, já sem saber com o que estava concordando. Cho Chang acabara de atravessar o pátio, evitando olhar para ele de propósito.

A partida final da temporada de quadribol, Grifinória contra Corvinal, teria lugar no último fim de semana de maio. Embora Lufa-Lufa tivesse tido uma vitória apertada sobre Sonserina no último jogo, Grifinória não se atrevia a esperar uma vitória, principalmente por causa da abissal quantidade de frangos que Rony já engolira (embora é claro ninguém lhe dissesse isso). Ele, no entanto, parecia ter encontrado uma razão para otimismo.

– Quero dizer, não posso piorar, posso? – disse a Harry e Hermione sombriamente ao café da manhã no dia da partida. – Não há nada a perder agora, há?

— Sabe — disse Hermione, quando ela e Harry desciam para o campo um pouco mais tarde em meio a uma multidão animada —, acho que Rony talvez jogue melhor sem Fred e Jorge por perto. Eles nunca demonstraram muita confiança nele.

Luna Lovegood alcançou-os com algo que parecia uma águia viva encarrapitada na cabeça.

— Puxa, me esqueci! — exclamou Hermione, vendo a águia bater as asas quando Luna passou serenamente por um grupo de alunos da Sonserina que riam e apontavam. — Cho vai jogar, não vai?

Harry, que não se esquecera disso, meramente grunhiu.

Eles encontraram lugares na penúltima fila das arquibancadas. Fazia um dia claro e bonito; Rony não poderia desejar um dia melhor e, contra todas as probabilidades, Harry se viu desejando que Rony não desse aos alunos da Sonserina motivo para mais coros crescentes de "Weasley é nosso rei".

Lino Jordan, que andava muito desanimado desde a partida de Fred e Jorge, era como sempre o locutor. Quando as equipes entraram em campo ele anunciou o nome dos jogadores com menos prazer do que o seu normal.

"... Bradley... Davies... Chang", disse, e Harry sentiu seu estômago se manifestar, foi menos que um salto para trás, mais uma guinadinha quando Cho apareceu em campo, os cabelos pretos e brilhantes ondeando à leve brisa. Ele não tinha mais certeza do que queria que acontecesse, exceto que não poderia aguentar mais brigas. Até mesmo a visão da garota conversando animadamente com Rogério Davies ao se prepararem para montar as vassouras lhe causava apenas uma fisgadinha de ciúmes.

"E começou a partida!", anunciou Lino. "E Davies agarra a goles imediatamente. O capitão da Corvinal, Davies, detém a posse da goles, dribla Johnson, dribla Bell e dribla Spinnet também... está voando direto para o gol! Vai atirar... e... e...", Lino soltou um sonoro palavrão, "... foi gol."

Harry e Hermione gemeram com os demais colegas da Grifinória. Previsivelmente, horrivelmente, os torcedores da Sonserina do lado oposto das arquibancadas começaram a cantar:

Weasley não pega nada
Não defende aro algum...

— Harry — disse uma voz rouca no ouvido dele. — Hermione...

Harry se virou e viu o enorme rosto barbudo de Hagrid destacando-se na arquibancada. Pelo visto, ele se espremera pela carreira de trás, porque os alunos do primeiro e segundo anos pelos quais ele acabara de passar pareciam agitados e amassados. Por alguma razão, Hagrid se curvara à frente, como que ansioso para não ser visto, embora continuasse a ter pelo menos um metro a mais que todo o mundo.

— Escutem — sussurrou —, vocês podem vir comigo? Agora? Enquanto o pessoal está assistindo ao jogo?

— Ah... não dá para esperar, Hagrid? — perguntou Harry. — Até acabar o jogo?

— Não. Não, Harry, tem de ser agora... enquanto estão olhando para outro lado... por favor?

O nariz de Hagrid escorria sangue lentamente. Os dois olhos estavam roxos. Harry não o via tão perto desde sua volta à escola; parecia absolutamente desconsolado.

— Claro — disse Harry na mesma hora —, claro que iremos.

Ele e Hermione saíram, provocando muita reclamação dos estudantes que precisaram se levantar. As pessoas na fileira de Hagrid não estavam apenas reclamando, mas tentando se encolher o máximo possível.

— Eu agradeço aos dois, realmente agradeço — disse Hagrid ao chegarem às escadas. Ele não parava de olhar para os lados, nervoso, enquanto desciam em direção aos gramados. — Espero que ela não note a saída da gente.

— Você quer dizer a Umbridge? — disse Harry. — Não vai notar, não, a Brigada Inquisitorial está toda sentada ao lado dela, você não viu? Deve estar prevendo alguma confusão durante o jogo.

— É, bom, uma confusãozinha não faria mal — disse Hagrid, parando para espiar em torno das arquibancadas para ter certeza de que o gramado até sua cabana estava deserto. — Nos daria mais um tempo.

— Para o quê, Hagrid? — perguntou Hermione, olhando para ele com uma expressão preocupada no rosto, enquanto caminhavam apressados em direção à orla da Floresta.

— Vocês... vocês vão ver daqui a pouco — disse espiando por cima do ombro na hora em que uma enorme gritaria se erguia das arquibancadas. — Ei... será que alguém acabou de fazer gol?

— Deve ter sido a Corvinal — comentou Harry, pesaroso.

— Bom... bom... — falou Hagrid, distraído. — Que bom...

Os garotos tiveram de correr para acompanhá-lo enquanto atravessava o gramado olhando para os lados a cada passo. Quando chegaram à cabana, Hermione virou automaticamente para a esquerda, em direção à porta de entrada. Hagrid, porém, passou direto e entrou sob as árvores que contornavam a Floresta, onde apanhou um arco encostado a uma árvore. Quando percebeu que os meninos não estavam com ele, virou-se.

— Vamos entrar aqui — disse ele, indicando com a cabeça lanzuda a Floresta às suas costas.

— Na Floresta? — perguntou Hermione, perplexa.

— É. Vamos agora, depressa, antes que nos vejam!

Harry e Hermione se entreolharam, então entraram rapidamente sob as árvores, atrás de Hagrid, que já se afastava a passos largos na penumbra esverdeada, o arco por cima do braço. Harry e Hermione correram para acompanhá-lo.

— Hagrid, por que você está armado? — perguntou Harry.

— Só uma precaução — respondeu, sacudindo os ombros maciços.

— Você não trouxe o arco no dia em que nos mostrou os Testrálios — comentou Hermione timidamente.

— Nam, bom, não íamos nos embrenhar tão fundo naquele dia. E de qualquer jeito, aquilo foi antes de Firenze ir embora da Floresta, não foi?

— Por que a saída de Firenze faz diferença? — perguntou Hermione, curiosa.

— Porque os centauros estão bem irritados comigo, por isso — disse em voz baixa, olhando para os lados. — Eles costumavam ser... bom, não posso dizer que fossem amigáveis... mas convivíamos bem. Ficavam na deles, mas sempre apareciam se eu queria dar uma palavrinha. Isso acabou.

Ele suspirou profundamente.

— Firenze disse que estão aborrecidos porque ele foi trabalhar para Dumbledore — disse Harry, tropeçando em uma raiz saliente porque estava olhando para Hagrid.

— É — disse Hagrid tristemente. — Bom, aborrecidos não é bem o termo. Lívidos de fúria. Se eu não tivesse me metido, calculo que teriam matado Firenze aos coices...

— Eles o atacaram? — disse Hermione, parecendo chocada.

— Atacaram — disse Hagrid, rouco, abrindo caminho entre vários ramos baixos. — Metade do rebanho caiu em cima dele.

— E você impediu? — perguntou Harry, surpreso e impressionado. — Sozinho?

— Claro que sim, não podia ficar parado assistindo a morte de Firenze, podia? Por sorte, eu ia passando, e acho que ele deveria ter se lembrado disso antes de começar a me mandar avisos idiotas! — acrescentou inesperadamente, inflamado.

Harry e Hermione se entreolharam, espantados, mas Hagrid, franzindo a testa, não explicou.

— Em todo o caso — continuou, respirando com mais dificuldade do que o normal —, desde então os centauros ficaram danados comigo, e o problema é que eles têm muita influência na Floresta... são os mais inteligentes por aqui.

— É por isso que estamos aqui, Hagrid? — perguntou Hermione. — Os centauros?

— Não, não — disse Hagrid, sacudindo a cabeça negativamente —, não, não são eles. Bom, naturalmente, eles poderiam complicar o problema, verdade... mas vocês vão ver o que quero dizer daqui a pouco.

Com essa nota enigmática, ele se calou e continuou avançando à frente, dando um passo para cada três dos garotos, tornando muito difícil acompanhá-lo.

A trilha foi se adensando, as árvores crescendo mais juntas à medida que se aprofundavam na Floresta, e foi escurecendo como se anoitecesse. Não tardaram a se distanciar da clareira em que Hagrid lhes mostrara os Testrálios, mas Harry não se sentiu apreensivo até vê-lo sair abruptamente da trilha e começar a serpear entre as árvores rumo ao centro escuro da Floresta.

— Hagrid! — chamou Harry, abrindo caminho por silvados muito trançados, por cima dos quais o amigo passava sem problemas, e lembrando muito vividamente o que lhe acontecera na vez anterior em que saíra da trilha da Floresta. — Aonde estamos indo?

— Um pouquinho mais adiante — disse Hagrid por cima do ombro. — Vamos, Harry... precisamos ficar juntos agora.

Era um grande esforço acompanhar o passo de Hagrid, ainda mais com ramos e espinheiros sobre os quais ele marchava como se fossem apenas teias de aranha, mas que se prendiam nas vestes de Harry e Hermione, muitas vezes com tanta firmeza que eles precisavam parar durante alguns minutos para se desvencilhar. Os braços e pernas de Harry logo se cobriram de pequenos cortes e arranhões. Aprofundaram-se tanto na Floresta que Harry por vezes só conseguia distinguir Hagrid como um vulto maciço à sua frente. Qualquer som parecia ameaçador no silêncio abafado. A quebra de um graveto produzia um enorme eco, e o menor movimento, mesmo partindo de um inocente pardal, fazia Harry procurar na penumbra o responsável. Ocorreu-lhe que jamais conseguira penetrar tão fundo na Floresta sem encontrar algum tipo de bicho; a ausência deles parecia-lhe muito agourenta.

— Hagrid, será que poderíamos acender nossas varinhas? — perguntou Hermione em voz baixa.

— Aah... tudo bem — sussurrou em resposta. — Na verdade...

Ele parou de repente e se virou; Hermione só parou ao colidir com ele e cair de costas. Harry segurou-a quando estava prestes a bater no chão da Floresta.

— Talvez fosse melhor a gente parar um momento, para eu poder... contar a vocês — disse Hagrid. — Antes de chegarmos lá.

— Ótimo! — exclamou Hermione, enquanto Harry a ajudava a levantar. Os dois murmuraram: "Lumus!", e as pontas de suas varinhas se iluminaram. O rosto de Hagrid flutuou na penumbra à luz trêmula dos dois feixes de luz, e Harry notou mais uma vez que o amigo parecia nervoso e triste.

— Certo — disse Hagrid. — Bom... entendem... o caso é que...

E tomou fôlego.

— Bom, tem uma boa chance de que eu vá ser despedido qualquer dia desses.

Harry e Hermione se entreolharam e tornaram a olhar para Hagrid.

— Mas você conseguiu se manter até agora — disse Hermione hesitante. — O que faz você pensar...

— Umbridge calcula que fui eu que pus o pelúcio na sala dela.

— E foi? — perguntou Harry, antes que pudesse se refrear.

— Não, a droga é que não fui! — respondeu ele, indignado. — Basta uma coisa ter a ver com criaturas mágicas para a Umbridge achar que deve ter sido eu. Vocês sabem que ela está procurando uma chance de se livrar de mim desde que voltei. Não quero ir embora, é claro, mas se não fossem... bom... circunstâncias especiais que vou explicar a vocês, eu iria embora agora mesmo, antes que ela pudesse fazer isso na frente de toda a escola, como fez com a Trelawney.

Harry e Hermione soltaram exclamações de protesto, mas Hagrid ignorou-as com um aceno da sua mão enorme.

— Não é o fim do mundo, poderei ajudar Dumbledore depois que sair daqui, posso ser útil à Ordem. E vocês terão a Grubbly-Plank, terão... e vão passar bem no exame.

Sua voz tremeu e falhou.

— Não se preocupem comigo — acrescentou imediatamente, quando Hermione fez menção de lhe dar uma palmadinha no braço. Puxou, então, um enorme lenço manchado do bolso do colete e enxugou os olhos. — Olhem, eu nem estaria contando isso a vocês se não fosse obrigado. Vejam, se eu for... bom, não posso ir embora sem... sem contar para alguém... porque eu... eu vou precisar que vocês dois me ajudem. E Rony, se ele quiser.

— Claro que ele vai ajudar — disse Harry na mesma hora. — Que é que você quer da gente?

Hagrid fungou com força e, em silêncio, deu uma palmada no ombro de Harry com tal força que o garoto bateu de lado em uma árvore.

— Eu sabia que você ia dizer sim — falou Hagrid para dentro do lenço —, mas não vou... esquecer... jamais... bom... vamos... só mais um pouquinho adiante, por aqui... cuidado, agora, tem urtigas...

Eles andaram em silêncio mais uns quinze minutos; Harry ia abrindo a boca para perguntar quanto ainda faltava, quando Hagrid levantou o braço direito para sinalizar que deviam parar.

— Muita calma — disse baixinho. — Bem quietos agora...

Eles avançaram com muita cautela, e Harry viu que estavam diante de um monte de terra, liso e grande, quase da altura de Hagrid, que ele achou, com um sobressalto de temor, que devia ser a toca de um animal enorme. A toda a volta do monte, as árvores haviam sido arrancadas pelas raízes, de modo que ele se erguia em um trecho nu do terreno, protegido por pilhas de troncos e galhos que formavam uma espécie de cerca ou barricada, atrás da qual Harry, Hermione e Hagrid agora se encontravam.

— Dormindo — sussurrou Hagrid.

Sem dúvida, Harry podia ouvir um ronco distante e ritmado que parecia vir de pulmões em atividade. Ele olhou de lado para Hermione, que contemplava o monte com a boca ligeiramente aberta. Tinha uma expressão de absoluto terror.

— Hagrid — perguntou em um murmúrio quase inaudível face ao ruído da criatura adormecida —, quem é?

Harry achou a pergunta estranha... "*Que é?*" era a que pretendera fazer.

— Hagrid, você nos disse... — falou Hermione, a varinha agora tremendo na mão — você nos disse que nenhum deles quis vir!

Harry olhou da amiga para Hagrid e, então, compreendeu e virou-se para o monte com uma exclamação de horror.

O grande monte de terra, em que ele, Hermione e Hagrid podiam ter facilmente subido, arfava lentamente no mesmo ritmo que a respiração profunda e ruidosa. Não era monte algum. Eram sem dúvida as costas curvadas de um...

— Bom... não... ele não queria vir — disse Hagrid, parecendo desesperado. — Mas tive de trazê-lo, Hermione, simplesmente tive!

— Mas por quê? — perguntou Hermione, que dava a impressão de querer chorar. — Por que... que... ah, Hagrid!

— Eu sabia que se o trouxesse comigo — disse Hagrid, que também parecia prestes a chorar — e... e o ensinasse a se comportar... poderia mostrar ao mundo que ele é inofensivo!

— Inofensivo! — exclamou Hermione se esganiçando, e Hagrid fez gestos frenéticos quando a enorme criatura à frente deles resmungou alto e mudou de posição dormindo... — Esse tempo todo ele tem batido em você, não é? É por isso que você está nesse estado!

— Ele não sabe a força que tem! — disse Hagrid, convicto. — E está melhorando, não está mais brigando tanto...

— Então foi por isso que você levou dois meses para chegar! — disse Hermione, espantada. — Ah, Hagrid, por que você o trouxe se ele não queria vir? Ele não teria sido mais feliz com o povo dele?

— Estavam abusando dele, Hermione, porque ele é muito pequeno!

— Pequeno? — disse Hermione. — *Pequeno?*

— Hermione, eu não poderia deixá-lo — disse Hagrid, as lágrimas agora escorrendo pelo rosto ferido, e se perdendo na barba. — Entende... ele é meu irmão!

Hermione simplesmente arregalou os olhos para ele, boquiaberta.

— Hagrid, quando você diz "irmão" — perguntou Harry lentamente —, você quer dizer...?

— Bom... meio-irmão — corrigiu Hagrid. — Acabou que minha mãe foi viver com outro gigante quando deixou meu pai, e foi e teve Grope...

— Grope? — repetiu Harry.

— É... bom, é o som que se ouve quando diz o nome dele — disse Hagrid, ansioso. — Ele não fala muito inglês... Andei tentando ensinar... em todo o caso, minha mãe parece que não gostou mais dele do que de mim. Entende, entre as gigantas, o que conta é procriar filhos grandes, e ele sempre foi meio nanico para um gigante: tem menos de cinco metros...

— Ah, é, pequenininho! — disse Hermione com uma espécie de ironia histérica. — Absolutamente minúsculo!

— Estava sendo maltratado por todos... eu simplesmente não podia deixar Grope lá.

— Madame Maxime queria trazê-lo? — perguntou Harry.

— Ela... bom, ela viu que era muito importante para mim — disse Hagrid, torcendo as mãos enormes. — Mas... mas se cansou um pouco depois de algum tempo, devo confessar... então nos separamos na viagem de volta... mas ela prometeu não contar a ninguém...

— Nossa, como foi que você voltou com ele sem ninguém notar? — perguntou Harry.

— Bom, foi por isso que demorou tanto, entende. Só podia viajar à noite e por terra despovoada e outras coisas. Claro que ele cobre uma boa distância quando quer, mas passou o tempo todo querendo voltar.

— Ah, Hagrid, nossa, por que você não o deixou lá? — perguntou Hermione, se largando em cima de uma árvore arrancada e escondendo o rosto nas mãos. — Que é que você acha que vai fazer com um gigante violento que nem ao menos quer ficar aqui!?

— Bom, violento é um pouco exagerado — protestou Hagrid, ainda torcendo as mãos, agitado. — Admito que ele tentou me acertar umas duas vezes quando estava de mau humor, mas está melhor, muito melhor, está se ajustando bem.

— Então para que são essas cordas? — perguntou Harry.

Harry acabara de reparar nas cordas grossas como pernas que haviam sido esticadas do tronco das árvores próximas maiores até o lugar em que Grope estava enroscado no chão, de costas para eles.

— Você tem de mantê-lo amarrado? — perguntou Hermione com a voz fraca.

— Bom... é... — disse Hagrid, parecendo ansioso. — Entende... é como eu digo... ele não sabe realmente a força que tem.

Harry entendia agora por que achara suspeita a falta de outros seres vivos nesta parte da Floresta.

— Então, que é que você quer que a gente faça? — perguntou Hermione, apreensiva.

— Que cuide dele — disse Hagrid, rouco. — Depois que eu for embora.

Harry e Hermione trocaram olhares angustiados, ele incomodamente consciente de que já prometera a Hagrid que faria o que o amigo pedisse.

— E que é que a gente teria de fazer, exatamente? — indagou Hermione.

— Não é comida nem nada! — disse Hagrid, ansioso. — Ele sabe caçar a própria comida sem problema. Aves e veados e outras coisas... não, é de companhia que ele precisa. Se eu soubesse que alguém estava continuando o esforço de ajudá-lo um pouco... ensinar a ele, sabem.

Harry não disse nada, mas se virou para dar uma espiada no vulto gigantesco que dormia no chão da Floresta. Ao contrário de Hagrid, que parecia apenas um ser humano grande demais, Grope parecia estranhamente deformado. O que Harry pensara ser um vasto pedregulho musgoso à esquerda do monte de terra, reconhecia agora ser a cabeça do gigante. Era proporcionalmente muito maior que uma cabeça humana, era uma esfera quase perfeita coberta de cabelos muito crespos e densos cor de samambaia.

A borda de uma única orelha grande e carnuda era visível no alto da cabeça, que parecia assentar, à semelhança da do tio Válter, diretamente sobre os ombros, com pouco ou quase nenhum pescoço de permeio. As costas, sob uma peça de roupa que lembrava uma bata parda e suja feita de peles de animais toscamente costuradas, eram muito largas; e enquanto Grope dormia, a roupa parecia repuxar um pouco nas costuras. As pernas estavam encolhidas sob o corpo. Harry via as solas de pés descalços, enormes, sujos, do tamanho de trenós, descansando um sobre o outro na terra.

— Você quer que a gente ensine a ele? — perguntou Harry com a voz cava. Agora entendia o aviso de Firenze. *A tentativa dele não está dando certo. Seria melhor que a abandonasse.* Naturalmente, os outros habitantes da Floresta deviam ter ouvido as infrutíferas tentativas de Hagrid de ensinar inglês a Grope.

— É... mesmo que vocês só falem um pouco com ele — disse Hagrid, esperançoso. — Porque calculo que, se ele puder falar com gente, vai compreender melhor que todos gostamos dele realmente, e queremos que fique.

Harry se virou para Hermione, que o espiou por entre os dedos que cobriam seu rosto.

— Até faz a gente desejar que tivesse o Norberto de volta, não? — comentou Harry, e Hermione deu uma risada vacilante.

— Vocês vão fazer isso, então? — perguntou Hagrid, que não parecia ter entendido o que Harry acabara de dizer.

— Bom... — disse o garoto, já preso por sua promessa. — Vamos tentar.

— Eu sabia que podia contar com vocês, Harry — disse Hagrid, sorrindo de um jeito lacrimejante e secando o rosto com o lenço. — E não quero que vocês saiam muito do seu caminho... sei que têm exames... se vocês puderem dar uma corridinha aqui com a Capa da Invisibilidade talvez uma vez por semana para bater um papo com ele. Vou acordar Grope então... apresentar vocês...

— Qu... não! — exclamou Hermione se levantando de um salto. — Hagrid, não, não o acorde, sinceramente, não precisamos...

Mas Hagrid já passara por cima do grande tronco à frente e se encaminhava para Grope. Quando chegou a uns três metros de distância, ergueu do chão um longo galho partido, sorrindo de forma tranquilizadora para Harry e Hermione por cima do ombro, então deu um cutucão no meio das costas do irmão com a ponta do galho.

O gigante deu um urro que ecoou pela Floresta silenciosa; os passarinhos no topo das árvores saíram dos poleiros, piando, e voaram para longe. À frente dos garotos, o gigante foi se levantando do chão, que vibrou quando ele apoiou a mão descomunal para se ajoelhar. Grope virou a cabeça para ver quem o incomodara.

— Tudo bem, Gropinho? — perguntou Hagrid com pretensa animação, recuando com o longo galho em riste, pronto para cutucar o irmão. — Tirou uma boa soneca, eh?

Harry e Hermione recuaram o mais longe que puderam, mantendo o gigante à vista. Grope se ajoelhou entre duas árvores que ainda não arrancara. Os garotos ergueram os olhos para o seu rosto espantosamente grande, que lembrava uma lua cheia acinzentada, flutuando na penumbra da clareira. Era como se suas feições tivessem sido talhadas em uma grande bola de pedra. O nariz era curto e sem forma, a boca enviesada e cheia de dentes amarelos e tortos do tamanho de meios tijolos; os olhos, pequenos pelos padrões dos gigantes, eram um castanho-esverdeado e opaco, e no momento estavam meio colados de sono. Grope levou os nós dos dedos sujos, do tamanho de uma bola de críquete, aos olhos, esfregou-os vigorosamente, então, sem aviso, pôs-se de pé com surpreendente agilidade e rapidez.

— Puxa vida! — Harry ouviu Hermione guinchar aterrorizada, ao seu lado.

As árvores, às quais estavam presas as pontas das cordas amarradas aos tornozelos e pulsos de Grope, rangeram agourentamente. Ele tinha, conforme Hagrid dissera, no mínimo uns cinco metros de altura. Relanceando ao redor com a vista turva, o gigante esticou a mão grande como uma barraca de praia, agarrou um ninho nos galhos mais altos de um altíssimo pinheiro e virou-o para baixo com um rugido de aparente insatisfação porque não havia passarinho algum dentro; os ovos caíram no chão como granadas e Hagrid levou os braços à cabeça para se proteger.

— Em todo o caso, Gropinho — gritou Hagrid, erguendo a cabeça apreensivo para ver se caíam mais ovos —, trouxe uns amigos para conhecer você. Lembra que eu disse que talvez fizesse isso? Lembra que eu disse que poderia ter de viajar e deixar eles cuidando de você um tempinho? Lembra, Gropinho?

Mas o gigante meramente soltou um rugido baixo; era difícil saber se estava escutando Hagrid ou se sequer reconhecia os sons que o irmão fazia como uma linguagem. Agarrava agora o topo do pinheiro e o puxava contra o corpo, evidentemente pelo simples prazer de ver até onde a árvore iria quando ele a largasse.

— Vamos, Grope, não faça isso! — berrou Hagrid. — Foi assim que você acabou arrancando as outras...

E de fato, Harry viu a terra em volta das raízes do pinheiro começar a rachar.

– Trouxe visitas para você! – berrou Hagrid. – Visitas, veja! Olhe para baixo, seu grande palhaço, trouxe uns amigos para você!

– Ah, Hagrid, não – gemeu Hermione, mas ele já reerguera o galho que segurava e cutucava com força o joelho do irmão.

O gigante soltou o pinheiro, que balançou assustadoramente, despejando sobre Hagrid uma chuva de agulhas, e olhou para baixo.

– Este – disse Hagrid, correndo para onde Harry e Hermione estavam parados – é Harry, Grope! Harry Potter! Ele talvez venha visitar você se eu precisar viajar, entendeu?

O gigante acabara de perceber a presença dos garotos. Eles acompanharam, com grande apreensão, Grope baixar sua descomunal cabeça de pedregulho para examiná-los com a vista ainda turva.

– E esta é Hermione, entende? Her... – Hagrid hesitou. Virando-se para a garota, perguntou: – Se incomoda se ele chamar você de Hermi, Hermione? Porque é um nome difícil para ele lembrar.

– Não, imagine – esganiçou-se Hermione.

– Esta é Hermi, Grope! Ela vai vir aqui e tudo o mais! Não é bom? Eh? Dois amigos para você... GROPINHO, NÃO?

A mão do gigante se deslocou de repente em direção a Hermione; Harry agarrou a amiga e puxou-a para trás de uma árvore, de modo que a mão de Grope arranhou o tronco, mas não pegou nada.

– QUE FEIO, GROPE! – eles ouviram Hagrid berrar, enquanto Hermione se abraçava a Harry atrás da árvore, tremendo e choramingando. – MUITO FEIO! NÃO AGARRE AS PESSOAS... AI!

Harry pôs a cabeça para fora de trás do tronco e viu Hagrid caído de costas, a mão cobrindo o nariz. O irmão, aparentemente perdendo o interesse, tornara a se erguer e mais uma vez estava ocupado em vergar o pinheiro até o limite.

– Certo – disse Hagrid com a voz pastosa, e se levantou, apertando o nariz para estancar o sangue, empunhando na outra mão o arco –, bom, então é isso... vocês já o conheceram e... e agora ele vai reconhecê-los quando vocês voltarem. É... bom...

E ergueu o olhar para o irmão, que agora estava puxando o pinheiro com uma expressão de prazer alienado no rosto de pedregulho; as raízes estalaram quando ele as arrancou da terra.

– Bom, imagino que seja suficiente por hoje – disse Hagrid. – Bom... ah... vamos voltar agora, está bem?

Harry e Hermione concordaram com a cabeça. Hagrid tornou a pôr o arco no ombro e, ainda apertando o nariz, foi indicando o caminho entre as árvores.

Ninguém falou por algum tempo, nem mesmo quando ouviram o estrondo distante que significava que Grope finalmente arrancara a árvore. Hermione tinha o rosto pálido e contraído. Harry não conseguia pensar em nada para dizer. Caramba, o que iria acontecer quando alguém descobrisse que Hagrid escondera Grope na Floresta Proibida? E Harry prometera que ele, Rony e Hermione continuariam as tentativas totalmente inúteis de civilizar o gigante. Como é que Hagrid podia, mesmo com a sua imensa capacidade de se iludir que monstros com presas eram amoráveis e inofensivos, pensar que o irmão algum dia estaria em condições de conviver com seres humanos?

— Esperem — pediu Hagrid de repente, na hora em que Harry e Hermione iam atravessando com dificuldade um trecho em que a sanguinária era alta e densa. Ele puxou uma flecha da aljava presa ao ombro e encaixou-a no arco. Harry e Hermione ergueram as varinhas; agora que tinham parado de andar, eles também ouviram um movimento próximo.

— Ah, caramba! — exclamou Hagrid baixinho.

— Pensei que tínhamos avisado, Hagrid — disse uma voz grave masculina —, que você não é mais bem-vindo aqui?

O tronco nu de um homem pareceu por um momento estar flutuando em direção a eles na semiobscuridade malhada de verde; depois, eles viram que a cintura se ligava suavemente a um corpo castanho de cavalo. Este centauro tinha um rosto soberbo de malares altos e longos cabelos pretos. Como Hagrid, estava armado; trazia uma aljava cheia de flechas e um arco pendurados em seus ombros.

— Como vai, Magoriano? — cumprimentou Hagrid, preocupado.

As árvores atrás do centauro farfalharam, e mais quatro ou cinco centauros surgiram às suas costas. Harry reconheceu o barbudo Agouro, de corpo preto, a quem encontrara quase quatro anos antes na mesma noite em que conhecera Firenze. Agouro não demonstrou ter encontrado Harry antes.

— Então — disse com uma inflexão desagradável na voz, antes de se virar imediatamente para Magoriano. — Acho que tínhamos concordado sobre o que faríamos se este humano voltasse a mostrar a cara na Floresta...

— "Este humano" é como me chama agora? — disse Hagrid, irritado. — Só porque impedi vocês de cometerem um assassinato?

— Você não devia ter se metido, Hagrid — disse Magoriano. — Os nossos costumes não são os seus, nem as nossas leis. Firenze nos traiu e desonrou.

— Não sei como vocês chegaram a essa conclusão — retrucou Hagrid, impaciente. — Ele não fez nada além de ajudar Alvo Dumbledore.

— Firenze se tornou servo dos humanos — disse um centauro cinzento com um rosto duro e rugas profundas.

— *Servo*! — exclamou Hagrid sarcasticamente. — Ele está prestando um favor a Dumbledore, e é só...

— Ele está mascateando o nosso conhecimento e os nossos segredos para os humanos — disse Magoriano. — Não há como reverter uma vergonha dessas.

— Se você diz que é assim — replicou Hagrid, sacudindo os ombros —, mas pessoalmente acho que estão cometendo um grande erro...

— Tal como você, humano — disse Agouro —, voltando à nossa Floresta quando o prevenimos...

— Agora, escutem aqui — disse Hagrid, zangado. — Se não se importarem, vamos falar menos em "nossa" Floresta. Não são vocês quem decidem quem entra e sai daqui...

— Nem você, tampouco — respondeu Magoriano suavemente. — Deixarei você passar hoje porque está acompanhado dos seus filhotes...

— Não são dele! — interrompeu Agouro, desdenhoso. — Estudantes, Magoriano, da escola! Provavelmente já se beneficiaram dos ensinamentos do traidor Firenze.

— Ainda assim — falou Magoriano calmamente —, a matança de crias é um crime terrível: não tocamos nos inocentes. Hoje, Hagrid, você passa. Doravante, fique longe deste lugar. Você traiu a amizade dos centauros quando ajudou o traidor Firenze a fugir.

— Não vou ser expulso da Floresta por um bando de mulas velhas como vocês! — bradou Hagrid.

— Hagrid — chamou Hermione com a voz aguda e aterrorizada, quando Agouro e o centauro cinzento começaram a patear o chão —, vamos embora, por favor, vamos!

Hagrid começou a andar, mas seu arco continuava erguido e seus olhos ameaçadoramente fixos em Magoriano.

— Nós sabemos o que você está guardando na Floresta, Hagrid! — gritou Magoriano quando os centauros desapareciam de vista. — E nossa tolerância está se esgotando!

Hagrid se virou e deu impressão de querer voltar diretamente para Magoriano.

— Vocês vão tolerá-lo enquanto ele estiver aqui, a Floresta pertence tanto a ele quanto a vocês! — berrou, enquanto Harry e Hermione o empurravam com todas as forças pela cintura, procurando impedi-lo de avançar. Ainda de cara amarrada, ele olhou para baixo; sua expressão se alterou para demonstrar surpresa ao ver os dois a empurrá-lo; parecia não ter sentido nada antes. – Se acalmem, os dois – disse, virando-se para continuar a caminhada enquanto os garotos ofegavam atrás dele. – Não passam de mulas velhas.

– Hagrid – disse Hermione sem ar, contornando o trecho das urtigas pelo qual haviam passado na ida –, se os centauros não querem humanos na Floresta, realmente parece que Harry e eu não vamos poder...

–Ah, vocês ouviram o que eles disseram – respondeu Hagrid contestando –, não machucariam filhotes, quero dizer, garotos. Em todo o caso, não podemos permitir que mandem na gente.

– Boa tentativa – murmurou Harry para Hermione, que parecia desconcertada.

Finalmente eles retomaram a trilha e uns dez minutos depois as árvores começaram a ficar mais espaçadas; já dava para ver outra vez pedaços do céu azul e, a distância, ouvir os sons inegáveis de vivas e gritos.

– Será que foi outro gol? – indagou Hagrid, parando sob o abrigo das árvores quando avistaram o campo de quadribol. – Ou vocês acham que o jogo acabou?

– Não sei – respondeu Hermione, desconsolada. Harry reparou que a amiga estava com um aspecto péssimo; os cabelos cheios de gravetos e folhas, as vestes rasgadas em vários lugares e havia numerosos arranhões em seu rosto e nos braços. Sabia que não devia estar muito melhor.

– Calculo que terminou, sabem! – disse Hagrid apertando os olhos para ver o estádio. – Olhem... já tem gente saindo... e se vocês dois se apressarem poderão se misturar aos espectadores, e ninguém vai saber que não estiveram lá!

– Boa ideia – disse Harry. – Bom... a gente se vê, então, Hagrid.

– Eu não acredito – disse Hermione com a voz muito vacilante, no momento em que se distanciaram o suficiente de Hagrid para não ser ouvidos. – Eu não acredito. *Realmente* não acredito.

– Calma – pediu Harry.

– Calma! – exclamou ela, febril. – Um gigante! Um gigante na Floresta! E Hagrid espera que a gente dê aulas de inglês a ele! Sempre supondo, é claro, que conseguiremos passar por um rebanho de centauros assassinos para entrar e sair! Eu... não... *acredito*!

– Ainda não temos de fazer nada! – Harry tentou tranquilizá-la, ao se reunirem à torrente de alunos da Lufa-Lufa, que falavam agitados voltando para o castelo. – Ele não está nos pedindo para fazer nada a não ser que seja demitido, e isso talvez não aconteça.

– Ah, pare com isso, Harry! – disse Hermione, zangada, estacando subitamente e obrigando as pessoas que vinham atrás a se desviar dela. – Claro que vai ser demitido e, para ser perfeitamente sincera, depois do que acabamos de ver, quem pode culpar a Umbridge?

Houve uma pausa em que Harry a encarou com ferocidade, e os olhos dela se encheram de lágrimas.

– Você não está falando sério – disse ele em voz baixa.

– Não... bom... tudo bem... não falei – respondeu Hermione enxugando os olhos com raiva. – Por que é que ele tem de criar dificuldades para ele... para nós?

– Não sei...

Weasley é nosso rei,
Weasley é nosso rei,
Não deixou a bola entrar
Weasley é nosso rei...

– E eu gostaria que parassem de cantar essa música idiota – disse Hermione, infeliz –, será que ainda não tripudiaram bastante?

Uma grande onda de estudantes vinha saindo do estádio e subia os gramados.

– Ah, vamos entrar antes que a gente dê de cara com o pessoal da Sonserina – disse Hermione.

Weasley defende qualquer bola
Nunca deixa o aro livre
É por isso que a Grifinória canta
Weasley é o nosso rei.

– Hermione... – disse Harry lentamente.

A cantoria estava aumentando, mas não vinha da multidão de alunos da Sonserina, vestida de verde e prata, mas de uma massa de vermelho e ouro que se deslocava gradualmente para o castelo, levando uma figura solitária nos ombros.

Weasley é nosso rei,
Weasley é nosso rei,
Não deixou a bola entrar
Weasley é nosso rei...

— Não! — exclamou Hermione aos sussurros.
— SIM! — falou Harry em voz alta.
— HARRY, HERMIONE! — berrou Rony, balançando a Taça de prata do quadribol no ar, parecendo fora de si de felicidade. — CONSEGUIMOS! GANHAMOS!

Os dois sorriram para o amigo que passava. Houve um rolo na porta do castelo e a cabeça de Rony bateu com força na viga superior, mas ninguém parecia querer colocá-lo no chão. Ainda cantando, a multidão se comprimiu no Saguão de Entrada e desapareceu de vista. Harry e Hermione ficaram vendo os colegas se afastarem, sorrindo, até que os últimos ecos do refrão "Weasley é nosso rei" morreram ao longe. Então viraram-se um para o outro e seus sorrisos se desfizeram.

— Vamos guardar as nossas notícias para amanhã, não é? — disse Harry.
— É, certo — disse Hermione, preocupada. — Não estou com a menor pressa.

Os dois subiram os degraus juntos. À porta, instintivamente se voltaram para contemplar a Floresta Proibida. Harry não teve certeza se era ou não sua imaginação, mas pensou ter visto uma pequena nuvem de pássaros irrompendo no ar por cima das árvores distantes, quase como se aquela em que se aninhavam tivesse acabado de ser arrancada pela raiz.

31

N.O.M.s

A euforia de Rony por ter ajudado a Grifinória a ganhar a Taça de Quadribol era tal que ele não conseguiu se concentrar em nada no dia seguinte. Só queria comentar o jogo, por isso Harry e Hermione acharam muito difícil encontrar uma vaga para mencionar Grope. Não que eles tivessem se empenhado muito; nenhum dos dois queria ser responsável por trazer Rony de volta à realidade de maneira tão brutal. Como fazia outro belo dia de calor, eles o convenceram a acompanhá-los na revisão de matérias embaixo da faia à beira do lago, onde teriam menor chance de ser escutados do que na sala comunal. A princípio Rony não gostou muito da ideia – estava adorando levar palmadinhas nas costas de todo aluno da Grifinória que passava por sua poltrona, para não mencionar os coros repentinos de "Weasley é nosso rei" –, mas, passado algum tempo, ele concordou que um pouco de ar fresco lhe faria bem.

Os garotos espalharam os livros à sombra da faia e se sentaram, enquanto Rony contava sua primeira defesa na partida, ele próprio percebeu que pela décima segunda vez.

— Bom, quero dizer, eu já tinha deixado entrar um gol do Davies, então não estava me sentindo nada confiante, mas, não sei, quando Bradley veio na minha direção, sem eu nem saber de onde tinha saído, pensei: *Você é capaz de fazer essa defesa!* E tive um segundo para decidir para que lado voar, sabe, porque pelo jeito ele estava visando ao aro da direita, minha direita, obviamente a esquerda dele, mas eu tive a estranha sensação de que estava fingindo, então arrisquei e voei para a esquerda, a direita dele... quero dizer... e... bom... vocês viram o que aconteceu — concluiu ele modestamente, jogando os cabelos para trás à toa, fazendo-os parecer curiosamente despenteados pelo vento, e olhando para os lados para ver se as pessoas mais próximas, um grupo de terceiranistas da Lufa-Lufa, tinham-no ouvido. — Então, quando Chambers avançou para mim uns cinco minutos depois... Quê? – perguntou

Rony, parando no meio da frase ao ver a expressão no rosto de Harry. – Por que é que você está sorrindo?

– Não estou – disse Harry depressa, e baixou os olhos para suas notas de Transfiguração, tentando ficar sério. A verdade é que o amigo acabara de lhe recordar claramente outro jogador de quadribol da Grifinória que um dia se sentara despenteando os cabelos embaixo dessa mesmíssima árvore. – Estou feliz porque ganhamos, é só.

– É – disse Rony, saboreando a palavra *ganhamos*. – Você viu a cara da Chang quando Gina capturou o pomo bem debaixo do nariz dela?

– Imagino que tenha chorado, não? – comentou Harry, amargurado.

– Bom, é... mais de raiva do que de outra coisa... – Rony enrugou ligeiramente a testa. – Mas você viu quando ela aterrissou e jogou a vassoura no chão, não viu?

– Ah... – começou Harry.

– Bom, na verdade... não, Rony – disse Hermione com um pesado suspiro, baixando o livro e encarando o amigo com ar de quem se desculpa. – De fato, a única parte do jogo a que eu e Harry assistimos foi o primeiro gol de Davies.

Os cabelos de Rony cuidadosamente despenteados pareceram murchar de desapontamento.

– Vocês não assistiram? – disse ele com a voz fraca, olhando de um para outro. – Vocês não me viram fazer nenhuma dessas defesas?

– Bom... não – disse Hermione, conciliadora, estendendo a mão para ele. – Mas, Rony, nós não queríamos sair: tivemos de sair!

– Ah é?! – exclamou Rony cujo rosto começou a ficar vermelho. – E por quê?

– Foi o Hagrid – disse Harry. – Ele resolveu nos contar por que está todo machucado desde que voltou da terra dos gigantes. Queria que a gente o acompanhasse à Floresta, não tivemos opção, você sabe como ele fica. De qualquer jeito...

A história foi contada em cinco minutos, ao final dos quais a indignação de Rony deu lugar a uma expressão de total incredulidade.

– Ele trouxe um *gigante e o escondeu na Floresta*?

– Foi – confirmou Harry, carrancudo.

– Não – disse Rony, como se ao dizer isso pudesse mudar a realidade em irrealidade. – Não, ele não pode ter feito isso.

– Mas fez – confirmou Hermione. – *Grope* tem quase cinco metros, se diverte arrancando pinheiros de seis metros, e me conhece – ela deu uma risadinha desgostosa – como "Hermi".

Rony riu, nervoso.

— E Hagrid quer que a gente...?

— Ensine inglês a ele, é — completou Harry.

— Ficou maluco — protestou Rony num tom próximo ao assombro.

— É — falou Hermione, irritada, virando uma página de *Transfiguração para o curso médio* e examinando uma série de diagramas que ilustravam a transformação de uma coruja em um binóculo de teatro. — É, estou começando a pensar que ficou. Mas, infelizmente, ele fez a gente, Harry e eu, prometer.

— Bom, então o jeito é vocês quebrarem a promessa — disse Rony com firmeza. — Quero dizer, vamos... temos exames e estamos assim — ele ergueu a mão mostrando o polegar e o indicador quase juntos — de sermos expulsos sem fazer mais nada. Além disso... vocês se lembram do Norberto? Lembram Aragogue? Algum dia lucramos alguma coisa por nos meter com os monstros do Hagrid?

— Eu sei, é só que... prometemos — disse Hermione com a voz fraquinha.

Rony tornou a alisar os cabelos, parecendo preocupado.

— Bom — suspirou —, Hagrid ainda não foi despedido, não é? Se aguentou até aqui, quem sabe aguenta até o final do trimestre e a gente nem tem que chegar perto do tal *Grope*?

Os jardins e terras do castelo refulgiam ao sol como se tivessem sido recém-pintados; o céu sem nuvens sorria para o seu reflexo no lago liso e cintilante; o verde acetinado dos gramados ondeava ocasionalmente à brisa mansa. Junho chegara, mas para os quintanistas isto significava apenas uma coisa: estavam às vésperas dos N.O.M.s.

Seus professores não passavam mais deveres de casa; as aulas eram dedicadas a revisar os tópicos que eles achavam que mais provavelmente cairiam nos exames. A atmosfera premeditada e febril varreu quase tudo da cabeça de Harry, exceto os N.O.M.S., embora ele se perguntasse ocasionalmente, durante as aulas de Poções, se Lupin chegara a dizer a Snape que ele devia continuar a lhe dar aulas particulares de Oclumência. Se dissera, então Snape ignorara Lupin completamente como agora o ignorava. Isto convinha a Harry; estava bastante ocupado e tenso sem aulas extras com Snape, e, para seu alívio, Hermione andava ultimamente preocupada demais para aborrecê-lo com a Oclumência; passava muito tempo falando sozinha, e fazia dias que não deixava roupas para elfos.

Ela não era a única pessoa a se comportar estranhamente à medida que se aproximavam dos exames. Ernesto Macmillan adquirira o irritante hábito de interrogar as pessoas sobre a maneira de fazerem revisões.

— Quantas horas vocês acham que estão gastando por dia? – perguntou a Harry e Rony na fila à porta da aula de Herbologia, com um brilho obsessivo nos olhos.

— Não sei – respondeu Rony. – Algumas.

— Mais ou menos de oito?

— Suponho que menos – disse Rony, parecendo ligeiramente alarmado.

— Estou gastando oito – informou ele estufando o peito. – Oito ou nove. E estou encaixando mais uma hora antes do café da manhã todos os dias. Oito tem sido a minha média. Posso chegar a dez em um bom dia no fim de semana. Fiz nove e meia na segunda-feira. Não fui tão bem na terça: só sete e quinze. Depois, na quarta-feira...

Harry se sentiu profundamente grato que neste momento a Prof.ª Sprout os tivesse mandado entrar na estufa número três, obrigando Ernesto a abandonar sua enumeração.

Entrementes, Draco Malfoy encontrava um modo novo de induzir o pânico.

— Naturalmente, não é o que você sabe – ouviram-no comentar com Crabbe e Goyle à porta de Poções poucos dias antes dos exames começarem –, mas quem você conhece. Agora, meu pai é amigo da chefe da Autoridade de Exames Bruxos há anos, a velha Griselda Marchbanks, ela já foi jantar lá em casa e tudo...

— Vocês acham que isso é verdade? – sussurrou Hermione, alarmada, para Harry e Rony.

— Se for não há nada que se possa fazer – comentou Rony tristemente.

— Acho que não é verdade – disse Neville calmamente às costas deles. – Porque a Griselda Marchbanks é amiga da minha avó, e ela jamais mencionou os Malfoy.

— Como é que ela é, Neville? – perguntou Hermione na mesma hora.

— É rigorosa?

— Na verdade lembra um pouco a minha avó – disse Neville em voz baixa.

— Mas o fato de conhecê-la não vai prejudicar você, vai? – perguntou Rony animando-o.

— Não acho que vá fazer diferença – retrucou ele, ainda mais infeliz. – Vovó está sempre dizendo à Prof.ª Marchbanks que não sou tão bom quanto o meu pai... bom... vocês viram como ela é lá no St. Mungus...

Neville ficou olhando fixamente para o chão. Harry, Rony e Hermione se entreolharam, mas não souberam o que dizer. Era a primeira vez que Neville mencionava que haviam se encontrado no hospital dos bruxos.

Nesse meio-tempo, nascera entre os alunos de quinto e sétimo ano um florescente mercado ilegal de produtos para aumentar a concentração, a agilidade mental e a atenção. Harry e Rony se sentiram muito tentados a comprar a garrafa de Elixir Baruffio para o Cérebro oferecida pelo sextanista da Corvinal, Edu Carmichael, que jurou que o elixir fora o único responsável pelos seus nove "Excepcionais" nos N.O.M.s do verão anterior, e do qual estava vendendo meio litro por apenas doze galeões. Rony garantiu a Harry que lhe pagaria a sua metade assim que terminasse Hogwarts e arranjasse um emprego, mas, antes que pudesse fechar o negócio, Hermione confiscou a garrafa de Carmichael e despejou o conteúdo num vaso sanitário.

– Hermione, nós queríamos comprar o elixir! – gritou Rony.

– Não seja burro – rosnou ela. – Você poderá tomar o pó de garra de dragão de Harold Dingle que faria o mesmo efeito.

– Dingle tem pó de garra de dragão? – indagou Rony, ansioso.

– Não tem mais. Confisquei o pó também. Nenhuma dessas coisas faz realmente efeito, entende.

– Garra de dragão faz! – exclamou Rony. – Dizem que é incrível, realmente dá uma injeção de reforço no cérebro, a pessoa fica superperspicaz durante algumas horas... Hermione, me dá uma pitada, vai, não pode fazer mal...

– Essa droga faz – disse Hermione sombriamente. – Dei uma examinada, e descobri que na realidade é excremento de Fada Mordente...

A informação tirou a vontade dos garotos de comprar estimulantes para o cérebro.

Eles receberam os horários dos exames e os detalhes de como proceder na aula de Transfiguração seguinte.

– Como vocês podem ver – disse a Profª McGonagall à classe enquanto os alunos copiavam as datas e os horários dos exames do quadro-negro –, os seus N.O.M.s estão distribuídos por duas semanas sucessivas. Vocês farão os exames de teoria pela manhã e os de prática à tarde. O exame prático de Astronomia, naturalmente, será realizado à noite.

"Agora, devo prevenir a vocês que os seus exames receberam os feitiços anticola mais fortes que existem. Não são permitidos na sala de exame Penas de Resposta Automática, nem tampouco Lembróis, Punhos-de-Cola Destacáveis nem Tinta Autocorretora. Todo ano, é preciso dizer, aparece no mínimo um estudante que acha que pode contornar o regulamento da Autoridade de Exames Bruxos. Minha esperança é que não seja ninguém da Grifinória. Nossa nova... diretora... – a Profª McGonagall pronunciou o nome com a mesma expressão no rosto com que tia Petúnia sempre encarava um sujinho particularmente renitente – pediu aos diretores das Casas para avisar aos estudantes que a cola será punida com o máximo rigor, porque, naturalmente, os resultados dos seus exames refletirão o novo regime implantado pela diretora na escola..."

A professora deu um pequeno suspiro. Harry viu as narinas do seu nariz de linhas fortes se dilatarem.

– ... contudo, não há razão para vocês não se esforçarem ao máximo. Têm que pensar no seu futuro.

– Professora, por favor – disse Hermione erguendo a mão –, quando vamos saber os resultados dos nossos exames?

– Vocês receberão uma coruja em julho.

– Excelente – comentou Dino Thomas, em um sussurro audível –, então não teremos de nos preocupar com isso até as férias.

Harry se imaginou sentado em seu quarto na rua dos Alfeneiros dali a seis semanas, esperando os resultados dos N.O.M.s. Bom, pensou, pelo menos era certo receber uma carta naquele verão.

O primeiro exame, Teoria dos Feitiços, estava programado para a segunda-feira pela manhã. Harry concordou em testar Hermione depois do almoço de domingo, mas arrependeu-se quase imediatamente: a amiga muito agitada não parava de puxar o livro das mãos dele para verificar se respondera totalmente certo, e acabou lhe dando uma pancada no nariz com a borda afiada de *Sucesso em feitiços*.

– Por que é que você não se testa sozinha? – disse ele com firmeza, devolvendo-lhe o livro com lágrimas nos olhos.

Enquanto isso, Rony seguia lendo dois anos de anotações sobre Feitiços com os dedos nos ouvidos, movendo os lábios silenciosamente; Simas Finnigan deitara-se de costas no chão, e repetia a definição de Feitiço Substantivo enquanto Dino verificava a resposta no *Livro padrão de feitiços, 5.ª série*; e Parvati e Lilá praticavam Feitiços de Locomoção apostando corrida entre seus estojos de lápis em volta de uma mesa.

O jantar foi uma refeição calma àquela noite. Harry e Rony não falaram muito, mas comeram com apetite depois de tanto estudo a tarde inteira. Por sua vez, Hermione não parava de descansar o garfo e faca e mergulhar embaixo da mesa para apanhar a mochila, na qual pegava um livro para verificar algum fato ou número. Rony acabara de dizer que ela devia fazer uma refeição decente ou não conseguiria dormir àquela noite, quando o garfo escorregou de seus dedos dormentes e caiu com estrépito no prato.

– Ah, minha nossa – disse ela com a voz fraca, arregalando os olhos para o Saguão de Entrada. – São eles? São os examinadores?

Harry e Rony viraram-se imediatamente. Pelas portas que se abriam para o Saguão de Entrada, eles viram Umbridge com um pequeno grupo de bruxos e bruxas de aparência idosa. Umbridge, Harry se alegrou de ver, parecia muito nervosa.

— Vamos olhar mais de perto? — convidou Rony.

Harry e Hermione assentiram e correram para a porta, abrandando a marcha ao cruzar o portal e continuando mais calmamente para passar pelos examinadores. Harry achou que a Profª Marchbanks devia ser a bruxa miúda e curvada com o rosto tão enrugado que parecia coberto de teias de aranha; Umbridge se dirigia a ela com deferência. A examinadora parecia um pouco surda; respondia à Profª Umbridge em voz muito alta, considerando que estavam a menos de meio metro de distância.

— A viagem foi ótima, a viagem foi ótima, já a fizemos muitas vezes antes! — respondeu com impaciência. — Agora, não tenho tido notícias de Dumbledore ultimamente! — acrescentou, correndo o olhar pelo saguão como se esperasse ver o bruxo sair de repente de um armário de vassouras. — Suponho que não tenha ideia de onde ele esteja?

— Nenhuma — respondeu a diretora, lançando um olhar malévolo a Harry, Rony e Hermione, que agora se demoravam ao pé da escadaria enquanto Rony fingia amarrar os sapatos. — Mas ouso afirmar que em breve o ministro da Magia descobrirá seu paradeiro.

— Duvido — gritou a Profª Marchbanks —, não se Dumbledore não quiser ser encontrado! Eu sei... examinei-o pessoalmente em Transfiguração e Feitiços quando ele prestou os N.I.E.M.s... fez coisas com uma varinha que eu nunca tinha visto antes.

— É... bom... — disse a diretora quando Harry, Rony e Hermione subiram a escadaria de mármore arrastando os pés, o mais lentamente que se atreviam —, deixe-me levá-la à sala dos professores. Imagino que queira uma xícara de chá depois dessa viagem.

Foi uma noite meio tensa. Todos tentavam fazer alguma revisão de última hora, mas ninguém parecia estar conseguindo. Harry foi se deitar cedo, e teve a impressão de continuar acordado durante horas. Lembrou-se da orientação vocacional e da declaração furiosa de McGonagall de que o ajudaria a se tornar auror nem que fosse a última coisa que fizesse. Ele gostaria de ter manifestado uma ambição mais realizável agora que chegara a hora dos exames. Sabia que não era o único acordado, mas nenhum dos colegas de dormitório falou e, finalmente, um a um, todos adormeceram.

Nenhum dos quintanistas conversou muito durante o café na manhã seguinte, tampouco: Parvati praticava encantamentos em voz baixa, fazendo o saleiro à sua frente se mexer; Hermione relia *Sucesso em feitiços* tão rápido que seus olhos pareciam se turvar; e Neville não parava de deixar cair os talheres e derrubar a geleia.

Quando terminaram, os alunos de quinto e sétimo anos se deixaram ficar pelo Saguão de Entrada enquanto os outros estudantes foram para as aulas; então, às nove e meia, eles foram chamados, turma por turma, a reentrar no Salão Principal, que tinha sido rearrumado exatamente como Harry o vira na Penseira, quando seu pai, Sirius e Snape estavam prestando os N.O.M.s; as mesas das quatro Casas tinham sido retiradas e substituídas por muitas mesas individuais, de frente para a mesa dos professores no fundo do salão, à qual estava a Profª McGonagall, por sua vez, de frente para as mesas dos alunos. Depois que todos se sentaram e sossegaram, ela disse:

— Podem começar. — E virou uma enorme ampulheta na mesa ao lado, sobre a qual havia ainda penas, tinteiros e rolos de pergaminho de reserva.

Harry virou a folha do exame, o coração batendo forte — três fileiras à sua direita e quatro cadeiras à frente, Hermione já estava escrevendo —, e ele baixou os olhos para ler a primeira pergunta: *a) cite o encantamento e b) descreva o movimento da varinha exigido para fazer os objetos voarem.*

Harry teve uma lembrança fugaz de uma maçã voando no ar e aterrissando com estrondo na cabeça dura de um trasgo... com um ligeiro sorriso, ele se curvou para o exame e começou a escrever.

— Bom, não foi muito ruim, foi? — perguntou Hermione ansiosa no Saguão de Entrada duas horas mais tarde, ainda segurando as perguntas do exame. — Acho que não fiz justiça ao que sei com Feitiços para Animar, esgotou-se o tempo. Vocês puseram o contrafeitiço para soluços? Não tive certeza se precisava, achei informação demais... e na pergunta vinte e três...

— Hermione — disse Rony com severidade —, já passamos por isso... não vamos repassar cada exame ao terminar, já é bastante ruim fazer uma vez.

Os quintanistas almoçaram com o restante da escola (as mesas das quatro Casas reapareceram na hora do almoço), depois marcharam para uma pequena sala ao lado do Salão Principal, onde deviam esperar a chamada para o exame prático. À medida que pequenos grupos de alunos eram chamados, os que ficavam murmuravam encantamentos e praticavam movimentos com a varinha, ocasionalmente espetando o colega nas costas ou no olho, por engano.

Chamaram Hermione. Tremendo, ela deixou a sala com Antônio Goldstein, Gregório Goyle e Dafne Greengrass. Os estudantes que eram testados não voltavam à sala, por isso Harry e Rony não sabiam como Hermione se saíra.

— Ela se saiu bem, lembra que tirou cento e doze por cento em um dos testes de Feitiços? — perguntou Rony.

Dez minutos depois, o Prof. Flitwick chamou:

— Parkinson, Pansy... Patil, Padma... Patil, Parvati... Potter, Harry.

— Boa sorte — desejou Rony em voz baixa. Harry entrou no Salão Principal, segurando a varinha com tanta força que sua mão tremia.

— O Prof. Tofty está livre, Potter — esganiçou-se o Prof. Flitwick, que estava em pé à porta. E orientou Harry para um bruxo que parecia o examinador mais velho e mais careca, sentado a uma mesinha no canto mais distante, a uma pequena distância da Profª Marchbanks, que, por sua vez, já estava na metade do exame de Draco Malfoy.

— Potter, não é? — perguntou o Prof. Tofty, consultando suas anotações e espiando por cima do pincenê à aproximação de Harry. — O famoso Potter?

Pelo canto do olho, Harry viu claramente Malfoy lhe lançar um olhar fulminante; a taça de vinho que ele estava fazendo levitar caiu ao chão e se espatifou. Harry não pôde conter um sorriso; o Prof. Tofty retribuiu-lhe o sorriso, encorajando-o.

— Isso — disse com a voz trêmula de velho —, não precisa ficar nervoso. Agora, gostaria de pedir que você pegasse esse porta-ovo e o fizesse dar saltos mortais para mim.

No todo, Harry achou que o exame correu muito bem. Seu Feitiço de Levitação foi muito melhor que o de Malfoy, embora ele desejasse não ter confundido os Feitiços de Mudança de Cor e o de Crescimento, fazendo o rato que devia estar colorindo de laranja inchar de maneira chocante e ficar do tamanho de um texugo antes que pudesse corrigir o seu engano. Ficou feliz que Hermione não estivesse no Salão Principal na hora e se esqueceu depois de mencionar o ocorrido para a amiga. Mas pôde contar a Rony; ele fizera um prato se transformar em um grande cogumelo e não tinha a mínima ideia de como isso acontecera.

Não houve tempo para relaxar naquela noite; os garotos foram diretamente para a sala comunal depois do jantar e mergulharam na revisão de Transfiguração para o dia seguinte; Harry foi se deitar sentindo a cabeça zunir com os complexos modelos e teorias de feitiços.

E esqueceu a definição de um Feitiço de Substituição durante o exame teórico na manhã seguinte, mas achou que no prático poderia ter sido bem pior. Pelo menos ele conseguiu fazer desaparecer por inteiro a sua iguana, enquanto Ana Abbott na mesa ao lado perdeu a cabeça e conseguiu, inexplicavelmente, multiplicar seu furão em um bando de flamingos, obrigando os professores a interromper o exame durante dez minutos enquanto as aves eram capturadas e retiradas do salão.

Os alunos fizeram o exame de Herbologia na quarta-feira (e, a não ser por uma pequena mordida de um gerânio dentado, Harry achou que se saiu razoavelmente bem); depois, na quinta-feira, tiveram Defesa Contra as Artes das Trevas. Ali, pela primeira vez, Harry teve certeza de que passara. Não teve problema com nenhuma questão escrita, e teve especial prazer, durante o exame prático, de realizar todas as contra-azarações e feitiços defensivos bem diante da Umbridge, que observava calmamente, próxima às portas para o Saguão de Entrada.

– Bravo! – exclamou o Prof. Tofty, que estava mais uma vez examinando Harry, quando o garoto demonstrou com perfeição um feitiço para fazer desaparecer bichos-papões. – Realmente, muito bem! Bom, acho que já chega, Potter... a não ser...

Ele se curvou um pouco para a frente.

– Meu querido amigo Tibério Ogden me contou que você é capaz de produzir um Patrono? Para ganhar mais um ponto...?

Harry ergueu a varinha, olhou diretamente para Umbridge e imaginou-a sendo expulsa.

– *Expecto patronum!*

Seu Patrono prateado irrompeu da ponta da varinha e saiu a meio galope pelo salão. Todos os examinadores se viraram para observar a demonstração, e quando ele se dissolveu em uma névoa prateada o Prof. Tofty ergueu as mãos, com juntas e veias grossas, e aplaudiu entusiasmado.

– Excelente! Muito bem, Potter, pode ir.

Quando Harry passou por Umbridge junto à porta, seus olhares se encontraram. Um sorriso desagradável brincava em torno da boca enorme e frouxa da diretora, mas ele não se importou. A não ser que estivesse muito enganado (e ele não pretendia contar a ninguém, caso estivesse), ele acabara de receber um "Excepcional" no exame.

Na sexta-feira, Harry e Rony tiveram um dia livre enquanto Hermione prestava seu exame de Runas Antigas, e com o fim de semana à frente, eles se permitiram tirar uma folga das revisões. Enquanto jogavam xadrez de bruxo se espreguiçaram e bocejaram sentados ao lado da janela aberta, pela qual entrava um ar cálido de verão. Harry viu Hagrid a distância, dando aula a uma turma na orla da Floresta. Tentou adivinhar que bichos estariam estudando – achou que deviam ser unicórnios, porque os alunos pareciam estar um pouco recuados –, quando o buraco do retrato se abriu e Hermione entrou parecendo muitíssimo mal-humorada.

– Como foram as Runas? – perguntou Rony, bocejando e se espreguiçando.

– Traduzi *ehwaz* errado – disse a garota, furiosa. – A palavra quer dizer *parceria* e não *defesa*. Confundi com *eihwaz*.

– Ah, bom – disse Rony, cheio de preguiça –, foi só um errinho, não foi, você ainda vai tirar...

– Ah, cala a boca! – replicou a garota com raiva. – Pode ser o errinho que fará a diferença entre ser aprovada e reprovada. E tem mais, alguém pôs outro pelúcio na sala da Umbridge. Não sei como conseguiram enfiá-lo por aquela porta nova, mas acabei de passar por lá e a Umbridge está aos berros, pelo jeito, parece que o bicho tentou arrancar um pedaço da perna dela...

– Que bom! – exclamaram Harry e Rony juntos.

– Não é *nada* bom! – retrucou Hermione, indignada. – Ela acha que é o Hagrid que está fazendo isso, lembram? E *não queremos* que ele seja despedido!

– Hagrid está dando aulas neste momento; ela não pode culpá-lo – disse Harry, apontando pela janela.

– Ah, às vezes você é tão ingênuo, Harry. Você acha realmente que a Umbridge vai esperar ter alguma prova? – perguntou Hermione, que parecia decidida a ficar de mau humor, e saiu rodando as vestes para o dormitório das meninas, batendo a porta ao passar.

– Que garota adorável e meiga! – disse Rony, baixinho, avançando com sua rainha para comer um dos cavalos de Harry.

O mau humor de Hermione durou a maior parte do fim de semana, embora Harry e Rony achassem fácil ignorá-lo, pois passaram a maior parte de sábado e domingo revisando Poções para segunda-feira, o exame que Harry aguardava com menos ansiedade – e que tinha certeza de que seria a ruína de sua ambição de se tornar Auror. De fato, considerou o exame escrito difícil, embora achasse possível ter ganhado os pontos da pergunta sobre a Poção Polissuco; foi capaz de descrever seus efeitos com precisão, pois a tomara ilegalmente em seu segundo ano de escola.

O exame prático à tarde não foi tão horrível quanto esperava. Com Snape ausente do exame, ele percebeu que estava muito mais relaxado do que costumava ficar ao preparar poções. Neville, sentado muito próximo dele, também parecia mais feliz do que Harry já o vira em uma aula de Poções. Quando a Profª Marchbanks disse: "Afastem-se dos seus caldeirões, por favor, o exame terminou", Harry arrolhou sua amostra com a sensação de que talvez não tivesse tirado uma boa nota, mas conseguira, com sorte, evitar uma reprovação.

— Só faltam quatro exames — comentou Parvati Patil, preocupada, ao voltarem à sala comunal da Grifinória.

— Só! — retorquiu logo Hermione. — Eu tenho Aritmancia, e provavelmente é a disciplina mais difícil que existe!

Ninguém foi tolo de contestar, de modo que ela não pôde extravasar sua irritação em nenhum deles, e ficou reduzida a ralhar com uns alunos de primeiro ano por rirem muito alto na sala comunal.

Harry estava decidido a fazer um bom exame de Trato das Criaturas Mágicas para não deixar Hagrid mal. O exame prático foi realizado à tarde no gramado em frente à Floresta Proibida, onde os examinadores pediram aos estudantes para identificar corretamente o ouriço escondido no meio de uma dúzia de porcos-espinhos (o truque era oferecer leite a cada um individualmente; os ouriços, bichos extremamente desconfiados, cujas cerdas têm propriedades mágicas, geralmente ficavam furiosos diante do que imaginavam ser uma tentativa de envenená-los); depois pediram para demonstrar como manusear corretamente um tronquilho; alimentar e limpar um caranguejo-de-fogo sem sofrer queimaduras graves; e escolher, em uma ampla variedade de alimentos, a dieta apropriada para um unicórnio doente.

Harry podia ver Hagrid observando ansioso da janela de sua cabana. Quando sua examinadora, desta vez uma bruxinha gorducha, sorriu para ele e disse que podia ir embora, o garoto ergueu rapidamente o polegar para Hagrid antes de voltar ao castelo.

O exame teórico de Astronomia na quarta-feira de manhã correu bastante bem. Harry não estava convencido de que tivesse acertado os nomes de todas as luas de Júpiter, mas pelo menos estava confiante de que nenhuma delas era habitada por ratinhos. Tiveram de esperar até a noite para fazer o exame prático de Astronomia; a tarde foi então dedicada à Adivinhação.

Mesmo pelos padrões baixos de Harry em Adivinhação, o exame foi bem ruim. Teria feito melhor se tentasse ver imagens em movimento no tampo da mesa do que numa bola de cristal que teimava em nada mostrar; perdeu a cabeça durante a leitura de folhas de chá, dizendo que lhe parecia que a Profª Marchbanks iria encontrar em breve um estranho moreno gorducho e pegajoso, e completou o fracasso total confundindo as linhas da vida e da cabeça na palma da mão da professora e afirmando que ela deveria ter morrido na terça-feira anterior.

— Bom, sempre achamos que íamos ser reprovados nesse — comentou Rony sombriamente ao subirem a escadaria de mármore. Ele acabara de fazer Harry se sentir bem melhor contando em detalhe que dissera ao seu examinador estar vendo um homem feio com uma verruga no nariz em sua bola de cristal, e quando ergueu os olhos percebeu que estava apenas descrevendo o reflexo do examinador.

— Não devíamos ter nos matriculado nessa disciplina idiota, para começar — disse Harry.

— Mas pelo menos podemos desistir dela agora.

— É — apoiou Harry. — Não precisamos mais fingir que nos interessa o que acontece quando Júpiter e Urano ficam muito próximos.

— E de agora em diante não vou me incomodar se as minhas folhas de chá soletrarem *morra, Rony*, vou simplesmente jogá-las na lata do lixo, que é o lugar delas.

Harry estava rindo na hora em que Hermione veio correndo atrás deles. Parou de rir instantaneamente, para não aborrecê-la.

— Bom, acho que me dei bem em Aritmancia — anunciou, e Harry e Rony suspiraram de alívio. — Ainda temos tempo para uma olhada rápida nas nossas cartas estelares antes do jantar, então...

Quando chegaram ao alto da Torre de Astronomia, às onze horas, encontraram uma noite perfeita para ver estrelas, calma e sem nuvens. Os jardins e terrenos da escola estavam banhados de luar prateado e o ar, mais para frio. Cada aluno montou o próprio telescópio e, quando a Profª Marchbanks deu a ordem, começaram a preencher as cartas estelares em branco que haviam recebido.

Os professores Marchbanks e Tofty caminharam entre eles, observando-os marcarem as posições exatas das estrelas e planetas que viam. Tudo estava silencioso exceto pelo farfalhar dos pergaminhos, o rangido ocasional de um telescópio ao ser ajustado no suporte, e o ruído de muitas penas escrevendo. Passou-se meia hora, depois uma hora; os quadradinhos de luz dourada refletida que lampejavam no solo abaixo começaram a desaparecer à medida que as luzes das janelas do castelo foram se apagando.

Quando Harry completou a constelação Órion em sua carta, porém, as portas do castelo se abriram sob o parapeito em que estava, fazendo com que a luz jorrasse pelos degraus de pedra e um pouco além. Harry olhou para baixo ao fazer um pequeno ajuste na posição do telescópio, e viu cinco ou seis sombras alongadas se deslocarem pelo gramado bem iluminado antes das portas se fecharem e o jardim voltar a ser um mar de escuridão.

Harry voltou a encostar o olho ao telescópio e reajustou-o agora para examinar Vênus. Baixou os olhos para a carta para registrar ali o planeta, mas alguma coisa o distraiu; ele parou com a pena suspensa sobre o pergaminho, apertou os olhos para ver melhor o terreno na sombra e distinguiu cinco vultos andando. Se não estivessem se movendo, e o luar não estivesse refletindo em suas cabeças, eles teriam sido indistinguíveis do chão escuro em que caminhavam. Mesmo a esta distância, Harry teve a sensação engraçada de que reconhecera o modo de andar do mais atarracado, que parecia liderar o grupo.

Ele não conseguia imaginar por que Umbridge estaria dando um passeio depois da meia-noite, e menos ainda acompanhada por outros. Então alguém tossiu às suas costas, e ele se lembrou de que estava no meio de um exame. Esquecera completamente a posição de Vênus. Comprimindo o olho no telescópio, reencontrou o planeta e mais uma vez ia registrá-lo na carta quando, atento a ruídos estranhos, ouviu uma batida distante que ecoou pelos terrenos desertos, seguida imediatamente pelos latidos abafados de um cão de grande porte.

Ele ergueu a cabeça, o coração batendo forte. Havia luzes nas janelas de Hagrid, e as pessoas que ele observara atravessando o gramado estavam agora recortadas na claridade. A porta abriu e ele viu nitidamente cinco figuras bem definidas cruzarem o portal. A porta tornou a fechar e fez-se silêncio.

Harry se sentiu inquieto. Olhou ao redor para ver se Rony ou Hermione haviam notado a movimentação, mas a Prof² Marchbanks veio andando às suas costas naquele momento e, não querendo parecer que estivesse espiando o trabalho dos colegas, Harry rapidamente se curvou para o seu mapa estelar e fingiu estar acrescentando informações enquanto realmente espiava por cima do parapeito para a cabana de Hagrid. Os vultos agora passavam diante das janelas, bloqueando temporariamente a claridade.

Harry sentiu os olhos da Prof² Marchbanks em sua nuca e tornou a apertar o olho contra o telescópio, olhando para a lua, embora já tivesse marcado sua posição há uma hora, mas quando a professora recomeçou a andar ele ouviu um rugido na cabana distante que ecoou pela noite até o alto da Torre de Astronomia. Várias pessoas em volta de Harry saíram de trás dos telescópios e foram espiar em direção à cabana de Hagrid.

O Prof. Tofty deu uma tossidinha seca.

— Tentem se concentrar, vamos, garotos — disse ele suavemente.

A maioria voltou aos telescópios. Harry olhou para a esquerda. Hermione contemplava petrificada a cabana de Hagrid.

— Hã-hã... faltam apenas vinte minutos — lembrou o professor.

Hermione se assustou e voltou imediatamente para sua carta estelar; Harry olhou para a dele, e reparou que legendara Vênus como Marte. Curvou-se para corrigir o engano.

Ouviu-se um estampido forte vindo dos jardins. Várias pessoas gritaram "Ai!", ao espetarem o rosto nas pontas dos telescópios, no afã de ver o que estava acontecendo lá embaixo.

A porta de Hagrid se escancarou com violência e, à luz que saía da cabana, eles o viram claramente, uma figura maciça urrando e brandindo os punhos, cercado por cinco pessoas, todas, a julgar pelos finos fios de luz vermelha lançados em sua direção, aparentemente tentando estuporá-lo.

– Não! – exclamou Hermione.

– Minha nossa! – disse o Prof. Tofty em tom escandalizado. – Estamos em um exame!

Mas ninguém estava mais prestando a menor atenção às cartas estelares. Jatos de luz vermelha continuavam a voar pelo ar junto à cabana de Hagrid, mas, por alguma razão, pareciam ricochetear em seu corpo; ele continuava ereto e imóvel, e, pelo que Harry conseguia ver, resistindo. Gritos e berros ecoavam pelos gramados; um homem bradou:

– Seja razoável, Hagrid!

Hagrid urrou:

– Razoável uma ova, vocês não vão me levar assim, Dawlish!

Harry via a pequena silhueta de Canino procurando proteger o dono, saltando repetidamente contra os bruxos que o cercavam até que um Feitiço Estuporante o atingiu, fazendo-o tombar no chão. Hagrid deu um uivo de fúria, ergueu o responsável do chão e atirou-o longe; o homem voou uns três metros e não tornou a se levantar. Hermione prendeu a respiração, as duas mãos na boca; Harry se virou para Rony e viu que o amigo, também, estava apavorado. Nenhum deles jamais vira Hagrid realmente enfurecido.

– Olhem! – esganiçou-se Parvati, que estava debruçada no parapeito e apontava para o castelo embaixo, onde as portas de entrada haviam tornado a se abrir; novamente a luz se derramou pelo jardim escuro e uma sombra preta e solitária ondeava agora pelos gramados.

– Francamente! – exclamou o Prof. Tofty, ansioso. – Sabem, restam dezesseis minutos!

Mas ninguém lhe prestou a menor atenção; todos observavam a pessoa que corria em direção à batalha ao lado da cabana de Hagrid.

– Como é que você se atreve! – gritava a figura enquanto corria. – Como se *atreve*!

– É McGonagall! – sussurrou Hermione.

— Deixem-no em paz! Em paz, estou dizendo. — Ouviu-se a voz da Profª McGonagall no escuro. — Por que razão vocês o estão atacando? Ele não fez nada, nada que justifique essa...

Hermione, Parvati e Lilá gritaram ao mesmo tempo. Os vultos junto à cabana haviam lançado nada menos de quatro raios Estuporantes contra a professora. A meio caminho entre a cabana e o castelo, os feixes de luz vermelha a atingiram; por um momento ela pareceu emitir uma luz vermelha e fantasmagórica, então subiu no ar, caiu pesadamente de costas e não se mexeu mais.

— Gárgulas galopantes! — gritou o Prof. Tofty, que parecia ter esquecido totalmente o exame. — Não deram nem aviso! Que comportamento chocante!

— COVARDES! — berrou Hagrid; sua voz se propagou limpidamente até o alto da torre, e várias luzes se acenderam no castelo. — COVARDÕES! TOMEM ISSO... E MAIS ISSO.

— Nossa! — exclamou Hermione.

Hagrid deu dois golpes pesados em seus atacantes mais próximos; a julgar por sua queda imediata, foram nocauteados. Harry viu Hagrid se dobrar e pensou que finalmente ele fora dominado por um feitiço. Mas, muito ao contrário, no momento seguinte ele estava de pé com uma espécie de saco nas costas — então o garoto percebeu que o amigo havia passado o corpo inerte de Canino por cima dos ombros.

— Peguem-no, peguem-no! — berrou Umbridge, mas o auxiliar que restara parecia extremamente relutante em se aproximar dos punhos de Hagrid; de fato, recuou com tanta pressa que tropeçou em um dos colegas desacordados e caiu por cima deles. Hagrid se virara e começara a correr com Canino ainda pendurado em volta do pescoço. Umbridge lançou um último Feitiço Estuporante nas costas dele, mas não acertou; e Hagrid, numa corrida desabalada em direção aos portões distantes, desapareceu na escuridão.

Seguiu-se um longo minuto palpitante enquanto todos contemplavam boquiabertos os jardins. Então o Prof. Tofty disse com a voz fraca:

— Hum... faltam cinco minutos, garotos.

Embora tivesse preenchido apenas dois terços de sua carta estelar, Harry estava louco para o exame terminar. Quando isso finalmente aconteceu, ele, Rony e Hermione encaixaram os telescópios de qualquer jeito nos suportes e desceram correndo a escada circular. Nenhum dos estudantes ia se deitar; todos falavam animados, em altas vozes, ao pé da escada, sobre o que tinham acabado de presenciar.

— Aquela mulher maligna! — exclamou Hermione, que tinha dificuldade em falar de tanta raiva. — Tentando surpreender Hagrid na calada da noite!

— Ela quis claramente evitar outra cena como a da Trelawney — disse Ernesto Macmillan sensatamente, comprimindo-se para se reunir aos colegas.

— Hagrid se defendeu bem, não foi? — comentou Rony, que parecia mais assustado do que impressionado. — Por que é que todos os feitiços ricocheteavam nele?

— Deve ser o sangue de gigante — disse Hermione, trêmula. — É muito difícil estuporar um gigante, eles são como os trasgos, muito resistentes... mas a coitada da Prof² McGonagall... quatro ataques diretos no peito, e ela não é mais jovem, não é?

— Pavoroso, pavoroso — disse Ernesto, balançando a cabeça pomposamente. — Bom, eu vou dormir. Boa noite a todos.

As pessoas em volta começaram a dispersar, ainda comentando com animação o que tinham acabado de ver.

— Pelo menos não conseguiram levar Hagrid para Azkaban — disse Rony. — Espero que ele tenha ido se juntar a Dumbledore, será?

— Suponho que sim — disse Hermione, que parecia lacrimosa. — Ah, isto é horrível, pensei realmente que Dumbledore não demoraria a voltar, mas agora perdemos Hagrid também.

Voltaram sem pressa para a sala comunal da Grifinória, e a encontraram cheia. A confusão nos jardins acordara várias pessoas, que correram a acordar os amigos. Simas e Dino, que haviam chegado antes de Harry, Rony e Hermione, agora contavam a todos o que tinham visto e ouvido do alto da Torre de Astronomia.

— Mas por que demitir Hagrid agora? — perguntou Angelina Johnson, balançando a cabeça. — Não é como a Trelawney; ele tem ensinado muito melhor do que o normal este ano!

— Umbridge detesta gente que é parte-humana — disse Hermione, amargurada, largando-se em uma poltrona. — Sempre ia tentar expulsar Hagrid.

— E ela achou que Hagrid estava pondo pelúcios na sala dela — disse a vozinha fina de Katie Bell.

— Caracas! — exclamou Lino Jordan, tampando a boca. — Fui eu que andei pondo pelúcios na sala dela. Fred e Jorge me deixaram uns dois; e eu os fiz levitar e entrar pela janela.

— Ela o teria despedido de qualquer jeito — falou Dino. — Hagrid é muito chegado a Dumbledore.

— Isso é verdade — concordou Harry, afundando em uma poltrona ao lado de Hermione.

— Só espero que a Prof² McGonagall esteja bem — disse Lilá, lacrimosa.

— Eles a carregaram para o castelo, assistimos da janela do dormitório — disse Colin Creevey. — Não parecia muito bem.

— Madame Pomfrey dará um jeito — comentou Alícia Spinnet com firmeza. — Ela até hoje nunca falhou.

Eram quase quatro horas da manhã quando a sala comunal se esvaziou. Harry se sentia completamente acordado; a imagem de Hagrid fugindo no escuro o atormentava; estava com tanta raiva da Umbridge que não conseguia pensar num castigo suficientemente ruim para ela, embora a sugestão de Rony de dá-la de comer a explosivins famintos tivesse seu mérito. Ele adormeceu imaginando vinganças medonhas e se levantou três horas depois sentindo nitidamente que não descansara.

O exame final de História da Magia não deveria se realizar até a tarde. Harry teria gostado muito de voltar para a cama depois do café da manhã, mas contara em fazer uma revisãozinha de última hora pela manhã, então sentou-se com a cabeça apoiada nas mãos ao lado da janela da sala comunal, fazendo um grande esforço para não cochilar enquanto relia algumas anotações da pilha de quase meio metro de altura que Hermione lhe emprestara.

Os quintanistas entraram no Salão Principal às duas horas e se sentaram em seus lugares diante do exame virado para baixo. Harry se sentia exausto. Só queria que aquilo terminasse para poder dormir; então amanhã, ele e Rony iam descer ao campo de quadribol — ele ia dar uma voltinha na vassoura de Rony e saborear o término das revisões.

— Desvirem o exame — disse a Prof.ª Marchbanks à frente do salão, invertendo a gigantesca ampulheta. — Podem começar.

Harry olhou fixamente para a primeira pergunta. Passaram-se vários segundos até lhe ocorrer que não entendera nem uma palavra do enunciado; havia uma vespa perturbativa zumbindo de encontro a uma das altas janelas. Lenta, tortuosamente, ele começou, por fim, a escrever uma resposta.

Estava achando muito difícil lembrar os nomes, e toda a hora confundia as datas. Saltou simplesmente a pergunta quatro (*Em sua opinião, a legislação sobre varinhas contribuiu para um melhor controle das revoltas dos duendes no século XVIII ou levou a esse controle?*), pensando em voltar no fim, se houvesse tempo. Tentou responder à pergunta cinco (*Como foi violado o Estatuto de Sigilo em 1749 e que medidas foram introduzidas para impedir que o fato se repetisse?*), mas sentiu uma suspeita insistente de que omitira vários pontos importantes; teve a impressão de que os vampiros haviam participado em algum momento do episódio.

Harry leu mais adiante procurando uma pergunta a que decididamente pudesse responder, e seus olhos bateram na décima: *Descreva as circunstâncias que levaram à formação da Confederação Internacional de Bruxos e explique por que os bruxos de Liechtenstein se recusaram a aderir.*

Eu sei essa, pensou Harry, embora sentisse o cérebro entorpecido e sem energia. Visualizava um título, na caligrafia de Hermione: *A formação da Confederação Internacional de Bruxos*... lera as anotações ainda esta manhã.

E começou a escrever, erguendo os olhos de vez em quando para verificar a grande ampulheta ao lado da Prof.ª Marchbanks. Estava sentado logo atrás de Parvati Patil, cujos longos cabelos pretos caíam abaixo do espaldar da cadeira. Uma ou duas vezes ele se surpreendeu contemplando as luzes douradas que brilhavam nos cabelos quando ela mexia levemente a cabeça e teve de sacudir a própria cabeça para clareá-la.

... o primeiro chefe supremo da Confederação Internacional de Bruxos foi Pierre Bonaccord, mas sua nomeação foi contestada pela comunidade bruxa de Liechtenstein, porque...

Ao redor de Harry as penas arranhavam os pergaminhos como ratinhos que corressem para se esconder. O sol estava muito quente em sua nuca. Que fizera Bonaccord para ofender os bruxos de Liechtenstein? Harry teve uma sensação de que fora alguma coisa ligada aos trasgos... e tornou a fixar o olhar vazio na cabeça de Parvati. Se ao menos pudesse usar a Legilimência e abrir uma janela na nuca da colega para ver que ligação tinham os trasgos com o rompimento entre Pierre Bonaccord e Liechtenstein...

Harry fechou os olhos e enterrou o rosto nas mãos, fazendo com que o fulgor avermelhado de suas pálpebras se tornasse escuro e fresco. Bonaccord tinha querido impedir a caça aos trasgos e conceder-lhes direitos... mas Liechtenstein estava enfrentando problemas com uma tribo particularmente violenta de trasgos montanheses... era isso.

Ele abriu os olhos; sentiu-os arderem e lacrimejarem à vista do pergaminho demasiado branco. Devagar, escreveu duas linhas sobre os trasgos, e leu o que já fizera até ali. Não lhe pareceu muito informativo nem detalhado, no entanto tinha certeza de que as anotações de Hermione sobre a Confederação tinham ocupado páginas.

Ele tornou a fechar os olhos, tentando vê-las, tentando se lembrar... a Confederação se reunira pela primeira vez na França, sim, já escrevera isso...

Os duendes tinham tentado participar, mas foram expulsos... já escrevera isso também...

E ninguém de Liechtenstein tinha querido ir...

Pense, disse a si mesmo, com o rosto nas mãos, enquanto ao seu redor as penas arranhavam os pergaminhos em respostas intermináveis, e a areia se escoava na ampulheta lá na frente...

Ele estava novamente andando pelo corredor fresco e escuro em direção ao Departamento de Mistérios, com passos firmes e deliberados, por vezes correndo, decidido a alcançar finalmente o seu destino... a porta preta se escancarou como sempre, e ele se viu na sala circular com suas muitas portas...

Atravessou direto o piso de pedra e passou pela segunda porta... nesgas de luz dançavam nas paredes e no chão, e ele ouvia aquela estranha crepitação mecânica, mas não tinha tempo para investigar, precisava se apressar...

Correu a pequena distância que faltava para a terceira porta, que se abriu tal como as outras...

Mais uma vez chegou à sala do tamanho de uma catedral, cheia de prateleiras e esferas de vidro... seu coração batia muito rápido agora... ia chegar lá desta vez... quando alcançou o número noventa e sete, virou à esquerda e continuou apressado pelo corredor entre as estantes...

Mas havia uma forma bem no finzinho, uma forma escura que se movia pelo chão como um animal ferido... o estômago de Harry se contraiu de medo... de animação...

Uma voz saiu de sua própria boca, uma voz aguda, fria, sem nenhum calor humano...

– Apanhe-a para mim... erga-a, agora... não posso tocá-la... mas você pode...

A forma escura no chão moveu-se um pouco. Harry viu uma mão branca de longos dedos empunhando uma varinha erguer-se na ponta do seu braço... ouviu a voz aguda e fria dizer: "*Crucio!*"

O homem no chão soltou um berro de dor, tentou se levantar, mas caiu em contorções. Harry ria. Ergueu a varinha, a maldição foi retirada, e a figura gemeu e se imobilizou.

– Lorde Voldemort está esperando...

Muito lentamente, com os braços tremendo, o homem no chão ergueu os ombros alguns centímetros e em seguida o rosto. Estava manchado de sangue e magro, contorcido de dor, contudo, rígido de rebeldia...

– Você terá de me matar – sussurrou Sirius.

– Sem dúvida é o que farei quando terminar – disse a voz fria. – Mas primeiro você a apanhará para mim, Black... você acha que sentiu dor até agora? Pense outra vez... temos horas à nossa frente e ninguém para ouvir os seus gritos...

Mas alguém gritou quando Voldemort tornou a baixar a varinha; alguém berrou e escorregou pelo lado de uma mesa quente para o chão de pedra frio; Harry acordou ao bater no chão, ainda berrando, sua cicatriz em fogo, enquanto o Salão Principal explodia a seu redor.

32

DE MAL A PIOR

— Não vou... Não preciso de ala hospitalar... Não quero...

Harry balbuciava ao mesmo tempo que tentava se desvencilhar do Prof. Tofty, que o observava muito preocupado depois de ajudá-lo a andar até o Saguão de Entrada sob os olhares de todos os estudantes.

— Estou... estou ótimo — gaguejou Harry, enxugando o suor do rosto. — Verdade... eu só adormeci... tive um pesadelo...

— A pressão dos exames! — disse o velho bruxo simpaticamente, dando palmadinhas trêmulas no ombro do garoto. — Acontece, meu rapaz, acontece! Agora, uma bebida refrescante, e talvez você possa voltar ao Salão Principal? O exame está quase terminando, mas você talvez consiga concluir satisfatoriamente a última pergunta?

— Sim — respondeu Harry sem pensar. — Quero dizer... não... já fiz... fiz tudo que pude, acho...

— Muito bem, muito bem — disse o velho bruxo gentilmente. — Então vou recolher o seu exame e sugiro que vá se deitar um pouco.

— Vou fazer isso — disse Harry, acenando a cabeça com vigor. — Muitíssimo obrigado.

No segundo que os calcanhares do velho desapareceram pela porta do Salão Principal, Harry subiu correndo a escadaria de mármore, precipitou-se pelos corredores com tal velocidade que os retratos pelos quais passava resmungavam censuras, subiu outras tantas escadas e finalmente irrompeu como um furacão pelas portas duplas da ala hospitalar, fazendo Madame Pomfrey — que estava levando uma colher com um líquido azul à boca de Montague — gritar assustada.

— Potter, que é que você pensa que está fazendo?

— Preciso ver a Profª McGonagall — ofegou Harry, a respiração ferindo seus pulmões. — Agora... é urgente!

— Ela não está aqui, Potter — respondeu a enfermeira tristonha. — Foi transferida para o St. Mungus hoje de manhã. Quatro Feitiços Estuporantes no peito na idade dela? É de admirar que não tenha morrido!

— Ela... não está? — perguntou Harry, chocado.

A sineta tocou do lado de fora da enfermaria e ele ouviu o ronco distante habitual, os estudantes saindo para os corredores acima e abaixo da ala. Ele ficou muito quieto, olhando Madame Pomfrey. O terror invadiu-lhe o peito.

Não havia mais ninguém a quem contar, Dumbledore se fora, Hagrid se fora, mas sempre podia contar que a Profª McGonagall estivesse lá, irascível e inflexível, talvez, mas sempre confiável, concretamente presente...

— Não me admiro que você esteja chocado, Potter — disse Madame Pomfrey, com uma espécie de feroz aprovação no rosto. — Como se algum deles pudesse ter estuporado Minerva McGonagall de frente, à luz do dia! Covardia, é o que foi... covardia desprezível... se eu não estivesse preocupada com o que aconteceria com os estudantes sem mim, eu me demitiria em protesto.

— Sim, senhora — concordou Harry sem pensar.

E saiu às cegas da ala hospitalar para o corredor apinhado onde parou, empurrado pela multidão, o pânico se expandindo dentro dele como um gás venenoso fazendo sua cabeça girar e impedindo-o de pensar no que fazer...

Rony e Hermione, disse uma voz em sua cabeça.

Recomeçou a correr, empurrando os estudantes para os lados, surdo aos seus protestos indignados. Tornou a descer correndo dois andares e já estava no alto da escadaria de mármore quando viu os amigos que vinham apressados em sua direção.

— Harry! — chamou Hermione na mesma hora, parecendo muito assustada. — Que aconteceu? Você está bem? Está doente?

— Onde você esteve? — quis saber Rony.

— Venham comigo — disse Harry depressa. — Depressa, tenho de falar uma coisa para vocês.

Ele os levou para o corredor do primeiro andar, espiando pelos portais, e finalmente encontrou uma sala de aula vazia em que mergulhou, fechando a porta logo que Rony e Hermione entraram, e se apoiou na porta para encarar os amigos.

— Voldemort pegou Sirius.

— Quê?

— Como é que você...?

— Vi. Agorinha. Quando adormeci no exame.

— Mas... onde? Como? — perguntou Hermione, cujo rosto estava branco.

— Não sei como — falou Harry. — Mas sei exatamente onde. Tem uma sala no Departamento de Mistérios cheia de estantes com pequenas esferas de vidro, e eles estão no fim do corredor noventa e sete... ele está tentando usar Sirius para apanhar alguma coisa que quer lá de dentro... está torturando ele... diz que quando terminar vai matá-lo!

Harry achou que sua voz estava tremendo, como seus joelhos. Foi até uma carteira e se sentou, tentando se controlar.

– Como é que vamos chegar lá? – perguntou aos amigos.

Fez-se um momento de silêncio. Então Rony perguntou:

– Ch-chegar lá?

– Chegar ao Departamento de Mistérios para poder salvar Sirius! – disse Harry em voz alta.

– Mas... Harry... – disse Rony com a voz fraca.

– Quê? Quê? – exclamou Harry.

Não conseguia entender por que os dois estavam boquiabertos como se ele estivesse lhes pedindo alguma coisa irracional.

– Harry – disse Hermione com a voz muito assustada –, ah... como... como foi que Voldemort entrou no Ministério da Magia sem ninguém perceber a presença dele?

– Como é que eu vou saber? – urrou Harry. – A questão é como *nós* vamos entrar lá!

– Mas... Harry, pense – disse Hermione, chegando mais perto dele –, são cinco horas da tarde... o Ministério da Magia deve estar cheio de funcionários... como é que Voldemort e Sirius entraram lá sem serem vistos? Harry... eles são provavelmente os dois bruxos mais procurados do mundo... você acha que poderiam entrar em um prédio cheio de Aurores sem ninguém perceber?

– Eu não sei, Voldemort usou uma Capa da Invisibilidade ou qualquer outra coisa! – gritou Harry. – De qualquer maneira, o Departamento de Mistérios sempre esteve completamente vazio nas vezes que estive...

– Você nunca esteve lá, Harry – disse Hermione com a voz calma. – Você sonhou com aquele lugar, foi só.

– Não são sonhos normais! – gritou Harry para ela, se levantando e por sua vez se aproximando mais dela. Tinha vontade de sacudi-la. – Como é que você explica, então, o pai de Rony, o que foi aquilo, como é que eu soube o que tinha acontecido a ele?

– Ele tem razão – disse Rony baixinho, olhando para Hermione.

– Mas isto é simplesmente... simplesmente tão *improvável*! – disse Hermione, desesperada. – Harry, como é que Voldemort poderia ter pegado Sirius se ele tem ficado o tempo todo no largo Grimmauld?

— Sirius pode ter pirado e tido vontade de tomar um ar fresco — disse Rony, parecendo preocupado. — Está desesperado para sair daquela casa há séculos...

— Mas por que — insistiu Hermione — Voldemort iria querer usar Sirius para apanhar a arma, ou seja lá o que for a tal coisa?

— Não sei, haveria um monte de razões! — berrou Harry. — Vai ver Sirius é só alguém que Voldemort não se importa de ferir...

— Sabe de uma coisa, acabou de me ocorrer — disse Rony aos sussurros. — O irmão de Sirius não era um Comensal da Morte? Talvez tenha contado a Sirius o segredo para conseguir a arma!

— É... e é por isso que Dumbledore tem insistido tanto em manter o Sirius trancado o tempo todo! — disse Harry.

— Olhe, sinto muito — disse Hermione —, mas nenhum de vocês dois está fazendo sentido, e não temos provas de nada disso, nem mesmo uma prova de que Voldemort e Sirius estejam lá...

— Hermione, Harry viu os dois! — disse Rony, se voltando para ela.

— O.k. — disse a garota, parecendo assustada, mas decidida. — Mas tenho que lhe dizer uma coisa...

— O quê?

— Você... e isto não é uma crítica, Harry! Mas você tem... meio que... quero dizer... você não acha que tem um pouco a... a... mania de *salvar as pessoas?*

Harry lançou a Hermione um olhar feroz.

— E o que quer dizer com "mania de salvar as pessoas"?

— Bom... você... — Ela parecia mais apreensiva que nunca. — Quero dizer... no ano passado, por exemplo... no lago... durante o Torneio... você não devia... quero dizer, você não precisava salvar a menininha Delacour... você se... se empolgou um pouco...

Uma onda de raiva quente e incômoda percorreu o corpo de Harry; como é que Hermione podia lembrá-lo dessa mancada agora?

— Quero dizer, foi realmente legal de sua parte e tudo — acrescentou Hermione depressa, parecendo positivamente petrificada com a expressão no rosto de Harry —, todos acharam que foi um gesto maravilhoso...

— Que engraçado — disse Harry com a voz trêmula —, porque me lembro com certeza de ter ouvido Rony dizer que perdi tempo *bancando o herói*... é isso que você acha que é? Você supõe que eu queira agir como herói outra vez?

— Não, não, não! — disse Hermione, estupefata. — Eu não quis dizer nada disso!

— Bom, então desembucha logo o que você quer dizer, porque estamos perdendo tempo aqui! — gritou Harry.

— Estou tentando dizer: Voldemort conhece você, Harry! Ele levou Gina para a Câmara Secreta para atraí-lo, é o tipo de coisa que ele faz, ele sabe que você é... uma pessoa que iria em socorro de Sirius! E se agora estiver só tentando atrair *você* ao Departamento de Mist...?

— Hermione, não faz diferença se ele fez isso para me atrair ou não, levaram McGonagall para o St. Mungus, não restou ninguém da Ordem em Hogwarts a quem a gente possa contar nada, e se não formos, Sirius morre!

— Mas, Harry... e se o seu sonho foi... foi apenas isso: um sonho?

Harry deixou escapar um urro de frustração. Hermione chegou a recuar para longe, assustada.

— Você não está entendendo! — gritou Harry para ela. — Não estou tendo pesadelos, não estou apenas sonhando! Para que você acha que foi toda aquela Oclumência, por que você acha que Dumbledore queria me impedir de ver essas coisas? Porque elas são REAIS, Hermione: Sirius caiu em uma armadilha, eu vi. Voldemort o pegou, e mais ninguém sabe disso, o que significa que somos os únicos que podemos salvá-lo, e se você não quiser me acompanhar, ótimo, mas eu vou, entendeu? E se me lembro corretamente, você não fez nenhuma objeção à minha mania de *salvar pessoas* quando eu estava salvando você dos Dementadores ou — e se virou para Rony — quando eu estava salvando sua irmã do basilisco...

— Eu nunca disse que fazia objeção! — replicou Rony, indignado.

— Mas, Harry, você acabou de dizer — lembrou Hermione, zangada —, Dumbledore queria que você aprendesse a fechar sua mente a essas visões, e se você tivesse aprendido Oclumência direito nunca teria visto nada.

— SE VOCÊ ACHA QUE EU VOU AGIR COMO SE NÃO TIVESSE VISTO...

— Sirius lhe disse que não havia nada mais importante do que aprender a fechar sua mente!

— BOM, ACHO QUE ELE DIRIA OUTRA COISA SE SOUBESSE O QUE ACABEI DE...

A porta da sala de aula se abriu. Harry, Rony e Hermione se viraram depressa. Gina entrou, curiosa, acompanhada por Luna que, como sempre, parecia que fora parar ali por acaso.

— Oi — disse Gina, insegura. — Reconhecemos a voz de Harry. Por que é que você está gritando?

— Não é da sua conta — respondeu Harry grosseiramente.

Gina ergueu as sobrancelhas.

— Não precisa usar esse tom de voz comigo — disse tranquila. — Eu só pensei que talvez pudesse ajudar.

— Pois não pode — respondeu ele secamente.

— Você está sendo muito grosseiro, sabe? — disse Luna com serenidade.

Harry disse um palavrão e deu as costas. A última coisa que ele queria agora era conversar com Luna Lovegood.

— Espere — disse Hermione de repente. — Espere... Harry, elas *podem* ajudar.

Harry e Rony olharam para Hermione.

— Escute — disse ela com urgência. — Harry, precisamos determinar se Sirius realmente deixou a sede.

— Eu já lhe disse que...

— Harry, estou lhe suplicando, por favor! — insistiu Hermione, desesperada. — Por favor, vamos verificar se Sirius está em casa antes de sair correndo para Londres. Se descobrirmos que ele não está lá, então juro que não vou tentar impedir você. Vou junto, f-farei o que for preciso para tentar salvá-lo.

— Sirius está sendo torturado AGORA! — gritou Harry. — Não temos tempo a perder.

— Mas, se isso for um truque de Voldemort, Harry, precisamos verificar, simplesmente precisamos.

— Como? — quis saber Harry. — Como é que vamos verificar?

— Teremos de usar a lareira da Umbridge e ver se conseguimos falar com ele — disse Hermione, que agora parecia decididamente aterrorizada com sua idéia. — Vamos afastar Umbridge da sala outra vez, precisaremos de vigias, e é aí que podemos usar Gina e Luna.

— Nós faremos. — Embora fosse visível que Gina se esforçava para entender o que estava acontecendo, ela concordou imediatamente.

— Quando você diz "Sirius", você está se referindo ao Toquinho Boardman? — disse Luna.

Ninguém lhe respondeu.

— O.k. — disse Harry agressivamente a Hermione. — O.k., se você puder pensar em um jeito de fazer isso rápido, estou com você, do contrário estou indo para o Departamento de Mistérios agora mesmo.

— O Departamento de Mistérios? — perguntou Luna, parecendo ligeiramente surpresa. — Mas como é que você vai chegar lá?

De novo, Harry a ignorou.

— Certo — disse Hermione, torcendo as mãos e andando para cima e para baixo entre as carteiras. — Certo... bom... um de nós tem de ir procurar a Umbridge e despachá-la na direção oposta, para mantê-la afastada da sala dela. Podiam dizer... sei lá... que Pirraça está fazendo alguma barbaridade como sempre...

— Farei isso — disse Rony na mesma hora. — Direi que Pirraça está destruindo o departamento de Transfiguração ou outra coisa qualquer que fique a quilômetros do escritório dela. Pensando bem, eu provavelmente poderia convencer Pirraça a fazer isso se o encontrasse pelo caminho.

Foi um sinal da gravidade da situação que Hermione não fizesse objeções a destruir o departamento de Transfiguração.

— O.k. — disse a garota, a testa enrugada, enquanto continuava a andar para lá e para cá. — Agora precisamos afastar imediatamente os estudantes da sala da Umbridge enquanto forçamos a entrada, ou algum aluno da Sonserina vai acabar informando a ela.

— Luna e eu podemos ficar uma em cada ponta do corredor — disse Gina prontamente —, e avisar às pessoas para não descerem até lá porque alguém soltou uma carga de Gás Garroteante. — Hermione pareceu surpresa com a rapidez com que Gina inventara essa mentira; a garota encolheu os ombros e disse: — Fred e Jorge estavam planejando fazer isso antes de ir embora.

— O.k. — concordou Hermione. — Bom, então, Harry, você e eu vamos usar a Capa da Invisibilidade e entrar na sala da Umbridge, e você pode falar com o Sirius.

— Ele não está lá, Hermione!

— Quero dizer, você pode... pode verificar se Sirius está ou não em casa enquanto eu vigio, acho que você não devia ficar na sala sozinho. Lino já provou que a janela é um ponto fraco, mandando aqueles pelúcios por lá.

Mesmo em sua raiva e impaciência, Harry reconheceu no oferecimento de Hermione para acompanhá-lo à sala da Umbridge um sinal de solidariedade e lealdade.

— Eu... o.k., obrigado — murmurou.

— Certo, bom, mesmo se fizermos tudo isso, acho que não vamos poder contar com mais de cinco minutos — disse Hermione, com um ar de alívio ao ver que Harry parecia ter aceitado o plano —, não com o Filch e a maldita Brigada Inquisitorial soltos pelos corredores.

— Cinco minutos serão suficientes — disse Harry. — Vamos andando, então...

— *Agora?!* — exclamou Hermione, parecendo chocada.

— Claro que é agora! — disse Harry, zangado. — Que é que você pensou, que íamos esperar até depois do jantar ou outra hora qualquer? Hermione, Sirius está sendo torturado *neste momento!*

— Eu... ah, tudo bem — disse a garota, desesperada. — Vai apanhar a Capa da Invisibilidade e encontraremos você no fim do corredor da Umbridge, o.k.?

Harry não respondeu, precipitou-se para fora da sala e começou a abrir caminho pela multidão que transitava ali. Dois andares acima ele encontrou Simas e Dino, que o cumprimentaram jovialmente e avisaram que estavam programando uma comemoração do fim dos exames, do anoitecer ao alvorecer, na sala comunal. Harry mal ouviu o que diziam. Trepou pelo buraco do retrato enquanto eles continuavam a discutir quantas cervejas amanteigadas do mercado ilegal iriam precisar e já estava de volta trazendo a Capa da Invisibilidade e o canivete de Sirius bem guardados na mochila, antes que os colegas notassem que ele os abandonara.

— Harry, você quer contribuir com uns dois galeões? O Haroldo Dingle calcula que poderia nos vender um pouco de uísque de fogo...

Mas Harry já voltava correndo pelo corredor, e uns dois minutos mais tarde saltava as últimas escadas para se encontrar com Rony, Hermione, Gina e Luna, já agrupados no fim do corredor da Umbridge.

— Estão comigo — ofegou ele. — Pronta para ir, então?

— Vamos — cochichou Hermione, quando passava uma turma de sextanistas barulhentos. — Então Rony... você vai despistar a Umbridge... Gina e Luna, podem começar a tirar as pessoas do corredor... Harry e eu vamos pôr a Capa da Invisibilidade e esperar até a barra ficar limpa...

Rony se afastou, seus cabelos muito ruivos visíveis até o fim do corredor; ao mesmo tempo, a cabeça igualmente colorida de Gina subia e descia entre os estudantes que se acotovelavam ao redor, indo na direção oposta, seguida pela cabeça loura de Luna.

— Entre aqui — murmurou Hermione, puxando o pulso de Harry e fazendo-o recuar para um recesso onde a cabeça de pedra de um feio bruxo medieval resmungava em um pedestal. — Tem... tem... tem certeza de que você está o.k., Harry? Você ainda está muito pálido.

— Estou ótimo — respondeu ele com brevidade, tirando a Capa da Invisibilidade da mochila. Na verdade, a cicatriz estava doendo, mas não tão forte que o levasse a pensar que Voldemort já dera em Sirius o golpe fatal; doera muito mais quando Voldemort estava castigando Avery...

"Aqui", disse ele; atirou, então, a capa sobre os dois e ficaram escutando atentamente, apesar dos murmúrios em latim do busto do bruxo.

— Vocês não podem vir por aqui! — Gina gritava para a multidão. — Não, me desculpem, vocês vão ter de dar a volta pela escada giratória, alguém soltou Gás Garroteante por aqui...

Eles ouviam as pessoas reclamando; uma voz mal-humorada disse: "Não estou vendo gás algum."

— É porque ele é incolor — disse Gina em tom exasperado e convincente —, mas se você quer passar pelo gás, sirva-se, aí teremos o seu corpo para provar ao próximo idiota que não acreditar em nós.

Lentamente, a multidão se dispersou. A notícia sobre o Gás Garroteante parecia ter se espalhado; as pessoas não estavam mais vindo. Quando finalmente a área circunvizinha ficou deserta, Hermione disse baixinho:

— Acho que isso é o melhor que a gente vai conseguir, Harry, anda, vamos logo.

Eles se adiantaram, cobertos pela capa. Luna estava parada de costas para eles no extremo do corredor. Ao passarem por Gina, Hermione sussurrou:

— Bruxinha... não esqueça de dar o sinal.

— Qual é o sinal? — murmurou Harry, ao se aproximarem da porta de Umbridge.

— Um coro em altas vozes de "Weasley é nosso rei", se virem a Umbridge se aproximar — respondeu Hermione, enquanto Harry enfiava a lâmina do canivete de Sirius na fresta entre a porta e a parede. A fechadura se abriu com um estalo e eles entraram.

Os gatinhos espalhafatosos estavam aproveitando o sol de fim de tarde que aquecia seus pratos, mas, tirando isso, a sala estava silenciosa e desocupada como da última vez. Hermione deu um suspiro de alívio.

— Pensei que ela tivesse reforçado as medidas de segurança depois do segundo pelúcio.

Eles tiraram a capa; Hermione correu para a janela e ficou escondida, espiando para os terrenos da escola com a varinha na mão. Harry se precipitou para a lareira, agarrou o pote de Pó de Flu e atirou uma pitada na grade, fazendo irromper as chamas cor de esmeralda. Ajoelhou-se depressa, e disse: "Largo Grimmauld, número doze!"

Sua cabeça começou a girar como se ele tivesse acabado de descer de um carrossel, embora os joelhos continuassem firmemente plantados no chão frio da sala. Harry manteve os olhos bem fechados para protegê-los do redemoinho de cinzas e, quando parou de girar, ele os abriu e deparou com a cozinha longa e fria do largo Grimmauld.

Não havia ninguém lá. Esperara que isso acontecesse, mas não estava preparado para a onda de medo e pânico que pareceu ter açoitado o seu estômago à vista do aposento deserto.

— Sirius? — gritou. — Sirius, você está aí?

Sua voz ecoou pelo aposento, mas não houve resposta exceto um ruidinho de passos à direita do fogão.

— Quem está aí? — chamou, em dúvida se poderia ser um ratinho.

Monstro, o elfo doméstico, apareceu. Tinha um ar extremamente satisfeito, embora parecesse ter sofrido recentemente graves ferimentos nas duas mãos, envoltas em pesadas bandagens.

— É a cabeça do garoto Potter no fogão — Monstro informou à cozinha vazia, lançando olhares furtivos e estranhamente triunfantes a Harry. — O que terá vindo fazer, Monstro se pergunta?

— Onde está Sirius, Monstro? — indagou Harry.

O elfo doméstico deu uma risada asmática.

— O senhor saiu, Harry Potter.

— Aonde é que ele foi? *Aonde é que ele foi, Monstro?*

Monstro meramente gargalhou.

— Estou lhe avisando! — disse Harry, consciente de que o espaço de que dispunha para castigar o elfo era quase inexistente na presente posição. — E Lupin? Olho-Tonto? Algum deles, tem alguém aqui?

— Ninguém aqui a não ser Monstro — disse o elfo alegremente e dando as costas a Harry, se dirigiu lentamente para a porta no fundo da cozinha. — Monstro acha que vai conversar com a senhora dele agora, sim, há muito tempo que não tem uma chance. O senhor do Monstro não deixa ele se aproximar da senhora...

— Aonde é que Sirius foi? — berrou Harry para o elfo. — Monstro, ele foi para o *Departamento de Mistérios?*

Monstro parou de chofre. Harry conseguia divisar apenas sua nuca pelada através da floresta de pernas de cadeiras à sua frente.

— O senhor não diz ao pobre Monstro aonde vai — respondeu o elfo em voz baixa.

— Mas você sabe! — gritou Harry. — Não sabe? Você sabe onde ele está.

Houve um momento de silêncio, e então o elfo soltou uma gargalhada ainda mais alta do que as anteriores.

— O senhor não vai voltar do Departamento de Mistérios! — disse alegremente. — Monstro e sua senhora estão outra vez sozinhos!

Então saiu correndo e desapareceu pela porta do corredor.

— Seu...!

Mas antes que pudesse lançar um único feitiço ou dizer um único palavrão, Harry sentiu uma grande dor no topo da cabeça; inspirou uma quantidade de cinzas e, engasgando, sentiu que o puxavam de costas pelas chamas, até que de maneira terrivelmente instantânea ele se viu diante da cara larga e pálida da Prof.ª Umbridge, que o arrastara para fora da lareira pelos cabelos e agora virava o seu pescoço para trás até o limite, como se pretendesse cortar sua garganta.

— Você acha — sussurrou ela, forçando o pescoço do garoto para trás, obrigando-o a olhar para o teto — que depois de dois pelúcios eu ia deixar mais algum bichinho imundo, comedor de carniça, entrar na minha sala sem o meu conhecimento? Mandei instalar Feitiços Sensores de Atividade Furtiva ao redor da minha porta depois do último, seu tolo. Tire a varinha dele — vociferou a diretora para alguém que ele não pôde ver, e Harry sentiu uma mão tatear o bolso superior de suas vestes e apanhar sua varinha. — A dela também.

Harry ouviu um rebuliço ao lado da porta, e concluiu que tinham acabado de arrancar a varinha da mão de Hermione.

— Quero saber por que você está na minha sala — disse Umbridge, sacudindo a mão que agarrava seus cabelos e o fazendo cambalear.

— Eu estava tentando recuperar a minha Firebolt! — respondeu Harry rouco.

— Mentiroso. — Ela tornou a sacudi-lo. — Sua Firebolt está sob rigorosa vigilância nas masmorras, como sabe muito bem, Potter. Você estava com a cabeça metida na minha lareira. Com quem você esteve se comunicando?

— Com ninguém — disse Harry tentando se desvencilhar. Sentiu vários fios de cabelo darem adeus à sua cabeça.

— *Mentiroso!* — gritou Umbridge. Atirou-o para longe e ele bateu na escrivaninha. Dali pôde ver Hermione manietada na parede por Emília Bulstrode. Malfoy estava encostado no parapeito da janela, e sorria afetadamente brincando de atirar a varinha de Harry no ar com uma das mãos.

Ouviu-se um tumulto do lado de fora e alguns alunos corpulentos da Sonserina entraram, cada um, por sua vez, segurando, Rony, Gina, Luna e — para perplexidade de Harry — Neville, que, imobilizado por uma gravata de Crabbe, parecia correr o risco iminente de sufocar. Os quatro tinham sido amordaçados.

— Apanhei todos — disse Warrington, empurrando Rony com violência para dentro da sala. — *Aquele* ali — e indicou Neville com um dedo grosso — tentou me impedir de apanhar *essa outra* — e indicou Gina, que tentava chutar as canelas da garotona da Sonserina que a prendia —, então trouxe-o também.

— Ótimo, ótimo — aprovou Umbridge, observando a resistência de Gina. — Bom, parece que em breve Hogwarts será uma zona livre dos Weasley, não?

Malfoy soltou uma risada alta de puxa-saco. Umbridge lançou à menina um sorriso largo e indulgente, e se acomodou em sua poltrona forrada de chintz, piscando para os prisioneiros como um sapo em um canteiro de flor.

— Então, Potter, você colocou vigias ao redor da minha sala e mandou esse palhaço — ela acenou para Rony, Malfoy riu ainda mais alto — me dizer que o poltergeist estava fazendo uma destruição no departamento de Transfiguração, quando eu sabia muito bem que ele estava ocupado em borrar de tinta as lentes dos telescópios: o Sr. Filch acabara de me informar isso.

"Pelo visto era muito importante para você falar com alguém. Era Alvo Dumbledore? Ou o mestiço Hagrid? Duvido que fosse Minerva McGonagall, soube que continua doente demais para falar."

Malfoy e alguns membros da Brigada Inquisitorial deram mais risadas. Harry descobriu que sentia tanta raiva e tanto ódio que estava tremendo.

— Não é de sua conta com quem eu falo — vociferou.

O rosto flácido de Umbridge pareceu se contrair.

— Muito bem — disse em seu tom mais perigoso e falsamente meigo. — Muito bem, Sr. Potter... Ofereci-lhe uma chance de me contar voluntariamente. O senhor a recusou. Não me resta alternativa senão forçá-lo. Draco, vá buscar o Prof. Snape.

Malfoy guardou a varinha de Harry no bolso interno das vestes e saiu da sala rindo, mas Harry nem reparou. Acabara de perceber uma coisa; não conseguia acreditar que tivesse sido tão burro de esquecê-la. Pensara que todos os membros da Ordem, todos os que poderiam ajudá-lo a salvar Sirius, tivessem partido — mas se enganara. Ainda havia um membro da Ordem da Fênix em Hogwarts — Snape.

Fez-se silêncio na sala exceto pela inquietação e o arrastar de pés dos alunos da Sonserina se esforçando para conter Rony e os outros. A boca de Rony sangrava no tapete da Umbridge, empenhado que estava em se livrar da chave de nuca que Warrington lhe aplicava; Gina ainda tentava pisar os pés da sextanista que prendia seus braços. O rosto de Neville ia se tornando mais roxo enquanto o garoto fazia força para se desvencilhar da chave de Crabbe; e Hermione tentava, em vão, jogar Emília Bulstrode longe. Luna, porém, estava parada e descontraída ao lado do seu captor, olhando distraidamente pela janela, como se a cena a entediasse.

Harry olhou para Umbridge, que o observava com atenção. Mantinha o rosto deliberadamente sem rugas e vazio de expressão, quando ouviram passos no corredor e Draco Malfoy entrou na sala e ficou segurando a porta aberta para Snape passar.

— A senhora queria me ver, diretora? — disse Snape olhando para os pares de estudantes que se debatiam com uma expressão de completa indiferença.

— Ah, Prof. Snape — disse Umbridge, abrindo um grande sorriso e se erguendo da mesa. — Sim, gostaria que me desse mais um frasco de Veritaserum, o mais depressa possível, por favor.

— A senhora trouxe o meu último frasco para interrogar Potter — informou ele, estudando-a calmamente através de suas cortinas de cabelos pretos oleosos. — Certamente a senhora não o gastou todo? Eu a preveni que três gotas seriam suficientes.

Umbridge corou.

— O senhor pode preparar mais um pouco, não pode? — perguntou, sua voz mais meiga e mais infantil como sempre acontecia quando estava furiosa.

— Com certeza — respondeu Snape crispando os lábios. — Leva um ciclo de plenilúnio para maturar, portanto eu o terei pronto mais ou menos dentro de um mês.

— Um mês? — grasnou Umbridge, inchando como um sapo. — Um mês? Mas preciso para hoje à noite, Snape! Acabei de encontrar Potter usando a minha lareira para se comunicar com uma pessoa ou pessoas desconhecidas!

— Sério? — admirou-se Snape, mostrando seu primeiro e pálido sinal de interesse e se virando para Harry. — Bom, não me surpreende. Potter jamais manifestou grande respeito pelo regulamento da escola.

Seus olhos frios e escuros perfuraram os de Harry, que sustentou o seu olhar sem piscar, fazendo força para se concentrar no que vira em seu sonho, desejoso que Snape lesse sua mente e compreendesse...

— Gostaria de interrogá-lo! — gritou Umbridge, zangada, e Snape desviou o olhar de Harry, para o rosto furioso e trêmulo da diretora. — Gostaria que o senhor me fornecesse uma poção que o force a me contar a verdade!

— Eu já lhe disse — respondeu Snape suavemente — que acabou o meu estoque de Veritaserum. A não ser que a senhora tencione envenenar Potter, e posso lhe garantir que teria a minha solidariedade se fizesse isso, não posso ajudá-la. O único problema é que a maioria dos venenos age com rapidez excessiva e não deixa à vítima muito tempo para contar a verdade.

Snape tornou a olhar para Harry, que retribuiu o olhar, louco para se comunicar sem falar.

Voldemort está com o Sirius no Departamento de Mistérios, pensou ele desesperadamente. *Voldemort está com o Sirius...*

— O senhor está em observação! — guinchou Umbridge, e Snape tornou a olhá-la, com as sobrancelhas ligeiramente erguidas. — O senhor está sendo deliberadamente imprestável! Eu esperava mais, Lúcio Malfoy sempre me fala muitíssimo bem do senhor! Agora saia da minha sala!

Snape fez uma curvatura irônica para a diretora e se virou para sair. Harry sabia que a última oportunidade de informar à Ordem o que estava acontecendo ia saindo pela porta.

– Ele tem Almofadinhas! – gritou. – Tem Almofadinhas no lugar em que está escondido!

Snape parara com a mão na maçaneta da porta.

– Almofadinhas! – exclamou a Profª Umbridge, olhando ansiosa de Harry para Snape. – Que é Almofadinhas? Onde o que está escondido? Que é que ele está dizendo, Snape?

Snape se virou para Harry. Seu rosto estava inescrutável. O garoto não sabia dizer se ele entendera, mas não ousava falar mais claramente na presença de Umbridge.

– Não faço ideia – respondeu o professor com frieza. – Potter, quando eu quiser que você grite bobagens, lhe darei uma Poção da Incoerência. E Crabbe, afrouxe o seu golpe um pouco. Se Longbottom sufocar teremos muitos documentos para preencher e receio que serei obrigado a mencionar isso em suas referências, se algum dia você se candidatar a um emprego.

Snape fechou a porta com um estalo ao passar, deixando Harry mais perturbado do que antes. O professor fora sua última chance. Ele olhou para Umbridge, que parecia estar em situação igual; seu peito arfava de raiva e frustração.

– Muito bem – disse a diretora e puxou a varinha. – Muito bem... você não me deixa alternativa... isto é mais do que um caso de disciplina escolar... é uma questão de segurança ministerial... sim... sim...

Parecia estar querendo se convencer de alguma coisa. Mudava o apoio do corpo nervosamente de um pé para o outro, encarando Harry, batendo a varinha na palma da mão vazia e respirando com esforço. Ao observá-la, Harry se sentiu barbaramente impotente sem a própria varinha.

– Você está me obrigando... eu não quero – disse Umbridge, ainda se mexendo inquieta no mesmo lugar –, mas às vezes as circunstâncias justificam o uso... Tenho certeza de que o ministro entenderá que não tive escolha...

Malfoy a observava com uma expressão voraz no rosto.

– A Maldição Cruciatus deverá soltar a sua língua – disse Umbridge em voz baixa.

– Não! – gritou Hermione. – Profª Umbridge: isto é ilegal.

Mas Umbridge não lhe deu atenção. Tinha uma expressão maligna, ansiosa, animada no rosto que Harry nunca vira antes. Ergueu a varinha.

– O ministro não iria querer que a senhora desrespeitasse a lei, Profª Umbridge! – exclamou Hermione.

— O que Cornélio não sabe não lhe tira pedaço — disse Umbridge, que agora ofegava levemente ao apontar a varinha para uma parte diferente do corpo de Harry de cada vez, aparentemente tentando se decidir onde doeria mais. — Ele nunca soube que mandei Dementadores atrás de Potter no verão passado, mas ainda assim ficou encantado de ter a oportunidade de expulsá-lo.

— Foi *a senhora*? — admirou-se Harry. — *A senhora* mandou os Dementadores atrás de mim?

— *Alguém* tinha de agir — sussurrou Umbridge, a varinha apontada diretamente para a testa de Harry. — Estavam todos se queixando que queriam silenciá-lo, desacreditá-lo, mas eu fui a pessoa que realmente fez alguma coisa... mas você *conseguiu* se livrar, não foi, Potter? Mas não hoje, nem agora. — E inspirando profundamente, ordenou: — Cruc...

— NÃO! — gritou Hermione com a voz entrecortada por trás de Emília Bulstrode. — Não... Harry... teremos de contar a ela!

— Nem pensar! — berrou Harry, encarando o pedacinho de Hermione que conseguia ver.

— Teremos, Harry, ela obrigará você a falar, de... de que adianta?

E Hermione começou a chorar baixinho nas costas das vestes de Emília. A garota parou imediatamente de querer esmagá-la contra a parede e se afastou com nojo.

— Ora, ora, ora! — disse Umbridge, com uma expressão triunfante. — A Senhorita Perguntadeira vai nos dar algumas respostas. Vamos, então, menina, fale!

— Her... mi... ni... não! — gritou Rony através da mordaça.

Gina arregalava os olhos para Hermione como se nunca a tivesse visto antes. Neville, ainda tentando respirar, encarava-a também. Mas Harry acabara de reparar em uma coisa. Embora Hermione estivesse soluçando desesperadamente com o rosto nas mãos, não havia nem sinal de lágrimas.

— Desculpe... desculpe, gente — disse Hermione. — Mas... não dá para aguentar...

— Certo, certo, garota! — disse Umbridge, agarrando Hermione pelos ombros, atirando-a no cadeirão de chintz e se curvando para ela. — Agora, então... com quem Potter estava se comunicando ainda há pouco?

— Bom — Hermione engoliu em seco, ainda com as mãos no rosto —, bom, ele estava *tentando* falar com o Prof. Dumbledore.

Rony congelou, os olhos arregalados; Gina parou de tentar pisar os dedos dos pés de sua captora; e até Luna pareceu meio surpresa. Felizmente, a atenção de Umbridge e seus policiais estava concentrada muito exclusivamente em Hermione para reparar nesses indícios suspeitos.

— Dumbledore! — exclamou Umbridge, ansiosa. — Você sabe onde Dumbledore está, então?

— Bom... não! — soluçou Hermione. — Experimentamos o Caldeirão Furado, no Beco Diagonal e o Três Vassouras e até o Cabeça de Javali...

— Menina idiota... Dumbledore não vai ficar sentado em um *pub* com o Ministério todo à procura dele! — gritou Umbridge, o desapontamento gravado em cada ruga frouxa de seu rosto.

— Mas... mas precisava contar a ele uma coisa importante! — gemeu Hermione, apertando ainda mais as mãos contra o rosto, não, sabia Harry, de aflição, mas para disfarçar a contínua ausência de lágrimas.

— Então? — perguntou Umbridge com um súbito arroubo de animação. — Que é que vocês queriam contar a ele?

— Nós... nós queríamos contar que está p-pronta! — engasgou-se Hermione.

— Que é que está pronta! — Umbridge exigiu saber, e tornou a agarrar Hermione pelos ombros e a sacudi-la de leve. — Que é que está pronta, menina?

— A... a arma.

— Arma? Arma? — repetiu Umbridge, e seus olhos saltaram de animação. — Vocês estiveram pesquisando algum método de defesa? Uma arma que poderiam usar contra o Ministério? Por ordem do Prof. Dumbledore, é claro.

— S-s-im — ofegou Hermione —, mas ele teve de partir antes de terminar, e ag-g-ora terminamos e não c-c-conseguimos encontrá-lo p-p-para avisar!

— Que tipo de arma é? — perguntou Umbridge asperamente, suas mãos curtas ainda apertando os ombros de Hermione.

— Não sabemos r-r-realmente — disse Hermione fungando alto. — Só f-f-fizemos o que o P-P-Prof. Dumbledore nos disse p-p-para fazer.

Umbridge se endireitou, parecendo exultante.

— Me leve até a arma — disse.

— Não vou mostrar a... *eles* — disse Hermione com a voz aguda, olhando para os alunos da Sonserina por entre os dedos.

— Não cabe a você impor condições — disse a professora com aspereza.

— Ótimo — argumentou Hermione, agora soluçando, o rosto nas mãos. — Ótimo... deixe eles verem, espero que a usem contra a senhora! Na verdade, eu gostaria que a senhora convidasse uma multidão para vir ver! S-seria bem feito... ah, eu adoraria que a escola t-toda soubesse onde está e como usá-la, e quando a senhora aborrecesse alguém, ele poderia d-dar um jeito na senhora!

Essas palavras produziram um forte impacto em Umbridge: ela olhou com rapidez e desconfiança para sua Brigada Inquisitorial, seus olhos saltados detendo-se por um momento em Malfoy, que foi lento demais para disfarçar a expressão de ansiedade e cobiça que apareceu em seu rosto.

Umbridge estudou Hermione por outro longo momento, então falou num tom que claramente pensava ser maternal.

– Muito bem, querida, então vamos só você e eu... e levaremos Potter também, está bem? Levante-se agora.

– Professora – chamou Malfoy, ansioso –, Profª Umbridge, acho que alguns membros da Brigada deveriam ir com a senhora para cuidar...

– Eu sou funcionária credenciada do Ministério, Malfoy, você acha realmente que não posso cuidar de dois adolescentes sem varinha? – perguntou com rispidez. – De qualquer modo, não me parece que essa arma deva ser vista por alunos. Você vai ficar aqui até a minha volta garantindo que nenhum desses – ela fez um gesto abarcando Rony, Gina, Neville e Luna – fuja.

– Certo – disse Malfoy, parecendo ofendido e desapontado.

– E vocês dois podem ir à minha frente para indicar o caminho – disse Umbridge, apontando Harry e Hermione com a varinha. – Andem então.

33

LUTA E FUGA

Harry não fazia ideia do que Hermione estava planejando, nem mesmo se teria um plano. Manteve-se meio passo atrás dela enquanto seguiam pelo corredor da sala de Umbridge, sabendo que pareceria muito suspeito se ele desse a impressão de não saber aonde iam. Não se atreveu a falar com a amiga; Umbridge estava tão colada às suas costas que era possível ouvir sua respiração descompassada.

Hermione, à frente, desceu as escadas para o Saguão de Entrada, o vozerio e o estrépito dos talheres nos pratos ecoavam pelas portas abertas do Salão Principal – parecia a Harry inacreditável que a uns seis metros de distância as pessoas saboreassem o jantar, comemorando o fim dos exames, sem a menor preocupação...

Hermione passou direto do saguão para os degraus de pedra e o ar cálido da noite. O sol agora estava se pondo em direção às copas das árvores na Floresta Proibida e, enquanto Hermione atravessava deliberadamente o gramado – Umbridge quase correndo para acompanhá-la –, suas sombras escuras, longas como capas, ondulavam pela grama à sua passagem.

– Está escondida na cabana de Hagrid? – perguntou Umbridge, ansiosa, ao ouvido de Harry.

– Claro que não – respondeu Hermione em tom irônico –, Hagrid poderia dispará-la sem querer.

– É mesmo – concordou Umbridge, cuja animação parecia crescer. – Ele teria feito isso, é claro, o mestiço retardado.

Ela riu. Harry sentiu um forte impulso de se virar e agarrá-la pelo pescoço, mas resistiu. Sua cicatriz latejava no ar ameno da noite, mas ainda não queimara em brasa, como sabia que iria acontecer quando Voldemort se preparasse para atacar.

– Então... onde está? – perguntou Umbridge, com um quê de incerteza na voz, pois Hermione continuava a rumar decidida para a Floresta.

— Lá dentro, é claro — respondeu a garota, apontando para as árvores escuras. — Tinha de ficar em algum lugar onde os estudantes não a encontrassem por acaso, não é mesmo?

— Naturalmente — concordou Umbridge, embora parecesse agora um pouco apreensiva. — Naturalmente... muito bem então... vocês dois se mantenham à minha frente.

— Podemos ficar com a sua varinha, então, se vamos na frente? — perguntou Harry.

— Não, acho que não, Sr. Potter — respondeu ela meigamente, espetando as costas do garoto com a varinha. — Receio que o Ministério dê mais valor à minha vida do que à sua.

Quando alcançaram a sombra fresca das primeiras árvores, Harry tentou captar a atenção de Hermione; caminhar pela Floresta sem varinhas parecia-lhe a coisa mais imprudente que eles já tinham feito até aquela noite. Ela, no entanto, apenas lançou um olhar desdenhoso a Umbridge e mergulhou entre as árvores, andando com tanta rapidez que a professora, com suas pernas mais curtas, teve dificuldade em acompanhá-la.

— É muito para dentro? — perguntou Umbridge a Hermione, quando suas vestes se prenderam e rasgaram em um espinheiro.

— Ah, é, está muito bem escondida.

As apreensões de Harry aumentaram. Hermione não tomou a trilha que haviam seguido para visitar Grope, mas a que ele tomara três anos antes para ir à toca do monstro Aragogue. A amiga não estava em sua companhia na ocasião, e ele duvidou que Hermione tivesse ideia do perigo que os aguardava no fim da trilha.

— Ah... você tem certeza de que estamos no caminho certo? — perguntou Umbridge incisivamente.

— Ah, tenho — respondeu a garota com firmeza, pisando no mato rasteiro e produzindo o que ele julgou ser um barulho desnecessário. Atrás deles, Umbridge tropeçou numa arvoreta caída. Nenhum dos dois parou para ajudá-la a se levantar; Hermione meramente continuou o caminho, avisando em voz alta por cima do ombro. — É um pouco mais adiante!

— Hermione, fale baixo — murmurou Harry, apressando o passo para alcançá-la. — Qualquer coisa poderia estar nos ouvindo aqui.

— Quero que nos ouçam — respondeu ela em voz baixa, enquanto Umbridge corria com estardalhaço atrás deles. — Você vai ver...

Eles continuaram a caminhar por um tempo aparentemente longo, até penetrarem mais uma vez tão profundamente na Floresta que a abóbada de árvores bloqueava toda a claridade. Harry teve a mesma sensação que já experimentara antes na Floresta, a de que estavam sendo vigiados por olhos invisíveis.

— Quanto falta ainda? — perguntou Umbridge, zangada.

— Não muito agora! — gritou Hermione, ao saírem em uma clareira escura e úmida. — Só mais um pouquinho...

Uma flecha voou pelo ar e caiu com um impacto ameaçador pouco acima da cabeça da garota. O ar se encheu repentinamente com o ruído de cascos; Harry sentiu o chão da Floresta tremer; Umbridge soltou um gritinho e o empurrou para a frente dela como um escudo...

Ele se desvencilhou e se virou. Uns cinquenta centauros emergiram de todos os lados, seus arcos erguidos e armados apontando para Harry, Hermione e Umbridge. Os três recuaram lentamente para o centro da clareira, enquanto Umbridge balbuciava estranhos gemidos de terror. Harry olhou de esguelha para Hermione. Ela exibia um sorriso triunfante.

— Quem é você? — perguntou uma voz.

Harry olhou para a esquerda. O corpo castanho do centauro chamado Magoriano destacava-se do círculo em direção a eles; seu arco, como o dos outros, estava erguido. À direita de Harry, Umbridge ainda gemia, sua varinha tremendo violentamente apontada para o centauro que avançava.

— Eu perguntei quem é você, humana — tornou a perguntar Magoriano com aspereza.

— Sou Dolores Umbridge! — respondeu ela, em tom agudo e aterrorizado. — Subsecretária sênior do ministro da Magia, diretora e Alta Inquisidora de Hogwarts!

— A senhora é do Ministério da Magia? — confirmou Magoriano, enquanto muitos centauros no círculo ao redor se moveram inquietos.

— Exatamente! — disse ela, elevando a voz. — Então, tenha cuidado! Pelas leis baixadas pelo Departamento para Regulamentação e Controle das Criaturas Mágicas, qualquer ataque de mestiços como vocês a um humano...

— Do que foi que a senhora nos chamou? — gritou um centauro preto com ar feroz em quem Harry reconheceu Agouro. Ouviram-se muitos murmúrios indignados e arcos esticando a toda volta.

— Não se refira a eles assim! — disse Hermione furiosa, mas Umbridge não pareceu tê-la ouvido. Ainda apontando a varinha trêmula para Magoriano, continuou:

— A Lei Quinze B diz claramente que "qualquer ataque de uma criatura mágica presumivelmente dotada de inteligência quase humana, e portanto responsável por seus atos..."

— Inteligência quase humana? — repetiu Magoriano, ao mesmo tempo que Agouro e os outros rugiam de raiva e pateavam o chão. — Consideramos isso uma grande ofensa, humana! Nossa inteligência, felizmente, supera em muito a sua.

— Que é que a senhora está fazendo em nossa Floresta? — bradou um centauro cinzento de rosto severo, que Harry e Hermione tinham visto na última ida. — Por que está aqui?

— *Sua* Floresta?! — exclamou Umbridge, tremendo agora não somente de medo, mas, ao que parecia, de indignação. — Gostaria de lembrar que vocês vivem aqui porque o Ministério da Magia permite que ocupem certas áreas de terra...

Uma flecha passou voando tão perto de sua cabeça que prendeu uns fios dos seus cabelos cor de rato; ela soltou um berro de furar os tímpanos e levou as mãos à cabeça, enquanto alguns centauros apoiavam o ataque aos gritos e outros riam estridentemente. O som de suas risadas ferozes e relinchantes a ecoar pela clareira sombria e a visão de suas patas batendo no chão eram extremamente assustadores.

— De quem é a Floresta agora, humana? — berrou Agouro.

— Mestiços imundos! — gritou Umbridge, as mãos ainda apertando a cabeça. — Feras! Animais descontrolados!

— Fique quieta! — gritou Hermione, mas foi tarde demais: Umbridge apontou a varinha para Magoriano e ordenou: "*Incarcerous!*"

Cordas voaram pelo ar como grossas cobras, enrolando-se firmemente no tronco do centauro e prendendo seus braços: ele soltou um grito de fúria e se empinou nas patas traseiras, tentando se libertar, enquanto os outros centauros atacavam.

Harry agarrou Hermione e puxou-a para o chão; de cara no chão da Floresta, ele conheceu um momento de terror enquanto os cascos estrondavam ao seu redor, mas os centauros saltavam por cima e em volta dos garotos, berrando e gritando encolerizados.

— Nãããããão! — ele ouviu Umbridge gritar. — Nãããããão... sou subsecretária sênior... vocês não podem: me larguem, seus animais... nãããããão!

Harry viu um lampejo vermelho e percebeu que ela tentara estuporar um deles; então Umbridge gritou muito alto. Erguendo a cabeça alguns centímetros, Harry viu que fora agarrada por trás por Agouro e guindada para o alto, espernando e gritando de medo. Sua varinha caiu no chão, e o coração de Harry deu um salto. Se ao menos pudesse alcançá-la...

Mas, quando esticou a mão para a varinha, o casco de um centauro desceu sobre o objeto e partiu-o exatamente no meio.

— Agora! — rugiu uma voz no ouvido de Harry, e um braço grosso e peludo o pôs em pé. Hermione também foi levantada. Por cima das costas e cabeças coloridas dos centauros que arremetiam, Harry viu Umbridge ser carregada entre as árvores por Agouro. Gritando sem parar, sua voz foi se distanciando até que já não podiam ouvi-la com o barulho dos cascos na clareira.

— E esses aqui? — perguntou o centauro cinzento de expressão dura que segurava Hermione.

— São jovens — disse uma voz lenta e pesarosa atrás de Harry. — Não atacamos filhotes.

— Eles a trouxeram aqui, Ronan — replicou o centauro que segurava Harry firmemente. — E não são tão filhotes... é quase adulto, este aqui.

Ele sacudiu Harry pelo colarinho das vestes.

— Por favor — pediu Hermione sem fôlego —, não nos ataquem, não pensamos como ela, não somos funcionários do Ministério da Magia! Só viemos para cá porque tínhamos esperança de que vocês a afugentassem.

Harry percebeu imediatamente, pela expressão no rosto do centauro cinzento que segurava Hermione, que ela cometera um terrível engano ao dizer isso. O centauro cinzento jogou a cabeça para trás, as pernas traseiras bateram furiosamente, e ele bradou:

— Está vendo, Ronan? Eles já têm a arrogância da espécie! Então era para nós fazermos o seu trabalho sujo, era, menina humana? Era para agirmos como seus criados, afugentarmos seus inimigos como cães obedientes?

— Não! — negou Hermione com um guincho de terror. — Por favor... não quis dizer isso! Só tive esperança que vocês talvez pudessem nos... ajudar.

Mas ela parecia estar indo de mal a pior.

— Não ajudamos humanos! — vociferou o centauro que segurava Harry, apertando-o e ao mesmo tempo empinando um pouco, fazendo os pés do garoto saírem momentaneamente do chão. — Somos uma raça à parte e temos orgulho disso. Não iremos permitir que vocês saiam daqui se gabando que cumprimos suas ordens!

— Não vamos dizer nada disso! — gritou Harry. — Sabemos que não fizeram o que fizeram porque queríamos que fizessem...

Mas ninguém parecia escutá-lo.

Um centauro barbudo mais ao fundo da aglomeração gritou:

— Eles vieram sem ser convidados, precisam arcar com as consequências!

Suas palavras foram recebidas com um rugido de aprovação, e um centauro pardo gritou:

— Eles podem se juntar à mulher!

— Vocês disseram que não feriam inocentes! — gritou Hermione, lágrimas verdadeiras agora escorrendo pelo rosto. — Não fizemos nada para agredi-los, não usamos varinhas nem ameaças, só queremos voltar para a escola, por favor nos deixem ir...

— Não somos todos como o traidor Firenze, menina humana! — gritou o centauro cinzento, recebendo mais aplausos dos companheiros. — Talvez você achasse que éramos belos cavalos falantes? Somos um povo antigo que não vai tolerar invasões nem insultos de bruxos! Não reconhecemos suas leis, não aceitamos sua superioridade, somos...

Mas eles não ouviram o que mais seriam os centauros, pois naquele momento ouviu-se um estrondo na orla da clareira tão poderoso que todos, Harry e Hermione e os cinquenta e tantos centauros que ali estavam se viraram. O centauro de Harry deixou-o cair no chão e suas mãos voaram para o arco e a aljava de flechas. Hermione fora largada também, e Harry correu para a amiga na hora em que dois grossos troncos se afastaram sinistramente e pela abertura surgia a figura monstruosa de Grope, o gigante.

Os centauros mais próximos dele recuaram para junto dos que estavam mais atrás; a clareira agora era uma floresta de arcos e flechas preparados para disparar, todas apontando para a cara acinzentada que agora assomava no alto sob a densa abóbada de ramos. A boca torta de Grope abria-se tolamente; eles viam seus dentes amarelos semelhantes a tijolos brilhando na penumbra, seus olhos opacos cor de lama apertados, tentando enxergar as criaturas aos seus pés. Cordas partidas caíam dos seus tornozelos.

Ele abriu ainda mais a boca.

— Hagger.

Harry não sabia o que "hagger" significava, ou a que língua pertencia, nem estava muito interessado; observava os pés de Grope, quase tão longos quanto o corpo todo do garoto. Hermione agarrou seu braço com força; os centauros estavam muito silenciosos, observando o gigante, cuja cabeça enorme se movia de um lado para outro, ainda espiando entre eles como se procurasse alguma coisa que tivesse deixado cair.

— *Hagger!* — chamou outra vez, com maior insistência.

— Saia daqui, gigante! — gritou Magoriano. — Você não é bem-vindo entre nós!

Aparentemente, essas palavras não causaram impressão alguma em Grope. Ele se curvou um pouco (os braços dos centauros se retesaram nos arcos), e tornou a berrar:

— HAGGER!

Alguns centauros agora pareceram preocupados. Hermione, no entanto, ofegou.

— Harry! — sussurrou ela. — Acho que ele está tentando dizer "Hagrid"!

Neste exato momento Grope os avistou, os únicos humanos em um mar de centauros. Baixou a cabeça mais um pouco, examinando-os com atenção. Harry sentiu Hermione tremer quando o gigante tornou a escancarar a boca e a dizer, numa voz trêmula e grave:

— Hermi.

— Nossa! — exclamou Hermione, apertando o braço de Harry com tanta força que o deixava dormente, e parecendo prestes a desmaiar —, ele... ele se lembrou!

— HERMI! — rugiu Grope. — ONDE HAGGER?

— Não sei! — esganiçou-se Hermione, aterrorizada. — Desculpe, Grope, não sei!

— GROPE QUER HAGGER!

O gigante baixou uma das mãos maciças. Hermione deixou escapar um grito muito alto, correu uns passos para trás e caiu. Sem varinha, Harry se preparou para socar, chutar, morder e o que fosse preciso, quando a mão mergulhou em sua direção e derrubou um centauro branco.

Era o que os centauros estavam esperando: os dedos esticados de Grope estavam a menos de meio metro de Harry quando cinquenta flechas voaram pelo ar em direção ao gigante, pontilhando sua caraça, fazendo-o uivar de dor e raiva e aprumar o corpo, esfregando a cara com as manzorras, partindo a haste das flechas, mas empurrando as pontas mais fundo.

Ele berrou e bateu os pés no chão, e os centauros saíram de sua frente correndo; gotas de sangue do tamanho de seixos choveram sobre Harry enquanto ele ajudava Hermione a se levantar, e os dois correram o mais depressa que puderam para o abrigo das árvores. Olharam uma vez para trás; Grope tentava agarrar os agressores às cegas, o sangue escorrendo de seu rosto; os centauros bateram em retirada desordenadamente, afastando-se a galope entre as árvores do lado oposto da clareira. Harry e Hermione viram Grope dar outro urro de fúria e mergulhar atrás dos centauros, derrubando mais árvores em seu caminho.

— Ah, não! — exclamou Hermione, tremendo tanto que seus joelhos cederam. — Ah, que coisa horrível. E ele talvez mate todos.

— Para ser sincero, não estou tão preocupado assim — disse Harry com amargura.

O ruído dos cascos dos centauros a galope e o do gigante às cegas foram se distanciando. Enquanto Harry procurava ouvi-los, sua cicatriz latejou com força e uma onda de terror o envolveu.

Tinham perdido tanto tempo – estavam ainda mais longe de resgatar Sirius do que quando tivera a visão. Não somente Harry conseguira perder a varinha, mas os dois se achavam encalhados no meio da Floresta Proibida, sem meios de transporte.

– Beleza de plano – disse com rispidez para Hermione, precisando extravasar um pouco sua fúria. – Realmente uma beleza. Aonde vamos agora?

– Precisamos voltar ao castelo – respondeu Hermione com a voz débil.

– Até fazermos isso, provavelmente Sirius já estará morto! – disse Harry, chutando com raiva uma árvore próxima. Um vozerio agudo irrompeu nas copas das árvores e ele olhou para cima e viu um tronquilho flexionando os longos dedos de gravetos para ele.

– Bom, não podemos fazer nada sem varinhas – disse Hermione, desconsolada, recomeçando a caminhar. – Mas, afinal, Harry, como era exatamente que você estava planejando chegar a Londres?

– É, era o que estávamos nos perguntando – disse uma voz conhecida às costas dela.

Harry e Hermione se viraram juntos, instintivamente, e espiaram entre as árvores.

Rony apareceu com Gina, Neville e Luna, que caminhavam apressados atrás dele. Todos pareciam um pouco maltratados – havia compridos arranhões na bochecha de Gina; um grande calombo roxo sobre o olho direito de Neville; o lábio de Rony sangrava como nunca –, mas pareciam muito satisfeitos com eles mesmos.

– Então – disse Rony, afastando um ramo baixo e entregando a varinha de Harry –, tem alguma ideia?

– Como foi que vocês conseguiram fugir? – perguntou Harry, assombrado, apanhando a varinha estendida.

– Uns dois Feitiços Estuporantes, outro para Desarmar, e Neville executou uma Azaração de Impedimento lindinha – disse Rony, descontraído, agora devolvendo a varinha de Hermione. – Mas Gina foi a melhor, ela pegou o Malfoy com uma Azaração para Rebater Bicho-papão, foi magnífica, a cara dele ficou toda coberta de coisas enormes e esvoaçantes. Então vimos vocês pela janela andando em direção à Floresta e viemos atrás. Que foi que vocês fizeram com a Umbridge?

– Foi levada embora – disse Harry. – Por um rebanho de centauros.

— E eles deixaram vocês aqui? — perguntou Gina, espantada.
— Não, foram afugentados pelo Grope — informou Harry.
— Quem é Grope? — perguntou Luna, interessada.
— O irmãozinho de Hagrid — disse Rony prontamente. — Isso não importa agora. Harry, que foi que você descobriu na lareira? Você-Sabe-Quem pegou o Sirius ou...?
— Pegou — disse Harry, sua cicatriz dando mais uma fisgada dolorosa —, e tenho certeza de que Sirius ainda está vivo, mas não vejo como iremos até lá ajudá-lo.

Todos se calaram, parecendo muito assustados; o problema que os confrontava parecia insolúvel.

— Bom, teremos de voar, não? — disse Luna, com o tom mais próximo do prosaico que Harry já a vira usar.
— Tudo bem — disse Harry, irritado, virando-se para a garota. — Primeiro, "nós" não vamos fazer nada, se você está se incluindo no grupo, e, segundo, Rony é o único que tem uma vassoura que não está guardada por um trasgo de segurança, portanto...
— Eu tenho vassoura! — lembrou Gina.
— É, mas você não vai — disse Rony, zangado.
— Com licença, mas eu me importo tanto com o que acontece a Sirius quanto vocês! — replicou Gina, endurecendo o queixo e fazendo com que sua semelhança com Fred e Jorge repentinamente se acentuasse.
— Você é muito... — começou Harry, mas Gina o interrompeu com veemência.
— Sou três anos mais velha do que você era quando enfrentou Você-Sabe-Quem pela posse da Pedra Filosofal, e fui eu que deixei Malfoy sem ação na sala da Umbridge atacado por papões voadores.
— É, mas...
— Estivemos todos juntos na AD — disse Neville em voz baixa. — A idéia era combater Você-Sabe-Quem, não? E esta é a primeira oportunidade que temos de fazer alguma coisa de verdade... ou será que aquilo tudo foi uma brincadeira ou o quê?
— Não... claro que não foi... — retrucou Harry, impaciente.
— Então devíamos ir também — concluiu Neville com simplicidade. — Queremos ajudar.
— Certo — apoiou Luna, sorrindo feliz.

O olhar de Rony encontrou o de Harry. Ele sabia que Rony estava pensando o mesmo que ele: se tivesse podido escolher algum membro da AD, além dele, Rony e Hermione para acompanhá-lo na tentativa de resgatar Sirius, ele não teria escolhido Gina, Neville nem Luna.

– Bom, afinal não importa – disse Harry, frustrado – porque ainda não sabemos como iremos para lá...

– Pensei que já tivéssemos definido isso – falou Luna de modo exasperante. – Vamos voando!

– Olhe aqui – disse Rony, mal contendo sua contrariedade –, talvez você possa voar sem uma vassoura, mas nós não podemos criar asas sempre que...

– Há outras maneiras de voar além de vassouras – retorquiu Luna serenamente.

– Suponho que vamos cavalgar no lombo do Chifre Bofudo ou que nome tenha.

– Bufadores de Chifre Enrugado não voam – disse Luna com dignidade –, mas *eles* voam, e Hagrid diz que são muito bons para encontrar os lugares que seus cavaleiros estão procurando.

Harry se virou. Parados entre duas árvores, os olhos brancos refulgindo fantasmagóricos, havia dois Testrálios, escutando a conversa sussurrada como se entendessem cada palavra.

– É mesmo! – murmurou Harry, indo em direção aos bichos. Eles sacudiram a cabeça reptiliana, jogaram para trás as crinas escuras e longas, e o garoto estendeu uma das mãos, pressuroso, e deu umas palmadinhas no pescoço reluzente do mais próximo; como é que pôde achá-los feios?

– São aqueles cavalos malucos? – perguntou Rony, inseguro, fixando um ponto ligeiramente à esquerda do Testrálio que Harry acariciava. – Aqueles que a gente não pode ver a não ser que alguém os fareje antes?

– É – confirmou Harry.

– Quantos?

– Só dois.

– Bom, precisamos de três – lembrou Hermione, que ainda parecia um pouco abalada, mas ainda assim decidida.

– Quatro, Hermione – corrigiu Gina, trombuda.

– Acho que na realidade somos seis – falou Luna calmamente, contando-os.

– Não seja idiota, não podemos ir todos! – disse Harry, zangado. – Olhem, vocês três – ele apontou para Neville, Gina e Luna –, vocês não estão metidos nisso, vocês não...

Eles prorromperam em mais protestos. A cicatriz de Harry deu outra fisgada mais dolorosa. Cada minuto de atraso era precioso; ele não tinha tempo para discutir.

— O.k., ótimo a escolha é sua — disse secamente —, mas, a não ser que encontremos mais Testrálios, vocês não poderão...

— Ah, vão aparecer mais — disse Gina, confiante, que, como Rony, estava procurando enxergar na direção oposta, aparentemente pensando que olhava para os cavalos.

— Por que é que você acha isso?

— Porque, caso vocês não tenham notado, você e Hermione estão cobertos de sangue — disse ela calmamente —, e sabemos que Hagrid atrai Testrálios com carne crua. Provavelmente é por isso que esses dois apareceram.

Naquele momento Harry sentiu um ligeiro puxão em suas vestes e, ao baixar os olhos, viu que o Testrálio mais próximo estava lambendo sua manga úmida com o sangue de Grope.

— Tudo bem, então — disse ele, pois acabava de lhe ocorrer uma ideia luminosa. — Rony e eu vamos levar esses dois e ir andando, e Hermione pode ficar aqui com vocês três e atrair mais Testrálios...

— Eu não vou ficar para trás! — falou Hermione, furiosa.

— Não precisa — disse Luna sorrindo. — Olhe, vem vindo mais agora... vocês dois devem estar realmente fedendo...

Harry se virou: nada menos de seis ou sete Testrálios vinham se aproximando cautelosos entre as árvores, suas grandes asas coriáceas bem fechadas junto ao corpo, seus olhos brilhando na escuridão. Ele não tinha mais desculpa.

— Tudo bem — disse aborrecido —, cada um pegue o seu e vamos, então.

34

O DEPARTAMENTO DE MISTÉRIOS

Harry enrolou a mão com firmeza na crina do Testrálio mais próximo, apoiou um pé em um toco ali perto e subiu desajeitado no lombo sedoso do cavalo. O bicho não fez objeção, mas virou a cabeça, as presas à mostra, e tentou continuar a lamber as vestes do garoto.

Harry descobriu uma maneira de encaixar seus joelhos por trás da junção das asas que o fez se sentir mais seguro, então olhou para os outros. Neville se guindara para o dorso no Testrálio seguinte e agora tentava passar uma perna curta por cima do animal. Luna já estava em posição, sentada de lado, e ajustava as vestes como se fizesse isso todos os dias. Rony, Hermione e Gina, porém, continuavam imóveis no mesmo lugar, boquiabertos, de olhos arregalados.

— Que foi? — perguntou ele.

— Como é que você espera que a gente monte? — perguntou Rony com a voz fraca. — Se não conseguimos ver essas coisas?

— Ah, é fácil — falou Luna, descendo de boa vontade do seu Testrálio e se encaminhando para Rony, Hermione e Gina. — Venham aqui...

Luna os levou até os outros Testrálios que estavam parados e ajudou os amigos, um a um, a montarem neles. Os três pareceram extremamente nervosos quando a garota enrolou as mãos deles nas crinas dos animais e lhes disse para segurarem com firmeza; depois voltou para a própria montaria.

— Isto é loucura — murmurou Rony, passando a mão livre desajeitadamente pelo pescoço do cavalo. — Loucura... se eu ao menos pudesse ver o bicho...

— É melhor você desejar que ele continue invisível — disse Harry sombriamente. — Estamos prontos, então?

Todos confirmaram, e ele viu cinco pares de joelhos se tensionarem sob as vestes.

— O.k...

Harry olhou para a cabeça preta e reluzente do Testrálio que montava e engoliu em seco.

— Ministério da Magia, entrada de visitantes, Londres — disse, então, hesitante. — Ah... se souber... aonde ir...

Por um momento o Testrálio de Harry não reagiu; então, com um movimento amplo que quase o desmontou, abriu as asas; encolheu-se lentamente, e em seguida subiu como um foguete, tão rápido e tão abruptamente que Harry teve de apertar as pernas e os braços em torno dele para evitar escorregar por suas ancas ossudas. O garoto fechou os olhos e apertou o rosto contra a crina sedosa do cavalo ao romperem pelos ramos mais altos das árvores e saírem voando em direção ao poente vermelho-sangue.

Harry achou que nunca se deslocara com tanta rapidez: o Testrálio passou veloz sobre o castelo, suas grandes asas mal se movendo; o ar frio fustigava o rosto dele; os olhos apertados contra o vento, o garoto olhou para os lados e viu seus cinco companheiros acompanhando-o, cada qual mais achatado possível sobre o pescoço do Testrálio para se proteger do turbilhão de ar produzido pelo bicho.

Sobrevoaram os terrenos de Hogwarts, passaram por Hogsmeade; Harry viu montanhas e vales profundos no solo. Quando a luz do dia começou a desaparecer, Harry viu surgirem pequenas coleções de luzes à medida que passavam sobre outras tantas cidadezinhas, depois uma estrada tortuosa em que um único carro subia com esforço as montanhas a caminho de casa...

— Que coisa bizarra! — Harry ouviu Rony berrar indistintamente de algum ponto às suas costas, e ficou imaginando como a pessoa devia se sentir voando em tal velocidade, a tal altura, sem meios visíveis de sustentação.

O crepúsculo caiu: o céu foi mudando para um arroxeado melancólico pontilhado de minúsculas estrelas prateadas, e não tardou que apenas as luzes das cidades trouxas indicassem a distância a que se encontravam do chão, ou a velocidade a que estavam viajando. Os braços de Harry abraçavam com força o pescoço do cavalo como se quisesse vê-lo voar ainda mais rápido. Quanto tempo teria decorrido desde que vira Sirius caído no chão do Departamento de Mistérios? Quanto tempo mais seu padrinho poderia resistir a Voldemort? A única certeza de Harry é que ele não fizera o que o lorde queria, nem morrera, pois estava convencido de que qualquer dos dois desenlaces o faria sentir o júbilo ou a fúria de Voldemort perpassando seu próprio corpo, fazendo sua cicatriz queimar tão dolorosamente como na noite em que o Sr. Weasley fora atacado.

Eles continuaram avançando pela escuridão que se adensava; Harry sentiu o rosto tenso e frio, e, as pernas, dormentes de comprimir com tanta força os flancos do Testrálio, mas ele não ousava mudar de posição para não escorregar... ensurdecera com o ronco do frio vento noturno em suas orelhas, e sua boca estava seca e gelada. Perdera toda noção da distância que haviam percorrido; toda a sua fé estava no animal embaixo dele, que continuava a cortar a noite deliberadamente, quase sem bater as asas em seu avanço veloz.

Se chegassem tarde demais...

Ele ainda está vivo, ainda está resistindo, sinto isso...

Se Voldemort decidisse que Sirius não ia ceder...

Eu saberia...

Seu estômago deu um solavanco; a cabeça do Testrálio de repente começou a apontar para o solo, e Harry chegou a deslizar alguns centímetros pelo pescoço do animal. Estavam finalmente descendo... ele pensou ter ouvido um grito às suas costas e torceu perigosamente o corpo, mas não viu sinal de ninguém caindo... supôs que, como ele, todos tivessem sentido um choque com a mudança de direção.

E agora fortes luzes cor de laranja iam se tornando maiores e mais redondas por todos os lados; podiam ver os altos dos edifícios, cadeias de faróis que lembravam olhos de insetos, quadrados amarelo-claros assinalando as janelas. Subitamente, pareceu a Harry, estavam se precipitando em direção à calçada; Harry se agarrou ao Testrálio com as suas últimas forças, preparando-se para um impacto repentino, mas o cavalo pousou no chão escuro com a leveza de uma sombra e Harry escorregou do seu dorso, espiando a rua ao seu redor, onde a caçamba transbordando lixo continuava a uma pequena distância da cabine telefônica depredada, ambas descoradas à claridade uniforme e laranja dos lampiões da rua.

Rony aterrissou um pouco adiante, e imediatamente caiu do Testrálio para a calçada.

— Nunca mais — disse, esforçando-se para se erguer. Fez menção de se afastar do cavalo, mas, incapaz de vê-lo, colidiu com seus quartos traseiros e quase caiu outra vez. — Nunca, nunca mais... foi a pior...

Hermione e Gina desceram uma a cada lado dele; as duas escorregaram da montaria um pouco mais graciosamente do que Rony, embora com expressões semelhantes de alívio por voltar à terra firme; Neville saltou, tremendo; e Luna desmontou suavemente.

— Então, aonde vamos agora? — perguntou ela a Harry num tom cortês e interessado, como se tudo aquilo fosse uma curiosa excursão de um só dia.

— Por aqui. — Ele deu uma palmadinha breve de agradecimento em seu Testrálio, depois conduziu os amigos rapidamente para a cabine telefônica e abriu a porta. — Andem *logo*! — apressou os que hesitavam.

Rony e Gina entraram obedientes; Hermione, Neville e Luna se apertaram na cabine atrás deles; Harry deu uma última olhada nos Testrálios, agora procurando restos de comida podre na caçamba, depois comprimiu-se atrás de Luna.

— Quem estiver mais próximo do telefone, disque seis dois quatro quatro dois! — disse ele.

Rony discou, seu braço estranhamente dobrado para alcançar o disco; quando este voltou ao ponto inicial, a voz tranquila de mulher ecoou na cabine.

"Bem-vindos ao Ministério da Magia. Por favor, informem seus nomes e o objetivo da visita."

— Harry Potter, Rony Weasley, Hermione Granger — disse Harry imediatamente —, Gina Weasley, Neville Longbottom, Luna Lovegood... estamos aqui para salvar a vida de alguém, a não ser que o seu Ministério possa fazer isso primeiro!

"Obrigada", disse a voz tranquila. "Visitantes, por favor, apanhem os crachás e os prendam no peito das vestes."

Meia dúzia de crachás saíram da fenda de devolução de moedas. Hermione recolheu-os e os entregou em silêncio a Harry, por cima da cabeça de Gina; ele olhou o de cima: *Harry Potter, Missão de Salvamento.*

"Visitantes ao Ministério, os senhores devem se submeter a uma revista e apresentar suas varinhas para registro na mesa da segurança, localizada ao fundo do Átrio."

— Ótimo! — exclamou Harry em voz alta, sentindo a cicatriz dar mais uma fisgada. — Agora podemos *descer*?

O piso da cabine estremeceu e a calçada se elevou passando por suas vidraças; os Testrálios que catavam restos foram desaparecendo de vista; a escuridão se fechou sobre as cabeças dos garotos e, com um ruído surdo de trituração, eles desceram às profundezas do Ministério da Magia.

Uma réstia de suave luz dourada iluminou seus pés e ampliou-se para os seus corpos. Harry dobrou os joelhos e empunhou sua varinha da melhor maneira que pôde em condições tão exíguas, espiando pelo vidro a ver se alguém os esperava no Átrio, mas o local parecia completamente deserto. A luz estava mais fraca do que de dia; não havia lareiras acesas sob os consoles engastados nas paredes, mas, à medida que o elevador foi parando suavemente, ele observou que os símbolos dourados continuavam a se mover sinuosamente no escuro teto azul.

"O Ministério da Magia deseja aos senhores uma noite agradável", disse a voz de mulher.

A porta da cabine telefônica se escancarou; Harry saiu tropeçando, seguido por Neville e Luna. O único som no Átrio era a torrente contínua de água na fonte dourada, que jorrava das varinhas da bruxa e do bruxo, da ponta da flecha do centauro, do gorro do duende e das orelhas dos elfos domésticos para o tanque ao redor.

— Vamos — disse Harry baixinho, e os seis saíram correndo pelo saguão, Harry à frente, passaram pela fonte e se dirigiram à mesa onde o bruxo-vigia, que pesara a varinha de Harry, se sentara, e que agora estava deserta.

Harry tinha certeza de que devia haver um segurança ali, certamente sua ausência era um mau sinal, e seu pressentimento se intensificou quando cruzaram os portões dourados para o elevador. Ele apertou o botão de descida mais próximo e um elevador apareceu com enorme ruído, quase imediatamente, as grades douradas se abriram produzindo um grande eco metálico, e eles embarcaram depressa. Harry apertou o botão de número nove; as grades se fecharam com estrépito e o elevador começou a descer, balançando com grande ruído. Harry não percebera como esses elevadores eram barulhentos no dia em que viera com o Sr. Weasley; tinha certeza de que despertariam cada segurança no edifício, porém, quando o elevador parou, a voz tranquila de mulher anunciou: "Departamento de Mistérios", e as grades se abriram. Eles saíram para o corredor onde nada se movia exceto as chamas dos archotes mais próximos, bruxuleando na corrente de ar produzida pelo elevador.

Harry se virou para a porta preta e simples. Depois de sonhar meses com essa imagem, ele finalmente estava ali.

— Vamos — sussurrou, e saiu à frente pelo corredor, Luna logo atrás, olhando para tudo com a boca ligeiramente aberta.

— O.k., ouçam — disse Harry, parando outra vez a menos de dois metros da porta. — Talvez... talvez umas duas pessoas devessem ficar aqui para... para vigiar e...

— E como é que vamos avisar se tiver alguma coisa vindo? — perguntou Gina, as sobrancelhas erguidas. — Você poderia estar a quilômetros de distância.

— Vamos com você, Harry — disse Neville.

— Vamos logo — disse Rony com firmeza.

Harry continuava a não querer levar todos, mas parecia que não tinha escolha. Virou-se então para a porta e prosseguiu... exatamente como fizera em sonho, a porta se abriu e ele cruzou o portal à frente dos outros.

Estavam em uma grande sala circular. Tudo ali era preto, inclusive o piso e o teto; a intervalos, havia portas pretas idênticas, sem letreiros, nem maçanetas, separadas por candelabros de chamas azuis, a toda volta das paredes; a claridade fria e tremeluzente refletida no piso de mármore polido dava a impressão de que havia água escura no chão.

— Alguém feche a porta — murmurou Harry.

Ele se arrependeu de ter dado a ordem no momento em que Neville a obedeceu. Sem a longa réstia de luz que vinha do corredor iluminado pelos archotes, a sala se tornou tão escura que por um instante as únicas coisas que os garotos conseguiam ver eram os candelabros de chamas trêmulas e azuladas nas paredes e seu reflexo fantasmagórico no chão.

Em seu sonho, Harry sempre atravessara esta sala, decidido, em direção à porta imediatamente oposta à entrada, e continuava a andar. Mas havia umas doze portas ali. Enquanto estava olhando para as portas defronte, tentando resolver qual seria a certa, ouviu-se um ribombar prolongado e as velas começaram a se deslocar para o lado. A sala circular estava girando.

Hermione agarrou o braço de Harry como se temesse que o chão fosse mexer também, mas isto não aconteceu. Durante alguns segundos, as chamas azuis ao redor deles ficaram borradas, lembrando linhas de neon, à medida que a parede ganhou velocidade; então, com a mesma brusquidão com que o movimento começara, o ronco parou e tudo se imobilizou outra vez.

As retinas de Harry tinham riscos azuis gravados nelas; era só o que o garoto conseguia ver.

— Que foi isso? — sussurrou Rony, cheio de medo.

— Acho que foi para nos impedir de saber por que porta entramos — disse Gina com a voz abafada.

Harry percebeu na hora que a amiga tinha razão: identificar a porta de saída seria tão difícil quanto localizar uma formiga naquele piso muito escuro; e a porta pela qual deviam prosseguir podia ser qualquer uma das doze que os cercavam.

— Como é que vamos sair na volta? — perguntou Neville pouco à vontade.

— Bom, isso agora não tem importância — disse Harry, convincente, piscando para tentar apagar as linhas azuis de sua vista, e apertando a varinha com mais força que nunca —, não vamos precisar sair até termos encontrado Sirius...

— Mas não comece a chamar por ele! – disse Hermione em tom urgente; mas Harry nunca precisara menos de tal conselho, seu instinto era fazer o mínimo de barulho possível.

— Aonde vamos então, Harry? – perguntou Rony.

— Eu não... – começou Harry. Engoliu em seco. – Nos sonhos, eu passava pela porta no fim do corredor, vindo dos elevadores, e entrava em uma sala escura, esta aqui, então atravessava por outra porta e entrava em uma sala que meio que... cintilava. Temos de experimentar algumas portas – disse ele depressa. – Saberei o caminho certo quando o vir. Vamos.

Ele rumou direto para a porta agora à sua frente, os outros seguindo-o de perto, encostou a mão em sua superfície fresca e brilhante, ergueu a varinha pronto para atacar no instante em que a porta se abrisse, e a empurrou.

Ela se abriu facilmente.

Depois do escuro da primeira sala, as luminárias baixas, presas ao teto por correntes douradas, davam a impressão de que esta sala comprida e retangular era muito mais clara, embora não houvesse luzes cintilantes nem tremeluzentes como Harry vira em sonhos. O lugar estava bem vazio, exceto por algumas escrivaninhas e, bem no centro da sala, um enorme tanque de vidro com um líquido muito verde, suficientemente espaçoso para todos nadarem nele; vários objetos branco-pérola flutuavam nele lentamente.

— Que coisas são essas? – sussurrou Rony.

— Não sei – respondeu Harry.

— São peixes? – murmurou Gina.

— Larvas aquoviventes! – exclamou Luna, animada. – Papai disse que o Ministério estava criando...

— Não – disse Hermione. Sua voz estava estranha. Ela se aproximou para espiar pelo lado do tanque. – São cérebros.

— Cérebros?

— É... que será que estão fazendo com eles?

Harry foi até junto do tanque. Sem a menor dúvida, não podia haver engano agora que os via de perto. Tremeluzindo fantasmagoricamente, os cérebros apareciam e desapareciam flutuando nas profundezas do líquido verde, lembrando couves-flores lodosas.

— Vamos embora daqui – disse Harry. – Não é a sala certa, precisamos experimentar outra porta.

— Há portas aqui também – disse Rony, apontando para as paredes. Harry se sentiu desanimar; que tamanho tinha esse lugar?

— No meu sonho, eu atravessava aquela sala escura e em seguida outra. Acho que devíamos voltar e tentar novamente de lá.

Então eles voltaram depressa à sala escura e circular; as sombras fantasmais dos cérebros agora nadavam diante dos olhos de Harry no lugar das chamas azuis das velas.

— Esperem! — disse Hermione, enérgica, quando Luna fez menção de fechar a porta da sala dos cérebros, às costas deles. — *Flagrate!*

Ela fez um desenho no ar com a varinha e um X de fogo apareceu na porta. Mal a porta acabara de se fechar com um estalido, ouviu-se um grande ronco e mais uma vez a parede começou a girar muito rápido, mas agora havia um borrão vermelho e ouro no meio do azul pálido e, quando tudo tornou a parar, a cruz de fogo ainda ardia, mostrando a porta que eles já haviam experimentado.

— Bem pensado — disse Harry. — O.k., vamos experimentar esta aqui...

Novamente, ele rumou para a porta diretamente em frente e a empurrou, com a varinha ainda erguida, os outros nos seus calcanhares.

Esta sala era maior do que a anterior, fracamente iluminada e retangular, e seu centro era afundado, formando um grande poço de pedra com mais de cinco metros de profundidade. Os garotos estavam no nível mais alto de uma série de bancos de pedra que corriam a toda volta da sala e desciam em degraus íngremes como em um anfiteatro, ou o tribunal em que Harry fora julgado pela Suprema Corte dos Bruxos. No lugar de uma cadeira com correntes, porém, havia um estrado no centro do poço e sobre ele um arco de pedra que parecia tão antigo, rachado e corroído que Harry se admirou que ainda se sustentasse em pé. Sem se apoiar em parede alguma, o arco estava fechado por uma cortina ou véu preto esfarrapado que, apesar da total imobilidade do ar frio circundante, esvoaçava muito levemente como se alguém o tivesse acabado de tocar.

— Quem está aí? — perguntou Harry, saltando para o banco abaixo. Não houve resposta, mas o véu continuou a esvoaçar e balançar.

— Cuidado! — sussurrou Hermione.

Harry desceu depressa pelos bancos, um a um, até chegar ao fundo de pedra do poço. Seus passos ecoaram fortemente quando se encaminhou devagar para o estrado. O arco pontiagudo parecia muito mais alto de onde ele estava agora do que quando o contemplara do alto. O véu continuava a balançar suavemente, como se alguém tivesse acabado de passar.

— Sirius? — Harry tornou a chamar, mas em voz mais baixa agora que estava mais próximo.

Tinha a estranha sensação de que havia alguém parado além do véu do outro lado do arco. Apertando com força a varinha na mão, ele contornou o estrado, mas não havia ninguém; só o que se via era o outro lado do véu preto e esfarrapado.

— Vamos embora — chamou Hermione do meio da escadaria. — Não é a sala certa, Harry, anda, vamos logo.

Ela parecia amedrontada, muito mais do que estivera na sala onde os cérebros flutuavam, mas Harry achou que o arco possuía uma certa beleza, por mais velho que fosse. O véu ondulando suavemente o intrigava; ele sentiu um forte impulso de subir no estrado e atravessá-lo.

— Harry, vamos embora, o.k.? — insistiu Hermione com maior veemência.

— O.k. — respondeu ele, mas não se mexeu. Acabara de ouvir alguma coisa. Sussurros fracos, sons de murmúrios vinham do outro lado do véu.

"Que é que você está dizendo?", perguntou ele, muito alto, fazendo suas palavras ecoarem pelos bancos de pedra.

— Ninguém está falando, Harry! — disse Hermione, agora se aproximando.

— Alguém está sussurrando ali atrás — disse ele, fugindo do alcance de Hermione e continuando a franzir a testa para o véu. — É você, Rony?

— Estou aqui, cara — disse Rony, aparecendo do outro lado do arco.

— Ninguém mais está ouvindo? — perguntou Harry, porque os sussurros e murmúrios estavam se tornando mais altos; sem ter intenção de pisar ali, ele viu que seu pé estava em cima do estrado.

— Eu também estou ouvindo — cochichou Luna, reunindo-se a eles pela lateral do arco e observando o véu ondular. — Tem gente *aí dentro*!

— Que é que você quer dizer com esse *aí dentro*? — Hermione exigiu saber, saltando do último degrau e parecendo muito mais zangada do que a ocasião exigia. — Não tem ninguém *aí dentro*, é apenas um arco, não tem espaço para ninguém dentro dele. Harry, pare com isso, vamos embora...

Ela o agarrou pelo braço, mas ele resistiu.

— Harry, a gente veio aqui por causa do Sirius! — disse ela com a voz tensa e aguda.

— Sirius — repetiu Harry, ainda fitando, hipnotizado, o véu que balançava sem parar. — É...

Alguma coisa finalmente voltou ao lugar em seu cérebro; Sirius, capturado, amarrado e torturado, e ele ali olhando para esse arco...

Harry se afastou vários passos do estrado e desviou com esforço o olhar do véu.

— Vamos — disse.

— É isso que estive tentando... bom, vamos, então! — falou Hermione, e saiu à frente, contornando o estrado. Do outro lado, Gina e Neville estavam parados olhando o véu também, aparentemente em transe. Sem falar, Hermione segurou o braço de Gina, e Rony o de Neville, e eles conduziram os amigos com firmeza ao primeiro banco de pedra e subiram em direção à porta.

— Que é que você acha que aquele arco era? — perguntou Harry a Hermione quando chegaram à sala circular e escura.

— Não sei, mas, fosse o que fosse, era perigoso — afirmou ela, marcando a porta com uma cruz de fogo.

Mais uma vez, a parede girou e parou. Harry se dirigiu a mais uma porta ao acaso e a empurrou. Ela não cedeu.

— Que foi? — perguntou Hermione.

— Está... trancada... — disse Harry, jogando o peso contra a porta, mas ela não se moveu.

— Então é essa, não é? — disse Rony, animado, juntando-se a Harry na tentativa de forçar a porta a abrir. — Tem de ser.

— Saiam da frente! — mandou Hermione. Ela apontou a varinha para o lugar normal da fechadura em uma porta comum e disse: — *Alohomora!*

Nada aconteceu.

— O canivete de Sirius! — lembrou Harry. Ele o tirou do bolso interno das vestes e inseriu na fresta entre a porta e a parede. Os outros o observaram ansiosos deslizar o canivete de alto a baixo, retirá-lo e, então, tornar a empurrar o ombro contra a porta. Ela continuou tão fechada quanto antes. E, mais ainda, quando Harry olhou para o canivete, viu que a lâmina derretera.

— Certo, vamos sair dessa sala — disse Hermione, decidida.

— Mas e se for a tal? — perguntou Rony, olhando-a ao mesmo tempo com apreensão e desejo.

— Não pode ser, Harry passou por todas as portas em sonho — disse Hermione, marcando a porta com outra cruz de fogo enquanto Harry repunha no bolso o canivete inutilizado do padrinho.

— Você sabe o que poderia haver aí dentro? — perguntou Luna, ansiosa, quando a parede recomeçou a girar mais uma vez.

— Alguma coisa estridulosa, com certeza — disse Hermione baixinho, e Neville soltou uma risadinha nervosa.

A parede foi parando e Harry, com uma sensação de crescente desespero, empurrou a porta seguinte.

— É essa!

Reconheceu-a imediatamente pelas belas luzes que dançavam e cintilavam como diamantes. Quando os olhos de Harry se acostumaram à claridade intensa, ele viu relógios refulgindo em cada superfície, grandes e pequenos, relógios de estojo e alça, e de pêndulo, expostos nos intervalos das estantes ou sobre as escrivaninhas, por toda a extensão da sala, e cujo tiquetaquear incessante enchia o ambiente como se fossem milhares de pés em marcha. A fonte da luz que dançava e cintilava era um vidro alto de cristal, em forma de sino, a uma extremidade da sala.

— Por aqui!

O coração de Harry começou a bater freneticamente, agora que sabia que estava no caminho certo; ele saiu à frente pelo pequeno espaço entre as escrivaninhas, dirigindo-se, como fizera em sonho, à fonte de luz, o vidro de cristal em forma de sino, que era quase de sua altura e parecia estar cheio de um vento luminoso que soprava em ondas.

— Ah, *olhem*! — exclamou Gina, quando se aproximaram, apontando para o interior do vidro.

Flutuando ali, na correnteza luminosa, havia um minúsculo ovo que brilhava como uma joia. Quando subia, o ovo se abria e dele emergia um beija-flor, que era impelido para o alto, mas ao ser apanhado pela corrente de ar voltava a molhar e amarrotar as penas, e quando chegava ao fundo do vidro encerrava-se mais uma vez em seu ovo.

— Não parem! — disse Harry com rispidez, porque Gina demonstrava querer parar para apreciar a transformação do ovo em pássaro.

— Você demorou bastante naquele arco velho! — respondeu ela, zangada, mas seguiu-o além do vidro em direção à única porta que havia.

— É essa — repetiu Harry, e seu coração agora batia com tanta força e rapidez que ele sentiu que devia interferir com a sua fala —, é por aqui...

Harry olhou para os amigos; tinham as varinhas na mão e pareciam de repente sérios e ansiosos. Tornou a se voltar para a porta e empurrou-a. Ela se abriu.

Era a sala, eles a haviam encontrado: da altura de uma catedral, contendo apenas estantes elevadas e cobertas de pequenas esferas de vidro cheias de pó. Elas bruxuleavam fracamente à luz dos candelabros presos a intervalos ao longo das estantes. Como os da sala circular que haviam deixado para trás, suas chamas eram azuis. A sala era muito fria.

Harry avançou cautelosamente e espiou por um dos corredores sombrios entre duas fileiras de estantes. Não ouviu nada nem viu o menor sinal de movimento.

— Você disse que era no corredor noventa e sete — cochichou Hermione.

— É — murmurou Harry, erguendo a cabeça para examinar a fileira mais próxima. Sob o candelabro de chamas azuis, que dela se destacava, via-se o número cinquenta e três em prata.

— Precisamos ir para a direita, acho — sussurrou Hermione, apertando os olhos para enxergar a fileira seguinte. — É... essa é a cinquenta e quatro...

— Mantenham as varinhas preparadas — recomendou Harry baixinho.

Eles seguiram devagarzinho, olhando para trás enquanto percorriam os longos corredores de estantes, cuja parte final estava imersa em quase total escuridão. Minúsculas etiquetas amareladas estavam coladas sob cada esfera de vidro nas prateleiras. Algumas possuíam um estranho brilho líquido; outras eram opacas e escuras por dentro como lâmpadas queimadas.

Passaram pela fileira oitenta e quatro... oitenta e cinco... Harry procurava escutar o menor movimento, mas Sirius poderia estar amordaçado agora, ou até inconsciente... *ou*, disse uma voz intrometida em sua cabeça, *poderia já estar morto*...

Eu teria sentido, disse a si mesmo, seu coração agora batendo no pomo de adão, eu saberia...

— Noventa e sete! — sussurrou Hermione.

Os garotos pararam agrupados no fim de uma fileira, espiando para o corredor ao lado. Não havia ninguém ali.

— Ele está bem no final — disse Harry, cuja boca ficara ligeiramente seca. — Não se consegue ver direito daqui.

E Harry os conduziu entre as estantes muito altas com as esferas de vidro, algumas das quais refulgiam suavemente quando eles passaram...

— Ele deve estar perto — sussurrou Harry, convencido de que cada passo iria trazer a visão de Sirius em farrapos no chão escuro. — Em algum lugar por aqui... muito perto...

— Harry! — disse Hermione, hesitante, mas ele não quis responder. Sua boca estava muito seca.

— Em algum lugar por... aqui...

Haviam chegado ao fim do corredor e saíram para a claridade fraca das velas. Não havia ninguém ali. Tudo era um silêncio ressonante e empoeirado.

— Ele poderia estar... — sussurrou Harry, rouco, espiando para o próximo corredor. — Ou talvez... — E correu a olhar o corredor além.

— Harry? — tornou a chamar Hermione.

— Quê? — vociferou ele.

— Eu... eu acho que Sirius não está aqui.

Ninguém falou. Harry não quis olhar para ninguém. Sentiu-se nauseado. Não entendia por que Sirius não estava ali. Tinha de estar. Fora ali que ele, Harry, o vira...

Ele percorreu o espaço no final das fileiras de estantes, espiando cada um. Um corredor após outro passou pelos seus olhos, vazios. Correu no sentido oposto, e tornou a passar pelos companheiros que o observavam. Não havia sinal de Sirius em parte alguma, nem qualquer vestígio de luta.

– Harry? – chamou Rony.

– Quê?

Ele não queria ouvir o que Rony tinha a dizer; não queria ouvi-lo dizer que ele fora idiota ou sugerir que deviam voltar para Hogwarts, mas o calor começou a subir para o seu rosto e Harry sentiu que gostaria de se esconder ali no escuro por um bom tempo, antes de encarar a claridade do Átrio acima e os olhares acusadores dos outros...

– Você viu isso? – perguntou Rony.

– Quê? – disse Harry, mas desta vez ansioso. Tinha de ser um sinal de que Sirius estivera ali, uma pista. Ele voltou ao lugar em que os amigos estavam parados, um pouco adiante da fileira noventa e sete, mas não encontrou nada, exceto Rony olhando para uma das esferas empoeiradas na prateleira.

– Quê? – repetiu Harry mal-humorado.

– Tem... tem o seu nome escrito aqui – disse Rony.

Harry se aproximou um pouco mais. O amigo estava apontando para uma das pequenas esferas de vidro que fulgurava com uma fraca luz interior, embora estivesse muito empoeirada e não parecesse ser tocada havia muitos anos.

– Meu nome? – disse Harry sem entender.

Ele se adiantou. Não sendo tão alto quanto Rony, precisou esticar o pescoço para ler a etiqueta amarela afixada na prateleira logo abaixo da esfera coberta de pó. Em letra garranchosa, havia escrita uma data há dezesseis anos, e embaixo:

S.P.T. para A.P.W.B.D.
Lorde das Trevas
e (?) Harry Potter

Harry arregalou os olhos.

– Que é isso? – perguntou Rony, parecendo nervoso. – Que é que seu nome está fazendo aqui?

Rony correu o olhar pelas outras etiquetas naquela prateleira.

– Eu não estou aqui – disse ele, perplexo. – Nenhum de nós está.

– Harry, acho que você não devia tocar nisso – disse Hermione, enérgica, quando o garoto esticou a mão.

— Por que não? — disse ele. — É alguma coisa ligada a mim, não é?

— Não, Harry — disse Neville repentinamente. Harry olhou para o amigo. O suor brilhava levemente no seu rosto redondo. E dava a impressão de que não podia aguentar mais tanto suspense.

— Tem o meu nome nela — disse Harry.

E sentindo-se um pouco afoito, ele fechou os dedos em torno da superfície empoeirada da peça. Esperava que fosse fria, mas não. Ao contrário, parecia que estivera no sol durante horas, como se o seu fulgor interno a aquecesse. Esperando, e até ansiando, que alguma coisa dramática fosse acontecer, alguma coisa emocionante que pudesse afinal justificar sua longa e perigosa viagem, Harry tirou a esfera da prateleira e examinou-a.

Nada aconteceu. Os outros se aproximaram mais de Harry, mirando o globo enquanto ele limpava a poeira que o recobria.

Então, às costas deles, uma voz arrastada falou:

— Muito bem, Potter. Agora se vire, muito devagarzinho, e me entregue isso.

35

PARA ALÉM DO VÉU

V ultos escuros surgiam de todos os lados, bloqueando o caminho dos garotos à esquerda e à direita; olhos brilhavam nas fendas dos capuzes, uma dúzia de pontas de varinhas acesas apontavam diretamente para seus corações; Gina soltou uma exclamação de horror.

— A mim, Potter — repetiu a voz arrastada de Lúcio Malfoy enquanto estendia a mão, de palma para cima.

As entranhas de Harry despencaram, provocando náuseas. Eles estavam encurralados e em inferioridade numérica de dois para um.

— A mim — repetiu Malfoy ainda uma vez.

— Onde está Sirius? — perguntou Harry.

Vários Comensais da Morte riram; uma voz estridente de mulher, no meio das figuras sombrias à esquerda de Harry, disse triunfante:

— O Lorde das Trevas sempre tem razão!

— Sempre — repetiu Malfoy suavemente. — Agora, me dê a profecia, Potter.

— Eu quero saber onde está o Sirius!

— *Eu quero saber onde está o Sirius!* — imitou a mulher à esquerda.

Ela e seus companheiros Comensais tinham se aproximado, e estavam a pouco mais de um metro de Harry e dos outros, a luz de suas varinhas cegava os olhos do garoto.

— Vocês o pegaram — disse Harry, ignorando o pânico que crescia em seu peito, o pavor com que vinha lutando desde que haviam entrado no corredor noventa e sete. — Ele está aqui. Eu sei que está.

— *O bebezinho acordou com medo e pensou que seu sonho era realidade* — disse a mulher numa horrível imitação de voz de bebê. Harry sentiu Rony se mexer ao seu lado.

— Não faça nada — murmurou Harry. — Ainda não...

A mulher que o imitara soltou uma gargalhada rouca.

— Vocês o ouviram? *Vocês o ouviram?* Dando instruções às outras crianças como se pensasse em nos enfrentar!

— Ah, você não conhece Potter como eu, Belatriz — disse Malfoy mansamente. — Ele tem um grande fraco por heroísmos: o Lorde das Trevas conhece essa mania dele. *Agora me entregue a profecia, Potter.*

— Eu sei que Sirius está aqui — disse Harry, embora o pânico comprimisse seu peito e ele se sentisse incapaz de respirar direito. — Eu sei que vocês o pegaram!

Mais Comensais da Morte riram, embora a mulher risse mais alto que todos.

— Já está na hora de você aprender a diferença entre vida e sonho, Potter — disse Malfoy. — Agora me entregue a profecia, ou vamos começar a usar as varinhas.

— Use, então — disse Harry, erguendo a própria varinha à altura do peito. Ao fazer isso, as cinco varinhas de Rony, Hermione, Neville, Gina e Luna se ergueram a cada lado dele. O nó no estômago de Harry apertou. Se Sirius não estivesse realmente ali, teria, então, trazido seus amigos para a morte à toa...

Mas os Comensais da Morte não atacaram.

— Entregue a profecia e ninguém precisará se machucar — disse Malfoy tranquilamente.

Foi a vez de Harry rir.

— É, certo! Eu lhe entrego essa... profecia, é? E o senhor nos deixa ir embora para casa, não é mesmo?

As palavras ainda não haviam acabado de sair de sua boca quando a Comensal mulher gritou:

— *Accio prof...*

Harry estava preparado: gritou "*Protego!*" antes que ela terminasse de lançar o feitiço, e, embora a esfera de vidro tivesse escorregado para a ponta dos seus dedos, ele conseguiu segurá-la.

— Ah, ele sabe brincar, o bebezinho Potter — disse a mulher, seus olhos desvairados encarando-o pelas fendas do capuz. — Muito bem, então...

— EU JÁ DISSE A VOCÊ, NÃO! — berrou Lúcio Malfoy para a mulher. — Se você quebrá-la...!

O cérebro de Harry trabalhava em alta velocidade. Os Comensais da Morte queriam essa esfera de vidro empoeirada. Ele não tinha o menor interesse nela. Só queria tirar todos dali vivos, garantir que nenhum dos seus amigos pagasse um preço terrível por sua burrice...

A mulher se adiantou, afastando-se dos companheiros, e tirou o capuz. Azkaban descarnara o rosto de Belatriz Lestrange, tornando-o feio e escaveirado, mas estava vivo com um fulgor fanático e febril.

– Você precisa de mais persuasão? – disse ela, o peito arfando rápido.
– Muito bem: pegue a menor – ordenou Belatriz a um Comensal da Morte.
– Deixe que ele veja torturarmos a menininha. Eu faço isso.

Harry sentiu os companheiros rodearem Gina; ele deu um passo para o lado de modo a ficar na frente dela, a profecia segura contra o peito.

– Você terá de quebrar isto se quiser atacar um de nós – disse ele a Belatriz. – Acho que o seu chefe não vai ficar muito satisfeito se você voltar sem a esfera, ou vai?

Ela não se mexeu; meramente encarou-o, umedecendo a boca fina com a ponta da língua.

– Então – disse Harry –, afinal que profecia é essa de que estamos falando?

Não conseguia pensar no que mais fazer, exceto continuar a falar. O braço de Neville estava colado ao dele, e Harry sentia o amigo tremer; sentia também a respiração curta de mais alguém atrás de sua cabeça. Esperava que todos estivessem pensando em maneiras de saírem desse impasse, porque sua mente estava vazia.

– Que profecia? – repetiu Belatriz, o sorriso se apagando do rosto. – Você está brincando, Harry Potter.

– Não, não estou brincando – disse Harry, seu olhar saltando de um Comensal da Morte para outro, procurando um elo fraco, uma brecha por onde escapar. – Por que Voldemort a quer?

Vários Comensais da Morte deixaram escapar assobios baixinho.

– Você se atreve a dizer o nome dele? – sussurrou Belatriz.

– Claro – disse Harry, mantendo as mãos firmes na esfera de vidro, esperando um novo ataque para tirá-la dele. – Claro, não tenho problema algum em dizer Vol...

– Cale a boca! – gritou Belatriz. – Você se atreve a dizer o nome dele com a sua boca indigna, você se atreve a manchá-lo com a sua língua mestiça, você se atreve...

– Você sabia que ele também é mestiço? – disse imprudentemente. Hermione gemeu em sua orelha. – Voldemort? É, a mãe dele era bruxa, mas o pai era trouxa: ou será que ele andou dizendo para vocês que é sangue puro?

– ESTUPEF...
– NÃO!

Um jato de luz vermelha saíra da ponta da varinha de Belatriz Lestrange, mas Malfoy o desviou; o feitiço dele fez a bruxa bater na prateleira a menos de meio metro à esquerda de Harry e várias esferas de vidro se estilhaçaram.

Dois vultos, branco-perolados como fantasmas, fluidos como fumaça, subiram em espirais dos cacos de vidro no chão e começaram a falar; suas vozes competiam entre si, de modo que se ouviam apenas fragmentos do que diziam em meio aos gritos de Malfoy e Belatriz.

– ... *no solstício virá um novo...* – disse a figura de um velho barbudo.

– NÃO ATAQUEM! PRECISAMOS DA PROFECIA!

– Ele se atreveu... ele se atreve... – gritava Belatriz incoerentemente –, ele fica aí... esse mestiço imundo...

– ESPERE ATÉ TERMOS A PROFECIA! – berrou Malfoy.

– ... *e não virá outro depois...* – disse a figura de uma jovem.

As duas figuras que haviam irrompido das esferas partidas se dissolveram no ar. Nada restou delas ou de suas antigas moradas, exceto caquinhos de vidro no chão. Mas haviam dado a Harry uma ideia. O problema seria comunicá-la aos outros.

– O senhor não me disse o que tem de tão especial nessa profecia que devo lhe entregar – disse o garoto procurando ganhar tempo. Harry deslizou o pé lentamente para o lado, procurando o pé de mais alguém.

– Não brinque conosco, Potter – falou Malfoy.

– Não estou brincando – disse Harry, parte de sua mente na conversa, parte no pé que tateava o chão. Então, ele encontrou os dedos de alguém e pisou-os. Uma súbita sucção de ar atrás o fez saber que pertenciam a Hermione.

– Quê? – sussurrou a garota.

– Dumbledore nunca lhe contou que a razão de você carregar essa cicatriz estava escondida nas entranhas do Departamento de Mistérios? – caçoou Malfoy.

– Eu... quê?! – exclamou Harry. E por um momento esqueceu completamente o seu plano. – Que tem a minha cicatriz?

– Quê? – sussurrou Hermione com maior urgência atrás dele.

– Será possível? – disse Malfoy, parecendo maldosamente deliciado; alguns Comensais da Morte recomeçaram a rir, e, acobertado pelas risadas, Harry sibilou para Hermione, mexendo o mínimo possível os lábios:

– Quebre prateleiras...

– Dumbledore nunca lhe contou? – repetiu Malfoy. – Bom, isso explica por que você não veio antes, Potter, o Lorde das Trevas estava intrigado...

— ... quando eu disser *agora*...
— ... que você não viesse correndo quando ele lhe mostrou em sonho onde a profecia estava escondida. Ele pensou que a curiosidade natural o faria querer ouvir as palavras exatas...
— Pensou, é? — disse Harry. Às suas costas, ele sentiu mais do que ouviu Hermione passar sua mensagem aos outros, e procurou continuar falando para distrair os Comensais da Morte. — Então ele queria que eu viesse apanhá-la, era? Por quê?
— *Por quê?* — Malfoy parecia incredulamente deliciado. — Porque as únicas pessoas que têm permissão de retirar a profecia do Departamento de Mistérios, Potter, são aqueles de quem ela fala, como descobriu o Lorde das Trevas quando tentou usar terceiros para a roubarem por ele.
— E por que ele queria roubar uma profecia sobre mim?
— Sobre vocês dois, Potter, sobre vocês dois... você nunca se perguntou por que o Lorde das Trevas tentou matá-lo quando criança?

Harry encarou as fendas no capuz onde os olhos cinzentos de Malfoy brilhavam. A profecia era a razão pela qual os pais de Harry haviam morrido, a razão por que ele carregava a cicatriz em forma de raio? A resposta a tudo isso estava segura em sua mão?

— Alguém fez uma profecia sobre mim e Voldemort? — falou ele calmamente, olhando para Lúcio Malfoy, seus dedos apertando a esfera morna na mão. Não era maior do que um pomo e continuava áspera de poeira. — E ele me fez vir aqui para apanhá-la para ele? Por que não pôde vir apanhá-la pessoalmente?

— Apanhá-la pessoalmente? — gritou Belatriz, gargalhando alucinada. — O Lorde das Trevas entrar no Ministério da Magia, quando todos estão gentilmente ignorando o seu retorno? O Lorde das Trevas se revelar aos aurores, quando no momento estão perdendo tempo com o meu querido primo?

— Então, o lorde mandou vocês fazerem o trabalho sujo para ele, foi? Como tentou obrigar Estúrgio a roubar a profecia... e Bode?

— Muito bom, Potter, muito bom... — disse Malfoy lentamente. — Mas o Lorde das Trevas sabe que você não é desprovido de in...

— AGORA! — berrou Harry.

Cinco vozes diferentes bradaram às suas costas: "REDUCTO!" — Cinco feitiços voaram em diferentes direções, e as prateleiras defronte explodiram ao serem atingidas; a enorme estrutura balançou ao mesmo tempo que cem esferas de vidros estouraram, vultos branco-perolados se desdobraram no ar e flutuaram, suas vozes ecoando de um passado já morto, em meio a uma chuva de estilhaços de vidro e madeira que agora caía no chão...

— CORRAM! — berrou Harry, quando as prateleiras balançaram precariamente e mais esferas de vidro começaram a cair. Ele agarrou as vestes de Hermione e a puxou para a frente, erguendo um braço para proteger a cabeça dos cacos de vidro que estrondeavam sobre eles. Um Comensal da Morte atirou-se contra eles através da nuvem de poeira e Harry lhe deu uma cotovelada com força no rosto mascarado; todos berravam, havia gritos de dor e estrondos de prateleiras desabando sobre eles, ecos estranhamente fragmentados dos Videntes libertados de suas esferas...

Harry encontrou livre o caminho à frente e viu Rony, Gina e Luna passarem correndo por ele, os braços sobre a cabeça; alguma coisa pesada golpeou sua face, mas ele meramente abaixou a cabeça e continuou a correr; uma mão agarrou-o pelo ombro; ele ouviu Hermione gritar: "ESTUPEFAÇA!" A mão o soltou imediatamente...

Estavam no fim da fileira noventa e sete; Harry virou à direita e começou a correr a toda velocidade; ouvia passos logo atrás e a voz de Hermione apressando Neville; diretamente à frente, a porta por que haviam passado estava entreaberta; Harry viu a luz faiscante do vidro em forma de sino; ele cruzou a porta de um salto, a profecia ainda a salvo em sua mão, e esperou os outros passarem pela porta antes de batê-la...

— *Colloportus!* — exclamou Hermione, e a porta se lacrou com um estranho ruído de esmagamento.

— Onde... onde estão os outros? — ofegou Harry.

Pensara que Rony, Luna e Gina tinham ido mais à frente, que estariam à espera nesta sala, mas não havia ninguém.

— Eles devem ter tomado o caminho errado! — sussurrou Hermione, o terror em seu rosto.

— Escute! — murmurou Neville.

Passos e gritos ecoavam do outro lado da porta que Hermione tinha acabado de lacrar; Harry encostou o ouvido à porta para escutar melhor e ouviu Lúcio Malfoy berrar:

— Deixe, Nott, *deixe-o* aí: os ferimentos dele não significarão nada para o Lorde das Trevas diante da perda da profecia. Jugson, volte aqui, precisamos nos organizar! Vamos nos dividir em pares e fazer uma busca, e não se esqueçam, sejam gentis com Potter até termos a profecia, podem matar os outros se precisarem... Belatriz, Rodolfo, vocês vão para a esquerda; Crabbe, Rabastan, para a direita... Jugson. Dolohov, pela porta em frente... Macnair e Avery, por aqui... Rookwood lá... Mulciber, venha comigo!

— Que faremos? — perguntou Hermione a Harry, tremendo dos pés à cabeça.

– Bom, para começar, não ficaremos aqui parados esperando eles nos encontrarem. Vamos nos afastar desta porta.

Eles correram o mais silenciosamente que puderam, passaram pelo sino fulgurante onde o minúsculo ovo incubava e desincubava, em direção à saída para a sala circular ao fundo. Estavam quase chegando quando Harry ouviu uma coisa pesada colidir contra a porta que Hermione fechara com um feitiço.

– Afastem-se! – disse uma voz ríspida. – *Alohomora!*

Quando a porta se escancarou, Harry, Hermione e Neville mergulharam embaixo de escrivaninhas. Podiam ver a barra das vestes de dois Comensais da Morte que se aproximaram, seus pés se movendo com rapidez.

– Eles podem ter corrido direto para o corredor – falou a voz rascante.

– Veja embaixo das escrivaninhas – disse outra.

Harry viu os joelhos dos Comensais da Morte se dobrarem; metendo a varinha para fora, ele gritou:

– ESTUPEFAÇA!

Um jato de luz vermelha atingiu o Comensal da Morte mais próximo; ele tombou para trás em cima de um relógio de pêndulo, derrubando-o; o segundo Comensal, porém, saltara para o lado para evitar o feitiço de Harry e estava apontando a própria varinha para Hermione, que se arrastava de sob a escrivaninha para poder mirar melhor.

– *Avada...*

Harry se atirou pelo chão e agarrou o Comensal da Morte pelos joelhos, fazendo-o cair e desviando sua pontaria. Neville derrubou uma escrivaninha na ansiedade de ajudar; e, apontando a varinha sem mira para os dois, gritou:

– EXPELLIARMUS!

As varinhas de Harry e do Comensal saíram voando de suas mãos para a entrada da Sala da Profecia; os dois se levantaram depressa e se arremessaram atrás delas, o Comensal à frente, Harry em seus calcanhares e Neville mais atrás, visivelmente horrorizado com o que fizera.

– Saia do caminho, Harry! – berrou Neville, claramente decidido a consertar seu erro.

Harry se atirou para o lado, Neville tornou a mirar e ordenou:

– ESTUPEFAÇA!

O jato de luz vermelha passou por cima do ombro do Comensal da Morte e atingiu um armário de portas de vidro na parede cheio de ampulhetas de vários formatos; o armário caiu no chão e se abriu, vidros voaram para todo lado, voltou a se aprumar na parede, inteiramente restaurado, e tornou a cair, e se espatifar...

O Comensal da Morte agarrara sua varinha, caída no chão ao lado do vidro cintilante em forma de sino. Harry se abaixou atrás de outra escrivaninha quando o homem se virou; sua máscara escorregara impedindo-o de ver. Ele a arrancou com a mão livre e gritou:
— ESTUP...
— ESTUPEFAÇA! — bradou Hermione, que acabara de alcançá-los. A luz da varinha atingiu o Comensal da Morte no meio do peito: ele se imobilizou, o braço ainda erguido, sua varinha caiu no chão com estrépito e ele desabou para trás na direção do vidro em forma de sino; Harry esperou ouvir uma pancada, o homem bater no vidro sólido e escorregar para o chão, mas, em vez disso, sua cabeça afundou para dentro do vidro como se este fosse apenas uma bolha de sabão, e ele acabou parando, esparramado de costas sobre a mesa, com a cabeça dentro do vidro cheio de vento cintilante.
— *Accio varinha!* — ordenou Hermione. A varinha de Harry voou de um canto escuro para a mão de Hermione, que a atirou para ele.
— Obrigado. Certo, vamos dar o fora...
— Cuidado! — disse Neville, horrorizado. Olhava fixamente para a cabeça do Comensal da Morte no vidro.
Os três ergueram as varinhas, mas nenhum deles a usou: olhavam boquiabertos, estarrecidos para o que estava acontecendo com a cabeça do homem.
Estava encolhendo rapidamente, ficando cada vez mais pelada, os cabelos e a barba raspada se retraindo para dentro do crânio; as bochechas ficando lisas, a cabeça redonda recobrindo-se de uma penugem como a do pêssego...
Havia agora uma cabeça de bebê encaixada grotescamente no pescoço grosso e musculoso do Comensal da Morte, que se esforçava para se levantar; mas enquanto os garotos olhavam, de boca aberta, a cabeça começou a retomar as proporções anteriores; cabelos pretos e espessos recomeçaram a crescer em seu cocuruto e queixo...
— É o Tempo — disse Hermione com assombro na voz. — *O Tempo...*
O Comensal da Morte sacudiu a cabeça feia mais uma vez, tentando clareá-la, mas, antes que pudesse se recuperar, ela recomeçou a encolher e remoçar mais uma vez...
Ouviram, então, um grito de uma sala próxima, um estrondo e um berro.
— RONY? — bradou Harry, dando as costas depressa à monstruosa transformação que se operava diante de seus olhos. — GINA? LUNA?

— Harry! — gritou Hermione.

O Comensal da Morte puxara a cabeça de dentro do vidro. Sua aparência era absolutamente bizarra, a minúscula cabeça de bebê berrando e os braços grossos se agitando perigosamente em todas as direções, por pouco não acertando Harry que se abaixara. O garoto ergueu a varinha mas, para seu espanto, Hermione segurou o seu braço.

— Você não pode machucar um bebê!

Não havia tempo para discutir a questão; Harry ouviu passos cada vez mais fortes na Sala da Profecia e percebeu, tarde demais, que não deveria ter gritado, pois denunciara sua posição.

— Vamos! — disse e, deixando o Comensal da Morte a cambalear com sua feia cabeça de bebê, os garotos correram para a porta que estava aberta na outra extremidade da sala e que os reconduziria de volta à sala escura.

Tinham coberto metade da distância quando Harry viu pela porta aberta mais dois Comensais da Morte correndo pela sala escura em sua direção; virando à esquerda, ele embarafustou para dentro de um pequeno escritório escuro e cheio de móveis, e bateu a porta.

— *Collo*... — começou Hermione, mas, antes que pudesse completar o feitiço, a porta se escancarou e os dois Comensais da Morte se precipitaram para dentro.

Com um grito de triunfo, os dois bradaram:

— IMPEDIMENTA!

Harry, Hermione e Neville foram derrubados de costas; Neville foi atirado por cima da escrivaninha e desapareceu de vista; Hermione colidiu com uma estante e foi prontamente soterrada por uma avalanche de pesados livros; a cabeça de Harry bateu contra a parede de pedra atrás, luzinhas espocaram diante de seus olhos e por um momento ele ficou atordoado e desconcertado demais para reagir.

— PEGAMOS ELE! — berrou o Comensal da Morte mais próximo de Harry. — EM UM ESCRITÓRIO DO LADO...

— *Silencio!* — exclamou Hermione, e a voz do homem emudeceu. Ele continuou a falar pelo buraco da máscara, mas não saía som algum. Seu companheiro o empurrou para o lado.

— *Petrificus Totalus!* — bradou Harry, quando o segundo Comensal da Morte ergueu a varinha. Seus braços e pernas se juntaram e ele caiu de borco no tapete ao pé de Harry, duro como uma pedra e incapaz de se mexer.

— Muito bom, Ha...

Mas o Comensal da Morte que Hermione acabara de silenciar fez um repentino gesto horizontal com a varinha; um risco de chamas roxas cortou o peito de Hermione de lado a lado. Ela soltou uma exclamação mínima como alguém surpreso e desmontou no chão, onde permaneceu imóvel.

– HERMIONE!

Harry caiu de joelhos ao seu lado e Neville se arrastou rapidamente de baixo da escrivaninha em direção à amiga, a varinha erguida à frente. O Comensal da Morte deu um forte chute na cabeça de Neville quando ele ia saindo – seu pé partiu a varinha do garoto em dois e atingiu seu rosto. Neville soltou um uivo de dor e se encolheu, agarrando o nariz e a boca. Harry se virou com a varinha no alto, e viu que o Comensal da Morte arrancara a máscara e apontava a varinha diretamente para ele, reconhecendo o rosto comprido, pálido e torto que vira no *Profeta Diário*: Antônio Dolohov, o bruxo que assassinara os Prewett.

Dolohov sorriu. Com a mão livre, apontou da profecia ainda segura na mão de Harry, para ele próprio, depois para Hermione. Embora não pudesse mais falar, seu gesto não poderia ser mais claro. Me entregue a profecia ou você vai ficar igual a ela...

– Como se você não fosse nos matar de qualquer jeito no momento em que eu a entregar! – disse Harry.

Um zumbido de pânico em sua cabeça o impedia de pensar direito: tinha uma das mãos no ombro de Hermione, que ainda estava quente, mas não ousava olhá-la direito. *Faça com que ela não morra, faça com que ela não morra, é minha culpa se tiver morrido...*

– Faça o que fizer, Harry – disse Neville com ferocidade de baixo da mesa, baixando as mãos para mostrar o nariz visivelmente quebrado e o sangue escorrendo da boca e do queixo –, mas não entregue.

Ouviu-se então um estrondo do lado de fora da porta e Dolohov olhou por cima do ombro – o Comensal da Morte de cabeça de bebê apareceu no portal, a cabeça berrando, os enormes punhos ainda se agitando a esmo para tudo ao seu redor. Harry aproveitou a oportunidade:

– *PETRIFICUS TOTALUS!*

O feitiço atingiu Dolohov antes que ele pudesse bloqueá-lo, e o bruxo tombou para a frente por cima do seu companheiro, os dois rígidos como tábuas e incapazes de se mover.

– Hermione – disse Harry imediatamente, sacudindo a cabeça dela enquanto o Comensal da Morte de cabeça de bebê sumia outra vez de vista. – Hermione, acorde...

– *Gue foi gue ele fez com ela?* – perguntou Neville saindo de baixo da escrivaninha e se ajoelhando do outro lado, o sangue escorrendo sem parar do nariz que inchava rapidamente.

— Não sei...

Neville procurou o pulso de Hermione.

— *Dem bulsação, Harry, denho cerdeza gue é.*

Uma onda tão grande de alívio invadiu Harry que por um momento ele se despreocupou.

— Ela está viva?

— *Dá, acho que dá.*

Houve uma pausa em que Harry procurou escutar a aproximação de mais passos, mas só conseguiu identificar o berreiro e os desencontros do Comensal da Morte de cabeça de bebê na sala vizinha.

— Neville, não estamos longe da saída — sussurrou Harry —, estamos bem do lado da sala circular... se pudermos atravessá-la e descobrir a porta certa antes que outros Comensais da Morte apareçam, aposto como você pode carregar Hermione pelo corredor e tomar o elevador... depois você podia procurar alguém... dar o alarme...

— *E gue é gue você vai fazer?* — perguntou Neville, enxugando o nariz sangrento na manga e franzindo a testa para Harry.

— Tenho de procurar os outros.

— *Endão, vou brocurar com você* — disse Neville com firmeza.

— Mas Hermione...

— Levamos com a gente — contrapôs Neville, decidido. — *Caeego Hermione... você luda melhor gom eles gue eu...*

Ele ficou em pé e segurou um braço da garota, olhando para Harry, que hesitou, então agarrou o outro braço e ajudou a guindar o corpo inerte de Hermione para os ombros de Neville.

— Espere — disse Harry, apanhando a varinha de Hermione do chão e enfiando-a na mão do garoto —, é melhor levar isso.

Neville chutou para o lado os pedaços da própria varinha ao saírem andando lentamente em direção à porta.

— *Minha avó vai me madar* — disse ele com a voz pastosa, o sangue saltando do nariz enquanto falava —, *aguela eea a varinha velha do meu bai.*

Harry meteu a cabeça para fora da porta e olhou para os lados cauteloso. O Comensal da Morte com cabeça de bebê estava gritando e batendo nas coisas, derrubando relógios de pêndulo e virando escrivaninhas, chorando confuso, enquanto o armário com portas de vidro, que Harry agora suspeitava conter Viratempos, continuava a cair, se espatifar e se restaurar na parede às costas.

— Ele nunca vai reparar na gente — sussurrou Harry. — Vamos... fique logo atrás de mim...

Eles saíram furtivamente do escritório em direção à sala preta, que agora parecia completamente deserta. Avançaram alguns passos, Neville cambaleando ligeiramente sob o peso de Hermione; a porta para a Sala do Tempo se fechou quando passaram, e as paredes recomeçaram a girar. A recente pancada na cabeça de Harry pareceu tê-lo desequilibrado; ele apertou os olhos, oscilou um pouco, até as paredes pararem de rodar. Com desânimo, ele viu que as cruzes de fogo que Hermione fizera nas portas tinham se apagado.

– Então para que lado você cal...?

Mas antes que ele pudesse decidir quanto ao caminho a experimentar, uma porta se escancarou à sua direita e três pessoas despencaram por ela.

– Rony! – exclamou Harry rouco, correndo para os amigos. – Gina... você está...?

– Harry – disse Rony rindo frouxamente, se atirando para a frente, agarrando as vestes de Harry e fixando nele os olhos desfocados –, ah, aqui está você... ha ha ha... está com a cara engraçada Harry... está todo amarrotado...

O rosto de Rony estava muito pálido e uma coisa escura escorria do canto de sua boca. No momento seguinte, seus joelhos cederam, mas ele continuou agarrado às vestes de Harry, fazendo-o se inclinar numa espécie de reverência.

– Gina? – disse Harry, receoso. – Que aconteceu?

Mas Gina sacudiu a cabeça e escorregou pela parede até se sentar, ofegando e segurando o tornozelo.

– Acho que ela quebrou o tornozelo... ouvi alguma coisa rachando – sussurrou Luna, que se curvava para a garota e era a única que parecia inteira. – Quatro deles nos perseguiram por uma sala escura cheia de planetas; era um lugar muito esquisito, parte do tempo ficamos só flutuando no escuro...

– Harry, vimos Urano de perto! – disse Rony, ainda dando risadinhas frouxas. – Sacou, Harry? Vimos Urano... ha ha ha...

Uma bolha de sangue apareceu no canto da boca de Rony e estourou.

– ... então, um deles agarrou o pé de Gina, eu usei o Feitiço Redutor e explodi Plutão na cara dele, mas...

Luna fez um gesto desanimado para Gina, que respirava superficialmente, seus olhos ainda fechados.

– E o Rony? – perguntou Harry, receoso, pois o garoto continuava a rir, ainda agarrado às suas vestes.

– Não sei com que o acertaram – respondeu Luna, triste –, mas ficou meio esquisito, mal consegui fazê-lo nos acompanhar.

— Harry — disse Rony puxando o ouvido do amigo para perto de sua boca, e continuando a rir —, sabe quem é essa garota, Harry? Ela é a Di-lua... Di-lua Lovegood... ha ha ha...

— Temos de sair daqui — disse Harry com firmeza. — Luna, você pode ajudar a Gina?

— Claro — respondeu ela, enfiando a varinha atrás da orelha para guardá-la, e passando o braço pela cintura da amiga para levantá-la.

— É só o meu tornozelo, posso fazer isso sozinha! — disse Gina, impaciente, mas no momento seguinte desabou para o lado e agarrou Luna para se apoiar. Harry puxou o braço de Rony por cima do ombro como fizera tantos meses antes quando carregara Duda. Olhou ao redor: tinham uma chance em doze de escolher a porta certa de primeira...

Ele carregou Rony em direção a uma porta; estava a poucos passos quando outra, do lado oposto da sala, se escancarou, e três Comensais da Morte entraram correndo, liderados por Belatriz Lestrange.

— *Eles estão aqui!* — gritou ela.

Feitiços Estuporantes cortaram velozmente a sala: Harry adentrou a porta em frente, atirou Rony sem cerimônia no chão e voltou abaixado para ajudar Neville com Hermione; passaram todos pela porta em tempo de batê-la na cara de Belatriz.

— *Colloportus!* — gritou Harry, e ouviu três corpos baterem contra a porta do outro lado.

— Não faz mal! — disse uma voz masculina. — Há outras maneiras de entrar: ACHAMOS ELES, ESTÃO AQUI!

Harry se virou; estavam de novo na Sala do Cérebro e, realmente, havia portas a toda volta. Ele ouviu passos na sala anterior quando mais Comensais da Morte acorreram para se juntar aos primeiros.

— Luna... Neville... me ajudem!

Os três correram pela sala, selando as portas; Harry bateu contra uma mesa e rolou por cima dela na pressa de chegar à porta seguinte.

— *Colloportus!*

Havia passos correndo atrás das portas, de vez em quando outro corpo pesado se atirava contra elas, fazendo-as ranger e estremecer; Luna e Neville enfeitiçavam as portas ao longo da parede oposta — então, ao atingir o fundo da sala, Harry ouviu Luna exclamar:

— *Collo... aaaaaaaaah!...*

Virou-se em tempo de vê-la voar pelo ar; cinco Comensais da Morte invadiam a sala pela porta que ela não conseguira alcançar em tempo; Luna bateu em uma escrivaninha, escorregou por sua superfície e caiu, estatelada, no chão do outro lado, mais imóvel que Hermione.

— Pegue o Potter! — gritou Belatriz correndo para o garoto; ele se desviou e correu para o outro lado da sala; estava seguro enquanto achassem que poderiam atingir a profecia...

— Ei! — disse Rony, que se pusera em pé cambaleando, e agora vinha como um bêbado em direção a Harry, dando risadinhas. — Ei, Harry, tem *cérebros* aqui, ha ha ha, não é esquisito, Harry?

— Rony, saia do caminho, se abaixe...

Mas Rony já apontara a varinha para o tanque.

— Sério, Harry, são cérebros... olhe... *Accio cérebro*!

A cena pareceu congelar por um momento. Harry, Gina e Neville e cada um dos Comensais da Morte se viraram involuntariamente para olhar o alto do tanque na hora em que um cérebro saltou do líquido verde como um peixe para fora da água: por um instante ele pareceu suspenso no ar, então voou em direção a Rony, girando, e algo que lembrava fitas de imagens animadas foi saindo dele, desenrolando como um rolo de filme...

— Ha ha ha, Harry, olhe só isso — disse Rony, observando o cérebro expelir suas entranhas coloridas. — Harry, vem, pega nele; aposto como é estranho...

— RONY, NÃO!

Harry não sabia o que podia acontecer se Rony tocasse nos tentáculos que agora voavam na esteira do cérebro, mas tinha certeza de que não seria nada bom. Ele correu, mas Rony já agarrara o cérebro nas mãos estendidas.

No momento em que entraram em contato com sua pele, os tentáculos começaram a se enrolar em torno dos braços de Rony como cordas.

— Harry, olhe só o que acontece... Não... não... não gosto disso... não, parem... *parem*...

Mas as fitas finas giravam agora em torno do peito do garoto; ele puxou e tentou arrancá-las ao mesmo tempo que o cérebro foi apertado contra Rony como um corpo de polvo.

— *Diffindo*! — berrou Harry, tentando cortar os tentáculos que se enroscavam em seu amigo bem diante de seus olhos, mas eles não se partiam. Rony tombou, ainda lutando contra as amarras.

— Harry, o cérebro vai sufocá-lo! — berrou Gina, imobilizada no chão pelo tornozelo quebrado... então um jorro de luz vermelha voou da varinha de um Comensal da Morte e a atingiu em cheio no rosto. Ela adernou para um lado e caiu ali inconsciente.

— ESDUBEVAÇA! — gritou Neville, rodando o corpo e acenando a varinha de Hermione contra os Comensais da Morte atacantes —, ESDUBEVAÇA, ESDUBEVAÇA!

Mas nada aconteceu.

Um dos Comensais disparou seu próprio Feitiço Estuporante contra Neville; errou por centímetros. Harry e Neville eram os únicos que restavam na luta contra os Comensais da Morte, dois dos quais lançaram jorros de luz prateada como flechas que não atingiram o alvo, mas deixaram crateras na parede atrás deles. Harry fugiu, mas Belatriz correu atrás dele: segurando a profecia acima da cabeça, ele correu para o outro lado da sala; a única coisa que lhe ocorria fazer era afastar os Comensais da Morte uns dos outros.

Aparentemente deu resultado; eles o perseguiram, mandando cadeiras e mesas pelo ar, mas não ousaram enfeitiçá-lo com receio de danificar a profecia, e ele se precipitou para a única porta ainda aberta, aquela por onde os Comensais da Morte haviam entrado; no íntimo, rezava para que Neville ficasse com Rony e encontrasse algum meio de libertá-lo. Ele correu alguns passos pela nova sala e sentiu o chão sumir...

Estava caindo pelos degraus de pedra, um a um, quicando em cada nível, até que, finalmente, com uma pancada que lhe tirou o fôlego, aterrissou chapado de costas no poço em que havia o arco de pedra sobre o estrado. A sala toda ecoava com as risadas dos Comensais da Morte: ele olhou para o alto e viu os cinco que estavam na Sala do Cérebro descer em sua direção, enquanto outros tantos surgiam pelas outras portas e começavam a saltar de nível em nível para alcançá-lo. Harry se levantou, embora com as pernas tão trêmulas que mal conseguiam sustentá-lo: a profecia continuava milagrosamente inteira em sua mão esquerda, a varinha apertada com força na direita. Ele recuou, olhando para os lados, tentando manter todos os Comensais da Morte no seu campo de visão. A parte de trás de suas pernas bateu em alguma coisa sólida: ele chegara ao estrado onde se erguia o arco. Subiu-o de costas.

Todos os Comensais da Morte pararam com os olhos fixos em Harry. Alguns arquejavam tanto quanto o garoto. Um sangrava bastante; Dolohov, livre do Feitiço do Corpo Preso, tinha um olhar malicioso e apontava a varinha direto para o rosto de Harry.

— Potter, terminou a sua corrida — disse a voz arrastada de Lúcio Malfoy, tirando o capuz —, agora me entregue a profecia como um bom menino.

— Mande... mande os outros embora e a entregarei ao senhor! — disse Harry, desesperado.

Alguns Comensais da Morte soltaram risadas.

— Você não está em posição de barganhar, Potter — disse o bruxo, seu rosto pálido corado de prazer. — Como vê, há dez de nós contra você sozinho... ou será que Dumbledore nunca lhe ensinou a contar?

— Ele não *esdá* sozinho! — gritou uma voz do alto. — Ainda *dem* a mim!

Harry sentiu um aperto no coração: Neville estava descendo os degraus de pedra em direção a eles, a varinha de Hermione apertada na mão trêmula.

— Neville... não... volte para o Rony.

— ESDUBEVAÇA! — gritou Neville outra vez, apontando a varinha para cada um dos Comensais da Morte. — ESDUBE! ESDUB...

Um dos Comensais mais corpulentos agarrou Neville por trás e prendeu seus braços dos lados do corpo. O garoto se debateu e chutou; vários Comensais da Morte riram.

— É o Longbottom, não é? — perguntou Lúcio Malfoy desdenhoso. — Bom, sua avó está acostumada a perder membros da família para a nossa causa... sua morte não será nenhum choque...

— Longbottom? — repetiu Belatriz, e um sorriso realmente maligno iluminou o seu rosto ossudo. — Ora, tive o prazer de conhecer seus pais, garoto.

— SEI QUE DEVE! — urrou Neville, e se debateu com tanta força contra o abraço do seu captor que o Comensal exclamou:

— Alguém quer estuporar este garoto?!

— Não, não, não — pediu Belatriz. Ela parecia arrebatada, viva de animação ao olhar para Harry e depois para Neville. — Não, vamos ver quanto tempo Longbottom resiste antes de enlouquecer como os pais... a não ser que Potter nos entregue a profecia.

— NÃO DÊ A ELES! — bradou Neville, que parecia fora de si, chutando e se contorcendo ao ver Belatriz se aproximar dele e de seu captor, com a varinha erguida. — NÃO DÊ A ELES, HARRY!

Belatriz ergueu a varinha.

— Crucio!

Neville gritou, as pernas erguidas contra o peito de modo que o Comensal da Morte que o prendia segurou-o momentaneamente fora do chão. O homem largou-o e ele caiu, se torcendo e gritando em tormento.

— Foi só um aperitivo! — exclamou Belatriz, erguendo a varinha e assim interrompendo os gritos de Neville, deixando-o soluçante a seus pés. Ela se virou e olhou para Harry. — Agora, Potter, ou nos entrega a profecia ou vai ver o seu amiguinho morrer sofrendo!

Harry não precisou pensar; não tinha opção. A profecia se aquecera com o calor de sua mão quando a estendeu. Malfoy se adiantou depressa para recebê-la.

Então, no alto, mais duas portas se escancararam e mais cinco pessoas entraram correndo na sala: Sirius, Lupin, Moody, Tonks e Quim.

Malfoy se virou e ergueu a varinha, mas Tonks já disparara um Feitiço Estuporante nele. Harry não esperou para ver se o bruxo fora atingido, mergulhou para longe do estrado e dos disparos. Os Comensais da Morte foram completamente distraídos pela aparição dos membros da Ordem, que agora faziam chover feitiços sobre os adversários enquanto saltavam degrau por degrau em direção ao poço. Através dos corpos que voavam e dos lampejos, Harry viu Neville se arrastando. Ele se desviou de mais um jato de luz vermelha e se atirou de corpo inteiro no chão para alcançar o amigo.

— Você está o.k.? — berrou, quando voou mais um feitiço a centímetros de suas cabeças.

— Dou — disse Neville tentando se levantar.

— E Rony?

— *Acho gue esdá bem... ainda esdava ludando com o cérebro quando vim...*

O piso de pedra entre os dois explodiu ao ser atingido por um feitiço que produziu uma cratera onde a mão de Neville estivera segundos antes; os dois saíram depressa dali, então um braço grosso se materializou e agarrou Harry pelo pescoço, pondo-o de pé de tal modo que seus pés mal tocavam o chão.

— Me dê isso — rosnou uma voz em sua orelha —, me dê a profecia...

O homem apertava tanto sua traqueia que Harry não conseguia respirar. Através dos olhos marejados de lágrimas, ele viu Sirius duelando com um Comensal da Morte a uns três metros de distância, Quim lutava com dois ao mesmo tempo; Tonks, ainda na metade da descida, disparava feitiços contra Belatriz — ninguém parecia perceber que Harry estava morrendo. Ele virou a varinha para trás em direção ao lado do corpo do homem, mas não teve ar para enunciar o encantamento, e a mão livre do homem tentou alcançar a mão em que o garoto segurava a profecia...

— ARRR!

Neville se precipitara de algum lugar; incapaz de articular um feitiço, enfiou a varinha de Hermione na fenda da máscara do Comensal da Morte. O homem largou Harry imediatamente, soltando um uivo de dor. Harry se virou para enfrentá-lo e exclamou:

— ESTUPEFAÇA!

O Comensal da Morte tombou de costas e sua máscara caiu: era Macnair, o quase carrasco de Bicuço, um dos seus olhos agora inchado e injetado.

— Obrigado! — disse Harry a Neville, puxando-o para o lado, no momento em que Sirius e seu Comensal da Morte passaram por eles, duelando com tanta ferocidade que suas varinhas pareciam borrões; então, o pé de Harry bateu em alguma coisa redonda e dura e ele escorregou. Por um momento, pensou que tivesse deixado cair a profecia, então viu o olho de Moody rolando pelo chão.

Seu dono estava deitado de lado, a cabeça sangrando, e o atacante agora avançava para Harry e Neville: Dolohov, seu rosto pálido e comprido torcido de prazer.

— *Tarantallegra!* — gritou ele, a varinha apontada para Neville, cujas pernas iniciaram imediatamente um sapateado frenético, que o desequilibrou e o fez cair de novo no chão. — Agora, Potter...

Ele fez o mesmo movimento cortante com a varinha que usara contra Hermione na hora em que Harry berrou:

— *Protego!*

O garoto sentiu alguma coisa correr de um lado a outro de seu rosto como uma faca cega; a força do golpe derrubou-o para o lado e ele caiu em cima das pernas dançantes de Neville, mas o Feitiço Escudo impedira o feitiço de se completar.

Dolohov tornou a erguer a varinha.

— *Accio prof...!*

Sirius se precipitara de algum lugar, batera em Dolohov com o ombro fazendo-o voar para longe. A profecia mais uma vez escorregara para as pontas dos dedos de Harry, mas ele conseguiu retê-la. Agora Sirius e Dolohov duelavam, suas varinhas cortando o ar como espadas, faíscas voando de suas pontas.

Dolohov puxou a varinha para fazer o mesmo movimento cortante que usara contra Harry e Hermione. Pondo-se em pé de um salto, Harry berrou:

— *Petrificus Totalus!* — Mais uma vez, os braços e pernas de Dolohov se juntaram e ele adernou para trás, caindo com estrondo.

— Boa! — gritou Sirius, empurrando a cabeça de Harry para baixo quando uns dois Feitiços Estuporantes voaram em direção a eles. — Agora quero que vocês saiam d...

Os dois tornaram a se abaixar; um jato de luz verde quase atingiu Sirius. Do outro lado da sala, Harry viu Tonks cair na subida dos degraus, seu corpo inerte rolou de degrau em degrau e Belatriz, triunfante, voltar correndo para a briga.

— Harry, leve a profecia, agarre Neville e corra! — berrou Sirius, correndo ao encontro de Belatriz. Harry não viu o que aconteceu a seguir: Quim passou pelo seu campo de visão, lutando contra o bexiguento Rookwood, já sem capuz; outro jato de luz verde voou por cima da cabeça de Harry quando ele se atirou em direção a Neville...

— Você consegue ficar em pé? — berrou no ouvido do garoto, enquanto as pernas de Neville sacudiam e torciam descontroladas. — Apoie o braço no meu pescoço...

Neville obedeceu — Harry arquejou —, as pernas do amigo continuavam a sacudir para todos os lados, não o sustentariam, e então, sem que vissem, um homem se atirou sobre eles: os dois tombaram de costas. As pernas de Neville se agitavam sem direção como as de um besouro de barriga para cima, Harry com o braço esquerdo erguido no ar tentava impedir que a bolinha de vidro se quebrasse.

— A profecia, me dê a profecia, Potter! — vociferou Malfoy em seu ouvido, e Harry sentiu a ponta de uma varinha cutucá-lo com força nas costas.

— Não... me... largue... Neville... apanha!

Harry atirou a profecia pelo chão, o garoto se virou para ficar de costas e aparou a bolinha no peito. Malfoy, então, apontou a varinha para Neville, mas Harry espetou a própria varinha por cima do ombro e berrou:

— *Impedimenta!*

Malfoy voou para longe. Quando Harry conseguiu se levantar, olhou ao redor e viu o bruxo colidir com o estrado em que Sirius e Belatriz agora duelavam. Malfoy tornou a apontar a varinha para Harry e Neville, mas, antes que pudesse tomar ar para atacar, Lupin pulou entre eles.

— Harry, reúna os outros e VÁ!

Harry agarrou Neville pelos ombros das vestes e o ergueu até o primeiro degrau de pedra; as pernas do garoto se torciam e sacudiam, e não suportavam seu peso; Harry tornou a erguê-lo com todas as forças que tinha e subiram mais um degrau...

Um feitiço atingiu o degrau de pedra junto ao calcanhar de Harry; o degrau desmoronou e ele caiu no degrau abaixo. Neville afundou no chão, as pernas ainda entortando e se agitando, e ele enfiou a profecia no bolso.

— Vamos! — disse Harry, desesperado, puxando Neville pelas vestes. — Tente empurrar com as pernas...

Ele deu mais um puxão descomunal e as vestes de Neville se rasgaram ao longo da costura lateral — a bolinha de vidro caiu do seu bolso e, antes que um dos dois pudesse pegá-la, o pé descontrolado de Neville a chutou: a bolinha voou uns três metros para a direita e se espatifou no degrau abaixo. Quando os dois olharam para o lugar em que ela se quebrara, aterrados com o acontecido, um vulto branco-pérola de olhos enormemente aumentados se ergueu no ar, sem ninguém reparar.

Harry viu a boca do vulto se mover, mas com todas as colisões e gritos e berros que os rodeavam, não conseguiu ouvir uma só palavra da profecia. O vulto parou de falar e se evaporou.

— *Harry, sindo muido!* — exclamou Neville, seu rosto aflito e as pernas ainda se contorcendo. — *Sindo, Harry não dive indenção de...*

— Não faz mal! — gritou Harry. — Tente ficar em pé, vamos dar o fora...

— *Dubbledore!* — disse Neville, seu rosto suarento subitamente arrebatado fixando alguma coisa por cima do ombro de Harry.

— Quê!

— DUBBLEDORE!

Harry se virou para ver o que Neville olhava. Diretamente no alto, emoldurado pela porta da Sala do Cérebro, achava-se Alvo Dumbledore, a varinha no ar, seu rosto pálido e enfurecido. Harry sentiu uma espécie de choque elétrico em cada partícula do seu corpo — *estavam salvos*.

Dumbledore desceu depressa os degraus passando por Neville e Harry, que não pensava mais em ir embora. Dumbledore já estava ao pé dos degraus quando o Comensal da Morte mais próximo percebeu sua presença e berrou para os outros. Um dos Comensais da Morte correu o mais que pôde, trepando como um macaco pelos degraus de pedra do lado oposto. Um feitiço de Dumbledore o trouxe de volta com a maior facilidade, como se o tivesse fisgado com uma linha invisível...

Somente um par continuava a lutar, aparentemente sem notar o recém-chegado. Harry viu Sirius se desviar de um raio vermelho de Belatriz: ria dela.

— Vamos, você sabe fazer melhor que isso! — berrou ele, sua voz ecoando pela sala cavernosa.

O segundo jato de luz o atingiu bem no peito.

O riso ainda não desaparecera do seu rosto, mas seus olhos se arregalaram de choque.

Harry soltou Neville, embora nem tivesse consciência do que fazia. Estava novamente descendo os degraus aos saltos, puxando a varinha, ao mesmo tempo que Dumbledore também se voltava para o estrado

Sirius pareceu levar uma eternidade para cair: seu corpo descreveu um arco gracioso e ele mergulhou de costas no véu esfarrapado que pendia do arco.

Harry viu a expressão de medo e surpresa no rosto devastado e outrora bonito do seu padrinho quando ele atravessou o arco e desapareceu além do véu, que esvoaçou por um momento como se soprado por um vento forte, depois retomou a posição inicial.

Harry ouviu o grito triunfante de Belatriz Lestrange, mas sabia que não significava nada – Sirius simplesmente atravessara o arco, reapareceria do outro lado a qualquer segundo...

Mas Sirius não reapareceu.

– SIRIUS! – berrou Harry. – SIRIUS!

Ele alcançara o poço, sua respiração ofegante e dolorosa. Sirius devia estar logo além do véu, ele, Harry, o puxaria de volta...

Mas quando chegou ao poço e saltou para o estrado, Lupin o agarrou pelo peito, detendo-o.

– Não há nada que você possa fazer, Harry...

– Apanhá-lo, salvá-lo, ele só atravessou o véu!

– ... é tarde demais, Harry.

– Ainda podemos alcançá-lo... – Harry lutou com força e violência, mas Lupin não o largou.

– Não há nada que você possa fazer, Harry... nada... ele se foi.

36

O ÚNICO A QUEM ELE TEMEU NA VIDA

—Não se foi, não! – bradou Harry.

Ele não acreditava; não queria acreditar; continuava a lutar contra Lupin com todas as suas forças. Lupin não entendia; as pessoas se escondiam atrás daquele véu; Harry os ouvira sussurrando na primeira vez que entrara na sala; Sirius estava se escondendo, simplesmente emboscado fora de vista...

– SIRIUS! – berrou. – SIRIUS!

– Ele não pode voltar, Harry – disse Lupin, a voz embargando enquanto se esforçava para conter Harry. – Ele não pode voltar porque está m...

– ELE... NÃO... ESTÁ... MORTO! – bradou Harry. – SIRIUS!

Havia movimento em volta deles, alvoroço inútil, lampejos de feitiços. Para Harry, eram ruídos sem significação, os feitiços com as trajetórias desviadas que passavam por eles não importavam, nada importava exceto que Lupin precisava parar de fingir que Sirius – que estava a alguns passos deles atrás daquela cortina velha – não ia reaparecer a qualquer momento, sacudindo para trás os cabelos pretos e ansioso para retornar à luta.

Lupin puxou Harry para longe do estrado. O garoto, ainda olhando fixamente para o arco, estava zangado com Sirius, agora, por deixá-lo esperando...

Mas uma parte dele compreendia, mesmo enquanto lutava para se desvencilhar de Lupin, que Sirius nunca o deixara esperando antes... Sempre arriscara tudo para ver Harry, para ajudá-lo... se não saía do arco quando gritava por ele como se sua vida dependesse disso, a única explicação possível era que não podia voltar... era que realmente estava...

Dumbledore reunira a maioria dos Comensais da Morte restantes no meio da sala, aparentemente imobilizados por cordas invisíveis; Olho-Tonto se arrastara pela sala até onde Tonks caíra e tentava reanimá-la; atrás do estrado, ainda havia clarões momentâneos, grunhidos e gritos – Quim avançara correndo para continuar o duelo de Sirius com Belatriz.

— Harry?

Neville deslizara pelos degraus, um a um, até onde ele se encontrava. Harry parara de lutar com Lupin, que continuava a segurar seu braço por precaução.

— Harry... *Sindo muido...* — disse Neville. Suas pernas prosseguiam dançando descontroladas. — *Aguele homem... Sirius Blagg...* era seu... seu amigo?

Harry confirmou com a cabeça.

— Aqui – disse Lupin baixinho, e apontando a varinha para as pernas de Neville: — *Finite.* — O feitiço se desfez: as pernas de Neville voltaram ao chão e pararam. O rosto de Lupin estava pálido. — Vamos... vamos procurar os outros. Onde é que eles estão, Neville?

Lupin se afastou do arco enquanto falava. Parecia que cada palavra lhe causava dor.

— *Esdão lá em cima. Um cérebro adagou Rony mas acho gue ele esdá bem... e Hermione desacordada, mas sendimos um pulso...*

Ouviu-se um forte estampido e um berro vindo de trás do estrado. Harry viu Quim tombar no chão, berrando de dor: Belatriz Lestrange deu meia-volta e fugiu correndo, e Dumbledore se virou depressa. Ele atirou um feitiço contra ela, mas Belatriz o desviou; agora estava na metade da escadaria...

— Harry... não! — exclamou Lupin, mas o garoto já se desvencilhara de seu aperto já frouxo.

— ELA MATOU SIRIUS! — bradou Harry. — ELA O MATOU... ELA O MATOU!

E o garoto saiu correndo, subindo os degraus; as pessoas gritavam para ele, mas Harry não deu atenção. A barra das vestes de Belatriz desapareceu à frente, e eles estavam novamente na sala em que os cérebros flutuavam...

Ela lançou um feitiço por cima do ombro. O tanque se ergueu no ar e virou. Harry recebeu um dilúvio de líquido malcheiroso: os cérebros se desprenderam e escorregaram por cima dele, girando os longos tentáculos coloridos, mas ele gritou "*Wingardium Leviosa!*" e eles voaram para longe. Tropeçando e escorregando, Harry correu para a porta; saltou por cima de Luna, que gemia no chão, passou por Gina, que exclamou "Harry... quê?", por Rony, que ria bobamente, e Hermione, ainda inconsciente. Abriu com violência a porta para a sala preta circular e viu Belatriz desaparecendo por uma porta do lado oposto; para além ficava o corredor para os elevadores.

Ele correu, mas a bruxa batera a porta ao passar e as paredes já estavam girando. Mais uma vez, ele foi rodeado pelos riscos de luz azul produzidos pelos candelabros em movimento.

— Onde é a saída? — gritou desesperado, quando a parede parou com um ronco. — Por onde se sai?

A sala parecia estar esperando a pergunta. A porta às suas costas se escancarou e ele viu se estender à sua frente o longo corredor dos elevadores, iluminado por archotes e deserto. Correu...

Ouviu um elevador descendo com estrépito; disparou pelo corredor, dobrou o canto e esmurrou o botão para chamar um segundo elevador. O veículo balançava e batia cada vez mais próximo; as grades se abriram e Harry precipitou-se para dentro, agora esmurrando o botão marcado "Átrio". As portas se fecharam e o elevador começou a subir...

Ele forçou as grades para sair do elevador antes que elas acabassem de abrir, e olhou a toda volta. Belatriz estava quase chegando à cabine telefônica na outra extremidade do saguão, mas ela olhou para trás quando Harry correu em sua direção e mirou outro feitiço contra o garoto. Ele se abrigou atrás da Fonte dos Irmãos Mágicos; o feitiço passou voando por ele e atingiu as grades douradas do outro lado do Átrio, fazendo-as retinir como sinos. Não se ouviram mais passos. Belatriz parara de correr. Ele se agachou atrás das estátuas, atento.

— *Saia daí, saia Harryzinho!* — chamou ela imitando voz de bebê, e seu chamado ecoou no soalho encerado. — Para que foi que você me seguiu então? Pensei que estivesse aqui para vingar o meu querido primo!

— E estou! — gritou Harry, e um coro de Harrys fantasmagóricos pareceu repetir *Estou! Estou! Estou!* por todo o aposento.

— Aaaaaah... você o *amava*, bebezinho Potter?

Harry se sentiu invadido por um ódio que jamais conhecera; atirou-se de trás da fonte e berrou: "*Crucio!*"

Belatriz gritou: o feitiço a derrubara, mas ela não se contorceu nem gritou de dor como fizera Neville — já estava outra vez de pé, ofegante, parara de rir. Harry tornou a se resguardar atrás da fonte dourada. O contrafeitiço dela atingiu a bela cabeça do bruxo, arrancou-a e projetou-a a mais de cinco metros, produzindo longos arranhões no soalho.

— Nunca usou uma Maldição Imperdoável antes, não é menino? — gritou ela. Abandonara a vozinha de bebê. — É preciso *querer* usá-las, Potter! É preciso realmente querer causar dor, ter prazer nisso, raiva justificada não faz doer por muito tempo. Vou lhe mostrar como se faz, está bem? Vou lhe dar uma aula...

Harry ia contornando a fonte pelo outro lado quando ela bradou "*Crucio!*", e ele foi forçado a se abaixar outra vez na hora em que o braço do centauro, que segurava o arco, saiu rodopiando e desabou com estrondo no chão, a uma curta distância da cabeça dourada do bruxo.

– Potter, você não pode me vencer!

Ele podia ouvi-la se deslocando para a direita, para obter uma visão desimpedida dele. Harry contornou a estátua para se afastar de Belatriz, agachando-se atrás das pernas do centauro, a cabeça na mesma altura que a do elfo doméstico.

– Fui e sou a mais leal servidora do Lorde das Trevas. Aprendi com ele as Artes das Trevas e conheço feitiços tão fortes com que você, menininho patético, não tem a menor esperança de competir...

– *Estupefaça!* – berrou Harry. Ele contornara a fonte até o lugar em que o duende sorria para o bruxo, agora sem cabeça, e apontara para as costas de Belatriz enquanto ela espiava pelo outro lado da fonte. A bruxa reagiu tão depressa que ele mal teve tempo de se abaixar.

– *Protego!*

O jato de luz vermelha, seu próprio Feitiço Estuporante, se voltou contra ele. Harry correu a se proteger atrás da fonte e uma das orelhas do duende saiu voando pelo saguão.

– Potter, vou lhe dar uma única chance! – gritou Belatriz. – Me entregue a profecia, faça-a rolar pelo chão na minha direção, e talvez eu lhe poupe a vida!

– Bom, você vai ter de me matar, porque ela não existe mais! – urrou Harry e, ao fazer isso, a dor queimou sua cicatriz; mais uma vez ela ardia como se estivesse em fogo, e o garoto sentiu um ímpeto de fúria completamente divorciado de sua própria raiva. – E ele já sabe! – disse Harry, com uma risada desvairada que se igualava à de Belatriz. – Seu velho e amado companheiro Voldemort sabe que não existe mais! Ele não vai ficar nada satisfeito com você, vai?

– Quê? Que é que você quer dizer? – disse ela, e pela primeira vez havia medo em sua voz.

– A profecia se quebrou quando eu estava tentando subir os degraus com Neville. Então, que é que você acha que Voldemort vai dizer disso?

Sua cicatriz ficou em brasa e queimou... a dor fez seus olhos lacrimejarem...

– MENTIROSO! – gritou Belatriz, mas ele percebia o terror por trás da raiva agora. – ESTÁ COM A PROFECIA, POTTER, E VAI ME ENTREGÁ-LA! *Accio profecia! ACCIO PROFECIA!*

Harry soltou outra risada porque sabia que isso a irritaria, a dor aumentava em sua cabeça com tal intensidade que ele achou que seu crânio poderia estourar. Ele acenou a mão vazia por trás do duende de uma orelha só e retirou-a rapidamente quando Belatriz lançou mais um jato de luz verde contra ele.

— Não tem nada aqui! — gritou ele. — Nada para convocar! Ela quebrou e ninguém ouviu o que disse, pode informar ao seu chefe!

— Não! — ela gritou. — Não é verdade, você está mentindo! MILORDE, EU TENTEI, EU TENTEI... NÃO ME CASTIGUE...

— Não perca seu fôlego! — berrou Harry, os olhos apertados com a dor na cicatriz, agora mais terrível que nunca. — Ele não pode ouvir você daqui!

— Não posso, Potter? — disse uma voz aguda e fria.

Harry abriu os olhos.

Alto, magro e encapuzado, sua medonha cara ofídica pálida e magra, seus olhos vermelhos de pupilas verticais encarando-o... Lorde Voldemort aparecera no meio do saguão, a varinha apontada para Harry, que ficou paralisado, incapaz de se mover.

— Então, você destruiu minha profecia? — perguntou Voldemort mansamente, encarando Harry com aqueles olhos cruéis e vermelhos. — Não, Bela, ele não está mentindo... vejo a verdade me encarando de sua mente inútil... meses de preparação, meses de esforço... e os meus Comensais da Morte deixaram Harry Potter me frustrar mais uma vez...

— Milorde, sinto muito, eu não sabia, eu estava lutando com o animago Black! — soluçou Belatriz, atirando-se aos pés de Voldemort quando ele se aproximou lentamente. — Milorde, o senhor devia saber...

— Fique quieta, Bela — disse Voldemort, ameaçador. — Cuidarei de você em um momento. Você acha que entrei no Ministério da Magia para ouvir você choramingar desculpas?

— Mas, milorde... ele está aqui... está lá embaixo.

Voldemort não lhe deu atenção.

— Não tenho mais nada a lhe dizer, Potter — falou ele calmamente. — Você tem me aborrecido muitas vezes, por tempo demais. *AVADA KEDAVRA!*

Harry nem sequer abriu a boca para resistir; sua mente estava vazia, sua varinha apontava inutilmente para o chão.

Mas a estátua dourada do bruxo, agora sem cabeça, ganhou vida na fonte, saltou do pedestal e aterrissou com estrépito no soalho entre Harry e Voldemort. Assim, o feitiço apenas ricocheteou no peito da estátua quando ela abriu os braços para proteger o garoto.

— Quê...?! — exclamou Voldemort, olhando para os lados. E então sussurrou: — *Dumbledore!*

Harry olhou para trás, seu coração batendo com violência. Dumbledore estava parado à frente das grades douradas.

Voldemort ergueu a varinha e um segundo jato de luz verde coriscou no ar contra Dumbledore, que se virou e desapareceu com um rodopio da capa... No segundo seguinte, ele reapareceu atrás de Voldemort e acenou a varinha em direção ao que restara da fonte. As outras estátuas ganharam vida. A da bruxa correu para Belatriz, que gritou e lançou feitiços, mas estes deslizaram inutilmente pelo peito da estátua, que se atirou sobre a bruxa e a pregou no chão. Entrementes, o duende e o elfo doméstico correram para as lareiras ao longo da parede e o centauro sem braço galopou de encontro a Voldemort, que desapareceu e reapareceu ao lado da fonte. A estátua decapitada empurrou Harry para trás, afastando-o da luta, quando Dumbledore avançou para Voldemort, e o centauro dourado iniciou um meio galope em torno dos dois.

— Foi uma tolice vir aqui hoje à noite, Tom — disse Dumbledore calmamente. — Os aurores estão a caminho...

— Altura em que estarei longe e você morto! — vociferou Voldemort. Ele lançou outra maldição letal contra Dumbledore, mas errou o alvo atingindo a mesa do guarda de segurança, que incendiou.

Dumbledore agitou sua varinha: a força do feitiço que dela emanou foi tal que Harry, embora escudado por seu guarda dourado, sentiu os cabelos ficarem em pé, quando o raio passou, e desta vez Voldemort foi forçado a conjurar do nada um reluzente escudo de prata para desviá-lo. O feitiço, qualquer que fosse, não causou nenhum dano visível ao escudo, embora produzisse uma nota grave como a de um gongo — um som estranhamente enregelante.

— Você não está procurando me matar, Dumbledore? — gritou Voldemort, seus olhos vermelhos apertados e visíveis por cima do escudo. — Está acima de tal brutalidade?

— Ambos sabemos que há outras maneiras de destruir um homem, Tom — disse Dumbledore calmamente, continuando a andar em direção a Voldemort como se nada temesse no mundo, como se nada tivesse acontecido para interromper o seu passeio pelo saguão. — Admito que meramente tirar sua vida não me satisfaria...

— Não há nada pior do que a morte, Dumbledore! — rosnou Voldemort.

— Você está muito enganado — disse Dumbledore, ainda avançando para Voldemort e falando naturalmente como se estivessem discutindo a questão enquanto tomavam um drinque. Harry se sentiu apavorado ao vê-lo caminhar, sem defesa, sem escudo; quis dar um grito de alerta, mas seu guarda decapitado não parava de empurrá-lo para trás em direção à parede, bloqueando todas as suas tentativas de sair de trás dele. – Na verdade, sua incapacidade de compreender que há coisas muito piores do que a morte sempre foi sua maior fraqueza...

Mais um jato de luz verde voou de trás do escudo de prata. Desta vez foi o centauro de um só braço, galopando na frente de Dumbledore, quem recebeu o impacto e se partiu em mil pedaços, mas, antes mesmo que os fragmentos batessem no chão, Dumbledore recuara a varinha e a vibrara como se brandisse um chicote. De sua ponta voou uma chama longa e fina que se enrolou em Voldemort, com escudo e tudo. Por um momento, pareceu que Dumbledore vencera, mas então a corda de fogo se transformou em uma serpente, que se desprendeu de Voldemort na mesma hora e se virou, sibilando furiosamente para enfrentar Dumbledore.

Voldemort desapareceu; a serpente se empinou no soalho, pronta para atacar...

Surgiu uma labareda no ar acima de Dumbledore ao mesmo tempo que Voldemort reaparecia sobre o pedestal no meio da fonte, onde até recentemente havia cinco estátuas.

– *Cuidado!* – berrou Harry.

Mas, enquanto gritava, outro jato de luz verde voou da varinha de Voldemort contra Dumbledore e a serpente deu o bote...

Fawkes mergulhou à frente de Dumbledore, abriu o bico e engoliu o jato de luz verde inteiro: então rompeu em chamas e tombou no chão, pequena, enrugada e incapaz de voar. No mesmo instante, Dumbledore brandiu a varinha em um movimento fluido e longo – a serpente, que estava prestes a enterrar as presas nele, voou muito alto e desapareceu em um fiapo de fumaça preta: e a água na fonte subiu e cobriu Voldemort como um casulo de vidro derretido.

Durante alguns segundos, Voldemort continuou visível apenas como uma figura ondeada, escura e sem rosto, tremeluzente e difusa sobre o pedestal, tentando visivelmente se livrar da massa sufocante...

Então desapareceu e a água caiu com estrondo na fonte, extravasando impetuosamente pelas bordas, encharcando o chão encerado.

– MILORDE! – gritou Belatriz.

Com certeza terminara, com certeza Voldemort batera em retirada, Harry fez menção de correr de trás de sua estátua-guarda, mas Dumbledore bradou:

– Fique onde está, Harry!

Pela primeira vez, Dumbledore pareceu temeroso. Harry não via por quê: o saguão estava vazio, exceto pelos dois, a soluçante Belatriz ainda presa sob a estátua da bruxa, e a fênix recém-nascida crocitando debilmente no chão...

Então a cicatriz de Harry estourou e ele sentiu que estava morto: era uma dor que superava a imaginação, uma dor que superava a capacidade de sofrer...

Ele foi levado do saguão, preso nas espirais de uma criatura de olhos vermelhos tão apertadas que ele não sabia onde terminava o seu corpo e começava o da criatura: estavam fundidos, unidos pela dor e não havia saída...

E quando a criatura falou, usou a boca de Harry, fazendo com que, em sua agonia, o garoto sentisse o queixo mexer.

— Me mate agora, Dumbledore...

Cego e moribundo, cada parte do seu corpo gritando por alívio, Harry sentiu a criatura usando-o mais uma vez...

— Se a morte não é nada, Dumbledore, mate o garoto...

Faça a dor passar, pensou Harry... faça ele nos matar... acabe com isso, Dumbledore... a morte não é nada em comparação...

E reverei Sirius.

E o coração de Harry se encheu de emoção, as espirais da criatura se afrouxaram, a dor desapareceu; ele estava deitado de borco no chão, sem óculos, tremendo como se estivesse deitado sobre gelo e não madeira...

E havia vozes ecoando pelo saguão, mais vozes do que deveria haver... Harry abriu os olhos, viu seus óculos junto ao calcanhar da estátua sem cabeça que o guardava, mas que agora estava caída de costas no chão, rachada e imóvel. Pôs os óculos, ergueu ligeiramente a cabeça e descobriu o nariz torto de Dumbledore a centímetros do dele.

— Você está bem, Harry?

— Estou — disse Harry, tremendo com tanta violência que não conseguia manter a cabeça em pé direito. — Estou... onde está Voldemort, onde... quem são esses... que é...

O Átrio estava cheio de gente; o soalho refletia as chamas verde-esmeralda que explodiram em todas as lareiras ao longo de uma das paredes; delas emergiam torrentes de bruxas e bruxos. Quando Dumbledore o ajudou a se levantar, Harry viu as minúsculas estatuetas douradas do elfo doméstico e do duende, conduzindo um aturdido Cornélio Fudge.

— Ele estava ali! — gritou um homem de vestes vermelhas e rabo de cavalo, apontando para um monte de destroços dourados do outro lado do saguão, onde Belatriz estivera presa momentos antes. — Eu o vi, Sr. Fudge, juro que era Você-Sabe-Quem, ele agarrou uma mulher e desaparatou!

— Eu sei, Williamson, eu sei, eu também o vi! — balbuciou Fudge, que estava usando pijama sob a capa de risca de giz e ofegava como se tivesse corrido quilômetros. — Pelas barbas de Merlim... aqui... *aqui*!... no Ministério da Magia!... Céus... não parece possível... palavra de honra... como pode ser...?

— Se você for ao Departamento de Mistérios, Cornélio — disse Dumbledore, aparentemente satisfeito de que Harry estivesse bem, e se adiantando para que os recém-chegados vissem que ele se encontrava ali pela primeira vez (alguns ergueram as varinhas; outros simplesmente fizeram caras surpresas; as estátuas do elfo e do duende aplaudiram e Fudge se assustou tanto que seus pés calçados de chinelos se ergueram do chão) —, você encontrará vários Comensais da Morte fugitivos amarrados na Câmara da Morte, por um Feitiço Antidesaparatação, aguardando sua decisão sobre o destino a dar a eles.

— Dumbledore! — exclamou Fudge, sem conter o seu espanto. — Você... aqui... eu... eu...

Ele olhou agitado procurando os aurores que trouxera, e não poderia ter ficado mais claro que estava indeciso se deveria ordenar: "Prendam-no!"

— Cornélio, estou pronto a enfrentar seus homens: e vencê-los mais uma vez! — disse Dumbledore com voz tonitruante. — Mas há uns minutos você viu, com seus próprios olhos, a comprovação de que há um ano venho lhe dizendo a verdade. Lorde Voldemort retornou, você esteve perseguindo o homem errado durante doze meses, e já está na hora de ouvir a voz da razão!

— Eu... não... bom — atropelou-se Fudge, olhando para os lados, como se esperasse alguém lhe dizer o que fazer. Mas como todos continuaram calados, falou: — Muito bem... Dawlish! Williamson! Desçam ao Departamento de Mistérios e vejam... Dumbledore, você... você terá de me contar exatamente... a Fonte dos Irmãos Mágicos... que aconteceu? — acrescentou lamurioso, correndo o olhar pelo chão, onde estavam espalhados os restos das estátuas da bruxa, do bruxo e do centauro.

— Podemos discutir isso depois de eu mandar Harry de volta a Hogwarts — disse Dumbledore.

— Harry... *Harry Potter?*

Fudge virou-se e encarou Harry, ainda encostado à parede ao lado da estátua caída que o guardara durante o duelo entre Dumbledore e Voldemort.

— Ele... aqui? — espantou-se Fudge. — Por que... afinal que aconteceu?

— Explicarei tudo — repetiu Dumbledore — quando Harry tiver regressado à escola.

Dumbledore se afastou da fonte em direção à cabeça dourada do bruxo no chão. Apontou a varinha para ela e murmurou "*Portus*". A cabeça brilhou azulada, vibrou ruidosamente contra o chão de madeira por alguns segundos, então tornou a se imobilizar.

– Agora, escute aqui, Dumbledore! – disse Fudge, quando ele apanhou a cabeça e voltou a Harry, carregando-a. – Você não tem autorização para usar essa Chave de Portal! Você não pode agir assim diante do ministro da Magia, você... você...

Sua voz falhou sob o olhar professoral que Dumbledore lhe atirava por cima dos oclinhos de meia-lua.

– Você dará ordem para transferir Dolores Umbridge de Hogwarts – disse Dumbledore. – Mandará os seus aurores pararem de perseguir o meu professor de Trato das Criaturas Mágicas, para ele poder voltar ao trabalho. Concederei a você... – Dumbledore puxou do bolso um relógio de doze ponteiros e o consultou – meia hora do meu tempo hoje à noite, na qual poderei folgadamente abordar os pontos mais importantes do que aconteceu aqui. Depois, terei de retornar à minha escola. Se precisar de mais alguma ajuda, naturalmente, será bem-vindo se entrar em contato comigo em Hogwarts. As cartas endereçadas ao diretor chegarão às minhas mãos.

Fudge arregalou mais que nunca os olhos; sua boca se abriu e o rosto redondo se tornou mais corado sob os cabelos grisalhos e despenteados.

– Eu... você...

Dumbledore deu-lhe as costas.

– Pegue esta Chave de Portal, Harry.

Ele estendeu a cabeça dourada da estátua e Harry pousou a mão nela, sem se importar com o que faria a seguir nem aonde iria.

– Verei você em meia hora – disse Dumbledore brandamente. – Um... dois... três...

Harry sentiu a conhecida sensação de que um gancho o puxava por trás do umbigo. O soalho polido desapareceu sob os seus pés; o Átrio, Fudge e Dumbledore, tudo desapareceu e ele estava voando num redemoinho de cor e som...

37

A PROFECIA PERDIDA

Os pés de Harry bateram em chão firme; seus joelhos se dobraram ligeiramente e a cabeça dourada do bruxo caiu com um baque metálico no chão. Ele olhou ao redor e constatou que chegara ao escritório de Dumbledore.

Tudo parecia ter se consertado na ausência do diretor. Os delicados instrumentos de prata se encontravam mais uma vez sobre as mesinhas de pernas finas, soprando e zunindo serenamente. Os retratos dos diretores e diretoras cochilavam em seus quadros, as cabeças caídas molemente no encosto das poltronas ou apoiadas nas molduras. Harry espiou pela janela. Havia uma fria linha verde-clara no horizonte: o dia ia despontando.

O silêncio e a imobilidade, interrompidos apenas por um raro grunhido ou fungada de um retrato adormecido, eram insuportáveis. Se o ambiente pudesse ter refletido os sentimentos que o dominavam, os quadros estariam gritando de dor. Ele andou pelo escritório silencioso e belo, respirando depressa, tentando não pensar. Mas precisava pensar... não tinha saída...

Era sua culpa que Sirius tivesse morrido; inteiramente sua culpa. Se ele, Harry, não tivesse sido burro de cair na esparrela de Voldemort, se não estivesse tão convencido de que o que vira em sonho era real, se ao menos tivesse aberto a mente à possibilidade de que Voldemort, conforme dissera Hermione, estivesse apostando no *prazer de Harry de bancar o herói*...

Era insuportável, ele não pensaria no assunto, não conseguiria suportar... havia um terrível vazio em seu peito que ele não queria sentir nem examinar, um buraco negro em que Sirius estivera, em que Sirius desaparecera; ele não queria ter de ficar sozinho com aquele enorme espaço silencioso, não conseguiria suportar...

Um quadro às suas costas soltou um ronco particularmente alto, e uma voz calma exclamou:

– Ah... Harry Potter!...

Fineus Nigellus deu um longo bocejo, se espreguiçando enquanto observava Harry com seus olhos apertados e astutos.

— E o que o traz aqui nas primeiras horas da manhã? — perguntou o bruxo passado algum tempo. — O escritório está interditado a todos, exceto ao seu legítimo diretor. Ou foi Dumbledore que o mandou aqui? Ah, não me diga nada... — Ele deu outro bocejo estremecido. — Mais uma mensagem para o meu indigno bisneto?

Harry não pôde responder. Fineus Nigellus não sabia que Sirius estava morto, mas Harry não poderia lhe contar. Dizê-lo em voz alta seria tornar a morte final, absoluta, irrecuperável.

Mais alguns retratos se mexiam agora. O terror de ser interrogado fez Harry atravessar a sala e segurar a maçaneta.

Ela não girou. Ele estava trancado.

— Espero que isto signifique — disse um corpulento bruxo de nariz vermelho pendurado a uma parede atrás da escrivaninha do diretor — que em breve Dumbledore estará entre nós?

Harry se virou. O bruxo o fitava com grande interesse. O garoto confirmou com a cabeça. E tornou a puxar a maçaneta com as mãos às costas, mas ela permaneceu imóvel.

— Ah, que bom — disse o bruxo. — Tem sido muito monótono sem ele, muito monótono mesmo.

O bruxo se acomodou no cadeirão semelhante a um trono, no qual fora retratado, e sorriu bondosamente para Harry.

— Dumbledore tem uma opinião elogiosa sobre você, como estou certo de que sabe — disse satisfeito. — Ah, sim. Tem você em alta estima.

A sensação de culpa que enchia o peito de Harry como um parasita monstruoso e pesado agora se torcia e virava. Harry não conseguia suportar isso, não conseguia mais suportar ser quem era... nunca se sentira tão encurralado dentro do próprio corpo, nunca desejara tão intensamente poder ser outra pessoa, qualquer pessoa, ou...

A lareira vazia irrompeu em chamas verde-esmeralda, fazendo Harry saltar para longe da porta, e olhar para o homem que girava no interior da grade. Quando a figura alta de Dumbledore deixou o fogo, os bruxos e bruxas, nas paredes, acordaram de repente, muitos deles soltando exclamações de boas-vindas.

— Obrigado — disse Dumbledore brandamente.

Ele não olhou imediatamente para Harry, mas encaminhou-se para o poleiro ao lado da porta e retirou, do bolso interno das vestes, a minúscula e feiosa Fawkes, que ele colocou com gentileza no borralho morno embaixo do suporte dourado em que a fênix adulta habitualmente ficava.

— Bom, Harry — disse Dumbledore, finalmente afastando-se do filhote de fênix —, você vai ficar contente em saber que nenhum dos seus colegas vai sofrer danos permanentes em decorrência dos acontecimentos desta noite.

Harry tentou dizer "Bom", mas a voz não saiu. Pareceu-lhe que o diretor estava lembrando-o da extensão dos danos que causara, e embora Dumbledore, para variar, estivesse olhando para ele, e embora sua expressão fosse bondosa em vez de acusatória, Harry não conseguiu olhá-lo nos olhos.

— Madame Pomfrey está remendando todos. Ninfadora Tonks talvez precise passar algum tempo no St. Mungus, mas parece que irá se recuperar totalmente.

Harry se contentou em assentir para o tapete, que se tornava mais claro à medida que o céu lá fora empalidecia. Tinha certeza de que os quadros na sala estavam escutando ansiosamente cada palavra que Dumbledore dizia, perguntando-se onde o diretor e o garoto tinham estado e por que teria havido danos físicos.

— Sei como está se sentindo, Harry — disse Dumbledore mansamente.

— Não, o senhor não sabe, não. — E sua voz saiu repentinamente alta e forte; uma raiva incandescente saltava dentro dele; Dumbledore não sabia *nada* a respeito dos seus sentimentos.

— Está vendo, Dumbledore? — disse Fineus Nigellus sonsamente. — Nunca tente compreender os estudantes. Eles odeiam. Preferem muito mais ser tragicamente incompreendidos, chafurdar em autocomiseração, pagar seus próprios...

— Chega, Fineus — disse Dumbledore.

Harry deu as costas ao diretor e ficou olhando decidido pela janela. Via o campo de quadribol ao longe. Sirius aparecera ali uma vez, disfarçado de cachorro preto e peludo, para poder vê-lo jogar... provavelmente viera ver se o filho era tão bom quanto o pai fora... Harry nunca lhe perguntara...

— Não há vergonha no que você está sentindo, Harry — disse a voz de Dumbledore. — Pelo contrário... o fato de ser capaz de sentir dor com tal intensidade é a sua maior força...

Harry sentiu a raiva incandescente lamber suas entranhas, transformar-se em labareda, no terrível vácuo, enchendo-o com o desejo de ferir Dumbledore por sua calma e suas palavras vazias.

— Minha grande força, é? — retorquiu Harry, sua voz trêmula, o olhar ainda fixo no estádio de quadribol, mas sem vê-lo. — O senhor não faz a menor ideia... o senhor não sabe...

— Que é que eu não sei? — perguntou Dumbledore calmamente.

Era demais. Harry se virou, tremendo de raiva.

— Não quero falar sobre o que estou sentindo, está bem?

— Harry, sofrer assim prova que você continua a ser homem! Esta dor faz parte da sua humanidade...

— ENTÃO EU... NÃO... QUERO... SER... HUMANO! — urrou Harry, e arrebatando um instrumento delicado de prata de cima de uma mesinha de pernas finas ao lado arremessou-o pela sala: o objeto se estilhaçou em mil pedacinhos contra a parede. Vários quadros deixaram escapar gritos de raiva e susto, e o retrato de Armando Dippet exclamou *"Francamente!"*.

— NÃO QUERO MAIS SABER! — berrou Harry para eles, agarrando um lunascópio e atirando-o na lareira. — PARA MIM CHEGA, JÁ VI O SUFICIENTE, QUERO SAIR, QUERO QUE ISTO ACABE, NÃO QUERO MAIS SABER...

E agarrando a mesa em que estivera o instrumento de prata, atirou-a também. Ela bateu no chão, e se partiu, suas pernas rolaram em várias direções.

— Você quer saber, sim — disse Dumbledore. Não piscara nem fizera um único movimento para impedir que Harry demolisse o seu escritório. Sua expressão era serena, quase indiferente. — Você quer saber tanto que sente que irá morrer sangrando de dor.

— NÃO! — gritou Harry, tão alto que achou que sua garganta poderia rasgar, e por um segundo teve vontade de avançar em Dumbledore e quebrar o bruxo também; quebrar aquele rosto velho e calmo, sacudi-lo, machucá-lo, fazê-lo sentir um pedacinho do horror que carregava em seu íntimo.

— Ah, quer saber sim — disse o diretor, ainda mais tranquilo. — Você agora já perdeu sua mãe, seu pai e a pessoa mais próxima de um parente que já conheceu. É claro que você quer saber.

— O SENHOR NÃO SABE COMO ESTOU ME SENTINDO! — urrou Harry.

— O SENHOR... FICA PARADO AÍ... SEU...

Mas as palavras já não eram suficientes, quebrar coisas já não adiantava; ele queria fugir, queria fugir sem parar, sem nunca olhar para trás, queria ir para algum lugar em que não visse aqueles olhos azul-claros encarando-o, aquele rosto velho odiosamente calmo. Ele correu para a porta, tornou a agarrar a maçaneta e puxou-a com força.

Mas a porta não abriu.

Harry tornou a se virar para Dumbledore.

— Me deixe sair — disse ele. Estava tremendo dos pés à cabeça.

— Não — disse Dumbledore com simplicidade.

Por alguns segundos eles se encararam.

— Me deixe sair — repetiu o garoto.

— Não — repetiu Dumbledore.

— Se o senhor não deixar... se o senhor me prender aqui... se o senhor não me deixar...

— Perfeitamente, continue a destruir os meus pertences — disse Dumbledore serenamente. — Reconheço que os tenho em excesso.

Ele contornou a escrivaninha e se sentou, contemplando Harry.

— Me deixe sair — pediu o garoto ainda uma vez, numa voz fria e quase tão calma quanto a de Dumbledore.

— Não, até que eu tenha dito o que quero.

— O senhor... o senhor acha que eu quero... o senhor acha que eu dou a... NÃO ME INTERESSA O QUE O SENHOR TEM A DIZER! — urrou Harry. — Não quero ouvir *nada* que o senhor tenha a dizer!

— Vai querer, sim — disse o diretor com firmeza. — Porque você está longe de sentir a raiva de mim que deveria estar sentindo. Se você me atacar, como sei que está prestes a fazer, eu gostaria de ter merecido inteiramente.

— Do que é que o senhor está falando?

— Foi por *minha* culpa que Sirius morreu — disse o diretor claramente. — Ou será que devo dizer, quase exclusivamente por minha culpa: não serei tão arrogante a ponto de assumir a responsabilidade por tudo. Sirius era um homem corajoso, inteligente e dinâmico, e homens assim em geral não se contentam em ficar escondidos em casa, sabendo que outros estão correndo perigo. Ainda assim, você nunca deveria ter acreditado por um instante que havia a menor necessidade de ter ido ao Departamento de Mistérios hoje à noite. Se eu tivesse sido franco com você, Harry, como deveria ter sido, você já saberia há muito tempo que Voldemort poderia tentar atraí-lo ao Departamento de Mistérios, e você nunca teria caído na esparrela de ir lá hoje à noite. E Sirius não teria tido de sair atrás de você. Esta culpa é minha, e somente minha.

Harry continuava parado com a mão na maçaneta, mas não tinha consciência disso. Olhava para Dumbledore, quase sem respirar, prestando atenção, mas quase sem entender o que estava ouvindo.

— Por favor, sente-se — disse Dumbledore. Não era uma ordem, era um pedido.

Harry hesitou, então atravessou lentamente a sala, agora coalhada de pedacinhos de engrenagens de prata e fragmentos de madeira, e se sentou na cadeira diante da escrivaninha do diretor.

— Devo entender — disse Fineus Nigellus lentamente à esquerda de Harry — que o meu bisneto, o último dos Black, morreu?

— Sim, Fineus — respondeu Dumbledore.

— Eu não acredito — disse Fineus bruscamente.

Harry virou a cabeça em tempo de ver o bruxo sair decidido do quadro, e entendeu que ele estava indo visitar seu outro retrato no largo Grimmauld. Iria se deslocar talvez de quadro em quadro chamando por Sirius por toda a casa...

— Harry, eu lhe devo uma explicação. Uma explicação para os erros de um velho. Porque vejo agora que o que fiz e o que não fiz, com relação a você, tem todas as marcas de deslizes da velhice. Os jovens não podem saber como os idosos pensam e sentem. Mas os velhos são culpados quando se esquecem do que era ser jovem... e parece que ultimamente andei me esquecendo...

O sol estava realmente nascendo agora; havia uma linha laranja ofuscante acima das montanhas e para o alto o céu estava descolorido e pálido. A luz incidia sobre Dumbledore, sobre suas sobrancelhas e barbas prateadas, sobre as rugas profundas em seu rosto.

— Adivinhei, há quinze anos... quando vi a cicatriz em sua testa, o que poderia significar. Adivinhei que poderia ser o sinal de uma ligação entre você e Voldemort.

— O senhor já me disse isso, professor — interpôs Harry sem rodeios. Pouco se importava que estivesse sendo grosseiro. Pouco se importava com qualquer coisa que fosse.

— Eu sei — falou Dumbledore em tom de quem pede desculpas. — Eu sei, mas entenda, preciso começar por sua cicatriz. Porque se tornou aparente, logo depois de você se reintegrar ao mundo mágico, que eu tinha razão, e que a cicatriz estava lhe dando avisos quando Voldemort se aproximava de você ou sentia alguma emoção forte.

— Eu sei — disse Harry, cansado.

— E esta sua habilidade, de perceber a presença de Voldemort, mesmo sob disfarce, e saber o que ele está sentindo quando suas emoções o comovem, tornou-se cada vez mais pronunciada desde que Voldemort retomou o próprio corpo e seus plenos poderes.

Harry não se deu o trabalho de assentir. Já sabia de tudo aquilo.

— Mais recentemente — continuou Dumbledore —, eu me preocupei que Voldemort pudesse perceber a existência desta ligação entre vocês. De fato, chegou um momento em que você penetrou tão fundo em sua mente que ele sentiu sua presença. Estou me referindo, é claro, à noite em que você testemunhou o ataque ao Sr. Weasley.

— Sei, o Snape me disse — murmurou Harry.

— Professor Snape, Harry — corrigiu-o Dumbledore em tom brando. — Mas você não se perguntou por que não fui eu que lhe expliquei isso? Por que não lhe ensinei Oclumência? Por que nem sequer olhei para você durante meses?

Harry ergueu a cabeça. Via agora que Dumbledore parecia triste e cansado.

— Claro — murmurou —, claro que me perguntei.

— Sabe — continuou Dumbledore —, achei que não iria demorar muito para Voldemort forçar entrada em sua mente, manipular e desviar seus pensamentos, e eu não estava querendo lhe dar mais incentivos para isso. Eu tinha certeza que se percebesse que o nosso relacionamento era, ou sempre fora, mais íntimo do que o de diretor e aluno, ele aproveitaria a oportunidade para usá-lo como um meio para me espionar. Temi as maneiras com que ele poderia usá-lo, a possibilidade de que poderia tentar possuí-lo. Harry, creio que eu estava certo em pensar que Voldemort teria usado você assim. Nas raras ocasiões em que estivemos em contato, pensei ter visto a sombra dele se mover por trás dos seus olhos...

Harry se lembrou da sensação de que uma cobra adormecida despertara dentro dele, pronta para atacar, nos momentos em que ele e Dumbledore faziam contato visual.

— O objetivo de Voldemort em possuí-lo, conforme ficou demonstrado esta noite, não seria a minha destruição. Seria a sua. Ele esperou, quando o possuiu por breves momentos ainda há pouco, que eu sacrificaria você na esperança de matá-lo. Então, como vê, Harry, estive tentando me manter longe de você, para protegê-lo, Harry, um erro de um velho...

Ele suspirou profundamente. Harry estava deixando as palavras resvalarem por ele. Teria se interessado muito em saber dessas coisas há alguns meses, mas agora haviam perdido o sentido se comparadas ao imenso abismo em seu íntimo, representado pela perda de Sirius; nada tinha importância...

— Sirius me contou que você sentiu Voldemort despertar dentro de você na própria noite em que teve a visão do ataque a Arthur Weasley. Percebi na mesma hora que os meus piores temores se confirmavam: Voldemort sentira que poderia usá-lo. Na tentativa de armá-lo contra os assaltos de Voldemort à sua mente, eu combinei com o Prof. Snape para lhe dar aulas de Oclumência.

Ele fez uma pausa. Harry contemplava o nascimento do sol, que veio deslizando vagarosamente pela superfície polida da escrivaninha de Dumbledore, iluminou um tinteiro de prata e uma bela pena vermelha. Harry sabia que os retratos nas paredes estavam acordados e escutavam arrebatados a explicação de Dumbledore; ele ouvia o farfalhar ocasional de vestes, um ligeiro pigarro. Fineus Nigellus ainda não regressara...

– O Prof. Snape descobriu – Dumbledore retomou a palavra – que você andava sonhando com a porta do Departamento de Mistérios há meses. Voldemort, naturalmente, estivera obcecado com a possibilidade de ouvir a profecia desde que recuperara o corpo; e quando ele pensava na porta, você também o fazia, embora não soubesse o que significava.

"E então você viu Rookwood, que trabalhava no Departamento de Mistérios antes de ser preso, contando a Voldemort o que sempre soubéramos, que as profecias guardadas no Ministério da Magia são fortemente protegidas. Somente as pessoas a quem elas se referem podem tirá-las das prateleiras sem enlouquecerem: neste caso, ou Voldemort em pessoa teria de entrar no Ministério da Magia, e se arriscar a finalmente revelar sua presença, ou então você teria de fazer isso por ele. Tornou-se, então, uma questão de urgência ainda maior que você aprendesse Oclumência."

– Mas eu não aprendi – murmurou Harry. Disse isso em voz alta para tentar aliviar o contrapeso de culpa em seu íntimo: uma confissão com certeza reduziria um pouco da terrível pressão que apertava seu coração. – Eu não pratiquei, não me esforcei, poderia ter parado com aqueles sonhos, Hermione me dizia o tempo todo para estudar, se eu tivesse atendido ele jamais poderia ter me mostrado aonde ir e... Sirius não estaria... Sirius não estaria...

Alguma coisa estava eclodindo na cabeça de Harry: uma necessidade de se justificar, de explicar...

– Eu tentei verificar se ele realmente prendera Sirius, fui à sala da Umbridge, falei com Monstro nas chamas do fogão e ele me disse que Sirius não estava em casa, que tinha saído!

– Monstro mentiu – disse Dumbledore calmamente. – Você não é o dono dele, podia lhe mentir sem precisar se castigar. Monstro queria que você fosse ao Ministério da Magia.

– Ele... ele me mandou de propósito?

– Mandou. Monstro, receio dizer, estava servindo a dois senhores havia meses.

– Como? – perguntou Harry sem entender. – Ele não sai do largo Grimmauld há anos.

– Monstro aproveitou a oportunidade pouco antes do Natal – disse Dumbledore –, quando Sirius, pelo que soube, gritou-lhe que fosse embora.

Ele tomou a ordem ao pé da letra e a interpretou como uma ordem para sair da casa. Procurou, então, a única pessoa da família Black por quem ainda tinha algum respeito... a prima de Black, Narcisa, irmã de Belatriz e esposa de Lúcio Malfoy.

– Como é que o senhor sabe de tudo isso? – perguntou Harry com o coração batendo muito depressa. Sentia-se mal. Lembrou-se de ter se preocupado com a estranha ausência de Monstro durante o Natal, lembrou-se do elfo ter reaparecido no sótão...

– Monstro me contou ontem à noite – disse Dumbledore. – Sabe, quando você deu ao Prof. Snape aquele aviso enigmático, ele percebeu que você tivera uma visão de Sirius prisioneiro nas entranhas do Departamento de Mistérios. Ele, como você, tentou contatar Sirius imediatamente. Devo explicar que os membros da Ordem da Fênix têm métodos mais confiáveis de se comunicar do que a lareira na sala de Dolores Umbridge. O Prof. Snape descobriu que Sirius se encontrava são e salvo no largo Grimmauld.

"Quando, porém, você não voltou da ida à Floresta Proibida com Dolores Umbridge, o Prof. Snape ficou preocupado que você talvez continuasse a achar que Sirius estava prisioneiro de Lorde Voldemort. E alertou outros membros da Ordem na mesma hora."

Dumbledore deu um grande suspiro e continuou:

– Alastor Moody, Ninfadora Tonks, Quim Shacklebolt e Remo Lupin estavam na sede quando ele entrou em contato. Todos concordaram prontamente em ir em seu auxílio. O Prof. Snape pediu a Sirius para não ir, porque precisava que alguém ficasse na sede para me contar o que acontecera, pois eu estava sendo esperado a qualquer momento. Nesse meio-tempo, o Prof. Snape pretendia procurar você na Floresta.

"Mas Sirius não quis ficar para trás quando os outros foram procurá-lo. Incumbiu o Monstro de me contar o que sucedera. Então, quando cheguei ao largo Grimmauld pouco depois de todos terem saído para o Ministério, foi o elfo quem me contou, às gargalhadas, aonde Sirius fora."

– Ele estava às gargalhadas? – perguntou Harry com a voz cava.

– Ah, estava. Veja, Monstro não conseguiu nos trair inteiramente. Ele não é Fiel do Segredo da Ordem, não poderia informar aos Malfoy o nosso paradeiro, tampouco os planos confidenciais da Ordem que ele fora proibido de revelar. Estava impedido por encantamentos próprios a sua espécie, o que quer dizer que não podia desobedecer a uma ordem direta do seu dono, Sirius. Mas deu a Narcisa informações valiosas para Voldemort, do tipo que deve ter parecido a Sirius demasiado trivial para proibi-lo de repetir.

– Como o quê? – perguntou Harry.

– Como o fato de que a pessoa que Sirius mais gostava no mundo era você – disse Dumbledore em voz baixa. – Como o fato de que você estava começando a encarar Sirius como uma espécie de pai e irmão.

"Voldemort já sabia, é claro, que Sirius fazia parte da Ordem, e que você sabia onde encontrá-lo; mas a informação de Monstro o fez perceber que a única pessoa que você não mediria esforços para salvar era Sirius Black."

Os lábios de Harry estavam frios e insensíveis.

– Então... quando perguntei ao Monstro se Sirius estava lá ontem à noite...

– Os Malfoy, sem dúvida por ordem de Voldemort, tinham dito a ele que precisava encontrar um meio de manter Sirius fora do caminho, quando você tivesse a visão de que ele estava sendo torturado. Então, se você resolvesse verificar se seu padrinho estava ou não em casa, Monstro poderia fingir que ele não estava. Monstro machucou o hipogrifo ontem à noite, e, no momento em que você apareceu nas chamas, Sirius estava no andar de cima cuidando do bicho.

Parecia haver pouco ar nos pulmões de Harry; sua respiração era rápida e superficial.

– E Monstro contou tudo isso ao senhor e... deu gargalhadas? – perguntou ele rouco.

– Ele não queria me contar. Mas sou suficientemente bom em Legilimência para saber quando estão mentindo para mim, e persuadi-o a me contar a história toda, antes de sair para o Departamento de Mistérios.

– E – sussurrou Harry, as mãos fechadas e frias sobre os joelhos –, e Hermione vivia nos dizendo para sermos bonzinhos com ele...

– E estava certa, Harry. Alertei Sirius quando adotamos o largo Grimmauld doze como nossa sede, que Monstro devia ser tratado com bondade e respeito. Disse-lhe também que Monstro poderia ser perigoso para nós. Acho que Sirius não me levou a sério, nem nunca encarou Monstro como um ser com sentimentos tão apurados quanto os de um humano...

– Não venha culpar... não venha... me falar de Sirius como se... – A respiração de Harry estava presa, não conseguia enunciar as palavras claramente; mas a raiva que diminuíra momentaneamente tornou a arrebatá-lo: não deixaria Dumbledore criticar Sirius. – Monstro é um mentiroso... sujo... merecia...

– Monstro é o que os bruxos fizeram dele, Harry – disse Dumbledore. – Ele merece compaixão. A vida dele tem sido tão infeliz quanto a do seu amigo Dobby. Foi forçado a obedecer a Sirius porque era o último da família de quem era escravo, mas não sentia a real lealdade pelo dono. E quaisquer que sejam os defeitos do Monstro, devemos admitir que Sirius não fez nada para amenizar a vida dele...

— NÃO FALE DE SIRIUS ASSIM! — berrou Harry.

Estava mais uma vez em pé, furioso, pronto para se atirar contra Dumbledore, que claramente não entendera nada de Sirius, como era corajoso, o quanto sofrera...

— E Snape? — atirou Harry. — O senhor não fala dele, não é? Quando lhe contei que Voldemort tinha prendido Sirius, ele apenas me deu um sorriso desdenhoso como sempre...

— Harry, você sabe que o Prof. Snape não tinha opção senão fingir que não estava levando você a sério, na frente de Dolores Umbridge — disse Dumbledore com firmeza —, mas, conforme lhe expliquei, ele informou à Ordem o mais rápido que pôde o que você havia dito. Foi ele quem deduziu aonde você teria ido quando não o viu retornar da Floresta. Foi ele, também, que deu à Profª Umbridge um Veritaserum adulterado quando ela quis forçá-lo a dizer o paradeiro de Sirius.

Harry fingiu não ouvir isso; sentia um prazer selvagem em culpar Snape, parecia aliviar sua horrível sensação de culpa, e queria ouvir Dumbledore concordar com ele.

— Snape... Snape at-atormentava Sirius por ficar em casa... fazia Sirius se sentir covarde...

— Sirius tinha maturidade e inteligência suficientes para não permitir que essas implicâncias tolas o atormentassem.

— Snape parou de me dar aulas de Oclumência! — vociferou Harry. — Me expulsou da sala!

— Estou ciente disso — disse Dumbledore pesaroso. — Já disse que foi um erro não ter me encarregado de ensiná-lo pessoalmente, embora tivesse certeza, à época, que nada poderia ser mais perigoso do que abrir mais sua mente a Voldemort na minha presença...

— Snape fez pior, minha cicatriz sempre doía mais depois das aulas dele... — Harry lembrou-se dos comentários de Rony sobre o assunto e prosseguiu: — Como é que o senhor sabe se ele não estava tentando me amaciar para Voldemort, tornar mais fácil ele penetrar minha...

— Eu confio em Severo Snape — disse Dumbledore com simplicidade. — Mas me esqueci, outro erro de velho... que algumas feridas são profundas demais para sarar. Pensei que o Prof. Snape pudesse superar os sentimentos por seu pai... estava enganado.

— Mas tudo bem, não é? — berrou Harry, ignorando as expressões escandalizadas e os murmúrios de desaprovação dos retratos nas paredes. — Tudo bem Snape odiar meu pai, mas nada bem Sirius odiar o Monstro?

— Sirius não odiava Monstro. Considerava-o um servo indigno de interesse ou atenção. A indiferença e o abandono muitas vezes causam mais danos do que a aversão direta... a fonte que destruímos esta noite representava uma mentira. Nós, bruxos, temos maltratado e abusado dos nossos companheiros por um tempo longo demais, e agora estamos colhendo o que semeamos.

— ENTÃO SIRIUS MERECEU O QUE RECEBEU, É ISSO? — berrou Harry.

— Eu não disse isso, nem nunca você me ouvirá dizer isso — respondeu Dumbledore calmamente. — Sirius não era um homem cruel, era bondoso com elfos domésticos em geral. Não gostava de Monstro, porque ele era uma lembrança viva da casa que Sirius odiava.

— E como a odiava! — exclamou Harry, sua voz falhando, dando as costas a Dumbledore, e se afastando. O sol iluminava a sala agora e os olhos de todos os retratos acompanharam o garoto se afastar, sem perceber o que estava fazendo nem ver o escritório. — O senhor o obrigou a ficar trancado naquela casa e ele odiou, foi por isso que quis sair ontem à noite...

— Eu estava tentando manter Sirius vivo — respondeu Dumbledore brandamente.

— As pessoas não gostam de ficar trancafiadas! — disse Harry, enfurecido, virando-se para ele. — O senhor fez isso comigo no verão passado...

Dumbledore fechou os olhos e escondeu o rosto nas mãos de dedos longos. Harry o observava, mas esse sinal pouco característico de exaustão, de tristeza, ou do que quer que fosse que Dumbledore sentia, não o enterneceu. Pelo contrário, o garoto sentiu ainda mais raiva que Dumbledore estivesse dando sinais de fraqueza. Não tinha nada de ser fraco quando Harry queria se enfurecer e esbravejar com ele.

Dumbledore baixou as mãos, estudou Harry através dos seus oclinhos de meia-lua, e falou:

— Está na hora de lhe dizer o que deveria ter-lhe dito há cinco anos, Harry. Sente-se, por favor. Vou lhe contar tudo. Peço que tenha um pouco de paciência. Você terá oportunidade de se enfurecer comigo, de fazer o que quiser, quando eu terminar. Não irei impedi-lo.

Harry encarou-o com ar feroz um momento, então atirou-se de volta à cadeira em frente ao diretor e aguardou.

Dumbledore contemplou por um momento os terrenos ensolarados do lado de fora da janela, depois voltou a olhar para Harry e disse:

— Há cinco anos, você chegou a Hogwarts, Harry, são e salvo, como eu planejara e queria que tivesse sido. Bom, não totalmente são. Você sofrera. Eu sabia que isso aconteceria quando o deixei à porta dos seus tios. Sabia que o estava condenando a dez anos sombrios e difíceis.

Ele fez uma pausa. Harry continuou calado.

— Você poderia perguntar, e com toda razão, por que tinha de ser assim. Por que uma família bruxa não poderia tê-lo criado? Muitos teriam feito isso mais do que satisfeitos, teriam se sentido honrados e encantados em criá-lo como filho.

"Minha resposta é que a prioridade era manter você vivo. Você corria muito mais perigo do que as pessoas, à exceção de mim, compreendiam. Voldemort fora vencido horas antes, mas seus seguidores, e muitos são quase tão terríveis quanto ele, continuavam soltos, enfurecidos, desesperados e violentos. E tive de me decidir, também, com relação aos anos futuros. Será que eu acreditava que Voldemort se fora para sempre? Não. Eu não sabia se levaria dez, vinte ou cinquenta anos para ele retornar, mas tinha certeza de que o faria, e tinha certeza também, conhecendo-o como conheço, de que ele não descansaria enquanto não matasse você.

"Eu sabia que o conhecimento que Voldemort tem de magia talvez seja mais amplo do que o de qualquer outro bruxo vivo. Eu sabia que os meus feitiços de proteção mais complexos e poderosos provavelmente não seriam invencíveis se ele algum dia recuperasse seus plenos poderes.

"Mas eu sabia, também, qual era o ponto fraco de Voldemort. Então, tomei minha decisão. Você seria protegido por uma magia antiga de que ele tem conhecimento, mas que despreza e, portanto, sempre subestimou, para seu prejuízo. Estou me referindo, naturalmente, ao fato de que sua mãe morreu para salvá-lo. Ela lhe conferiu uma proteção duradoura que ele jamais esperou, uma proteção que até hoje corre em suas veias. Confio, portanto, no sangue de sua mãe. Entreguei você à irmã dela, sua única parenta viva."

— Ela não me ama — disse Harry na mesma hora. — Ela não liga a mínima...

— Mas ela o aceitou — interrompeu-o Dumbledore. — Pode tê-lo aceitado de má vontade, enfurecida, contrariada, amargurada, mas, ainda assim, o aceitou, e, ao fazer isso, selou o feitiço que lancei sobre você. O sacrifício de sua mãe transformou o vínculo de sangue no escudo mais forte que eu poderia lhe dar.

— Mas continuo sem...

— Enquanto você ainda puder chamar de sua a casa em que vive o sangue de sua mãe, ali você não pode ser tocado nem ferido por Voldemort.

Lílian derramou seu sangue, mas ele continua vivo em você e em sua tia. O sangue dela se tornou o seu refúgio. Você precisa voltar lá apenas uma vez por ano, mas enquanto puder chamar aquela casa de sua, enquanto estiver lá, ele não poderá atingi-lo. Sua tia sabe disso. Expliquei-lhe o que tinha feito na carta que deixei com você à porta dela. Ela sabe que ao acolher você ela talvez o tenha mantido vivo nos últimos quinze anos.

– Espere – disse Harry. – Espere um momento.

Ele se endireitou na cadeira, encarando Dumbledore.

– Foi o senhor que mandou aquele berrador. O senhor disse a ela que se lembrasse... foi a sua voz...

– Pensei – disse Dumbledore, inclinando ligeiramente a cabeça – que ela poderia precisar de um lembrete sobre o pacto que selara ao acolher você. Suspeitei que o ataque do Dementador pudesse tê-la despertado para os perigos de ter você como filho de criação.

– Despertou – disse Harry em voz baixa. – Bom... o meu tio mais do que ela. Ele queria me mandar embora, mas depois que o Berrador chegou, ela... ela disse que eu tinha de ficar.

Harry contemplou o chão por um momento, então perguntou:

– Mas o que é que isso tem a ver com...

Ele não conseguia dizer o nome de Sirius.

– Há cinco anos, então – continuou Dumbledore, como se não tivesse feito pausa alguma em sua história –, você chegou em Hogwarts, talvez nem tão feliz nem tão bem nutrido como eu gostaria que estivesse, mas vivo e saudável. Não era um principezinho mimado, mas um menino tão normal quanto eu poderia esperar nas circunstâncias. Até ali o meu plano correra bem.

"Então... bom, você se lembra dos acontecimentos do seu primeiro ano em Hogwarts tão claramente quanto eu. Você enfrentou magnificamente o desafio que se apresentou e mais cedo, muito mais cedo do que eu previra, você se viu frente a frente com Voldemort. Mais uma vez você sobreviveu. E fez mais do que isso. Atrasou a recuperação dos poderes dele e de sua força. Você lutou como um homem adulto. Senti mais orgulho de você do que sou capaz de expressar.

"Contudo, havia uma falha nesse meu plano maravilhoso. Uma falha óbvia, que eu sabia, já então, que poderia pôr tudo a perder. No entanto, sabendo como era importante que o meu plano tivesse êxito, disse a mim mesmo que não permitiria que aquela falha o arruinasse. Somente eu poderia impedir isso, então somente eu precisava ser forte. E veio o meu primeiro teste, quando você estava deitado na ala hospitalar, enfraquecido pela luta com Voldemort."

— Não entendo o que o senhor está dizendo — falou Harry.

— Você não se lembra de ter me perguntado, quando estava na ala hospitalar, por que Voldemort tentara matá-lo ainda bebê?

Harry confirmou com a cabeça.

— Será que eu deveria ter lhe contado então?

Harry encarou os olhos azuis e não respondeu, mas seu coração disparou mais uma vez.

— Você ainda não está percebendo a falha do plano? Não... talvez não. Bom, como você sabe, eu preferi não lhe responder. Onze anos, disse a mim mesmo, era muito cedo para saber. Nunca pretendera lhe contar aos onze anos. O conhecimento seria uma carga pesada demais em uma idade tão tenra.

"Eu deveria ter reconhecido os sinais de perigo então. Deveria ter me perguntado por que não me sentia mais perturbado com o fato de você já ter feito a pergunta a que eu sabia que um dia precisava dar uma resposta terrível. Eu deveria ter reconhecido que estava me sentindo excessivamente feliz em pensar que não precisava respondê-la naquele dia... você era criança, criança demais.

"Então entramos no seu segundo ano em Hogwarts. E mais uma vez você enfrentou desafios que nem bruxos adultos tinham enfrentado; mais uma vez você se desincumbiu melhor do que no meu sonho mais ambicioso. Mas você não tornou a me perguntar por que Voldemort deixara aquela marca em você. Falamos sobre sua cicatriz, ah, sim... estivemos muitíssimo perto de tocar na questão principal. Por que não lhe contei tudo?

"Bom, me pareceu que doze anos eram, afinal, pouco mais que onze para receber uma informação dessas. Permiti que você deixasse a minha presença, sujo de sangue, exausto mas eufórico, e senti um pequeno mal-estar porque talvez devesse ter lhe contado então, mas logo o mal-estar passou. Você ainda era tão jovem, entende, e não tive coragem de estragar aquela noite de triunfo...

"Você está vendo, Harry? Está vendo agora a falha do meu brilhante plano? Eu caíra na armadilha que previra, que dissera a mim mesmo que poderia evitar, que precisava evitar."

— Eu não...

— Eu me preocupava demais com você — disse Dumbledore com simplicidade. — Me preocupava mais com a sua felicidade do que com o seu conhecimento da verdade, mais com a sua paz de espírito do que com o meu plano, mais com a sua vida do que com as vidas que seriam perdidas se o plano fracassasse. Agi exatamente como Voldemort espera que nós, tolos, que amamos, façamos.

"Tenho defesa? Desafio qualquer um que tenha observado você como eu – e eu o tenho observado mais atentamente do que você pode ter imaginado – a não querer lhe poupar mais dor do que você já tem sofrido. Que me importavam as inúmeras pessoas e bichos sem nome nem rosto sacrificados em um futuro difuso, se no aqui e agora você estava vivo, bem e feliz? Nunca sonhei que seria responsável por alguém assim.

"Entramos no seu terceiro ano. Observei de longe você lutar para repelir Dementadores, quando encontrou Sirius, descobrir quem era ele e salvá-lo. Será que eu deveria ter lhe dito então, no momento em que triunfalmente arrebatara seu padrinho das garras do Ministério? Mas agora, aos treze anos, as minhas desculpas estavam se esgotando. Você poderia ser jovem, mas provara que era excepcional. Minha consciência se inquietou, Harry. Eu sabia que em breve a hora teria de chegar...

"Mas você saiu do labirinto no ano passado, depois de presenciar Cedrico Diggory morrer, de você mesmo ter escapado da morte por um triz... e eu não lhe contei, embora soubesse que agora que Voldemort retornara, precisava fazer isso sem demora. E hoje à noite, sei que está pronto há muito tempo para saber o que lhe escondi durante tanto tempo, porque você provou que eu já deveria ter colocado essa carga sobre seus ombros. Minha única defesa é que tenho observado você carregar mais pesos do que qualquer outro estudante que já passou por esta escola, e não tive coragem de acrescentar mais um: o maior de todos."

Harry esperou, mas Dumbledore não falou.

– Ainda não consigo entender.

– Voldemort tentou matá-lo quando você era criança por causa de uma profecia feita pouco antes do seu nascimento. Ele sabia da existência dessa profecia, embora não conhecesse todo o seu conteúdo. Dispôs-se a matá-lo ainda bebê, acreditando que estava cumprindo os dizeres da profecia. Descobriu, à própria custa, que estava enganado, quando a maldição que ele lançara para matá-lo saiu pela culatra. Então, desde que recuperou o corpo, e particularmente desde a sua extraordinária fuga de suas mãos no ano passado, ele decidiu ouvir aquela profecia inteira. Esta é a arma que ele tem buscado com tanta diligência desde o seu retorno: o conhecimento de como destruí-lo.

O sol acabara de nascer totalmente agora: o escritório de Dumbledore estava banhado em luz. A redoma de vidro em que a espada de Godrico

Gryffindor era guardada brilhava esbranquiçada e opaca, os cacos dos instrumentos que Harry atirara no chão refulgiam como gotas de chuva e, às suas costas, a pequenina fênix chilreava em seu ninho de cinzas.

— A profecia quebrou – disse Harry, confuso. — Eu estava puxando Neville para cima naqueles degraus de pedra na... na sala onde fica o arco, rasguei as vestes dele e a profecia caiu...

— A coisa que quebrou foi apenas o registro da profecia guardada pelo Departamento de Mistérios. Mas ela foi feita para alguém, e essa pessoa tem meios de lembrá-la perfeitamente.

— Quem a ouviu? – perguntou Harry, embora já conhecesse a resposta.

— Eu – disse Dumbledore. — Em uma noite fria e chuvosa, há dezesseis anos, em uma sala do primeiro andar no Cabeça de Javali. Eu tinha ido lá para ver uma candidata ao cargo de professora de Adivinhação, embora fosse contra o meu pensamento que se continuasse a ensinar essa disciplina. A candidata, porém, era trineta de uma Vidente muito famosa, muito talentosa, e achei que tinha o dever de cortesia de conhecê-la. Fiquei desapontado. Pareceu-me que a moça não tinha o menor vestígio daquele talento. Disse-lhe, gentilmente, espero, que não a achava qualificada para o cargo. E me virei para sair.

Dumbledore se levantou e passou por Harry em direção ao armário preto que ficava ao lado do poleiro de Fawkes. Curvou-se, correu um trinco e apanhou dentro do armário a bacia rasa de pedra, com as runas gravadas na borda, em que Harry vira seu pai atormentando Snape. O diretor voltou, colocou a Penseira em cima da escrivaninha e levou a varinha à têmpora. Dela, retirou fios sedosos, diáfanos e prateados de pensamentos e os depositou na bacia. Acomodou-se outra vez à escrivaninha e observou seus pensamentos rodopiarem flutuando na Penseira por um momento. Então, com um suspiro, ergueu a varinha e tocou, com a ponta, a substância prateada.

Ergueu-se da Penseira uma figura envolta em xales, os olhos enormes por trás dos óculos que girou lentamente, os pés dentro da bacia. Mas quando Sibila Trelawney falou, não foi com sua voz normal, etérea e mística, mas no tom áspero e rouco que Harry a ouvira usar uma vez.

"Aquele com o poder de vencer o Lorde das Trevas se aproxima... nascido dos que o desafiaram três vezes, nascido ao terminar o sétimo mês... e o Lorde das Trevas o marcará como seu igual, mas ele terá um poder que o Lorde das Trevas desconhece... e um dos dois deverá morrer na mão do outro pois nenhum poderá viver enquanto o outro sobreviver... aquele com o poder de vencer o Lorde das Trevas nascerá quando o sétimo mês terminar..."

A Profª Trelawney girando lentamente tornou a afundar no líquido prateado e desapareceu.

O silêncio no escritório era absoluto. Nem Dumbledore nem Harry, nem nenhum dos quadros, faziam o menor som. Até Fawkes silenciara.

– Prof. Dumbledore? – disse Harry baixinho, porque o diretor, ainda contemplando a Penseira, parecia completamente absorto em pensamentos. – ... Isso... isso significava... que significava isso?

– Significava que a pessoa que tem a única chance de vencer Lorde Voldemort para sempre nasceu no fim de julho, há quase dezesseis anos. Este menino nasceria de pais que já haviam desafiado Voldemort três vezes.

Harry sentiu como se alguma coisa se fechasse sobre ele. Sua respiração parecia outra vez penosa.

– Significa... eu?

Dumbledore respirou profundamente.

– O estranho, Harry – disse ele mansamente –, é que talvez nem significasse você. A profecia de Sibila poderia se aplicar a dois meninos bruxos, ambos nascidos no mês de julho daquele ano, os dois com pais na Ordem da Fênix, os pais de ambos tendo escapado por um triz de Voldemort três vezes. Um, é claro, era você. O outro era Neville Longbottom.

– Mas então... então, por que era o meu nome e não o de Neville que estava na profecia?

– O registro oficial foi rotulado de novo depois que Voldemort o atacou na infância. Pareceu claro para o encarregado da Sala da Profecia que Voldemort só poderia ter tentado matá-lo porque sabia que você era aquele a quem Sibila se referia.

– Então... talvez não fosse eu?

– Receio – disse Dumbledore lentamente, como se cada palavra lhe custasse um grande esforço – não haver dúvidas de que seja você.

– Mas o senhor disse... Neville nasceu no fim de julho também... e a mãe e o pai dele...

– Você está se esquecendo do resto da profecia, do sinal que identifica o menino capaz de vencer Voldemort... o próprio Voldemort *o marcaria como seu igual*. E ele fez isso, Harry. Ele escolheu você, e não Neville. Marcou-o com essa cicatriz que tem provado ser uma bênção e uma maldição.

– Mas ele pode ter escolhido errado! Pode ter marcado a pessoa errada!

– Ele escolheu o menino que considerou ter maior probabilidade de lhe oferecer perigo. E repare, Harry: ele não escolheu o Sangue puro (que, de acordo com o credo dele, é o único tipo de bruxo que vale a pena ser ou conhecer), mas o mestiço, como ele próprio. Viu-se em você antes mesmo de ter visto você, e, ao marcá-lo com essa cicatriz, ele não o matou conforme pretendia, mas lhe concedeu poderes e um futuro, que o equiparam para escapar dele, não uma mas quatro vezes até o momento... algo que nem os seus pais nem os de Neville jamais conseguiram.

— Por que ele fez isso então? — perguntou Harry, que se sentia entorpecido e gelado. — Por que tentou me matar ainda bebê? Ele deveria ter esperado para ver se Neville ou eu parecíamos mais perigosos quando estivéssemos mais velhos e tentado matar quem fosse então...

— Este teria sido, de fato, o caminho mais prático, exceto que a informação que Voldemort tinha sobre a profecia estava incompleta. O Cabeça de Javali, que Sibila escolheu por ser mais barato, há muito tempo atrai, digamos, uma clientela mais interessante do que o Três Vassouras. Como você e seus amigos descobriram às próprias custas, e eu à minha, àquela noite, é um lugar em que jamais é seguro supor que ninguém está nos ouvindo. Naturalmente, eu nem sonhava, quando saí para me encontrar com Sibila Trelawney, que fosse ouvir alguma coisa que valesse a pena. Minha... nossa... única sorte foi que a pessoa que nos ouvia foi descoberta, quando a profecia mal se iniciara, e expulsa do prédio.

— Então só ouviu...?

— Ele só ouviu o início, a parte que predizia o nascimento de um menino em julho, cujos pais haviam desafiado Voldemort três vezes. Em consequência, ele não pôde avisar ao seu senhor que atacá-lo seria correr o risco de transferir poderes para você e marcá-lo como seu igual. Então Voldemort nunca soube que poderia ser perigoso atacá-lo, que poderia ser mais sensato esperar, saber mais. Ele não sabia que você teria o *poder que o Lorde das Trevas desconhece...*

— Mas eu não tenho — protestou Harry com a voz estrangulada. — Não tenho nenhum poder que o lorde não tenha, eu não poderia lutar como ele lutou esta noite, não sou capaz de possuir pessoas nem... nem matá-las...

— Há uma sala no Departamento de Mistérios — interrompeu-o Dumbledore — que está sempre trancada. Contém uma força mais maravilhosa e mais terrível do que a morte, do que a inteligência humana, do que as forças da natureza. E talvez seja também o mais misterioso dos muitos objetos de estudo que são guardados lá. É o poder guardado naquela sala que você possui em grande quantidade, e que Voldemort não possui. Esse poder o levou a tentar salvar Sirius hoje à noite. Esse poder também o salvou de ser possuído por Voldemort, porque ele não poderia suportar residir em um corpo tomado por uma força que ele detesta. No fim, não teve importância que você não pudesse fechar sua mente. Foi o seu coração que o salvou.

Harry fechou os olhos. Se não tivesse ido salvar Sirius, o padrinho não teria morrido... Mais para adiar o momento que teria de pensar nele outra vez, Harry perguntou, sem se preocupar muito com a resposta:

– O final da profecia... falava... *nenhum poderá viver...*

– *... enquanto o outro sobreviver...* – completou Dumbledore.

– Então – disse Harry, retirando do peito as palavras do que lhe parecia um poço de profundo desespero –, então isso significa que... que um de nós terá de matar o outro... no fim?

– Sim.

Durante muito tempo, nenhum dos dois falou. Em algum lugar muito distante das paredes do escritório, Harry ouviu o som de vozes, de estudantes descendo para o Salão Principal para tomar café cedo, talvez. Parecia impossível que houvesse gente no mundo que ainda desejasse comer, que risse, que não soubesse nem ligasse que Sirius Black tivesse partido para sempre. O padrinho parecia já estar a milhões de quilômetros; mesmo agora, uma parte de Harry ainda acreditava que se ao menos tivesse afastado aquele véu, teria encontrado Sirius olhando para ele, cumprimentando-o talvez, com aquela risada rouca feito um latido...

– Sinto que lhe devo mais uma explicação, Harry – disse Dumbledore hesitante. – Você talvez tenha se perguntado por que nunca o escolhi para monitor? Devo confessar... que preferi... você já tinha responsabilidade suficiente.

Harry ergueu a cabeça para ele e viu uma lágrima escorrer pelo rosto de Dumbledore e desaparecer em suas longas barbas prateadas.

38

COMEÇA A SEGUNDA GUERRA

RETORNA AQUELE-QUE-NÃO-DEVE-SER-NOMEADO

Em breve declaração na sexta-feira à noite, o ministro da Magia Cornélio Fudge confirmou que Aquele-Que-Não-Deve-Ser-Nomeado retornou ao país e já começou a agir.

"É com grande pesar que confirmo que o bruxo que se autodenomina Lorde, bom, vocês sabem a quem me refiro, está vivo e mais uma vez entre nós", disse Fudge, parecendo cansado e nervoso ao se dirigir aos repórteres. "É quase com igual pesar que informamos a ocorrência de uma rebelião em massa dos Dementadores de Azkaban, que demonstraram sua insatisfação em continuar a servir ao Ministério. Acreditamos que os Dementadores estão presentemente recebendo ordens do Lorde... das quantas.

"Pedimos à população mágica que se mantenha vigilante. O Ministério está presentemente publicando guias de defesa doméstica e pessoal que serão distribuídos gratuitamente em todas as residências bruxas no próximo mês."

A declaração do ministro foi recebida com consternação e sobressalto pela comunidade bruxa, que ainda na quarta-feira recebia garantias do Ministério de que não havia "fundamento algum nos persistentes boatos de que Você-Sabe-Quem estivesse mais uma vez agindo entre nós".

Os detalhes dos acontecimentos que provocaram essa reviravolta ministerial ainda são nebulosos, embora se acredite que Aquele-Que-Não-Deve-Ser-Nomeado e um seleto grupo de seguidores (conhecidos como Comensais da Morte) conseguiram entrar no próprio Ministério da Magia na noite de quinta-feira...

Alvo Dumbledore, reconduzido ao cargo de diretor da Escola de Magia e Bruxaria de Hogwarts, e igualmente ao de membro da Confederação Internacional de Bruxos e de presidente da Suprema Corte dos Bruxos, ainda não fez declarações à imprensa. Durante o último ano ele insistiu que Você-Sabe-Quem não estava morto, como todos desejavam e acreditavam, mas andava novamente recrutando seguidores para outra tentativa de tomar o poder. Entrementes, "O-Menino-Que-Sobreviveu"...

— Taí, Harry, eu sabia que iam arranjar um jeito de meter você nessa história — disse Hermione, olhando por cima do jornal para o amigo.

Os garotos estavam na ala hospitalar. Harry se sentara na ponta da cama de Rony, e os dois ouviam Hermione ler a primeira página do *Profeta Dominical*. Gina, cujo tornozelo fora curado num instante por Madame Pomfrey, estava encolhida aos pés da cama de Hermione; Neville, cujo nariz fora igualmente restaurado ao tamanho e forma naturais, se acomodara em uma cadeira entre as duas camas; e Luna, que aparecera para visitá-los, trazendo a última edição do *Pasquim*, estava lendo a revista de cabeça para baixo, aparentemente sem ouvir uma palavra do que Hermione dizia.

– Mas ele voltou a ser o "menino que sobreviveu" não é? – disse Rony sombriamente. – Não é mais um exibicionista delirante, eh?

Ele se serviu de um punhado de Sapos de Chocolate na imensa pilha ao lado do seu armário de cabeceira, atirou alguns para Harry, Gina e Neville, e cortou a embalagem do seu com os dentes. Ainda havia fundos vergões em seus braços, onde os tentáculos do cérebro tinham se enrolado. Segundo Madame Pomfrey, os pensamentos podiam deixar marcas mais profundas do que qualquer outra coisa, embora, depois que ela começara a aplicar generosas quantidades do Unguento do Olvido do Dr. Ubbly, parecesse ter havido alguma melhora.

– É, eles agora falam de você elogiosamente, Harry – disse Hermione, passando os olhos pelo artigo. *Uma voz solitária da verdade... considerado desequilibrado, mas que jamais vacilou em sua história... forçado a suportar a ridicularia e a calúnia...* – Hummm! – exclamou ela franzindo a testa: – Pelo visto esqueceram de mencionar que foi o próprio *Profeta* que ridicularizou e caluniou você...

Ela fez uma pequena careta e levou a mão às costelas. O feitiço que Dolohov usara contra ela, embora menos eficaz do que teria sido se o bruxo tivesse podido dizer o encantamento em voz alta, ainda assim causara, nas palavras de Madame Pomfrey, "estragos suficientes para ocupá-la". Hermione precisava tomar dez tipos de poções todos os dias, melhorava visivelmente, e já se sentia chateada na ala hospitalar.

– *A última tentativa de Você-Sabe-Quem para assumir o poder (pp. 2, 3, 4), O que o ministro devia nos ter dito (p. 5), Por que ninguém deu ouvidos a Alvo Dumbledore (pp. 6, 7, 8), Entrevista exclusiva com Harry Potter (p. 9)...* Bom – comentou Hermione, fechando o jornal e atirando-o para o lado –, não há dúvida de que tiveram muito assunto para comentar. E a entrevista com Harry não é exclusiva, é a que foi publicada no *Pasquim* há meses...

– Papai a vendeu ao *Profeta* – disse Luna vagamente, virando a página do seu exemplar do *Pasquim*. – E conseguiu um bom preço, então vamos fazer uma expedição à Suécia no verão para ver se capturamos um Bufador de Chifre Enrugado.

Hermione pareceu se debater intimamente por um momento, então disse:

— Parece uma ótima ideia.

O olhar de Gina encontrou o de Harry, e ela o desviou depressa com um sorriso.

— Então — disse Hermione, se sentando mais reta e fazendo outra careta. — Que é que está acontecendo na escola?

— Bom, Flitwick fez desaparecer o pântano de Fred e Jorge — disse Gina. — Em uns três segundos. Mas deixou um pedacinho debaixo da janela e passou um cordão de isolamento...

— Por quê? — perguntou Hermione, espantada.

— Ah, ele diz que foi uma mágica realmente muito boa — disse Gina, encolhendo os ombros.

— Acho que deixou como um monumento a Fred e Jorge — disse Rony, com a boca cheia de chocolate. — Eles é que me mandaram tudo isso, sabe — disse a Harry, apontando para a pilha de Sapos. — Devem estar faturando bem com aquela loja de logros, eh?

Hermione fez uma cara de censura e perguntou:

— Então, todas as confusões terminaram agora que Dumbledore voltou?

— Terminaram — disse Neville —, tudo voltou ao normal.

— Suponho que Filch esteja feliz, não? — perguntou Rony, apoiando o cartão do Sapo de Chocolate com a cara de Dumbledore em sua jarra de água.

— Que nada — disse Gina. — Está realmente muito, mas muito infeliz mesmo... — Ela baixou a voz e sussurrou: — Não para de repetir que Umbridge foi a melhor coisa que já aconteceu a Hogwarts...

Os seis garotos olharam para o lado. A Profª Umbridge estava deitada na cama oposta, contemplando o teto. Dumbledore entrara sozinho na Floresta para salvá-la dos centauros; como fizera isso — como saíra do meio das árvores amparando a Profª Umbridge, sem nem um arranhão —, ninguém soube, e Umbridge com certeza não iria contar. Desde que voltara ao castelo, e até onde eles sabiam, não dissera uma única palavra. Ninguém realmente sabia qual era o problema dela, tampouco. Os cabelos cor de rato, em geral cuidadosamente penteados, estavam revoltos e ainda havia pedacinhos de gravetos e folhas presos neles, mas, de outro modo, parecia estar inteira.

— Madame Pomfrey diz que está sofrendo de choque — sussurrou Hermione.

— Parece mais rabugice — arriscou Gina.

— É, mas ela dá sinal de vida se você fizer isso — disse Rony, imitando o som de um galope com a língua. Umbridge se sentou imediatamente, olhando para os lados alucinada.

— Algum problema, professora? — perguntou Madame Pomfrey, metendo a cabeça para fora da porta do seu consultório.

— Não... não... — respondeu Umbridge, tornando a afundar nos travesseiros. — Não, devo ter sonhado...

Hermione e Gina abafaram as risadas nas cobertas.

— E por falar em centauros — disse Hermione quando se recuperou um pouco do acesso de riso —, quem é o professor de Adivinhação agora? Firenze vai continuar?

— Tem de continuar — respondeu Harry —, os outros centauros não querem aceitá-lo de volta, ou querem?

— Parece que ele e Trelawney vão ensinar a disciplina — comentou Gina.

— Aposto como Dumbledore gostaria de ter conseguido se livrar da Trelawney para sempre — comentou Rony, agora mastigando o décimo quarto Sapo. — Mas, veja bem, a disciplina não serve para nada, se querem saber a minha opinião, Firenze não é muito melhor...

— Como pode dizer uma coisa dessas? — Hermione o interpelou. — Depois de termos acabado de descobrir que *existem* profecias verdadeiras?

O coração de Harry começou a disparar. Não contara a Rony, Hermione nem a ninguém o que dizia a profecia. Neville tinha falado a eles que a profecia se espatifara quando Harry o arrastava para o alto na Sala da Morte, e Harry ainda não corrigira essa impressão. Não estava preparado para ver a expressão no rosto dos amigos quando dissesse que teria de ser ou assassino ou vítima, que não havia opção.

— Foi uma pena ter quebrado — comentou Hermione em voz baixa, balançando a cabeça.

— Foi — concordou Rony. — Mas pelo menos Você-Sabe-Quem também não descobriu o que dizia... aonde é que você vai? — acrescentou, parecendo ao mesmo tempo surpreso e desapontado ao ver Harry se levantar.

— Aa... à cabana de Hagrid. Sabe, ele acabou de chegar e prometi que iria até lá para vê-lo e dar notícias de vocês.

— Ah, tudo bem então — resmungou Rony, olhando pela janela da enfermaria para o pedaço de céu muito azul além. — Gostaria que a gente pudesse ir também.

— Dá um alô a ele por nós! — falou Hermione, quando Harry ia saindo da enfermaria. — E pergunta a ele o que está acontecendo com... com o amiguinho dele!

Harry fez um aceno para indicar que ouvira e entendera, e foi embora.

O castelo parecia muito silencioso mesmo para um domingo. Era evidente que todos estavam nos jardins ensolarados, aproveitando o fim dos exames e a perspectiva de um finalzinho de trimestre sem revisões nem deveres de casa. Harry caminhou lentamente pelo corredor deserto, espiando pelas janelas no caminho; viu alguns alunos brincando por cima do campo de quadribol e outros nadando no lago, acompanhados pela lula-gigante.

Estava achando difícil decidir se queria ou não a companhia das pessoas; sempre que estava acompanhado queria ir embora e sempre que estava sozinho queria companhia. Achou que era melhor ir realmente visitar Hagrid, porque ainda não falara com ele direito desde a sua volta...

Harry acabara de descer o último degrau de mármore para o Saguão de Entrada quando Malfoy, Crabbe e Goyle surgiam por uma porta da direita que ele sabia levar à sala comunal da Sonserina. Harry se imobilizou; o mesmo fizeram Malfoy e os outros. Os únicos sons que se ouviam eram os gritos, as risadas e os mergulhos que entravam no saguão pelas portas abertas.

Malfoy olhou para os lados — Harry sabia que o garoto estava verificando se havia sinal de professores — e depois para Harry, e disse em voz baixa.

— Você está morto, Harry.

Harry ergueu as sobrancelhas.

— Engraçado, então eu deveria ter parado de circular por aí...

Malfoy parecia mais furioso do que Harry jamais o vira; sentiu uma espécie de satisfação distante à vista daquele rosto pontudo e pálido contorcido de raiva.

— Você vai me pagar — disse Malfoy em um tom que era quase um sussurro. — *Vou* fazer você pagar pelo que fez ao meu pai...

— Bom, agora fiquei aterrorizado — disse Harry sarcasticamente. — Suponho que Lorde Voldemort tenha sido apenas um aquecimento comparado a vocês três... qual é o problema? — acrescentou, pois Malfoy, Crabbe e Goyle pareciam chocados ao ouvir aquele nome. — Ele é um companheiro do seu pai, não é? Você não tem medo dele, tem?

— Você se acha um grande homem, Potter — disse Malfoy avançando agora, ladeado por Crabbe e Goyle. — Espere só. Vou arrebentar você. Pensa que pode meter meu pai na prisão...

— Pensei que tivesse acabado de fazer isso.

— Os Dementadores abandonaram Azkaban — disse Malfoy sem se alterar. — Meu pai e os outros vão sair logo, logo.

– É, imagino que sim. Mas pelo menos agora todo o mundo sabe os canalhas que eles são...

A mão de Malfoy voou para a varinha, mas Harry foi mais rápido; puxara a própria varinha antes que os dedos de Malfoy sequer tivessem entrado no bolso das vestes.

– Potter!

A voz ecoou pelo Saguão de Entrada. Snape aparecera no alto da escada que levava ao seu escritório e, ao vê-lo, Harry sentiu um grande assomo de ódio que superou qualquer sentimento com relação a Malfoy... Dumbledore dissesse o que dissesse, ele jamais perdoaria Snape... jamais...

– Que está fazendo, Potter? – interpelou-o Snape, frio como sempre, ao caminhar decidido para os quatro meninos.

– Estou tentando me decidir que feitiço lançar no Malfoy, professor – disse com ferocidade.

Snape encarou-o.

– Guarde essa varinha agora – disse secamente. – Dez pontos a menos para Grif...

Snape olhou para as gigantescas ampulhetas nas paredes e sorriu com desdém.

– Ah, estou vendo que não restaram pontos na ampulheta da Grifinória para se subtrair nada. Neste caso, Potter, teremos simplesmente de...

– Acrescentar mais alguns?

A Profª McGonagall acabara de subir mancando os degraus de entrada do castelo; trazia uma maleta de tecido escocês em uma das mãos e se apoiava pesadamente em uma bengala com a outra, mas de outro modo parecia bastante bem.

– Profª McGonagall! – exclamou Snape, se adiantando. – Vejo que teve alta do St. Mungus!

– Tive, Prof. Snape – disse ela, tirando a capa de viagem com um trejeito de ombro. – Estou quase nova. Vocês dois... Crabbe... Goyle...

Com um gesto autoritário, ela mandou que os garotos se aproximassem e eles obedeceram, desajeitados, arrastando os enormes pés.

– Tomem – disse a professora, atirando a maleta no peito de Crabbe e a capa no de Goyle –, levem isso para o meu escritório.

Eles se viraram e se foram escada acima.

– Muito bem, então – disse a Profª McGonagall, olhando para as ampulhetas na parede. – Bom, acho que Potter e seus amigos devem receber cada um cinquenta pontos por alertarem o mundo para o retorno de Você-Sabe-Quem! Que é que o senhor diz, professor?

— Quê? — retorquiu Snape, embora Harry soubesse que ele ouvira perfeitamente. — Ah... bom... suponho...

— Então, são cinquenta para Potter, para os dois Weasley, para Longbottom e a Srta. Granger. — E uma chuva de rubis desceu para a bolha inferior na ampulheta da Grifinória enquanto ela falava. — Ah... e cinquenta pontos para a Srta. Lovegood, suponho — acrescentou, e o número mencionado de safiras caiu na ampulheta da Corvinal. — Agora, o senhor queria descontar dez do Sr. Potter, Prof. Snape... então aí estão...

Alguns rubis voltaram ao bulbo superior, mas deixaram embaixo uma respeitável quantidade.

— Bom, Potter, Malfoy, acho que vocês deviam estar lá fora em um belo dia como este — continuou a professora com energia.

Harry não precisou que ela falasse duas vezes; meteu a varinha no bolso das vestes e rumou para as portas de entrada, sem mais olhar para Snape nem Malfoy.

O sol forte o atingiu com impacto quando atravessou os gramados em direção à cabana de Hagrid. Os estudantes que estavam deitados na grama tomando banho de sol, conversando, lendo o *Profeta Dominical* e comendo doces, se viraram para olhá-lo quando ele passou; alguns o chamaram, ou então acenaram, claramente pressurosos em mostrar que, tal como o *Profeta*, haviam decidido que ele era uma espécie de herói. Harry não falou com ninguém. Não fazia ideia do quanto eles sabiam sobre o que acontecera há três dias, mas evitara até ali que o interrogassem e preferia continuar assim.

Quando bateu na porta de Hagrid, achou primeiro que ele estivesse fora, mas Canino surgiu pelo canto da cabana e quase o derrubou, no entusiasmo de lhe dar boas-vindas. Hagrid, veio a descobrir, estava colhendo legumes em sua horta.

— Tudo bem, Harry! — disse ele, sorridente, quando o garoto se aproximou da cerca. — Entre, entre, vamos tomar um copo de suco de dente-de-leão... Como vão as coisas? — perguntou Hagrid ao se sentarem à mesa de madeira com seus copos de suco gelado. — Você... ah... está se sentindo bem, não está?

Harry entendeu, pela expressão preocupada no rosto de Hagrid, que ele não estava se referindo à sua saúde física.

— Estou ótimo — apressou-se a responder, porque não suportaria discutir o que sabia estar na cabeça de Hagrid. — Então, onde andou?

— Estive escondido nas montanhas. Em uma caverna, como Sirius quando...

Hagrid interrompeu a frase, pigarreou sem disfarces, olhou para Harry e tomou um longo gole do suco.

— De qualquer jeito, agora estou de volta — concluiu debilmente.

—Você... você está com uma cara melhor — continuou, decidido a manter a conversa afastada de Sirius.

— Quê?! — exclamou Hagrid, erguendo a mão enorme e apalpando o rosto. — Ah... ah, estou. Bom, Grope está muito mais comportado agora, muito mais. Ficou bem feliz de me ver quando voltei, para dizer a verdade. Na verdade, ele é um bom rapaz... Tenho até pensado em arranjar uma namorada para ele...

Normalmente Harry teria tentado convencer Hagrid a abandonar a ideia na mesma hora; a perspectiva de um segundo gigante vir morar na Floresta, talvez mais selvagem e brutal do que Grope, era positivamente alarmante, mas Harry não conseguiu reunir a energia necessária para discutir o problema. Começava outra vez a desejar estar sozinho e, com a ideia de apressar a partida, tomou vários goles do suco de dente-de-leão, esvaziando metade do copo.

— Agora todo o mundo sabe que você andou contando a verdade, Harry — disse Hagrid branda e inesperadamente. — Assim vai ser melhor, não?

Harry encolheu os ombros.

— Escute... — Hagrid se curvou para ele por cima da mesa — conheci Sirius mais tempo do que você... ele morreu lutando, e é assim que teria querido partir...

— Ele não queria partir! — disse Harry, zangado.

Hagrid baixou a cabeça desgrenhada.

— Não, acho que não queria — disse em voz baixa. — Mas ainda assim, Harry... ele nunca foi de ficar sentado em casa deixando os outros lutarem por ele. Não teria se perdoado se não tivesse ido ajudar...

Harry se ergueu de repente.

—Tenho que ir visitar Rony e Hermione na ala hospitalar — disse maquinalmente.

—Ah! — exclamou Hagrid parecendo muito perturbado. —Ah... tudo bem então, Harry... cuide-se, então, e dê uma passada por aqui se tiver um mo...

— É... certo...

Ele rumou para a porta o mais rápido que pôde e a abriu; estava fora da cabana e atravessava os gramados ensolarados antes que Hagrid terminasse de se despedir. De novo, as pessoas o chamaram quando passou. Fechou os olhos por um instante, desejando que todos sumissem, que ele pudesse reabri-los e se ver sozinho nos jardins...

Alguns dias atrás, antes dos exames terminarem e ele ter tido a visão que Voldemort plantara em sua mente, Harry teria dado quase tudo que lhe pedissem para o mundo bruxo admitir que estivera dizendo a verdade, para acreditar que Voldemort retornara e reconhecer que ele não era mentiroso nem louco. Agora, porém...

 Ele acompanhou a curva do lago por algum tempo, sentou-se na margem, abrigando-se dos olhares dos que passavam atrás de um emaranhado de arbustos, e ficou contemplando a água cintilante, refletindo...

 Talvez a razão pela qual queria estar só fosse a sensação de isolamento desde a sua conversa com Dumbledore. Uma barreira invisível o separava do resto do mundo. Era – e sempre fora – um homem marcado. Apenas nunca entendera realmente o que isto significava...

 E, no entanto, sentado ali à beira do lago, com o peso terrível da dor a oprimi-lo, com a perda de Sirius ainda tão sangrenta e recente em seu peito, ele não conseguia sentir nenhum grande temor. Fazia um dia ensolarado, os jardins à sua volta estavam cheios de gente que ria e, embora se sentisse distante deles como se pertencesse a uma raça à parte, ainda era muito difícil acreditar que sua vida tinha de incluir o assassinato ou nele terminar...

 Ficou sentado ali muito tempo, contemplando a água, tentando não pensar no padrinho, nem lembrar que fora na outra margem diretamente oposta que Sirius uma vez tombara, tentando afastar cem Dementadores...

 O sol já se pusera quando ele percebeu que sentia frio. Levantou-se e voltou ao castelo, enxugando o rosto na manga pelo caminho.

Rony e Hermione deixaram a ala hospitalar completamente curados, três dias antes de terminar o trimestre. Hermione não parava de sinalizar que desejava falar sobre Sirius, mas Rony quase sempre a fazia calar com "psius", sempre que ela mencionava aquele nome. Harry ainda não tinha certeza se já queria ou não falar sobre o padrinho; seu desejo variava com o seu humor. Mas sabia de uma coisa: por mais que estivesse infeliz no momento, sentiria uma enorme falta de Hogwarts dentro de alguns dias, quando voltasse ao número quatro da rua dos Alfeneiros. Ainda que agora compreendesse exatamente a necessidade de voltar lá todo verão, não se sentia melhor. De fato, nunca receara tanto voltar.

 A Profª Umbridge deixou Hogwarts um dia antes do fim do trimestre. Aparentemente, tinha saído escondida da ala hospitalar durante o jantar, com a evidente esperança de partir despercebida, mas, por azar, encontrara Pirraça no caminho, que aproveitou essa última oportunidade para fazer o que Fred mandara e correra com ela alegremente do castelo, batendo-lhe ora com uma bengala ora com uma meia cheia de giz. Muitos estudantes acorreram ao Saguão de Entrada para vê-la fugir estrada abaixo, e os diretores das Casas fizeram apenas meios esforços para contê-los. De fato, a Prof.ª McGonagall recostara-se em sua cadeira à mesa dos professores depois de fazer algumas advertências, mas teve quem a ouvisse dizer claramente que lamentava não poder correr aos vivas atrás da Umbridge, porque Pirraça pedira emprestada sua bengala.

Chegou a última noite na escola; a maioria dos alunos terminara de fazer as malas e já estava descendo para o banquete de encerramento, mas Harry nem sequer começara.

– Faça as malas amanhã! – disse Rony, que o aguardava à porta do dormitório. – Anda, estou faminto.

– Não vou demorar... olha, vai andando...

Mas quando a porta do dormitório fechou atrás de Rony, Harry não fez esforço para apressar a arrumação das malas. A última coisa que queria fazer era participar do banquete de encerramento. Estava preocupado que Dumbledore fizesse alguma referência a ele em seu discurso. Com certeza mencionaria o retorno de Voldemort; afinal fizera isso no ano anterior...

Harry puxou algumas roupas amarrotadas do fundo do malão para dar espaço às que dobrara e, ao fazer isso, reparou em um embrulho malfeito em um canto. Não conseguia imaginar o que aquilo estaria fazendo ali. Abaixou-se, tirou-o de baixo dos tênis e o examinou.

Em segundos percebeu o que era. Sirius lhe dera à porta do largo Grimmauld número doze. *"Use se precisar de mim, está bem?"*

Harry afundou na cama e desfez o embrulho. De dentro, caiu um pequeno espelho quadrado. Parecia antigo; sem dúvida estava sujo. Harry aproximou-o do rosto e viu a própria imagem a mirá-lo.

Virou o espelho. Atrás havia um bilhete com a letra de Sirius.

> *Este é um espelho de dois sentidos, tenho o par. Se você precisar falar comigo, diga a ele o meu nome; você aparecerá no meu espelho e poderei falar no seu. Tiago e eu costumávamos usá-los quando estávamos cumprindo detenções separados.*

O coração de Harry disparou. Lembrou-se de ter visto seus pais mortos no Espelho de Ojesed, há quatro anos. Ia poder falar outra vez com Sirius neste instante, sentia...

Olhou para os lados para verificar se haveria mais alguém ali; o dormitório estava vazio. Ele voltou sua atenção para o espelho, aproximou-o do rosto com as mãos trêmulas e disse em voz alta e clara:

— Sirius.

Seu hálito embaçou a superfície do espelho. Trouxe-o mais para perto, a animação invadindo-o, mas os olhos que piscavam para ele difusamente eram decididamente os seus.

Ele tornou a limpar o espelho e disse, de modo que cada sílaba ecoasse claramente pelo quarto:

— Sirius Black!

Nada aconteceu. O rosto frustrado que o mirou no espelho continuava a ser, sem dúvida, o próprio...

Sirius não levou o espelho com ele quando cruzou o arco, disse uma vozinha em sua cabeça. Por *isso é* que não está funcionando...

Harry ficou muito quieto por um momento, depois atirou o espelho de volta ao malão, onde se estilhaçou. Estivera convencido por todo um fulgurante minuto de que iria ver Sirius, falar outra vez com ele...

O desapontamento queimava sua garganta; ele se levantou e começou a atirar suas coisas de qualquer jeito no malão, por cima do espelho quebrado...

Mas então ocorreu-lhe uma ideia... uma ideia melhor do que a do espelho... uma ideia muito maior e mais importante... como não pensara nisso antes — por que nunca perguntara?

Saiu correndo do dormitório, desceu a escada circular batendo nas paredes sem reparar; precipitou-se pela sala comunal deserta, atravessou o buraco do retrato e continuou correndo pelo corredor, ignorando a Mulher Gorda que gritou para ele: "O banquete vai começar, sabe, você está em cima da hora!"

Mas Harry não tinha a menor intenção de ir ao banquete...

Como era possível que o castelo estivesse cheio de fantasmas quando não se precisava deles, e agora...

Ele correu pelas escadas e corredores e não encontrou ninguém, nem vivo nem morto. Estavam todos, era claro, no Salão Principal. À porta da sala de Feitiços, ele parou, ofegante, pensando desconsolado que teria de esperar até mais tarde, até depois do banquete...

Mas quando acabara de desistir, ele o viu: alguém translúcido flutuando no fim do corredor.

— Eu... ei, Nick! NICK!

O fantasma puxou a cabeça para fora da parede, revelando um extravagante chapéu emplumado e a cabeça precariamente equilibrada de Sir Nicholas de Mimsy-Porpington.

— Boa noite — cumprimentou ele, puxando o restante do corpo para fora da pedra sólida, e sorrindo para Harry. — Então não sou o único que está atrasado? Embora — suspirou —, em um sentido diferente, é claro.

— Nick, posso lhe perguntar uma coisa?

Uma expressão muito estranha perpassou o rosto de Nick Quase Sem Cabeça, ao mesmo tempo que inseria um dedo na gola de babados engomados ao pescoço e a endireitava, aparentemente para se dar um tempo de pensar. Só desistiu quando seu pescoço parcialmente decapitado pareceu prestes a desabar.

— Ah... agora, Harry? — perguntou sem jeito. — Não pode esperar até acabar o banquete?

— Não... Nick... por favor. Preciso realmente falar com você. Podemos entrar aqui?

Harry abriu a porta da sala de aula mais próxima, e Nick Quase Sem Cabeça suspirou.

— Ah, muito bem — disse ele, conformado. — Não posso fingir que não estivesse esperando.

Harry segurou a porta aberta para ele, mas o fantasma atravessou a parede da sala de aula.

— Esperando o quê? — perguntou Harry, fechando a porta.

— Você vir me procurar — disse ele, agora deslizando até a janela e contemplando os jardins onde caía a noite. — Acontece às vezes... quando alguém sofreu uma... perda.

— Bom — disse Harry, recusando-se a se desviar do assunto. — Você estava certo, vim... vim procurá-lo.

Nick não respondeu.

— É... — começou Harry, que estava achando a situação mais desconfortável do que previra — é que... você está morto. Mas continua aqui, não é?

Nick suspirou e continuou a contemplar os jardins.

— Estou certo, não? — insistiu Harry. — Você morreu, mas estou falando com você... você pode andar por Hogwarts e tudo, não é?

— É — disse Nick Quase Sem Cabeça em voz baixa. — Eu ando e falo, é verdade.

— Então você voltou, não? As pessoas podem voltar, certo? Como fantasmas. Não têm de desaparecer completamente. Então? — acrescentou impaciente, ao ver que Nick continuava calado.

O fantasma hesitou, então disse:

— Não é todo o mundo que pode voltar como fantasma.

— Como assim? — Harry se apressou a perguntar.

— Só... só bruxos.

— Ah! — exclamou Harry, e quase riu de alívio. — Bom, então tudo bem, a pessoa de quem estou falando é um bruxo. Então ele pode voltar, certo?

Nick se afastou da janela e fitou Harry, pesaroso.

— Ele não voltará.

— Quem?

— Sirius Black.

— Mas você voltou! — disse Harry, zangado. — Você voltou... você está morto e não desapareceu...

— Bruxos podem deixar uma impressão deles na terra, deslizar palidamente por onde andaram quando vivos — explicou Nick, infeliz. — Mas muito poucos bruxos fazem essa opção.

— Por que não? — perguntou Harry. — De qualquer maneira... não é importante... Sirius não vai se importar de ser diferente, ele vai voltar, eu sei que vai!

E tão forte era sua crença, que Harry virou a cabeça para a porta, certo, por uma fração de segundo, de que ia ver Sirius, branco-pérola e transparente, mas sorrindo, atravessar a porta ao seu encontro.

— Ele não voltará — repetiu Nick. — Terá prosseguido.

— Que quer dizer com "prosseguido"? — perguntou Harry depressa. — Para onde? Escute... afinal, o que acontece quando a pessoa morre? Aonde vai? Por que nem todos voltam? Por que o castelo não está cheio de fantasmas? Por que...

— Não sei responder.

— Você está morto, não está? — disse Harry, exasperado. — Quem pode responder melhor do que você?

— Eu tive medo da morte — disse Nick brandamente. — Preferi ficar. Às vezes me pergunto se não deveria... bom, isto que você vê não é cá nem lá... de fato, eu não estou cá nem lá... — Ele deu uma risadinha triste. — Não conheço os segredos da morte, Harry, porque escolhi uma fraca imitação da vida. Acredito que bruxos cultos estudem essa questão no Departamento de Mistérios...

— Não fale daquele lugar para mim! — exclamou Harry com ferocidade.

— Lamento não ter podido ajudar mais — disse Nick com gentileza. — Bom... bom... por favor, agora me dê licença... o banquete, sabe...

E ele saiu da sala, deixando Harry sozinho, contemplando, sem ver, a parede pela qual Nick desaparecera.

Harry sentiu-se quase como se tivesse perdido o padrinho outra vez, ao perder a esperança de que pudesse tornar a ver ou falar com ele. Caminhou em passos lentos pelo castelo deserto, se perguntando se voltaria a sentir alegria.

Acabara de virar em direção ao corredor da Mulher Gorda quando viu alguém mais adiante, pregando uma nota em um quadro de avisos na parede. Olhando de novo, viu que era Luna. Não havia nenhum bom esconderijo por perto, ela certamente teria ouvido os seus passos, e Harry não conseguiria reunir energia para evitar ninguém naquele momento.

– Alô – disse Luna vagamente, virando a cabeça para ele ao se afastar do quadro.

– Por que é que você não está no banquete? – perguntou Harry.

– Bom, perdi a maior parte dos meus pertences – disse Luna serenamente. – As pessoas os apanham e escondem, entende. Mas como é a última noite, eu realmente preciso deles, então estou pregando avisos.

Ela indicou com um gesto o quadro de avisos, no qual, de fato, pregara uma lista com todos os livros e roupas desaparecidos, pedindo que lhe fossem devolvidos.

Uma sensação estranha nasceu em Harry; uma emoção bem diferente da raiva e da dor que o dominavam desde a morte de Sirius. Levou algum tempo até perceber que estava sentindo pena de Luna.

– Por que as pessoas escondem suas coisas? – perguntou ele, enrugando a testa.

– Ah... bom... – Luna encolheu os ombros. – Acho que pensam que sou meio excêntrica, entende. De fato, algumas pessoas me chamam Di-lua Lovegood.

Harry olhou para Luna e a nova sensação de pena se intensificou dolorosamente.

– Isto não é razão para tirarem o que é seu – concluiu ele. – Você quer ajuda para encontrá-los?

– Ah, não – disse ela sorrindo. – As coisas voltam, sempre voltam no fim. É só que eu queria fazer as malas hoje à noite. De qualquer jeito... por que é que *você* não está no banquete?

Harry sacudiu os ombros.

– Não estava a fim.

– Não – disse Luna, observando-o com aqueles olhos estranhamente enevoados e protuberantes. – Suponho que não. O homem que os Comensais da Morte mataram era seu padrinho, não era? Gina me contou.

Harry fez um breve aceno, mas descobriu que por alguma razão não se incomodava que Luna falasse de Sirius. Acabara de lembrar que ela também via Testrálios.

— Você já... — começou ele. — Quero dizer, quem... alguém que você conhecia morreu?

— Morreu — disse Luna com simplicidade —, minha mãe. Era uma bruxa extraordinária, entende, mas gostava de fazer experiências e um dos seus feitiços um dia deu errado. Eu tinha nove anos.

— Lamento — murmurou Harry.

— É, foi horrível — disse Luna informalmente. — Eu me sinto muito triste às vezes. Mas ainda tenho o meu pai. De qualquer jeito, ainda vou rever minha mãe um dia, não é?

— Ah... não é? — concordou Harry, inseguro.

Ela sacudiu a cabeça, incrédula.

— Ah, vamos. Você os ouviu atrás do véu, não ouviu?

— Você quer dizer...

— Na sala do arco. Estavam só se escondendo, só isso. Você os ouviu.

Os dois se entreolharam. Luna sorria levemente. Harry não sabia o que dizer nem pensar. Luna acreditava em coisas tão extraordinárias... contudo, ele tivera certeza de ouvir vozes para além do véu também.

— Você tem certeza de que não quer que eu a ajude a procurar suas coisas? — perguntou ele.

— Ah, não — disse Luna. — Não, acho que vou descer e comer um pudim, e esperar que elas reapareçam... sempre acabam reaparecendo... bom, boas férias, Harry.

— É... é, para você também.

Luna se afastou e, ao acompanhá-la com o olhar, ele achou que o terrível peso em seu estômago diminuíra um pouco.

A viagem para casa no Expresso de Hogwarts no dia seguinte foi memorável de várias maneiras. Primeiro, Malfoy, Crabbe e Goyle, que claramente tinham passado a semana inteira à espera de uma oportunidade para atacar sem a presença de professores, tentaram emboscar Harry no trem quando ele voltava do banheiro. O ataque talvez tivesse sido bem-sucedido se não fosse o fato de que, sem saber, eles tinham escolhido encená-lo ao lado de uma cabine cheia de integrantes da AD, que viram o que estava acontecendo pelo vidro e acorreram juntos para socorrer Harry. Na altura em que Ernesto Macmillan, Ana Abbott, Susana Bones, Justino Finch-Fletchley, Antônio Goldstein e Terêncio Boot terminaram de usar a ampla variedade de feitiços e azarações que Harry lhes ensinara, Malfoy, Crabbe e Goyle pareciam simplesmente três lesmas gigantescas apertadas em uniformes de Hogwarts que Harry, Ernesto e Justino penduraram no porta-bagagem e deixaram ali para esvaziar.

– Devo dizer que estou doido para ver a cara da mãe de Malfoy quando ele descer do trem – disse Ernesto, satisfeito, observando Malfoy se contorcer no alto. O garoto nunca chegara a esquecer a indignidade cometida por Malfoy de tirar pontos da Lufa-Lufa durante o breve período em que fora membro da Brigada Inquisitorial.

– Mas a mãe de Goyle vai ficar realmente satisfeita – disse Rony, que viera investigar a origem do tumulto. – Ele está muito mais bonito agora... mas, a propósito, Harry, o carrinho de comida acabou de chegar, se você quiser comprar alguma coisa...

Harry agradeceu aos colegas e acompanhou Rony de volta à cabine, onde comprou uma pilha de bolos de caldeirão e tortinhas de abóbora. Hermione estava lendo o *Profeta Diário* outra vez, Gina, fazendo as palavras cruzadas do *Pasquim*, e Neville acariciava sua *Mimbulus mimbletonia*, que crescera muito durante aquele ano e agora fazia estranhos arrulhos quando alguém a tocava.

Harry e Rony passaram a maior parte da viagem jogando xadrez de bruxo enquanto Hermione lia trechos do *Profeta*. O jornal vinha agora repleto de artigos ensinando a repelir Dementadores, noticiava as tentativas do Ministério para caçar os Comensais da Morte e reproduzia cartas histéricas em que o missivista dizia ter visto Lorde Voldemort passando por sua casa naquela manhã...

– Ainda não começou para valer – suspirou Hermione, deprimida, tornando a fechar o jornal. – Mas não falta muito agora...

– Ei, Harry – disse Rony baixinho, indicando com a cabeça a janela de vidro para o corredor.

Harry olhou. Cho ia passando, em companhia de Marieta Edgecombe, que tinha o rosto oculto por uma balaclava. Os olhos dele e os de Cho se encontraram por um momento. A garota corou e continuou seu caminho. Harry voltou sua atenção para o tabuleiro de xadrez bem em tempo de ver um dos seus peões ser posto em fuga por um cavalo de Rony.

– Afinal, que... ah... está acontecendo entre você e ela? – perguntou Rony em voz baixa.

– Nada – respondeu Harry sinceramente.

– Eu... ah... ouvi falar que está saindo com outra pessoa agora – disse Hermione, hesitante.

Harry ficou surpreso ao descobrir que a informação não o magoava. A vontade de impressionar Cho parecia pertencer a um passado que já não tinha muita ligação com ele; tantas coisas que ele desejara antes da morte de Sirius ultimamente lhe davam essa sensação... a semana que passara desde que vira Sirius pela última vez parecia ter se prolongado muitíssimo; estendia-se por dois universos, um com Sirius e outro sem ele.

— Ainda bem que você está fora, cara — disse Rony com veemência. — Quero dizer, ela é bem bonita e tudo o mais, mas a gente quer alguém um pouco mais alegre.

— Provavelmente ela é bastante alegre com outro qualquer — disse Harry, sacudindo os ombros.

— Afinal, com quem ela está saindo agora? — perguntou Rony a Hermione, mas foi Gina quem respondeu.

— Miguel Corner.

— Miguel... mas... — disse Rony esticando-se no banco para encarar a irmã. — Mas era você que estava saindo com ele!

— Não estou mais — disse Gina, decidida. — Ele não gostou da Grifinória ter vencido a Corvinal no quadribol, e ficou realmente mal-humorado, então dei o fora nele e ele correu para consolar a Cho. — Gina coçou o nariz distraidamente com a pena, virou o *Pasquim* de cabeça para baixo e começou a marcar as respostas. Rony pareceu encantado da vida.

— Bom, eu sempre achei que ele era meio idiota — disse, avançando sua rainha em direção à torre abalada de Harry. — Que bom para você. Escolha alguém... melhor... da próxima vez.

E lançou um olhar estranhamente furtivo a Harry ao dizer isso.

— Bom, escolhi o Dino Thomas, você diria que é melhor? — perguntou Gina, distraída.

— QUÊ? — berrou Rony, virando o tabuleiro de xadrez. Bichento mergulhou atrás das peças, e Edwiges e Píchi piaram zangados do porta-bagagem.

Quando o trem começou a diminuir a velocidade, próximo à estação de King's Cross, Harry pensou que nunca tivera tão pouca vontade de desembarcar. Chegou a considerar por um momento o que aconteceria se ele simplesmente se recusasse a sair e insistisse em continuar sentado ali, até o dia primeiro de setembro, quando o trem o levaria de volta a Hogwarts. Quando o veículo soltou sua baforada final e parou, porém, ele baixou a gaiola de Edwiges e se preparou para arrastar o malão para fora do trem, como de costume.

Quando o inspetor de bilhetes fez sinal para Harry, Rony e Hermione que era seguro atravessar a barreira mágica entre as plataformas nove e dez, porém, ele encontrou uma surpresa à sua espera do outro lado: estava parado ali um grupo de pessoas que ele jamais imaginara encontrar.

Entre eles, Olho-Tonto Moody, parecendo tão sinistro de chapéu-coco puxado sobre o olho mágico quanto pareceria sem ele, as mãos nodosas segurando um longo bastão, o corpo envolto em uma volumosa capa de viagem. Tonks vinha logo atrás dele, seus cabelos de um rosa chicle de bola berrante refulgindo à luz do sol que se filtrava pela cobertura de vidro sujo da estação, usando um jeans cheio de remendos e uma camiseta roxo vibrante com os dizeres *As Esquisitonas*. Ao lado de Tonks estava Lupin, seu rosto pálido, os cabelos grisalhos, um longo casacão puído sobre calça e suéter velhos. À frente do grupo, o Sr. e a Sra. Weasley, vestidos com roupas domingueiras de trouxas, e Fred e Jorge usando jaquetas novas de um tecido verde e escamoso de causar espanto.

— Rony, Gina! — chamou a Sra. Weasley, correndo para apertar os filhos nos braços. — Ah, e Harry querido... como vai você?

— Ótimo — mentiu Harry, quando ela o puxou para um abraço também. Por cima do ombro da bruxa, ele viu Rony de olhos arregalados para as roupas novas dos gêmeos.

— De que tecido *eles* são feitos? — perguntou ele, apontando para os blusões.

— Da mais fina pele de dragão, maninho — disse Fred, dando uma puxadinha no zíper. — Os negócios estão prosperando e achamos que podíamos nos dar um trato.

— Olá, Harry — disse Lupin, quando a Sra. Weasley o largou e se virou para cumprimentar Hermione.

— Oi — disse Harry. — Eu não esperava... que é que vocês todos estão fazendo aqui?

— Bom — disse Lupin com um leve sorriso —, achamos que talvez pudéssemos dar uma palavrinha com seus tios antes de permitir que eles o levassem para casa.

— Não sei se é uma boa ideia — disse Harry na mesma hora.

— Ah, eu acho que é — rosnou Moody, que se aproximara mais, sempre mancando. — São eles ali, não, Potter?

O bruxo apontou com o polegar por cima do ombro; seu olho mágico evidentemente os espiava pela nuca e pelo chapéu-coco. Harry se inclinou uns centímetros para a esquerda e viu para quem Olho-Tonto estava apontando e, sem dúvida, eram os três Dursley, que pareciam decididamente aterrados com o comitê de recepção de Harry.

— Ah, Harry! — disse o Sr. Weasley dando as costas aos pais de Hermione, a quem ele acabara de cumprimentar entusiasticamente, e que agora se revezavam para abraçar a filha. — Bom... vamos então?

— Acho que sim, Arthur — concordou Moody.

Ele e o Sr. Weasley avançaram pela estação em direção aos Dursley, que aparentemente estavam pregados no chão. Hermione se desembaraçou gentilmente da mãe para acompanhar o grupo.

— Boa tarde — disse o Sr. Weasley em tom agradável ao tio Válter, parando diante dele. — O senhor talvez se lembre de mim, o meu nome é Arthur Weasley.

Como o Sr. Weasley demolira sozinho a maior parte da sala de estar dos Dursley, há dois anos, Harry teria se admirado muito se o tio o tivesse esquecido. De fato, o tio ficou um tom mais escuro de roxo e olhou aborrecido para o Sr. Weasley, mas preferiu não dizer nada, em parte, talvez, porque os Dursley estivessem em minoria de dois por um. Tia Petúnia parecia ao mesmo tempo assustada e constrangida; não parava de olhar para os lados, como se estivesse aterrorizada que alguém a visse em tal companhia. Nesse meio-tempo, Duda dava a impressão de querer parecer pequeno e insignificante, um feito em que estava tendo um fracasso retumbante.

— Achamos que gostaríamos de dar uma palavrinha com o senhor a respeito de Harry — disse o Sr. Weasley ainda sorrindo.

— É — rosnou Moody. — A respeito da maneira com que ele é tratado quando está em sua casa.

Os bigodes do tio Válter pareceram se eriçar de indignação. Possivelmente porque o chapéu-coco lhe dera a impressão inteiramente equivocada de estar tratando com uma alma afim, ele se dirigiu a Moody.

— Não tenho ciência de que seja de sua conta o que acontece em minha casa...

— Imagino que tudo de que você não tem ciência poderia encher vários livros, Dursley — rosnou Moody.

— Em todo o caso, isto não está em questão — interpôs Tonks, cujos cabelos cor-de-rosa pareciam agredir tia Petúnia mais do que todo o resto junto, pois ela preferiu fechar os olhos a encarar a moça. — A questão é que achamos que vocês têm sido abomináveis com o Harry...

— E não se enganem, saberemos o que fizerem — acrescentou Lupin em tom agradável.

— Verdade — disse o Sr. Weasley. — Mesmo que não deixem Harry usar o *felitone*.

— Telefone — sussurrou Hermione.

— É, se tivermos a menor suspeita de que Harry foi maltratado de alguma forma, vocês terão de se ver conosco — disse Moody.

Tio Válter inchou agourentamente. Sua indignação pareceu ultrapassar até o seu medo de um bando de excêntricos.

— O senhor está me ameaçando? — disse em voz tão alta que alguns transeuntes chegaram a parar para olhar.

— Estou — confirmou Olho-Tonto, que parecia muito satisfeito de que tio Válter tivesse entendido tão rapidamente.

— E eu pareço o tipo de homem que se deixa intimidar? — vociferou ele.

— Bom... — disse Moody, afastando o chapéu-coco da testa para mostrar o olho mágico que girava sinistramente. Tio Válter saltou para trás horrorizado e colidiu dolorosamente com um carrinho de bagagem. — Eu teria de dizer que sim, Dursley.

Deu as costas ao tio Válter para examinar Harry.

— Então, Potter... dê um grito se precisar de nós. Se não soubermos notícias suas três dias seguidos, mandaremos alguém...

Tia Petúnia choramingou lastimavelmente. Não poderia estar mais claro que estava pensando no que os vizinhos diriam se avistassem alguma dessas pessoas entrando pelo seu jardim.

— Tchau, então, Potter — disse Moody, segurando com a mão nodosa o ombro de Harry por um momento.

— Cuide-se, Harry — disse Lupin em voz baixa. — Mande notícias.

— Harry, tiraremos você de lá assim que pudermos — sussurrou a Sra. Weasley, abraçando-o mais uma vez.

— Veremos você em breve, cara — disse Rony, ansioso, apertando a mão de Harry.

— Muito breve, Harry — disse Hermione, séria. — Prometemos.

Harry sacudiu a cabeça. Por alguma razão não conseguia encontrar palavras para dizer o que significava para ele vê-los ali enfileirados, ao seu lado. Em lugar de falar, sorriu, ergueu a mão num gesto de despedida, virou-se e saiu da estação para a rua ensolarada, com tio Válter, tia Petúnia e Duda andando depressa para acompanhá-lo.

MARY GRANDPRÉ ilustrou mais de vinte livros para crianças, incluindo as capas das edições brasileiras dos livros da série Harry Potter. Os trabalhos da ilustradora norte-americana estamparam as páginas da revista *New Yorker* e do *Wall Street Journal*, e seus quadros foram exibidos em galerias de todo os Estados Unidos. GrandPré vive com a família em Sarasota, na Flórida.

KAZU KIBUISHI é o criador da série Amulet, bestseller do *New York Times*, e *Copper*, uma compilação de seus populares quadrinhos digitais. Ele também é fundador e editor da aclamada antologia Flight. As obras de Kibuishi receberam alguns dos principais prêmios dedicados à literatura para jovens adultos nos Estados Unidos, inclusive os concedidos pela prestigiosa Associação dos Bibliotecários da América (ALA). Ele vive e trabalha em Alhambra, na Califórnia, com a mulher Amy Kim, que também é cartunista, e os dois filhos do casal. Visite Kibuishi no site www.boltcity.com.